Double e $\begin{bmatrix} 35 \\ .5 \end{bmatrix}$ R. serie.1

ROBERT : GAGVIN

de. larmeßin. sculp.

Les grandes croniques : excellens

faitz/et vertueux gestes: des tresillustres / treschrestiens / magnanimes
et victorieux Roys de france. Et tant en sa saincte terre de hierusalem
côme es pays de Syrie. Sicile. Italie. Espaigne. Alemaigne. Angleterre. fládres. Bour
gongne. Et aultres plusieurs tesses prouinces / contrees/et regions/ Côposees en latin par
reuerend pere en dieu et religieuse personne Maistre Robert Gaguin. En son viuant mi
nistre general de lordre de la saincte trinite: docteur en decret / eloquent orateur/et tresfame
hystoriographe. Et depuys en lan Christifere Mil cinq cens et quatorze songneusement
reduictes et translatees a la lettre de latin en nostre vulgaire francoys.

A la louëge et gloire de dieu: et a lhonneur

de tous nobles princes. Ensemble aussi plusieurs additiôs des choses aduenues es temps
et regnes des Treschrestiês Roys de frâce Charles. viii. que dieu absoule. Et Loys. xii.
de ce nom, a present regnât/auquel dieu doint tresbône vie.

Auec preuillege du roy nostre sire.

Imprime a Paris pour Galliot du pre

Marchant libraire. Tenât sa boutique en la grant salle du palais/au second pillier vers
la chappelle ou len chante la messe de messieurs les presidens. Mil cinq cens ç quatorze.

Oys par sa grace de Dieu roy de France. Au preuost de Paris ou a son lieutenãt et a to9 noz aultres iusticiers et officiers ou a leurs lieuxtenãs Salut. Receu auõs humble supplication de Galliot du pre/marchãt li-braire demourãt dedẽnostre Palais royal a Paris. Côtenãt que puys peu de tẽps enca sedit Galliot a fait trãslater et mettre en francoys les croniques de frãce/que fist et cõposa en latin maistre Robert Guaguin ministre general de sordre de la saicte Trinite/docteur en droit canon/et tresfame hystorio graphe. Et ordõner inhibitiõs t defféses estre faictes a to9 marchãs libraires/imprimeurs tãte de ceste ville de paris que dailleurs/qlz naiẽt a imprimer ne faire imprimer lesdictes croniques/vẽdre ne faire vẽdre durãt se terme tẽps et espace de trois ans/a côpter du iour q sesdictes croniqs serõt acheuees dimprimer. Humblemẽt requerant sur ce nostre priuillege luy estre octroye. Po2quoy n9 ces choses côsiderees inclinãs liberallemẽt a sa supplication et requeste dudit suppliant/et aussi affin ql se puysse rembourser des fraiz mises et despes quil luy a conuenu faire/tãt a faire translater que imprimer lesdictes croniques/A icelluy auons permis t octroye permettons t octroyons de grace especial plaine puyssance et au-ctorite royal par ces pñtes que luy seul puysse faire imprimer lesdictes croniques iusques a trois ans prochainement venans/et sans ce que durant se temps desditz trois ans nulz imprimeurs libraires/marchans ne aultres quelzcõques puyssent imprimer lesdictes cro niques. Si vous mandons t cõmettõs par ces presentes t a chascun de vous endroit soy et sicôme a luy appartiendra que de noz presentes grace permission et ottroy vous faictes souffrez t laissez sedit du pre iouyr et vser plainement t paisiblement en faisant ou faisant faire inhibitiõs et defféses de par nous a tous aultres libraires t imprimeurs quelzcõqs sus grãdes peines a nous a appliquer/et de confiscation de ce que il y monterõt que dedẽs sedit temps de trois ans ilz naiẽt côme dit est a imprimer lesdictes croniques/en se cõ-traignãt a ce faire t souffrir reaulmẽt/t de fait. Nonobstãt oppositiõs ou appelatiõs quelz conques/et sans preiudice dicelles. Pour lesquelles ne voulõs estre differe. Car ainsi nous plaist il estre fait. Mandõs t cõmãdõs a to9 noz iusticiers officiers t subgetz que a vous voz commis t deputez en ce faisant soit obey. Donne a Paris se p̃viii. iour de Nouembre Lan de grace Mil cinq cens et treze. Et de nostre regne se seiziesme.

Par se roy a sa relation du conseil. Et signe des Landes.

Le conge t la remonstrãce que fait facteur Gaguin a son liure.	La response du liure a son acteur.
Va liure va/chopsi la droicte voye Descoeure toy affin que chascun voye Les nobles faitz t triumphant renom De tous les roys t princes/dont se nom Sur toy resupt:monstre aussi les exemples Les hystoires et figures si amples Qui ta beaulte feront moult desirer Entre par tout/ne crains a desfirer Tes beaulx habitz dedens aspres espines Compte ne fay non plus que de rapines Des enuieux supuans detraction Et par ainsi seras sans fraction.	Voicy ie viens vestu de neufue robbe Asseure suis paour nay quon me desrobbe De tous costez aussi net que la perle Courtoysement et cler comme le merle Je chanteray ses temps/gestes/et lieux De tous les roys/princes ieunes t vieux Que par humaine t diuine souffrance Produict nous a se bon pays de france Si te requiers toy gracieux liseur Moy escouter:et non estre riseur Ny detracteur de cil petit ouurage Aultruy blasmer cest grãt mal t oultrage.

Proesme ou Prologue de Pierre desrey simple orateur de Trois en chāpaigne
Sur les croniques τ vertueuses gestes des treschrestiēs/tresillustres τ victorieux
Roys de france. Composces en latin : par reuerend pere en dieu maistre Robert
Gaguin. Et depuys nagueres translatees de latin en nostre vulgaire francoys
et langue vernacule. A lhonneur τ gloire de dieu et louenge des nobles princes.

Lus glorieuse magnifiq̄ et triūphāte euure nestoit a descripre/rediger ou mettre en lumie
re/hors les sacrez volumes de saicte escripture:sinō les gestes/croniq̄s τ excellēs faitz des
treschrestiēs illustres magnanimes τvictorieux roys de frāce, q̄ reuerēd pere en dieu τ religieuse p̄sonne maistre Robert gaguin. En son viuāt ministre general de lordre de la saicte trinite
de paradis po² la redēptiō des captifz pugnās po² la foy/docte² en decret,souuerain orateur τ sciēti-
fique hystoriographe/a p son doulx stile eloquēt τ mellisieux art de oratoire descript mis en lumiere τ entieremēt accumule a la verite aisi cōc il est aduenu en plusie²s τ diuers pays/regiōs puinces
et cōtrees barbares puees τ estrāges. Et tāt deca q̄ dela les mers glaciale/adriatiq̄/sarmatiq̄ et oc
ceane. Et a p̄mecer aussi icelle croniq̄ incōtinēt ap²s leycidiō τ entiere destructiō du cōflict de troye
iusq̄s aux nobles τ victorieux faitz du treschrestien/tresillustre/tresnoble τ prudēt roy Loys.vii.de
ce nō a p̄nt regnāt. Car a p̄dre du tēps τ regne du roy Clouis p̄mier chrestiē ilz ont tousiours pu-
gne euaduerse τ mis en suitte les ennemis et aduersaires de la saicte foy cathoicq̄:cōe treschrestiēs
fideles/vrays zelate²s de Jesuchrist τ augmētate²s de sa foy. Quelles louēges dōcq̄s τ actions de
graces serōt p no⁹ retribuees a ce bon religieux orateur τ tant fame hystoriographe:qui p ardu scauoir τ docte elegāce de rethoriq̄ no⁹ a aisi voulu instruire τ dōner a cōgnoistre sa tresnoble p̄ductiō
τ antiq̄ origine des baisliās frācoys en elucidāt se²s clarifiees gestes τ victorieuses puessees. Si ne
soy aulstre pl⁹ saine retributiō a ce tāt bening hystoriographe/attēdu q̄ sa fatale atropos (a mort cō-
mūe a to⁹ desia puiscertaī tēps a voulu saisir τ separer lame du corps) sinō hūblemēt prier au tout
souueraī roy τ trespuissāt dieu eternel retribute² de to⁹ merites.q̄l luy plaise dōner sa gloire lass⁹ en
la cite celeste q̄ est leglise triūphāte.Et en ce faisāt instāmēt sa renōmee viura ca bas τ sera pinanē-
te entre les viuās.Et a ce p̄pos les anciēs philosophes tāt grecs q̄ latis,en veillāt p le² idustrie τ noble sauoir de diuerses sc̄es ont souuēteffois acoustūe de cōmādc̄·· ¬ reduire a mēoire ceulx qui p tres
excellēs gestes.prouesses victorieuses τ faitz belliqueux des armes ou aultremēt cōe po² deffendre
le bien de la chose publiq̄ a quoy plusie²s ont trauaise culx voyās auoir ceste charge affin q̄ p leyē-
ple et imitatiō de se²s hardiz faitz τ bōnes entreprinses. Les tresillustres prices nobles barōs baillās cheualiers bōs capitaies loyaulx gēsdarmes seigūrs cōsultz τ gēs de scauoir recte²s de la chose
publiq̄ τ p̄pugnacles des pays puissēt viure regir et eulx gouuerner cōe sages τ pleis de vert⁹ et q̄
p la bōne rememoratiō des āciēs se²s oeuures puissēt estre dignes τ meritoires de toutes louēges
Car il est tousio²s bō et vtile de ensuyure sa voye et sēte de ses maie²s et ācesse²s τ se droictemēt ilz
ont precede. Et po² ceste cause sōt les statues effigies τ ymages des tresnobles roys et moult pre-
cellēs hōmes adressez τ esleuez es cours des prices palays τ lieux publiq̄s affin q̄ en les voyāt τ re
gardāt on puisse reduire a memoire ses gestes et maniere de viure supuāt ce q̄l auōt bien faitz laif
sec le mal se aucun est. Po²quoy Aristote cōmāda aux lacedemones dresser τ esleuer trēte statues a
ligurge. Et est ce q̄ demetre phalerī p̄admōnesta de faire a Ptolome egyptien affin q̄ iamais il ne
laissast aler hors ses mais les hutes τvolumes esq̄lz estoiēt escriptz τ redigez ses faitz τ gestes des
tresmagnifiq̄s τ splēdissās prices τ ses offices dun bō roy. Laq̄lle sentēce voulut ensuyure le preux
alexādre/lecq̄l p nuyt sōgneusemēt gardoit τ retenoit Lyliade du tresfame poete homere dessoubz
le couissin de son lict. Et ainsi dōcq̄s tresexcellēs prices nobles seigūrs τ vaillans capitaines quāt
vo⁹ ensuyurez la voye τ sēte des notables τ vertueux faitz de voz illustres p̄geniteurs τ antecef-
seurs q̄ droictemēt ont p̄cede voz vateureux faitz τ tresdecorees gestes serōt dignes de p̄petuelse cō-
memoratiō hōnorable louēge τ gloire immortelle a iamais. Ce q̄ dieu tout puyssant seigūr et seul
dateur de tout bien parfait vo⁹ doint iustemēt acōplir selon voz tresnobles desirs.

A.iii.

ſ
m ⁊t

collège d̃ nauarre

✝ pour les faites

ℬ

de la con ception

B.ii.

Lance

Senfuyt le prologue du liure frere Robert Gaguin ministre general
de lordre de la saincte Trinite sus les faictz & gestes des francois

A soit que bien peu baille ce que ou en faisant ou en escripuant peult la mienne petitesse &
humilite. Neaumoins enupe a en moy trouue chose quelle a essaye mordre/quant continuel
lement residant entre les actes des francois en diuerses manieres glorieusement et triū
piāment faictz/entrepris ay en vng petit liure cōprendre tout ce que auoye leu & sceu derexcellēce tou
chant ceste matiere. Pour rayson de quoy ainsi a faict lemulateur:cōe sil eust cupde que les faictz des
roys et nations qui apparoissent si plainement & largemēt/et qui par oraison et louēge perpetuelle de
uoiēt estre enluminez et reduitz a congnoissance tresrenōmee/eusse passe par vng brief cours et tres
estroit sentier speciallement de tel stille et vsaige de parler/auquel deffaillist elegance / braulte

et decoration latine:lesquelles vertuz a peine par aulcū temps peult acquerir le frā
cois en escripuāt les hystoires. Mais cōbiē que me cōgneusse ɇ entēdisse esguillōne
et assailly par ces murmures des mesdisans:toutesuoys ne me suis repenty de mon
labeur ɇ oeuure encōmencee q̄ ne lape poursuiuy:si que listoire des frācois aye estcript
apertemēt ɇ mis en euidēce:laq̄lle soubz vng regard p aulcun des escripuains nauoit
toute iusques cy cōpilee ɇ ouuerte deuant les peulx des lisans. Dont sensuit/q̄ si louē
ge est dōnee a ceulx qui les actes daucūs ou la vie des princes ont escript particulie=
remēt chascun en son endroit en vng ou en diuers tēps/sans arrogāce auray pretēdu
nō moindre grace auoir merite qui de puis le commencement de la francoise princi=
paulte iusques a ceste aage la cronique des choses respēdues ɇ dispersees ay restraict
et reserre en vne poignee ou petit fagot/qui nest tant presse ne si estroit (cōe dit le do
cteur)que lumiere defaille a ceulx qui dedans regarderōt ayans des lettres moyēne
notice ɇ cōgnoissance. Et au regard des ignares qui ont sengin estoupe ɇ corrōpe/se
ppre ignorāce fait la nupsance ensemble les empesche dentēdre les choses:et non la
briefue ɇ esloquēte narration de sescripuain. Car a ceulx cy est vne mesme chose cōe a
ceulx qui ont debile estomac:que la forte ɇ massiue viande blesse/et a peine de la pl̄
legiere peuent estre alimentez. Semblablement ceulx qui ont le courage fetart ɇ de
bile auec lobscurite dignorāce a chascun mot non vsite/ilz desirent les torches et la lu
miere des cōmentaires. Ausurplus ia soit que ne veueille presumer ny a moy trop
attribuer le resplēdissemēt du langaige latin(autant cōe le grant parleur en dōne ɇ
laucteur italien)au moyns ie suffre le frācois auoir vng citoyen ɇ hōme de son pays
qui ia rudesse ɇ sauluagine vng peu essupee de nulle liberalite du prince puoque par
tollerable orapson a escript iusques au bout les choses de sa nation. Car de ceste no=
stre oeuure laquelle par veille ɇ labeur auōs mis en lumiere/se sieuera quelque petit
hardi ɇ temeraire entrepreneur:pour elargir ce qui est trop estroict/ɇ adoulcir ce quil
cuydera estre trop rude cōbiē que le roy charles huitiesme decedant de ce mōde/a nr̄e
premiere cōpillatiō ay adiouxte plusieurs choses:desquelles la cōgnoissance cōme el=
le a āplissiay ɇ augmēte la narratiō des faictz en leur ordre: aussi pourra le gracieux
liseur moult delecter. Mais ie facillemēt purgeray ce que lestranger calōpnateur al
legue facillemēt moy estre plus encli a la louēge et partie des frācoys que de celle des
ennemys ou estrāgers duquel erreur totallemēt me absoldra cil qui equitablemēt et
sans souspeson mō liure visitera ɇ cōgnoistra. Car ainsi selon les loyx de lhistoire ay
estudie a verite:affin que aux aucteurs desquelz iay supuy les escriptures fust plus
de foy que a nous adiouxtee ɇ est chose cruelle attribuer a mēsogne que peu de faictz
(nō cōuenables a nostre ppos)passez ɇ delaissez de nostre ppre industrie par loyal or
dre ɇ iuestigatiō/ay seullemēt chopsi les testes ɇ la moylle ɇ le tout extraict ɇ reduit
en vng corps cōe porte la nature du petit liure. Car celluy q̄ cōstruict les courōnes ou
chappeaulx de fleurs/il ne cueille ny amasse toutes sortes de fleurettes aicops celles
tant seulemēt lesq̄lles p la diuersite des couleurs mōstrent en soy quelque beaulte et
decoration. Doncq̄s le iuste liseur qui ne sencline dune part ny daultre/ia ne veueille
estimer q̄ iaye escript la grādeur vniuersalle de lhistoire des francois:aincois q̄ pmy
les grans espaces des choses faictes ay chopsi ce qui est plus vtile et profitable po̅
cōuenir a la verite et a ceste briefue compillation.

La fin du prologue.

Reins · Bourgoigne · Montoye · Sainct denis · Langres · Normādie · Sainct denis · Sainct Remi · Laon · Guyenne · Ecouuays · Champaigne · Chaalons · Toulouze · Justitia · Fides · Reyon · Flandres

Hec sunt francorum celebranda insignia regum
Que dimissa polo sustinet alma fides

Ro.Gaguinus

Cy comence le premier liure des faitz et gestes des francoys Compose par venerable et religieuse personne frere Robert Gaguin ministre gene= ral de lordre de la saincte trinite pour la redemption des chrestiens captifs. Et depuis translate de latin en vulgaire francoys Par

De la source & origine des francoys.   Liure premier.

Les francoys (comme plusieurs aultres nations) se donnent gloire & honneur de estre produictz et yssus des troyans. Lesquelz mis en exil/pour tant que Paris auoit rauy Heleine: partie diceulx/auec la conduicte de Francion sen alla habiter et faire residence au plus pres des Alains: sur le lac meotide qui remplist le fleuue Tanais cou= **fracion duc des fracoys.** lant par la region de Scytie. au quel lieu appellez francoys a cause du nom de leur duc Francion ediffierent vne ville de grat pris nommee Sycambrie: pres **Sycambrie.** des hongres. Laquelle long teps apres destruicte par les gothz/ allerent en vne aultre ville par eulx constructe en la prochaine montaigne ou ilz fissent leur habitation et de= meure iusques au temps de Vallentinian Roy des Romains: par lequel furent expul= sez pour la raison que no° dirõs cy apres. Les Alains faisans rebellion et se substrayas **Les Alains.** de lobeissance de lempire: pource que par le moyen de labondance & altitude des fanges du pays marescageux facilement se deffendoient contre lempereur qui les assailloit. Va **De la diuersi** lentinian appella les fracoys en son aide/ aux quelz il promist quicter et remectre par **te des oppini** dix ans le tribut annuel quilz payoient aux Romains silz reduisoient soubz sa puissa **ons de la sour** ce & domination les alains desobeissans & rebelles. Soubz laquelle esperance les fran= **ce et naissace** coys esleuez: par ce quilz estoiet acoustumez de souuet passer par les fanges et marestz: **des fracoys/** entrepreignent le negoce et affaire: menerent forte et puissante armee/ surmonterent le **et pour quoy** lac: & par cruelle bataille rendirent les alains obeissans a lempereur. Pour laquelle Vi **il sont ainsi** ctoire disent aucuns les francoys par Valentinian estre nommez francoys/ cest adire **appellez/ et** gens plains de ferocite: les aultres disans au contraire que pour la remission du tribut **des victoires** et liberte acquise sont appellez francoys/ cest adire francs. Neaultmoins ie consens pl° **par eulx fai-** a ceulx qui les disent auoir acquis leur nom de Francion: car ceste derreniere nomina **ctes en la ger** tion ne cõuient a lanciẽnete dicelle nation que nul doubte auant le regne de lempereur **mante & aul-** Constantin (premier de ce nom) auoit este preux et tresuaillans en bataille. Et qui **tres lieux.** plus est/ Flauius Vopiscus a lesse en memoire: que lempereur Aurelien predecesseur de **Commet Au** Constantin mena les francoys au Triumphe. Lequel Aurelien supericur de Valen= **relie predeces-** tinian (comme dit Paul dyacre) subiugua les Saxõs: cest adire les Allemãs aux fins **seur de Cõstã** et limites des francoys. Toutes lesquelles choses sont argumens de plus ancienne **tin a laide des** source et propagation: que de croire par Valentinian le ieune les francoys premiere= **francoys sub** ment estre nommez. Toutesuoyes ie nay point leu de certain aucteur/ qui constammet **iugua les Sa** escripue le temps de ce nom. Et na Gregoire de Tours assez congneu le commence= **pons q̃ no° di** ment de ceste nation: quant pour tesmoing appelle Sulpice/ Alexandre/ que son Vopt **sons allemãs**

a.i.

Epistre de
Cicero Atti=
que.

ignorer la braye generation des Rops francops. Et ya vne epistre de Cicero quil a=
dresse a Attique en laquelle est escript le nom des francons: que plusieurs veullent di=
re appartenir aup francops. Par quop lon peult croyre sans temerite que leur nom a=
uoit cours long temps deuant Valentinian.

┇Comment apres que les francops furent afranchiz
du tribut quil souloient payer a Lempereur se fortifieret
a lencontre de luy non voullans payer le tribut quilz a=
uoient acoustume/et comet lempereur leur fist guerre.

Es francops doncques affranchiz de tailles et tous aultres tribuz
fortiffierent leur ville/leur puissance/et couraige:en telle facon z ma
niere que les dip ans passez quant lempereur voulut epiger deulp se
tribut. Glz refusent luy faire auchune pension. Pour raison de quop
guerre sesmeut: en laquelle comme peu de gens foiblement resistas=
sent a plusieurs:Valentinian par forte z rude puissance surmota les
francops. Et na par ce dommaige delaisse ou mesprise liberte ceste nation couraigeu=
se:mais grant multitude de citopens hastiuement assemblee passerent le fleuue du Rhy=

Marcomyre
Symon z ge=
nebaude.
stre/et soubz la coducte de Marcomyre/Symon z Genebaude (apres le deceez de fra
cion) faisans plusieurs victoires et conqstes en la Germanie/se sont assiz sur le Rhyn
ou lon vopt maintenant franc forde ville non contennable ouuraige et siege des fran=
cops iusques a vng temps. ┇Mais quant ces choses des Sycambriens/de sa sour=
ce et generation des francops sont constamment recitees: non sans raison me sourt vne
doubte de la sentence de Cesar. Lequel redigeant par escript les batailles par luy de=

Cesar.
menees au pays de Gaulle:dit que les Sycambriens (que lon peult a present nommer
Gueldrops) lors habitoient en leptremite du Rhyn/ pres des vbes que nous disons
Collonops. Lesquelz aucunessops trauersans le Rhyn/ont ose courrir z entrer en gaul
le et contre luy enuoper secours aup francops. Et pour ce se esleua sur eulp:afin que par
la crainte et terreur du nom Rommain rendist les Allemans paisibles:mais inconti=
nent au premier messaige les Sycambriens sen allerent tous aup forestz/z par ce moyé

Collonops.
leur pays ars et brusle se retirerent de rechief aup Collonops. En apres quant Cesar
commanda diligement querir Arioniste fugitif/et quil fist publier a son de trompette
estre loisible et permis a chascun de piller les biens des Eburons (qui sont auschuns
francops lesquelz frauduleusement occirent les gens de Cesar) Les Sycambriens sa=
chans auoir occasion de piller: assemblerent deup mille cheuaulcheurs lesquelz passe=
rent le fleuue:et par merueilleuse et incredible celerite rauprent et emporterent tresgra=
de proye des Eburons. Dit aussi Strabo/que les Sycambriens ont este habitas du rhyn
ou ilz fisrent et machinerent le commencement de la bataille: laquelle fut portee et li=

Drusus vai=
quit les Sy=
cambriens.
uree cotre Drusus par plusieurs du peuple de Germanie/soubz la coducte de Molone
Sycabrien leur capitaine/desqlz Drusus obtint victoire en grat triuphe z honeur: dot
il a retenu le surnom germanique qui vault autant a dire comne subiugateur des ger=

maine. A ceste cause appert manifestement que long temps deuant le temps de Walen
tinian ont les Sycambriens habite en germanie pres du Rhyn: et que premierement
nont par luy este eppulsez de leur siege/sinon que par aducture aucun cupde quilz soiēt
differens de ceulp que nous auons dit cy dessus auoir cōstruict et ediffic la Uille de Sy
cambrie sur le lac Meotide. Laquelle chose descript Annonius en lhystoire quil a de∫   Annoni⁹ hy-
dyec a son abbe disant que Thoigore auecques francion partant de Troye sen alla en   ∫toriographe
Trace/du quel la nation des Thoigores a receu le nom/¿ a eperce le fait des batailles   Thoigore
soubz Philippe et Alexandre leurs ancestres en quelque maniere que la chose soit/ie ne
scay point toutefuoyes que aucuns des nostres escripuains ayent en ce considere ne pē-
∫e. Ensuyuons donques la briefuete par nous proposee:en eptrayant de loidre des cho-
∫es tout ce qui est utisle et necessaire.

¶ Comment apres que les francoys eurent fait plusieurs con-
   questz en la Germanie et aultres lieup/et redupt en leur obeissance auchuns chastcaulp. Lempereur Theodose pour lois regnant leur fist guerre lequel par deup foys fut desconfit par les
   francoys.

LEs francoys riblans en Germanie:apres quilz eurent prins et redupt soubz leur puissance auchuns chastcaulp. Lempereur Theodose lois regnant/a certene de ceste chose/commāda a Nesme ¿ Quētin capitaines et chefs de son aimee moult bien equippee de force et
puissance de gens darmes quilz assailliffent les francoys: par le∫q̄lz
deffaitz en trespre bataille/se ioignprent auecques Eracque et Jouinian qui estoient des ducs et gouuerueuts de Theodose: par laducnement desquelz
reintegrans et restablyssans la bataille/Boyans Eracbus ¿ Jouinian que la Uictoire
tournoit aup francoys se sauluerent en fupte. En ceste bataille receurrent les Rōmais
telle perte/occision/et profligation que les francoys ont de puis este crains et doubtrz
de tous les aultres circōuopsins et deliurez de tout tribut et epaction. Combien que q̄l
que temps apres Boccace administrateur ¿ gouuerneur du lieu ou les Sycambriens   Boccace.
∫estoient sis/se retira deuers les Rommains et la guerre renouuellee subiuga et occist
partie des francoys faisant paip auec le residu.

¶ Comment Lucius senateur Rōmain liura la Uille de Cisthenane
   aup francoys a cause que le preuost de gaulie belgique auoit congneu sa
   femme charnellement.

EN Treue ya une puissante Uille nommee Cisthenane en laquelle presidoit   Treue.
Lucius senateur Rommain. Lequel pour ce que le preuost de Gaulle belgique auoit prostitue et congneu la sienne femme charnellement:print cōseil de
liuter la cite aup francoys/et de fait a son profficct epecuta son entreprinse. Les francoys toissans de ceste Uille ¿ desirans estargir leurs limites a cause quilz estoient trop
pressez en leurs manoires. Deliberla une partie diceulp de soy transporter en aultre
lieu. Se assemblerent bien en nombre trops mille hommes. Lesquelz soubz la banniè-
re et conducte de phre leur cappitaine (la Germanie delaisser) descenditent en gaulle

trauersans et courans par tout iusques a la riuiere de Seyne/au quel lieu delectez en la doulceur et amenite des champs et du fleuue y ont fait leur habitation et demeure. En ce lieu cy iay honte de lignorance du Croniqueur: lequel a dedye lystoire imprimee au Roy Charles huytiesme. Car non saichant assez le temps et les choses/escript que les francoys habitans sur la riuiere de Seyne ediffierēt Lutesse (qui est la ville de Paris) troys cens nonante et cinq ans auant la natiuite de Jhesuchrist en laquelle ilz habiterent de puis quilz eurent delaisse Sycambrie lan mil deux cens soixante et dix.en quoy (a cil qui le nombre du temps scait et congnoist) appert clairement quil a doublement erre. Car se les francoys par Valentinian expulsez de Sycambrie ont ediffie Lutesse(ce qui a peu estre fait) par ce que a rebelle Cesar fut par luy reduicte en son obeissāce:que lon tient pour certain auoit precede Valentinian de quattre cens et cnuiron dix ans.

Comment dōques est il vray que Lutesse a present dit Paris ayt peu estre ediffiee par les francoys troys cens nonante et quinze ans auant laduenement de nostre seigneur Jhesuchrist. Lesquelz non exppulsez ne chassez encores de Sycambrie nauoiēt oncques songe se pays de Gaulle:et qui apres quilz eurent perdu leur siege longuement vagabons par la Germanie. finablement long temps apres se sont assis sur la ryue du Rhyn. Mais voye le chroniqueur combien loing de la verite il a honteusemēt escript: car au regard de moy ie nay poīt trouue la vraye source et generation des francoys.

¶Au temps quilz faisoient leur habitation sur la riuiere de Seyne nul entre les francoys auoit encores prins le nom de Roy. Et le premier de tous qui ait eu domination et seigneurie sur eulx a este Marc myre que les francoys gardoient en grant honneur et veneration pour tant que par longue et ancienne lignee estoit yssu et cōptraict de Priam Roy de Troye. Cestuy na riens fait de noblesse et excellance sinon fortiffier les villes de fossez bons et murailles. Mais il auoit vng filz nomme Pharamond noble en excellance de corps et de couraige lequel par le conseil de son pere ilz constituerēt leur Roy auec puissāce a luy permise de regir et gouuernez en lan de nostre salut.iiii.c. vingt. Sa puissance de regir vertueusement administree le vnziesme an de son regne fut de mort assoupi:il delaissa son filz Clodion heritier du royaume. Lequel Pharamond on dit estre aucteur et instituteur de la loy Salique. Car quant les francoys furent arriuez iusques au Rhyn:ou ilz viuoient en meurs cruelles et estranges:il esleut et choysit quattre saiges princes des Sycambriens qui bailleroient loy au peuple:cest assauoir Visugaste:Losogaste:Sologaste et Visogaste. Lesquelz ayans lauctorite des aultres princes des seigneurs du pays et de tout le peuple ont escript la loy que Pharamond a promulguee ayant bruyt iusques a nostre temps. Aucuns afferment quelle est nōmee selon le nom du lieu au quel elle a este faicte. Les aultres disent que sa deriuation est descendue du sel:car sicomme lapareil et le gardien des viandes cest le sel: aussi la loy salique est la confiture:la saulce:et lapareil des meurs des francoys pour les instruire et enseigner a mieux viure. lesquelz parauant icelle loy mal viuoient et riens ne faisoient assez attrempement.

¶Le commencement du regne du Roy Clodion et pour quoy il fut appelle Clodion cheuelu.

Estuy Clodion pour labondance de ses cheueulx dit cheuelu: estant
enferre es estroictes fins ⁊ limitez de Germanie desirant augmēter
son royaulme mist les Thuringes soubz sa puissance et domination
⁊ occupa la ville Disbargue. ou le siege du royaulme constitue comme
ia deffailloit la puissance Rōmaine ⁊ ny auoit plus que les Belgeois
qui suruiuent. Lempereur enuoya ses Ambassadeurs en Gaulle bel=
gique. Car en ce temps les bourguignons auoient subiugue Lyon ⁊ les Gothz Acqui
taine. ⸿Le pays de gaulle est diuise en troys parties. Lune est appellee Belgique.
Laultre Celtique ⁊ laultre Acquitanique. Tout lequel pays est clos ⁊ enuirōne du
Rhyn: des Alpes ⁊ mōtz pyrenees ⁊ de la mer britānique. La premiere partie de Gau
le commance aux riuieres de Marne ⁊ de Seyne: ⁊ finist au Rhyn vers septentriō et
partie vers orient ⁊ du coste de occident est close de la mer. En ceste gaulle sont les prin=
cipalles villes qui sensuyuent Colloigne: Agrippine: Traiecte: Magonse: Treue.
Confluence. Argentine ou Strasbourg. Basle. Constance laquelle au temps passe nō=
mee Ditubare de present a retenu le nom de Constāce par le pere de Constantin. Les
villages des Heluetes que maintenant nous appellons Suisses (assez loing du mont
Jura ou grandemēt est hōnore ⁊ reuere le monastere sainct Claude) desquelz et de leur
exercice les Roys Francoys vsent maintenant en bataille. Le duche de Juliac et le
duche de Clyueus au quel sont les nobles ⁊ excellentes villes qui sensuyuent. Embri=
que. Rees. Duesalie. Lesperon. Le duche de Gueldres. du quel la ville principalle est
Roynage: les aultres sont Arne. Ruremōde et Quasaf. Et de Hollande par vng flot
de mer est separe Liege. Hastale Hoye. Dynan. Bouine. Bruxelles. Nyuelle. Am=
uers ou il ya vne tresbelle et noble foyre aux Flagmens. Bergues. Malignes. Lou
uain escolle et estude des lettres: Balduc. Mons en henaud. Valentciennes. Aucenne
qui fut desolee et destruicte par le roy Loys vnziesme. le chesne au conte. Gand. Alde=
narde. Bruges que Ptholomee appelle sa nef: ou gouuernail des nefz. Escluse. Cour=
tray. Tendremōde. ypre. Tournay. Lysle. Diches. Douay. Sainct Omer. Graueli
gnes. Ostende. Neuf port. Terouenne. Aere. Perne. Hesdin. Bethune. sainct Paul.
Doilen. Cales. Huissant a present rompu. Boulongne. Moustereul. Arras. Bapaul
me. Cambray. sainct Quētin. Peronne. Corbie. Amians. Abbeuille. Augus. Saict
Riquier. Crotoy. Cray. Beauuays. Senlis. Compiegne. Mondidier. Roye. Pon=
thoise. Rouen. saict Denys sepulchre des Roys de frāce. Noyon. Soyssons. Meaulx
Chasteautierry: la cite de Rains ou les roys de frāce sont cōmencez et couronez. Aspre
nay. Chalōs. Sādiger. Langres. Bar. Ligny. la Marche. Chaulmont. Metz. Nā
mure. Luxēbourg. Nācy excellent ⁊ notable lieu a cause de la mort de Charles de bour
gōgne. le mont Rollant. Sāmueil. Marche neuf. Verdun. Tulle. Mōtbelliard repu
te noble nom tāt pour sa clarte cōme pour les myroues qui sont renōmez estre faictz en ce
lieu. Beaulne. Dole vniuersite ⁊ couuent descolliers. Salins en laquelle resourst vne
belle fontaine dont on fait du sel blanc de grant proufict et reuenu: se lesmolument ap=
partenoit seullement a vng prince. Losane. Gebane. Chambery sans ses fortresses;
toutes chasteaulx et aultres petites villes. Il ya aussi des fleuues de grant renom=
mee: le giets ⁊ merueilleusement propices a toutes nauigations. Seyne / Somme /

Comment le
Roy Clodiō
le cheuelu en
uoya ses am=
bassadeurs
en gaulle
pour scauoir
la situation
des regions
⁊ cōment elle
est diuisee en
troys pties.
Les Suisses

Louuain ou
il ya vniuer=
site.

Rains ou les
Roys de frā=
ce sōt enoigs

Dole vniuer=
site.
Les fleuues
et riuieres e=
stans en la
gaulle belgiq

ysoire/Lyse/Scalde/Enne/Mose/Moselle/Dube/Arar aultremēt dicte Sogône que Boccace faulcement attribue a germanye. Mais au regard du Rhyn il est cōmun aux Belgeois ꝗ alemās dont plusieurs ysles comme hollande ꝗ zellande quāt il approche de la mer sont toutes closes et inundees. En ce traict y auoit plusieurs notables villages et esglises que lon dit par les influēces et impetuositez de la mer (les riuages rompuz) estre perilz. Et disent les habitans dicelle region (certains de ceste chose) que au fons de la mer sont encores les vestiges ꝗ apparoissances des eglises et aultres epcellentes ꝗ notables places. car leaue nest haulte ne trouble en cest endroit tellement que lon peult veoir iusques au fons. En laultre partie y a plusieurs villages fort peuplez esquelz ha-

Les villes de hollande ꝗ zelande.
bitent tous marchās epcersans le faict de marchandise en terre et en mer. Mais les no-bles ꝗ epcellentes villes de hollande sont Leyde: Harle: Austerdame: Dordraque. Et celles de zellāde sont Middelburg: zierizxe: Sypelle ꝗ Penysle. Les habitans de lune ꝗ de saultre et principallement ceux de hollande ont habōdāce de poissons/ ourdissent et tissent des toilles delyees ꝗ tresblanches lesquelles portees aux estranges pays sont grandement estimees. Dauātage ceste region est la region des oyes oysons et oyseaulx de mer/la plusgrāt part desquelz portent les habitās a leurs voisins et aultres qui ha-bitent loing deulx pour auoir argent.

Les citez ꝗ fleuues estans en la gaulle celtique.

Aulle Celtique commence a la riuiere de Seyne et sestend iusques a Loire: mais elle court de puis la riuiere de Marne iusques au Rhosne et si comprent vne partie de la prouince de Narbonne et est termi-nee partie en la mer ligustique et es Alpes qui vulgairement sont ap-

Les Alpes de Sauoye.
pellees les montaignes de Sauoye. Elle est aussi esclarcie et deco-cee des villes cy apres escriptes. Cest assauoir de Lutesse dit Paris

Paris anciē-nement ap-pelle Lutesse ou est le prin-cipal siege des Roys de france.
laquelle est la plus epcellente ꝗ magnifique escolle qui soit en chrestiente et le princi-pal siege des Roys de france/ Sens: Memoure: Moret: Tropes: Auperre: Aultun: Digeon: Belne: Germone: Arge: Mascon: Chalōs: Anse: Lyon: Ambrun: saict Sa phorin: Vienne: Daulphine: Grasse: Grenoble: Valence: Mōtlimart: Diene: le Vi-uier: Aurase: Saict esperit: Auignon: Villeneufue: Carpentras: Tarascon: Arelate: Marseille: Cauyey: Apres: Regene: Dapite ou Dapine: Sistarique: fouriule: To-

Mōtpellier.
slone: Nice que aucuns afferment appartenir a Jtalie: car cest la porte de gaulle qui re-garde Gênes. Canali. Dason. Tricaste. Biterue. Lunay. Mōtpellier et aultres qui appartiennent a la Viconte de Nerbonne: epceptez les chasteaulx dont ceste region est grandement multipliee. Designan et vers la riuiere de Loyre: Neuers: Moulins:

Orleans.
Clugny: sainct gengon: Montargis: Castillon: Orleans: qui au temps passe estoit nomme Genabe: Jenuille ou Gerèuille: Estampes: Chartres: Bōneual: Euteux: Sees: Lisieux: Argentan: falcise: Arreflour port de Seyne. Caen: Bayeux: Pontor son: Aurenches: Constances/ et des villes de bretaigne: lesquelles dedans la riuiere de Loire tournent en la mer/ et par leur nom ancien sont nōmees Armoriques le Mās/ Alenczon/ Montaigne/ Mante/ Vernon/ Meulan.

Les fleuues et riuieres estans en la gaulle celtique.

Es fleuues dont gaulle celtique est influee et entosee sont: Seyne de laqlle les belgeois sont separez des celtes voisins/des espaignaulx Loyre/Viéne/yonne/Dobe/le Rhosne/Soide/durante sans les ruys seaulx ¿ petis fleuues lesquelz courét des alpes au rhosne:ou des mó taignes Dauuergne en la mer descendent a Narbonne. ¶ La re gion de Acquitaine est le cómencement de Loire et se estend iusques aux montaignes pyrenees ou est faicte la separation des espaignaulx. Elle est entosee des fleuues tresi enómez de Loire: du Voir: du Cher: de Chalente: Dordonne ¿ Geró ne aux quelz sont meslez et conioinctz plusieurs petis fleuues nauigables de chalans ¿ petites nasselles. Les noms des places plus renommees sont celles ycy. Bourges. Mauge. Dun le roy. Clairmont. Ysson tresforte tout de nature et par artifice puissan te et deffensable. Monnette qui est vng chasteau sis sur le sommet dune montaigne. Beyonde. Le puy ou est le temple de la glorieuse Vierge Marie tresreligieux aux fran coys. sainct Flour. Lymoges. Tutelle. Cahors. Rochemadour. Rouargue. Dable. Alby. Mimay. Montaubam. Chasteau coidon. Carcassonne. Gallache. Tholouze noble escolle et exercice de droit canon et ciuil. Apperner. Ryuene. Sainct Paul. Lom bees. Montlyon. Myrepois. foix. Daurene. Conues. Myrande. Lestoire. Códone. Ausque. Baignere. Cóserane. Tarbe. Olere. Dasite Lascurne. Montmarsant. Mor lois. Hortois. Bayóne. lebret. Rigene. Adure. Agate. Otique. Siecte. Limoy. sainct Ponce. Chasteau darry. Esne. Lodesue. Tours. Chynon. Dendosme. Blope. Cha stellerault. Lomelle. Poytiers. Partenay. Malache. la Rochelle. le Lude. Touars. Luyon. Xaintonge. Engoulesme. Coignac. Perigoit. Pierrebuffiere. Bergerat. sar lat. Agenest. Condon. Lesignan. le bourg. Blope. Ville roy. Liburne. Bourdeaulx. sainct Jehan angelic. Taillebourg. la Guierche. Nantes. Regnes:et tout ce que les bretons attouchent oustre la riuiere de Loyre. Fougeres. sainct Paul. Lamballe. saict Maclou. Dolle. Dinan. Sainct Briou. Je ne parle point des chasteaulx qui sont en grant nóbre par my ceste region tant pour la decoration cóme pour la deffense ¿ tuition du pays. Tous lesquelz lieux de Gaulle sont cultiuez de froumét:de vignes: darbres entez:de fleuues:de prez:de pasturaiges: de fossez:lacs: boys: foresiz:bestial et bestes sauluaiges selon sa condition et assiette de chascun lieu. Car les habitans tellement sa bourent a faire valloir leurs terres ¿ possessions que des saulue geons et bruyeres foi mant seiches leur vient prouffit ¿ cómodite. La nation des francoys est telle:quilz sót industrieux/patiens en labeur obeissans a leurs princes et seigneurs iusques a serui tude:facilles a repaistre/obseruateurs de amptie:mais incontinét ¿ sur le champ prei gnent vengeance de leurs iniures/il sont moult enclins aux armes comme gens belli queux. Les sacremens de leglise ont en grande reuerence/tresseuotz a la foy catholique plus que les aultres nations/pour laquelle deffendre ¿ soubstenir/ses Roys ¿ princes chrestiens cóme filz en auoient fait profession ont prins la sollicitude par aucun téps. Pour laquelle chose verifier/en tous ses lieux ou ilz ont este y ont lesse ses signes ¿ tes moignages qui ne sont ny mensonge ny vanite/mais sainctes ¿ sacrees eglises témples de dieu par eulx cóstruictes ¿ edifiees/esquelles sont instituez presbtres ¿ clercs pour le diuin seruice celebrer. qui est oeuure ¿ operation trop plus glorieuse q les pyramides et edifices forment esleuez ¿ montez iusques au ciel:combien que Pettarche ait escprit

Les villes et fleuues estás en la region Dacqtaine. Les villes d Acquitaine.

Le puy en au uergne. Thoulouze ou il y a Vni uersite de droit canon ¿ ciuil. Blops tours Poytiers ¿ stude de droit

De la fertili te du pays de gaulle. Lindustrie ¿ louenge des francoys. De la nature des francoys Les frácops ont en grát re uerence la foy catholiq ¿ sa cremens de le glise.

Mauuaise estimatiõ de Petrarche.

en ſes epiſtres/que cheminant par my le pays de Belge pour aller a Lyon cõme il euſt paſſe ⁊ trauerſe la foreſt Dardene qui eſt de ſi grant eſtendue na riens Veu en toute cel= le region:fors ⁊ excepte quelqs choſes ſuperſticieuſes des femes agrippinoyſes/⁊ quil ouyt Vne Vile faBle de Charlemaigne:que meilleur eſtoit taire ⁊ delaiſſer/aB ce que la clarte de ſi grant empereur nen ſoit efface ⁊ noyrcye. Et dauantaige quil nya aucune choſe a Paris quil peuſt louer/ſinon quil auoit entendu que Jule Ceſar en auoit eſte fondateur ⁊ cõſtructeur. Laquelle choſe eſt totalemẽt faulſe. Car cinq cens ans par= auãt labuenemẽt de Ceſar en Gaulle eſtoit Luteſſe cõſtruicte ⁊ ediffiee. Pour raiſon quoy droictement ie puis dire Petrarche eſtre ſemblable a Pichee. Lequl/cõme dit Po=

Polybius Strabo. Narbonne.

lybius (ſelon le recit de Strabo) quant le pria Scipion de luy dire quelle choſe il auoit Veu excellante ⁊ digne de memoire entre les aquitains:riens ne luy peut racompter: ia ſoit que bien ſceuſt q̃ Narbonne au temps paſſe eſtoit excellante Ville/⁊ q̃ lors Cor= biBone eſtoit la treſnoble foire de Acquitaine. Ainſi plaiſt a aucuns ſans honte mentir des choſes eſtrãgeres ⁊ loingtaines:afin quilz ne ſoiẽt Veuz auoir derogue au tiltre de leur nation ⁊ terre en laquelle ilz ont eſte nez. Et ceſte cy eſt la diuiſion ⁊ partition de gau le que les anciens aucteurs ont baillee:laquelle Octauius auguſte a mis en quattre/

Octaui' au= guſte.

ſeparant la prouince de Lyonnoys dauec les aultres. Mais les plus ieunes aucteurs pource que les habitans portẽt les perrucques longues ⁊ eſtẽdues ont appelle Lyon Come/⁊ Narbonne (cõme tranſalpine) ont appelle Togee/pource que de la mode des Rõmains (auſqlz eſtoit ceſte prouince) les prouincyaulx dicelle region Vſoient de To ges qui eſt Vng Veſtement ainſi nõme ⁊ duquel eſtoiẽt les Rõmains Veſtuz au temps de paix. Touteſuoyes pas ne ignore quelle a eſte dicte ⁊ nõmee Bracquee cõme lautre partie de Gaulle/qui eſt Vng nom deſcendu des Bracques Veſtemẽt des gaulles ainſi nõme par ce quil eſtoit de diuerſes couleurs ⁊ non tõdu. Neautmoins nous ne ſuyuõs la geographie:ceſt adire/la deſcription de la terre/mais nous reiglons ſelon le tẽps ap= pelans les lieux pour leurs noms cõmuns ⁊ Vſitez. Car ſi aucun Veult mettre leur an= cienne inſtitution auec les noms dont noſtre aage a preſent Vſe:riens ne laiſſera qui ne ſoit confus. A ceſte cauſe apres le declinemẽt de lempire Rõmain:chaſcune natiõ haiſ= ſant le nom de lempire/en labuenemẽt des nouueaulx princes ⁊ ſeigneurs/aux lieux et places ont mys et baille aultres noms. ❡ Mais a fin que tout le pays de Gaulle puiſ

xViii. prouin ces de gaule. Les arceueſ= ques de gaul le.

ſe myeulx eſtre diſtingue:ſaiche le liſeur toute gaulle eſtre compriſe ⁊ contenue en dix huyt prouinces eſquelles preſident autãt de arceueſques diſtinctz ⁊ ſeparez chaſcun en ſes ſiege/fins/⁊ limitez. Larceueſque de Treue/Rains/Sens/Rouen/Lyõ/Beſiers/ Dienne/Tarẽtane/Ambrun/Aquiez/Arelate/ Narbonne/Bourges/Tours/Bour= deaulx/Aux. Et au regard des arceueſques de Magonſe/et Coulõgne ie les metz der riere:pource que les Citez a eulx ſubiectes ſont oultre le Rhyn.excepte Cõſtẽce et Ar gentine leſquelles obeiſſent a larceueſque de Magonſe. Et a larceueſque de Coulõgne

Larceueſche de Auignon fut inſtitue par le Pape Sixte.

obeiſſent le Traict inferieur ⁊ Lodeſue. Car larceueſque de Thoulouze long temps a= pres ceulx cy et par deſſus noſtre memoire a eſte inſtitue:⁊ larceueſque de Auignon na gueres et de noſtre aage par le Pape Sixte quart de ce nom a receu lõ dignite archiepi= ſcopalle:et parauant eſtoit larceueſque de Thoulouze ſubiect a Narbõne/et larceueſq̃ de Auignon eſtoit ſubiect a larceueſque de Arelate. Et ſelon le compte du iourdhuy par toute gaulle ont ces arceueſques maiſtriſe ⁊ dominatiõ deſſus cent ⁊ ſix citez. En ceſte

region tant peuplee et fertille les francoys par succession de teps ont leur siege le royaul=
me elargi: tellement que maintenant en la plus grant partie de gaulle iouissent leurs
Roys de principaulte. Par quoy donques par les francoys fut donne le premier assault
aux Belgeois. Les messaigers du Roy Clodion (apres quilz eurent veu z congneu le
stat de la region) rapporterent pour response la terre estre tenue en petite puissance/au
moyen de quoy sans demeure se transporta le Roy aux Belgeois: et les champs large=
ment couruz z pillez print la ville de Cambray par luy assiegee. Dillec par la forest nō
mee charbonnyere sen alla a Tournay qui estoit detenue par le secours des Rōmains.
Mais les gens darmes yssuz de la ville surmonta z chassa par dure bataille et iouyst
de la cite. Mais peu de temps apres nulz enfans delaissez. le. xx. an de son regne Clo=
dion alla de vie a trespas. Au lieu du quel Meroneus qui estoit son plus prochain pa=
rent fut institue Roy. Du quel iusques au Roy Pepin pere de Charlemaigne dure et
perseuere sans discord la lignee et ordre des Roys.

❡ Cōment Meroneus prochain parent de Clodion cheuelu fut institue Roy
du quel la lignee dure iusques au Roy Pepin pere du Roy Charlemaigne.

Meroneus fut tresutille et proffitable au royaulme: cōbien que moult ait souf
fert des hunes courās sus aux Tugres/z mettōs z riblans par le residu du
pays de gaulle. Car en chalonnoys auec Ecius senateur Rōmain glorieuse=
ment batailla contre Attille Roy des Hunes: ou son dit que cent quattre vingtz mille
hōmes moururent: entre lesquelz Thierry Roy des Visegothz suyuant Meroneus et
Ecius fut occis.

❡ Icy cōmencent les faiz z gestes du Roy Childeric filz de Meroneus
quattriesme Roy des francoys.

Childeric filz de Meroneus comme il eust prins le royaulme apres le
trespas de son pere: se soueilla de luxure z adulteres enuers les siens
Car ia les femes de plusieurs cōstuprees z prostituees les seigneurs
(sur ce cōseil cōmunique) delibererēt de le destituer du royaulme. La
quelle chose venue a la chōgnoissance de Childeric se retira par deuers
Guynemault luy des plus grans seigneurs du royaulme seūl il pria
luy aider a ceste presente fortune. Guynemault admōnesta le Roy de sen aller. Et se il
sen va luy propose esperance de reconsiliation: pour de laquelle estre certain en temps et
heure departit vng escu dor en deux pieces/ lune baissa au Roy Childeric/ et lautre gar
da pour soy: le admōnestant que sil se peult recōsiller auecques les seigneurs ce sera si=
gne de receuoir le royaulme quant il receupra lautre partie de lescu. Plus ne differa
Childeric z se retira vers Bissine Roy de Thuringe qui estoit son amy. Le fait les
principaulx du royaulme appellerēt Gillon Rōmain/ gouuerneur de Soyssons quilz
instituent leur duc z prince. Auquel Guynemault (ayant memoire de Childeric) p
tresgrant astuce z le plus quil peult se expiba rendit biēuoullant z seruiable: tellement
que Gillon riens ne faisoit q par son conseil. La beniuolence z amitye entre eulx cōfer=
mee: saichant Guynemault le couraige que portoit Gillon a lencontre des francoys
pour ce quilz auoient oste lempire aux Rōmains luy persuada de faindre z simuler be=
nignite z amitye a fin que plus facillemēt peust exiger le tribut annuel quil leur de=
manderoit. Luy remonstra et enseigna les francoys estre rebelles z difficillemēt souf=

La prinse de
Cambray.
Tournay.
La mort de
Clodiō le che
uelu lequel
mourut sans
hoyr.
Cēt quattre
vingts mille
hōmes appel
lez hunes
moururent.
Meroneus
occis.

Childeric
mis en exil.

Guyne=
mault.
Bissine Roy
de Turinge.
Gillon Rō=
main fut fait
gouuerneur
des francoys
durāt lexil d
Childeric.
La persuasiō
de Guyne=
mault enuers
Gillon.

frit et endurer vng superieur: pour raison de quoy de bon conseil vseroit sil ostoit et fai
soit mourir les plus puissans et grans seigneurs de france pour sa punition et supplice
desquelz soient les aultres espouentez. Gillon adiouxta soy aux parolles du cõseiller:
auquel premierement et auant tout aultre bailla cõmission et mandement de ce faire.
Guynemault congnoissant ceulx qui auoiẽt procure lerection de Childeric: accusa de

**La crudelite
de Gillon.**

lese maieste lung des principaulx gouuerneurs de france que Gillon fist occire inconti
nent quil luy est enuoye/et oultre persecuta plusieurs autres. De laquelle crudelite les
seigneurs esmeuz et espouentez parlerent a Guynemault accusans la crudelite de Gil
lon. Ausquelz Guynemault dist. Ie memerueille (dist il) de vostre inconstance qui to
tallement auez en horreur et abhomination le Roy par vous esleu. Desirez vous Chil
deric lequel de vous destitue pour sa lubricite est maintenant en exil parmy les Thu
rins. Saichez que plus tollerablement eussiez souffert vng hõme luxurieux que celluy
lequel est cruel et meurdrier. Cestuy la durant sa ieunesse alleche aux voluptez char
nelles se fust corrige et amende par succession de temps et bien tost apres. Mais cestuy
Rõmain lequel naturellemẽt vous est aduersaire se iouxra en leffuzion de vostre sãg:
iusques aõ ce q apres perdu la liberte que par armes auez acquise: et est la malladye beau
coup plus griefue laquelle nest secourue par medecine. Cellup que vo9 auez deiecte est
plain de clemence et benignite: et rappelle facilemẽt oublietra les iniures lequelles luy

**Recõsiliatiõ
de Childeric**

ont este faictes. De ces parolles les francoys persuadez et appaisez par le conseil de guy
nemault secretement rappellerent Childeric. Lequel receuant laultre partye de lescu
ou denyer dor dont cy dessus est faicte mention seulement retourna aux frãcoys. Guy
nemault aduerty de sõ retour alla au deuãt de luy et le enhorta de demourer au chastau
de Bar qui est en Champaigne. Auquel lieu son armee augmentee et enforcie prepara
bataille a lencõtre de Gillon: lequel admõneste de ceste cõspiration assembla grant cõ

**Cõmẽt gillõ
fut expulse.**

paignee de gens darmes et dõna lassault a Childeric. Par lequel vaincu: apres quil
eut regne huyt ans se retira a Suessons. ou en tristesse et calamite il cõsomma le residu
de sa vie. Et delaissa vng filz nõme Syagrius son heritier et successeur.

❡Cõment apres que Childeric eut recouuert son royaulme. par le
moyen de Guynemault poursuyuit son ennemy Odoagre/ et print
Orleans dassault.

Childeric ieune et courageux apres qˉl eut recouuert le royaulme pour
suyuit son aduersaire Odoagre de Sauõne iusques a Orleãs: et sur
monta la ville assiege en laquelle fut prins Paul preuost Rõmain.
En apres passa la riuiere de Loyre et receut les Angeuins au sermẽt
de fidelite. La prosperite de cestuy Childeric cõgneue. Basine espou

**Angers.
Cõmẽt Basi
ne femme du
duc de Thu
ringe vint a
Childeric.**

se du Roy de Thurin mettant son mary en oubly se retira vers le roy
de frãce alleschee en la coustume de la ieunesse diceluy. Laquelle interroguee par Chil
deric pour quoy son mary auoit delaisse pour suyui vng aultre: pour ce (dist elle) q iay
vse de ta cõmunion et que iay experimẽte ta prudence et vertu. Car se ie sauoye que au
monde y eust quelque vng meilleur q toy: ie ne cesseroye de le querir sans estre lasse/par
terre/et par mer iusques aõ ce q lautoye trouue. En ceste liberte de parolles Childeric
delecte: non estant encores entre en sa foy de Jhesuchrist print Basine a femme et espou
se sans auoir recordatiõ de lhospitalite/familiarite et biẽffaitz de Bissine. Au premier

couchement des nopces:Basine admonnesta le Roy Childeric de passer la nuyt sans
œuure voluptaire/garder les portes du palais et luy raporter ce quil aura veu. Lhom
me adiouxtant foy aux parolles de ceste femme/ troys foys fist le guect aux portes de
la maison et finablement racompta a Basine que premierement il auoit veu en la court
du palais des lycornes/leons/et lyepards. Secondement des ours/et loups tauyssans
cōme silz se hastoient de saillir a lencontre de luy. ⊂Tiercement des petis chiens lesqlz
se mordoyent lung laultre. Lesquelles visions recitees cōme sachant les choses futu=
res elle les expposa a son mary en ceste maniere. Cest assauoir que de leur copulatiō char
nelle produyroient vne lignee de diuerses meurs. dont la premiere seroit noble de natu=
re:laquelle ensuyuroit les licornes et seroit semblable aux ours et loups. Laultre seroit
encline a rapine/et la tierce se mordant elle mesmes par tristesse prēdroit la rage des chi
ens. Le Roy remply de ioye pour les presages de Basine fut rauy en tresgrande esperā=
ce de la tresnoble famille que deuoiēt produyre ces presentes nopces. De la en apres par
quelques batailles les alemans vaincuz print et reduysit soubz sa puissance. Finable=
ment plusieurs choses excellāment faictes lespace de vingt τ quattre ans moult rendō=
me:mourant delaissa le royaulme a son filz Clouys. Au quel tēps en la ville de Thou
louze que les gothz auoient occupee fut veu le long dung iour entier couller vng ruys=
seau de sang. Ce temps et siecle a este excellant et noble en tresbons presßtres. Car a
Thoulouze et plus parfaictement en Vienne Simplice a resplēdi en saincteté. Amād
a illustré et decoré Bourdeaulx. Damian a enseigne les Albigeois. Les auuergnastz
ont reueré et honnoré Denerande. Les Cahorsois rustique et ceulx de Perigort Pega=
sin:et ne fault oublier Sydone. Lequel de senateur fait le presßtre des auuergnastz la
famine estant en bourgōgne de sa substance repeut quattre mille poures τ indigēs.

⊂ Cy finissent les faitz et gestes du Roy Childeric pe=
re du Roy Clouys.

¶ Icy comencent les faitz et geſtes du noble Roy Clouys filz dudit Chil=
deric/et premier Roy chreſtien.

LE Roy Clouys ainſi come il eſtoit bel & elegant en ſtature:auſſi en
magnanimite & excellentes meurs facillemet acquroit grace & honeur
Premierement & auat toute oeuure il expulſa Siagrius q̃ ſon pe Gil
lon auoit laiſſe prince de Soyſſons & auec ce print la cite. Et de la en
auãt par incurſios iuſqs a Rains faiſat rapine des teples chreſties
emporta vne eſguiere a ſatœueſq de Rais. Pour laqlle recouurer le=

La priuſe de
Soyſſons.
Rapine en
leglise.

dit arceueſq enuoya prier le roy. Leql rentre en la ville de Soyſſons comada q̃ tout le pil
laige & la proye q̃ priſe a eſte ſoit apportee en vng lieu pour ſa departir aux gẽs darmes/
laquelle choſe reuſt aux ſeigneurs q̃ oultre la portió qui luy appartenoit par droit de ba
taille luy fuſt ſeſguiere laiſſee. Et come les principaulx luy euſſent ottroye:aucñu de
ceulx q̃ la eſtoient indigne & marry q̃ le Roy emportoit plus du butin q̃les aultres tira
ſon eſpee diſant. Toy Roy ia ne receuras de ce butin plus q̃ les aultres & ne auras ſinó
ce q̃ eſt tien. Neautmoins le Roy portat ceſte iniure iuſques a vng temps reſtitua leſ=
guiere a lambaſſadeur de ſa rœueſque. Vng peu apres come le Roy Clouys reuiſitoit
ſon armee voyant celluy lequel auoit eſte temeratur de leſguiere (loccaſion priuſe de ce
quil neſtoit aſſez arme) miſt la main au gendarme ſe proſterna cõtre terre et de ſon gles
ue locciſt en luy diſant:tu auoyes frappe leſguiere en ceſte maniere.

¶ Comet le Roy Clouys print a feme Clotilde niepce de Gondebault roy des bour=
guygnós par ladmonneſtement de laqlle il fut fait chreſtien/et eut delle quattre filz.

EN ce temps Gondebault Roy des Bourguygnons auoit vne niepce fille de
ſon frere/nõmee Clotilde. La beaulte & prudence de laqlle occultemet et en=
tierement enquiſe par ſes abaſſadeurs enuoya le Roy Clouys Aureille ſng
de ſes gens a Godebault afin de luy bailler Clotilde en mariage eſtimant
pouoir ioupr de Bourgõgne auec la fille. Godebault:cõbien q̃ ces nopces ne luy fuſſent
aggreables pour tat q̃ bien entedoit q̃lles ſeroiet a ſon detuyment & domaige (car les pa
rés de Clotilde deceuz p fraude auoit vſurpe le royaulme) p le cõſeil de ſes gẽs ne refu
ſa le mariage. Aucũs diſet clotilde auoir eſte taupe p le roy clouys quãt les alpes ſurmõ
tees mena godebault ſó armee deſſ9 les Mauatroys & autres natios voiſines en les p=
ſecutãt de pluſieurs calamitez:en laqlle ſetēce & opinió eſt Jacqs bergomeſe. Laſſē=
blee faicte a Soyſſons le roy clouys prit clotilde a feme & eſpouſe en triũphe & acoſtremet

Comment clo
uys print clo
tilde a feme.

royal:laqlle moult il aymoit iacoit q̃lle ſuyuiſt la doctrine de Jheſuchriſt:pour raiſon
de quoy ſouuetesfoys elle ladmoneſtoit de nõ adorer les dieux:mais celluy dieu Jheſu=
chriſt auql elle ſe eſtoit deſtince & dedice. mais luy acouſtume en la vieille obſeruãce ne

Premier en
fantemet de
Clotilde.

veult delaiſſer les loix & traditios des ancies. Ce pedãt clotilde enfata vng filz nõme
clodomir9 leql baptiſe ſeló linſtitutió chreſtiēne en peu de iours alla de vie a treſpas. la
mort de ceſtuy traffere le roy a ſa religió & ſaictete de ſa feme diſat q̃ les dieux courrou=
cez luy ont oſte ſon enfant pour ce q̃ la royne lauoit dedie a ſon Jheſuchriſt. clotilde de re=

Second enfã
temet de clo
tilde.

chef enſaicte:& leſat põuict le fiſt ſemblablemet baptiſer, et des icótinet q̃ le roy fut ad
uerty q̃l eſtoit malade a ſó eſpouſe reproucha ſa religió:ceſt aſſauoir q̃lle eſtoit ennemie
de ſes dieux. Mais la royne ayat pacieñce et eſpanœ cõtre les querelles du roy p la bõte
de dieu a ſó filz ipetra ſante. Le roy obſtine en ſó erreur:luy fiſt ſuſciter guerre cõtre les
allemãs les deux armees cõſtituees lune deuãt lautre ſe ioignyret:& cõc ia euſſet lõgue

6.i.

ment bataille les francoys quittás sa bataille le Roy Clouys craignát le danger de sa personne et leuant les yeulx au ciel fist son oraison en ceste maniere. Dieu q̃ Clotilde religieusemét adore et hõnore escoute moy. Se iay au iourdhuy victoire cõtre mes enne myes en soy ppetuelle te seruiray. A peine auoit le Roy finy son oraison q̃ incontinent il vyt les francoys reintegrer et restablyz la bataille: ausquelz donnant couraige: le Roy des Allemãs occis/gaigna la victoire & imposa loy auz Allemãs. Lõrs. S. Vaast qui estoit a toul/et q̃ de puis fut euesque Darras suyuit le Roy victorieuzé croyant en Ihesuchrist: auq̃l le Roy racõpta la raison de sa foy et credulite. Clotilde ioyeuse de la creã ce de son mary sans seiourner alla pier à sainct Remy arceuesq̃ de Raïs & le psenta deuát le Roy leq̃l diligemét lescouta parler et prescher de sa foy et religion de Ihesuchrist.

¶ Le baptesme du Roy Clouys: baptise par sainct Remy arceuesq̃ de Rains.

Our fut assigne pour le Roy baptiser/et les saicts sons preparez et richement aornez: cõme nul neust apporte le sainct cresme duquel on oing ceulx qui sont baptisez fust par la negligence des ministres/ou par la volunte de dieu: Voicy venir soubdainement vne columbe du ciel laq̃lle apporta entre les mains de saint Remy vne phiolle (q̃ nous disons ampoulle) pleine de liqueur tresodorifferante. Laquel le chose on dit estre faicte par le seruice et benefice du sainct esprit. De ceste liqueur fut sacre le Roy Clouys et de la en auant tous les Roys de france auant que administrer le royaulme iusques a maintenant sont sacrez. Le mystere du baptesme accomply Clo uys faisant briefue oraison a la noblesse estant a lentour de luy/et semblablemét a tout le peuple les enhorta de renoncer la faulce religion des dieux et confesser et aduouer la foy de Ihesuchrist filz de dieu par laide du quel il auoit surmonte les Allemans ses en nemys. Les couraiges des francoys frappez/et amolliz par loraison du Roy: confes sans Ihesuchrist receurent le sainct baptesme. Clouys afin quil esclarcist et enlumi nast la foy catholicque par quelque noble et excellant oeuure: fist construyre vng tem ple de puis les fondemens iusques en hault sur le mont agu de Paris que lon dit main tenant le mont saincte Geneuiefue, leq̃l il dedia auz benoistz apostres Sainct Pier re et Sainct Paul. En ce lieu ne omettray a adioupter ce que par nul certain aucteur ay trouue: mais ay ouy reciter et affermer notoirement par la commune renommee. Que les Roys francoys auoient en leur armoyrie pour le signe de leur noblesse troys crapos/ mais apres que Clouys eut receu les sacremés chrestiens luy fut enuoye du ciel ce que de present portent les Roys. Cestasseuoir troys fleurs de liz dor/soubz lesquelles est la couleur du ciel setaint que les francoys appellent azur. A ceste chose me cõsent le monã stere sainct Bartelemy q̃ nous appellons Ioye en val. auq̃l par les habitans du lieu est mõstre vne fontaine tesmoing de ce miracle. Lon tient aussi pour certain q̃ du ciel a este enuoye vng drap de soye rouge & quarre en façon dune enseigne de guerre resplendis sant a merueilles: du quel pour enseigne vseroient les Roys frãcoys en leurs batailles cõtre les enneimys de la foy catholique. et a cest estendard iusques a present est demou re le nom de Auriflamme: laquelle longuement a este gardee par les religieux et cou uent de sainct Denys en france. Mais les Roys abusans de ce signe cõtre les chrestiés cest euanouy. Vng aultre toutesfoys a este faut et reffaute a lexemple et semblance de cestuy: lequel consacre par les euesques et labbe du lieu est dignement garde auec ques

Marginalia:
Oraison du Roy Clouis

Cõmét Clouys obtint victoire contre les Allemãs & creut en Ihesuchrist.

La saincte ampoulle & comment elle fut enuoyee au Roy Clouis miraculeusement.

Cõmét Clouys fist edifier leglise .s. Geneuiefue a Paris. Les fleurs de liz enuoyees du ciel au roy Clouys. Ioye en val.

Lauriflame.

les aultres sainctes reliques. Et sont aucus lesquelz dient ce benefice celeste auoir este
confere a Charlemaigne. Mais retournons au Roy Cloups. Je trouue que Cloups
mena guerre a lencontre dung nomme Sigebert:℀ pour ce que les hystoriographes nõt
point declaire ceste chose. Je me deporte dẽ parler plus auant. Toutesuoyes il appert
asses quil a este occis et spolie par les francoys de tous ses biens Clotilde souuentes=
foys en son courage pensant a la mort de son pere:comme vne femme trescouuoiteuse de
vengeance se transporta par deuers Cloups:se complainant que le royaulme paternel
luy a este rauy par la fraulde de Gondebault bourguygnon/lequel auoit deceu ses pa=
rens/son pere occis et sa mere gettee en vng fleuue. disant ꝗ ce crime et peche inhumain
deuoit estre cause apparente au Roy de mẽner guerre a lencontre de Gondebault moyẽ
nant laquelle il vengeroit la mort iniustemẽt procuree a ses parẽs et receuroit le royaul
me de Bourgongne.

    ℃Cõment Clotilde incita le Roy a faire guerre a Gondebault Roy des
    bourguygnons/lequel finablement fut prins et destruyt.

Puisce doncques que sõmes venuz au nom des bourguygnons brief
uemẽt leur source nous ouutirons ℀ declairerons. Lempereur Augu
ste regnant:si cõme les Vandalles pilloient ℀ ryblôient le pays en le
ẽptremite de germanye ou ilz sestoient assis: Tybere et Druse par le
commandement de Octauius menerent contre eulx expedition de
gens de guerre:desquelz ilz furent tellemẽt profligez que vaincuz et
chassez en gaulle oultre la ryue du Rhyn distribuez/les firent habiter par nuy les villa
ges que les francoys appellent bourgs ℀ bourgades. Pour raison de quoy ıe trouue les
bourguygnons auoir premieremẽt ainsi este appellez a cause des bourgs ℀ bourgades.
Lesquelz par succession de temps ont occupe ceulx qui habitent sur la ryuiere de Seyne
les Allobroges transalpins que nous appelons Sauoysiens auec partie de la prouince
de Narbõne ℀ de Lyon. Et aucunesfoys ont mis le siege de leur regne a Arelate qui est
dicte Collogne ℀ a Dise. Car Otho quatriesme empereur de germanie cest nõme roy
Arelatoys ℀ roy de Narbõne et en a eu possession. ℃Le roy Cloups acqessant auẽ ꝗri
monies de son espouse se esleua cõtre les bourguignõs/brusla les chãps ℀ assiegea Gõ
debault ꝗ estoit chasse:luy assiege le prit. mais gõdebault riche dor ℀ argẽt/grant nõbre
dor ℀ de dons offers a Cloups par le moyẽ de Aredde trespuissãt bourgeops de la ville
de Arelate se deliura pmettãt payer au roy le tribut ãnuel. Garnison mise ℀ laissee en
bourgõgne de ciq mille hõmes darmes dont ıl auoit fait chef ℀ capitaine Gõdesil frere
de gõdebault: Cloups sen retourna en frãce. Le roy yssu de bourguõgne gõdebault as
siegea son frere gõdesil dedãs Viene:luy pris(en sa descõfiture ℀ occisiõ de plusieurs)
le mist a mort/trahit la ville ℀ la liura a gondebault vng paysant lẽꝗl auoit eu la char
ge des cõduitz de leaue/courouce ℀ marry de ce ꝗ les viures estãs cours ℀ en petite quã
tite fut chasse ℀ mis hors de la cite. En haine de quoy il enseigna a gõdebault le moyẽ
de pouoir prẽdre la ville de Viene sil le vouloit mener auec luy. Adonꝗs fut fait ouuer
ture et les gens darmes mis dedans/et fut la ville prinse:les gẽs darmes que Cloups
auoit baillez a Gondesil enuoyez par deuers Alaire a Thoulouze.

    ℃Cõmẽt en ce tẽps les gothz par force entrerẽt au pays de gaulle et cõment
    Cloups enuoya ses ambassadeurs vers Alaire leur prince.

La cõplaicte
ꝗ fist Clotil
de au Roy sõ
mary.

La source des
bourguignõs

Cõmẽt les
bourguignõs
ont receu leur
nom.

Cõmẽt gõde
bault fut pris
et puis deli=
ure.

Cõmẽt gõde
bault fist mo
rir son frere
Gondesil.

En ce mesmes temps les Gothz entrans par force au pays de gaulle: Vne grant partie de france occuppee: plusieurs estoient tenuz en l'heresie arrienne. L'armee dressee alencontre deulx Cloups auant q̃ bouger: enuoya des siens pour ambassadeur Petrin hõme prudent a Alaire prince des Gothz estant en Acquitaine/ pour luy parler des choses estant de lusaige de sung e saultre roys. Il conuient du iour et lieu pour faire parler les Roys ensemble. Le temps constitue et assigne auquel chascun vien droit sans armes/ Cloups prepara le chemin pour aller en Acquitaine. Ce pẽdant dõna la charge a Petrin de soy enquerir de quelz acoustremens vsent les Gothz.

Lequel retourne a Alaire/ se trouua auecques tous ses gens portans chascun vng baston de fer de bõne grosseur e pesanteur qui sembloit estre idoyne et suffisant a frapper ou a iecter. Laquelle trahison Petrin prudentement cõgnoissant et considerant/ print la main du Roy et ladmonnesta de sa promesse: lequel dissimulant ceste fraulde de tout son pouoir: mussa la trahition. Finablement Petrin persistant en suspition/ va dire a Alaire quil est content que la question et controuerse dentre luy et le Roy de france soit rapportee a Thierry roy de Italie pour par luy en decider e determiner. Apres que on est venu deuant Thierry et quil a congneu la cause renuoyant les parties litigieu'es en Acquitaine cõmanda a Petrin monter en vne haulte tour quil luy monstroit/ en laquelle monte: tiendroit vne hache dressee de bout: et les Gothz ne cesseroient de getter monnoye a ceste hache iusques a ce que de monnoye accumulee et amassee a lentour du glefue fust icelle hache toute couuerte. Lequel iugement naccepterent les Gothz: mais indignez se mocquerent de Petrin. Car luy estant couche en sa chambrette rompirent aucunes pieces de boys du plãcher/ et comme ilz eussent couuert le peril de tappiz quilz auoient gettez dessus/ sa nuyt ensuyuant se leua Petrin pour purger son ventre et de se fchauffault que les Gothz auoient fait trebuchant se rompit vng bras le demourãt du corps griefuement froisse. De ceste iniure Petrin offense/ denonca au Roy Cloups les traistres et desloyalles meurs des Gothz. Pour raison de quoy irrite son conseil assembla sur la violence faicte a son ambassadeur et commanda faire marcher son armee contre les ennemys. Toutesuoyes auant que p aller enuoya quelques dons au sepulchre Sainct Martin cõme attendant responce de victoire future. et si comme ceulx qui portoient les dons approucherent des portes du teple/ ouyrent les presbtres chãtans lhymne de Dauid disant. Seigneur dieu par ta vertu et puissance mas deffendu en bataille lequel hymne receuz pour augure cest a dire comme prenostication de chose future/ les dons offers/ legierement sen retournerent au Roy/ lequel par ce presage fait plus hardy et couraigeux sen alla contre son ennemy. Mais quant larmee marcha la riuiere de Vienne luy estouppa et ferma le passaige/ enflee par continuelle pluye/ tellement quon ne la pouoit passer a gue ny trouuer le fons. Cloups ayant grant douleur et tristesse au cueur de ce que son armee estoit arrestee/ leua ses yeulx au ciel disant. O bon dieu adiuteur en tribulation: entens que boys contre tes ennemys donne aide et faueur a ta religion que ie garde e deffends. ne differe prendre vengeance du Roy Goth hereticque et fay que ce fleuue qui nous empesche puissons passer. Dieu ne desprisa loraison de Cloups. Car a la premiere clarte du iour ensuyuant/ de la forest va yssit vng cerf (sans le cry de personne) lequel se presenta deuant larmee et espouente par le cry des gens dar-

L'heresie arrienne.

La trahison des gothz.

Le iugement de thierry roy de Italie sus la diuisiõ des deux princes

L'oraison que fist Cloups a dieu pour auoir victoire de ses ennemys.

Comẽt vng cerf enseigna

mes paſſant le fleuue comme epploratcur du chemin monſtra le fons et paſſaige. Ce
ſtup ſupuans les gens darmes eſchapperent en ſaultre rue du fleuue/et larmee tirant
en oultre ſe arreſta au temple ſainct Hplaire de Poytiers. Au quel lieu enuiron ſa my
nupt repoſant Clouys/fut veu le feu tomber du ciel en ſa tente: lequel ſigne pluſieurs
interpretoient en bonne partie.

⸿Bataille contre les Gothz. en laquelle Allaire prince des Gothz fut oc
cis par Clouys et les Auuergnaſtz mis en lobeiſſance de Clouys.

es ennemis approuchant inpſt le Roy ſes gens darmes en ordre.
Tantoſt apres y eut cruelle bataille au pres du fleuue Clain / au
champ Vogledin/diſtant de cinq lieues de Poytiers. Le Roy voyāt
Allaire entre les bataillans ſeul le va aſſaillir/ſe gecta contre terre/
et ſocciſt. Ceſte fut la fin de Allaire apres quil eut veſcu en tyran
nye leſpace de douze ans. Tantoſt apres Clouis rendit ceſte victoi
re plus excellente/ ſon filz Theodore auecques larmee enuoya a la prouince de Nar
bonne/par la conduycte duquel le pays de Languedog miſt les auuergnaſtz en lobeiſ
ſance du Roy ſon pere: lequel lors paſſoit ſon hyuer a Bordeaulp: par quoy le prin tēps
venu ſe tranſporta a Thouloze ou eſtoient gardez les treſors de Allaire leſquelz prins
et pillez/aſſaillit les aultres villes que les Gothz tenoient en garniſon a en icelles les
ennemis troubles de toutes pars:miſt garniſon de francoys. Les choſes en ceſte ma
niere paiſibles/ſen alla le Roy a Tours: ou il trouua les ambaſſadeurs de Anaſtaſe
bizantin empereur/leſquelz il eſcouta parler luy offrans au nom de lempereur amitye:
et office de conſeiller Rommain. Du quel honneur le Roy veſtu/mōta deſſus vng che
ual ſen alla en vng plain champ qui lors eſtoit entre legliſe ſainct Martin et Tours
ou il reſpandit diuers dons au peuple/tous crians a haulte voip. Bien ſoit au Roy et
conſeiller Rommain. En apres ayant memoire et recordation du cheual dont voulen
tiers il vſoit es batailles quil auoit par ſon veu dedye a ſainct Martin le commanda
racheter par grant nombre de pecunc/mais voyant que lon ne le pouoit mouuoit com
manda adioupter cent eſcuz: que lors on appeloit ſoulz:auecques le premier pris a par
tant le cheual receu va dire. Sainct Martin eſt bon adiuteur aux negoces et affaires/
mais il vent cher ſon loyer. Les choſes vng peu appaiſees Reicher price de Cambray
fut cauſe de ſa guerre enſuyuant. Car il eſtoit orgueilleup et renomme de grant lupu
re/leſquelz vices il aduiēt a pluſieurs princes. Pharon q̄ eſtoit vng flateur a adulateur
le ſouſtenoit a fauoriſoit/tellemēt quil eſtoit tout le gouuernemēt a cōſeil de Reicher.
Ceſte choſe griefuemēt portans les ſeigneurs en la triſteſſe a affliction de leur courai
ge enuoyerent au Roy Clouys/luy promettans aider de leur coſte ſil vouloit ceſtuy hō
me effemine a lubrique eppulſer de la principaulte du pays. Diſans daduantaige que
ſoubz vmbre de faire ſemblant de fuyr ilz delaiſſeroient leur prince au meilleu de la ba
taille. Et afin que les ſeigneurs gardaſſent leur conuction a promeſſe Clouys fiſt for
ger des armeures datain/leſquelles il fiſt dorer en ſi bonne maniere quelles ſembloient
eſtre toutes dor et puis les donna a ceulp qui trahiſſoient leur prince. Leſquelz il ſup
uit incontinēt auecques ſon armee/a comme ilz bataquoient les proditeurs faignyrent
ſa fuytte/leur price delaiſſerent. lequel prins commanda le Roy q̄l fuſt occis auecques
ſon frere qui ne lauoit ſecouru. Semblablement fiſt occire tous ſes prouchains parens

G.iii.

Notes marginales:

le chemī aup
gens darmes
de Clouys.

Cōment les
treſors de Al
laire furent
pillez.

Cōmēt Clo
uys fut fait
cōſeiller et ſe
nateur de
Rōme.

Pharon adu
lateur.

Bataille cō
tre le prince
de Cābray.

a ce que par droit de succeffion ne pretendiffent la principaulte de teicher. Les prodi=
teurs fe voyans dece uz et circöuenuz de dons frauduleup fe compleignyrent au Roy/
aufquelz il refpondit. De quelz foyers cupborent eftre dignes ceulp qui auoient trahy
leur prince/difant oultre que ceftoit belle grace a culp faicte de leur auoit fauflue fa vie/
et par ainfi les laiffa en leurs maifons. Le Roy Cloups (plufieurs chofes par luy fai=
ctes) triumphant q renöme/apres quil eut receu la foy de Ghefuchrift ayant admini=
ftre le royaulme lefpace de.ppp.ans alla de vie a trefpas delaiffa quattre filz. Auât fa
mort du Roy en fa ville de Vienne auoit efte fait vng mouuemet de terre auql les ediffi=
ces du palais auecques les temples q maifons des habitans trebucherent. Laquelle
chofe fut fa caufe pour fa qfle Mamertus fors euefq dicelle ville inftitua les rogatiös
celebrees chafcun an par toutes les efglifes deuant fa fefte de fafcëfion noftrefeigueut
Le Roy Cloups fut mis en vng fepulchre que fon voyt a prefent en feglife fainct Pier
re par luy ediffice/que nous difons faincte Geneuiefue:et fur fa tombe imprime vng
epitaphe compofe par fainct Remy arceuefque de Rains. Lan de grace cinq cës q qua=
torze. Luy regnât par les prieres des fainct Remy:fainct Vaaft euefque de Soyffons
gouuernoit feglife de Atras/q Auite feglife de Moyö refiftas cötre l'herefie des Arries.

℃Cy finiffent les faitz et geftes du Roy Cloups premier chreftien Roy de fräce.

℃Cömment fes quattre filz de Cloups diuiferent fe royaulme de france en
quattre Thierry obtint Loraine:Clomire Orleans:Clotaire Soyffons:
Childebert Paris.

Iccedans au Roy Cloups fes quattre filz qł auoit receuz de fa Roy=
ne Clotilde/dung cömun accord q voulente paifible (que peu aduiet
a ceulp qui mettent leur affection q penfee a regner q prefider) diuife=
rent fe royaulme en quattre parties. Thierry obtint Loraine/ Clo=
myre Orleans/Clotaire Soyffons et Childebert Paris. Les quat
tre freres alliez par amour mutuel/ayans prins chafcun deulp indif=
feramment le nom de Roy/les Danoys affaillirent fe pays de Metz faifans rapines et
pilleries. Contre lefquelz Thierry enuoya fon filz Thiedebert auecq bonne cöpa=
gnee de gens darmes. Les Danoys vaincuz Thiedebert triumphant auec grant nom
bre de prifonniers retourna a fon pere. ℃Ce pendant Clotilde manda fes filz enfem=
ble venir a elle a Paris. Eulp arriuez (ainfi quelle eftoit femme couuoiteufe de vengea=
ce) leur declaira liniure de fa mort de fon pere. Ceft affauoir que partie du royaulme de
Bourgögne luy appartenoit/mais que par fa puiffance de Gondebault a efte faicte or
phefine de pere q de mere/et priuee de fon heritaige. Pour raifon de quoy elle fes pria de
prendre affembleemet vengeäce de ceftuy Gondebault homicide de fon pere. Les quat
tre filz efmeuz par les maternelles prieres/grant nöbre de gens de guerre affemblerent
liurerent bataille aup Bourguignos:que fors Sigifmöde (fon pere Gondebault dece=
de)gouuernoit/lequel faifant eflicte de gens darmes et cheualiers fe alla iecter contre
les francoys. ont bataille fe trefrude q afpre puiffance:mais fa fortune tournant du co
fte de Clouemyre/Sigifmöde fut prins en fuytte/fyc comme prifonnier:fut enuoye
Aureiffe:et peu de temps apres Clouemyre auec fes enfans le fift getter dedans vng
trefhault puis:finablement il permift quilz fuffent tirez hors q enfepeliz au mona=
ftere fainct Morice que Symon frere de Sigifmonde auoit fait conftruyre/et cödiffiet

Le trefpaffe=
ment du roy
Clouis.

Cömet les ro
gatiös furet
inftituees et
en quel têps.
La fepulture
du roy clouis

Sigifmonde
duc de Bour
guongne fut
prins prifon
nier.

assez pres de Octodore bourg de Sauoye. A cestuy Clouempre aduit de puie mauluai
se fortune. Car congnoissant que Gondebault pretendoit lempire des Bourguinons
remist sus vne aultre guerre/mais ainsi que loing de ses gens poursuyuoit son ennemy
iacoit quil fust espouentable de ses yeulx aspres et ireulx/¢ de son visaige menassant
enclos ¢ enuironne de plusieurs ses ennemys ¢ attaint de toutes pars de darcs/et de Comment le
roy clouem=
pre fust occis
en bataille
traictz/le Roy tresuaillant batailleur occis porta la peine de sa temerite. Le Roy per=
du/les francoys nullement espouentez perseuerent de venger la mort de leur seigneur.
Car si vaillans se monstrerent que plusieurs occirent et mirent en fuyte les Bour=
guignons pillerent et bruslerēt tous les champs et villaiges du pays ¢ circõuoysins.
⟨ Clouempre auoit trois enfans masles. Cestassauoir Thidouault: Gontier et
Cloud lesquelz apres la mort de leur pere retint Clotilde auec soy pour les nourrir.
La mort de Clouempre anõcee Clotaire ¢ Childebert pour venger sa mort de leur fre= Guerre cõ=
tre les Bour
guignons en
laqlle le duc
de Bourgon=
gne fut chaf=
se ¢ sa fēme
prisonniere
re/preparerent vne armee et sen allerent en bourgongne/Gondemare chace sa femme
apprehendee ¢ mise en captiuite iouyrent de toute bourgongne. Ceste guerre a conti=
nent suiuy la guerre Despaigne dont Amaulry fut cause. Cestuy en septreme gaulle
vers les monts pyrenees tenoit Espaigne auec les Gothz. mais apres la mort du roy
Clouis occupa la partie dicelle regiõ q iamais nauoit est touchee. Parquoy esleuant
son couraige/sur ceste chose/enuoya aux francoys requerant auoit paix ¢ amitye auec
eulx ¢ espouser vne femme de leur famille.

⟨ Comment Amaulry prince des gothz: demãda vne fille de
france a mariage.

Este requeste aux roys na semble estre indigne/¢ luy donnerent leur
seur vierge a espouse: laquelle receue en triumphe royal Amaulry trai
cta dentree libteralement: mais tost apres leut en grant contēnement
Car empoisõne du venin de lheresie arriene deprisoit ¢ fuyoit la fēme
de droicte foy/quant elle alloit aux eglises selon la maniere des chre=
stiens il la persecutoit de iniures ¢ cõtumelies: ¢ qui pis est il com
mandoit que parmy les rues ¢ chemins publicques fust cõtaminee et soueillee de fan=
ge par les petiz enfans. Ceste femme ayant longuement endure telles iniures/par let
tres aux roys ses freres signifia ce quelle souffroit de son infidelle mary ¢ encores souf
freroit silz ne refrenoient ¢ corrigeoient sa petulance ¢ temerite. Incontinent les roys
emflambez de ire ¢ fureur par la cõplainte de leur seur/assemblerent vne armee. Mais
Childeric homme de hault courage sans attendre Clotaire mena ses gens de guerre ¢
cheualiers a lencontre de Amaulry: lequel congnoissant ce q luy preparoit Childebert:
assembla la plus grant puissance que luy fut possible par terre ¢ par mer pour se deffen Bataille cõ
tre les gothz
dre et garder. Les francoys approchans/impetueusement accoururent dessus luy: et cõ
bien quil fust moindre en nõbre de gens darmes: toutesuoyes en force auoit fiche toute
son esperãce: de laqlle en premiere ¢ excellēte vertu est veue victoire estre souuētesfoys
achetee. Longuement ¢ asprement fut la batille en pareille force. finablement se ren
dirent les gothz et fut la victoire du coste des francoys.

⟨ Comment les francoys surmonterēt les gothz en laquelle ba=
taille Almaury fust occis: et les gothz chasses iusques en espaigne.

Oyant vng cheualier francoys que Almaury fuyot serra ses esperons con
tre le ventre de son roussin et de sa lance transpersa le tyrant. Laquelle chose cō
gneue/le roy de france iusques amy espaigne par incredible diligence pour
suiuit les gothz iusques a ce quil arriua a Tollette ville trespuissante sur la
riue du fleuue Tagus. laquelle assiegea et par les citoyans vigoureusement deffendue
la print/icelle prinse la pilla et spolia de tous les biens quila estoient curieusement
amassez: et par ce moyen sa seur receue/et tantost quelle fust retournee de maladie extin
cte et absorbee la fist inhumer a Paris au sepulchre de son pere. Tous les calices et sa
crez vaisseaulx quil auoit emporte de Tollette distribua aux eglises/et lieux religieux
de son royaulme.

Comment la ville de clairmont fut prinse par Thierri frere
de Childebert.

Es choses (comme recite les auons) faictes par Childebert / luy est
annonce que son frere Thierry a pris Clairmōt principalle ville dau
uergne que Childebert luy auoit ostee/ses gens darmes occis qui la
estoient en garnison. Quant la ville assiegee/est detenuc et occupee
par thierry/vng cheualier qui estoit a la prinse auerty que plusieurs
citoiens auoient mis leurs biens et cheuance en leglise sainct Juli
en/acompaigne de plusieurs aultres rompirent les portes du temple debans lequel en
trerent pillerent et rauirent tout ce quilz y trouuerent. Mais incontinent dieu prenāt
vengeance de ce sacrilege punist de rage ses barons et pilleurs: cryans a voix horrible.
O Benoist martyr pourquoy nous tourmente tu si cruellement. Celluy doncques qui
suyt la guerre soit instruict par cest exemple de soy abstenir de rapines et pilleries a ce
quil ne face iniure aux lieux saincts. Car sa peine aucunesfoys apprehende les sacri
leiges: et griefuemēt venge dieu ses iniures. Laquelle peine na poit ignore Sigiualde
seneschal dauuergne lequel esleue en licence de seigneurie et dominatiō apres quil eut
raui et pille plusieurs choses aux habitans du pays occupa la place et maison de Vul
gra.e: que Tetrade auoit dōne a leglise sainct Julien pour leql cas incōtinent fut fait
incense et ne peut oncques recouurer sante iusques a ce quil delaissa celle place: et recom
pense Baillee/des choses que temerairemēt auoit raupes et emportees. La chose en peu
de temps apaisee les roys dun commun accord menerent guerre a lencontre de Hermo
frede prince de Thurin pourtant que a la persuasion de sa femme Amalberge auoit oc
cis Belcaire et Vaulory ses deux freres accusez dauoit affecte le royaulme.

La guerre contre Hermofrede. prince de thuringe.

Etmofrede cōgnoissant lentreprinse/puissance de gens de guerre en grant nō
bre assemblees machina frauduleusement decepuoit les francoys. Sur le chāp
ou ilz deuoient passer fit faire vne haulte et treslōgue fosse couuerte de mottes
de terre auec lherbe affin q les gēs darmes deceuz soubz lespece de lherbe vert ne apperceu
sent la fraulde. Ceste fraulde decouuerte par les espies/ses roys plus irritez poursuy
uirent en plus grande ferocite leurs ennemys iusques a ce que deffaitz et vaincuz les
mirent en fuite ou ils se retirerent au fleuue qui est dit selon leur langue onestut. En
la riue du quel fleuue ramasserent et appellerent leurs gens darmes fugitifz et eux as
semblez renouuellerent et instaurerent la bataille. Mais contrains de quitter la batail

se getterent lung sur lautre dedans le fleuue: et dessus eulx fut fait tel meurdre et proffi gation que de la grande multitude des corps mors vsoiēt les francoys en lieu dung pōt Toutesuoyes Hermofrede eschappa & se retira en quelque Ville qui depuis fut au Roy thierry lequel luy enuoia vng messager promettant le sauluer se sans demeure se Voul= soit transporter au Chasteau tulbiaque qui pres dillec estoit. Hermofrede adiouxtant foy aux parolles du messager sen Vint a thierry: ainsi quil se pourmenoiēt et parloient emsemble dessus les murailles du chasteau/ thierry poussant du couddé le feist tresbu= cher du hault au bas dont il mourut. En apres ses enfãs occis: prit le roy toute la regiō en sa puissance: en laqlle seiournāt par quelq tēps/ claudestinemēt souspecōna son frere Clotaire iasoit quil luy eut este auxiliateur en la bataille/ soit pource quil tournoit a son honneur partie dicelle bataille si bien conduicte/ ou comme est le couraige humain quil queroit les causes de Vsurper le royaulme fraternel qui luy estoit Voisin & finitime et pource estoit thierry sur luy enuieux. La haine dissimulee/ thierry par messagers son frere pria Vers luy Venir a thurin pour auoir ce que seroit au prouffit de lung et de lautre au mandement du quel Vint Clotaire: ne craignant ou doubtāt aucune fraude en son frere. thierry auoit fait mucer en sa salle des gens en armes soubz vng tappix. Et pour ce que le tappiz pendoit vng peu trop hault Clotaire entrant au cenacle et apperceuāt les piedz des gens darmes congnoissant la fraulde se arresta: & les sergeans quil auoit auec soy admonnestez commanda quil soient secretement armez. thierry Voyant sa frau de estre descouuerte a son frere par ioyeusete purgea le souspecō & puis deuisant auec son frere luy donna vng bassin dargent et par ainsi se departirent lung dauec lautre. Mais thierry de ire sollicite Voullut rauoir son bassin dargent quil enuoya querir par son filz pensant que ce seroit occasion de guerre se Clotaire ne rendoit le Vaisseau. Thidebert adolescēt demanda le Vaisseau a son oncle lequel il obtint et le reporta a son pere: mais finablemēt lindignation et ire de thyerry se manifesta. Apres que longuement eurent couru sus lun a lautre/ peu de iours ensuyuans furent paix entre eulx laquelle par les faulx rapors des detracteurs fut Violee ceulx occis et mis a mort qui a thierry auoyēt este baillez par son frere Clotaire en confirmation de foy & alliance. Et nya foy ne preu dhommie entre les couuoiteux de seigneurier. Car les roys sont portez du:) appetit & cō uoitoise dauoir: et pour ce faire et paruenir a leurs attainctes nespergnent leurs amis ne leurs propres parens. Ce pendant que les freres seguillonnoient par hayne et inimi tie. Leur mere Clotilde entretenoit et allimentoit a paris ses nepueux enfans de Clo uemyre comme sil fussent les siens propres. De ceste suspicion feru Childebert que la royne les nourrissoit pour regner. Appella son frere Clotaire au quel il declaira la pēsee quil a de sa mere et de ses nepueux. Leur pleust par vng nomme Archadye enuoyer Vers eulx afin de les Veoir: & congnoistre se leur aage (lheritaige party entre eulx) seroit idoy ne et suffisante pour seigneurier et dominer. Clotilde ioyeuse de ces nouuelles laissa al ler ses nepueux et les recommanda a leurs oncles. Deuant lesquelz amenez incontinēt Clotaire mist sa main au plus aisne luy trauersa vne espee parmy le Ventre et mort se ietta contre terre: lautre espouente se Va mettre entre les bras de Childebert le suppli ant quil le Voulsist de mort preseruer. Leql soit quil feignist misericorde ou que a la Veri te il eust cōpassion de lenfant sefforca appaiser Clotaire au quel le roy facille a courou cer et plain de felonnie dit. Tu es (dit il) inuentif et aucteur de ce crime: & maintenant

Cruelle occi= sion.

horrible pitie

Comment thi= erry conceut hayne sur son frere Clotai= re.

Comēt Clo tilde laissa al ler ses nep= ueux a leurs oncles.

te repens du côseil, fay de deux choses lune: iette hors de toy celluy que tu tiens/ou toy mesmes recoy mort par mes mais. A ces parolles a laisse Clotaire lenfant mist en pieces. Voyant Cloud les roys ententifs a la mort de leurs nepueux: auec laide des seigneurs eschappa et print lordre de clargise a fut presbtre mena vie tresreligieuse. Et escriuent aucûs que les nourices furent occises auec les enfans: a q auoit la cruaulte de cestuy crime et le premier message de Archadie de amener les enfans aux roys auoit propose aultre chose non moyns inhumaine. Cest assauoir que par iniunction royalle ûng nôme Dridan domestique estoit alle vers Clotilde a laqlle auoit offert a piste ûng cousteau et ûne force: Clotilde apres quelle eut longuement pense que signifioit ce present doubteux: tantost fist la question a Dridan lequel respôdit que par le glesue la mort/a par la force lordre presbiteral estoient prefigurez en ces nepueux/attendât cestuy message Dridan scauoir lequel des deux la Royne vouloit choisir. Finablemêt elle doubtât respondit quelle ne vouloit ses nepueux estre presbtres: disant quelle nullement craignoit que aux innocens peult estre faicte aucune violence. Mais a ceulx qui de royaulme et domination ambicieux sont: misericorde est odicuse. Iacoit que la royne Clotilde portast patientement a prudammêt la tant cruesse mort de ses nepueux: toutesuoyes les esmeutes des guerres ensuyuans la consommerent en miserable sollicitude.

¶ Thierry (que iay cy dessus escript auoir eu la seigneurie de metz en lorrainne) de ce monde appelle. Childebert son filz print le royaulme paternel. Lequel au mandement de Childebert roy de Paris luy dôna aide a faueur associe en la guerre que par lôg têps auoit iceluy Childebert machine en son couraige a lencontre de Clotaire. Parquoy leurs armees ioinctes en pareille foy: delibererent aller contre Clotaire

¶ Comment Childebert se ioingnit auec Childebert pour faire la guerre a Clotaire.

Estre chose congneue: et Paris delaisse Clotilde sen alla a Tours/larmoyant entra dedans leglise sainct Martin. Pria ceste religieuse femme le benoist confesseur quil luy pleust epaulcer son oraison a ne permettre ses freres roys ses enfans/guerroyer et affliger lû laultre: et iacoit quilz fussent maculez et deturpez de plusieurs vices dignes de grief fue punitiô/garde toutesuoyes a pouruoye a ce q entragez a hors de tout bon entendement ne mettent en oubly leur fraternite. Lon peult croyre que par loraison et intercutiô de leuesque a amy de dieu sainct Martin les freres retournerent a beniuolence et amitye. Car comme les deux armees prestes a batailler ne fussent loing lune de laultre: soudainement vint la pluye/tônant le ciel trop espouentablement/et les vents tresapres a horribles soufflans de tous costez a par telle tempeste furent les gens darmes de Childebert a Childebert rompuz et brisez quil ne leur demoura harnoys ny armur. z fors seullemêt le bouclier. Prosternez côtre terre leurs robbes et cottes darmes decirez croyent de certain que ce fust leur dernier iour. Dauâtaige des cheuaulx fuians loing/peu en furêt recouuers. Et aux roys mesmes le feu du ciel qui continuellement resplendissoit par ardâte fulguration donna telle frayeur ql cuidoient brusler auec leurs tentes. Combien quen ceste tempeste nulle procellosite est goutte de pluye attoucha les gês darmes de Clotaire. Par ce merueilleux et espouêtable signe entendoient les roys droictemêt luxe de dieu estre exercee pource quilz auoient pêse par bataille destruire leur

Cômêt cloud fut fait presbtre a vesqt religieusemêt.

La mort de Thierry roy de Loraine.

Loraison que fist Clotilde a sainct Martin pour mettre paix entre ses enfans.

Myracle.

frere innocent. A ceste cause les embassadeurs enuoyez a Clotaire voulũtairemẽt pro
mirent paix. Laquelle dõnee et confermee dung coste et daultre chascun sen alla. Ces   *Paix entre*
choses ie trouue auoit este faictes au champ dorleans vers le villaige de combie. Apres   *les freres*
ce Childebert comme sil fust ne a batailler peu de repos permis a ses gens darmes/acõ
paigne de son frere Clotaire fist guerre aux terracons. La cause de laquelle guerre ne   *La guerre cõ*
trouue descripte par les aucteurs. Je croy que cestoit par conuoytise de piller ꝗ regner   *tre les terra-*
Childebert mist le premier siege de son armee deuant la ville de Cesar auguste / laꝗlle   *cons.*
enuironnee ꝯt assiegee commanda batre et assaillir: ainsi que de rechef attendoient les
habitans estre batuz par vng aultre assault retournez a laide de dieu delibererẽt de fai
re procession en prieres ꝗ oraisons tournoierent a lentour de la cite entre les murailles ꝗ
les maisons le clerge chantans hymnes diuins et cantiques. Oyãt Childebert ceste   *Childebert*
resonance: congneust par vng laboureur que le peuple faisoit processions ꝗ prieres en la   *leua son siege*
maniere des chrestiens a ce que dieu ayãt miseratiõ de la cite ne tõbassent en sa puissãce   *ꝗ cessa la guer*
de leur ennemy. Ceste chose congneue et quilz estoient Chrestiens Childebert commã   *re.*
de au laboureur et homme rural quil se transportast par deuers leuesque de ce lieu le ad
monnestãt de venir a luy en son ost. Leuesque auerty par ce laboureur sãs aucune crai
te vint au Roy: lequel parlant a luy O euesque (dit il) pource quil nous est apparu ꝗ
vous estes chrestiens religieusement seruans a Jesuchrist auons delibere de pardon
ner a la cite et leuer le siege de deuant icelle: se maintenant nous voullez donner et dep
tir aucune portion des reliques du benoist sainct vincent. La voulunte du Roy receue   *Les reliques*
au clerge: leuesque va au sepulchre du benoist martyr et illec prise lestolle et tunique au   *sainct vincẽt*
col les donna. Lesquelles reliques religieusement receues fist le roy tressainctement
enclore et garder. La cite doncques deliuree de obsessiõ comme ne feussent interuenues
aucunes parolles auec leuesque touchans sa prouince: larmee partant du pays gasta et
dissipa les champs Cesar augustanes: ꝗ par ainsi a paris retourne Le roy Childebert   *Sainct Ger*
dedya vne eglise a Sainct vincent instituant moynnes en ce lieu ausquelz il bailla les   *maĩ des prez*
reliques quil auoit du benoist martyr. A cestuy monastere au iourdhuy demeure le nõ
de sainct Germain des prez.

    ¶ Comment apres la guerre finie en espaigne et la mort du Roy Thier
ty soeur Clotaire et Childebert freres dudit Thierty conspirerent a leuõ
tre de Thidebert leur nepueu pour auoir le royaulme.

LEs choses faictes cõme dit est. En espaigne la mort de Thierty fut
annõcee aux Roy. Et pource que Thidebert son fils auoit succede au
royaulme. Childebert en fut mal content. Parquoy le conseil cõmu
niquè auec son frere Clotaire pensẽt rauir le royaulme de Thidebert
Aux entreprinses desꝗelz le roy prudent voulloit obuier auant ꝗ la
trahison fust descouuerte par deue obseruance ꝗ exhibitiõ dhõneur en
uers les roys ses oncles retarda lentreprise de son ennemy. Pourquoy Childebert chan
geant son visaige estima mieulx valloit vser de beniuolence / ꝗ dassaillir et prouoquer   *Paix entre*
le roy son nepueu seũl facilemẽt il ne pourroit surmõter Thidebert dõcꝗs a soy appelle   *les oncles ꝗ*
recoit doulcement / ꝗ apres quil luy a donne daucuns ioaulx precieux le laissa aller.   *le nepueu.*
Entre les princes ya peu de amitye. Car ou feruz denuie ou plains de ferocite pour sa
maieste et principaulte de leur royaulme et empire ou (cõme souuẽt aduiẽt) la puissãce   *Exortation ꝗ*

des aultres ayãs suspecte/ont de coustume de trahir et decepuoit lun laultre occultemēt
Ce pendãt la royne Clotilde fēme de notable saincteté ᵽincipallemēt deuote a sainct
Martin arccuesᶴ de Tours consõmec de Bielleſſe ᷓ malladye alla de Bie a trespas. La
quelle esleuee eŋ põpe royalle les roys mirent au tumbeau de Clouys Et son corps cle-
ue:est maintenant Benere en la biere ou facillement oŋ le peult Beoir. ffoumãt eŋ ce mesmes temps trespaſſa Thidebert delaiſſa son filz Thidebault heritier du royaulme paternel. Mais mauluaise fortune de rechef Clotaire persecuta. Car comme des hommes fust repute bien eureux dauoir sept filz ᷓ deux filles: Cran lung de ses filz luy fut
rebelle ᷓ desobeiſſant/ Par lequel enuoye en Aquitaine commēca a fouller le peuple de
tailles ᷓ impoz. Ceste chose congneue Clotaire le rappella en sa maison/mais le commã-
demēt paternel deᵽisant se retira Bers Childebert ᵭl pēsoit estre malueillãt de sõ pere/
ᷓ se son couraige estoit naure de hayne encore de plus en plus ᷓ adioupta indignations
nouuelles rancunes/et soubz grans iuremens se obligea mener guerre peᵽetuelle a son
pere. Childebert doncques aſſeure en la foy quil auoit receu de Cran: delibeta par guerre ᵽsecuter Clotaire. En ce tēps Clotaire ayant son armee contre les Saxons (qui sõt
les plus nobles allemans)lesquelz cõme Bne foys les eut glorieusement surmontez leur
faisant guerre secondement pource quilz nauoient paye le tribut promis cõbiē que paiᵽ
reſſent ᷓ ᵽmiſſent faire ᷓ acõplir ce ᵭ leur estoit cõmande ne Bolut la bataille ceſſer en
laquelle plusieurs francoys occis Clotaire auec petite compaignie retourna a Soyſ-
sons. Goutran et Aribert par le commandement de Clotaire faisans la guerre a lencõtre de Cran en Aquitaine Childebert descendit en la champaigne auecques impetueuse ᷓ dommaigeable armee: dont retournant le pays gasta/garny de grant ᵽoye ᷓ ta-
pinc apres le quarãte ᷓ neufyesme an de son regne fut de mort occupe. Lã de grace. Ciŋ
cens cinquanteneuf. Son sepulchre fut en leglise sainct Bincent pres Paris. Moyennant la mort de Childebert pource quil nauoit enfans/aduint tout a Clotaire. Par laquelle succeſſion receut le royaulme de france grant accroiſſement. Mais le royaulme
augmente fut Clotaire surpris dauarice: car il expcogita de prēdre la tierce partie du reuenu des biens eccleſiastiques. A la concupiscence du quel les gens deglise conſentans
Bng seul qui estoit arceuesque de Tours ᷓ resista disant. Se tu ostes ce qui est a dieu de
bye: et que tu Brilles des greniers de poures les tiens remplir: dieu te ostera le royaulme. De laquelle increpation Clotaire espauente delaiſſa ce quil auoit commence. En
ce temps entre les francoys ᷓ Espaignotz estoit contention et estriuement de celebrer
la feste de Pasques. Car les espaignotz obseruoient la feste le .piii. iour Dauril/et les
francoys le .pp. de Mars: mais ceste obstinee diuerſite print fin par prouision diuine
car le samedi sainct quant les cathecumiens Bindrent aux fonts de salutaire regenera-
tion/leaue secha aux espaignotz iacoit quelle fust aux francoys en habondãce dit Gregoire de Tours cecy estre aduenu au temps de Chilperic.

❡Cy finist le premier liure des faitz et gestes
des francoys.

❡Apres senſuyt le second liure.

¶ Comment apres que Clotaire eut receu le royaulme perseuera de vouloir punyr la rebellion de son filz Cran.

Clotaire ayant receu le royaulme perseuera de venger la temerite de Cran aultrement dit Cramire (car ie trouue lung et laultre en escript) saichant les aultres estre plus hardiz contre luy: sil ne playoit le filz rebelle et desobeissant. Par quoy essant compaignye de gens darmes marcha contre Cran: de la venue du quel Cran aduerty sen alla a Connebault son voisin Roy de Acquitaine afin que par laide dicelluy peust attraper/et opprimer son pere en bataille. Mais Connebault deffuyant le Roy Clotaire se retira en la chappelle sainct Martin: et comme hors de ce lieu ne peust estre amene par aucunes promesses/le feu mis dedans fut bruste auecques la chappelle: laquelle peu de temps apres commanda le Roy estre restablye. Incontinent Cran sans demeure alla a Senabut conte de Bretaigne ou ses gens darmes receuz qui estoient en fuytte/come il eust assemble grant armee en terre et en mer: le filz inique et arme accourt au misericordieux et piteable pere. Les armees de lung et de laultre ordonnees a batailler fut essaye de faire paix par aucus ambassadeurs: Clotaire denyant les conditios dicelle paix/couint combatre. mais saichant le pere combien q lyssue de bataille est doubteuse: auant toutes choses implora laide de dieu disant. Juste dieu regarde ton seruiteur: et ne veuilles impartir le iugement que as fait au Roy Dauid de son filz Absalon: et par ainsi les deux armees se ioingnyrent en bataille. Lesperance de victoire fut longuement doubteuse: laquelle finablement tourna a Clotaire. Les ennemys furent chassez et profligez: entre lesquelz fut occise grant partie des bretos et Cran empoigne auec sa femme et ses deux filz/lequel par le commandement du Roy lye par le bourreau dessus vng banc fut ars et bruste auecs sa femme et ses deux filz. De ce tout ment fut Cran puny pour la rebellion par luy conceue contre son pere. Cran puny de punition meritee/son pere ayant memoire du benefice quil auoit de dieu receu retournant en france sen alla au sepulchre sainct Martin: rendant graces a dieu de ses benefices q le temple enrichy de treslarges dons requist remission des offences du teps passe. Bien tost apres retourna a Soyssons/et des incontinent (comme cest sa vaine coustume de la noblesse de france) se appliqua a chacer et prendre les bestes sauluaiges/en laquelle chace se delectant a courir/et cryer plus quil nest digne et decent a vng Roy/tomba en grief ue malladye: de laquelle apres le cinquante q vngvesme an de son regne fut assoupi: assistans Aribert/Gontran/Childeric/et Sygebert ses quattre filz successeurs. Car Clotaire fut subiect a luxure. et de ses troys femmes/Jngonde/Ragonde/et Cosone: receut sept enfans masles et deux filles, il espousa Ragonde (seur de sa premiere feme) pour la cause qui sensuyt. Requis par sa femme quil voulsist colloquer Ragonde auecques vng homme noble et excellant: vers elle sen alla/et la print a femme et espouse. Et peu de temps apres retourna a Jngonde. Ma femme (dist il) iay fait de ta seur ce que tu me enhortoys de faire. Car ie say prinse a femme qui suis plus noble que tous les seigneurs de mon royaulme: laquelle chose saignyt sa prudente femme porter patientement.

¶ Coment Clotaire espousa la seur de sa femme.

Coment la chapelle. S. Martin de tours fut bruslee.

Loraison que fist Clotaire a dieu pour auoir victoire de son filz Cran.

La punition de Cran filz de Clotaire.

Les troys femes de Clotaire.

Es quatre filz suyuirent les funerailles de leur pere par vng conuoy trium=
phant iusques a Soyssons/ou dignement senseuelirent au tombeau qui prepa
re luy estoit. Mais auant que cesse parler de Clotaire: il me semble que lon ne
doit oublier ce que principallement pour la congnoissance est digne comme chose nou=
uelle destre esmetueulle/iacoit quil ne soit escript par aucun escripuain francoys. En=
tre les plus familliers seruiteurs de la maison du Roy Clotaire fut vng nōme Gaul=
tier Dyuetout calesien le plus noble du territoire de Rouen/et premier varlet de cham=
bre du Roy.

❡Comment Gaultier Dyuetout fut mis en lindignation du Roy Clotaire
et sen alla batailler contre les infideles.

Le cēmence=
mēt du royau
me dyuetout

Aultier Dyuetout pour sa preudhomme acquerant chascun iour
de myeulp en myeulp la grace et beniuolence du Roy: les aultres ser=
uiteurs domestiques en eurent enuye blasmans tout ce quil faisoit:
et ne cesserent iusques a ce que par detractiōs/& faulp raportz le mi=
rēt en lindignation et ire de Clotaire: lequel iura quil le feroit mou=
rir. Pour raison de quoy Gaultier vaillant homme de guerre/deli=
bere de laisser le Roy courouce. Doncques france delaisse sen alla en bataille a rencon=
tre des ennemys de la foy catholicque ou il fut lespace de dip ans: durant lesquelz fist
plusieurs choses dignes de louange & memoire: pensant que Clotaire durant ce long
temps estoit appaise/se transporta a Romme par deuers le Pappe Agapite du quel en
sa faueur impetra lettres au Roy lors estant a Soyssons/au quel il se retira le vendre
dy Sainct: pensant que ce iour religieup et deuot aup chrestiens luy proufficteroit: a pi
tie & misericorde. Mais les lettres du Pappe receues: quant Clotaire cōgneut Gaul=
tier/esmeu de vieille indignation cōme de fraische rancune print lespee du plus prou=
chain cheualier dauvres de soy/et soubdain lhomme occist. Le Pappe desplaisāt en son
courage de la mort tant cruelle dung si noble & innocent homme en vng lieu et iour de=
dye a faire sollennite et recollemēt de la passion du saulueur & redempteur Jhesuchrist.
Incontinent reprint Clotaire/et le admonnesta de faire restitutior/ et satisfaction de
ce tresinique/et enorme crime: aultrement et ou il ne le vouldroit faire quil seroyt mys
et lye en sentence depcōmunication. Le Roy ayant en crainte et reuerence les admonne
stemens du Pape/par le conseil des saiges deliura les hoirs de Gaultier ensemble:
tous ceulp qui dostenauant possedoroirent yuetout/de la foy/hommaige/& domination
des Roys de france et par lettres Royaulp signees/et scellees de ses seing/et seel royal
les confermua en pure et pleine liberte. Dont a este faict: que le possesseur de ceste terre &
villaige iusques a maintenant sans cōtradiction sest nōme roy. Laquelle chose ie trou
ue pour vray auoir este faicte lan de grace cinq cens trente sip. Car long temps apres
les Angloys iouyssans du pays de Normandye/et comme se fust meu question et pro=
ces entre Jehan de Hollende Angloys et le seigneur Dyuetout sur ce que lon disoit que
partie du reuenu dicelle terre chascun an estoit tenue & obligee a la bourse du Roy Dan
gleterre. Le preuost de Callet/lan de grace. M. cccc. ppviii. par ordre iudiciaire se in=
struisant en la raison de ce proces. Le iugea appartenir ainsi q̄ lay cy dessus desclaire.
❡Lespouse de cestuy Clotaire fut Ragōde/laquelle du consentement de son mary pre
nant lordre de religion merita estre mise au nombre des sainctes. Car nee de verranger

La cruaulte
de Clotaire.

Le Roy Dy=
uetout.

Commēt la
Royne Ra=
gonde print
lordre de reli=
gion.

son pere/et prinse par les francoys venant au soit de Clotaire fut conioincte a luy par
mariage:mais la chaste femme compleut myeux a dieu que a son mary. Par lordonnā
ce de ce Roy fut commence le monastere sainct Medard de Soyssons et par Sygebert
son filz parfaict et assouuy.

¶Comment ung Roy dangleterre nōme Egilbert espousa la fille du
Roy de france.

On trouue aux faitz des Angloys q̄ cōme Egilbert Roy Dangleterre estoit
pour son oisiuete et paresse chasse en derisiō et mocquerie par ses ennemys, sen
vint en france ou il espousa la fille du Roy lors regnant/le nom duquel est i-
congneu. Le mariage accomply passerent la mer iusques en Angleterre auecques l'e-
tat de hōme tressainct. Et par le moyen de ce mariage Egilbert ensemble sa nation des
Angloys aprint moderation et attrempance qui est le fondement des vertuz et print iſl
que congnoissance dung seul dieu et de la foy catholicque: tellement que quant sainct
Augustin alla en Angleterre toute celle nation plus facillement confessa Jhesuchrist:
les erreurs de Pelagius reiectees. Mais pour ce que lon ne trouue aucū qui ait escript
le nom du Roy ny de sa fille: is suyuant la quotte et annotation du temps/beulx dire et
maintenir que cestoit Chilperic ou le premier Clotaire. Car au temps de Clotaire second: sainct Gregoire euesque de Romme: du monastere quil auoit institue a Romme enuoya sainct Augustin en Angleterre pour faire loffice de predication. Et est cecy
par moy escript afin que les Angloys entendent que de ceste femme fille du Roy de stā
ce ont receu le cōmencement de droicte credulite en Jhesuchrist.

¶Jcy finissent les faitz et gestes du Roy Clotaire premier de ce nom
et de ses troys freres.

¶Cy cōmencent les faitz/et gestes des quattre filz de Clotaire
et comment apres la mort dudit Clotaire ilz diuiserent le royaul
me en quattre.

Clotaire mis en sepulture/les freres deliberans de partir et diuiser
entre eulx le royaulme:esperāt chascun deulx auoir la part et portion
qui luy deuoit cōpeter et appartenir. Chilperic au quel y auoit plus
de engin et astuce que aux aultres estriua et leua altercatiō pour Pa
ris occuper:et iouyssant des tresors paternelz: incontinent et le plus
legierement que faire se peut/appella a soy tous les nobles de fran-
ce:lesquelz en partye a luy enclins a son gre par sa beniuolence rendit plus amyables.
Les aultres ausquelz il congneut le couraige enclin a partye contraire soubz attente de
prouffict et estre a qui plus leur donneroit il les recueilla et rallya par grans dons et presens. Mais cōme dit le prouerbe francoys. Soigneux est de soy et ne dort mye sennemy.
La desloyaulte de Chilperic congneue: ses freres par le moyen/et aide des amys quilz
auoient en sa ville de Paris sans le sceu de Chilperic clandestinement furent receuz en
la ville. Et a fin que leur frere Chilperic de ce trouble/guerre ne sensuyuist/luy firent
assauoir que sil vouloit par loy paternelle le royaulme estre party et diuise entre eulx:
voulūtiers luy ouutreroiēt les portes de Paris/et pourroit franchemēt venir vers eulx.
Ceste cōditiō pposee/chilperic retourna a Paris:leql arriue auec ses freres firēt entre

c.ii.

Cōment les
Angloys fu-
rēt faitz chre-
stiens par le
moyē de la fil
le du Roy de
france.
Le tēps auql
la foy des An
gloys cōmen
sa.

eulx se partaige que sensuyt. Le royaulme de Paris aduint a Aribert comme au plus
aisne/Orleans a Gontran/Metz a Sigebert/ Soyssons a Chilperic. Le gouuerne=
ment de Paris receu selon lordre de parente/Therebert qui est dit Aribert ne fut si ex=
cellant et notable en aucune chose comme il fut au stupre et en la defloration de Mar=
quenose/et Metoside: estans au seruice de Sigeburde son espouse. De la frequentatiõ
et congnoissance desquelles tellement fut abuse: que Sigeburde delaissee les auoit au
lieu de espouses. Et ne les delaissa: combien quil fust admonneste de leuesq Germain
mais en peu de temps auecques lenfant que lune dicelles auoit enfante moururēt tou
tes deux subitement: et aprés elles longuement ne vesquit Aribert, Gontran son suc
cesseur/combien quil fust naturellement plus benin: toutesfoyes en luxure et libidino
site luy ressembloit. Car a cause des vierges quil auoit prostituees/et deflorees: souil
la et deturpa les mariages dautruy ses femmes legitimes delaissees ɑ habandonees.

¶ Cõment Sigebert Roy de Metz espousa la fille du Roy Despaigne
nommee Brunechilde.

Sigebert doncques Roy de Lorraine ayant horreur de ces puantes et infai
ctes amours/si en ambassadeur Gogon enuoya a Athanahilde Roy despai=
gne: et espousa Brunechilde fille dicelluy Roy/lequel auoyt vne aultre fil
le nommee Galsonde que Chilperic (meu a lexemple de son frere) print a
femme et espouse. Auquel comme Fredegonde fille excellente en beaulte fust adheren=
te en folie amour/ceste Fredegonde femme lubrique se ficha si auãt en lamour de Chil
peric: et tellement le peruertit en malice et lubricite que Galsonde sa propre femme luy
fist hayr en telle sorte que sans auoir memoire de la dignite Sponsaile/de lalliance ɑ cõ
federation des nopces en vne nuyt dung licol lestrangla/lequel remarie a Andonere ne
fut pas plus chaste/lequel aymant les blandicemens lubriques/alleche estoit et dete=
nu en la volupte de Fredegonde. Je ne puis (combien que au commencement iaye pro=
mis brieuete) taire la malice de ceste paillarde. Doncques comme la nation des Sue=
nyens: qui sont peuples de Germanye tresbelliqueux: aduersaires a Sigebert/eussent
entreprins la guerre contre luy Chilperic aida a son frere. Partant de sa maison: pen=
sa de recommander son espouse Andonere enfainte denfant a quelque bonne personne
qui luy fust loyalle/comme Fredegonde laquelle fut veue idoyne pour en prendre la ɑ ar
de et sollicitude: et par ainsi sen alla. Le temps escheu de acoucher: la Royne enfanta
vne fille: auant laquelle baptizer fut prins conseil auecques Fredegonde quelle fem
me seroit assez suffisante pour estre commere: a quoy Fredegonde parlant a la Royne re
spondit. Je ne scay femme si noble et idoyne que te puisse adresser a faire ce mystere/que
toy qui es mere corporelle et en chair as porte ta fille/soyes aussi par regeneration sa me
re spirituelle. Elle scauoit bien par linstitution chrestienne estre prohibe au mary de
plus auoir nulle congnoissance charnelle auecques sa femme laquelle auoit este com
mere a baptizer son enfat: esperãt ceste cauteleuse paillarde par ce moyen separer Chil
peric de la cõpaignye de la royne / par le cõseil donques de Fredegonde fut la fille bapti=
zee ɑ Andonere qui sa mere estoit/par spirituelle regeneration fut faicte sa cõmere en la
nõmant Childeinde sur les sainctes fons de baptesme. La bataille accomplye/retour=
nant le Roy en sa maison: accourut ceste putain au deuant de luy/pour luy faire chere
ioyeuse: et luy raccepta ce que luy estoit aducnu de sa fille nee: mais quelle estoit moult

triste et dolente de ce que la Royne auoit Voulu estre commere du baptesme dicelle fil=
le. Ces parolles disant Fredegonde/luy iura le Roy que sil trouuoit la verite ainsi estre
telle dignite luy donneroit que son espouse la seroit. Chilperic entrant au palais/An=
donere embrassa sa fille/se hastant de le saluer et luy faire feste de son enfantement.
Mais le Roy nautre en son couraige la repoulsa. Va ten (dist il) en mauluaise part im=
prudente femme qui par ta follye a ignorance mas excluz de ton mariage.

⊙Comment par la malice de la femme Fredegonde le Roy
Chilperic enuoya en exil sa femme Andonere/auecques sa
fille que elle auoyt de luy conceue.

T peu de temps apres le Roy fist bannyr leuesque qui auoit admi=
nistre ce baptesme: aussi contraignit Andonere de Viure au pays
du Maine auecques sa fille dedans lenclos de leglise du Mans: leur
assignant reuenu tant comme il suffiroit pour leur aliment/et nou=
triture annuelle. Incontinent cela fait Chilperic ambitieux en ses
maulx espousa Fredegonde sa concubine/luxure pleine de cecite ain
si aucugle lhomme/et la lubrique licece de Viure. Et ne lye celluy quelle a depraue seul
lement en vng crime. Car Chilperic despriseur a Viollateur de mariage legitime: fut
trescouuoiteux de celluy daultruy. Il persecuta son frere/Voire au temps que fortune
luy couroit sus. Car les Huns soubz la conduycte de Canaque impetueusement entrans
en son royaulme: combien que Sigebert fust en danger destre prins en ceste bataille/
Chilperic deserteur et transgresseur de fraternelle charite/sen alla a Rains faire la guer
re aux Rainssoys appartenans a Sigebert/lesquelz destituez de secours pour labsence
de leur prince/print et mist soubz sa puissance et domination. Mais les Huns mis en
fuytte/Sigebert retournant victeur de la bataille, assist son armee deuant la Ville de
Soyssons / laquelle il print facilement le peuple se donnant a luy: et emmena prison=
nier Thidebert filz de Chilperic prins en icelle Ville. Toutesuoyes peu de iours en=
suyuans par lintercession du pere fut deliure: sa foy de Chilperic interposee et iuree/
que iamais en nul temps ne feroit guerre contre Sigebert. Mais le desloyal Roy faul=
sant sa foy sans y faire demeure recomença la guerre: dont bien tost se repentit. Car subiugue
et fait le plus petit: fut contraint accepter les conditions de paix/ telles que Sigebert
les Vouldroit: et non pourtant sen suyuit repos comme lon Verra cy apres/Clouys lung
des filz de Chilperic print la Ville de Bourdeaulx appartenant a Sigebert. mais par
Singulfe que Sigebert auoit institue seneschal de ceste prouince/Clouys incontinent
chasse/singulfe le suyuant/par fuytte se rendit a Paris. De laquelle iniure Chilperic
prouoque/manda a son filz Thidebert (que nous auons ia dit auoir este deliure par
Sigebert) quil allast assaillir Neustrie qui depuis a este appellee Normandie. Ce
pays (pour ce quil obeissoit a sigebert) plusieurs belles et nobles places prises/fut par
luy gaste et pille. En ceste mesme fureur destruysit Touraine/Poytou/Lymosin/a ca
hors/sans espergner les clercs/les moynnes/et les Vierges sacrees et dediees a dieu.
Gondonault conte de Poictiers qui tenoit le party de Sigebert/Voyant sa malice a in
iquite luy donna vng assault moult dommaigeable: et de rechief Sigebert luy liurant ba

Coment chil=
peric espousa
sa concubine.

Coment chil=
peric fist guer
re a son frere
Sigebert.

Coment apres
que sigebert
eut deffait les
Huns il print
soyssons a em
mena thide=
bert filz chil=
peric prison=
nier.

Coment thi=
debert gasta
Neustrie a p
sent dit Nor=
mandye.

taille en laquelle il fut chasse et occis/Chilperic despite de la mort de son filz/par vne
armee furieuse fist riffler et courir la champaigne/et de rechief pilla et spolia la cite de
Rains. Contre lequel Sigebert retournant son armee delibera corriger la temerite de
cest homme. Mais ce pendant par lintercession des ambassadeurs a ce commis dung co
ste et daultre paix fut faicte et accordee.

℧Comment apres la paix faicte et accordee entre les deux freres
  Chilperic et Sigebert machinerent guerte contre leur frere Gon
  tran Roy Dorleans.

Es choses (entre Chilperic et Sigebert) parfaictement appaisees.
coniureret ensemble la mort de leur frere Gontran: lors duc de bour
gongne. La cause de ceste guerre nest point desclairee par les escrip
uains: et croy que ses freres auoient enuye sur luy pource que en sa
principaulte estoient escheuz les royaulmes Dorleās/et de Bourgō
gne. En quelque maniere que la chose soit elle peult estre estimee le
giere: veu que son yssue est de petite apparence. Larmee doncques assise a Diray et ar
chant/en peu dheure fut accorde par les ambassadeurs que les Roys proient a Troyes
en Champaigne ou ilz diroient et determineroient les coditions de la paix/que depuis
ilz confermerent en leglise sainct Loup. Les Roys partans de la Ville: les gens dar

Tumulte
aux tentes de
Chilperic.

mes de Sigebert moueillez et trempez: se pleignyent que lon ne leur donnoit/gre/gra
ce/honneur/ne louāge de quelque chose bien faicte/disans q en toutes batailles estoiēt
les premiers/et les derreniers ausquelz le Roy donneroit aucun loyer. Neaulmoins q
bien leur plaisoit la paix faicte auecques Gontran et quilz auoiēt Chilperic en hayn
ne pour tant que au scandalle et deshōneur de sa dignite royalle auoit luxurieusemēt.
Par ceste esmeute dit on Sigebert auoit conuerty et retourne son armee contre son frere
ne craignant de luy aucune guerre/denue de gens darmes et appareil de bataille. De ce

Comēt Chil
peric sa fēme
et enfans sen
alleret a tour
nay.

aduerty Chilperic destitue de esperance/auecques fredegonde et ses enfans treshasti
uement se retira a Tournay. A ce soubdain mal et inconuenient de Chilperic adiou
sta fortune aultre dōmaige. Car Sigebert cheminant auecques son armee/grant nō
bre de seigneurs et de cheualiers qui auoient trestous delaisse Chilperic accoururent
a la soulde du denyer estably aux gens darmes: lesquelz apres le sermēt requis par eux
fait/les receut en son armee: fors vng nōme Anseaulme/lequel perseuerant en la foy de
son Roy ne voulut obeir a Sigebert: et par tāt relasche sen alla a Chilperic. ℧La fuyt
te de son frere congneue Sigebert suiuit le fugitif et enuironna la cite de gens darmes.

Commēt fre
degonde fēme
du Roy Chil
peric peura la
mort du Roy
Sygibert fre
re du roy chil
peric.

Et quant fredegonde entendit que par ceste crainte estoit le couraige du Roy frousse/
pensa de faire vng hardi crime Deux gallans a soy clandestinement appellez quelle iu
geoit et estimoit trespromps a faire ce malefice/par grandes promesses les conuertit et
enhortu de eulx trāsporter en la tente de Sigebert et occire le Roy Disant que silz escha
poient sains et saulues les feroit riches a merueilles: et se en cest excellent fait mouroiēt
quelle donneroit aux eglises et presbtres plusieurs aulmones et oblations pour lesquel
les dieu saulueroit leurs ames. Ceste commission receue de fredegonde/les deux sa
tallites et mauuais garnemens asseurez de leurs personnes/se allerent mettre en la cō
paignie et famille du Roy: et voyans lheure conuenable a executer leur entreprise: incō
tinent mirent la main a Sigebert et le occirent le bruit esmeu parmy lost de la mort du

roy les meurdriers furent sur le champ mis en pieces/et si cõme ia estoit grãt clameut
en la Ville dont Chilperic la cause ne sçauoit: Fredegonde le pria que hastiuement se tẽ
sist hardiment asseure en son couraige: disant que les gens darmes espouentez faisoiẽt
criz et lamentations en leurs tentes pource que Sigibert estoit mort. A peine croyoit
chilperic aux paroles de sa fẽme mais asseure par le denõcemẽt de plusieurs sen alla en
sost. Au deuant du quel venans des principaulx de larmee/le roy saluerent luy faisãs
serment de fidelite/lesquelz traictans de prime face liberallement ꝗ royallement les en
horta de luy garder foy et beniuolence. Toutesuoyes en moindre grace aucuns traicta
qui luy auoient fait plusieurs bons seruices et plus petitement les remunera quil na
uoient espere. En apres accomplit ses obseques et funerailles de son frere en sa manie
re acoustumee et obseruee au trespassement des Roys/faisant cõstruire vng sepulchre
en leglise sainct Medard de Soyssons ou il fust mis au pres de la tombe de Clotaire a
pres le .viii. an de son regne.

℗Comment apres la mort de Sygibert Chilperic enuoya en exil Brune
childe femme dudit Sygibert auec son filz Childebert en luy rauissant ses
tresors et pecunes.

Es obseques et funerailles de son frere deuement acomplies Chilperic
contraingnit Brunechilde femme de Sygibert (laquelle auoit son filz
Childebert a Paris) aller en exil a Rouẽ/luy rauissant tresgrãde pecu
ne quelle auoit vers elle. La cause de lexil estoit pource ꝗ son filz Chil
debert (ad ce quil ne vit soubz la puissance de Chilperic) auec laide du
duc Gondebault descendu sus vne corde par la fenestre auoit cõmande
estre mene a metz en lorraine. ℗Incõtinẽt apres il enuoya sõ filz Meronee a Bourges
et es villes qui sont assises sus la riuiere de Loyre pour les receupuoir: a ce que le peuple
ne machinast riens contre luy. Mais Meronee se commandement de son pere deprise:
sen retourna au Mans ou sa mere Andouere par la fraulde et trahison de Fredegonde
estoit en exil: puis ayant souuenance de Brunechilde vefue/sen alla a Rouẽ ou illecꝗs
de secte en lengin ꝗ industrie dicelle femme la print a espouse. De laquelle chose Chilpe
ric courouce: craignãt que par lastuce de Brunechilde se armast le filz contre le pere. le
gierement tira chemin a Rouen. Son aduenement congneu/ses nouueaulx mariez se
misrent au temple sainct Martin constuyt de tables de boys pres des murs de la vil
le. Duquel comme par la loy ne fust loisible les tirer: le Roy vsant de sa desloyaulte et
trahison acoustumee/ sainctemẽt leur iura que se a luy venoient que iamais ne les se
pareroit de leur mariaige. Du temple yssuz/ apres quilz eurent este vng ou deux iours
par le Roy receuz et traictez en tresgrans et appareillez bancquestz: son filz a ce resistãt
separa Chilperic dauec Brunechilde ꝗ se mena a Paris ou peu apres le deputa aux sai
ctes ordres de leglise. Mais par la persuasion de Gontrã: lordre clerical reiecte/ retour
na a la vie seculiere: et pour la craicte de son pere se mussa et latita en leglise sainct Mar
tin de Tours. Et cõme Chilperic queroit hors de ce lieu se tirer: vsa de sort Meronee:
dont en ce temps on pouoit vser sans danger de punition/ en sa maniere qui sensuyt.
Troys iours durans/ les sainctz liures deuant soy ouuert veillant les nuyctz/ Mero
nee attendoit la response diuine/ le fueillet tourne/ dressant ses yeulx au liure des Roys
va lyre ce que sensuyt. Pour ce que auez delaisse vostre dieu maistre ꝗ seigneur il vous

c.iiii.

Commẽt chil
peric fut salue
des gens dar
mes Sigibert
Obseques et
funerailles.

Meroneᵘ filz
de Chilperic.

Cõment chil
peric deputa
son filzMero
neᵘ aux sain
ctes ordres de
leglise.

Primo.
Qi reliqͤtis
dñm deuz ve-
strum.
Secundo
Dauid. Deie
cisti eos dum
aleuiarentur
Tertio
Euangelium
Scitis quia
post biduũ pa
scha fiet.

a liurez entre la main de voz ennemys. Secondement pensant au pseaulme de Dauid:
luy vint en memoire ce verset. Tu les as deiectez quant ilz estoient allegez. Tiercemẽt
il rencontra de leuangile de Jesuschrist. Vous sauez que apres deux iours sera fait la
pasque. De ces responces:comme diuinement a luy appartenans:conferme Meronee
issit hors du temple auec son frere Gontran:et puis prenãt auec soy de tout nombre six
scruiteurs Gregoire escript cinq cens:par ausserre et digeon sen alla en champaigne:le
quel empoigne par les habitãs du pays/tomba en desespoir/sur toutes choses craignãt
son pere. En ceste angoisse de couraige cõstitue/pria Gaylde son scruiteur quil le voul
sist tuer:duquel incontinent frappe rendit lesperit. ℭLe pẽdant que ces choses se fai-
soient:fut ãnonce a Chilperic que les champenoys auoient occupe Soyssons:laquelle
depuis facillemẽt recouura/les prĩcipaulx de la cite occis/ꝗ auoient consenty a eu alliã
ce aux chãpenoys. formãt en ce mesme tẽps enuoia sõ filz Clouis auec sõ armee en tou
raine/perigoit/a genestz:auꝗl bailla pour conseiller et conducteur Desir:homme issu
de noble lieu. Durant ceste saison Mommolin par Gontran estably gouuerneur de ce
ste region/aduerty de la venue des frãcoys son armee dressee les alla assaillir. En ceste
bataille Mommolin obtint victoire:mais ce ne fut mye sans la perte et occision de plu
sieurs des siens. Car de ceulx quil auoit mene en bataille en furent occis cinq mille/et
de larmee de Clouis vingt a quattre mille. Chilperic receuant ceste tant griefue perte
et dommaige ne voulut de guerre se abstenir/portoit les armes en bataille maintenant
cy a tantost la:il auoit oste aucunes villes a Darracon duc de Bretaigne:a craignant
quil sefforcast de les rauoir se par auanture le pouoit deceuoir a despourueu mãda aux
poiteuins et angeuins quilz leuassent vne armee contre luy et par fallaces essayerẽt a
le tromper et decepuoir:de laquelle entreprise venue a la notice et congnoissance de Dar
racon:prepara son armee et enuiron la mynuyt donna lassault a son ennemy aduersaire
si rudement quil le surmonta a plusieurs en ce conflict furent occis. Mais le tiers iour
apres ensuyuant Chiperic pacifia a cheuist auec ledit Darracõ en quoy faisant luy en
uoya son filz en ostage et luy rẽdit les places lesquelles il auoit occupe ausquelles il ad
ioupta vennes ville de dessus sa mer soubz condition quil en auroit annuelle pension.
℃Cõbien que le Roy fust moult trauaille en tant de troublemens de guerre/neautmois
Fredegonde femme nee a discord a ce la sollicita de plus en plus disant Pretexe arceuesꝗ
de Rouen/auoit donne conseil de faire le mariage dentre Brunechilde a Meronee et
soy estre assie auec luy a lencontre de Chilperic. Aussi le accusa dauoit restitue a Bru
nechilde au desceu du Roy les plus precieux biens quil auoit a elle appartenans a qui
plus est quil auoit fait des dons au peuple pour et affin de tuer Chilperic. Desquelles
choses le Roy irrite son couraige ia hayneux contre Pretexe. de iour en iour plus estoit
de hayne a rancune tormente : et pource que follement ne osoit mettre les mains sur
ycelluy prelat il assembla le conseil de tous les euesques au temple de lappostre Sainct
Pierre entre lesquelz estoit pretexe presẽt lequel il accusa dauoit commis les cas que cy
dessus auons recite luy estre suscitez par Fredegonde:lesquelz cõme sans aucũ tesmoig
fussent tantseullement rapportez par le roy la plus saine sentence des euesques: que suy
uoit Gregoire de Tours:estoit veue plus aider ꝗ nuyre a pretexe/et plusieurs amenez
pour partie contraire cest adire afin de deposer contre luy accorderent a Chilperic ce ꝗl
disoient pour luy complaire/faulcement parlans de Pretexe. Parquoy donques entre

Comment la
faulsee et mau
dite Fredegõ-
de accusa Pre
texe arceuesꝗ
de Rouen da
uoit donne cõ
seil de faire le
mariage de
Brunechilde et
de meruneus.

les sentences contraires et repugnantes:comme ny eust matiere a Chilperic de condā=
ner le prelat:il commanda aucuns euesques sousten ā sa mauluaise querelle quilz lap
pellassent luy manifestant la benignite ⁊ clemence du Roy qui aux humbles mesmes
attaintz ⁊ conuaincuz de crimes ⁊ delictz pardonnoit tresuoulūtiers:se son peche con
fesse Souiloit recepuoit a misericorde / promettant que tout luy seroit remis quitte et
pardōne. Le prelat persuade par les euesques Sint au conseil:lequel prosterne au piedz
de Chilperic confessa Soiremēt auoit offence la magestē royalle mais que le Roy estoit
si misericordieux et piteable quil ne reffuseroit faire au pecheur misericorde:a ces parol
les de Pretexe le Roy se leuant de sa selle royalle ⁊ puis mis a genoulx comme pour fai
re ployer et flechir la compaignye par humilite et mansuetude royalle. Tresreuerendz
prelatz Sous auez (dit il) ouy cestuy homme accuse cōfessant son peche/les euesques cō
fuz de honte par ce quilz Soyent le Roy a genoulx le Sont seucr. Au moyen de quoy in=
terpretant le roy par ce signe que les peres consentoient a son oppinion:retourna au pa=
lais/dont il enuoia au conseil aucunes reigles ⁊ ordōnances faictes par les papes:par
lesquelles estoit mande despouciller les presbtres de leur dignite qui estoient iugez et
conuaincuz des plus grans crimes. Ce fait/auant les aultres/Berttan arceuesque
de Bordeaulx Sers Pretexe se tourna luy disant mon frere euesque/long temps a q̄ na=
uons eu honte de hanter en ta compaignye:maintenant sans la beniuolence du Roy ne
pouons auec toy communiquer:et par ainsi fut Pretexe expulse ⁊ mis hors du conseil.
Leql apprehende/māda le Roy estre garde en prison:psecute de contumelieuses playes et
batures finablement fut bāny ⁊ enuoie en exil en lisle du diocese de Constance.

℃Comment Gontran Roy Dorleans se Soulut desister de son royaulme
es mains de childebert roy de lorraine son nepueu et comment ilz eurent guer
re contre Chilperic.

Chilperic en ceste maniere exerceant sa cruelsite lequel ne espargnoit
les siens ⁊ daultruy le bien auoir ne se Soulut abstenir. Gontran roy
de Orleans appella auec soy Childebert roy de Lorraine son nepueu.
Luy estant au droit du pont de pierre:tresscher nepueu (dit il) Je suis
orphelin et priue de mes enfans ⁊ ne mest laissee aucune esperāce de li=
gnee en laage ou depōt suis. Parquoy ay ordōne ⁊ delibere de te auoir
⁊ tenir au lieu de mes enfans:en sorte que soyes mō filz adoptif. Prēs dēcꝭ lheritage ⁊
hoyrie de mō royaulme ⁊ de mes biēs ⁊ ne me Seilles maintenir ⁊ hōnorer moins q̄ ton
ppre pere. Gontran cecy disant/pource que childebert estoit enfant/et quil ne pouoitas
sez amplement respondre lun des maistres ⁊ officiers de son hostel luy rēdit graces tres=
copieusement:⁊ puis dons ⁊ presens faitz tant dune part que dautre/Sindrent a parler
du roy Chilperic qui par puissance ⁊ ambition les terres occupoit a Gontran appar=
tenans:pour raison de quoy enuoierent par deuers Chilperic / se admonnestant de leur
rendre ce quil leur auoit tauy et oste:aultrement que guerre luy estoit annoncee. Duql
message le Roy courrouce:fut plus ardant et enflamme en ire quil nauoit acoustume.
A ceste perturbation du Roy furent denoncez aultres choses faictes par les Bretons.
Cestassauoir que par impetueuse armee entrez au territoire de Resnes/iusques au Sil
laige cornu pilloient tout le pays. Et afin quilz se retirassent en leurs maisons Chil
peric auec grāt cōpaignie de gens darmes enuoya Bibolene (selōne acoustume a batail

Guerre contre les Bretōs

le) côtre les Bretons: les terres desquelz furēt par luy gastees iusques a Nātes: et par ainsi les Bretōs qui ribloiēt a lentour de Resnes se retirerent a leurs maisons a peu de temps apres que les francoys furent hors de Bretaigne/ de rechef retournerēt les Bretōs comme deuāt. Ce pendāt Chilperic sans repos prīt soubz sa puissance a dominatiō les Poitteuins obeissans a Thidebert son lieutenāt ou seneschal chasse. Et pour te plus esbahir des trescruelles meurs de ce Roy. Vng hōme estoit nōme Dac par le duc Sou

La cruelite de Chilperic.

stre accuse de crime ou faulx ou veritable et pour ceste accusation detenu en prison par le commandement de Chilperic: pource que sans son congie auoit laisse entrer vng prē stre en sa prison sestoit confesse et fait penitance de ses pechez. Chilperic le commanda tuer incontinent. Et ce ne fut la fyn des maulx de Chilperic: car tātost feist vng edit q̄ tous ceulx qui possidoient ou cultiuoient des vignes seroient tenuz luy bailler par chascū an quarantehuyt septiers de vin. Pour lequel tribut recueillir Marc commis a faire la recepte generalle des deniers du Roy en Acquitaine / quant orguilleusement et iniurieusement estre paye de ce tribut fut occis des Lymosins. Ce pendant: au

Inundatiōs a punitiōs du ciel.

moys de septembre par continuelles pluyes fut le pays Dauuergne tout couuert deaue tellement que la meilleure partie dicelluy quilz appellēt Alemaine estoit en vng estāg et cuidoit lon q̄ ce fust vng lac. Parquoy ne peurent les laboureurs faire semences. Les riuieres de Loyre et misaigre / leur riuages surmontez se respandirent parmy les chāps et emporterent le bestial a les terres labourees. Le Rosne aussi croyssant culte borne se messa auec la mer. Par lequel deluge plusieurs edifices et les murailles de la ville de Bourdeaulx trebucherēt en ptie. Finablemēt les eaues se escoulās: quāt la terre apparut / tresagreable decoratiō de fleurs vestit les arbres sans ce quilz portassent aucun fruict.

Menasses du ciel.

Fut veu aussi en Touraine continuelle esclaire et fulguration espouentable auec le ser et cry des arbres. A bourdeaulx les citoyens espouentez du mouuement de la terre se re titerent es aultres citez. Ne furent les montz pyrenees exēps de ceste tremeur: les grās pierres tresbuchās du hault au bas: qui tuoyent et assommoient ses hommes et les be stes. Le feu enuoye du ciel a Bordeaulx brusla et consomma plusieurs places a maisōs de la ville. Semblable feu souffrit Orleans a tresespoyssa gresle porta griefue perte et ca

Griefues maladies.

Les persecutions de la maison de chilpe ric.

Comment vepation donne entendemēt.

lamite aux berruyers. Lesquelz maulx suyuit le flux du ventre auec treschaude fieure acompaignez de vomissement / douleur de rains de teste a de cerueau. Auquel tēps fut Chilperic persecute de chaulde fieure dont il retourna en conualescence. Incontinēt le pere garẏ / lung de ses enfans nouueau ne fut de maladie occupe / leq̄l apres le lauement du sainct baptesme recouura sante a garison: mais la garison de lenfant ne fust lōguement ioyeuse a fredegonde. Son filz aisne frappe de ceste pestilence de flux de ventre mourut en corruption et pourriture et semblablement tout le lignaige de Chilperic cō me de malladie contagieuse enuoyee du ciel. Fredegonde admonnestee de soy par tant de

Comment fredegonde admonnesta le Roy a mi eulx viure.

maulx et continuelles douleurs sen alla au Roy luy remettāt en memoire les benefices et graces de dieu lesquelles comme ilz eussent amplement receues / toutesuoyes comme tresingratz sestoiēt soueilliez et maculez de plusieurs vices et pechez: desquelz mainte nant prient dieu vengeance / lequel / dit elle / noz enfans malladez en vng temps a la pl⁹ grant partie de nostre lignaige oste a estaincte nous punist a chastye. Ce pendant que prosperite et bonne fortune nous flatoit portez estions par orgueil a toute iniure. Prins auons et rauy les biens daultruy a noz subietz greuez de liniquite des loix sur eulx im

posees nauôs pardône/et sans espergner ceulx denoste propre sãg et lignaige les vngs
par iniures et opprobres/les aultres par prison/les aultres par exil et bannissement/et
les aucûs de perte de sa pluspart de leurs biês auôs persecute et destruict/et a plusieurs
par ire et felonnye oste la vie. A ceste cause maitenât dieu en son ire nous bat afin q̃ no⁹
amêdôs et delaissês noz pechez:la patiêce duq̃l pl̃ôguanimite de pecher auôs p ire pro
uoq̃ Je te prie dôchs Chilperic apôs en horreur et abhominatiô ceste premiere coustume
de viure:et par vraye penitâce essayôs a celluy appaiser:que par tant de pechez auôs of=
fence. Chilperic esmeu par les pleurs et gemissemês de Fredegôde:auffi que en briefue
interualle de têps la mort luy auoit rauy ses troys filz:doresenauât plus doulx fut et be
nin rompit la loy quil auoit faicte des vignerons et aultres possesseurs de vignes/les tê
ples de dieu de plusieurs grans dons enrichit:consolant les poures par aulmones et fre
quente liberallite. Son filz Clouys quil auoit eu de saultre femme et lequel par la sug
gestion de Fredegôde il tenoit lye au chasteau de bresne combien quil eust commâde le
occir/le deliura et mist hors de prison. Ainsi est cause aduersite côme seguillô de vertuz
de rappeller le couraige des mauuais a bonnes meurs.

⟨C⟩ Comme Austrigilôe femme du roy Gôtran mourut laquelle côme fem
me cruelle requist au Roy son mary faire mourir les medecins lesquelz sa
uoient sollicitee en sa maladie ce que fust fait et des Lombars faisans guer
re en Italie.

LE roy Gontran auoit vne femme son espouse nommee Austrigilôe
mauluaise et cruelle. Laquelle mallade de peste/sentant que par lai
de des medecins ne luy pouoit estre donne remyôe : tournee vers son
mary luy va dire. O mon mary mourir menuoyspour les bruuages
et potions q̃ les medecins ont côpose. Je te prie par la foy de mariage
q̃ quât seray morte garde q̃ ne perisse sãs estre vêgee:commâde les deux
medecîs par la fraude desquelz ie meurs/estre decapitez/affin q̃ pareille douleur soit a
leurs bienueillans/que celle laquelle cuyôe que mes amis auront. Le Roy esmeu de ce
ste querelle de sa femme les funerailles accomplyes fist mourir les deux innocens me
decins. ⟨C⟩ En ce temps: les lombars occupâs partie de Italye:a lempereur Maurice
ne obeissoient. Et pource quil ne pouoit patientement porter ne les souffrir faire tel
le chose/et auffi que bônement ne pouoit surmonter et vaincre ses ennemys:tenta Chil
peric par pecune afin quil luy baillast son armee pour les expulser de Italye.Chilperic
receut mille pesans dor enuoyez par lempereur/et tantoft fist la guerre aux Lombars.
Mais comme deffenduz es lieux munyz:ne osassent yssir en champ de bataille/Chil
peric receuant de eulx grant nombre dor et argent quilz luy dônerent paix faicte et trai=
tee auec eulx/en france sen retourna. Ceste chose congneue Maurice par ses ambassa
deurs admonnesta Chilperic de rendre et restituer la pecune:ou(comme il auoit conue
nu)expulser de Italye ses ennemys Lombars. Mais Chilperic faisant peu de conte
de sepereur:côme il faisoit formant de tous aultres/ne luy rêdit aucune respôse:leq̃l ne
autmoins:par ce q̃ tantoft reciterôs:fut bien adoulcy. Nigegôde seur de Chilperic ma
riee auecques Hermehilde gotht/lequel auec son pere Hengilde tenoit le Royaulme des
paigne/tant par son oeuure côme p laide du tressainct hôme Leardus reduisit a la droi
te foy crestienne son mary deceu par lheresie arriêne/laquelle chose par Gonsalôe rap=

Lempereur
Maurice.
Les lombars
en Italye
Lauarice de
Chilperic.

Nigegonôe
seur de chilpe
ric inuriee p
les Gothz

portée au Roy hengilde:le iour de la feste de la resurrection nostre saulueur et redempteur
ihesuchrist en vne prison cruellement occist hermegilde dune coignee: et perseuerant en
malice grandement et en plusieurs manieres persecuta les crestiens. Pour la cruaulte
duquel fuyr sefforça Migegonde laisser espaigne et soy retirer aux francoys. Elle estant
au chemin sutempoignee auec son filz par les gens darmes bisantins: que lempereur
Maurice auoit contre les goths:en la menant a Maurice:confitte en larmes et gemissemens rendit son esperit. Son filz mene a Constantinoble fut liure a lempereur. Chilperic aduerty des iniures de sa seur et son filz:grant nombre de gens darmes assembles
sen alla liurer bataille a Hengilde aucteur de ceste persecution/dun coste et daultre fut fai
cte baterie et tuerie: mais plus des goths que des aultres: desquelz abondamment faoulse et enrichi/Chilperic charge de moult grande proye se retira en sa maison. Luy retourne/lempereur de rechef par ses ambassadeurs ladmonnesta selon ses promesses et con
uentions. getter et eppulser les Lombars de Italye:Chilperic voulentiers entreprint
le negocé/esperant par ce moyen sa seur et son filz luy estre plus facillement renuoyez:car
encores ne sçauoit le trespassement de sa seur. Ceste armee et eppedition fut inutile : car
par les Allemans qui estoient venuz au seruice et aide de Chilperic auroit este faicte se
dition et discord contre les francoys au moyen de quoy ne fut permis au Roy de aller en
la guerre. Non long temps apres Chilperic:duquel la cheualerie contre les hommes
par plusieurs frauldes estoit moult excellente/contre dieu pensa vne grande cruelite.
Car de la diuine trinite ainsi voullut croire:quil ne confessoit en icelle estre troys disti
ctes personnes:mais seulement vne / quil disoit par la saincte escripture aucunesfoys
estre designe au nom du pere/aucunefoys au nom du filz/et aucunefoys au nom du sainct
esperit.　De laquelle pernicieuse heresie enuoya quelque foys lettres au pape et principallement a Gregoire de Tours et afin que son erreur fortiffiast par tesmoinges disoit
que sainct Augustin et sainct Hylaire premiers docteurs de leglise catholique/estoient
de ceste oppinion. Toutesuoyes Gregoire homme de parfaicte sainctete: admonnesta
le Roy quil se gardast par telle heresie et cruelite:lindignation de dieu sur soy prouoquer/luy remonstrant que ce quil disoit estoit chose trescruelle et impiteable/non conuenant a la foy catholicque/et que ceulx quil appelloit a tesmoignage auoyent bien loing/
aultrement escript et enseigne/que ce quil disoit. Chilperic print tresmal la response de
Gregoyre:et tout seruant en ire:nous prendrons (dit il) doncques le conseil du pape sur
ceste chose Incontinent vint Saluius euesque de alby. Lun des domestiqs du Roy/au
quel il manifesta son heresie luy produisant vne lettre contenant ceste cruelite laquelle secretement recita aux oreilles de seuesque: et combien que Saluius retint pour lors
son couraige en soy taisant/toutesuoyes par le iugement de son visaige entendit le Roy
que seuesque ne consentoit a son oppinion. Et pource quil doubtoit tous les autres luy
en faire autant et contre luy repugner:ne persista plus en son erreur. Disant les aucteurs
que Chilperic moyennement instruict en grec et en latin mist et apposa dauantage contre noz lettres ces troys/a/th/o/lettres grecques:lesquelles long temps apres sont demou
rees en ces chartres et chirographes faisans mention de rentes et reuenues par luy don
nees a leglise. Entre ces choses:le Conte lenbasque institue par le Roy Balpyf de Tou
raine:pource que trop durement infestoit et souffoit le peuple/irreuerend estoit et maul
uais a Gregoyre arceuesq dicelle cite fut priue de son office et iurisdition:car en ce temps

Bataille en Espaigne *(marginal)*

La cruelite de chilperic contre Dieu *(marginal)*

Gregoire de Tours Sait augusti et .s. Hilayre. *(marginal)*

Le cõte lẽdasque baillyf de Tourraine *(marginal)*

les contes estoient establiz a gouuerner les prouinces:non aultrement estoit des pote=
statz/magistratz et aultres iuges que maintenant le Roy institue ¶ nomme baillyfz ¶
seneschaulx. tous lesquelz estoient ostez et depposez a la voulente du Roy. De laquelle
ignominye Lendasque note/accusa larceuesque de trahison disant quil pensoit trahyr
sa ville et icelle liurer a Gontran et que auecques Bertran arceuesque de Bourdeaulx
auoit ose coustumierement contaminer la Royne par luxure et adultere. laquelle mali
ce auoit Lendasque fait affermer par vng nomme Riculphe qui quelque foys auoit este
familier de Gregoire du quel il detractoit/et tant comme il pouoit de blasmes ¶ faulx
rapportz le persecutoit. Pour raison de quoy le Roy griefuement trouble/assembla le con
seil des euesques en la ville de Brennay: auquel lieu comme Gregoire se dist non estre
coulpable daucune offense enuers le Roy: auec ce par troys foys ¶ en la maniere des pl[us]
grans iuraft tressainctement nauoir riens commis de tout ce que son auoit de luy rap=
porte au Roy/se iugea par ceste affirmation Gregoire estre purge des accusations con=
tre luy proposees. Lors commanda le Roy que Lendasque fust deuant luy amene: mais
le iugement des peres congneu craignant le danger de sa personne sen estoit foury. Con
tre le fugitif et ne voulant comparoit fut publiee sentence dexcommunye et apres quil
eut longuement este en fuytte moyennant laide de ses amys reconseille/esperant appai
ser la Royne/vers elle se transporta/faisant oraison en sa chappelle. Adonc prosterne a
terre requist ses pechez luy estre pardonnez/se desprisa la royne et ne le voulut escouter.
Neautmoins ayant Lendasque encores quelque esperance: memoratif de lauarice de
ceste femme: pensa lappaiser de dons et presens. Venant doncques aux changeurs de pe
cune: ce pendant quil queroit quelques choses precieuses pour acheter/fut apprehende
par les sergeans de la Royne: lun deulx griefuement naure eschappa/passa dessus vng
pont de boys ou il cheut entre deux planches mal assizes et se rompit la cuysse: iacoit q[ue]
le Roy mandaft quil fust mene en la ville pour estre apparcille ¶ gary/neautmoins ses
sergeans par le comandement de la Royne luy coupperent la gorge. Au regard de Ricul
phe: sa vie luy fut sauluee par lintercession et priere de gregoire: mais il neschappa mye
les tourmens iusques a ce quil eut descouuert toutes ses fraudes et trahisons. Mali=
ce acoustumee en peche facilement ne se met en oubly. Fredegonde orpheline de tous
ses enfans: laquelle sembloit vouloir faire penitence/persecuta de rechef persecuter Clo
uys(q[ue] nous auons dit auoir este deliure de prison p[ar] son pere) pour ce principallement q[ue]lle
craignoit comme heritier le veoit succeder a chilperic. Et afin q[ue]lle ne mostraft en estre do
lente: les causes faignyt ¶ le moyen comment faire hair le pourroit a son pere. Clouys entre
tenoit vne concubine laq[ue]lle auoit sa mere vieille ¶ anciene. Lune et laultre furent accu=
sees a la royne: la concubine/come cause de plusieurs maulx: sa mere come enchateresse ¶ sor
tiere/p[ar] art ¶ enchantemens dyaboliq[ue]s auoit fait mourir les enfans de fredegonde Et ces cau
ses fredegonde fist la concubine prendre ¶ ficher a vng pol darbre/deuant lhostel de clouis. la
mere examinee p[ar] longue q[ue]stion la contraignit le crime confesser: ¶ ceste confession faicte la fist
brusler. Ne cessa ceste feme (prenant plaisir a leffuzion du sang humain) iusq[ue]s a ce q[ue]lle eut
Clouys extermine. Elle pria doncq[ue]s le roy de punyr son filz: par leq[ue]l elle auoit p[er]du ses
troys enfans/¶ quil auoit le royaulme affecte son viuant. chilperic coustumier de ne
rien refuser a sa feme: allant vener et chacer/comanda a Clouys aller auec luy. Quant
ilz furent arriuez en la forest: fist le pere prendre son filz lyer ¶ mener a fredegonde. lequel

d. i.

Gregoire ar=
ceuesque de
tours. accuse
par lendasque.

Comment len
dasq[ue] fut mys
a mort.

Exortation
de laucteur.
Obstination
du couraige
de fredegonde
en malice.

Comment fre
degonde fist
mourir les fe
mes sortieres

présente deuant elle/le pria dire qui estoient les seigneurs lesquelz deffendoient sa cau=
se a lencontre de Chilperic: Clouys afin de donner crainte et souspeçon a celle femme/
plusieurs luy nomma de son seruice. Et sur ce point le baissa Fredegonde a garder a ses
cheualiers: commandant que dung glesue trauerse en ses costes/fust mis a mort: a le glef
ue laisse en la playe comme sil sestoit luy mesmes occis. La mort de Clouys facillemēt
porta Chilperic: toutesfoyes le fist inhumer au tombeau de sa mere par honnorable se=
pulture. Ce fait Chilperic se applicqua a oyber les teup au peuple selon la tresancien
ne mode des Rommains: instituant a Soyssons vng cerque qui est vne grant plaine
ronde ayant vng point au meilleu: dedens lequel cerque couroient les cheuaulcheurs.
Entre ces choses aduit a Chilperic occasion de guerre: Theodore euesque de Masseil
le eppulse de son siege: et de tous ses biens spolie par Dynan gouuerneur dicelle terre et
region soubz le Roy Gōtran/lequel print Theodore/fuyant a Childebert. Ceste cho=
se congneue Childebert auquel appartenoit la moitie de la ville de Masseille par le
don de Gontran: enuoya ses ambassadeurs vers icelluy gontran le requerant de luy re=
stituer sa iuste part et portion. Gontran deuant le commandement du Roy accōplyz:
fist mettre garnison a toutes les portes a ce que Childebert venant ne peust entrer de=
dens la ville. Au Roy estoit moult famillier Gondesil / extraict de tresnoble lignee.
Cestuy duc/constitue chef de son armee enuoya Childebert a Masseille/afin quil re=
ceust la cite/et que Theodore luy fust rendu. Gondesil approchant: empescha Dynan
de entrer en la cite. Lequel tantost apres persuade par les parolles de Gōdesil vint au
temple sainct Estienne hors et assez pres des murailles de la ville: et a luy seul parlāt
Gondesil/le reprinst et argua des choses par luy mal faictes: a de leppulsion de Theo
dore. Et neautmoins manda appeller a soy les principaulx de la cite de Masseille: a=
uecques lesquelz Childebert lauoit charge de besongner. Dynan espouente de ceste cho
se: a genoulx flechis le pria de non ce faire. disant quil estoit prest de luy ouurir la vil=
le/dorefenauant iuter aux parolles de Childebert et obeyr a Theodore. Dynan delais=
se/accōplist sa promesse. Masseille doncqs receue/a theodore restitue ramena Gōdesil
son armee et retourna a Childebert. Mais cōme Gondesil sen retournoit: enuoya Dy
nan a Gontran pour recouurer Masseille. Contre laquelle entreprinse resista Theo=
dore. a cause de quoy tout ce que les annees precedētes auoit este cōuenu a accorde entre
Childebert a Gontran fut casse a adnulle. Childebert estoit nepueu de Chilperic filz
de son frere. Lequel comme il fust hayneur de Gontran a Chilperic enuoya Gillon
arceuesque de Rains accompaigne daucuns seigneurs et gens de bien/a celle fin que
lallyance faicte lanee precedente entre les Roys fust par soy et escriptz cōfermee. mais
la principalle cause denuoyer ceste legation a ambassade fut pour faire complaincte de
gontran/auec lequel il nauoit peu garder amitye. Pour raison de quoy Chilperic (dist
gillon) ton nepueu Childebert te requiert que voz armees ioinctes enssemble soit loisi
ble guerroyer contre Gontran: afin que il puisse rauoir ce que le desloyal prince a rauy
et oste a toy/et a luy. Chilperic esiouy par ceste hatengue et oraison eut pour agreables
tous les accordz et cōuentions. a au regard de la guerre que ia long temps auoit preco=
gitee en son couraige/respondit que bien luy plaisoit. Sans seiourner furēt les armees
prepatees: lesquelles cheminans par bendes distinctes: assaillyrent les bourgeois/et y
estoit Desir hōme trespreux leql cōduisoit partie des gēs darmes. Cōtre luy au chastel

Cōmēt Clo=
uys par le cō
mandement
de fredegon=
de fut occis.

Cause de
guerre contre
Chilperic.

Bataille aux
bourgeois cō
tre gontran.

millenoys qui est maintenant nomme Magdun:les bourgeoys accoutrerēt auecques
quinze mille hommes darmes. Fut combatu et bataille esgallemēt tant dune part que
daultre/ou il mourut comme lon dit sept mille hommes. Ce pendant que lon batailloit
les aultres ducs Berulse seneschal Daniou et Bladasque: assiegerent la Bille. Gon=
tran soy hastant de donner secours a ses gens:luy fut annōce que partie de ses ennemis
estoient sortis de leurs tentes pour aller piller/et quilz nestoient pas loing. Cecy con=
gneu: commanda Gonttran ses gens darmes se tenir prestz en armes: incontinent les
pilleurs rencontrez deffist et chassa sans grāt labeur. Apres que tous les gens darmes
des Roys furent mis en ordre de bataille en telle facon quilz se pouoiēt entre Beoit:les
gens de bien comme chascun assistoit au pres de son Roy mesurans en leur pensee quel
dōmaige aduiendroit se lon batailloit hastiuement coururent dune part et dautre pour
essayer a mettre les Roys daccord et reduyre leurs couraiges a beniuolēce/ a ne fut leur
labeur inutille. Car ainsi fut ordonne que ce qui auoit este oste et rauy seroit rendu a re
stitue. Si comme les gens darmes sen alloient: comanda aux siens Chilperic/quilz re
tirassent leurs mains de rapines et pilleries. et courouce/a aduerty q̄ le conte de Rouen
estoit transgresseur et preuaticateur de son commandemēt luy trauersa son espee par le
corps et le occist. Du quel exemple tous les aultres espouentez cheminoient sans au=
cune chose piller. Durant ces iours fut Beuc Bne comette enuironnee de nuee obscure re
splendissant dung seul ray. Fut Beu le ciel ardoir a Soyssons. A paris de goutta sang
dune nuee/es Bestemens de plusieurs. A Senlis fut trouuee la maison de quelque la=
bouteur toute sanglante par dedens. Apres ces signes merueilleux Bint Bne peste Bent
meuse/laquelle beaucoup de gens estrangla. Durant que ces choses se faisoiēt mourut
Theodore/que la Royne fredegonde auoit de nouuel enfante:la mort du quel a linsti
gation et prochaz de aucuns la mere mectoit sus a Mōmolin(du quel iay fait cy dessus
mention)et aussi a quelques femmes sortieres. Ces femmes apprehendees: fut con=
gneu quelles auoient fait mourir plusieurs personnes/le sang desquelles auoit proffit=
te a Mommolin. En apres confesserēt que en semblable maniere auoit Theodore este
occis. Dicelles femmes fut faicte punition. Les Bnes Biues bruslees. Les aultres tor
ses et desmembrees. et iacoit que Chilpericeust ordōne faire mourir Mommolin: tou
tesuoyes par les prieres de fredegonde se laissa/mais comme il fust tout en son corps
par diuers tourmens rompu et brise/peu apres alla de Bie a trespas. ℧Clotaire enfāt
tantost ne de fredegonde estaignyt la maternelle douleur dicelle. La natiuite du quel
receut Chilperic en si grande liesse/quil commanda ouurir toutes les prisons/dicelles
lascher les prisonniers a les liez desfier. Mais (comme sont les choses humaines) ioye
fut conuertye en douleur et tristesse: craignant Chilperic lallyance et confederation q̄
Gontran et Childebert auoient fait a lencontre de luy. Pour quoy commanda porter
a Cambray tout son trezor: et tout ce quil auoit precieux/en laquelle Bille tresforte et
munye/auoit ordonne habiter / soy deffendre et garder. Tant craignyt et doubta son
frere et nepueu: quil auoit des tentes aux champs comme en bataille/esquelles il pas
soit toutes les nuytz; ses gens darmes Beillans au guet. Ainsi est craintifue et doub=
teuse la conscience/tesmoing des maulx et pechez. En toutes choses a paour: quant a
nully se confye. Ce pendant toutesuoyes se delectoit le Roy Chilperic a la chace et Be=
nation a lentour de Calles qui est Bng Billaige lequel nest pas loing assis de la ruine

Signes mer=
ueilleux.
La comette.

Trespasse=
mēt de theodo
re enfant de
fredegonde.

La natiuite
de Clotaire
secōd de ce nō

re de Marne. Ung iour aduint au quel comme il ſe fuſt prepare pour y aller:entrant
en ſa chambre de Fredegonde/ quant il la byt couchee pour repoſer/dune bergette quil
portoit/iouant la frappa par derriere:du quel coup la Royne ne ſe tourna de laultre co
ſte pour congnoiſtre celluy qui ſe iouoit:mais ſouſpeconnant que ceſtoit Landry/leql
auoit le gouuernement du palais/luy diſt. Landry pour quoy me oſes tu frapper/Chil
peric maintenoit en luxure la femme dudit Landry:par quoy feru de la reſponce de Fre
degonde ſa ſouſpeconna de adultere/et partant ſen alla a la chace pour paſſer ſa triſteſſe
et melancolye/ Fredegonde au departement du Roy le ſentit offenſe par ſes parolles.
Par quoy craignant que par ce qui eſtoit ſemblable a berite/la ſuſpition de adultere ne
Le crime de entraſt plus auant au couraige du Roy:femme treſexcellente en meurdres/ et homici
Fredegonde cô des oſa eſſayer ce memorable crime.occultement a ſoy Landry appella et luy recita ce q̃
tre ſon mary. luy eſtoit aduenu:elle ladmonneſta de non penſer de ſon coucher:mais de ſon ſepulchre.
diſant quelle ne faiſoit doubte que le Roy tenoit pour choſe certaine et confeſſee q̃ auec
ques elle auoit Landry fait couſtume damour illicite. Landry trouble en ſon couraige
penſoit ia eſtre mort:et cuydoit comme ia prins eſtre empoigne pour mort ſouffrir:leql
Fredegonde boyant fremir oultre quil neſt decent a couraige birille. Landry (diſt elle)
bne choſe eſt qui nous deliurera de peril. Chilperic eſt couſtumier de grãt nuyt retour
ner de la chace a lhoſtel. Fay doncques diligemment/ ba et les plus grans meurdriers bi
cieux et criminelz que trouuer pourras/par dons et pecune ſollicite de tuer ſouddaine
ment Chilperic/quant par lobſcurite de la nuyt deſcendra de ſon cheual. Par ce moyen
la mort ſurmonterons/et du royaulme iouyrons. Suyuant Landry le conſeil de la roy
La mort du ne:miſt les meurdriers au guet:leſquelz comme ilz auoient conuenu entre les tenebres
Roy Chilpe le Roy empoignerent et occirent:et qui plus eſt deffenduz par le benefice de la nuyt:lho
ric. micide commis/croyent que Chilperic eſtoit occis et comme innocens/ꝗ ignorans de
ceſtuy homicide/diſoient a haulte boix:que Childebert auoit tue ſon pere. Les offici
ers de la maiſon du Roy montez deſſus cheuaulx en bain couroient ca et la pour pren
dre les homicides. Lors Mardulphe eueſque de Senlis auoit quelque affaire en court
lequel (le Roy mort) lenſeuelit:et mis en bne naſſelle ſur la ryuiere/ſe fiſt porter a le
Chilperic gliſe Sainct Germain des prez que ceſtuy Roy auoit fait conſtruire/et ediffier:ou ſon
giſt a ſainct boyt auſſi a preſent ſon ſepulchre. Par tant miſerable yſſue de bie:laiſſa Chilpericle
Germai des royaulme homme eſhonte/et arrogant:lequel comme il ne gardoit et entretenoit aucun
prez. bon amy/auſſi nul amy luy fut. Il auoit eſcript ie ne ſcay quelz liures par bers mal a
couſtrez:et pluſieurs aultres leſquelz contenans choſe cruelle et inique/furent par ſai
ges gẽs totalemẽt deſtruitz et exterminez. Mais il me plaiſt de laiſſer Chilperic der
riere:deiecteur des poures/haiſſeur des egliſes/ irriſeur et deſpriſeur de lordre eccleſia
ſticque. Lequel a touſiours plus priſe et repute les nouueaulx conuertiz a la foy: que
ceulx leſquelz longue et continuelle religion ſouoit:a ceulx la donnant egliſes et bene
fices/et a ceulx cy peu faiſant de ſeruice. Tant ſeullement porta grant honneur et reue
rence/a Germain eueſque de Paris. Le ſepulchre du quel iugea digne dũgne ſubſcri
ption et epytaphe par luy compoſe. ❡Quiconques donc biendra eſtre bon et ſuffiſant
a gouuerner la choſe publicque/a bonne et iuſte cauſe deura en horreur auoir ſengin/et
les meurs de Chilperic.

¶Cy finissent la vie/faitz/τ gestes du Roy Chilperic. Ensuyt le residu
de la vie de la Royne fredegonde/des Roys Childebert et gontran.

Oursuyuons maintenant le residu de fredegonde Chilperic occis
fredegonde craignãt perdre ses biens/se trãsporta auecques toutes
ses richesses en leglise de la benoiste dame Marie de Paris/comme
en lieu sacre/seur/τ sauf. laquelle fut liberallement receue par leuesq
que du lieu. Le trezor qui estoit vers Chilperic au bourg de Casset
prindrẽt aucuns officiers domestiques/et a Childebert le porterẽt.
Mais fredegonde desirant plus seurement dõner conseil et ordre a ses besongnes et a
son filz: enuoya par ses messagers prier Gontran Roy dorleãs quil fust tuteur delle
et de Clotaire. Riens ne tarda Gontran: venant a Paris/sortit la Royne de la ville/
et alla au deuant de luy. ¶La tuytiõ de son nepueu prinse τ acceptee. Gontran comGõtran tuteur de Clo-
taire.
mãda porter lenfant Clotaire par toutes les pricipalles villes du royaume: et les sei
gneurs qui se portoient. Les villes receuoient au serment de fidelite/au nom de Gon
tran. Mais Gontran non ignorant linconstance populaire/comme il estoit en leglise
de nostre dame/ou assistoit grant tourbe de peuple/silence faicte va dire. peuple de Pa
ris qui cy estes assemblez: ie vous prie gardez en moy plus constamment la foy que na
uez fait en mon frere Chilperic: afin que ie puisse mon nepueu nourrir en paix/et vous
en iustice (laquelle chose dieu ne veueille) que il perisse sans tuteur et vous sans adLa requeste
q̃ fist gõtran
au peuple de
Paris.
ministrateur. Le peuple esiouy de loraison de Gontran: loua lhumanite et la foy du
prince: priant a dieu q̃l le gard sain τ sauf. Durant ce tẽps furẽt aucuns mouuemẽs de
guerre/gontran repetant τ reprenãt les lieux et places q̃ Childebert occuppoit. Mais
ganesque cõte de Poictiers soustenãt le party de Childebert tint soubz sa foy les lemo
sins τ poicteuis/τ danãtage essaya auoir les toutengelz/toutesuoyes resistãt larceuesq
de la ville de tours/persista la cite en la foy de gontran. peu apres Childebert: q̃ les paGillõ arce
ue sq̃ de rains
ambassadeur
de childebert
risiens apres la mort de chilperic venant a Paris nauoient voulu receuoir enuoya gil
lon arceuesque de Rains auec aultres nobles τ grans seigneurs en ambassade vers gõ
tran. Les ambassadeurs receuz/gillon en sa harengue vsant de parolles blandissantes
au cõmencemẽt a dieu graces rẽdit: q̃ a gontran clemẽt τ trespuissant Roy auoit baille
pure paix. plus oultre ne souffrit gontran les parolles de larceuesq: mais le reprenant
si cõme parler vouloit. Mauuais: dist il: τ iniq̃ prelat: toy parlãt elegãmẽt ie ne preste
voluntiers mõ oure a tes blandicemẽs τ flateries. Car cõme entre tous les aultres q̃ sõt
viuans/tu soyes le plus traistre τ desloyal soubz vmbre de te rocquet et vestemẽt de luy
demõstrant et simulant sainctete: par fraulde et prodition decops et trompes le monde
par ton conseil plusieurs villes q̃ a moy appartiennent sont arses τ bruslees. Au Roy
ainsi parlant gillon ne respondit aucune chose. Mais laultre des ambassadeurs declai
rant en peu de langaige le mandemẽt de Childebert commensa a dire. Nostre glorieux
Roy Childebert/commande nous a de toy repeter sa portiõ du royaume paternel que
luy as ostee. Respondit gontran que des long temps auoit a ce rendu responce: riens na
uoit de Childebert vsurpe/oultre la forme des conuentions entre eulx faictes: pour rai
son de quoy auoit intention de retenir tout ce que legitimement et iustement possedoit/
sinon tant seullement ce quil auroit delibere donner par sa grace ou pour sa liberalite.
Et pour ce que lãbassadeur entendoit en vain estriuer cõtre le Roy. Nous voydõs: dit il:

d. iii.

que noftre legation ne proufficte. Le refte ceft pour faire fin/que nous voullons quelq̃
chofe impetrer de ta iuftice. Deuers toy eft Fredegõde vefue de Chilperic:laquelle Si
gebert pere de noftre prince a fait mourir de puis peu de iours en ca:Chilperic a occis
fême digne de grande punition. Pour ce demãde Childebert cefte cy luy eftre enuoyee/
laquelle pour la cruelite et horreur de fes crimes delitz fera punyi felon fes merites.
Refpondit Gontran a lambaffadeur:que luy fembloit inique et defraifonnable de ra=
uyi a punition vne femme a noblye de dignite royalle: laquelle auffi point ne cuydoit
eftre coulpable des cas que lon luy impofoit. Et par aifi les ambaffadeurs fe departãs
fans proffitter en leur legation:le principal parleur va dire. Gontran grant roy:puis
que reffufes la paix/faiches que fa coignee dont ton frere a efte occis:pend a ton chief.

Cõmêt le roy
gontran fift
iecter les fan
ges cõtre les
ãbaffadeurs
de childebert

A ces parolles efmeu le Roy:les ambaffadeurs cõmanda expulfer recter hors du pa=
lais:et cheminans par la voye les fift de fange et ordure cõtaminer foueiller. dont en
tre les Roys furent prouoquees et incitees griefues inimitiez. Gontran apres ce en=
uoya Fredegonde a Neuftrie dit Normandie ou elle habiteroit affez pres de Rouen:a
laquelle aucuns nobles de france cõme filz euffeut eu pitie de fa fortune fe offrirent luy
promectans aider de tout leur pouoir. ⫷ Quant fut congneu que pretexe/q̃ Chilperic
auoit eu prifonnier/eftoit deliure par Gontran mouft fut trifte et dolente Fredegonde
que decheute de la haulteffe de royalle dignite/eftoit tant peu prifee. Auecques ce pour
fa douleur accroiftre luy venoit en memoire la prefente felicite de Brunechilde/ quelle
veoit plus puiffante que foy plus hõnoree. De laquelle enuye cefte fême tormentee:
fecretement appella quelque hõme nomme Hauldry hardy et acouftume a faire meur=

Fredegonde
de rechef pêfe
faire homici=
de en la royne
Brunechilde

dres. Lequel elle chargea de grandes belles promeffes fil tuoit la Royne Brunechil
de. Marche fait de cefte occifion:Hauldry ayant acquis familiarite conuerfation a
uecques la Royne Brunechilde/par blandicemens et flateries de iour en iour: toutef=
uoyes apperceu plus grant blandiceur vint en fufpition. Apprehende et par tourmens
afflige fe crime confeffa:pour lequel fuftige et diffame fut enuoye a Fredegonde/laq̃l=
le comme femme de fang/luy fift trancher piedz et mains: le arguant de negligence/et
pareffe.pour ce que cõme lafche et failly auoit paffe loccafion de occir Brunechilde: ou
pour ce quelle voulloit monftrer et fignifier ne luy auoit commande aucune chofe de ce
ftuy homicide. Dorenauant print Gontran follicitude de pourfuyuyi les coulpables
de la mort de Chilperic. Entre lefquelz Cherulphe accuse qui auoit efte fon premier
cubiculaire fen fourt au fepulchre Sainct Martin de Tours:ou finablemêt par le cõ
mandement de Gontran/et de Claude fut a force de playes occis:fes biens dont tref=
riche eftoit defclarez confifquez. ⫷ En ce mefme temps Gondouault qui longuemêt

Gõdouault
fe dit filz du
Roy Clotai
re premier.

feftoit dit filz de Clotaire premier: attrapant a foy la faueur des feigneurs / comme il
euft receu foubz fa puiffance et domination grant partie des villes et peuples de Acq=
taine. facillemêt gaigna et ioignyt a foy Perigort/Thoulouze/et Bourdeaulx. Gõ
douault augmête en largeur aplitude de empire:efcripuit des lettres aux feigñrs frã
coys:lefq̃lles couchees en vne tablette de boys: de cire couuertes p̃ deffus/bailla a por
ter a deux prefbtres caducoys. Lefq̃lz empoignez en chemin des chambellans ordinai
res de Gontran:par les lettres la confeffion des prefbtres fut congneu ce que Gõdou=
ault auoit en fon courage conceu entrepris. Sans tarder enuoya Gõdouault fes am
baffadeurs a Gontran:a chafcun defquelz commanda porter en la main brãches de oly

ues a ce q̃ cõme messagers de paix pl⁹ seuremẽt peussent au roy puenir. Lesqlz bers luy
benuz et requis de dire leur nõ et nation: de Gõdouault ce dyent ilz enuoyez sommes ꝙ a
toy benuz: lequel comme il soit filz de Clotaire ton pere: demande sa portion a luy deue
de la possessiõ paternelle: ꝙ se tu luy ressuses par armes sefforcera son heritage recouuter
Car ia de Acquitaine a grosse armee: et dauantaige luy doit Childebert enuoyer grãt
nombre de gens darmes deslitte. Gontran ayant ces ambassadeurs en opprobre les fist   Crime de gõ
estendre ꝙ fustiger dessus les doz des cheuaulx sauf le droit de legation. Car cest hor=   tran.
reur et grant crime/ mesmes entre les barbares/ bioler le nom de legat ou ambassadeur.

¶ Comment le roy Gontran restitua a Childebert son nepueu les billes
ꝙ citez que Chilperic luy auoit ostees

Ar auant ces iours estoit ordonne de faire assemblee entre Gontran
ꝙ Childebert. A laquelle au mandement de gõtran bint Childebert
accompaigne en grant nombre des gentilz hõmes et seigneurs de sa
court. Auquel lieu/ auant toute oeuure les messagers de gõdouault
admenez: commanda gontran luy dire quelles choses ilz auoient euz
bers luy les iours precedens. Apres quilz eurent tout par ordre reci=
te adioupterent que gondouault auoit de toutes choses spolie Ragonde fille de Chilpe
ric quant son pere lenuoya en Espaigne pour estre mariee: dont les seigneurs de Chil
debert estoient assez aduertiz. Apres que les messagers eurent racompte ces choses: in
continent tomba soupecon au Roys/ que cestoit la cause pourquoy aucuns de la noblef
se de Childebert nestoient comparuz ꝙ lassemblee. Et non pourtãt cessa gontran de ma
nifester et ouurir la chose quil auoit conceu en son couraige: mais prit bne lance le bout
de laquelle bailla a Childebert disant. Mon cher nepueu ie te suis ce signe indice te si
gnifiant que tu seras heritier de mon royaulme. Et maintenant certes te baille la puif
sance ꝙ seigneurie sur tout mon peuple ꝙ mes billes. Car toy ꝙ mõ aultre nepueu Clo
taire estes seulz apres moy aux quelz ces choses appartiendront. Ces choses dittes de=
uant lassemblee: prenant Childebert par la dextre main le mena a lecart bng peu plus
loing que sa compaignye. Premieremẽt ladmonnesta que taisible gardast ce ꝙ deuoit
dire. En apres il lenseigna quelz gẽs il deuoit prendre ꝙ deputer a gouuerner les affai=
res et negoces du Royaulme/ desquelz conseillers il bseroit/ quelz gens deuoit reietter ꝙ
finablement a quelles gens il bailleroit creance de garder sa personne ꝙ son salut. Quil
se gardast de sa mere Brunechilde: aussi de Gillon arceuesque de Rains/ homme tres=
desloyal. Ces choses entre eulx proparlees: se seirẽt pour parler de leurs affaires cõmũs
Toutes lesquelles choses qui estoiẽt beues appartient au proffit de la chose publicque
et pour lesquelles traicter estoit faicte ceste assemble/ finies et accomplies/ laifferent le
conseil: puis allerent au conuy. En mengeant gontran ces parolles adressant a la com=
paignye leur dist. Hommes francoys ꝙ tresnobles: que tousiours ay eu chers ꝙ prime=   Loraison de
rains: boicy mon nepueu que iay institue heritier: honorez le ꝙ par entiere foy obeyssez   gontran a ses
a bostre Roy. Car ie prens tresgrande esperãce de sa grandeur et prudence future: beu   gens.
quilest ia grant seigneur ꝙ loue en bertu. Cecy disant ensemble restitua a Childebert
les citez que Chilperic luy auoit ostees.

¶ Comment apres la paix faicte et accordee entre Gontran et Childebert
ilz firêt guerre a gondouault bastart de Clotaire premier de ce nom : lequel
en la fin fut liure a Lendegesille capitaine de Childebert.

Es chofes constituees et ordônees selon lufage des roys: sen alla chil
debert aux siens: et comme ces chofes se faifoient laccord et vnanimi=
te des princes côgneue: ceulx q̃ fauorifoiêt a gôdouault et q̃ fouftenoiêt
son party/ cestaffauoir. Desir/ Mômolin/ lêdafquez Sagittaire le a=
bandonnerent et delaifferent. ¶ Oultre la ryuiere Dordonne en vng

**Cômêt la ci=
te de côuoyne
abâdôna gon=
tran.**

lieu hault auquel ya vne ville nommee Côuoyne: en laquelle fe reti=
ta gondouault/ premierement doulx et traictable aux cytoiens: tantoft faingnant fad=
uenement des ennemys leur dift que bon feroit filz retiroient tous leurs biens et fubftâ=
ces en la tour: et puis comment il difoit que les ennemys eftoient pres: commanda que
tous fuffent en armes et les portes ouuertes allaffent tuer fur les ennemys. Larmee
doncques marchant/ quant les gens darmes furent en la plaine: leuefque iette et mis
hors de la ville eftouppa fes portes/ auec le fecours de fes gens iouffant de celle cite deli=

gondouault.

bera de iffec attendre la fortune telle q̃lle luy pourroit aduenir. Ceftuy gôdouault fe vâ=
toit eftre filz de Clotaire pmier de ce nô: et frere de gôtrâ. Il auoit bataille en Gtalie cô
tre les gothz foubz Nafcitte: apres le trefpas duquel/ fe arrefta a Conftantinoble: auql
lieu aduerty par Bofone que gontran auoit occis chilperic: retournant au pays de gaul
le fut premierement receu par leuefque de Maffeille/ de la fen alla en auignon/ tantoft
en Auuergne/ et a Bordeaulx. Finablement fe retira Conuoyne/ accompaigne de leuef
que Sagittaire/ Momnolin/ Lendafque et Daldon: par le confeil defquelz principal=

**La fraulde de
gôtrâ enuers
gondouault**

fement fe gouuernoit. Mais gontran la munition du lieu côgneue côme dicelluy neuft
peu facilemêt gondouault eftre attache et tue: commanda luy porter lettres au nom de
Brunechilde: par lefqlles elle ladmôneftoit de porter toutes fes richeffes a Bordeaulx
et y paffer fon hyuer. Obeyft gondouault aux fraudulenfes monitiôs: et toutes ces cho
fes auec trefgrande fomme dor enuoya a Bordeaulx. Le partement de gondouault ve
nu a congnoiffance: les gens darmes de gôttran lefquelz efpyoient fon chemin: pafferêt
la gyrôde et arrefterent les iumens qui portoient les bagues et fardeaulx de gondouault
Lefqlz fpoliez et pillez fen aliêrt au lieu ou gôdouault feftoit retire. Lêdegefille chef de
larmee auoit eycogite et machine des chariotz pour affieger la ville en cefte maniere. les
chariotz couuettz de toutes pars de aiffes et efchauffaulx/ feruoient de protection et faul
uegarde/ a ceulx qui eftoient mucez dedans le meftier defquelz eftoit faite des foffes de
foubz terre pour entrer en la ville: et puis vne multitude des arbres et boys des foreftz
voyfines affemblee iettoient grant nombre de fagotz dedans les foffes de la ville. Les
citoyens au contraire non ayans les cueurs failliz: mais iettâs des bufches trefagues
et groffes pierres deffus auec feu et poix bruloient les fagotz et les gens darmes. Ceft
affault fait en vain: Lendegefilde delibera deceuoir et furp:êdre les affiegez par autre
voye. A cefte caufe occultement appello Mommolin pour parler enfemble/ de prime fa
ce le increpa que gontran delaiffe auoit et fuyui gôdouault/ le admoneftant que fe par
fon moyen faifoit la ville rendre/ gontran qui trefbenin eftoit et clement luy pardonne=
roit et quitteroit toutes ces faultes/ Mommolin refpondit quil y penferoit. Apres q̃l
y eut penfe/ affembla Sagittaire/ Lendafque et Daldon ces grans amys. Leur remon=

ftra a quel peril z danger leur pendoit/se la ville eftoit prinfe daffault et par tãt que cho
fe vtile leur feroit filz fe faulvoient/tous lefquelz acquieffans au remonftrances et pa=
rolles de Mommolin. Mommolin print cõplot de ietter le feu en lune des principalles

Confpiratiõ
des habitans
de Bordeaux
enuers gõdou
ault leur prïce

eglifes de la ville: a celle fin que quant les habitans y courroiẽt pour leftaindre/il peuft
facillemẽt mettre Lendegefille dedãs la ville. A cefte entreprinfe executer Carulfe tres
riche homme (auecques lequel ilz conuerfoient) appelle: le fift participant du confeil.
Apres la cõpofitiõ faicte entre eulp de brufler le temple/z la ville liurer aup ennemps: a
Lendegefille trefoccultement vint Mõmolin/lup mõftra par ñfle voye pourroit la vil=
le eftre rendue foubz la puiffance de gõtran/fe promptement mettoit a execution la pro=
meffe quil faifoit de reconfeiller auec lup. Lendegefille refiouy foubz efperance de recou
urer cefte ville fift ferment a Mõmolin de non transgreffer les cõuenances: et fe le cou
raige du Roy ne pouoit eftre a ce faire induict et conuerty/quil leur bailleroit quelque
feure eglife ou ilz fe tiendroient iufques a ce quil fuft appaife. La chofe ainfi compofee
le cõfeil obmis de brufler le temple/fen alla Mõmolin a Gõdouault: recita cõment il a
toufiours efte loyal enuers lup/comment et de quelle foy fe veult encores eftre dozefena=
uant. Toutefuoyes que les chofes en telle difpofition eftoiẽt que beaucoup ne fe deuoit

La trahifon
de Mõmolin
enuers fon fei
gneur Gõ=
douault

y confier: pour raifon de quoy auoit tente le couraige de Lendegefille capitaine de Chil
debert pour congnoiftre quel il eftoit z fil le trouueroit enclin a concorde: mais ie ny ay
(dit il) trouue aultre difficulte finon quil ne approuue cefte chofe/ que toy ayant maul=
uaife eftimatiõ de gõtran ne te veulp trouuer deuant lup/et fi ne veulp parler auec lup
et mõftrer quelq raifon z apparẽce cõment tu es fon frere z dõt ce peult eftre ne es certaï
Se tantfeullemẽt cecy tu veulp faire et que tu voifes parler au Roy dit Lendegefille q
toutes les chofes tourneront a ton pffit/et tout fe portera bien enuers toy/ie fuis dõc=
ques de aduis que entre tant de follicitudes et perturbations tu te defployes: et nous a
uec toy allons enfemble a gõtran. Mõmolin vfant de telles perfuafions: entendit gõ=
douault la deceptiõ et trõperie de Mõmolin. et neautmoins ne fen garda: car il veoit ql
neftoit facille de refifter a leur malice z efchapper de leurs mains/foubz la foy et tutelle
defquelz il feftoit mis et expofe par fi long temps. Par quoy tãt feullemẽt les enhorta
de ne fe velaiffer/allant ou ilz le meneroient. Ainfi que ces chofes fe traictoyent: le feu
mis z iette a la plus prochaine eglife Lendafque/ peu a peu efchappant / parmy le peu=
ple lequel couroit pour eftaindre cellup feu fen fourt aupres des portes ou eftoient les en

Cõmẽt Gõ=
douault fut li
ure a Lẽdege=
fille.

nempz volle et hofe: contes des bourgeoys pour prendre gõdouault par les mains de
Mõmolin. Les portes ouuertes Mõmolin liura gõdouault en la puiffance de Lẽdege
fille/ et de fa retourne a la ville ferma les portes. Entre la cite et les teftes des enemys/
y auoit vne mõtaigne de terre/moyẽnemẽt haulte au cofte de faqñle gõdouault mõt/le

Gõdouault
occis

ietta volle z fift trefbucher au bas/lequel renuerfe z tourne la tefte auec les piedz cõme
vne roue/dune pierre iettee cõtre fa tefte par Bofone/fut occis. mõmoli. que nous auõs
dit eftre retourne en la ville/les richeffes de gõdouault pillees z robbees fen alla tibler
au refidu de lautre multitude. Mais les gens darmes entrez dedans la ville: les mu=
railles rafees cõtre terre nefpargnerent hõme. A cefte caufe Mõmolin apres quil eut
brufle le demourant de la ville fen alla en loft de Lendegefille. Lequel aduerty de fa fen
tence du Roy contre traiftres: lup cõmanda fortir hors de fa tente pour vng peu defpa=
ce de temps: z iufques a ce ql appaifaft les gens darmes efmeuz a lencõtre de lup. Ain=

si quil sortoit dicelle tente/iacoit que deuant ses yeulx apparust la mort prochaine au moyen des assaulx que luy faisoient les gens darmes:vigoureusement resista/aucûs de ses aduersaires naurez: mais par le signe que clandestinemêt bailla Pendegesille/a ses gês:Mômolin attrape et enclos de tous costez fut puny pour sa trahison. Leuesque Sagittaire cuidant se sauluer en fuytte:par vng seul coup de glesue dun cheualier luy fut couppee la teste. Ces choses congneues/cômanda gôttran les richesses et trezors de Mômolin luy estre apportees:estâs en nôbre douz mille poix/chascun pesant douze liures et dargent deux cens liures que gôtran & Childebert entre soy/egallement departirent et tantost que le Roy gôttan eut receu sa part le cômanda distribuer aux poures. Entre la despouille de mômolin fut pris et a gôträ mene vng homme de troys piedz plus grât que les aultres. ¶En ce temps escheurent aucunes occasions de guerre: maintenant en Italie apres en Espaigne:mais pource quil ny eut grande esmotion : & que par trop de pluye ou que incontinent les choses appaisees/lon sen retourna en lhostel:ie nen faiz plus ample memoire. Vne chose fut/Gôttan leua grant armee contre les gothz/pour la quelle côduyre constitua Bosson chef et capitaine dicelle:par la negligence du quel fut mal bataille:les francoys respanduz et occis en grât nôbre. En apres fut faicte cruelle bataille a lencôtre des Bretons ou Pepolin duc de Cathatte fut occis. Ce pendant le ciel menassoit gontran de quelque aduersite:car lan precedât sa mort fut veue la Lune en eclipse plus obscure quelle nest de coustume il trespassa apres le. xxx. an de son regne & porte a Chalos cite de Bourgôgne:fut inhume & enseuely au monastere sainct Marc par luy ediffie & augmente de grans rentes & reuenues. Les meurs duquel se elles sont regardees:certes il est digne de estre mis au nombre des bons princes. Tresbenin et charitable aux poures/tresreuerend humble et obeissant enuers presôtres et ministres de dieu.

¶Comment apres le trespas du roy gôtran son successeur Childebert vou lant venger la mort de son pere et du filz de son oncle fist la guerre a Soyssôs contre la Royne fredegôde laquelle par son astuce obtint excellâte victoire Et comment les francoys assiegerent Millan : et prindrent aucuns cha steaulx en Lombardie.

Childebert vestu du Royaulme de Gôtran & redupsant en son coura ge la cruaulte de fredegonde enuers son pere & le filz de son oncle pen sa de tourment ceste femme punir. Pour raison de quoy appella a soy Gondouault auquel il bailla la sollicitude et conduitte de son armee luy commandant destruire le Royaulme de Soyssons/que fredegon de gouuernoit comme appartenant son filz Clotaire. Laduenement de ses ennemys congneu/commanda fredegonde aux seigneurs et gentilz hommes du Royaulme vers elle en armes hastiuement venir. Lesquelz mis en conseil frede gonde embrassant son filz encores allectant leur dist en ceste maniere.Hômes qui estes les premiers & principaulx de ce Royaulme de france:vous ne deuez peu estimer vo stre Roy & seigneur combien quil soit ieune & petit de aage/en sorte que formant deuant voz yeulx souffrez son Royaulme gaster & pdre. Chose côuenable vo⁹ est auoir memoi re & souuenance de vostre foy que me iurastes/moy estant a Rouen:que iamais en nul temps ne delaisseriez cestuy mon filz vostre Roy/mais que en honneur & reuerêce le gar

[marginalia:]
Mômolin traistre a son seigneur occis

Vng Gean

Le signe prece dât la mort du Roy gontran Le trespasse ment du Roy gôträ inhume a Chalons.

Guerre a len côtre de fredegonde.

ſeriez comme l'heritier du Royaulme de ſon pere. Seigneurs par ycelle foy ie Vous prie
deffendez Voz poſſeſſions que Voſtre ennemy/tant cruellement infeſte et aſſault. Pour
tant ſe nous ſommes en moindre nombre neautmoins eſt facille Vaincre ⁊ ſurmonter/
noz aduerſaires Point ne auray le courage falſy ⁊ ne ſeray quât au choſes deſpourueue
de conſcil ſe maintenant eſtes mes aydans et deffenſeurs ⁊ a ceulx qui bien feront leur
deuoir ſera rendu louäge ⁊ remuneration/mais au contraire ceulx qui laſches et lâguiſ
ſans ſe faindront ſeront notez de iniure ⁊ ignominie eternelle. Par le côſentement donc
q̃s de ceulx qui la eſtoient fredegonde conſtitua Landry chef de ſon armee:auql elle cô
miſt ⁊ bailla toute puiſſance de conduyre et faire la bataille/inionction faicte aux gens
darmes de obeyz a Landry ⁊ accomplir ce que par luy leur ſeroit commande. Ceſte fem
me eſleuee en couraige/portant Clotaire pendant a ſes mâmelles marchoit deuant larmee. Apres ſoleil couche commanda Landry que larmee reculaſt en la foreſt qui du che
min pres eſtoit lequel couppa Vne branche darbre a laquelle pendit Vne ſonnette ⁊ la lya
aux crins de ſon cheual:comme lon a de couſtume faire aux beſtes qui paiſcêt es foreſtz
ce que fiſrent tous les aultres par ſon commandement. Ce fait ſelon le Veuil de Lâdry
de nuyt yſſit de la foreſt et auant le iour arriua en loſt des ennemys. Leſquelz dormans
(a cauſe des labeurs du iour precedent)aſſaillit:dôt pluſieurs furent occis et les autres
ſe myſrent en fuytte. Incontinent les tentes des ennemys pillees ⁊ deſtruictes: entrez
en la champaigne pres de Rains bruſlerent les Villages ⁊ habitans diceulx. Ceſte Victoire excellente par ſon aſtuce obtint fredegôde a trueč. Apres cecy ſucceda aultre cau
ſe de faire guerre contre les Bretôs:laquelle non declaree par les pmiers eſcripuais ne
peult eſtre auſſi p moy eſcripte. Lon dit q̃ en ceſte bataille fut faicte grâde ⁊ cruelle occiſion. ¶ Tâtoſt apres ſe leua occaſion de guerre:pour laqlle Childebert prepara ſon ar
mee contre les Lôbars/leſquelz perſecutoient les Millennoys ⁊ Inſubres qui ſont les
habitans de Gaulle cyſalpine dont les citez ſont Millan/Pauye/Nouarre/⁊ Vercel
le. Pour ceſte guerre faire ⁊ côduyre furêt eſleuz Vingt et deux capitaines:deſquelz An
douault/Olo/⁊ Coôyuec furent côſtituez ⁊ eſtabliz chefs de toute larmee. Les alpes ⁊
monts paſſez/quant on fut arriue au camp des ennemys:Olo approchât dun chaſteau
qui pres de la eſtoit/tranſperce dun traict mourut. Les aultres paſſans oultre aſſiegerent Millan:auſquelz Maurice Biſantin empereur enuoya ces ambaſſadeurs promet
tans donner renfort aux francoys dedans le ſeptieſme iour:de la Venue duquel ſeroit ſi
gne quant ilz Verroient bruſler la Ville eſtant en ſa Vallee. La pmeſſe de Lempereur ne
ſortit a effect. Parquoy le ſiege leue et aucuns chaſteaulx prins par les francoys et
mis ſoubz leur obeiſſance pource que larmee eſtoit eſchauldee des grans challeurs de le
ſte/et la pluſpart des gens darmes mallades du fluz de Ventre/ſen retournerent en
leur pays.

La guerre de
childebert cô
tre les lôbars

Es choſes faictes/apres la conqueſte du royaulme de Bourgongne:
Childebert q̃ eſtoit appelle le ieune mourut auec ſa fême:non pas ſãs
ſuſpitiô de poiſon. A ceſtuy childebert le ieune furêt deux fílz Thide
bert fílz aiſne obtît la ſeigneurie de metz/q̃ fut appellee Auſtraſie: la
quelle côtenant partie de la haulte champaigne eſtoit eſtendue iuſq̃s
aux Allemẫs:ainſi nommee pource que le roy Auſtracus ou Auſter
ſelon lopinion des auſtres y auoit habite. A Thierry aduint le pays de Bourgongne

Cômêt Chil
debert mou=
rut auec ſa fê
me.

Sainct Gre=
goire pape.

Les Huns.

Bataille des
Roys Thide
bert & thierry/
a lencontre de
Clotaire/filz
de fredegonde

Le trespasse=
mēt de frede=
gonde.

Le sac de Du
noys chose di=
gne de memoi
re.

Les articles
& cōditions de
paix faicte en
tre Thidebert
et Clotaire.

Ce sont les deux Roys auxquelz & a Brunechilde leur ayeulle/nous lisons sainct
Gregoyre pape auoir escript/quant il enuoya sainct Augustin en Angleterre pour les
Angloys instruyre et enseigner en la doctrine de la foy catholique:louant et ayant en re
commendation le messager apostolique. En ce mesme temps les auares:cest a dire
les huns estans sur le lac meotide sortiz de leurs sieges/menerent grant guerre aux frā
coys/laqlle finablemēt ilz cesserent par le moyen des dons qui leur furent faitz/& lais=
serent France paisible. Mais fredegonde ennemye des Roys/grant armee amassee/
prouoqua son filz Clotaire a batailler contre eulx. Laqlle chose congneue / Thidebert
& Thierry non faitz paresseux(combien quilz fussent soubz la tutelle de Brunechilde)
auec grant multitude de gens darmes Vindrent au deuant/longuement et cruellement
fut bataille:finablemēt les aduersaires respāduz & chacez fut Clotaire Victeur en grāt
ioye triūphe & lyesse receu de sa mere. Laqlle toutesfoyes pource que ia estoit cōsommee
en Vieillesse/bien tost apres alla de Vie a trespas:et fut portee en sepulchre au sepulchre du
Roy chilperic sō mary/fēme homicide & cause de la mort de plusieurs auec laqlle nul na
acqs ī nit ye sās le dāger & pōtiō de soy car tāt cruelle fut & en ire obstinee:qlle ne peut
estre ressasiee du tourmēt de ceulx qlle haissoit:iacoit qlle eust Viole & psecute Pretexe p
prisō/batures/& puis par bānssemēt:neautmoies lequel rappelle par le Roy gōtrā/& re
stitue a sō arceuesche/siconime il celebroit la messe en leglise de Rouen se fist frapper ius
ques a grant playe/de laquelle peu apres il mourut. Elle fut aussi des aultres innocēs
cruelle persecutrice:car comme elle craignoit que son neu cuydast son filz Clotaire estre
cōceu de Chilperic mais de Landry par copulatiō adulterine:estudia a craite & timent
qui est la propriete dung tyrant. En ce temps le sac de Dunoys boueylloit en si grāde
challeur:que les poissons cuyz en icelluy estoient Viande aux habitans. Les Roys
memoratifz de liniure quilz auoient receu de Clotaire:par la suggestion et enhorte
ment de Brunechilde/se leuerent en armes contre lesquelz marchant Clotaire ses ten=
tes mises sur le fleuue de Aruēne batailla par malheureuse bataille. Car son armee de
faicte & rompue/fut le fleuue si fort replyde la multitude des mors que son cours estoup
pe cessa de couler/et lict on aux ans de france quil mourut troys mille hōmes en ce cō
flict : au regard de Clotaire legierement sen fouyt/et par Melun se retira a Paris:le
quel suyui par les Roys/fut contraint de receuoir & accorder telle condition de paix qlz
Voullurēt. La forme de laquelle fut ceste cy. Que Thidebert possederoit les lieux con=
tenuz entre les ryuieres de Seyne de Loyre & ouayse iusques a la mer/& auroit Clotai
re les douze regiōs encloses es ruictes de Seyne & ouayse. Les chose s faictes selon
ceste forme/Berthault homme de grant auctorite enuers le Roy thidebert ayant receu
bonne puissance de gens darmes pour garder et deffendre Neustrie/laquelle lors obeis=
soit a Thidebert/Clotaire y enuoya son filz Merouee auec Landry preuost de lhostel.
Cecy annonce a Berthault congnoissant quil nestoit en pareil nombre de gens darmes
se retira en la Ville de Orleans:ou il fut suyuy par Landry lequel comme son aduersai
re luy reprochoit la fuytte:adoncques Berthault parlant a luy des murailles de la cite
Landry (dit il) se tu as plus grande multitude de gens darmes que moy:ne cuyde pas
pour tant que tu soys plus fort en Vertu:mais se tu Veulx essayer & auoir experiēce quel
le est la force du courage de chascun de nous:te prouoque au conflict singulier de toy &
de moy:ce que Landry ne Voullut accorder. Se doncques par auanture(dit Berthault)

ton Clotaire fait combat auecques Thidebert: veulx tu que nous experimentõs que
lung sera a laultre en ce conflict: ceste condition fut receue par Landry. Peu apres les
deux Roys ficherent leurs tentes sus June ryuiere destempes. Puis ce pẽdant que le
lieutenant de Clotaire passoit le fleuue: afin que Clotaire ne peust batailler de toute
son armee: faisant signe cõmenca la bataille: en laquelle furent plusieurs occis tãt duñ
coste ꝗ daultre: mais beaucoup plus de larmee de Clotaire. En bataillant Berthault
qui auoit deffye Landry a la lutte particuliere comme il eust en vain plusieursfoys re
clame Landry/ non ignorant la trahison et fraulde que Brunechilde contre luy machi=
noit: courant impetueusemẽt cõtre la grande multitude des aduersaires/ayma mieulx
perdre la vie en bataillant vigoreusement/ que hõteusement estre depose et mis hors de
son office/ que Brunechilde sur toutes choses desiroit: pour en son lieu Prothadius col=
loquer. En ceste bataille fut Merouee empoigne de ses aduersaires: Clotaire et Lan=
dry se saulueret en fuytte/ et ne cessa Thidebert de poursuyr ses ennemys iusques a ce
que par armee nuysible et pernicieuse trempant en sang et challeur fut venu a Paris.
Toutesuoyes sans faire aultre chose de excellance retourna en sa maison. ¶ Entre
les maistres et officiers de lhostel du Roy Thidebert estoit vng Italien nomme Pro=
thadius: lequel (comme lon croyoit) auoit compaignye de luxure auecques Brunechil=
de. Pour raison de quoy elle sefforcoit de tout son pouoir a le auancer et mettre en grant
dignite et auctorite enuers le Roy. Et certes il pouoit beaucoup. Car cest Italien a
cause de son engin et astuce estoit au Roy moult agreable: mais pour sa singuliere aua=
rice de pecune trempoit en la haynne de tous les seigneurs. Brunechilde doncques ioy=
sant de ce Prothadius: et laquelle pas ne aymoyt Thidebert Roy de Metz. qui lauoit
bannye de sa compagnye donna entendre a Thierry frere dudit Thidebert quil auoit
desrobe les tresors de son pere/ partie desquelz il deuoit estre heritier: et qui plus est que
Thidebert estoit bastard: ne et engendre dung iardinier. par quoy conuenoit quil en=
uoyast par deuers luy ses ambassadeurs pour repeter et auoir de son pere et la sienne pe=
cune auecques tous les biens meubles et vstancilles delaissez par son deceez.

¶ De tel conseil Thierry souuentesfoys anime: voyant que en vain admonnestoit
Thidebert: grant compaignye de gens darmes amassee: marcha contre Thidebert et
assist ses tentes a Carise. Et pource que Thidebert nestoit loing de luy: instruysit son
armee pour batailler le lendemain. Mais les plus principaulx de larmee pensans que
cestoit vne chose vile et hontcuse ses freres se entrebatre/ et batailler lung contre laul=
tre: saichãs aussi leffect des guerres: par lesquelles les royaulmes ꝗ seigneuries ont de
coustume estre rompuz/ et aucunesfoys reprimez et destruitz: se transporterent vers le
Roy: le prierent quilz ne violast follement la pitye et charite fraternelle: et dauantai=
ge ꝗ chose ne cõmette parquoy sa dignite et ses fortunes en soiẽt pires. Au cõtraire Pro=
thadius voulãt faire ployer le roy en autre oppinion. Ce nest pas (dit il) chose decẽte de
soudain traicter paix. pour vne legiere cause/ mais fault tẽter le couraige de laduersaire
se daueture il vouldra acꝗescer aux demãdes ꝗ luy serõt faictes par lesꝗlles parolles les
seignrs irritez cõspireret en sa mort de ꝓthadius. Incõtinẽt se leua tumulte. leꝗl fut ap
pceu par le roy thierry estãt a lentree de sa tẽte/ par aucune cõiecture: lors le roy ꝓhibãtꝗ
lon ne fist aucune violẽce a ꝓthadius/ fut empesche ꝗ detenu p aucũs des cõspirateurs
ꝗl ne passast pl' auãt, neautmois pseuerãt en sa sentẽce: appella Vselin auꝗl enioignye

e.i.

June fleuue
pres destẽpes

Cõmẽt Me=
rouee filz clo=
taire fut pris

Prothadius
Italien fami
lier de Brune
childe.

La bataille
de thierry a lẽ
contre de thi=
debert Roy
de Metz.

Conspiratiõ
en la mort de
Prothadius.

signifier aux gens darmes quilz ne feissent nuysance a Prothadius. Mais Vselin cõ=
sentant de ceste conspiration de tant que Prothadius estoit de tous hay : venant aux cõ
iurateurs/le Roy (dist il) vous mãde que Prothadius soit occis. A ceste cause les gẽs
darmes et cheualiers coururent legierement : et tuerent cest homme iouant aux tables
auecques vng nomme Pierre medecin. Laquelle chose commise : tous coururent a la tẽ=
te du Roy : le prians quil ne soit courouce de la mort du tresmauluais homme/quilz sa=
uoient estre ennemy de paix et amitye. A cecy esmeu Thierry lhomicide froychement
fait : comme ny eust voye ne occasion destre prouoque a ire a lencontre de plusieurs/reti=
ra son couraige et a paix se accorda. Laquelle faicte/par le conseil des cheualiers auant
que batailler et combatre en armes/chascun sen alla. En apres Thierry qui nauoit en=
cores vse de nopces legitimes : mais auoit eu deux filz dune concubine : tourna son cou=
raige a prendre lallyance de mariaige. Deteric Roy despaigne auoit vne fille en aage

de marier : laquelle Thierry par ses ambassadeurs demanda a femme et espouse/la soy
promise quelle seroit a tousiours son espouse et Royne. Deteric pere de Meberge (car ce
stoit le nom de la fille) ioyeulx de ce gendre/espousa sa fille a Thierry : laquelle il ayma
cordialement et parfaictement. Mais Brunechilde enuyeuse de ceste si estroicte cha=
rite : tellement peruertit le couraige du Roy : que la compagnye de sa femme desprisee/la
tenuoya a son pere Deteric, auecques tous les dons paternelz quelle auoit apportez.
De laquelle ignominye le Roy Deteric iniurie par Thierry/enuoya ses ambassadeurs
solliciter Clotaire de reduyre en sa memoire ce que Thierry auoit commis a lencontre
de luy par premiere bataille/ et luy donner secours/et aide a ce venger de ceste iniure.
Tresioyeusemẽt receut Clotaire les ambassadeurs de Deteric : et les enuoya a son fre=
re Thidebert pour essayer sil se vouloit ioindre et associer auecques eulx en ceste ba=
taille. Lequel respondit aux ambassadeurs que ainsi se feroit. De la partirent iceulx
ambassadeurs et sen allerent aux lombars par deuers le Roy Agon, et luy reciterent
comment troys Roys auoient ensemble iure contre Thierry : et que encores estoit tẽps
si pour le quart se vouloit ioindre et associer auecques eulx : et que par ce moyen facile=
ment pourroient venger ses maulx et dommaiges quilz auoient receuz du Roy Thier
ry. Agon promist de se ioindre et copuler auecques les troys Roys dessus nommez, de
laquelle chose les ambassadeurs furent resioutz : retournerent au Roy Deteric et luy
compterent leur entreprinse/dont fut moult ioyeulx. La coniuration des quattre Roys

rapportee a Thierry : tresgriefuement porta la chose. Thidebert esperant que les aul=
tres Roys se assembleroiẽt en bataille : marcha le premier auecques son armee. Et les
Roys venans lung deuant laultre ne sut aucunemeut bataille. Mais ambassadeurs
enuoyez dune part et daultre : fut iour assigne au chasteau de salese pour cõposer la paix
et accord. Auql lieu se trãsporta le Roy thierry auec dix mille hõmes : y alla aussi thide
bert en beaucoup plus grãt nõbre de cheualiers : soubz couraige τ volũte de tout destruy
re se son frere refusoit les cõuenãces. Thierry espouẽte du nõbre de gẽs q̃ son frere auoit
ne repugna aucunemẽt de receuoir la paix toute telle q̃ thidebert vouloit. Fut dõcqs cõ

uenu τ accorde entre les roys/q̃ thidebert receuroit τ tiendroit ppetuellemẽt les deux cõ
tez de touraine τ de chãpaigne cõme a soy appartenãs par droit de heritage. Lesquelles
choses en ceste forme τ maniere cõfermees : prindrent les Roys congie lung de laultre.
Mais thierry non estãt ainsi appaise en son couraige/murmutãt souuẽtesfoys pẽsoit

comment et par quelle raiſon trauailleroit et tourmēteroit ſon frere eŋ bataille:du quel
il auoit eſte aſſailly et affligé par bataille/priue et ſpolié dune grāt partie de ſon royaul
me. Le conſeil prins auecques ſes plus ſaiges chambellans:et par iceulx aduerty que
choſe proufittable luy ſeroit acquerir lamitye du roy Clotaire afin quil ne ſe ioignyſt
a Thidebert:enuoya Bers luy ſes ambaſſadeurs/aux quelz il commanda dire au Roy
de quelles calamitez lauoit Thidebert perſecute/grande poſſeſſion de ſa terre raupe et
occupee. Par quoy auoit ordonne et delibere de repeter et retraire de ſes mains ce q̄ treſ
iniquement luy auoit raup et oſte:ſe Clotaire promect par ſoy et ſerment ne donner ſe
cours a ſon frere. Les ambaſſadeurs eſcouta Clotaire par grāt beniuolence:et ce quilz
demandoient au nom de ſeur Roy leur ottroya. En ce temps eſtoit Columbain treſex
cellant en ſainctete. Ceſtuy auoit admonneſte Clotaire de ne ſe mettre et Bupᵣ en la ba
taille de ſes freres:et que peu de iours apres aduiendroit quil ſeroit leur heritier. La re
ſponce du Roy Clotaire congneue:Thierry fiſt marcher ſon armee a Langres. puis
paſſant Berdun ſans ſeiour/laquelle cite lors premieremēt on ediffioit/ſen alla a Tul
le:ou Thidebert ayant fait Benir gens de guerre de Auſtraſie (que lon peult dire Al
lemaigne comprins le pays de Gueldres) auoit mis ſes tentes. En ce lieu fut treſapre
bataille:grant nombre de combatans occis. Mais fortune tournant du coſte t au prof
fit de Thierry:fupant Thidebert par le pays de Lorraine ſe retira finablement a Co
longne. Auquel lieu raffroychi et enforce:peu de temps apres aſſaillyt thierry par nuy
ſible et dommaigeable armee/et non en meilleure fortune. Car iacoit quil ne bataillaſt
laſchement/touteſuoyes Boyant que lon ſurmontoit les ſiens:la bataille delaiſſee/ſe
miſt en fupte/les auſtraſiens le ſupuans/grant partie deſquelz fupans fut occiſe.
Lon dit que en ceſte cruelle bataille eſtoient les gens darmes courans lung contre laul
tre ſi ſerrez et preſſez par infinye multitude:que les gens a cheual oultrez de playes ne
pouoient de leurs cheuaulx tomber pour la grant preſſe des combatans qui les ſoubſte
noient et empeſchoient de tomber. La fupte de ſon frere congneue:Thierry le ſupuant
comme ſon aduerſaire et deſtrupſant tout par ou il paſſoit:les habitans de ceſte region
Benans Bers luy le prioret que pour la coulpe dung ſeul homme ne Bouſſiſt exterminer
et deſtrupre le peuple innocent:diſans quilz ſe rendoient a luy auecques toute la pro
uince quil auoit par armes conquis. et que iamais ne deſobeyroient a ſes commādemens
Aux quelz le Roy reſpondit que pour certain leur pardonneroit ſilz luy portoient la te
ſte de ſon frere. A ceſte cauſe ceulx qui la c eſtoient Benuz la reſponce receue:ſans demeu
re cheminerent a Colongne:ou arriuez/parlerent a Thidebert en ceſte maniere. Ton
frere Thierry ceſſera de te faire guerre ſe tu luy Beulx diſtribuer et bailler ſa part des
treſors que tu poſſedes de ſa ſucceſſion de Boſtre pere:pource pouruoy a ton cas et au no
ſtre et ſcuffre que ton frere ayt ſa part et portion auecques toy des meubles paternelz.
Thidebert adiouxta ſoy aux parolles de ceulx qui parloient/et tantoſt laiſſa entrer a
uecques ſoy le peuple au comptouer/ou ſe trezor eſtoit garde. Ce pendant quil com
ptoit/et aduiſoit a parſoy quelle part il bailleroit a ſon frere:Bng du peuple tyra ſon
gleſue duquel il trancha la teſte de Thidebert/et ne ſeiourna de la iecter a Thierry
par deſſus les murailles de la cite. La mort de ſon frere congneue:entra thierry dedens
Colongne/et print le royaume de Auſtraſie qui auoit eſte a Thidebert. Incontinent
les choſes par ſa ſentence appaiſees retournant a Metz y mena les deux filz de Thide

e. ii.

Le ſainct hō
me Colum
bain.

Cruelle occi
ſion.

Le Roy thi
debert mis eŋ
fupte.

Comment par
Bng hōme du
peuple fut ſa
teſte tranchee
a thidebert et
portee a ſon
frere thierry.

bert/auec leur ſeur treſbelle fillette. Au deuât du quel venât Brunechilde/ſes nepueux
veux et apperceux/remplye de felonnye ſubitement occiſt les innocens. Thierry a-
pres ſa victoire reſtitua le duché a Clotaire/ſelon ſa promeſſe et conuenâce: en apres alleche en la beaulte de ſa niepce quil auoit amene de Colongne: côme il ſefforçoit de le-
ſpouſer et prendre a fême. fut de ce faire par Brunechilde empeſche: diſant eſtre illicite
et ſacrilege prendre a femme celle qui luy attoucheroit en prochain degre de conſanguinite: a laquelle Thierry reſpondit. O (diſt il) faulſe et deſloyalle femme/de pluſieurs
haye: ne me auiez tu mye perſuade/que Thidebert engendre par copulation adulterine
neſtoit pas mon frere: pour quoy ay ie par toy eſte côtrainct perſecuter et meurdrir mon
frere/et mon preſme. Ce diſant Thierry eſſaya occir Brunechilde: mais deffendue et
ſaulue par laide des chambellans eſchappa du cenacle. Ceſte cruelle femme longuement vengeance ne differa: elle fiſt vng bruuaige et potion mortelle: laquelle (par ſes
ſeruiteurs a ce rendux inſtruitz et idoynes) offrit a Thierry ſortant du baing. Ce venin beu le Roy eſchauffe en la challeur dicelluy baing mourut ſubitemêt. Aucuns ſont
toutefoyes ayans eſcript quil treſpaſſa dung flux de ventre apres quil eut regne dix
huyt ans: lan de grace Six Cens dixhuyt.

Cy finiſt le ſecond liure des faitz et geſtes des francoys.
Senſuyt le tiers liure.

Côment apres ſa mort des Roys Gontran/Chilperic/Thidebert/et
Thierry/ſefforça la Royne Brunechilde: bailler le royaulme de Auſtraſie
a preſent dit Champaigne a Thidebert baſtard de Thierry/et côment thi
debert/auecqs ſes deux freres Corbon et Merouce vaincux en bataille par
Clotaire: fut Corbon occis et Brunechilde priſonniere. et puis executee de
mort horrible et honteuſe.

Es Roys occis côme deſſus eſt dit. Clotaire eſtoit ſeul demoure de
ſa ligne et conſanguinite de Cloys: auquel appartienſiſt le royaul
me/le cinquâte ſeptieſme an apres le treſpas de Cloys. Mais bru
nechilde hardie par loccision de pluſieurs: ſefforçoit bailler le royaul
me de Auſtraſie a Sigebert baſtard de Thierry. aux effors de laqlle
repugnerent les ſeigneurs auſtraſiens: pource quilz auoient en hor
reur les meurs de ceſte cruelle fême. A ceſte cauſe enuoyerent en ambaſſade a Clotaire
deux des plus nobles de leur nôbre/ceſtaſſauoir Arnauld et Pepin luy ſignifians par
iceulx ambaſſadeurs ql ſe haſtaſt de aller vers eulx au chaſteau nôme Capthomaire.
La legation ouye: Clotaire en diligence accôplit la voulente des ſeigneurs. Luy eſtât
au chaſtel de capthomaire: Brunechilde qui loing neſtoit et ſeiournoit en Vuarmacie
chef des Banginoys/au bout du ryuaige du Rhyn/ manda a Clotaire ql yſſiſt hors du
royaulme de auſtraſie: q le pere Thidebert auoit laiſſe a ſon filz Sigebert. Pour aquoy
faire reſpôce/commâda Clotaire annôcer a Brunechilde ſa maniere et couſtume eſtre telle
q vne fême ne pouoit ipoſer loy aux hômes: ne ſoy meſler de diſtribuer et ptir les royaul
mes malgre les princes et ſeignrs. Leſqlz ſe elle vouloit eſtre aſſêblez pour determiner
a q apptiêdroit auſtraſie/ou a luy ou a Sigebert: vouluntiers côſentiroit a leur ſentêce et

diffinitiõ La respõce de Clotaire receue. Brunechilde appella les allemans pour eulp
associer auec elle en bataille/ z aussi legieremẽt de toute Austrasie assembla tresgrant cõ
paignpe de gens darmes. Entre les ambassadeurs par Brunechilde enuoyez en Ger
manpe estoit ung nomme Garnper:du quel elle auoit souspccon quil feroit les choses
aultrement que ne luy estoit commande: par quop bailla lettres a Albon compaignon
de Garnper en legation/faisans mention de mettre a mort icelluy Garnper. Ces let
tres leues par Albon les decpra et iecta loing de sop. Les pieces desquelles recueillies
et assemblees par lung des amps de Garnper discernant/et retenant la sentẽce dicelles
la manifesta diligẽment a Garnper. La chose dissimulee/occultement persuada Gar
nper aup allemans de ne supuir le partp de Brunechilde. En apres retourne a Brune
childe auec elle chemina en Bourgongne:ou il appella tous les princes a part/et de tãt
plus facilement les conuertit a son oppinion comme ilz auoient en horreur la tprande
Brunechilde. Ces choses doncques ainsi estans/denonca Garnper a Clotaire quil se
Bouloit Vers luy transporter:se seurement p pouoit aller:et quil nestoit difficile mope
nant son aide le faire ioupr du royaulme de Metz/et de Bourgongne. La Boulunte de
Garnper congneue:Clotaire accrtene par quelle maniere pourroit Garnper ceste cho
se accõplpr/son armee occultement dressee marcha en champaigne cathalonnoise ou lon
Beoit que ia Sigebert auoit fiche ses tentes. Durant ce tẽps Sigebert delaisse/sestoiẽt
tenduz a Clotaire aucuns des plus nobles de Austrasie:cestassauoir Arthus/Rucco/
Sigolde/ et Guulane. Les bendes instruictes a combatre: auant que se mesler en ba
taille:Garnper donna le signe a ses compaignons cheualiers/du ql il auoit entre eulp
conuenu/et peu a peu sortant de larmee tira auecques soy ses aultres compaignons qui
estoient de son conseil:lesquelz supuant Clotaire lentement auecques son armee iusqs
au fleuue de Sagonne (que les anciens nõmoyent Araris) Sigebert en ce lieu Benu en
mauluaise compaignpe de gens darmes:auec ses deup freres Corbon et Merouee tom
ba soubz la puissance de Clotaire. Mais Sigebert saulue par la legierete de son che
ual: ne comparut oncques puis. Incontinent apres ceste Bictoire:Brunechilde prison
niere fut au Roy liuree auecques Gudeline seur de Thierry que Garnper auoit prins
es tentes des aduersaires. Ne tarda le Roy faire mourir Corbon: et garda Merouee
quil tenoit son filzleu par le lauement du baptesme chrestien/duquel de la en apres eut
soing et diligente sollicitude. ❡Clotaire resiouy de telle et si grande felicite:appellez
en assemblee les princes et seigneurs de diuerses nations qui auoient auecques luy ba
taille:prit conseil de chastier z punir Brunechilde. Les crimes dicelle femme recitez:z
quelle estoit coulpable z cõuaincue de la mort de dip Roys ensemble de loccision de plu
sieurs aultres/leur pria luy dire de quel supplice z tourmẽt la pourroit dignement pu
nir. Lors crpant le peuple que ceste cruelle femme deuoit estre affligee de quelque mort
Bile et honteuse: auant que le Roy mãdast la faire Benir deuant lassemblee:la fist quat
tre foys fustiger/puis cõmãda luy estre amenee/apres qlle eut este de luy aspremẽt icre
pee z iniuriee:la fist seoir dessus ung cheual/z icelle menet p toute larmee. Finablemẽt
atachee p les braz z cheueup a la queue dũg ipetueup roucin fut tiree z desmẽbree par le
bourreau. La mort de laqlle selon laffirmation de aucuns auoit este prophetise par les
Sibilles: mais pource q de ce nay cõgnoissãce ie ne lose affermer. Car cest le fait des de
uis:adioupter iterptation aup figures z obscuritez des .pphetes. ❡Toutesuoyes a ce

Garnper am
bassadeur de
Brunechilde
enuoie au rop
Clotaire.

Cõment Si
gebert fut de
Clotaire Bai
cu et Brune
childe prison
niere.

La punition
derreniere de
Brunechilde

La cruelle
mort de Bru
nechilde.

Les louãges de Brunechilde.

que ne fraudons Brunechilde de sa louange. Elle construist et ediffia plusieurs colle-ges/de prestres et de moynnes/en Bourgongne et Austrasie/entre lesquelz voit son a Lyon encores pour les murailles le monastere Sainct Vincẽt. Ung aultre aussi a Haultun/ou elle fut enseuelye du consentement de Clotaire:et dedãs aultres temples en diuers lieux/a Sainct Martin/a qui elle estoit tresdeuote.en telle facon que se tu veulx mettre les mises despẽs q̃ ont couru a sedifficie diceulx/auecq̃s les facultez et fortunes de Brunechilde:ce te sera admiration/commẽt ceste femme a peu en vng mesme temps edifficer tant de temples/assignant a chascun rentes et reuenues. En son temps Ethe-rius a Lyon/Siagrius a Haultun/Desir a Dienne/Annarius a Auxerre/Austerius a Orleans/Loup/et Columbain resplendissoient par merueilleuse sainctete.

Les sainctz prelatz qui estoient au tẽps de Brunechilde.

¶ Comment Clotaire second de ce nom seul Roy de toute gaulle di-stribua les prouinces a ses seruiteurs/quicta le tribut aux lombars/& en bataille subiuga les saxons ou il couppa la teste a Berthault leur capitaine. Et commẽt les corps de Sainct Denys & ses compaignons furent par myracle reuelez a son filz Dagobert.

Es quattre royaulmes reduitz a lempire dun seul Roy Clotaire cō= Cōment clo=
stitua Garnyer preuost de son palais/duquel il sestoit grādement ser taire distri=
uy. A Harpon bailla le gouuernement de Bourgongne/ぇ fist Radd bue les puin
seneschal de Austrasie. Et afin que Clotaire/riens ne laissast de li ces a ses serui
beralite/auant toutes choses appella Garnyer preuost de son palais teurs.
appella en apres plusieurs seigneurs du territoire de Bourgongne/
euesq̃s arceuesq̃s/ぇ les citoyēs bōs et saiges Eulx appellez les rēplist de tresagreables
dons/en grāt largesse/afin de tirer a soy et captiuer leur beniuolence. Car oultre la tres
grande humanite/moderation et atttrempance dont nature lauoit instruict et enseigne
il portoit honneur a religion: ce q̃ peu aduient a celluy leql nest deuot enuers dieu: tres
preux estoit en bataille/il osta du tout ぇ q̃cta le tribut de sept vingts quattre liures dor:
que les Lombars payoient chascun an aux francoys/depuis le commencement du re=
gne de Gontran iusques a luy/et reccuāt deulx la somme de.xxx.mille escus/leur laif
sa les citez de Auguste/ぇ Suze franches et quittes. ¶Ce pendāt que ces choses se fai La natiuite
soient: a Clotaire de Bertgedrude son espouse nasquit Dagobert/quil bailla a leuesque Dagobert
de metz pour lenseigner es lettres: mais peu de temps apres mourut Bertgedrude: au li
eu de laquelle Clotaire espousa Sichilde: qui enfanta Haibert. ¶Dagobert estāt ve= Miracle du
nu en aage suffisante (comme il est de coustume aux francoys) sen alla chacer trouua cerf chacce par
vng cerf/lequel par luy longuement excite et bene lasse de trop courir querant lieu de re Dagobert
poz/sen fouyt en vng villaige lors nomme Catulaine ou catule que lon dit apsent sainct
Denys en france: en ce lieu auoit vne chappelle en laquelle les corps des benoistz sainctz
Denys Rustique ぇ Eleuthere enterrez ぇ estenduz en vne pierre/estoient religieusemēt
et deuotement reuerez par lespace de cinq cens ぇ trēte ans depuis le martyre par eulx re
ceu pour la foy de iesuchrist. Celle chappelle estant ouuerte courut le cerf dedās: la cou
che contre terre prenoit son repos. Les chiens par contumelies abboliz/suyuans le cerf/
quāt furent cōtre la chappelle voyans le cerf et faisans plus haulx criz et aboiz ne leur
fut permis ne aux veneurs aussi de entrer en ycelle chappelle: les sainctz hommes gar
dans ぇ deffendans leur eglise. Ceste chose rapportee aux lieux voisins: fist le lieu obser
uer en plusgrant veneration et incita Dagobert a deuotion ぇ admiration. ¶Bergedru
de morte durant ce temps/print Clotaire Sichilde dōt proceda comme iay dit Haibert
Mais Dagobert a qui son pere auoit baille vng precepteur nomme Sadragesille pour
linstruire es choses seculieres/luy adolescent non ayant rude engin/congnoissant q̃ son
pedagoge et maistre a qui le Roy auoit donne le duche de Aquitaine: pour la dignite re
ceu de son pere estoit fier ぇ orgueilleux/tellement que assez ne luy faisoit reuerence ぇ hō=
neur. Sadragesille appelle au conuy: comme il fust assis a lencōtre et a loppofite de Da
gobert comme son pareil: et quil eut prins a boire de sa main/comme egal a luy/le cōmā
da Dagobert estre batu de verges/ぇ sa barbe que longue auoit fist coupper ぇ abatre. La
quelle iniure receue/Sadragesille presque plorant courut a Clotaire/et quāt le pere fut
de ce aduerty moult se despita en son courage ぇ sur ce point commāda venir a soy Dago=
bert. Pour ce que cestuy adolescent craignoit la fureur paternelle/ne cupdant trouuer li La fuytte da=
eu plus seur pour souptre que sa chappelle ou le cerf sestoit deffendu ぇ saulue des chiens: gobert pour la
se retira dedans pensant que les saincts moindre secours ぇ aide ne luy dōneroient quilz crainte de son
auoient baille a la beste. La fuytte du filz congneue. Clotaire furiensement commanda pere

e.iiii.

Myracle:

estre expulse hors de la chappelle/τ a soy amene: partans les seruiteurs pour le comma dement du Roy accomplir eulx estans a demye lieue pres de ceste chappelle en ce lieu de mourerent fichez tant espouentez et doubteur quilz ne peurent oultre cheminer combien que de ce faire tresgrandement sefforcassent. A ceste cause retournez/denoncerent au pere ce que leur estoit aduenu. Cuyda Clotaire que ce fust fable: parquoy craignans loffencer enuoyerent aultres seruiteurs qui accompliroient son commandement/ mais aulx seconds pareil aduint que aulx premiers. Ne peut pourtant ainsi estre appaise/ le pere

Reuelatiõ de sainct Denys et de ses cõpaignons faicte a Dagobert.

courageux se luy mesmes ne experimentoit le myracle. Dagobert sommeillant en la chappelle/en son repoz Bit troys reuerends hommes parler ensemble. Adolescent (disoient ces martyrs) nous sommes ceulx lesquelz des long temps / occis pour soustenir la Berite de la foy catholique par Catule enseuelis en ce lieu. Lequel lieu pource quil nest pas assez acoustre ne decore: nous fait le peuple moindre honneur τ reuerence. Parquoy se tu Beulx prendre la charge de nous construyre et ediffier/ sepulchres qui soient faitz en plus digne appareil: nous te mettrons en seurete τ appaiserons ton pere enuers toy. Et afin que ne cuydes que ce soit illusiõ aduenue en ton sommeil: se tu fouïlles la terre ou sommes mucez; tu trouueras chascun de nous estre signe τ escript par son nom / de tresBons caracteres. De ceste Bision le adolescent plus asseure et confiant/ promist religieusement accomplir ce que ses sainctz martyrs auoient requis. Le pere cheminant en fureur pour aller a son filz touche dun mesme espouentement τ myracle ǫ ses seruiteurs pardonna son filz. Et peu de temps apres/ luy donna le gouuernement du royaulme de austrasie/ excepte les choses qui au deca de la forest dardenne appartiénet au pays de rais.

Mahumet.

En ce mesme temps de Mecche: lieu de Arabie se leua Mahumet puant τ infect en nemy de la purite chrestienne regnant lempereur Heracliⁱ lan de grace. Bi. cens. xx. depuis lequel temps iusques auiourdhuy la religion et foy de ǫ hesuchrist est moult troublee τ maculee. En ce temps aussi Phara Bierge fille de Auaric conte de Meaulx: edifsia leglise qui est ditte le monastere sainct Phaton: laquelle augmenta τ donna de plusieurs rentes τ reuenues. Et comme Phaton frere de ceste Bierge son pere decede/ ioupsoit du duche/de conte fait clerc.

Sainct phatõ de Meaulx

Finablement fut pourueu euesque de la cite. Le gouuernement du royaulme de Austrasie receu/ Dagobert espousa la fille de la seur de Sichilde au Billage de Chepcy pres Paris/ τ a peine estoit le tiers iour apres les nopces/ que Dagobert conuenant son pere demanda tout ce qui estoit du royaulme de Austrasie luy estre laisse: τ que le pere plus nen Bsurpast aucune chose. De laǫlle chose apres que longuement fut estriue entre le pere τ le filz: finablement accorderent que la question τ cõtrouerse/seroit mise soubz le iugement de arbitres/ qui furét esleuz au nombre de douze saiges τ prudens/ entre lesquelz estoit Arnulphe euesque de metz/homme resplédissant en grãt oppinion de sainctete. Par sentence dicculx arbitres bailla Clotaire a son filz Dagobert tout ce qui appartenoit au royaulme de Austrasie par ancien droit: soubz ceste cõditiõ quil ne passeroit oultre Ardenne/ selon les limitez que autrefoys luy auoit assiz.

Bataille entre Dagobert τ les allemãs

Dagobert retournãt a Austrasie/les sayõs habitãs oultre le Rhyn: pource ǫlz auoiét suspecte τ doubtoient la puissance dicelluy Roy leur Boisin: luy menerent guerre soubz la conduitte de Berthault: contre lesquelz Dagobert diligemmét mena son armee. Comme chascune armee combatoit a grãt force/ Dagobert eut son heaulme rompu dun coup de glesue dont il receut Bne griefue playe en la teste: tellemét que dicelle cheut partie de

los auec la chair et les cheueuɤ.Duquel coup tōbe a terre:facillement euſt eſte pris des · Attille loyal
aduerſaires:ſe ſubitement ne leuſt ſecouru Attille lun de ſes ſeruiteurs lequel lenuoɤa · ſeruiteur a da
incontinent a ſon pere Clotaire/qui neſtoit pas loing darbenne/le danger de ſon filz cō gobert.
gneu ſe haſta le pere par grant chemin de luy donner ſecours⁊ quant ilz furent venuz au
fleuue de Duiſeta/par la ſalutation reciproɋ des gēs darmes/Voila le bruit iuſques auɤ
tentes des aduerſaires/de quoɤ Berthault ſeſmerueillant/demanda quelle lɤeſſe il
ouaɤt es têtes des francoɤs : a quoɤ reſpondit quelqung/que Clotaire eſtoit venu a
uec grant armee.Tu as (dit il)mentɤ:car long temps a que tu as ouɤ dire que Clotai
re eſt mort.Les tentes eſtās pres lune de lautre/entēdit Clotaire la voiɤ de Berthault
parlant:pour lequel manifeſter ſa venue oſta ſon heaulme ⁊ deſcouurit ſon chef/ia tout
blanc de vielleſſe:par leɋl ſigne Berthault congnoiſſant le Roy par voiɤ barbare com
mēca a crier.O vieil cheual ⁊ chenu es tu la.De ceſte parolle le Roy courouce/ſans at
tendre ſon armee paſſa le fleuue ⁊ ne ceſſa de pourſuir Berthault fuɤant:iuſques a ce ɋ
la teſte tranchee eut a ſon ennemɤ lequel laporta a ſes cheualiers Et ne' fiſt pourtāt fin
a faire guerre.Car il trauerſa iuſques auɤ Saɤons,ou il fiſt merueilleuɤ dommage ⁊ · Victoire côtre
memorable deſtruction:neſpargnant aucun du ſeɤe maſculin qui eɤcedaſt la grandeur · les Saxons
de ſon eſpee/⁊ de la les champs gaſtez et les villages bruſlez/Clotaire victeur en fran
ce retourna.Luy retourne fut ſongneuɤ de venger la temerite de Godin/noble bourgui
gnon ɋ les inſtitutions des peres anciens deſpriſee s:eſpouſa la vefue de ſon pere:mais
par le moyen de Dagobert ſa maratre delaiſſee fut Godin reconſilie a Clotaire:laquel
le maratre de Godin contemnee:laccuſa auoit conceu de faire mourir le Roɤ.Parquoɤ
Godin ſelon le commandement du roɤ a ſainct Medard et puis a ſainct Vincēt qui eſt
dit ſainct germain des prez/les ſainctz et ſacrez aultez attouchez/aɤant efface ceſte accu
ſation par ſon iurement:finablement comme il alloit a ſainct Martin de Tours pour · Lacteur.
faire ſemblable choſe:ſe logea en vne hoſtellerie a Chartres/ou par le commandemēt de
Clotaire(comme cuɤdent pluſieurs)ſes ſergeās enuoɤez fut occis . Car aucuneſfoɤs · Godin occis.
auɤ roɤs eſt licence permiſſe de viure cōme ilz veullent:et leur ſemble eſtre loiſible maī
tenant ceulɤ cɤ/tantoſt ceulɤ la occir ⁊ faire mourir. ❡Ja pluſieurs batailles eureu
ſement faictes,/Clotaire pouruoɤant a ſes ſucceſſeurs:par le conſeil des princes ⁊ ſei
gneurs de bourgongne ſen alla a Troɤs/ou il les pria luɤ dire qui eſtoit cell[uy] que prin
cipallement deſiroient eſtre leur Roɤ apres luɤ:a quoɤ reſpondirent que nul aultre fors
luɤ deſiroient/⁊ que celluɤ eſtoit qui les pourroit nourir en paiɤ et de guerre deffendre.
Le Roɤ eſiouɤ de la reſponſe des princes:les admonneſta de garder foɤ en luɤ ſe deffen
dre auec les droitz du roɤaulme ⁊ par ainſi les laiſſa aller.Tontoſt apres aſſēbla le roɤ
les prelatz a Cɤpac.auquel lieu ce pendant que lon tenoit cōſeil des choſes appartenās
au proffit et commodite du roɤaulme/haɤmaire primeraiɤ entre les nobles lequel par
le roɤ auoit eſte baille pour inſtruire ⁊ enſeigner:Aribert fut denonce auoir eſte occis par
le commandement de Aignan prince des Saɤons.Pour raiſon de quoɤ noɤſe fut preſɋ
engendree entre les chambellans ⁊ officiers de la maiſon du Roɤ/par leſtude de diuer
ſes parties/mais par la moderation du Roɤ point ne ſe combatirent:⁊ ce pendant Lan · Le treſpas du
ɤliiii.de ſon regne: et du ſalut des Chreſtiens.Bi.cens.ɤɤɤi.mourut Clotaire/Roɤ · roɤ Clotaire.
treſbien lettre/moult pacient/craignāt dieu liberal auɤpoures/agreable au peuple ⁊ cler
ge:auquel enſeuelɤ en legliſe ſainct Germain des prez: pource que laultre Clotaire

sauoit precede/fut baille le nom du secõd Clotaire. Au temps dicelluy Clotaire Sainct
fiacre escocoys vint au pays de Brye: lequel querant vng lieu solitaire fut deuotemẽt
receu de saint Pharon/euesque de Meaulx: qui luy donna le lieu / auquel maintenant
pour ses merites de sa saictete est rueree et hõnore. Et en la chappelle de ce benoist saict
ne entrent point les femmes: pource que celle qui follement sesforca aultrefoys y entrer
enragea. De ce deuot hermite Sainct fiacre/aulcun versificateur fist et composa ces
deux vers.　　　　　　　　　　　　¶Versus.

¶femina que sesit blaspheme murmurare sanctum

¶fecit qp sancti non intrat femina templum.

¶Cest a dire. La femme qui blessa sainct fiacre par le blaspheme de murmure fist et
causa que aulcune femme ne entre point au temple ou eglise de ce benoist sainct.

　¶Comment les ambassadeurs de france et de Bourgongne vindrent fai
　re foy et hommage au Roy Dagobert apres le trespas de son pere Clotaire/
　puis fonda labbaye sainct Denys, y apporta les portes de leglise et le corps
　de Sainct Hylaire de Poictiers/ institua le Lendit/et quicta le tribut aux
　Saxons.

Agobert estãt en Austrasie: les nouuelles receues de la mort de sõ pe
re: afin que bruyt ne tumulte peult soudre aux studieux et conuoy=
teurs des choses nouuelles/departit Dagobert son armee en Bourgõ
gne et en france/pour incontinent en france aller. Mais sicomme
il estoit a Reins: vindrent a luy ambassadeurs de frãce q de Bour=
gongne/pour faire la foy et honneur quil deuoient au nouueau Roy
Dagobert auoit de son pere vng frere nomme Aribert/auquel comme par tresbon droict
fust deu partye du royaulme/par lesfort q estude de son oncle Brunulphe contendoit a=

Comment Da
gobert distri=
bua partie du
royaulme a sõ
frere Aribert.

uoir le royaulme paternel. Mais accorde fut entre les freres/que Aribert receueroit en
Aquitaine Tholouze / q les autres villes contenues dedans les mõts pyrenees/q la
riuyre de loyre/et que de la en auant ne pourroyt riens pretendre es aultres royaulmes/
ne cuyder aucunement quelque chose en icculx luy appartenir Aribert sa part q portiõ du
royaulme a luy baillee institua son principal siege a Tholouze/q le quatriesme en en
suyuant/loccasion de guerre prinse se donnerent a luy les gascõs. ¶Les choses de tou=
tes pars appaisees: Dagobert memoratif de son veu par lequel sestoit oblige aux mar=
tyrs sainct Denys et ses compaignons: sen alla au village de Catule ou il commanda
deterrer les saincts corps. A chascun tombeau ou sepulchre estoient tiltres escriptz/par
lesquelz sans controuerse ne difficulte lun de laultre estoit distingue. Le roy les fist met
tre en vng estuy quil auoit fait faire et fabriquer pour les garder iusques a vng temps.
finablement apres quil eut fait ediffier vng temple a grãt coust qui estoit couuert dar
gent massif/ordonna les saincts corps y estre transportez q estenduz en vne biere doz for
gee pour cclluy vsaige/couuerte par decoratiõ de diuerses pierres precieuses Rẽtes q re

uenues annuelles assignez pour le viure q entretenement des presbtres et ministres du
temple. Et afin que le lieu ne fust moyns garny des ornemeus par dedans que par de=
hors/dõna des tappiz tissuz de diuerses marguerites q pierres precieuses/dont seroient
couuertes les parois interieures de ladicte eglise q par ainsi Dagobert fut tresbon gar
donneur aux diuins martyrs. En apres ayant sollicitude q memoire des poures fut as=

feoir au pres du grant autel dicelluy temple vng aultre estuy de argēt/ou les dōs ƴ lon
offriroit aux diuis martyrs seroient mis/pour estre des presbtres distribuez au poures
et indigens. ¶ Ces choses faisant diligèment le religieux prince/non moins soignen=
sement accomplissoit les choses pendans soubz sa royalle sollicitude. Car il reuisita au
strasie τ Bourgōgne ou se tenoit la royne Gertrude/faisant droit a chascun le requerāt
en telle facon ƴne aucunessoys laissoit de prendre sa refection : a ce quil ne fust veu na=
uoir fait son deuoir des choses estans soubz le gouuernemēt de son royaulme lequel che
minant de Langres a Chalons/a Laterre/allant a Beaulme luy cheut en memoire de
Brunulphe que nous auons dit cy dessus auoir fauorise Aribert son frere quāt il demā
doit sa part du royaulme. Pour raison de quoy appella ceulx quil cōgnoissoit estre idoy
nes pour ce faire/cestassauoir Amalgaire/Arnobert et Guillebault auxquelz commāda
occir τ a mort mettre Brunulphe/lesquelz tantost son commandement accomplirent.

¶ Apres quil eut reueu et visite Haultum τ Ausserre/par la ville de sens se rendit a pa
ris, ƴa Dagobert auoit delaisse gertrude pourtant que sterille estoit:lequel remarie a=
uec vne aultre vierge nōmee nanthilde/vsa principallemēt par le conseil de pepin et ar
nulphe euesque de metz apres le trespas duquel/mist en son lieu Combert euesƴ de cou=
longne/Ses conseillers conuenans τ accordans aux meurs du Roy/telle renommee di
uulgue de sa iustice τ equite mesmes entre les estrāgers/que des natiōs voisines aux
turcqs τ sclauonnoys aucuns requeroient le iugement de Dagobert en leurs questions
et controuerses/afferma les sclauonnoys a luy obeir comme a leur Roy se quelquefoys
alloit en leur pays. ¶ Ñayant le Roy aucuns enfans pour la sterilite de ses femmes:
du concubinage de raguettonde vierge/eut vng filz masle/que Aribert frere de Dago=
bert lors estant a Orleans nomma Sigibert:τ fut ainsi appelle. entre les oraisons que
le presbtre amende/disoit au sainct sacremēt de baptesme:ainsi cōme nul/ selon la mo=
de des Chrestiens respondit amen. lenfant qui seullement le quarātiesme iour de sa na
tiuite tous se taisans par bonne et ferme parolle respondit amen. Laquelle chose (cōme
chascun peult croire) fut faicte diuinement. ¶ Maintenant pourrions faire plainte
de la variable τ instable condition des hommes/se la loy de lhystoire le permettoit. Da
gobert a qui les vertuz tresnobles τ excellentes louoyent au commencemēt de son regne
commenca a renuerser τ changer son courage. Lequel comme il visitoit/les villes τ pro
uinces du royaulme de france/soubz espece de faire droit τ iustice a chascun se peuple spo
lioit par force τ violence/τ si comme toutes choses fussent dcues au seruices de sainct de
nys/attacha les portes darain trespesātes de leglise sainct Hylaire de Poictiers/prīt les
fons ou les presbtres accōplissoiēt le mystere du baptesme/auec le corps du benoist sainct
et le tout sans recompensation faire du sacrilege/par mer les transporta a sainct denys.
¶ Toutesvoyes il neut iouyssance de toute sa proye:car lune des portes quant elle fut mi
se sur la mer pour estre aportee:trebuscha en leaue τ ne fut oncƴs puis veue. Mais pour
ce que ceulx qui mal font/ont de coustume soy ayder et couurir par aucune occasion de
pcche/disoient que la cause du sacrilege / estoit la rebellion des poiteuins/pour lesquelz
refrener et corriger estimant Dagobert tous leurs biens a luy appartenir / par droit de
guerre; apres ƴl eut trauerse et destruict les chāps et pisse la ville/toutes les murailles
rompues commanda labourer la terre/et en icelle semer du sel pour y mettre perpetuelle
sterilite Au sacrilege de luxure tint Dagobert compaignie:car comme Amand euesque

La royne ger=
trude espouse
du Roy dago
bert.

La renōmee
du Roy dago
bert.

Comment lu
ne des portes
de leglise sainct
Hylaire tōba
en la mer.

Dagobert lu=
purieux

de Tungrenne/le siege duquel estoit au traict/en ce temps homme de saincte vie ζ tres
excellente doctrine sicomme il preschoit parolles salutaires a Dagobert pecheur/fut du
royaulme expulse. Mais finablement Dagobert soy amendant eut Amand agreable
par tout ou alloit Dagobert le suyuoient huyt putais oultre celles quil nourricoit ζ en
tretenoit en plusieurs lieux pignees et phaserece comme roynes. Toutesuoyes Pepin
des landes preuost de lhostel: a qui Clotaire auoit donne le duche de Braban/ resistoit
a sa turpitude vilz ζ deshonnestee faiz du roy Dagobert et ne le souffroit en tous teps
et en tous lieux franchement et a son plaisir couler par tant de vices le coabiteur duql
Egnaue homme noble ζ tressaige Benoit et approchoit par bon conseil. Lesquelz perse
uerans en exhortations ζ contumelies remõstrances rendirent finablement Dagobert
plus saige ζ discret que par auant. Ce pendant Aribert roy de Thoulouze ζ frere de da
gobert: alla de vie a trespas delaisse son filz Chilperic, lequel tantost apres le suyuit.
Au moyen de quoy Dagobert print le royaulme de Thoulouze. ℟Mais aduersite en
suyt presque tousiours felicite. Au Roy fut annonce que les sclauonnoys descendoient
par grant violence et impetuosite en thoringe: les bandes de cheualiers ζ gens darmes
eslictes ζ loing assemblees/quãt Dagobert vint au Rhyn/ les saxõs vere luy enuoye=
rent le prier quilz fussent deliurez et affranchiz du tribut quilz auoient paye a son pere ζ
a luy iusques a lors (ce tribut estoit tantseulement de cinq cens beufz) promettans silz
impetroient cecy du roy/par leurs armes et a leurs propres coustz ζ despens yroient com
batre et surmonter les sclauonnoys. ℟Celle condition receue et admise/fut le tribut affrã
chi aux sclauõnoys. Mais Dagobert vsant daultre courage: procura la mort de Sadra
ge sil qui son pedagogue ζ precepteur auoit este: et ses enfans qui menassoient Beger leur
pere/par sentence des princes ζ seigneurs de sa court furent priuez de la paternelle suc=
cession ζ a tous leurs biens confisqz. Ce pendãt que ces choses se faisoient/Dagobert lais
sa Austrasie a son filz Sigebert luy bailla le royal dyademe auec Cumbert euesque de
Collõgne ζ adalgise conte palatin/par sa moderation ζ prudence desquelz seroit le roy
aulme gouuerne. Cestuy temps de son espouse Mathilde nasquit Clouys a Dagobert
q plusieurs appellent Loys. Lequl venu en la fleur de son aage se applicqua Dagobert a
oster noyse et diuision entre les freres/distribuant a chascun sa portion de lheritage: car
il baillla a Sigibert toute Austrasie ζ a Loys Bourgongne ζ neustrie. ℟De sa retour
ne aux saincts martyrs entre plusieurs dons et offrendes q leur distribua/institua vne
foyre annuelle au moys de Juing dedans vng champ qui nest pas loing du temple des
saincts/transferant et baillant toute iurisdiction aux ministres dicelle eglise. Cecy est
du Bulgaire appelle le sendit par langaige corrompu cõe il me semble/ car ie cuyderoie
que son se deust appeller edict: pourtant que a ceste foyre par ledict du Roy seroient les
marchans tenuz de toutes pars apporter leurs marchandises ζ merceries cõme au mar
che publicque du royaulme.

Le trespas de
Aribert roy de
thoulouze ζ de
sõ filz Chilpe=
ric.

La natiuite
de Loys ou clo=
uys filz de da
gobert.

L'institution
du sendit.

℟Comment les Gascons de rechef rebelles furẽt vaincuz par Dago
bert: au quel ilz firent hommage du pays de Gascongne/ζ les Bre=
tons du duche de Bretaigne. Et comment leglise de sainct Denys fut
de Jhesuchrist dedyee.

Les gascons apres la mort de Aribert deffaillirent de lobeissace de Da
gobert: lesquelz doulourensement portás le premier assault a la Berge
des francoys: plusieurs furent occis a chassez/les Bngs es montaignes
les aultres aux forestz se mucerent. Mais apres la fuytte ramassez
et assemblez/enuoyerent messagers a Dopn chef de larmee des fran=
coys promectás obeyr a accôplyr ce q leur seroit cômáde. Ainsi retour
na sauluc et sans danger larmee du roy en france/fors aribert et peu daultres lesqlz par
leur negligence entre langoisse et asprete du chemin de roncheuault furent occis des ga=
scons. ℂ Les gascôs reduitz soubz la puissance du roy: Dagobert nayant oublye les in
iures que lan precedát auoient les bretons cômis côtre les francoys: enuoya ses ambas=
sadeurs Bers Mydicahil prince des bretons/le menassant de luy faire guerre sil ne pur
geoit son offense. Parquoy Mydicahil frappe de craicte et timeur Bit a Dagobert lors
estant a Cppiaque: lequel se appaisa de grans dôs se dônant auec tout son peuple a son
royaulme a Dagobert: sans auoir aultre Bolunte q de côfesser et aduouer tenir tout en
foy et hômaige et soubz la puissance a seigneurie des francoys. Apres q Mydicahil eut
iure aux parolles du roy/sen retourna en son pays. ℂ Durant ce têps les euesqs a sainct
Denys cônuoquez a assêblez par dagobert pour leglise dedier: côme ilz eussent ordonne ce
mystere parfaire se. xxiii. iour de feurier: Bng poure hôme Bint moult diffor me et ifect
de leppre/priát le gardien de leglise qlluy souffrist passer la nupt en icelle/ce que luy fut
ottroye: et luy estant esueille perseuerát en oraison/clairemêt Beit Ghesuchrist accôpai=
gne de sainct Pierre a sainct Paul/auec les benoistz martyrs sainct Denys/sainct Rusti
que/a sainct Eleuthere Benir en leglise par Bne fenestre: leql Bestu de blác Bestemêt fist
le sacre office de dedication. Dela Bint Jesuchrist au lepreux: toy hôme(dist il) quant
les euesqs Biendrôt demain au iour du iour pour celle eglise dedier/annôce leur qle est
de moy côsacree. La garison duql hôme fist foy de ceste chose: car Jesuchrist touchát sa
face: luy osta toute sa leppie/a la iecta côtre sa prochaine pierre. ou iusqs au iourdhuy p
tresgrant admiration est Beue côglutinee. Duql myracle ses prelatz estonnez se absti
nêtt de celle dedycace. Et cest la cause pourquoy: le. xxiii. iour de feurier grâde multitu
de de peuple Ba a ceste eglise/croyát fermemêt cecy auoir aisi este fait de dieu Jesuchrist
nostre saulueur. ℂ Plusieurs choses p Dagobert excellentemêt a triûphámêt faictes
ayant sollicitude des choses presêtes/a nô moyns pouruoyát aux futures: appella a cô=
seil to9 les euesqs/arceuesqs/princes/a seigñrs du royaume de france. leql seât en Bng
thrôsne dor/les deux Roys ses filz estans a ses costez: entre plusieurs choses parla de la
briefue et miserable Bie des hômes: exhortant ses filz a mutuelle charite/fist son testa=
ment par lequel auant choses cômâda ratiffier ce quil auoit dône aux presbtres et mi
nistres de Jesuchrist. Puis escripuât de sa main quattre sedulles dune teneur a sentêce
cômâda icelles estre encloses perpetuellemêt es armaires: lune a Lyon: lautre a Metz
la tierce a Paris: et la quarte Bers soy. Au regard des presbtres: cest a dire les euesques
aux quelz auoit fait et dône des biens: les obligea si tost quilz orroient nouuelles de sa
mort chascun en son eglise lespace de troys ans continuelz a côsecutifs/troys messes ce
lebier en la sepmaine pour le salut de son ame. Pour leql testamêt executer establyt ses
filz Sigibert et Loys ou Clotaire selon loppinion des aultres. Et ces choses par le roy
dictes: to9 ceulx q la estoiêt côfermerêt le testamêt par subscriptiôs a appositiô de leurs

Les ambassadeurs de gascongne pour la craicte q̃lz auoiēt du roy sourpiēt en frãchise a leglise sainct Denys.

seclz:et ce fait lassemblee leuee/sen alla chascun en son domicille.en ce mesme temps les gascons soubz la cõduicte de herman/pour accomplir les accords ⁊ cõuenances faictes par Doyn arriuez bien pres de Cypiaque:⁊ admonneftez en leur conscience de la rebellion contre le Roy par eulx cõmise/sourirent au monaftere sainct Denys cõme au temple de salut lieu de reffuge et frãchise:ce q̃ fut cause pourquoy ilz obtindrent misericorde de Dagobert/lesquiz receuz en foy et hõmaige sen allerent. ⸿Peu de iours apres expirez le Roy afflige ⁊ malade du fiux de Bētre:couche a Espignet/au champ de Paris se fift porter a sainct Denys. Voyant quil ne garissoit de sa maladie:desespere de iamais plus fante recouurer:appella Agayn son feruiteur/la foy et preudhõmie duquel moult luy eftoit approuuee. Luy recõmanda son espouse Manthilde et son filz Clouys afin q̃ par sa conduitte ⁊ prouidence fuft le royaulme gouuerne/adiuta aussi les seigneurs et officiers du palais (q̃ la eftoient) quilz obeiffent et feiffēt seruice a la royne/⁊ a son filz.

Combien de temps regna Dagobert.

Finablemēt le roy consõme de maladie se. piiii. an de son regne/et lan de grace. dc. xlV. le premier iour de feurier rendit son esperit. chascun fondant en larmes fut son corps en leue ⁊ au tēple des martyrs en põpe royalle enseuely. Du trespassemēt duq̃l/Ansoaldus euesque de poicters (seq̃l Vng peu deuāt la mort de dagobert auoit efte ambassadeur en noye en sucille) eft dit auoit escript ce q̃ sensuyt. Vng hõme eftoit nõme Jehan insulain anachorite/tresrenõme pour la sainctete de sa Vie. Ceftuy appercenāt Ansoaldus en son chemin/Vers luy retourna parlans ensemble dune part ⁊ daultre de parolles salutaires touchāt la Vie spirituelle:congnoissant Jehan q̃ cest hõme eftoit frãcoys/le pria de luy dire q̃l eftoit le roy dagobert. et de q̃lles meurs aucuneffoys auoit Vescu:apres q̃ ansoaldus luy eut par ordre la Vie du roy recite:ie racõpteray (dift iehã anachorite) a ta saincte

Vision a la mort de Dagobert.

te q̃lle Vision ay receu de Dagobert en mon reposmoy (dift il) eftant couche pour reposer/quelq̃ reuerend hõme ancien ma esueille/et admonneste de prier pour le salut de lame Dagobert/qui forment a celle heure eftoit du monde decede: quant mesueille pour les commans de lancien accomplir:incontinent ie Veiz au meilleu de la mer Vne grant tourbe de dyables: lesquelz lame du Roy Dagobert portans en Vne nef la rauissoient a peines eternelles/mais le Roy Dagobert a lencontre de ces dyables qui ainsi le tourmentoient souuent reclamoit/et laide appelloit de trops saincts hommes qui eftoient/Martin/Maurice/et Denys le martyr. Aux prieres desquelz incontinent se leua merueilleux oraige et tempefte auecques grant pluye et esclaire/⁊ les saincts hommes que iay dit reclamez du Roy Dagobert:de blancs Vestemens acouftrez Venans a moy confefferent eftre ceulx qui Venoient pour conforter et donner aide au Roy Dagobert. Longuement ne sciournerent:mais tantoft deliurans lame du suppliant de toutes peines et tourmens/au ciel auecques eulx lemporterent:sans interualle chantans ce beau pseaulme dauidicque. Benoift soit celluy que tu as efleu et enleue es eftres de ta maison. Aux biens de ton domicille remplir serons/ton temple eft sainct et admirable en eq̃ te. Ces choses diligemment congneues de Jehan anachorite/Ansoaldus retourne en france apres que a plusieurs les eut feablement racompte:furent escriptes par Audoenus arceuesque de Rouen et chancelier de Dagobert/lequel pour sa sainctete et les merites de sa Vie/au nombre des saincts fut mis. Sēblablement aussi Dagobert fut ioict au cathalogue diceulx saincts.

Sainct Dagobert.

⸿Cõment apres la Victoire des frãcoys cõtre les gascons Vint charte de Viures

en frãce pour laqlle Clouys fist descouutir lesglise sainct Denys et distribuer la
couuerture dargẽt a uy poures:osta le bras du corps sainct Denys dont il mourut
de raige, et luy succeda le Roy Thierry qui depuis fut fait moynne/et en son lieu
fut mis son frere Childeric que les francoys firent tuer.

Louys soubz son tuteur Agayn receuant les royaulmes de frãce ⁊ de
Bourgõgne/sa tierce partie du meuble paternelbaillee a sa mere Ma-
thilde/le residu esgallemẽt departit auec son frere Sigebert.puis le
mena sa mere a Orleãs:ou les prices ⁊ seigñrs Venãs a luy de Bour=
gõg ne receut en foy ⁊ hõmaige leur cõstituãt fflocate prince palatin q̃
Bourguygnõ estoit pour leur gouuerneur:auql bailla en mariage ra
noberte nyepce de Mathilde afin q̃lle entretint son mary en son office et en sa foy/feal en
uers le roy. Mais Buillebault hõme de grãt auctorite entre les bourguygnõs/ conceut
enuye cõtre fflocate desprisant ses edictz et cõmandemens. Laqlle chose Venue a sa cõgnoissance du roy appella a soy Venir Buillebault a Augustudune:leql nõbstãt sa grãt
assẽblee faicte de plusieurs ieunes iouuẽceaulx ne refusast Venir:enuoya deuãt agelul
se cuesq̃ Balẽtinoys/⁊ le cõte Duiscõ: pour sauoir et enq̃rir secretemẽt quelle oppinion
auoiẽt de luy ses chãbellans du roy. Mais ses messagers entrez a haultun/fflocate fer
ma les portes de la Ville/⁊ legierement fist marcher son armee cõtre Buillebault en laqlle
bataille cõmencee Buillebault fut occis/et flocate naure de griefue playe, le filz fflocate
duql nõme aubede esmeu:courouce:et despite du peril et dãger de son pere:fist grãde et
cruelle occision des aduersaires.Peu apres Manthilde mere de clouys trespassa et fut
mise au sepulchre de dagobert son mary. Lors cõmẽça clouys seul gouuerner la chose pu
blicq̃.et lan quatriesme de son regne:fut sy grãt charte de Viures q̃ de faim et famine pe-
tissoit le peuple sans maniere.Pour auql mal obuier:fist le roy oster la couuerture de se
glise sainct Denys/q̃ estoit dargẽt ⁊ p Agulphe abbe dudit lieu sans aucune diminutiõ
de prix cõmanda estre distribuee ⁊ dõnee a to⁹ poures indigẽs ⁊ pellerins. Bien tost a-
pres impetra le roy de Landry euesq̃ de patis/q̃ les religieux ⁊ ministres deputez au monastere dudit saict denys fussent exẽps de sa puissance et iurisdictiõ: afin q̃ cõstituez et
mis en pure liberte/sans moleste a dieu peussent seruir. Clouys se applicãt principal
lemẽt a sexercice de ses religieuses oeuutes sans pturbation daucunes guerres fist ou
urir la Byete ou gisoit le sacre corps de saict denys duql il osta Vne partie du bras. Et ia
coit ce q̃l eust en reuerẽce:toutesuoyes deiecte de son entendemẽt subitemẽt trebuscha cõ
tre terre:sen suyurẽt tenebres ⁊ obscuritez parmy le tẽple saict denys/tellemẽt q̃ ceulx q̃
la estoient/espouẽtez legierement sen fouyrẽt de ce lieu. Le roy sẽblable a Vng hõme enta
ge:celle partie du bras couuerte dor ⁊ decoree de plusieuts pierres precieuses au corps re
stitua/ensemble fist plusieurs dons au monastere pour recouurer meilleur entendemẽt
lequel sen trouua Vng peu mieulx.neautmois il portoit tousiours le signe de raige:du
quel par deux ans afflige mourut finablemẽt. Lan de son regne dixseptiesme accõply
et celluy de Jhesuchrist le Vi.c.lvii.fut mis en sepulture au monument de son pere a
sainct Denys en france. A cestuy certainement ne peult estre aucune Vertu assignee.
Car entre gloutõnye et luxure et tresentiere auarice (dont Clouys estoit tache) unl est
qui droictemẽt estime demourer Vertu.De Batilde yssue de noble ligne de la natiõ des
sayons ditz allemãs delaissa Clouys troys filz/clotaire/childeric/⁊ thierry. Cest celle

f.ii.

Clouys se-
cõd de ce nom
Vi ti.roy de
france.

Buillebault
bourguignon
occis en ba-
taille.

Charte de Vi
ures en frãce.

La charite
du Roy Clo-
uys second.

Chose digne
de memoire.

La royne Ba
tilde religieu
se.

Lyenard her=
mite.

Ebroyn le
tirant.

La Vierge
Gertrude.
Fortin. feld.

Le Roy thier
ry fait moyn=
ne.

Childeric
chassant fut
occis auec sa
femme Blcide.

Batilde laquelle fist rompre le monastere de caulx/par la royne clotilde dedie a sainct geor=
ge:et pour ce ql estoit trop estroit le eslargist. auql lieu auec les sacrees nonnains fait mo
nyalle et religieuse/couersa et vesqt religieusemet. de louuraige de laqlle est aussi le mo
nastere de corbye. En ce temps sainct Lyenard hermite manceau en saictete resplendissoit: q
plusieurs maulx souffrit pour les francoys discordas en paix entretenir. ¶ A Clotaire
aduint la paternelle possession:leql par le moyen et auctorite de sa mere estat en la fleur de
son aage fut estably au gouuernemet du royaulme. Ebroyn estably le premier maistre
du palais. Cest celluy ebroyn leql arracha et creua les yeulx a sainct Lyedard euesq daul=
tun/et q expulsa de son eglise Labert euesq de londun. En ce temps lon dit auoir este vne
noble vierge nomee Gertrude fille de Pepin des landes premier duc de braban:la seur
duql Pepin fut Begge duchesse tresreligieuse/aussi a laigny fut institue vng monaste=
re pat fortin et a sainct Mor des fossez vng couuet de moynnes par le sainct home frelon
et furent plusieurs gens de bien q resplendiret en vertuz/cestassauoir sainct Eloy a noyon
Audoenus a rouen/Richer a ponti iou/Germere a flay en beauuoysin. ¶ Clotaire de
cede apres le quatriesme an de son regne:les francoys prindret et esleurent pour leur Roy
Thierry le puisne et ancien Childeric enuoye en austrasie a Sulphane pour estre plus
instruict et pour luy faire le couraige legier. Par la negligece et fetardye de Thierry em
pira lestat des francoys a cause q le gouuernemet de la chose publicq estoit franchemet co=
mis aux cubiculaires et varletz de chambre du roy/et au preuost du palais/en quoy faisat
comenca le roy pour sa patesse et pusillanimite a viure en ceste maniere. Toute lanee ne
sortoit du palais sinon le premier iour de may/mettat lestat du gouuernemet de tout so
royaulme et de toute la chose publicq a ses gens et officiers/lespace dun iour seullemet au
peuple se mostroit:duql salue apres q le peuple luy auoit distribue quelqs dons et luy au
peuple/retournoit a lhostel/dot il ne bougeoit tout cest an. En ceste opsiuete tant parc
seuse prenat ebroyn son occasion de gouuerner comenca a veyer et opprimer plusieurs p
sonnes/et de tout ce ql faisoit se deschargeoit sus le roy thierry. Parquoy les princes et
seignrs courroucez de ce encloyret le roy thierry en vng monastere:et au regard de ebroyn
chef de tous maulx fut apprehede au corps et enuoye au couuent de luxon. Puis Chil=
deric auec Sulphane son maistre rappelle de austrasie:le nomeret leur roy. dont tatost se
repentiret. Car childeric ieune et en mauluaises meurs instruict/sans cause affligeoit
et foulloit plusieurs gens/entre les aultres fist predre Bolidum home innocet yssu dep=
cellate noblesse:leql fist attacher nud a vng pie/et comanda estre cruellemet batu et fu
stige:leql ainsi tormete se asseblerent les prices et seigneurs du royaulme machinas la
mort de childeric. de laqlle cospiration Sigebert et Amabert furent les pricipaulx au=
cteurs. Ceulx cy donqs alleret en la forest ou childeric chassoit:le sqls lassiegeret et occi
rent/auec la royne Blcide sa femme grosse densant. Le roy childeric mort fut Sulphane cu=
rieux de retourner hastiuemet en austrasie. Puis les francoys par le coseil de Lyedard
euesq daultun instituerent lendesil preuost du palais/et rappelleret le roy thierry:cotre le
ql yssu et sorty du monastere ou il estoit ebroyn p luy cotene et desprise assebla grat puis
sace de gens darmes et comeca guerre cotre thierry. plaqlle le chassa iusqs a villeblache/
ou les trezors d thierry furet rauiz et pillez/se retirat le roy a creyq furet ses choses appai
sees moyennat ce q le roy restitua la preuofte du palais a ebroyn:leql apres sa foy pmi
se a Ledesil de ne luy faire aucun mal/venat ledesil a luy le tua/et dauataige enuoya en
epil plusieurs prelatz et euesqs:thierry luy pmectat tout aisi faire veu et cognen ce q p

Ebroyn estoit fait enuers les francoys: Martin z Pepin le gros (quilz appellent de Hauftaile) duc de Braban et filz de Begge dit Pepin le court a caufe de la briefuete de fon corps drefferent leur armee: et au lieu de Bicophale fut faicte cruelle bataille/ tellement que plufieurs occis dunc part et daulttre/ furent finablement les aduerfaires par Thierry vaincuz. Pepin fuyant en Auftrafie et Martin a faudun. Mais Martin fe condement par treues de Ebroyn appelle/ par luy fut a mort mis: et ainfi come Ebroyn ne ceffoit de perfecuter plufieurs gens: fut efpie par Hermefrede/ finablement fut occis.

¶Ebroyn mort les fracoys en fon lieu eftablirent Garacon preuoft du palais q̃ peu apres fon filz gillemaire iecta hors de fa preuofte. Ceftuy apres fes batailles faictes contre Pepin/ mourut de mort fubite z tantoft fon pere garacon recouura la dignite preuoftale. Mais luy peu apres trefpaffe/ fut queftion doubtcufe entre les francoys q̃l homme au lieu du deffunct ordonneroient: finablement conuindrent a Becquapre homme de petite facon z indigne de fi excellant office. ¶La diffention des fracoys cogneue: delibera Pepin les armes prendre z fes tentes affift a tepierre/ ou q̃l lieu thierry fon armee tompue fe faulua en fuytte/ et au regard de Becquapre par la trahifon de fes gens fut occis. Finablement paix accordee auec Thierry/ receut pepin la preuofte du palais: feul pource q̃l deuoit aller en auftrafie/ en fon lieu fubstitua Nordobert pour fon fiege tenir z exercer fa iurifdiction.

¶Formet en ce temps thierry q̃ dixneuf ans auoit regne/ de mort preuenu trefpaffa: feul delaiffa de fon efpoufe Clotilde deux filz Clouys z Childebert. Mais clouys fe tiers an de fon regne alla de vie a trefpas/ Childebert luy fucceda. Des faitz duq̃l (come fil nauoit riens fait q̃ digne fuft de memoire) neft aucune chofe efcripte. il eft enfeuely a faict Eftiene en la ville de cacecq: au filz q̃l delaiffa nome le fecond dagobert/ fut vmis le gouuernemet du royaume foubz la tutelle de Pletrude feme de Pepin z Theudouault preuoft du palais.

¶Coment le prefbtre Danyel fut efleu Roy par les francoys z nome Chilperic q̃ Charles martel filz de Pepin vainq̃t en bataille/ puis fut ceftuy martel fait preuoft du palais furmonta fes fucupes/ allemans/ z les gothz faifant plufieurs belles prouesses cotre le roy defpaigne/ bailla les dixines aux gentilz hommes vainq̃t les bourguygnons et les frifons. Et comment Obbo archeuefque de Sens chaffa les Vuandalles qui vouloient prendre la ville.

Epin auoit vng filz nome Charles martel/ q̃ iay entendu eftre appelle le gros: z auquel appartenoit Harftalle (qui neft pas loing des Lyegeoys) auec les terres adiacentes. ceftuy perfecute de fa maratre Pletrude fut pris z par elle tenu prifonnier a colongne. En apres fedition et noyfe engedree entre les feigners pour la viofece de theudouault come longuemet euft efte combatu: Dagobert eut fa meilleure fortune. Parquoy Theudouault fut expulfe z mis hors de fa preuofte: les fracoys nomerent Rangefrede prince du palais. lequel incontinet efmouuat Dagobert afin de plus vigoreufement faire fa guerre parmy fa forest charbonniere/ tira fon armee iufques au fleuue de meufe/ fes champs gaftes z brufez de tous coftez. Auq̃l temps Charles martel efchappa de prifon et peu apres mourut Dagobert. ¶Lors Ambert euefque de Autan ches ediffia fe monaftere faict Michel/ au coupeau dune haulte montaigne. q̃ fut lan de grace. vii. c. ip. Vng prefbtre eftoit nome Danyel bien eftime z rendue/ lequel fut des fra

Pepin fe court.

Cruelle bataille.

Le pere par le filz eft iecte hors de fa preuofte.

La mort du Roy Thierry.

Charles Martel.

Le trefpas du fecond Dagobert.

Le monaftere faint Michel en Normandye.

Le presētre
Danyel fait
roy et nomme
Chilperic et
fut le .xtiii.
roy de france.
Bataille en=
tre Charles
martel & chil=
peric.

coys estably preuoft du palais: pmission et licēce a luy faicte auāt toute oeuure/de laiſ-
fer croiftre ſes cheueulx & ſa barbe/que ſelon la loy de prestriſe ſouuent raſer eſtoit neceſſaire. Ses cheueulx creuz et alongez les princes & ſeigneurs le conſtituerēt leur roy &
au lieu de Danyel Chilperic le nōmerent. Charles martel eſtant en liberte ſefforça de
tout ſon pouoir recouurer la maiſtriſe de la preuofte du palais que ſon pere auoit perdue
et eſtablyt Clotaire au lieu de Dagobert: lequel martel auoit ia fait amas de gēs darmes: pour cōbatre le Roy Chilperic appella en ſon aide Rangefrede preuoft du palais
et le duc des friſons/qui auec luy auoient traicte parx et amitye/ & alla ficher et aſſeoir
ſes tētes pres la ryuiere de Meuſe. Apres treſapre bataille entre les deux prices Charles martel ſen fourt/mais ſes gens darmes ramaſſez apres la fuytte reſtabliſſant plu-
ſieurſſoys la bataille/longuement combatu par diuerſe fortune de lung & de laultre: finablement a Ablis fut le Roy Chilperic ſurmonte. mais apres la fuytte remiſt ſus ſes
gens darmes: et de rechef recōmença la guerre/au ſecours du quel vint Eude price des
gaſcons: leſquelz depuis furent vaincuz de Charles martel au champ de Cambray et
ou lieu dit le Bineux. et conuint le Roy prendre la fuytte auec luy Eude prince des gaſcons lequel pilla et deſroba les trezors du Roy et ſen fourt a Orleans et dela en gaſcō-
gne: lequel fuyant ne ſe peut martel aconfuyre/mais empoigna Rangefrede qui vers
Angers tiroit chemin et auec ſa cite le miſt ſoubz ſa puiſſāce. Toutesuoyes vſant martel de clemence donna liberte et la cite a ſon aduerſaire. Lan incontinēt apres enſuyuāt
les ambaſſadeurs de Eude enuoyez a Martel luy pardonna et fut Chilperic receu et
reſtitue au royaulme. Ce pendāt mourut Clotaire/& Chilperic reſtitue au royaulme
longuemēt ne ſuruefquit. Le ſucceſſeur duql par le conſeil de martel fiſtent les frācoys
Thierry filz de Dagobert que les aucteurs diēt auoir eſte nourry auec les Vierges mo-
nyalles leur roy. En ceſte maniere martel ayant receu la preuofte du palais: aſſembla
grāt nōbre de gēs en armes, puis trauerſa le rhyn & les mena par my les treſbelliqueux
ſueyens/paſſant iuſqs aux baugares/qui habitent oultre le fleuue danubin: leſquelz
apres que il eut vaincuz et ſurmōtez/& quil eut receu ſoubz ſon empire & domination la
pluſgrāt part de germanye: garny de proye & deſpouille/charge & empeſche de richeſſes
triūphant en victoire en france retourna: ſeāl aduerty de la fuytte et rebellion du gaſcō

Les prouesses
de Charles
Martel.

Eude: tantoſt ſon armee cōtre luy prepata. mais Eude nattendāt la venue de Martel
au plus parfonds lieux de la region ſe muſſa & latita: ou en triſteſſe quis et nō trouue le
laiſſa martel ramenant ſon armee en france. ce tēps/les ſueyens deffaillans de la foy:
Martel vainquit et proſterna Leufrede duc dallemaigne. et ſubiuga celle region auec
tous les ſueyens. Reſplendiſſant de tāt & ſi grādes victoires retourna charles martel
en ſa maiſon. Certes en ce tēps la eſtoit bon beſoing auoir vng tel prince: quāt le pays
de france eſtoit foule & opprime de guerres qcontre elle ſourdoient de tous coſtez. Ce

La malice de
Eude prince
des gascons.

ſtuy gaſcon Eude traiſtre & deſloyal deſirant vengeāce ſe retyra en eſpaigne ou il enhor
ta le Roy Abidirame/ennemy perſecuteur de la foy catholiq daſſaillyr les francoys/ſe
allechant & enhortāt en eſperāce dauoir victoire. Leql facillement perſuade leua ſi grāt
armee: q non ſeullemēt delibera vaincre le pays de gaulle/mais auſſi y auoit ſon ſiege
et domicille perpetuel. Car auec innumerable puiſſance de gēs darmes amena les fem
mes et les enfans auec tous & chaſcuns leurs biens & fortunes/miſt le ſiege deuāt Bor
deaulx/expugna et print daſſault la cite/les temples rōpuz & bruſlez. Les poicteuis en

apres persecutez de pareilles calamitez/leglise sainct Hylaire bruslee et assaillit la ville de tours: mais Charles martel acourat audeuant de son aduersaire si vaillamment cobatit ql en fist vne cruelle occisio. car lo dit q en ceste bataille mourut.ccc.iiii. vigtz. v. mille homes des enemys de la foy. et de larmee de charles mattel ne fut occis q mille.cccc. homes. La cause de celle victoire come dict les aucteurs a baille le surno de Martel: car il auoit nom Charles/engendre dune concubine/que pepin occultement entretenoit: et si comme par le martel est le fer rompu et froisse/ainsi par la tresexcellente vertu de Charles mattel fut la ferocite et puissance des ennemys brisee et exterminee/la bataille accoplie les despoueilles en vng lieu accumulees/Charles Martel distribua la proye a ses gens darmes. Lup doncques par tant de guerres et batailles affoybli et diminue de pecune et argent/congnoissant que les seigneurs et capitaines francops auoient tresbie fait leur deuoir de deffendre et garder le bie de la chose publicq/et en ce faisant quilz estoi ent destituez de leurs biens et fortunes. les dixmes aux clercs appartenans du consentement des euesques attribua a iceulx getilz hommes pour les parceuoir si longuemet quilz batailleroient contre les ennemys de la religion chrestienne : iurant tressainctement que si longuement viuoit/rendroit tout aux prestres et les recopenseroit de plus grant chose. Eutere euesque de Arle a publie auoir veu en vision luy reposant/q Charles martel estoit tout mente en enfer pour punition de ce sacrilege. Apres cela Eude gascon/a linstigation et prochaz du quel Abidirame estoit venu en france/restitue en la grace de Charles martel/fist grande destruction des ennemys qui estoient demeurez. Je ne puis aultrement penser que ce temps la ne fust malheureux par aucune disposition et permission diuine/auquel a peine par vng moment fut donne repoz aux gens darmes francops. Abidirame surmonte: furent annoncez noutteaulx mouuemens de guerre en bourgongne/ou soy transportant Charles martel sans grande difficulte larrogance des bourguygnons restraignyt laissant garnisons par tout le pays. Tantost apres aduerty de la mort de Eude/par grant chemin sen alla en gascongne: laquelle prouince par luy toute receue en france sen retourna. Depuys les gascons bataillerent cotre les frisons: et fut celle bataille faicte sur la mer. Car les frisons sont assis en la mer vers se ptentrion/attouchas le Rhyn du coste qui se respat en la mer occeane. Auec Radbo de coducteur de ses gens: Charles martel trauersant iusques au fleuue de burdone/par dur combat subiuga et occist son aduersaire/deceu de la faulce religion des dieux. Lan de grace. vii.cens.xxxv. Durat ce temps les Vuadalles leurs sieges delaissez/ apres quilz eurent trauaille et opprime le peuple a eulx voisin/par cruelle armee en france descendirent iusques a Sens/aux quelz fut vigoureusement combatu par Obbo arceuef que dicelle: la cite de lassiegement deliuree/tourna ses aduersaires en fuytte. La source de ceste nation des Vuandalles comme des gothz et huns/par ceulx qui en ont eu experience est en ceste maniere desclaree Les Vuanalles expulsez de leur pays par les gothz et de la fupans au fleuue Danube: apres quilz eurent illec long temps habite: Gymerith Roy des gothz/les chassa de Danube. Parquoy contraincts de obeir aux loix des romains/impetrerent de Constantin vng lieu leur estre donne pour habiter: au moyen de quoy obtindret Panonye/lespace de soixante ans : et iusques a ce que Stilicon affectant lempire a lencontre de honorius et archadius les appella en societe de bataille De laqlle occasion esmeuz les barbares: riblans premierement parmy le pays de gaulle et

f.iiii.

de la repoulcez des gothz entrez en Efpaigne prindrent la cite de pfpalenfe/la region de la quelle tout alentour appellerent Buädaluse/a caufe du nom de celle nation:mais ain fi comme faifoit mal a lépereur Honorius q les gothz gaftoiët Gtalie/leur laiffa Efpai gne:dont peu apres les Buandalles chaffez/les contraingnirent aller en affrique:ou ha bitans au temps de Belfare a ledict de Guftinian par Belfare perdirent le royaulme z leurs gens. De la en apres fe dition z noife engendree en Bourgongne/fe hafta Charles Martel aller a Lyon:ou il fift de peine affliger z molefter aucuns citoyens dicelle Bille aucteurs de fa defectiõ z re ditiõ dicelle. De la tirât oultre laiffant garnifõ en Arle z aultres lieux plus fortiffiez z deffefables/retourna en Frâce. Encores ne fut repos aud martel fatige z laffe:car de re chef y armes z batailles/les habitäs du Rhï cõtinuelz énemys des frâcoys/apriuoifa z mift foubz fõ obeiffâce. Auignõ auffi Bille moult bië fortiffiee de la prouice affife/fur le rhofne/ne perdit fa part de telz dommages z incurfions. Car foubz la cõduicte de ma rancus par impetueuy affaultz lauoiët les gothz occupee:laquelle depuis affiegee par fon frere Childebert de Charles martel fut prife z eppugnee:laquelle chofe congneue les gothz petiz roys enuoyerent fecours a Marancus leur capitaine/auec laide qͥ auoit de Amerus noble goth. Contre lefquelz enuoyez par mer/Charles martel menant fon armee furmonta et confondit fes petiz roys/les aultres prenans la fuytte. De rechef les gothz reprenans la bataille/ficomme par incurfions z roberies gaftoient z deftruyfoi ent la Biconte de nerbonne z le territoire de Arle Martel appella auec fon Lupiande roy des Lombats/puis vainquit z chaffa martel fes aduerfaires. Diffet retournant Char les martel fut de malladie attrape a cefte caufe admonnefte de fon falut diftribua lheri tage a fes filz comme fenfuyt/a Carloman⁹ bailla Auftrafie/Suene/allemaige z tho tinge z bailla frâce a Pepï/delaiffe griffon qͥ eftoit le plus ieune de to⁹:ce qͥ fut caufe dõt guerre puis apres fenfuiuit. Le pëdât Childeric riens ne penfant/comme vne befte brute/paffoit le temps en oyfiuete z volupte. Dais Pepin prince de Braban pouruoy ant auy chofes futures:courât ïpetueufemët en bourgõgne qui luy auoit efte laiffee de Martel/a grant hafte la print z occupa. Puys apres la malladye de Charles martel rä gregce mourut le xxv. an. de fon adminiftration accõply. Le fepulchre duquel iufques auiourdhuy eft veu de allebaftre en feglife fainct Denys aupres du maiftre autel.

Griffon qͥ nous auons dit eftre le plus ieune des enfans Martel auoit fa mere Su nachildé/nyepce de Dõdon duc de Bauiere fëme de cucur ingenicufe z fubtille Laqͥlle de fpitee de ce qͥ Griffon nauoit riens eu du teftamët de fon pere/incita fon filz de repeter et demander a fes freres fa part de lheritaige de fon pere. A ce faire longuement ne de moura:incontinent le iouuenceltremply defperance occupa la Bille de Laufuy:en ar ticle affignât bataille a fes freres/lequel affiege a Laufun de fes freres Boluntairemët venät a euly fut empoigne/z prins prifonnier Et afin que Griffon ne fift quelque cho fe nouuelle/ce pendant Carlomanus applicquoit fon entëdemët auy prïcipauly affai res du royaulme/cõmâda qͥl fuft garde au chafteau neuf qͥ neft pas loïg de la foreft dar denne. Puys luy et Pepin faifans marcher leur armee en aqͣtaine le duc Hunault fur mõterent z fubiuguerent icelle prouince/et ainfi cõme ilz euffent les chafteauly de Poi tou conquis partirent entre euly le royaulme/que parauant auoient poffede en commü Dais Carlomanus la rebelliõ des allemâs congneue incontinent armee contre euly

menabz̃ la et gasta tout le pays/z̃ pzii plusieurs places z̃ lieuz̃ rasez z̃ abatuz iusq̃s Victoire cõtre
a terre/retournãt en france luy fut annõce q̃ Odilon duc de Bauiere se mettoit en armes les Allemans
z̃ preparoit guerre contre les roys ses freres lequel en peu de temps fut vaincu et subiu=
gue.   Tantost apres se esmeut la guerre contre les Sayons/que Carlomanus seul La rebellión
(son armee contre eulz dzessa) vainquit z̃ appziuoysa/cestuy Carlomanus ayant en des Sayons.
haynne z̃ tressort desprisant les prosperitez mondaines : le gouuernement du royaul=
me a son frere Pepin delaisse sen alla a romme/et de zacharie loz̃ pape receuant lha=
bit de religion z̃ profession/delibera a dieu seruir le residu de sa vie ay monastere lequel
a ses coustz et despens auoit edifie au mont Soracte/z̃ pource que le venoient souuent Le mõt Soza
plusieurs gentilz hommes de france pour le visiter se retira au mont cassine. Mais de cte en tuscie.
bien aultre courage estoit chose moult griefue a Griffon estre subiect a Pepi.Parquoy
acquerant liberte chemina en Allemaigne z̃ se rendit auz̃ Sayõs:ausq̃lz il pensoit trou
uer grosse armee assemblee pour resister contre son frere pepin. Pepin se voyant ne doub
ta aller au deuant de luy vers le fleuue onacre au lieu que les habitãs appellent ozheme
assist pepin ses tentes sur le fleuue mussasã au bourg strahung. Toutesuoyes sans fai
re aucun combat/lon vint a parlementer les parties ensẽble z̃ par ainsi sans aultre cho Griffon iette
se faire chascun sen retourna. Griffon ayant la congnoissance de la desloyaulte des Sa hoz̃ sõ hoste
yons/sen alla a bauiere:ou plusieurs gentilz hommes francoys allechez a sa beniuolẽ de sa possessiõ
ce/le duc tapillon son hoste en sa maison duq̃l il estoit heberge z̃ loge expulsa z̃ mist hoz̃s
du duche/ceste chose congneue/Pepin auec grande multitude de gens darmes marcha
contre Griffonlequel apprehẽde/restitua tapillon a sõ auctorite et griffõ dõna siy (ou cõ
me aucũs ont escript) douze contez en france. Desquelles Griffon non cõtent/le mesme
an que cecy fut fait defaillit de sa foy a pepin z̃ se rẽdit a Gayfyre duc de Aquitaine.

❡Comment pepin apres quil fut esleu Roy de frãce fut sacre a paris p le
pape Estiẽne auq̃l il fist rendre les villes q̃ les lõbars luy auoiẽt oste lesq̃lz
furent vaincuz des frãcoys q̃ p deuz̃ foys assiegerẽt la ville de Pauye. Les
Sayõs p leur rebellió furẽt de rechef vaincuz de Pepi z̃ faits tributaires des
frãcoys/de linstitutió du parlement de Paris Et cõmẽt Pepin pour mettre
les clercs en liberte mena guerre au duc de aqtame q̃ fut occis de ses subietz
parquoy se rendirent a Pepi plusieurs villes de aquitaine.

Epin voyant loysi= Pepin. pvii.
uete z̃ negligẽce des Roy de frãce
Roys de france /cõ
me ilz estoiẽt muccz
en la maison z̃ ne pze
noiẽt sollicitude au
cune du gouuernemẽt de la chose public
que/par larceuesque de Bourges Ru
chard z̃ furault son presbtre familier z̃
domestiq̃ requist le cõseil du pape zacha
rie/assauoir mõ lequel des deuz̃ Roys
estoit plus pdoinc a gouuerner sa chose
publicque/celluy lequel par oysiuete se

Pepĩ requiert
le cõseil du pa
pe pour la con
duitte du roy
aulme⸱

temps consommoit en sa maison/riĕs ne faisant/de riens nayant sollicitude:ou celluy
qui par sa vertu ⁊ son industrie gouuerneroit les affaires publicques⸱ A la consultatiõ
de Pepiɲ respondit zacharie cestuy estre digne du gouuernemĕt du royaulme qui de pru
dence anobly/diligemment et curieusement disposeroit et ordonneroit de la chose public
que⸱ De laquelle respõse les seigneurs ⁊ gentilz hommes du royaulme induitz et enhor
tez eslirent Pepin pour leur Roy:et de la sentence et auctorite de zacharie le confermerĕt
que Boniface lequel est descript au cathalogue des sainctz selon la mode royalle oignyt
a Soyssons/et au regard du Roy Chilperic homme failly ⁊ sans cueur:ses cheueulx tõ
duz fut mis en vng monastere⸱ L'an de grace⸱vii⸱cens⸱l⸱ Cest an que Pepin le dyade[s]
me du royaulme receut les Saxons esmeurent guerre encontre luy lesquelz vaincuz de
rechef par bataille sur le fleuue Uisure print le Roy soubz sa puissance⸱ ⫶En apres

Griffõ est oc
cis⸱

Griffon retournant en france:que no⁹ auons dit estre desailly de sa foy enuers Pepin
et asse a Gayfite duc de Aqtaine/fut denonce auoir este occis⸱ Puis ce religieux prince
par le conseil de Remy arceuesque de Rouen print peine de corriger amender ⁊ en meil
leur ordre mettre ce que par auant rude et mal acoustre estoit chante es offices ecclesia
sticques/En ce temps le pape Estienne second/yssu de la ville de Romme se transpor

Alstulphe roy
des Lombarſ

ta a Paris/ou estoit Pepin/lequel il sacra en Roy de frãce⸱ La cause de son voyage fut
pource que Alstulphe roy des Lombars/foulloit les rommains de tresgrief tribut/ im
posant a chascun rommain taille soluable tous les ans sur peine de perdre la vie⸱ Pour
raison de quoy promist Pepin donner aide et secours au pape Estienne⸱ Ce pendant qł
seuoit ses gens de guerre : ⁊ preparoit son armee/faisoit le pape residence au monastere
sainct Denys⸱ Lequel afin de rendre graces etgratiffier au Roy dõna benediction a pe
pin/a toute sa lignee et posterite/excommuniant ⁊ interdisant de la communion chresti
enne/tous ceulx qui par aucune temerite feroient guerre aux francoys⸱ Et afin de rete
nir et arrester Pepin en frãce/Alstulphe Roy des rommains commanda a Carloman⁹
que nous auons rescript estre fait moynne au couuent de Cassine:alĕt a Pepin son fre
re de la venue duquel Pepin nullement espouente sans changer son propos/renuoya car
lomanus au monastere de Bienne/auquel lieu de malladie estrainct et opprime trespas
sa⸱ ⫶Au premier prin temps ensuyuant/mena Pepin son armee contre les lombars⸱
Au deuant du quel vint Alstulphe/a lendroit du rude et estroict chemin qui est entre les

Guerre cõtre
les Lombars

alpes/sefforca estouper le passaige aux frãcois/mais nõ puissãt de soustenir li petuosite
du mortel assault des frãcoys/se retira a Pauye auql lieu assiege des gĕs darmes defrã
ce/quarante obstages bailla a Pepin/iurant sur sa foy au pape rĕdre et restituer tout ce
que luy auoit tauy ⁊ oste de son demaine⸱ Et partant tresforte compaignye de hommes
darmes bailliee au pape Estienne pour le conduire/le restitua Pepin en son siege⸱ Pepĩ

Pauye de re
chef ples fran
coys assiegee⸱

en france retourne:Alstulphane faisant cõpte des obstages baillez/ne du iuremĕt de sa
foy/riĕs nacõplit de ses pmesses⸱ Parquoy Pepi les mõts de rechef passez assiegea Al
stulphe a Pauye/lequel presse de lassiegemet rendit tauĕe a Pepin/auec quelques aul
tres villes quil auoit oste au pape Estienne/qui luy furent deliurees par Pepin : si
tost quil les eut receues/a peu apres Alstulphe tombe par fortune de son cheual se rompit
le col⸱ ⫶En ce mesme temps/Pepin estant a Compiĕgne/vindrent a luy de constanti
noble les ambassadeurs de lempereur Constantin/filz de Leon/qui prohiboit faire les
sactees ymages en sa reuerence des sainctz/⁊ au nom de lempereur luy donnerent des or

gues composees par merueilleux artifice. Lon ne trouue poit par escript la cause de cel
le legation. Je croy que a ce faire fut induict lempereur pour la renommee de Pepin/et
pour tant Boullut aggreer au nouueau pꝛince ⁊ acquerir son amitye. Dint aussi accõpai
gne de grant noblesse des gentilz hommes de sa court Tasille duc de Bauiere/leꝗl fai=
sant hommage au Roy/a luy/soy ses gens/auec tous ses biens perpetuellemẽt se soubz=
mist. De rechef les Saxons rebelles desquelz le nom des francoys auoit tousiours este
hay/le Roy Pepin allant en Saxoigne sefforcerent lenclourt au passaige. Mais incon
tinent la course impetueusement faicte par les francoys contraignit Pepin ses aduer=
saires prendre la fuytte. Finablement les saxons vaincuz les punyt Pepin en ceste soꝛ=
te/quil les chargea duing tribut de troys cens trespuissans cheuaulx/quilz seroient te=
nuz luy amener tous les ans en france/durant le temps du parlement/que les fräcoys
appellent couuent publicque pour iustice administrer/linstituteur duquel nest poit nõ
me par les hystoriens. Ce parlement estoit tenu chascun an durant certain temps diffi
ny au lieu a ce par le Roy depute. Mais pource que celle generalle assemblee de tout le
royaulme en fraitz et mises consommoit ceulx qui la benoient: fut depuys oꝛdonne et
obserue/que des plus grandes citez et pꝛouinces/seroient esleuz hommes expers/et
instruitz es loix/coustumes et iugemens lesquelz establiz a cest office seroient dꝛoit
a tous ceulx qui plaideroient par appel.　　Laquelle institution comme elle fust au cu=
nesfoys vague ⁊ incertaine/les sieges changez: en la ville de Paris fut decernee et con
stituee au parlement/vne court ⁊ vng siege/auquel les iuges a ce deputez seroient assis
definiteurs et perpetuelz determinateurs des causes dappel. Qui sont en nombꝛe. lxxx
stipendiez et pꝛenans gaiges annuelz des deniers du Roy: et sont ceulx cy distribuez a
part en quattre cours/⁊ ont leurs pꝛesidens. En la premiere (que les francoys appellẽt
chambꝛe) ya quattre pꝛesidens et trente conseilliers/qui oyent les causes ⁊ pꝛoces/oꝛ=
dõnent les delaitz et ce qui appartient a la congnoissance du dꝛoit. En chascune des
deux aultres chambꝛes sont dixhuyt qui assistent aux inquisitions/nõmez les conseil=
lers des enquestes: ausquelz sont pꝛmis quattre pꝛesidens De tous ceulx cy lune ptie est
des gẽs clerce ⁊ lautre des gẽs laiz/ilz dꝛet leurs sentẽces ꝗ lun des pꝛsidens a certains
iours a ce deputez pꝛõce publicꝗment en la pꝛmiere chãbꝛe/⁊ cecy nõmẽt arrest cest a diꝛe
chose ferme ⁊ estable a tousiours dõt ne peult aucũ appeller Ceulx ꝗ recouuẽt sentẽce cõ
tre soy sont mulctez de. lx. liures parisiz. pour lamẽde acꝗse au Roy. Toutesuoyes se le
cõdamne boit quil y ait erreur au iugement permis luy est ⁊ loysible de pꝛoposer erreur
⁊ le deduyꝛe au iugement dicelle court: se plustost nest ouy/que consigne il ait a deposer.
lx. liures parisiz qui est lamẽde doublee. La quatriesme court est de ceulx que on ap=
pelle les maistres des requestes/cest a diꝛe des supplications du palais. Deuant lesꝗlz
traictee est la cause ⁊ vẽtilee de ceulx qui sont deputez au seruice du Roy: ou qui par pꝛi
uilege y ont leurs causes commises personelles ⁊ possessoires. Desquelz iuges qui sont
six/est licite appeller en parlement: mais quant a la decision des pꝛoces sout quelque
nou ⁊ doubteuse difficulte/tous les conseillers des cours ⁊ chambꝛes assemblez/est pro
nonce sentence et iugement diffinitif. Lauctoꝛite de ce parlement entre les francoys a
tousiours este si grande/que les oꝛdonnances faictes mesmes par le Roy tant de la cho
se publicque cõme des dꝛoitz ⁊ reuenues du royaulme/nõt point eu de lieu sans le decret
de ce senat. Dauantaige les pers de france sont aussi des iuges dicelluy parlement/

Tasille duc
de Bauyere
Rebellion des
saxons.

Dictoire con=
tre les saxons

Linstitution
du parlement
de Paris.

quāt il y veullēt affifter defquelz efcripze icy apzes nous conuient Et afin que chofe cer
taine foit/le roy eftre aucteur de celle treffaicte affēblee/tous les ans font decernees let=
tres royaulx/par lefquelles eft donnee aux iuges auctozite de commencer le parlement
ala fefte fainct Martin/ceftaffauoir le. xii. iour de nouēbze. Encozes a ce parlement
appartiennent huyt aultres maiftres des requeftes/qui font nommez par nom fpecial
de lhoftel du Roy/pourtant que fouuent affiftent pzes du Roy et fuyuent fa chancelle=

rie. Et ceulx cy apzes les prefidens de la premiere coutt fe fieent les premiers. Doncqs
les deffufnommez confeillers comprins les pers de france font en nombre cent : aufqlz
la congnoiffance des appellations les caufes de regalles z pers de france font commifes
pour par fentence irreuocable eftre diceulx determinees z decidees. Oz maintenant re=
tournons a Pepin. ❡A peine Pepin deliure de cefte bataille cōtre les fapons: fut gay
fitus duc daquitaine accufe de vfurper a foy les rētes et reuenuees des prefbtres. Pour

raifon de quoy le Roy enuoya fes ambaffadeurs vers luy commandant quil fe retiraft
de celle temerite z oultrage: auccques ce redift et reftituaft ce quil auoit ofte aux pref=
tres mais ainfi quil denioyt fon commādement accomplir/Pepin alla mettre fes rētes
a chilboaque. La venue du Roy congneue/Gayfirus faignāt amytie enuoya a Pepin
Algaire/z ytare/pour obftages promectant tout rendre z reftablir ce quil auoit ofte aux
prefbtres. Les obftages receuz retourna le Roy en France. Mais Gayfire memozatif
des dommages quil auoit fouffers de Pepin: enuoya fes gens darmes a chalons: Ville
de bourgongne pour piller la ville/et le pays dalenuiron. Pepin lozs eftoit en publique
affemblee a durie/lequel congnoiffant la defloyaulte de Gayfire/fen alla venger le con
temneur z infracteur du ferment de fidelite. Plufieurs chafteaulx rafez iufques a ter=
re/pzint boutbon cauthelle z clairmont: puys arriue a lymoges/tout confonme z mis a
feu z a fang / fon atmee tenuoya paffer lyuer en France. Pepin treffozt defidrant la fin
de cefte guerre contre Gayfire/fouuenteffoys mena fes gens darmes en Aquitaine la
quelle il molefta par incurfions et courfes trefdōmageables: et iacoit que fouuent gat=
royablement ribloyent les gens darmes francoys parmy toute celle region: toutefuoyes
Gayfire affez hardy ne fut de foy mettre en armes /ne par guerre ouuerte oncques nofa
combatre iceulx: Aquitaine courue et pillee /fe rendirent a Pepin plufieurs villes/
et des fiens propres fut occis Gayfire. Entre les meubles et vftancilles de Gayfire/

y auoit des gands couuers de marguerites z aultres pierres precieufes/dont pour acou
ftremēt Gayfire couuroit fes mains aux iours des feftes. Pepin les receuant en fa pof
feffion commanda eftre penduz au temple faict Denys. Et depuys par long temps ont
efte veuz pendre a la croix doz eftant fur le maiftre autel. ❡La guerre de aquitaine fi
nye/z Gayfire occis/en Perigozt chemina Pepin et en xantonge ou il pzint vne malla
dye que lon appelle enfleure: parquoy incontinent fen alla a Toures/z de la retourna a
Paris/ou peu de iours apzes trefpaffa: et en pompe funcbreufe fut pozte mis et enfeue=
ly au monument que de long tēps luy auoit efte prepare en leglife fainct Denys/moult
plainct de tous les francoys: qui en commun deul lamentoyent. Lan de grace. vii. cēs.
lxviii. Ceftuy Pepin gouuernant le royaulme de frāce/le duc Aubert de fa fēme foe

feur du duc de Bourgōgne eut vng filz nōme Robert/lequel pour la turpitude de fa vie
et fes vices fut furnōme le dyable: mais finablement retournant a foy vefquit en bōnes
meurs/et obtint grace de faanctete.

❡Cy finift le tiers liure. ❡Senfuyt le quatriefme liure

¶Comment charlemaigne Roy de france et empereur apres la conqueste
des pays de acquitaine/gascongne lombardie/italye les habitans et roys de
ceulx pais subiuguez ᵹ vaincuz en bataille/ rendit au pape les lieux et ter=
res qui luy auoyent este ostez des lombars/puis assiega et prit plusieurs vil
les despaigne vaiquit les bretős/les baueryens/les huns/les bohemyeesles
nomás et plusieurs autres natiós rebelles q̄l mist soubz sa puissāce et seigneurie
Du roy pepin demeurerent deux filz de berthe. Cestassauoir charles
et carlomanus. Les q̄lz deux le royaulme paternel departy entre eulx
par egale portion/de lordōnance ᵹ deliberation des princes ᵹ seignūrs
furent appeliez roys/ᵹ fut carlomanus a Soyssons couronne/ᵹ char
les a Guarmācie en germanie/Mais peu vesquit carlomanus Par
quoy charles plus enrichi/cōmenca en tout le royaulme seigneurier

Charlemai
gne. pвi. roy
de france.

et des incontinant dōna ausserre a hermenault son familier et lappella conte Sans riēs
atendre fut aduerty que hunulde sollicitoit les villes de acquitaine q̄ pepin auoit receu
soubz son obeissance affin de eulx rendre ᵹ renoncer a la foy des francoys Incontinent sō
armee dressee marcha cōtre hunulde lequel mist en fuyte et y merueilleuse celerite ᵹ har
diesse le poursuiuit iusques a loup duc de gascogne auquel il se retira. Mais charles a
uant que le duc loup assaillir enuoya vers luy ses ambassadeurs sō aduersaire
luy estre rendu et liure ou sinō q̄l receuroit en soy mesmes tout le faiz de la bataille le duc
loup fut conseille. de nōseullement liurer hunulde aincoys aussi de ce soubzmettre auec
toute gascogne a la puissance de charles/les prouinces de gascongne et acquitaine re=
ceues aisi cōe charles fut retourne en frāce escouta les ambassadeurs vers luy venuz de
y le pape adrian premier de ce nō. Leur cōmission estoit de demāder le secours et ayde de
charles a lēcōtre de desir roy de lōbardie p loppression duquel plusieurs villes/les vnes
par force les aultres de leur ppre voulēte et mouuemēt cestoyent reuoltees et deffaillies
de lobeissance de leglise de rōme. Ausquelz ambassadeurs respōdit charles q̄ a ce pourroit
roy₸ ᵹ aydroit au sait pere A ceste cause enuoya ses messagers a desir roy de lōbardie re=
querāt p eulx q̄l se desistast de telles iniures ᵹ q̄l restituast au pape ce q̄ luy auoit tollu ᵹ
oste. Et affi q̄ dung train charles tresprest remediast a son ētreprise se desir ressusoit ses
cōmandemēs acōplit/ce pēdant q̄ les ambassadeurs faisoyēt leur legatiō/ incōtinēt fist
preparer grosse armee ᵹ tout ce q̄ estoit a guerre cōuenable Les ambassadeurs retournez
entendit charles q̄ le roy desir auoit cōe ennemy respondu/ᵹ q̄ prest estoit essayer le cōbat
Parquoy sans seiourner cōmanda le roy faire marcher sō armee de la les monts. Le roy
desir auoit occupe les lieux estroictz des mōtaignes p fortes garnisons de gens darmes/
mais la venue du roy cōgneue/incōtināt les aduersaires sortirēt en la plaine les mons
passez/charles arriue a turin aduerty q̄ desir en grosse armee estoit alle a Verselles ᵹ ses
gens darmes cōtre luy se retournez chemina charles a Verselles/auquel lieu fait deuoit
de batailler Voyāt desir les siens surmontez et rōpuz sen soupit a paupe. Le lieu ouq̄l fut
faicte la bataille pour la destructiō des gēs occis/ fut des habitās appellela meurtriere
ou a present sōt deux chapelles/lune dedye a sait pierre ᵹ lautre a sait eusebe/en la chapel
le sait pierre est enterre ampli⁹/ᵹ ampy a celle de sait eusebe q̄ lō dit auoir este si esgaulx en
similitude de forme et corpulence q̄ facilement lung ne pouoit estre discerne de lautre les
quelz combatans en larmee de Charles furent occis et mis a mort en la meurtriere.

Les prouices
de acquitaine
et gascongne
liurees au roy
charlemai
gne.

Victoire des
francoys cōn
tre les lōbars

**Pauye assie-
gee de charle-
maigne**

❡Charles legierement poursuyuant desit en sa fuyte/pourtãt que du premier assault
ne peut la ville prẽdre Il l'assiega a fin que desit ne peust fouyr. Mais quãt charles congneut que desi auant que soy rẽdre/auoit deliberé beaucoup souffrir et plusieurs choses
essayer/delaissez aucuns puissans et tresuaillãs chefz de guerre pour l'assiegement cõti-
nuer/a rõme s'en alla affin de veoir et visiter le pape adrian. Puis retournẽ a pauye prit
la ville et le roy desit auecques sa fẽme et ses enfãs q̃ enuoya en exil a la desir/ cõme dit
l'historiographe et escripuat. Cestuy desit est le dernier des roys de lombardie Et la cause pourquoy coururent et riblerent les lombars en italye fut celle cy. Car cõment les lõ-

**La prinse de
pauye du roy
des lombars
de sa femme et
de ses enfans**

bars yssuz de l'isle scãdinarye (qui est en la mer germanique) querans nouueaulx sieges
se feussent colloquez et assis en pauonye l'espace de quarante et deux ans/narses chastre/
que l'epereur tust in bizantinoys auoit constitué son lieutenant general/en italye a senco-
tre des gothz/offence et courroucé par les parolles de sophie fẽme et espouse de iustin/ap-
pella l'ayde des lõbars et les mena auecques soy en italye Sophie fẽme trop legiere a croi-
te escoutant les enuieulx et mal veillãs de narses trouua maniere de l'appeller a soy/lui
escripuant que plus necessaire a ung chastre retourner a sa maison/et filler la quenoille q̃
de mener la guerre. Duquel opprobre et iniure narsez tite et marry dit Ie ourdiray vne toille que les enuieux ne pourront facilement demesler. A ceste cause euoya ambassadeurs
vers alboyn qui lors estoit le vnziesme roy des lombars. Lesquelz ambassadeurs pour
mieulx alboyn reconseiller et assembler auecq̃ narsez luy porterent des plus soefz et precieulx fruictz de la terre italique/luy disant/narses te appelle en societé et cõpaignie de la
guerre en italye en laquelle tu auras fruytion et iouissance nõ pas des raues de pauonye
mais de ceste sorte et maniere de fruictz que cy te presentõs Les ambassadeurs de narses
ouys ne fut roy patescluy de obeyr au mandemẽt de narses qu'i l'appelloit a luy venir/
mais moult puissante multitude de lombars accumulee alleche en l'esperance d'auoir la
liance de narses sy hasta deuers luy aller en italye par le port et passaige de la mer adriatiq̃
Signes merueilleux precederent la venue de alboyn Toute italye de peste fut corrõpue
Au ciel apparurẽt gensdarmes couuertz de feu et de sang/et sy souuẽt negea oultre coustu-

**La fin de la do-
minatio et ty-
rannie des lom-
bars en italye**

me q̃ la terre en fut toute couuerte Alboyn entre et venu en italye/institua son nepueu gisulphe gouuerneur de foriule region de italye que nagueres estoit dicte iapidia. Ce fut
le cõmancement aux lõbars de assaillir italye ou ilz riblerẽt plus de deux cẽs ans et iusques a celluy desit q̃ charles surmõta Toutesuoyes mal aduit a gisulphe/Car cacã ipe
tueusemẽt courãt en italye et venant de norix q̃ est vne terre atouchãt aux venisiés le rẽ-
cõtra quil alloit au deuãt de luy et l'occist auec ses gẽsdarmes. Laquelle chose ainsi faicte
ay voulu estre inseree en ce liure pour le crime detestable q̃ s'est ensuyui. Gisulphe moit
deliberat a rõilde son espouse diligement defendre foriulle quelle auoit munye et fortifiee
mais celle inconstance et libidineuse fẽme quant des murailles de la ville apperceut vng
tresbel et puissãt hõme mõte dessus son tõcin d'armes elle requist a luy pler/parquoy des
murailles de la ville appella cacã aduersaire luy offrãt luter la ville sil luy promettoit la
prẽdre a fẽme/cacã aduersaire de cest offre esiouy/p̃ vng messaigier iura et p̃mist le vouloir de la fẽme acõplir/soubz laq̃lle foy tãt seullemẽt prit cacã celle ville/ mais le traistre
barbare/tantost fist tout le peuple sortir et puis bruler la ville toutes les fẽmes au dessus
de.xii. a treze ans tirees en vng chãp a ce depute furẽt p̃ sõ cõmãdemẽt assõmees puis memoratif du sermẽt q̃l auoit a rõilde La print a fẽme vne nuyt tant seullemẽt/et le lẽdẽ-

main la liura a douze hômes darmes tresrobustes pour estre par eulx prostituee et côstu
pree iusques a ce quilz en fussent lassez En apres la cômanda ficher a vng posteau disât
ycelle fême estre digne de telle innominye et cruaulte Laquelle pour sa luxure et libidi
nosite auoit trahy et liure le pays aux ennemys La fin doncques de desir fut telle que
nous auôs dit duquel charles ayant recouuert les villes quil auoit ostees et rauyes au
pape les restitua a leglise/et auecques celles cy adiousta spolet/e bien seigne. Pour les
Charlemai
gne tent a le
glise les vil
les ḡ desir luy
auoit oste.
quelz bienffaitz recôpenser donna le pappe a charles plusieurs priuileges. Entre lesḡlz
fut cestuy le principal tresgrant/de pouoir dôner et côferer les eglises et benefices a pre
stres suffisans et ydoynes Ce ḡ vulgairemeut est des prestres appele vesture et collati
on Cest a dire bail ou introduction de possession; sans laḡlle nul ne pouoit posseder egli
se ou benefice Car cestuy qui deuoit acquerir aucun benefice receuoit du Roy vng anne
au ou quelque autre chose semblable/en signe de gratuite royalle. Car aux roys appar=
tient de côgnoistre ceulx/et principallement les plus grans qui gouuernêt et desernêt
les eglises/dont ilz sont tuteurs et protecteurs. Auḡl priuilege fut adiouste que ne de=
uoit le pappe estre esleu sans le cômanôement de charles/car ainsi fut dit accorde et con
Priuilege dô
ne au roy de
frâce de faire
eslire le pappe
ferme par cent ciquante troys euesques e abbez au concille assistans en la ville de rôme
Ces choses faictes en ytalie selon le conseil et oppinion de charles/se hasta en france re
tourner Car les sapons de rechief rebelles/auoit des long temps côceu en son couraige
leur faire guerre Pource que ia souuêtesfoys vaincuz ne gardoyent les loix par eulx re
ceues ne les accords e côuenances Aincoys pour tât quilz ensuyuoyent faulses religiôs
et excances desdieux/mortellemêt hayoient les frâcoys imitateurs de ihesucrist Ausḡlz
ilz estoyent voysins et finitimes Larmee dressee et menee/selô que mieulx trouua'char
les sô opportunite et têps/par diuerses batailles fut côtre eulx vigoureusement côba tu
e fut fait le combat et bataille de to' les gensdarmes seullemêt en deux lieux vne soys
a onacre/et lautre soys au fleuue hese/et en la derniere bataille les sapons affligez/rom
puz et brisez se rendirent ausḡlz fut enioinct confesser et obseruer la soy de ihesucrist De
tout le peuple des sapons furêt plusieurs obstages receuz/e dix mille translatez et me
nez en frâce cômanda le roy charles estre assignez e collodez en diuers lieux Assez appelt ḡ
de ceulx cy sont yssuz les slagmens e brebancons/dont ilz retiennent encores la ferocite
et les meurs plaines de sedition et mutinerie Sôt toutessoyes aucuns aucteurs trop le
giers a parler Lesquelz es hystoires des bergeris ont voulu dire que longuement auant
ce têps/mesmes y auât lincarnatiô de nostre seignr estoyêt peuplez les pays de slâdres
et brebâ ffinablemêt doncḡs les sapons surmôtez e vaicuz le.rrr.an apres le cômance
mêt de ceste bataille/fut annôce ḡ en espaigne estoyêt faits mouuemês de guerre par les
infideles e lors charles êbrasse en la charite e amour de la soy catholiḡ mena son armee
en hespaigne Et auât ḡ partir mist ordre en son affaire digne de tresbô chef et capitaine
De toute la plusespeciale noblesse des frâcoys choisit douze hômes ḡl meneroit auecḡs
soy en la guerre/les apellant pers/lesḡlz y egal e pareille dignite demeureroyêt au roy p
La naissance
des pers 8 frâ
ce.
petuellemêt e ne seroyêt subiectz a aucû iuge fors a la court de plenêt Aussi assisteroyêt
au sacre e couronemêt des roys de frâce les nôs desḡlz sont icy designez e descriptz p les
nôs ḡ sensuyuent e va six clers e six seculiers six ducz e six côtes cestassauoir Larceuesḡ
et duc de Rains/seuesque et duc de lang res/seuesque e duc de laon/seuesque et conte de
Beauuoys/seuesque et côte de chalons/seuesque e conte de noyon. Le duc de bourgôgne
g.ii.

Ducz et côtes laitz pers de france.

Le trespas de rolant et oliui er.

La traison de ganelon aux tentes des frã coys.

Le duc de normandie/le duc de guyenne. Le conte de champaigne/ le conte de flandres/ le conte de thoulouze. Geruays talesbrtius qui a otho quatriesme empereur et Roy des allemãs/a escript des occupations imperialles/a voulu dire q̃ ceste institution des pers a procede et descẽdu de Arthus roy dangleterre: du quel il dit france auoit este subiugue en uyron lan de grace. 8.c. pl. ce q̃ mesmes dyent les anglops/neantmoins ie nen trouue rien es hystoires des francops cõcordant a ceste chose: parquoy ie lactribue a une fable. De la Charles cheminant au boys pyrenees print la uille de panpelune. Puys par le moyẽ de Jbualarche capitaine du lieu/print aussi la uille de Cesaraugufte : et apres qͥ eut gafte et deftruict a feu et a fãg la pluf pt du pais despaigne/en frãce retournãt tafa les murailles de pãpelune a plaine terre Mais quãt lõ fut arriue au chemi eftroit et afpres lieux des mõts pyrenees du pays de gafcongne. Les gafcõs faifãs le guet tueret fus lar riere garde de larmee des francops: et y ainfi les gens darmes enclozen la ftrictitude et afprete de ce lieu cõme ilz ne peuffent reculer ne efchaper du fõmet de la mõtaigne fouffri rẽt grant dõmaige et deftruction Anfclin et egefibard furent occis q̃ eftoient trefpreulx et vaillãs capitaines, Difent auffi les auctuers q̃ en ce lieu perift et fut occis Roland filz de fa feur et nepueu de Charles: et femblablemẽt y moutut Oliuier conte trefpreulp de pareille nobleffe. Mais la peine de cefte traifon peu apres porterẽt les gafcõs/leurs pe tis Roys princes et feigneurs occis et leur pays deftruit et bruffe. Cefte perte et calamite fut de Ganelon faicte lequl cõrõpu par pecune trahift et liura larriere garde des frãcops a Matfille roy infidele. Mais de punition le traiftre nefchappa mye: car Charles fift ganelon empoigner et mener a Aquifgranc: et de quatre cheuaulx fiers et treffortz/piedz et mais liez rõpre et diffiper le fift mẽbre apres aultre. ⊂ Des fapõs furet les armures de Charles cõuerties aux Bretõs q̃ auoient deffailli de lobeiffance des frãcops: et fina blement vindret foubz fa puiffance. ⊂ Durãt ce temps les Baueriẽs foubz la cõduicte de Ataifus renõceans la foy de Charles denyerẽt fes cõmandemẽs accõplir: et euffent eycite trefgrief3 mouuemẽs de guerre fe la diligence de Charles ne les euft preuenu3. Car fon armee mife et affife a capue/par itredible celerite et hardieffe/a peine eftoiẽt les tentes fichees q̃ les ancmys cõuindret de paix/efpouetez et emerueillez de veopr au Roy fi grande diligence/fes chofes acõplyes retourna Charles en france/ou il eut nouuelles q̃ taffillon duc de bauiere (q̃ no⁹ auõs dit cy deffus eftre venu a Pepin) esmeu et courouce des q̃relles de fa fẽme fe metoit en armes et allioit auecqs le peuple a foy Voyfi en fociete de guerre pour courir fus aux frãcops. Taffillõ auoit efpoufe la fille de Defir roy des lõ bars laqlle eftoit moult trifte et doleteq̃ de la fortune de fon père/q̃ les frãcops auoiet deuie et du royaulme priue fa fẽme et fes enfãs fubftraitz et rauis. Cefte chofe cõgneue fans y faire demeure marcha Charles a lẽcõtre de taffillon: le roy approchãt le pays de Bauiere enuoya fes ãbaffadeurs p deuers luy ladmõnefter de pluftoft acq̃rir la mãfuetude et ami tie des frãcops q̃ leurs armes experimeter Defqlz mandemẽs Taffillõ efpouete fans fe tourner a charles fe dõna et bailla theõ en oftage auecqs plufieurs aultres de la pl⁹ grãt nobleffe de celle natiõ. Ce pẽdãt q̃ ces chofes fe faifoiet/les abborites alliez aux frãcops y antiẽne amitye pourtãt qͥz eftoiet affailliz et moleftez de guerres p les peuples Voifis ẽuoyerẽt a charles luy demãder fecours De la mer occeane va vng haure q̃ vo orĩt court cẽt mille pas et eftoit en lõg et lautre riuage habite des abborites Belatabis et normans Aux ãbaffadeurs des abborites p̃mift charles fecours fans tarder mena fa fon armee

eppulsa les ennemys du pays de ses alliez:et eulx eppulsez les contraignant de iurer q̄
iamais plus ne feroyēt guerre nō seullemēt aux abdorites aincoys aussi ne aux aultres
gens sans son conseil. Si estoient encore les huns audessus lesq̄lz aultrefoys yssus de
scitye et de la fange, meotyde estoyent allez a pauonye. Ceulx cy puissans de richesses de
multitude de peuple et de complices:et estriuans cōtre les Saxons pour les fins et limi=
tes des regions/cōmencerent a faire peu de compte des francoys. Pour ta ison de quoy
a lencontre de celle trespuissante nation/prepara Charles vne armee eslicte en nombre
et force de gēs darmes. Finablemēt au bout de huit ans fut la guerre fynie par plusieurs
et diuerses batailles. La victoire des huns obtenue:les frācoys rauirēt et porterēt en stā
ce toutes les richessez quilz trouuerēt en la possession de leurs aduersaires. Et par ceste
bataille tellement fut la nation des huns rompüe et affligee que trebuchez de leurs am=
ples richesses et glorieuse felicite/nont formant retenu aulcun resplandissement de leur
premiere fortune. Aulcuns sont qui ont mys en memoyre que Adelgise filz du roy Desir
lequel estoit fouy a Bisance vers lempereur/assembla vne armee en ce mesme temps et
sen vint en Italye pour et afin de recouurer le royaulme paternel. Les efforts duquel in=
utilles ses gens darmes et capitaines enuoyez Charles facilement rōpit et fut Adel=
gise a mort mys. Puys fut faicte bataille et victoire a lencontre des Bohemyens et Li
mosins par Charles le plus ieune filz de Charlemaigne. Pour laquelle prouesse dōna
celluy filz iugement de la vertu paternelle laquelle il ensuiuoit. Pas ne fut longuemēt
apres que les Abdorites a Charles se vindrēt plaindre des Normans desq̄lz ilz auoiēt
souffert plusieurs iniures soubz leur capitaine Godefroy. A ceste cause Charles cou=
rouce que les normans vne foys de luy vaincuz auoient recommance la bataille. Ses
nefz preparees dedans mist les gens darmes:et sen alla par terre. Car ia auoit Gode=
froy le courage si fier et si haultain:quil se ventoit mectre le siege a Aquisgrane ou estoit
la court de Charles. Lequel ne souffrit grant labeur:pource que Godefroy fut occis de
quelcung qui naguerres auoit este son sergent. Leur duc mort promisdrent les normans
a Charles obeyr. ℃ A ces guerres qui si souuent aduenoient a Charles point ne igno
re les aucteurauoir adiouste lexpedition des gens darmes que pour la tuition de la foy
catholique et a la persuasion de lemperent bisantin il mena en Iherusalem. La foy de la
quelle chose facilemēt ne veup receuoir. Pourtant principallemēt q̄ cil constantin em
pereur estoit fors grieuemēt de sepre pẏecute. Et au regard de ce q̄ est dit et recite despai
gne il est vray semblable. Car cōme ainsi soit q̄ Charles guerroyoit en Italie ou en es=
paigne/puys en germanie en plusieurs lieux contre les sapōs/en gascōgne de rechef/et
en aquitaine cōtinuellemēt et sans auoir repos/semble q̄l nayt eu loysir faire guerre en si
loigtain pays. Et ne se peult cela soustenir q̄l ayt fait marcher son armee en Iherusalē
apres le nō de lēpire receu de Lēo tiers pape de ce nō. Principallemēt pour cause de lempe
reur de cōstātinoble q̄ tenoit suspect ēu ieux de lēpire/et ne appert mye q̄ Charles ayt pas
se les fins et limites de Italye ou germanye depuysq̄l eut receu lēpire. Celuy aussi leq̄l
a mys et escript en memoire la vie et les gestes de sainct geruays:nye que Charles ayt
mene aulcune armee contre les sarasins Parquoy ceulx qui escriuent de lexpedition
de larmee de Iherusalem ne content aulcun temps ou lieu de tant lōg chemin/fors quel
que forest sans nom et sans appeller le surnom de la region/tant seullement congneue
aux bestes sauluages. En laquelle Charles chemināt vaga esgare toute la nuyct auec

Victoire des
francois con=
tre les aduer
saires des al=
liez de char=
lemaigne

Adelgise filz
du roy Desir
occis en bata
ille par les frā
coys.

Constanti le
pieux.

g iii

son armee/iusques ad ce que dung oyseau incertain sicôme de voix humaine admôneste
retourna au chemin ou il deuoit aller batailler. Mais q̃ est celluy lequel cupbera si grãt
empereur soy estre mys ɛ exposé auec sõ armee en lobscurité des forestz/parmy les hayes
et buyssons sans auoir guides et gens congnoyssans ɛ conduissans le chemin. Ce sont
myeulx truffes ɛ deuoyemens de vieilles que parolles de hômes/legieremêt recueillãs
la narration des choses. Et ceulx qui ainsi recitêt ceste chose taisent la maladie de lepre
dont estoit Constantin empereur bisantin griefuement persecute/auecques lequel nest
pas vray semblable Charles auoir conuersé côme aulcuns ont voulu dire. Mais moy
estant a tollete: ɛ extollant Charlemaigne en grandes louanges: de ce quil auoit subiu
que la plusgrant part despaigne iusques a tollete/me fut apporte vng liure intitule les
louêges despaigne. Auquel par grant estude de laucteur dicelluy liure sont recitees les
choses que ie disoye de Charles. Par quoy entre tant de sentences contraires ɛ repugnã
tez/ie ne puys diffinir ɛ determiner laquelle principallement fault ensuyure. Platine
dit que Charlemaigne trauersa iusques a Grenate/ɛ que par laide de Adelphôse Roy
de Gabite/il print lipibone. A ceulx tant seullement ie consens qui ne adioustent soy a
lexpedition de larmee de Iherusalem/laquelle neantmoins plusieurs austres aucteurs
attestent affermans que les infideles chacez ɛ expulsez de la terre saincte/et les crestiês
restituez en leurs lieux eureusement retourna Charles en france.

⸿ Comment Charlemaigne apres quil fut fait empereur et quil eut sub
iugué les bretons Institua les vniuersitez de Paris et de Pauye Restablit
la ville de Florence qui auoit este destruicte par les côbats Aussi mist genes
en sa saulue garde permectant aux benissiens viure selon leurs loix. Et cô
ment pour sa grant renommee enuoya le Roy de perse vers luy ses embassa
deurs luy offrir plusieurs excellans dons.

m

Aintenant reciterey les causes lesquelles pour quoy fut Charles mis et constitue en la mageste imperialle. Sedition ⁊ noyse engendree entre les Romains/aulcuns seigneurs de grant auctorite/cõspiration faicte cõtre le pape Leon/hors la ville de Rõme le iecterẽt. Laquelle iniure a Charles rapportee par les embassadeurs Respondit ql yroit venger liniure du pape/pensant que a sa dignite appartenoit de garder ⁊ deffendre le siege romain. Se transporta Charles a Patbrune ville de saxonne ou il receut Leon en grant honneur: et en luy baillant conduicte de plusieurs vaillans ⁊ nobles hõmes le renuoya a Rõme. A ceste cause peu de seiour fait en appaisant les choses de saxonne/sen alla en ytalie. Par son aduenement fut la chose apparseue et les coniurateurs a mort mys: et par ainsi Charles restitua le pape en son siege. Pour auquel rẽdre graces ⁊ le bien fait recõpenser Le pape Leon tiers de ce nom par le conseil des presbtres euesques ⁊ cardinaulx pour ce faire assemblez/la vigille de la natiuite nostre seigneur Jesuchrist cest assauoir le vingt ⁊ quatriesme iour de decembre apres que Charles eust gouuerne. xxx. ans le royaulme de france le nõma le pape Leon Charles auguste/nom tresagreable aux Romains ⁊ nõ pas moins a tous les ytaliens. Et cõme plus de troys cens et trente ans (les gothz eussent occupe lempire ⁊ ytalie) fust le nom de lempire transfere a Charles: lequel par sa vertu et excellans faitz selon le iugement de tous estoit digne de telle diuinite. Auregard du non de celluy empire/ Ja soit que par long temps fust loffice du chef de bataille: toutesuoyes par coustume a este introduict que ceulx qui a par soy et en leur seulle personne auoyent le gouuernemẽt de la chose publicque ont trãslate le nom de empereur/a dignite le nõ de Roy reiecte q̃ apres les Roys expulsez estoit en hayne aux romains. Dauantaige la negligence et paresse des empereurs de Cõstãtinoble auoit este cause que eulx ne portans confort ⁊ ayde aux romains ⁊ aux papes cõtre les tyrans. Le pape Leon les auoit priuez de lempire. ¶ Charlemaigne decore en la dignite de empereur: retournant en france Par tous les lieux ou il passoit et cheminoit estoit de tous receu en grãt lyesse ⁊ ioye. Plusieurs aultres batailles ont este faictes par luy/quil auoit eureusement administrees et conduictes par ses enfans et capitaines. Cõme celle quil a faicte contre les bretons par Andulphe: quant il estoit a Vuarmacie contre les saxõs. Car ces bretons yssuz des bretz Sicõme aucunesfoys estoit bretaigne tenue et occupee par les saxõs Ilz sen estoyẽt allez es terres des venissiẽs ⁊ corosolitius ou ilz habitent maintenant. Par ce moyen payans tribut tous les ans aux francoys. Lesquelz cõme ilz le refuserent en cellup temps payer les subiuga Andulphe par le commãdement de Charles leurs obstages receuz/ql mena au Roy a Vuarmacie. Auregard des choses escriptes par Turpin arceuesque de Raĩs/elles me semblẽt auoir beaucoup de laudace grecanique/et croy quelles sont semblables a fictions poetiques. Cõme est cela de dire que les muraillez de panpelune trebucherent du son des trompettes et q̃ les haches et hallebardes des gẽs darmes Ja par long tẽps toutes seichez/fichees de nuyct en terre/pres de tollete le lendemain rauerdirent. Semblablement que Charlemaigne auoit les bras si fortz quil pouoit ensemble rompre plusieurs fers de cheual. Et dung coup despee fendre et diuiser par moytie vng hõme arme assis a cheual lespee demourãt atachee sur la crope dicelluy cheual. Je ne puys aussi facillement croyre ne receuoir ce q̃ le croniqueur de sainct Denys a escript du gean Fernagus/saulue la reuerance de la foy

Le pape leon expulse de rõme par les romains.

Pour quoy fut la dignite de lempire dõnee a charlemaigne.

Empire. Dont est venu le nom de empereur.

Pour quoy le empereur de cõstantinoble a perdu lẽpire des rõmains

Les bretons. Vuarmacie.

Ce que lõ dit de la puissãce de charlemaigne.

Du gean fer-nagus.

hystoriatte: Car il dit quil auoit autant de force corporelle que quarante hommes les plusfortz que lon sauroit choisir/ et que son bras estoit de quatre coudees/ses cuysses au-tant/sa face dune coudee a son nez de demye/la stature de tout le corps de douze coudees de long. Et que ce monstre dhomme estoit yssu de la generation de golias que Dauid p-sterna dun coup de fonde/ et fut enuoye de lamiral de babilone auec Bigt a deux mille comba-tans pour secourir les Espaignotz. Et sicomme par le commandement de Charlemaigne Oger le dannoys tresnoble et preux cheualier approcha de luy pour le combatre/ ferna-gus le gean le empoigna dune main et le rauist en sa tente aussi soudainement comme sil eust empoite vne oueille. Puis vint vng aultre au lieu du cheualier quil print sem-blablement et emporta dessus son bras. Et apres ces exemples de force/ furent vingt hom-mes enuoyez contre le gean lesquelz il rauist a emporta deux a deux Ces choses comme elles soient indignes de croire/non follement sont veues semblables aux flabes des ge-ans dont les poettes ont fait fiction/lesquelz auoient mis monteigne sus monteigne a lencontre de iupiter. Qui vouldra accepter et soustenir cecy: ie nempesche mye quil ne

Du geaante.

croye ce q aucuns escripuains romains racomptent du corps du gean Anteus qui fut fouille a tigene de soixante a dix coudees de longueur. Auec beaulte corporelle auoit Charlemaigne vigueur a force/engin excellant: grauite a asseure conuenable a roya-le dignite. Il estudia la science des ars liberaulx ayant pour premier maistre a precep-teur Pierre puysin/puis il eut Alcuyn angloys homme tresinstruict es sciences diui-nes a humaines/que Anthoine florentin dit estre celluy lequel a fait la glose) que lon ap-pelle lordinaire) sur la bible. Car iacoit que Alcuyn eust este enuoye ambassadeur a Charlemaigne par les roys dangleterre: neantmoins delecte en la doulceur a benigni-te de la terre de France demoura auec Charlemaigne. Par le moyen et oeuure duquel/ fut lescolle de Paris(que lon dit vniuersite) commencee a istituee/admenez par mer de-scoce Claude et Jehan:rabane aussi a Alcuyn disciples du venerable Bedde. Eulx ve-nuz en France:comme ilz neussent apporte quelque chose de leur pays/fors bonnes scie-ces et disciplines:furent crier et declarer quilz vouloient publicquement enseigner sa-pience et les ars liberaulx et que leur science estoit a vendre. Laquelle chose rapportee a Charles a soy les appella:lesquelz confesserent liberalement auoir sapience laquelle ilz enseigneroient sans esperance de gaing ou emolument de pecune a ceulx qui auoient desir de sapprendre et sauoir/se leur vie tantseullent leur estoit baillee auecques vng li-eu et domicille. Lempereur voyant la franche a bonne volunte de ces hommes/ a com-me par aucuns iours les eust tenuz auec soy commanda a Claude/qui auoit nom Cle-ment demeurer a Paris et y instruire les nobles adolescens en bonnes meurs a discipli-nes. Mais il enuoya Jehan a Pauye. Ce fut le commencement de luniuersite de Pa-

Le commence-mēt de lescol-le de Pauye.

ris/ maintenant publicque college aux philosophes et theologiens de tous frequentee a venommee dont sont yssuz hommes notables et excellens en doctrine et erudition:lesqlz sicomme chandelles tresclerement resplendissantes en lumiere ont respandu merueilleu-se clarte a la foy religion chrestienne:tellement que non sans cause et merite est de plu-sieurs dicte et nommee en saictes disciplines la mere ancienne des bonnes estudes. Vray est que lescolle de Bonoigne laquelle print son commencement de lempereur Theo dosius/est plus ancienne. mais elle est beaucoup moyndre en nombre de escoliers et hom mes lettres. En apres fut Charlemaigne tresstudieux en eloquence a quoy il adiousta

grande congnoiffance et experience des lettres grecques/et eftudia non feullemēt parler
la langue naturelle et bulgaire de fon pays/mais auffi la langue eftrangere Vfoit char
les de tables de cire/affin quil mift par efcript ce quil penfoit faifant quelque chofe de
foy:ou ce que fe offroit a faire entre les folicitudes qui venoyent au deuant de fon enten
dement Lors eftoit ebzitus angloys lequel pour lelegance et nobleffe de fes meurs eftoit
fufpect a brifticque roy dangleterre. Parquoy craignāt les fallaces et affaultz du Roy
fe tranfporta en france/ou liberallement receu et eu pour agreable par vng temps Auer
ty que brifticque eftoit mort/retourna en angleterre ou il regna fur les angloys Et affer
ma vng hiftorien moyne nomme mal mefberie que cela fut fait par la prouidēce de dieu
difant ainfi. Ce que ientens eftre fait par le confeil de dieu que ceftuy homme fut efleu
a fi grant royaulme:receuft des francoys la fcience de regner. Car cefte nation(dit il)en
exercitacion de force et bōte de meurs eft la plus excellēte de tous les occidētaulx Char
les Veftu de robbe de drap doz cynct dung glefue tout couuert de pierres precieufes/affis
efcoutoit les ambaffadeurs venans a luy. Il fe delectoit par fouuent aller a la chace/et
venation a la mode des francoys et en ce prenoit excercice Souuēteffoys entroit es bais
faifant entrer en fa chambre tous beaulx difeurs:les parolles et confabulations defquelz
prenoit recreation. Il fut ne de berthe fille de heraclius bizātin empereur laquelle Il re
uera et honnoza par merueilleufe pitie et manfuetude. Auffi par incredible charite ay
moit fes enfans et toute fa famille/doulx/humain (et attrempe en toutes chofes/en iuge
ment equite/et en gouuernāt la chofe publicque attrempance gardoit Trefreuerend ob
feruateur de fainctete et religion/portoit hōneur et reuerēce aux preftres et a tout le cler
ge Ce que tefmoignēt cinq conciles celebrez aux pays de gaulle par fon commandemēt
Lung a magōce. Le fecond a Rains. Le tiers a tours. Le quart a chalons. Le quint a
arle, Efquelz conciles furent ozdōnez aux gens de leglife les loix et conuenables ceri
monies en leur vie et conuerfation. Et pource quil ouyt que les preftres difcozdoyent et
eftriuoyent des chofes diuines et de la diuerfe maniere de chanter:pour autant que lors
le clerge indifferamment obferuoit la mode des tradicions fainct ambroife et faint gre
goire. Il obtint que leglife de milan vferoit des inftitutions Sait ambroife/et le refidu
du monde de celles faint gregoire. Il a ediffie et enrichi plufieurs temples et ceulx quil
congnoiffoit eftre rompus et demoliz commanda aux preftres des lieux quilz fuffent re
ftablis. Il a auffi cōftruit et bafti plufieurs grandes maifons/palaix chafteaulx et au
tres fumptueux ediffices depuis les fondemens iufques au hault a grans couftz frais
et mifes qui font en tefmoignaige de quelles vertus royalles il eftoit aozne. Et comme
il fut a tous/principallement aux poures trefliberal encozes fut il plus mifericozdieux
et pitoyable aux florentins. Car leur ville longuemēt deferte teftaura/les citoyens re
mys en icelle. Dauantatge gennes qui eftoit opprimee et foullee des lombars mift en fa
protection et fauuegarde et y eftablit vng duc lequel la gouuerna trefhumainemēt:Les
veniffiens auffi permift viure en leurs propzes loix et ne fut moyne bien faifant a tou
tes les autres villes de italye:a charlemaigne ont efte plufieurs fēmes/ lefquelles le ōt
rendu eureux en lignee. La premiere deleffee qui eftoit fille de defir/print Hildegarde
vierge trefnoble de la natiō des fuxiens. De laquelle nafquirēt. Charles/pepin/loys
et autant de filles. Le pere encozes viuant bailla a pepin Italie A charles la partie de
deca de gaulle Pepin daffault venife print et occupa partie des ifles efquelles cōfifte la

Le trefpas bri
ftiq.ie roy dā
gleterre.

Les actes ef
qlz fe delectoit
charlemaine.

La mere de
Charlemai
gne.

Les vertus
de charlemai
gne.

Les conciles
tenuz en fran
ce par le cōmā
demēt de char
lemaigne.

Note des offi
ces ecclefiafti
ques.

Des bafti
mēs et ediffi
ces de charle
maigne.
florence:
Gennes:
Les veniſiēs
Cōbien chat
lemaigne a eu
de femmes en
mariage.

Guerre côtre les Venisiens

cite de Venise/iusques au hault ruisseau lequel comme il eust commence a le surmonter ayant fait vng pont de tonneaulx conioinctz ensemble par contraire tempeste et par les Venissiens qui vindrent furieusement ruer dessus fut rompu et dissipe. La cause de la guerre contre les Venissiens fut: pource que contre les loix de paix et concorde premiere ment traictees auecques nicephorus obeissoyet au grec épereur Car presque tousiours a este trouue que nulle partie de ytalie ayt constamment garde la foy au nom francoys

La perpetuel le rebellion et desloyaulte des italyens aux francoys

Laquelle chose a este souuent experimentee et principallemet en ce temps present quãt charles huytiesme Roy de frãce eut recouuert le royaulme de naples Les Venissiens et loys duc de millan auec grant armee de gensdarmes a ce preparee: sefforcerent luy retour nant en france le surprendre et empoigner Ce quilz nessayerent faire sans grant occisiõ et perte de leurs gens Mais pepin et charles mourans auant leur pere/ print loys quil auoit seul filz coadiuteur a lempire A nourrir et esleuer ses enfans print telle cure et solli citude quil se applica sur toutes choses a instruire et enseigner les masles a bonnes scie ces et disciplines et les filles a tissir et ourdir la laine Voyant quil auoit paix et repos de toutes guerres et batailles troys ans deuant quil mourust fist son testament/delais

Le testament de charlemai gne.

sant aux prelatz des plus grãdes citez les deux pars de ses plus precieux meubles pour restablir et reparer les temples les poures soulager nourrir et alimeter. Et la tierce par tie distribua a ses enfans nepueux et familie/ pour telle portion que selon droit et raisõ leur deuoit competer et appartenir Puis pour euiter melecolie et recreer son couraige cõ me il alloit a la chace/ luy qui tout le temps de sa vie entre tant de batailles et sollicitu des de la chose publicque estoit tousiours demeure sain et en bonne prosperite/ fut de fie ure empoigne de laquelle persecute alla de vie a trespas le .xxvi. iour de ianuier lan de grace .viii.c.xv. Il vesquit soixante et douze ans Regna quarante sept ans et fut qua torze ans empereur Son deces precederent aucuns signes significatifz des choses futu res Le pinacle estant au dessus de leglise de aquigrasne fut de fouldre et tempeste abatu Le pont quil auoit fait edifier a magonce sur le rethyn brusla et les porches et galleries p lesqlles on alloit du palais au teple trebucheret a terre Aux tresors plus precieux du roy estoyent quatre tables/ troys de argent et lautre de or. De celles dargent en donna lune au temple sainct pierre a Romme en laquelle estoit la pourtraicture et ymage de la ville de constãtinoble Et lautre a leglise de Rauane/ en laquelle estoit grauee la pourtraictu re de la ville de romme La tierce qui contenoit la semblance et ymage de tout le monde a uecques ceste dot aduint en la possession de ses enfans. ⸿Il fut enseuely a aquisgrane en vng monument magnifique auquel auoyt vng huys dure ferme et dure pierre conte

Epitaphe du sepulchre de Charlemai gne.

nant linscription et tiltre qui sensuyt Soubz ce sepulchre gist et repose le corps de charle maigne trescrestiẽ empereur. ⸿Ce deces et trespassemẽt eut charles lequel pour la grã deur et magnificence de ses faitz fut appelle magnus / qui est a dire grant ou maigne par sincope Et par ainsi est nomme charlemaigne Car iasoit que de son pere pepin eust receu le royaulme grant et opulent toutesuoyes il se laissa ampliffie et augmente de plu sieurs prouinces par luy conquises en ytalye Germanie/ Gaulle/ Angleterre Et hes paigne. A la grandeur et magnitude de charlemaigne se consent et accorde la legation et ambassade a luy enuoyee de par le roy de perse. Les richesses duquel lors estoyent en ori ent tresfflorissantes/ et qui demanda la mytie de charlemaigne par les tresprecieux dons quil luy fist. Entre lesquelz estoit vng horloge fabrique de or cliquant par merueilleux

artifice Dont tomboyent par chafcune heure Bingt a quatre boulles darain deffus Bne
clochette pendant en quoy eftoit le temps figne et figniffie . Semblablemét y auoit des
cheuaulcheurs en pareil nombre Lefquelz a chafcune heure du iour fortoyent par Bne fe
neftre que ilz clopoient puis retournopét a lhorloge Dauátaige entre ces dós eftoit Bne
tente defcarlate de trefgrande largeur et eftendue des efpices aromatiques/du baulfme
et Bng éléphant. Semblable chofe firent les empereurs de conftátinoble que charlemai
gne receut conioinctz et alliez en fon amytie et confederation/combié quilz ne prenfiffét
a gre que le pape leon luy auoit donne la dignite imperialle/mais cefte chofe eft la plus
grant de toutes les aultres quil na riens fait ne continue fi longuement fors que expen
dre la foy de ihefucrift et eflargir les fins et limites des chreftiés. Le peuple duquel fuy
uans formant tous les aultres roys de france qui ont fuccede apres luy par grans et ex
cellans faiz/attendu quilz gardoyent et amplifioyent dignite/a la refion et foy chreftié
ne riens ne doit eftre Beu merueilleulx aulx enuyeulx et detracteurs fe ilz font appellez tref
creftiens. Auffi appert quil nya nation dont par fi grande labeur ayt efte donne fecours
et ayde aulx papes et dauantaige aulx aultres de parmy le móde miniftres et feruiteurs
de dieu.

Les donsque
fift le roy de
perfe a charle
maigne

Ne fe fault ef
merueiller q
les roys de frá
ce font ap pel
lez trefcreftia
ens.

  C Comment le Roy loys le piteulx filz et heritier de Charlemaigne Refor
ma la pompe a diffolution des clercz mectant police en leftat ecclefiaftique
Subiuga auffi les bretons a gafcons de rechief rebelles Puis apres la guer
re des farrazines et plufieurs oeuures excellantes par luy faictes aucuns
euefques enuieulx conceurent hayne et enuic auecques fes filz contre luy
pour le iecter hors de fa dignite.

Loys piteur
pViii. roy de
france.

A

Charlemai=
gne repute
sainct

Les liures
sainct denys
de la celeste
hierarchie

Au tresglorieux empereur charlemaigne succeda loys lequel par sa
mansuetude de ses meurs acquist le surnom de piteur qui est a di=
re plain de benignite et misericorde Cestuy, encores enfant par le
commandement de son pere obtit la principaulte de acquitaine en
la quelle il auoyt este ne Aussi print escellentz labours et peines
a lencontre des tyrás despaigne Plusieurs cites en arragó receust
soubz son obeissance par especial son pere viuant. Entre lesqlles fut berselongne moult
riche et triumphante/quil expugna assiegee lespace de sept sepmaines continuelles Les
nouuelles receues du deces et trespas de son pere Le trentiesme iour apres quil partit de
acquitaine sen vint a aquisgrane Auquel lieu receu par les princes τ seigneurs de fran
ce quila estoepnt arriuez pour visiter le nouuel Roy et empereur se transporta au sepul=
chre de son pere ou il fist prieres et oraisons a dieu selon la maniere des chrestiens. Car
charlemaigne pour les merites de sa vie croyent plusieurs estre mis et escript au nom=
bre des sains duquel les habitans de ce lieu sont feste et solempnite Et dit le docteur ho
stience que ainsi a este permis de leglise de Romme Par lequel exemple le roy loys Vnzi
esme en nostre temps commandu aup parisiens reuerer et honnorer la feste sainct charle
maigne/et pource faire enuoya ses heraulx de Rue en rue anoncer au peuple le iour que
sa feste seroit celebree sur peine de mort dont seroyent executez tous les rebelles et refu
sans a ce Loys estant a quisgrane relisant le testament de son pere/distribua to⁹ les laiz
et qui plus est ceulx de la morso et famille royalle veoyt estre moyns prisez que les
aultres ou par le testament de son pere oubliez Jl augmentoit les laiz et les recópensoit
❡ En ce mesme lieu il escouta les ambassadeurs enuoyez a son pere/ et auant tous les
ambassadeurs de michel empereur de cóstantinoble/requerás son amptie Lesquelz luy
donnerent les liures de sainct denys quilz auoyent apportez Jntitules de la celeste hie=
rarchie Lan de grace. Viii. c. xviii. Vindrent aussi de grymault prince beneuétane mes=
sagers lesquelz faisans foy et hommaige a lempereur auec le serment de fidelite promis=
drent doresnauant luy obeyr Et a grymault fut impose tribut annuel de six mille escus
En ce mesme temps le roy de dalmacye que le filz de geoffroy auoit du royaulme spolye
a lempereur se transporta τ se soubzmist auec le royaulme de dalmacye a la puissance du
roy loys. Lequel peu apres lenuoya ambassadeur en Saxóne. Car loys restitua aux sa
pons et frizons les terres que só pere leur auoit oste/pensant quilz seroyét plus enclins
et prompts a obeyr par clemence et liberte que par seuerite et contrainte darmes et de ba
tailles. Mais plusieurs reprindrent celle legierete et clemence du roy/ disans que ceste
nation belliqueuse et inhumaine deuoit tousiours estre tenue soubz loix dures et estroi
ctes. ❡ Tel temps durant/les sclauónoys deffaillans de lépire/et tantost aussi les gas
cons/toute esmotion fut facillement restraincte et retenue. Aussi le roy loys ne fut bien
content que paschal pape premier de ce nom/apres le trespas de leon/se nommát pape es
leu sans son consentement. Toutesuoyes enuoya paschal deuers luy ses ambassadeurs
premierement. Puis personnellement vint a lempereur et enuoya le roy loys au deuant
de luy Bernard roy de lombardie/en apres y enuoya leuesque de arle pour le receuoir ho
norablement. Finablement y alla luy mesmes en personne et le pappe de luy se aprochát
reueramment le receut Apres ceste reception le honnora de beaulx dós et le laissa retour
ner a Romme. Peu de tempis apres assembla τ cóuocqua le roy loys les prestres princes

et seigneurs a aquisgrane. En ce concille fist faire ung liure de sordre/ obseruance et se
rimonies ecclesiasticques lequel poztr par toutes les cites et lieux pl⁹ nobles de son roy
aulme commanda estre escript et garde de tout le clerge Lacteur de ce liure fut amalaire
dpacte lozs florissant es institutions sacrees et estude des lettres. Cognoissant que plu
sieurs euesques et aultres prestres de moindze dignite estoyent vestuz de riches veste
mens dont ilz vsoyent en pompe et gloire mondaine ꝗ decozoyent leurs doiz de plusieurs
pierres precieuses leur commanda oster celle pompe et estre vestuz de humbles vestemes
et contens dune seulle pierre precieuse en signe et demonstrance de leur dignite. Au re
gard des troys filz que loys auoit il en disposa comme sesuit Il associa lothaire auec soy
a lempire. Le gouuernement de acquitaine bailla a Pepi/et enuoya loys a bauyeres a ses
cheualiers et capitaines de ses gensdarmes donna charge daler contre les abbozites que
son luy auoit dit estre rebelles et deffaillans de son obeissance. Lesquelz des lentree des
francoys se soubzmcirent et rendirent aux capitaines. Ce pendant quil chassoit luy
fut anonce que son nepueu bernard roy de lombardie et filz de pepin roy de ytalie/qui a
uoit este ensuelp a mylan/par le conseil de egedon(de lamptie duquel auoit charles au
cuneffoys vse) Et de tegnier qui auoit ercerce la preuoste du palays soubz charlemai=
gne se preparoit a guerre et faisoit marcher ses gensdarmes en apperte rebellion ou ia a
uoyent occupe les lieux estroictz des montz et les tenoyent par puissante garnison Pour
raison dequoy segierement y mena le roy loys son armee equippee de francoys et allemes
Mais comme il eust assis son ost a chalons/bernard aduerty de larmee de lepereur/voy
ant que ceulx a laide desquelz il estoit appuye estoyent espouentez et estonnez sen vint a
loys quil esperoit luy estre begni et misericozdieux gisant a genoulx au piedz de lem
pereur confessa sa coulpe accusant par nom tous les auctcurs et participans de celle ini=
que rebellion. Et a lexemple de bernard firent ainsi tous ses aultres consulteurs. En
tre lesquelz estoyent troys euesques Cestassauoir Ausselin euesque de milan Duolphou
se euesque de cremonne et Theodulphe euesque dozleans. Tous ceulx cy cômanda loys
estre liez et tenuez en prison a aquisgranc ou il deuoit passer son hyuer. Au premier prin
temps Le iour de la resurrection nostre seigneur passe/fist admener bernard deuant soy
auecques ses alliez et complices. Lesquelz combien que selon les loix rommaines deus
sent estre condampnez a mourir. Neantmoins suffit au piteable et misericozdieux roy
des yeulx priuer les malfaicteurs Mais bernard non content de celle punition comme
sil neust en riens delinque fut decapite. Semblable peine en suyuit Gynal cubiculaire
et varlet de chambze du roy. Les euesques deposez de leur dignite fist enclore en ung mo
nastere/et les aultres enuoya en eypil. Ce pendant que ces choses se traictoyent. Les bze
tons se departirent de la foy et alliance des francoys. Parquoy icelle chose congneue as
signa et denonca le roy se concile a Venise qui est a dite Vanne. Puis marcha contre les
bretons/et ne cessa iusques a ce que le nommant fut anonce auoit este occis ꝗ tue par ung
charles qui naguere auoit este son chambellan et officier domestique. Leur roy perdu
vindrent les bretons dessoubz la puissance du Roy loys. Et en apres se rebellerent les
gascons..Mais pepin filz du Roy loys tellement refrena la ferocite du peuple incon
stant que oncques depuis nul du pays nosa follement les armes prendze ne poxter aucu
nement contre lempereur. Dauantaige enuoya moult degensdarmes a bonne capitai
ne des cheualliers. Au moyen de quoy il chaca Lyndeuinte Roy tyrant de panuonye

Le concille de aquisgrane.

Reformation de la pôpe des clers.

Bernard roy de lombardye côtre loys roy piteux.

Guerre contre les bretôs

qui de guerre foulloit aquisege En ce mesmes temps les pyrates portez par la mer occea

Les normäs pyrates

ne pource quilz ne peurent arriuer ne descendre en flandres ny en neustrie a cause des for
tes garnisons de gensdarmes qui gardoyent et occupoyent les portz Impetueusement
descendirent en acquitaine Dague de munitions et depourueue de gensdarmes Laquel
le par subites incursions la delaissant gastee se retirerent en leur pays Le couuent saict
philibert rase et rompu que loys auoit construit et ediffie en lisle here pays de pouctou.
Mais incontinant que les dannoys furent partiz le corps sainct philebert tire de terre
fut transporte en bourgongne. Au regard de lindeuinte diuerse fortune longuement se
garda Car les francoys marchans a lencontre de luy il se retiroit en vng hault chasteau
tresbien fortiffie. Aucuneffois chace de Baudre par le conte aquiligien se retirant aux
dalmaces, espioit loccasion de retourner en pauonye. Finablement le cauteleux homme
acttape fut occis. ℃Entre ces choses lothaire enuoye de son pere en sombardye fut du
pape paschal appelle en alliance. Lequel honnorablement receu en la Bille de romme, le
iour de la feste de la resurrection nostre seigneur luy donna le pape paschal les enseignes
de lempire et le nomma empereur. De la Benant a pauye pour lempeschement de ses ne
goces et affaires y seiourna par aucuns iours. Lesquelz en partie non acheuez ne acom
pliz raporta a son pere ce quil auoit fait. Lequel Boulant bien pouruoir aux choses de
lombardie, enuoya morigue homme noble sung de ses chäbelläs et alard conte du palais
aux lombars pour et a fin de seur Bouloir et pouoir donner a tout bon ordre et prouision

Lothaire filz du roy loys nö me empereur p le pape pas chal.

℃Ce pendant que cecy ce faisoit en france, sourdit tumulte et commotion de peuple en
la Bille de romme durant laquelle furent occis en lhostel du pape thierry scribe de leglise
romaine, et seon douaire. Aux quelz auant quilz fussent nez auoyent les peulx este atta
chez de la teste, pource principallemét quilz estoyent loyaulx a lothaire, la coulpe de quel
le cruvelite plusieurs transferoyent et mectoient sus au pape paschal. Ceste chose par
messagiers au roy raportee bailla commission a adeluge abbe de saict Bast dartas
et au conte huffride, de faire inquisition de ceulx qui auoyent ce crime et malefice perpe
tre et commis. Mais auant quilz feussent partiz de court Bindrent Bers le roy loys les
ambassadeurs du pape pour le deliurer et purger de toute suspition. Neautmoyns lem

La purgatiö et excusation du pape pas chal enuers le roy loys.

pereur non content de ceste purgation manda aux messaigiers dessusnommez parfaire
ce quilz auoyent encommence Lesquelz doncques a romme arriuez la Berite diligémét
enquirent et informerent prenans le serment du pape Trouuerent quil nestoit aucune
ment coulpable de icelle mort. Ce pendant le roy loys ne delessant la sollicitude du roy
aulme Sen alla Beoir et Bisiter les Billes et le peuple pour cognoistre et scauoir que par
tout son faisoit, affin quil donnast soullagement aux foullez et opprimez et quil punist
les mauluais et iniques. Lesquelles choses selon le temps acompliz autant comme il
pensoit a luy appartenir, sen retourna a compiegne ou il auoit assigne faire asseblee des
princes et seigneurs de sa court. La les ambassadeurs de romme retournez congneut
que le pape paschal estoit innocent du cas dessus declaire. Pour raison dequoy lessa frä
chement aller les ambassadeurs du pape, puis chemina a aquisgrane et escouta les bul
gaires qui demandoyent son amytie. Aussi traicta tres liberallement les ambassa
deurs de bretaigne. Desquelz estoit Binemade entre les siens homme tresnoble et moult

Lobeissance des bretons

puissät. ℃Lors les bretons eulx et toute seur region femmes et enfans se donne
rent et soubzmirent au Roy loys Ausquelz il fist plusieurs grans et nobles dons auant

leur partement. Mais tantost apres les bretons par la conduicte de puon meneret guer
rea leurs Boisins/et par especial a ceulp qui obeissopent a lempereur. Toutesuopes peu
de iours entrelassez puon fut des siens occis en sa maison et porta la peine de sa trahison
et desloyaulte En cest temps la paip que demandoyent les normans leur fut octroyce
Aussi fut la chose appaisee auecques les bulgaires. ⊂Apres cela le roy loys estant en
germanye. Herio prince de normendie auec sa femme e grande multitude de ses subiectz
remply de sainctete et religion sen Bint Bers luy/et du saint et sacre baptesme de la foy ca
tholique fut laue et purge. Et craignant de son pays estre expulse par son peuple pour
tant quil estoit crestien/luy Bailla loys Bne forte place entre les frizons ou seulement se
retiretroit en temps de peril et danger Disent aucuns aucteurs que en ce mesme temps
par baudouyn preuost de pauonye fut mene au roy loys Bng prestre grec nomme geor
ge/Lequel pource quil estoit tresexcellant et admirable organiste fut tresagreable a lem
percur. Or nauoyent encores les francoys congneu cest instrument musical. Parquoy
le roy loys Bailla ledit organiste a adulphe preuost du palais pour estre stipedye aux gai
ges du roy et luy ayder des choses qui conuiendroyet a son art de musique De la premie
rement issit en france lusage des orgues. ⊂Oultre cecy ie trouue plusieurs choses es
criptes de Azon sarrazin/lequel descendu de afrique en espaigne mena grosse armee ius
ques a bersesone/et cesar auguste/et commenca lempereur premier la bataille a lencon
tre de luy par ses capitaines et chefz de guerre. Mais par la nonchalance oysiuete et ne
gligence des conducteurs de larmee maleureusement se porta la besongne et affaire. Les
quelz de leurs offices depofez renuoya le roy son filz pepin roy de aquitaine e hugues pri
ce palatin auecques mausrede contre ses ennemys/ Neantmoins ceulp cy cheminans
en tardiue et lasche compaignye auant quilz eussent passe les mons pyrenees auoyent a
leur ennemp lesse lespace de tout perdre et destruire Si que plusieurs disoyent a ceste ca
lamite auoit appartenu le prodige et signe merueilleup qui peu de temps par auant a
uoit este Ben signifier ceste fortune car on disoit que armees et bandes de gens darmes
combatans les Bngz contre les aultres trempez en sang estoient au ciel apparuz. Sans
seiourner congneut le roy loys que azon estoit Benu nouuel secours de gens darmes Par
quoy Bailla commission a lothaire de leuer et eslire gens de guerre de austrasie/e par impe
tucuse et destructiue armee sennemy assaillit/lothaire matcha en bataille contre ses en
nemis et sicomme il sestoit arreste a lyon legierement et par grant chemin Bint a luy son
frere pepin. Les deup freres prenans conseil de celle gurre/le messaigier que lothaire a
uoit enuoye espier que son faisoit au champ des aduersaires/retourna despaigne/ Lequel
racompta coment les maures auoyent hespaigne trauerse maisque finablement se estoyet
retirez sans plus Bouloir faire guerre Ceste chose congneue sen retourna pepin en acqui
taine et lhotaire en france. Ces iours durans sicomme les anglops se esbastoyent a tuer
leurs roys/et ia auoyent occis et meuttry edelstrobe occuperent les dannops angleterre de
roys destituee. Lan de grace. Biii. c. ppBi. ⊂Ce pendant que cela se faisoit tomba occa
sio au roy loys de aller en Buarmatie et hasburg. Car lon disoit que les normans et baueri
ens deuoyet en armes Benir en germanie. Laqlle chose se Beritable nestoit/toutesuopes
il trouua que ceulp que nous auons dit auoir este deposez de leurs offices auoyet contre
soy machine crime de lese maieste Pour raison de quoy appella le roy Berard lequel il fist
Benir despaigne e luy donna loffice de Barlet de sa chabre auecques la preuoste du palais

                                                           h.ii.

[marginal notes:]

puon capitai
ne des bretos

Singulier or
ganiste enuoye
au roy loys.

Les anglops
homicides de
leurs roys.

luy commettant la garde de son corps. Et combien que ceste chose delayast vng peu le
propos des conspirateurs qui auoyent conceu le crime contre le roy/ neantmoins couuer
tement solliciterent tous ceulx q̃ purement et par blandissemēs ⁊ flateries les attraperēt
a leur voulente. Et ne curēt honte de pepin animer ⁊ mettre a hayne cōtre son pere disãs

**Conspiratiō
faicte cōtre le
roy loys**

que berard auoit domination par dessus tous ses chambelans ⁊ maistres de lhostel et q̃l
estoit deuenu si fier quil desprisoit tous les aultres. Et oultre q̃ le roy loys quãt il voul
droit ne luy pourroit resister/ pour tant que par potions ⁊ art magique lauoit berard lie
a soy pour auoir le concubinaige de sa royne iudich. Et que si pepin filz du roy ne
donnoit ordre et prouision a si grant deshonneur seroit la tache de iour en iour plus ordꝛ
et souillee et q̃ finablement acquerroit force au dommaige ⁊ detrimēt de limperialle ma
geste. Ces choses ainsi dictes par les conspirateurs pepin y adioustasoy ⁊ grande mul
titude de gens darmes assemblez sen alla a orleans. Quant il fut arriue de prime face se
adꝛessa a odo que son pere auoit fait preuost de la ville/ lequel il expulsa de son office sub
stituant māfrede en son lieu. De orleans print son chemin a verbrie sur la ryue de oyse.
Leur venue bien tost congneue par le roy loys lors estant a compaigne/ cōmanda a la roy
ne iudich aller a soudung et demeurer au temple de la benoiste vierge marie. Auecques
ce admōnesta berard de sen aller dauecq̃s luy et sauluer sa vie La royne cheminant a lou
dung fut des conspirateurs poursuiuie qui apres elle enuoyerent garin et lambert leurs
consors pour la rappeller auecques cōmission et charge expresse de la iecter hors du tem
ple disans quelle machinoit quelque chose contre eulx et la prendre ⁊ admener prisonnie
re. Les messaigiers mettans leur mandement a executiō prindrent la royne et labmene
rent aux conspirateurs lesquelz la contraignirent faire le veu de religion. Auecques ce
la furent iurer et obliger par serment quelle persuaderoit a son mary de se deuestir et de
mettre de la dignite imperialle Et conuerser en la sollitude de religion. Et par ainsi la
royne soubz la garde et prison des conspirateurs vint au roy Apres que faculte de parler

**La persuasiō
que fait la roy
ne Judich au
roy loys son
mary.**

luy fut permise pria son mary que par son consentement luy fust loisible ⁊ permis le voi
le de religion receuoir Luy remonstrant quil ne deuoit auoir honte de quicter et habã
donner la dignite si peu durable de ce monde transitoire et faire seruice a leglise/ q̃ estoit
la raison seulle par laquelle il pourroit eschapper la mort qui luy pendoit sur le chef. A sō
espouse respondit le mary quil prendroit conseil de la chose dont elle le requeroit. Et sãs
vser de longues parolles se departit le roy dauec la royne Laquelle apres la response de lē
percur congneue fut par les conspirateurs enuoyee en exil au couuent de saincte ragonde
a poitiers. ℣Ce temps pendant de lombardie retourna lothaire a son pere. Auquel ia
soit ce que les choses fainctes par les traistres ne fussent deplaisantes. Toutesuoyes ri
ens ne fist contre son pere. Mais les conspirateurs cognoissans que sans assembler les
prices et seigñrs ne pourroyent le roy expulser de tout leur pouoir sefforcerent de faire vng

**Assembleefai
cte a magōce.**

conseil general en france. Loys toutesuoyes y repugnoit pourtant quil scauoit les fran
coys contre luy estre persuadez et subornez de ses ennemys A ceste cause il denonca lassē
blee faire a magonce Et manda que nul nentrast en armes en concille auquel y vindrēt
ensemble plusieurs de allemaigne fauorisans au Roy loys. Et pource que labbe hildo
estoit la venu auecques gens en armes le fist sortir hors du conclaue. Aussi a vallasque
abbe de corbie garny de gens darmes cōmanda retourner en son couuent ⁊ y conuerser ⁊
viure selon les loyx des moynes. De quoy les traistres espouētez se tirerēt vers lothaire

et par plufieurs prieres le requirent de ne leſſer loccafion a bien faire et acheuer leur en⸗
trepriſe Diſans que beſoing eſtoit de combatre en armes ou du cōſeil iſſit maulgre le roy
Mais le roy congneut ce que faiſoyent ſes ennemis/manda lothaire venir a ſoy Luy be⸗
nu doulcement et prudentement le pere admonneſta le filz quil ſe gardaſt ſur toutes cho
ſes de croire aux menſonges des traiſtres cōſpirateurs et ꝗ choſe decēte ⁊ couenable eſtoit
le filz au pere obeyr et ſeruir. En ſa court du palais ceſtoit grāde multitude de peuple aſ
ſemblee laquelle mal contente de la rebellion que faiſoyent les filz contre le pere murmu

royent et ſe eſmouuoit tellement que ia furieuſement procedoyēt a cōbatre et tuer les re⸗
belles neuſt eſte ꝗ le roy loys auec ſon filz lothaire ſe monſtrãs es feneſtres du palais ap
paiſerent la ſedition ⁊ cōmotion du peuple. Paix faicte et le bruit appaiſe tous les trai⸗
ſtres et cōſpirateurs furēt mis en priſon. Auſquelz neantmoins le piteable ēpereur ne
ſouffrit aultre peine eſtre baillee fors quil commanda les ſeculiers en lieux ſpirituelz ⁊
les clercz en monaſteres perpetuellement eſtre enclos. Au regard de theodulphe qui pre⸗
mierement auoit eſte abbé de ſaint benoiſt ſur loyre et depuis fut euefꝗ de orleans accuſe
entre les traiſtres/leꝗl il enuoya en expil a angers. Auquel lieu eſtant le roy loys le iour
de paſques flouries ꝗ eſt le dimāche des rameaulx ſicōme il ouyt theodulphe reciter les
chancons ꝗl auoit faict en lhonneur dicelle feſte/meu de la deuotiō de leuefque le deliura

Ces choſes ont eſte vng peu trop amplemēt par moy recitees/affin ꝗ le liſeur facillemēt
entende ꝗ a bonne et iuſte cauſe/les ſieges dhonneur ſont de dauid appelez chezes de pe⸗
ſtilence/eſquelles forment nul ne mōte a qui ſoit dōnc repos de labeur et ſeurete de peril
Principallement a ceulx qui ont enuie ſur ſa puiſſance et ſeigneurie daultruy/car plus
prignent de dignite ⁊ richeſſes cupdans que par la lumiere daultruy ſa leur ſoit obſcur
ry. Car la longue vie du pere ſemble ſeruitude au filz/les filz hayt les meurs de ſon pere
prudentes et attempees ſicōme a luy nupſibles et empeſchantes leꝗl plain de ſa vo
lunte et licence ſelon ſa ſenſualite delibere gauldir et faire grant chere. ⸿ Ces choſes
ordonnees en leſtat deſſuſdit. Le roy loys retourne a aquiſgrane commanda rapeller ſa
royne ſon eſpouſe du monaſtere ou elle eſtoit en expil en aquitaine a laquelle aucū hōneur
ne porta iuſques a ce quelle ſe fuſt purgee et neſtoye de liniure du ſtupre et concubinaige
ſus elle impoſe. Et apres ſa purgatiō la traicta cōme ſa femme et eſpouſe. Puis ſes filz
ſe departans dauecques luy ſen alla lothaire en italye/pepin en aquitaine/et print loys
ſon chemin a baniere. ⸿ Ce pendāt les meſſaigiers de thierry enuoyez au roy loys lors
eſtant en germanye/les maultres demāderent paix/peu apres tumba pepin en ſuſpicion
de rebellion pourtant ꝗ appele neſtoit voulu venir a ſon pere/parquoy fut eſpoigne et te⸗
nuoye en priſon au trayt en allemaigne mais ꝓ ſa malice ou negligence des gardes denuy
eſchappa/les faulx raporteurs ⁊ hayneulx de paix ne peurent auoir repos. Aux freres
enfans du roy loys perſuaderent eulx en vng lieu aſſembler pour enſemble trꝓicter de le
ſtat ⁊ condition du coyaulme. Ilz accuſerent le pere auoir hayne ⁊ inimitie cōtre ſes filz.
Et que a ceſte cauſe leur eſtoit beſoing de deffence contre les aſſaulx des malignateurs
⁊ enuieulx les freres doncꝗs trop legiers de croire adiouſtās foy aux parolles des trai⸗
ſtres incontinent leuerent compaignie de genſdarmes Et affin quilz euſſent quelqung
pour ſouſtenir ⁊ deffēdre leur entrepriſe ilz appelerēt en frāce le pape gregoire quatrieſ⸗
me de ce nom/pour eſtre(ſe beſoing eſtoit)leur mediateur enuers leur pere ꝓ faincte et ſi
mulee miſericorde Le cōſeil des filz acheue a lēcōtre deulx ſe preſēta le roy loys leur pere

auecques son armee tresbien acouſtree et equipee Toutefuoyes auant que batailler en
uoya leuefque benard a ſes filz Lequel les enhorta eulp conuertir a luy Leur pitoyable
et miſericordieulp pere et que celluy eſtoit qui les aymoit de paternelle affection/et deſi
roit auec eulp paiſiblement biure et iouir de lempire.bernard partant auec ſon mandé
ment porta ſa legation inutille. Les filz demeurans obſtinez contre leur pere Diſoyent

**Gregoire pa
pe quart de ce
nom bient en
france au roy
loys.**

pluſieurs que le pappe eſtoit benu en france affin de epcommunier le roy loys ſil ne bou
loit au conſeil de ſes filz acquieſcer et obeir. Et eſtoit cela bray ſéblable. Mais les eueſ
ques et prelatz de france empeſcherent le pape de ce faire. Et pource q̃ on ne les peut met
tre dacord chaſcune armee acouſtra ſes genſdarmes en ordre de bataille au champ qui de
puis fut nomme le champ des menſonges ſi ne reſtoit aulxe choſe a combatre fors le ſi
gne de laſſault. Quant lon bint annoncer que le papebenoit a lempereur. Lequel ne re
ceut le Roy loys en grande beniuolence et reuerend courage. Toutefuoyes conduit en
la tente royalle iura le pape quil eſtoit tant ſeullement benu pour mectre paix et union
au lieu de diſcorde. Et pource quil auoit entendu que le pere ne bouloit ouyr la cauſe de
ſes filz/a ſa dignite et a ſon office appertenoit eſtraindre et tollir les occaſions de guerre
et ne ſouffrir combatre et affligée ſung laultre par armes ceulp que par cy eſtroict lyen de
generation nature auoit conioinctz et unis. A ces parolles du pape reſpondit le roy loys
q̃l ne auoit irrite ne prouocque ſes filz ne contre eulp mener guerre Mais que par les men
ſonges et faulp rapors daucuns hommes perdus et baniz auoyent eſte induictz de cou
rir ſus a luy leur pere. Nonobſtant laquelle choſe ainſi faicte neſtoit tenu en ſi grant ire
ou hayne que ſes filz repentans ne bouſſiſt par pitie paternelle reccuoir. Auſſi que bien
luy plaiſoit ſe le pape bouloit labourer de reduire a charite les diſcordans. Ces choſes
proparlees entre le pape τ lempereur Retourna gregoire aulp tentes des filz du roy loys
ou il trouua grant mutation et changement. Car ce pendant quil conferoit auecques le
roy loys grande partie des gens de pied qui eſtoyent de la ſoulde et armez de lempereur
ſe retirerét du coſte de ſes filz/et ne retourna le pape a lempereur ſicõme entre eulp eſtoit
conuenu. Jceulp filz empeſchans ſon retour/le roy loys doncques deſtitue et deueſtu de
la pluſpart de ſes gens craignant eſtre liure en la puiſſance de limpetueuſe et efftenee
multitude de ſes aduerſaires enuoya a ſes filz, Les pria ne permettre tomber leur pere es
mains des hommes iniques perduz et baniz, Leſquelz commanderent luy dire quilz
iroyent au deuant de luy ſil ſortoit de ſa tente Doncques iſſit et chemina le pere hors du
champ/au deuant duquel acourans les filz deſcendirent de leurs cheuaulp/et en digne
reuerence leur pere receurent. Lequel auſſi les embraſſa et baiſa et en ce faiſant entra de
dens leurs tentes. Jncontinãt luy oſterent ſon eſpouſe iudich Laquelle ilz enuoyerent

**La trahiſon
des filz contre
leur pere.**

en epil a tortone Puis entre eulp lempire partirent et deuiſerent Leſquelles choſes boy
ant faite le pape gregoire plourant et gemiſſant/a romme ſen retourna par le comman
dement duquel et aulp deſpens de ceſtuy roy loys commenca a eſtre cloſe de muraillescel
le partie qui eſt depuis la grande et ſpacieuſe place de adriã iuſques a baticane. Mais
le pãpe ſeon quátrieſme de ce nom qui ſuccéda a gregoire Apres le ſecond ſergius loeuure
par luy acompli et acheuee la nomma leonine Sen alla loys a bauieres et retourna pe
pin en acquitaine Puis lhotaire epcercãt ſa cruaulte fiſt mettre ſon pere en eſtroicte pri
ſon au monaſtere ſainct medard τ charles ſon plus ieune filz auecques luy ⊂ Se aucũ
eſt lequel diligemment penſe la cruelite de ceſte choſe ſelon mon iugement myeulp doit

aymer viure ſeul ſans eſtre marié que deſtre pere et auoir fecondité de enfans/deſquelz
par treſgrande ingratitude quelque foys ſe cõpleignoit du pluſhault lieu de dignité et
honneur eſtre expulſé Le roy loys ayant receu ſi grande calamité de ſa lamentable condi
tion compoſa vne epiſtre Par laquelle admonneſtoit ſes ſucceſſeurs et meſmes au plus
grans princes et ſeigneurs par leurs familiers et domeſtiques et qui plus eſt par leurs
propres enfans pendoyent pluſieurs perilz et dangers. Ⓞ ſi ayde et ſecours peult eſtre
plus ferme pour ſes roys preſeruer et garder que pitié que manſuetude/ que clemence et
liberalité. ſſeantmoins dedans celles tant fermes munitions et fortifications de ver
tuz linique et cruelle ambition de ſeigneurier des enfans eſt impetueuſement contreue a
lencontre du piteable et bon pere loys le piteux.

  ⓒ La complainte et lamentation du Roy loys le piteux quant il eſtoit
  priſonnier a ſaint medard de Soueſſons Sur les iniures y luy receues
  de ſes filz.

A force de mon bras rõpue, qui aultreſoys a eſté puiſſant et robuſte
moy loys empereur ceſar auguſte par diſpenſatiõ de la grace de dieu
regnant au monde Roy des francoys cõme largement au peuple euſ
ſe trop immoderement relaiché ſa bride de droit par noſtre indulgence
et facilité de pardonner aulcũs diſſoluz et deſliez impugnans pitié
et miſericorde ſont trebuſchez en la crudelité des infidelles. Lequel
mal a iuſques ſa reſplendi que mes propres enfans/leſquelz treſdoulcement ie traictoye
a contrainct me ferir et perſecuter Au lieu par aduenture eſt on venu qui pour la foy rõ
pue de paix et des ſermens/deſlors eſt appellé le champ de menſonge auquel lieu me de
leſſerent preſque toute la puiſſance de mes genſdarmes le crime horrible a enuelope mes
filz en la bataille duellicre comme iay recité les eſlizant pour principaulx aucteurs et per
petrateurs du peché/a moy fol imputans pluſieurs choſes qui me tirent a la mort. Et
pluſieurs manieres blece et demoque de ceulx que iamais nauoye blece ne moque / non
immemoratif de mes peruerſes et iniques oeuures rememorant ces calamitez moy diſ
gnement ſouffrir patiemment portoye ma cheute. En apres en la cité de Soyſſons en
uironné de cohorte et multitude de peuple a moy contraire et ennemye. Je fus pris et me
ne au couuent et monaſtere de mes ſeigneurs et maiſtres ſaint medard et ſaint ſebaſtiẽ
Et pource quil ſauoyent que moult ce lieu aymoye ilz me faiſoyét accroyre q̃ par cas for
tune apres ma deſeſperation ie deuore ſa planter mes armes. Et ſicomme eſtroictemẽt
me tenoyent en priſon publicque/affin que par oeuure conſommaſſent et acompliſſent
ce que cauteleuſement auoyent traicté/Aucuns vers moy ſecretement enuoyerẽt pour me
dire et anoncer que mon eſpouſe eſtoit faicte nonnain au monaſtere des vierges monial
les ou que plus veritablement auoyent eux dire quelle eſtoit morte. Dauantaige que
mon petit filz et innocent charles enfant de bõnes meurs quilz auoyent congneu deuãt
tous eſtre de moy treſaymé/eſtoit tondu et rendu au couuent des moynes Ce que oyant
ſi nayant pouoir ne vertu de me contenir moy qui de lhonneur du royaulme eſtoie ſpolié
de mon eſpouſe priué et de mon filz eſtoye fait orphelin criant gemiſſant en abondãce de
larmes nõ pas par peu de iours ſans auoir iouiſſance daucun conſolateur/pour la gran
deur de ma triſteſſe petit a petit me ſentoye bruſler des chaleurs procedantes de ma treſ=
uiolente langueur. Et pource que nul confort auoir ne pouoye fors dieu ſeul (Pourtant

que lentree et le parler a tous mestoit prohibe et deffendu bien peu estoit la Voye ouuerte
pour aller a leglise et aux freres/et encores si peu quil me estoit permis y aller cestoit a=
uec grant guect et Visee de ceulx qui me garboyent ❡Toutesuoyes Vng iour fut mon cou
raige meu de Visiter iceulx freres. Et comme la ie fuz arriue me mectant a genoulx de
uant eulx tous. Aux sages medecins racomptay la playe de la maladie dont iestoye per
secute/Ausquelz affin que enuers les benoitz sainctz mes chers seigneurs obtinsse au=
cun allegement/feiz priere et requeste de celebrer des messes pour le repos de mon espou=
se laquelle ie cuidoye estre de ceste Vie decedee/Et pour elle faire prieres et oraisons tres
instamment suppliay leur Venerable religieusete. Lesquelz freres prudemment ayans
pitie et compassion de mes miseres et afflictions/Par les merites et intercessions des
sainctz ausquelz ilz seruoyent/siconme pronostiqueurs et ayant ia congnoissance et sci=
ence des choses futures Me promirent que de brief dieu tout puissant me donneroit me
decine pourueu que ie fichasse mon couraige aux sacremes de la foy catholique en ayat
ferme credulite en ihesucrist. Par ainsi moy par eulx conforte apres ma priere tiray hors
dauecques eulx finablement fuz remis en la fosse de ma prison nocturnelle. Lombre de
la nuit ensuyuant par continuelle pensee desiroye Veoir lestoille du iour. Puis entray a
pres matines dedans loratoire de la saincte trinite estant pres de icelle prison/en ce lieu
seul passant la nuit. Sicomme ie adresse mon regard par la fenestre comence a Veoir lung
de mes gardes (oultre force et sans cause contre moy exercant hayne et rancune) lequel
pres de la estoit gisant dessoubz Vne goutiere proposant me garder a ce que ne eschapasse
par Vng trou fait en la muraille. Quant ie congneu ql estoit de sommeil et de Vin estour
by/entre les haulx souspirs de mon cueur actendant de dieu meilleure responce me prins
a soubzrire/et apres que ie frappe plusieurs foys son cheuet sur lequel il estoit estendu co
tre terre Dayant quil estoit enueloppe contre les fondemens de leglise hastiuemet grim
pe a mont Vne eschelle/ laquelle auoit este mise en Vng coing pour monter les farines et
desly Vne cordelette/laquelle de riens ne seruoit atachee a des poultres Puis pres dillec
apperceu des perches qui seruoyent a porter les banyeres aux processions a lune desquel
les auecques Vng latz ie atache celle cordelette et la iecte par la fenestre si que par ce moy
en ie tiray a moy le glesue de cest homme ⁊ le feiz iecter dedans les haultes ⁊ puantes la=
trines. ❡Tantost le appelle par son nom en luy disant. O gardien treseuille tresloyal
le esperance des tiens Veille tu ou non. A quoy respondit. Je Veille ⁊ bien Vueille Au
quel ie dis de rechief. Que fais tu. Et luy a moy Quen as tu (dit il) affaire. Moy a
luy de rechief luy ditz Se dauenture soudaine necessite te contraignoit as tu ton espee en
la main pour toy deffendre/luy mectant ses bras a sa teste et la querant sa et la. Se tu me
eusses (dis ie) ainsi garde/ia ne me eusses au iourduy detenu. Quelque chose dit il quil
soit de mon espee si te ay ie assez et oultre garde comme me est commande et encores de te
garder seray soigneux. Ha doncques (luy dis ie) et pour le loyer de ceste loyaulte ⁊ de ton
guet en ce bel estuy darmeures recueille ton glesue que Vilement et ordemet tu as perdu
❡Ce mesme iour aucuns des freres enquerans profondement la teneur de tout mon affai
re senuoyerent en escript par harduin qui chascun iour auoit de coustume celebrer la mes
se deuant moy. Et siconme en la maniere acoustumee luy offroye oblatio sacrifiable a
dieu principallement pour le salut et deliurance de mon espousee que ie cuidoye trespas=
see secretement me estraingnant la main Sois dit il pres de lautel Apres la consomatio

du saint sacrement. ⬧Tous les aultres yssuz de la chappelle seul demouray et recueillant
le roullet qui auoit este gecte/congneuz par escript que ma femme viuoit et que nul mal
nauoit este faict a mon filz et que plusieurs se repentoyent de ce quilz auoyent ainsi rom
pu leur foy et delesse mon auctorite En signe dequoy par treffelons couraiges assemble
ment machinoyent la restitution de mon royaume.

⬧Aultre complaincte et lamentation dicelluy Roy
loys.

Asoit ce que a grand peine et angoisse se triumphe du royaulme re
couuert ie iouysse de la gloire de ma pristine et premiere dignite Tou
tesuoyes non ayant perdu la memoire de mes veufz et prieres dont re
quis auoye le benoist sainct et excellant martyr sebastien . Duquel
sans demeure croyoye estre exaulce sourdant de rechief guerre et ba
taille sicomme en tous lieux estoit le repos du royaulme assailly et
combatu/et tranquilite de paix confondue audict lieu me transporte pour sur ce le saint
supplier Et pource que souuenteffois en ces choses publicques et priuees auoye son tres
puissant aytde experimente Plus instamment le requeroye a ce quil me voulsist secourir
en ceste mõ aduersite. ⬧La nuit prochaine tombant ce que de iour auoye requis en no
cturnelle vision le obtins par indices et signes tresaparens par luy comme ie cuyde diui
nement a moy donnez. Mais affin que la ruyne des persecutions et calamitez appa
rentes par aucune raison ne souffrist doubler les delaiz du temps a moy offers et donnez
De la yssu me efforcoye mettre applicqt et exposer en danger pour le peuple a moy de dieu
commis/et se le cas le requeroit au combat virilemẽt me presenter et exposer. Ainsi donc
ques que ie partoye/le preuost de ce sainct college nõme Thenthetus me suyuant estoit
faict sectateur et compagnable de nostre chemin. Et sicomme pres de moy cheuauchoit
et que estions loing du sainct lieu/la teste retournant et en douleur dessus icelluy lieu sõ
regard adressant/trouble de amertume au fond de son cueur Possible ne me fut de profõd
de tristesse les vndes de mes yeulx restraindre et estencher/triste et dolent mortellement
saisy commence a respandre larmes amaires moult perplex de ce que faire me conuenoit
Au sainct auoye fait veu le tout duquel acomplit veoye exclaz et passe. De celluy auoye
receu fin de vie les mettes de laquelle transgresser sauoye a moy non estre licite. Fina
blement pas ne ignoroye semptre crestien me estre de dieu commis pour icelluy regir et
gouuerner. La totallite duquel considerant quelle estoit contaminee et craignant sa pro
chaine desolation que ia preueue auoye et precogitee. Merueilleusement doubtoye estre
trouue en ce coulpable et conuaincible/et pour cecy estre danne es peines eternelles par
celluy qui seigneur est et createur de tout le monde et qui iuge tresiuste viendra rendre a
chascun selon ses oeuures. Cestuy la me voyant ainsi opprime de tristesse longuement
me tint en conseil/car il estoit homme tresloyal en toutes choses. Et comme ia ne peust
porter leaue abondante de mes pleurs et gemissemens. Luy mesmes de ce esmeu en son
cueur fondit en larmes disant O tresbon et vtille cesar que pourront telz larmes pleurs
et gemissemens prouffiter a toy et aux tiens grieuement destituez? Par toy tous estoy
ent consolez/ton hilarite et liesse se tristesse apparoissoit/escores euacuoyt elle et purgeoit
toute douleur. Ne vueilles doncques mon sire et tresglorieux empereur ne vueilles tel
le obscurite et obnubilation de face tresieraine monstrer a tes seruiteurs qui leur seroit

playe de tristesse mortelle en chose ou tousiours a este souueraine iocondite et liesse. Car
par cecy les cueurs et bras de tes cheualiers et gensdarmes seront affoibliz/ Les forces
de tes ennemis seront augmentees. Cecy doit estre singulier segret tant seullement aux
tiens qui a peu ainsi troubler le tresioyeulx et tousiours paisible estat de ta conscience a
iceulx peut estre se frablement de toy ont compassion sera donne grace quilz te trouuerōt
remyde de consolation. Et se aultrement ne se peut faire. Dorefnauant apres que plusi
eurs auront commence a estre participans de ceste chose/ plus legirement le porteras.
Lois moy receuant les parolles de mon consollateur que congneu auoye estre dictes par
loyalle persuasion la cause luy rendy et ce qui estoit mucé au cueur incontinant de bou=
che luy decouury et declairay. Je luy dis que moult ayme auoye ce saint lieu/ lequel ia=
mais plus ne ßerroye ainsi que iauoye congneu par la reuelation du benoist sainct mar=
tyr. En apres que ßng ßueu fait auoye leffect duquel auoit este empesché par la commo
tion et agitacion de lempire a moy baille. Et se par mes ennemys et aduersaires ne me
stoit impute a tremeur ou que la ruyne de ce ne fust de dieu tout puissant exigee qui est
chose merueilleusement a craindre. Je auoye liberallement ßoulu au lieu dessusdit de=
uestir et oster mes armes ma pourpie et ma couronne imperialle. Et comme de luy acté
doye meilleur conseil auoir Jl le me donna tel que sensuyt. Tresglorieux (dit il) empe=
reur ton ßueil est bon. Mais comme enseigne sainct gregoire Riens ne est qui de dieu
tant soit ayme comme la bonne ßoulente. Certes cest grant chose de ce que tu desires au
siecle renoncer ꝗ a tous les biens mondains que tu possedes. Car en ce faisant pourras
estre imitateur de ihesucrist Mais le salut et sauluement de plusieurs de ceulx/ dont il
est perfectement faict/en chascun deulx il promect diuers loyers. Jhesucrist te conseille
cela/cestassauoir le monde lesser. Et il conseille cecy a tous/cestassauoir renoncer aux bi
ens transitoires. Cela est grant/mais cecy est tresgrant. Ce cela ne peult la ßoulente
acōplir en cestuy cy peult estre remuneree Dauantaige en dieu a este chose beaucoup plꝰ
merueilleuse et admirable quil a ßoulu mourir pour ses seruiteurs. Luy mesmes a dit
que le plus grant signe de charite que peult aulcun auoir cest quant il ne doubte mectre
son ame en danger pour son frere. Certes il a fait ce quil a enseigne Jl a mis et exposé sō
ame cest a dire son corps et sa ßie pour nous Le maistre a souffert mort affin que le serui
teur receust dignite Mon assubiecti a necessite. Mais secourant incomprehensiblemēt
a sa creature. Jl a en soy monstre lexemple que nous deuons ensuyure/ et a celluy qui la
main mectra a loeuure et qui acomplira ce quil nous a mōstre par exemple/promis luy
a la palme et couronne de ßictoire auec remuneration perpetuelle Pource doncques quil
a commis son peuple soubz ßostre regime et gouuernemēt/pour luy sil est necessaire ßoꝰ
conuient combatre iusques a la mort/et ce sera chose excellante et louable. De ces cho=
ses clairement instruict par lhomme dessus nomme et fortement en loeuure anime Me
recommandant ßne foys et plusieurs affectueusement a sa sainctete et a celle des freres
dessusdictz combien que ne fusse triste cōme ie estoye par auant Toutesuoyes ie ne peuz
de ce lieu partir gueres ioyeulx sachant que ceulx lesquelz si cherement auoye ayme me
disoyent le dernier a dieu/et que leur enuoyoie ßng conge sans retour.

¶ Ces choses certes a escript et compose loys le piteable
Roy ꝗ empereur.

Afin que les filz conspirateurs a lencontre de leur pere ne feuſſent deſtituez, a de
laiſſez de lauctorite et conſentement publicque Aſſemblerent a compiegne vng
conſeil des eueſques ſeigneurs et prices de tout le royaulme auquel lieu lothai
re mena ſon pere apres quil fut tire et mis hors de priſon. Et pource que pluſieurs auoy
ent compaſſion de laduerſite du roy loys, Les conſpirateurs craignãs que ſi grãde com
paſſion tournaſt a leur dommage et confuſion dirent eſtre decent et conuenable que ſicõ
me le roy loys ſe eſtoit purge enuers le peuple Auſſi fiſt ſatiffaction a leglise laquelle il
auoit bleiſſe Mais eulx diſans ces parolles plainement metoyent. ſi eãtmoins pre
nans teſmoignaige des decietz du pape qui ſont les loix canoniques affermoyent que ſa
tiffaction ne pouoit eſtre dignement faicte Sil ne iectoit les armes le bauldrier et la ſai
cture de cheualerie ſans aucune eſperance de iamais celle dignite repeter ne auoir de la
ſentence et oppinion des coſpirateurs pluſieurs conſcendirent. Entre leſquelz furent au
cuns eueſques qui eſtoyent coulpables de celle conſpiration feruz de crainte Or fut don
nee la ſentence contre le roy loys ſelon laquelle il ſe deueſtit et deſaiſit de la dignite impe
rialle/et print labit monacal Et neantmoins fut tenuoye au monaſtere pour eſtre dili
gemment garde. Ces choſes ainſi faictes comme dit eſt du couuent de compiegne ſen al
la a aquiſgrane Mais la vertu des hommes eſt de dieu veue et regardee Le roy loys ta
uy et eppulſe du royaulme de france par toutes ſes prouinces diceluy royaulme furent
faictes aſſemblees et comotions de peuple/et en tous lieux par grant murmure on blaſ
moit ſes filz chaſcun plourant et gemiſſant la miſerable fortune du roy loys. ⊂ En ce
temps eſtoit guillaume conneſtable de france/qui eſt le premier chef ſur toutes les guer
res et batailles apres le roy et Eggard conte iſſu de treſnoble ſignee ceulx cy de tout leur
eſtude ſefforcoyẽt reſtituer lempereur au lieu de ſa dignite imperialle auec leſquelz eſtoy
ent ioinctz pluſieurs gentilz hommes de germanie et de bourgongne qui auoyent pareil
couraige et meſme voulente. Dauantaige berad et guerin de lautiéne famille du roy
loys auoyent puiſſantes compaignyes en bourgongne. Les vngs par promeſſes et les
aultres actraioyent par raiſons conuenables. Et iaeſtoit bruit que loys filz de lempe
reur eſtoit alle a ſon pere en allemaigne. Leſquelles choſes congneues par ſes aduerſai
res/legerement enuoyerent brion de leur alliance a pepin eſtãt en acquitaine a fin de luy
dire et declarer ce que on faiſoit pour reſtituer le roy loys au royaulme et empire. Apres
que lothaire eut faict ſon puer a aquiſgrane/delibera aller a paris. Et ſicomme il eſtoit
en chemin paſſant par le village de alberne au deuant de luy accoururent les plus puiſ
ſans et nobles ſeigneurs de celle terre leſquelz luy requirent leur ſeigneur empereur eſtre
rendu et en pure liberte mis. Aultrement quilz ſeur vſeroyent de force et violéce. Mais
la choſe congneue par les amys et bienueillans de lempereur le plus ſecretement que poſ
ſible luy fut manda aux ſeigneurs deſſuſdictz quilz ne feiſſent aucun effort ne violéce, a
qurſe les choſes encommencees ne procedoyent iuſques a parfaict acompliſſement tout
tourneroit a ſon dommaige et detriment. Adoncques ceſſerent les ſeigneurs. Et eſtoit
ia lothaire peruenu iuſques au monaſtere ſainct denys quant le conte aubery et berad
grand compaignye de gensdarmes leuee en bourgongne approchans enuoyerent en am
baſſade Rembauld et Gantelin vers lothaire/ayans commiſſion de luy requrrir lem
pereur ſon pere eſtre mis hors de ſeruitude et captiuite/ et ſe ainſi le faiſoit que riens ne
perdroit de ſes biens et de ſa dignite imperialle. Sinon quilz auoyent delibere par force

Loys de roy
et épereur fut
fait moyne.

Aquiſgrane
aultrementdit
aysen alemai
gne.

et par armes le roy innocent mectre hors de captiuite et misere. Auſquelz ambaſſadeurs
reſpondit lothaire que non par ſa coulpe. Mais par le iugement des eueſques et antiés
auoit lempergut loys eſte condampne Que nul neſtoit qui tant que ſoy fuſt courouce de
liniure et ignominye faicte a ſon pere/et qui tant fuſt ioyeux de ſon honneur. Leſquel=
les parolles reſpondues ſen alloyent les ambaſſadeurs. Mais incôtinent leur comman
da que peu apres retournaſſent vers luy pour penſer comment et par quelle raiſon pour
roit acomplir ce quilz demandoyent. Et iaſoit ce que ces choſes feuſſent ainſi dictes tou
testtesfuspes ſi toſt que les ambaſſadeurs furent partiz de luy il deliura ſon pere au couuent

La deliuran=
ce du roy loys
en ſa maieſte
imperialle.

ſainct denys. Du pluſieurs eueſques princes et ſeigneurs ſe tranſporterent pour le roy
ſaluer et honorer. Le enhortans que ſa ſaincture de cheualerie repriſe ſe remiſt et reſtitu
aſt en ſon premier eſtat et entiere dignite Ce quil differa faire iuſques a ce quil euſt eſte
purge par le conſeil et auctorite des eueſques/Ainſi quil auoit eſte condampne par ſen=
tence de aucuns dicculp, La reconciliation ainſi faicte fut le roy loys ceint du baulдrier
et couronne du dyadeſme imperial. Et peu apres ſen alla a catſay ou ariuerent vers luy
pepin et ſon frere loys auec grant nombre de leurs amys Et apres que le roy eut familie
rement parle et deuiſe auecques culp/les layſſa finablement aller/et tira chemin a ays
en allemaigne Auquel lieu il receut ſon eſpouſe iudich retournant de ſon exil. Et ce pen
dant lothaire depriſant ſon pere ſen eſtoit couru en bourgongne. Et auoit
rauy la ville de chalons les temples dicelle ſpoliez et bruſez prenant occaſion ſur ce que
le conte gueryn auoit le ſieu muny et fortiffie. Sans ſeiourner ſen alla auſſi aux mances
aulp ou il eſperoit receuoir lambert et mauſre de conducteurs et directeurs de guerre. Le

Impetratiue
rebellion de lo
thaire contre
ſon pere.

quel ſuyuy par lempereur acompaigne de ſon filz loys. Les armees de chaſcun deulx aſ
ſis au fleuue de tize lothaire aduerty que ſon frere pepin eſtoit venu au ſecours de ſon pe
re en grand compaignie de combatans a lencontre de luy/ Nayant eſperance aucune de
victoire a genoulp flechiz ſe rendit a lempereur ſon pere Lequel apres le ſerment par luy
faict de perpetuelle obeiſſance Auec toute ſa nobleſſe γ ſeigneurie le enuoya en italye pour
tenir garniſon aux cloſtures des alpes et montaignes/A ce que malgre les genſdarmes
ne peuſt aucun de italye venir en france.   ⟪En apres print lempereur merueilleuſe γ
labourieuſe ſollicitude de reſtaurer et reparer les egliſes et icelles faire venerer et honno
rer par conuenables et deues ſerimonies leſquelles durant les precedentes diuiſions a=
uoyent eſte foullees et opprimiees. Ne oublia auſſi de pugnir les ribleurs et eſpieurs de

La punition
des eſpieurs
de chemins et
des traiſtres.

chemins.   Entre ceulp qui furent condampnez eſtoyent Ebon lung des conſpirateurs
deſſuſditz et Agobert primat de lyon. Lequel par trops foys de lempereur appelle ne a=
uoit fait et acomply ce que luy eſtoit commande. Durant que ces choſes ſe faiſoyent Ju
dich femme prudente et ſaige admonneſtee de ſaage du roy. Doulant pouruoir aux cho
ſes futures ſe retira vers les principaulp chambellans et maiſtres de lhoſtel du roy leur
demandant conſeil ſur leſtat auenir de ſon filz charles ſe par aduenture lempereur alloit
de vie a treſpas et leur declaira que trops filz eſtoyent en aage au roy demeurez/et que ce
ſtuy charles adoleſcent eſtoit ſeul a qui nauoit ſon pere encores baiſſe aucune terre ne poſ
ſeſſion. Parquoy ſe lung ou laultre de ſes filz le pere viuant ne prenoit le ſoig γ charge de
ceſtuy charles elle ſeroit opprimee et miſe ſoubz les piedz auec ſon filz Au moyen dequoy
les requeroit ainſi comme bons et loyaulp ſeruiteurs voulſiſſent conſeiller la mere et le
filz. Les gentilz hommes meuz des iuſtes prieres de la royne/reſpondirent que lothaire

seur sembloit estre pdoine pour cẽ faire. Consequemment le roy loys admonneste de ceste
chose par la royne et les seigneurs de sa court/sicõme ce pendãt luy feussent venuz messa
giers de son filz lothaire. La chose quilz demandoyent acomplye leur commandā sempe=
reur quilz enhortassent lothaire vers luy venir pour son proufsict et commodite. Mais
lothaire a cause de malladye empesche ne put obeyr a son pere. Apres quil eut recouuert
sante/pource quil differoit de venir/fut anõce a lempereur que lothaire violet les liber
tez a droitz du reuenu de leglise/a rauissoit et apliquoit a soy ce que au siege de rõme ap
partenoit. Pour raison dequoy lempereur plus que possible nest de croyre cõtraignit sãs
demeure ses messagers aller vers lothaire. Luy mandant entre les aultres choses quil
eust memoire du serment duquel il se lya et obligea quant il obtint le royaulme de italye
cest assauoir quil deffendroit et garderoit la liberte a iurisdiction de leglise romaine/par
quoy estoit chose indecente quil fust de icelle oppresseur/ de laquelle en soy receu auoit la
tutelle et protection/a par ainsi luy deuoit restituer ce que luy ou ses siens luy auoyent
oste et rauy/lothaire doncques promist le cõmandement de son pere acõplit lequel estoit
de restituer et restablir les eglises ainsi par luy violees et oppressees. Cependant auoit
lempereur subiugue les normans cest a dire les danoys/se sõlz rebelles luy estoyent/qui
fut la cause pour laquelle il ne peut aller a romme ny en italie ainsi quil auoit delibre

Loys sei=
gneup des cho
ses de leglise.

❡ Durant ce temps cõme il estoit a aix en allemaigne/les principaulx des chãbellãs
et maistres de son host el apelsa soy/a par leur conseil donna a son filz charles vne partie
de lempire. Puis tantost apres luy estant au conseil a cause present son filz loys/se acou=
stra de saincture de cheualerie a le vestit de royaulx vestemens luy donnant neustric au
trement dit nomendic. Desquelz nobles et excellans dons iasoit ce que la royne iudich
fust replye de lyesse/neãtmoins elle pensant q riens ne seroit asseure se la garde et tuycion
de son filz nestoit p le pere baillee et cõmise a lothaire/de laqlle chose se pria auecques ses
chãbellans/q sur toutes choses il voulsist a ce pourueoir a ordõner ne souffrãt lẽpereur
plus auãt estre de ce priay. a Lothaire son filz mãda ql vint a luy hastiuemẽt se il ne vou
loit refuzer la tutelle a administratiõ de sõ frere charles a ql ne craignist ce faire pour les
faultes par luy cõmises enuers luy/car il auoit son couraige contre luy appaise a q ordõ
ne auoit luy dõner la moictye de lẽpure/bauiete tant seullemẽt excepte. Lothaire ioyeup
de ces nouuelles vers sõ pere sen alla a Germacie q est la cite des vãgionoys. Les freres
estans deuant le regard de leur pere/cestassauoir lothaire et charles adolescent (car ia pe=
pin estoit mort a loys possedoit le royaulme de bauyere) lempereur diuisa lẽpire en ceste
maniere. Tout le royaulme de austrasie depuis la riuiere de meuse touchãt iusqs aup
sõgres bailla a lothaire/le residu q regarde vers occidet a charles assigna. Ce partaige
ainsi fait et appra vne du cõsentemet des seignrs a ce presens. Puis lẽpereur lothaire ad
monnesta de predre sa tutelle a administratiõ de charles se chauue son frere a luy estre cõ
me pere/se tournãt deuers charles luy dist/charles hõnore lothaire cõe pere a le ayme cõe
tõ frere ❡ Ce fait a acõply lessa frãchemẽt aller lothaire en italye/mais loys roy de bauiere
despit en sõ couraige du ptage de lẽpire cõmenca a rosder a courir es regiõs de germanye
a luy voisines/toutesfoyes incõtinãt ql entẽdit q son pere preparoit cõtre lui sõ armee se re
dit a dodone ou il estoit/pmectant les cõmãdemẽs de sõ pere acõplir puis ipettãt pdõ de
sa rebelliõ retourna aup bauyeries/pepi mort voyãs les aqtains q p ordõnãce paternelle
estoit charles le pl̃° iceune filz d̃ lẽpereur cõstitue roy d̃ frãce aucũs pour leur roy se forcoiẽt

Siote que les
normãs estoy
ent antienne=
ment appelez
danoys

Lempereur
loys distribue
lheritaige a
charles et a lo
thaire.

i. i.

auoit pepin filz de pepin dont deſſus eſt faicte mention/ Les aultres eſtans de diuerſe et
contraire oppinion diſoyent que on deuoit attendre la ſentence de lêpereur. Laquelle con
trouerſe et diſſention a icelluy êpereur rapportee par ebroyn eueſque de poictiers/ manda
aux principaulx de aquitaine quilz Bienſiſſent Bers luy a chalons/ou il auoit ordonne
faire aſſemblee et congregation. Les aquitains doncques en ce lieu aſſemblez auec grãd
multitude de ſeigneurs et gentilz hômes/premieremêt fut traicte de leſtat de le gliſe/en
apres des choſes qui appartenoyent a la choſe publique/ Finablement de la condition et
eſtat du pays de aquitaine. Par ainſi laſſêblee rôpue ſen alla le roy loys a claitmont en
auuergne. Auquel lieu ſi comme il côſultoit des choſes et affaires de aquitaine. Incôtinent arriua Bng meſſaigier dallemaigne lui diſant q̃ loys ſô filz auec groſſe armee eſtoit
party de Baupere et les ſaxons et thoringiens ioinctz auec luy auoit aſſailly les alſemãs
Deſquelles nouuelles fut le roy loys le piteux tellement trouble et mary q̃ a cauſe de ſa
Vieilleſſe dont il eſtoit ia fort Bſe et caſſe tôba en Bne griefue maladie; Neantmoins côe
capitaine courageux ſon armee miſe en ordre de bataille marcha alencôtre de ſon filz roy
de Baupere/ et trauerſa le ryn/ apres q̃ loys congneut q̃ ſon pere aprochoit en grande côpai
gnie de genſdarmes/ parmy les ſclauônoys ſe retira a Baupere. Et au regard de lêpereur
ſon pere q̃ malladie tourmentoit et oppreſſoit Benãt a magonce/ fiſt deployer et aſſoyr ſes
tentes en liſle prochaine dicelle cite. Ceſte maladie ſi aſpre fut/q̃ deffailly preſque de to⁹
ſes mêbres par leſpace de quarante iours ne print Biande ne bruuaige pour ſa nourriture et ſuſtentation/ fors la ſpirituelle refection du corps et ſãg precieux de noſtre ſauueur
et redempteur iheſucriſt. Le pere malade acompaignoit lothaire/ lequel de italye appele
par ſon pere peu de iours auant eſtoit Benu. Luy eſtant deuant ſa face/ cômanda le roy
tout ſon meuble luy eſtre en ce lieu apporte. La raiſon eſtoit affin que ſes richeſſes recon
gneues et accumulees en ſôme entendiſt quil pourroit leſſer a ſes enfans et aux aultres
comme aux egliſes/ aux poures et aux ſeruiteurs et officiers du palais. Ceſte Biſitatiô
faicte il donna ſa couronne de or a lothaire auec ſon eſpee dont il Bſoit es batailles/ et luy
cômanda porter honneur et reuerence a la royne iudich garder laimytie de ſon frere char-
les/ a ce que lheritaige du royaulme de france a luy deleſſe ne luy refuſaſt aucune choſe.
Et iaſoit ce que courouce fuſt aucunement contre loys roy de bauiere pour loffence par
luy commiſe enuers luy toutefoyes le piteable pere luy pardonna ſon offence. Tous les
derreniers actes de lempereur furent plains de foy et deuotion. Finablement aprochant
lheure de ſa mort Bng peu auant le partement de lame Bers la feneſtre ſe retourna diſant
Buidez/ Buidez. Ceſte Boix pluſieurs de ceulx qui la eſtoyent interpreterent auoit eſte
dicte au dyable que la foy creſtienne anonce apparoit a chaſcun paourex rendant lame.
Tantoſt apres ſe tournant de lautre part ſemblable a Bng hôme ryant rendit ſon eſprit
Le .xix. iour de iuing. Lan de grace. Biii. c. xl. Son corps en pompe lamentable fut por
te a mectz au ſepulchre de ſa mere hildegarde/ apres quil eut Beſcu. lxviiii. ans Sa mort
auoit precede Bne comette. Et le ſoleil auoit ſouffert eclipſe generalle.

ℭ Cy finiſt le quart liure des faitz et geſtes des frãcoys Et cômence le .B. liure

ℭ Comment apres le treſpas du roy loys le piteux/ lothaire et loys roy
de bauiere ſes êfans menerêt guerre a charles le chaulue leur frere duquel
furent Baincuz en champ de bataille Puis firent leur partaige par lequel
fut charles fait roy de france et apele charles le chaulue.

Marginalia (left column):

Le pere côtre
le filz;

La malladye
de loys roy de
france et empe
reur,

Le treſpas de
loys roy de frã
ce et empereur

Ores nauant quelle est la foy des consortz et participãs du royaulme et empi
re/se mõstrera la narration ꝗ sensuit Loys le piteux de ce siecle decede Lothai
re et loys roy de Bauiere/se leueret et esmeurent par guerre contre charles leur
frere/despitez de ce quil estoit constitue heritier de la plus noble part qui fust
en toute la paternelle possession de leur pere. Cecy encores leur indignation augmẽtoit
que charles ne de la derreniere fẽme ᵹ espouse de leur pere/a eulx egal estoit faict au par
taige de lheritaige A ces causes prepara chascun la plus grãt armee que possible luy fut
Ceste chose congneue charles apres le conseil prins des seigneurs ᵹ gentilz hõmes fran
coys/aduertiz quilz auoyent delibere luy liurer guerre et bataille assẽbla grande compai
gnie ᵹ multitude de cõbatans ᵹ de couraige hardy et tresuigoureux marcha cõtre ses ad
uersaires/qui ia fiche auoyẽt leurs têtes et siege a fontenay Villaige de auxerroys/ain
si cõme il eust affronte ses ennemis/pourtant ꝗl estoit la Bigille de lascension nostre sei
gneur pensant charles ꝗl se reposeroyent le iour de la feste/lessa les siẽs nonchaloir/mais
ses freres acoustrez ᵹ mis en ordre de bataille approcheret leur armee contre la sienne/p
quoy fut charles vng peu esmeu de lassault non precogite ne pense et cõtre luy fait p sur
prise et inaduertance Toutesuoyes Baillamment enhorta ses gensdarmes et ꝗ sans estre
espouẽtez/tresaprement receurent leurs ennemis sur eulx arriuez auꝗl fut faicte cruelle
et longue bataille/en laꝗlle moururet plus de gẽs de lunc ᵹ de lautre armee/ꝗ oncques
ne fut leu auoir este occis en vne bataille faicte être les frãcoys Car p lestude des deux
parties estoit de tout le mõde crestiẽ acourue aussi grãde multitude de cõbatans a ce con
flict/ꝗ la plus grãd partie de europpe eust peu assẽbler en vne armee Sãs poit de doubte
telle fut loccisiõ ꝗ le Baiqueur estoit repute estre biẽ peu differãt du Baincu Charles tou
tesuoyes ses freres fuyãs eschappa le plus fort. Leꝗl affin ꝗl ne dõnast têps ᵹ occasion a
ses aduersaires de soy ramasser/sõ armee Bictorieuse ꝗ ores petite estoit mena a aizou lo
thaire se estoit retire/la venue de charles entendue/auec sa fẽme se trãsporta a lyon/ᵹ in
contiẽt le suiuit loys sõ frere Et de la sen allerent a Biẽne/au fleuue du rhosne nõ loig de
la cite ya vne isle en laꝗlle priдret cõseil des choses a eulx appartenãs Puis alleret am
bassadeurs dũe part ᵹ dautre portãs mãdemẽs de paix ᵹ cõcorde La forme de leur acord
fut celle cy En la part de lothaire escheut toute austrasie ᵹ la prouice auecꝗs la portiõ de
terre ꝗ depuis disent aucuns auoir de luy este nõmee lotharinge ou lothrange. En la pt
de loys auec le diademe de lẽpire Bit germanye en laꝗlle sont les Bauperiens. A charles
fut lesse le royaulme de frãce depuis la mer Britãnique iusques a la riuiere de meuse. ces
choses aisi accordees/Lothaire meu de penitence de ses pechez ou de sennuy de celle presẽ
te Bie/sõ heritaige distribue ã ses trois filz ꝗl auoit fist profession de religiõ au couuẽt
de prulx en eyslie/Loys son filz aisne obtint italye Lothaire print austrasie a charles ad
uint la puince auecꝗs ptie de la terre de bourgõgne/leꝗlle huitiesme an ensuiuãt trepas
se lothaire obtit bourgõgne et loys sa prouice/cest cil lothaire leꝗl cõtre les loyx ecclesia
stiꝗs sefforcoit auoir deux fẽmes ᵹ espouses/cestassauoir galdrade ᵹ teberge lautre delef
see/auꝗl erreur se soustenoyẽt deux euesques tengaulõ de treu ᵹ gontyer de collõgne ꝗ cõ
tiet de certai pour ceste cause auoir este priuez de leur dignite/et a lothaire ꝗ pource estoit
alle deuers le pape aduit grãde fortune/car sicõ de rõme retournoit en sa maisõ tõba ma
lade a placece Bille de lõbardie deuit êtage ᵹ muet/ᵹ gueres depuis ne vesꝗt/des siẽs fut
êseuely ᵹ êterreau têple sait anthoine ꝗ estoit pres de la cite de placouse et maitenãt pour
tãt ꝗ la cite a depuis este augmẽtee/est celuy têple enclos ẽs murailles de la Bille peuple

Guerre entre
les freres heri
tiers de loys
le piteux.

Cruelle ba=
taille être les
freres.

Le partaige
faict entre les
heritiers de
loys le piteux

Merueilleu=
se fortune ad
uenue a lotai
re secõd.

de religieux et entretenu en grande et singuliere veneration ◖Ce pendant seiournant
charles a Senlis qui depuis fut dit le chauslue oyant nouuelles de la mort de son nepueu
lothaire hastiuemēt a mectz sen alla/ou il fut oinct en la maniere des roys au tēple saint
estienne puis fut roy de austrasie appelle. Laquelle chose a loys sēbla tresindigne/q̃ luy
sillipendc et mis arriere auoit charles prinse et vsurpe toute la succession de lothaire.
Pour raison dequoy p les ambassadeurs du pape fust inhiber et deffendre aux habitans
du royaulme a charles obeyr ou de luy distraire ꝗ dōmager aucune chose du royaulme de
son frere lothaire sur peine de estre interdictz et priuez de la cōmuniō des crestiens. Laꝗl
le peine sicōme elle est griefue aussi est ignominieuse a chascū crestien/les euesques lap
pellent excōmunication pource ꝗ celluy contre leꝗl elle est prononcee/expulse et iecte hors
de la compaignie des hōmes. Mais voyant loys ꝗ cela de riens ne prouffitoit sefforca p
aller par force et p armes. Sicomme loys ces poursuictes faisoit ꝌCharles seiournant a
noyon selon lordonnance de leglise espousa richente/ꝗ par auant auoit este sa concubine.
◖Durant ce tēps Roritc prince des normans vint en lamitie et alliance du roy/pource
que par auant Seguin cōte de bordeaulx et le conte de pantōge des normans auoiēt este
occis et grant partie de acquitaine dissipee et gastee. Presque en ce tēps les chanoygnes
sainct martial de lymoges lhabit seculier delesse se conuertirent a la vie monacalle. Aus
si les moynes de leglise saint martin de tours qui viuoiēt en la gresse de plusieurs biens
ꝗ richesses/labit monacal reiecte se desguiserent en lestat de clercs seculiers. Pour laꝗl
le temerite tantost apres furent puniz. Car du ciel leur fut pestilēce enuoyee de laquelle
seruz mourutēt to⁹ en vne nuict fois vng nomme vaast lequel est cōpte au nombre des
sainctz/et en son nō vne chapelle dedꝑa charles retournāt de noyon a aix luy manda loys
p ses messagiers ꝗ se il ne sortoit du royaulme seꝗl auoit appartenu a lothaire biē tost de
hors lē iecteroit. En la chose doubteuse cōuindiēt ābassadeurs dune part ꝗ dautre/lesꝗlz
et chascū deulx iurerēt pour leur prince ꝗ ferme ꝗ permanable demeureroit ce ꝗ entre eulx
seroit de paix traicte ꝗ accorde. Mais peu aꝑs pourtāt ꝗ loys auoit eu victoire des van
dalles/leur duc pris deprisa ses pactiōs ꝗ iuremens des ambassadeurs de charles ꝌCela
certes ꝑ vsage a plusieurs princes viēt quant ilz cr xignēt la subuersion de leur estat/ilz
iurent ꝗ ꝓmectēt monts ꝗ merueilles/mais incōtināt se de fortune a eulx riāt sēt aidez
cōtredisans a leur ꝓmesse ꝗ chāgent leurs parolles/finablement p ābassades ꝗ legations
fut appoitē ꝗ les deux roys mecteroyēt leur differēt soubz la discretiō de arbitres/ꝗ ꝗ ce
quilz definiroyēt demeureroit ferme ꝗ estable. Apres ꝗ fut accorde du lieu de lassemblec
cōme loys estoit logie au flanict/la muraille du cenacle consōmee de pourriture tomba cō
tre le roy et aucūs des maistres de sō hostel/dōt loys fut naure. La playe garye se trāspor
ta a aix/de la en apres se allians ꝗ associans les roys se. p vii. iour de iuillet accorderēt du
royaulme de austrasie departir/ꝗ fut la portiō laꝗlle a chascū deulx appartenoit separee
et diuisee p bournes ꝗ limites certaines ꝌCelle yssue eut lestriuemēt de entre les freres du
royaulme mais fortune ne se tiēt ꝗ arreste en vng seul lieu ꝌCar tātost cōtre la charite re
staurce ꝗ restablie de italye fut mouuement de guerre anonce / Par ce que loys vouloit
austrasic repeter a qui son pere lothaire auoit baille italye. Et ia estoit du pape Sergius
secōd de ce nō appelle ēpereur. Les messaigiers sur ce a loys roy de germanie enuoyez p le
pape adrian et par sempereur par le commandement de loys furent a charles se chauslue
renuoyez. Lesquelz ouyzct escoutez. Nōobstant que charles fust urite et mary par la

Charles le
chauslue vsur
pe le royaul
me de austra
sie.

Richante es
pouse de char
les le chauslue

La punition
des moynes
sainct martin
de tours pour
auoir priēlha
bit seculier.

seuerite de seurs commandemens/Pourtant que sans estre ouy ne appelle luy estoit en
io inct et commande quiter et delaisser sa part de eustrasie. Toutessoyes il enuoya ses
messagiers auec les ambassadeurs du pape pour parler a luy. Je trouue que loys roy de
germanie/quant engeberge vint en france restitua a lempereur ce quil auoit pris du roy
aulme de lothaire. Et que charles appele de engeberge ne luy voult obeyr mais fut gran
dement soigneux ¶ curieulx de faire punyr charlot. Lequel estoyt engendre de sa premie
re femme et sauoit depute aux sacremens de leglise. Car cestuy charlot par le conseil et
persuasion de mauluaises persones se soueilloit en tresmauluais et iniques pechez/des
robant ¶ peillant tout ce quil trouuoit quelque part quil alloit. Lequel soubz esperance
de changer et corriger sa meschante vie/longuement fut detenu es liens de prison. Puis
apres relasche voyant quil ne amendoit ses meurs mauluaises et iniques fut depose de
sordre de dyacre luy furent arachez les yeulx de la teste et commanda le roy quil fust gar
de au monastere de corbye lequel depuisy le moyen de deux faulx moynes apostatz (loys
roy de germanye a ce les enhortans) fut tire hors dicelluy monastere et sen fouyt a cestuy
loys roy de germanie. Ces choses aduindrent charles estant en la guerre quil auoit a le
contre des nomaz leszlz tenoyent la ville de angiers assiegee. Neautmoyns ne lessa la
besongne par luy entreprinse. Car les normans qui ia iouyssoyent dicelle ville assiegea
auecques layde de salomon duc de bretaigne seul luy bailloit ayde et secours. Les nomas
doncques pressez et affligez par dur assiegement baillerent ostages a charles/et luy pas
serent et accorderent telles conditions de paix ql voulut La ville doncques deliurce aux
francoys requirent les normans q loysible a eulx fust dedãs peu de iours aller habiter en
lisle prochaine de sa cite/et en ce lieu estre auitailles. Ce pendant les crestiens q estoyent
auecques eulx se pourroyent au roy redire et retourner. Semblablement aussi q charles ne
pourroit refuzer ceulx lesquelz la loy payenne renocee vouldroyent la foy de ihesucrist cõ
fesser ¶ croire les aultres qui auroyent le cueur endurcy sãs demeure retourneroyent en
leur pays. Les choses en ceste forme appaisees sicomme charles estoit alle chacer en la fo
rest dardaine receut nouuelles de la mort de lempereur loys son nepueu filz de son frere.
Parquoy enuoya son espouse richente a senlis/¶ cõmanda a son filz loys ql allast en cel
le partie de austrasie qui luy estoit escheue p le trespas de lothaire/Incontinent a grant
haste les alpes ¶ montz passez chemina en lõbardie. En y allant charles filz de loys de
germanie ayant charge ¶ mãdemet de son pere de garder le roy de passer. Doyãt q en vai
ce faire se effroit se retira vers icelluy charles Laqlle chose congneue de son pere courou
ce y enuoya son aultre filz auecques grant compaignye de gens darmes Mais pourtãt
q moindre et plus foyble estoit en nõbre ¶ vertu de gens de guerre q la puissance de char
les paix faicte et accordee entre les parties remena son armee a son pere laqlle receue en
labsence de charles mena loys cõtre les francoys affligeant ¶ foullant le pays de france
par tresdõmageables courses Laduenemet de charles en italye cõgneu le pape iehã hui
tiesme de ce nõ enuoya ses messagiers au deuant de luy le appeller pour venir a rõme luy
venu le nõma le pape epereur en luy baillãt la dignite imperialle. Charles partãt de ce
lieu distribua le gouuernemet de italye a Rosymõ frere de sõ espouse richãte luy distribu
ant des hões de cõseil et gensdarmes Auql il bailla en mariage sa niecpce fille de loys roy
de germanye/charles en france retourne/trespassa loys roy de germanie seql delessa vng
filz. Le deces duql fut cause a charles de maleureuse ¶ pernicieuse guerre car loys mort

Charlot pri=
ue des yeulx
pour ses pe
chez.

Les normãs
des francoys
assiegea a an
giers.

Le voyage du
roy charles le
chaulue en ita
lye.

Le trespas de
loys epereur.

Guerre côtre Charles le chaulue par sõ nepueu en alemaigne.

son filz loys assembla grande multitude et puissance de saxons et thoringcoys Puys enuoya ambassadeurs deuers son oncle charles pour auoir son amitye. Laquelle non impetree ne receue ficha ses tentes sus le ryn. Sans seiourner mena charles son armee a lautre riue du rin faisãt enquerir et scauoir le courage de loys sil ouloit que ambassadeurs fussent receuz dung coste et daultre. Ceste condition fut accordee Mais le pereur vsant de frauduleuse finesse et faignant oye de paix Commanda faire hastiuement cheminer son armee de nuyt par detriere lost de loys par vng chemin estroit et couuert Pêsant par assault occulte surprendre son aduersaire impouueu. En celle nuyt ne cessa de plouuoir/dont et du labeur nocturnel les gensdarmes greues furent plus foybles et plus lasches en Bataille La fraulde de charles decouuerte & sõ armee instruicte se detourna loys du chemin par lequel venoyent ses aduersaires. Lors fut donne lassault/ lequel en telle force le roy loys receut leur courant sus par telle maniere que les fãcoys contraignit sortir de larmee ou il estoit Et par ainsi les francoys fuyans/leur tint lempereur compaignye. Au regad de ceulx qui menoyent le bagage du roy furent surprins et enclos dedãs

La fuitte de Charles le chaulue

langoisse et strictitude des chemins Semblablement parmy les hayes et buyssons/furent occis. Entre lesquelz moururent plusieurs gentilz hommes de grande renommee Les aultres cheurent entre les mains des hommes ruraulx qui les despouillerent tous nudz Si que de lictz dherbes et de poignees du fin sechant parmy les champs furent contrainctz couldre et se faire des vestemens. ¶ Au temps de ce maleur/les normans dedans leurs nefz sefforcerent impetueusement descendre au port de seine Contre lesquelz Comarde capitaine de charles Auecques vne armee euoyee luy manda charles traicter et auoir auecles normans telle paix quil pourroit. Et neantmoins quen bonne diligence il deffendist toute la terre/mectant garnison par tous les sieux tresbien muniz et fortiffiez. Oultre ces troublemens a charles vint aultre sollicitude qui pas nestoit petite Les sarrazins riblosent et gastoyent tout en la champaigne. De sa venue desquelz le pape iehan espouente Admonnesta charles de secourir et ayder leglise. Aux monitions et requestee du pape obeist charles et prepara son armee et se mist en chemin. Aprochãt des fins et limites de lombardie vint a delgaire secretaire du pape. Lequel anonca a lempereur que celluy pape enoit au deuant de luy a pauye Le pape doncques et lempereur

Le pape iehã huitiesme de ce nom vint a Charles le chaulue a pauye.

estans ensemble en icelle ville ou ilz consultoyent de leurs affaires/aduertiz que charlot filz de loys enoit auecques grande multitude de gens en armes/sortirêt hors de pauye et allerent a Romme. Icy reciterons vne chose prouocquant a rire. Charles defuyant charlot par vng bruyt legierement fait fut çã arlot tresfort espouente Pource que lon disoit que lempereur acompaignant le pape estoit la enu pour luy faire guerre. Parquoy charlot craignant la puissance de lempereur et fuyant sa rancontre par le mesme chemin quil estoit enu sen retourna en germanye. Les choses faictes & acomplies pour lesquelles estoit charles alle a Romme de fieure fut persecute et actaint. Vng medeci estoit nõme Sedechias iuif tresfamilier a lempereur a cause de sa science & medicinalle experience lequel en hayne de la foy crestienne (a laquelle sont les iuifz meruilleusement contraires) ou (comme peult estre) corrumpu par argent ou aultrement. Miptionna vng bruuaige pour bailler au roy charles. Lequel beu et aualle fut charles tellement deffailly de tous ses membres que par layde des maistres de son hostel et chambellans porte en vng lit Le douziesme iour apres ensuyuant mourut a mantouue. Et ainsi comme son corps ouuert et confit de pouldres et oignemens aromatiques Souloyent ses gens et officiers porter en france. Ne peurent la pourriture et puanteur du corps mort endurer si que leur conuint le lesser et lenterrerent en leglise sainct eusebe a Berseilles. Lan de grace. Siii.c. lxxSiii. Et apres lan septiesme oste de ce lieu/fut porte au temple sainct denys en france. La cause et occasion de le deterrer amenerent vng nomme archangere moyne de saint denis et Alphonce gardien de leglise sainct quentin en Vermandoys Lesquelz passans la nupt en leurs eglises affermerent en leur repos auoir veu charles. Lequel les admonesta de solliciter le roy son filz et le faire soigneux de transporter son corps et lenterrer au temple des benoistz martyrs. Le roy son filz de ceste reuelation meu soigneux fut de Berseilles faire transporter le corps de son pere a sainct denys en france Riens au propos ne pense appartenir ce qui est mis en memoire par aucuns escripuans. Que charles vng peu auant quil mourust/fut de lange porte es enfers ou il veit les peines τ tormens des ames miserables. Les vallees ardoir les puis treshault bouillir de poix souffre τ peloux et y apperceut et congneut aucuns de ses predecesseurs roys. Aussi les euesques qui auoyent conseille de faire les guerres/ou qui auoyent este coulpables de fouller le peuple de tailles tribus et impositions iniques. Luy mesmes a escript la vision de celle chose ses ansestres admonestans de non vsurper la puissance de regner et seigneurier iniustement. Certes plusieurs excellantes et deuotes oeuures de cestuy charles sont encores dessus la terre/qui nous donnent de luy memoire. Car il a construict et ediffie le monastere saint corneille a compiegne ou il a mis le saint suaire de ihesucrist qui lui auoit este aporte de constantinoble Beaucoup aymoit compiegne si que de son nom le voulut nommer charloble. Il a augmente le temple saint denys de grans rentes et reuenues et la acoustre et aorne de tresprecieulx dons/Lesquelz iusques au iourdhuy sont deux soigneusement gardez en celuy lieu. Point ne ignore aucuns escripue que le sendit lequel se tient au champ saict denys a la fin du moys de may a este par ce roy institue. De laquelle chose ay dit et note aux faitz de dagobert ce que men semble. Enuiron ce temps on list charles auoir cree le premier conte des batanoirs de flandres ou hollande qui lors estoit nomme thierry. Au moyen dequoy par ceste occasion print flandres la dignite de conte/en laquelle y auoit lors peu de villaiges et ediffices/et plus estoit des bestes sauluaiges frequentee et habitee que des hommes et auoit vng gardien par le roy estably/ Nomme le forestier selon la langue francoyse. Vng homme estoit de bauldouyn filz de audaquaire Lequel apres le trespas de son pere par charles institue senneschal luy estant ieune temeraire Ainsi que iudich fille du roy retournoit de angleterre print laudace et hardiesse de la rauir et amener. Elle auoyt espouse adolaphe roy de angleterre. Lequel comme il fust decede sans auoit enfans. Iudich prince et despourueue de mary retournant en france a son pere fut prinse et raure en la maniere dessusdicte Pour raison de quoy par le commandement de charles se assemblerent les euesques et bauldouyn ferurent de sentence depcomunication. Et pourtant quil ne faisoit penitence de son peche/charles persuade et enhorte du conseil des seigneurs et gentilz hommes/permist que sa fille fust coiouncte par mariage auecques luy. Et ou lieu de gardien. Institua celluy bauldouyn conte de flandres Certes cela souuentesfoys auient/que les pechez et iniures lesquelles facillemét ne pouons venger en prenant la raison de quelque dignite. Les Bestons de gloire et honneur. Guerres engendrees en angleterre/a cestuy charles le chaulue vint Iehan lescot

La vision de Charles le chaulue

Le commencement du conte de flandres

Bauldouyn premier conte de flandres.

**Maiftre le
han lefcot qui
a glofe les fen
tences.**

homme inftruit et epperimente en la langue grecque Parquoy de charles requis de grec
en latin tranflata les liures fainct denys ariopagite de la celefte hierarchie/et retourna
en angleterre ou il fut liberallement receu par le roy Elfredus/fe tranfporta au monafte
re de melmefberie auquel lieu ainfi quil faifoit loffice de inftruction et enfeignemēt par
fes difciples fut occis defpingles ou touches de fer dont ilz efcripuoyent antiennement
en cyre.

ⓒComment loys le begue apres le trefpas de charles le chaul=
ue fon pere fut facre roy de france a Rains. Puis le pape Jehan
huytiefme de ce nom Dint a troyes en champaigne ou il fift bng
concille et couronna ledit loys empereur.

**Loys le Be=
gue. pip. roy
de france**

Duuelles receues du trefpas de Charles le chaulue. Loys le begue
fon filz eftant a endreuille/Legierement appella les feigneurs et gē
tilz hommes du royaulme fa foy et beniuolence defquelz fe appliqua
acquerir par liberalite et largeffe royalle. Et pource quil fut aduerty
que fa royne Richente Retournant de italye fe eftoit arreftee au cha
ftel de moymere en champaigne auecques grand nobleffe affin de auoir bng couuēt que
les francoys appellent parlement. Luy enuoya fes ambaffadeurs au moyen dequoy fe
tranfporta la royne a compiegne ou elle monftra et bailla a loys le teftament de fon pere
defployant les acouftremens et habitz royaulx lefpee/la couronne et le fceptre de or/def=
quelz fon pere mourant auoit declaire le faire et inftituer fon heritier. Doncques ces en
feignes royalles receues fen alla loys a Rains pour auoir la faincte onction Et fut cou

**Le couronne=
ment du Roy
loys le begue.**

ronne roy de france par Haymard arceuefque dicelle cite. Lan de grace. Biii. c. lppBiii.
Peu de moys apres paffez trauerfa la riuiere de Seine/ou les filz de Godefroy auoyent
priue le cōte Hedon de quelque chafteau. Dfoit haymo filz du conte bernard de rapines
et pilleries et auoyt prins aucunes places et icelles mis foubz fa puiffance. Le roy ar=
riue iufques a troyes par le confeil de fes amys luy mena Godefroy fes filz rendit et re
ftitua et permis les terres quil auoit prins et occupe. Moyennāt ce que licite luy fuft de
les tenir par le don du roy. A cefte caufe les luy donna le roy et bien recompenfa celle gra
ce. Car les bretons rebelles par fon moyen rapella foubz lobeiffance du roy loys. ⓒDu
rant ce temps eftoyent deux contes en italye. Lambert et Helbard. Lefquelz auoyent a
foy Bfurpe prins et taux plufieurs lieux et places eftans de la iurifdiction de leglife ro
maine pour raifon dequoy publia le pape Jehā fentence dexcommunication a lencontre
deulx Puis fen Bint a lyon pour auquel lieu Benir enuoya prier le roy par fes meffagers
Mais loys qui encores neftoit leue de la maladie en laquelle eftoit cheut a tous. A ce=

**Le concille de
troys en chā=
paigne.**

fte caufe differa aller Bers le pape iufques au premier iour de feptembre. Toutefuoys
il fut foigneux de luy faire feruice et obeiffance par les euefques. Le pendant le roy ga
ry de fa maladie chemina a troys en champaigne ou de grace il obtit que le pape fe y trā
porta Lors fut fait en ce lieu grāde affēblee des euefques du peuple belgoys/et recita le
pape ce quil auoit fait contre les lartons et peilleurs deffufdictz requerās aux euefques
qui la eftoyent de leurs parolles et fubfcriptions de leurs noms le tout eftre approuue.
Ce que fut fait felon la requefte. Apres que congneu fut que frotaire fans le pape aduer
tir auoit paffe de bordeaulx a poictiers et de la eftoit alle aux berruyers Commāda ap=
porter les ordonnances et inftitutions du concille Sardinian et Affriquain Par lefqlles

est prohibe et deffendu aux euesques leur propre eglise delessee aller aux aultres Les ca
stres de ces deux concilles leuz et recitez determina ꝑ ordonna le pape que les prestres et
euesques qui estoyent partiz de leurs sieges retournassent. Puis incontinent couronna
loys du diadesme imperial et se nomma empereur Et combien que tresaffectueusement
eust este requis par loys de couronner la royne richante. Toutesuoyes il refusa ce faire
Lassemblee de troys rompue retourna le pape a romme. ¶ Lempereur fut couuoiteux
de appaiser le discord quil auoit auec son nepueu loys Et tellement besongna par ses am
bassadeurs/que assemblee fut assignee et faicte a furonne fut paix traictee en la manie=
re qui sensuyt. Cestassauoir que du royaulme de austrasie seroit et demeureroit ainsi q̃l
auoit este accorde apres le trespas de sothaire Entre charles le chaulue et loys roy de ba
uyere. Au regard de lempire et royaulme de italye Pour autant que bonnement et prouf

Le concille de
troys en chã
paigne.

fitablement ne se pouoit distribuer et departir/chascun iouyroit de sa part ainsi quil la
tenoit Iusques a ce que on peust mieulx ordonner du partaige en vng aultre conseil qui
bien tost seroit fait Ce pendant se lung des roys estoit assailly ꝑ persecute des sarrazins
seroit lautre tenu de luy donner secours. Et se aucun alloit ou faisoit a lencontre de cest
accord il ne pourroit estre receu ne deffendu de lung ne de lautre des roys.　¶ La paix
traictee et compofee selon ceste forme. Loys roy de germanie retourna en son pais/ Et se
vint lempereur acompiegne Sans repos donner le marquis bernard la guerre renouuel
la ayant oublie laliance nagueres faicte Lempereur marchant en bataille contre luy si
comme il fut arriue a troys demeura au lict malade Puis destitue de toute esperance de
sante/ Son filz charles qui est dit le simple/ bailla en garde a bernard conte dauuergne.
Croissant la maladie se fist porter loys a compiegne. Et des incontinant quil y fut en
uoya ses enseignes de lempire et royaulme a son filz Lequel il commanda estre couron
ne Et par ainsi peu de iours apres ensuiuans alla de vic a trespas le .v8. iour de auril ꝑ
fut la enseuely et enterre en leglise nostre dame L an de grace. viii.c.lxxx.

Accord entre
les Roys

Le trepasse=
ment de loys
le begue Roy
et empereur.

　　　¶ Comment apres le trespas de loys le begue furent troys roys
　　　ses filz dont les deux estoient bastardz durant le regne desquelz
　　　les normans lors infidelles en france descendirent ꝑ assiegerent
　　　paris et chartres bruslerent angers auec plusieurs aultres places
　　　et citez pillerent Sens violerent les Vierges occirent Religieux
bruslerent monasteres ꝑ eglises/prindrent Nantes et Rouen/et
furent chacez et occis en grand nombre miraculeusement dont ilz
se despiterent et firent plus grans maulx que deuant.

Pres la mort de loys le begue sensuiuit diuerse mutation des choses de
france. Plusieurs qui studieux estoyent de mettre diuision et debat en=
tre les parties ca et la faisans mutinerie Car bernard, hugues/Labbe
Thierry/et Rosyne qui prins auoyent en soy la tutelle du nouuel roy/
Aduertiz du deces du pere/appellerent les seigneurs et gentilz hommes
de france a meaulx pour prendre conseil des choses estans de lusaige de la chose publicq̃
Gosselin estoit homme puissant de la premiere noblesse. Lequel pensant que le temps
estoit venu auquel il pourroit venger ses iniures a lencontre de Thierry et Rosyne se=
ctateurs de lautre diuisiõ estant entre les citoyans et seigneurs/qui seroit le prince de la
cite venant a couard conte de paris homme non ayant encores bonne volunte enuers le

Le conte de
paris

nouuel Roy le mena en ſon pays/affermant que du roy des allemans a qui il auoit fait
plaiſir et ſeruice pourroit acquerir pluſieurs grans honneurs et offices. A ces blandiſ-
ſemens conſentant Côcard et Goſelin/enuoyerent a meaulx ceulx qui tenoyêt leur par
ty pour eſtre et aſſiſter au conſeil. Laſſemblee faicte/pluſieurs de ce faire priez dirent q̃
loys roy de germanye/eſtoit celuy ſeul leql pouoit gouuerner les negoces et affaires du
royaulme et que neceſſaire eſtoit le appeler/par luy eſtre donne proſperite et ſauuement
a toutes choſes/et ceulx reſtituer en leur entier qui eſtoyent deueſtuz et ſpoliez de leurs
terres et poſſeſſiôs. Ces parolles dictes par les aduerſaires du nouuel roy. Les tuteurs
de ladoleſcent meuz en eſperance de retribution/par meſſaigiers prierent le roy de germa
nie venir en france Lequel ayant receu ces nouuelles ainſi quil venoit a metz de rechief
admonneſte des gentilz hommes/diligêment a Verdun ſen alla ou les ſeigneurs eſtoyêt
aſſemblez. ℟Mais Hugues et Thierry et ſemblablement les aultres nobles de leur
diuiſion Veu et côgneu ce q̃ les ennemis machinoyent/enuoyerent Gaultier eueſque de
Orleans au roy de germanye auecques ces mandemens icy/Ceſtaſſauoir que ſil diſoit
quil Vouloit prendre la part du royaulme que charles le chaulue auoit tenue de lheritaige de lothaire/Licite luy eſtoit de en aller prendre poſſeſſion et ſaiſine/en leſſant france
franchement ſans y querir aucun droit. Cuydant le roy de germanye que par ceſt offre
luy fuſt fait aduantaige/Meſpriſant petit a petit Goſſelin et Contard/deleſſant fran
ce retourna en ſon pays. Laduerſaire oſte/Hugues et Thierry/menerent les adoleſcens
loys et Carlonus a ferrate/en les nommans Roys les couronnerent au têple ſaint pier
re. Preſq̃ en ce meſme têps Boſo frere de la Royne fut fait Roy de acquitaine y aucuns
eueſques de crainte eſpouentes ou de promeſſes alleichez. ℟En apres fut raporte aux
roys freres que les noimans par dommagcables courſes riblloyent deſſus la Riuiere de
loyre et pillloyent le pais. Leſquelz auec grande compaignie de genſdarmes marchans
a lencontre de leurs aduerſaires firent grande deſtruction de noimans et en furent neuf
mille occis et pluſieurs aultres noyez au fleuue de Sienne. ℟Les freres triumphans
de ceſte Victoire tantoſt furent troublez de aultres triſtes nouuelles. Car loys Roy de
germanye auoit mene grand armee iuſques a Ducy Et ſe eſtoyent vers luy retirez Goſſelin et Contard conte de paris auec grand partie de leurs alliez et complices. Par la cô
duicte deſquelz il Vint iuſques a Ribemont Ces gens cy auoyêt ie ne ſcay quelle grand
choſe promis au Roy de germanye Laquelle comme ilz ne peuſſent faire ne acomplir de
leſſa celluy Roy ſon entrepriſe traictât paix auecques les roys de france/Et peu apres
retournant en germanye Rencontra les noimans qui lors gaſtoyent tout en italye ainſi
quilz auoyent fait en germanye. Leſquelz ſubiuguez chaſſa ſans grand peine. Mais
ceſte impetueuſe τ furieuſe nation fiſt grand dommaige au Roy en ſaxonne. Les noimans vaincuz ſe aſſemblerêt les freres a ampens pour partir entre eulx le royaulme pa
ternel. Si que par pattaige entre eulx fait obtint loys le royaulme de france/auec toute
neuſtric Bourgongne et acquitaine furent baillez a Carlonus. De ampens partirent
et allerent a gondeuille par Rains τ chaſlons/ou auoit eſte aſſigne faire aſſemblee auec
ques le Roy de germanye. Au conſeil toutesuoyes ne aſſiſta le roy de germanie pource
quil eſtoit mallade mais il beſongna auec ſes freres par ſes meſſagers et ambaſſadeurs
Leſquelz aduertiz que Roſyne roy de ſa prouince auoit prins Vienne ou ſa femme leſſee
ſe eſtoit retire es prochaines montaignes Leuerent vne armee equippee en partie de alle-

Diuerſes ſen
tences et oppi
nions Entre
les francoys
de inſtituer
leur Roy.

Victoire des
francoys con-
tre leſ noimâs

Loys filz de
loys le begue.
xxx. roy de frã
ce.

mans et en partie de leurs gens/et ce fait allerent assieger la Bille de Bienne. Ce pendant loys par ses messaigiers aduerty de la cource et riblerie des normans en france carlonus lesse Pour continuer lassiegement de Bienne se retourna contre les normans. Car
ceste natiõ oultre les aultres est barbare et cruelle(z hayssant la grace crestiẽne/ia amies
peillee auoyent abatu et raze le monastere sainct pierre tressainctement reuere a corbye.
A ceste cause fut faicte a lencontre deux tresaspre bataille/en laquelle loys mist les normans en fuite et plusieurs occis. Certes Bous reciterer chose merueilleuse. Larmee des
francoys retournant Bictorieuse des aduersaires et leur ennemys Baincuz En telle fuyte furẽt les francoys respanduz et disperser(sans ce qͣz feussent de aucuns poursuiuiz)qͣ
tu les eusses cuyde semblables a ceulx qui estoient Baincuz. Croire ie puis que le roy de
france esleue en orgueil pour la Bictoire quil auoit eue diuinemẽt fut touche de celle craite et tremeur/a cause de ce quil se gloriffioit auoir acquis ceste Bictoire par sa force (z puis-
sance/ et non par la grace et ayde de dieu.

Bienne des
francoys assie
gee.

Les gensdarmes rapellez et ramassez de leur
fuite. Loys de rechief cheminant contre les normans restautans la bataille/ Pourtant
que ses gensdarmes estoyent rompuz et dissiper par fupte et quil auoit peu de gens de la
garde de son corps a lentour de soy/sen alla a cõpiegne Les normans de rechief se leuans
et faisans peillages et larcins sur la riue de la riuiere de loyre/ Loys bailla compagnye
de gensdarmes a thierry homme de guerre pour les alles assaillir et combatre. Et luy
peu apres arriue a tours enuoya en icelle bataille grant nombre de bretons Ce pendant
quil seiournoit a tours fut de maladye saisy et alla de Bie a trespas et fut porte au monastere sainct denis en france On dit quil cestoit adonne a ordure immondicite (z inutilite
et auoit prins le surnom de begue

Dispersion
des francoys

Carlonus qui tenoit Bienne assiegec/ acertene de la
mort de son frere loys/partie de ses gensdarmes lessee en icelle Bille Sen alla deuers les
seigneurs et gentilz hommes de france/lesquelz le appelloyent pour leur roy Luy estant
en chemin Bint Bng messagier luy anoncer que Bienne estoit prinse de ses gẽs. Mais qͣ
les normans guerroyans estoyent de germanie descenduz iusques en champaigne/ par
impetueuse commotion et esmeute et auoyent raze ars (z brusle plusieurs temples et Billes Contre lesquelz sapllecuesque de metz mena son armee/Mais ses gensdarmes furẽt
mis en fupte et fut par culx occis. Riens ne trouue par les escriptz des hystoriens comment on bataillacontre celle peste et furieuse nation. Toutesuoyes il appert que aultre
bande et compaignie de ceste cruelle nation par la conduicte de Astigne capitaine/ La
riuiere de loyre trauersese assist dessus sa riue de marne et que contre culx charles roy de
austrasie mena son armee/mais le couraige presque luy faillit quant il ficha ses tentes
et dressa son ost deuant la face de ses ennemis. Finablement il traicta paix et alliance
auecques les normans/pourueu que leur prince Godeftron confessast la foy de iesucrist
Celle cõdition nõ accordee receut Godefroy le baptesme de spirituelle regeneratiõ auecques tout le pays de frize que le roy luy donna. Et dauantaige luy donna plusieurs aultres grans dons auec permission et conge de habiter ou il auoit mis ses tentes et fut au
grant preiudice et dommage du royaulme de france/lequel peu apres comme traistre et
desloyal il porta auecques sigisbert. Car godeffroy equipe de quarante mille combatãs
assiega la Bille de paris/Mais les habitans de la Bille resistans auecques laide de gosselin euesque du lieu (z du conte Eude lequel depuis gouuerna le royaulme Boyant leur
aduersaire que son assiegement de riens ne luy proffitoit/ Leua le siege et alla assaillir

Le trespas du
Roy loys filz
de loys le be-
gue.

Paix (z accord
entre les fran-
coys et nor-
mans.

Charles le si ple empereur.

loudun qui est situee dessus vne haulte montaigne. Puis les normans peillans le pays de noyon et souessonnoys allerent Rains assaillir. Desquelz dommaiges charles empe reur courouce/de rechief de Buarmacie ou il auoit parlement/ se leua a lencontre de ceste nation barbare et batailla p vigoureuse puissance/et la prosterna/occist et mist en fuitte Jl me semble que on ne doit oublier carlonus q son frere loys auoit este bastards de loys le begue/nez de sa concubine Lesquelz neantmoins receuans le gouuernement et mode ration du royaulme/vertueusement resisterent aup normãs. Neuf mille (comme cy des sus auons dit) furent occis en vne bataille/ Mais cestuy carlonus combien que point on ne ignore quil soit de ce monde decede/toutesuoyes par les hystoriens ne est la manie te et le temps de sa mort trouue en escript. Neantmoyns il lessa son filz loys heritier qui

Loys Riens ne faisat vpii roy de france.

pour son ignorence et inutillite fut apele riens ne faisant. Plus excellãt ne fut en quel que chose que ce soit fors en ce quil tira hors du monastere de calle vne vierge monvasse en lamour de laquelle il petissoit/et la print a femme et espouse Au teps de ce roy tresinu tille/Les normans rompans et desprisans les treues quilz auoyent iures q promises a uecques charles iusques a douze ans De rechief foulerent et affligerent france Qui fut la cause pour laquelle plusieurs prestres et hommes religieup leurs oratoures delesseret et se transporterent en aultre lieu. De laquelle persecution les francoys grieuez par leurs ambassadeurs requirẽt lempereur charles filz de loys roy de germanye de prendre la cu re et sollicitude du royaulme de france. En ce temps estoit hugues dit labbe/lequel bail lante compagnye de gens de guerre assemblee/tellement extermina les normans que de leur multitude/a peine neschapa vng seul qui portast nouuelles a ses compaignons de leur occision. Les barbares et cruelz normans feruz de celle prosfligation et occision ces

La totalle ex termination des normans

serent de faire guerre pour vng temps. Mais pource que cy eschet mension de Hugues labbe ne fault lesser a dire que cestuy hugues et Robert conte de paris qui estoit dit mar quis/ont este les premiers lesquelz ont pris et occupe les terres rentes teuenues et posses sions immeubles/delessez et aumosnez aup moynes et monvasses/les attribuãs q appli quans a soy et a leurs gensdarmes et souldars et eulx nommans abbez commandoyent aup moynes et quilz vouloyent/leur baillant moderation de viures et vestemens. La quelle violence dura iusques au temps du roy Robert. C En ce mesme temps cestuy loys inutille et riens ne faisant alla de vie a trespas q delessa charles son filz qui fut sur nomme le simple Je trouue escript que cestuy charles le siple estoit issu de loys le begue et apres loys et carlonus ses enfans bastards fut nourz q esleue soubz la tutelle de Eude puis apres il regna. Lequel comme croissant en aage et en son teps ne fust idoyne ne suf fisant a gouuerner le royaulme/veu et congneu q les normans preparoyent nouueaup mouuemens de guerre/enuoyerent les enseigneurs a Eude filz de Robert dangers bon

Eude angeui roy de france et tuteur de charles le sim ple.

homme et conuenable pour les choses et affaires du royaulme gouuerner Auquel baillerent ladministration du royaulme auecques le nem de roy Cestuy consacre par lacteur que de sens bien et deuement nourrist et enttetint charles le simple/ et prudemment re regenta les francoys. Quant vint alheure de sa mort il obligea les seigneurs de france par foy et serment que sans question et debat permettroyent a charles le simple le gouuer nement du royaulme/actendu et considere que dicelluy estoit le legitime et vray heritier C Apres que charles le simple eut acquis et recouuert le royaulme les normans qui par lespace de quarãte ans auoyẽt couru et rible en plusieurs lieup de frãce faisans assemblee

de plusgrande multitude que iamais impetueusement descēdirent en neustrie et par la
rpuiere de Seine sus eaue contraire se firent porter iusques a Rouen Auecques lesquelz
franco arceuesque dudit lieu nayant esperance du saulucmēt de la Bille et des citoyens
trouua occasion de parlamenter auec eulp Et en ce faisant traicta τ cheuit en la maniere
qui sensuit/Cestassauoir que sans faire aucun tort ou nuisance aup habitans ny a la ci
te iouyroient les Normans de celle Bille. Quelle chose pourroit faire Bng saige et pru
dent pasteur destitue et depourueu du secours du roy. Les Normans doncqs iouyssans
de Rouen ou ilz auoyent tresfur reffuge Constituerent leur duc Bng de leur compaignye
nōme Rollo homme trespreup/qui nulle esperance nauoit de iamais retourner en sa mai
son pour le crime par luy commis Cestuy ayant de son peuple receu puissance et auctori
te de estre le principal chef de toute sarmee des Normans Deuāt toute oeuure appliqua
son couraige a destruire la Bille de paris et de ce lieu effacer et epterminer la foy de ihesu
crist. A ceste entreprinse epecuter et acōplir Pensoit trops fleuues treslarges luy estre Bi
en propices Cestassauoir Seine/Loyre τ Gerōne. Parquoy fist faire τ cōposer des nefz
esquelles il deuisa son armee en trops parties Ceulp qui cheminerent sus la rpuiere de
Loyre prindrēt dassault la Bille de Nantes. Et couperēt la gorge a Guymard euesque
dudit lieu siconme il sacrifioit a lautel de ihesucrist/Tirans oultre Bruslerent Angers
Tantost apres Bindrent Tours assaillir Et ainsi par acquitaine peillans le pays fu
rent portes a Paris sur la rpuiere de Seine soubz la conduicte de Rollo τ en bourgongne
par la Rpuiere de saune. finablement couturent en Auuergne. Sans seiourner allerēt
peiller les habitans de orleans Et non contens de ce peillerent aussi et Bruslerēt le mona
stere dicelle Bille et occirēt les moynes Mais les presbtres aduertis de la Benue de Rol
lo/Deup iours deuant auoyent porte le corps sainct Benoist en leglise sainct Aignan a or
leans. Le conte Sigillose/dung cōmun accord et consentement de tous les moynes fut es
leu patron/protecteur et deffenseur de cestuy monastere Et dit on q̃ la nuyct ensupuāt en
laquelle auoit icelluy monastere este Brusle en son repos le tēsa sainct Benoist/Pour
quoy il ne auoit dōc secours et aype au monastere a lencōtre des normans. Par ceste Bi
sion le conte seesueilla Adoncqs incontinent assembla Bne petite compaignie de gens q̃
lors auoit/non armez. Puis tuant sus les Normās chargez de proye et larcins auec lai
de de sainct Benoist(Cōme depuis il iura et afferma sur les sainctes euangilles)prist la
proye et les Normās prisonniers. De la cheminant au monastere cōmanda enterrer les
corps des religieup Lesquelz il trouua encores gisans τ estenduz dessus la terre. ℭLes
normans tāt cruellemēt riblans et Bagans parmy le pays de france. Charles le simple
enuoya frāco arceuesque de Rouen par deuers Rollo duql ia estoit cōgneu/ pour accor
der auecqs luy treuues de trops moys. ℭLes inducez et treuues de rollo reffusees/ che
minant icelluy par Estampes auec son armee sen alla mectre le siege deuant Chartres
Le normant arreste a lassiegemēt de la Bille/Richard duc de bourgōgne et Ebalus con
te de poitiers menrent leurs armees deuant Chartres et assaillirent Rollo/dōt leuesq̃
du lieu courageup fist sortir les habitans hors la Bille Et portant la tunique intericu
re de la Benoiste Bierge marie que les frācoys appellēt chemise(Laquelle p deuers eulp
est saictemēt gardee)assaillit les normās p derriere Et p aisi a la Benue de leuesq̃ fut fai
cte grād occisiō des normās en laqlle se saulua rollo p fouyr. Aps q̃l eut rassēble ses gēs re
plp d ire/a ses souldars cōmāda peilleriers estre faictes p la regiō τ qlz destruisissēt tout

li.i.

Iteratiue ri
blerie des nor
mans en frā
ce.

La cruaulte
et inhumani=
te des normās

Chartres des
Normans as
siegee.

Decision mi=
raculeuse des
normans

ou ilz couroyent. Au moyen de quoy Icelle cruelle nation riens entier ne lessa de tout ce
quelle rencontroit. Les virges furēt violees z mises en scruitude/Les meres auecques
leurs enfans de glesues furent occises sˏnul temple ne eglise nespergnerent que par culp
ne fust ars et brusle/Et le feu mirēt en toutes choses aup champez aup villes. Certes
le ciel estoit remply de mortz/ pleurs/ plaintes et clameurs. Les francoys opprimez de
tant cruelles afflictions Allerent parler au roy/sa negligence ignorance et pusillanimi=
te luy remontrerēt/Disans que par sa negligence se perdoit et perissoit la prouince Qui
par soy ne par chefz et conducteurs de guerre ne resistoit aup ennemys. De ces querelles
le roy esmeu cōmanda de rechief a franco arceuesque de Rouē aller vers Rollo/ pour le
enhorter a la cōmunion cresticnne. En luy disant oultre que se en foy entiere la vouloit
recepuoir. Il auoit vne fille nōmee Gilla Laquelle luy donneroit en mariage auecqz
toute neustrie. Ces mandemens congneuz et entenduz de franco appaisa Rollo sa fe=
rocitez son couraige. Et apres conseil pris auecques ses gens Respondit q̃l parleroit a
Charles en luy assignant tel iour q̃l vouldroit. Soubz ces parolles furent iurees treues
de troys moys. Au fleuue epte qui est lune des marches et limites de Neustrie vers ori
ent fut faicte lassemblee. A lune des riues du fleuue se fist charles z a lautre se fist. Rol
lo. Finablement par ambassadeurs enuoyez dune part z daultre fut la chose apaisee z a
cōplie. Rollo print Gilla fille de charles a femme et espouse/z en douaire luy fut baille
Neustrie qui cōmen ce au fleuue Epte/ et est terminee en Bretaigne/et est enclose de la
mer gallicane. Auecques ce luy fut baillee la prouince des bretōs Laquelle a longuemēt
bataille soubz la puissance z seigneurie des normās. Les choses ordonnees ainsi q̃ prin=
cipalement charles le desiroit/Chemina rollo a Rouē ou il fut fait crestien p le lauemēt
du sainct baptesme Et fut nōme Robert par Robert conte de poictiers qui cōe tesmoing
assistoit a la reception de la foy catholique. Apres lacquisition de neustrie la nōma Rol
lo Normandie par ce q̃ les hōmes venuz de Septētrion lauoyent occupe. Car North se
lon la langue des danoys signiffie septētrion/ Et man signifie hōme. Parquoy en voca
ble et nō compose. Les normans sont dictz septentrionaulx/et ainsi consequāment est ap
pellee Normādie iusques au iourdhy. Quant iay quis la sourse de celle tant barbare et
cruelle nation/ Jay entendu quelle est issue de la cruaulte et sauluagine des gothz/q̃ au=
cuns disent hardyment auoir eu pour leur premier pere magog filz de Japhet/ Estendās
la lignee des gothz iusques a noe. De loppinion desquelz ie ne suys. Actendu principal
lement q̃ ceste loingtaigne antiquite non resplandissant p lauctorite daucun escripuain
peult estre veue semblable a vne fable. Les Daciens qui sont de la lignee des gothz ont
par long temps garde ceste coustume/Que de plusieurs enfans le pere tenoit auecques
soy vng seul heritier. Et quant les aultres estoyēt en aage legitime/il les enuoyoit hors
de sa maison. De laquelle loy vsant lothzocus et mectant hors dauecques soy aucuns de
ses enfans charitablement Biergoste recommanda a Hastingue dacien homme noble
ioinct auecques la puissance de plusieurs iouuenceaulz. ❧Lesquelz nauigās par mer
paisible en picardye De la trauerserent iusques aup Vermandoys Du ilz bruslerent le
monastere sainct quentin Et incontinent apres prindrent la ville de Noyon occirent le
uesque Omnio auec tout le clergie. Sans cesser par la riuiere de Seine a Gemetique se
transporterent Du ilz razerent et destruirent vng monastere de neuf cens moynes. Le=
quel depuys demeura lespace de trēte ans sans habitateur quelconqs. Laquelle rage res

Assemblee de
Charles le si
ple et du nō=
māt Rollo in
fidelie.

Note q̃ Neu
strie est de pre
sent le pays q̃
on dit normā=
dye.

Monastere
de neuf cens
moynes

panſue par pluſieurs prouinces ne ceſſa de ribler iuſques au temps de Rollo duquel a-
uons parle cy deſſus. Et ſont les cruaultes et le nõ des normans procedez de ces daciẽs.
❧Les normans appaiſez/les ſeigneurs du royaulme deleſſerent la foy et obeiſſance du
Roy. mais apres le combat de quelques batailles ilz ſe allierent et reconſeillerent alencontre de Robert frere de Eude duquel par nous cy deſſus eſt faicte mention. Ceſtuy
Robert duc de acquitaine: pour ce quil ne auoit receu la part et portion du royaulme de
ſon frere/print quelques villes les plus prochaines de ſoy: conſtituant eueſques en icelles. par leſquelz il obtint le nom de Roy. Duquel tiltre orgueilly/mena vne armee alẽ-
contre de Charles lors eſtant a Soyſſons. En laquelle bataille faicte en ce lieu fut Robert a mort mis. Sicõme charles retournoit victeur de celle bataille: au deuant de luy
vint Hebert conte de Vermandoys ſoubz eſpece de luy faire chere/et le pria de aller auecques ſoy a peronne et de loger au chaſteau. Le Roy par ſa ſimpleſſe adiouſtant foy aux
parolles du traiſtre et deſloyal hõme la ſeur duquel auoit eu Robert a femme et eſpou-
ſe/ſe tranſporta a peronne. Et des incontinẽt quil fut entre en la tour le iecta Hebert es
liens de priſon. Laquelle choſe porta en france cauſe z occaſion de treſgriefz dõmages et
pertes. Touteſuoyes on inſiſta alencontre de liniquite de fortune et ſicõme on a de cou
ſtume faire aux malad{es: afin que premieremẽt fuſt au chef dõnee medecine/les fran
coys non ayans Roy conſulterẽt den ſlyre z cõſtituer vng. ❧Des enfans de Richard
duc de normandye eſtoit demoure Radulphe nepueu de Charles: lequel combien quil
euſt eu ligner de Elgine fille du Roy dangleterre neantmoyns il permiſt q̃ ſon nepueu
fuſt inſtitue Roy de france: moyennant laquelle permiſſion fut Radulphe a Soyſſons
couronne/et commenca a regir z gouuerner le royaulme. A ceſte cauſe Loys filz de char
les le ſimple ſoy voyant deſtitue et deſpourueu de laide de ſon pere et de ſes amys/paſſa
la mer et auecques ſa mere Elgine ſouyt en angleterre ou ſon oncle Elſtan regnoit. Au
temps de Radulphe fut faicte bataille en chartoſſois contre les ſarrazins qui auoient
aſſailly la bourgongne/ou y mourut grant nombre de francoys. Apres que Radulphe
en regnant eut douze ans accomplyz il treſpaſſa le.viii. iour de Juing/et fut enterre a
Sens en leglyſe ſaincte coulombe. ❧Blond et Platine eſcripuaine italicques dyent q̃
apres Loys le begue Beranger iſſu et produict de lombardye tint foriulle/et fut cree em
pereur par les rommains combien que Arnault euſt des francoys receu celle meſme dignite cent ans apres que Charlemaigne auoit commence a eſtre empereur. Arnault
mort de maladye qui eſt dicte poueillerie/dit Platine que Loys fut ſubſtitue et mis en
ſon lieu: contre lequel guerroya Beranger a Veronne, le print et le priua des yeulx. En
ceſte maniere doncques Beranger iſſu des roys lombars vengea lempire qui aux lombars auoit eſte oſte. Tant mobilles et muables ſont les choſes humaines que dicelles
maintenant cil tantoſt ceſtuy la recoit ou pert le gouuernement.

Les ſeignrs
de frãce deleſ-
ſans lobeiſſã
ce de charles
le ſimple.

La trahiſon
de Hebert con
te de Verman
doys.

Radulphe in
ſtitue roy de
frãce charles
le ſiple viuãt

Lactur?

❧Cõment apres le treſpas de Radulphe qui auoit eſte mis au lieu
de Charles le ſimple pour gouuerner le royaulme de france/voyãs les
francoys que Charles ſimple eſtoit auſſi deccde/enuoyerẽt querir ſon
filz Loys en angleterre et le firent couronner Roy: lequel pour venger
la mort de ſon pere fiſt pendre Hebert conte de Vermendoys pource que
par trahiſon lauoit fait mourir en priſon/en la tour de Peronne.

f.ii.

Le trespas de charles le sim ple.

R

Adulphe mozt et charles le simple decede a peronne ou il estoit detenu en
prison par hebert conte de Bermandoys/les seigneurs de france et auāt
tous hugues le grant ꞇ Guillaume principal des citoyans de sens en
uoyerent ambassadeurs a elgine et loys en angleterre/pour leur signifier que venu estoit le temps auquel seurement ilz pourroyēt en france
retourner et quilz leur donneroyent et bailleroyent secours et ayde Auecques plusieurs
aultres des plus gens de bien et principaulx du royaulme Ces nouuelles poztees en an
gleterre Elgine auecques son filz loys se hasterent de venir en france Au deuāt duquel
venans les seigneurs couronnerent roy loys a loudun speciallemēt p laide de guillaume
filz de Rollo qui tenoit et gouuernoit le duche de normandie. ⁋Au second an de son re
gne fut veu vng prodige et signe merueilleux de hommes ardans au ciel et par cruelles et espouentables chancons toute la nuit prophetizans quelque maulnaise fortuue la
quelle depuis aduint. Car le tiers an apzes ce signe delesserent les princes et seigneurs
la foy ꞇ obeissance du roy loys/et dauantage en ce temps fut si grande charte de viures
en france/que le septier de froument estoit vendu vingt et quatre liures. Voyans le roy
loys que les francoys le lessoyent par ses ambassadeurs enuoya demander a henry roy de
germanye que licite fust faire assemblee en quelque lieu ou ilz pourroyent parler ensemble pource quil desiroit acquerir sa beniuolence et amitye. Henry apzes les messagiers
ouyz respondit que bonnement ne pouoit acomplir la requeste de loys sil ne congnoissoit
la voulente et opinion de guillaume de normandie/parquoy voyant le roy loys se transporta par deuers le duc de normandie/luy racōpta quel estoit lestat du royaulme/ quelle
chose machinoyent les seigneurs a lencontre de luy et quil estoit celluy seul par le conseil
duquel pouoit estre la chose tresbien conduicte et redzessee. Le duc de normādie oyant ces
parolles receut le roy comme son souuerain seigneur ꞇ luy promectant son ayde et par le
consentement du roy loys enuoya tregne cheualier doze a henry Entre les roys fut accor
de faire assēblee sus la riuiere de moeuze/auql lieu par le moyen de guillaume duc de noz
mandie les roys confirmerēt et iurerent alliance et amitye ensemble. De laquelle chose
les seigneurs de france aduertiz/craignans la puissance de loys se vindzent en grace remectre au mieulx quilz peurent Tantost apzes les seigneurs comparans en lassemblee
faicte a loudun par le edit et cōmandement du roy y assista hebert conte de vermandoys

Loys filz de charles le sim ple xxviiii. roy de france.

Icy note la fi ction dōt vsa le roy loys filz de charles le si ple contre he bert conte de Bermandoys

Contre leql loys (remectant en memoire liniure ql auoit fait a son pere)prepara ceste fiction et choisissant homme propice a ceste fable luy commanda vestir vne robbe en la foz
me et maniere dung angloys/et cōme sil estoit a soy enuoyee dāgleterre requist luy estre
permis entrer au conseil/pource ql auoit lettres missiues pour bailler au roy/et en ce faisant bailla le roy a cil homme les lettres quil auoit escript Le roy doncques seant au con
seil arriua le courrier qui ses lettres presenta ainsi quil auoit este instruict sicōme le gref
fier les recitoit a basse voix/cōmenca le roy a soubzrire. Adoncqs les prīces et seigneurs
pensans ql auoit ouy dire quelque risee luy demanderent pourquoy il rioyt Jay dit il cō
gneu maintenant que les angloys sont de sagesse tombez en follye. Car herman roy dan
gleterre mō prochain escript quil ya vng laboureur en son pays Lequel comme il eust semont son maistre et seigneur a disner en sa maison a pris en soy hardiesse de loccir. Par
quoy demāde vostre opinion de quelle peine il doit punyz celuy q si grāt crime a commis
A ceste cause affin de cōplaire et agreer au roy dāgleterre dictes seigneurs de quelle soz̄te

de mort Vous semble que ce criminel laboureur deuoit estre execute. Lors Thibault de Bloys homme tresprudent requis de dire son oppinion/ Cestuy(dit il) homicide Iasoit ce quil soit digne de diuers tourmens/Toutesuoyes en tant que touche sa maniere de la punition.Il nya mort qui me semble tant detestable que de lhomme au gibet pendre A qui le bourreau dunglas estraindra le gosier/A ceste sentence venās et consentans tous les aultres assistans/Comme Hebert fust luy mesmes de celle oppinion/Saillirent incō tinent les sergens du lieu ou ilz estoyent mucez/et sicomme ilz auoyēt este instruictz par le roy/Empoignerent Hebert/et sans chommer se menerent sus Vne montaigne qui nest pas loing de Loudun ou ilz le pendrent a Vne potence Auant toutesuoyes que le Bourreau lestranglast Vers luy le roy se retourna disant Hebert tu es celuy traistre et desloyal laboureur qui monseigneur et pere Charles/ton roy aussi et souuerain as occis et faict mourir a Peronne.Maintenant doncques pour tes merites recoy la punition de toy meritee.Le lieu ou Hebert souffrit mort fut appele le mont Hebert. ¶ Ce pendant que ces choses se faisoient sicomme Guillaume duc de normādye fauorisoit/ et soustenoit noble homme Herloin le picard/A lencontre de Arnault prince de flandres par lequel Herloin auoit este de fait et de force darmes spolie du chasteau de Monstreul/ Et pourtant que Arnauld estoit marry de ce que cestuy chasteau luy auoit este rendu et restitue fraignant amitie par requeste Impetra de Guillaume lieu et temps de parlamenter a pin quignac. Lequel en la premiere assemblee Vsa enuers celluy Guillaume de blandissemens et flateries comme traistre desloyal Et facillement soubz espece de charite deceut le begnin et amyable duc/La chose doncques(comme sembloit)appaisee en quelque isle de la riuiere de Sōme non pas loing de pinquign īc/sicomme Guillaume duc de ſlormā dye prenoit congie de Arnault Apres quil fut monte dedans Vne nasselle/les sergens de ſlandres le rapellerent comme sil eust oublie quelque chose appartenant a celle amytie et alliance.Le duc arriue au bort de la Riuiere ainsi comme il leuoit lautre pied hors de la nasselle fut occis par Alzo surnomme le turc.Au regard des seruiteurs dicelluy duc q̄ attendoyent a lautre riue leur maistre deuoit retourner/empeschez par le fleuue ne se peurent secourir. Le corps de lhomme occis fuyāt Arnauld auecques ses satallites fut deuotement porte a Rouen et honnore de sepulture tresmagnifique. Le.yV.iour de decembre. Par cellu Guillaume fut restably et resfait le couuent Gemetique que icy dessus ay dit auoir este rompu et raze des Daciens . Du il auoit ordonne et delibere faire profession monastique et religieuse. Car entre ses secretz furent trouues des Vestemens religieux qui estoyent signe et coniecture de la Vie reguliere par luy cōceue et deliberee. La mort de cestuy Guillaume duc de Normandie/fut cause et occasion que le roy loys fist et osa faire et commectre Vng tresmauuais et detestable crime/En quoy faisant il suscita contre soy plusieurs troublemens de guerre Car les nouuelles receues de sa mort du duc Guillaume se hasta de aller a Rouen/Faignant Voulloit Venger la mort dudit prince son amy/Pensant ala Verite aultre chose en son courage audit Guillaume estoit demeure Vng filz nomme Richard qui encores estoit au bers/Duquel Rodulphe ꝗ Vernard/Auoyent la tutelle et le gouuernement et administration de la terre et pays de normādye Desquelz Loys receu comme cestoit chose licite ꝗ digne fut icelluy loys alleche en la beaulte bonte et serainete dicelle terre/Parqnoy print esperance dey iouyr et posseser A ceste cause il requist lenfant Richard luy estre porte pour le noutrir ꝗ esleuer. Laql̄

g.iii.

Lexecution detestable/de Hebert conte de Vermādoys

Guillaume duc de normā die occis par trahison.

Richard de normādyefilz de guillaume

La mutinerie du peuple de Rouen contre le roy loys.

le chofe aup citoyans rapoztee/yimagina a penfa le peuple q̃ le roy ne bouloit tirer ceft enfant pour aultre occafion finõ afin q̃l bfurpaft la duche de Normãdye Au moyē dequoy fe mutina le peuple faifant noife et fedicion cõtre le roy Auquel peril et danger Bernard le danoys dõnant remede/ Cõcrilla au roy loys de monftrer lenfant ĉtre fes bzas au peuple mutine et cfmu/ Loys fuiuit ce confeil enfemble afferma par ferment au peuple quil ne pztendoit riens au duché de Normãdye/foz le dzoit du demaine fuperieur qui eft le dzoit de fa haulte feigneurie et q̃ toute la terre appartenoit a Richard/et quil defiroit len fant inftruyze et endoctriner en bonne fcience/ Le nourrir et efleuer en bonnes meurs fe ainfi le Bouloyent permettre. Le peuple appaife/le roy mena lenfant en france memozatif de finiure par luy receue des normans. Cecy congneu q̃ le roy loys auoit pzis fa tutelle et curateffe de Richard/craignant Arnauld conte deflandres que contre luy feul encouruft pour la mort de Guillaume duc de normandie/au roy bng don enuoya de quarante marcs doz fans chõmer a a benir bers luy et fe rendre purge et innocent de lhomicide et interfection du duc de normendie Dont il pzomectoit luter foubz fa puiffance ceulp q̃ fe crime auoyent cõmis Apzes que arnauld eut dict ces chofes publicquemēt bint flagozner et mectre es ozeilles du roy q̃ ceftoit chofe decente et conuenble dauoir fouuenance des iniures et ignomynies que fes Normans auoyēt aultrefoys dict et faict cõtre luy et fon pere/Le roy adioufta foy au parolles de ce flateur/ Et leffa aller ledict Arnauld cõe purge du cas du meurtre deffufdict. De la cõmenca le roy a foy fouuēt eftomaquer et courroucer contre lenfant Richard/fi que bng certain iour benant Richard de la chate le roy courouce et defpite contre luy cõme pour aucun crime a peche le appella filz de putain Le menaffant de mal luy trai cter fes gerretz et de tous honneurs le priuer fil ne cozrigeoit et amendoit fes meurs Et a ces parolles cruellement cõmanda Richard eftre foigneufement garde/Richard auoit bng maiftre defcolle nõme Dfmonde/Lequel rememozant en foy lire et indignatiõ q̃ le roy loys tenoit a lencontre de Richard/cõmunica la chofe a pues fon amy. Eulp deulp parlans a richard ladmonnefterent de fe faindre eftre griefuement mallade/laquelle fineffe acomplie le cauteleup enfant fans puerilite ne folye Et cõme les feruiteurs ne feuffent foigneup de garder le mallade Les bngs et les aultres de hozs occupes en leurs affaires Dfmonde Richard enuelopa pmy bng faget de lõgues herbes qui croiffent es foffez/Et ce pendant q̃ le roy difnoit le pozta hozs la Bille de foudun a de la pozte fus bng cheual le baille en garde au preuoft de concy. Tantoft arriua iufques a bernard conte de Senlis auquel il racompta lozdze de celle chofe en la maniere quelle auoit efte faicte Parquoy bernard craignant le dãger de richard appella Hugues le grand conte de paris en fon ayde Lequel incontinant apzes q̃l cut affemble le plus de gens darmes q̃ poffible luy fut de Concy trãfpozta Richard a Senlis Quãt le roy loys apperceut q̃ on luy auoit ofte Richard Il mãda a Hugues le grant cõte de paris quil le luy reftituaft Mais le conte cõme celle chofe ignozant iecta la coulpe fus bernard. Et p ainfi le roy fe Boyant mocque enuoya querir Arnauld conte de flandres/Leq̃l benu donna confeil au roy que Hugues deuoit eftre alleche de grãdes pzomeffes pourtant que am bicieup eftoit et couuoiteup de grande puiffance et feigneurie Selon le cõfeil de Arnauld cõmãda le roy Loys que Hugues bint parler a luy a la croip de cõpiegne Hugues eftant deuant la face du roy Apzes q̃ le roy luy eut raconte plufieurs chofes/luy pzomift donner quelques Billes en normandye. Defquelles pmeffes Hugues perfectement lye a efiout

Richard duc de normãdye mis hors dla Ville de loudũ

Arnauld conte de flandres

apres larmee du roy receue sen alla assaillir Bayeux ville de normandye et le roy daultre
coste assaillit calle. Par la course et impetuosite desquelles armees Bernard le Danoys
estonne du conseil de bernad de Senlis enuoya messagiers par deuers loys ausquelz il cõ
manda luy dire et anoncer/ q̃ en vain et sans cause guerroyoit contre les gens q̃ estoyent
ses amys et obeissans/ Et dauantaige q̃ Rouen auecques toute normãdye estoyent sies
Parquoy son plaisir fust hser du seruice de ceulx de laide desquelz il pourroit estre quel
que foys secouru a lencontre de ses ennemys. De ces mandemens le roy tout esiouy/riēs
ne doubtant Inhiba et deffendit a ses gensdarmes de plus auant batailler Et par ainsi
entra en la ville de Rouen. Et disent les hystoriens q̃ bernard le danoys estant auecq̃s
le roy assis a table au disner/parla a luy en ceste maniere. Au iourdhuy tresserin et paisi
ble roy tu nous as de grand honneur vestuz et decorez/ Iusques icy auons este subiectz q̃
obligez a vng duc/Maintenant nous obeissons a ta royalle mageste, et se tiēne bernard
de Senlis subiect de Richard le bon luy semble/car nous cuydons q̃ fortune no9 assez ay
de/se la normande nation a ta seigneurie et haultesse est subiecte. Ton peuple de ceste
chose singulierement semerueille/que Hugues a toy ennemy manifeste/ Et que poĩt ne
ignores auoit resiste et contrarie a tes cõmandemens te a arme et renforcy de vingt mil
le hõmes. Pourquoy doncques pourquoy a tes normans et les garde par liberallite royalle
De ceste harangue le roy loys esmeu a Hugues cõmanda la guerre cesser/Les choses cõ
me il cuydoit Enuers les Normans eureusement faictes sen alla le roy a soudũ En lab
sence duquel craignant Bernard le dannoys que Hugues en plusgrande puissance ne re
tournast a Rouen Admonnesta Aygrotus roy de dacie q̃ estoit a cerebourg de luy euoyer
gens de guerre recueilliz et leuez en leuesche de Coustances/q̃ quil passast la Riuiere de
Seine gastant et destruisant tout es lieux q̃ places ou il chemineroiēt/Au moyẽ dequoy
seroit occasion que le roy Loys viendroit parler a luy. Aygrotus faisant ainsi que Ber
nard lauoit admonneste Enuoya icelluy bernard anoncer au roy Loys la venue de Ay
grotus/Parquoy le Roy q̃ son armee amassee/selon langoisse du temps venãt a Rouen
communiqua et parlamenta auecques Aygrotus dessus lestang qui auoit nom Herti
ciane. Ⓒ En ce lieu si comme les roys conferoient de plusieurs parolles Touchans la
mort de Guillaume duc de Normandye/quelque danoys aduisant le cõte Herloyn par
le conseil duquel auoit Guillaume este pendu/mist sa lance en larrest le transpercea et
occist. En hayne et despit de laquelle chose les francoys esmeuz se mirent en armes a cõ
batre Et fut faicte dung coste et daultre cruelle bataille et merueilleuse/si que plusieurs
francoys occis et nautez/se saulua le roy par fuitte monte dessus vng cheual treslegier.
Toutesuoyes luy fuiant fut pris par vng danoys/Auecques lequel comme il eust este
mucé aucuns iours durans. Finablement par le commandement de Bernard le danois
fut mene prisonnier a Rouen/Le Roy estant tenu en prison/ Son espouse Engeberge
de lub ayant sollicitude et cure/Sen alla en diligence par deuers le roy de germanie du
quel elle estoit fille luy requerant secours et ayde a lencontre des Normans A la reque
ste de sa fille respondit le pere. Que ceste fortune q̃ aduersite estoit a Loys aduenue pour
ce que au duc Guillaume nauoit garde foy ne loyaulte aucune Et par ainsi Engeber
ge destituee de esperanca vers Hugues le grant se retira/Le priant par icelle foy et reue
rence quil deuoit au noble Roy quil se appliquast et estudiast de tout son pouuoir a deli=
urer son mary que son tenoit en prison/Hugues le grant meu des prieres et requestes de

Bernard le dã
noys homme
prudent et sai
ge.

Dacie est le
pays des get=
tes/ qui selon
les antiẽs sõt
appellez Da=
noys.

Rebelliõ des
normans con
tre les fran=
coys.

la royne obtint par sa requeste que bernard conte de Senlis se transporta par deuers les
normans afin de sauoir silz vouloyent faire assemblee en quelque lieu pour traicter des

Conseil de de liurer le Roy Loys.

choses et affaires des parties Le conseil assemble a sainct Cler/apres que les assistans
eurent parlamete de sa deliurance du roy Hugues le grant leur comeca a dire/ Or vous
Normans rendes nous nostre roy et prenes son filz Lothaire en obstage/iusques ab ce q̃
aultre assemblee assignee traicterons plainement de paix et accord. A ceste cause les Nor
mans prenans pour ostages Lothaire auecques deux euesques/cestassauoit Hildrique
euesque de beauuoys/et Guy euesque de Senlis deliurerent le roy de prison/ Lesqlz peu
de temps apres fortifiez en grand puissance de gensdarmes osterent Richard au cote ber
nard et le amenerent en normandye. Et ce pendant sen alla loys a soudun/ En apres venant le teps de sa seconde assemblee/ Les francoys auecques les Normans coparurent
au fleuue de Epte ou ilz traicterent alliace de paix/ Mais Hugues grant cote/pensant

Otho troisies me Roy d' ger manye.

et de loing regardant ses besongnes et combien grant riche ⁊ puissant seroit Richard en
peu de ioures/par le moye de bernard cote de Senlis luy bailla sa fille en mariage Par la
quelle alliance ayant le roy Loys suspecon q̃ facillement pourroit aduenir q̃ de ces deux
grans ⁊ puissans princes seroit quelque foys deprime ⁊ au basmis/appella Arnauld co
te de flandres lequel il enuoya a Otho troysiesme roy de germanye/pour se actraire en sa
societe et compaignye de guerre/en luy promectant pour loyer toute sobtaine se par son ay
de ⁊ secours pouoit iouyr de Normadye/ Le loyer promis ⁊ accorde/se ioingnit Otho en

Guerre cötre les normans

ceste guerre a lencötre des normäs Et leurs armees en vng assebleez/ se allerēt les roys
a Rouen destruisans tout par ou ilz passoyent/ou les chäps voisins gastez a sentour de
la ville et les villaiges bruslez delibererent assaillir et cöbatre sa cite. A ceste cause otho
le pluftost que possible luy fut/secretement deuant enuoya son nepueu höme darmes de
sa cöpaignye/pour les citoyans espouenter Sicöme ilz eurent mis leur siege deuant la
porte ou est le pont dessus la riuiere de Seine/les portes soudainement ouuertes/sortirēt
les citoyans par grand impetuosite A lendroit dicelluy pont fut fait cöbat ou moururēt
grant nöbre de cöbatans et le nepueu de otho y fut occis. Dindrent aussi les roys a ce con
flict Mais otho voyant sa munitiö et deffense de sa ville/quant il congneut la mort de
son filz/mectät sus celle fortune au cöte arnauld pensa en qlle facö il pourroit se liurer es

Le trespas du Roy loys filz de charles le simple.

mains des ennemys/laqlle chose venue a la cögnoissance de arnauld fist cherger ses ba
gues se desroba de lost ⁊ en flandres se retira Ne chömerent les roys de ainsi faire/ Et se
desistans de leurs entreprinses remenerēt leurs armees ou ilz furent suyuis des normäs
q̃ en occirent plusieurs en suycte En la q̃ furent ces choses faictes mourut le roy loys et
en vng sepulchre royal fut mis et enterre au teple saint remy Lan de grace. ix. c. lv. Lql̃
presq en tout le teps de son regne ne vsa daucune böne fortune Durät ce teps le monaste
re de Gemetique q̃ röpu ⁊ raze des danoys auoit este desesse lespace de trete ans/cömeça
a estre restably p les moynes bauldouyn ⁊ goudouyn yssus du villaige de aspre ps cäbray

❡ Cöment le Roy lothaire assaillit alla Otho roy de germanye pour rauoir
le royausme de austrasie/tellement q̃ Otho se mist en fuyte/⁊ fut sa maison
et sa ville pillee des francoys. Pour laquelle iniure venger vit Otho mectre
son siege deuant Paris ou il ne proffita de riens/car il fut vaincu et chace p
les habitäs de la ville/ De laquelle il brusla les faulx bourgs Et tost apres
fut suyuy p Lothaire ⁊ les fräcoys q̃ firent vne meruicilleuse turie de ses gens

❧E Engeberge seur de Otho lessa le Roy Loys deux filz/ Lothaire ⁊ Char=
les. Mais Charles duc de lorraine et de braban en imbecille ⁊ lasche courai
ge mena vie parcialle/faisant continuelle residence a bruxelles. la principal
le ville de braban. Et les seigneurs de france prindrent Lothaire pour leur roy
A cestuy par le moyen de Thibault conte de Chartres fut long debat/ et estriuement a
lencontre de Richard duc de normandye. Lequel thibault premierement essaya par En=
geberge faire noyse a Richard. Puys voyant que son entreprinse ne passoit oultre anni
ma ⁊ enflamba le couraige de Lothaire contre icelluy duc. disant souuenteffois que Ri=
chard auoit si grant puissance quil ne sembloit estre moyndre que roy: et que le bruyt du
peuple estoit tel que Lothaire riens ne pouoit entre les francoys sinon au tant que luy
seroit permis de Richard/parquoy deuoit Lothaire querir icelle tresiuste et equitable
occasion par laquelle il destruiroit la grandeur ⁊ haultesse de cest homme. Escouta le roy
franchement celluy qui parloit/courrouce en son couraige de ce que cest homme a luy sub=
iect estoit si puissant et si grant seigneur quil pouoit a sa volunte accomplir ou refuzer
son commandement. A ceste cause manda a Richard auoit souuenance que neustrie estoit
en la iurisdiction et seigneurie des francoys/pour raison de laquelle il en deuoit faire foy
et hommaige au Roy. Et par tant quil vint comme luy appartenoit pour faire selon lancie
ne coustume la foy et hommaige. A quoy respondit Richard quil viendroit au mandement
du Roy. Par laquelle responce pensant Lothaire pouoir accomplir ce que portoit en son
couraige contre Richard/appella en son alliance Baudouyn conte de flandres/Geof=
froy langeuin/et le conte Thibault. Acompaigne de ces troys hommes et de grant nombre
de cheualiers et gens de guerre/alla au fleuue helne ou il auoit ordone a Richard venir
Mais richard assis a laultre riue du fleuue deuant la face de Lothaire/ayant souuen=
ce de sa feaulde humaine: secretement enuoya ses espyes pour luy rapporter et dire lestat
et condition de Lothaire ⁊ de ses gens. Les espyes retournez de leur commission luy dirent
que entre les francoys tout estoit prest et mis en ordre de bataille/et dauantaige quilz
croyoient cestuy appareil de guerre estre fait contre luy. Ceste chose congneue commanda
le duc que les plus fortz de ses gens assistassent au pres de soy: par laide desquelz il em=
pescha les francoys de passer la ryuiere/et sachant la puissance du Roy sen alla en dili=
gence a Rouen. Et par ainsi le roy frustre de son intention touche fut et esmeu de grant
courroux et indignation. Non pourtant seiournant/leua aultre armee de francoys ⁊ bour
guygnons/et chemina droit a Eureux cite de normandye: laquelle luy fut liuree par la
prodition de Gillebert serreurier. Apres quil eut receue la bailla en garde a Thibault
conte de chartres et garnison assise en icelle. Dela menant son armee au chasteau que les
habitans nomment hermeuillier: sicomme Thibault longuement seiournoit a Eureux/le
duc Richard auec grant puissance de gens darmes subitement le alla assaillir. Au quel
combat furent occis six cens soixante hommes des gens darmes du conte Thibault/qui
a peine eut temps et espace de se retirer a chartres. ❡ Les choses vaillamment accomplyes
craignant Richard receuoir plusieurs pertes et dommaiges de Lothaire en son pays: ses
ambassadeurs enuoya vers Erard Roy des danoys pour le prier de donner secours aux
normans qui estoient issuz et engendrez de ses gens et subiectz. A erard fut aggreable la
venue des ambassadeurs/et respondit que bien tost iroit auecques son armee. Et ne trom
pa Richard. Car il fist ses nefz acoustrer/et nauigant iusques au port de seine/de prime

Lothaire
xxviii. roy de
france.

Sommation
fist le roy de
france a Ri=
chard luy fai
re la foy ⁊ hom=
maige du du=
che de norman
dye.

La prinse de
Eureux par
Lothaire.

La deſtructiõ
et le dõmaige
q̃ fiſt Erao
Roy des da=
noys en fran
ce.

face mena ſes gēs darmes ſus les chartrais alēcõtre du compte. Thibault: fouldroyãt
tout ce q̃l rencontroit cõme ſe la greſle tombant du ciel leuſt briſe et deſtruict. Et moyns
dõmaige ne fiſt a ce qui appartenoit a Lothaire/ou il gaſta et pilla ce quil peut prendre
gaſter et piller: portant auxp normans a Bil pris ſe pillaige des biens des francoys.
¶Entre ces miſeres et calamitez les eueſques de france a loudun ſe tranſporterent par
deuers Lothaire/pour et afin de donner tempſe a tant de maulx et dõmaiges dont ilz
eſtoient affligez et perſecutez. Par loppinion de Lothaire partit leueſque de chartres/q̃
alla parler au duc Richaro: auquel il demãda cõment luy qui chreſtien eſtoit/ de tãt cru
elles calamitez perſecutoit les francoys par gens ignorans et deſpriſans la foy de Jhe=
ſuchriſt. Apres que leueſque eut cõgneu que ce que le cõte auoit fait eſtoit a cauſe de luni
quite et maleuillance de Lothaire quil auoit en ſoy ſuſpecte/ et du conte Thibault qui
par le don et octroy de Lothaire detenoit et occupoit ſa Bille deureux/ et pour Benger les
rapines pilleries q̃ iniures quilz luy auoient fait/ accordant treues et induces retourna
a Lothaire. ¶La legation au Roy raportee auant que riens accorder auecq̃s Richaro
faiſant ſatiſfaction des iniures faictes a icelluy Richaro luy leſſa paiſiblemēt la Bille
deureux. Le lendemain que on deuoit aller a laſſemblee des normans/ cõmanda richaro
preparer logeis es tentes des danoys pour Lothaire receuoir/laſſemblee faicte Lothai=
re ſe excuſant enuers le duc richaro/ le requiſt mettre en oubly les faultes et offenſes cõ
tre luy cõmiſes/ eſperãt que au temps aduenir ſeroit le roy ſon amy et coadiuteur en ſes
affaires. La manſuetude du roy regardee/ fuſt Braye ou contrefaicte: pardonna richaro
et remiſt ſon offenſe: et payp confermee et accordee dunc part q̃ daultre en ceſte maniere/
prindrent congie les princes lung de laultre. Par ceſtuy Richaro de normandie le mo=
naſtere de feſcam a eſte dedye a la ſaincte trinite. Pareillemēt le temple ſainct audouyn
auxp faulxbourgs de Rouen. Et au mont de tombe/ ſe monaſtere ſainct Michel qui eſt
peuple de pluſieurs religieux conuentuelz. Toutesuoyes la mort leſtouſa lan de grace
neuf cens quattre Bingts et ſeze. et fut enterre au fiſcaigne. ¶Au regaro de Lothaire
il ne eut oncques repos iuſques a ce quil delibera repeter q̃ rauoit de Otho le royaulme
de auſtraſie qui auoit appartenu au roy Loyp ſõ pere. Et pource armee aſſemblee entra
a aix/ en la pluſgrant diligēce et celerite que on peuſt croire. Sicõme Otho diſnoit auec
ques ſon eſpouſe/ on luy apporta nouuelles de la deſcente impetueuſe des francoys non
congneue et inopinee/ parquoy merueilleuſement eſtonne print ce quil peut prēdre et ſen
fouyt. Lothaire content de la proye du palais du roy/ et de la Bille treſriche/ et auſſi des
rapines de toute la prouince en france ſen retourna. Lequel peu de temps apres fut ſuy
ui par Otho qui Bint mettre le ſiege deuant ſa Bille de Paris. Mais par limpetueuſe
courſe que firent ſur luy les habitans de la Bille. Le nepueu de Otho et pluſieurs aul=
tres furēt occis et les ennemys chacez et Baicuz en haynne de quoy bruſla otho les faulx
bourgs de la cite. Et ne chõma Lothaire auecques Hugues le grant et Henry duc de Bour
gõgne de pourſuyr ſon aduerſaire par le payp de ſoueſſonnoys iuſques a la riuiere de ay=
ſe ou fut faicte bataille ſi cruelle que la riuiere replye des corps morts ne peult plus coul
ler comme elle a de couſtume: et fut contraincte ſe reſpandre parmy les champs. Et ne=
autmoins Lothaire ſuyuit encores Otho qui trop peſantement fuyoit: finablemēt les
Roys appaiſez lothaire a otho donna auſtraſie pour raiſon de quoy la guerre procedoit

Richard duc
de Normēdie
edificateur q̃
fondateur du
monaſtere de
feſcan.

Cruelle ba=
taille par les
francoys.

dõnt pluſieurs ſeigneurs de france furent mal contens. Et principallement Hugues
labbé/qui de ce prenant occaſion/Depuis affecta et vſurpa le roƥaulme. Long temps a
pres ne veſquit lothaire. Car il mourut a Rains et fut enterre au monaſtere ſainct Re
mƥ l’an de grace. ix.c.iiii.xx.ᵹ.vi. Mais pource que en pluſieurs lieuƥ auõs fait mẽ
tion du Roƥaulme de auſtraſie/Il nous conuient plus clerement declairer qui ont eſte
antiennement les limittes de ce roƥaulme Prenans teſmoignaige des annuelƥ de Bze
baɲ. Je trouue que aultreſoƥs par interualles de tẽps ont eſte deuƥ ſieges principaulƥ
en auſtraſie Ceſtaſſauoir Mectz et Aiz. Ceſte auſtraſie le roƥ dangobert en ſon viuant
bailla entierement a ſon ſilƺ Sigebert Commençant depuis ſa derreniere et baſſe bour
gongne et aboutiſſant vers orient auƥ alpes et a la riuer des frizons Entre les fleuues

Le treſpas du
roƥ Lothaire

du Rhƥn et Scalde/Elle comprenoit le Traict/Agripine/Coullongne/Treuƥ/Ma
gõce/Bzebaɲ/Gueldres/Cliue/auecques zelãde et helande henauld/haſbaɲƥe/Le
ſpege/Lenburg/Alſacƥe et ſes places du. Conte palatin qui ſont deca ſe Rhƥn la foreſt
dardane. Bar qui depuƥs a eſte erige en duche Auecques celle portion qui au iourdhuƥ
eſt nommee lhozraine/Commençant au fleuue de mozelle ᵹ eſt remplƥe de pluſieurs vil
laiges. Ceſte region de Gaulle belgique qui eſt de grand eſtendue ont les anciens ap
pelle france orientalle/Et lautre qui eſtoit ſubiecte a Charles le chaulue pour ce quel
le tend au ſoleil occidantal Ilƺ ſont nommee region occidentalle. Et auſtraſie encloſe de
ces limittes venant depuis en la part de Lothaire grant empereur Comme cƥ deſſus eſt
par nous declaire/aƥant acquis le nom de Lozraine/eſt demeuree iuſques a Otho que
nous auons dit le tiers roƥ de germanƥe. A ceſte cauſe le Roƥ lothaire duquel longue
ment auons parle/Aƥant eſpouſe la ſœur de Otho obtit en heritage perpetuel/Tournaƥ

Les villes de
auſtraſie.

et aultres villes eſtans en gaulle belgique. Otho doncques aƥãt receu auſtraſie erigea
Lozraine en duche de partie duquel eſtoit le paƥs de bzebaɲ. Et eſt dicte la baſſe lozrai
ne. Et pource que a Otho eſtoit Lothaire ſuſpect/aſſin quil peuſt acquerir ſa grace et a
mƥtie de charles frere dicelluƥ Lothaire Luƥ donna celle portion de terre qui maintenãt
eſt appellee Lozraine/penſant que Charles aƥant memoire de ce bien faict retiendzoit
ſon frere en foƥ ᵹ beniuolence Afin quil ne ſuſcitaſt nouueaulƥ mouuemens de guerre.
Mais charles decede en priſon a Ozleans(dont cƥ apres ſera parle)ſon ſilƺ Otho ſucce
da au duche/Peu apres mourant ſans hoirs. Auquel en icelluƥ duche ſa couſine nõmee
Gerberge cuidãt ſucceder/fut de ce faire empeſchee par lempereur henry. Et le conte de
henauld/Louuain/Bzuƥelles/Mƥnelle et pluſieurs aultres lieuƥ receuƺ et reſerueƺ a
Gerberge ᵹ a lambert ſon marƥ. Le duche de lozraine fut baille ᵹ attribue auƥ cõtes de
ardenne. Touteſuoƥes Godefroƥ le barbu iſſu de ladicte Gerberge cent ans apres en re
couura la pluſgrãt partie/Duquel(ainſi quon dit)ſont produiciƺ et iſſus iuſques a huƥ
les ducƺ de bzebaɲ. Les empereurs qui depuis ont ſuccede ont dõne la baſſe lozraine par
tie a leglise de coulongne et partie a leglise du liege. Auſſi les eueſquas du liege en ont
acquis et achete vne portion. Et par ainſi Auſtraſie mutillee et miſe en pieccs a perdu
le nom et la dignite du roƥaulme Hoƥ la comment riẽs ne demeure entier. Car par ſa do
naiſon des princes ſont pluſieurs choſes tranſportees en la poſſeſſion daultruƥ. Sembla
blement auſſi ſont perdues par negligence ᵹ nonchalance des roƥs pareſſeuƥ Ou par tƥ
rannie ſont vſurpees ſicomme le monſtre le fait qui ſenſuƥt.

Depuis quel
temps ᵹ par q̃
a eſte lozraine
erige en duche

Lothaire succeda son filz Loys adolescent/ Des faitz duquel se taisent les hystoriens/ Pource que pour la briefuete de regner ont este nulz Ou pource quilz les ont iugez indignes destre mis en memoire/ Parquoy enseuely et enterre a Compiegne a delesse tantseullement lappelation de son nom a ses enfestres.

❦ Comment Huc Capel qui nestoit de la lignee des Roys par force et violence obtint le Royaulme/ Et se fist couronner Roy de france et mist Charles en prison/ auquel apptenoit icelluy royaulme Et pource que arnauld conte de flandres sefforça resister a sa temerite/ Il luy osta par guerre tout le conte de Arthoys. Semblablement de son auctorite priuee deposa Arnauld arceuesque de Rais de son cuesche et y mist ung aultre a son plaisir.

La Ville d lou dun liuree a Huc capel par leuesque Anselin.

Charles frere de Lothaire de lorraine dont il estoit duc Comme heritier legitime auoit sefforca se gouuernement du Royaulme de france/ Mais Huc capel par laide et la prodition de Anselin euesque de la Ville/ print Loudun ou lors estoit Charles auecques sa femme/ qui par luy furent enclos et depuis enuoyez en prison a orleans. Lan de grace. ix. c. iiii. xx. et xix. Auquel temps ou enuiron/ Promitent les anglops soubz leur foy payer chascun an aux Danoys ung tresgrief tribut. Qui fut de dix mille liures de lor dangleterre. Ce pendant la femme de Charles acouchee de deux filz cestassauoir Loys et Charles qui moururent subitement/ En vain print esperance du Royaulme obtenir et gouuerner Car cestuy Huc capel puissant de couraige et damys/ Comme il ny eust aucun qui reprimast ses effors et entreprises Tant fist par force et par armes quil obtint le royaulme/ et se fist couronner Roy de france/ Se vantant de ce faire auoit este admonneste en son repos par sainct Valeric et saint Richer/ Pourtant que de moult grande reuerece auoit honore leurs corps et eu le soing de les remectre en leurs pro pres lieux Quant pour la crainte des Normans furent transportes hors de leurs sepul chres Ila dio ustoit aussi a myracle/ La legitime succession de sa lignee. Car il se glorifioit de estre yssu de Oddo langeuin que les nobles de france/ Pour la pusillanimite de Charles le simple Auoyent surrogue au royaulme/ Et le appelloit son oncle Apres que Robert frere de cestuy Oddo et pere de Hugues le grant conte de paris/ eut este occis par Charles le simple comme iay cy dessus escript/ Pource quil auoit affecte le Royaulme Hugues le grant filz de Aygonde seur du premier Otho epereur/ Engendra cestuy Huc

Pourquoy fut Hue surnó me Capel.

capel/ Usurpateur du royaulme de france Lequel fut appele Capel pource que par ieu en la salle royalle ostoit les chapperons (qui lors auoyent cours) aux aultres nobles ieu uenceaulx/ Tant seullement y eut ung homme appelle Arnauld conte de flandres qui sef forca contrarier et resister a sa temerite et hardisse de Hue capel. Au moyen de quoy guer re se micust et priua Arnauld de tout le conte et pays darthoys. Lequel depuis luy fut ré du par les prieres et intercessions de Richard duc de Normandye. ❦ En apres Hue ca pel fist assembler ses euesques pour traiter ung concille Par iugement duquel Arnauld

Gillbert phi losophe et ma gicien.

frere bastard de Lothaire et arceuesque de Rains fut eppulse hors la Ville/ se constituat prisonnier Et en son lieu mist Gillebert philosophe/ Toutesuoyes de ledict et ordonná ce du pappe Jehan (Gillebert reuoque) fut Arnauld restitue en son arceuesche par Si gnin arceuesque de Sens/ Disent les escripuains et hystoriens ñ cestuy Gillebert estoit magicien Et quil auoit apris lart magique a Hispalence principalle ville Despaigne

cõbien quil fuft natif du paisde Gaulle/et fait moyne au monaftere fainct florent dé
roye/pour raifon de quoy cõme il fuft agreable a Otho/adminiftra leglife de rauanne
Et finablement apres le deces du pappe iehan dixfepticfme de ce nom/obtint la dignite
papalle Et ne Befquit Hue capel longuement apres Mais il fut mis repofer a fainct de
nis aupres des roys de france. L'an de grace. iy.c.iiii.xx.q.yBiii. delciffer fon filz Robert fon fucceffeur quil auoit eu de la fille de edouard Roy dangleterre.

⟨Comment le roy Robert trefdcuoft et Bertueux compofa les refponds de
leglife/fift pendre Gaultier capitaine du chafteau de melun appartenant
au conte Bouchard Pource quil auoit trahy et liure ledit chafteau au conte de
chartres. Et comment Henry duc de bourgongne luy leffa par teftament le
duche de bourgongne.

Pres Hue capel fenfuyuit fon filz Robert/en bonnes moeurs trefexcel-
lant et Bertueux roy. Et non moyns inftruit en treffõnés fciences Les
nobles et louables efcriptz duquel font encore es fainctes et facrees eglifes que le clergé appelle les refpons Entre lefquelz ceulx cy font les principaulx. O iuda et iherufale/que lon chante en la Bigille de la natiuite
noftre feigneur. En apres ce que fait mention du triumphe des fainctz martyrs cõmen-
ceant O conftantia martirum Semblablement Cornelius cêturio. Lequel efcript il offrit a lautel du benoift apoftre fainct pierre luy eftant a Romme la Bigille de la fefte dicelluy apoftre. Et me femble q on ne doit oublier celle que leglife gallicane appelle fequé
ce/Ceft affauoir Sancti fpiritus affit nobis gratia Laquelle peult eftre eftimee q repu
tee foeuure daucu grant theologie. Au cõmencement de fon regne Eude cõte de chartres
print le chafteau de melun appartenãt au conte Bouchard par fe moyen et la prodition de
gaultier capitãie dudit chafteau Lequel eube du roy Robert admõnefte a caufe quil fut
refufant de rendre et reftituer ce quil auoit amble et raux a autruy Le roy appella le duc
richard auec foy et affiegea de tous coftez le chafteau et le print daffault/ puis le traiftre
gaultier prins q apprehende en la tour fift pendre et eftrangler au gibet auecques fa fem-
me/enfemble reftitua le chafteau au conte Bouchard En ce mefme temps Henry tenoit
bourgongne. Lequel mourant q penfant qlnauoit aucús enfans par laiz teftamentaire
leffa au roy Robert le duche de bourgongne. Pour raifon dequoy les bourguignons appartenans a Landry cõte de neuers/refuzerét obeyr au roy Robert/A cefte caufe richard
de normandie en fon aide appelle Marcherent les gensdarmes tellement que le roy Robert affiegea auffer ce obeiffant aux bourguignons. Duquel affiegement les citoyens p
trop affligez et tormentez rendirent la Bille au roy et luy liurerent landry La Bille receue
le roy robert tira oultre et print daffault le treffort chafteau daualon. Et par ceft exploit
penfant auoir fatiffait a fa renomnce en france fe retira ou Bng nõme bernard demeurãt
en la Bille de Sens trauailloit q fouffoit les preftres q têples de dieu de griefue tirannie
De laqlle pfecutiõ leotheticus arceuefq du lieu amairement trouble en fon couraige pre
nãt confeil auec Ramauld euefq de paris/deliura la cite audit tirãt Et aps qlle fut defi
uree il labãdõna au roy Robert/Mais cõme bernard fen fuft ia foux fon frere fromõt oc
cupant et tenãt le chafteau refifta cõtre le roy. Finablemêt quelques iours aps enfuiuãt
fut affiege q fe rêdit au roy et fut fromont prins q enuoye a orleãs a fõ pere regnãd ou peu a
pres il mourut. Apres luy ne Befquit Robert moult longuement. Car il trepaffa le
l.i.

Le trepas de
Hue capel.

robert. xxBii
roy de france.

Guerre con-
tre landry con
te de neuers
pretendant le
duche de Bou
gongne.

Vingt et quatriesme an de son regne. Lan de grace Mil.xxx. Et fut porte enterrer au mo
nastere sainct denys au commun sepulchre des Roys de france/Plusieurs choses descrif
ptes faisant de luy memoire iusques au iourdhuy. Car il a basty et ediffie le chasteau de
montfort de tresfors murs et puissantes tours. Leglise sainct Regule a Senlis Le tem
ple sainct aignan a Orleans Leglise nostre dame a Estampes deux esglises a Dudan
et leglise de la benoiste Vierge marie a Poicy. Cil Robert eut deux femmes en diuers
temps. Et de constance fille de Guillaume conte de Arle engendra vng filz nomme Hē
ry. Et de lautre fille du conte de Noyon il eut deux filz Cestassauoir Simon et Almau
ry. Desquelz sont issuz Focus et ses deux filz/ qui depuis ont este Roys de iherusalem.
Au regard de Richard le second tresnoble prince/pource que cy dessus en est escheute men
tion. Jay bien voulu de luy rediger par escript ce que sensuit. En ses voluptes et delices
maintenoit vne ieune fille issue de gens de bas estat/Laquelle trop excessiuemēt ayma
le spacc de six ans/ Et dicelle engendra troys enfans masles et autant de filles. Et ne se
peut estranger delle Jasoit ce que de ses parēs et amys fust instamment requis de espou
ser vne fille de noble lignce Mais icelle fille print vng aultre mary. Deux des enfans
dudict richard Richard et Robert y succession de temps administrerent le duche de nor
mandye Et le troisiesme nomme Guillaume Desquit moyne au monastere de frescamp
Alison son aisnee fille fut contoincte par mariage a Rene conte de Bretaigne/Alienore
au conte de flandres/et la troisiesme au Roy de nauarre.

¶Comment le roy Henry au moyen de quelques victoires quil eut en
bataille contre sa mere Constance & Robert duc de Bourgongne meu de
deuotion et pensant que la victoire luy estoit venue afin quil fist quel
que chose a la louenge de dieu Ediffia et fonda le temple saict Martin
des champs a Paris ou il ne mist lors que prestres seculiers.

D deuost et religieux roy Robert succeda Henry a q̄ nuyte sestudia sa me
re constance/si que plusieurs seigneurs du royaulme cōuertis a son vou
loir et entreprinse/sefforçoit referer Robert duc de bourgongne a son filz
Henry. Car le duc Robert auoit eu trois filz de constance/Cestassauoir
le duc Hugues qui mourut deuant son pere Robert duc de Bourgongne &
cestuy Henry duquel nous escripuons maintenant roy de frāce. En ce temps fut sa fille
Alizon espousee a Bauldouyn de lisle conte de flandres. Jasoit ce quelle ne fust en aage
et maturite Auquel mariage nasquirēt deux enfans masles cestassauoir Robert et loys
et vne fille laquelle fut donnee en mariage au bastard guillaume Roy dangleterre. Ja
constance auoit pris et occupe quelques villes et chasteaulx Quant Henry doubtant la
puissance et fureur de sa mere/se transporta par deuers Robert duc de normandie pour de
mander aibe et secours a lencontre de la puissance et violēce maternelle Lequel ayant pi
tie et compassion de la fortune de Henry: luy faisant plusieurs grans dons et presens le
fortiffia de tresuaillante compaignie de gens darmes et senuoya a maulguerin filz de
son oncle et conte de corbueil/Mandant a cestuy conte quil suiuist le party de Henry & q̄l
le gardast et deffendist tant et si auant q̄ bōnement par luy se pourroit faire. Hēry prenāt
cōgie du duc/si prīt iceluy duc les chasteaulx limistrofes & aboutissās au pais de normā
die au roy apartenāt en y mectāt garnisēs a ce q̄ y iceulx chasteaulx ne fust faicte guerre
a lécōtre de hēry. A ceste cause le roy hēry fortiffie y le moyē du secours du cōte de corbueil

---

Les eglises &
ediffices fon
dees p le Roy
Robert.

Les enfans du
secōd richard
duc de normā
dye.

Robert duc de
Normandye
baille secours
et aide a Hen
ry roy de frāce

et par les siens gensdarmes/ En brief temps ploya a la rigueur maternelle que sa mere te
noit contre luy/et partye par force partye par franche deliurance recouura ce quelle luy a
uoit oste Et en ce temps fut la cite de Paris arce et bruslee en cest an q̄ fut lā de grace Mil
xxxviii. Il priua Eude conte de champaigne et Bauldouyn conte de flādres daucunes
Billes et chasteaulx/lesquelz biens et proffictz disoit Henry auoit receuz pour lhonneur
et exaltation de dieu Et ediffia leglise sainct Martin des champs a paris et le assigna
a prestres q̄ le peuple appelle seculiers Mais il ne en eut nulle gratitude et recongnois‐
sance de bien fait enuers les hōmes. Apres le trespas du duc Robert Les nobles de nor‐
mandye conspirerent a lencontre de leur duc Guillaume/parquoy le roy Henry couuoy‐
teux de la iouissance du chasteau de tilliaire que le duc Guillaume luy auoit accorde et
donne y alla mettre le siege/et combien que resistāce luy fust faicte par crespin capitaine
dicelluy chasteau/ Neantmoins il le prist dassault et le brusla. Dela en apres chemina
Vers septentrion selon la mer ou il raza la Bille dargentan Puis retourna a tilliaire re‐
stablit le chasteau auquel il assist garnison Sicomme procedoit en auant la conspiration
intentee contre le duc guillaume/enuoya celluy duc ses messagers au roy henry le priant
que en ayant memoire des seruices et plaisirs que son pere luy auoit fait/Il Voulsist ay‐
der et donner secours a luy qui estoit filz de Robert par lequel il auoit autreffoys secou‐
ru et aydc. Duquel message le roy esmeu/prenant partie de ses gensdarmes/et menant son
armee auec le duc Guillaume a halsedune contre ses conspirateurs/les Bainquit et pro‐
sterna combien quilz fussent en moult beaucoup plus grant nombre de combatans quilz
nestoient Et ne perseuera le roy en plusgrand amitye enuers le duc Guillaume Car au‐

Le tēple saint Martin des champs con‐ struict.

cuns le incitans de repeter et rauoir neustye laquelle auoit este en la seigneurie des fran
coys Henry meu de ces parolles diuisa son armee en deux parties/entra en normandye et
dung coste p le capitaine Eude son frere assaillit la Bille de caulx/et daultre coste par le
capitaine Geoffroy martel assaillit la Bille deureux Ceste chose congneue par diuerses
armees sefforca le duc Guillaume retarder les entreprinses du Roy Et tantost il mar‐
chea en guerre contre luy/Les frācoys q̄ riblopent et guerropoient côtre ceulx de caulx et q̄
estoient passez iusques a la mer morte furent chacez et occis des normans. Quant le con
te guillaume fut de celle Victoire aduerty il commanda a vng messager et herault dar‐
mes mōter sus la mōtaigne prochaine des tentes du roy et en ce lieu crier a la plushaulte
Voix quil pourroit q̄ les francoys estoient Baincuz et occis. Cecy congneu pour Beger ce
ste iniure Henry appella Geoffroy langeuin en son aide. Par ainsi cheminans par vne

Euleux as‐ sailly des frā‐ coys.

armee/sicomme tous ne peurent passer dung traict le haure de mer que lon dit Bodadrue
Guillaume Bit assaillir lautre partie qui estoit demeuree p les Bagues et tormentes de
la mer et loccit/ce Boyant Henry q̄ ny pouoit donner secours obstans lesdictes Bagues
et tormentes. De laquelle fortune le roy admōneste/pensa en soymesmes cōbien iniuste‐
mēt et mauluaisemēt auoit prouoque et assailly le duc guillaume A ceste cause deslors en
uoya Bers luy ses ābassadeurs/pour auoir et acquerir son amitye et amour Lalliance ac
cordee la garda Henry sans iamais plus la rōpre et luy restitua le chasteau de tilliaire q̄l
luy auoit tant iniustemēt Cest cestuy guillaume filz bastard de Robert seūl prit et occu
pa āgleterre le roy heralde occis/et y establit tresbōnes loyx q̄ furēt cause de garder le pais
en paix et dōt les angloys Bsent au iourdhuy En aps se reposa le roy hēry cessant de plus
guerroyer/et cōmāda q̄ son filz phelippe q̄l auoit eu de anne fille de geoyge roy des Bisins

Geoffroy lan‐ geuin.

Les enfans du roy Henry

commencast a regner Oultre cestuy cy furent encores deux filz au Roy henry/Ceslassa uoir Robert duc de Bourgongne et Hugues qui fut nomme le grant. Au temps de cestuy Henry/Beranger de tours q diacre estoit suscita ung erreur du sainct sacrement de lautel Disans que le vray corps de ihesucrist ny estoit Aincoys seullement vne figure ou yma ge du corps. Duquel erreur depuis se deporta et changea sa sentence et oppinion/Viuant moult liberal enuers les poures et fuiant sur toutes choses la compaignie des femmes Si que pour sa grand sainctete apres sa mort a este de plusieurs honnore. Car hildebert euesque du mans sa epaulee et loue par mettres et epitaphes a la fin desquelz il a escript en ceste maniere. Apres mon trespas ie desire viure et auoir repos auec luy Et suis con

Le trespas du roy Henry.

tent que mon estat ne soit meilleur que le sien. Cel an que ce cy fut fait trespassa Henry et fut enterre auec les roys son ayeul et layeul de son pere. Lan de grace mil soixante. A lheure de sa mort il recomenda son filz phelippe a Bauldouyn conte de flandres pour luy estre tuteur et protecteur. En ensuyuant laquelle recommandation/fut Bauldouyn tres loyal a phelippe/ Et quant il fut aage luy lessa sans debat le royaulme de france pour icelluy regir et gouuerner. Au temps de ce Roy les Bourguignons qui par lespace de cent et trente ans auoyent obey aux roys de france/leur foy faulserent et se rendirent a lempe reur comraulb Dont cest ensuiuy que la Bourgongne a este deuisee en deux parties. Lune qui touche au pais de champaigne ont tenu les francoys/ Et de lautre qui regarde vers bisantins ont iouy les empereurs Dallemaigne.

❡ Cy finist le Cinquiesme liure des faitz et gestes des Francoys

❡ Sensuit le Sixiesme liure.

℣Cõment le roy Pðelippe achcta la principaulte de Bourges et la ſei
gneurie de Gaſtinoys/ Puis aſſocia ſon filz Loys auecques luy au
gouuernemẽt du royaulme/ Lequel ſappliqua a punir les ſeigneurs et
aultres q̃ peilloyent et rauiſſoyent de force les biens et heritages a aul=
truy/ Et comment en ſon temps ſe aſſemblerent les princes creſtiens et
allerent en bataille contre les Sarrazins.

p

Hilippe qui le premier entre les Roys de france print ce nom vſant de
bonne fortune eſpouſa Berthe fille de florent conte de hollande et Roy
de frigye/ Laquelle enfanta loys et conſtance. En ce temps Herpin hõ
me treſpieuy et belliqueuy eſtoit Conte de berry. Lequel voulant aller
a ſen expedition et au voyage de iheruſalem qui lors eſtoit prepare Premi
erement ſoubz la conduicte de pierre lhermite et depuis ſoubz la cõ.8.ii
cte de Godeffroy de buyllon/ayant indigence et nceſſite de pecunie/ex
poſa en vente au Roy la principaulte de bourges et en ce faiſant ſattribua a la ſeigneu
rie des francoys comme a culy appartenant moyenant la ſomme de ſoyante mille eſcus
que phelippe bailla pour lachapt et acquiſition dicelle principaulte/Achapta auſſi le dict
phelippe la ſeigneurie de gaſtinoys. Puis ſe leua debat et eſtriuement entre Geoffroy
le barbu angeuin fulco et Richine de gaſtinoys freres pour raiſon et a cauſe de lheritai
ge et ſucceſſion paternelle mal diſtribue entre eulx Richine promiſt au roy Phelippe de
luy laiſſer a touſiours perpetuellement le pays de Gaſtinois/ſi ne ſempeſchoit de faire
guerre a lencontre de ſon frere/A ceſte cauſe par la permiſſion et tollerãce du roy Phelip
pe/Richine empoigna ſon frere et le tint en priſon iuſques a ce quil mouruſt Et par ain
ſi leſſa Gaſtinois au roy Phelippe. Dont ſenſuiuit q̃ plus grande fortune croiſſant/La
couuoitiſe dauoir fut en Phelippe augmentee Parquoy alla prendre et occuper Vilcaſſin
qui eſt appelle franc/et regarde vers le pais de france/Et a lencontre de Hugues conte
de dammartin aſſiegea et enuirona de muraille le treſfort et bien muny chaſteau de mõt
melliane/Entre ces choſes ſicomme loys ſon filz croiſſoit en aage de adoleſcence/et ia dõ
noit eſperance de ſa promeſſe et magnitude a venir le receut ſon pere en ſa compaignye et
ſociete du royaulme Lequel nõ pas par pareſſe oyſiuete et negligence comme mol laſche
et effemine/et non occupe a la chace paſſoit ſon aage/Mais maintenant a iecter le dard
tantoſt a tirer le arc ou a courir la lance ſe epcercitoit Et pource q̃ Phelippe deuoyt ſon
filz curieuy du royaulme ſe tirat arriere des negoces et affaires dicelluy/ſe enueloppa en
vng autre dõmaige/conceuant hayne contre berthe ſon eſpouſe Commanda quelle fuſt
enfermee au chaſteau de monſtreul rauiſſant Bertranne femme du duc daniou Laquel
le il entretint comme ſa cõcubine par leſpace de pluſieurs ans et en eut troys enfans/ceſt
aſſauoir Phelippe fleury et vne fille Le Roy phelippe perſeuerant en ſon adultere et en
ſa lubricite/le pape Vrbain deuyieſme ſeycommunia et luy interdict et deffendit la con
uerſation des hommes Et fiſt vng concille a Clairmont cite dauergne. Lan de grace
mil.iiii.pp.et v8. Ou il inſtitua pluſieurs choſes touchans les moeurs du clerge Entre
tre leſq̃lles principallement ordonna q̃ nul clerc teccuſt de q̃lq̃ prince la poſſeſſiõ et veſture
daucũ benefice En ape il fiſt lõgue priere et req̃ſte de faire guerre auy turcqs Pour raiſõ
dequoy pluſieurs meuz et e hortez ſe ſignerẽt du ſigne de la croix et auãt to9 aultres aymat
eueſq̃ de anice ceſt a dire de probiez hõe treſbiẽ fame/et aultres deſq̃lz no9 eſcriprõs cy ape

                    l. iii.

La Conte de
Bourges ap=
partient auy
francoys par
droit dachapt
et acquiſition
et auſſi gaſti=
noys.

Le deleſſemẽt
que fiſt le roy
philippe de ſa
femme entre=
tenant vne cõ
cubine.

Pierre lhermite cestuy fut qui bailla loccasion de faire assembler ce côcisse Car retourne
de Jherusalem recita au pappe Urbain quil auoit ueu Symon patriarche dicelluy lieu
estre miserablement detenu en seruitude et captiuite par le Roy Caliphe Et que les sar=
razins lauoient en derision et mocquerie. Lesquelles choses recitant pierre en grãd effu=
sion de larmes Le pape en ce mesu de pitie/mist en son couraige de enuoyer une armee de
crestiens contre les sartazins en Syrie Le roy doncques touche de sinute et infamie dex=
communication Berthe reprint et Bertranne delessa. Entre les luxures et lubricitez de
son pere/Loys acomplissant trescurieusement le gouuernemet et administration du roy=
aulme Se monstra tousiours trespieux et de vaillant couraige en deux ou troys batail=
les par luy conduictes a lencontre de Guillaume nouuel Roy dãgleterre/qui auoit oste
et rauy storomãdye a son frere Robert/si que langloys plus nesperant victoire sen fouit
en son pais/Du prenant recreation a la chace fut transperce dune sagette y cestuy qui
oncquesmais ne fut cõgneu/dont il mourut/Loys fut tressoigneux de appriuoiser et hu
milier les rebelles. Car bouchard seigneur de Montmorancy par luy detenu et assiege
prisonnier en la tour a cause de la liberte du couuent sainct denys laquelle rompu auoit a
Viole Le fist venir deuant soy et si le contraignit de rendre et recompenser les dommai=
ges et interestz faitz a leglise. Semblablemêt fist mectre le feu au chasteau ou cestoit re
tire Drouet seigneur de montlay participant dicelluy crime. Et par celle vertu et dili=
gence print la temerite de Mathieu de beaulmont qui ne vouloit rendre la part du Cha
steau de susarches quil auoit oste a Hugues de clairmont La fille duquel il auoit espou=
see. Car loys par force darmes print le Chasteau et se restitua a Hugues/Encores pour
suiuit Mathieu iusques a Chambly/ou il lassiega au chasteau/Mais les gésdarmes
fatiguez et lassez des eaues côtinuelles qui cheoyent du ciel et du tonnerre continuel Lassiegement delesse et partie des tentes bruslees se mirent en fuytte/dõt ilz ne peurent estre
rapelez pour la reuerence de Loys. Dat son cry ne par ses prieres. Pour raison dequoy il
conceut si grant ire et indignation que retournant a paris Souuentesfoys disoit que ce
stoit plusbelle chose mourir de mort cruelle(pourueu quelle fust honneste)que de produi=
re et alongir sa vie auec honte et deshonneur. Dõcques nouuelle armee assemblee seffor=
ca recommencer la bataille/Mais mathieu de beaumont sachant estre follye de nõ obeir
aux superieurs Par lintercession de ses amys Et le moyen et lauctorite de phelippe/tro
ua paix et benignite auec Loys en faisant satiffaction de tous dommaiges et interestz.
Dultre ces choses il contraignit Elbon conte de Roussy a faire satiffaction a penitence
des tors griefz et violeces quil faisoit a leuesque de Loudun et au clerge de Rains. Et
en pareille vertu estraignit Leônet de mascon troublant leglise dorleans. Aussi durans
ces iours Guy de rochefort hõme de premiere et tresancienne noblesse/despite en son cou
raige que sa fille Laquelle il auoit baille en mariage a loys auoit este separee et delesse y
sentence de diuorce Pourtant quelle luy attouchoit en degre de consanguinite/Queroit
chascun iour les occasions de guerre. Et ne fut cestuy mali et inique homme depourueu
de compaignon a mal faire. En la riuiere de marne estoit le chastel de Gournay tresfort
et bié muny deaues et de murailles/Duquel Hugues de pôponne allie de Guy estoit ca
pitaine. Et pource que le chastel estoit pres du grãt chemin situe/Cil Hugues capitai
ne auoit desrobe les cheuaulx des marchans Et iceulx mis et enclos au chastel. De ce
ste chose loys courouce/pourtant que Hugues ne vouloit restituer sa proye Hastiuement

La correction
a amendemêt
du Roy phe=
lippe.

Bouchard sei
gneur de môt
morancy Viol
lateur de pri
uileges de le=
glise sainct de
nys.

Gournaysus
sa Riuiere de
marne.

assembla quelque nombre de gens darmes.quil enuoya deuant le chastel/ Et comme il
eust este par quelques iours detenu et empesche Guy de roche fort seigneur de ceulx qui
estoient assiegez Enuoya Richard complice de son entreprinse par deuers Thibauld cō
te de champaigne pour auoir ayde et secours ce quil obtint. Et luy ce pendant il sen alla
courir le pais et peiller aucunes places du royaulme Mais loys aduerty de la venue de
Thibault assembla secrettement vne armee du peuple habitans a lentour de Gournay
et son armee acoustree en ordre de bataille marcha a lencontre du conte Lequel il mist en
fuitte la pluspart de ses gens brisez et occis. Parquoy Loys retournant victeur de ceste
bataille receut le chastel. ❡Auecques ces choses vint vng aultre turbation par Hom
bauld lequel habitāt au chasteau de saincte Sereine qui est en Berry Vers le pais de limo
sin/Par continuelles incursions et ribleries gastoit les champs terres et possessiōs des
Berruyers. A ceste cause loys cheminant contre le peillard et ribleur/ Assist son ost et fi
cha ses tentes deuant la face des ennemis/Au trauers de ce lieu coulloit vng ruisseau q̄
Hombauld tenoit et occupoit a toutes les deux riues Et a lendroit ou estoit le passaige
afinque les francois ne peussent passer/auoit fait ficher des pols tresaguz. Pour raison
dequoy voyant loys estre retarde/Donna les esperōs a son roucin mist la lance en larrest
et reuersa Hombauld et vng aultre qui estoit aupres de luy dedans le fleuue/ Lesquelz
eschappez en lautre riue Sachāt loys le lieu ou le fleuue estoit passable/le trauersa et pas
sa tout oultre impetueusement ruant sus les aduersaires ia estonnez Et les francoys le
suyuans les prosternerent et chacerent iusques au chasteau. Parquoy Hombauld de ce
ste rencontre et venue espouēte/se subzmist et bailla soy les siens et ses biens en la puis
sance de loys. Apres quil eut receu le chasteau Il enuoya Hombauld a Estampes et cō
manda quil fust garde en la tour du chasteau. Durans ces iours Robert de Bruxelle a
uec laide de Pierre euesque de Poitiers istitua le monastere de Fronteuauld en poitou
oeuure tresexcellent et bien renomme Les choses ainsi vaillamment et ciuilement fai
sant loys Son pere phelippe qui estoit mallade a Mellun trepassa. Des obseques et fu
nerailles duquel loys deuotement soigneux Le fist porter a sainct Benoist sur loyre ou il
auoit esleu sa sepulture. Lan de grace Mil cent et six. Phelippe encores viuant comme
les crestiens feussent foullez et opprimez de cruelles persecutiōs en syrie et palestine par
les disciples et imitateurs de mahōmet/se leua tresgrād armee de gensdarmes et du peu
ple de tout le monde crestien Laquelle sen alla en syrie Et dune grāt partie dicelle Geof
froy duc de Buyllon et de loraine estoit conducteur et capitaine Acompaigne de Eusta
che et Bauldouin ses freres Auec lesquelz se mirent Au seaulme de richemōt/Bauldoui
conte du maine/Robert conte de flandres/Estienne de Baloys/Hugues le grant/conte
de Bermandoys et frere du roy phelippe/Robert duc de normandie/Raymont de tholou
se et plusieurs aultres Semblablement Pierre lhermite y mena ses gensdarmes non pas
moyns vaillamment que les aultres/Auy quelz il donnoit couraige en les preschant et
enhortant Entre les combatans faisant tresnobles et louables prouesses de cheualerie
Et pource que Godeffroy nestoit assez riche et puissant en argent pour soustenir si lon
gue et continuelle guerre et bataille. Il vendit le chasteau de Buyllon qui est au liege/a
Obert euesque du lieu Dont il receut mille et troys cens marcs dargent. Dauantaige
les habitans de metz qui appartenoyent a la principaulte de Loraine (comme iay ouy
dire)furent par luy mis en pure liberte/Moyennant certaine grand somme de deniers

f.iiii.

Thibauld cō
te de champai
gne cōtre loys
filz du roy phe
lippe.

Bataille vi
goureuse des
francoys.

Les capitai
nes de larmee
des crestiens
contre les sar
rasins

quilz baillerent. Laquelle chose ilz garbent constamment ↄ vertueusement en deffendãt
au iourdhuy si comme liberte recouuerte et aquise.

    ¶Comment Loys le gros fut sacre et couronne Roy a Orleãs
    Lequel durant son regne subiuga ses aduersaires faisant plusi=
    eurs prouesses et conquestes Et garbant le royaulme de france
    en tresbonne paix et obeissance/ Et comment ceulx qui occirent
    le seigneur de la Roche Guyon et Charles conte de flãdres tres
    grieuement et horriblement furent pugnys.

Es obseques et funerailles de son pere en digne pitye et deuotion acõ
plyes, Loye combien quil fust ayme du peuple. Toutesfoyes pour=
tant que plusieurs mesmes des principaulx du royaulme luy estoyẽt
suspectz Par le conseil de vues euesque de Chartres. Jl fist inconti=
nant vne assemblee generalle a Orleans/ Auquel lieu comparãs ses
euesques de la prouice de Sens et des aultres villes plus prochaines

Debat tou=
chãt le lieu ou
le Roy doit e=
stre sacre.

vestu et acoustre des habitz royaulx fut couronne et nomme Roy A peine estoit ceste se=
timonie acheuee que vindrent les messagers de larceuesque de Rains/ Ayans charge ↄ
mandement de dire que leglise de Rains estoit celle seulle entre les francoys/ En laquel
le par tresbonne coustume estoit necessaire les Roys sacrer/ Mais quant ilz sceurent et
entendirent que le sacre mistere estoit ia acomply/ se teurent et sans riens faire retourne
rent a larceuesque. ¶Au Roy nouueau ne fut continuel repos Car Gingo le roup et
Guy de crecy son filz acoustumez a rapines et pilleries/ courroucez de ce quilz auoyent
este par le Roy spoliez du chatel de Gournay Pour aquoy obuier ↄ resister auoit Eude

Eude cõte de
corbueil pris
prisonnier par
son frere

conte de corbueil reffuze enuoyer secours a son frere Gingo guetterent et espierent Eude
Et si comme par esbat et recreation alloit a la chace/ Jlz lempoignerent et enfermerent
en prison en la tour Bauldouyn. Laquelle chose congneue par les amys de Eude/ aller
rent annoncer au Roy loys liniute de leur maistre Disans oultre quilz auoyent appoin
te et compose auec les habitans du chasteau/ Que on les souffreroit entrer dedans quãt
ilz y vouldroyent venir Le Roy doncques peu de gẽs appellez (a ce quil ne fust de ses ad
uersaires cõgneu) chemina vers le chasteau Et y enuoya deuant Anselin auec quaran=
te cheuaulcheurs.   Lesquelz entrez par le pont a ce prepare/ De leur bruit et murmure
esueillerent les chastelains ignorans lentreprise Dont sensuyuit que pour la nuit ↄ lan
goisse du chemin ceulx qui auoyent este enuoyez deuant furent contraictz de retourner
par derriere fut Anselin pris/ Lequel ilz enuoyerent en prison auec Eude conte de Cor

Fortune adue
nue aux gens
darmes trop
estourdiz

bueil. De ceste chose fut Loys plus courrouce que on ne scauroit croire. Parquoy hastiue
ment saprocha pour assieger le chasteau A lentour duquel il fist faire Cinq monceaulx
de pierres et de terre treshaultz En forme de ramparcys. Et pource que durant lassiege
ment fut trouue que Guy de crecy souuenteffoys deguise en diuers habitz sefforcoit oc=
cultement entrer auec les assiegez/ Loys bailla tel assault au Chasteau/ que les chaste=
lains espouentes a luy se rendirent. Dont les aucuns furent de tous leurs biens priuez
Et les aultres par longue prison affligez allerent de vie a trespas. Ceulx que laduersai
re tenoit prisonniers/ deliurez en ceste maniere/ Loys bailla crainte et tremeur aux aul=
tres.   ¶Mais tost apres par le Roy dangleterre fut suscitee aultre guerre plus diffi=
cille. Car en ce temps Henry quattiesme de ce nom regnoit en Angleterre/ Le nom duql

fut grant et a le prophete Merlin de luy prophetise Qui entre ses anglops obtint excellãt
nom de diuinateur Cestup Menrp apres quil eut ordõne son cas en angleterre Lan mil
cent et dip alfis en Normandpe Et par force et Biolëce osta le chasteau de gisois a papan
seigneur du lieu/estant sur la Rpuiere de Epte et faisant la separation dentre les fran
cops et les Normans. Lops de ceste chose aduertp enuopa ses ambassadeurs a Menrp/re
querant quil rendist le chasteau ou quil le razast/ Mais on accorda que assemblee seroit
faicte aup planches et que les rops parleropent ensemble de ceste matiere Et comme ilz
feussent Benuz au lieu assigne pour tenir le conseil/ Lops enuopa aucuns de ses gens a
Menrp Le premier desquelz ambassadeurs parla a luy en ceste maniere Menrp Rop dan
gleterre quant tu pris du Rop de frãce la principaulte de normandie Par sop et serment
fut entre Bous decrete et ordonne/ que cestup de Bous deup qui prendroit et occuperoit le
chasteau de Gisois: seroit tenu de le rompie et abatre dedans le quatriesme iour de la pri
se Et pource que tu es preuaricateur et transgresseur de celle paction te commande le rop
que en obeissant au traictie et acord dessusdict Cu razes et abates totallemẽt le chasteau
de Gisois lequel a present detiens et occupe Et que recompenses les dommaiges que tu
as fait. Sil pa aucun des tiens qui npe la poinctement et accord Certes le rop est prest de
se prouuer par tesmoings idopnes et suffisans ou de pouruoir a son affaire par guerre.
Apres que les ambassadeurs eurent dit ces parolles a Menrp/sans attẽdie response Bers
le rop Lops retourneret Et des incontinant furent suiuis par aucune des normans qui
deshonnement et irreuctamment parlerent au Rop/ Denpans la condition et paction
dont ses ambassadeurs auopent fait mention/ Et disoient q̃ la chose cõme litigieuse de
uoit estre traictee en iugemẽt cõtradictoire. A ces causes de rechief furent ãbassadeurs
enuopez a Menrp pour luy assigner le combat entre les deup rops ou la guerre signifier et
liurer iournee. Ausquelz ambassadeurs respõdit le Rop dangleterre quil p penseroit se
lon loccasion qui soffroit pour le temps Et que cestoit le fait dung homme hois du sens
et entendement/de se mettre et eppofer sop et son Baillant a linconstance et Bariete de for
tune comme au ieu des dez et de tables. A ces parolles de Menrp les frãcops murmurãs
et mutinez Par aucunes legieres batailles coururent sus les normans Mais sicomme
la nuict suruenant cust rompu le combat Le rop dangleterre arreste a Gisois/sen allèrẽt
les francops a Chaulmont/Lesquelz le lendemain au matin reprenans leuts armes cõ
me ilz eussent delibere combatre et prendie Gisois dassault/par les habitans impetueu
sement sortans de la Bille furent repulsez. Ceste guerre commencee en la maniere dessus
dicte/print fin au second an. Par le mopen de Guillaume filz de Menrp acomplissant les
demandes et commandemens du rop lops. Lequel pour la genctosite de sa Bertu et preu
dhommpe iuuenille luy lessa et quicta franchement le chasteau a cause et pour raison du
quel on auoit longuement guerrope. ⟨ Celer ne puis le crime tresinhumain qui en ce
temps perpetre fut et cõmis par le pere contre le gendre Car il est digne destre congneu
tant pour la cruaulte du peche comme pour la grauite de punition meritee Au pres de sei
ne pa Bne roche tresßaulte/au sommet de laquelle Bng homme illustre en noblesse nom
me Gup ou Gupon auoit construict et ediffie Bng tresfort et deffensable chasteau/Le
quel il surnomma par son nom Car encores est il maintenant appelle Roche gupon En
ce chasteau comme par aucun temps il premierement et depuis lup ses deup filz sucessi
uement eussent habite/persecutans le peuple Boisin de larcins et rapines/finablement

Guerre susci
tee par le rop
dangleterre.

Les ambassa
deurs de fran
ce enuopez a
Menrp Rop dã
gleterre

Paip entre le
rop de france
le Rop dãgle=
terre et les noi
mans.

Vng aultre Guyon obtint le chasteau par droit heredital Lequel ayant en hayne et hor-
teur la vie de ses predecesseurs Se conuertit et appliqua a toute humanite et courtoysie
prenant lestat de mariage auec la fille dung nomme Guillaume trespuissant a riche normant. Cestuy Guillaume vsant de normande desloyaulte/commenca a espier son gendre faulcement machinant comment rauir luy pourroit son chasteau. A ceste cause print
auec soy quelque nombre de satallites quil auoit fait armer par dessoubz leurs robes et
manteaulx/ Et entra en la chappelle en laquelle son gendre deuoit ouyr la messe. En ce

Crime dete-
stable et horri-
ble.

lieu le traistre et desloyal pere faignant deuotion/ Quant il apperceut venir son gendre
auec son espouse/occupant la porte de la chapelle/poulsa Guyon hors icelle/Lequel subitement par ses satallites fut occis de glesues et de haches par tresgrand cruaulte/ pourquoy voyant sa douloureuse espouse/ se prosterna dessus son mary contre la terre estendu
presse et appareillee de receuoir en soy toutes les playes que ses traistres meurdriers bail-
loyent a son mary Ou par pitie et misericorde appaiser la cruaulte des tirans Mais en
vain estoient les larmes mises au deuant des glesues sanglans Car le gendre fut occis
par le pere de son espouse. Tous ceulx aussi q trouuez furent au chasteau receurent mort
iusques a vng. Au regard de la pitoyable femme eschappee selon son pouoir Afin de trouuer seurete et aide entre les bras de son mary. Sicomme dolente et gemissante le baisoit
mort/ Elle fut pareillement occise auec luy. Apres que ce cruel a horrible meffaict fut raporte aux oreilles du peuple/ Les seigneurs du lieu circonuoysins/enflambez et esmeuz

La roche quy
on assiegee.

par la cruaulte de ce crime Craignans semblablement que le roy dangleterre donnast secours et ayde audit meurdrier Guillaume assemblerent puissance de toutes sortes de gés
des champs Lesquelz assiegerent le chasteau/ Message furét hastinement enuoyez
vers le roy Loys pour enquerir comment il ordonneroit des homicides. Le roy ayant horreur de celle cruaulte/commanda quilz feussent puniz de tresgriefue et ignominieuse punition. Comme les seigneurs eurent seiourne quelque espace de temps deuant le chasteau Guillaume despourueu et priue de toute esperance/ Requist estre receu a parlamenter ce que luy fut permis et octroye. Adonc il promist rendre le chasteau en la puissance
des assiegeurs se ilz vouloient bailler vne aultre place pour luy et les siens. Plusieurs
desdictz seigneurs accordans celle condition/iurent la requeste accóplir. Lesquelz receuz
au chasteau non ayans force ne puissance suffisante de resisi a laultre multitude du peuple et leur clora la porte dicelluy chasteau Ne peurent garder leur foy Mais celle multitude de peuple sicomme bestes sauluaiges enragees Impetueusement grauissant et de
force entrant dedans le chasteau Descierent et mirent en pieces les meurdriers satallitez

Horrible puni-
tion.

Les entrailles des aucuns arrachees Et les autres iectes par les fenestres qui de lances et glesuez aguiz estoient receuz par ceulx qui estoient dehors. Puis vindrent a guillaume aucteur du detestable crime/lequel deuise en quatre parties son cueur a ses entrailles arrachees/Comme digne estoit de cruelle mort le punirent. En apres prindrent les
corps des occis et mis dessus des aisses de bois les iecterent en la riuiere de seine Afin q
par le fleuue portez a Rouen donnassent tesmoignage aux normans quilz auoyent este

Le bastard
phelippe.

puniz de telle punition que leur horrible et detestable peche requeroit. Phelippe bastard
du roy Phelippe, est creu auoir donne faueur a Guillaume de commettre celle cruaulte
Car par troys fois du roy appelle pour la crainte de sa conscience/comme soy sentant coulpable du meffait Ou retarde pour la couuoitise de la rebellion par luy conceue/ Noncha

sant fut de obeir/ayant fruytion et iouïssance de la puissance de ses amys Mais pour sa
repugnance et rebellion assiege fut et coruige par le Roy loys a mellun. ℟Par celle mes
me force de couraige fist prēdre et apprehēder au chasteau de poissy Hugues seigneur du
lieu/lequel auoit assailly le païs Chartrain/ peille ꝛ desrobe les eglises sans espergner
dieu ne les hommes et le fist mectre et garder en prison a Loudun. Dont depuis il
fut deliure/Le chasteau de corbueil rendu a loys que thibauld conte de champai=
gne apres le trespas de Eude auoit grant desir doccuper. ℟Mais hugues qui ne po=
uoit endurer paix ne repos ayant mis en oubly la foy p luy pmise Quāt il fut aduerty ꝗ
loys Uouloit aller en flandres prenant conseil auec Thibauld et Henry Roy dangleter
re:restablit et rediffia le chasteau de poissy que les francoys auoient delesse rōpu et raze
iusques a terre Et miïst Thibauld dedans le chasteau auec ung nombre de noumās qui
pas nestoit petit. Et non content de garder le sien/Mena son armee plus oultre et assie
gea Thurin Uille de Uesse. Ceste chose raportee au roy Loys Retournant de flandres ou
il alloit/Mena son armee contre ses enemis/La larme crie courut Thibauld a lencon
tre de loys qui encores Uenoit Mais par la puissance des francoys il fut cōtrainct de soy
retirer au chasteau. ℟Deuant poissy ya Une bute de terre laquelle se hasta loys occuper
et sur icelle au grant danger des siens ediffia ung chastel. Car du chasteau de poissy ius
ques en ce lieu iectoyent les ennemis traictz bombardes et canons contre les nostres Le
chastel acheue et acomply muny de garnison de gensdarmes/et enuitaille au tāt comme
besoing estoit pour le temps Le roy cheminant a Thurin prepara nouuelle armee Et tā
tost icelle conduisant par Ianuille fut en armes assailly de Thibauld/Lequel cōme ia
asseure de Uictoire pourtant quil estoit en plusgrand nombre de combatans que nestoit le
roy donna couraige auy sies. Mais les francois au contraire mectans tout en Uertu Ui
rillement receurent leurs ennemis. La bataille commencee sicomme Thibauld fut Ue
nu auy tentes de Rodolphe conte de Uermandoys/ya et luy conte en ceste maniere. Uo⁹
dit ilbrioys/maintenant et pour premiere foys auez pris la hardiesse de courir sus auy
Uermandoys. Et en disant ces parolles impetueusemēt rua sus thibauld/Lequel espou
ente de la ferocite et hardiesse de son aduersaire crioit a haulte Uoiy ꝛ chascun de ses genf
darmes se tiraft a son enseigne. De laquelle Uoiy les francoys semblablement excitez
reprenans leurs courages tresaprement baïilleret/si que mectans leur ennemy en fuit
te le poursuïuirent iusques a poissy Depuis ce temps fut Thibauld delache et languis
sant couraige/et commenca fortune a se delesser. Parquoy impetra du Roy que permis
luy fust se retirer a seurete a chartres. A ceste cause au partemēt du conte Hugues et pois
sy Uindrent soubz la puissance et seigneurie du roy Lequel lessa Hugues aller/destitue ꝛ
priue de tous ses biens/et fist abattre le chasteau a fleur de terre/Au regard des aultres ꝗ
estoient consentans et participans de la rebellion. Il les fist mourir/ou les punist de cō
fiscation de leurs heritaiges. ℟Loys en ces choses occupe Thomas de marle larron
Uoire de tresespouentable crudelite/persecuta le clerge de Loudun et la Uille mesmes af
fligea de plusieurs dōmages Le temple de la benoiste Uierge marie brusle/crecy ꝛ nogent
rauiz au monastere sainct iehā/ou il auoit mis garnison de gens darmes ꝛ les auoit fait
fortiffier de murailles et fossez a lentour. Par le reffuge desquelles Uilles faisant conti
nuelles courses au pais desroboit peilloit et rauïssoit tout ce quil trouuoit. Pour a sini
quite duquel obuier/par le cōseil des prestres de france fist le clerge faire ꝛ assembler Ung

Bataille en=
tre les frācoys
et les champe
noys.

conciste en sa bille de bienne/Du assista sambassadeur du pape.par sentence duquel cō
cisse Thomas absent fut priue de toute dignite de cheualerie et se interdict de sa commu
nion et conuersation des hommes. Les prestres et se clerge tresinstamment requerans
loys quil boulsist cestuy Thomas de guerre persecuter.par ses prieres desquelz se roy
incite mist se siege deuant Crecy/Et sans song trauail contraignit ses habitans a eulp
rendre et suy liurer sa bille Et dela sans chommer sen alla a nogent ou Thomas residoit
qui peu de temps parauant/par grand iniure et contumelye ayant distraict et iette gaul
tier euesque de boubun hors seglise suy auoit creue et tolly ses yeulp/Et tantost par suy
occis et nientdry sauoit tout nud saict iecter parmy ses champs.De sa grādeur et inhu
manite duquel crime soys tresamirement courrouce/Commanda incontinent donner
lassault au chasteau.Et apres quil fut pris fist pendre et estrangler tous ses gens et ser
uiteurs de Thomas. ❡Il receut aussi beauuoisin/que Lancessin conte de dammartin
se bantoit a suy appartenir/Lequel semblablement molestoit et soulloit ses eglises et mi
nistres dicelle par horrible cruelite.Le roy soys si diligemment portant faueur tuition
secours et aide aup prestres et ministres de dieu bint a suy de berry Alard guillebauld de
Archambauld enuoye/qui auoit este spolie par Haymon seigneur de bourbon de sa part
et portion de sheritaige a suy appartenant Cestuy archambauld estoit nepueu de Haymō
filz de son frere.A ceste cause requist au roy quil boulsist determiner & faire droit de ceste
matiere & pareillement ayder aup eglises et aup poures ausquelz Haymon auoit fait et
procure plusieurs dommaiges et calamitez Alard ces crimes denoncant auant que loys
cōmencast la guerre appella a soy Haymon.Et pource quil ne suy boulut obeyr se assie
gea au chastel de germignac/que Haymō auoit acoustre pour sa deffense garny de gens
darmes et bien enuitaille.Lequel songuement ne endura estre assiege/Mais pensant
que cestoit follye de resister au puissant Roy requist a soy estre soysible aller p deuers suy
Parquoy benant a Loys/suy sessa et rendit se chastel soubz sa puissance/dont il obtit par
don et mercy Et en france mene par iugement publique Condampne fut a rendre a son
nepueu ce q̄ suy auoit rauy et oste. ❡Ces choses heureusemēt et biē faictes par se Roy
loys escheut bng aultre plus grand guerre.Henry roy dangleterre qui tenoit Norman
dye ioinct auec Thibauld conte de champaigne pourtant que par puissance de pecune &
dignite auec Loys estriuoit/q̄ sestoit reffusant de suy obtemperer et obeyr.Il ya bne bil
le que ses habitans appellent Argue nycquaise enuironnee de toutes pars de sa riuiere
Depte ou est se chemin pour aller en normandie.Doncques quelque petite compaignye
de gensdarmes deuant enuoyee fut Loys fist prendre par ses gens icelle bille. La bille
receue pourtant que cestoit sieu propice pour faire guerre aup normans Le roy la fortif
fia de tours et p sessa garnison de gensdarmes Tantost suy fut annonce que sangloys a
uoit assis son ost sus sa montaigne Laquelle depuis fut nommee malaisee. Parquoy or
donna que son armee fust augmentee.Au secours du roy bindrent auec bonne puissance
de gens de guerre bauldouyn de flandres foque sangeuin plusieurs seigneurs et cheua
liers francoys. sicantmoins cōdiffia sangloys bng chasteau en la montaigne dessusdi
cte pour estre au temps aduenir boulencrō et sieu deffensable contre ses francoys Mais
apres que Loys sa droicte & iuste armee preparee/Durt dire que sangloys sen estoit asse
chemina de nuict iusques a ce chasteau Le print dassault et se fist razer et abatre.Dela
en auant aduint pire fortune a sangloys Car des frācoys en trois diuers sieup assailly

il ne sauoit auquel premieremēt deuoit pouruoir. Focque langeuin se assaillit vers les
māceaulx/loys a pontilou Et bauldouyn daultre coste. Auec son maleur estoit la deffec
tion et delessement de ses gens/ensemble la hayne daucuns ses chambellans et officiers
domestiques/si que en nul lieu asseure commandoit q̃ son guet couchast tout arme et que
chascun eust lespee soubz son cheuet Et de tout tousiours ceint dung glesue ne souffroit q̃
aucū de ses familliers issist de la maison sans espee. ℃Ce pendant que Henry estoit de
ces maulx tourmente Enguerrand seigneur de chaumont hōme riche et non acoustume
es armes rauit z osta le chastel de eudeille a langloys par la trahison des normans. Du
quel chasteau sortant aucunessoys auec grād puissance de gens de guerre dedans le chāp
prochain dicelluy chasteau ne craignoit combatre par bataille a lencontre de langloys.
℃Mais depuis q̃ Bauldouyn de flandres resistant a lassiegement de quelque chasteau
receut vne playe au visaige Il ne porta gueres de sante/et par faulte de bō appareil mou
rut en peu de temps. Semblablement Focque langeuin delessa, se party et lalliāce du roy
baillant sa fille en mariage a Guillaume filz de Henry. Neantmoins le roy diceulx se
cours destitue ne fut failly en son couraige/et ne cessa pourtant de persecuter langloys et
les normans/si que les tentes aucunessois assises a lopposite Bouchard seigneur de mōt
morancy et Guy seigneur de clairmont faisans poincte de gens de pied ruoyent sur lar
mee des aduersaires en sorte quilz contraignoient les normans partir par derriere vers
les pietons/et les francoys les suiuans non pas au lieu ou alloyent ses ennemis Mais
au meilleu de la bataille ou estoit la plus grand compaigne de larmee/lordre rompu et
delesse incontinant tournerent le derriere. Et cōme le roy ne les peulst tenir et arrester le
plus doulcement que possible luy fut/affin que son partement ne fust veu estre semblable
a fuyte se retira auec son armee a Andely. Puis ses gens darmes apres la fuyte ramas
sez/et nouuelle bande de combatans leuee marcha de rechief contre langloys. En allant
fist brusler le chasteau de diury Et cheminant a vernoeil combien q̃ bruslast et mist tout
a feu et a sang par ou il passoit/neantmoins langloys nosa marcher en bataille. Voyant
loys quil ne trouuoit ne rencontroit son ennemy/sen alla assaillir les chartrains estans
de la iurisdiction et seigneurie de Thibauld/en esperance et propos de destruire et deso
ler la ville. Mais le clerge venant au deuant de luy auec la chemise de la benoiste et glo
rieuse vierge marie le deuost Roy osta son ire. ℃En ce mesme temps le pape gelasius
deuxiesme de ce nom craignāt la fureur de Henry empereur/leq̃l faisoit plusieurs maulx
exactions et persecutions au pais ditalye/et sessorcoit faire pape Morice brachatēse/se
mist sus la mer et vint en france pour parler au roy loys. Mais quant il fut arriue a ma
galone/tomba mallade dune pleuresie. De laquelle mallade sicomme Loys venoit
au deuant de luy mourut a Clugny. Au lieu duquel guy euesque de vienne fut institue
qui fut nomme Calixte second/ayde par la puissance de Loys/a Romme sen alla ou il
fut du peuple receu en grand liesse et exaltation. Toutesuoyes lempereur Henry mal cō
tent de ce que le pape auoit este conduict en la ville par les francoys Delibera par dom=
mageable armee destruire la ville de Reins. Ou le conseil des euesques assemble lauoit
le pape lye en sentence dexcommunication. Laquelle chose il cuidoit facilement acom=
plir et parfaire tout a son plaisir. Au moyen de ce quil auoit espouse sa fille de Henry roy
dangleterre. En apres la deliberatiō de lempereur raporteee au Roy Loys moult grant

m.i.

Henry roy dā
gleterre des si
ens delesse.

Le trespas de
bauldouyn cō
te de flandres

Henry empe=
reur quattries
me de ce nom
preparant ar=
mee contre la
ville de reins

nombre de gens de guerre leue et assemble oultre son estat ordinaire et train acoustume/ Prepara vne merueilleuse et tresgrosse armee. Ce pendant q̃ on choisissoit les vaillans hommes darmes et preux cheualiers Sen alla le Roy a sainct denys/le priant et reque= rant deuotement quil voulsist estre protecteur et deffenseur de luy et du royaulme contre son aduersaire et ennemy. Auecques ce commanda que les corps des sainctz lesquelz sont en ce lieu tresseurement gardez fussent tirez et mis hors de leurs bieres pour estre veuz re uerez et honnorez du peuple et des seigneurs qui la estoyent. Puis il print sautifl amme dessus lautel/ Qui est vng signe particulier aux Roys de france Quant ilz recoyuent et entreprennent quelque chose difficille a lencontre daucun puissant price. Le roy donc ques vestu de ceste enseigne print son chemin a Reins ou il fist acoustrer et mettre son ar mee en ordre de bataille. En sa premiere bande furent mis les Reincoys et Cathalon= noys soubz la conduicte de Thibauld conte de champaigne. La deuxiesme tindret ceulx de Orleans et Destampes et les vassaulx et subiectz des religieux Abbe et couuent de sainct denis. Et au regard de la troisiesme bande qui estoit des parisiens ç aultres gens circonuoysins Loys print luy mesmes la charge ç sollicitude de la conduire/ Peu de iours apres ensuiuans/arriuerent Guillaume duc de aquitaine ç le Conte de neuers acom= paignez dune grande multitude de gensdarmes/ Lesquelz furent mis et colloquez en la premiere armee pour faire sa pointe a Radulphe aussi conte de Vermandoys qui estoit suiuy dune treselicte bande de cheualiers fut assigne lauangarde Et aux poicteuins lar

tiere garde En quoy faisant y eut telle et si grand armee/que point on ne trouue en escript que aucun des Roys de france qui par cy deuant ont este/en ayent iamais assemble vne telle. Mais le couraige defaillit a lempereur Henry. Lequel apres quil fut aduerty du tresgrant appareil de guerre que les francoys auoient fait contre luy/ Son entreprinse de lessee sen retourna en moult grand crainte et timidite Cil Henry auoit espouse mathil= de seur de Henry Roy dangleterre. Apres le trespas duquel sans enfans Sa veufue ma thilde retournant en Normandie espousa en secondes nopces Geoffroy martel conte dan iou de Touraine et du Mayne. Duquel mariage issirent Geoffroy plantageneste et Guillaume longueespee. Le tiers filz eut nom Henry qui fut roy dangleterre et posseda et iouit de Aniou Touraine et le maine. ⸿Ce pendant que ces choses se traictoient a Reins Langloys soubz esperance de paruenir a leffect de son entreprise en labsence de loys sefforcea gaster et destruire le pays de france/ Mais par la resistance et bonne diligence de amoury duc de montfort que le roy auoit lesse pour deffendre et garder la region fut lan gloys repoulse a son grant preiudice et dommaige. ⸿Lempereur dallemaigne vaincu

et supedite Lessa loys son armee/et sen alla a sainct denys pour son voueil acomplir/ ou il rendit graces a dieu et aux sainctz martirs/les bieres desquelz ou leurs corps reposent porta luy mesmes sus ses espaulles en la voulte ou ilz sont soigneusement gardez/deue= tement faisant plusieurs dons. ⸿Apres ces choses le conte dauuergne qui par lacrin a uoit oste a leuesque la ville de clairmont/donna aultre occasion de guerre Dont fut le roy moult courroucze quant leuesque luy annonca celle inture. Parquoy menant trespuissan te armee a lencontre du conte/print la cite et appaisa les choses entre leuesque et icelluy conte. Mais la paix ne dura longuement/les auuergnatz recommencans et renouuelans la guerre. Côtre lesquelz cheminât loys en bataille/iasoit ce q̃ ia feust aggreue ç atteuie de vieillesse/et que partant ses amys le detournassent de y aller/ Neantmoins faignant

tftre fain et robufte/chemina et fift le bopage En celle guerre il bfa du feruice et de leppe
rience de charles conte de flandres et foque duc daniou auffi du breton et de Amorp tref
eppers au fait des armes Lefquelz il conftitua chefz et capitaines de fon armee Le pre=
mier combat fut a montferrand difant de claurmont de deup mille pas ou enuiro. La bil
le prife et receue/ficomme ia tout le pais dauuergne fe rédoit foubz la puiffance z feigneu
rie du rop Arriua Guillaume duc dacquitaine auecques trefgroffe armee pour doner fe
cours aup auergnatz/pource quilz appartenoient a fon duche. Lequel aduifant et conté
plât de la montaigne de blcin fes tentes et loft de Lops qui eftoit affis en la plaine et ap
ant adminiftratio de la multitude de fes gensdarmes z de fon appareil de guerre enuopa
bers le rop fes ambaffadeurs/pour lup dire quil nauoit en riens delinquet offenfe con=
tre fon duquel a bon droit il eftoit baffal et fubiect/mais que raifon le mouuoit de deffen=
dre la caufe des auuergnatz qui perfifteroient et demeureroient en fon obeiffance Et filz
auoient aucunement offenfe que lup conte luureroit ceulp defquelz p loy et iugement re=
querroit la raifon et fatiffaction des offences et peche z. Se le plaifir du rop tel eftoit et gl
le boulfift efcouter en fes droitz/quil lup bailleroit en oftage aucuns auergnatz qui ne fe
roient de petite auctorite. Les abaffadeurs oupz prit lops le cofeil de fes gens. Par loppi
nion defquelz il print oftages et paip traicter/fut affigne faire affemblee a orleans. Quat
charles conte de flandres du bopage dauuergne fut retourne en fon paps/par le monopole
et la confpiration daucuns traiftres lup eftant a bruges lune des principalles billes de
flandres fut occis en leglife faict donaft par bouchard frere du preuoft dicelle eglife Cel
lup qui epcerce la premiere dignite en leglife. Jl eft appele preuoft. Duql horible et ere=
crable fait le rop lops a ire et indignation merueilleufement prouoque/print fon chemi a
bruges/Auquel lieu arriue affiegea leglife ou les homicides fe tenoient comme en bng
chafteau et lieu de grât fortreffe De laquelle eglife furtiuement fe defroberent Bouchard
et Bertope/Bouchard fupant pris et empoigne des peulp fut priue/ puis fixe a bng pol
et mis a mort de fleiches et fagettes contre fon corps trauerfees et fut enleue fus bne tre
fichee a bng trefhault fuft pour eftre beu du peuple en plufgrant honte et bergongne/ et
finablement fut iecte en bne foffe plaine deaues et de boues punaifes et trefinfaictes.
Berthope fut pendu a bne potence/bng chien bif auec lup atache/ Lequel agaffe par le
bourreau de rage et fureur deciroit le pendu/et aucunefops fe foueilloit de fiente et ordu
re. Au regard des aultres qui eftoient en la tour Lops les fift prendre et iecter du fefte di
celle tour enquop faifant furent rompuzet brifez en pieces. Entre lefquelz eftoit bng no
me pfaac/lequel neantmoyns quil euft boue ce faire moyne en efperance defchapper le pe
ril de mort pendu fut et eftrangle par le commandement du Rop. Le baftard Guillau
me qui ce crime auoit faict faire. Et feftoit retire a ypre Quant il entendit que fe Rop
Lops aprochoit pour le prendre Tprant hors la bille trops cens hommesdarmes delicte
fen bint courir contre le rop Lops. Mais fon armee departie bne partie des gensdarmes
de Lops rua fus laduerfaire et lautre partie du confentement des chaftelains par lhuis
de derriere entra au chafteau. Et par ce moyen fut a Guillaume oftee lefperance quil a
uoit de tougr de la conte de flandres/fes fergens et fatallites puniz comme il appartenoit
par raifon. ℃Dultre cela il fift mourir Thomas de marle de mort horrible et honteu
fe Lequel furprins au pres de concy ou il gueftoit le rop enuoye fut a Loudun ou il com
mâda fe occir. ℃Peu de tëps apres bint au rop lops Le pape innocet deupiefme de ce no

Mont ferrad
prifepar le rop
lops le gros.

Charles con
te de flandres
occis des fiés

Le baftard
Guillaume
aucteur de tho
micide comis
en la perfonne
du Conte de
flandres.

pour la nuisance et molestation que luy faisoit pierre leon esleu par lautre partie des car
dinaulx. Au deuant duquel cheminant le roy auec sa femme et ses enfans a sainct iulię
sur loire Receut le pape en telle reuerence et veneration qui luy appartenoit Luy prome
ctant bailler secours et aide de sa personne et de tous ses biens Cil pape innocent celebra
deux cõcilles/lung a claurmõt et lautre a Reins. Point ne ignore aussi q̃ blond et plati=
ne ont escript q̃l vint en france durant le regne du roy phelippe A loppinion desquelz au
cunemēt ne consent la cronique de fráce. ¶ Entre ces choses fut annonce au roy Loys q̃
son filz phelippe estoit mort tombe de dessus son cheual hors les murs de paris Car sicõ
me il cheuaulchoit vng petillant cheual vint vng pourceau priue de toute sa course pas=
ser entre les iambes dicelluy cheual. Lequel impetueusement regibãt renuersa a trayna
le iouuencel contre terre dont il trepassa la nuyct ensuiuãt. La mort duquel cõme elle fut
triste et douloureuse au pere. aussi si ladmonnesta destre soigneux des choses futures Et
lors luy vint en memoire et pensee la prophecie sainct bernard de claireuault: Car cõme
bernard arguoit loys aucunefoys vsurpant les biēs du clerge Et neantmoyns ne se vou
loit abstenir/luy dist le sainct hõme ce que sensuit. Saches toy roy que ta pertinacite sera
punye par la mort de ton filz. Le roy doncques estant viel et antien rompu a lasse de plu
sieurs labeurs et trauaulx par le conseil de ses amys associa auecques soy son filz loys (q̃
fut nomme le ieune) Au gouuernement et administration du royaulme/et mene a reins
le fist sacrer et couronner Roy en la maniere acoustumee. De la retourne a paris/quãt il
entendit que thibauld conte de champaigne perseueroit en sa trahison et desloyaulte ia
soit ce q̃lz fust grefuement naure en la cuisse, toutesfoys cheminãt en bataille deuãt le
chasteau de bonneual/abatit et raza tout le lieu excepte le prieure et couuēt/a en pareille
ruyne rompit et destruisit chasteau regnauld q̃ obeissoit au conte Thibauld. La derniè=
re bataille du roy Loys fut faicte au chasteau brissonnet aboutissant a la riuiere de loyre
pour la malice et iniquite du seigneur lequel estouppoit le passaige et chemin publique
aux marchans. Le chasteau doncques raze et destruict/a cause de sa debilite a aussi quil
estoit persecute de toux cõtinuelle/demeura au lict malade aMontrichard/ou plusieurs
euesques appellez et assemblez/apres quil eut nectoye sa conscience par le sacrement de cõ
fession requist le sainct sacrement de lautel luy estre baille et administre. Ce pendant q̃
les prestres se preparoyent pour luy aporter le precieux corps de ihesucrist Il se leua de
son lict/vestit ses habillemens et marcha au deuant des prestres. Le roy doncques apꝫ
q̃l eut receu la viande a refection celeste/appellant a soy son filz loys/se desaisit a deuestit
en ses mains de ladministration du royaulme en disant ces parolles Loys (dit il) ie te cõ
mectz et baille la charge du royaulme que iay mal gouuerne a administre En tant que
faire le pourras deffendz les ministres et seruiteurs de dieu/nourrys et reffectiõne les po
ures Et donne confort et apde aux vefues a orphelins Ces choses dictes/distribua aux
eglises tout son meuble royal et le departit aux poures. A la gloire a tresbonne felicite du
Roy Loys peut estre plainement donne que plusieurs ordres de religion en son temps ont
pris institution et commencement ou grand augmentation et accroissement de saincteté
Entre lesquelz ordres est lordre de ceulx de cluny/ausquelz Guillaume pyteable duc da
quitaine/dõna le lieu et fist edifier le monastere au territoire de mascõ/durant le regne
de charles le siple et au tēps q̃ le pape adriã deuxiesme de ce nõ presidoit au sait siege apo
stoliq̃ mais durant le regne de cestuy loys fut lordre biē dote a augmēte sēblaßlemēt aussi

Le trespas de phelippe filz du roy Loys le gros.

Punitiõ de la trahison a des loyaulte d thi bauld cõte de champaigne.

Linstitution a augmenta tion daucuns ordres de reli gion.

les inſtitutions treſſainctes des templiers de ceulx de loidie de piemonſtre Et des hoſ
pitaliers/leſquelles comme luminaires de la vie et des moeurs ont reſplendy et p̃ tout
le mōde creſtiē et a icelles adiouxtoit clarte et lumiere le ſaict homme bernard premier
abbe de claireuault: qui en lieu de choulz mangeoit les fueilles de cheſne et vſoit de pain
dorge meſle auecques du mil. Telle auſterite de viure a longuement eſte aux hommes   **La vie ſainct**
deuotz et religieux. Mais leurs poſſeſſions augmentees quant ilz ont eſte enrichiz de   **bernard d̃ clai**
rentes et reuenues/leur vertu et la deuotion de dieu commenca a languir enuers leurs   **reuault.**
ſucceſſeurs/ſi que celle moderation de deſpence eſt tournee en luxure a prodigalite poure
te en richeſſes ſuperflues/humilite en pōpe et orgueil/continēce en lubricite Et preſque
tout ordie mis en confuſion/eſt maintenant de petit piis et eſtimatiō. Semblablement
la treſdure auſterite et abſtinence des chartreux par luy fondez. Lan de grace mil cent
trente deux/poita lumpere de ſa ſainctete. Quant le roy loys fut vng peu alege de ſa ma
ladie Il ſen vint au monaſtere ſainct denys pour faire ſon oraiſon Et a lheure de ſon par
tement vindrent meſſagers de aquitaine luy annōcer que leur prince Guillaume eſtoit
alle de vie a treſpas et que par ſon teſtament auoit inſtitue vne ſeulle fille quil auoit ſo
heritiere. Ceſte choſe congneue approuua le roy ce teſtament. Et tantoſt enuoya ſon filz
loys en aquitaine auec ſix cens cheualiers dorez ſoubz la conduicte du conte Thibauld   **Mariage en-**
a du conte de vermandoys acōpaignez de Sygere abbe de ſainct denis Apres cela fut fai   **tre loys le ieu-**
cte aſſemblee des ſeigneurs a bordeaulx/Auql̃ lieu par le conſentement de tous/loys eſ   **ne et alienoze**
pouſa et print a femme alienoze heritiere du duche daquitaine/a laquelle il donna la cou   **ducheſſe dē a**
ronne royalle a en france la fiſt conduire et amener. Ce pendant que ces choſes ſe fai   **quitaine.**
ſoient p̃ le filz/le pere voyant q̃ ſa malladye croiſſoit les ſacremens et aultres choſes ne
ceſſaures a ſeptremite dung creſtien acomplies/commanda eſtendie vng tapiz deſſus le
planchier de ſa chābie/et ſus iccelluy tapiz faire vne croix de cendie ou il ſeroit giſant et
finiroit le reſidu de ſa vie. Le roy doncques couche deſſus le tapiz trepaſſa le trentieſme
an de ſon regne et le ſoixantieſme de ſon aage. Lan de grace mil cēs trente ſept/q̃ porte fut
et enterre a ſainct denis. Le couuent ſainct victor eſt de ſouurage a fondatiō de ceſtuy
loys qui pour la groſſeur et eſpoiſſeur de ſon corps fut ſurnōme le gros/a ediffia ce mona
ſtere vers ſoleil leuant/depuis les fondemens iuſq̃s au bout/dedans les faulx bourgs de
paris. Oultre ces choſes/le lieu charles de loidie de cyſteaulx p̃ luy fut ediffie au dioceſe
de ſenlis Et le monaſtere de puteaulx au pays de gaſtinoys De ſon eſpouſe adelaide fil
le du duc de morane/il eut ſix enfans maſles/ceſtaſſauoir Phelippe q̃ nous auons dit cy
deſſus auoir eſte occis de ſon cheual. Loys q̃ obtint le royaulme Henry eueſq̃ de beauuoys
Pierre q̃ eſpouſa la fille de regnauld de courtray Et phelippe archidiacre de leglife de pa   **Monſtres**
ris/lequel mourut auāt aage ſoudainemēt Entre leſquelz enfans deſſuſdictz le perc de   **veuz au tēps**
robert conte du perche et de dieux fut le quatrieſme du nom duquel ne font les hiſtoriens   **du roy loys le**
mention. Durant la vie de ce Roy fut produict et nourry vng pourceau ayant face hu   **gros.**
maine/et vng poullet a quatre piedz.

Cōment loys le ieune/ſa femme Alienoze Courauld ēpereur des alemās
et les aultres princes de france ſe aſſemblerēt et allerent batailler cōtre les ſar
razins/ou ne acquirēt aucune gloire/car iaſoit ce q̃lz euſſent bien cōmēce/tou
teſuoyes ilz furēt trahis des grecz et ſuriēs/pquoy aps grāt perte de leurs gēs
a de leurs biēs les ſainctz lieux de iheruſalē viſitez retourncrēt chaſcū en ſon pais.
m.iii.

Loys le ieune
xxxi. Roy de
france.

Des aduertp du trespas de son pere/apres quil eut mis ordre aup ne
goces et affaires de aquitaine hastiuemêt en france retourna. Quât
fut en france venu. Il donna Alizon seur de la royne en mariage a Ar
nauld cente de Vermâdoys. Presque en ceste saison Iehan des temps
fut de mort assoupi Duquel parlans les escripuains frâcoys a alle
mans par obstinee affirmation/ Disent quil vesquit depuis le regne
de Charlemaigne iusques a cestup Loys. Et ce ceste affirmatiô est vrape On doit croi
re quil a vescu sur terre trois cens soixante et vng an. Auquel temps fut erige le mona=
stere de fromont au territoire de Beauuoys. Et ce pendant comme Gallet conte de mom
morin ribloit sur les champs prochains de son pais Mena le Roy son armee au môcep
et raza totallement le chasteau En ce temps de iherusalem vindrent au roy Loys messa
giers annoncer que les turcqs auoient tresdommageablemêt persecute les crestiens pris
et occuppe de fait et de force aucunes villes. Lesquelles nouuelles dônerent au Roy grâ
de tristesse et ennup A ceste cause le conseil assemble a Vezelap ville de Bourgongne/ Cô
manda a Bernard abbe de clairvaulp qui depuis a este mis au nombre des sainctz qui l
recitast le nouuel dommaige que les crestiês auoient nagueres receu des turcqs. Apres
quil eut sagement et eloquentement parle Le Roy enflambe en lardeur de charitte/se si=
gne de la croip receu/ promist bailler secours aup crestiês. La volunte duquel en suyuât
son espouse Alienore/ et plusieurs des principaulp de la fleur et noblesse des francoys/ se
obligerent par vng mesme vouloir sup tenir compagnie. Ce pendant quon preparoit les
choses necessaires a ce loingtain vopage. Lempereur courauld par vng mesme courage
assembla vne armee en son paps. Mais pource que difficille sembloit estre êtretenir da=

Appareil de
guerre pour
enuoyer en ihe
rusalem côtre
les turcqs.

cord tant puissantes et numereuses armees amassees et assemblees de diuers peuples et leur suffire bailler victuailles en vng temps/ Le conseil communique et assemble entre les princes fut ordonne que les allemans premiers marcheroient/et apres eulx les francoys. Doncques cheminans par pauonye et germanie/ Quant ilz furent venuz iusques en Thrace se arresterent deuant la cite de constantinoble Ou se raffreschissans du labeur continuel quilz auoient souffert Se tirerent par deuers Emanuel empereur de constantinoble/auecques lequel ayans parolles et collocution des choses qui appartenoient a la presente expedition de guerre/receurent de luy guides pour leur monstrer et enseigner le chemin. Mais lempereur Courauld qui trop hastiuement et sans consideration les suiuoit/ Receut grand perte et occision de ses gens par le souldan Lequel aduerty de larmee des crestiens/auoit amasse grant nombre de gensdarmes en orient Et capitaines par luy deputez pour trancher le chemin a lempereur courauld. Car les grecz qui estoient ses guides et conducteurs du chemin (comme se par le chemin de peu de iournees Capadoce trauersee eussent deu mener Courauld en la terre fertille) Ladmonnesterent de porter victuailles tant seullement pour douze iours ainsi comme les grecz eussent mis et assis larmee en lieu sterile/ Laquelle ilz auoyent menee en Lichaonye par voyes angoisseuses et estroictes/faisans clandestine et frauduleuse paction et conspiration auec les sattrapes et princes des turcqs/ En vng large et vague desert lesserent Courauld/et par ainsi de nuit des tentes se desroberent et sen fuirent. ❡Lempereur destitue et depourueu de guides et victuailles requist le conseil des capitaines de son armee qui furent tous dopinion que on deuoit reculer et retourner par le chemin dont ilz estoient venuz. Ce pendant quilz tenoient conseil de ceste matiere Arriuerent les espies disans quilz auoyent veu plusieurs bandes et moult grandes compaignyes de turcqs qui pas nestoient loing. Desquelles nouuelles les allemans espouentes/ Pourtant quilz estoient affoyblis de trauail et fain tomberent en desespoir. Mais les turcqs fiers et allegres soubz la conduicte de leur capitaine Pharmon/vindrent les crestiens assaillit et ne cesserent de combatre et occir iusques a ce quilz obtindrent victoire. On troue par escript que par la fraulde et trahiso de Emanuel empereur de constantinoble fut plastre mesle auec la farine Dont fut faict le pain que les crestiens mangeoyent: Parquoy de soixante mille combatans q Courauld sans les pietons auoit mene auec soy, a peine eschappa la dixiesme partie/ Auec laquelle se retira lempereur en la ville de Nyce Dont il enuoya Frederic duc des sueuops au roy Loys pour luy annoncer le dommage quil auoit eu et receu Laquelle chose congneue vit loys a Courauld auec frederich pour lhomme triste et dolent reconforter. Le roy arriue entre luy et Courauld fut long et familier parlement En apres ouy le conseil et oppinio des chambellans et principaulx cheualiers fut delibere que lentreprinse seroit parachevee/ Les armees des princes ioinctes ensemble. Et apres quilz eurent ensemble quelque peu chemine/ Lempereur reduisant en son couraige et pensant la paucite de ses gens/ Et combien fortune luy auoit tanp et oste de dignite et auctorite/se residu de son armee/ De ephese par chemin terrestre enuoye deuant a constantinoble se mist dessus la mer. Mais le Roy loys passant oultre/fischa ses tentes et assist son ost au fleuue venandre/couuoy teup de combatre auec les turcqs. Les francoys ayans leur siege en ce lieu Les ennemis de lautre riue du fleuue iectans dardz et fondes contre les nostres Les empeschoient de puiser eaue. Mais le fond du fleuue troue Trauerserent les francoys tout oultre Et

m.iiii.

Trespuissante armee prepareecontre les turcqs.

La trahison des grecz enuers lepereur courauld.

Le parlemet de loys le ieune pour aller e Iherusalem.

Victoire des francoys contre les turcqs

couturent impetueusement les turcqs assaillir. Lesquelz en partye chacez/en partie occis et pris prisonniers Incontinant les francoys animez Rauyrent buserent et destruisirent leurs tentes dont ilz emporterent tresgrandes et inestimables richesses. ❡Le lendemain de la victoire acquise et obtenue contre les turcqs/Commanda le Roy faire marcher son armee. La maniere de cheminer en bataille estoit telle. A chascune des bandes estoit estably vng guydon ou porte enseigne choisy entre les plus vaillans gens de guerre. Mais en ceste iournee Geoffroy remacin poiteuin auoit prins la charge de porter lestandart Auquel estoit cõmande de marcher iusques a la montaigne Et en la voye ou il estoit hault monte/sembloit estre vne armee qui illec ficheoit et asseoit ses tentes. Doncques le porte enseigne marchant en la poincte de larmee Quant il fut arriue auãt soleil couche au lieu a luy ordonne et monstre/Pensant auoir fait trop peu de chemin en celluy iour/et quil auoit encores assez de clarte pour passer la montaigne/Disans les espies que la plaine pas nestoit loing/ou il se deuoit arrester/chemina oultre Parquoy sa tierce garde qui marchoit lachement par ce que le lieu designe et depute pour asseoir lost estoit pres dillec fut merueilleusement prostigee et de grief dommaige oultragee. Car

Les crestiens occis des turcqs & trahison.

voyans les ennemis les bendes marcher separement/et que la premiere estoit loing des aultres Se h asterent de occuper le feste de la montaigne et vindrent ruer sus les nostres qui ne pouoyent aultrement eschaper sinon de monter la mõtaigne par est roictz et aspres sentiers Et ne cesserent les turcqs de tuer & occit crestiens iusques a ce que la nuyct rompit la bataille. Les turcqs dillec se departans chargez de proyes et rapines Auec grant nombre de prisonniers Commencerent les nostres a soy ramasser/Et comme ilz ne trouuassent riens de la premiere bande de larmee/et ne sceussent quel chemin ilz deuoiet tenir Se conseilloient lung a laultre quilz feroient en la tenebreuse obscurite de la nuyct Apres quilz eurent delibere de marcher/Par cas dauenture apperceurent des feuz dessus la plaine Duquel signe admonnestez que les tentes de leurs gens estoient la assises a grant peine et labeur au camp des francoys arriuerent Lors la grandeur du peril congneue autãt que chascũ desiroit ou son pere/ou son filz ou son amy Ainsi plouroit & lamentoit Et par my tout lost on ne oyoit que tristesse pleurs et gemissemens. Toutesuoyes larmee restablye et remise sus chascun prenant bon couraige/Le roy Loys passa les montz et sen alla en vne ville que les francoys ont nommee satille. Cest vne puissante ville assise sus la mer/poure de champs et indigente de terrestre possession Pour la puissance des turcqs qui detiennent et occupent les chasteaulx voisins et fortes places situees a lentour Et ne seuffrent que les habitans de la ville labeurent les terres ne quilz ayent aucune iouissance dicelles. Mais en la ville ya des iardins tresfertilles plãtes darbres portans bõs fruictz Pareillement elle vault en abondance de merceries et de victuailles qui sont portees et chargees par la mer en grand largesse et abondance. Apres q le roy se fut raffroichy soy et son armee par aucuns iours en icelle ville. Les pietons lessez qui par terre se

Leport sainct symeon en turquie.

suiuoyent fut porte par mer auec le residu de son armee au port sainct symeon ou se respãd le fleuue de far qui passe parmy la ville de Antroche. Laduenement du Roy loys congneu Raymond prince dantroche acompaigne de grant nombre des siens vint au deuãt de luy Et en le traictant de royal appareil le receut honnorablement en sa cite. Et de tãt plus curieulx estoit de ce faire/que ayãt iouissance de la puissance du Roy esperoit faire remettre soubz sa seigneurie aucunes villes qui luy estoient rebelles et ennemys/Cest

affauoir Alape et Cefaree Mais luy dist le roy Loys que cestoit chofe repugnante a son
vueil/pourtce quil estoit oblige de veoir et vifiter iherufalem Premierement et auant q̃
son appliquer et empefcher en aucune bataille Raymond irrite ꝑ marry de la refponfe du
Roy Depuis ce temps retint toufiours mauuais couraige contre les francoys/ Si que
fefforcoit faire quelque trahifon et nuifance au roy. Car il fubórna fa niepce Alienore fē
me du Roy et lerihorta de dire que cestoit chofe illicite de fe fuiuir Pourtce quil lauoit ef
poufee contre les loix ecclefiafticques comme luy atouchant au quart degre de cófangui
nite Et pourtant quelle vouloit estre de luy feparee Loys doncques courrouce de la perti
nacite et rebellion de la Royne fon efpoufe/pourtant que treffort laymoit. Longuement
efcriua pour la tirer hors de la et la mener auec foy Mais elle y repugnant et refiftant en
obftination et fierte de couraige demeura auec Raymon. Pour raifon de quoy loys if
fu de nuict de la ville fe trafporta en iherufalem ou lempereur Couráuld eftoit venu En
apres les lieux que noftre faulueur et redempteur ihefucrift auoit par fa digne prefence
facrez en grant humilite et deuotion vifitez. Sen allerent les princes a Conne ville de
mer Du affemblée faicte prindrent confeil des chofes communes et de conduire fa guer
re dung accord et couraige paifible. En firie y auoit quatre principaultes/Lefquelles es
ftoient lors regies et gouuernees par les princes creftiens. Premierement y auoit la prī
cipaulte de iherufalem que gouuernoit le roy Bauldouyn La principaulte tripolitaine
La principaulte dantioche. Et la principaulte de Rochenne vers euftrate. Tous les prin
ces dicelles principaultez auoient prins efperance daugmenter et eflargir les fins et li
mites de leurs terres et feigneuris/par laide du Roy loys ꝑ de lempereur quilz reputoiēt
trefpuiffans princes. Pour raifon de quoy par trefepcelles et riches dons fefforcoit chaf
cun acquerir leur amitie et beniuolence Auant que faire aultre chofe/felon lufaige des
creftiens leur fembla quilz deuoyent aller a Damafce. Fut doncques crie par la voix du
herauld que tous fe rendiffent a Cefaree le phclippe qui eft vne ville de Syrie affife en
plain champs. Leurs armees en ce lieu ioinctes par le mont Libanus les gens darmes
mis en ordre allerent ficher leurs tentes a quatre iectz de pierre pres la cite de Damafce
Duquel lieu qui eft nomme darie peult la ville eftre veue. A cinq mille pas de damafce
ou enuiron ya plufieurs iardins Dont les citoyans recueillét plufieurs proffictz et emo
lumens pour la nourriture et entretenement de la vie. Et auoyent noz gens grant defir
de les occuper Affin que quant ilz feroient pris en faifant grant dommaige aux habitās
ilz acquiffent grant prouffict et commodite. Car comme ilz fuffent de grand eftendue et
enrofez de leaue du fleuue prochain qui decouloit en iceulx parmy des tuyaulx deauë et
foffes a ce propices Rapportans au moyen de ce toutes fortes et manieres de fruictz/po
uoient donner trefbonne et opulente reffection et nourriture a larmee ꝑ aux beftes cheua
lines. A cefte caufe troys bandes acouftrees de tout le nombre des gens darmes/Mena
Bauldouyn roy de Iherufalem fa premiere/Le roy de france lautre/Et lempereur Cou
rauld la tierce. De la ville y auoit vng chemin qui tendoit aux iardins deffufditz Par le
quel on pouoit tant feullement mener vng cheual auecques vng bas et bahuz. Et chaf
cun iardin cloz de terraffes Rampars et murailles de terre/trefeftroicte voye entre deux
deleffee faifoit le chemin et laprochement trefdifficille. Car derrieres ces rampars et ter
raffes eftoient farrazins en grand nombre mucez/qui par icelles terraffes induftrieufe
ment percees pouioient iecter traictz et fagettes contre ceulx qui en aprochetoient fans ce q̃

La perfuafiõ
que fait le prī
ce dantioche a
alienore affin
de leffer fon
mary.

Les prīcipau
tez de la regiõ
de firie.

Lordre de lar
mee du Roy
loys cõtre les
turcqs.

Guerre côtre
les sarrazins
en damasce.

facillement les nostres les peussent de ce faire épescher Pour estre plus seurement Chas
cun seigneur ayant Jardin auoit fait bastir vne tour en son domaine/que lors les sarrazins auoient fortiffie et garny de victuailles et gensdarmes. Et en ceste maniere estoit
des ennemis tenuz les iardins au lieu dung chasteau. Neantmoins Bauldouyn arriue le premier en ce lieu. Apres quil eut esté vng peu retardé des sarrazins par le traict q̃
continuellement iectoient contre luy/Le chemin publicque delaisse/Retourna de lautre
coste par vng aultre chemin pour rompre les rampars et munitions de terre. Les terra-
ces doncques en plusieurs lieux rompues/furent les sarrazins decouuertz plusieurs occis et les aultres prins prisonniers. Au regard de ceulx qui estoyent couchez faisans le
guet parmy les iardins Quant ilz congneurent lassault de Bauldouyn se mirent en fui
te. Les iardins et demaines pris et occupez des crestiens/ymaginans les sarrazins ce q̃
estoit a aduenir/Affin que le fleuue qui coulloit aupres de la cite ne seruist a lusage des
nostres/Ilz semplirent a lautre riue dune merueilleuse multitude darchers z sagitaires
En quoy faisant ilz empeschoyent que les crestiens ne peussent auoir lusaige du fleuue,
Mais incontinent que les nostres commencerent a combatre et batailler de toutes les
bandes des armees/Ilz contraignirent les ennemys hastiuement se retirer en la Bille.

Victoire con-
tre les sarra-
zins.

On a mis en memoire vng tresuaillant acte de cheualerie fait par lempereur courauld
Sicomme il estoit a pied parmy la bataille/et ayant son espee en sa main tresasprement
combatoit vng sarrazin innorant qui estoit Courauld sempoigna au collet Lors Courauld leuant son espee vng si pesant coup donna a cil sarrazin entre le col et lespaule sene
stre/que lhomme fendit et deuisa en deux parties. Duquel coup merueilleux/ Les aultres sarrazins espouentez/delesserent la bataille. Ceste chose aux citoyans annoncee/pl'
neurent esperance deschapper/et ia plusieurs leurs fardeaulx faitz pour emporter se preparoient a mettre en fuyte/et se dauenture par souldain assault estoiēt pressez et leurs ad
uersaires surmontoient les murailles de la Bille/du coste quelle estoit assiegee ilz amasserent tresgrand quantite de merrain et grosses pieces de bois quilz mirent de leur coste
tout a lentour dicelles murailles/Affin que par cestuy obstacle les gensdarmes empeschez Ce pendant quilz osteroient le bois eussent temps et espace de issir hors la Bille et es
chaper le dangier. Mais le plaisir de dieu ne fut pas que les crestiens obtinsent et cas-
sent si triumphante victoire. Aucuns seigneurs de sirie estoyent auec lesquelz Bauldouyn
roy de iherusalem auoit foy et alliance. A ceulx cy les damascenoys trouuerent moyen de
parler en leur faisant plusieurs grans dons Et encores plus grandes choses leur promi-
rent/se des iardins que tenoient les crestiens pouoient faire retourner larmee a lautre ri
ue du fleuue. Apres que les damascenoyes furent asseurez de leur requeste/Bindrent les
siriens aux princes. Leurs remonstrerent que lassiegemēt seroit plus facille et plus aise

La trahison
des syriens

a faire Se les gensdarmes mectoient le siege de lautre coste de la Bille/pource quē cest en
droit estoit la cite plus debille et close de foibles murailles. Semblablement que la ny a-
uoit arbres ne buissons qui leurs empeschast lusaige du fleuue/Lequel en ce lieu couloit
plus lentemēt Par lesquelles commoditez pourroit aduenir que du premier assault ioui
roient de la Bille. Les princes doncques adioustans foy aux parolles des Syriens firēt
marcher leur armee au lieu ou les siryens les menerent Lost des crestiens en ce lieu assis
et acoustré/Boyans les munitions qui estoiēt en ce coste de la Bille Congneurent les pri
ces quilz auoient vsé de mauluais conseilliers pourtant quilz estoient loing du fleuue/z

quilz auoyent perdu le prouffict et emolument des iardins Parquoy ayans faulte et in‑
digence de victuailles. Dont ilz ne pouoyent estre aydez par les syriens Plus auant nes Les francoys deccuz.
saperent a combatre la ville tresbien fortiffyee/ne rentrer aux iardins dõt ilz estoyent ve‑
nuz. Car incontinent apres que noz gens eurent lessez lesditz iardins Les sarrazins clou‑
rent les chemins de hayes et de merrain. Et restablirent les terrasses qui auoyent este
rompues/ou ilz se mirent a seurete comme en vng tressort et puissant chasteau. ⚜ Les
princes enuelopez en tant de difficultez Et considerans quilz estoyent trahis des syri‑
ens leuerent le siege. Et peu apres retourna Courauld en germanye. Enuiron le prin
temps ensuyuant vint loys en france. En ceste maniere deux armees treselictes/sans
faire chose glorieuse ⁊ triumphante furent en honte et derision a leurs ennemis. En icel
le aage triũpha le illustre et tresrenomme docteur Hugues de sainct victor. Lassemblee
des crestiens rompue Noradin puissant prince du peuple des infidelles sans riens chõ‑
ner chemina a antioche Contre lequel marchant Raymond sicomme il combatoit folle
ment et sans auoir pourueu a son armee fut occis Lan de grace Mil. cþlviii. Aussi le cõ
te edessane se cuidant retirer en sa maison fut surpris et mis en prison/⁊ par la corruption
humidite et infection du lieu fut estaint. Semblablemẽt le conte Tripolitain fut mis
a mort par aucuns bourrraulx et meurdriers. Au moyen dequoy vne grant partie de pa‑
lestine fut raupe aux crestiẽs Ainsi q̃ Loys retournoit de palestine/accourutent les grecz Le retour de loys le ieune e[n] france apres la guerre des turcqz⁊ sarra‑ zins.
qui le prindrent et sicõme faisans chere et ioye de leur proye naujgoyent sus la mer Geor
ge de sicille gouuerneur du nauire le recouura dentre les mains de ses ennemis et le me‑
na en sicille Dela cheminant le roy a Romme en france retourna. ⚜ Loys en france re‑
tourne Geoffroy conte daniou et son filz Henry qui depuis fut Roy dangleterre se vin‑
drent prier de leur donner secours a lencontre de Estienne roy dangleterre/qui Norman
dye iniustement occupoit. A ceste cause armee leur est preparee Menant le roy ses gens‑
darmes contre Estienne facilement recouura normandye. Laquelle il restitua a Henry
et celluy Henry en recompense de ce luy donna vepin qui est appelle le normant. ⚜ Gue
res longuement ne demoura Henry en sa foy. Lequel deprisant de loys reffuza obeir a ses
commandemens/pour raison de quoy luy osta loys vernone et marcheneuf/Lesquelles
bien tost recouura Henry faignant obeissance Presque en ce mesme temps loys lessa son
espouse Alienore femme lubrique fille de Guillaume de poitiers Pourtãt que plusieurs
affermoyent quelle estoit sa cousine Iasoit ce quil en eust eu deux filles Et ce fist (com‑
me dyent aucuns) par le conseil de bernard abbe de claireuaulx. Apres que Alienore fut
de loys lessee Henry la print a femme et espouse. Laquelle chose engendra commencemẽt
de plusieurs guerres. Car par le moyen de ces nopces les contes de aquitaine daniou du
maine et de touraine aduindrẽt et eschurent a Henry/lequel receut icelles principaultez
auec le royaulme dangleterre apres le trespas de son pere/dont il fut fait puissant contre
les francoys. Il engendra troys filz de alienore/Cestassauoir Richard Henry Iehan et
le conte geoffroy qui furent ses successeurs. Au regard de sa fille aisnee il la donna en ma Blãche mere du roy sainct loys.
riage au Roy de castille dont issit blanche mere du roy sainct loys Lautre espousa lempe
reur bizantin La tierce fut marie auec le duc des saxons mere de Otho qui obtint sempi
re des allemans Et la quatriesme espousa le conte de thoulouze. Mais afin que le roy
loys ne decedast sans enfans masles. Il espousa constance fille de alphonse Roy de castil
le Laquelle mourut au second enfantement dune fille. Apres celle cy se remaria auecq̃s

Alizon fille de Thibauld de bloys en beaulte et pudicite treslouable. ❡De rechief au
Guerre con-
tre les auuer-
gnatz.
roy Loys aduint occasion de faire guerre contre les auuergnatz/pource que Guillaume
conte du puy/Le seigneur de clairmont/et le Vicomte de pollignac/pilloient les pelerins
et les eglises Lesquelz par luy vaincuz en bataille/furent mis en prison Il guerroya aus
si contre le conte de chalons/Lequel comme il alloit a cluny acompaigne de souldars et
satallites pour le lieu spolier et desrober. Il despouilla les religieux vestuz et aornez de
vestemens a dieu sacrez/Venans au deuant de luy auec grant compaignye de peuple dōt
furent occis cinq cens hommes. Pour lequel crime venger print le Roy par armes la vil
le de chalons et le mont sainct vincent qui appartenoyent au conte/Et la principaulte
diuisee en deux parties L'une partie donna au duc de bourgongne/et l'autre au conte de
neuers. Lequel mutina les rebelles cytoyans de Bezelay a l'encontre de l'abbe pincon qui
estoit leur seigneur Si que le monastere afflige et tormente/par continuel assiegement
neust peu estre garde par les religieux Sinon que eulx fians en l'auctorite du roy esperoient de luy auoir aide et secours. Les citoyans pour leur rebellion furēt puniz/Car ilz
La punition
des citoyans
de Bezelay re-
belles a leur
seigneur.
furent condamnez a payer soixante mille soubz au monastere en recompense et satisfactiō
du dommaige quilz y auoient fait. Au regard du conte de neuers/Le roy le fist obliger
soubz son serment/que content de ses biens ne persecuteroit doresnauant les seruiteurs de
dieu. Soubz iceluy Loys valdo tresriche citoyen de lyon Ses biens et richesses distri-
bues par aulmosnes aux poures Delibera totallement ensuyr la poureté de ihesucrist/ce
stuy homme Comme il fust ignorant des lettres/obtint des clercs aucuns liures luy escript escriptz en francoys. Esquelz ne feussent inserees aucunes oppinions de docteurs.
Quant il eut ces liures en sa possession/Cest homme ydiot les interpretoit selon sa fan-
taisie vsurpant l'office de docteur et lisoit entre ses semblables Et enueloppa soy et ses
disciples en diuers erreurs. Et fut par hayne especiale tresnuisible aux prelatz de l'eglise. Quant on l'admonnestoit de renoncer a son erreur Il fault (disoit il)plus a dieu obeyr
que aux hommes. Parquoy excommunie comme obstine hereticque expulse fut et iecté
hors du pais Duquel les valdoys iusques au iourdhuy nommez en plusieurs lieux def
fendit l'erreur de leur maistre et precepteur.

❡Comment le Roy Phelippe filz de Loys le ieune publia vne
loy penalle Contre les blaffemateurs Expulsa les iuifz hors de
france/Alla en Syrie faire guerre contre les turcqs et sarrazins.
Puis offense par la trahison et desloyaulte de Henry et Richard
Roys d'angleterre Ne cessa contre eulx guerroyer En leur faisant plusieurs dommaiges es terres et possessions quilz auoient
en france Par especial en Normandie ou il print d'assault Raza
et destruisit plusieurs villes et Chasteaulx.

Dys par loperation de tant nobles et excellens faitz / tresagreable
estant a dieu z aux hōmes infertille toutefuoyes en generation des en
fans: trescurieux estoit de recevoir lignee A ceste cause ceste seule solli
citude a dieu reccōmandoit. Parquoy de dieu ouy z exausse en ses prie
res engendra Phelippe de son espouse Alizon: lequl pourtant quil estoit
creu avoir este dōne par la grace z benefice de dieu: surnōme fut de dieu
dōne. Mais avant quil naquist ce ey apparut en songe a son pere dormāt. Il luy sembla
quil veoyt son filz tenant vng calice plain de sang humain: lequel il presentoit a ses gen
tilz hōmes pour en boyre sans crainte ne effraiement. Laquelle Vision tant seullement
le revela le pere a Henry le albanoys: qui lors en france exerceoit loffice dambassadeur.
Mais loys trespasse manifesta lambassadeur ceste chose. Lānee precedente celle en laql:
le Loys mourut le roy Loys associa avec soy Phelippe son filz au gouvernemēt du royau
me. Parquoy fut mene a Rains /z cōmāda sacrer ladolescent en grand pompe et hōneur:
qui apeine entre estoit au quatorzieme an de son aage. Au couronnement duql nouvel roy
assistat Guillaume arcevesq de Rains et cardinal de saicte Sabine: qui de Rōme estoit
venu ambassadeur. Sēblablement y assistat Henry roy dangleterre pour le devoir de sub
iection aquoy il estoit tenu / a cause des terres quil possedoit du Roy en frāce. Le sacre my
mere du couronnement acomply: pensant le Roy adolescēt combien cruellement plusieurs
se parivroient en france /z stimuloient dieu de blaspheme tresexecrable publia vne loy: que
si aulcun estoit trouve coulpable de celle cruaulte / iecte seroit sans mort en la riviere: ou
en la fange. Semblablement il exerca sa severite contre les Iufz qui estoient en grant nō
bre et multitude parmy le pays de france. Car ceste faulse et desloyalle nation avoit telle
coustume / que tous les ans desroboyent vng enfant crestien: lequel il menoient avec
ques eulx en vng lieu dessoubz terre: et apres quilz lavoient longuement batu et de pei
ne afflige: finablement le iour du sainct Vendredy le fichoiēt en vne croix / deprisans par
cestuy trescruel crime la mort de iesuchrist / et ayans en derision et moquerie la devotion
des crestiens. Apres que le Roy deuement fut adverty de ce piteux et detestable messait:
commāda que le xxiiii. iour de feurier fussent tous les iuifz empoignez / et quant ilz
furent pris /les spolia de tout leur or argent et vestemens. ¶Ente les Berruyers estoit
lestourdy charenton puissant et notable larron / que le roy Philippe donta par dure ba
taille: pour ce quil ribloit contre les serviteurs de dieu. Semblablement il reffrregnit Ro
bert de beauquoy et le conte de Chalons: lesquelz tyrans propres et rapines des lieux sa
crez / persecutoient les religieux par grans interestz et dōmages. Aussi rendit a luy obeis
sans aucuns gentilz hommes a beruille: qui estoient enclins a guerres et seditions: com
bien quil neust encores que quinze ans. Auquel temps Loys son pere par le conseil dau
cuns de ses chambellans / se fit derechef couronner au temple sainct Denys en france.
Auquel lieu fut le mariage solennize entre Phelippe et ysabel fille de Bauldouyn conte
de Henauld et nyece de Phelippe conte de Flandres / issue de la lignee Charlemaigne.
A laquelle cestuy Henry conte de Flandres aqui appartenoit la conte Darthoys pource q̃l
navoit aucūs enfās / dōna en douaire ypetuelle icelluy cōte darthoys iusq̃s au fleuve de
lise faisans la separation des flamēs z des arthesiens. Peu de iours apres mourut le roy
loysde palisie. Lā de grace mil.c.iiiixx. z fut porte au monastere du barbeau q̃ luy vivāt

n i

Le sacre z cou
ronnement de
Phelippe au
guste a Rais.

La punition
des iuifz fai
cte par le Roy
Philippe.

auoit conſtruict et edifie. Le ſepulchze duquel honnoza la royne Alizon ſon eſpouſe de oz
argent et pierres precieuſes. Durant ſon regne Tournay qui par leſpace de ſip cens ans
auoit eſte ſoubz leglife de noyon/fut fait ſiege epiſcopal Eugene troiſieme de ce nom loze
gouuernant le ſiege epiſcopal. ⊂ Les obſeques et funerailes de ſon pere acomplies/de
rechef le roy Philippe aup iuifz retourna. Leſquelz par grant bſure auoiẽt teſſemẽt obli
ge les citopens de paris: que de leurs demaines et heritages enrichiz/ptendoient a culp
appartenir preſque la moictpe de la cite les aultres gardopent en pziſon en leurs maiſõs
et pluſieurs aultres choſes ſemblables auoient fait au poures mẽdiens: ſpoliez et deue
ſtuz de tous leurs biens pout leur dẽbte paper. Dultre cela en leur maiſon tenoiẽt famil
le de creſtiens par le ſeruice deſquelz quottidien il augmentoient et accroiſſoient leur ri
cheſſe. Et quant de leurs debteurs auoient receu robes noiommẽes et ſacrez baiſſeaulp de
leglife au lieu de gaige: certes ilz les appliquoient a treſozbz et bilz bſages. Ces iniqui
tez des iuifz congnuee: ſen a la le roy par deuers Benard anachozite hõme de ſaincte bie
et de treſnoble renõmee/faiſant ſa reſibẽce au boys de bicẽnes: le pria de dire quelle eſtoit
ſon oppinion des iuifz. Aquop Benard reſpondit: que ce ſeroit bien fait/ſe le roy quictoit
et remectoit toutes les debtes deſqlles eſtoient les creſtiẽs tenuzq obligeenuers les iuifz
la cziquieſme partie dicelles debtes(ſil bouloit) a ſop cõfiſqt. ⊂ Le roy cõferme en loppi
nion de lanachozite: priua les iuifz de toutes leurs terres demaines q poſſeſſiõs: aſſigna
tion a eulp baillee au iour de la ſaint Jehan baptiſte/debans le quel q incontinant icel
luy eſcheu: bideroient tous de la france. Et ne put le roy eſtre diuerti de ce faire: combiẽ
que pluſieurs des principaulp de france ſefforceaſſent remoderer celle ſereute et ſentẽce
En quel tẽps
furẽt les iuifz
chacez de fran
ce.
corrompuz q allegez par les dons des iuifz Doncqz ſicõme fut cloſe la pozte a toutes prier
tes q faueurs benant le iour aſſigne au partement: tous les iuifz chargerẽt leurs bagues
et ſen allerent: epcepte peu qui boulurẽt cõfeſſet q aduouer la foy de ieſuchziſt. Auſquelz
aps quilz furẽt lauez du ſacremẽt de bapteſme/leur reſtitua le roy Phelippe toutes leurs
fortunes auecques liberte. Lan de grace mil cent. iiii. pp. et deup. Les iuifz chaſez de frã
ce/cõmanda le roy leurs Synagogues eſtre conuertpes et debiees aup ſerimonpes des cre
ſtiens. ⊂ Au grant chemin royal et publique/par le quel on ba de paris a ſainct denps
ya bne chapelle attribuee aup labres/au pres de laqlle eſtoit le marche des choſes benba
bles. Le dzoit de la terre de ce marche acquis par les labres: ozdõna Phelippe quil ſeroit
tenu debans la bille de paris au lieu qui eſtoit dit champel. Du treſlarges maiſonsq
edifices conſtruicts et baſtiz pourroient eſtre les marchandiſes retraictes q reſerres des
marchans ſans le danger de la pluye. Ce marche bulgairement eſt des francops appele
les halkes. Ceſtuy Phelippe auſſi clopt et enuironna le boys de bicennes de muraiſſes p
durables: qui parauant achacuin eſtoit acceſſible. ⊂ En icelluy tẽps Phelippe conte de
flãdzes tenoit et occupoit le pays de bermandoys: que de dzoit diſoit le roy a luy cõpeter et
Le cõte de ber
mandoyeren=
du au roy phe
lippe.
aptenir. Parquop guerre meue et finablemẽt larmee de chacũ des prices retiree: le conte
de ſa pure et franche boulente / ſans coup ferir: reſtitua de quil auoit iniuſtement occu
pe: epceptez Peroune et ſaint Quẽtin: que ceſtuy conte cõme terſfortes billes reſerua
a luy tãt qͤl biueroit. De ceſte cõcozdeq paiſible aliãce furẽt aẽteur Thibauld ſeneſchal de
blops/q guillãume arceueſq de rains. Et neſt pas cecy ſãs mjracle q cõme le pnier iour
de iuillet les gens darmes euſſent au champs du bailliage de bermandoys fouſe/bziſe et

peftry de toutes pars les blez et auoines pastiz: si que les laboureurs perdu auoient lesperance de messons. Sy neantmoyns en icelluy moys fut si grand abondance et copiosite de
blez a de toutes sortes et especes de Victuailles/ que les messonniers recueillirēt doubles
messons. Mais au contraire es lieux ou larmee des flamens sestoit arrestee toutes choses
seichērent. ⹂Entre ses occupations du roy: a luy vindrent ambassadeurs de Hierusalē
Cestassauoir Eraclyus patriarche Hierosolumitain: et le prieur de lhospital/ pour anon
cer la calamite que salhadin egiptien auoit fait aux crestiēs par palestine: aucunes places prinses et occupees/ non sans grand perte et occision de nos gens. Disans q̄ se les pri
ces crestiens ne donnoient secours a ce dommage: en brief temps tomberoient les choses
de Hierusalem soubz la puissance des ennemys. ⹂Le roy meu de ces querelles et cōplai
tes: assembla ses euesques du royaulme a paris. Ausquelz apres quilz furēt venuz et cō
paruz/ remonstra quel estoit lestat des crestiens en syrie. Et q̄ besoing estoit chacun deux
en leurs dioceses et territoires le peuple admōnester de porter secours et aibe au miserable et poure estat des crestiens. Au regard de luy/ quil estoit tout prest auant tous aultres
de faire son deuoir/ et y aller se lestat des choses presentes le permettoit: mais neātmoyns
q̄ pour la faire y enuoyroit tresuaillās cheualiers et capitaines de guerre/ accōpaignez de
courageuse multitude de cōbatans. La harengue du roy p les plaz approuuee/ et peu de
temps aps deputa le roy aucūs des siēs pour les affligez secourir. ⹂Ce pendant il mena
son armee contre hugues duc de Bourgongne qui auoit enuirōne le chasteau du Verger/
de munitiōs de guerre a en ycelluy assiege Guy seignr dudit lieu. Ja cestuy hugues auoit
erige et leue quatre tours aupres dudit chasteau. par les quelles il empeschoit les assiegez de sortir en armes a luy fiche en sa ptinacite a ostination auoit delibere de iamais ne
partir de ce lieu iusqs ad ce q̄ leust prins le chasteau. Mais aux obstinez souuēt esffoys ad
uient aultremēt quilz ne desirent. Car le roy venāt plustot q̄ hugues ne cuidoit surprist
lesperāce de lassiegeur: a ses tours/ bouluarts/ bateries a aultres munitiōs rōpues a bri
sees fut de guyon receu au chasteau. Nō obstāt seq̄l dōmaige ainsi receu ne cessa hugues
de desrober les eglises a monasteres: iasoit ce q̄ par Phelippe souuēt fut admoneste de nō
ce faire. A ceste cause le roy son armee cōduicte a chastillon prit le chasteau dassault. Par
quoy craignāt hugues ce danger de sa psonne/ hastiuement sefforca la grace du Roy acq̄-
rir a auoit. Laq̄lle ipetree auec luy faicte telle cheuissance. Cestassauoir q̄ deux chasteaulx demeureroiēt soubz sa puissance a seigneurie du roy iusqs ad ce q̄ leust payc trēte
mille frās aux eglises a par ainsi retourna Phelippe a paris. Ou seiournāt par aucūes
iournes sicōme il se prōmenoit parmy le palais luy vint au nez se sentemēt dune puēteur
et infection procedāt des rues publiqs: dōt tresfort offence/ congnoissant q̄ celle puinasic
pcedoit des fāges a bourbiers q̄ estoiēt es rues: ordōna lors q̄ les seroient pauees de pier
res. Certes ce fut vng oeuure excellāt a louable pour la grādeur de la Ville. A ceste cause
les citoyēs auec le preuost des marchās appelez/ les chargea de faire pauer les rues. Par
vne mesme prouidēce fist clorre a euirōner d̄ pierres carrees partie du chāpel/ q̄ estoit pres
la chapelle sainct Innocēt lors seruāt a porter les merceries a marchādises q̄dable esse de
puta a la sepulture des corps humains et tant seullemēt a cimityere a lieu dhumaine sepulture. ⹂Durans ces iours pource que Richard filz de Henry roy dangleterre tenoit
la conte de Poictou/ dont il ne faisoit au Roy Phelippe la foy et hommaige pource
deuz mais par frauduleuses dilations differoit luy en faire le serment de fidelite. Deli-

n ii

Le conseil ge-
neral des euef
ques assemble
a Paris.

Le Verger dli
ure p Phelip-
pe de la puissā
ce des bourgui
gnons.

Linstitution
du pauement
des rues de pa
ris.

auoit conſtruict et eōifie. Le ſepulchꝛe duquel honnoꝛa ſa royne Alizō ſon eſpouſe de oꝛ⁊
argent et pierres precieuſes. Durant ſon regne Tournay qui par leſpace de ſix cens ans
auoit eſte ſoub⁊ legliſe de noyon/fut fait ſiege epiſcopal Eugene troiſieme de ce nom loꝛs
gouuernant le ſiege epiſcopal. ¶ Les obſeques et funeraiſſes de ſon pere acomplies/be⸗
rechef le roy Philippe aux iuif⁊ retourna. Leſquelz par gꝛant vſure auoiēt tellemēt obli
ge les citoyens de Paris: que de leurs demaines et heritages enricht⁊/ſtēdoient a eulr
appartenir pꝛeſque la moictye de la cité les aultres gardoyent en pꝛiſon en leurs maiſōs
et pluſieurs aultres choſes ſemblables auoient fait au poures mēdiens : ſpoliez et deue⸗
ſtu⁊ de tous leurs biens pour leur dēbte payer. Oultre cela en leur maiſon tenoiēt famil⸗
le de creſtiens par le ſeruice deſquel⁊ quottidien il augmentoient et accroiſſoient leur ri⸗
cheſſe. Et quant de leurs dēbteurs auoient receu robes aoꝛnemēs et ſacrez vaiſſeaulx de
leglise au lieu de gaige: certes il⁊ les appliquoient a treſoꝛb⁊ et vil⁊ vſages. Les iniqui
tez des iuif⁊ congnues: ſen a la le roy par beuers Benard anachoꝛite hōme de ſaincte vie
et de treſnoble renōmee/faiſant ſa reſibēce au boys de Bicēnes: le pꝛia de dire quelle eſtoit
ſon oppinion des iuif⁊. Aquoy Benard reſpondit: que ce ſeroit bien fait/ ſe le roy quictoit
et remettoit toutes les debtes deſqlles eſtoient les creſtiēs tenu⁊⁊ obligesenuers les iuif⁊
la cīquieſme partie dicelles debtes(ſil vouloit) a ſoy cōfiſꝗt. ¶ Le roy cōferme en loppi
nion de lanachoꝛite: priua les iuif⁊ de toutes leurs terre demaines ⁊ poſſeſſiōs: aſſigna
tion a eulx baillee au iour de la ſainct Jehan baptiſte/ bebans le quel ⁊ incontinant icel⸗
luy eſcheu: videroient tous de la france. Et ne put le roy eſtre diuerti de ce ce faire : cōbiē
que pluſieurs des pꝛincipaulx de france ſefforceaſſent remoderer celle ſerenite et ſentēce
En quel tēps
furēt les iuif⁊
chace⁊ de fran
ce.corrompu⁊ ⁊ alleguez par les dons des iuif⁊ Doncꝗs ſicōme fut cloſe la poꝛſe a toutes pꝛier
tes ⁊ faueurs venant le iour aſſigne au partement: tous les iuif⁊ chargerēt leurs bagues
et ſen allerent: epcepte peu qui voulurēt cōfeſſer ⁊ aduouer la foy de ieſuchꝛiſt. Auſquelz
aꝑs quil⁊ furēt lauez du ſacremēt de bapteſme/leur reſtitua le roy Philippe toutes leurs
fortunes auecques liberte. Lan de grace mil cent. iiii. ꝓꝓ. et deuꝝ. Les iuif⁊ chaſez de frā
ce/cōmanda le roy leurs ſynagogues eſtre conuertyes et dediées aux ſeruonꝝes des cre⸗
ſtiens. ¶ Au gꝛant chemin royal et publique/par le quel on va de Paris a ſainct denys
va vne chapelle attribuee aux ſadres/ au pꝛes de laꝗlle eſtoit le marche des choſes venba⸗
bles. Le dꝛoit de la terre de ce marche acquis par les ſadres: oꝛdōna Phelippe quil ſeroit
tenu dedans la ville de Paris au lieu qui eſtoit dit champel. Ou treſſarges maiſſone⁊
edifices conſtruict⁊ et baſti⁊ pourroient eſtre les marchandiſes rettraictes ⁊ reſerrées des
marchans ſans le danger de la pluye. Ce marche vulgairement eſt des francoys appele
les halles. Ceſtuy Phelippe auſſi clopt et enuironna le boys de Bicennes de murailles ꝑ
durables: qui parauant achacun eſtoit acceſſible. ¶ En icelluy tēps Phelippe conte de
Le cōte de Ver
mandoy ren⸗
du au roy phē
lippe.flādres tenoit et occupoit le pays de Vermādoys: que de dꝛoit diſoit le roy a luy cōpetrr et
aꝑtenir. Parquoy guerre meue et finablemēt larmee de chacū des pꝛices retiree: le conte
de ſa pure et franche voulente/ ſans coup ferir : reſtitua ce quil auoit iniuſtement occu⸗
pe: epceptez Peronne et ſaint Quētin: que celluy conte comme terſſortes villes reſerua
a luy tāt ꝗl viueroit. De celle cōcoꝛde⁊⁊ paiſible aliāce furēt acteur Thibauld ſenechal de
vloys/⁊ guillaume arceueſꝗ de rains. Et nẽſt pas cecy ſās myꝛacle ꝗ cōme le pꝛmier iour
de iuillet les gens darmes euſſet eu champs du bailliage de Vermandoys foule/ bꝛiſe et

peftry de toutes pars les blez et auoines paftiz:fi que les labouteurs perdu auoient lefperance de meffos. Neantmoyns en icelluy moys fut figrand abondance et copiofite de
blez ꝗ de toutes fortes et efpeces de victuailles/ que les meffonniers recueillitet doubles
meffon.Mais au contraire es lieuz ou larmee des flamens feftoit arreftee toutes chofes
feicherent. ⳗEntre fes occupations du roy: a luy vindrent ambaffadeurs de hierufalé
Ceftaffauoir Eraclius patriarche hierofolumitain:et le prieur de lhofpital/pour anon
cer la calamite que falhadin egiptien auoit fait aur creftiés par paleftine: aucunes places prinfes et occupees/non fans grand perte et occifion de nos gens. Difans ꝗ fe les pri
ces creftiens ne donnoient fecours a ce dommage: en brief temps tomberoient les chofes
de hierufalem foubz la puiffance des ennemys. ⳗLe roy meu de ces querelles et cóplai
tes: affembla les euefques du royaulme a paris. Aufquelz apres quilz furet venuz et có
patuz/remonftra quel eftoit leftat des creftiens en fyrie. Et ꝗ befoing eftoit chacun deux
en leurs diocefes et territoires le peuple admónefter de porter fecours et aibe au miferable et poure eftat des creftiens. Au regard de luy/quil eftoit tout preft auant tous aultres
de faire fon deuoir/et y aller fe leftat des chofes prefentes le permettoit: mais neátmoyns
ꝗ pour la faire y enuoyroit trefuaillás cheualiers et capitaines de guerre/acópaignez de
courageufe multitude de cóbatans. La harengue du roy y les platz approuuee/et peu de
téps aps deputa le roy aucüs des fiés pour les affligez fecourir. ⳗLe pendant il mena
fon armee contre hugues duc de bourgongne qui auoit enuironne le chafteau du berger/
de müitiós de guerre ꝗ en ycellup affiege Guy feignr dudit lieu. Ja cefluy hugues auoit
erige et leue quatre tours aupres dudit chafteau. par les quelles il empefchoit les uffie-
gez de fortir en armes ꝗ luy fiche en fa ptinacite ꝗ oftination auoit delibere de iamais ne
partir de ce lieu iufꝗ aꝰ ce il euft prins le chafteau. Mais aux obftinez fouuéteffoys aꝰ
uient aultremét quilz ne defirent. Car le roy venát pluftoft ꝗ hugues ne cuidoit furprift
lefperáce de laffiegeur: ꝗ les tours/bouluarts/bateries ꝗ aultres munitiós rópues ꝗ bri-
fees fut de guyon receu au chafteau. Nó obftát leꝗl dómaigc ainfi receu ne ceffa hugues
de deftober les eglifes ꝗ monafteres: iafoit ce ꝗ par Phelippe fouuét fut admónefte de nó
ce faire. A cefte caufe le roy fon armee códuicte a chaftillon prit le chafteau daffault. Par
quoy craignát hugues le danger de fa pfonne/haftiuement fefforca la grace du Roy acꝗ
tir ꝗ auoir. Laꝗlle ipetree auec luy fut faicte telle cheuiffance. Ceftaffauoir ꝗ deux chafteaulx demeureroiét foubz la puiffance ꝗ feigneurie du roy iufꝗ aꝰ ce il euft paye tréte
mille fräs aux eglifes ꝗ par ainfi retourna Phelippe a paris. Du feiournát par aucües
iournes ficóme il fe prómenoit parmy le palais luy vint au nez le fentemét dune puéteur
et infection procedát des rues publiꝗs: dót treffort offencé/ congnoiffant ꝗ celle punaysie.
pcedoit des fáges ꝗ bourbiers ꝗ eftoiét es rues: ordóna lors ꝗlles feroient pauees de pier-
tres. Certes ce fut vng oeuure excellát ꝗ louable pour la grádeur de la ville. A cefte caufe
les citoyás auec le preuoft des marcháss appelez/les chatgea de faire pauer les rues. Par
vne mefme prouidéce fift cloure ꝗ éuirónet d pierres carrees partie du chápel/ꝗ eftoit pres
la chapelle fainct Innocét lors feruát a porter les merceries ꝗ matchádifes vedable: le de
puta a la fepulture des corps humains et tant feullemét a cimityere ꝗ lieu dhumaine fepulture. ⳗDurans ces iours pource que Richard filz de henry roy dangleterre tenoit
la conte de Poictou/dont il ne faifoit au Roy Phelippe la foy et hommaige pourcc
deuz mais par frauduleufes dilations differoit luy en faire fe ferment de fidelite. Deli-

Le confeil ge-
neral des euef
ques affemblé
a Paris.

Le berger dli
ure p Phelip-
pe de la puiffá
ce des bourgui
gnons.

Linftitution
du pauement
des rues de pa
ris.

beta le roy Philippe de plus ne tollerer lastuce ꝗ cautelle de celuy hõme enclin en toute re

Guerre côtre Richard duc daquitaine

bellion.Parquoy cheminant en berry a compaigne de grãt multitude de gens de guerre gasta le pays de aquitaine iusques au chasteau Radin.Laquelle chose cõgnue Henry roy dengleterre auec son filz Richard menans leur armee contre le roy Philippe par force et par armes se efforcerent le detourner de lassiegement du chasteau.Et quant ilz furent venuz deuant la face des francoys:se retourna le roy Philippe a lencontre desangloys dõ nant courage ꝗ puissãce aulx siens de cõbatre.De laquelle hardiesse les ennemys espouë tez:incontinẽt enuoyrent deux cardinaulx ambassadeurs deuers le roy pour traicter de paip:lesquelz durant ce temps estoient venuz de Rõme en france pour reconseiller ꝗ met

Treues

tre daccord les roys.Ces ambassadeurs faisãs leur legation/promirent au nom des an gloys faire foy ꝗ hõmage au roy cõ oultre acõplir les choses appartenãs au droit de fide lite.Au moyen desquelles promesses treues ꝗ inducies accordees dune part ꝗ daultre/ces sa la guerre.❡Ce pendant quon traictoit de paip:auciẽdes souldars de richard que en celle aage on nõmoit coterelliers/se mirent a iouer au dez luy desquelz ses deniers perduz blasfemant cõtre dieu/quant il apperceut a la porte de lesglise lymage de la glorieuse Vier ge marie portant son filz dessus son bras:par grant despit iecta vne pierre cõtre celle yma

Myracle

ge: ꝗ de ce coup rompit vne partie du bras du filz/dont issit ꝗ coula grant effusion de sang qui donna sante ꝗ garison a plusieurs mallades.Lors le souldart blasphemateur de dieu et contempteur de la benoiste Vierge:soudainement rauy du dyable ce iour mesme mise rablement rendit lesprit.Nul donques soit tant hardy a depriser ꝗ contempner les yma ges des sainctz lesquelles iasoit ce ꝗlles nayent riẽs de diuinite en soy/toutessoyes elles sont monstrees et expibees au peuple pour exemple de Vertue:ꝗ si admonnestent la pensee humaine a ensuyuir la treslouable ꝗ Vertueuse Vie de ceulx/les ymages desquelz soyent

Messagers ð Hierusalem

estre reuerees et honnorees.Lestat de france estant paisible:de asye vindrẽt de rechef mes sagers anoncer que par Salhadin auoient este destruictz et occis tous les crestiens estãs en syrie:et que la saincte cite de Hierusalem auec le roy estoit prise et la croix de iesuchrist emportee:et que plus ny estoit demeure que troys villes/cestassauoir Tyron Trenoble et Antioche/et y auoit peu de chasteaulx persistans en la foy.La quelle calamite en fran ce publiee/furent tous meurdrez de tristesse.Et mesmes le roy Philippe le premier ayant pitye et compassion de tant griefues persecutions:par ses messagers appella Hen ry roy dangleterre pour parler a luy.Les roys assemblez en la plaine qui nest pas loing de gisors:par les persuasions et remonstrance de leuesque de thyre/fut telle et tant parfe cte charite entre les princes:que nul ne croioit les Ð:voit iamais departir de paip perpe tuelle.A ces causes le signe de la croix prins contre les ennemys de la foy : prouoquerent et inciterẽt plusieurs euesꝗs ꝗ seigneurs temporelz auecꝗs copieuse multitude de peuple a faire semblable entreprise.Aduisɥ a celle expedition de guerre faire/y auoit faulte de pecune:pour a quoy dõner prouision/les euesꝗs ꝗ gentilz hõmes cõuoquez ꝗ assemblez a Paris.Requist le roy luy estre pmis de cueiller ꝗ receuoir la disme des rẽtes ꝗ reuenues ecclesiastiques:la quelle depuys fut appellee la disme salhadin.Aulx gens darmes:ꝗ hõ

La disme Salhadin

mes de guerre qui estoiẽt detenuz prisõniers pour la pecune ꝗ debte daultruy:fut permis ꝗlz seroient desliures le iour quil partiroient pour aller a celle guerre:ꝗ quil auoient troys termes pour leurs debtes payer aulx creanciers.Ces ordonnances ainsi diffinies ꝗ pu bliees en plaine assemblee:le troisiesme moys apres ensuyuant Richard preuaricateur et

infracteur des induces ꝫ de la foy ꝟoccafion prife mena guerre a lencontre de Raymond conte de thoulouze. De laquelle rebelliõ Phelippe aduerty ꝑles meffagiers de Raymõd fon armee dreffer/print daffault le chafteau Radin Bufental et argenton Quant il eut affiege leur on/qui eft fitue pres des fãges feicha la terre en telle fechereffe/ꝗ mefmes les fanges ꝫ marefcaiges eftoient toutes arces et feiches Sicomme doncques les beftes che ualines et larmee auoient grand neceffite et indigence deaues et neftoit eſpãce de aucu ne pluye du ciel. ꝶãtoft ꝟindrent fourfes deaues en plufieurs lieuƥ/fi que fe fêt ãt et mareſt fe refpendit en abõdãce. Apres ꝗ le roy pheli ppe eut pris leuron daffault Jl le dõ na a fon coufin loys filz de ꝶhibauld de bloys De leuton fon armee fift marcher a mont= richard/ou il print daffault le chafteau apres quil eut efte de luy affiege/aucune efpace de têps/fift bruffer les faulƥbourgs et razer a fleur de terre la grand tour treffforte et def= fenfable. De la cheminant phelippe par auuergne/prit et occupa tout ce qui eftoit au roy dangleterre. ꝶant de pertes et donmaiges receuz/Le roy dangleterre ramenant fon ar mee et paffant par normandye auec fon filz Richard pour retourner en angleterre Jl de= ftruifit rompit et diffipa plufieurs places iufques a ce ꝗl fut ꝟenu a gifors. Peu de têps apres Richard conte de poictiers ꝟoyant que fon per̃ Henry luy auoit reffufe bailler en mariage marguerite feur du roy Phelippe/laquelle eftoit gardee en angleterre en efperã ce de ces nopces habandonna falliance de fon pere et fe retira auec le roy phelippe/luy fai fant foy et hommage des terres et feigneuries quil tenoit et poffedoit en france. ꝰAu prin temps prochain enfuyuant le roy phelippe treffoiligêt executeur de la guerre par luy encommenccea lencontre de Henry roy dangleterre faifant marcher fon armee ficomme il chemioit pour aller au pays du maine/prit la ferte bernard auec quatre auftres treffois et deffenfables chafteauƥ. Puis incontinant tira chemin au maine et affiegea la ꝟille du mans/Delaquelle efchappa henry/qui fans feiour fe retira a ꝶhynon. Le mãs ꝑis fen alla phelippe en touraine Du empefche par la riuiere de ꝟoyre prenant ꝟne lance en fa main et tatant deuant fon armee le fond du fleuue/ Ꝯonftra la ꝟoye par laquelle fes gens pourroyent paffer feurement. Le fleuue trauerfe de force et affault print la ꝟille de tours. ꝶouteffuoyes ne permift le roy aucune crudelite ou molefte eftre faicte auƥ citoy ans Le douziefme iour apres la prinfe de la ꝟille Garnifon leffee en icelle/remena le roy Phelippe fon armee. Ce pendant/ceft affauoir enuiron le premier iour de iuillet moutut le Roy dangleterre Henry a ꝶhynon/Par le commandement et la perfecutioŋ duquel fainct ꝶhomas arceuefque de cantozbye faifant loffice de ꝟefpres fut occis de cĩꝗ playes moztelles que luy firent quatre fouldars a ce commis et deputez diceluy Henry Pour rai fon dequoy le honnoze leglife au college et nombre des benoiſtz martyrs. Le fepulchze de ceftuy Henry eft au iourdhuy ꝟeu au monaftere de fronteuault. Auquel fuccedã fon filz Richard/Cueur de leon appelle Et peu de temps apres/paiƥ faicte ꝫ accordee auecques Philippe Luy rendit iceluy philippe de fon propre mouuement ꝫ ꝟouloir tout ce quil a uoit ofte a Henry fon pere ꝶroys chafteaulƥreceuz par Richard luy auffi ꝟfant de libe ralite enuers le Roy phelippe luy donna a touffiours perpetuellemẽt Crefay Eftodung et doʒõne. Le chofes ozdõnees/traicterẽt les roys ꝺ feppeditiõ du ꝟoyage iherofolimitaĩ tellemẽt ꝗlz accozderẽt ꝗ leurs nefz ioictes nauigeroĩẽtꝫ irorẽt en fyrie Dõcꝫ lan de gra ce mil cẽt. iiii. ƥƥ. iƥ. enuirõ la fefte faĩt iehã/apꝛ ꝗ phelippe eut faict fon oraifon acõpai gne de richard fen alla a ꝟefelanfõ filz leffa foubz la tutelle ꝺ fa merez de larceuefꝗ de reis
n.iii.

Richard roy dãgleterre tur bateur de la guerre Jhero folimitaine.

richard fe rẽd au roy de fran ce.

Le ꝟoyage de iherufalem cõ tre les turcꝗs et farrazins.

fon oncle legat apoftolique fe tranfporta a Gennes et Richard a Marfeille. Ce que e=
ftoit conuenable et neceffaire a larmee fut achete a Gennes fe mirent les Roys deffus
la mer. Lors fe leua tempefte par laquelle vne partie fut portee a Meffane/ & le refidu a
aultres portz Les roys eftans a meffanc labbe Joachin fachant les chofes a venir fe trã
porta par deuers culx prophetizans que le temps de recouurer Jherufalem neftoit pas
encores venu Toutefuoyes lhyuer paffe/combien que Richard euft deliberee de differer
le nauigage iufques au moys daouft/ Neantmoins le roy Phelippe entra en fa nef/ Et
tant fift quil arriua a Acon. Laquelle ville ia par deux ans affiegee nauoient peu les
genfdarmes creftiens prendre ny auoit Les tentes doncques fichees et loft des creftiens
affis deuant Acon. Jafoit ce que Phelippe euft prefque rompu et abatu toutes les mu=

**Richard trai
ftrect defloy=
al.**

railles de la ville a force de bombardes & aultre maniere de artillerie Toutefuoyes il dif
fera de combatre et prendre le lieu daffault actendant le Roy Richard.   Quant richard
fut venu Requis & prie par le roy Phelippe de faire enfemble laffault et batterie Luy de
nya et reffufa franchement Et qui plus eft ne voulut obtemperer et obeyr a loppinion et
fentence des arbitres Qui par chafcun des princes eftoiét conftituez capitaines et chefz
de leur armees. Tant et fi cruellement les angloys haiffent tous les francoys: que plus
facilement mectras amour et alliance entre le loup et la brebis/que entre le francoys & lã
gloys. ❡ Car comme iay peu fcauoir Lors que par le Roy Charles huitifme enuoye fuz
ambaffadeur par deuers Henry Roy dangleterre feptiefme de ce nõ. Plufieurs angloys
faifans aprendre leurs enfans a tirer de larc Quant ilz ont aage pour ce faire Leur font
paindre vne ymage et effigie dung homme francoys. Hay (difent ilz) Mon filz aprens a
fraper et occir le francoys. Richard reffufant donner fecours et aide au Roy. Quant les
affiegez virent que Phelippe eftoit preft de les combatre Crierent a haulte voix quilz
rendroyent la ville/fil les permectoit fortir leurs bagues faulues. A quoy le roy Phelip
pe refpondit que bien fe vouloit pourueu quilz rendroient tous les prifonniers creftiens
qui detenuz eftoient par Salhadin en fyrie et egipte Et par efpecial la faicte croix de ihe
fucrift Et quilz ne penfaffent iamais partir de ce lieu/finon en acompliffant toutes ces
chofes. ❡ La ville rendue a Phelippe par la compofition deffufdicte/et les prifonniers
diftribuez entre les princes. Phelippe qui auoit Richard fufpect pource que par meffa=

**Le partemét
du roy phelip
pe de Acon.**

gers communiquoit auec Salhadin lequel luy faifoit prefens de plufieurs riches dons
foy fentant grietuement mallade Appella les principaulx de fon armee difant quil vou=
loit en france retourner A cefte caufe eftabliffant Odo duc de bourgongne fonlieutenant
et capitaine general de toute larmee Troys galees tant feullemét preparees par tuffin
cuefque de gennes Nauiga en apulie ou il receut allegement et garifon de fa malladie a
pres le feiour de quelques iournees Puis meu de vueil et deuotiõ a Romme chemina au
temps que le pape celefti troyfiefme de ce nõ adminiftroit le fiege apoftolique. ❡ Apres
le partement du Roy Phelippe/ commãda Richard a foy mener les prifonniers quil

**Sip mille far
razins decapi
tez.**

auoit defaffiegez. Aufquelz il demanda les creftiens quilz tenoyent en leurs lyens et la
croix de ihefucrift Et pource quilz differoyent de les rendre Et que Salhadin eftoit ref
fufant ou delayant de fa promeffe acomplir falhadin Il en fift tirer fix mille hors la vil
le Lefquelz il commãda decapiter.   ❡ Le roy Phelippe arriue en france/ficomme il
eftoit a fainct germain en laye luy fut rapporte vng crime trefexecrable commis par les
iuifz. Ceftaffauoir que au chafteau de Bray auoient fait prendre les iuifz vng creftien

Lequel ilz laccusoyent de larcin et homicide ꝗ lauoient couronne dung chapeau despines
batu/flagelle cruellement En cest estat mene par la ville et finablemēt occis au gibet de
la croix soubz la permission de la dame du lieu/qui estoit corrompue et vaincue par leurs
dons. Celle iniure congneue/Le roy sans y faire demeure(ses chambellans ignorans ce
quil portoit en son couraige)diligemment a Bray se transporta. Des incontinēnt quil
fut arriue commanda aux siens soigneusemēt garder les portes/voyes/et saillies si que
il fist prendre et brusler plus de quatre vingtz iuifz La punition des iuifz executee. Phe
lippe estāt a pontoize luy furent apportees lettres de Syrie Par lesquelles il estoit admo
neste que par le conseil de Richard vng nomme Battasin auoit este de arabye en fran
ce enuoye pour loccir. Laquelle chose entendue le Roy soigneux de sa personne vsa de di
ligence et prouision en sa garde. Mais ses ambassadeurs enuoyez en sirie par deuers ses
amys. Quant il congneut que cestoit fiction faicte par ses ennemis. Il se deslia de tou
te suspicion Et fichant en sa memoire les iniures quil auoit receu de Richard hastiue
ment sappliqua a venger la trahison de cest homme Gisors doncques ꝗ Vesepin le nommāt
pris ꝗ occupez/consequēment acquist possession et iouissance de toute normandie Labō
ne royne ysabel trespassee a lenfantemēt de deux filz dune vettre. Phelippe enuoya cestiē
ne euesque de noyō a Cayn roy de dalmacie la seur duquel il espousa qui fut nōmec inge
berge Apres que lanibassadeur fut retourne de sa legation Ingeberge receue a paris en
pompe royalle. Peu de iours ensemble passez la sessa phelippe occasion prise/sur ce quelle
estoit sa cousine et quilz estoient enfans des deux seurs. Surquoy faire enqueste sasoit
ce que au prochatz de Cayn Mydas et Cecyn eussent este deseguez du pape par mande
ment especial Neantmoins par leur negligence ou corrompuz de liberalite royalle Du
pour crainte du roy offenser ne acomplirent leur commission et mandement. Mais inge
berge/combien quen son couraige moult griefuement portast le diuuorce. Toutessuoyes
mieulx ayma viure en continence auec les francoys que estre remariee a vng aultre hō
me. ℄Quant langloys Richard eut la region de sirie delessee et fut retourne en france
commenca a exercer sa cruaulte et inimitie contre le clerge de tours Les prestres et cha
noygnes arrachez hors leglise sainct martin et par luy spoliez de tous leurs biens et tem
porelles fortunez. A laquelle calamite vne aultre phelippe adiousta. Car il rauit et trās
porta tous les biens des eglises estans en la principaulte de Richard Et les seruiteurs
de dieu chacez et expulsez des lieux sainctz fist proye et rapine de leurs testes et reuenues
Et ne retira ses mains de ceulx mesmes q̄ estoient de sa iurisdiction ꝗ seigneurie Mais
il les foula et molesta de tribuz et tailles continuelles Disant quil auoit besoing de grā
de pecune pour la deliurance de la terre saincte. Certes tous pecheurs ont tousiours quel
que prompte raison pour leurs pechez et erreurs excuser. ℄Sicomme ces hoses faisoit
phelippe en leglise de dieu Iehan frere de Richard qui estoit surnomme sans terre Le cō
te daulphin/Le conte darōdelle auec partie des habitās de Rouen ioinctz auec luy senal
la assieger le chasteau de Vaultrueil/Du aps q̄lz eurēt songe a peine lespace de huit iours
suruint phelippe par impetueuse armee ruant trestudemēt sus son aduersaire/si que les
normans se mectans en fuyte/delesserent et abandonnerent leurs tentes/qui furēt proye
aux francoys. Peu de temps apres pource que richard preuaricateur et infracteur des in
duces et treues/ Auoit assiege ses arches/fist Phelippe sortir la garnison quil auoit a
Vaultrueil et alla ce lieu destruire et razer/Et de la cheminant a lencontre de Richard le

n.iiii.

Crime execra
ble des iuifz.

Ingebergefil
le du Roy de
dalmacie fem
me de phelip
pe auguste.

Richard vio
lateur des tre
ues.

chassa auec les normans iusques a dieppe/Les nefz(qui estoient au port)arces et bruf=
lees. ❡Les choses guerroyablement faictes a lencontre de langloys combien que fust
la guerre vng peu cessee par aultres treues toutesuoyes Richard qui ne tenoit aucile pro
messe/Les induces de rechief violees recommenca la bataille. Lost drece et acoustre af=
sez pres de essoudun/actendans les gensdarmes que on donnast lassault Voicy Venir ri=
chard auec peu de gens Lequel de sa propre Voulente sen Vint desarme par deuers phelip
pe/iura et promist sa foy de obeyr doresnauant aux commandemens du roy En apres ac
corde fut entre les roys q̃ seroit faicte assemblee a Vauvreuil et chasteau gaillard le. Vii=
iour de Jauier. Auquel lieu(comme on esperoit)traictee fut et accordee perpetuelle paix
obstaigez baillez et pris dune part et daultre. ❡Au moys de mars ensuiuant phelippe

Marie fille
du duc de Bohe
me et femme
de Phelippe
auguste

espousa marie fille du duc des bohemyens. Et des incontinant ses treues rompues par
la trahison et desloyaulte de Richard Quant il eut abatu et raze le chasteau de brison et
pris par trahison Phelippe son armee assemblee se hasta daller a Dammalle/ou empes=
che en lassiegement de la Ville/arriua Richard a nouencourt Et tellement suborna par
promesses les gensdarmes qui la estoient en garnison/quilz luy rendirent et deliurerent
la place Laquelle il enuitailla et fortiffia de toutes municiõs de guerre Puis marchãt
contre Phelippe qui tenoit Dammalle assiegee sicõme il sefforcoit de faire reculer le roy
de ce lieu cruellement assailly des francoys auec son armee fut mis en fuyte/ou fut pris
Guy thonard homme nõble et trespreux Ce sait retournerent les francoys a dammalle
et donnerent lassault au chasteau/Mais pource que les ennemis se rendirent Pourueu
que leur fust pmis de sortir en armes fut dammalle receue et le chasteau raze a fleur de
terre. De la Venant a Gisors et puis a nouencourt que Richard auoit rauy. Au grand
danger de ses gens le combatit et print de force.   ❡Aultre sollicitude troubla phelippe
combatant contre langloys. Car baulduyn conte de flandres print lalliãce de Richard
et le suiuit regnauld filz du conte de danmartin Lesquelz ensemblement porterent plu=
sieurs pertes et dommaiges aux francoys Combiẽ que cestuy Regnauld peu de temps
par auant par le moyen du roy eust espouse la contesse de boulongne Et par tant eust par
luy este honnore dicelles nopces et du conte entichi et augmente en ses biens   Du

Lexaction de
Phelippe sur
les eglises

rãs ce temps de guerre sainct homer noble et puissante Ville darthoys fut rendue soubz la
puissance de Baulduyn Et les iuifz qui auoyent este expulsez de france fist Phelippe
retourner a paris/Ayant peut estre souffrete et indigence de pecune Entre tant de fraiz
et despence de guerre Car mesmes des eglises le clerge criant et gemissant/print tailles
et pensions annuelles Pour raison dequoy tantost fut enuelope en plus grant inuolutiõ
de guerre que deuant.❡Richard doncques menant son armee tresbiẽ instruicte et acou
stree a Gisors peilla tout a lentour sa region Le chasteau de Corcelle raze par terre Cõ
tre lequel conduisant Phelippe ses gens darmes De premiere Venue en pescha son aduer
saire de aller a Gisors Mais phelippe leuant son couraige en plusgrande ferocite dres=
sa vne poincte de gens de guerre en son armee et par ainsi trauersant Impetueusement
larmee de ses ennemis entra dedans Gisors Aucuns de ses chambellans et gentilz hom
mes enclos q̃ pris prisonniers par Richard Lequel apres quil fut party pour aller en nor
mandye Philippe par armee guerroyable et trescruelle incessamment poursuyuant les
normans Cheminant iusques a Bourgneuf et beaumont Roger destruisit et mist plu=
sieurs Villaiges a feu et a sang Finablement retournant Phelippe en france Quant Ri

chard entēdit quil auoit lesse son armee fist des courses et ribleries a clairmont τ au depi
le normāt : au deuant du quel coururent leuesq̄ de beauuoys et guillaume de demelle : τ si
cōme follemēt sefforcerent des ennemys leur propes recouurer: tōbās entre les mains des
esppees furent prins et amenes. ⊂ Les roys guerroyans lung cōtre lautre par si grāt cou **Leuesque de**
raige et inimitye. Le pape Innocent troisiesme de ce nom/qui au tiers celestin auoit suc **beauuoys**
cede au sainct siege apostolique: studieux et amateur de paix/a iceulx roys enuoia pier= **prisonnier**
re cardinal de capone: lequel non ayant esperance de paix : a peine peut entre eulx accor
der cinq ans de treues: et si ne put faire consentir Richard a bailler et receuoier ostaiges.
Mais cil cruel et indomtable ennemy: peu de temps apres quāt il assiega le chasteau de
lymoges fut occis dung coup de traict iecte par aucūs de ceulx qui estoient en icelluy cha
steau. Soubz cestuy pape Innocent print commencement lordre des freres de la saincte **L'institution**
trinite pour la redēption des crestiēs captifz p linstitution d̄ Jehan de la mate et Phelip **de lordre de la**
anachorite. Lesquelz apres quilz eurent mene longuement vie solitaire au froit cerf/du **saicte trinite.**
territoire de meaulx: furent admonnestez en leur repos de eulx retirer par beuers le pape
pour de luy prendre et receuoir maniere et estat de viure: quant il vindrent au pape/ilz cō
gneurent q̄ lauoit este diuinemēt inspire par semblable reuelation comme eulx. Pour rai
son de quoy du pape furēt benignemēt et humainemēt receuz. Et le.xxvi. iour de Jāuier
sicomme la feste saincte agnetz estoit secondement celebree. Innocēt celebrant la messe:
monstrant la saincte et sacree Hostie aux assistans : vit lange de dieu resplendissant en
moult grande blancheur: les mains coupees tenant deux prisonniers: ung crestien τ laul
tre maure/comme sil les changeast. Auquel ange apparoissoit vne croix de rouge et azeu
tre couleur en la poictrine. Apres laquelle vision et la messe acheuee: appellant a soy les
anachorites. Je apperçoy(dit il) mes enfans que par lesperit de dieu estes conduictz. Je
vous feray faire des vestemēs semblables a la vision qui mest apparue en celebrāt la mes
se. Adonques les robes cousues/vestit et decora Jehan et Felix de blans vestemens / la
croix dessus atachee telle que lange luy auoit monstre. Et a cil nouuel ordre adiousta ti=
tre de la trinite redēptiō des captifz/auec loffice d̄ deliurer les crestiēs prisōniers de la cru
delite des infideles et mescroyans. Lymage de ceste chose est veue a Romme au mont ce
lin a sainct Thomas des faces: ou Innocent a cōstruit et edifie vne eglise de la benoiste
trinite. Aucunes annes apres ensuyuans: fut institue lordre des freres prescheurs : par **L'institution**
lenseignemēt de Dominique hōme saige τ tres sainct. Apres la mort de Richard roy dā **de lordre des**
gleterre grans nombre de gens darmes assemble/ occupa le roy Philippe et print entreux **prescheurs.**
ville de normendie auec plusiurs tresfortz et puissans chasteaux: et si gasta et destruisit
tout le pays iusques au maine. Arthus aussi prince des bretōs reprint la ville dangers
que Richard luy auoit oste et taup : et venant au deuant du roy Philippe luy iura sa foy
et son aliance. ⊂ Le roy en ces choses empesche. Robert de bloys et custace de villemsuf=
ue/prindrent Phelippe conte de namur frere de Hauldouyn de flandres auec douze che
ualiers dorez et ung presbtre nomme Pierre de dueil/et les menerent au roy. Et sans
faire longue demeure/furent treues et induces publiees et confermees par serment entre
le roy et Jehan successeur de Richard/qui auoit non sans terre. Quāt le repos fut a Phi
lippe donne: luy leua nouuelle affliction par le deluge du pape/a cause de son espouse In
geberge quil auoit lessee. Car les prelatz assēblez par leur sentence et diffinition leur am
bassadeur excōmunia Philippe et tout le royaulme/en les separant de la cōmunion des

hommes.non obstant lappel interiecte par icelluy Phelippe au siege apostolique. De la=
quelle seuerite de loy/le roy Phelippe feru:Vsa de fureur & persecution contre le clerge:les
euesques eppulsez de leurs sieges:par le consentement desquelz il auoit receu ceste iniure
Et nespergna dignite ne Vicariat/ q̃ mesmes les simples et poures presbtres ne chassast
despouillez de tous leurs biẽs. Et qui plus est tint Jngeberge enfermee au chasteau des
temps. Sans soy moderer enuers le populaire:la tierce partie de leurs biens epiger:oul
tre les tailles et impositions annuelles ⟨ Approchant la fin des induces et treues se as=
semblerent les roys entre Vernon et lisle andeline pour paix faire et accorder. En ce lieu

Paix entre le
roy de france et
le roy dangle=
terre.

les terres dont question estoit partis et diuisees. Jehan roy dangleterre/tout ce que Phe
lippe auoit oste a Richard lessa en la volente et entiere disposition de Loys filz du roy/
qui auoit espouse blanche sa niepce fille de alphonce roy de Castille adioustant oultre cal
anglois a sa tant profonde liberalite:que sil mouroit sans enfans/institueroit Loys heri
tier de toutes les terres & possessions quilluy appartenoiẽt de ça la mer gallicane. ⟨ Ce
pendant que ces choses ce faisoient/vint en france vng aultre ambassadeur du pape/cest
assauoir otho euesque de hostye acompaigne de sarceuesque de boutd̃eaulx/admonestãt
Phelippe de reprẽdre son espouse Jngeberge/le roy Phelippe obeyt a lambassadeur du pa
pe. Car sicõme les ambassadeurs seiournoient a souessons/parlans en diuerses manie=
res et disputations de la reconciliation du roy auec sa femme:le roy impatient de si lon
gue demeure prit Jngeberge par la main et sans saluer les ambassadeurs lessa le cõseil.
Quoy voyans iceluy ambassadeurs couuerts de honte/sen a la lung a Romme/et laul
tre en france retourna. De la en apres aucuns moys passez:les roys de rechef assemblez
assez pres de Vernon:Phelippe ordonna et determina vng certain tout a Jehan ãglois
et aux normans/dedans lequel il viendroient au iugement a Paris. La cause de sauoca
tion fut celle cy. Arthus conte de bretaigne estoit nepueu du roy dangleterre et pource q̃l
suyuoit le party de Phelippe:publia icelluy anglois qui lauoit princt a mort mis:ceulx
qui auec luy auoient este pris franchement lachez. Au iour assigne quant Phelippe con
gneut que langlois se enclinoit a rebellion. Le conseil pris de ses gentilz hommes / leua
incontinent gens de guerre & les mena a normandie au chasteau nomme bontauen/quil

Guerre itera
tiue entre le
roy de france et
le roy dangle=
terre.

abatit auec genselin et gornay tresfortes et deffensables places. Mais a loccasion de lo
reur et aspiete hyuernalle:garnisons par tout lessees et assises:cesserent les roys de guer
oyer iusques ad ce quil eurent passe lhyuer. Le prin temps venu iouyssant le roy Phelip
pe du secours des bretons et poicteuis/subiuga acquitaine:et peu apres retourne en nor
mandie:prit Conches Daurueil auec lisle andeline soubz sa puissance. Formãt en ce mes
me temps le pape Jnnocent troisieme:ses ambassadeurs en france enuoyez/au roys mã
da cesser la guerre:adioustant peine contre le depriseur de son cõmandement. Mais phe
lippe contre ses ambassadeurs se deffendit par voye dappel. Et par ainsi son armee acou
stree cheminant a Radepont:apres le quinzieme iour de lassiegement le chasteau print
de force et dassault. De la marchant au chasteau gaillard (qui est situe sus la ruiere de
seine en vng lieu hault et repare de grãs munitiõs par richard)delibera par famine con
traindre la garnison qui estoit dedens de soy rendre: afin que par difficile et perileux as=
siegemẽt ne põist ses gendarmes : ou que les assiegez par cas fortuit ne fussent cautelcu
sement deliurez ou eschapez. A ces causes enuironna le chasteau de fosses terrasses:& rẽ
parcqs ses gens darmes mist entre le chasteau et les rempartcqs. Oultre ces munitions

edifiai coposa des tours de boys/desqlles on pouoit iecter dars aultres traictz aup assie
gez Toutes choses achetees q estoiēt necessaires a lassiegement: quant les francops dō
noient lassault au chasteau: ceulp qui estoient dedens se deffendoient de si vaillant cou=
rage que bien souuent repulsotēt les francops: iusques ad ce que le quinzieme tour furēt
rompuz et lassez par le continuel assiegement se rendirent auecques le chasteau. Lannee
ensuyuant apres que phelippe eut pris fallaize et danfront: trauersant iusques au mōt
sainct Michel qui est (cōme dpent les habitās) au peril de la mer. surmōta tout & le soubz
mist a sa seigneurie et domination. Quop vopans les normās / ad ce que follement ne re
sistassent ala fortune du rop phelippe: lup rendirent et siurerent autanches Bapeup Cō
stances et Liseup/esqlles lessant le rop trespuissantes garnisons: delibera assieger Rouē
Bille principale de normandie. La Bille donques des francops assiegee: impetrerent les
habitans trente iours de trues. pendant lequel temps enuoperent messagers en angle
terre par deuers Jehan rop dangleterre afin que dedens les iours des induces impetres
donnast secours et aide aup assieges. Mais quant il Birent que de leur prince nauoient
aucune esperance de secours aincoyns entendirent que cest homme paresseusement diffe=
roit sa responce: les messagers retournans a leurs gens: se rendirent et siurerent culpe la
cite au rop phelippe. A lexemple desquelz ceulp de arques et Bernoeil Bindrent faire foy
et serment au rop. Normādie subiuguee: sicōme phelippe fut retourne en france ou il de=
meura peu de iournees/par grand armee ala Beoir les acquitains. Et de prime face mit
le siege deuant le chasteau de loches: lequel a grant force et puissance combatu & dassault
pris: dōne par lup fut a drouet de nulle. De la en aps print chinon qui estoit deffendue du
secours par Bertu du champ des francops et commanda mener en prison a cōpiegne: tous
ceulp qui estoient dedens: et peu de iours apres Jehan rop dangleterre ariua par mer a la
Rochelle. auec le quel se ioignit le cōte de thouars delessant sa foy et aliāce du rop phelip
pe. La Bille dangers receut la premiere impetuosite des anglops/laquelle ilz razerent et
destruisirent a fleur de terre. pour taison dequop Bint le rop phelippe en poictu: apres
quil eut lesse garnison a toutes les fortes places des poicteuins: deliberāt aler a thouars
ou les anglops residoiēt/et ia apant quant a ce son armee ordonnee: la terre dicelluy conte
de thouars mise a feu & a sang/par deup ans de treues ētre les Roys accordee/fut la guer
re appaisee. Les deup ans passez: derechief mena phelippe son armee en aqtaine: ou au
cuns chasteaulp destruictz et abbatuz/et les aultres receuza composition, aps quil p eut
lesse et assis garnison: bailla le gouuernement et la sollicitude de ceste region a Guillau
me mareschal et a Guillaume des roches et par ainsi en france retourna. Ce pendantq
ces capitaines par le Rop establiz seiournoiēt a poictiers: si bō guet firent quilz empoi
gnerent le Bicōte de thouars & suaric de montleon faisans propes et rapines. ilz emmeret
a phelippe auec hugues frere du Biconte/et Aymerp prince de lisigne et cinquante hom
mes darmes. En bretaigne pa Bne haulte montaigne regardant Bers septentrion/enui
ronnee dun haure ou la mer Bient et retourne/qui est nōmee graplitum selon la langue des
bretōs: cest a dire Euirōne de mer de tous costez: Quāt les bretōs eurēt en celle montaigne
ediffie Bng chasteau: qui pourroit estre lieu deffensable pour resister contre les anglops:
Bng nomme Michel hōme noble entre les bretons au rop phelippe le denonca: et son ar
mee assemblee a Mante bailla cōmission a icelluy Michel et au conte de saint paoul de

La redēption
de la Bille de
Rouen aup
francops.

La destructiō
de la Bille: dā
gers par les
anglops

prēdre ɋ occupper cestuy chasteau. Ne differa le cōte au roy obeyr: parquoy apɾs quil seust pris le chasteau/y establit Michel capitaine auec trespuissante garnison. Et cōme pour la prise dicelluy chasteau/cussent les euesques de france (ad ce faict du roy Phelipe estes requis) euuoyer quelque nombre de leurs gens: les euesques de Orleans et Aussterre ose rent seulx luy refuser secours. Pour la quelle chose voyās que Phelippe auoit pris ɋ occu pe leurs terres iusques ad ce quilz cussent fait satiffaction de loffense et du contēnemēt. par deuers le pape se transporterent et sefforcerent par lauctorite apostolique / inhiber et deffendre au Roy de ne faire telle chose. Mais nessaya le pape aucunement a contredire et deroger a la coustume des francoys introduicte au gouuernement des choses temporel les. A ceste cause les euesques payans au Roy certaine somme de deniers pour punitiō de leūr rebellion: recouurerent leurs terres et possessions / la deuxiesme annee apres que Phelippe en auoit pris lusufruict et iouyssāce. ⳨En cel an ɋ fut lan de grace mil. cc Diii Amaulry des Chartres tres instruict es lettres/cōme il cust acquis grand renōmee de do ctrine a Paris publiquement enseigna que tous crestiens estoient les membres du corps de Jesuchrist: et que quant Jesuchrist souffroit de iuifz/ par illement auec luy souffri rent les crestiens reaument et de faict douleur ɋ affliction. Mais cōme il ne peulst souste nir et deffendre son erreur: condāne fut a soy en retiretɋ affermer cōtraire oppinion. Pour laquelle honte et ignominye/ de tristesse et vergongne tellement fut son couraige afflige que peu apres alla de vie atrespas. ⳨Oultre cestuy la furent aultres hōmes lettrez: qui a chacune des personnes de la diuine trinite : diuers et particuliers tēps successiuement actribuerent/ affermans que par laduenement de Jesuchrist deffaillit la totalle puissan ce du pere: et ɋ par la venue du sainct esprit/ fut esteincte la doctrine de Jesuchrist. Lesɋlz heretiques au prochas de Pierre euesque de Paris et Guerin hōme de conseil prins ɋ apre henders/ de dignite et honneurs furent priuez. Et dauentaige ceulx qui estoient seculiers furent brulez: et fut le cas aux femmes pardonne. Au regard du corps de Amaulry qui estoit enseuelx deriere leglise sainct Martin a Paris: deterre fut ars et brule. ⳨En ↄ uiron ce temps lempereur frederic ses ambassadeurs deuers Phelippe enuoyez, Requist lieu estre eleu et choisy ou ilz peussent ensemble parler ɋ conferer des choses qui apparte noient a lūg et a lautre. Et plust audit prince la cōuētion ɋ cōseil estre tenu en la valee de Daultcouleur. Daultcouleur est le dernier lieu du royaulme regardant vers tulle. Par quoy ne fut donne conseil a Phelippe y aller. Mais son filz Loys enuoye auec treshonno rable et noble compaignye des gentilz hommes fut renouuelee la foy et amytie saɋlle par antienne aliance auoit este gardee ɋ obseruee entre les princes Romains et les Roys de france. ⳨En mesme temps/ durant lequel de puis lantienne porte sainct Denys iusɋs a celle qui maintenāt est appellee la neufue y auoit grand espace ɋ esteūue de cāps toute celle portion de la ville de Paris/ cōmāda Phelippe estre close de muraille iusques a la riuyere de seine/ et en icelle edifier maisons ou le peuple habiteroit. Semblablement il fortifia et repara plusieurs autres places parmy le royaume de france/ ediffia tours et chasteaulx/ donnant pris de pecune a ceulx dont il receuoit les terres et possessions pour appliquer a tel vsaige. ⳨Ce pendant Regnault conte de Boulongne: oppresseur des pouures et eglises : et ɋestoit pour raison de ce excōmunye et separe de la cōmunion et cō paignye des hōmes par auctorite et sentēce des euesques: craignant la main du Roy (le

Lempereur frederic.

Les neufues murailles de Paris.

conte de Boulongne lesse soubz la puissance de Loys filz du Roy/print alliance et amptie
auec Otho faulx mauuais empereur. Et pource q̉l ne pouoit de Phelippe recouurer
ses terres a luy ostees / sil ne les receuoit par arrest et diffinition de parlement: print son
chemin en Flandres et nauiga vers Jehan Roy dangleterre. Cestuy Jehan estoit du pa
pe excōnunye/pour ce quil auoit iniustement vsurpe ses rētes et reuenues de leglise par
lespace de six ans/et auoit chace les euesq̃s dangleterre: les quelz receuz en france auoit
Phelippe en hōneur et reuerence. Sicōme cest estat et ordre des choses estoit en angleterre: le conseil assemble a Souessons ou assista le duc de Breban: fut veu et determine q̃
seroit chose digne et decente au Roy sil menoit vne puissante armee en angleterre/et en ce
faisant restituoit les euesques qui auoient este expulsez de leurs sieges. A laquelle oppinion ne voulut ferrād conte de Flandres acquiescer pour raison de deux tressortes villes
Cestassauoir sainct homer et apre que Loys tenoit et occupoit. Car ia (cōme depuis fut
congneu a linstigation et persuasion de Regnauld conte de Boulongne/auoit ferrand in
telligence auec Jehan Roy dangleterre. Neantmoyns ne desessa le Roy ce quil auoit cō
mence aincoys menant grant nōbre de combatans a boulongne/ou estoit preparee sa nef
pour porter les gēdarmes: tantost chemināt a Grauelynes ville de Flandres sus la mer
cōmanda que ses nefz en ce lieu se supuissent/ferrand auoit promis de venir et satisfaire
des offences par luy cōmises enuers le Roy. Mais depuys que lon cōgneut le traistre et
desloyal hōme deffaillyt de sa foy et promesse: lexpedition de la guerre dangleterre omise
et oublyee/impetueusement riblant a mōt casel tressorte place assise sus vne montaigne
peu distāt de Grauelynes/vint iusques a Bruges et māda q̃ sa nef fust conduicte iusq̃s
au port de dam. Dam est vng lieu ou se arrestent les naurpes pource que ses eaues y sont
basses sus lesquelles sont portees les merceries iusques a Bruges dedans vne auige de
de boys concauee par humain artifice. Et pource les nefz du Roy nauoient peu arrester
a ce port: zen estoit demeure vne ptie derriere arrestees aux ācres. Le Roy Phelippe par
tant de Bruges pour aller a Gād Regnauld de boulōgne z Guillaume lōguespee/portez
sus mer dāgleterre: acourut a leur aide grāde multitude de flagmēs/assaillirēt les nefz du
roy q̃ estoiēt hors le port/les prēdiēt z amenerēt: z le lēdemain se hastēriēt z efforcerēt assail
lir les austres q̃ au port estoiēt gardees. Mais les frācoys virillemēt cōtre eulx resistērēt
Phelippe dōcques cōgnoyssant le dāger de ses nefz z de ses gēs darmes lassiegemēt de lest
se retourna cōtre ses ennemys: lesq̃lz chacez par bataille cruelle/en occist iusques a deux
mille/plusieurs de leur noblesse arrestez prisonniers. En aps retournāt a Dam brula le
residu des nefz/les munitionz victuailles sauluees. Le port rompuz destruict auec ses
chās estās a sleuiron: aps q̃l eut receu ostaiges des gādtoys Brugeoys de ypres de lysle/son
armee ramena en france Durāt ce tēps en la prouince de natbōne: q̃ vulgairemēt nous ap
pellos lāgue doc/estoiēt plusieurs cōtēpteurs z depriseurs de la purete crestiēne raportās
de alby la premiere institution de leur doctrine z iniq̃e. Les enseignemēs desq̃lz iusq̃s a
ce iour ne ma lesse aucū escripuain cōgnoistre. Et ia soit q̃zles appellēt heretiq̃s z ayent
escript q̃ cōme ppetrateurs dheresie ont este exterminez toute suoyes ilz passēt lordre de he
reses ie cuyde p la cōiecture q̃ puys auoir/q̃z ont esuiuy la pestilēcieuse heresie arriāne/z
q̃z se sōt horriblemēt polluz es isecte amour z cōiōctiōs masculines A ceste cause ont cō
bāne z blasme les mariages legitimes sēblablemēt lusaige de mēger chair z ont este blas

Conseil gene
ral a Souessōs
contre le Roy
dangleterre

Victoire con
tre les āglois
et flagmens

les albegeoys
heretiques

o i

femateurs contre sa benoiste et glorieuse Vierge Marie mere de Jesuchrist. Si côme ce
stuy Venyn respandu auoit presque soueille et gaste toute sa region: le pape Innocêt troi=
sieme de ce nom enuoya le cardinal gasson son ambassadeur par deuers Phelippe sarmone
stant par sauctorite apostolique de soy armer contre ses peruers heretiques: remission de
pechez donnee et octroyee a ceulx q signez du signe de la croix marcheroiêt en icelle guer=
re. Le roy Phelippe esmeu par soraison et harêgue de sambassadeur: permist que ses sub
iectz prensissent les armes et allassent en bataille côtre les albigeoys. Je trouue quen cel
le armee furent plusieurs euesques princes et gentilz hômes: et deuant tous Eude duc
de bourgongne Henry conte de neuers/ Pierre archeuesque de Sens/ Regnauld archeues=
que de Rouen/ Robert euesque de Bayeux Jourdain euesque de Lisieux rt Regnauld
euesque de Chartres. Les francoys doncques cheminans en bataille/ Bytere premie=
rement assiegerent et la prindrent dassault/ plusieurs mille de heretiqs occis qui estoiêt
en icelle. Duquel peril espouentes les aultres habitans de la region sen estoient souys en
Carcassonne tresforte Ville en laquelle par les francoys assiegez furent totallement con
trainctz de sortir tous nudz: affin que eulx qui par grant et execrable crime auoient abu
se des menbres honteulx: les monstrassent et exhibassent publiquement pour estre Seuz
a leur iniure et totalle côfusion. La turpitude de celle tresinfecte nation arrachee et exter
minee: les francoys chacun en droit soy couuoyteux de reuoir et Visiter sa maison et son
pays/ au residu de larmee establirent Symon de montfort capitaine hôme noble et Vail
lant et non moyns plain de deuotion. Lequel tantost quil eut receu la charge: sollicitude
de la guerre/ par bonne diligence executa ce quil restoit a executer/ a compaigne du Reue
rend Dominique hôme hespaignol: par lequel cômença lordre des prescheurs. En quoy
faisant print de force et de combat les chasteaulx de celle terre/ les heretiques qui estoiêt
occis et a mort mis. Toutesuoyes la turpitude horrible et infecte des albigeoys fut sou
stenuez deffendue par le Roy darragon/ et le conte sainct Gloy/ et le prince de fourcz: lesqlz
auec grand nombre de combatans assiegerent Symon au chasteau de murelle. Et lasoit
ce quil eust peu de gens darmes en garnison auec soy: neantmoyns ayant tousiours bône
esperance la messe par les prestres celebree/ apres que luy et les siens se furent purgez par
le sacrement de confession/ soudainement dôna sassault: par le quel il occit le Roy darra=
gon auec dix huit mille hômes des ennemis: et nen pdit q huit de sa garnison. Parquoy
son peult meritoirement croyre que dieu ayda et secourut le conte qui droictement a iuste
mêt côbatoit pour sa foy et religion. Quant les princes francoys partyrêt dalby/ Vng nô
me Giran capitaine des albigeoys Vsant de traison z cruelite: promist a Vng pstre cre
stien de le mener seurement a ses gens z auecqs luy six cheualiers dorez: z cinquâte serut
teurs quil auoient. Le prestre donq en ce soy confiât: se liura auec sa suyte a Giran/ lequl
apres qil les eut liberallemêt festoyez au souper sabiâde ostee/ les iecta tous en prison. En
aps les cheualiers dehorsamenez: mist le feu en la prison ou estoiêt les aultres: efermez le
feu endurerêt les crestiês par lespace de trois iours sâs estre acteis ne blezez dauelle Biuf
seure/ mais les heretiqs creuerêt les yeulx z couperêt le nez auec le hault bousleure a deux
des cheualiers dôt lun mourut z laultre reschapa. Durâs ces iours la riuiere de seie aug
mêtee êfla ses Vndes siq elle fôdit z abatit le petit pôt de paris Entre ces tresiustes z meri
toires batailles: Jehâ Roy dâgleterre sortât de son pays restablit la Ville dâgers q estoit

abatue et razee:et la cloyt de meurailles a lentour. De la en apres se redirent a luy les bre
tons et poicteuins:par laide desquelz enforcy/ sen alla a la Roche au moyne/qui est vng   **La roche au**
chasteau que peu de temps parauant auoit Guillaume des roches construict et ediffie   **moyne.**
sus la ruyere de loyre. Quat il vit que le premier assault ne procedoit a son proffict a aua
taige:se appliqua a cheminer et promener chancun iour entre les raparcqs et fossez pour
veoir et ymaginer de quel coste pourroit prendre le chasteau: & affin qlne pust estre blece &
naure de dart ou de qlcq aultre traict par les assiegez:il menabng souldart quat et luy qui
le couuroit dun pauoys et bouclyer. Ceste chose congnue par lun des assieges home sub=
til et ingenieux:tissit vne menue corde de chanure de loguere competete/si quelle pouoit
toucher aup raparcqs. Lun des boutz dicelle corde atache a vng traict/lya laultre a vng
cloud fiche au feste de la muraille ps de soy. Et par ainsi le traict mis dessus larbalestre
guecta langloys quant il passeroit. sitost que laperceut cheminer en la maniere a coustu=
mee/delacha son arbalestre et totallemet trauersa du traict le pauoys ou bouclyer du soul
dart/puys retirat a soy la cordelette trebuch & le souldart atrauers auec son bouclyer de bas
les fossez:contre lequel continuellement detacherent les assiegez plusieurs traictz tel=
lement que tantost loccirent. De la mort du souldart Jehan langloys asprement despite
incontinent comanda le Roy dangleterre leuer fourches patibulaires deuant le chasteau
menassant les assiegez de les faire tous pendre silz ne se rendoient. Neantmoyns tresuail
lanment deffendirent les francoys ce chasteau/plusieurs angloys occis. Ce pendant que
Phelippe estoit occupe entre les flagmens/son filz Loys mena vne armee a Chynon/ou   **La fuyte de**
il alla grant arre/donner secours aup assieges. La venue duquel cogneue:lessa langloys   **Jehan roy da**
lassiegement/et la ruyere de loyre trauersee/fuyant fit cinquante mille celle iournee:le   **gleterre**
roy danglet erre chace/print Loys les aultres chasteaux & mesme la ville dangers. Et le
chasteau de beaufort rompu raze/ensemble les terres et possessions du viconte de Thou
ars destruictes:abatit les murailles desquelles langloys auoit fortifie la ville dangers
comanda aussi razer a fleur de terre le chasteau de montoire. Loys faisans la guerre en
poictou:quant Phelippe entendit que Otho a grans milliers de gés darmes:tenoit cap
et siege a Vallenciennes affin quil donnast aide & secours a Ferranda a tous aultres qui   **Otho empe**
desfuyoient les francoys:assembla son armee et cheminant par Flandres/comme il eust   **reur auec ses**
afflige presque toute la region de cruelles icursions et pilleries/sen alla a Tournay peu   **gens darmes**
deuant prise et ostee de la puissance des ennemys par le conte de sainct paul et frere Gue
rin de lordre des hospitalliers. Phelippe estant a Tournay: luy fut anonce que lempe=
reur Otho quatriesme de ce non party de Vallenciennes auoit mis le siege a montaigne
distant de huit mille dicelle ville de Tournay. Parquoy desirant luy donner lassault fut
de ce faire detourne/par ses princes et seigneurs:pour le mauluais penible et dangereup
chemin ou lon deuoit passer. ㉠En apres entra Phelippe au conte de Henault: ou il
fit de grans doumaiges et incommoditez par toute celle terre: pourtant que le seigneur
dicelle estoit du nombre de ses ennemys. Luy retourne a Tournay:pour soy et ses gens
darmes recreer et raffroichir:il ouyt dire que Otho venoit en ordre de bataille. Et ce
iour mesmes fust par fortune/ou par la volunte de dieu: le viconte de Melun et frere
Guerin auec milles homes darmes segireruet armee/cheminas au chemin par lequel
voit laduersaire remonteret sup la motaigne:estoit hors le grat chemi pour veoir au large&

au soing sil apparoistroit aucun des ennemys. Quāt ilz apperceutēt laduersaire Otho
venant auec son armee tresbien accoustree: hastiuement allerent anoncer a Phelippe sa
venue dicelluy Otho. Incontinent commāda Phelippe que chacun se tēsist prest en ar
mes. Et les princes connuoquez et assablez: aduisa le cōseil qui failloit marcher vng peu
oultre: afin que plus certainement il congneust que son ennemy auoit delibere de faire.
❧Entre les deux armes y auoit vng ruysseau q̃ pas nestoit si grāt q̃l fust difficille a tra
uerser. Lequel passe feignit Otho aller a Tournay. Mais Guerin voulāt y obuier p̃
suada au Roy de combatre ou de ce lieu partir a grand honte et ignominye. A ceste cause
les francoys cheminans iusque au pont de beuf: sicōme le Roy las et trauaille dormoit
soubz vng fresne/ soy eucillant au cry de ses gens que laduersaire auoit assailly a sa queue
de larmee: entra en sa chapelle sainct Pierre qui pres de la estoit: son oraison briefuement
faicte: aussi ioyeux monta dessus son cheual/ comme sil eust este semont et conuye a vng
banquet. Par ainsi marchant en sauangarde donna couraige a ses gens darmes. Mais
Otho quant il eust apperceu le Roy retyrant les siens hors la Voye/occupa le champ qui
estoit vers septentrion: parquoy fut fait que les ennemys auoient le soleil de mydi deuāt
les yeulx. ❧Les francoys acoustrez en ordre de bataille: parla Phelippe en ceste manie

re. Hommes frācoys qui vous estes assemblez/ nous prenons esperance de bien faire nostre
besongne: qui principallement auons pris la charge de combatre alencontre des excōmu
nies interdicts et spoliateurs des esglises. Et ia soit ce que soyons pecheurs par la debi
lite de humaine fragilite: toutesuoyes nous tenōs la communion de la foy et institutiō
catholique. Pour ce soyes ferme ayes bon couraige et marcher virtillement contre nostre
ennemy: car a ceulx donnera dieu victoire qui en luy auront esperance. Apres que le Roy
eust cecy dit en peu de parolles/ dōnant benediction a ses gēs darmes/ le cinquiesme iour
de iuing bailla le signe de bataillet et combatre. Lors les francoys coururent et combati
rent contre les ennemys par incredible vertu. Le premier conflict fut fait par les Sou
essonnoys contre les flagmens/ apres marchant Pierre remy cōducteur et capitaine des

chāpenoys q̃ Gaultier de guystelle et buridan amenerent prisonniers. En apres Gaul
tier conte de sainct paul et le conte de beaumont faisans sa poincte/ impetuessement tue
rent sus les ennemys frapans et destruisans tous ceulx quilz rencōtroient: si que les ben
des trauersees de rechef retournoient en paraille gloire dedans larmee des ennemys entre
lassez et les frācoys se ioignans auec eulx firent illec grans exploictz darmes: et resuaillā
tes prousses/ y especial Eude duc de bourgogne Mathieu seigneur de mōmorācy Gaul
tier conte de sainct paul et Hugues de marolles: aq̃ ferrād conte de flādres (surpris des
francoys) se rēdit ses gens chacez ou occis ferrand pris: tout se faiz de la bataille demeu
ra sus Otho/ lequel voyant Phelippe de soing/ cuida luy courir sus pour se ferir: mais
ceulx q̃ estoiēt deputez a la garde du Roy coururent entre eux deux: tellemēt q̃l eut bien a
faire a soy deffēdre/ et le cheual q̃l cheuaulchoit naure/ issit Otho de la bataille et des iconti

nāt q̃l fut mōte dessus vng aultre cheual sen sonyt attauers chāps. Mais ses pictōs qui
estoiēt eschapez estre les hōmes darmes: et gēst cheual iectrēt phelippe de sō cheual a terre
si q̃ par laide de gaulle de mōtygny et de pierre cristal a peine put estre de pil delurre. Quāt
les enemys cōgneurēt q̃ otho sē estoit soupōstitues furēt vi courage dōt plusieurs occis ses
aultres suyuirēt leur maistre fugitif/ laigle de lēpereur deiesse laisse haultemēt enseue

deſſus lymage duŋ dragon eſtoit portee eŋ ꝟŋg chariot. ¶Les allemans fuyans: le conte
Regnault quinauoit tenu ſa bande eŋ artxie/ꝝecℲ meneℲant la bataille fut ſon cheual na
ure parmy le ꝟentre ꜩ luy pris priſonnier. De touꝛ tc larmee de Otho neſtoit demeure que
la bande et compaignꝑe des brebancons au nombꝛe de ſept cens hõmes darmes: qui com
me deſeſperez combatoient de toute leur puiſſance. Quãt Phelippe les apperceut Tho
mas de ſainct Walery auec deux mille combatans contre culx enuoye furẽt tous pris ou
occis:combien que Thomas ne trouua faulte que duŋ ſeul eŋ toute ſa bande apres le nõ
bꝛe receu: lequel fut trouue naure entre les corps des mois : et depuys fut gary par lai=
de et operation des chirurgiẽs. Eŋ larmee de lempereur (cõme fut ſceu des priſonniers)
y auoit mil cinq cens cheualiers dorez et cent cinquãte mille daultres cheualiers et hom
mes darmes de plus bas eſtat compris les pietons. ¶Les ennemys ſurmontes:ſi com
me les gens darmes francops pourſupuoient les fugitifz:craignãt le Roy que ſon armee
diſſipee eſchapaſſent les priſonniers : ou que par les couraiges teuigozes receuſſent les
aduerſaires nouuelle calamite/cõmãda ſonner la retraicte:et par ainſi les gens darmes
raſſemblez apres lexcellante victoire:enuoya les captifz eŋ priſon par diuers lieux de frã
ce. Au regard de Regnauld de boulongne il ſe garda a peronne lye et enferre de cheſnes de
fer. Il mena ferrant conte de flandres a Paris et lencloyt eŋ la tour du louure. Lan de
grace mil. ccxi. ¶Si cõme ſa mere q̃ portugaloyſe eſtoit demandoit conſeil aux diuina
teurs et pꝛenonſtiqueurs touchant la fortune de cil ferrãt ſon filz: elle eut la reſponſe q̃
ſenſupt. Le roy moura eŋ bataille/foulle des piedz des hõmes et cheuaulꝟ et ne ſera enſe
uelp:des pariſiens ſera ferrant ioueuſement receu. De laquelle reſpõſe celle folle ꜩ vai
ne femme deceue:eŋ lieu de couronne royalle receut la priſon de ſon filz. ¶Le roy Phelip
pe eŋ france retourne:les poicteuins qui alliez eſtoiẽt auec les enemys: ſeſtoient retenuz
eŋ leurs maiſons actendans liſſue de ceſte guerre:quant ilz entendirẽt q̃ Phelippe eſtoit
demeure victorien/craignãs ſa fureur ꜩ ſeuerite:par le Viconte de Thouars pardoŋ im
petrerent ꜩ remiſſion de leur coulpe. Et Jehan roy dangleterre/ſes ambaſſadeurs au roy
de france enuoyez/ceſt aſſauoir Robert cardinal apoſtolique et Regnauld conte de lince
ſtrie/accorda et iura treues de cinq ans auec Phelippe. Ce pendant que cecy ſe faiſoit eŋ
poictou:Jehãne femme de ferrand fille de Bauldouyn empereur de Conſtantinoble/ſoi
gneuſe de ſon mary Vint par deuers le Roy. Elle luy offrit au lieu de ferrand bailler
Geoffroy filz du duc de Breban/eŋ payant iuſte pris pour la ranſon dicelluy ferran et
de ſes aultres priſonniers : au ecques ce que tous les chaſteaulx leſquelz commanderoit
le Roy eſtre razez et abatuz parmy le pays de flandres et Henauld/elle les feroit razer
et abatre. Et par ainſi ſoubz ces conditions deliura la femme ſon mary : et ces priſon
niers. ¶Au meſme temps que Phelippe vainquit lempereur Octo:obtint Loys
ſon filz victoire des poicteuins. Eŋ recognoiſſance deſquelz beneficcs et pour a dieu
eŋ rendre graces/par laide duquel il crioptle Roy tout eſtre fait : ediffia ꟾng monaſtere
pres Senlis:lequel il nomma la victoire/rentes et reuenues amplement aſſignez aux
moynes et miniſtres dicelluy monaſtere. ¶Les choſes heureuſement eŋ france ap
paiſees:grand armee aſſemblee et miſe es nefz deſſus la mer : chemina Loys eŋ An
gleterre ou receu a Londres par les cytoyans : peu de iours apres il print liſle / eŋ
quop faiſant les princes et ſeigneurs du Royaulme/luy iurent foy et homaige.

Le nõbꝛe des
gens darmes
de lempereur
Otho

La deliurãce
de ferrand cõ
te de flãdres
ꜩ de ſes gens.

Laquelle chose congnue Jehan roy dangleterre fupant:de mort fut raup:au lieu du quel
les princes et seigneurs dangleterre / contempteurs et preuaricateurs de leur foy et ser=
ment (Lops de lesse)establirent Henry roy filz dicelluy Jehan. Par quoy Lops apant hor
reur de sa desloyaute et traisons des anglops:aps quil eut receu quinze mille marcz dar=
gent de Henry auec son armee seine et entiere en france se retira. €Mais Phelippe: cõ=
me il fut Viel et ancien:apant regne quarante trois ans/trespassant lan de grace mil.cc.
rviii. fut enterre a sainct Denys en vng riche et tresmanifique sepulchre. €Certes cestuy

Le trespas du
roy Phelippe
auguste et cõ=
bien de temps
il regna.

Roy est digne de memoire pour sa grandeur de ces faitz:lequel cõme des le cõmencement
de son aage fust appelle de dieu donne/fut aussi dit et nõme auguste:tant a cause de sa no
ble et saincte vertu:cõme pource quil augmenta le royaulme: en son temps il laisa en son
testament trops cẽs mille liures parisis pour eployer aux fais d guerre hierosolimitayne
contre les turcqs et sarrazins. Laqlle pecune fut comptee et nombree a Jehan roy de hie=
rusalem. Cent mille liures a sa maison de lhospital a Amaulry de monfort gouuerneur
de la terre des albigeops et aux poures vint mille. Aucũs sont q dient auoir este moyns
lesse par Phelippe:mais ie supuãt listorien frãcops:cuide plus de foy deuoir estre adiou
stee au frãcops q a lestranger. Au nõbre des moynes sainct Denys:il adiousta trente reli
gieup conuẽtuelz / qui priroient dieu et celebroiẽt sa masse pour luy pperuellement. Lan
auquel il mourut/fut veu vne comete en occident et lannee precedẽte auoit la lune deffail
ly tout aulong de la nuyct iusques au point du iour ensuyuant

€Cy finist le sixieme liure des faictz et gestes des francops

€Sensuyt le septiesme liure

€Comment le roy Lops pere d sainct Lops/aps le trespas de son pere sub
iuga les poicteuins rebelles q tenoiẽt le parti des anglops print nyort sainct
Jehan dangelic/la Rochelle r plusiers aultres villes de poictu que tenoient
les anglops lesquelz vindrent du pays et se rendirent aussi a Lops les symo=
sins et les perigueup/puys assiega et print la ville de auignon qui estoit in=
terdicte du pape.

Pres Phelippe/Loys aage de trente ſix ans receut le gouuernement du royaulme. Diſent les aucteurs que cil Loys de par ſa mere ramena aux Roys de france ſa lignee et generation de Charlemaigne. Car charles filz de loys le quart a qui Hue capel tauyt le royaulme/auoit baille ſa fille emengarde en mariage au conte de namure dont iſſit ung enfant maſle qui fut Bauldouyn conte de Henault: lequel donna ſa fille yſabel en mariage a Phelippe pere du roy Loys duquel preſentement faiſons mention. Par ce moyen cuydent les francoys plus grande nobleſſe eſtre eſcheue aux Roys qui la ſont iſſus. Côme ſe de la premiere ſource perſeueroient aux enfestes et ſucceſſeurs ſes meurs et Vertuz. Mais ſicôme il auient aultres beſtes arbes et plantes/ainſi aduient il a la generation des hômes. Car ſouuenteſſoys ung ſort cheual engendre ung lache et meſchant : et dung bon arbre fructiffiant/ſourt ung arbre ſterille: a ne porte nature aucune choſe/que par ſucceſſion de temps ne reculſe et ſoit differente de ſa ſource et premiere naiſſance. ¶Loys iouyſſant du royaulme: pource q̃ les poicteuins refuſoyent luy obeyr: portans faueur aux angloys

Les poicteuis rebelles.

mena ſon armee a npoit et aſſiegea le chaſteau: ou ſauaric de montleon auec grans puiſſance dangloys tenoit garniſon. Lequel quant il ſe Bit preſſe de continuelz aſſaultz: ſiberte impetree de ſortir auec ſes gens rêdit et liura le chaſteau a Loys. De la en alla a ſainct Jehan dangelic: dont les habitans craignans ſa puiſſance du Roy accoutrent audeuant de luy et le receurent et honnozerent cône leur ſeigneur et ſeut roy. Les choſes tant bien et ſi heureuſement luy Benâs: ſen alla a la Rochelle Bille de mer en poictou/treſpuiſſante et bien fortifie: ou abozdent les nauyres eſquelles ſont portees ſes marchandiſes et merceries par la mer: en laquelle Bille eſtoit ſauaric de môtleô que nous auons cy deſſus dict eſtre party de npoit acôpaigne de pluſieurs angloys. Apres q̃ laſſiegement eut eſte tenu leſpace de dixhuit iours : ſe leua ſuſpicion et diſcozd entre montleon et les angloys pendant lequel temps penſa ſauaric de liurer la Bille: afin que durant le diſcozd/contre ſa Bolunte ne tombaſt ſoubz la puiſſance de ſon ennemy. Parquoy impetration ſur ce faicte de Loys/ſen allerêt les angloys/ſeut Bie ſaulue) en engleterre. ¶Le bruyt courant que les francoys iouyſſoyêt de la Rochelle: les lymoſins et ceulx de perigort Bindrêt a Loys pour faire et acomplir ſes cômandemens Leſquelz receuz en foy a hommaige et treſſort garniſon miſe a la Rochelle/retourna Loys en france. Mais ſauaric qui eſtoit alle par deuers le Roy dangleterre: congnoiſant par aucuns ſignes et coniectures quil eſtoit ſuſpect au Roy et quon le gueſtoit et eſpioit : occultement eſchapa dangleterre et a Loys ſe retira: du quel miſericozdieuſement receu/luy promiſt et iura foy de deue ſubiection. La

La deſcente des angloys en acquitaine

quelle choſe congneue: apres que le roy dangleterre eut recueilly a ſeue tribut ſus ſe clerge enuoya ſon frere Richard en acquitaine auec troys cens nauyres. Qui de prime arriue mectant le ſiege deuât ſainct macquaire/print le chaſteau de force a daſſault auec la Bille ioincte au chaſteau. Quant Loys fut aduerty de ſa Benue de Richard en acquitaine il enuoya deuant luy de ſes marechaulx auecques compaignye de gens darmes alencontre des angloys: marechal eſt le nom doffice de celluy qui eſt chef daucune bende de gens darmes. Et cône les francoys riblopent en ſa terre et ſeigneurie du ſeigneur de Bargerat: gaſtans et peiſſans ſes champs et ſe pays. Richard ſe deffiant de ſon entrepzinſe deleſſa le chaſteau quil aſſiegeoit appelle la Rochelle et remena ſes nauires en angleterre. Durât

o iiii

ce temps quelque Bauldouyn ayant pris la hardiesse de dire mensongeremēt quil estoit
Bauldouyn conte de flandres: quant il partit de Constantinoble fuyant linfidelite des
grecqs fut par les fiam:ns receu/la contesse reiectee et expulsee: femme saige et pruden=
te/laquelle benant a Loys quereleuse et plaintiue/esmeut le Roy daler a peronne: ou le si
mulateur Bauldouyn aluy appelle/pourtant que de son estat interroge orgueilleusemēt
respondoit ou quil ne bailloit et monstroit vrays indices et enseignemens de sa person=
ne/luy commanda Loys bider hors du Royaume dedans trops iours: cest mēteur hōme
en sen alant a Balenciēnes/quant il se bit delesse de ses gens print chemin en forme dun
marchant/lequel fut congneu par quelque homme darmes/et fut mene en bourgongne
a sadite contesse/par laquelle fut afflige de plusieurs tormens en sa prison et finablemēt
par les seruiteurs dicelle contesse estrangle fut dun licol a bne potence. Cependant las
semblee des euesqs faicte a Paris: ou estoit le roy seant au conseil auec multitude de prin
ces et seigneurs: arriua de Rōme bng ambassadeur enuoye par le pape Gregoire neufy=
esme de ce nom lequel se complaignoit de lheresie et obstination des albigeoys/& incita le
Roy et ceulx qui au conseil assistoient a prēdre la croyx et aller en guerre pour la deuotiō
de dieu/et deffense de la foy contre les heretiqs. Et cil pape luy mesmes de sa propre main
bailla le signe de la croyx a plusieurs. Lanee ensuyuāt/qui fut lan de grā:e mil. cc.rr.bii.
Loys et ceulx qui estoient signes auec luy du signe de la croix/allerent a bourges et de la
passās Neuers & Lyon/cheminerēt en Auignon q est bne bille de la prouince bien est imee
saqlle ia par septans auoit este exci munyee & iterdite du pape/et nauoit tenēte sen here
sie. Combien que Loys par cheuissance et composition faicte auec les habitans: eust pro
mis ne faire dēmaige aucun a la bille. Mais passer oultre/neantmoyns ilz cloyrent les
portes au Roy. Pour bengence de laquelle iniure Loys assiega Auignon: durant lasse
gement lequel commenca le premier iour de Decē. bi et continua iusques a la my aoust
sans pourfiter. Les heretiques se gardans et deffendans trespuissantement: de darts ser
Le cōte de sait paul et seuesq de lymogis oc cis des heretiques
pentines et haquebutes/moutut mil six cens hommes des nostres: entre lesquelz Guy
conte de sainct paul trespreux et baillant cheualier/et seuesque de Lymoges furent oc
cis. Ces dommaiges et incommoditez receuz iura Loys que iamais de la ne partiroit
tusques ad ce qil eust pris saBille. Parquoy lidignation & constāce du Roy cōgnue: les ci=
toyans deucrs luy enuoyerent deux des principaulx de sa cite: pour luy dire et declairer
quilz se rendoit eulx et la cite soubz sa puissance. Les choses doncques appaisees: apres
que Loys fut entre en la Bille: il cōmāda combler & remplir les fossez dicelle. finablemēt
apres que trops cens nobles et excellentes maisons a les murailles furent razees a fleur
de terre/le pape relacha les citoyans de licterdict et sentēce de excōmunication/et fut pier=
re de corbye institue et estably euesque de ce lieu/homme religieux et bien lettre du couent
de clupy. La Bille de auignon receue: le Roy estant a quatre iectz de pietre de ce lieu pour
aller a Tholouze/print desir de retourner en France. Et par ainsi la charge et sollicitu=
Le trespas du roy Loys pere de sait Loys.
de des choses de la prouince commise a ymbert de beaucot son cousin/bint en france.
Apres quil y eut seiourne bng peu de tēps se hasta daller a mompensier ou il tomba mal
lade. Et trespassa le quinziesme iour de nouembre. Ce roy fut chaste et continent par
tout le temps de sa bie: & nest memoire quil eust iamais congnoissance charnelle daultre
femme que de sa propre espouse. De mompēsier fut porte a sainct Denys et enterre et mis

en sepulture pres du sepulchre de son pere Phelippe. Le prophete merlin anglops est beu auoit prophetise sa mort par ceste prophetie. Au mont du Bet moura le paisible seon.

¶ Comment le Roy sainct Loys bainquit et subiuga les anglops en diuer ses batailles/prit les places quilz tenoient de luy en foye hômaige au royaul me de france dont il les chassa a leur confuzion. Reforma les abuz de la iusti ce/mesmes ceulp qui se faisoient en la preuote de Paris/prohiba la bente des offices/iuremens/blaffemes et partutemens auec abiection de peines/mena la guerre par deup boyages contre les turcqs et sarrazins/apporta les saictes reliques qui sont de present en la saincte chappelle a Paris et diffia plusieurs eglises et monasteres et fist plusieurs belles oeuures qui sont exemple et mi rouer de bertu aup princes crestiens.

Loys succeda son filz Loys aage de douze ans : que se pere auoit lesse en la tutelle et protection de Blanche sa mere. Laqlle sans interualle print metueilleuse follicitude de le bien instruire et enseigner:sique par diligêt estude labouroit a lesleuer et endoctriner et institutiôs crestiennes et en bonne meurs/hônes religieup et de saincte bie furent a ce faire deputez principallement de lordre des freres prescheurs et mineurs. Par la doctrine desquelz tel lemêt aprist a aymer la saictete de bie:q lors ny auoit hôme plus deuost et plus religieup que luy. ¶ Le premier iour de decembre fut couronne et sacre roy a Rains par leuesque de Souessons:leglise de Rains lors orpheline de pasteur/qui estoit lan de grace mil.cc. xxbi. incontinent apres Thibauld conte de champaigne/Pierre mauclerc duc de bretaigne et Hugues conte de la marche/depriserent le Roy a cause de son aage qui suffisante nestoit a regnere:delesserent sa foy et son aliance/faisans ensemble monopolo et conspira tion. Et auant toute oeuure Mauclerc print deup tressortz chasteaulp/cestassauoir sait Jaques de beuron et beseme et asseant garnison. Lesquelz chasteaulp son pere en allant aup albigeops auoit baille en garde a cil Pierre conte de bretaigne La trahison decouuer te:le nouuel Roy par le conseil de sa mere mena son armee contre le breton. Quoy boyant Thibauld conte de champaigne/considerât la multitudr des gês darmes de larmee du Roy et pourboyant aup choses a benir au desceu de ses compaignons bint par deuers le Roy impetra pardon et remission de son pesche. Et tantost par son ambassadeur Loys ad monesta Mauclerc et Hugues de benir a soy:ou quilz feissent puissante et copie de com batre. A quoy respondirent les conspirateurs que la paip et concorde leur estoit tresagrea ble ne restoit que a dire se iour et le lieu de lassembler ou ilz pourroiêt traicter de paip auec le roy Au iour qui assigne estoit a Chynon/auquel lieu ne se comparurent lesditz con spirateurs par quoy tiercemêt appelez:par messagers a eulp enuoiez de par Loys / pro mirent benir a bendosme et illec se par ger selon le bouloir du Roy. De laquelle response Loys adolescent appaise / tant seullement leur manda quilz ne feissent tort ne iniure a personne. Mais culp ayant en desdain et contemnement la benignite et misericorde du Roy:attirerent plusieurs seigneurs du royaulme a leur cordelle et traistre alliance. Di sans que Blanche mere du Roy indigne estoit et non suffisante pour telle pricipaulte ad

Les meurs et occupations sainct Loys en son ieune aage

La côspiratiô des traistes côtre sait loys et sa mere

ministrer et gouuerner/et que cestoit a eulx chose indecente destre subiectz a la domina=
tion et seigneurie dune femme. Par telles et semblables parolles/ les seigneurs et gen=
tilz hômes du royaulme persuadez soigneusement par les dessusdictz espierent côment et
en quelle maniere pourroient Loys rauyr dêtre les mains de sa mere et le tenir soubz leur
puissance. Le roy cheminant parmy le champ Dorleans: luy fut anôce que les traistres
se guestoiêt et espyoiêt. Parquoy reculant en ariere vers Paris: quât il fut arriue a môt
lehery: il enuoya vng messager a sa mere lors estant a Paris pour laduertir du dâger au
quel il estoit. Laquelle craignant le peril de son filz: incita subitement les parisiens aux
armes: lesquelz hastiuement recueillerent grand multitude dhômes des champs/& alle=
rent vers le roy. Mais les insidiateurs et traistres hômes/quant ilz congneurent sa ve=
nue des Parisiens se retirerent sans mot dire. A ceste cause le Roy receu & mis hors de dâ
ger retournerent les Parisiens en leurs maisons. ❧ Lors les princes et seigneurs con=
spirateurs frustrez de leur intention et entreprinse/menerent guerre alencontre de Thi=
bauld conte de champaigne: du quel (apres leur traison decouuerte) ilz estoient delessez et
habandonnez. Et la ville de Cahorse assiegee infestoyent gastoiêt et destruisoiêt la chã
paigne par continuelle proye et pilleric. La chose rapoitee a Loys par les messagers de
Thibauld: premierement le Roy admonesta lesditz seigneurs conspirateurs de ne met=
tre la main aux armes Lesquelz ne luy feirent obeyssance et tantost ce quilz furent aduer
tiz que par nuysible armee se hastoit Loys de les assaillir/leur siege leur retournerêt cha=
cun en sa maison. ❧ Mais Hugues conte de la marche: diligêt de mettre la main a toeu
ure pour executer sa traison et conspiration tresinique/sen alla aux anglops prendre leur
alliance: admonestant le Roy dangleterre que le têps venu estoit/auôl il deuoit & pouoit
recouurer Normandie que Phelippe luy auoit oste/disant oultre que Loys adolescent ne
stoit a la noblesse de france agreable: qui sans les ouyr ne appeller:& au dessoubz de aage
iuste et competente/auoit entreprins le gouuernement du royaulme. Et par tant bien sa=
uoit q̃ se le roy dâgleterre vouloit aller en france auec son armee: facilemêt par son aide
recouureroit la duche de normâdye. ❧ Par celles parolles de Huges: le Roy dangleterre
persuade ses gallees et nefz acoustra (combien que lhyuer fust aspre et rebelle)et auecqs
Hugues nauiga en bretaigne/tantost les bretons ioinctz auecqs luy destruisit les châps
circonuoysins du pays de bretaigne par incursions et rapines tresdômagables. Laquel
le chose a Loys anoncee: premierement alla assaillir le conte de sa Marche: et de prime fa
ce treshardiment assiega le chasteau de Beseme non obstant que lyuer par froidures trop
aspres et non acoustumes molestoit et affligeoit ses gens darmes. Contre lequel mal et
rigueurs hyuernalles/Blanche mere de Loys dôna remede conuenable. Car elle côman
da que tous les harnetz des gens de guerre et aultres manouuriers ississent hors des ten
tes: et coupassent tous les arbres qui trouueroient/fussent fruictiers ou sterilles/et les
apportassent en lost des francoys. En quoy faisant fut mis si grande quantite de boys
es tentes de larmee que par les grans et continuelz feuz enflambez & allumez/la rigueur
hyuernalle ne blessa ses gens darmes/ne les bestes cheualines. Le premier assault estât
inutile: prepara le mareschal des gens datmes vng second assault en mettant et establis
sant pyonniers en besongne/qui feroient des fosses et concauites par dessoubz terre pour
entrer au chasteau Et il ce pendant les bombardes et artillerie dressees et a coustrees rô

L'armee des
parisiens con=
tre les mal=
ueillans du
roy sait Loys

La rebellion
de Hugues cô=
te d'la marche
q̃ se redit aux
anglops

Le vaillant &
louable fait d'
Blanche mere
de saint Loys

poit et abatoit les murailles/comandant aussi que les combatans donnassent lassault.
Lequel fut tant aspre/et les boulets des canons tant impetueup que la principalle tour
du chasteau froisee et brisee comencoit ia a trebucher:et les murailles percees et coulees
de fosses par dessoubz presque tomboient a terre. Duquel peril les bretons espouentez: comme ilz ne esperassent auoir aucun secours de Hugues/se rendirent et liuerent le chasteau
a Loys. Destine donques surmonte/tonsa le Roy dangleterre et argua Hugues: par les
hortement et la psuasion duquel il sestoit enuelope en ceste querelle: et par ainsi son armee
chargee dedans ses naures retourna en angleterre. ℃Durant ce temps aup bretons se
reuirent/ceulp qui habitoyent a haye pannel. Mais par le commandement de Blanche
Jehan des vignes menant une armee alencontre deulp et resprena leur rebellion. Loys
entre en la region des bretes/quat il eut prins les tresforts chasteaup oibone le chasteau/le
duc espouenta. Lequel enuoyant ses messagers a son frere conte de Dreup:le pria de faire sa paip auec le Roy/et que iamais ne differeroit daccomplir et garder ces commandemens
Le conte donques a certeine du courage du duc appaisa le Roy. Par quoy oftraige buillez:promit Hugues par foy et serment que iamais ne prendroit les armee contre le Roy:
aincops constammee demeureroit en sa foy et en son alliance. Loys par lespace de quatre
ans ayant use de bonne fortune/ediffia le monastere de royaulmont pres de la riuiere de
arse/religieup en icellup deputez et colloquez de lordre de Cisteaup. Ce pendant que le
Roy appliquoit son courage a lentour de ladistremet de ce monastere:se leua debate mutinerie entre les cytoyans et les escoliers de Paris/si que aucuns dicte dune part et daultre pourtant que les escoliers se plaignoient quon ne leur auoit fait satisfaction des iniuries:tellement proceda le courroup et lindignation/quilz consultoient et parloient de illisserer et transuer lestude Uniuersite de Paris/en aultre lieu. Et ab ce faire y secretziet iadestine messagers/les sollicitoit le Roy dangleterre perpetuel et imployable enemy des francoys. Disant que sil vouloient passer vonne: il leur donneroit maisons et manoirs
pour habiter/semblablemet leur octroyoit priuileges libertez et franchises. Mais Loys
soigneup fut dentretenir les escoliers:ab ce que le noble Royaulme prime ne fust du tesple
diffement literal et scientifique/que ℃Charlemaigne par le moyen et operation de diuine auoit mis et estably a Paris. Car auant ce temps a Paris nauoit este establie aucune
assemblee ou Uniuersite destude. Par quoy mesbaslz darcelle arrogantiee presumpt auoit
la science de doctrine lesquelz se sont vantez que luniuersite de Paris auoit suyuly sainct
Denys ariopagite/premierement de Athenes a Rome et de Rome a Paris. La verisi militude de laquelle chose il ne conferment et approuuent par lenseignement de sentence
greeque/ou dun college/ou dun honnie scientifique. Artennu mesmement que a Paris
auant le temps de Charlemaigne nya aucun escripuain qui dye y auoir este Uniuersite
descolliers. Aultremet les disciples du venerable vede venas destuce/en vain par Charles eussent estee constituez a establiz aucteurs a initiateurs de lescole Parisiene. Toutes
uoyes ie ne veuil nyer que aucuns estudians les lettres/suyuians la puissance de lempereur Charles ne soient venuz a Paris. Car cela est aultrefoys veu/que les estudians
amateurs des lettres: suyuent la fortune des princes soubz lesquelz il espérent paisiblement viure. ℃Le conte de la prouillee auoit une fille nommee Marguerite:laquelle Loys
receut du pere et la print a femme et espousee: et fut songneup de donner lettre a son frere

Robert et de le marier.. Car il luy bailla Arthoys z Arras en quoy faisant il espousa ma
thilde fille du duc de Breban. sonnāt en cel an q lon disoit mil. cc. xxix. saultre des isles
baleaires cest abire maioriquaires/et la cite de Balence par les terrassonnoys fut recou=
uerte de la puissance de mahumet. ¶ Ce pēdāt q cela se faisoit frederic deuxziesme de ce
nom empereur des Romains enuoya prier Loys par ses ambassadeurs: quil ne ressuzast
venir a Daucouleur: et quil auoit des choses quil vouloit et desiroit luy estre cōmuniqes
Loys feist elicte de gens darmes et cheualiers quant il fut en ce lieu arriue/Voyant que
frederic seignoit estre malade/en france retourna. On croyoit que lempereur auoit vou
lu le roy deceuoir: en telle facon que sil fust alle en petite cōpaignee il auoit delibere de le
prendre et arrester prisonnier. ¶ Ces iours durans Baulduyn empereur bizantin an=
ciennement dit Constantinoble dōna a Loys la couronne despynes de Iesuchrist: laquel
le receue en tresdeuost et religieux appareil/cōmāda estre portee de Vincennes en labbaye
sainct Denys: ou il alla a compaigne de Robert alphonce et Charles ses freres. Peu de
temps apres Loys aduerty que Baulduyn par pourete et indigence/auoit oblige et enga
ge grant partie de la saincte croix de nostre seigneur auec lesponge et le fer de lance: des qlz
Iesucrist nostre saulueur estant en croix fiche/auoit este abreue et perce : bailla grand so
me de denyers a Baulduyn/par le consentement duquel furent desgaiges les sainctes z
sacrees reliques et enseignes de la passion de nostre redempteur: mises z colloquees en la
chappelle royalle a Paris et ministres en ce lieu establiz pour le diuin seruice celebrer.
¶ En apres les albigeoys obstinez en leur malice et infidelite / cōme ilz affligeoient et
tourmentoyent les gens darmes francoys de plusieurs iniures. Iehan de Beaumont fut
appelle et luy cōmanda le Roy mener vne armee de gens de guerre alencontre des hereti=
ques. Iehan de beaumont obeissant au cōmandement du Roy: mena sarmee z de prime
face print dassault le chasteau de Royaulmont: puys apres plusieurs aultres places pri
ses en peu de iours/donta et de peine affligz a les rebelles heretiques. Les choses heureu
sement acomplies apres son retour luy donna le Roy plusieurs grans et precieux dons.
¶ En ce mesme temps apres le decez du Roy de Nauarre: son frere Thibauld conte de
Champaigne fut fait Roy par les princes et seigneurs du pays. Qui peu apres armee
amassee z assemblee tant de ses gens cōme des francoys, sen alla en asye en deliberation
et voulente de donner aide et secours aux crestiens. Mais par la lasciuete z petulese des
francoys ententifz a rappines et peilleries et non obeissans au Roy Thibauld/la cho
se mal proceda. ¶ Alphonce frere de Loys nauoit encores receu sa part et portion de lhe=
ritage paternel. Lors Loys en mariage luy dōna la fille du conte de Thoulouze auec por
tion de Poictou et Auuergne/et la part quil tenoit en alby. Tantost apres le conte de la
Marche par le cōmandement du Roy sut appelle: pour faire a Alphonce foy et hōmage
auec le droit de subiection: et par la persuasion et enhortement de sa femme mere du Roy
dangleterre: Alphonce qui sut contempne print lalliance des anglroys. Enuers lesquelz
plusieurs choses faignant cōme sil eust este par Loys chasse de ses terres et possessions/
esmut et enflamba le Roy dangleterre a faire descendre son armee en Gaulle. Celle cho
se congneue: gens de guerre en diligence furent assemblez/et mena Loys son armee a la
Marche et print Monstereul et bergue tresforts chasteaulx: destrusit et desola Bergue
totallement. Sans chōmer assiega sonce ou estoit Geoffroy de lesignem que peu apres

il print dassault auec Monnôte. La fême du conte de la marche mere du Roy dangleterre
Quât elle beit q̃ Loys estoit superieur a le pl⁹ puissant en bataille Elle essaya et sefforça
époisonner le Roy. Mais elle benât en lost de loys/ceulx q̃ la traistre fême époisônerresse
auoit cômis et establiz pour acomplir le meffaict Furent pris et appzehendez sus le fait
iectans pouldzes benimeuses ez biandes du Roy/ Et furent penduz et estranglez. La
quelle chose fut cause de si grâde raige et angoisse de tristesse a celle femme angloyse/quel
se essaya a soy tuer et meurdrir elle mesmes ce quelle eust faict neust este quelle fut tenue
et empeschee de ses gens/dont depuis touteffois tourmentee fut et affligee de maladye per
petuelle. ¶ Si comme en ceste maniere la fortune du Roy de iour en iour en mieulx croif
soit Dez luy bindrent plusieurs en son apde Et alla le chasteau de Frontenay assieger.
Le chasteau est ediffie au miltieu dung fleuue garny de haultes tours et double murail
les/que ceulx qui dedans estoyent soigneusement et baillamment gardoient et deffen
doient Si que peu de dommaige auoyent receu par noz gens Parquoy commanda le roy
leuer et eriger bne tour de boys a telle haulteur/que dicelle on peusst regarder iecter pier
res darts et bouletz audict chasteau. Mais au moye du feu qui fut gecte par les assiegez
fut bzuslee celle machine et tout de boys. Et en ce combat receut le conte de poitiers bne
moult griefue et horrible playe au pied Pour raison dequoy Loys recommenca lassault
en si grant estrif de gens darmes et combatans/Que les bngs bzusloyent les portes/et
les aultres a cordes et eschalles grimpoient et grauissoient aux murailles. Et par ainsi
entrerent tresimpetueusement au chasteau/qui fut pris auecq ce le filz du Conte de la
marche Et ce fait quarante hommes darmes/et quatre bingts pictons Par le comman
dement du Roy labbatirent et razerent a fleur de terre.

F Ontenay destruict et raze Il destruisit aussi totallement Billiers/appartenant
a Guy de rochefort qui tenoit le party du conte de la marche faisant semblable
chose en plusieurs aultres lieux Jusques a ce quil ficha ses tentes et assist son
ost deuant la face de ses ennemis. A taillebourg ces choses se faisoient/et conuenoit tra
uerser la Riuiere de cher A ceste cause fut fait bng pont/Par dessus lequel passa larmee
des francois Et comme les biuandiers/mesmes ceulx qui auoyent charge de recueillir
et amasser les blez Vers paintonges amassoient et recueilloient toutes ses bictuailles du
pais de paintonges Chemina le conte de la marche a lencontre deulx. Mais loys sans
seiourner donna secours et aide aux biuandiers. Et du premier assault que fist le roy fut
occis le seneschal porteur de lestandart et enseigne du conte. En ceste cruelle guerre estoit
le Roy dangleterre. Les roys doncques recommenceans la bataille plus fort que deuant
fut moult longuement et cruellement combatu. Toutesuoyes a la fyn les anglops recu
lerent et fuirent. Et congnoissant Henry la fuyte de ses gens se retira a paintonges.

N ceste bataille ou furent plusieurs occis/y eut deux mille hommes (ou enui=
ron) des ennemis apzehendez prisonniers par les francoys. ¶ Si comme Hen=
ry sestoit retire a paintonges Recueillant ce quil put des gens darmes qui sen
estoient fourz/Commanda la nuit ensuiuât que les portes de la bille luy fus
sent ouuertes faignant aller assaillir les frâcoys/Lesqlz il surpzêdzoit lassez et trauaillez
                                                                                    p.i.

Lenterpzinse
de empoison=
ner le roy sainct
loys.

Les places
pzises en guer=
re par le Roy
sainct loys cô
tre le conte de
la marche.

Le nôbze des
pzisôniers an
gloys.

du labeur du iour precedant sans ce quilz se doubtassent de lambuche/ Mais il tourna
son chemin et sen alla a blaye. Pour raison dequoy les habitans de xaintonges se rendirent a Loys Et le suyuit regnault seigneur de pons. Dint au roy semblablement le filz

Paix entre le Roy sainct loys et le conte de la marche.

aisne du conte de la marche Pour obeyr et obtemperer a ses commandemens Auquel fut
paix donnee en celle forme et maniere que tout ce que le roy par droict de guerre auoit des
terres et possessions du conte Il seroit et appartiendroit a alphonce conte de poitiers Et
au regard de luy il retiendroit a soy les chasteaulx q̃ sensuyuent Cestassauoir Meffin Cre
toye et Estarde. Le conte de la Marche sachant que son filz sestoit rendu au Roy/ print
sa femme et ses aultres enfans et sen vint vers luy et se prosterna a ses piedz confermant
les accordz et conuentions dessusdictes et faisant le serment de fidelite. ¶ Aequitaine
appaisee iusques a Gascongne henry delessa blaye auec son filz Richard et chemina a
Bourdeaulx. Dont messagers furent par luy enuoyez vers Loys pour luy treues/ et
a peine les peut obtenir /au moyen des criz et clameurs/ que faisoient les princes et seigneurs francoys que Richard auoit iniurieusemēt traictez en asie. Durāt ce mesme tēps
frederic empereur de germanie foulloit et affligeoit leglise de Romme De la tirannie du
quel le pape innocent quatriesme de ce nom fut griefuement persecute/et descendit a lyon
Requerant le roy par ses ambassadeurs que sans tarder se voulsist trāsporter par deuers
luy Mais luy de maladie detenu obstant qui lauoit este longuement couche a Pontayse ne peut acomplir le vouloir du pappe. Et pource que les medecins ne trouuoyent aucun remede en ceste malladye. Loys mettant tout en la main et misericorde de dieu Prenant la croix de ihesucrist voua mener son armee en iherusalem et donner secours aux af-

**Beatrix es-
pouse de char-
les frere du roy
saint loys.**

faires de la terre iherosolimitaine. Apres q̃ le Roy eut recouuert sante /il se transporta
a Cluny par deuers le pape innocent. Auec lequel il consulta lespace de quinze iours tou
chant les choses des iherosolimitayns Et finablement la benediction apostolique rē-
ceue En france retournant/ fist celebrer et solenniser mariage entre son frere Charles et
Beatrix seur de la Royne Et luy bailla Aniou et le maine. Ce pendant innocēt le quart
fist faire et assembler concile general a Lyon Par sentence duquel il priua lempereur fre
deric de lempire. Semblablement il bailla vng signe aux cardinaulx quilz porteroient
perpetuellement dessus leur teste/ Cestassauoir le chappeau rouge Laquelle chose est au
iourdhuy diligemment obseruee. Et par ce signe voulut le pape quilz feussent admonnestez estre prestz et disposez en tout temps de respandre leur sang/ pour garder et deffendre
et garder la liberte et franchise du peuple crestien. Le concille de Lyon desassemble. Ce
pendant que le pape alloit pour traicter et composer les choses neapolitaines. Il mourut
a Naples Lan de grace Mil.cc.liiii. En apres Loys ayant memoire et recordation de
son voueil: les choses qui appartenoiēt a lexpedition de la guerre iherosolimitaine acoustrees et deuement preparees sen vint a paris ou il laissa son frere Alphonce/ lequel auec
sa mere Blanche le Royaulme gouuerneroit Et puis sen alla a Lyon ou seiournoit Innocent craignant lempereur frederic. Le pappe salue entra loys en son chemin Et entre

**Larriuee de
sainct loys a
Cypre.**

dedans la nef/ Laquelle preparee luy estoit sus la mier a aignemorte/ et arriua a Cypre ou
il passa la son hyuer. La vindrēt a luy aucūs tartariens enuoyez dep le prince Erchaltaus
auec lettres/ par lesquelles il cōgneut que Chaan Roy des tartariens auoit receu la foy

de Jesuchrist auec le sainct sacrement de baptesme a quil auoit assemble et equippe grant
nõbre de combatans/pour mener contre les ennemys de la foy/ ioyeulp fut de la venue de
Loysauquel il esperoit dõner secours et ayde. Les messagers honnorablement et liberalle
ment receuz Loys tendit graces a Archaltans/et enuoya les lettres a sa mere Blãche que
vng nomme Andre de lordre des freres prescheurs auoit translate en langaige francoys
C En la premiere saison du prins temps apres ensuyuant / comme plusieurs de larmee
francoyse feussent de malladye trespassez a Cipre/ Loys faisant marcher ses gens darmes
par bonne et heureuse nauigation fut porte en egypte. En egypte ya vne ville nommee
Dalmyate qui est aussi dicte Heliopolys assise au fleuue de nylus. Quant la nef du roy
fut arriuee deuant ceste ville: les egyptiens arrengez sus la ryue du fleuue/ facillemẽt re
pulsoient les nostres et les empeschoient de aborder. Mais les fracoys sortans hors des
naupres contreignirent les ennemys de retourner a Dalmyate. Les tentes du Roy assi
ses et son ost dresse assez pres de la ville: les principaulx des habitans myrent le feu a len
tour des murailles et de nupct sen fouyrent parquoy les nostres aduertiz de leur fupte: pri
drent possession et iouyssance de la ville et estignirent le feu / icy de mon vouloir et pro
pos delibere ne fays mẽtion des ambassades que aucuns escripuains dyent auoir este do
rient enuoyes a Loys: qui ont plus de parolles q̃ de effect appartenãt a lystoire Dalmya
te prise fut purgee et nectoyee des ordures et immondices des ennemys: le delegue du pa
pe/ qui en larmee auec Loys estoit: y ordonna les statuz et tionyes de la region et deuo
tion crestienne. C Apres que les gẽs darmes se furent raffroichiz: mena Loys son armee
a Massere que platine appelle Pharampe enuironnee dune partie du fleuue nylus. Ce
pendant que larmee marchoit par cõpagnyes a coustres en ordre de guerre: les ennemps
persecutoient noz gens de tout leur pouoir: entre lesquelz et les francoys aucunes batail
les furent legierement cõmises/ dont ilz issirent victeurs et superieurs: finablement des
ployrent leurs tentes en lisse que fait le fleuue nylus: ou longuement fut combatu par di
uerse fortune. Car ia soit ce que les ennemys fussent dommagez et persecutez par fuyte
et occision trescruelle/ et le duc Pharhardin entre aultres perdu/ toutesuoyes Loys ayant
receu plusieurs pertes et dõmagez en son armee: perdit son frere Robert conte darthoys.
Car cõme apres la chace et occision des ennemys cussent deu les nostres en leurs tentes
soy retirer: neantmoyns eulp vagans et tournoyans parmy les champs/ sentirent tresfu
dement le retour des ennemys reprenans leurs forces et couraiges. lequel retour fut foi
blement soustenans: car sicomme ilz acouroient au refuge de leurs tentes: suyuis furent
diceulp ennemys par derriere lesquelz ne differerent de les combatre. Mais par la def
sense et tresuaillante resistance de noz gens repulsez furent et chasez. C Auecques ces dõ
maiges aduint aussi tresgriefue pestilence et famine en lost des francoys: si que peu feus
sent sains et entiers. Auquel temps estoit le souldan arriue a Dalmyate equippe dune
tresgrãt armee. Lequel congnoyssant lestat et condicion de ces choses quant il ouyt dire
que Loys estoit mallade et quil prenoit conseil de retourner a Dalmyate commãda que
les siens se tienissent en armes/ lesqlz tantost cheminãs impetueusemẽt ruerent sus lar
mee des fracoys: et prindrẽt le Roy et ses deup freres Charles et Alphõce auec les aultres
de larmee. Et en retournãt a Dalmyate passãs p le fleuue nylus ilz occirẽt tous les mal
lades iusques a vng. Au regard de Loys cõmãda le souldan quil fut gary par ses medecis
Apres quil eut recouuert sante ilz parlamenterent et traicterent ensẽble destreues/ q̃ furẽt

p. ii.

La rancon du
roy saint loys

iurees et accordees soubz les conditions q̃ senfuinẽt. Cestassauoir que le Roy loys pour
sa rancon paieroit huit mille bizantins sarrazins Dalmiate au souldan restitue Que
le souldan deliureroit tous et chascuns les prisonniers quil tenoit en egipte et es aultres
lieux estans soubz sa puissance et seigneurie. Et ce ces choses ne rendoit acomplies iura
q̃ deslors il auoit denie et renonce mahõmet Sicõme le souldam vouloit exiger de Loys
pareille cõdition soubz la denegatiõ de son dieu ihesucrist en cas de deffault Et religieux
et deuost roy abhorta tel execrable iurement/cõstãment deniãt ceste chose faire Les tre=
ues et iniures donnees. Des siens propres fut le souldan occis Luy mort/ses homici=
des garnis de glesues trescruelz enuitonnans loys. Demanderent les acordes et pactiõs
q̃ auoient este faictes auecques le souldan/Leur estre entretenues et gardees Aces cau=
ses par le consentement du Roy fut Dalmiate aux ennemis delessee. Finablemẽt ses fre
tes crestiens et princes prisonniers receuz Le roy lessa la region degipte et sen vint en si=
rie. Mais les ennemis de douze mille prisonniers quilz auoient/trois mille tant seulle
ment renduz et restituez/les autres ou occirent ou contraignirent consentir a la cruelite

Roy violee p
les ennemis.

et heresie de mahõmet Quant loys fut prins prisonnier/Plusieurs souuenceaulx exci=
tez en gaulle et germanie/comme esperans retirer le roy de prison/se assemblerent/z soubz
la conduicte du hongre q̃ leur presidoit non aultrement q̃ euesque/auoiẽt a soy accumule
grande multitude de cõpaignons Et en ceste maniere cheminans par paris Dileans z
Bourges:pourtant quilz ne se abstenoient de larcis rapines et adulteres Furent des ber
tuyers occis aupres du villaige de morte mer ou tient le chemin pour aller a Ville neufue
Ceulx cy vouloiẽt estre nõmez pastoureaulx. ❧Le roy loys estãt en sirie a ce q̃ p son sou
dain partement ne differassent ou reffusassent les ennemis obseruer et garder la pointe=
ment dessusdit. Il enuoya deuãt en france son frere conte de poitiers/pour entendre et
veiller auec sa mere Blanche au gouuernement du royaulme. Et ce pendant quil chemi=
noit en allant a la ville de Sydon/il qui tresreligieupestoit de ces propres mais enuie
fit et enterra les corps mors des crestiens gisans nudz et pourriz parmy la voye. En aps
il fortiffia de tours et murailles Ioppe et aultres villes quil trouua rõpues et desolees
en sirie et sus la mer. Puis faisant son pelerinaige en la cite de nazareth et en la montai=
gne de tabor a Ioppe retourna ou receut les nouuelles de la mort de sa mere. Et apres q̃l
eut acomply les obseques et funerailles feist faire prieres et oraisons a dieu pour le salut
de lame de sa mere/le sixiefme an finy de la guerre iherosolimitaine/delibera retourner
en france ou les angloys preparoient faire courses et ribleries. En ce mesme temps lor=
dre des hermites quon appelle des augustins donna commencement de sainctete. Quãt
loys fut venu a paris/congregatiõ generalle assemblee il reforma la chose publicque tres
bonnes loyx furent establies et ordonnees touchans lordre de iudicature q̃ doyuct les iu

Tresbonnes
loyx establies
par le roy saĩt
loys.

ges garder et obseruer et de non acheter les offices. Des blasfemes et execrables iuremẽs
Des putais et cõcubines/ausqlles deffendit auoir maisons logis et retraictes a remplir
leur luxure libidineuse. Il prohiba z deffendit aussi aux presidens/preuostz baillifz et
senechaulx du royaulme acheter terres et possessions au territoire de leur iurisdiction tãt
cõe ilz exerceroient iceulx offices Et dauãtaige leur phiba et deffendit de marier leurs
enfans aux habitãs de la puice en laqlle ilz presidoiẽt. Durant ce tẽps la preuoste de pa
ris estoit en vẽte z les citoyãs seulz z non aultres lachetoyent. Dont sensuiuoit que les
poures estoient greuez et foullez:les riches faisoient tout ce q̃ bon leur sembloit par licen

ce et permission/et les larrons nestoient ancunnement punyz. Le Roy proh iba celle vente constituãt gaiges ordinaires par chacun an a celluy q̃ seroit preuost de paris. En quoy faisant il establit pour Preuost ung nõme Estienne bouleau: hõme equitable et bon iusticier lequel iouyssant de loffice/en peu de iours rendit lestat de la cite plus paisible.

℣ Ce pendant sicõme le Roy sortant du palais ouyt ung blasfemateur derechef en vain iurant le nom de dieu: cõmanda luy bruler les bolueures dun fer chault. Au couuẽt sainct nicolas de londun estoient trops nobles adolescens de flandres q̃ illec auoient este mis par leurs parens pour aprendre le langaige francoys. Ceulx cy garnys de arc et de fleiches pour leur couraige recreer cheminerent au prochain boys du monastere ou ilz trouuerent vne beste sauluaige laquelle par eulx fut poursuyuie oustre les fins et limites dicelluy monastere: sique les gardiens et sergens du boys qui estoient de par Enguerrant de coucy establiz/les prĩdrẽt ⁊ menerẽt prisõniers a cil Enguerrãt: q̃ cõme trouuez iuaseurs et vsurpateurs de la chose daultruy/les fist pẽdre ⁊ estrãgler au gibet. La quelle chose au roy Loys anoncee par Gilles le buin connestable de france (cest le nom de celluy qui tiẽt le premier lieu en la guerre apres le Roy) il cõmanda que Enguerrant vint parler a luy: quant il fut venu/ia soit ce que Loys pẽsast en son couraige le punyr de mortelle punitiõ Toutesuoyes luy flechy et amolly par les prieres de plusieurs amys que Enguerrant auoit enuers luy: il le punyt de dip mille liures parisis: et lenuoya en exil par trops ans en Syrie/durant lequel temps le condãna a donner secours confort et aide aux crestiens alencontre des sarrazis. Des dip mille liures issuz de la mẽde et peine pecuniare de Enguerrant. Le roy fist construire et ediffier vng hospital a Pontaize/ leglise de freres mineurs a Paris et cõmanda couurir le dortouer des freres de lordre sainct Dominique.

℣ Cõme il fust curieux et tresoigneux des poures et indigens: il assigna et establit a Paris vng lieu a ceulx q̃ seroit priues de la veue lumiere corporelle ⁊ y ediffia vne chappelle/chãbretes/⁊ habitacles ou ilz habiteroit̃ le nõma le lieu des aueugles/aultremẽt dict et appellee les. pb. xx. Et a ses despẽs plusieurs religieux edifierent conuens et monasteres a Paris. Loutre dicelluy roy Loys est lhospital qui est dict la maison dieu/assise sus la Ryuiere de seine pres lesglise nostre dame de Paris. Semblablement lhostel dieu et hospitail sainct Nicolas de compiegne. Oultre ces nobles lieux il ediffia et fonda le couuent sainct Mathieu a Rouen/ et a long champ vng monastere de monpailes lesq̃les sont soubz la reigle sainct francoys. Aux femmes penitentes qui retourneroient de leur luxure et vic libidineuse/dõna et establit vng habitacle a Paris/ et les nõma filles dieu/Aux chartreux aussi ediffia et donna vng monastere hors la ville pres la porte sait Michel. Du mont carmelle amena aucuns religieux hõmes/ lesquelz selon le nom de la montaigne il appella carmes/et leur dõna lieu et eglise a Paris. De ces ouures le Roy Loys estãt studieux: sauoir daultruy iamais ne voulut retenir Parquoy quãt henry roy dangleterre vint par deuers luy lan de grace mil. cc. liy. par grãd charite le receut/et luy lessa aqtaine soubz celle loy⁊ cõdition: quil q̃teroit⁊ lesseroit normãdie/aniou/⁊ le mayne pour lesquelz pays/ auoiẽt aultrefoys este grãs noyses debatz ⁊ dissẽtiõs ẽtre les frãcoys et les angloys ⁊ dont les roys de frãce cõme les ayans receuz de Phelippe auguste auoiẽt en possession ⁊ iouyssance iusq̃s ad ce tẽps. il adiousta aussi lymoges/perigort ⁊ cahoze/ Au regard du pays agenest q̃ sõ frere alphõce tenoit p loy d̃ mariage il le racheta d̃ grãde

somme de deniers du Roy dangleterre. Encores y adiousta la partie de paintonges/ qui
est oultre la riuiere de charente: retenue et reseruee au Roys de france la supiorite et puis
sance seigneuriasse. Et affin que le Roy craignant dieu et se fait de sa conscience: ne fust
par le scrupule de son craintif couraige offense: il costitua et assigna gaiges et soudee annuelle a cinq cens hommes darmes/ que le Roy dangleterre auoit conclud et delibere enuoyer en Hierusalem contre ses ennemys de la foy catholique. ¶ La paix par soy et sermet
entre les Roys cofermee: se mist langloys sus la mer et sen retourna en angleterre. Loys
Mariage en-   ennoya ses ambassadeurs par deuers Iaques Roy de tarrassons: duql il impetra sa fille
tre Phelippe   ysabel qui fut conioincte par mariage auec son filz Phelippe./ par le moyen desqlles nop
filz du roy sait   ces Iaques lessa a Loys la Bille de Carcassonne auec quelqs aultres places quil tenoit
Loys et ysabel   en la prouice. En quoy faisant Loys aussi delessa: mit entre les mais des Gaits Rousfil
fille du Roy   son et Cathalongne/ dont entre eulx estoit question et debat. ¶ En ce mesme teps man
Darragon   froy bastard de lempereur Frederic/ tenoit et occuppoit le Royaume de Sicille. Contre le
quel le pape Alexandre quatriesme/ publia interdict et sentence de excommunication et le ie
cta hors la compaignye des hommes pourtant quil infestoit et offligeoit le sainct siege apo
stolique/ les iuifz et sarrosins quelques luy guerroyans. Semblablement Vrbain quatriesme successeur de Alexandre lequel poursuiuoit la tyranie de Manfroy: par ses ambassadeurs ennoya prier le roy Loys/ quil se hastast de luy ennoyer son frere Charles duc
Daniou: auql il doneroit luy et laultre Royaume de Sicille auecques Apule et Carete
Certes cecy porta grad domaige a la comunaulte: famille des Angeuis. Car il couint
faire guerres et batailles en ce pays: esquelles les princes. Daniou iusques a Charles
huptiesme Roy de france empechez: par labeur inutile et grat domaige se sont eptenuez
et destruictz pource que les papes selon la diuersite des temps se sont tous inclinez a tour
nez maintenant aux francoys maintenant aux sarrassons ou espaignos. Car le pape Ca
lipte troysieme et Pye second: publiquement furent contraires et aduersaires au duc Re
ne daniou et a Iehan son filz: soustenans et deffendans le bastard Ferdinan a qui son pe
re Alphonce auoit done le Royaume de Apule: retenu et reserue a soy le royaume de Si
cille. Aussi est bray que les italiens auoient tousiours este tant desloyaulx aux francoys
que pour ceste cause na aucune armee de france trauerse les mon e: que les gens darmes
francoys nen soyent retournez deciez poures et mendiens. Certes adria le quil craignat
la puissance de charles duc daniou le Boulut persecuter: mais il fut de mort surpris. Da
uantaige Vrbain le quint fut ennemy a loys nepneu de cil premier charles portat faueur
a charles roy de hongrie a sencontre de la royne Iehanne: laquelle auoit loys a filz adopte
¶ Car les papes ont acoustume auoit suspicion ou malueillance cotre ceulx qui congnoy
sent prosperer en cestuy royaume de Sicille. Donques la Boulunte du pape congneue
le Roy comunication de conseil faicte auec son frere/ ordona quil couenoit obeyr et obtem
peter au Bouloir de Vrbain. Parquoy grande multitude de gens darmes amassa: et Char
les deuant ennoya a lencontre de Manfroy Phelippe de montfort: qui descouureroit le che
min de Rome: lors assiege et occupe par les gens darmes dicelluy Manfroy. Lempesche
ment du chemin par phelippe oste. Comanda Charles aller a Rome par lombardye: et
luy arriua a Marseille/ sa gallee acoustree: et par la coduicte de Guillaume cornu et Ro
Bert de basles treseppers nautonniers fut mene a Ostie/ finablement fut a Rome recu.

Du apres il fut constitue en la dignite de senateur:receut la couronne du royaulme de Sicil
le/qui donc luy fut par le pape Clement successeur de Vrbain a la charge de quarāte mil
le ducatz de penson:quil seroit tenu de payer chacun ayant fait siege apostolique. A lall
le charge fut aussi abiousté quil ne prendroit ou acceperoit la dignite de lempere suppose
que a icelluy regir et gouuerner fust appele. Auant que les gens darmes de France euf-
sent actins la Romayne demeura Charles a Rôme par aucunes iournees. Apres quil
eut receu son armee prit congie du pape:il combatit ꝗ pris dassault le chasteau sainct Ger
main deffendu par trespuissante garnison:et marcha en bataille a lencontre de Manfroy
lors estant a Beneuente. Bataille faicte et commise dune part et daultre:fut Manfroy mis
a mort:et Bentuoille pris dassault et de force. Au regard des aultres guerres batailles
et prouesses par Charles faictes en Apulie ie ne les poursuy plus auāt. Car il suffit mō
strer et faire apparoir que Manfroy et Conrardin furent vaincuz et surmontez:et que
Henry despaigne fut chace/et pris au mont Cassin par labbe du lieu et tyen prison:et
iouyst Charles du royaulme de Sicille/iusques au ce que Constance royne des Arra-
gonnyos recōmēca la guerre contre luy. ℥Ce pendant ꝗ ces choses par Charles estoiēt
faictes et conduictes en Apulye vint lambassadeur du pape par deuers le roy Loys a Pa-
ris/sadmonester et enhorter a lexpedition et entreprise de la guerre Hierosolimitaine/la
beur ny eust peine ny trauail a celluy esmouuoir/qui de sa propre et liberalle voulenté
couroit. Car le conseil de toutes ses parties du royaulme assemble:apres que lambassadeur par longue remonstrance et oraison eust descouuert et manifeste lestat des crestiens
en Syrie:tous en pareil vueil prenans et ambrassās la cause et querelle de la foy catholi-
que/auec le Roy se seignerent du signe de la croix. Les nefz doncques a Aigues mortes
preparees, le Roy ocompaigne de ses trops filz cestassauoit Phelippe Iehan ꝗ Pierre:son
testament premierement fait et le gouuernement du royaulme permis et delesse a Symō
de nesle/a labbe de saint Denys et a Mathieu cōte de Vendosme. Lan de grace mil.cclxxix
auec son armee se mist au chemin de Syrie Les gens darmes mis et acoustrez es naupres
quant a mont menez furent/par les tresapres tempestes a grand peine arriuerent a lisle
sardine Au ꝗl lieu ceulx qui estoient mallades furent reposez et rafroichis:cōme les aultres nefz fussent venues de marseille:le conseil fut que lon deuoit aller a Thunice: pour
ce que le prince dicelle terre/qui aultrefoys auoit ses messagers enuoye par deuers Loys
pposoit confesser:et aduouer la foy de iesuchrist se couenablemēt faire le pouoit par la vou
lunte ꝗ le cōsētemēt des seigneurs ꝗ grātz hōmes de son pays. Le roy meu de celle esperā
ce:cōme loing ne fust du port de Carthage:deuāt enuoya ladmiral auec ꝗlque nombre de
nefz. Lequel voyant tantseulement deux grandes nauires en icelluy port/les print ꝗ oc
cupa ꝗ mena les gēs darmes a terre ferme:au Roy signifiant quil estoit besoing de plus
grande puissance. Loys doncques cheminant en bataille:cōme il eust celle nuyct arreste
son armee es naupres/les ennemys amplirent ce pendant les portz a riuages de gens dar
mes. Finablement apres que les nostres furent sus terre desfenduz querans puys ou fon
taines/au deuant deulx acoururent les ennemys auec trespuissante armee. Lesquelz cō
bien que a grant force ilz eussent assailly les francoys:neantmoyns apres que dix mille
hōmes de leurs gens furent occis se mirent en fuyte. La chose tresbien et heureusement
acomplye. Les maistres gouuerneurs des nefz vindrent a Loys:se admonesterent et

Le Bastard
mā froy occis.

Aultre guerre
en Sirye

Le secōd voya
ge du roy sait
Loys en Hie-
rusalem ꝗ Sy
rie contre les
turcqs et sar
razis

aduertirent que Cartthaige facillemẽt pourroit estre eppugnee ↄ prinse dassault: sil vou=
loit enuoyer quelque bon nombre de pietons et combatãs deuant les murailles de la vil
le. Lors le Roy distribua certains nombre de pietons a aucuns capitaines qui deliberẽt
donner lassault a Cartthaige. Pendant laquelle deliberation / a grand flote sortans les
ennemys de la ville impetueusement les nostres assaillirent. Mais le mareschal des lo
geis menant ces gẽs darmes alencontre: les assist entre la ville et les ennemys: ↄ les ga=
laires et gouuerneurs des naupres cryans la larme assaillirent et prindrent le chasteau.
Apres que le chasteau par les nostres fut pris ↄ occupe. Loys auecques ceulx quil auoit
se ioignit a la bande et compaignye du mareschal / au moyen dequoy chacez furent les en=
nemys dont y en eut grant nombre de tuez et les aultres se mucerent et saulterent es fos=
ses et cauernes tres obscures. ❧Apres la cõqueste de celle victoire / le roy entra en Car=
thaige et differa aller a Thunyce: iusqz ad ce q̃ Charles Roy de Sicille (cõme il auoit
promis) fust venu. Et pource que par continuelles courses / les ennemys mollestoient lar
mee du Roy: il commanda munyr ↄ fortiffier lost de rempartcqs / fossez et todiz. Laquelle
chose congneue: le Roy de Thunyce faisant grande et numereuse assemblee de gens dar
mes / et son armee mise en ordre de bataille chemina sus les riuages de la mer / ou les nefz
estoient aux anchres arrestees: Mais Robert conte dartthoys sortãt de lost des francoys
auec bonne compagnye de gens darmes / luy trancha le chemin et surprint lauangarde et
premiere poincte de larmee des ennemys. Aussi iehan chambellan chemnant auec sa bẽ
de par vng aultre chemin a loppposite de Robert: tellement pressa les ennemys que a pei
ne leur donna puissance de soy deffẽdre et garder. Toutesfoys ilz eschaperẽt et se mirẽt
en fuyte / ↄ les suyuirẽt ceulx qui sen estoient fouys du chasteau chargez de grãdes proyes
et despouilles. Peu de iours coulez apres ces choses / a loccasion des eaues pouries et pe=
stilencieuses / de la grossitude et corruption de laer: la peste assaillit larmee des francoys
et auant tous les aultres moururent Jehan tristan conte de neuers / lembassabeur du pa
pe et plusieurs du populaire. Durant le cours de ceste maladye: le Roy Loys persecute
du flux de ventre: apres quilz eut appele son filz Phelippe et icelluy admoneste de salutai
re doctrine: les sacremens crestiens par grande charite et deuotion receuz / gisant dessus
vng lict de cendre en laage de cinquante sept ans rẽdit a dieu son esprit. Lequel tout le
temps de sa vie par singuliere charite des pouures fut soigneux et curieux: si que chacun
iour de viande de refecton quotidiane nourrissoit et alimentoit cent et vint poures sans
les aultres ausqlz il lauoit les piez a lexemple de Jesuchrist. Et nauoit horreur de bai
ser les ladres eppulses et contaminez de leppre et puante pourriture / lesquelz il receuoit a
parler et confabuler auec soy. En la memoire duquel Roy tresreligieux ↄ catholicq / ont
aucũs escript quil trespassa a Thunice lan de grace mil. cclxx. ❧De marguerite fille
du cõté de la prouince / engẽdra neuf ensãs cestassauoir / Phelippe q̃ fut sõ successeur / Loys q̃
mourut ieune Jehã cõte de neuers Pierre duc Dalẽpon Robert cõte de clairmõt en beau=
uoysyn ysabel q̃ fut fẽme ↄ espouse de Thibauld roy de Nauarre Blanche fẽme de ferrãd
roy de Castille Marguerite a laquelle aduit la duche de Breban apres le trespas de son
mary / et Agnetz qui fut marie a Robert duc de Bourgõgne. Celle Marguerite q̃ Loys
auoit pris pour son espouse et compaigne: au faulxbours sainct Marceau a Paris edif=
fia vng couuent de monyalle ou nonnains / que les parisiens appellent le monastere des

Victoire cõtre
les sarrazins.

Le trespas du
roy sait Loys

Les enfans
du roy sainct
Loys

cordelieres:ou elle fit son habitation en cõtinêce et chastete vidualle/apres le trespas du Roy son mary. ⊂Les os du roy mort despouillez de chair/furêt portez ⁊ enterrez a sainct Denys. Mais quãt vint a faire le cõuoy funereulp et Royl enterremêt: depuys la ville de Paris iusq̃s a sainct Denys furent faictz stations ⁊ reposoirs es lieux aũ ce designez esquelz on ediffia des masses carrees larges par bas estroictes par hault: ayans la croix de iesuchrist dessus la poincte auecques ymages et statues de pierres alentour qui du rent encoxes iusques au iourdhuy. Plusieurs oeuvres de cil tant religieulp prince sont le ues et creues approuuees par myracles tout au long de la quadragesime que lõ dit qua resme/et durant le solennel aduent de iesuchrist et quatre iours apres la reception de leu cariste qui est le faict sacremêt de laultel: se abtint de socuure charnel acõplir auecq̃s son espouse. Tous les vendredis faisoit au prestre confession de ses pechez:il auoit vng fla gel ou pendoient cinq chesnettes de fer quil portoit en vne boete de yuoire : duquel apres sa confession faicte/ses espaules descouuertes estoit frape et flagelle par le prestre. Sou uentesfoys porta la haire. Et pource quil sen abstint par lamonnestement de son confes seur: au lieu de ce fus sa chair mue portoit vne tresaipe cincture de poil de boucq et de che ure:et cõmanda par les ma ĩs du prestre distribuer chacun iour quarãte soulz au poures

⊂En la librairie du Roy Charles le quint fut trouue vne chartre contẽ.les instructi ons et cõmandemens que cil Roy sainct escriuit et bailla a son filz aisne: ce pendant q̃l assiegeoit la ville de Thunice. Laquelle chartre prise au trefor dicelluy Charles/par gi rad de montagu son secretaire luy fut epibee. Lan de grace mil.ccc.lpriii. Et sont lesdi cte s instructions telles que sensuyuent.

A yme dieu de franche eŧ liberalle voulente/sans lequel nul est saulue. Garde toy de loffenser par aucũ crime. Te soit la mort plus tollerable que peche Se aduer site te point et afflige/endure/comme layant merite / de la proffit te viendra ⁊ ac croissement fe les prosperitez mondaines te blandissent/ne ten vueilles orgueillir ain cops a dieu graces rendias. Car cest le fait dung fol et insence pour le bien et benefice re ceu/soy orgueillir et esleuer a lencontre du donateur. A vng expert et sage prestre ouure souuent ta conscience. Lequel sans crainte ou trepidation franchemêt te reprendia mal faisant et te enseignera ce que deueras suiure. Le seruice diuin et ecclesiastique deuote ment escouteras. Non en quaquetant comme confabulateur et recitateur de choses vai nes Regardant ca et la. Mais de voir et de penser dieu pritas et requerras Lors princi pallement que le prestre consacrera et traictera la saincte host te Aux poures et indigens pitoyable et charitable seras. A leur aduersitez et miseres selon tes facultes subuiendias Quant tu auras le couraige triste dolent ou doubteulp decouure la tristesse et au piete ou au prestre ou aton loyal amy/certes apres cela quelque douleur que ce soit, plus legiere ment la porteras. Auec les religieulp et preudhommes du siecle souuent frequenteras. Mais au contraire gens perbuz et desloyaulp deffuyras Bonne doctrine secretement et publicquement voulentiers escouteras. En toutes choses ayme le bie et lesse le mal. Ne permectz a aucun deuant toy dire ne profferer chose qui donne exemple de peche. Aux de tracteurs doncques quant tu y seras/Les huiz et portes clorras et fermeras. Ne vueil les iamais oublier a condanner et punir ceulp qui blasfement contre dieu et ses sainctz Pour les biens que receuz as et receuras a dieu graces tousiours rendias/a fin que soys faict digne de mieulp auoir et receuoir Enuers les crestiens/pour bien et equite roide et

droit en iustice seras/dung coste et daultre ne tenclineras. Les causes q quetelles des po
ures soustiendras et fauoriseras/tant et si longuement que iustes et veritables les trou=
ueras. Si question et proces se meut contre toy: iusques aõ ce que ayes trouue la verite/
estime moindre droit de ton coste que de celluy de ton aduerse partie En ceste maniere con
seilleras ceulx qui a lentou de toy assisteront. Lesquelz par ce moyen plus franc et plus
sainct iugement donneront. Setoy et tes seruiteurs occupent sauoir daulttuy et tu le con
gnois certainement. Jncontinant et sans delay le restitueras. Se la chose est doubteuse
commectz la a inquisiteurs qui totalement enquetront la verite. Car certes en ce princi=
pallement te conuient appliquer donner ordre et prouisiõ/que ceulx qui ont ladministra
tion et le gouuernement de la iustice/Ensemble tes subiectz viuent paisiblemẽt Et par
especial les religieux et aultres deputez au seruice diuin. Certes iay ouy dire aux antiés
que le tresbon roy Phelippe/dont descend nostre generation et lignee/tresdiligemment ce
cy garda et obserua Car sicomme aucune de ses conseilliers luy rapporterent que les gés
Deglise vsurpoient la iurisditicn et les droitz du roy Dont sa dignite et seigneurie estoit
Blessee et dommaigee. Je croy dit il ce que vous dictes estre vray Mais ie ayant memoi
re et recordation des benefices de dieu Ayme mieulx souffrir perte et dommaige en mes
droitz/que de mettre en proces les seruiteurs de dieu et de leglise. Dont puisse venir et is=
sir aucun scandalle. Parquoy se plus parfaictement que pourras ayme les seruiteurs de
dieu et procure la paix Honneur et reuerence a tes parens porteras/Leurs instructions
et commandemens ne desprisceras Les benefices ecclesiastiques au bõs et a ceulx qui me
rite les auront donneras Et quant ce faire te vouldras/Demande le conseil des saiges.
Guerre contre les crestiens (sinon que bien soys conseille de ce faire) ne meneras. Si est
besoing de la faire leglise et les gens bien garderas et deffendras. A toute guerre et con
tention mettre fin selon lexemple du benoist sainct martin de tout ton pouoir estudiras.
En ton seruice et au gouuernement de la iustice/bons et vertueux hommes establiras
leurs moeurs et oeuures enquerras. Les faitz de tes domestiques en oubly ne mecteras
Que pesche perpetre soit et commis empescheras. Les execrables iuremens prohiberas.
Des nouuelles sectes et heresies la teste Cest a dire le commencement couperas et tran=
cheras. De la despense de ta maison curieux seras Et selon la loy de raison la drag meras
et moderas. Finablement mon filz te enhorte et requier/que ce auant toy decebc de ce
monde Deille mon ame ayder et secourir par le seruice des choses diuines prieres et orai=
sons/et me donne part et portion de tous les biens que si apres feras Pour le dernier mõ
cher filz Je prie dieu quil te donnne toutes les benedictions que le tresbon pere peult don
ner a son filz. Et le dieu tout puissant/qui en troys personnes et vnite est adore/te tienne
en sa saincte garde et contre tous maulx te deffende/si que de toy tousiours soit honnore q
ensemble auec luy apres lissue de ceste vie meritons viu. e et perpetuellemẽt le louer. Si
rard de montagu notaire et secretaire du Roy constamment afferme auoit trouue ces in=
structions et commandemens en la librarie du roy loys Et depuis les auoit baille a phe
lippe son successeur. ¶ Le iour que le roy loys trepassa Charles Roy de sicille arriua en
soft des francoys Au deuant duquel marchans les principaulx de larmee leur tristesse q
douleur le plus qui purent dissimulee/honnorablement le receurent. Mais douleur si fa
cillement nest mucee que par aucun signe ne se monstre et manifeste. A ceste cause char
les emerueillant la liesse des princes et seignrs languissante et meslee de tristesse tantost

Charles duc
daniou Roy
de sicille frere
du roy sainct
loys.

demanda comment son frere se portoit. Eulx respondans quil estoit mallade se hasta de
saller Beoir et Bisiter. Quant il le Beit mont prosterne contre terre/Apres quil eut fait bri
esue oraison a dieu se leua appaisa ses larmes et lamentations/et sans monstrer signe de
tristesse/enhorta le residu auoir bon couraige/aß ce que par le dommaige nouuellemēt re
ceu ne augmentassent les ēnemis leur ferocite/quilz auoientde coustume par chascū iour
persecuter les tentes des francoys de dartz et aultres traictz. Car a quatre iectz de pierre
a loppsite de lost des francoys auoientles sarrazins fiche leurs tētes. Et combien quilz
iectassent dartz et artillerie de loing côtre les nostres qui se tenoient es fossez et rāparcqs.
Toutesuoyes les francoys ipetueusement fortais/ sle leur bailloient les ennemis puis
sance de combatre. Quant ils furent acoustumes en ces petites batailles plus grant nõ
bie de combatans assemble et amusse Commencerent a assaillir les munitions des fran
coys et par ostentation Baguer et courir parmy le champ. Quoy Boyans les francoys is
sus de leurs tētes marcherent contre les ennemis. Et combien que Charles eust sa ben
de de gens darmes Bng peu plus loing. sleantmoins les chommer les retira en arrie
re seignant la fuite/afin de deceuoir les aduersaires par aucune astuce et cautelle. Suy
uans lequelles sarrazins comme silz eussent deu attrapper le fugitif. Tantost apperceu
rent Charles tourner les armes contre eulx/et les frācoys Bienir par derriere/Si que les
ennemis surprins et arrestez entre deux armees receuans grief dommaige et occision/en
leurs tētes se retirerent. On trouue par escript quen celle bataille moururent troys mil
le sarrazins/sans ceulx que fuyans la mer englouit. Oultre ceulx la perirent plusieurs
es fossez cauuertes de sablon quilz auoient Basty a la perdition et destruction des nostres

Bictoire con
tre les sarra=
zins.

℃ Entre lost des ennemis et la Bille de Thunice y auoit Bng port de mer/par lequel en
abondance estoiēt portez Bictuailles en la Bille. Afin que Charles closist ce port aux sar
razins:plusieurs charpentiers assemblz Commanda edissier Bne tresgrande et spacieu
se tour/et icelle estre assise dessus lextremite dicelluy port. Laquelle chose congneue par
le roy de Thunyce tresgrãd armee amassee et leuee de toutes les parties de son royaulme
delibera espouenter ou totallement destruire les francoys. Sicomme les sarrazins chemi
noyent en champ de bataille/courageusement au deuant acourut larmee des crestiens la
quelle les chassa et asprement poursuiut. Toutesuoyes elle cessa de marcher plus loing
pourtant que les gens darmes estoyent lassez/et quilz doubtoyent et craignoient estre
par les ennemis espiez. Parquoy se retournant a lencontre des tentes des ennemis rauit
et brusla tout. Apres celle Bictoire sensupuit griesue pestilēce: de laßle ne reschappa Bng
sarrazin. A loccasiõ de quoy meu le Roy de Thunyce/son ambassadeur ēuoya par deuers
le Roy Phelippe pour traicter de paip. ℃ Les accordz et conuentions des treues furent
telles. Cestassauoir que les sarrazins en or payroient et compenseroiēt tous les fraitz de
larmee des francoys/quilz payroiēt a Charles par chaçun an le tribut ānuel quilz estoiēt
tenuz de payer au Roy de Sicile. Que cil Roy de Thunyce sarraziñ deliureroit tous
les prisonniers crestiens quil tenoit permectoit la loy de ihesucrist estre preschee en son
pais par les freres de lordre sainct dominique et de sainct francoys et icelle loy estre fran
chement au peuple annoncer et enseigner. Et ne prohiberoit ou empescheroit ses subiectz
estre baptizes et faiz crestiens. Les conuenances acordees/et partie de la sõme dor payee
par foy et serment passees furent et iutees treues et inducces de dix ans.

Lapointemēt
fait entre les
crestiens& sar=
razins.

⸿Comment le Roy Phelippe filz de saint Loyspunyt la rebellion et desobeissance du conte darmignac et du Conte de foys/Et
deffendit contre ses assaufx et entreprinses du roy dartagon/Le-
quel fut occis des francoys en bataille. Apres plusieurs guerres
et victoires faictes p̃ les francoys contre les arrogonnoys Voyãs
les arrogonnoys q̃ les francois auoient ia pris daffault et surmon
te grand nõbre de Villes dartagõ leur liurerent les autres Villes.

Le retour des
francoysde la
guerreiherofo
limitaine.

Es nefz preparees et les gens darmes amaffez par le royaulme de Si
cille(oules entrailles de son pere sont religieusemẽt enterrees atoyal
mont) Et de sa pat italie retourna Phelippe en gaulle son espouse y sa
bel trespaffee en chemin/et Thibauld Roy de nauarre mort a dite pan
Quant phelippe fut arriue a Viterbe. Les cardinaulx discordans du
pape instituer mist daccord/si que paifiblement ilz escurẽt Thibauld
archidiacre du fiege lore estant en fyrie q̃ depuis fut appelle gregoire dixiesme. ⸿Apres
que Phelippe fut courõne et sacre roy a Reine par seuesque de Souessõs/inuite par son
frere Robert desibera aller Droit et visiter Hermandoys et Arthoys. Lequel ia soit ce q̃l
Befquist deliciusement a cause de sa dignite royalle Toutefuoyes depuis quil eut perdu
sa femme continuellement en chaftete porta la here. Le tiers an de son regne. Le cõte dar
mignac et girard de la caze bonne estituans ensemble par hayne et diffention/Phelippe
deffendoit sa cause de Girard Mais le conte darmignac venant a sa Cazebonne Apres
quil eut prouoque Girard de plusieurs iniures et opprobres Girard impatient de telles
iniures/Iffu du chasteau faillit contre le conte darmignac et occift son frere quil rencon
tra le premier acoutant au deuant de luy. Duquel dommaige le conte excite/Le conte de
foix appele en son ayde/chemina contre Girard droit a sa caze bonne. Mais girard crai
gnant la puiffance de ses aduerfaires/Auec sa femme et ses enfans se retira en vng cha
steau au roy Phelippe appartenant/requerant son ayde ã mectant soubz son iugemẽt tou
te la cause de la noife et diffencion. Neantmoins le conte darmignac et le conte de foix de
prifans la dignite et puiffance du Roy/affiegerent Girard/et le chasteau pris daffault
occirent tous les habitans/excepte Girard qui clandeftinement par fortune estoit efcha
pe et fouy. De ceste chofe Phelippe griefuement courrouce/affembla vne groffe armee de
gens darmes et sen alla deuant foix Du estoit le conte au chasteau treffoit ã puiffant en
affiete et fortifficatiõ/equipe de plusieurs souldars et affeute en ce lieu quil cuidoit estre
inexpunable. Aupres duquel comme Phelippe ne peuft affeoir son oft ny aprocher son ar
mee/a cause de la rigueur des roches/angoiffe et strictitude du chemin/Defibera couper
le roc et eflargir le chemin difant que iamais de ce lieu ne partiroit/iufques a ce quil eut
abatu et raze le chasteau. Adonc le conte pensant et reputant en foy mesmes la conftance
Le conte de
foix prisõnier
de phelippe. Par deuers luy meffagiers enuoya/pour le certifficer ã tefmoigner estre preft
a toute obeiffance. Parquoy le conte mande au Roy Vint supliant pardõ et mifericor
de: Lequel enuoye en prison/tout le long de lan tenu fut lie et guarrote. La femme et ses
enfans du conte tirez hors du chafteau/retourna Phelippe a paris. Lan reuolu et paffe
le conte de foix deliure de prison/recouura du roy Phelippe toutes ses terres ã poffeffiõs

qui luy appartenoyent.   ⊕Presque en ce mesme temps/cest assauoir san de grace
mil.cc.lppii. Le pape gregoire dipiesme de ce nom president fut fait concilie general des
euesques a lyon: ou lon traicta de faire la guerre en syrie côtre les turcqs et sarrazins. La
uenement du pape congneu phelippe cheminant a lyon pour le sauluer. Apres quilz eu=
rent longuement parlamente de lestat crestien Allura en la puissance de gregoire troys
chasteaulp sinitunes et voisins de lyon Jusques a ce q̃ le concille fust desassemble/bon ⁊
puissant nombre de gensdarmes depute pour la garde dicelluy pape. A ce concille assista
Palealogus empeteur grec Lequel se Unit et associa a leglise occidẽtalle. Aussi plusieurs
tartariens le supuirent/q̃ lauez furent du sainct lauement de baptesme et faitz crestiens.

⊕Phelippe retournant de lyon: espousa marie fille de Henry duc de brabã pource quelle
estoit moult noble et excellante en beaulte et pudicite Puys apres le trespas de henry de
châpaigne roy de nauarre/Receut sa fille iehanne en tutelle que la mere luy auoit amene
estienne de belle marche aup nauarrops enuoye pour au nom de celle fille prendre et rece=
uoir les sermens de fidelite. Auquel temps pierre frere de phelippe duc dalenpon espou=
sa iehanne fille du conte de bloys.   ⊕Durant ce temps ferrand filz du roy de castille qui
de blanche fille du roy sainct loys auoit receu deup filz/cestassauoir ferrand et alphonce
alla de vie a trespas. Par la mort duquel/apres le decez du pere/le royaulme de castille cõ
me il auoit este accorde par le traictie et conuention de mariaige/a lung des deup filz de
ferrand appartenoit. Mais le desloyal roy pere de ferrand quãt il veit q̃ sanpi⁹ auoit sur
uescu ferrand/la mere blanche ⁊ les filz expheredez aup seigneurs castelãs cõmanda quilz
prensissent et receussent sanpius pour leur roy en luy faisant hõneur et obeissance Acten=
du principallemẽt q̃ ia de vieillesse et malladie confict/ se iugeoit insuffisant ⁊ non assez
idoyne pour le royaulme gouuerner Sanpius roy estably/son pere ne distribua aucũe por
tion de terre ou seigneurie a ses nepueup Lors phelippe ladmõnesta q̃ en ayant memoire
des conuẽtions faictes au côtract de mariage Il gardast les droitz de ses nepueup/sinon
et il ne le vouloit faire q̃l luy enuoyast blanche auec ses enfans. Permist doncqs le vieil=
lart roy castelan blanche et ses enfans partir despaigne. A ce dõmaige de phelippe/ ung
aultre succeda son filz loys mort non pas sans suspeson de venin et poison. Duq̃l empoi=
sonnement pierre brochin varlet de châbre et cubiculaire du roy estoit repute et creu estre
aucteur et faiseur. Car souuenteffoys la royne marie accusoit/que comme maratre auoit
despit ⁊ enuye de lesser le royaulme aup enfans du premier mariage/⁊ desiroit sur toutes
choses ceulp qui delle estoyent enfantez promouoir a celle dignite. Sicõme le bruyt et la
rumeur de iour en iour croissoit de ceste chose entre les officiers domestiques ⁊ les seignrs
du royaulme ny par aucune raison pouoit estre trouue laucteur et faiseur de si grãt crime
delibera le roy faire enqueste de celle chose par diuination et uaticination. A npuelle vil
le de brabã estoit une religieuse fẽme de la pfession des beguynes experte a deuiner et pro
phetizer. A celle deuinerresse/phelippe ẽuoya pierre euesq̃ de bayeup cousin germaĩ de la
fẽme pierre brochin q̃ estoyẽt enfans des deup seurs/et estiẽne abbe de saĩct denys Ceulp
cy quãt ilz furent arriuez a npuelle/pierre euesq̃ de bayeup feignant aller acõplir q̃lq̃ cho
se du seruice diuĩ q̃l auoit obmis Lessa labbe au logis ⁊ alla pfer a la deuinerresse. De la
quelle il cõgneut q̃ auoit pcure la mort de loys/ensẽble tresinstãment requist la femme q̃l
lene reuelast lhomicide a labbe son compaignon Parquoy peu apres requise par estienne
de luy reueler le homicide/ Respondit auoir dit a leuesque de bayeup tout ce que elle en

La seconde fẽ
me et espouse
du roy phelip
pe.

Pierre brochi̅
empoisõneur

La beguyne
de npuelle de=
uinerresse.

sauoit duquel il enquist ce que en estoit sil vouloit. Par ceste astuce estienne de leuesque
preuenu: sil auoit suspeson de fraulde Toutesuoyes la chose dissimulee/auec leuesque au
Roy Phelippe retourna. Si comme le roy leust premieret interrogue de la Beguyne/⟨t par
luy entendit ce ⟨ leuesque auoit fait. Leuesque a soy appele luy demanda quelle estoit la
response de la femme touchât la mort de son filz. A quoy respondit leuesque ⟨l auoit ouy
la declaration et diuination de celle femme foubz le sacrement de confession/ Et partant
⟨ pour lintegrite et taciturnite sacerdotalle/cecy reueler ne pouoit. Et ie(dist le roy a le=
uesque)te enuoye a la diuineresse enuoye non pas côme côfesseur/mais côme messagier.
Neantmoins ne differeray a faire plus ample enqste du crime et malefice. A doncques
Thibauld euesque de dol ⟨ Arnauld cheualier de Rhodes de lordre des templiers appellez
leur bailla cômission de aller par deuers la deuineresse. Lesquelz apres leur legation di
ligement acôplye A phelippe raporterent ⟨ la royne nestoit aucunement coulpable Ain=
coys ung aultre estoit/qui coulpable du faict frequentoit et chasci ioue conuersoit deuât
ses yeulx. Par ceste relation/côbien ⟨ phelippe eust imprime grand tristesse en son cueur
toutesuoyes il dissimula la douleur Et ce pendant mectant en memoire sa seur blanche ⟨
du roy despaigne estoit contenee ⟨ deprisee/delibera repeter les droitz sa seur apartenâs
Pour raison dequoy armee leue et prepatee/p poictou et gascongne Les gensdarmes me
nez a saulueterre Ville estant au boys pyrenee. Finablemet empesche p la rigueur ⟨ aspre
te de lhyuer/ayant faulte de Bictuailles. Par le côseil dancuns princes et seigneurs aus=
quelz ceste guerre ne plaisoit Lessa les gensdarmes retournez en leurs maisons Charles
côte dartois a Nauarre enuoye auec bonne compaigne de cheualiers et côbatans ⟨ ap
paiseroit le mouuement de la guerre/portât secours a eustache belle marche ⟨ aucune des
pricipaulx de nauarre sedicieux ⟨ noysifz tenoyet assiege a pâpelune A lentreprinse dicel
le Bataille/côc charles auoit Bsaige de bonne fortune Le roy de castille enuoya ses messa
gers le prier ⟨l allast parler a luy. Mais charles ce faire differa iusques a ce ⟨ eu st de cel
le chose demâde côseil au roy phelippe par le conseil du roy/côme Charles fut alle Bers le
roy de castille. Apres long proupaler le pria cestuy roy de castille ⟨l Boulsist estre moyen
⟨ recôsiliateur de paiy entre soy ⟨ phelippe A peine auoit le roy de castille dit ces paroles
⟨ Boicy de france Benir ung porteur de lectres/lesqlles il bailla a cil roy de castille. Apres
⟨l les eut leues commenca a dire. O charles ie ne suis pas depourueu de laide de bôs amys
A lentour du roy de france aucûs sont ⟨ diligemment me seruent ⟨ vendet certai ⟨ ce ⟨ fait
phelippe et son côseil dôt ce conuenoit aduertir ⟨ es mô cousin germat. Quât en telles de
uises furet passez aucûs iours Charles ayant pris côge du roy/cheminât a nauarre/ ses
choses ordônees Bit en france p deuers phelippe/recitât ce ⟨l auoit ouy du roy de castille
Cest assauoir ⟨ auec luy estoyent aucûs ⟨ descouuroient et manifestoient ses secretez aux
ennemis. De laqlle chose estât phelippe soigneux/aduint ⟨ le porteur de lettres et messa
ger ⟨ durant ce têps auoit receu lettres de pierre Brochin pour porter au roy de castille sur
pris de malladie bailla ces lettres a quelq moyne pour les porter au roy phelippe/le priât
de toute sa deuotion et soubz le serment du moyne que a aultre ne les bailleroit/ Les lettres
receues/se trâsporta le moyne par deuers le roy ⟨ côe promis auoit acôplit sa cômissiô Par
ces lettres étêdit le roy ⟨ pierre Brochin estoit traistre reuelateur de ses negoces car p lescrip
ture et le signet congneu fut et accuse laucteur. Duquel le Roy riens ne doubtant/ fist

Marginal notes (left):

Guerre Bai=
ne et inutille
contre les es=
paignolz.

Reuelation
de la trahison
pierre Brochi.

Brochin empoigner et le commanda mener en prison a paris. Quoy voyant et congnoissant leuesque de Bayeux/a Romme sen fouyt soubz la protection et sauluegarde de legliste. Peu de iours apres les princes et seigneurs du royaulme a paris appelez Condanne fut pierre Brochin a mourir. Lequel tauy par le bourreau auant soleil leue pendu fut et estrangle au gibet. ℂ Pierre brochin de peine mortelle execute phelippe estant a mōmarsan et le roy de castille a bayonne/sicōme par ābassades dune part et daultre ēnoyees lon traictoit des iniures de blanche et de ses enfans. Dindrent messagers de par le pape martin quatriesme de ce nom enuoyez/qui auoit charge et mandement apostolique de cōtraindre les roys par censures ecclesiastiques a faire paix et alliance ensemble. Ce fut la cause pour laquelle Phelippe ne poursuiui t ce qͥl auoit entreprins et commence. Grand humilite ou negligence en vng si excellent prince/au commandement du prestre delesser la cause de sa seur innocente et des orphelins. Toutesuoyes Phelippe lessa tout/et partant dela/rencontra pierre Roy darragon qui venoit au deuant de soy. Lequel apres le seiour de peu de iournees a Thoulouze en cathalongne retourna/ou son espouse constance fille de Manfroy le admonnesta que le temps venu estoit auquel il pourroit le royaulme de Sicille a soy appartenant occuper. ℂ En ce mesme temps senfla la riuiere de Seine par accroissemens de si grandes vndees quelle demollit x abatit sip arches du grant pont de paris x vne du petit/la Bille deaue tout en rond enuirōnee. ℂ Je retourne a pierre roy des arragonnoys, Son espouse constance par importunite le sollicitāt de non lesser le royaulme de sicille/induict semblablement du pappe nicolas tiers de ce nō qui amoindrir desiroit la puissance du roy charles/afin qͥl vengeast le droit de sa fēme cōstance en sicille en noya messagers a messine et pāhorme Ausquelz il cōmanda enquerir lestat x conditiō de celle terre Le cōseil auec les citoyans cōmuniq/les messagiers amenans aucuns des principaulx du royaulme/A pierre retournerent. Auec seql alliance faicte et traictee/retournerēt les sicilliens chascun en sa maison. Au iour assigne pour acōplir leur detestable crime sicōme on sonnoit aux eglises pour chāter Vespres Jlz occirēt tous les hōmes de la nation de france auec leurs femmes grosses x ensainctes Et y en eut q les meres fendues x diuisees puy le corps/arracherent le fruict de leurs ventres Le ruerent x meurtrirent cōtre les murailles/afin que dela en apres ne demourast aucune chose du sang des frācoys Sēblable peril aduint a fortille. Car sicōme guy a pappe tenoit ceste Bille assiegee estriuant la recouurer du pappe martin. Guy bōne tresexcellāt astrologue/loppourtunite des estoilles cōsiderre:excita les citoyās a sortir en armes et y ce moyen vainquit x occit guy auec huit cens francoys. Ainsi est la nation italiq impatiente de lorgueil et libidinosite de frācoys enuers les fēmes. Par ce cruel cōmencemēt pierre feignant marcher en guerre cōtre les sarrazis/tātost se trāsporta en sicille a lencōtre de charles duc dāiou/q lors messane assiegeoit. Au contraire le roy phelippe soigneux des chose de sicille/afin qͥl rapelast x fist retourner pierre de la guerre sicilliane/y parpignā mena son armee en arragō print gēnes et le raza. Car le pape marti auoit publie le royaulme de pierre/x de clate appartenir a celluy q occuper le pourroit. En arragon vng chemi auoit q les habitās appellēt lef cluse court/Et le auoyēt les ennemys rēply de tōneaulx plais de sablō/x se tenoient aux festes x sommitez des montaignes dont peussent veoir x cont empler les gensdarmes de france venans. Sicomme Phelippe enqueroit par quel chemin il pourroit seuremēt passer

fer:quelque bastard de Roussillon qui pris prisonnier a gennes auoit du Roy receu liber
te.Commenca a dire quil sauoit vng chemin au tect dune pierre pres dillec par ou passer
pourroit larmee a seurete et au desceu des ennemys eschaper Joyeulx fut le Roy de celle
chose/laquelle il eut tresagreable.Puys chargea aucuns des siens de faindre cheminer p
lescluse Et il suyuant le bastard auec puissante copaignye de gens darmes et cheualiers
finablement par tresaspres buyssons espynes et halliers eschapa en la prochaine motai
gne/Et par ainsi en ce lieu receut toutes les aultres bandes de son armee qui se rendiret
a luy par vng mesme chemin.Quant les ennemys veirent et apperceurent les francoys
dessus les montaignes a aprocher de soy en ordre de bataille sans faire aucu cobat Leurs
tentes delessees prindrent la fuyte.De la on chemina a pierrelate/laquelle assiegee des
francoys/Le feu iecte de nuyct par les murailles desesserent les habitans et sen fouyrent
Celle Ville occupee par noz gens et garnison assise en icelle/enuoya Phelipe ses gens dar
mes a Geronne:ou lassiegement trop laborieux fut et difficille auec continuelz assaultz
et longuement inutilles.Finablement Phelippe ymagina et excogita vne machine ql
fist forger pour rompre a abatre les murailles Mais ses ennemis sortis de nuyct hors la
Ville la bruslerent.Pour raison dequoy le Roy enflambe par trop grant indignation/de=
libera en son couraige la Ville affamer.Ce pendant toutesuoyes a cause de la puanteur a
infection des corps mortz gisans de tous costez parmy les champs/Et par la multitude
des mouches/a peine croyable/laer corrompu fut fait pestilencieux aux francoys.¶ Pier
re aduerty de la venue de Phelippe en arragon:son espouse constance delessee u pasme
Laquelle auroit sollicitude des choses de Sicille/grant nombre de combatans assemble
hastiuement en arragon nauiga.Les nefz du roy estoyent arrestees au port de Roze/dot
chascu iour facillement estoyent portees victuailles en lost des francoys Jusques a cest
pierre roy darragon gradement sefforcea surprendre et actraper les Poictuiers et Biuen
diers.A ces causes pour occuper le port de roze Deux mille quatre cens homes darmes t
uez/cheminant au port establit ses espies de tous costez.La venue duquel congneue par
lespye des francoys/Porta les nouuelles a radulphe connestable de france et a Haricourt
mareschal de larmee Lesquelz apres la matiere conseillee auec le conte de la marche/che=
minerent acompaignez de cinq cens hommes darmes delicte soubz la conduicte de lespye

La remonstra=
ce que faict ma
thieu de la
roye a ses com
paignons.

Les gensdarmes des ennemys contemplez/qui estoyent en trop plus grant nombre que
les leurs:pourtant quilz ne sauoyent que pierre fust muce a faire le guect/auoyent delibe
re reculer silz neussent este enhortez par mathieu de la roye disat en ceste maniere.O mes
compaignons nobles et preux cheualiers Voicy deuat nostre face ses ennemis q nous que
rions/que chomons nous Au iourdhuy deuons celebrer la feste de lassumptio de la benoi
ste Vierge marie.Esperons delle ayde et secours a lecontre de ceulx q sanys sont de la co
munyon crestienne/car elle nous donnera aussi grat loyer de merite/cobe se cobat ions con
tre les ennemis de la foy.De ceste oraison a remonstrance de mathieu les francoys incitez
ipetueusement les arragonoys assaillirent.Lors fut faicte cruelle bataille si q pierre roy
darrago desfendu de son cheual/auec les pietos batailloit ou fut nauie.Ses gensdarmes
fuyans et luy aussi/Peu apres mourut.De laquelle victoire Phelippe tresioyeux mer=
ueilleusement labouroit a cobatre a prendre gerone dassault.En larmee de fracoys estoit
le conte de foix/leql(non au desceu du roy)parlametoit aucuneffois auec les geronoys/il

congnoissoit lestat de la Bille/ Et ne ignoroit quen icelle a peine y auoit victuailles pour
trois iours. A cesie cause sachant que les citoyens desiroient aquerir lamitie et alliance
du roy/se pria au nom deulx ses receuoir a mercy. Tous leurs biens et bagues saulues/
Et tant fist quil impetra communes treuues de peu de iournees iusques a ce que les geronnoys eussent leur Roy admonneste de secourir la Bille. Parquoy pour raison de ce am
bassadeurs a pierre enuoyez par les geronnoys. Quant ilz congneurent la mort de leur
prince/vers leurs gens retournez liureret au Roy Phelippe sa cite et puissance a eulx
permise demporter telle part et portion quilz houldroient de leurs biens. La Bille de ge-
ronne receue: y lessa Phelippe de ses gens tresforte garnison. Et deska deliberant aller a
thoulouze/vsant de maulais conseil En france renuoya partie des nefz qui estoient au
port de roze. Laquelle chose par ses ennemis congneue assaillirent les gardes des autres
nefz qui estoient demeurees Et par cruelle occision les decirerent et mirent en pieces. En
tre lesquelz Enguerrant gallaire et gouuerneur des nauires de charles/ Et aubert de son
gueual hommes trespreux au faict des armes furent occis. Mais les francoys apres ce
dommaige receu le feu mirent es nauires/bruslerent la ville et au roy se retirerent. Lequel
oustre mesure de ceste iniure courrouce entra en vne fieure Et pource que ses ennemys se
tenoyent aux coupeaux des montaignes. Par les angoisses et strictitudes pyrenees se
transporta Phelippe a Parpignan/ou sa malladye accroissant alla de vie a trespas. Le
cueur duquel et ses entrailles sont enterres a Nerbonne. Au regard des os ilz furent por
tez a sainct denys. ❡A cestuy Phelippe furent deux femmes. La premiere estoit ysabe
au yssuc des arragonnoys Laquelle luy porta troys enfans Cestassauoir Loys qui mou
rut au bers/Phelippe qui fut appelle le bel/et Charles de valoys De lautre qui fut nom
mee marie fille du duc de brebam/Proceda loys conte deureux. Marguerite que espousa
Edouard deuxiesme de ce nom Roy dangleterre Et blanche qui fut femme et espouse du
duc daustriche ou austrie filz de Aubert Roy des alemans.

Gueronne li
uree aux fran
coys.

Le trespas du
roy phelippe et
combien il eut
de femmes et
enfans.

❡Comment Guy conte de flandres et sa fille qui auoyent pris
alliance du Roy dangleterre furent mis en prison par le comman
dement du Roy Phelippe le bel Depuis lequel emprisonnement
se meurent plusieurs guerres entre les francoys et les flagmens
esquelles mourut grant nõbre de gens dune part et daultre Puis
le pappe boniface conceuant hayne contre le Roy Phelippe/le pri
ua du royaulme et se donna au duc de austrye Dont le Roy appel
la Et enuoya vne armee en ytalie/en telle facon q Boniface fut
pris prisonnier et mourut a Romme de despit et tristesse.

Phelippe le
bel. xxxvi.
roy de france.

Phelippe le bel print le royaulme de son pere. Lan de grace Mil. cc. iiii. xx. vi.
par deuers lequel venant Edouard Roy dangleterre/Recongneut et confessa
posseder aquitaine soubz la puissance et seigneurie de Phelippe/ Le serment p
luy fait et baille de demeurer en la foy et alliance du roy de france. Laquelle toutesuoyes

Edouard in=
fracteur d fo?

il ne garda. Car par grand armee vint subitement assaillir et vsurper Normandye/les
gallaires du Roy occis et plusieurs au ltres q au nom de Phelippe gouuernoient le pais
de Normandie. Laquelle iniure venue a la cognoissance de Phelippe il enuoya a Edou
ard et aux gouuerneurs et capitaines de aquitaine/Auec expres mandement de prendre
ceulx qui coulpables estoient de celle rebellio et les mener en prison a perigoz pour les pu
nir de telle punition que leur crime auoit merite. Mais le rebelle anglops ne voulut au
mandement du Roy obeyr. A ces causes par arnault de messay conestable de france ap=
propria et pretendit Phelippe a soy appartenir le duche daquitaine. Et neantmoins as=
signa iour a Edouard de venir et comparoit a son iugement. Mais langlops sachant la
foy quil deuoit a Phelippe/affin quil couurist aucune voye a la fraude par luy conceue p
ses messagiers a Phelippe signiffia quil luy quictoyt cedoit et transportoit a tousiours
perpetuellement aquitaine/Ensemble toutes les terres quil auoit tenu et possede en fra
ce soubz son empire et sa seigneurie. En disant lesquelles parolles auoit Edouard grant
esperance de recouurer et repeter par armes ses terres et possessions/Lesquelles par aduẽ
tures acquises et recouuertes par droit de guerre ou par ciuil iugement/les retint en pu
re liberte sans estre subiect tenu ny oblige a la seigneurie et iurisdictio daultruy. ❧Pres
que en ce mesme temps/Guy conte de flandres prenant clandestinement societe et allia=
ce auecques Edouard luy auoit fiance sa fille. Et afin quil ne fust veu sauoir fait sans
le consentement de Phelippe/au Roy vint auec sa fille/a ce que de son consentement che=
minast en angleterre. Mais il aduint aultrement que le conte pensoit. Car le pere fut
mis en prison Et la fille baillee pour la nourrir auec ses enfans de Phelippe. ❧Ce pen
dant Charles de Ballops frere de Phelippe/mena vne armee contre les aquitais et assie
gea le chasteau de rion sus la mer. Auquel tẽps Arnauld de nesle assiegeant pontseyeux
qui est vng chasteau que plusieurs Aquitains et anglops tenoient en garnison/Appoin
tement faict occultement auec les anglops/print ce Chasteau Et par ainsi les anglops
franchement deliurez Mena tous les aquitains liez et prisonniers par deuers Charles
a Rion. Lesquelz pendus a potences deuant les portes de Rion/ Les fist Charles tous
estrangler. Duquel epploict espouente Ichã de sainct Iehan/et Iehan le bricton/qui as
siegez estoient a Rion/De nuit eschappez prenans la fuyte/auant quilz fussent entrez de
dans les nefz qui leurs estoient preparees furent occis des gascons et anglops. La muti
netic des assiegez entendue Charles print le chasteau dassault/Les gascons occis et les
anglops en grant nombre. De la cheminant a sainct senere/comme il eust tout au long de
leste afflige la ville par dur assiegement/finablement il la print. Mais peu apres que
Charles fut retourne en france/ne demeurerent ses habitans en la foy du Roy de france
❧Phelippe en plusieurs guerres occupe/pourtant quil estoit souffreteux de pecune/pre
mierement leua vng tribut sus les marchans/Puis apres du clerge et du populaire epi=
gee la centiesme et cinquantiesme partie de tout ce quilz possedoient. Tantost la guerre
sensuiuit a lencontre des anglops. Pour raison dequoy Eadmonde par son frere Edou
ard enuoye mourut a Bayonne. Apres sa mort les gascons trescurieux et soigneux des
villes en uictailler et fortiffier de garnisons. Robert conte darthops qui maistre et gou
uerneur estoit de sa guerre en Aquitaine a lencontre des anglops/y donna empeschement
et resistance. Car tantost les chassa et en occist vng grant nombre. ❧Durant ce temps

Lemprisonne
ment de Guy
conte de flan=
dres? de sa fil
le.

Les gascons
occis ? mis en
fuyte.

henry duc de bar qui auoit espouse la fille Edouard/destruisoit la champaigne par feu
et sang. A lencontre duquel par le commandement de Phelippe/chemina Gaultier de
croicy. Lequel compaigne de moult grande puissance de gens darmes/sen alla mectre le
siege deuant bar Et tellement foulla le pais/que Henry qui parmy la chãpaigne ribloit
cõtrainct fut retourner en sa maison. ¶ En apres se leua Guy conte de flandres contre Phelippe/Et print lalliance de Edouard quant il fut par icelluy Phelippe deliure
de prison et mis en liberte. Pensant phelippe par celle occasion auoir iuste cause de guerre print les armes/et grande puissance de gensdarmes leuee en flandres chemina mectãt
le siege deuant lisle print la Bille et le chasteau dassault. Ce pendãt que phelippe ces cho

Lisle prins
dassault des
francoys.

ses faisoit Aquictaine delessee en la garde des capitaines En arthoys arriua/partit de
sainct Homer et auec ses gensdarmes marcha en bataille a lencontre des flagmans. Au
deuant duquel Benant le conte Guy a furnes acompaigne de six cens hommes darmes
et seze mille pietons liurer bataille ne differa En laquelle Guillaume conte de iuillac
et Henry de beaumont auec plusieurs pris/enuoyez furent en diuerses prisons. Furnes
prinse et occupee par Charles auec toute la Ballee de caslette. Au regard du conte Guy
il sen fouyt a Bruges. Auquel Benant Edouard de angleterre/quant il ouyt dire que phe
lippe acouroit au deuant de luy par armee dõmageable Bruges delessee/il et le conte a
Gand se retirerent Au partement desquelz les habitans de bruges a Phelippe se rendirent. Peu de iours apres Edouard au roy treues requist. Lesquelles iusques a deux ans
octroyees et par serment confermees Phelippe partit de flandres. ¶ En ce mesme tẽps

La canoniza-
tionfaict loys

le pape boniface huitiesme de ce nom/coucha au nombre des sainctz Le roy loys illustre
en excellãtes oeuures et miracles. Oultre cela a phelippe et a son successeur filz/octroya
priuiseige de prendre et parceuoit le reuenu dune annee deseglises bacantes Excepte de
celles quon appelle cathedrales et monastiques. Et est ce droit appelle droit de regalle:
que les francoys disent estre tellement propre aux roys de france/que riens ne peut plus
auant aux droitz royaulx appartenir. ¶ Aussi durant ce temps a Bancoulleur se assem
blerent Aubert roy des allemans/et le Roy phelippe/Lesquelz renouuellerent les droitz
de leur antienne amitie et alliance. La paix et amitie cõfermees entre les roys/comme la
fin des treues fust escheue. Phelippe enuoya charles de Baloys en flandres auec puissante compaignie de gẽsdarmes. Lequel Douay pris et Bethune/Sen alla a Bruges a
lencontre de Robert filz de guy que lon disoit illec auoir mis son siege. La bataille com-
mencere/sicomme la Bictoire estoit pour les francoys. Les flagmans fuyans a Gand se
retirerent. Et comme charles les suiuoit. Guy par lintercession de ses amys/et son filz
Robert Bindrent a charles se supplier puis menez au Roy Phelippe enuoyez furẽt en di
uerses prisons. Lors Phelippe entre en flandres froyz hommaiges a luy faitz par les sei
gneurs et barons du pays Bailla le gouuernement du cõte de flandres a iasques de sait
paul. Et ne se contenta fortune de enuelopper le Roy en tant de guerres et batailles/sinõ
que encores le pappe preuoquast a lencontre de luy Car boniface huitiesme/souuent agi

La hayne du
pappe bonifa
ce cõtre le roy
Phelippe

tant en son couraige la guerre iherosolimitaine/esperant induyre Phelippe a ceste guerte Bers luy enuoya leuesque de pasmyers. Lequel quant il entendit en Bain auoir este en
uoye/sefforcant Bser de menasses presque disant que Phelippe deuoit estre priue du royaulme sil ne donnoit secours au pappe:par le commandement de phelippe iecte fut en pri

Larrogance du pape Boniface.

son. Ce fait pourtant que boniface disoit Phelippe auoit viole le droit des humains/si comme il estoit merueilleusement arrogant prepara vengence. A ceste cause larchidiacre de Narbonne en france enuoye A phelippe phiba aucune chose ne prendre et parceuoit du reuenu de leglise/lequel iasoit ce quil fust protecteur de leglise si neantmoyns par sa contumace et rebellion auoit confisque sa personne ensemble le royaulme de france a leglise Romaine Et que se aultrement il faisoit/quil auec ses alliez et complices seroit mis au nombre des heretiques. Oultre cela commanda a cil archidiacre citer les euesques et aucuns abbez Theologiens et docteurs en decret a comparoir a Romme au premier iour de decembre. En quoy faisant toutes les indulgences par les pappes donnees aux francoys reuoqua et declaira estre nulles Ces mandemens par larchidiacre orgueilleusement exposez Phelippe luy rendit leuesque de pasmyers quil detenoit en prison pour les iniures par luy dictes/ensemble luy commanda sans seiour hors du royaulme vuider. Au printemps ensuiuant generalle assemblee faicte a paris. Apres que Phelippe eut recite les iniures quil auoit receu de boniface pria premierement les euesques dire de qui ilz auoient receu les terres rentes et reuenues de leurs eglises: puis tourne vers les princes a batos Et vous (dit il) hommes nobles quel cuidez auoir pour vostre roy et seigneur. Responsans sans controuerse quilz tenoient et deffendoiêt tout de droit royal. Mais (dit le roy) boniface ainsi fait et vse de son auctorite/Comme se vous et tout le royaulme de france estoit subiect au siege apostolique. Car lempire des allemans que denye et reffuze auoit a Albert qui par troys fois lauoit demande. Il le luy a donne auec le royaulme de france

La cause de loccision faicte aux francoys a courtray p les flamans.

Toutesuoyes nous rendans graces a vostre foy et beniuolence/vous promectons moyennant vostre apde garder et deffendre la liberte publique. La congregation desassemblee par edit publique prohiba le Roy or argent ou aultre quelconque marchandise estre portee hors du royaulme peine establie et adioustee aux preuaricateurs de ledict. Dauantaige il commanda deputer gardes aux fins et extremitez du royaulme/pour gardrr ceulx qui entreroient et sortiroient. Ce pendant que ces choses estoient par Phelippe soigneusement sollicitees Se mutinerent les flagmans contre iaques conte de sainct paul/que le roy auoit estably gouuerneur de celle nation/A cause des tailles et tribuz dont cestuy conte les foulloit et greuoit: Ceste mutinerie premierement acourtray se leua Et par le populaire de bruges fut faict pernicieux assault a lencontre des francoys/plusieurs occis dune part et daultre. Quoy venu a la congnoissance de Phelippe/fist eslicte de gensdarmes en grât nombre quil enuoya a bruges. Lesquelz receuz en la ville humilite de obeyr si inulée La nuit ensuiuant par les brugeoys furent occis. Le bruyt estoit que quât le conte de sainct paul fut receu a bruges auec les gens darmes de france. Il menassa faire mourir aucuns des habitans qui fut cause pour laquelle les brugeoys prindrent couraige de commectre ce tant horrible crime. Le conte deffendu par la tenebrosite de la nuict et par laide de son hoste eschappa. Les siens delessez/que de nuict les brugeoys enraigez occirent en grant nombre. Et par la crudelite de leur crime faitz plus hardis et mutinez Multitude de hommes de toutes nations assemblee/prindrent esperâce de deliurer leur conte guy

Guerre entre les francoys et flagmens.

que Phelippe auoit en ses prisons. Par ainsi marchans en bataille receutent par le chemin Guy de namurc filz du conte de flandres/Lequel equipe de bandes de allemans et Theutonyens hastiuement assemblez/augmenter leur actente. Les brugeoys la guerre

preparans/Le roy baillant nouuelles compaignies de gensdarmes a Robert conte dar-
thops/luy commanda en flandres cheminer. Robert doncques prenant celle charge/ses
gensdarmes menez Dressa son ost entre Bruges et Courtray/au fleuue qui entre luy e-
stoit et les ennemys. Et combien que fut icelluy fleuue cussent les flagmens faict ung
pont. Toutesuoyes ilz lauoyent abatu et depecye a laduenement des francoys. Lequel
par icculy francoys restably a grand resistance et estriuement des ennemys fut iour assi
gne au combat. En larmee des Brugeoys estoit presque tout le populaire equipe de Bro-
ches/Massues/perches/et espreux tresaguz. Pour raison dequoy les cheualiers et hom
mes darmes de france peu les prisant rapelerent les pictons qui estoyent en tresbonne or
dre en sa premiere poincte Et par ainsi les hommes darmes combatans a cheual issuz au
millieu de larmee des flagmans furent occis. Et comme le conte Robert a grant force
couroit pour les francoys secourir Naure de plusieurs playes auec ses aultres mourut:
Deux mille hommes fuyans/Entre lesquelz celluy conte de sainct paul/Le conte de Bou
longne et Robert de clairmont filz du conte/princes furent notez de perpetuelle. ignomi
nye. Recite est quen celle bataille oultre les nobles et hommes   Le nöbre des
de nom qui sensuyuent/Cestassauoir Godefroy duc de Braban/auec son filz tresuaillant   princes de lar
adolescent. Le conte de Dammalle/Jehan filz du conte de henauld/Regnauld de mesle   mee de france
conneftable de france/Guy marechal des logeis et tentes de larmee de france/Jacques   occis par les
conte de sainct paul/Jehan bruliac capitaine des arbalestiers et autres au nöbre de deux flagmäs.
cens. Les corps desquelz nudz et non enterrez Par lespace de troys iours furét pasturez
aux oyseaulx et bestes sauluaiges. Jusqs a ce que ung petit frere de lordre des myneurs
enterra en ung petit monaftere de Bierges le corps de Robert côte darthoys naure de tren
te playes mortelles. Et dit lon que douze mille hommes y furent occis. Les flagmens a
pres la conqueste de si excellante victoire remplis de ferocite/Les tentes des fräcoys cru
ellement destruictes prindrët Courtray auec le chasteau. Et guy de namur fier iouuen
cel se appliquant a lexercice des grädes choses/assiegea lisle/Tournay/Douay/Cand
et ypres/par crainte ou promesse attira a son alliance Puis tantost par ribleries et rapines arras persecuta et griefuement infesta. On disoit que celle tant cruelle aduersite a-
uoit este prenostiquee par une comette qui fut veue lan prochain precedant. Ceste iniure et ignomynie des mecaniques et populaire de flandres receut la noblesse de france La   Cruelle ba-
quelle se confiant et orgueillissant en sa force et illustration de lignee/Et deprisa la tour- taille.
be mecanique bataillant de Bilz et ruraulx instrumens. Quiconques sa liberte et franchise deffend/Certes il trauaille de toute sa force et de tout son couraige Et ne doit estre
sans armeures estime/qui combat pour son pays et sa vie. ⸿En ce mesme temps les
euesques de france/qui auoient este citez par larchidiacre de Narbonne (troys euesques
a boniface enuoyez purger se firent de contumace et excommunie Pourtant quilz estoyét
arrestez et detenuz a cause de la guerre de flandres Et par ledict du Roy prohibitoire/ne
leur estoit loysible partir hors du royaulme. ⸿Le roy Phelippe aduerty de sa perte de
ses gens/leua une armee plus grande que son ne pourroit croyre Et cheminant en batail
le:comme il euft assis son ost au champ darras. Auquel lieu les flagmens auoit deuant
sa face(car les ennemys assiegeoyent Bictry) Il ne les incita a combatre/et ne souffrit au
cun lieu affaillir/espouente comme depuis fut diuulgue Des nouuelles que sa seur fëme

La fiction de edouard.

de Edouard luy auoit enuoyees/de laquelle fiction Edouard estoit inuentif. Car pour
tant quil se inclinoit aux flagmens De tout son pouoir labouroit a rompre lappareil de
guerre que le Roy Phelippe auoit fait. A ceste cause Edouard faignant amitie et beni=
uolence/aduertit sa femme du danger de son frere/Disant sauoit certainement/q̃ se Phe=
lippe marchoit en bataille contre les flagmens que des siens deuoit estre trahi et liure es
mains de ses ennemis. La seur doncques aduertye du peril de son frere Par lettres phe=
lippe admonesta de soy garder. A cause de ce donna le Roy le conte darthoys a Othelin duc
de bourgongne Et tantost garnisons assises es lieux plus deffensables Donna conge au
residu de son armee. Mais peu de iours apres furent les flagmens punys de leur crime
et malefice. Car les francoys a aygre Impetueusemẽt venans au deuant des burgeoys
en occirent plus de huit cens. ❡Ce pendant que ces choses en france lon faisoit Char
les de Valloys estant en apulye/si tost quil fut certain de la victoire des burgeoys/paix
accordee auec frederic touchant les choses de sicille/se retira par deuers le Roy phelip=
pe. ❡Quant ceulx de bourdeaulx congneurent le dommaige que les francoys auoient

La rebellion de Bordeaulx:

receu des flagmens/renonceans a lempire et obeissance de Phelippe/Chasserent et ex=
pulserent les officiers du Roy qui auec eulx estoient hors la ville et a eulx la seigneurie
Vsurperent/Car ilz craignoyent que se quelque foys alliance faicte entre les francoys et
les angloys senoyẽt soubz la puissance de Edouard quilz fussent puniz de semblable pei
ne dont peu auant Edouard auoit puny les londoys. Lesquelz pour leur rebellion publi
oit la commune renommee auoit este penduz et estranglez aux portes de leurs maisons:
❡En ce mesme an fut de rechief guerroye contre les flagmens. Lesquelz par les fran=
coys vaincuz aupres de sainct Homer/perdirent quinze mille hommes de leurs gens en
vne bataille. Oultre laquelle perte y auoit cinq cens flagmens riblans a lisle/q̃ des tout

Victoire con=tre les flag=mens.

naisiens soubz la conduicte de foucaulx mesle furent tous pris et occis. ❡Durans ces
iours Phelippe rendit aquitaine a Edouard/au moyen dequoy fut faicte paix entre les
roys. Et peu apres a paris on assembla le conseil des euesques et seigneurs de france ou
lon traicta de larrogance du pape boniface qui auoit entreprise iurisdiction et seigneurie
sus les francoys/si que les princes et seigneurs le accuserent a denoncerent indigne de la
dignite pontificalle et que homicide estoit et hereticque Desquelz crimes facille estoit prõ
ptemẽt tesmoingtz ephiber. Adoncques tous oppinerent que aux commandemens de bo
niface ne deuoit estre obey/Si non que premierement se fust purge des crimes et peches
dont il estoit charge et accuse. A laquelle sentẽce vng seul cest assauoir labbe de Cyteaux
ne consentit Mais le conseil delesse a citeaulx se retira Aussi ichan le moyne romain am
bassadeur(qui lors entre les francoys faisoit loffice de legation/congnoissant ce que lon
consultoit alencontre de boniface au pape retourna. Au regard de larchidiacte de constan

Guerre par les flagmens

ces et nicolas besar par boniface enuoyez pour interdire et separer le royaulme des sacre=
mens de leglise furent empoignez a troys en chãpaigne et furẽt iectez en prison. ❡Guy
conte de flandres auoit vng filz nommee Phelippe. Lequel suyuant le party de boniface
mena en flandres vne armee de Theutonyens et allemãs qui nestoit pas petite. Par les
quelz les flagmens enforcez et augmentez preparerent la guerre aux francoys. Et cou
rans a sainct Homer soubz esperance de prendre le lieu daffault: quatre mille de leurs gẽs
furẽt occis assaillirent therouenne prochaine ville sans garnison lessee y mirẽt le feu a la

bruskerent. Sicomme le roy Phelippe eust fait marcher a lencontre deulx moult grant ar=
mee iusques a peronne Par le conseil du conte de sauoye donna treues aux flagmens/et
les print aussi semblablement nulle chose glorieusement faicte. ⸿ Apres cela phelippe
depitement portant en son couraige larrogance de boniface qui tiltre sestoit a anaguye en=
uoya en italye Satra de la maison des coulonoys auec sszogaret cheualier francoys pour
inthimer et signifier loppel dont il se deffendoit a lencontre de boniface. Lequel par son   ⸿ Phelippe con
arrogance et fierete lauoit priue du royaulme de france/et lauoit donne a albert duc de au=   tre Boniface.
strie auec lempire des allemans. Combien quil eust reiecte au commencement de sa pa=
paulte. Satra estoit tenu et oblige a Phelippe/pourtant que luy fuyant de italye et pris
des pyrates lauoit le roy racheete. A ceste cause satra son habit change a ce que des itali=
ens ne fust congneu/amassa le plus de amys que possible luy fut. Puis print deux cens
des hommes darmes (qui auoyent soubz charles de ballops bataille en Apulye) louez a   ⸿ Le trespas du
la foulde/Deuant auec bonne puissance de gensdarmes ennoya nogaret a ferentin/afin   pape boniface
que se laffaire le requeroit De la luy vint donner secours. Et il de nuyet par laide des gi
bellins entra a anaguye/z print boniface en la maison de son pere De la fut mene a Rom
me Le orgueilleux pape saisi de tristesse z amertume de couraige mourut en peu de iours
Disent les hystoriens que nogaret et satra furent chargez par expres mandement de me=
ner le pape au Roy Phelippe. Mais en partie pour reuerence de la saincte te pontificalle
et en partie empeschez par le secours des anaguyens se desisterent de leur entreprinse/tel=
le fin de vie eut boniface depriseur de tous hommes Lequel non ayant recordation des co=
mandemens de ihesucrist/sefforceoit conferer et donner les royaulmes a son plaisir et vo
lente/Iasoit ce quil ne ignorast de dieu en terre le lien tenir Et royaulme duquel nestoit
de ce monde et des choses terriennes Aincops des choses celestes: qui aussi par fraulde z
mauuais art auoit procure et aquis la dignite papalle Et celestin duquel il auoit receu
icelle dignite/auoit tenu en prison tant comme il vesquit. ⸿ En ce lieu escripre ne oublie
ray ce que par foy constante et asseuree ay entendu des hystoriens durans ces iours estre
aduenu au territoire de paris. Au monastere du Val de cernay estoit vng conuers nomme
adam/auquel par labbe du lieu auoit este commis le village de creiches a icelluy mona   ⸿ La vision ap
stere appartenant. Cestuy peu de iours auant la feste de la natiuite ihesucrist acompai=   parue au con
gne tant seullement dung seruiteur Partant deuant laube du iour du monastere pour al=   uers du mona
ler au village dont il estoit procureur et receueur. En son chemin veit vng grant arbre   stere du Val
blanchissant de bruyne et de glace/vers luy venit hastinement De laquelle chose son che   de cernay.
ual espouente faultant hors la voye A peine par le conuers peut estre au chemin retourne
et temps Et dune mesme crainte le seruiteur zspouente commenca a trembler Si que dif
ficillement se pouoit sus les piedz soustenir et cheminer. Larbre aproche plus pres du co
uers Comme alhomme neust faict aucune nuisance se euanouyt/Delaissant acre et odeur
de soulphre. Parquoy soubzsoupconnant le conuers que cestoit quelque dyabolique illusion
tournant son couraige a dieu va reciter les louanges de la glorieuse vierge marie. Tan=
tost veit pres de soy especze dung homme noyr cheuauchant Contre lequel adam couurou
ce commenca a dire. Pourquoy tu maleureux me oses courir sus actendu que iay au mo=
nastere mes confreres/qui ont continuelle follicitude moy et les aultres absens du cou=
uent a dieu et a la benoiste marie recommander/Ha meschant et miserable vacar auecqs

moy nas aucune part. Peu de temps apres le dyable partant de ce lieu ℃antost apparut
au conuers la forme et statue dung tresgrant homme/qui le col long et gresse auoit Et si
comme le conuers sefforceoit de le repoulser de son baston/incontinent le veit sa face changee
estre en moyenne stature Et en la forme dug moyne couurir sa face de son froc Les peulx
duquel reluysoient comme metail flambant. Contre lequel quant le conuers en vain la
cca son petit glesuc/se veit en la forme et similitude dune oueplle. Finablement apparut
non moyndre que vng asne a grans oreilles. Dont le seruiteur plus craignant dit/mon=
seigneur(dit il)fay vng rondeau dessus la terre Et au millieu pourtray la croix de ihesu
crist Car quant nous serons dedans ce cercle/Lennemy ne nous fera aucun mal le con=
uers fist doncques comme il auoit este de son seruiteur admonneste/et ne cessa pourtant
le cruel aduersaire Car il mua ses oreilles en cornes/ Et venant contre le cercle inutie
fut du conuers et de crachatz contamine Et comme par le conseil du seruiteur se fust le con
uers signe du signe de la croix/le dyable en espece de tonceau transsigure vers le visaige
de molieres se conuertit en espece de roue/le conuers sans blesseure delesse. De ceste tant
merueilleuse apparition ont este veuz enseignemens et apparences. Car labbe du val de
cernay enquist du conuers la verite de la chose. Dayataige se scripuai de lhystoire inspec
teur du lieu ou ces choses furent faictes/certiffie auoir veu le cheual regibant hergncup
et retif/qui par auant estoit doux et traictable. Aussi la languent et malladye continuel
le du seruiteur La puanteur intollerable des vestemens du conuers/et la difficille emissi
on de sa voix iusques a ce quil fust medecine/en porterent suffisant tesmoignaige. ℃En
ce mesme temps le conte de la marche mort eschut a Phelippe la cite de angoulesme Laql
le visitant visita aussi aquitaine et la prouince de Thoulouze/les couraiges dauctus ap
paisez que lon disoit estre enclins a rebellion. ℃Phelippe en france retourne pensant que
les flagmens osteroient leur ferocite Se leur conte Guy deliure de prison a culp estoit en
uoye/le deliura et senuoya en flandres auec son filz Guillaume. Apres quilz ne peurent
reduyre ceste sedicieuse et mutineuse nation a paisible alliance vers phelippe retourne=
rent comme ilz auoyent promis. La pertinacite et obstination des flagmens congneue/
Le roy Phelippe cheminant contre eulx en bataille pour tierce fors Son siege mist sus
la montaigne des peuples(ainsi nommee a cause des arbres que lon dit peuples croissans
illec en abondance)esperant les flagmens descendre a combat congneut quilz sestoient par
quez dedans des fossez todizet ramparqs et auoyent enuironne a clos escute tentes de cha
riotz et charrettes. A ceste cause aprochant le vespre se desarma le Roy et plusieurs de ses
gensdarmes pour prendre le repos de la nupt. Lors a grant course voicy les ennemis ve
nir pat merueilleuse ferocite et hardiesse et ia pierre gentian/Iaques son frere et aultres
en grant nobre furent occis deuat la face du roy Le roy mist son heaulme mota dessus son
cheual Et trauersant trescouraigeusement au millieu des ennemis/Renuersa et occist
tous ceulx quil rencontra Apres lequel bzupans les francoys sans ries espatgner mirst
a mort vingt mille flagmens/Si que neust este la nupt suruenant par les tenebres de la
quelle furent les ennemis gardez a deffenduz/ne fust vng seul flagmet eschape Aincoys
eussent tous este totallement epterminez et vaincus. Retourna le roy de la bataille a tor
ches et fallotz ardans qui surmontoient la calligineuse obscurite de la nupt. Au temps
de ceste victoire mourut le conte de flandres qui estoit garde a compieigne mourut aussi

Nouelle guer
re en flandres

Les flagmes
vaincuz a oc=
cis enbataille
par les fran=
coys.

Jehanne femme et espouse de phelippe. Et fut ces iours durans si grãde charte de Bi=
ures et victuailles au royaume de france/ӄ le septier de froment estoit vẽdu cent solz/au
moyen de quoy les boulengers publiques/a ce ӄ se peuple ne tauist et par force transpor=
tast les pains ӄlz exposeroient en vente/cloyrent leurs boutieres/ Jusques a ce ӄ les gre=
niers des riches et religieux visitez par le cõmandement du Roy phelippe fut le blé mis
en vente. En apres edouard roy dangleterre mort/son filz et successeur. Edouard espou=
sa ysabel fille de phelippe. ℃Durant ce têps apres le trespas du pape Benoist vnziesme
de ce nom/ӄ auoit absoubz phelippe de lexcõmunication de Boniface Les cardinaulx a pa
ris assemblez a linstance et poursuyte de phelippe/Bertrand got gascon arceuesque de Bor
deaulx absent fut esseu pape/leӄl ilz nõmerent clement cinquiesme Cestuy au temps de
son election estant en france Cõmanda venira soy les cardinaulx a lyon/ou il fut couron
ne du dyadesme pontifical/assistant phelippe et plusieurs princes francoys. Depuis ce
temps ӄ fut lan de grace mil.ccc.v. Commencea clement habiter en auignon ou demou=
ra le siege des papes lespace de soixante et quatorze ans. A la ioye publiӄ que lon faisoit
a cause de sa reception du nouuel pape/ne deffaillit calamite. Joignant sa voye par laӄl=
le on menoit le pape/estoit vne mutaille mal appuyee de vieille matiere/ Sur laquelle cõ
me fust le peuple monte par desir de veoir se pape vsee de vieillesse et foullee de la charge
et pesanteur du peuple/tõba dessus le duc de bretaigne. Clemêt consacre/lce cardinaulx
de la maison des cousonnoys despouillez p boniface de leurs dignitez et possessions/re=
stitua et restablit en leur premier estat. Par leӄl clement/quãt il alla de lyon a Bordeaux
(cõme lon dit)furent les eglises foullees de si grans fraiz et despens/que moult griefues
complainctes en furent portees iusques a phelippe/ Auquel il donna se droit de dixme
pour soy recõpenser des fraiz et mises p luy faiz en sa guerre de flandres Aussi luy octroya
que les eglises destituees de prestre ou de ministre pourroit conferer aux clercs qui le ser=
uoient et a ceulx de sa famille ӄ bien lauroyent merite. Et pource que lors nestoit la mon
noye de iuste poiz Le roy phelippe promit au pape la reduire a pris et estimation legiti=
me. Et par ainsi phelippe clement delaissant/quant il fut en france retourne Permist ӄ
loys print a femme et espouse marguerite aisnee fille du duc de Bourgongne. Dauantai=
ge il appaisa la mutinerie des Beauuoysins contre simon leur euesque Laquelle iusques
la estoit procedee/que leuesque eppulse et banny de la cite Puissance daucuns gentilz hom
mes amassee/Empoigna aucuns des citoyans espiez et brusla les faulxbourgs de la vil
se. ℃Cest an murmurerent les parisiens pour lusaige des monnoyes. Car les riches ӄ
auoient loue leurs maisons aux habitans meccaniques/Reffusoiêt receuoir la monnoye
du petit pris/exigens aultre monnoye ӄ estoit de plus iuste poiz. De laquelle inuention
aucteur estoit estienne barbet. Cil estienne en ses delices et plaisirs auoit plusieurs iar=
dins appellez Barbetz a cause de son nõ/Auec belles et excellãtes maisons en ce lieu auӄl
lenõ de la porte barbet depuys est iusӄau iourdhuy demoure Le peuple de fureur ensla
be/courãt es possessions de estienne barbet/gasterent et brulerent tout ce ӄlz trouuerêt en
ses maisons et iardis/de la se transporterent en sa rue fait martin ou cil barbet faisoit sa
residêce et garnis despees et autres bastõs sicõme Les portes de la maison estiêe estoiêt
tõpues prisserent et êporterêt tous les meubles et vstancilles. ℃Lors estoit Phelippe
en lhostel des templiers ne actendant aucun peril ӄ ces mutins au temple incontinant ap

Edouard ti=
ers de ce nom
Roy dangle=
terre mort.

La fortune a=
uenue au duc
de Bretaigne.

Reformation
des mõnoyes

La mutine=
rie des parisi
ens.

ſiegerent Et ne ſouffcoient luy porter aucune choſe quilz ne rauiſſent ou ſouc illaſſent de fange et de boue. De tant ſoudaine commotion de peuple le Roy eſtonne Enuoya le pre uoſt de paris auec aucuns des maiſtres de ſon hoſtel parler aulx mutins/ Et leur remon ſtrer que ſe aucū leur auoit fait iniure ou offence/ Le roy eſtoit celluy qui les pouoit deſ fendre. Parquoy lors demandaſſent ce quilz Bouloient du roy et en ce faiſant retournaſ ſent en leurs maiſons afin que incontinant mieulx pourueuſt aux affaires du peuple.

La punition des mutis de paris.

⸿Ces choſes pour Bng temps diſſimulees le legier peuple apaiſant ſa furrur. Apres que chaſcun retourne fut en ſa maiſon/ Sans riens chommer les mutins furent empoignez iuſques au nombre de Bingt huit et commanda Phelippeles pendre et eſtrangler a poté ces dreſſees aux quatre portes principalles de la Bille. Et peu apres fiſt forger monnoye a la iuſte et legitime Balleur du metail. ⸿Durant ces iours loys hutin filz de Phelip pe/par les nauarroys couronne fut et nomme Roy de Nauarre a pampelune Lan de gra ce Mil.ccc.Bii. Lors auſſi apparut lerreur des templiers/qui en iheruſalem auoyent promis ſouſtenir et garder la foy catholique Si comme premierement ſoubz Bmbre de de uotion ſe feuſſent faitz tresriches et opulens Tresnobles et excellantes maiſons achec tees parmy le monde creſtien Iheſucriſt reiecte ſe donnerent et appliquerent a faulſes re ligions. Car ilz auoyent Bne ymaige et ſtatue/ laquelle auoyent Beſtu de la peau dung homme Deux eſcarboucles tresreplēdiſſantes miſes τ appoſees aux yeulx dicelle ſtatue qui reluyſoient en forme de yeulx. Et quant aucun Benoit a eulx pour prendre lordre τ la Bie des templiers/iheſucriſt auant toutes choſes renonce et ſa croix miſe ſoubz les piedz τ celle ſtatue faiſoient ſacrifice. Le corps de celuy qui mouroit mis en pouldre Bailloiēt en bruuaige et portion aux aultres de leur ordre Par laquelle portion cuidoyēt leurs gēs eſtre faitz plus conſtans et fermes. Dauantaige ſe par le concubinaige dung templier Bng filz naſquiſſoit dune fillette Bierge Ilz ſe rotiſſoient au feu et de ſa greſſe qui en de gouſt oit/par decoration en Bngnoyent et frotoyent leur ſtatue. Et eſt choſe certaine que leur fraulde et thraiſon/quāt ſaint loys faiſoit ſon pellerinaige en ſyrie empoigne fut du ſouldan egiptyen τ mis en priſon. Pour leſquelz crimes et pechez et auſſi pource q̄lz eſtoy ent treſinfectz amateurs et coucubinateurs des maſles / Lordre des tēpliers au concille de Bienne/Par le pape clement cinquieſme de ce nom print fin et extermination. Lan de grace. M.ccc.xii. Ceulx q̄ celle cruelite et hereſie auoyent excerce furent empoignez τ bruilez. ⸿Lors deſeruoit legliſe de lyon Bng arceueſque non aſſez ſaige nē prudent/ lēq̄l pour les blaſphemes p̄ luy faictes cōtre la dignite royalle aſſiege fut p̄ loys hutī τ de la me ne au roy phelippe Apres lōgue priſon/ſatiſfactiō preallablement faicte fut remis en ſa liberte. Peu de iours apres conſpiratiō faicte/les lyonnoys renoncerent la foy et alliance du Roy/et cheminans en bataille rauirent le chaſteau de ſainct iuſt. Mais dontez et p̄ loys hutin iurerēt doreſnauāt les cōmandemens du roy acōplir De rechief ſe leua guerre de p̄ les flagmens Laucteur de ſaq̄lle fut loys cōte de neuers. Leq̄l pour raiſon de ce p̄ ar reſt de parlement priue fut de ſon heritaige ſes biens publiez et declairez confiſquez. Auſ ſi en ce temps fut la neceſſite et le malheur des fēmes nobles. Car les troys femmes et eſ pouſes des filz de phelippe accuſees furent de adultere pour raiſon dequoy marguerite fē me de loys hutin roy de nauarre τ Blanche fēme de charles cōte de la marche/p̄ ſentēce du roy enuoyees furēt en exil au chaſteau gaillard/la luxure τ libidinoſite deſquelles eſtoit

La punition des mutis de paris.

Lerreur et he reſie des tem pliers.

Punitiondes femmes no bles,

assez manifeste. ¶ Au regard de Jehanne espouse de Phelippe conte de poicties a pres
quelle eut este par aucuns iours en prison a dordã Comme innocente fut deliuree ꝗ a son
mary restituee. Lhupssier coulpable de ladultere de marguerite / pendu fut et estrangle a
ßne potẽce. Les putiers stuprateurs cestassauoir Phelippe et Gaultier freres de dãnoy
Apres quõ leur eut coupe les mẽbres libidineux Escorchez furẽt et a mort mis a pontai
se. A cause de ceste impudicite des femmes nobles Je cuide celle fable estre issue / Laquel
le coustumierement est recitee p ceulx ꝗ ses choses ignorent de Jehanne femme de phelip
p le bel. Cestassauoir quelle ßsa de concubinaige daucus escolliers / Et afin ꝗ son peche
ne fust congneu / ses estraingnit ꝗ iecta de la fenestre de sa chãbre en seine. Duquel peril es
chappa ßng seul escollier nõme Jehan buridã / par leꝗl fut fait ce sophisme. La royne oc
cit ne craignez il est bon de ce faire. Certes buridã fut apres la royne Jehanne / qui phe
lippe de Balloys regnant cõme il fust tresrenõme regent en ars liberaulx Il escript plusi
eurs choses en la raisonnable ꝗ moralle philosophie / ce pendãt ꝗ fulcus estoit euesque de
paris / qui fut lan de grace Mil. ccc. plßiii. Et na celle noble fẽme merite estre increpee
ꝗ blasmee de ce ßice De la liberalite charite et misericorde de saꝗlle en uers les poures dõ
ne tesmoignaige le college de nauarre a paris Du elle institua et ordonna les escolliers
perpetuellemẽt demourer Regens et precepteurs de trois ordres illec deputez / ꝗ enseigne
royent la gramaire et dyaletique aux ieunes adolescens / ꝗ aussi interpreteroyent la phi
losophie. Elle y deputa pareillement hõmes theologiens Tous lesquelz poutueuz de tẽ
tes ꝗ reuenues annuelz perpetuellement se appliqueroyent a lestude des lettres. Dauan
taige leur ediffia ßne chappelle commune / prestres et ministres establiz pour le seruice di
uin celebrer. A ceste cause en cil tant grant et tant spacieux college conuersent escolliers
en si grant nombre ꝗ son peut croyre cela suffire pour constituer et eriger ßniuersalle escol
le. ¶ Ce pendant les flagmens faisans rebelliõ au roy de france. Enguerrant de mari
gny ꝗ gouuernoit le royaulme auec phelippe Le peuple cõuoque ꝗ apelle au roy de toutes
ses citez du royaulme / quant ilz eurent en la presence de Phelippe longuement dispute et
declaire plusieurs choses touchant la cõtinuelle rebelliõ des flagmens. Finablemẽt pria
les auditeurs silz prestroient et bailleropẽt pecune pour ses faitz de la guerre ꝗ se roy pre
paroit a lencontre deux. Lesꝗlz respondirẽt ꝗ ßousentiers donneroient secours et aide
aux affaires du roy. Enguerrant de marigny apres graces tendues au peuple exigea et
leua grosse taille et pension pour les gaiges des gensdarmes. Mais ses troys filz du roy
auecques cil Enguerrand acompaignez de puissante armee De par le roy a ceste guerre
enuoyez / Comme a lisle eussent assie leurs tentes / sans riens faire par le conseil de en
guerrand rompirent larmee et laisserent aller ses gensdarmes en leurs maisons. ¶ Du
tant ꝗ ces choses se faisoient fut Phelippe de malladie saisy Apres quil eut regne ßingt
huit ans mourut à fontaine blandi / qui est ßng ßillaige en gastinoys Son cueur separe
des entrailles fut enseuely et enterre a poissy ꝗl auoit cõstruict ꝗ ediffye en sa memoire de
son ayeul sainct Loys / et lauoit actribue et assigne a ßierges et nonnains soubz la garde
des freres estans de lordre saint dominique. Le residu du corps enterre au monastere sait
denys. On croyoit pierre euesque de chalons et Regnauld praitier aduocat en parlemẽt
auoir este coulpables de sa mort. Mais Regnauld trouue fut innocent / Phelippe auant
que mourir / il conuoqua ꝗ Appela a soy tous ses troys filz quil delaissoit ses successeurs

r. ii.

La punitiõ
des adulteres

La fondatiõ
ꝗ institutiõ
du college de
nauarre a pa
ris.

Le trespas du
roy phelippe
le bel.

La oraison du
roy Phelippe
le bel mourãt
a ses enfans.

Bers laisne se tourna disant. Loys iusques cy ay regne/foullãt mon peuple de plusieurs
tailles et tribuz Et nay este assez soigneup faire forger monnaye qui fust de poir et bal
seur legitime/Pour raison dequoy la hayne de plusieurs ay contre moy incite. Tantost
apres moy dorsa regner. Apres pitie de lame de ton pere/et ce que par moy a este mal fait a
gouuerne le repare et amende. En mon nom a dieu fap satisfactiõ des choses que te le sef
se/Deslye moy et me descharge du soueil de iherusalem. Et bous mes aultres filz/gar
dez entre bous entiere et pure charite. Ces choses par Phelippe le bel selon langoisse du
temps briefuement dictes/Apres que deuotement eut prononce ce berset de dauid. Sire
dieu en tes mains mon esperit recommande Rendit lame au moys de Nouembre le iour
precedant la feste sainct andre Lan de grace mil.ccc.biii. A cestuy Phelippe le bel sa fem
me Iehanne enfanta cinq enfans Cestassauoir Loys hutin Phelippe conte de poictiers
Charles conte de la marche/Bne fille qui mourut au bers et bne aultre fille nommee ysa
bel/que son pere phelippe bailla en mariaige a Edouard Roy dangleterre.

❡Comment les francoys pour la rebellion des flagmens re
primer firent bne grande armee. Laquelle ilz menerent en flan
dres et mirent le siege au fleuue de lisle Dont furent conttrainctz
sortir et retourner en france sans riens faire acause du mauuais
pays et de plusieurs aultres necessitez a eulp abuenues. Puis se
assemblerent les flagmens. Et tant firent quilz inciterent leur
conte a faire paip auec les francoys qui fut mise en escript signee
des seaulp du conte et des procureurs de la natiõ de flundres.

Loys hutin
pppbii. Roy
de france.

Apres le trespas de Phelippe le bel/ses filz soigneup des tresors de leur
pere Quant bindrent quilz ne trouuerent aucune pecune/par la sugestiõ
et enhortement de Ferry de pinguigny Enguerrant de marigny mis en
prison au chasteau du louure a paris Conttreignirent rendre compte a re
liqua de ladministratiõ quil auoit eu du royaume. Et pource que en
guerrant disoit Charles de ballops frere de Loys auoit eu grand partie diceulp tresors
Charles de ce courrouce/enflamba a epcita tous ceulp qui Enguerrant hayssoient a for
mer et faire complaincte a lencontre de luy. Et afin que cil Enguerrant ne receust grace
ou supost de ses amys et bienueillans/du louure dont il estoit capitaine Transporte fut
au chastel et tour trespuissante des templiers Peu de temps apres fut mene a loys hutin
Iehan hannyer ad ce instruict par Charles de ballops/chargea Enguerrãt present des
crimes et delictz cy dessoubz escriptz. Cestassauoir quil auoit este au roy suspect Phelip
pe pour raison de quoy le recusa a ce que ne prensist la charge depecuter et acomplir son te
stament. Que larmee des francoys derrenierement preparee contre les flagmens/par sa
fraulde et traison auoit este inutille/qui clandestinement communiquãt auec le conte de
neuers/dons et presens de luy receuz Donna conseil de ramener les gensdarmes/combien
toutesuoyes que pour icelle armee et eppeditiõ de guerre eust sleue et cpige du royaulme
innõbrable pecune. Que la nuit en laglle phelippe estoit trepasse/les tresors du roy auoit
du louure en aultre lieu transporte/a ql auoit a soy retenu trente mille liurespar; ie p lui
du roy receues pour dõner au pape clemét/dauãtaige nauoit rédu cõpte de trois cés suspã
te draps lesquelz au nom du Roy detenoit de quelq peril de mer. Auoit aussi cele quaran

Les articles
de laccusatiõ
proposee con
tre enguerrãt
de marigny.

te huit mille liures que ceulp de arras auoient baille au roy. Que non seullement auoit fait fraulde en sa pecune Mais côme quesque foys le Roy auoit escript a la contesse dar thoys aucunes choses appartenât a la royalle dignite. Enguerrant par ses lettres luy es criuit choses contraires et repugnantes/promectant sa desiurer et exempter de tous dô maiges. En quoy faisant receut delle en pur don la somme de quinze mille liures quelle deuoit auoir et receuoir des habitans de cambray se le roy leust ordône. Laquelle pecune neantmoyns de son auctorite preueu exigea enguerrant de ceulp de cambray Et côme du roy eust receu cômission de faire edissier le palais royal a paris Oultre dip mille liures que Phelippe bailse luy auoit. Jl usurpa les maisons qui aup habitâs de la Bille appar tenoient pres du palais/pension et loyer annuel côstitue sus les possesseurs et detenteurs dicelles/q Biendroit tous les ans a son prousfict. Que oultre ces choses contre aucunes personnes priuees auoit cômis crimes et delictz de insatiable auarice. Aussi tellement a uoit oblige et a soy assubiecti ses recepueurs generaulp tresoriers ç aultres ayans admi nistration des deniers du domaine du Roy/Que sans sa signature neussent peu ne deu obeyr aup cômandemés du roy. Ces choses et aultres publiquemêt epposees par hânyer a Enguerrât ne luy fut auctte puissance de soy purger. Mais il auoit sa fême et espouse laqlle apres qlle eut en Bain plusieurs choses essaye/se retourna et appliqua a art magiq et enchantemens p le moyen de quelq enchanteur nôme panyot et dune femme Boyteuse qui a ce faire luy donnoyent aide. Parquoy prenans certaine quantite de cire par art dya boliq deup statues côposerent a la forme et semblance du Roy et de Charles de Ballovs portans myne et appatence de gens estiques et lâguissans a la similitude desquelz (se la soretie neust este descouuerte) le roy ç cil charles de Ballovs par succession de têps deuoiêt estre a mesgriz et seichez et finablement côsommes de mort qleur estoit establye et deter minee a certain têps. Le malesice congneu/cômist le roy la congnoissance ç correction de toute sa matiere a charles de Ballovs leql incontinent qleut appese aucuns barôs et pri ces de grâd auctorite cômanda pendre et estrangler enguerrant a la plus haulte trauerse de Boys du gibet de paris. Panyot puny fut de pareille punition/epcepte ql fut atache au dessoubz de enguerrât. La Boyteuse fut arse et Brusee. Au regard de la fême de enguerrât et sa seur de canteler elles furent iectees en prison. C En ce mesme têps Loys conte de neuers et iehâ de namur acquitent la beniuolêce et alliance du roy Les choses aup flag mens appartenant côposees et apaisees/Pour raison desquelles Robert côte de flandres Pource qlne Bint au roy au iour assigne Les epcusations que par laBsê de citeaulp ç au tres ses procureurs a ce enuoyez pretêdoit reiectees côme note de côtumace tenu fut au nô bre des rebelles. Aussi durant ce têps deup fêmes empoisonneresses/apresêdees auec se Beni prepare/de feu furêt Brusees/p le malesice desquelles leuesque de chalons (pre decesseur de cil pierre de ligny q cy dessus ay dit estre tenu en prison) auoit este empoison ne et occis. Leql pierre de ligny/depuis fut p loys depose de son siege pontifical ç Banny Estiêne (Barlet de châbre de charles de Ballovs) son successeur institue. Cil loys huti ra mena les iuifz q son pere auoit de france eppulses. Jl sessorea parcillemêt recueillir ses tailles ç impositiôs annuelles q phelippe le Bel auoit fait acroistre ç augmêter/mais a linstigatiô du côte de châpaigne/les châpenoys Bourguygnons/Bermâdoys/arthesiens ampânoys/Beauuoysis/pôtinoys/forestiers/aussetroys ç qlques autres peuples esêble

Le pallays a paris edifie p enguerrât de marigny.

La punytion enguerrât de marigny et des sortiers et sortieres.

Les iuifz en france rame nez.

coniurerent que cela ne permecteroient. A ceste cause Loys enuoya Charles de Balloys pour obuyer par belles promesses a la future mutinerie et appaiser les discordans. Ce= stuy Phelippe le bel auoit aussi fait troys couronnes de or acoustrees et decorees de tresri ches pierres precieuses. Loys hutin les transporta au monastere sainct denys/Afin que

Guerre con= tre les flag= mens. doresnauant seruissent a couronner les roys et roynes. Lesquelles receues par Mathieu abbe du lieu Icelluy abbe ensemble to⁹ les moynes soubz leurs sedulles et seingtz manu elz promirent les biens garder. ❧ Les flagmens persistans en leur rebellion Loys leur signiffia la guerre. Mais comme il eust fait marcher son armee au fleuue de lisle/La ter re qui est fengeuse et palludeuse amollye fut de tant de pluyes/que les cheuaulx iusques aux genoulx continuellement estoyent en la fange Et ne pouoyent estre en lost des fran coys portez Bictuailles/sinon a grand peine ⁊ labeur Si que pour trayner chascun muy de Bin a peine suffisoient trente cheuaulx/Laquelle chose pource quelle portoit tous les iours dommaiges et difficultez aux gensdarmes francoys Induisit le Roy de bataille soy abstenir Et comme pour la malice et abondance des fenges ne fust possible rauoir et retirer les tentes munitions ⁊ aultre appareil de guerre . Les gensdarmes bruleret tout a leur grant preiudice et dommaige. Apres ceste aduersite sensuyuit incredible charte de Bictuailles/Puis famine et pestilence/et fut Beue Bne comette cheuelue. Finablement Loys hutin mourut au boys de Bicennes/Son espouse clemence fille de Robert roy de si cille delessee grosse et ensaincte denfant. Cil loys Hutin ordonna la court de parlement demeurer en stabilite et permanance a paris sans estre de ce lieu deplace/a ce que les plai deurs et parties litigieuses ne fussent greuees de continuelles circuytions et dilations.

Clemence fe= me de Loys hutin. Ce pendant Phelippe conte de poictiers et frere de Loys hutin Par le consentement de tous les seigneurs ayant pris et receu le gouuernement du royaulme se nomma gouuer= neur et recteur du royaulme de france et de nauarre. Auquel Benans les ambassadeurs des flagmens/fut faicte paix entre luy et Robert conte de flandres/Laquelle redigee en lettres et escriptz/Ratiffyee fut et conferme des seaulx des flagmens. ❧Durant ce temps Clemence Beufue de loys Hutin enfanta Bng filz nomme Iehan/ qui roy de peu de iournees mourut au bers. Luy mort Phelippe de gouuerneur fut faict Roy Le duc de bourgongne a ce reclamant et contredisant/pourtant quil maintenoit le royaulme appar tenir ala fille du deffunct Roy loys hutin et non a phelippe. Laquelle chose suscita gran des questions et controuersies contre le repos des francoys. Plusieurs disans que les fil les ne pouoyent estre heritieres du royaulme de france. Toutesuoyes Phelippe attira le duc de bourgongne a son alliance en luy donnant sa fille ainsnee en mariage. Et comme le Roy eust encores troys aultres filles/Il en bailla Bne au filz du conte de neuers et la se=

Phelippe se long. xxxBii roy de france. conde au daulphin de Biennoys. ❧Ce pendant comme les flagmens ne receuoient et ac cordoient les conditions de la paix/Et ne obtemperoient a lordonnance du pape Phelip pe prorogea les treues. En apres le cardinal ioseran en frace enuoye p̃ le pape iehan.xxii. de ce nom Pour les flagmens a phelippe reconceiller. Quat il fut arriue a tournay doub tant la rebellion mutinerie et inconstance de celle nation/Par leuesque du lieu comman da leur anoncer quil estoit a Tournay Benu pour la paix/⁊ quilz se transportassent Bers luy tant comme estoit bon et loisible traicter de Bnion et concorde. Deux freres de lordre des mineurs enuoyez pour cecy exposer. Entre lesquelz fut pierre de la Boue Le conte to

bert commanda quilz fussent mis en prison. Lequel des lors le peuple des Gantoys epci
te auoit delibere combatre et prendre lisle dassault. Mais quant on fut venu au fleuue
de lisle. Le peuple vers le conte retourne commenca a dire. Tresnoble conte nous auons
promis garder les treues qui te sont iurees et accordees auec le roy de france Parquoy a=
uons propose ne te suyure en bataille. Adonc le conte destitue et abandonne de ses gensdar=
mes/fut plus obeissant a lembassadeur. Car il se transporta a Tournay ou estoient les
ambassadeurs du Roy/promectant au prochain prin temps aller a paris parler au Roy
et luy faire foy et hommaige. Pareillement les aultres clauses et conditions confermer ra
tiffier et approuuer selon et en la maniere que contenues et transcriptes estoyent au trai
tie de paix. Mais quant le iour auquel y deuoit comparoir fut escheu Par messagers sef
forcea soy faire epcuser des faulses remonstrances. Toutesuoyes a linstance et requeste
de lambassadeur du pape. Lan de grace mil. CCC.pp. Robert conte de flandres pareil
lement les procureurs des flagmens iurerent aup parolles de phelippe non iamais luy
faire guerre en quelque maniere. Aincoys garder sa foy et son alliance a tousiours perpe
tuellement. Mais quant vint au tout assigne et depute pour traicter des accordz et con=
uentions de paix/Refuza le conte approuuer et confermer les accordz et conuenances/si
non que les troys villes que le roy occupoit Cestassauoir Lisle/Bethune et Douay luy
fussent rendues. Sicomme enguerrat de marigny qui aultrefoys auoit este negociateur
facteur et entremecteur des affaires de Phelippe le bel/Auoit promis faire au nom du roy
Car entre les ordonnances et soip de paix qui lors auoyent este accordees/adiouste fut
que le conte de flandres deuoit au Roy constituer et assigner au royaulme de france dou=
ze mille liures de rente/Au lieu de laquelle pource q̃ le conte auoit este reffuzant au moyns
delayant de payer et acomplir celle charge/auroit Phelippe le bel possede les villes dessus
dictes Et pourtant que le roy ne les voulut delesser La chose non faicte hastiuement issit
et sen alla le conte. Qui neantmoyns rapele par les procureurs de la nation des flagmes
La paix premierement proposee approuua/ratiffia et conferma.   ❧Quant ces choses
par negoce tresdifficille se faisoyent aucuns bergers et pasteurs de brebis/comme ilz af
fermoyent admonnestez par responfe et ephortatio diuine/Se ventoyent aller et cheminer
en syrie a cause de la foy et deuotion crestienne. Lesquelz apres quilz furent accumulez et
augmentez en grant nombre/non differens de larronceaulp/sicomme ilz deroboyent a pil
loyent passez iusques a carcassonne/par les habitans du pays a de assemblez/batuz et dif
sipez sen fouirent Dont furent plusieurs occis et les aultres estranglez au gibet. Les la
dres aussi de lepre affligez/qui par lenhortement et subgestion des iuifz auoyent lung a
lautre promis/iure a conspire le venin que diceulp iuifz auoyent receu respandre es puis
partout le royaulme de france/a ce que ceulp qui en buroyent mourussent ou fussent la=
dres. A ceste cause enueloperent en vng drapel poison faict de sang humai/vrine herbes
venpmeuses et mortelles se iectoyent es puys et y atachoiet vne pierre afin que plus tost
allast au fond de leaue. Quant phelippe fut aduerty que les ladres de la prouince de nar
bonne auoyent commis ce malefice/et que tous les empoisonneurs auoient este bruslez/
fist chercher et enquerir tous les ladres parmy le demeurat du royaulme. Lesquelz apres
leur crime confesse auecques plusieurs iuifz furent ars et bruslez. ❧Assez appert que du
rant ce temps quarante iuifz estoyent a victry/qui pour ce mis en prison contre soy mes=
                                                                    r. iiii.

Le conte de
flandres rebel
le.

Confirmati=
on de paix en
tre les fran=
coys et flag=
mens.

La punition
des ladres a
des iuifz.

La maleureuse obstination des iuifz.

mes metue illeup crime perpetrerent. Car côme ne doubtassent ia estre a mort destinez a condamnez eleurent deup de leur nombre q̃ les occirent a ce que par les mains des crestiens ne fussent punys. Le plus vieil et le plus ieune deulp epecuterent le pecrable besongne. Tous occis comme tant seullement demeurez fussent les deup meurtriers Le plus vieil pria le ieune de loccir et a mort mettre. Cestuy la le vieillart occit Quant il se veit seul/le or et argent qui estoit auec les mortz raup et destrobe de draps decousuz fist vne corde et par la fenestre se deuala. Mais la corbe rompue pour la pesanteur de son corps et or dont il estoit charge/trebuchât es fossez la cuysse se rompit. Et par ainsi gisant dedâs les fossez fut pris et a mort mise Et les corps des iuifz mors furent bruslez. ❧Phelippe pensa aussi de reduire en vne forme et espece toutes les sortes de mesure qui parmy france estoyent en grant nombre. Laulne et la monnoye Mais de malladie surprins ne peut sa deliberation acomplir/Car longuement de ficure quarte afflige/ trepassa de flupe de ventre a fontaine blandy. De son corps furent troys parties faictes. Le cueur les freres mineurs/les entrailles/les freres prescheurs en leurs eglises a paris êterrerêt. Le corps fut porte a sainct denys. Lan de grace mil. ccc. ppi. Car apres la mort sainct loys qui auoit apris les settres par lordre diceulp freres mandiens Auoyent les freres prescheurs et mineurs acoustume Que quant ilz ne pourroient auoir le corps entier des roys/appro pritoient a soy partie des entrailles pour mectre en sepulture. ❧En ce mesme temps se leua Jehan de poillac de la nation de picardie Affermant que ceulp lesquelz confessoiêt seurs pechez aup religieup mandiens/estoyent tenuz de rechief les reciter et confesser a leurs propres curez. Mais cestuy Jehan par le iugement du pape iehan. ppii. condamne fut aultrement sentir et enseigner.

Le trespas du roy Phelippe le long.

     ❧Cy finist le septiesme liure des faitz et gestes
       des francoys.

          ❧Sensuit le huitiesme liure

     ❧Comment Charles le bel pretendant par confiscation le du= che de Aquitaine a cause de la rebellion et contumace du roy dan= gleterre/Enuoya Charles de Valloys auec son armee pour en prê dre possession en quoy faisant se rendirent au Roy plusieurs vil= les. finablement le Roy dangleterre donna le duche a son filz Edouard lequel en fist foy ⁊ hommaige au Roy de france.

Charles le bel. ppipp. roy de france.

Phelippe sans enfans decede. Charles son frere conte de la marche luy succeba Lequel comme il eust espouse blanche fille de mahilde/pensa la delcsser et ha= bandonner. Car mahilde mere de blanche auoit sur les fontz de baptesme tenu Charles Pour raison dequoy par la loy ecclesiastique luy estoit prohibe auoit sa fille en mariage. Surquoy le pape de ce auerty Prononca et determina que les nopces (sinon q̃l y eust dispensation precedente)estoient incestueuses. ❧Durans ces iours Robert conte de flandres trepassa/⁊ estoit proces traicte et agite en la court de parlemêt touchât son successeur legitime Auquel procès principallement pretendoit Loys conte de neuers

estre le plus prochain heritier. Soubz laquelle esperance/comme ilz se fust trãsporte a pa
ris/contre les ordonnances royaulx Au serment de foy et fidelite receut les seigneurs et
barons de flandres estans auec luy. Pour laquelle cause enuoye fut en prison pour estre
garde au chasteau du louure. Mais peu de temps apres par les iuges fut declaire heriti
er et deliure de prison et absoubz fist foy et serment de fidelite au Roy et en flandres se re
tira. ¶En ce mesme temps en aquitaine estoit iourdain de lisle noble et puissant hom
me. Auec lequel pour sa noble et illustre puissance. Le pape iehan. xxii. auoit conioinct
sa mere par mariage. Mais comme cruel fust en ses meurs/deshonnore et blasme de lar
cins rapines et homicides. Pour lesquelz crimes premierement fut au Roy accuse Quant
par laide de ses amys eust pardõ obtenu/de ses pechez ne se voulut abstenir Aincoys occist
et meurtrit vng sergent royal De la verge dont icelluy sergent selon la maniere acoustu
mee vsoit a lexercice de son office. A ceste cause Iourdai par le roy Charles appele vers
luy venant equippe de plusieurs gens en armee. Apres les accusatiõs legitimes et pour
raison des cas par luy commis Par iugement de la court de parlement a paris fut traine
au gibet/pendu fut et estrangle a la plus haulte poultre. ¶Peu de moys apres ces cho
ses passez Karoyne marie femme de Charles a montargis decedee/Par dispense du pa
pe pource quilz estoient enfans des deux seurs/Charles espousa Iehanne seur du Roy
de boheme et fille du conte deureux. Et tãtost vers les aquitains A cause de ce seua guer
re par Hugues de mompensier. Cestuy seigneur de mõpensier auoit ediffie vng fort bou
leuart tresbien muny en vng lieu au Roy apartenant/Lequel toutesuoyes il estruoit et
disoit competer et apartenir au Roy dangleterre. Le proces disputee et iuge par arbitres
assist le roy garnisõ au bouleuart Que de puis recouura icelluy seignr de mõpensier par
de du mareschaldaquitaine/Les gardes et gensdarmes du roy occis. De laquelle iniure
Charles courrouce/a ce quil ne fust iuge en sa cause Par ses messagers admõnesta le roy
dangleterre de chastier le seigneur de mõpensier et satiffaire des iniures par luy commi
ses. Le Roy dangleterre de ces nouuelles aduerty En frãce enuoya son frere aymery puis
sance a luy donnee de composer et appaiser la question et controuerse Lequel venant par
deuers Charles decida tout et determina tout selon la volunte du roy. A ceste cause auec
les iuges dangleterre/enuoya le roy Iehan darblay en aquitaine pour en son nõ receuoir
satiffaction des iniures dessusdictes. Quant on fut arriue aux premieres marches de
aquitaine/Iehan (dirent les anglops) se tu espergne ta vie retourne en france. Par leql
mot Iehan qui entendit la fraulde denonca au Roy la trahison des iuges dangleterre:
Laquelle congneue non ignorant le roy que par la continuace des anglops pourtant que
nestoit le roy danglerre venu et comparu au iour a luy prefix et assigne estoit le duche
daquitaine confisque enuoya Charles de ballops auec vne armee pour occuper et appro
prier a soy la region. Lequel cheminant a ageneslz/print la ville moyennant ce que les ci
toyans voluntairement se rendirent/Car ilz estoyent contraires et hayneux a Aymery
pour la pecune que peu de temps par auant auoit de eulx expie Et pour la desloration e
stupre de quelque tresbelle fillette que rauy leur auoit. Dela cheminant charles a Riol
le/ou Aymery cestoit retire/Comme il eust mis e approche ses gensdarmes trop pres de la
ville Sortirent les habitans par impetueuse cource de la ville/Si que les francoys recu
ler contraignirent Le seigneur de sainct florẽtin occis, Pour la mort duquel venger char

Debat et pro
ces du cõte de
flandres.

La seconde fẽ
me du Roy
charles

Aymery per
uers anglops

les faisant forger machines et bombardes auec aisses et eschauffaulx de bois dressez con
tre les murailles/Manda le lieu assaillir et combatre. Lors les frācoys diceulx eschauf
faulx main a main combatoient a lencontre des ennemis/Si que les ennemis pres que
forclos desperance de salut Enuoyerent messagers par deuers Charles pour traicter de
paix/Contens de soy rendre et la place a Charles liurer Moyēnant ce que loysible leur
fust ne changer leurs sieges et domicilles ou ilz vouldront demeurer et au Roy de france
leur soy iurer vouloient bagues et biens saulues aux aultres vouläs suiuir le party du
Roy dangleterre. Ces clauses et conditions proposees/Barons et hommes nobles delef
fez pour ostaiges entre les mᶜᶦᶦᶦs de Charles. Permis fut a aymery aller au Roy en an
gleterre. Pour la voulente et opinion de son Roy enquerir sus les articles et conditions
de la paix. Mais pource que aymery ne reuenoit Riolle a Charles se rendit/et fut mō
pensier abatu et raze. La forteresse et bouleuart que les ennemis auoyent destruit fut re
stablie Riolle receu/tout le residu de Aquitaine oultre bordeaulx/Baionne et sainct se
nere a charles obeyt. ⊂Peu de iours apres ensuiuans/ysabel royne dangleterre seur du

La venue de
la royne dan=
gleterre en frā
ce auec sō filz
edouard.
Roy charles vint en france et obtint treues de son frere soubz esperāce (comme elle disoit)
de traicter et composer bonne paix Et ce pendant enuoya vers le Roy son mary Lequel
promectant en brief temps venir a beauuoys auec lassemblee/et illec faire la foy et hom=
maige que tenu estoit de faire au Roy de france a cause de la principaulte daquitaine/&
par messagers a ce enuoyez bailla toute aquitaine a son filz edouart q̄ estoit venu en fran
ce auec la royne. Laquelle principaulte receue par le don du pere/fist Edouard serment
foy et hommaige au Roy de france. Mais la royne mere de Edouard comme elle eust de
meure et seiourne par quelque espace de temps en france/Craignant estre suspecte a son
mary/delibera en angleterre retourner. Quant le Roy dangleterre le sceut gardes mises
et aposees a tous les portz Leur manda empescher la royne entrer en angleterre Et afin
quil dissimulast sa malice et iniquite par ses ambassadeurs pria le pape de Charles ad
monnester de luy renuoyer ysabel. Incontinant quelle en fut aduertye appella en son ay
de Jehan de henauld frere de Guillaume conte de henauld trespreuxcheualier qui auoit
campaignye de trois cens hommes darmes en sa puissance Auec lequel elle nauiga en an
gleterre. Et tant comme principalement luy fut possible gaigna lamitye et beniuolence
de plusieurs angloys leur monstrant son filz Edouard a ce que comme quelque foys fut
leur Roy futur le doubtassent et craignissent. Et ne cessa de soy transporter quelque part
que allast le roy dangleterre. Pourtant que le mary obstine ne lescoutoit et ne la vouloit
ouyr aucunement Les gentilz hommes seigneurs et barons courrocez et indignez/Les
armes contre luy si leuerent. Si que a peine langloys eschapant de leurs mains/en lisle
des gaulles se retira Et fut hugues despencier a brest pris Par le conseil duquel ne vou
loit le Roy souffrir et receuoir son espouse. Pareillement le Roy dangleterre peu apres

Le trespas du
Roy charles
le bel.
fut empoigne/Les seigneurs barons et cheualiers a londres assemblez Le pere repudie
et expulse/couronnerent son filz Edouard de la couronne et dyadesme du royaulme. Lan
de grace Mil troys cens vingt six. Au regard de hugues despecier/Apres ses entrailles
de son ventre arrachees et bruslees deuant ses yeulx Luy firent trancher la teste Lannee
ensuiuāt Charles le bel de malladie consomme trepassa au boys de vicēnes Et fut mis
en vng sepulchre royal au monastere sait denys. Lan de grace mil. ccc. xxviii.

⊂Comment Phelippe de Valloys pour venger la rebellion
malice et desleaulte des flagmens qui plusieurs foys auoiēt
rompu les accordz et alliances faictes/ entre leur conte et les
roys de france. Mena merueilleuse et tresexcellante armee
en flandres a lencontre diceulx flagmens Qui de nuyt et par
trahison vindrent les francoys en leur cst assaillir Dont mal
leur print. Car lors commença cruelle bataille/ En laquelle
les Francoys occirent dixneuf mille huit cens flagmens sans
ceulx qui sestoient mucez es buyssons Lesquelz depuis furent
tuez en grant nombre. Et par ainsi les flagmens subiuguez
Phelippe restitua et remyst Loys conte de flandres en la possession et iouissance du pays qui par auant nen pouoit iouyr.

Pres le trespas de ce roy Comme la royne Jehanne sa veufue fust grosse
et ensaincte denfant/ fut question et debat entre les princes et seigneurs
Cependant quon actendoit lenfantement de la royne qui auroit le gouuernement et ladministration du royaulme. ⊂Deux estoyent disans
cecy de droit leur estre deu/ Cestassauoir Phelippe de Valloys/ et Edouard le tiers ne de marie fille de Phelippe le bel. Pour phelippe principallement cecy fai-
soit/ quil estoit en degre masculin prochain a Charles le bel. Et ce en ceste chose aucun
droit a Edouard appartenoit/ cestoit a cause de la femme qui iamais veue ne fut lemp-
re des francoys gouuerner. Par lesquelles raisons/ fut ladministratiō du royaulme bail
lee a phelippe de Valloys. ⊂Du royaulme de nauarre plusieurs contendens/ne peut
lors riens estre diffiny et determine. Laquelle chose pource que dupre ne semble ou bien
peu a lhystoire que de present poursuiuons Je la lesse sans en faire autre mention. En ce
temps fut faicte punition de pierre remin Pourtant que mal administre auoit la pecune
du roy. Et la royne Jehanne ḡ charles le bel lesse auoit grosse denfant/ Acoucha dune fil
le au boys de Vicennes. Pour raison dequoy Phelippe de Valloys de regent fut nōme roy
et par Guillaume arceuesque de reins auec la royne son espouse fut couronne. De la retournant a paris et pensant combien les flagmens persistoient durs rebelles et mutins
contre soy et leur conte loys. Par le conseil des princes et seigneurs de frāce/ mena contre
eulx grosse et puissante armee. Quant il fut a calles arriue Les flagmens deprisans phe
lippe et sa puissance De drapel firent lymage dung cocq qui est dict gallus auec ces parolles. Quant ce cocq chantera le roy trouue casset occupera. Ilz appelloyent Phelippe
trouue/ cuidans que non selon les loix fust faict roy. Et mirent ceste ymaige de cocq en
vng hault lieu a la derision et moquerie de phelippe. Laquelle iniure fut cause de grand
calamite aux flagmens. Car des ce temps la tourna Phelippe sa pensee et cogitation a
leur totalle destruction A ceste cause Robert de flandres appele/ Auec deux cēs hommes
darmes a sainct honner lenuoya/ Afin de diligemment garder les flagmens quilz ne es-
chappassent. De rechief commanda a loys conte de flandres aller a lisle auec bōne armee
Pour aux flagmens resister/ se quelle chose vouloient machiner et entreprendre. Si grāt
appareil de guerre apperceu/ Les flagmens habandonnez et delessez de toute la noblesse

Phelippe de
Valloys. vl.
Roy de frāce.

Lordre de lar-
mee des flag-
mens.

Lordre de lar
mie des fran=
coys.

de leur pays/Comme ilz neuſſent aucũs idoynes ne ſuffiſans capitaines/En troys par
ties ſe deuiſerent et commanderent aup furnoys/Brugeoys/Plebioys/auec les pourpri
geoys aller a caſſet Aup Brugeoys et franconnoys commande fut Vers tournay cheminer
Ceulp de ypre et de courtray priindrent le coſte de liſle. Au regard de Phelippe il tenoit le
reſidu de ſon armee a neuſue foſſe/Laquelle en dip bandes diſtribua. A la premiere eſta
blis furent les mareſchaulp et capitaines des arbaleſtriers/La ſeconde mena le duc da=
lenpon. La tierce fut baillee au grant maiſtre de rhodes. La quarte print gaultier de cha
ſtillon conneſtable. En la cinquieſme eſtoit le roy/Acompaigne du Roy de Nauarre et
des ducs de loraine et de Bar. Le capitaine de la ſipieſme fut le duc de bourgongne. Au
daulphin de Biennoys fut la ſeptieſme attribuee. La huitieſme conduiſoit le prince de he
nauld. La neufupeſme gouuerna le duc de bretaigne. A la derniere preſidoit Robert con
te darthoys. En laquelle armee tant bien acouſtree arriua le duc de Bourbon le lendemai
equippe de quatoize enſeignes de guerre. Sicomme ces choſes eſtablies eſtoient en vne
treſlarge Vallee/Les flagmens ayant mis leur ſiege a caſſet qui eſt lieu hault/Dont ilz
pouoient larmee des francoys regarder. Leurs gens tellement acouſtrerent quilz pou
uoyent auſſi des francoys eſtre Veuz. Apres ce quilz ne eurent fait aucune Voye ou puiſ
ſance de Batailler. Commanda Phelippe aup ſiens Vng peu plus pres cheminer/afin q̃
peuſt les ennemis retirer de la montaigne dont ilz ſe fortiffioyēt et deffendoyent. Quãt

Bataille en
flandres.

il entendit cecy peu profficter Auec quelque compaignie de combatans les mareſchaulp
oultre caſſet enuoya pour tout bruler et deſtruire amont ꝗ a Bal. Neātmoyns pour auoir
receu ce dommaige ne bougerent les flagmens de ce lieu. Les mareſchaulp des incurſi=
ons et ribleries retournez/comme ilz ſe eſtudiaſſent raffroichir et repoſer apres ſe labeur
commencerent les noſtres entrer en negligence ſans faire guet Aincoys les princes et ſei
gneurs Bagans parmy les tentes iouoient aup tables et dez/ou a aultres ieup ꝗ leur cou
raige reclachoient. Le roy eſtant en ſon tabernacle auecques peu de ſes Barletz de chãbre et deup freres de lordre ſaict dominique. Leſquelz par le guet des ennemis apperceuz
Enuiron le Beſpre ſe mirent les flagmens en trois bandes/la montaigne deleſſee ſe ha
ſterent les noſtres aſſaillir/Ja commenceoient a nous deſtruire quant les noſtres com
mencerent a crier/Vne partie a la fupte ſe preparoit Vers ſaint homer. Et ne cheminerent les ennemis le tabernacle du roy approcher et aſſaillir Et leuſſent fait ſilz neuſſent
eſte empeſchez des mareſchaulp qui au deuant acoururent. Pendant ce conflict le reſidu
de larmee/les armes reprinſes reſtablirent treſaigre bataille/Et en ce faiſant le roy(ſes
gens Vers luy Venans)commenca a courir ſus ſes aduerſaires/Deuãt lequel cheminoit
milon des noyers porteur denſeigne de loriflamme. En ceſte bataille dune part ꝗ daultre

Victoire en
bataille p les
francoys con=
tre les flag=
mens.

treſaprement fut cõbatu. Mais finablement les flagmens reculans/Les francoys mai
ſtres et Victeurs demeurerent/peu de leurs gens perduz. Et au regard des flagmens lon
trouue par eſcript que dipneuf mille huit cens furent occis. Ceulp qui par fupte eſtoiēt
de la Bataille eſchappez/Comme ilz ſe fuſſent retirez en Vng champ clos de hayes et eſpi
nes a lentour furent apperceuz par le conte de Henauld eſtant ſus la montaigne de caſſet
Du premier coup aſprement reſiſterent. Finablement de la courſe des noſtres furent toꝰ
abbatuz ꝗ occis. ⸿Le quatrieſme iour aps la Victoire acquiſe le roy Phelippe ſe depar
quant les Billes eſtans au port de la mer receues ſoubz ſa ſoy et alliãce/Apres chemina

Laquelle il receut comme voluntairement a luy deliuree et rendue. Aucuns coulpables
de sa rebellion punyz et les armes par les citoyans donnees Oultre cecy la cloche pendãt
en vne haulte tout pour soudainement le peuple esmouuoir fut tectee et abatue. ¶Ce
pendant q̃ phelippe ces choses faisoit/les Brugeoys q̃ gardoiẽt les fins ⁊ limites de tout
nay a lecõtre de leur cõte loys:aduertys de la destructiõ ⁊ perte de leurs gẽs/soubz la puis
sance du cõte se rendirent. Lesquelz a phelippe menez/cõmanda que partie fust a mort mi
se et lautre partie enuoyee en exil. Et paĩsi les flagmens vaincuz et subiuguez le.xxj.
iour daoust lan de grace.M.ccc.xxviij.Phelippe restitua et remist le conte loys en flã
bres/le admonnestant de telles parolles. Loys(dit il)dozesennauãt plus saige soys ⁊ plꝰ
prudent:a ce que par iniustice ne soyes eppulse ⁊ mis hors de ta principaulte et ne requie
res de rechief nostre ayde et secours. Desquelles parolles le cõte recors ⁊ memoratif/quãt
il fut en flandres venu/fist mourir iusques au nombre de dix mille hommes: ceulx qui
auoyent este participans de la rebellion. Contre lequel Guillaume chenu de Bruges es
chappe se retira vers le duc de Brebay demandant secours a lencontre du conte loys/et fut
mene au roy Phelippe/apres q̃ les mains luy furent couppees/selon la coustume du pais
escrue fut dessus vne roue ⁊ puis pendu au gibet. ¶Encores nauoit edouard fait les ser
mens de fidelite au roy deuz a cause de aquitaine. A ceste cause leßã abbe de fescam en an
gleterre fut enuoye par lequel phelippe admonesta edouard de luy faire foy et hommai
ge selõ les loix du fief. Edouard de ce aduerty ne voult les ambassadeurs receuoit/mais
la response receue de la royne sa mere/les ambassadeurs a phelippe retournerent. La cõ
tumace de edouard congneue/le roy enuoya leuesque darras et le baron de cran en aqui
taine pour mettre les fruictz et reuenues de la region soubz sa main. Et ce pendãt en an
gleterre secondement enuoya assigner iour a edouard/soubz ceste condition que sil estoit
negligent de venir ⁊ non obstant sõ absence lon procederoit a lencontre de luy selon droit
et raison. ¶Finablement vint edouard/⁊ en la ville de amyes ou le roy phelippe estoit
alle et luy fist foy et hõmaige des terres q̃l possedoit en la seneschaulce de pontieu et aqui
taine. Au regard des aultres quil disoit luy auoir esté ostees ⁊ rauyes par Charles de va
loys pere de phelippe. Il sen soubzmist au iugement de la court de parlement. ¶En ce
mesme temps Phelippe pensant combien les flagmens auoient tousiours esté enclins a
rebellion et mutinerie. Iehan euesque de Autenches en flandres enuoye. Commãda
rompre et abatre hastiuement les portes de la ville de ypre/Courtray et les munitions
de quelques chasteaulx. ¶Durans ces iours Robert conte darthoys plaidoit et estri
uoit en iugement a lencõtre de mathilde pour raison de la principaulte darthoys. Et par
droit paternel sefforceoit pretendre et a soy le conte approprier. Combien que par arrest de
parlement adiuge fust a mathilde. A lencontre duquel arrest mõstroit Robert et exiboit
freschement et de nouuel quelques lettres/par lesquelles se disoit et affermoit heritier dicelle
celle terre. Les lettres produictes par deuers le roy/enquist mathilde diligẽment de qui
et cõment elles estoyent signees ⁊ sellees. Enqueste sur ce faicte trouue fut que vne fem
me noble de Bethune par Robert en ses delices et plaisirs entretenue exogita ⁊ machina
cecy placautelle q̃ sensuit. En arras estoit vng riche ⁊ puissant citoyan/lequel par soy de
achat auoit acquis ⁊ achecte rente annuelle sus le duche darthoys tant ⁊ si longuement
comme il viueroit seullement Et estoient les lettres diceluy achact signes sellees du seel

f.i.

La punyxiõ
des Brugeoys
rebelles a leur
conte.

Lexecutiõ de
Guillaume
chenu.

Robert conte
darthoys

Astuce de fē=
me.

du pere de Robert. Le citoyan mort/icelle femme des heritiers ses lettres recouura/com=
me seures estans de nul proffict et valeur. Les lettres receues elle attacha le seel dung fer
chault/puis aultres lettres q̃ seruoient et appartenoient a la cause de robert faictes et es=
criptes/y atacha et colla le dicil seel/et les portant a Robert luy dist que par fortune trou
ue les auoit en sa maison. La fraulde congneue et adueree par celluy qui les lettres auoit
escript. Phelippe fist robert appeler/se admonestant se desister et departir du proces/pour
tant que sans doubte et difficulte luy apparoissoit q̃ les lettres par luy produictes estoiēt
faulses Mais robert en son maulnais propos persistant/au conseil du roy ne voult obeir
Pour raison dequoy phelippe ces lettres aux iuges enuoya/et fist la femme prēdre et epoi
gner. Laq̃lle mise en question et torture. Apres la verite confessee fut de feu punye et con

Execution de
femme faul=
saire.

sumee/au lieu qui des parisiens est appele le marche aux pourceaulx. ❧ Durāt ces
toutes se seua complaincte a lencontre du clergé/q̃ plusieurs publiquement tesmoignoient
abuser de leur iurisdiction a seigneurie/A ceste cause le conseil assemble si comme on trai=
toit des loix ordonner fut veue la royne sefforcer de abolir et destruire sa iurisdiction des
gens deglise. Mais quant phelippe le sceut il commencea a dire ces parolles. Ceste con=
gregatiō et assemblee na pas este faicte pour aucune chose tollir au clergé. Car iay en vo
lente non seullement oster aux eglises ses droitz/aincoys ses amplier a augmenter/te suf
fise les faultes amender. ❧ Poursuiuons doncques le reste de la matiere de robert conte
darthoys. Prohibition a luy faicte de ne plus poursuit le proces par luy intēte a cause du
conte darthoys pource que la punytion de celle femme par iugement iniuste luy sembloit
estre saicte/au roy ne doubta desobeyr et de luy detracter. Et cōme au detracteur fust iour
assigne pour cōparoir en iugement resfuzant venir et cōmenca a dire le roy phelippe par
moy fut roy institue/par moy aussi sera du royaulme eppulse/a ainsi irrite/ses cheuaulx
q̃l auoit tres fois auec tout son tresor euoya a Bordeaulx. Et de la fist tout porter en angle
terre. Puis sen alla en diligence/premieremēt a guillaume conte de henault/a en apres se
retira par deuers le duc de Breban son cousin germai. Leq̃l auoit delibere receuoir la fille
de guillaume cōte de henauld pour la bailler a son filz en mariaige. Quoy saichant et cō
gnoissant le Roy phelippe subtillement p son astuce/cōe il sceust principallemēt q̃ guil=
laume auoit marie ses aultres filles a grans princes et seigneurs/a en ce faisant acquis
puissance et auctorite/craignant que p lacces du duc de Brebā fust fait grāt a plus puis=
sant/especiallement lors q̃ son disoit edouard preparer la guerre aux frācoys Requist icel
luy duc de Breban venir a soy a cōpiegne/ou le roy de Boheme/Jehan cōte de henault/Le
cōte de iully a leuesq̃ du siege estoiēt assemblez. Auecq̃s lesq̃lz alliāce faicte a amitie/phe
lippe menāt le duc de Brebā en arriere: luy remōstra q̃ les nopces q̃l auoit ordōne de sa fille
guillaume cōte de henauld estoiēt inferieures a moindres de sa dignite de sa lignee/a q̃l
auoit vne fille laq̃lle s'il ne sa resfusoit vouletiers a son filz dōneroit. Par ces parolles de

Punition de
Robert conte
darthoys.

phelippe le duc de Brebā persuade/les autres princes prenās cōge du roy/auecq̃s luy demeu
ra. Ceste chose cōgneuce Robert delessant Brebā sen alla a namure. Qui depuis pour sa
temerite et cōtumace/fut banny du royaulme a ses biens confisques et publiez. En laq̃l
le saison octroya le roy a loys cōte de clairmont que qui estoit seigneur de Bourbon appelle
print dignite de duche. En ceste maniere le duche de Bourbō print cōmēcemēt. ❧ En ce
mesme temps Jehan duc de normandye filz aisne du Roy Phelippe espousa la fille du

Roy de boheme a melun Auquel iour auſſi marie fille de phelippe fut conioincte par ma
riage auec le filz du duc de brebã. Les nopces faictes ¶ cõgregatiõ de pluſieurs eueſques
princes ¶ ſeignrs a paris aſſemblee. Propoſa le roy phelippe ĝl bouloit mener ſon armee
en iheruſalẽ/et baiſſer le gouuernement du royaulme a ſon filz Jehan aage de quatorze
ans Parquoy pria ceulx q̃ au conſeil aſſiſtoient/obtemperer et obeyr a ſon filz/¶ q̃ ſil mou
roit en icelle guerre garbaſſent leur foy enuers luy. Le ſerment ſelõ la bolunte de Phelip
pe receu/deleſſa le roy le conſeil Et peu de iours apres enſuyuans/cõmanda a Regnauld
cõte deu ¶ a leueſque de beauuoys ĝlz alaſſent a edouard pour ſauoir et ẽquerir ſil ſe bou=
loit ioindre ¶ aſſocier a la guerre ĝl preparoit en ſyrie. Auſquelz reſpondit edouard ĝl ſe eſ
merueilloit cõment phelippe tant loingtaine guerre entreprenoit/q̃ nauoit acõply ce quil
auoit promis faire de aquitaine a ampens/et q̃ choſe neceſſaire luy eſtoit enuers ſoy gar=
der la foy des accords et conuentions entre eulx faictes Laquelle foy acõplye ſeroit plus
preſt q̃ phelippe pour aller en celle guerre. ¶ Jaſoit ce q̃ en ceſte maniere euſt edouard dõ
ne cõgie aux ãbaſſadeurs de france Touteſuoyes apres quil eut cõbatu en bataille a ſen
contre des eſcocoys p linduction de edouard balliole/Par deuers phelippe enuoya l arce=
ueſque de cantorbie auec phelippe de montagu et geoffroy ſcorpe. Qui au cõmencement
ĝlz bindrent au roy peu doulcement et amyablemẽt receuz declairrent le preãbule de leur
legation deuãt le cõte deu/pierre roger arceueſque de roué et le ſeneſchal de troys. La cau
ſe pour laĝlle benuz eſtoiẽt expoſee/les ãbaſſadeurs au roy phelippe menez auec luy paix
accorderẽt et confermerent. Mais apres ĝlz furent retournez en leurs logeis ayans pris
conge du roy incõtinant phelippe les fiſt rapeler Eulx benuz leur diſt le roy ĝl auoit fait
et accorde paix auecq̃ eulx/dont les eſcocoys ſeroient participans cõbien q̃ premieremẽt
neuſt diceulx eſte faicte mẽtion. A quoy reſpondirent les angloys ĝlz ne pourroient ceſte
condition receuoir/¶ par ainſi en angleterre retournerent. De ceſte legation raport fait a
edouard ardant de fureur/iura premierement toute eſcoce deſtruite q̃ deſtre tenu et oblige
a ceſte loy de paix. ¶ Cel an le lendit ſeant au chãp ſaint denys/ſe miſt bng ſouldãı fru
parmy les merceries dont tout le lendit fut brule Auſſi hugues de ceuſſy natif de bourgõ
gne/preuoſt de paris en apres preſidẽt en plemẽt pour le iugemẽt p luy corrõpu fut puny
pendu et eſtrãgle Le. xix. iour de iuillet lan de grace. m. ccc. xxxbi. Lors la royne acou
chee de lenfantement de phelippe au boys de bicẽnes/Telle horreur fut pmy ſarc de foul
dre eſcler ¶ tõnerre q̃ partie du lict ou la royne giſoit tõba/¶ les courtines decyrees furent
gros et haultz arbres arrachez ¶ deſracynez ¶ pluſieurs hõmes occis. ¶ Durãt ce temps
Edouard naure en ſon couraige a cauſe du chaſteau de paintonges raze a abatu ¶ autres
lieux a luy rauys. Ses meſſagers bers phelippe enuoya requerant toutes ces choſes luy
eſtre rendues et reſtituees. De laquelle choſe combien q̃ pluſieurs legations et ambaſſa=
des feuſſent interuenues dune part et daultre. Touteſuoyes au moyen de ſepeſchement
en ce donne principallement par charles de baloys/ne peurent les parties tomber daccord
Parquoy les roys a guerre animez ¶ enflãbez. Penſant Edouard que phelippe ſuyuoit
le party des eſcocoys/acquiſt amytie ¶ alliãce auec loys duc de bauyere et en armes ſe pre
para en la plus groſſe puiſſance que poſſible luy fut. Mais au cõtraire phelippe appai
ſa la controuerſe qui eſtoit au duc de bourgongne a ſencontre de Jehan conte de chalons
pour raiſon de la fontaine des ſalines. Auquel temps bne treſardente comette apparut

ſ. ii.

Appareil de
guerre en ſirie

Ambaſſa=
deurs dangle
terre en frãce,

Apparitiõ de
comette

Guerre entre les francops et anglops.

demonstratiue des choses futures q̃ estoient a aduenir cõme prenostiquoyent les astrologues. Car par les anglops en france furẽt faictes plusieurs incursions molestes & brulemens Et nõ moyns riibleront les frãcops a lencontre des anglops/plusieurs Villes prinses et occuppees en gascongne Et soubz la conduicte de nicolas Buchot aucunes Villes arces et brulees au port de la mer. Et ne oublia edouard prendre alliance auec les flamẽs leur conte a ce grandement repugnant et le Roy phelippe daultre coste q̃ sefforcoit les diuertir Mais a gãd estoit iaques arteuille issu de bas lieu/& q̃ de Varlet auoit aultrefops seruy charles de Balops. A cestuy cõme il fust astucieux et ingenieux nostra edouard office et auctorite entre les gantops/si q̃ en peu de tẽps fut grandemẽt estime Jaques donques ayant acquis nõ et bruyt aux gantops remonstra cõbien necessaire leur estoit la cõmunion et alliance des anglops. Disant tous les flamens estre entremetteurs et marchans de laynes:q̃ nauoyent & ne pouoyent auoir aucunes laynes sinon dangleterre Par quoy leur estoit necessaire et conuenable suiure le party de Edouard. De ceste oraison et

La cõiuratiõ des flamẽs

remonstrãce les gantops persuabes/sen alla iaques a Burges de plusieurs souldars equipe. De la trauersant ypre et les aultres Villes du port de mer De tous en grãd liesse fut receu/puis assemblee faicte a Gand increrent tous les gantops la guerre auec Edouard soustenir/y ainsi tous les bãnys a soy rapelerẽt La noblesse cõtrain-te de bailler ostages a ce q̃ aucun ne machinast chose cõtraire a ce qui auoit este iure. Ce monopolle congneu a gand le cõte se transporta pour essayer se reduire pouroit les flamens a meilleure pensee. Lesquelz le conte p duc ets eulx Venant de diuerses choses empescherent Mais p fraul de le conte deceut la fraulde Car peu de iours passez saignit du fait se repentir/a leur oppinion ensuiuir/& se Vestiment dõt ulz Vsoient receu/cõmença entre eulx p tres familierement converser. Finablement ayant acquis bon bruit et rendu en eulx eulx/fist Vng bãquet aux plus nobles femmes de la Ville. Et aps les Viãdes tres delicates cõe on eust iour gauisy et taille/feignant le cõte aller a la chasse/issit hors la Ville de Gand auec sa compaignye De chiens & oyseaulx. En ceste maniere si cõme chasany se appliquoit a chercher ou les oyseaulx ou les bestes sauluaiges/il se desroba auec peu de gẽs & son Vint a phelippe De la

La cautelle & astuce du cõte de flãdres.

Venue duqlle roy rẽply de liesse/de lauctorite du pape fist epcõmunier quelõ nõbre de flagmens coulpables de la diuision et mutinerie & iceulx separer des sacremẽs de leglise & de la cõmunion des crestiens. Pour laqlle sentence epecuter/enuoyez furent leuus de senlis & Guy euesq̃ de castres abbe de sainct denys. Ces choses q̃ ie recite du conte froissart dit qlles ont este faictes ce pendant q̃ edouard callays assiegeoit Qui a linstance et efforcement des flagmẽs prochasse auoit sa fille ysabel au conte marier Mais cõe le cõte ne eust ces nopces agreables/pource q̃ son pere auoit este des anglops occis/soigneusemẽt labou ta de sortir hors la Ville de gãd pour a phelippe aller. Ce pendant q̃ phelippe ces choses fai soit. Edouard auec sa femme fille du cõte de henault/se trãsporta en breban et de la en allemaigne/ou cõtractast alliance auec lops de bauere faulp empereur fut establp Vicaire dicel luy lops/afin q̃ plꝰ grãdeur & amplitude du nõ/a soy peust les theutonnẽs actraire grãt nõbre de sõtz il retint a la soulde de ses gaiges. Si eust phelippe negliget soy & ses fiẽs pre parer a lencontre de son ennemy/Aincops puissante armee leuee et acoustree mist le siege deuãt amyens. Ou apres q̃l eust seiourne aduerty q̃ edouard prenoit ses plaisirs et deli ces en allemagne garnisons assises es Villes plus deffensables/Delessa le residu de

ſon armeee. CDurant ce téps ſoubz la petite ourſe q̃ eſt ung ſigne ou eſtoille celeſte ſemblable a ung chariot. Vne aultre treſpalle comette fut veue ſans aucun reſplendiſſemēt
Et les francoys eſtans es nauyres de france/par bataille naualle/des gallees de Edouard prindrent deux nauires chargees/non ſans mort et occiſion de leurs gens. Leſquelles comme elles fuſſent plaines de pluſieurs et diuerſes richeſſes/furent de grant prouffict aux francoys. Hantonne auſſi ville dangleterre ſus le port de la mer par le feu q̃ les
francoys y iecterent arce fut et brulee. La plume chaſteau eſtant au champ de agenes fut
prinſe/et les gātoys ſoubz la cōduicte de Jaques arteuille/ſollicitoient a rebellion les autres villes et regions de flandres/Leſquelles comme elles diſoiēt ne ſe mectre en armes
contre les francoys. Ce neſt pas diſoit arteuille contre ſes francoys/Aincoys la guerre
au conte preparons/qui nous foulle de tailles et tribuz et de iniures no? moleſte. Mais

Guerre p̃ les
francoys en
angleterre.

le Roy Phelippe ſagement penſant et coniecturant les guerres que mouuoyent les angloys et flagmens a lencontre de luy/Afin que les normās entretint en leur foy Leur dōna et octroya pluſieurs preuileiges. Et la principaulte de haricourt erigea en conte/Eſ-
quelz iours en la puiſſance de Phelippe vindrent le bourg et blane treſfortes/et deffenſables villes en aquitaine. Eude ſeignr de chaulmont et iehan dalbert empoignez/a prins
priſonniers. Auſſi au contraire ſus le riuayge de la mer vers picardye. Les angloys pri-
brent tranſport. Et edouard auec les grandes armees quil auoit leuees de diuerſes nations au nombre de quarante mille combatans ſe miſt en chemin pour en france venir Au
deuant duquel arriua phelippe a ſainct quentin ville non contenable de vermandoys a-
uec puiſſante armee de cent mille hommes en armes. Ce pendāt toutesuoyes que illecq;
ung peu ſeiournoit iuſques a ce q̃ les gens darmes fuſſent tous aſſemblez/les angloys terraſce peilletēt. Les gens darmes et armees de france aſſemblees cōme le roy euſt delibere
faire combat entre bure foſſe et flagmigaire/aucuns des principaulx capitaines de larmee le diuertirēt de ce faire/diſans q̃l eſtoit iour de vendredy q̃ couſtumierement eſt venerable et deuoſt aux creſtiēs/et que les gens darmes en ce iour auoiēt fait grāt chemin et les
cheuaulx nauoyent eu loiſir de repaiſtre. Et dauātaige q̃ entre eulx et les enemys eſtoit
ung lieu treſdifficille a paſſer Pour leſquelles raiſons ville ſeroit et prouffictable ſil differoit la bataille iuſques au premier iour enſuiuant/Phelippe ces choſes eſcoutāt cōbien
q̃ fuſt contre ſon gre/toutesuoyes pour ce iour ſe abſtint de cōbattre/ce pendant Edouard
au ſilence de la nuict france delaiſſee vers les theutonyens en brebā ſe retira. Parquoy
le roy cuidant eſtre fraulde/ſon armee en france remena Mais les flagmens leur conte de-
laiſſe vers Edouard cheminans/cōme roy de france le ſaluerent foy et hōmaige luy faiſās
auec ſermēt fidelite. De ceſte ventratiō et hōneur des flagmes. Edouard eſiouy eſperāt
pleur ayde faire choſes excellātes/retourna en angleterre afin de leuer pecune pour luſaige de la guerre. CDurant ces choſes les habitans de terraſce voiſins et finitimes des
haunyers/ſoubz la cōduicte de iehā veruin gaſterēt le pays de henault la ville de aſpre et
autres lieux ars et brulez. Par ceſte calamite iehā cōte de henauld offenſe/veruin a guerre prouoqua/luy aſſignant iour de cōbatre. Laqlle guerre cōe veruyn ne treffuzaſt/le cōte
brula et peilla auben apartenāt aux frācoys la garniſon deſtituce dōt les gens darmes deuoyent dōner ſecours a veruyn Le roy dangleterre ribloit daultre coſte/Leql bruſla les
faulxbourgs de boulongne auec queſq̃ nombre de nauires. Si comme longuement et par

Les villes pri-
ſes par les frā-
coys en aqui-
taine.

Guerre cō-
tre les hanuy-
ers.

lespace de troys ans/estoyent toutes choses par incursions et tibleries gastees et destruic
tes Et les gensdarmes entre soy par legieres batailles combatoient/q estoit le peuple de
plusieurs dommaiges greue. Car les tournaysiens par le commandement de Phelippe
courans a Courtray/auoyent de flandres tant q tire grande multitude de beufz q mou
tons. Lors Edouard nauigant en angleterre auoit baille le gouuernement des choses de
flandres au conte de Salberyc et au seigneur de oporte. Lesquelz afin que par quelque no
ble et excellant fait en labsence de Edouard acquissent bruyt et renommee/delibererent
lisle assieger. Par quoy Guillaume de montagu en seur apde apelle/qui par le Roy dan
gleterre auoit este depute gardien de la royne acouchee defant a sainct baud monastere de
gand diuserent et mentaire peu distat de lisle qui deffendue et garbee estoit par la cohor
te et bande des genneuoys. De la ariuez au monastere de marquette/prindrent coseil de
lisle assieger. En quoy faisant furent enuoyez deux cens hommes darmes auec le cote de
Salberic et Guillaume pour enquerir la situatio de lisle. La venue desquelz apperceue

Guerre con-
tre les flag-
mes.

les habitans de lisle occultement sortans de la ville en bon nombre/soubz la conduicte de
Relay homme noble/par derriere assaillirent et prindrent le conte de Salberyc Inconti
nant quil approcha de la ville/presque tous les aultres tuez. Le angloys ennemy mene
fut au roy Phelippe. Lequel le fist mettre en prison au chastelet de paris. De ce maul
uais presaige les flagmens estonnez/ambassadeurs vers phelippe enuoyerent pour auoir
paix. Mais le roy ne voulut receuoir et accorder les loix et coditions de paix quilz propo
soient. Les messagers doncques de deuant soy reiectez/mena son armee a Arras/son filz
Jehan en henauld deuant enuoye pour la region peiller. Lequel leuant vne armee des
garnisons voysines et finitimes. Apres dures courses largement faictes iusques a
Balenciennes/ Comme il eust presque tenu siege lespace de quinze iours deuant le cha
steau de scandouere par luy assiege/ A la venue du roy phelippe se rendirent les assiegez
eulx et leurs bagues saulues. Le chasteau raze et abutu/cheminerent a thuyne qui estoit
vng chasteau a leuesque de Cambray appartenant vaillamment deffendu par Richard
lymosin et enclos du fleuue de scalde/ Toutesuoyes par obstine assault fut de Phelippe
afflige. Et contre icelluy par la garnison de bochayn qui pres de la estoit se faisoiet iour
nelles courses et tibleries. Peu de iours ensuyuans voicy venir le duc de bicban/Le duc
de gueldres et Jaques atteuplle auec grande multitude et puissance de flagmens. Les
quelz a lopposite du lieu ou estoit loft des francoys/ficherent leurs tentes sur la rpue de
scalde. Quant on eust fait vng pont dessus ce fleuue/incontinant commencea continuel

Bataille en-
tre les fran-
coys et flag-
mens.

le et aspre bataille. Mais voyant le capitaine du chasteau que par force de coups de bom
bardes et canons estoient les murailles dicelluy chasteau demollies et rompues Ses ri
chesses chargees en vne nef et le feu iecte au chasteau En allemaigne nauiga ou de nuyt
sen fouyt. Et sicomme ardoit le chasteau vindrent les fracoys au secours qui le feu estai
gnirent. Puys iehan duc de Normandie prenant societe et alliance auec le duc de bour
gongne gasta et affligea le pays de henauld. Et peu de iours apres retourna au roy phe
lippe son pere. Lequel auoit delibere assieger bouchayne. Mais quant il sceut la resista
ce de Edouard/que lon disoit venir en flandres en grat nombre de gallees et nauires gat
nisons assises et sessrees es lieux aux ennemis voysins et finitimes/En france retourna
afin de preparer nauires et gallees a lencontre de Edouard Au moyen dequoy legierement

en amena de Normandye et picardie soubz la conduicte des mareschaulx. Et les equip=
pa Phelippe de gensdarmes et victuailles/dont Hugues quieret/Nicolas buchet/z bar
bauper(hommes tresexpers des choses de mer)furent faitz capitaines. Lesquelz navi=
gans en gallee de quatre cens navires/se arresterent devant lescluse comun port de flan=
dres. Si que les anglops entrer ne pouoient ne les flagmens issir. Ces choses faisans
les francops Edouard acompaigne de Robert conte darthops entra dedans ses nefz/Et
peu apres apant le vent a gre arriua devant la face des navires francopses. Lequel aper
ceu/dit barbauier a ses compaignos.Omes compaignons voyez la le Roy dangleterre
Lequel se de toutes ses nefz en celle tant estroicte mer nous enclost/A nous possible ne se
ra eslargir et estendre nostre gallee. Je cuide que mieulx nous feroit transporter au mil=
lieu de la grand mer/actendu que cy reluyt le solcil contre noz peulx et les vagues et tem=
pestes de la mer nous sont contraires. Ces parolles disant barbauier/par nicolas bu=
chet respondu fut en ceste maiere. Toy(dit il)barbauier qui tant craintif te monstres sa
ches que mieulx a ton estat appartient tenir le conte de la pec une/que la guerre de mer a
ministrer et gouuerner. Au gibet pendu soit il qui de ce lieu desplacera. Neantmois bar
bauier apant du peril de mer experience auec quatre moyennes navires partit du port et
sen alla a son aduenture. Devant la gallee Edouard precedoient et venoient deux nefz
chargees de bagues victuailles et aultres besongnes a larmee des anglops necessaires
esquelles portez estoyent deux nobles hommes dangleterre. Sans longue demeure bar=
bauier dessus se iecta et facilement les deux nefz surmonta/si que tous ceulx qui en icel
les estoyent furent occis. Mais edouard auec sa gallee de toutes ses navires recouurant
la bataille Comme les francops fussent encores assis sus le port. Et pour la petite espa
ce du lieu et multitude des ennemys tellement pressez estoyent q desployer ne se pouuoiēt
ou retirer en terre ferme/Pourtant que les flagmens occupoiēt les riuaiges Apres quilz
eurent six heures asprement bataille/perirent en la mer/La vigille sainct Jehan baptis
ste.Lan de grace mil.ccc.xl. Par ainsi quieret tomba en la puissance des ennemis q par=
tie des navires a luy baillees auoit arme et equipe tant seullement de pescheurs et hom=
mes de poure et abiect mestier Pourtant que louez se estoyent a bon matché et a petis gai
ges. La noblesse delessee et contemnee/a qui estoit besoing de plus gros gaiges.Au re=
gard de buchet qui a barbauier auoit soubzhesté le gibet/Au feste du mas soubzleue pen
du fut et estrangle. Ung seul entre les frācops cest assauoir barbauier auec peu des mo=
dres navires eschapa/Le residu de la gallee perdu auec les deux nefz q iay dit auoir este
prinses a lentree de celle bataille. Disent les historiens quen ce conflict tant dune part q
daultre mourut trente mille hommes/et a Edouard fut la cupsse dug dard trauersee qui
sa playe consolidee a soy appela en la ville de gand tous les capitaines de la guerre/afin
de enquerir la raison/facon et maniere comment on poursuiuroit le demeurant de la guer
re.Dit lhystoire de froissart/que en ceste bataille navalle et maritime moururēt tous les
francops. Et comme cil historien selon sa coustume plus actribue de louēge aux anglops
que aux francops/Ainsi quil veult sa narration abrege ou ampliffie. Car iasoit que
principallement soit vray que buchet lung des gallaires par le commandemēt de Edou=
ard pendu fut et estrangle au mas dune navire. Toutesvoyes froissard nen fait aucune
mention/sachant cecy nullement appartenir a la gloire de Edouard. ℃Quant le roy

Les francops
vaincuz sus
mer.

Cruelle ba=
taille des frā=
cops experime
natiue.

dangleterre eut mis ses gensdarmes a terre ferme et fut arriue a gand son plaisir fut son
armee en deux pars diuiser. Quoy fait commanda Edouard que lune equippee de ale=
mans et gantops iroit vers Tournay/Et lautre des flagmens habitans a casset port de
mer/Dont Robert conte darthops estoit general capitaine/marcheroit a sainct Homer
Les armees dangleterre ainsi ordonnees. Edouard mist son siege a ses tentes a sclyne ter
re et mestarie apartenant a leuesque de tournay/et de tous costez la cite assiegea. En son
armee oultre les anglops estoient le duc de breban/le conte de henault Jaques arteuelle et
plusieurs seigneurs des Theuthonpens. Si que toute larmee contenoit cent vingt mil
le combatans. ℣Apres que le roy Phelippe congneut ce que faisoit Edouard. A tournay
enuoya le connestable de france Le conte de foix Bertrand/lung des mareschaulx Auec
quatre mille cheuaulcheurs. Et commanda au duc de Bourgongne aller a sainct Homer
auec grant nombre de princes et seigneurs. Lesquelz portez en quarante et deux nauires
le commandement du roy acomplirent. Le roy daultre part auec vne armee de gens elsi
ete mist le siege ettre arras et lese. Encores doubteup de quel coste il plaperoit. Au regard
de Robert conte darthops capitaine des bas flagmens/a peine les peut mener comme ilz
eussent delibere ne passer neufue fosse. Mais Robert vsant de fiction et tromperie/affer
ma que des habitans de sainct Homer auoit receu deux paires de secttes/Par lesquelles
grandement esperoit la ville luy estre ouuerte et liure se iusques la menoit son armee. Au
moyen dequoy les flagmens soy adioustans aux parosses de Robert/Incontinant a ar=
ques cheminerent qui est vng villaige que trouuent ceulx qui en flandres vont pres sait
homer ayant vng chasteau. Duquel lieu firent plusieurs incursions et dommaiges de
feu. ℣Ce pendant a phelippe vint en pensee de Robert conte darthops assaillir/qui de
ce aduerty/Les principaulx de son armee appelez/leur dist quil estoit temps de marcher
plus pres de sainct homer/Et que par aultres lettres sauoyent les habitans admonneste
de non lacher loccasion offerte. De ces nouuelles ses gensdarmes ioyeulx les armes prin
ses par Robert furent mis en ordre de bataille. Parquoy de double armee equipe arresta
ses gensdarmes pres des aduersaires. Lors en diuers lieux tresasprement fut combatu
Si que Robert impetueusement courant deuant les portes de la ville occist quelques che
ualiers francops. Mais luy estant en sa fureur. Les artopsiens et aucuns des flagmens
estans en larmee des francops Impetueusement ruerent sus les alles des bergensops
Tellement que eulx et se conte darmignac (qui daultre coste contre les yprois combatoit)
mirent les ennemis en fupte. Robert retournant en ses tentes. Quant il veit que toutes
estoyent delessees et habandonnees/Premierement a casset se retira/de la a ypres/et tan=
tost apres a Edouard De quarante et cinq mille combatans qui estoyent en larmee de
Robert/est mis en memoire que trops mille tant seullement furent occis. ℣La fupte
des flagmens congneue/mena phelippe ses gensdarmes a ypres/et Edouard de Biubero
se hastiuement chemina pour tournay assieger Enuoyant lettres a Phelippe contenans
ce qui sensuit. Cestassauoir que pour sa vertu et sapience ne ignoroit le royaulme de fran
ce a bon droit luy appartenir/que cil Phelippe par force et p armes vsurpoit Pour raison
de quoy moyennant laide des flagmens principallement en france qui sienne estoit/au=
roit descendu Parquoy bien et saigement feroit se plus auant ne luy faisoit iniure/Et se
franchement luy quictoit et delaissoit son heritaige/a ce que par sa coulpe ne fust le peuple

de misere et calamite afflige. Sil ne vouloit ce faire/quil choisist cent hommes des plus
expers au fait de bataille. Et luy cent aultres auec lesquelz ilz combateroient/Cestassauoir
Phelippe auec ses cent hommes contre Edouard et ses gens. Et cil edouard auec ses cent
contre Phelippe et sa beatitude. Sinon quil senfust descedre et batailler de tous ses gens
darmes en la bataille que luy assignoit le dixiesme iour apres ces presentes lettres escrip
tes. Ausquelles lettres de edouard respondit Phelippe en la maniere qui sensuyt. Que
leu auoit vnes lettres que lon disoit au nom de Edouard auoir este a Phelippe de Val
loys enuoyees. Mais pour ce quil apparoissoit quelles nestoient escriptes a luy comme
roy/Aincoys a Phelippe de Valoys simplement a ce que de Phelippe demandoit besoing
ne estoit de responce. Neantmoins pour ce que celluy en france auoit guerroye Qui puis
naguieres luy auoit comme au vray et legitime roy des francoys fait foy et hommaige deue
Et en ses parolles iure et promis fidelite Propose auoit tellement garde et deffendre la
mageste de son royaulme que en temps conuenable et opportun hors icelluy le iecteroit et
poulseroit. Et ne faisoit estime de ce quil auoit les flamens en son ayde. Lesquelz facile
ment par mauuais conseil auoient este seduictz et actraictz a son alliance. Parquoy es
peroit que quelque foys leur Conte recourroit les villes et communitez de son peuple.

⸿Pour ce que maintenant est chef propos de la controuerse/edouard pretendat le royaul
me de france a lencontre du roy Phelippe. Ce nest pas chose impertinente en peu de parol
les monstrer par quel droit estriuoit langloys Icelluy royaulme a soy appartenir. A phe
lippe le bel de signe masculine furent troys filz et autant de filles/ Cestassauoir Loys
qui fut dit hutin/Phelippe le long et Charles le bal. Les filles receurent diuers maria
ges/ Car Marguerite espousa ferrand filz du roy de castille/ysabel fut femme et espou
se de Edouard le second pere de cil edouard. La tierce qui eut nom Katherine mourut sans
estre mariee. Les troys freres chascun a part soy apres le trespas de Phelippe le bel tin
drent le royaulme par succession legitime. Loys hutin a son pere succeda Phelippe le long
a hutin et Charles le bel a Phelippe le long/ hutin posseda le royaulme par vng an/ Le
long cinq ans/ Et le bel sept ans nul enfans delesse. Car iehan filz de loys hutin mou
rut en allant a reins pour estre sacre. Et le conte douereux espousa la fille. A phelippe le long
successeur de hutin fut vne seulle fille femme et espouse du conte dartchoys. Parquoy a
Phelippe le long mourant succeda Charles le bel. Lequel delaissant la royne iehanne fil
le du duc de bourgongne enainte fut occasion du trouble dont a present est question. Car
comme la royne eust blanche ou enfante/ se leua debat et estriuement du legitime heritier.
Lors estoit phelippe de Valoys demoure filz de Charles de Valoys frere de phelippe le bel
auec son frere Charles conte de alencon. Edouard doncques et phelippe de Valoys estri
uens pour la succession/fut faicte congregation des frans/que le populaire appelle as
semblee des troys estatz. La fut longuement et moult dispute du droit des contendens/di
sans ceulx de Valoys que phelippe estoit heritier de charles le bel Duquel et aussi de deux
roys precedens/cestassauoir Loys hutin et le long/estoit cousin germain comme tous is
sus des deux seurs par ligne masculine. Au contraire afferment les angloys q non sans
cause Edouard tiers de ce nom pretendoit le royaulme de france/qui auoit este engendre
de ysabel fille de phelippe le bel et seur des troys roys dont cy dessus ay fait mention. A ce
ste cause comme edouard fust nepueu des roys et hoir masle/grandement requeroit estre

La response
du roy phelip
pe aux lettres
de edouard.

Pourquoy le
roy dangleter
re querella le
royaulme de
france.

La loy saliq.

dit et declaire successeur de charles. Mais contre luy faisoit ⁊ insistoit la loy salique/La
quelle par le roy pharamō baillee aux francoys comme iay cy dessus escript/Jusques a
ces iours tresbien estoit obseruee. Par ceste loy les roys du sexe virille seullement issus
des roys masles le royaulme tiennent et gouuernent/⁊ ne succedent les femmes a celle di
gnite. De laquelle loy est telle la sentence. Nulle portion de lheritaige de la terre salique
a femme ne vieigne. La terre salique (comme dient les iuristes frācoys) est celle qui au roy
seul appartient/et est differente de la loy de alloeu. Laquelle comprent les subiectz aussq̄
par ceste loy est donne franc domaine daucune chose la magesté du prince non exclusé. A
celle loy tresantienne accordoit la coustume tous iours obseruee. Laquelle vouloit les mas
les et non les femelles auoir le regime et gouuernement des francoys Parquoy a Edou
ard/qui de femme estoit issu/ne pouoit proficter ne apder aucune raison de succession. Et
se aucun droit pretendoit et a soy presumoit a cause de la sourse de sa mere/veoit pouoit le
roy de nauarre Qui comme fust engendre et issu de la fille hutin et du conte deureux: ne
quist neantmoyns et ne demanda aucune puissance au royaulme Sachant les femmes
estre separees et forcloses de lheritaige dicelluy Par lesquelles raisons enseignez ceulx q̄
tenoient le conseil par commune auctorité. A phelippe de valoys le royaulme adiugerēt
Duquel iugement Edouard aucunement ne reclama Aincops peu de temps apres en la
ville de ampens fist foy et hommaige a Phelippe du fief de aquitaine. De laquelle estāt
transgresseur/comme appert par les lettres dessus mentionnees Moyennant laide des
flagmens assiegea la ville de tournay. ¶Les tournaysiens doncques pressez de cil assie
gement: enuoyerent au roy Phelippe messagers requerans de luy secours pourtant que
par lempeschement des ennemis qui la cite enuironnoyent auoit ne pouoiēt victuailles
Lestat des tournaysiens entendu/Hastiuement enuoya phelippe princes et gentilz hom=
mes delicte auec deux mille hommes darmes bien equipez Et les capitaines et chefz de
guerre a soy appelez. Leur demanda se mieulx iugeoient tout oultre en flandres trauer=
ser ou aller a tournay. A quoy fut respondu que mieulx seroit a tournay cheminer. ¶Le
roy doncques se mist en bataille et mist le siege a troys mille pres des ennemys. Ce pen=
dant comme les anglops ne assailloyent tournay/et Phelippe ne heurtoit les ennemys
Mais maintenant par les francoys/maintenant par les hannoyers brebancons et flag
mens se faisoient courses ribleries et rapines es villes circonuoysines. La mere du con=
te de henault seur du roy Phelippe/procura paix et accord entre les roys/et obtint treues
et inbuces. La forme de lapointement fut celle cy. Que a Edouard rendroit Phelippe
aquitaine et ponticu/Aux flagmens toutes leurs debtes quicteroit lexcommunication
dont ilz estoient liez/estaincte et abolye. ¶Les choses en ceste facon appaisees/la mer
delessee en france vint Phelippe et Edouard a gand sen alla. ¶En ce mesme temps ie
han duc de bretaigne sans enfans trespassa. Par la mort duquel entre Charles de Bloys
⁊ iehā de montfort se meut grāt estrif et proces a cause de la principaulte. Car Guy ⁊ ie=
han estoyent freres de iehan que mort auons dit. Et guy viconte de lymoges/comme il
fust alle de vie a trespas auant son frere iehan/delessee vne fille que Charles de Bloys a=
uoit prins a femme et espouse. Jehan de montfort pretēdoit et sefforceoit a soy appropriēt
le duche/a ce repugnant Charles qui la coustume des bretons a Jehan obiceoit. Laquel
le coustume pour soy approuuee est telle/que se entre gens nobles (iasoit dung mesme ma=

Appoincte=
ment ētre les
roys de france
et angleterre.

riage)naquiscent plusieurs freres. Le filz aisne succede au pere vniuersallemēt en toute
lheritaige. Se cestuy meurt sās efans/le secōd totallemēt luy succedera. Apres le trespas
duquel quiconq̃ de luy est engendre fust ores fille ou femme auoir peust et a soy aproprier
le fief et la principaulte. Et ainsi en apres selon lordre des freres est vne mesme loy obser
uee. A ceste cause pource que la femme de Charles estoit de Guy engēdree/pretēdoit icel
luy Charles au nom de sa femme le duche de Bretaigne a soy apartenir. Par ainsi la matiere mise et raportee au iugement de la court de parlement adiugerent les iuges le duche
a Charles conte de Blops. Mais iehan de montfort a ce que contraict ne fust a larrest de
parlement obeyi. Sen alla en la ville de nantes/pensant par armes se deffendre. Leffoit
duquel vain fut et inutille. Car iehan filz du roy Phelippe duc de normandye/et Char
les frere dicelluy Phelippe conte dalenpon a nantes ennoyez/fut Jehan de montfort au
Roy admene/Par le commandement duquel fut mis en prison au chāsteau du louure.
Lempeschement de Jehan de montfort congneu. Edouard(combien que durant ce tēps
fussent les treues prorogees entre luy et le roy Phelippe)enuoya Robert conte dartthops
en Bretaigne a lencontre de Charles de Blops Qui comme de la premiere armee eust fait
quelques courses rapines et ribleries, vers Edouard retourne:et de rechief faisant guer
re sus mer en bretaigne auec le conte Salberic/naure fut en la cuisse dōt peu apres il mou
rut. Nauiga aussi Edouard en bretaigne et assiegea vanncs ville de met. Laquelle
chose au roy Phelippe annonce qui lors a tours seiournoit/tātost y mena son armee. La
venue duquel congneue. Edouard son siege leua et delessa lassiegement. Au regard des
ambassadeurs romains Preueste et Hannybal/qui venuz estoient de par le pape clemēt
sixiesme de ce nom a cause de la paix. Quāt ilz virent les roys non estre loing de lau
tre:Par ambassades continuelles de paix traicterent. De laquelle comme ne peussent ac
corder furent treues baillees Dedans lesquelles les ambassadeurs des deux roys compa
roistroient deuant le pape. Qui la cause de la controuerse congneue proposeroit meilleu
res conditions de paix/non pas comme iuge mais comme solliciteur de paix publique.
Ce faisans les ambassadeurs:les orateurs et messagers de Phelippe au pape ennoyez/
comme riens ne impetrassent de labsolutiō de soys de Bauyere. Car phelippe a fin q̃ vn
uiere a soy retirast le Roy dangleterre delesse par grant soing et bonne diligence enuers le
pape poursuiuoit la procuration de son absolutiō. On dit q̃ du daulphin Viennops trai
cterent et composerent ce sensuit. A imbert daulphin nestoient aucuns/enfans et
nauoit esperance de enfans procreer. Pour raison dequoy ayant regard au roy son voisin
Par lequel sa principaulte pourroit estre de paix et de guerre gouuernee/Institua Phe
lippe filz du roy Phelippe son successeur et heritier Et peu apres la pecune dont il auoit
conuenu de Phelippe receut/renōceant au monde:fist Imbert a lyon profession de lordre
des freres prescheurs. Dep̄uis lequel temps apres le trespas de imbert/ont les francoys
tenu et possede vienne et daulphine. Entre tant de guerres dont cy dessus ay fait men
tion. Comme au roy Phelippe demoure fust peu de pecune. Il pensa et ymagina nouuel
le forme de pecune exiger/A laquelle sans difference de quelque estat et condition serōlt
tenuz tous les habitans du royaume. Le sel dont nul se peult facilement abstenir/prohi
ba estre vendu a acheste ailleurs que des lieux et greniers publiques quil auoit institue
et establp. Au regard de cellup que les marchans iusques a celle heure auoient achete ou

Arrest de la
court de parle
ment.

Comment le
daulphine
aux francoys
appartient.

Impost du sel

L'institution des greneti=ers.

dozesennauant achecteroient/selon lozdre du temps distribue seroit au pris nôme par les grenetiers quil a ce faire deputeroit. Ce tribut cy combien que a plusieurs soit veu grief et onereux. Toutesuoyes il dure iusques au iourd'huy/Jnuention certes ingenieuse par laquelle nul est franc et exempt de tribut/et dont vient et procede chascun an tresgrande pecune. ⫷Oultre cela il augmenta la valleur et estimation des monnoyes/tellement q celle qui estoit dung denier/peu de temps apres valloit cinq deniers. Laquelle chose ap= porta charte de victuailles/si que le septier de ble estoit vendu soixante et seize solz et de auoyne soixante et dix. ⫷Sicomme le duc de bourgongne estoit presse de mesme charte et indigence de blez par le consentement du roy il fist charger plusieurs nasselles et ba= steaulx de formens prins et recueilliz au territoire de Orleans/Bloys/et gastinoys en grand quantite/pour les faire porter en bourgongne par la riuiere de loyre. Dont les orle annoys despitez couturent sus la riuiere/peillerent les basteaulx/deschargerent et mirêt tous les blez en vente. Duquel exploict le Roy aduerty enuoya a orleans deux des mai= stres de son hostel cheualiers dorez/ausquelz il baille comission des malfaicteurs et coul pables pugnyr.

La punition de oliuier de clisson & de ses aliez traistres et rebelles au roy.

L'Dis Oliuier de clisson qui comme traistre rebelle et desobeissant auoit laisse l'alliance et fidelite du roy/empoigne fut et decapite a paris. Pour celle mesme cause puniz furent. Geoffroy malestroit Jehan talliar. Guillaume deureux & aultres de la noblesse des bretons qui suiuoyent le party de Edouard. Pareille peine sui uit Guillaume bacon/Richard perceit et Rochetesson/qui portoiêt faueur a Geoffroy de haricourt affectant le duche de normandie. ⫷Durant ces iours qui furent l'an de gra ce mil. ccc. xliiii. par le commandement du roy Phelippe Jehan duc de normandie en aui gnon alla afin que selon l'accord dessus mentionne/fust traicte enuers le pape de la dissen tion et côtrouerse des roys. Mais edouard faisant tout q messagers ausqlz n'estoit puis= sance assez suffisante de comparoir et asister en iugement sans aultre chose faire retourna iehan a son pere. Lors blãche fille de Charles le bel fut espousee auec phelippe filz du roy ⫷En ce mesme temps comme Edouard se fust transporte a l'escluse/esperant les flag= mens en soy honnmaige recuoir/Quant il congneut que iaques arteuelle auoit este oc cis des gantoys/tourna bride et par derriere en angleterre s'en alla dont il enuoya ses gens d'armes en aquitaine contre les habitans du pays qui de leur propre voulête auoient les treues rompu et viole. La fin de arteuelle fut telle que soufpeconne de trahison/par le con seil des iuges a grand appelle/incôtinant du populaire meurtri fut et occis. Qui ne souf= frit le corps ia enterre estre ne côsume en son sepulchre/aincops de la foup aux champs le iec

La fin et pu= nition du trai= stre iaques ar= teuelle.

terent pour estre pasture aux oyseaulx. Nouuelles receues de la venue des angloys con= tre les gascons/commanda phelippe a son filz iehan y aller auec compaignie de gens de guerre delicte. Mais quant il congneut que les angloys soubz la conduicte du cônte Her= by/auoyent occupe plusieurs chasteaulx en celle region/priue de esperance bien faire ramena son armee. De laquelle chose aduerty son pere estre tresaprement courrouce:retour nant en aquitaine assiegea aguillon. Mais sa guerre entre les roys renouuellee/afin ql donnast secours à son pere/l'assiegement d'elesse vint en france. ⫷Durant ce temps/c'est assauoir l'an de grace. m. ccc. xlv. Jehan conte de montfort ayant l'entendement trouble trepassa et luy aparurent les dyables a l'heure de son deces. Auquel instant se asseu tant

grande et merueilleuse multitude de corbins sus la maison du moutât: que nul iuge eust
plus en auoit en france. ¶A compiegne estoit ores ung citoyen nomme symon poillet q̃
prodigue de parolle/ne craignit dire que plus de droit appartenoit a Edouard que a Phe
lippe au royaulme de france. Pour raison dequoy incontinant fut empoigne et leue des
sus ung eschauffault. Premierement eut les bras coupez/puis apres les iambes et cuis
ses. Finablement decapite receut peines cruelles pour sa temerite. ¶Le roy Phelippe
delibere auoit leuer et dresser une grãde gallee pour aller en angleterre. Et pour ceste cau
se messagers a gênes enuoyez/Actendoit nauyres de charge et oultre ce commande auoit
forger et dresser a harfleur port de normandie une nef de grandeur merueilleuse et non a
coustumee. Mais les messagers trop chõmans et Edouard arriuant en Normandie a
uec mille et cent nauires/Lessa phelippe son entreprinse et deliberation. Et contrainct
preparer ses gensdarmes pour resister aux effortz de son ennemy. Ce pendant quil chom
moit/se hastoit Edouard auecques Geoffroy de haricourt toutes ces choses raupy a peil
ler. Tellement quil print et occupa montbourg/Carente/sainct lõ/Thorin et Cam/

Cam prins des anglops.

propes dillec raupes et transportees en angleterre. Toutesuoyes comme a Cam fussent
plusieurs seigneurs non pas de petite noblesse et Guillaume bertrãd euesque de bayeux
en garnison/Jasoit ce que les habitans par puissance obstinee aux ennemys resistassent
ncantmoyns finablement reculans (par ie ne scay quel qui les rapela)subitement par for
ce ₣ impetuosite virent entrer les ennemy en la ville Ou le connestable issu du chasteau
auec Jehan de tancaruille fut pris et mene en angleterre. De cã chemina Edouard a lizi
eux. De la a falleze. Et tantost menant ses gensdarmes a Rouen. Quant il congneut
que Phelippe en ce lieu auoit son armee/se retirant au pont de sarche preuenu fut et ren
contre de Phelippe qui occupe auoit idoyne et conuenable lieu a batailler. Duquel le roy
iouissant/par messager manda a Edouard: que se auec toutes ses armees venir vouloit
en bataille sur sinctroit le combat. Aux messagers respondit langloys que le combat ia
ne reffuseroit quant il seroit venu au champ et territoire de paris. Au moyen dequoy pre
nant Phelippe esperance de combatre se retira au monastere sainct germain en lac. Au
regard du Roy dangleterre chemina par Vernon ou il brula les faulx bourgs de la ville
et a mãte sen alla.

¶Sil apres sefforceant combatre et prendre Meulan dassault Dommaige fut en
la mort et occision de plusieurs des siens pourquoy de ire emflambe brula to
tassement le lieu de murille pres de meulan situe. Sans riens chommer vin

Les faulx bourgs de Ver non brules.

drent les anglops a poisse/razans et brulans tout iusqes a sainct cloud. Et afin
quilz ne peussent reculer/Le pont de poisse p̃les francops rompu/sembloient les anglops
estre enclos. Mais faignant Edouard auoit chemin et passaige par montfort côme phe
lippe eust assis son ost et ses tentes au villaige de átony pour courir au deuant de luy/Le
pont de poisse restably se retirerent les anglops a beauuops. Quop voyant Phelippe a
haulte voix publiquement se complaignoit estre trahy. Parquoy deliberant totallemẽt
de tout son couraige poursuir et persecuter son ennemy/quant ouyt dire que Edouard par
picardie vers la mer cheminoit. Il sen alla a Abbeuille premiere ville de Pontyeu. Ce
tour auoit Edouard ses tentes a arenes. ¶Et auoit ordonne et commande a ses gens
darmes se refaire en ce lieu. Jusques a ce quil receust toutes certaines nouuelles de ceulx

quil auoit enuoye au fleuue par lequel il feroit passer toute son armee. Mais aduerty
de la venue de Phelippe le fleuue legterement trauersa par la conduicte de Gobin agace
qui entre les prisonniers auoit des chemins experience. Mist son siege au villaige que
les habitans disent eaue blanche pres la forest de crecy. Et ne peut godemar de fay se pas
saige empescher/que le Roy Phelippe auoit deuant enuoye auec douze mille combatans
pour garder les angloys de passer. Comme Phelippe se fut de ce lieu approche faisant in
La bataille   quisition combien loing estoient les ennemis/Adiousta foy a aucuns qui mensongere
de crecy/ Aux   ment luy dirent quilz estoient a douze mille dillec/luy come ardent estoit de donner las
francoysdom   sault. Les angloys veit et apperceut a troys mille pas du lieu ou il estoit. Incontinant
mageable.   doncques le signe donne aux siens/combien que les gensdarmes ne gardassent sordre de
bataille. Ses ennemis va assaillir. En la premiere poincte et premier front de larmee des
francoys/estoient quinze mille arbalestiers genneuoys Lesquelz espouentes du premier
bruyt des fleiches et sagettes/dont vserent les angloys au commencement de la bataille
se mirent en fuyte. Quoy voyant phelippe commanda quilz fussent poursuiuiz et occis.
Neantmoins partie de lautre armee le Roy delesse sen fouyt.   Et la plus grande par
tie chassee fut et occise/Combien que de larmee des ennemis les archez tant seullement
eussent tire et combatu. Au nombre des occis les premiers furent le Roy de boheme/Le
Cruelle occi   duc dalenzon frere du Roy Phelippe. Le duc de loraine Loys conte de flandres/Le con
sion.   te de haricourt et de sâcerre/aultrement dit du chasteau Cesar. Laquelle ville antienne
ment nômee estoitagenbit. Et au regard de phelippe auec peu de gens a amyee de nuyct
se retira.

Ⓔ lendemain de la bataille qui estoit dimenche. Plusieurs pietons & hommes
darmes de leur fuyte ramassez. Ainsi quilz retournoient en leurs tentes les en
seignes et estandars des francoys de loing apperceuz/que les angloys tenoient
leuez de bout: cuidans larmee des francoys illec estre. Tomberêt es mains des ennemis
Dont furent occis beaucoup plus de gens que le iour precedant Le meurtre des occis fut
de trente mille hômes/que plusieurs ont dit estre aduenu par vengence de dieu. Les au
tres remectans la coulpe dessus Phelippe/qui le conseil des seigneurs et capitaines de
prise/comme il eust lasse ses gensdarmes de tournal et continuel chemin/sans repos leur
dôner les ennemis assaillit. ❡Disent les escripuains que durant ce têps estoit en fran
ce trop grande deformite de vestemens/Si que par iceulx vestemens eusses iugie les frâ
coys mener vie de farceurs et basteleurs. Croyre lon peult que luxure lubricite et orgueil
ne leur deffaillirent/qui est le mal quottidien dicelle nation. Car a peine par dix ans con
tinuelz gardêt les habitz & vestemens dune facon/tousiours studieuse de nouuellete/au
moyê de laqlle les frâcoystousiours peichât en la strictute angoisse ou lachete aussi en la
briefuete ou longueur des vestemens. Mais phelippe plusieurs choses auec soy recordât
print soupsecon sus godemar de fay/pource q̃ eaue blanche nauoit repoulce les ennemis
du fleuue a loccasion de quoy le voulut punyr. Toutesfoyes par le côseil de iehâ conte de
Calais des   henault il appaisa so ire. Edouard victorieux de cel exploict heureusemêt fait cheminât
angloys assie   par môstreul et boulôgne/son siege mist et ses têtes en la plaine de cales. Et courrouce q̃
ge.   les habitans luy resistoyent iura de ce lieu ne partir iusques a ce quil eust pris la ville
dassault. ❡Par ainsi fist faire et ediffier vng villaige de moult legiere matiere assez

pres de Cales quil nomma Bille neufue hardye. Deliberant en son couraige illec seiour
ner durant le temps de lassiegement. Auquel des le commencement administroient les
flagmens Bictuailles. Mais depuis quilz receurent en leur seigneur le filz du defunct
conte loys/aultre couraige leur fut. ¶ Ce pendant q ces choses en picardie se faisoyent
le conte darbe qui tenoit Boideaulp:congnoissant que Jehan duc de normandie delesse a
uoit aquitaine/print et occupa saintonges/sainct Jehan angeli et poictiers/puis proyes
faictes et rapines de la retourna a Boideaulp. Au regard de Geoffroy conte de haricourt
que cy dessus ay escript auoir este traistre au roy Phelippe et affecte normandye: contri
cion ayant et repentence de ses pechez/Lya son col dune scruyete en forme de coide. En ce
ste manyere Benant a Phelippe et criant. Jay trahy(disoit il)le roy et le royaulme. Je te
quier la misericoide de toy roy. Lequel de ce meu luy donna sa grace et remission. Peu apres
larmee reparee sen alla le Roy a hedin Bille darthoys afin qlassaillist les anglois par com
but:q de tant estroit assiegement par mer q terre pressoient les habitans de cales:que poi
ter on ne leur pouoit aucuns Biures. Edouard seant a cales. Gauuyn de beaulmont sei
gneur de lay. Lequel delessant lan cestoit retire aup mediomatriques/par colin tomel hom
me de miserable condition enuoya lettres au Roy dangleterre/Par lesquelles luy promec
toit liurer la Bille de la. Lay est Bne cite assise sus Bne haulte montaigne pres des her
mandoys/trespropice a faire guerre contre tous les Boysins et finitimes. Colin ayat re
ceu les lettres de Gauuyn comme il fust francoys:longuement doubteup demoura a sa
uoir se ces lettres au Roy de france bailleroit ou au Roy dangleterre. Finablemet en son
couraige fichea celle opinion de reueler au roy Phelippe sa trahison. Les lettres cogneues
le Roy enseigna Colin retourner a Reins:ou Gauuyn le actendoit. Hsoit le traistre de
religieup habit/et se muceoit soubz sombie de deuotion. Quat colin fut a Reins arriue
du cas certiffia le preuost de la Bille et luy liura gauuyn. Lequel par icelluy preuost fut
mene a lay. Apres plusieurs iniures et contumelyes receues du peuple. Finablement la
pide fut et meurtry de pierres/q son filz Bnique coulpable et complice du crime paternel
porta laffliction de prison perpetuelle. ¶ Ce pendant les callaisiens deffailliz de Biures
et Bictuailles/Apres que Phelippe eut perdu lesperance de les pouoir secourir. A Edou
ard se redirent:la Bie saulue q Bne robbe tant seullement a eulp octroyee. Le.pi.moys de
lassiegement/lan de grace mil.ccc.plBii. Cales doncques delesse/come tous les habitas
feussent Bers le Roy de france Benuz/p tresgrand humanite p luy furent receuz. Lors oi
donna phelippe q a nul fust comis puissance/maistrise/ou officez Jusques a ce q ceulp qui
tant noblement et Baillamment auoyent deffendu calais tos eussent et chascun deulp receu
offices. Entre lesquelz le principal estoit Jehan de Biene Bourguigno cheualier. Par le
moyen et ayde duquel tantet si longuement comme pat luy peut estre fait/estoit Cales
demoure en la foy et alliance du roy Phelippe. Cales receu bailla edouard la preuoste q
le gouuernement de la Bille a aymery de pauois. Duquel comme Geoffroy chatnu pre
uost et gouuerneur de sainct homer/eust Boulu Cales par pecune racheter. La chose con
gneue tourna la fraulde au detriment de lachecteur. Car empoigne fut et grieuement
naure et en angleterre enuoye. Au regard de cil qui auec luy tant glorieup crime entrepie
noit/Cestassauoir le seigneur de montmorency/se mist en fuyte et tant fist quil eschapa
¶ En apres Durant ce mesme temps Charles de bloys duc de Bretaigne Baincu ala

t.ii.

Note la peni
tence du conte
de haricourt

La reddition
de cales aup
angloys.

La prinfe du
côte de Bloys.

roche lerin fut pris des auglors. ℃De tant de dommaiges le Roy Phelippe afflige
A paris affembla vng confeil general. Ou il traicta de mener vne armee en angleterre/
A quoy fans repugnance ou controuerfe tous confentirent et promirent chafcun en droit
foy donner fecours. Et afin que lon trouuaft pecune pour ftipendier & fouldoyer les gens
darmes. On alla aup eftrangers ytaliens qui exerceoient vfure. Car ceulx cy oultre
les ordonnances royaulx augmêtoient vfure. Si que par deffus dix mille liures du pre
mier font eftoit lufure crue a quatre vingt mille liures parifis. Pour raifon dequoy furêt
leurs biens au Roy confifquez. ℃En ce mefme temps moult griefue peftilence les frâ
coys affligea/Trente mille hommes en vng an et demy de cefte malladye furent fuffo
quez. Lors des theutonyens iffirent plufieurs en france. Lefquelz fe frapans de foix et
trefpointuz efguillons/fe difoient faire penitence des pechez par eulx commis. Mais
de ce faire par Phelippe leur fut deffendu & a peine fen Bouldront abftenir. La royne mor
te et la femme de Jehan filz du Roy trepaffee. Phelippe efpoufa blanche fille du Roy de
nauarre et Jehan efpoufa Jehanne fille du conte de boulongne. ℃Edouard encores fe
iournant a Calays par linteruention des ambaffadeurs de Romme/ furent des Roys
octroyees treues dung an. ℃Ce pendant que ces chofes fe faifoient au moys de Juing
Lan de grace Mil.ccc.cinquante. Au moys dauoft enfuyuant mourut Phelippe a no
gent le Roy/aage de cinquante fept ans/qui premierement appele fut bien fortune. En

Le trefpas du
roy phelippe
de Valoys.

apres heureux. Finablement trefbon creftien et a fainct denys enterre apres quil eut re
gne vingt & troys ans. Es iours de ce Roy ofa le pape Jehan.xxii. follement fentir et
prefcher de la contemplation et vifion diuine/contre luy refiftens hommes catholiques
defquelz principallement fut Phelippe adiuteur. Louuratge de ceftup Roy eft le mona
ftere des Vierges de lordre faincte claire au pont faint mayence qui eft dit du mouceel Le

Le pape iehã
xxii.

quel lieu par confifcation auoit efte adiugie au Roy Phelippe comme eftant des biês de
quelque homme condamne de layfe ma zefte.

℃Cy finift le huitiefme liure des faitz et geftes des
francoys

℃Senfuyt le neufuiefme liure.

℃Comment le Roy Jehan pris en la guerre de poictou par
les anglops fut mene en angleterre.Ou il demoura prifonnier
lefpace de quatre ans. Pendant lefquelz aduint plufieurs
maulx en frâce mefmes a paris. Et a la fin des quatre ans
deliure fut moyennant la fomme de treize cens mille efcus q̃
papa a certaine iours pour fa rencon auec Poitou/Belleuiffe/
Xaintonges/Agenefiz/Perigor/Lymofin/Sigoure/Angou
lefme/les contes de pontyeu/Callays/Guynnes/ et aultres
Villes duchez et feigneuries qui demeureroient & perpetuelle
ment appartiendroient au Roy dangleterre.

pres senterrement de Phelippe de Balops. Son fils Jehan obtint le roy
aulme/ Et selon la maniere aup rops de france acoustumee/fut oupnctye
sacre a Reins. Qui de la retournant a paris: de tous receu fut par liesse
incredible. Lors dangleterre estoit venu deliure de prison Regnauld con
te de auge et conneftable de france/que cy deffus ap recite auoit este pris
des anglops a Cam. Cil homme pourtant que contre le roy Jehan (comme depuis vo
luntairement confeffa) auoit cômis crime de lapse majeste/e en lhostel de Nesle a paris
fut decapite Jehan despaigne en son lieu estably a qui peu deuant le Roy auoit donne le
duche Dangoulesme. Lors cruelle charte deviure les francops affligea/car le septier de
froment estoit vendu huit liures parisis. ⟨Durant ces iours foubz la côduicte de Gup
de nesle par les francops fut maleureusement bataille a Sainctonges a lencontre des an
glops. Icellup Gup occis au conflict auec plusieurs francops. Mais ab ce que fortune
ne fust veue totallement ennemye et contraire. La ville sainct Jehan angeli fut prinse
des francops. Toutesuoyes par les anglops fut fait autre dommaige. Car le roy Jehã
estant a sainct ourp territoire de paris faisant la feste de lorbe de lestoille quil auoit ordô

ne porter pour son enseigne: Assistoit illec entre les maistres de lhostel Mathieu de
bouqugghê/Que Jehã auoit estably capitaine du chasteau de Guinnes. Qui durât les
treues auec ses anglops accordees/ne craignant aucune fraulde/auoit mis et substitue
en son lieu. Guillaume de bellicor. Cestup trahit et liura Guynnes aup anglops. Et

peu apres pour sa trahison fut puny. fut faicte auffi occision et desconfiture par Char
les Roy de nauarre. A arple villaige de Normandre: et ne trouue la cause de ceste occisi
sion. De laquelle non affoup: ses souldars enuopez/fist occir et meurtir de nupct Jehan
conneftable de france reposant. Et ne dissimula lhomicide Aincops lettres en plusieurs
citez et aup conseilliers du Roy enuopees/publia Jehan auoir este occis pour causes le
gitimes. Non ayant honte de ce dire et prescher coulpable de lhomicide. Comme ce en

champ de bataille eust voulu son crime deffendre a lencontre du Roy/la fille duquel il a
uoit espouse. Certes enuers les grans princes et seigneurs peu bault affinite. Le homi
cide et meurtrier Nauarrois suiuoyent son frere Phelippe/ Geofftrop de harcourt le sei
gneur Hambius/Jehan maslet/Et le seigneut de la ville girard que nous appellôs gra
uille/Amaurp de melan. Et plusieurs aultres seigneurs. Mais le Roy Jehan qui ne
vouloit lestat du ropaulme en danger de cruelle fortune rendre/Par deuers Charles roy
de nauarre estant a mante enuopa Gup cardinal de boulongne/Robert le coq eue sque de
lan/Le duc de bourbon/et le conte de vendosme/et plusieurs aultres/tous hommes epcel
lans en dignite et noblesse. Lesquelz iasoit ce quilz offrissent a Charles quicter et remet
tre sa punition de ce crime. Toutesuoyes il seur amena vielles causes de iuste indigna
tion. Cestassauoir que par composition et alliance de mariage lup estoit deu grant som
me de pecune. Laquelle il querelloit et estriuoit auant tout oeuure lup estre payee. Ce
ste pecune payee lup fut baille grant nombre et quantite de terres/ que perpetuellement
et a touiours mais il tiendroit. Et auecques ce permis lup seroit que entre ses subiectz
establir pourroit ung commun pretoire/Comme octrop auoit este au duc de normandpe
que on appelle eschiquier. Sus laquelle querelle fut effacee la punition de lhomicide. Et
combien que ces choses eust tecru/ncantmoins au roy ne vint/ que premierement neust

L.iii.

Lechiquier
de Rouen

receu son filz en ostaige. Finablement il vint. Et le roy seant en sa court de parlement a
paris Charles roy de Nauarre requist pardon de lhomicide par luy commis Et le obtit
au moyen des prieres et intercessions des deux roynes/Cestassauoit sa seur Jehanne et
Blanche Neantmoins ne se reposa cestuy roy de nauarre Pour raison de quoy le roy Jehã
se transporta a Rouen et print plusieurs chasteaulx qui a Charles appartenoiẽt. Mais
cil charles retourne de nauarre/par linduction et enhortement du daulphin de Biennoys
Vehant par deuers le roy se purgea et desliura de toute suspicion. ℃Ces iours durãs
de angleterre partit le prince de galles filz de Edouard. Et par aquitaine impetueusemẽt
descendit a Thoulouse/et brula le bourg de carcassonne et tout ce qui estoit iusques a nar
bonne. Says ce que le conte de armignac et plusieurs aultres hommes darmes que le roy
Jehan auoit establiz pour la garde de la prouince/luy feissent aucune resistance. Dauan
taige Edouard impatient de acteẽdre la fin des treues/sa foy violee de rechief entra en ar
thoys faisant proyes et rapines iusques a Hedyn. Lequel aduerty q̃ le roy Jehan parte
de amyens contre luy venoit en bataille/sans toucher a Hedyn se retira a callays. Mais
le roy Jehan poursuiuant son ennemy fugitif/son siege mist a sainct homer:a vers le roy
dangleterre enuoya le mareschal dostrehã auecques ses mandemens. Cestassauoit quil
pensist combatre ou par cõflict particulier ou de toute son armee. Toutesuoyes Edouard
ne lung ne lautre accepta/aincoys hastiuement monta dedans ses nefz et se retira en son
pays. ℃Le roy Jehan en france retourne/soigneux fut et curieux de appliquer son cou
raige es choses belliqueuses/et de pecune amasser pour lusaige de la guerre Parquoy ses
principaulx du royaulme a soy appelez/du consentement de tous promis luy furent tous
les ans trente mille combatans hommes de guerre/qui souldoyezseroiẽt et stipẽdiez aux
despens du peuple. Et ne fut aucun en tout le royaulme de france receuuant deniers ou
de son occute et labour ou de son reuenu/qui aux gaiges diceulx gensdarmes amasser ne
contribuast Laquelle chose(comme ie cuyde)fut cause de la mutinerie du populaire de ar
ras a lencontre des principaulx de la cite. Car le menu peuple se leuant contre les riches
et opulens. Apres quil en eut occis quelque nombre usurpa le gouuernement de la chose

La mutine-
rie du peuple
de arras.

publique. Ausqueiz arnault daudregue sennechal de france par le roy enuoye/en fist cent
decapiter. ℃Le roy de nauarre continuellement aduersaire et rebelle au roy Jehan/com
mença a blasmer et reprendre ce q̃ lon faisoit touchant les gaiges des gens de guerre auec
leq̃l se ioignoient et accordoient le conte de harcourt et plusieurs seigñs de normãdie. Si
comme ceulx cy banquetoient au chasteau de Rouen auec Charles duc de normãdie filz
aisne du roy iehan/cestuy roy iehan cent cheuaulcheurs deslite pris auec soy/occultement
entre par lhuys de derriere au lieu ou ilz estoient/les fist tous prendre et mettre en prison
Et sans chommer:quatre diceulx cestassauoir le conte de harcourt:Grauille:Mabun
et Colin doublet:menez au prochain chãp furent decapitez. Au regard des aultres excep

Lemprisonne
ment du Roy
de nauarre.

te le roy de nauarre:friquet:et Jehan Vanbat il les lessa aller et sortit de prison. ℃Lem
prisonnement de Charles roy de nauarre congneu. Phelippe de nauarre fortiffia de gar
nisons plusieurs chasteaulx qui estoient au territoire de constances. Pour siniure dicel
luy Charles venger. Par deuers lequel incontinant se retira Geoffroy nepueu du con
te de harcourt. Et eulx recueillans et amassans de toutes parts les ennemis du roy iehã
estudioient la mort du conte venger. Tous ceulx cy soubz la conduicte du prince de close

stee equipez de quatre mille hommes en armes faisans proyes et rapines/par lipicup a
bethelony. Et de la vindrent au ponteau de mer. Lors Robert holecot le chasteau assiegeoit. Lequel congnoissant leur venue/tous empeschemes delessez sen alla. De ponteau
de mer se retirerent les aduersaires a bretolle/faisans rapines et peilleries par tout ou il
passoient. De la passans autanches que tenoit la garnison du Roy iehan Et qui peu de Courses en
toures parauant auoit este de feu presque consumme/prindrent vernoeil dassault auec le normandie.
chasteau. Apres que le Roy iehan cecy eut congneu mena son armee de gensdarmes quil
auoit assemble. Mais pour les forestz estans entre deux cessa de poursuir ses ennemis
qui a laigse fuyoient. Toutesuoyes il print tullere et bretolle tresfortz chasteaulx et les
fortiffia de garnison de gensdarmes. En apres a chartres chemina: ou la monstre de son
armee faicte et icelle augmentee. Quant il ouyt dire que Richard filz aisne de Edouard
ribloit en poitou et berry pour diller tirer chemin en touralne. Droit a tours marcha grät
erre auec ferme propos de combatre Richard. Lequel de ce aduerty et retournee en poictou
sichea ses tentes es licup tresempeschez enuironnez et enclos de hayes tresespoisses comme de polz et paliz. Contre lequel le Roy iehan prepara ses armees en trops parties pres
le chasteau de chä/si que entre les deux ostz a peine estoyent mille pas. Deuant que les
armees choquassent. Le cardinal de perigot/qui par innocent sixiesme estoit enuoye/la
cause de la paix procuroit: de tout son pouoir aux deux princes proposant les raisons de
paix. Apres quil eut perdu esperance de pouoir ployer les couraiges dicculx princes ir-
rites/issit des tentes et a Romme sen retourna. Car iasoit ce que Richard ne ressuzast
rendre tout ce quil auoit oste et raup au roy Jehan. Toutesuoyes par maulaise et dom
mageable fortune des fräcoys ouy ne fut ne exaulce. Aincoys le roy irrite et en sa fureur
enflambe commencea a courir contre son aduersaire.

 ℧Guerre en Poytou contre les anglops/ou fut le Roy Jehan prins
prisonnier et mene en Angleterre Et plusieurs aultres princes francoys.

La premiere armee menoit le duc de athenes lors connestable de fran-
ce/que suiuoient arnault et Jehan de clairmont marechal auec grät
de multitude de gensdarmes. ℧La seconde conduisoit Charles duc
de normandie filz aisne du roy Jehan. Et la tierce estoit gouuernee p
le duc dorlees son frere. Ceulx cy en trops licup se dixnesuiesme iour
de septembre Lan mil. ccc. lvi. faisans effort de impetueusement en-
trer es ramparcqs des ennemis: de ce faire retardes furent par force de traictz que conti-
nuellemët iectoient les archers anglops. Et par ainsi les hommesdarmes cheuaulcheurs
et pietons qui estoient de lache couraige en grant nombre prindrent ygnominieuse fuite
finablement les anglops obtindrent victoire. Par laquelle en la premiere armee des fran- Le Roy iehä
coys furent occis les troys dont cy dessus ay fait mention et Geoffroy de charny porteur pris des an-
denseigne auquel auoit este commise et baillee soui flamme. Mais le roy iehan vaillam- glops en la
ment combatant deuant tous les aultres/p denys morb cque cheualier darthoys fut pris guerre de poi-
en bataille et auec son filz phelippe et mille sept cës hommes de guerre mene fut prisonnier ctou.
a borbeaulx. Apres ceste maulaise fortune Charles duc de normandie filz aisne de iehä
conseille fut soy retirer a paris ou aucuns des principaulx du royaulme appelez/recita en

       r. iiii

la court de parlement sa miserable captiuite de son pere. Dont tous les assistens furet grãds pleurs et gemissemens/au lieu de luy portant la parolle Pierre de la forest arceuesque de Rouen et chancellier de france. Lequel requist conttribution de pecune pour le secours de la guerre entre tant de aduersitez. Lestat du roy prisonnier congneu/tous ensemble opine rent que lon deuoit donner secours et apde a celle miserable calamite. Ce que publicque ment en sa presence de tous/par effrence et mal ordonnee multitude ne pouoit bonnement estre fait. Paur raison de quoy entre celle multitude furent esleuz et choisiz cinquante hõ mes par le iugement et sentence desquelz seroit traictee si grãde matiere. Ceulx cy donc ques fupans et escheuens la tourbe et multitude des hommes se retirerent en secret licu au couuent des freres mineurs. Ou ilz furent lespace de quinze iours leurs oppinions dictes. Finablement par messagers firent Charles prier soy transporter par deuers eulx et quilz auoient a luy dire plusieurs choses. Ne fut charles negligent Aincops tant seul lement auec sip de ses officiers domestiques Vers eulx alla. Sicomme assis estoit ung a qui on auoit commis loffice de parler/luy dist en ceste maniere. Tresnoble prince selon nostre office/les iours cy dessus prochainement passez auons prise conseil de ton pere et de la pitoyable fortune du royaulme. Lequel conseil a toy et a la chose publique puisse estre salutaire. Tant seullement te prions que tu tienne secret ce que presentement nous dirõs Les parolles dictes entreprinses respõdit Charles auoir agreable ce que par eulx seroit diffiny et ordonne. Mais que a sa dignite ne conuenoit par serment soy astraindre et obli ger a tenir silence des choses principallement qui appartiendroiet a la communaulte du royaulme. Combien que Charles cecy dist/neantmoyns son sermon poursuyuit cil qui commence auoit a parler. Disant que le present estat des choses estoit escheu: pource que le roy auoit Vse de mauluais conseilliers. Et q̃ les richesses du royaulme estoient enuers ceulx qui auoient eu le gouuernement des denyers du roy et de la chose publique. Desqlz besoing estoit pecune exiger et les deposer de leurs offices/et leurs biens confisquer. Et que plusieurs tant du clerge comme des seculiers estoient coulpables des choses mal ad ministrees. Par especial Pierre de la forest chancellier. Symon de Busse premier pre sident de parlement. Robert lorin cheualier de lordre. Nicolas braque / Enguerrant peticellier citoyen de paris Jehan poisseuillain general des monnoyes et Jehan chaupe tresorier des guerres. Dauantaige que chose congrue estoit Charles roy de nauarre de liurer de prison. Aussi que tresnecessaire estoit que a lentour de soy eust hommes prudens et Vertueux Cestassauoir quatre ecclesiastiques/douze seigneurs seculiers et autant de populaires. Par la sagesse et ordõnance desquelz seroit la chose publique gouuernee. La fin de ceste remonstrance faicte/respondit Charles que de tout ce se rapportoit au conseil Mais que ce pensant sauoir desiroit et entendre quelle chose ordonne auoient touchant le tribut. Cela (dirent ilz) nous semble tresbon a faire se du clerge et des nobles on exige la dipme et moictye de toutes les rentes et reuenues dune annee. Semblablement se les citez et aultres Villes parmy le royaulme et chascune dicelles/de chascune centene dhom mes sont ung souldart de guerre et lenuoyent en bataille/Qui pourra faire le nombre de trente mille combatans. Ces choses oupes et entendues des iuges et arbitres desegurz se retira Charles en sa maison. Puis peu de gens appelez en arriere ausquelz il commu niqua ce quil auoit oup Et congneut Charles que plusieurs poinctz et articles de ceulx

que les deleguez auoient requis/ne deuoient estre octroyez. Parquoy le lendemaï que les
arbitres furent assemblez/Les admonnesta de non requerir ⁊ demander ce que nestoit au
temps present conuenable. Les deleguez et arbitres en leur oppinion persistans fut iour
assigne dedans lequel declaireroient et reciteroient publiquemēt deuant le roy en la court
de parlement leurs ordonnances et requestes. Au iour assigne/a peine nombrable peuple
en la court assemble. Charles afin que publie ne fust ce q̃ deuoit estre cele/Des arbitres
impetra que leur demande a autre iour transfetassent. Ainsi doncques comme le peuple
actendoit la publication du conseil des arbitres. Phelippe duc dorleans par le commandement de Charles dit que du roy son pere et de lempereur romaï oncle de Charles estoit
venu vng messager/a cause de quoy estoient les arbitres empeschez de rapporter ce quilz
auoient fait. Ensemble annoncca ce quil auoit ouy dire a charles. Regarde cy comment
par tant petit negoce de effort populaire languist la feruuer appartenant a la chose publi
que. Car aux parolles de Phelippe/la plus grant part du conseil lassemblee delessee sen
alla en sa maison. Le quatriesme iour ensuiuant Charles par ses amys conseille/Appel
la en arriere aucuns des arbitres par lesquelz aux aultres manda retourner en leurs domicilles iusques a ce q̃l les appelast en vng aultre temps plus conuenable Certes multi
tude de peuple bonnement ou prosfictablement ne se accorde a la volunte des princes/plu
sieurs pensans entre les affaires et aduertisez du royaulme leur estat pouoir estre faict
meilleur. Ou par loppinion de plusieurs refrener la liberalle et franche administration
du prince. Car lors que celle congregation fut faicte a paris. Jasoit ce que Charles sou
uentessoys eust pourchace enuers les principaulx de paris quilz voulsissent de pecune a
la presente fortune ayder/toutesuoyes ce negoce tousiours au conseil publique reiecterēt
mais aux habitans de languedoc et de la prouince de narbonne couraige fut plus miseri
cordieux. Qui par le moyen du conte darmignac assemblez/Deuant toutes choses profi
berent a tous ceulx de la region publiquement vser de or/argent et pierres precieuses Et
ne vestir robbes et habitz de hault et excellant pris Tant et si longuement que leur Roy
Jehan tenu seroit prisonnier entre les angloys. Dauantaige deliurerent huit mille hom
mes pour la compaignie de la guerre auec soyer quotidien de leurs deniers. Et du consen
tement de Charles forgerent nouuelle monnoye pour les gaiges des gensdarmes.
  ⸿E pendant que ces choses on faisoit Robert de clairmont heureusement batailla au territoire de constances a lencontre de Phelippe de nauarre et Geoffroy de
  harcourt/lequel y fut occis auec plusieurs aultres. Oultre cela fut receu le chasteau de ponteau de mer/que les nauarroys rendirent/Moyennant six mille escus quilz
en eurent des francoys. Je trouue que durans ces iours Charles se transporta par de
uers Charles Roy de boheme et empereur romain qui lors estoit a mectz/Dont peu de
iours apres il retourna. Mais ie ne trouue riens de ce que par luy fut fait auec lempereut
son oncle. Ce pendant que Charles alloit vers lempereur Estienne marcel preuost des
marchans et les escheuins de la ville de paris. Lesquelz ont le gouuernement dicelle vil
le. Non contens de ce que Charles auoit change la monnoye/Acompaignez de grande
multitude de peuple/allerent parler au duc daniou que Charles auoit laisse son lieutenant et vicaire/Le requerans quil prohibast lusaige des monnoyes. Ce quil leur octroya
iusques a ce que Charles fust retourne de lempereur/craignant comme ie croy irriter le

peuple mutine. Charles retourne de lepereur par larceuefque de Sens mãda au preuoft des marchans a foy venir a fainct germain dauſſerre. Lequel vint auec grande multitu

Eftiène marcel preuoft des marchans de paris.

de de peuple arme. Et le abmonnefta larceuefque de non refifter a la loy que Charles auoit publie fus les monnoyes Mais le preuoft audacieux pour la iouiſſance dicelle multitude de peuple reffuſa de ce faire / Difant que ia ne permectroit celle monnoye venir en vſaige. Et ainſi parlant ſen retourna en ſa maiſon. Des incontinant quil fut a paris arriue / Commanda que tous ouuriers et gens de meftier ceſſaſſent de toutes oeuures et ſe tienſiſſent preftz en armes. On eut frayeur que le peuple commift quelque execrable crime. ¶ La nuict paſſee / au point du iour ſen alla Charles au palais / Du ſemblablemēt ſe tranſporta le preuoft des marchans. Auquel parlant charles luy dift en cefte maniere Preuoft ie ne ſuis point courrouce de ce qui a efte fait par tes compaignons citoyens Et ſil y a aucune coulpe / ie la te quicte et remectz. Auſſi ne veulx empefcher congregation et aſſemblee des feigneurs eftre faicte Aincoys me plaift que ceulx qont eu puiſſance ſoubz mon pere ſoient depoſez de leurs offices. Au regard de la conſideration et vſaige des monnoyes ie men raporte au iugement des arbitres qui deſeguez ſerõt par la publique aſſemblee. Les parolles de charles receut le preuoft agreablemēt de ce requerãt lettres ſignees du Roy ce que Charles facilement accorda. Car ſelon leftat du temps z des choſes ſe appliquoit et monftroit homme bien conſeille. ¶ De rechef doncques aſſembla Charles conſeil general a paris Et fut faicte laſſemblee au couuent des freres mineurs de fainct francoys. Du les choſes ordonnees qui ſembloient appartenir et eftre conuenables a la matiere preſente / Charles fift venir laſſemblee en la court de parlement. Auquel lieu a pres la harengue faicte par Robert le cocq euefque de lan. Par ſentence de charles et ſans eftre ouyz furent vingt et deux officiers du roy priuez et depoſez de leurs offices / auec aucuns des officiers dicelluy Charles. Semblablement de la court de parlemēt et de la chã

La priuation des officiers royaulx.

bre des comptes furent pluſieurs eppulſez. Au regard du ſubſide pecuniaire et des bandes de genſdarmes il en fut ordõne comme iay dit cy deſſus et pris aſſis aux monnoyes. Pareillement les meſſagers par Charles enuoyees a bordeaulx / comme ilz ne peuſſent riens tranſiger ne accorder pour labſence de Edouard eftant en angleterre confermerent treues de deux ans Ce pendant Richard prince de vuallie qui auoit obtenu victoire contre les francoys / mena le Roy iehan en angleterre / les aultres priſonniers en leurs maiſons renuoyez / pour leſquelz ceftoit icelluy Jehan conftitue principal debteur. Ainſi que les meſſagers reuenoient de bordeaulx A charles furēt lettres apportees de ſon pere. Par leſquelles probißoit garder la loy eftablye touchant le ſecours de la guerre. Apres que le peuple mutin eut entendu ces lettres de la voix du herault publiees par les carrefours de

La fureur du peuple de paris.

la ville / En grant bruit et clameur contraignit Charles obſeruer les ftatuz et ordonnances faictes au conſeil des arbitres / et non celles de ſon pere. A cefte cauſe Charles voyãt la fureur du peuple / par aultre cry publique ratiffia et approuua les loyx ftatuz et ordonnances du conſeil. Mais peu apres la ſeuerite de celle congregation tomba en langueur aucuns retournans en leurs maiſons.

¶ Jcy prent Charles filz du Roy Jehan le gouuernement de la choſe publique ſon pere eftant en angleterre.

LE conseil deffassemble Charles a soy appela le preuost des marchás Charles de confac/et iehan de lisle/principaulx gouuerneurs du roy= aulme/Aufquelz il prohiba de plus Bfurper aucune administration/ difant ql auoit aage fuffifant pour gouuerner la chose publique. Par ainfi forty hors la Ville de paris Cheminant parmy les aultres citez/ Chafcune dicelles enhortoit donner fecours a la mifere et affliction de feftat de france. ¶ Les parifiens courroutez de laBfence de Charles penfans que Biendroit le temps auquel par aucun fait ceftuy Charles a leur pertinaci= te refifteroit/sefforcerent le appaifer luy promettans aide et pecune. Au moyen de quoy charles preffe de pourete et indigence/Doulentiers les receut en fa grace et Benuolence/ Auffi octroya que aultre congregation fuft faicte a paris/non pas de toutes/mais de peu de citez. Quant Charles retourne fu t a paris/comparens ceulx qui au conseil auoient efte appelez/ne fut fait chose Btille ne prouffictable/Pource que a fi petite affemble loifi ble neftoit Bniuerfalement de toute fa chose publique ordonner et determiner. Ce pendát que ces chofes fe faifoient Jehan pinquignac a qui le Roy auoit Baille le gouuernement de fa conte et feigneurie darthoys par force et Biolence darmes rauiffant le roy de nauar= re de prifon/le mena a ampens Lequel par les prieres de fes amys impetrant du Roy feu rete Et equippe de grande puiffance de fouldars/Bit au monaftere fainct Germain des prez foubz la faueur de leuefque de Lan. Et quelque nombre de citoyans de paris auec le preuoft des marchans. Aucuns champenoys et bourguignons qui eftoient Benuz au con feil general a paris/non ayans agreable et craignans la Benue du Roy de nauarre/occul tement lefferent le confeil et fen allerent en leurs maifons. Mais le Roy de nauarre en= uoya meffagers Bers fes amys quil auoit a paris en grant nombre/Leur figniffiant a= uoir quelques chofes que publiquement au peuple Bouloit declairer. La Boulente du roy de nauarre congneue. Incontinent Bint le preuoft des marchans auecques grand multi tude de peuple. Aufquelz parlant le Roy de nauarre de lefchauffault dreffe et ediffie fus les murailles du monaftere Bers le pre aux clers. Apres quil eut contre les officiers du roy Plufieurs chofes manifeftement declaire/et quelques aultres chofes occultement dit et remonftre contre le roy Charles. Le refidu de fon oraifon appartenát a fa purgation et epcufation/Remonftrant quil eftoit innocent/iniuftement pris et dipneuf moys en pri= fon detenu. ¶ Ces chofes dictes par le Roy de nauarre le preuoft des marchans prenát auec foy aucuns citoyens fe tranfporta par deuers Charles/Le requetant faire droit et iuftice au Roy de nauarre innocent. Les parolles du preuoft receuant leuefque de Lay Par le confeil duquel tout eftoit fait/Refpondit que fon feigneur le duc non feullement droit et iuftice/aincoys auffi grace feroit au Roy de nauarre. Peu de iours apres Char les fe tranfporta le premier au lieu ou le Roy de nauarre deuoit Benir dedans la cite Le= quel Benant equippe de gens en armes/fut par Charles receu en face a grace difpofee fe lon fon pouoir. Mais le Roy de nauarre auquel riens neftoit affez affeure eppulfa et cha cea. Les gardes de Charles qui eftoyent aux portes/et commanda aux fiens les garder Et apres quon eut illec peu parle/chafcun fen alla. Lefendemain Benans p deuers char les ceulx qui deuoient determiner des demandes et requeftes faictes p le Roy de nauar= re/y Bint auffi le preuoft des marchans:feignant pour aultre caufe eftre enuoye par les

Jehan de pin quignac defi= ure le Roy de nauarre de pri fon.

Diolence faic te par le Roy de nauarre a ceulx de fa gar de du duc.

arbitres deleguez du conseil des trops estatz.Car il estoit de ce faire instruict et admon=
neste par leuesque de lan.La cause pour laquelle il estoit Venu exposee et declairee Com
manda Charles quilz demourassent Vng peu iusques a ce quil eust dit son opinion des
choses que lon traictoit au conseil.　❧La requeste du Roy de nauarre declairee: le pre
uost tequis de dire son oppinion.Le roy de nauarre(dit il)demande chose iuste et raison=
nable:a quoy toy Charles ne dois resister.Lors tous aprouucrent loppinion du preuost
pource que ainsi auoit este entre eulx conclud et accorde par le conseil de leuesque de lan.
❧A ceste cause au Roy de nauarre furent renduz tous ses meubles et Vstancilles auec
tout ce quil auoit auant quil fust pris:ensemble la punstion de ses faultes luy fut remi=
se et quictee.Les corps aussi de ceulx que iay dit cy dessus auoit este decapitez a Rouen ꝗ
penduz au gibet.Ordonne fut quilz seroient mis en terre saincte/et lesbiens qui auoiēt
este confisques renduz a leurs heritiers.Jehan amaulry en normādie enuoye pour ces
choses deuement executer et acomplir.Oultre ces choses prins auoit le roy de nauarre es
perance:de Charles obtenir le duche de Normandye ou la conte de champaigne pour re=
compense des fraiz mises ꝗ despens par luy faiz depuis son emprisonnement iusques au
iour de sa deliurance.Puis traictee fut ꝗ composee/ou comme le croy simulee paix ꝗ ami
tye entre lung et lautre.Et apres ꝗ le duc Charles et le Roy de nauarre se furēt entrefe=
stoyez par Visitations et banquestz.Jcelluy Roy de nauarre a māte sen alla et dela a rou
en ou en grant pompe fist enseuelir et enterrer ceulx ꝗ auoient este de mort executez/ora i=
son et remonstrance faicte aux haitās de Rouen de la mort inique des condānez.❧En

Les larrons
au diocese de
paris.

ce mesme temps plusieurs larrons du territoire de constances et eurcux/ribleurs par my
le diocese de paris/desrobloyent et rauissoient tout ce ꝗlz trouuoyēt Et iasoit ce ꝗ pierre Bil
laire cheualier du guet eust este contre eulx enuoye auec compaignye de gēs en armes tou
tesfoyes faite ne peut aucun dommaige aux larrons et ribleurs Parquoy occasion fut ce
prinse leua Charles ꝗ assembla gens de guerre afin(comme il disoit)quil resistast contre
la malice des larrons/Ou(comme plusieurs iugeoient)quil assist garnison a Paris et
aux Billes Boisines.Quoy craignans les parisiens admonnesterent Charles de non ce
faire.Disans quilz ne receueroient les gensdarmes en la Bille.Ausquelz combien ꝗ char
les eust respondu riens ne penser de telle chose.Neantmoyns establit gardes aux portes
de la Bulle/qui ne souffroiēt aucun entrer sinon quil fust familier ꝗ homme de moult grā
de congnoissance.Quant le roy de nauarre entendit que Charles preparoit ꝗ leuoit hom
mes de guerre/se equipa pareillement de plusieurs gensdarmes.Disant publiquement

Les chaperōs
des parisiens

pource que la foy des accords et conuenāces ne luy estoit garbee/prendroit les chasteaulx
qui siens estoyent en normandie ꝗ lesquelz nauoit encores receu Pource doubtans les pa
risiens que par guerre ouuerte ne fussent enuironnez de gensdarmes/se baillerent et ap=
pliquerent Vng signe de concorde ciuille/faisans faire chaperōs de rouge et bleue couleur
que chascun porteroit.Congnoissant charles que ce signe apartenoit a mutinerie:ordon
na que les parisiens se assembleroient es halles/qui est le marche publique ou ilz auoiēt
de coustume soy assembler.Et combien que leuesque de lan semblablement le preuost des
marchans dissent que cestoit chose non couuenable/a cause que danger y pendoit de la fu
reur du peuple.Toutesfoyes y alla charles acompaigne de peu de gens.Parlāt a peu de
parolles au peuple estant au marche selon la maniere qui sensuit.Mes amys(dit il)ie

desire que vous tous soyez sauluez/parquoy vous enhorte z admonneste ainsi esperer la bondance de ma grace et beniuolence enuers vous/que confyans soyez ceste voulente en moy estre de viure pour vous voyre(z se fortune le seuffre)mourir Car lassemblee q fays de gensdarmes nest pas a vostre domaige ou destruction. Sauoir pouez et congnoistre q parmy vostre champ les ennemis sont lareyns et peilleries/contre les effortz et courses desquelz/ay delibere enuoyer mes gensdarmes Et pource que empesche par indigence de pecune cecy legierement faire ne puis/Jay voulente de receuoir le gouuernement de la chose publique/et du gaufier des preuost tresoriers z gens des fynances recouurer la pecune par culx recueillye et amassee/dont ie nay iusques cy receu la moyndre partie. Loraison de Charles au populaire fut agreable. Et quant le preuost des marchans leust congneu faisant une aultre congregation de peuple a sainct Jaques de lhospital denonca ce q charles auoit dit le iour precedant. Mais charles incontinant suruenant exposa la raison des choses par luy dictes. Recitant la cause pour laquelle ne pouoit estre rendu ne deliure ce que promis auoit este au roy de nauarre. Car aucuns chasteaulx estoient tenuz par les garnisons illecques mises et assises par son pere. Lesquelles ne les deuoiet delesser pour la foy par eulx promise z iuree. Parquoy a soy ne tenoit que les chasteaulx ne fussent renduz. Charles content de celle remonstrance lessa la congregation desassembler. Mais charles de consac(sicomme charles sen alloit)vomissant et soy degorgeant de plusieurs choses contre les officiers du Roy. Aussi ne se abstint de la personne du duc. Et grandement loua le preuost disant quil estoit bon z loyal citoyen/pourtant seroit raisonnable q tous les aultres citoyans se deffendissent es choses par luy faictes et traictees. Lors fut crye de plusieurs que le preuost auoit toutes choses droictement administre z que lon luy deuoit donner secours. ¶Durans ces iours le pris des monnoyes changie fut. Car le mouton(qui estoit une mounoye dor lors ayant cours/z portant lymaige dung mouton) estoit estime trente solz ¶Ce pendant que charles seiournoit a paris/ceulx qui auoient fait larcins z rapines a lentour de la ville/peillerent estampes/dont ilz emmenerent plusieurs prisonniers. Et combien q charles eust presque deux mille hommes darmes a lentour de soy. Toutesuoyes il ne porta aucun secours aux estampiers. ¶En ce temps Perrin marc varlet de quelque changeut:vint en trahison par derriere z occist iehan baillet tresorier de charles. Lequel comanda le tirer z aracher hors leglise sainct marry ou il cestoit mu ce apres le coup/et luy fist le roy couper la main de laquelle il auoit meurtry iehan baillet puis fut lhomicide pendu z estrangle au gibet. Mais a la priere z requeste de leuesque de paris/dela fut oste et a sainct marry enterre.

Loraison du duc Charles au peuple de paris.

Mutation des monoyes

¶Durant ce temps leuesque de Therouenne chancellier de france/Et le conte de Vendosme retournans dangleterre. Cognent Charles que par lassemblee des seigneurs du pais estoit paix faicte entre les Roys dont tous ceulx qui esperoient le meilleur estat des choses/replis furent de ioye z liesse. Oultre cela vit du Roy de nauarre(q a mante estoit)iehan de piquignac de charles requerant les choses contenues es accords z couenaces estre acoplyes Pour raison de ceste matiere vindret aussi Pierre de corbie preuost des marchans Et le recteur de luniuersite de Paris/auec plusieurs docteurs. ¶Lors estoit le Roy de Nauarre presque de tous fauorise entretemps

La mort de iehan baillet tresorier du duc charles de valoys.

et supporte. Et ne suffisoit oultre le bien de iustice et equite requerir/sinõ que auec les prie
tes adioustassent menasses/a ce faire vserẽt de symon de sagres ministre de lordre sainct
dominique/homme eloquent ꜩ treseppert orateur/de par le pape enuoye pour traicter de
paix. La responce q̃ charles leur fist fut telle. Cestassauoir quil auoit selon son pouoir sa
tiffaict aux accordz et conuentions/et q̃ ceulx mentoyent qui aultrement parloient. Et
quil auoit nobles cheualiers qui par cõbat particulier pour ceste cause receueroient le de-
structeur de icelle chose. ⸿ Le lendemain grande cõpaignye de peuple assemble en leglise
sainct eloy. Regnault dancy premierement occis sicomme du palais retournoit en sa maison. Estienne marcel preuost des marchans entrant en la chambre de Charles commencea a luy dire. Prince paisible et serain ne te vueilles marrir ne espouenter entre les choses
que tantost nous ferõs. En disant ces parolles occient cõslauue de champaigne mares-
chal/deuant le regars de charles/tuerent aussi dillec fuyant Robert de clairmont au meil
lieu de la maison. Desquelz meurtres Charles espouente et des siens delesse et abandonne commenca a crier. ⸿ Toy preuost deliure charles de ce peril ꜩ le garbe. ⸿ Au cry de char
les respondit le preuost soys asseure et mectz ce chapeton sus ta teste. Car cestoit le veste-
ment que le peuple auoit prins pour congnoistre la differance de leurs partyes aduerses.
Charles doncques son chapeau change auec celluy du preuost. Tout le lõg de ce iour vsa
de cestuy signe populaire/permectant au preuost son chapeau porter. Lors (ce voyãt char
les) commanda le preuost aux sergens ꜩ souldars tirer les corps des occis ꜩ les iecter sus
la table de marbre q̃ est en la court aux degrez du palays: ou delessez gesirent iusques au
vespre pour du peuple estre veuz a leur confusion. Au moyen dequoy iusques la proceda
la fureur de lorgueil du peuple. Que le preuost semblable a vng tirant abusoit de preuoste et maistrise. Car a Charles enuoya draps de layne de deux couleurs Pour faire chaperons aux officiers de sa maison/ Pour au temps aduenir estre deffense et munition a
sencontre des mutins. Ce que Charles ne reffusa. Oultre ces choses/plusieurs appelez au couuent des Augustins qui lors estoient en la commune assemblee de france. Par
la faueur et soustenue de Pierre corbye/impetra que lhomicide par luy commis loue fut
et aprouue. En apres Charles exerceant loffice de iudicature en la court de parlement.
Vint vers luy cestuy preuost acompaigne de plusieurs hommes en armes. Requerant
que ce qui auoit este decrete et ordõne par les arbitres deleguez des trops estatz garde fust
inuiolablement comme chose ferme et estable a tousiours et a iamais. Et nempeschast
que aucuns de ses gens deposez fussent de leurs offices. Aincoys souffrist iceulx la chose publique gouuerner. Par lesquelz selon lordonnance et deliberation du commun peuple elle deuoit estre conduicte et gouuernee. Aussi receust en son conseil trops ou au plus
quatre parisiens citoyans que le peuple nommeroit. Et accorda Charles leurs demandes et leurs requestes. ⸿ Ce pendant que des parisiens par fureur et tumulte ces
choses se faisoient/vint le Roy de nauarre a paris et print logeis en lhostel de nesle. Laquelle maison royalle depuis il obtint et posseda par le don de Charles auec la conte de bi-
goize et mascon/et quelques aultres lieux/ Dont luy pouuoyent venir par vng chascun
an la somme de dix mille liures de rente a tousiours. La cause de ce don fut la mise et despense quil queveoit auoir faict durant le temps de sa captiuite. ⸿ Le Roy de
nauarre (comme sembloit) appaise/considerans les parisiens et doubtans que pendant

Homicide cõ-
mis par le pre-
uost des mar-
chãs en la chã-
bre de charles
duc de normã-
dye.

Le roy de na-
uarre a paris

lamitye et alliance des princes ne fuſſent mal traictez/et punyz de leurs treſenoꝛmes crí
mes et delictz/eſcripuirent lettres auꝛ aultres Villes/et auꝛ principaulꝛ du ꝛoꝛaulme
les perſuadens de promectre leur ſociete et alliance/ Et en ſigne de cõfederatiõ ꝙ cõmune
amitye poꝛter ſus ſoꝛ les chaperons des pariſiens/cõc ia auoiēt fait le duc charles/le roꝛ
de nauarre/Phelippe duc doꝛleans frere du Roꝛ de france et le conte deſtampes. Les let
tres des pariſiens receues/peu de gés pꝛindrent les chaperons/ꝙ les aultres ne leur daí
gnerent donner reſponſe. ¶ Entre tant de dõmaiges de la choſe publique/pꝛint charles
cõſeil de ſoꝛ appeller nõ pas Viccaire et lieutenant du Roꝛ cõme il auoit acouſtume/mais
regent/penſant plus auoir de auctoꝛite en ce nom que en lautre. Ses conſeilliers du con
ſeil deſquelz il Vſoit/eſtoꝛent Jehã darmã chancelier/ſe pꝛeuoſt des marchans Robert de
coꝛbꝛe, Charles conſac/et Jehan de liſle/qui apꝛes leueſque de ſan tenoient ſes pꝛemi
ers lieuꝛ du conſeil. ¶ Charles diſſec party et arriue a ſenlis ou commande auoit Venir
la nobleſſe des Veauuoꝑſins/Le conſeil tenu auec les ſeigneurs touchant leſtat des cho
ſes preſentes: tantoſt cheminant a pꝛouins enhoꝛta les champenoꝛs a garder ſoꝛ et con
coꝛde. Sans leſquelz entre tant de calamitez le ꝛoꝛaulme de france alloit a perdition Par
ainſi monſtreul receu/qui eſt aſſis ſus la riuiere de ꝛonne. Sen alla a meaulꝛ ou reſidoit
la ducheſſe ſon eſpouſe. ¶ Toutesuoꝛes deuant ennoꝛa le conte de ſoigny auec ſoꝛpante hõ
mes darmes deſlicte pour pꝛendre et occuper le marche de meáulꝛ De meaulꝛ ſe tranſpoꝛ
tã a compiegne/afin quil entretienſiſt les Vermandoꝛs en la fin du Roꝛ ſon pere. Et il
lec par meſſagers fut aduerty que les pariſiens auoient pꝛins ꝙ occupe le chaſteau du lou
ure/ou garniſon de gens darmes par eulꝛ miſe. Auoꝛent tire hoꝛs les boꝛbardes canons
machines et aultres munitions de guerre et icelles fait tranſpoꝛter en lhoſtel de la Ville
peu faillit ꝙ les nouuelles mutineries et poꝛtz darmes ne Venſiſſent a la premiere aduer
ſite. Car toutes et quantes foꝛs ꝙ charles partoit nul des nobles ꝙ gentilz hõmes Viſi
toient la Ville de paris. Aincoꝛs le ſupuoient ꝑ tout ou il alloit Auſſi aucunes citez ſe bã
doꝛent auec les pariſiés. Mais la pluſpart deffendoit le party de charles. ¶ Ces iours
durans ſicõme on eſpeꝛoit aultre aſſemblee des troꝛs eſtatz eſtre ſaicte a paris/ Amaſſa
charles ꝙ retira la cõgregatiõ a cõpiegne: ou la ſomme ꝙ les chãpenoꝛs auoient entre eulꝛ
oꝛdõne touchãt la leuee ꝙ aſſiette des gens darmes/ꝙ du ſecours de la guerre ꝙ choſe publí
que fut gardee ꝙ oбſeruee. Ceſt aſſauoit ꝙ parmy les citez et Villes du ꝛoꝛaulme: de ſoꝛꝑã
te chefz dhoſtel ſꝛoit leue Vng hõme darmes a cheual/des Villaiges ꝙ chãps/de cent hõ
mes francs Vng ꝙ de deuꝛ cens ꝛerfz autãt. Le clerge paꝛeroit la diꝛme de ſõ reuenu/ꝙ la
nobleſſe/de cẽt liures cẽt ſolz. Pour laꝙle peſiõ recueillir ſeꝛoꝛt cõmis receuurꝛs eꝛcepte
de ſa diꝛme dõt charles diſpoſeroit a ſa Voulẽte pour ſa deſpẽce oꝛdinaire. Peu de iours
apꝛes ſe aſſẽblerẽt charles et le roꝛ de nauarre a claiꝛmõt en Veauuoꝛſin ou eꝛ Vaꝛ cil roꝛ
de nauarre ſefforcea remettre les pariſiens en la grace de charles. Leſꝙlz apꝛes ꝙlz Virẽt ꝙ
ries ne leur pꝛoffictoit líterceſſion du roꝛ de nauarre/decapiterẽt deuꝛ des ſeruiteurs de
charles: ce ſt aſſauoit Perꝛy mettet menuſier: ꝙ poꝛet põce pꝛeuoſt de paris de traꝛhiſon accu
ſ ez. Durãt ce tẽps au territoire de Veauuoꝛs ſe leua impetueuſe tourbe de laboureurs. La
quelle ſoubz la cõduicte de guillaume callet ſoꝛtãt des Villaiges couꝛãt cõtre les gẽtilz hõ
mes: fiſt pluſieurs meurtres ꝙ pꝛõtinuelles riblettes depuis cõpiegne iuſques a ſenlis
ꝙ ſoueſſõs peilla pluſieurs chaſteaulꝛ: a ceſte multitude eſtoit pꝛincipalle cõſpiratiõ ꝙ crí

La temerite
ꝙ arrogance
des pariſiens

Cõment les
pariſiens pꝛi
drent et occu
perent le cha
ſteau du lou
ure.

Poꝛet ponce
pꝛeuoſt de pa
ris decapite.

B.ii.

delite a lencôtre des nobles. Et a ce quen to⁹ fes pechez et chafcû diceulx ne mêueloppe:
deux crimes tant feullement deǫcellâte et efpecialle crudelite recitetay. Entre plufieurs

Cruaulte de peuple.

meurtres celle tourbe entaigee donnant laffault a quelǫ chaftel:apres quilz eutent lǫe le
feigneur du lieu a ûng pol/p ûoza cite libidineufe fon efpoufe et fa fille conftuprerent deuant le regarð de fes peulx. Ce rauiffement faict les occirent/et tantoft cruellemêt meurtrirent le mary. Oultre ce cas occirent ûng cheualier doze/Lembzocherent et rotyrent en
la prefence et au ûeu de fa femme. Laquelle ûiolee de douze putiers/contraincte fut men
ger de la chair de fon mary. Et non contens de ce les tirans entaigez peu apres mirent a
mozt celle poure et miferable femme. Aucuns font qui ont lefle en memoire ǫ ces ribleurs
inftituerent leur Roy quelque beauuoifin nôme Jaquin. De par lequel ûoulurent eftre
appelez iaquins. Lozs iffirent de paris trois cens hommes du nôbre des perduz cheminans au teillet foubz la bannyere de pierre gillon. Du ilz trouuerent Jehan ûaillant a-
uecques cinq cens hommes en armes de pareille mutinerie. Et apres ǫlz fe furent alliez
enfemble le menerent a meaulx/cuiðans de prime face prendre daffault le marche. Quât
les habitans de meaulx furent de leur ûenue aduertys/tables dreffees ûin et ûiâdes par
my les rues/les reputent a grant ioye et lieffe de tous Au marche auec la ducheffe femme

Meaulx pzis daffault ǫ ûzu le.

de Charles/eftoient le conte de foix ǫ aultres nobles en grant nombre. Lefquelz quât ilz
ûiret le port darmes a lencôtre de eulx prepare/faifans ipetueufe faillie diffiperent et de-
ftruyfirent toute celle force et fureur populaire. Pareillemêt entrez en fa ûille en partie la
ûzulerêt peillerêt ǫ razerent Jehan folan ûailly dicelle cite empoigne/leǫl ilz trapnerent
hozs ǫ occirent. Dauâtaige guillaume callet pzincipal meurtrier ǫ bourreau des iaquins
beauuoyfins/pzis p le Roy de nauarre/a clairmont fut a mozt mis. ❡Dela en apres ûe-
nât le roy de nauarre a paris: eftably fut par les parifiens gouuerneur et capitaine de la
ûille/iurâs enuoyer lettres a toutes les aultres ûilles pour lîftituer gouuerneur de tout
le royaulme. Sicomme les parifiens ces chofes faifoient/accroiffoit Charles de iour en
iour le nombre de fes gensðarmes/qui defpoueilloient les parifiens par tout ou trouuer
les pouoyent/fi que nul ne ofoit foy côfeffer ou aduouer citopen de celle cite Toutefuoyes
ilz couroient pzincipallement fus les Jaquins beauuoyfins defquelz ilz occirêt en peu de
iours au nôbre de ûingt mille. Apres ǫ charles fe entendit auoir affez puiffante et fuffi-
fante armee/il chemina a chaliou. Dela fichea fes têtes au pont de chabenton ǫ a conflan
faifant courfes et ribleries contre les parifiens. Et neftoit aucun ǫ eftahafi entret en fa

Les accozds et conuentiôs faictes entre le duc charles et le roy de na uarre.

ûille ou fortir hozs fans grant danger de fa perfonne Et fil aduenoit que par auanture fe
affemblaft le peuple par bandes et tropeaulx pour iffir hozs la ûille en armes. Incôti-
nant a fon grant detriment ǫ ðômaige/contrainct eftoit foy retirer afpzemêt pourfuiuy p
les gensðarmes de charles. Cependant le roy de nauarre fe tenoit a fainct denys. Et la
royne iehanne apres ǫlle eut aux pzinces pzopofe la fozme de paix et côcozde/obtint ǫ eulx
deux ûiëðzoient ǫ parlamenter enfemble. La tente de Charles fut affife pres fainct anthoine des champs: ou le Roy de Nauarre fe tranfpozta. Charles auoit en armes trente mille combatans/et le Roy de nauarre huit mille qui eftoient au ûillaige de Charôn-
ne. Finablement accozde fut que pour acquiter toute la dette/en ǫuoy Charles eftoit tenu enuers le Roy de nauarre/luy affignetoit dix mille liures de rente/luy payeroit quatre cens mille flozins a certains termes. La chofe accozdee/iuree et confermee en cefte

maniere/se departirent les princes lung dauec lautre. Le Roy de nauarre prenant con=
gie de Charles luy auoit promis le lendemain apporter nouuelles des parisiens. Mais
nonchalant de ses parolles et de son serment. Les gensdarmes anglops que soubz soy a=
uoit/mist en garnison a paris. Sans chommer les parisiens enuoperent en lost de Char
les quelque nombre de leurs gensdarmes et hommes de guerre. Lesquelz aigrement repoul
sez poursuiuit Charles iusques aux murailles de la Ville. Cest chose notoire quil y
eut aultres mouuemens de guerre dont cy ne fais mention pource quilz ont este de petite
efficace. Mais ce que fut fait a lencontre des anglops est beaucoup plus digne de memoi Les anglops
occis a paris:
re. A sainct denps estoit vne compaignie danglops oultre celle que auoit le rop de nauar=
re. Laquelle faisant larcins et peisseries/foulloit et dommageoit les champs. Pour rai=
son dequop pensans les parisiens q̃ les anglops estans en la Ville fussent de ce crime coul
pables. Jmpetueusement se leuerent et en occirent quatre vingtz de ceulp qui estopēt en
la Ville. Plusieurs qui banquetopent a nesle auec le Rop de nauarre empoignez q̃ mis en
prison au louure. Pour la cruaulte duquel fait siconme le Rop de nauarre en sa presence
du preuost des marchans les reprenoit/necesserent leur bruyt et mutinerie que premiere
ment ne contraigniffent icelluy Rop de nauarre ensemble le preuost des marchans auec
eulp se mettre en armes et assaillir les aultres ribleurs et lartons anglops. De laquelle
entreprinse finablement se repentirent. Car le Rop de nauarre longuement negligent q̃
paresseup de soy acoustrer. Donna lopsir aux anglops de pouruoir a leur cas. Et ne fai=
soit on doubte quilz auopēt receu nouuelles de la Venue des parisiens. Parquop mirent
guet au boys de nostredame de boulongne/ Et y en auoit vne petite bande hors le boys Lembuche des
anglops au
boys de bould
gne.
afin quilz demonstraffent semblance de petite multitude. Les parisiens doncques che=
minans en bataille Sortirent le Rop de nauarre et le preuost des marchans par la porte
sainct denps auec partie de gensdarmes. Lautre bande de gēs de pied sen alla vers la por
te sainct honnore ou estoit le chemin tēdant aux ennemis. Lesquelz quant vindrent de=
uant la face des ennemis/subitement se monstrans ceulp qui estoiēt au boys mucez/tou
te celle bande de pietons mal ordonnee se mist en fupte/Du suiuiz furent par les anglops
qui ce Vopant le Rop de nauarre en occirent la plusgrande partie. Et neantmopns le pre
uost aux siens retournāt peu apres deliura les anglops du louure et de prison. En apres
il noysant contre Jehan maillard pour la clef du bouleuart de sa porte sainct denps/ quil
auoit ce iourdhup baille en garde au conte de mascon/sen alla maillard aux tours de bois
Et le preuost se retira au bouleuart de sainct Anthoine qui est dit la Bastille. Tenant ie
ne scay q̃lles lettres en sa main q̃l disoit auoir receu du Rop de nauarre. Et pource q̃l res= La mort estiē
ne marcel pre
uost des mar=
chās de paris
et de ses com=
plices.
fuza les mōstrer et cōmuniquet aux gardes du bouleuart/ceulp q̃ illec estoient en garni
son se leuerent tuerent premieremēt phclippe guyffard/q̃ incōtinant apres le preuost des
marchans receuans peines meritoires de tant de crimes et pechez par eulp conmis Aus
si furent occis Jehan de lisle le ieune/et Jehan poret/Qui tous de leurs Vestemens des
pouilliez iectes furent sus le chemin publique parmy la fureur du peuple. Dauantaige
Charles consac escheuin de paris et iofcra de mascon tresorier du Rop de nauarre empoi
gnez furent q̃ mis en prison/puis apres decapitez et icctes en la riuiere de sepne. Durāt
le temps de ces meurtres Vint Charles a paris pour a soy le peuple recōseiller. En quoy
faisant par elegante oraison manifesta quelz maulp auoient este faitz par ceulp qui peu
                                                                    B.iii

auant auoient este tuez/Et que lon craignoit par eulx estre a faire au teps a venir. Cest
assauoir quilz auoient delibere bailler le gouuernement du royaulme au Roy de nauarre
par ce moyen mectre les anglops dedans la Ville Que les nauatrops le iour quilz furent
de mort punyz Auoyent entreprins de tuer ceulx qui suiuoyent le sien party et cil du Roy
Guerre ou-
uerte au duc
charles signi-
fiee par le roy
de nauarre.
son pere. Aux maisons desquelzestoient mis signes de mort destinee. Le peuple asseure
par loraison de Charles/print horreur des trescruelz crimes et delictz des meschans hom
mes perduz. Certes linstabilite et inconstance du peuple se change tousiours auec fortu
ne. De cecy le Roy de nauarre grefuement courrouce/a Charles signiffia guerre ouuer
te et print melun. Faisant plusieurs courses et ribleries par les anglops/pilloit tout et
les Villes sollicitoit de se rendre a luy/qui auoit layde des anglops. A ceste cause Robin
canol anglops/cheminant de Bretaigne contre les orleanops print chasteau neuf et cha
stillon/consequemment malicorne. ⟨C⟩ En cestuy temps les anglops qui faisoyent rapt
nes et pilleries en aussetrops/surprindrent de nuyct la Ville/la pillerent et peu de gens
tuerent. Et pour le faire brief occupoient les ennemys hault et bas tous les fleuues et ri
uieres par lesquelles porter on pouoit quelques victuailles aux parisiens Et aussi iehã
de pinquignat miss en prison a cxolop sux vingtz hommes dexcellente noblesse pris au ter
ritoire de noyon auec leursque du lieu. Tantost cheminant a cxoyens/brula les faulx
bourgs de la Ville/esperant auec layde de iaques de fusy la Ville et les habitans receuoir
soubz la puissance et foy du Roy de nauarre. Mais la trahison congneue fut Jaques de
capite. ⟨C⟩ Ce pendant/comme fussent dangleterre les ambassadeurs reuenuz/quallez
Les faulx
bourgs damp
ens bruslez.
estoyent p deuers le roy Jehã/portans la forme de la paix entre les roys proposee. Char
les apres quil eut assemble en la court du palays plusieurs hommes de diuerses dignitez
commanda reciter la forme dicelle paix sus la table de marbre par Guillaume dormain
aduocat du Roy en la court de parlement. Edouard pour la rancon du Roy iehan deman
doit normandie et paintonges perpetuellement luy estre lessez auec les terres et Villes ad
iacentes/Cestassauoir Agenesz/Tarbe Perigox/Lymosin/Cahorz/les comtes de tou
raine/Boulongne/Ponthieu et Guynes:Calays et monstreul. Dont icelles principaul
tez franchement et soubz son empire posseder. Si que le duche de bretaigne recongneust le
duc de normandie pour son souuerain seigneur et luy fist foy et hommaige. Sil estoit cy
apres trouue q aucun par loy ou vsaige pretensist droit en icelles terres. Les possesseurs
restituez/seroit par le Roy Jehan rachecte. Encores payeroit a Edouard quarante fops
cent mille phelippus dor/douze obstaiges baillez auecques quelque nombre de Villes en
tre lesquelles Rouen et Caen estoient specifiees/Et oultre ces choses cent mille liures
de sterlins qui est vne estimation de pecune entre les anglops. Cest ce q demandoit Edou
ard. Mais ces loix et conditions de paix furent veues iniques et deraisonnables. A ce
ste cause par commune deliberation fut la guerre aux anglops signiffie/ensemble ordon
ne quel nombre de gensdarmes et quelle pecune chascun bailleroit pour celle guerre. Peu
La venue du
roy de nauar-
re a ponthay-
se vers le duc
charles
de iours apres passez/comme ilz fussent soigneux de reduire les princes a mutuelle cha
rite et beniuolence/Tellement furent que le Roy de nauarre vers charles viendroit. Vint
doncques a pontayse ostaiges par Charles baillez. Du apres plusieurs choses et par la
mentations faictes dune part e daultre touchans la paix/reffusant le roy de nauarre les
offres de Charles/Enuoya cil charles par deuers luy le conte destampes auquel com

manda dire ce qui senſuyt. Pourtce que toy roy de nauarre reſiſtes contre iuſtice et equite
Saches q̃ Charles auec toy iamais amytie et paix ne aura; Aincoys en la priſon te re=
mettera dont tu as eſte oſte. En la nuyct enſuyuant le Roy de nauarre ſtimule de voulẽ
teet diſpoſition diuine: ou par fraulde mauluaiſe ſon ire diſſimulant vng meſſager aux
conſeilliers de Charles enuoye/ Les pria vers ſoy venir.

Jcy parle le
roy de nauar=
re aux conſeil
liers du duc
charles.

Q̃uant ilz furent venuz iay entendu que le Roy de nauarre a eulx parla en ceſte
maniere. Hõmes ſaiges (dit il) et prudens point ne doubte le miſerable eſtat
de ce royaulme eſtre tel/ que ſe nous apliquons a noyſes ꝗ diſcordz/ facilement
perira la choſe publique. Pourtce actendu que ſuis iſſu des roys francoys mon
iugement declaire que beſoing eſt toutes haynnes et rancunes oſter et aux calamitez du
royaulme ſecourir. A ceſte cauſe ay delibere acquerir ſamptie du roy et de Charles/ et pu
rement la garder en integrite de foy. Pretendre ne vueil vſurper ny a moy approprier pe
cune ny aultres poſſeſſions/ fors et excepte celles qui par auant le temps des debatz ꝗ diſ
cordz ont eſte de ma ſeigneurie et iuriſdiction. Parquoy allez ꝗ cecy annoncez a Charles
et a voz compaignons. Les nouuelles quant furent a Charles raportees/ moult les eut
agreables. Et aſſemblee faicte de ſeigneurs et hõmes prudens/ en la ſalle du chaſteau
commanda mettre dedans les Roy de nauarre. Qui venant publiquement declaira ce q̃l
auoit dit aux conſeilliers. Les princes doncques reconſeillez donna le Roy de Nauarre
ce commencement de beniuolence/ Ceſt aſſauoir quil donna conge a tous les ongloys ſou
ſtenans ſon party/ qui eſtoyent en garniſon a poiſſey et a clairmont. Toutefuoys aucũs
furent qui la foy du Roy de nauarre enuers charles auoiẽt ſuſpecte. Pour raiſon dequoy
Charles ne le leſſa entrer en paris/ que premierement n'euſt enquis le couraige ꝗ vouloir
du peuple. Mais quant il trouua la paix eſtre agreable aux pariſiens/ et ſeurement po=
noit laiſſer entrer le Roy de nauarre en la ville/ les traiſtres hors chacez. Liberalemẽt re
ceut le Roy ſon amy. Ceulx ſont les noms des traiſtres. Robert le cocq eueſque de Lan.

Les nõs des
traiſtres.

Michel le tas chancellier de leglise de noyon. Jehã ſandac. Pierre de la court. Vincent
mauricier/Pierre de batres et Geoffroy le flagment. Tous leſquelz Jehan mareſchal ꝗ
le conſeil du preuoſt des marchans nomme auoit et publiquement deſigne en la court de
parlement. Peu de iours apres ayant le Roy de nauarre ſeiourne a paris/ ſen alla a me=
lun. On eſperoit que de crolay feroĩt ſortir les angloys/ pourtce quil auoit exige eſtrange
impoſition de ceulx qui par la riuiere de ſeyne portoient les marchandiſes a paris/ ſ'ẽn
pour aultre cauſe (comme il ſe vantoit) que pour payer la ſoulde des gensdarmes. Mais
il ne deliura melun ne crolay des angloys/ Combiẽ quil euſt receu ſix mille royaulx des
pariſiens afin de les oſter et faire vuider. ⫶ Durant ce temps au moys de nouembre a=
pres que Edouard trouua que les francoys reffuzoient les articles et conditions de paix
miſes par le Roy iehan/ Le duc de leucaſtre deuant enuoye a calays auec quatrecens hõ
mes darmes et deux mille archers. Luy nauigant en gaulle quant il fut a calays arriue
ſon armee reueue et viſitee par diligente ſollicitude/ acouſtra troys bandes. La premie=

Le voyage de
Edouard a
reins.

re eſtoit de cinq cens cheualiers dorez ꝗ mille archers. Senſuiuoit lautre en laquelle mar
choit le Roy enuironne de troys mille cheuaulcheurs et de cinq mille archers. Puis ve=
noit treſgrand nombre de chariotz/ eſquelz eſtoyent portez victuailles de toutes ſortes et
manieres Car pource que par auant eſtrange charte de viures perſecute auoit le pays de

B.iiii

france/non seullement Edouard chargea habondance de blez/Aincoys aussi forger et cõ struire moulĩs auec auges de boys et courtes nasselles pour les poissons prẽdre es estãgs ou passer les fleuues et riuieres. Toutes lesquelles choses estoient portees et gardees en sij mille chariotz q̃ deffendoit la troysiesme armee equippee de deuxmille cheuaulcheurs sans les pietons et archers/qui venuz estoient a Edouard des allemans & belgeoys afin que si grant appareil de guerre luy feissent seruice. Ou (cõme cest chose braye) afin quilz feissent propces et rapinez et augmentassent de larcins leurs fortunes et terriennes posses sions. Ceste armee suyuoient cinq cens pionniers et charpentiers qui adoulcissoyent las prete des chemins/et trancheroient les boys empeschans le passaige. Le fes de tant gros se guerre auoit pris Edouard/Afin quil vsurpast et a soy appropriast le royaulme de fran ce/ou que les francoys accordassent les loix et conditions de paix que conceu auoit en son couraige. Cheminãt doncques par arthoys: apres quil eut tenu la ville de reins lespace de quarante iours assiegee. Reins de lesse entra en champaigne. Finablement a sens al la et a neuers. Deux cens mille florins receuz des bourguignons a ce quil ne marchast en leur pais. De la par gastinoys cheminant a morel: son siege mist au bourg la royne. Cest vng villaige distant de paris de quatre mille. Dõt il enuoya ses heraulx par deuers char les duc de normandie/Le semondre de venir combatre en champ de bataille. A quoy non acquiessant/coururent quelques angloys aux portes de paris: dont assez aigrement fu rent repoulsez. Tantost apres Edouard cheminãt par la beaulce/mena ses gensdarmes en bretaigne: ou son armee raffroischie durant lesté/au commencement de autonne retour na a paris et sefforcea celle ville assieger. Entre ces calamitez voyant Charles plusi eurs choses: par le conseil des officiers et maistres gouuerneurs de son hostel vers Edou ard enuoya guillaume de montagu chancellier Labbe de clugny/et symon de langres pre mier administrateur et recteur de lordre des prescheurs. Neantmoins en ceste facon ne pro ceda lestat et condition de la paix. Les tentes doncques desplacees/Assist Edouard par tie de son armee aux faulx bourgs sainct marceau/pensant que les parisiens feroient par ce moyen ouuerture de bataille. Les francoys aquoysez & se tenans en la closture de la vil le. Edouard frustré de son esperance/print son chemin vers chartres. Quant il fut venu a chasteaudun: espouente de la tempeste qui se leua plus horrible que celle que lon voit de coustume: secretement enquist de aubry abbé de clugny/se trouuer on pourroit quelque moyẽ de paix. Dont Charles aduerty par le raport de labbe a paix aussi son couraige enclina. Lors ambassadeurs hommes illustres et excellans en noblesse et doctrine enuoyez furẽt par lung et lautre des princes a Bretigny: Qui est vng villaige non loing de Chartres soubz montlehery: ou lacccord fait. Lan de grace mil.ccc.lx. ordonna paix en la maniere qui sensuyt. Cestassauoir que tout poictou: touars/Belleuille/Faintonges/Agenestz/ Perigoz/Lymosin/Cahors/Tarbe/Bigore/Angolesme/Rouergue/Et les contes de ponthieu/Calays/et Guynes auec les austres villaiges deppendens viendroẽt a Edou ard: et a sa perpetuelle iurisdiction et seigneurie appartiendroient sans aucune diminuti on de droict ou de magesté. Aussi luy seroient payez treize cens mille escuz a certains ter mes. Ces choses au nom de Charles ainsi iurees et accordees promist Edouard mener le Roy iehan a Calays/dont franchement et non tenu ou subiect a quelque chose pour roit issir. Auant toutes choses obstaiges baillez: la Rochelle et les appartenances de la conte de guynes liurez en la puiſſance du Roy anglops. Lequel iehan quãt quelque fops ſeroit ſorty de Callaps ne pourroit guerre a Edouard ſigniffier ny ſoy efforcer de prendre les armes contre luy: iuſques a ce q̃ les choſes decretees z ordonnees en ce traictie de paip plainement fuſſent acomplics. De ceſte paip et concorde apres que lettres furent paſſees corroborees du ſerment et ſeaulp des princes/ et treues baillees. Apres le quatrieſme an de ſa captiuite fut le Roy iehan mene a callaps: ou Charles ſe tranſporta pour beoir ſon pere.

Es choſes doncques apres quelques moys plainement ordõnees/ ſen alla Jehan a bouſoigne et dela a ſaict homer. Au regard de Edouard menant auec ſoy loys duc daniou/ et Jehan prince de Berry et autre ga nec enfans du Roy/ Loys duc de Bourbon Pierre duc dalenpon Jehã ſrere du conte deſtampes. Guy conte de Blops et aultres oſtaiges qui ne ſtoyent pas de petite nobleſſe/ ſen retourna en angleterre. Et la be nue du Roy Jehan par merueilleuſe lieſſe de tout le peuple fut receue bers lequel peu apres benant le Roy de nauarre luy fiſt ſerment de fidelite et iura demeu rer en ſa foy. Lalliance et reconſilliation des princes faicte/ comme beſoing fuſt aup genſ darmes ſortis hors de leurs garniſons comme il auoit eſte accorde. Et ne fuſſent aucune ment ſtipendiez. La pluſpart diceulp beſteuz de deſeſpoir a ſoy eſtablirent chefz et capitai nes Et por ainſi faiſans rapines et peilleries parmy la champaigne/ aſſaillirent la Bour gongne au moyen dequoy aucuns nobles bourguignons auec eulp ſe ioignirent et alle rent en ſi grant nombre/ quen peu de temps celle compaignye print croiſſance de plus de quinze mille hommes. Qui tantoſt ſoubz la conduycte de dipſept capitaines triblås/ por maſcon en foreſt cheminerent. Contre leſquelz Jaques duc de Bourbõ par le Roy enuoye auec compaignye de genſdarmes non contemnable malheureuſement batailla. Car les larrons quant montez furent ſus la petite montaigne qui neſt pas loing de lyon/ une tres partye de leurs genſdarmes derriere la montaigne. Et le reſidu comme ſans armes a ſ̃a ques ſe monſtra. Celle montaigne eſtoit pierreuſe et rabóteuſe/ A laquelle quant lar be preſbtre capitaine de la premiere bande ſefforca y monter/ les larrons ietterent pierres en grant nombre et force iuſques au bas/ Dont ilz bleſſoyent ceulp qui montoyent et Jeſhã treſgrieuement bleiſerent. Auſecours duquel benant le duc de Bourbõ: combatit de tou te ſon armee. Mais ceulp qui nauiez eſtoient incontinent ſortans en place fut faicte grãt occiſion de francops. Entre leſquelz iaques fut naure auec ſon filz et porte a lyon en dure angoiſſe. Lan de grace mil. ccc. lpi. Parqtfoy les larronſ auſp bictorieup partye auec de guyn batefolle a auſe ſe retirerent qui eſt Bille bopſine de Sagône/ Et laultre partye ſen alla en auignon auec ques. Mandon baugerane: ou au point du iour priñdrent et pillerent le pont ſainct eſperit ſur le Rhoſne ſans honnmes ne femmes eſpergner. Ceſte biolente moult eſpourpta le pappe innocent ſi piſme lors eſtant en auignon. A ceſte cauſe par ſop pinion des pres cardinaulp eſtablit le cardinal pierre monſtier capitaine/ qui armee fai cte et acouſtree refraindroit et repouſſeroit la malice des riólenes. Pour raiſon dequoy ſi comme ce fuſt contre les ennemis de la foy catholique fuſt faicte une croiſee. Pierre donc ques iſſu en carpentras/ afin quil receuſt ſes genſdarmes en ce lieu aſſemblez/ pource que la pecune ne ſuffiſoit a leurs gaiges. Se retirerent les ungs en lombardie/ Les aultres auecques lestriōleurs/etplusieurs en leurs maisons. En ce desespoir dit en la pensee du pape en son aage appeler le marquis de montferrat. Qui en ce temps estoit repute tresexpert en bataille et menoit la guerre aupmilennoys. Par promesse de grans gaiges et bōnes recompenses le pape cestuy actrapa a allier auec soy ceste meschante compaignye dhōmes perduz pour icelle mener en la guerre quil preparoit a lencōtre des lombars. Et pour ce que le marquis iugeoit cecy a son affaire apartenir: soubz esperāce de loyer alleichu les capitaines des latronceaulx: si que soixante mille florins receuz et labsolution du pape obtenue delesserent le pont sainct esperit. ❧De la en auant suiuans le marquis/les mōs passerent et soubz luy furent stipendirz. Mais Seguyn qui comme nous auons dit ause occupoit. Ause delessee fortiffia Briode Ville dauuergne de plusieurs munitions. Et dela apres plusieurs courses et tribleries faictes sus les Toplins. Finablement en gascongne (pource que gascon estoit) airec grande proye se retira. ❧En ce mesme temps trepassa Phelippe duc et conte de bretaigne: et au lieu du trepasse succeda le Roy iehan. Apres quil eut prins possessiō de celle terre: en auignon se transporta pour le pape innocēt sixiesme saluer. Lequel peu apres deceder: et Vrbain cinquiesme de ce nom apres la difficille tō trouuerse et altercation des cardinaulx en son lieu estably: le honnora le Roy iehan comme premier et principal prestre de la loy crestienne. ❧Soubz le temps de la creation de cil pape Vrbain. De cypre vint pierre lusignac Roy de iherusalem. Qui receu en tresgrande reuerence et benignite par le pape et le college des cardinaulx Jehan aussi tresliberallemēt le ambassa et attentiuement escouta parler au consistoire du pape et des cardinaulx tout chant la guerre contre les ennemis de la foy catholique. De laquelle chose comme le pape Vrbain commence eust a faire oraison et disertement persuader. Le Roy iehan recordz du Veueil paternel/Par lequel cestoit Phelippe oblige a lexpedition de ceste guerre cōtre les sarrazins/Pensant aussi que conuenablement estoit cecy aduenu. Afin de mener en icelle guerre les compaignyes et bandes de gensdarmes vagans parmy le pays de france/se signa de la croix. Peu apres prenant congie du pape: ayant sollicitude de ses enfans et autres obstaiges obligez au Roy dangleterre. Afin quil les mist en liberte nauiga en angleterre. Mais frape de mallabye le quatorziesme iour de mars/alondres trepassa le huittiesme iour dauril. Lan de grace. M.ccc.lxiiii. Le corps duquel dillec transporté est enterré a sainct denys vers le coste senestre du grant autel. Auquel temps Bertrand guesclyn breton/homme tresbelliqueux/print mante qui appartenoit au Roy de nauarre/et la mist en la iurisdiction et seigneurie de Charles par ceste astuce. Sus la riue de seyne ya ung chastel nōme Robeleffe distant de troys mille de mante/que Vantar abbat de Buxelles occupoit par gens de guerre desesperez et par luy amassez de toutes pars ou il auoit peu/ennemy et contraire a tout homme. Bertrand doncques et Jehan Boursicault faignant y aller menerent vne armee a eureux appartenant au Roy de nauarre. Mais comme dillec repoulsez sen retournoyent: Vsans de fraulde vers Mante cheminerent. Toutesuoyes boursicault alla deuant comme il auoit promis/a comme sil eust este chace de Vantar et des gensdarmes de robelesse fuyant a mante cueilla le gurt qui de nuyct brisloit sus les murailles de la Ville: a lappella par voix piteuse. Eius interrogans les gardes qui estoit celluy lequel les appelloit: nous sommes dit il francoys/qui surmontez et vaincuz sommes pour suiuiz par la garnisō de Robelesse pour estre destruictz a mis a mort. Pour dieu

Comment le duche de Bourgongne apartient au Roy de france.

Mante prinse par bertrād guescluyn.

receues les miserables et ouures les portes aux desesperez. Adoncques les gardes meuz
de ceste complaincte receurent boutsicault en la ville/qui incontinēt de Bertrand fut sui
uy estant muce a faire le guet. Et par ce moyen de tous les nauarrops qui estoient a man
te fut faicte proye et occision. Oultre cecy les gensdarmes de Charles prindrent meulan
auec le chasteau/ou lon empoigna aucuns citoyans de paris qui soustenoyent le party du
Roy de nauarre. Pour raison de quoy menez prisonniers a paris furent mis amort. Sē
blablement cestuy Bertrand comme au deuant de supacouru fust Jehan graylin captaube
noble gascon seruiteur du Roy/auec bonne puissance de combatans. Bataille faicte sus
le sleuue de ptōne non pas loing de la ville de Cocherelle/print le gascon et occist la plus
part de ses gens. Puis apres Bertrand le mena a Charles qui commāda le garder en pri
son au marche de meaulx. Et au lieu de prisonnier donna a icelluy Bertrand. Longueuil
le que lon appelle la guyffade.

¶Comment Charles le quint assembla ung conseil general a
paris. Par ordonnance duquel pour la despense ordinaire dicelluy
Charles et pour faire les fraitz des guerres furent assises imposi
tions sus le vin. Depuis lesquelles choses resista Charles con
tre les anglops ennemys de france/qui furent occis des francoys
en diuers lieux Et pour de rechef resister contre leurs damnables
entreprises entretint Charles cinq armees en ung mesme temps
en diuers lieux. Et comment Jehan de montfort par arrest de la
court de parlement priue fut du duche de bretaigne/ses biens con
fisquez au Roy pource q̃ cōtre luy cestoit allie auecq̃s les anglops

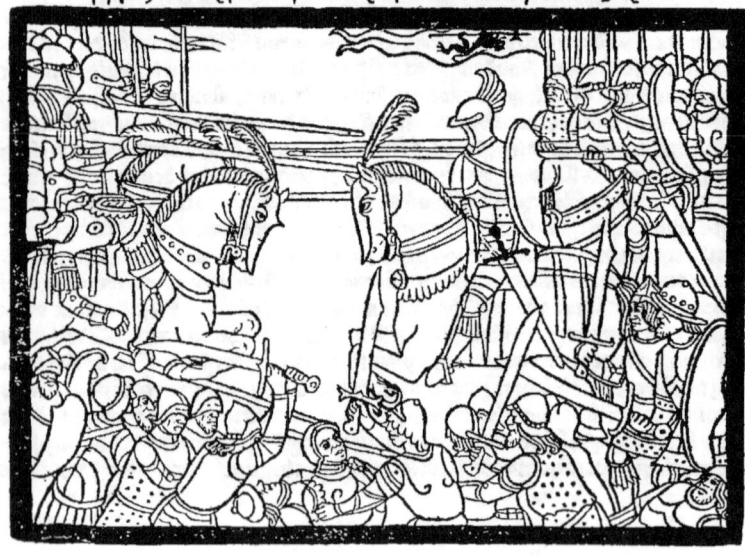

Charles le
quit.plii.roy
de france.

Pres que le Roy iehan fut trespasse a londres/son filz Charles auecques
la sienne espouse Jehanne de bourbõ/Selon la coustume des antiēs roys
fut sacre a Reins. De la quant a paris fut retourne/Donna sa duche de
bourgongne a Phelippe son frere ainc/ɹ au lieu de ce de luy receut tou
raine/que par auant cil Phelippe possedoit. ❧ Durant ce temps Char
les de blops bataillant a lencontre de Jehan de montfort pour le duche de bretaigne/Par
contraire fortune perdit la vie/ses gēs occis en partie ɹ en partie chacez Lan de grace mil
troys cens soixante ɹ quatre. Entre ceulx qui mors gisoient en celle bataille. Comme
Charles de blops y cust este trouue. Jehan de montfort victorieux se hasta de veoir son
ennemy occis. Lors il ploura la mort de son cousin germain cõme ilz feussent enfans des
deux seurs. Tantost le commanda enseuelir ɹ enterrer a guyngam/ou il est veu et appa
ru auoir fait miracles. Et par tant a este mis au nombre des sainctz par le pape Vrbain
cinquiesme de ce nom. Aucun ne fut qui depuis combatre sefforceast contre Jehan pour
lempire des bretons. Aincoys par linteruention des ambassadeurs du roy Charles/a la
veufue Charles de blops par arrest de la court de parlement la principaulte de bretaigne
auoit este adiugiee/fut baille Pontieure auecla viconte de lymoges. Aussi par le moyen
ɹ lintercession de Edouard fut faicte paix entre le roy Charles et le Roy de nauarre a
uecques eschange de terres et possessions/Si que le Roy de nauarre possederoit montpes
lier et bayonne/et le Roy charles Mante/Meulan et Longueuille qui lauoit dõne a ber
trand guesclupn en quoy faisant Captaubuse sortit de prison. Ces iours durans en di
uers lieux de france estoient demoures plusieurs compaignyes et bãdes de gensdarmes
tant des angloys/bretons comme nauarroys. Qui sans sabueu ɹ conduicte de certain ca
pitaine faisoient rapines et pesseries. A ceulx faire Vuider grãdemēt estudioit. Gues
clupn/a ce faire le enhortant le Roy Charles/qui apres la mort de Charles de blops est
mille francs lauoit racheete de la captiuite des angloys. Et a Bertrand se offrit telle occa
sion de faire precogitee. Du royaulme de castille ioyssoit. Pierre ayant henry son frere ba
start. Cestuy pource quil estoit de mauuaise nature/Du pource que par luy auoit este de
sa possession deiecte. Premierement en arragon Tantost en france cestoit trãsporte soubz
esperance dassembler puissance de hommes darmes: dont estoit encore grant nombre en
france demoure a cause des guerres passees. Parquoy sollicita Guesclupn homme belli
queux ses armes retourner sus le royaulme de castille que la estoit iuste cause de guerre ɹ
fust quil voulsist combatre contre les sarrazins ou contre pierre Guesclupn dõcques ani
me par la continuelle persuasion de Henry/pensant que oportun estoit le temps auquel il
ostreoit les bandes des gensdarmes du royaulme alla parler a tous ceulx qui plus entre
eulx auoyent dauctorite. Leur dit quil auoit la guerre entreprinse enhespaigne contre les
maures/en laquelle pourroient estre stipendiez et faire chose proufictable soubz sa condui
cte Actendu mesmes que Henry despaigne estoit son allie en la societe dicelle guerre/en la
quelle richesses/gsoire/et salut leur estoient preparez. Leur remonstra daduantaige que
entre les francoys/les negoces et affaires desquelz se enclinoyent a paix et repos/riēs ny
apparoissoit sinon sarcins Et finablement la punition de mort aux larrons. Par lesquel
les parolles de Guesclupn plusieurs persuades auec luy promirent cheminer. A ces cau
ses dixmille hommes de diuerses natiõs ɹ tresbelliqueux assemblez/chemina Guesclupn

Loccasion de
la guerre en ca
stille par ber=
trand Gues=
clupn.

en espaigne principallemēt se roy charles a ce se mouuāt. Auecqz soy guesclupŋ eut henry jaques duc de bourbō/regnault dadrehā mareschal de frāce/iehā cautelay angloys ꝗ mo rice tresinguydc. Ceulx cy allez p atrogon en castille/Pierre roy des castellans lors puis sant et abondant en richesses/mais dāultre coste mauluais ꝗ nō obseruateur de la foy ca tholiꝗ ne fist aucun effort de bataille. Car a la benue des francoys en castille/luy estāt a burges principalle ville dicelle region. La ville delessa et a tollete se retira/coulpable de siniquite dont enuers plusieurs auoit epcerce sa cruaulte. A ceste cause les frācoys prin drent burges vuide des ennemis/en laꝗlle furēt occis plusieurs iuifz ꝗ sarrazins. La bil se receue ꝗ la courōne royalle sus luy imposee les frācoys henry roy apelerent. ╓Des bē des des lartonceaulp estoit en france demoure Regnault surnōme larchepreistre/qui non obeissant a guesclupŋ merucilleusemēt bepoit et fouloit le royaulme. Cestuy des siens fut occis pour les satcis ꝗ proype mal distribuees. Lors au roy charles fut anonce ꝗ pierre roy de castille estoit fouŋ en aquitaine au prince de valie filz de edouard/et ꝗ henry iouŋ soit de tout se royaulme de castille. Durant leꝗl tēps iehā de montfort fist foy ꝗ hōmaige auec sermēt de fidelite au roy charles du duche de bretaigne et des aultres terres ꝗl posse doit. Mais les angloys soubz la conduicte du prince de valie cheminans ꝑ nauatre mene rent leur armee en castille pour restituer ꝗ remectre pierre en son royaulme. Contre lesꝗlz couturēt les gensdarmes de hēry ꝗ en occirent cinq cens/mais a luteup cōmencemēt succe da cruelle ꝗ miserable fortune. Car bataille faicte de tous les gensdarmes a nauerret fut henry surmōte ꝗ vaincu. Guesclupŋ prins auec les aultres capitaines frācoys. De ceste victoire pierre deuenu plus fiet/se retira en linterieure castille Puisdelessant les ágloys a vausolet/sen alla en la cite de hispaleuse ou sa pecune amassee cōme il se glorissioŋt paye roit la souldc aup gensdarmes angloys selon son ordonnance. ╓Mais il ŋsant de negli gence et mauluaise conduicte pour ce que la pecune et les victuailles ne suffisoient a lar mec/Le prince de valie remena ses gensdazmes a bordeaulp. Qui peu de iours apres en france respenduz/passerent la riuiere de loyre et peillerent tout au territoire de Mascon Bourgongne et Champaigne. ╓Mais henry qui castille delessee residoit en carras sonne. Le partement des angloys congneu repuint ses forces et vigueurs et par layde de plusieurs castellans et francoys recouura se royaulme de castille. En quoy faisant vers le chasteau de Mantueil fut occis pierre Roy despaigne/Qui peu de temps par auant ŋsant de sa crudelite auoit tue et meurtry sa femme fille du duc de bourbon. Au regard du prince de valie. Apres quil fut reuenu en aquitaine persistant contre les francoys en sa grande deslopaulte. Et pource que la guerre despaigne lauoit desaisy et destitue de pecu ne/sesforca en Aquitaine leuer et cueillr nouuelle imposition de chascuŋ particulier. Ce ste imposition les francoys appellent foaige. ╓Et quant doncques il eut commence a fouller les Aquitains et Gascons de tailles et epactions. Mectant toute son estude a mal traicter et gouuerner les seigneurs et gentilz hommes du pays. Le conte darmignac auec Aulbert et le coute de perigoz et ses adherens et plusieurs aultres/Comme de tors et griefz appelerent au Roy Charles Du quel aucūnes bandes de angloys ayant receu moult grande pecune sen allerent en Aquitaine et delesserent ses lieup et places quilz a uoyent occupe oustre et par dessus les loys contenues au traictie de la paip. ╓Dauen taige aucuns cheualiers de Bourgongne amasserent moult grant nombre de combatans

Guerre par les francoys en hespaigne

Guerre par les ágloys en hespaigne.

Lappel du cō te darmignac deuant le roy charles.

et allerent aspiement assaillir les bandes des larrons a samalate/ou ilz les myrent en fuy
te. Plusieurs aussi occirent/les aultres mis en captiuite et si recouurerent et saulerent
les prisonniers q̃ ces larrons eaulx tiblcurs emenoyent. ¶En ce tẽps/la royne femme de
charles a grãt ioye ⁊ liesse de tous enfanta vng filz q̃ fut nõme charles. Aussi abbeuille ⁊
les aultres lieulx et chasteaulx de la cõte de ponthieu par le moyen de Guy conte de saint
paul/et Jehan de castillõ/Les anglois delessez(La dure dominatiõ desquelz ilz ne po
uoient porter)se rendirent soubz la puissance et seigneurie du roy charles. Lappel du con
te darmignac ⁊ des aultres seigneurs daquitaine deduict en la court de parlement: par ar
rest publique. Le roy president/fut icelluy appel declaire receuable et deuement interiecte
Au moyen de quoy fut decerne commissiõ et mandement pour abiourner le prince de Galie
a cõparoit en personne ⁊ ester a droit en iugement. Pour laquelle cõmissiõ executer vng
Liniure que
fait edouard
aulx ambassa
deurs de fran
ce.
cheualier de beaulse dit capõnel/appele auecques vng conseiller sen alla a Bordeaulx. Et
quant ilz eurent au prince declaire la raison de leur legation/leur cõmanda hastiuement
partir de deuant sa face. Parquoy en diligence cheminerent a thoulouze ou seiournoit le
duc daniou. Mais ainsi q̃ les ambassadeurs sen alloient Edouard incontinant enuoya
apres eulx guillaume le moyne cheualier anglois pour les poursuyuir. Et afin q̃ cecy ne
fust veu estre fait par le commandement du prince. Apres que guillaume eut empoigne
capõnel au chãp de aguestz Capõnel(dit il)vostre hoste se complainct q̃ eschange de che
uaulx faicte/emenez le cheual a luy appartenãt/sachez q̃ a ton hoste te cõuient satiffaire.
Par aisi capõnel auec son cõpaignõ empoigne/fut mis en prison en aguestz/⁊ en deprisant
lappellatiõ dessusdicte Le cõte de Galie y guerre persecutoit le cõte darmignac ⁊ ses cõpai
gnons. Desquelles choses cõbien que y plusieurs legatiõs ⁊ ambassades dũg coste ⁊ dau
tre enuoyees fust lõguemẽt ⁊ moult dispute Disans les anglois ceste apellatiõ repugner
a la paix ia traicter ⁊ diffinie auec le roy Jeh⁓ en actendu principallement ⁊ la primerai
neseigneurie de aquitaine p̃ luy estoit remise au roy dangleterre. Au contraire repliqu⁓s
les francoys q̃ lappellation dessusdicte auoit este interiectee par le cõte darmignac/auãt
que le roy Jehan se fust desaisy ⁊ deuestu de la souueraine puissance de aquitaine/ Pour
lesquelles raisons au Roy Charles a bon droit appartenoit la presente cause dappel/qui
de soy reiecter ne deuoit les querelles et controuerses de ses subiectz. Toutes lesquelles
argumentations auec plusieurs aultres raisons abioustees. Apres quelles furent propo
sees et escriptes les enuoya Charles a Edouard en angleterre. ¶Ce pendant que ces
choses ainsi se faisoient. Le conte de perigort et les gascons qui auec luy estoyent a paris
vers le Roy: faisans diligence de poursuyr liniure que les ambassadeurs auoiẽt receu du
Roy dangleterre. Se preparerent en ordre de bataille. Et cheminans hastiuement auec
bonne puissance de leurs gens Quant ilz sceurent que Thomas Biraque partoit de vil
le neufue au champ de agenestz. Et alloit en Rouergue. Afin quil mist garnison au cha
steau estant en la ville. Assirent guect de trops cens hommes darmes a lencontre de tho
mas a deulx iectz de pierre de montoban. Doncques si cõme Thomas passoit auec soixã
te hommes darmes ⁊ deulx cens archers. Ceulx qui le guectoient le assaillirent et fut fai
cte clameur comme il est de coustume es choses soubdaines. Mais les anglois comme
Victoire con=
tre les ãglops
plus foibles furent vaincuz et Thomas qui cheuaulchoit vng treslegier cheual se reti
ta a montobã. ¶Ce pẽdãt phelippe duc ⁊ conte de bourgõgne frere du roy charles arriue

a angers lan de grace.m.ccc.lpip.espousa marguerite fille de lops cōte de flādres/ Aup
conditions q̃ sensuiuent cōfermees p̃ loy ꝗ serment. Les roys de france auoiēt tenu trops
Billespres de flandres/Cestassauoir/Lisle/Douay,et orches auecq̃s leurs apartenañ.et
depēdences. Et lops de flādres p̃ paction disoit a cause de ce lup estre deu dip mille liures
de rente annuelle ꝗ cent mille escus q̃ les roys de france nauoyent paye. fut doncques ac
corde q̃ soubz la foy q̃ principaulte du roy perpetuellemēt le conte posseberoit ces trops Bil
les au nō du cens ꝗ reddeuence dessusdictz/ꝗ q̃ auant toute oeuure lup seroient payez les
cent mille escus dōt cp dessus auōs fait mentiō: Mais se lops mouroit sans hoir masses
procrees en loyal mariage appartiēdroient les Billes p̃ droit herebital a sa fille margueri
te. Et se de phelippe duc de boutgōgne elle nauoit aucūe lignee masculine/retourneroiēt
icelles Billes aup roys de frāce. En baillant toutesuoyes ꝗ assignant aup contes de flan
dres/fussent masses ou fumelles/dip mille liures q̃ au côte lops estoyent deues auātle s
nopces de phelippe ꝗ marguerite Cest chose notoire q̃ les lorp des nopces de phelippe ont
este celles cp. Apres le mariage auoit charles delibere faire la guerre en angleterre soubz
la conduicte de son frere phelippe/esperant q̃ biē tost p̃ Biēdroit le roy de nauarre. Pour rai
son dequop chemināt a harfleur Receut nouuelles q̃ le duc de clocestrie party estoit dāgle
terre auec puissante armee pour Benir a callays Et q̃ de sa estoit alle a therouēne ꝗ a apre
ou il auoit fait plusieurs dōmaiges. Par ainsi son entreprinse delessce/enuoya Phelippe a
uec cōpaignye de gensbarmes cōtre se duc anglops Les têtes fichees deuant le regard de
sūg ꝗ de sautte sus la montaigne de tournehā non loing de ardere. Apres quelques legie
res batailles/Bint a plaisir aup capitaines des deup armees de cōbatre de toutes leurs
bandes ꝗ cōpaignyes de gens de guerre au lieu a ce desigue. Doncques p̃ les deup prices
choisiz furēt sip cheualiers dorcz q̃ le lieu de la bataille establiroiēt. Mais phelippe ne sce
pour q̃lle raison dillec partāt/sans faire puissance ny ouuerture de cōbatre/le duc anglops
sen alla p̃ callays a harfleur territoire de roue afin de bruler ses gallees q̃ estoiēt aup an
chres. Du quāt Bit q̃ en Bai ce faire sefforceoit/tourna son chemin p̃ derriere callays/ꝗ en
passant aup faulxbourgs de abbeuille prit hugues de castillon auecq̃s quelq̃ nōbre de che
ualiers de pōthieu. Loccasion de hugues prēdre fut celle cp/quāt les anglops p̃ pōthieu
retournoiēt de harfleur. Nicolas de louuai q̃ auoit este seneschal de pōthieu,ꝗ de hugues
pris/auoit paye la sōme de dip mille francs/nō ayant mis ce dōmaige en oubly/prit seul
lemēt Bingt hōmes darmes auec soy ꝗ se mucea debās la porte rouerie iusques a ce q̃l prit
et emenast prisonnier quelqung de ceulp q̃ sortiroient hors la Bille. Auq̃l tour hugues de
chastillō soigneup de sauoir ꝗ enquerir q̃l estoit lordre des āglops passans: douze hōmes
darmes tāt seullemēt auec soy appelez/nō sachāt le guet q̃ lō faisoit Bint a la porte rouerie
feignāt en ce lieu mectre garnison. Issu hors la porte/quāt il fut sans craincte arriue aup
murailles ou nicolas de louuai estoit muce/soubainemēt cōtre lup courut laduet faire ꝗ lē
poigna:ꝗ le mena prisōnier en āgleterre. Et cōe lup fust demābe grābe ꝗ trop excessiue tā
con. finablemēt apres longue detētiō de prison q̃q̃ue flagmēt negociatcut occultement
hugues deliura. Durāt ces dōmaiges ꝗ icōmoditez de guerre pource q̃ Charles nauoit
bourse ne repositoire de pecune pour lusaige de la guerre. Le cōseil a paris assemblē:p̃ la
cōmune deliberatiō de tous fut ordonne q̃ pour sa despenseordinaire du Roy ꝗ du daul
phin par chascun an seroit receu douze deniers de chascune siure du sel Bendu. Au regard

Le mariage
dentre phelip
pe duc de bour
gōgne et mar
guerite fille
du côte de flā
dres.

La prinse de
hugues de ca
stillon Aup
faulp bourg
de abbeuille.

des neceſſitez de la guerre et pour payer les gaiges et ſalaires des genſdarmes to⁹ les ha
bitans des villes ayans eſtat de viure fuſt en marchādiſe ou aultrement payeroiēt chaf
cun quatre liures & les labouleurs vne liure & demye de cens ou taille annuelle. Dauan

Aſſiete des tailles.

taige ſus le vi mis en vente fut aſſiſe ipoſition/ceſtaſſauoir q̄ dune queue de vin entiere
quāt elle ſeroit vēdue ſeroit lachecteur cōtraict de payer treize ſolz pariſis/& du vin q̄ chaf
cun mecteroit en vēte en deſtail ceſt a dire a meſures & a potz/le vēdeur payeroit au roy le
quatrieſme denier. Mais quāt on porteroit le vi a paris ſe ceſtoit vin frācoys/prēdroiēt
les portiers douze ſolz pariſis pour chaſcune queue/Se ceſtoit vi de beaulne prēdroient
double ipoſition q̄ ſeroit.xxiiii.ſolz pariſis. Et cōbien q̄ les deniers du roy fuſſent ainſi
petiz. Touteſuoyes ne ceſſoit le Roy de nauarre de pēſer quelq̄ fraulde a lēcontre du Roy
charles. Car cōe ſouuēteffoys enuoyaſt ſes meſſagers vers le Roy afin de ſoy recōſeiller
auec luy. Il ne leſſoit nēātmoins lalliance du roy dāgleterre delibere de ſuiui manifeſte
ment ſon party ſil ne aqueroit lamitie & aliāce de charles. Mais finablemēt obſtaiges
receuz a eulcuy/vint a vernō ou charles ſe tournoit et luy fiſt ſermēt de fidelite. ℄Lors

La baſtille ediffiee a la porte ſait anthoi ne a paris.

hugues aubriote eſtoit preuoſt de paris/q̄ ediffia a la porte ſait anthoine le bouleuart nō
me la baſtille dont la miſe & deſpenſe fut faicte des denyers p̄ le roy charles donnez a la cō
munaulte des pariſiens. Durāt ce tēps Robin canol et thomas grancon partirēt de an
gleterre et callays auec ſiz mille hōmes darmes & mille cinq cens archez. Et de ſainct ho
mer cheminās p̄ arthoys & arras (la riuiere de oyſe trauerſee) p̄ tout faiſās rapines & peil
ſeries/et aſſaillirent la ville de Reins. Tantoſt paſſerent les riuieres de aulbe/ſeyne et
yōne/et mirēt le ſiege a ablō au territoire de paris De la cōe ilz euſſēt ordōne leurs armes
entre ville iuiſue q̄ pluſieurs eſtriuēt eſte dicte iuſpe a cauſe de iulle ceſar. Touteſuoyes
ſus eulz ne furēt les pariſiēs aucūe courſe ne ſaillie cōbien q̄lz euſſent mille deuz cens hō
mes darmes en garniſon. Parquoy ne chōmerēt les ennemis/ainçoys quelques villaiges
biuferēt:puis apres q̄lz eurēt p̄ courſes & tibleries gaſte eſtāpes & la beaulce/en aniou che
minerēt.Du bertrand q̄ lors p̄ charles auoit eſte eſtably cōneſtable de frāce/les ſubiuga
dōt premieremēt il en occiſt ſiz cens/puis troys cens & finablemēt quatre cens/aucunes
places recouuertes q̄ iceulz angloys auoiēt occupe en aniou. Thomas grancon fut auſſi
epoigne & cōſtitue priſonnier. Peu de iours ap̄s furēt les angloys en diuers lieuz des frā
çoys ſubiuguez/ſi q̄ nul de ceulx q̄ eſtoiēt ſortiz de callays ſoubz la cōduicte de canol/eſcha
pa. Et cōbien q̄ du pape feuſſent venuz aucūs cardinaulz/faiſans diligēce de paix trai
cter entre les roys. Touteſuoyes en vain prindrent les ambaſſadeurs icelle peine. En ce
meſme tēps prit fin quelq̄ hereſie ou ſuperſtition iſſue des turlupins(ceſtoit le nō des he
retiques)q̄ ſe ſiouyſſoient eſtre nōmez de la cōpaignye des poures. Leurs liures et veſte

La ſuperſtiti on des turlu pins.

mens furēt biuleʒ au marche auy pourceaulx de paris hore la porte ſaict hōnore auſſi fut
iehanne dabentōne & vng aultre auecq̄s elle le nō duq̄l ne declairēt les hiſtoriēs/ſi non
q̄ & celle iehanne dabentōne eſtoiēt des principaulx preſcheurs dc ceſte ſecte. Mais ceſtuy
q̄ ſans nō mectons/cōe il fuſt trepaſſe en priſon auāt la ſentence de ſa crematiō/a ce q̄ ſon
corps ne pourtriſt/on le garda quinʒe iours dedans vng tas de chaulx/& au tout determi
ne pour ſa punitiō fut biule. ℄Charles dōcques de tout ſon eſtude les angloys pourſui
uant fiſt bertrand marcher en poictou auec grande puiſſance de genſdarmes. Henry auſ
ſi Roy de Caſtile amenant ſecours auy francoys. En ce meſme temps auec pluſieurs

nefz descendit par mer a la Rochelle/ ou il print trente cinq nauires de charge angloyses
qui partoyet du port. Et bertrand p le moyen du duc de berry receut les poicteuins en la
foy z alliāce du Roy charles. Aussi peu apres captaubuse des francoys vaincu en batail
le/fut mis en prison. Tantost la Rochelle/angoulesme/z paintonges auec plusieurs cha
steaulx du pais feirent mutinerie. ¶Mais peu de iours apres ensuyuās/pource q̃ iehā
duc de bretaigne auoit delesse la foy z alliāce du roy charles suyuāt les angloys/z q̃ les sei
gneurs du pays ne cōsentoiēt a sa rebelliō Guesclupy luy alla faire guerre. La venue du
quel ne voulut iehā actēdre/aincoys hastiuemēt en angleterre se retira. Apres la fuyte de
iehā/les bretōs receurent bertrand au nō du Roy charles/excepte troys chasteaulx ceft as
sauoir brest/auloze/et deruale. Toutesfoyes depuis assiegea bertrand le lieu de brest/les
seignrs de saual z clisson assiegerēt deruale Les bretoys aps q̃lz eurēt baille douze obstai
ges a bertrād/cōbien q̃lz eussent assigne iour au.pb.aoust de soy rēdre ou cōbattre. Neant
mois ilz ne firēt lung ny lautre. Et iehan de mōtfort auec le duc de seucaftre armee leuee
quāt ilz furent arriuez a callays couururēt en atthoys z vermandoys faisans propes z ra
pines p Reins z chāpaigne. finablemēt la riuiere de loyre trauersee se retirerēt a borde
aulx p les francoys persecutez de fuyte/meurtres z de plusieurs dōmaiges. Car phelip
pe duc de bourgongne q̃ les costeyoit souuent leur trāchoit le chemī z mettoit a mort tout
ce q̃l rēcontroit. Sēblablement iehan de viēne cheualier trespreux vaiquit cinquante hō
mes darmes z archers angloys/si q̃ de trēte mille cōbatans q̃lz auoyent amene dangleter
re six mille tāt seulement repasserent la riuiere de garōne. Jehan de montfort ayant re
prins son couraige/partit de bordeaulx auec puissance danglops z sen alla a auloze ou sa
fēme residoit. Quāt illec fut arriue/a soy appela aucūs euesques z seignrs de bretaigne
Laqlle chose venue a la cōgnoissance de charles: il enuoya nouuelles bandes de gens de
guerre a bertrant guesclupy q̃ tenoit le residu de bretaigne. Ce pendāt les ābassadeurs de
france z angleterre a bruges assemblez auecques les ambassadeurs rommains/afin que
paix fust faicte entre les Roys. Riens ne peut estre traictte ne diffiny. finablement las
semblee de bruges a boulongne translatee. Apres que p ambassades et legations souuēt
reiterees. Les ambassadeurs du pape par le consentement de charles eurēt oultre lequite
offert quelq̃s choses au Roy dangleterre. Respondirent les angloys estans a callays au
nō de edouard/q̃ de ce seur Roy aduertirent et a bruges dedans le premier iour daoust en
suyuant enuoyroient la response de edouard. Mais ce pendant furuint la mort dicelluy
edouard q̃ trepassa la vigilie de la feste sainct iehan baptiste. Lan mil. ccc. lxxbi. ¶Aps
ces choses ainsi faictes. Charles ayant regard aux choses futures/fist oraison et haren
gue publique en sa court de parlement/puis publia ceste loy touchāt les enfans qui doref
nauant succederoient au royaulme de france. Cest assauoir chascun filz aisne du Roy de
france deuoir receuoir ladministration du royaulme quant il auroit acquis laage de qua
torze ans/a ce que par trop longue tutelle occasion nescheust aux mal veueillans exciter
choses nouuelles. ¶Lannee ensuyuant qui fut Lan de grace mil. CCC. lxxbii. en
tretenoit Charles cinq armees en cinq diuers lieux du pays de france. ¶La premiere
armee que menoit le duc daniou acompeigne de Bertrand guesclupy/Cheminant par a
quitaine/partie dassault et de force darmes/partie par voluntaire redition/print condac
bergerac Saincte foy assise sus le bort de lariuiere dordonne/castillon/sāmutre/cāberet
　　　　　　　　　　　　　　　　　　　p.iii.

La rebellion et trahison dé Jehan duc de Bretaigne.

L'ordonnance du Roy charles le quint tou chant les filz qui doyuent succeder au royaulme de frā ce.

Machaice auecques le chasteau et la cigõne/en quoy faisant fut Sainct Thomas festõ
qui ayant cinq cens hommes darmes non loing de Riolle auoit combatu auec Jehan de
Bueil en champ de bataille. Sicõme par tout se tendoyent les seigñrs de aquitaine/ ceulx
qui estoient de la maison durasse sen fouyrent aux anglops. Parquoy du lac de lesse que le
duc danjou auoit delibere assieger/ se retirant a durasse premierement receut les citoyens
au serment de fidelite/ puis assiegea le chasteau tresbien fortiffie: dont il obtint iouissan
ce apres le vingt et vngiesme iour de la siegement moyennant que les chastelains se ren
dirent. Et pource que lhyuer cõmenceoit il enuoya ses gensdarmes hyuerner. Mais cli-
son qui tenoit alors assiege obtint le lieu parmy la pointement que firent les anglops a
uec luy a ce que franchement et a seurete sen allassent. Par ce moyen toute bretaigne excep
te les bretons vint soubz la puissance et seigneurie de Charles. Au regard des galaires
capitaines et gouuerneurs de ses nauires/ ils portez par mer en angleterre prindrent say
ce qui nest petite cite et la brulerent. Dauantaige phelippe duc de bourgongne cheminãt
a callays subiuga œbre/ et aucuns chasteaulx estans parmy le champ de callays/ ou il
se mist pour passer lhyuer et y assist trespuissante garnison darbalestiers et canõniers.
⟨Durant ces iours charles empereur des rommains cheminant par henault et cam
bray pour desir de veoir et visiter le roy vint en france. De la venue duquel le roy Char
les par ses lettres aduerty/ enuoya gens au deuant en tous et chascuns les lieux ou le pe
re vit venoit passer/ afin de le reueiller et treshonnorablement receuoir. Et encores cõmanda
aux ducz de bery et de bourgongne a Laiterresque de sans/ et au seigneur de hatrouet ilz
allassent aussi au deuant de luy a senlis. Quant de retour furent arriuez au village du
boutte. Pource que lempereur estoit mallade des gouttes Charles hastiuement luy en
uoya vng chariot et vne lictiere artificieusement construicts de or et pierres precieuses.
Le lendemain lempereur mis en ceste lictiere apres que en grant reuerence et veneration
eut veu et visite les sainctes reliques sepulchres et tressacrez monumens de la religion du
monastere sainct denys/ En sa chambre retourne: sicõme par la fenestre regardoit en la
court de son logeis et hostellerie. Durel de la riuiere et Nicolas de truche qui estoient des
maistres de lhostel du Roy domestiques/ au nõ de Charles presenterent a lepereur deux
excellans et courageux cheuaulx tresrichement phalerez et aornez des armes des frãcops
Et autant a son filz Roy des rommains. Lequel don treslibéralement et ioyeusement re
ceut lempereur disant en ceste maniere. Je entrerap a paris monte dessus lung de ces che
uaulx. Lempereur sortant de sainct denys/ le preuost de paris/ le preuost des marchans et
le cheualier du guet accompaignez de grande multitude de citoyans parisiens en bon ordre venans au deuant de luy sus cheuaulx/ glorieusement le saluerent. Le roy Charles
apres quil sceut que lempereur partoit du village de la chappelle/ sortit de paris en merueilleux appareil et pompe/ Auec grant nõbre de ducs/contes/seigneurs et euesques chas
cun cheminant en diuers offices et destrinens selon son estat et dignite. Quant ilz furent
arriuez vng peu au dessus du moulin qui est pres du grant chemin sainct denys: les prin
ces semõs lung deuant lautre face a face/ la teste decouuerte/ Les ambassadeurs et accol
lemens faicts treshonnorablement se saluerent. Tantost Charles au roy des rõmains saluta
tion a luy faicte/ ayant lempereur a dextre et le Roy des rommains son filz a senestre au
meillieu deulx il chemina iusques a ce que lon vint au palays: ou Charles auoit cõmande

Bretaigne re
duicte soubz
la puissãce du
roy de france.

La pompe fai
cte a la venue
de lempereur
des rõmains.

tresgrande & spacieuse salle estre acoustree et armee de tables et tapiz pour sempereur te=
ceuoir. Apres que par aucuns iours eut dure se festaige et que ses princes eurent parle lõ
a lautre faisans dons mutuelz/amptie entre eulx par foy et serment conferme. Lempe=   Lautel de ar=
reur & son filz partans de france commanda Charles ses conduyre a ses despens iusques   le.
a mouse. ℃ Ie trouue es croniques des escripuains francoys que sempereur donna au
daulphin aucuns chasteaulx de la terre du daulphine et linstitua lieutenant & vicaire de
sempire au royaulme de arle. Aussi que arle arste la principalle cite & la clef du royaulme
des bourguignons/car cest chose certaine quelle a obey a lempire. Et comme getruays es=
cript les anciens lappelloiēt arelate cest a dire lautel large. Car en ce lieu pres la cite qui
estoit dicte Rochette estoient deux coulonnes basties & sus icelles coulonnes estoit mis
lautel/ou le peuple en grande multitude de toutes pars assemble auoit de coustume tous
les ans au premier iour du moys de may faire sacrifice des choses humaines pour sa san
te et prosperite. ℃ A ceste cause achetoient de la pecune publique troys iouuenceaulx &
apres que tout au long de san ses auoient engressez. Au iour a ce faire establ les sacrifi=
oyent dessus lautel/& du sang des iouuenceaulx aspergeoyent le peuple a lentour dillec af
sistant. Laquelle serimonye osta sainct trophime qui estoit des soixante et douze disci=
ples de ihesucrist/& de iudee en ce lieu enuoye/Disant par son enseignement que du sang
des hommes mortelz ne deuoient estre enrosez/ains cops du sang de ihesucrist. ℃ Apres le   La trahison
partement de sempereur/par ses lettres dancuns seigneurs congneut Charles que le roy   du Roy de na
de nauarre par occulte fraulde et trahison auoit pense et machine plusieurs choses a len=   uarre.
contre du Roy iehan son feu pere et depuis contre luy. De laquelle trahison Iaquet rue
varlet de chambre de cil Roy de nauarre estoit principallemēt coulpable/qui lors enuoye
auoit delibere chemiker en france. Cestuy quant il fut en france venu. Incontinant on
lempoigna et le mist on en prison/trouue saise dung caser ou estoient escriptes
ses trahisons conceues a lencontre du Roy charles Et comme en ce temps charles filz du
Roy de nauarre/seurete impetrer/fust alle a senlis ou estoit le Roy de france/sefforcant
par plusieurs prieres et intercessions desliurer iaquet/apres que sa trahison et ses crimes
par luy commis luy furent decouuertz. Commenca le Roy a dire luy en ceste maniere. Non
seullement ne pouuons absoulure tant peruers homme/Ains cops ordonnons prendre de ton
pere ses terres et possessions estans en mon royaulme & y mettre garnison de mes gens q
en foy entiere & loyalle me seruiront. Auec le filz du roy de nauarre estoyent venuz vaul=
douyn beauferrand/en la puissance duquel persontoient plusieurs nauatroys villes et
chasteaulx. Et combien quil fust tenu et oblige par serment de les liurer au roy. Toutef
uoyes delesse ne fut sans auoir garde a lentour de foy iusques a ce que sa chose parfaicte
desliure fust et decharge de son serment. ℃ Pour raison dequoy Phelippe duc de bourgon
gne de par le Roy en normandie enuoye/Voyant que en vain demandoit ces chasteaulx
luy estre renduz/et que les gensdarmes qui les tenoyent estoyent obstinez a rebellion/de
fait et de force darmes auec layde de bertrand de Guesclyn les recouura. En quoy fai
sant fut prins Pierre de nauarre a Bretoille auec marie son espouse Lesquelz mer en pri
son commanda le Roy estre honnestement traictez et/plusieurs des places dessusdites
raser et destruire. ℃ Ce pendant que ces choses faisoit Phelippe en normandye/Pierre
de tertre secretaire du Roy de nauarre/par le commandemēt de Charles fut pris au chasteau

La punition
des traisttes
nauarrops.

bernard/coulpable des maulp que le Roy de nauarre auoit contre icelluy Charles cōspi=
re. Punition doncques de luy faicte tresBehemēte. Aussi de iaques son cōpaignon/leurs
corps en quatre parties diuisez. Penduz furent a potences deuant les quatre principalles
portes de paris. ℟Durant ce temps mourut le sainct pere Gregoire Bnziesme de ce nō
qui(auignon delesse) auoit remis le siege apostolique a romme. Apres lequel Boulās les
cardinaulp eslire Bng successeur: les Rommains mutinez et resistans a ce que de rechef
ny fust institue aucun francoys/declairerent pape Berthelemy de laigle/la plus grande
partie des cardinaulp a ce contredisans. Pour raison dequoy issuz de Romme sen allerēt
aup champs ou ilz esseutent Clement septiesme/et pape linstituerent. Quant les cardi
naulp par leurs messagers de cecy eurent Charles aduerty. Charles suiuant le party de
clement escriupt aup princes ses amys quilz le Boulsissent soustenir et deffendre. Mais
le Roy de boheme et les flagmens a ce tantost ne acquiescerent: aincops Berthelemy fa
uoriserent. Et charles empereur des rommains trespasse. Son filz Roy des rommains
Afin quil Bint au lieu de son pere adheroit a cil Berthelemy esperāt de luy receuoir le dya

Le iugement
faict ē la court
de parlement
contre Jehan
de montfort

desme de lempire ℟formant en ce temps Jehan de montfort que iay dit auoir suiuy les
angloys: et a iceulp donne secoures et apbe aup guerres passees: a sencontre du Roy de stā
ce. Tiercement appele en la court de parlement Pource que Benit et cōparoit ne Bouloit
par contumace/priue fut dela dignite du duc et ses biens publiez et au Roy confisquez.
Dela en apres aucuns seigneurs de la noblesse des bretōs appelez. Entre lesquelz les pri
cipaulp estoient Jehan de rohā/Jehan de laual/et le seigneur de clisson/qui tenoient les
Billes et chasteaulp du pays. Charles leur remonstra quelle auoit este la sentence don=
nee contre Jehan de montfort a cause de sa trahison. Pourquoy Boulsissent pour oster loc
casion de guerre/luy rendre et soubz sa puissance liurer les lieup et places dont ilz estoient
gouuerneurs et capitaines. Duyela persuasion et remonstrance de charles. Les seignrs
dessusdictz iurerent obeyr. Mais apres que prenans congie du Roy furent en Bretaigne
retournez. Auant toutes choses Jehan de rohā se hasta tappeler Jehan de montfort dan=
gleterre/Establissant garnison de gensBarmes es lieup Boisins et liniestrofes de france
Celle chose congneue le duc daniou par le commandement du Roy charles son frere/gēs
de guerre leuez et amassez sen alla en Bretaigne. Et quant iehan de rohan sceut quilz Be
noient il les delaya par Baines et friuolles ambassades/saignant paip et accort(comme
depuis fut congneu) iusques a ce tant seullement que Jehan de montfort Bensist dangle
terre. Lequel finablement auecques compaignyes a puissance dangloys en bretaigne ar
riue/combien que par plusieurs moyens fust Beu querir et demāder paip/Neantmoyns
riens ne fut fait. ℟Ce pendant que le duc daniou en Bain le temps consumoit en Bretai
gne. Les flagmens selon leur coustume de rechief leur conte delesserent et contre luy se re
Bellerent. Et le preuost de gand occis que le conte leur auoit baille pour iustice entre eulp

Rebelliō des
flagmens con
tre leur conte.

administrer feirent troys armees/et en Bng mesme temps assaillirent Aldenarde/ypres
a alloste. Mais Phelippe duc de bourgongne et gendre du conte de flandres cheminant
a tournay enuoya messagers a aldenarde par deuers les flagmens. Requerant que a cer
tain iour entre eulp assigne ne Boulsissent reffuzer de Benir a soy pour ensemble parlamē
ter. Sicomme ilz Benoient communiqua le duc de bourgongne auec eulp entre Toutnay
et aldenarde. finablement apres que Phelippe congneut ce que leur faisoit mal/proposa

ꝗ mist en auant les moyens ꝗ cõditions de paix et reconsiliation. Lesquelles mises en escript et par serment confermees et corroborees/pardonna le conte aux coulpables de sa rebellion ꝗ desobeissance enuers soy commise. ꝰ Oultre ces choses a montpeslier fut fait vng piteux meurtre. Car par les citoyans cruellement furent occis quatre vingtz hommes nobles. Entre lesquelz furent messire Guillaume poutesse cheualier et chancelier du duc daniou. Guy dessere et arnault preuost dicelluy lieu. La cause de ce meurtre comme lon dit fut ceste cy. En la prouince de narbonne qui maintenant est nommee languedoc. Loys duc daniou frere de Charles estably estoit de par le Roy gouuerneur. Au nom duquel comme pour les fraitz des guerres en ce pays epigeoyent les baillifz preuostz et se neschaulx taille ꝗ impositions/mutinerie au peuple engendree/Les cruelz citoyens hommes de sang les tuerent. Et les corps des mortz iecterent dedans treshault et parfonds puis. Ce tant cruel et detestable crime sans punition ne passerent. Car le duc de gensdarmes equipe ainsi quil alloit a mõtpeslier/Tout le peuple fondu en larmes ꝗ pleurs et gemissemens issit hors la ville/Et les conseilliers du lieu portans cordes de chanure a sen tour de leur col/parmy le chemin prosternez. Au deuant du duc cheminerent par miserable clameur requerans pardon et misericorde. Auec le duc assistoyent les cardinaulx darnergue ꝗ les ambassadeurs du pape Clement/qui sa estoient venuz pour icelluy duc appaiser. Le lendemain que le duc fut arriue en la ville/acompaigne de plusieurs hommes de dignite excellante monta dessus leschauffault qui dresse luy estoit au meilleu du marche dont veu et regarde de tout le populaire/comme il eust contre les citoyans pronõce griefue sentence. De rechief clameur faicte requeroit le peuple incessammẽt misericorde. Par lesquelz cris ꝗ lamẽtables pleurs les cardinaulx et ambassadeurs du pape meuz de pitie et compassion. Finablement le couraige du duc ployerent ꝗ amollirent/faisans moderation de la rigueur et seuerite dicelle sentence. Pitye doncques y eut lieu Car iasoit ce que six cens hommes eussent este condãnez a mourir/toutesuoyes ceulx seullemẽt qui auoiẽt le meurtre commis et qui en estoient coulpables furent reseruez a la voulente du roy. Aussi combien que les biens de tous les habitans fussent confisquez. Lamoictye leur fust remise et quictee. En quoy faisant rendirent toutes les armeures quilz auoient/et recompenserent tous les despens que le duc auoit euz et soustenuz a loccasion dicelluy meurtre.

ꝰ Lors en languedoc du demourant des guerres precedentes estoient aucuns ribleurs et peilleurs/Qui par larcins et peilleries continuelles gastoyent ꝗ affligeoient le pays A lencontre desquelz ribleurs les habitans requirent apde du Roy Charles luy promettans doubles tailles pour les fraitz ꝗ charges de celle guerre. Guesclyn auecques puissance de gens de guerre vers eulx enuoye. Quãt il arriua a neuf chastel pres de beauquaire que tenoient les ennemis/tantost fut assiege/et de maladye detenu/Le huitiesme iour apres alla de vie a trespas Neantmoyns ceulx qui estoient en garnison voluntairement rendirent et liurerent le chastel. ꝰ Durans ces iours ne se reposa Richard filz de Edouard et nouuel Roy dangleterre. Aincoys larmee des anglois descendit dangleterre a callays. Dont issit thomas filz de Edouard equippe de huit mille combatans faisans courses en arthoys/vermandoys/Souessons/Chalons/Troys/Sens/Gastinoys/Beaulce et bõneual. Et apres ꝗtz eurent prins ꝗ emmene aucuns nobles cheualiers sen allerent en bretaigne ou legierement furent receuz par Iehan de montfort. ꝰ Lors les flagmens

Meurtre cõmis a mõtpeslier.

La vengence du meurtre de montpeslier.

Course des ãglovs en frãce.

Le trespas du Roy charles le quint. esmeurent guerre contre leur conte/qui facillement leur rebellion reprima/Print ypres ꝙ fist punition de ceulx qui auoyent cõmis ceste rebellion. ❡Ce pendant suruint la mort du Roy charles Laquelle porta la cause de plusieurs dommaiges et incommoditez aux francoys. Car cõmme il fust et eust este ti espropice a entretenir sa paix en son royaul̄me ꝗ a conduicte la guerre quant besoing en estoit. Le temps ensuyuant changea beniuo̅lence/vnanimite et charite a discordz et tresgriefues inimitiez. Charles tresprudent roy quant il se sentit mallade/ses deux enfans quil delessoit ieunes et en bas aage. Cestassauoir Charles et Loys/Mist soubz la tutelle de Phelippe duc de Bourgongne son frere puysne ꝗ de loys duc de bourbon. Au regard du gouuernement du royaulme il ordonna ꝗ son frere Loys duc daniou qui estoit plus antien en auroit la conduicte Jusques a ce que son filz Charles a qui p droit daisneesse estoit deu le royaulme eust quatorze ans. Mais le saige roy (Certes il merita estre apele saige)et trepassa en la tour de beaulte au boys de Vicennes. Aultrement et tout au contraire fut faict et dispose. Du boys de Vincennes fut son corps porte a sainct anthoine des champs/ou il fut garde par aucuns iours iusques a ce que ses troys freres fussent venuz. Sicomme le docil et conuoy funebreux sortoit de leglise sainct anthoine. Les escolliers de luniuersite de paris qui la estoient en grant nom̄bre pour la pompe regarder/Repoussez par les sergens de Hugues aubriot preuost de pa**La mutinerie des escolliers de paris.** ris pource peult estre quilz empeschoient le conuoy de passer/se mutinerent contre le preuost et ses sergens:dont les aucuns qui purent estre empoignez furent mis en prison/tou tesfoyes peu apres par les filz du Roy furent deliurez. Le cueur de Charles fut enterre a Rouen et le residu de son corps a sainct denys. Lan de grace Mil.ccc.lxxx.

❡Comment les parisiens ne voulans soy assubiectir a la seruitude des tailles et subsides par plusieurs foys se mutinerent en sorte quilz occirent tous les collecteurs dicelles tailles. De laquel le mutinerie les parisiens appaisez octroyerent au Roy Charles sixiesme la somme de cent mille francs.

Conseil touchāt de sacrer le noueau roy ꝰ Ombien que lon ne doubtast du successeur du royaulme. Toutesuoyes pource ꝗ Charles filz aisne qui fut appele sixiesme/nauoit aage suffisant et que le pere a uoit estably regent au royaulme et tuteur a ses enfans. De laquelle institutiõ nestoit bon accord entre les princes. Les seigneurs de tout le royaulme a paris se assem̄blerent pour prendre conseil de sacrer le nouuel roy Car disoient les princes p le conseil de Pierre dorgemont que licite nestoit sacrer le Roy auant laage de quatorze ans/ne proffic table a la chose publique que ladolescent de tant petit aage receust le soing et la cure des choses. Ce que le pere Charles auoit voulu et par loy conferme. Au contraire furent plu sieurs hommes notables en aage et doctrine/tournans en la pensee de leur entendement la misere et calamite tant des choses presentes comme de celles qui estoient a aduenir Se le royaume estoit de plusieurs gouuerneurs administre. Que au brief et tost finissable temps de administration receue Penseroit chascun plus de son proffict particulier que de celluy de la chose publique/comme de richesses amasser/sa seigneurie et principaulte am plisfier. Et seroient les vngs enuyeux contre les aultres/dont seroiēt guerres ꝗ rebelliõs engendrees. Aussi qui peu aduient sans estrif plusieurs ensemble gouuerner et administrer vne mesme chose. Mais se la chose publique estoit gouuernee soubz le nom et empire dung seul roy. Que facille seroit tous a vng regarder de couraiges et voulentez concordables. Parquoy seroit necessaire aller sacrer laisne Charles ҩ puis toutes les choses du royaulme soubz son nõ administrer. A laquelle oppinion ne repugnoit la loy du pere. Car sil eust pense quelle fust tournee a detriment. Deuant toutes choses commande eust la destruire et abolir. Disoient aussi que des loix on doit vser quant elles sont au peuple conuenables. Et au contraire lon sey doit abstenir quant elles nuysent. Ceste oppinion fut loppinion de plusieurs. Principallement de Jehan des maretz. A laquelle loys duc dan iou facillement consentit. Mais les aultres freres par lessort et la suggestiõ de pierre dol gemont. Grandement deffendoyent la loy faicte par le pere Et peu deffaillit que les couraiges dentre eulz irritez ne tournassent a mutinerie et a guerre. Car des ce temps chascun amassoit ҩ a soy preparoit gens en armes. Et les anglois ennemis enuoyoient leurs gensdarmes maintenant en Aquitaine/maintenant en Bretaigne/de la en Normandie en Arthoys/et par tous les portz de la mer. Entre tant repugnantes et contraires oppinions pource que riens ne peut estre determine la congregation du conseil fut desassemblee Mais par les prieres ҩ intercessions daucuns bons et saiges hommes/du consentement et voulunte des princes furent esleuz arbitres qui le negoce diligemment examine si grã de chose appaiseroient. Les arbitres doncques assemblez par leur sentence fut dict et ordonne que Charles seroit sacre et Roy nomme/que en son nom deuoient toutes les choses du royaulme estre faictes et conduictes/que les seigneurs et subiectz luy seroiẽt foy et hõ maige auec serment de fidelite ҩ ne seroit faicte guerre sinon soubz sa conduicte. Que les iouuenceaulx adolescens Charles et son frere Loys seroient cõme soubz la cure et prouidence des ducz de bourgongne et de bourbon/qui les esleueroient ҩ cõduyroient comme il apartient de conduyre les enfans du roy et les enseigneroient iusques a laage de quatorze ans. Que tous les deniers du Roy seroient mis en la bourse royalle Et au regard des meubles et vstancilles ensemble tout ce que Charles le quit possedoit au tẽps de son trespas fust or ou argent iuste part et legitime portion premierement assignee au nouuel roy seroient baillez en garde a Loys duc daniou. Lequel iusques a ce que le Roy fust en aage vseroit tant seullement du nom de regent/ҩ assisteroit appele au traictement des choses communes. Ces choses ainsi diffinyes ҩ ordonnees par les arbitres les princes y consentirent ҩ fut celle loy deuant le peuplr publiee. ⊂ Les principaulx du royaulme paisibles et apaisez. Pource que aux gensdarmes nestoient payez aucuns gaiges comme ennemis iceulx gensdarmes affligeoient le peuple de larcis stupres et adulteres. Pour raison de quoy les laboureurs delessans les champs et villaiges/retiroient leurs biens es villes ҩ chasteaulx. Et ne valut lauctorite du regent a lencontre de la cruelite diceulx gensdarmes. Combien que leurs capitaines a soy appelez se fust efforce souuentesfoys les espouenter par menaces. A ceste cause se mutina le peuple en plusieurs lieux/dissentions et mutineries se leuerent. Le regent toutesuoyes par sa prudence et benignite appaisa les parisiens. Lors (bertranõ de guesclupy moit)nestoit aucun connestable en france pour gouuerner la gendarmerie. Parquoy disoit le regent que a soy appartenoit vng connestable instituer au contraire disans les ducs de bourgongne et de bourbon/que de nõ seullemẽt

Les maulx ҩ font les gensdarmes sans gaiges.

Estriuement touchant linstitution du connestable.

eftoit regent. Mais q̃ toutes chofes deuoient eftre renuoyees et tranfmifes au Roy. En
ce temps eftoit Charles aMelun/ou eftoit larmoyrie de fon pere auec grande partie des

Signe de ma
gnimite au
ieune Roy

meubles et Bftencilles. Ceftuy adolefcent Roy fe delectoit es belles armeures. Et de ce
quelquefoys auoit baille figure et demonftrance a fon pere. Car quant il luy monftra la
couronne et fa fallade/et luy demanda lequel des deux mieulx aymoit. Il defira et choi-
fit la fallade. Auffi tantoft apres monftra vng femblable fait aux officiers de fa maifon
Car les trefprecieux et riches meubles de fon pere deuant luy defployez auec diuerfes for
tes et efpeces darmeures. Il refpondit que mieulx et plus eftimoit les armeures que les
richeffes. Laquelle chofe comme ie cuide eftoit fignificatiue des dõmaiges a venir. Car
en nulle aage des roys predeceffeurs La chofe publique des francoys tant ne approcha de
deftruction comme au temps de ceftuy et de fon filz Il dõna vng aultre figne de grant cou
raige. Quelque cardinal eftoit nõme dampens qui caufe auoit efte de croiftre les tailles

La fuyte du
cardinal da-
myens.

et tribuz: et aucunefoys cruellemẽt auoit traicte Charles/fon pere encores viuant. Dõt
maintenant Charles memoratif commenca a dire au fauoyfien qui pres de la eftoit. Sa
uoyfien a cefte heure ferons deliurez de ce preftre. De la quelle parolle le cardinal efpouen
te/haftiuement par douay fe retira en auignon ou il emporta grans denyers quil auoit a
maffe du bien publique. Certes entre les francoys aucunefoys a efte experimente plus
de dommaige eftre porte a la chofe publique quant les chofes font gouuernees par le confeil dung preftre. Que quant aucun homme prudent de la nobleffe du fiecle/eft eftably au
gouuernement des chofes. Car le preftre par ie ne fcay quelle infatiable ambition appro
prie et actraict tout a foy. Mais lautre ayant du peuple compaffion a penfant que le com
mun dommaige eft le fien/felon fon pouoir bien pouruoeoit au prouffict de la chofe publi
que. Le preftre de dignite recueillant pompe et honneur mondain. De tant plus hardiment amaffe fes richeffes/comme moyns crainct vengeance et punition foubz la protectiõ
de la liberte ecclefiaftique. Mais lautre fachant fes richeffes eftre conioinctes auec la
chofe publique: du dõmaige publique il prophetife et preuoit le particulier. Car qui fon
eftat confidere par cellup de la chofe publique: bien entend que fans elle ne peult en feurete demourer. ❧Ie retourne au conneftable. Deulx feigneurs tant feullement trefpreux
et de grant nom au fait de la guerre eftoient a lentou du Roy. Ceftaffauoir le conte de
Sancerre et le feigneur de Cliffon/trefuaillant cheualier de la nobleffe de bretaigne Sancerre interrogue fe loffice de conneftable vouloit exercer. Refpondit que Guefcluyn en
cil office tellement ceftoit porte que nul apres luy feroit veu faire chofe digne de memoire
Parquoy de loctroy du Roy celle dignite fut baillee a Oliuier de cliffon. Auquel incontinant fut baille commiffion de marcher deuant auecques compaignye de genfdarmes a
Reins ou le Roy deuoit aller pour eftre facre. Apres que Oliuier fut party/fe fuyuit le

Charles fixi
efme. pliiii.
roy de france.

roy equipe de grande multitude de ducs et de feigneurs. ❧Lors fauofin homme de petite preudhompe le maniment et adminiftration auoit des denyers du roy. Ceftuy empoigne (le roy fen allant a melun) et de mort menaffe. Fut contrainct par le duc daniou regẽt
en france le trefor du roy reueler. En icellup trefor eftoient lingos dor maffif auec grande
multitude daultres chofes precieufes. Lefquelles enfẽble prifees faifoient cent foys huit
cens mille efcus. Lequel nombre felon le compte fait a la mode de france faifoit dix huit
millions. ❧Apres que loys duc daniou eut receu le trefor il fen alla a Reins au facre du

Roy. Et apres quil fut sacre/z que lon fut venu au lieu ou le banquet estoit prepare/qui
estoit en la maison de larceuesque. Entre les princes escheut cotrouerse et altercation tou
chant lordre de lassiete et prelation/priorite et posteriorite. Car loys duc daniou comme
aisne sefforceoit aller deuant son frere Phelippe. Lequel au contraire arguoit soy disant
per de france et doyen de paris. Et pource le premier siege apres le Roy luy estre deu. A
ceste cause ouy le conseil des seigneurs/vuida le Roy ce proces Et a phelippe en tant que
touchoit la matiere presente et le cas qui se offroit/ordonna le premier lieu z le hault bout
a la table. De laquelle chose neantmoyns le duc daniou offense vsurpa le lieu plus prochain du Roy. Mais phelippe sans riens chommer saulta et se assist au meillieu cestassauoir entre le Roy et le duc datiou Pour lequel fait/ou pour sa hardiesse temerite acquist
le surnom de hardy. Charles retourne a paris/le conte de sainct paul tomba en
suspecon de trahison/pource que sans le conseil du Roy auoit espouse la fille de Richard
roy dangleterre. Toutesuoyes il purge de ses pretendues excusations obtint du Roy pardon et remission. Tantost apres exercant son enuye a lencontre de bureau riuyere/Le ac
cusa dauoit escript lettres aux anglois afin de les faire descendre en france. Pour raison
dequoy bureau se retirant de la court manifesta celle chose a Oliuier de clisson. Lequel
comme il fust son amy/se transporta vers le Roy et de tout son pouoir excusa bureau. Et
iasoit ce que plusieurs des maistres de lhostel du Roy et aultres officiers luy fussent con
traires. Toutesuoyes il impetra grace a son amy. CCe pendant les gensdarmes ne ces
soient de greuer le peuple parmy les champs/et les ducs freres. Loys et phelippe aussi oc
cultement leur fureur exerceoient/hayneux estoient et le bien lung de lautre tollissoient.
Loys estoit marry tant seullement iouyr du nom de regent sans aucun prouffict de digni
te. Phelippe au contraire se plaignoit que loys auoit vsurpe les meubles z tresors du roy
sans en auoir au Roy baille aucune portion. Pourtant craignoient tous que ire et indignation des princes les flagmens de guerre excitast. A ceste cause entre lung z lautre al
loient prelatz exortateurs de beniuolence et charite. Et ceulx dentre les seigneurs qui
estoient de couraige paisible/soigneusement sefforceoyent entretenir les freres en amitie
De laquelle chose Jehan des maretz excellant homme en doctrine et faconde fist requeste aux princes. Finablement les haynes et rancunes assoupies/retournerent les freres
en mutuelle charite.

Tapres quilz furent reconseillez quelque petit /. Le poure populaire des parisiens presse fut de nouuelle fureur/soy complaignant estre foullee de trop grā
des tailles. Parquoy cheminant vers le preuost des marchans/le contraignit
venir en lassemblee/ou lung du populaire plus hardy q̄ les aultres pour et au
nō de la cōmunaulte requist les tailles z tribuz estre ostez. Et cōme cecy aultrefoys eus
sent requis sans estre ouyz z exaucez/ia estoit venu le temps auql besoing estoit leur satis
faire. Plusieurs desirās sobrimēt resistera celle enflabee z esmeue multitude/pensās q̄ se
la chose estoit remise au lēdemain/pourroit estre leur fureur appaisee tenouererent le negoce
au lēdemai. Quoy voyāt quelquun des antiens cordanieve se leua disant. La pōpe z gor
re des seigñrs z officiers de la maison du roy/tonbe sus les espaulees du peuple/z tout ce
quilz despendent par luxure et lubricite sont noz dommaiges et calamitez La temerite de
ce vilmanouurier vsa iehā damnan chancellier de france arguer/z obtint q̄ la requeste du

Debat entre
les prices tou
chāt lordre de
leurs sieges.

Hayne entre
les freres.

Lamutinerie
du populaire
de paris

populaire transferee fut au lendemain. ꟘLe delay ne restringnit sa fureur. Car le len
demain reuint le populaire plus enflambe/ Et tant fist que le roy auec ses prochains luy
octroya sa requeste. Et afin que cil populaire retournast plus paisible en sa maison/com
manda le roy Jehan des marestz quil parlast publiquement a luy./ Et les causes reciter
pour lesquelles sont payez tailles et tribuz aux gouuerneurs de la chose publique/et com
ment ceulx qui presidoyent estoyent subiectz a porter et soustenir plusieurs charges pei
nes et trauaulx. Que plusieurs guerres auoyent este conduictes par Charles son pere/a
encores deuoient estre soustenues par luy son filz: qui bien ne pouoyent proceder sans lai
de du peuple. Que les rentes et reuenues du domaine du Roy et sa bourse royalle auoy
ent este diminuez par liniquite des anglops. Que le roy deuoit estre tuteur et protecteur
de la liberte publique et du peuple: et le peuple son coadiuteur. Parquoy raisonable estoit
gracieusement souffrir/ Se quelque chose dure estoit par necessite commandee. Neant
moins que maintenant chose agreable estoit au Roy oster ses tailles et tribuz. Et quilz
alassent en leurs maisons et cessant de faire mutinerie. ꟘPar celle remonstrance et mai
La mutine-
rie des parisi
ens. son de Jehan des marestz comme lon esperoit le peuple estre appaise. Commencerent to⁹
a crier a haulte voix. Nous voulons (dirent ilz) que les iuifz soyent eppulsez et chacez.
Ausquelz respondant Jehan que de ce seroit au Roy son raport. Soudainement courut
le populaire aux maisons et domicilles des fermiers/passagers/impositeurs/peagers/
et aultres gens ayans les deniers des tailles et impositions/ Rompirent et froisserent
les coffres et bouestes ou estoit la pecune des tailles/respendirent les deniers parmyles
rues/rauirent et decirerent les liures des comptes et occirent et tuerent les collecteurs et
tous aultres qui auoient charge et gouuernement de ceste chose. Auecques ce peillerent
aucunes des maisons des iuifz et les biens estans en icelles. Et combien que le Roy com
mandast quelles fussent restituees Neantmoins il ne fut obey. ꟘCe pendant que ces
choses se faisoient a paris. Les anglops quant ilz cogneurent le partement des francoys
de aquitaine/firent courses et pilleries en Touraine/ Aniou/et au mayne. De feu mis
et iecte par tout ou ilz passoyent. Puis tantost en bretaigne se transporterent/en quoy le
duc qui leur amy estoit ne leur donna empeschement. ꟘQuant le Roy fut de ce aduer
ty il commanda a leuesque de Chartres et a Arnauld de corbye presibat en la court de par
lement/ quilz allassent vers le duc de Bretaigne garniz de lettres faisans mention des
traictez alliances et accordz qui aultrefois auoyent este faictz entre le Roy de france et le
duc de Bretaigne. Apres que les ambassadeurs eurent ces choses deuant le duc recite qui
les escoutoit par contraincte ou voluntairement cest chose incertaine/ Renouuella icel
luy duc lesdictes alliances. Et par serment se oblige a les tenir garder et obseruer durant
sa vie. Pour raison dequoy les anglops moult fort irritez La ville de nantes assiegerent
Toutesuoyes Arnaulx de clisson lors estoit bailly dicelle cite. Lequel par tresgrand for
ce et moult grande diligence a lencontre des ennemis resista. Mais non obstant as
sez soy a la perseuerance des citoyans/enuoya au Roy de france demander secours et ay
Nantes des
anglops assie
gee. de. Adoncques ne tarda le Roy amaulry secourir et ayder a lencontre des anglops . Car
par grant chemin plus tost fut larmee des francoys deuant la face des ennemis/q iceulx
anglops peussent sentir et appertenoit leur venue. Cellui qui portoit lenseigne des an
glops ia occis et tue. Quant leur capitaine apperceut quelaschement soustenoit le com

bat des francoys et que son enseigne estoit perdue:reprint les angloys disant en ceste ma
niere. Ha gensdarmes qͤlle craincte a voz couraiges assailly. Nous surmotons les fran=
coys en nōbre/parquoy nya a doubte q̄ se le couraige ne vous fault les surmonterōs aussi en
vertu. Par ces parolles du capitaine les angloys animez/p incredible pertinacite resiste
rent/iectās si grande multitude de traictz a sagettes/q̄ le ciel sembloit estre couuert de sa
gettes cōme de nues. A ceste cause la bataille fut lōguement doubteuse en laꝗlle les deuy
armees tresaigremēt cōbatoyent. Finablemēt plusieurs naurez a plusieurs occis a faitz
prisonniers les angloys furēt vaincuz des francoys/car ilz sen fouyrent a Brest/ou apres
q̄z y eurent lesse garnison a les naurez pour estre gariz a pens.z/y mer retournerent en an
gleterre. ℃Entre ces choses les princes cōsiderans la petitesse de la pecune de france et
les denyers du roy estre petis/appelerēt les principaulx citoyans de paris. Auec lesquelz
prindrent cōseil de leuer tailles et subsides. Mais combien q̄ leur eust pleu estre leue vng
sel(qui vault douze denyers)de chascune liure de reuenu/et que le Roy leust fait publier
a Paris/Rouen a Amyens. Neantmoins tout le peuple generalement refuza payer icel
les tailles a subsides. ℃En ce temps aduint chose digne de congnoissance et memoire.
Charles estoit alle a Senlis pour soy recreer a la chasse. Adoncques par laboy des chies
fut excite vng cerf et mis en fuite/que lon vit porter vng collier darain a lentout de son
col. De ce le roy aduerty deffendit luy toucher de ferremens/et leschauffer en quelque ma
niere/aincoys le fist prendre auy rethz sans aucū mal. Dessus son collier estoit escript en
lectres latines. Cecy ma donne cesar. Laquelle chose aucuns interpretoient de iule cesar
Mais les cerfz ne viuent tant longuement/que cestuy eust peu durer depuis Jule cesar
iusques a ce temps. Parquoy fault quil se raporte a vng aultre empereur. Car depuis ce
premier cesar lusaige a tousiours garde que chascun empereur estoit appele cesar.Depuis
lequel temps. Charles tousiours eut pour enseigne vng cerf auec les alles que lō dit cerf
volant portant vne courōne dor a son col/et auy armes royalles esquelles ya troys fleurs
de lictz. Ont acoustume estre mis deuy cerfz auy deuy costez. ℃Ces ioure durans si
comme estoit controuerse du pape. Vindrent au Roy les ambassadeurs de Boheme et de
Castille pour deffendre le party de Vrbain a lencontre de Clement septiesme que le Roy
suiuoit et soustenoit. Auquelz ambassadeurs fut respondu par le duc daniou/que le roy
tant nestoit enuers Clement affecte quil ne voulsist la verite ensuyuir. Lequel mecte=
toit peine que(le debat et contentieux estrif des papes appaise)paiy seroit rendue a legli
se. Ceste responce ouye/les ambassadeurs sen allerent. Certes celle altercation du siege
papal/de plusieurs dōmaiges trauailla tant les aultres nationscōme la nation francoy=
se. Car trente cardinaulx suyuans la cause de Clement. En france auoyent estably au=
cuns inquisiteurs et espieurs/qui enqueroient et cherchoient les plus gras et opulens re
uenuz des eglises. Lesquelles vuides et vacantes de prelatz/incontinant de Clement
les obtenoient et possedoient. Clement aussi fist vne loy des eglises qui vaqueroiēt. La
quelle loy il nōma grace expectatiue. Par laꝗlle apres la mort des possesseurs/a celluy a
qui le pape auroit assigne lexpectatiue/estoit loysible les eglises acquerir. Au moyen de
ceste loy et ordonnance les eglises venoient seullement auy cardinaulx et plus puissans
hommes tant seullement et non point a aultres. ℃Et oultre ces choses du clerge estoit
la dipme exigee/et des plus grandes eglises quant elles estoyent veufues et orphelines

Conseil de le
uer les tailles
et subsides.

Le cerf trou=
ue a senlis e=
stant en la sal
le du palais.

Labition des
cardinaulx.

Remonstrance touchât les exactions du pape.

de pasteur/estoit recueilly le reuenu de la premiere annee. Les rommains appellent cecy annat/et pretendent ce droit appartenir a la chãbre apostolique Le bruit estoit q̃ ces choses ne se faisoient sans le sceu du duc daniou/prenant partie dicelle exaction. Pour raison de ce comme plusieurs escolliers le scolle delessoient. Le recteur de luniuersite de paris/congregation par luy assemblee/en ensuiuant le conseil des docteurs. Deputa Jehan ronce picard pour au roy faire oraison et remonstrance de ces dõmaiges et incõmoditez. ❡La remonstrance faicte/le duc daniou fut esmeu de si grant ire/q̃ de nuict enuoya ses sergens en la chambre de Jehan ronce. Ausquelz il commanda rõpre les huis/se tirer hors et le iecter en prison. Dont aultremẽt ne fut deliure pour la requeste du recteur: que premieremẽt ne promist a Clement obeyr. Sefforcea aussi le duc despoigner le recteur. Mais la chose p ses amys congneue incontinant il sen fouyt. La cause de prendre le recteur disoit estre le duc daniou/pource quil nauoit monstre au roy les lettres p luy receues de Vrbain. ❡Ad uint semblablement de Jehan duc de Berry nouuel trouble et estriuement/pensant en soy mesmes estre mal fait que lauctorite de regent auoit este baillee au duc daniou/ et que la tutelle du Roy estoit aduenue a Phelippe de bourgõgne et a Charles de bourbõ/et quõd ne luy auoit riens baille fors la conte de poictou A ceste cause requeroit auoir le gouuernement de languedoc et aquitaine/ce que depuis il obtint par laide du duc daniou son frere Mais le cõte de foyx gouuerneur dicelluy pays totallemẽt sestudioyt estre entretenu et garde en son office/si que pour le cõmandemẽt du roy dillec deplacer ne vouloit. Parquoy Jehan de berry apres quil eut leue et amasse nõbre de gens de guerre/sen alla a thoulouze Auquel lieu oultre le gre et conseil de ses gens/cõmenca le combat a lencontre du conte de foyx ou il fut vaincu. Mais le conte pensant que par ces guerres et batailles estoit le pais destruict et le peuple foule/enuoya par deuers Jehan entre les mains et au prouffict duquel se desaisit de loffice. ❡En ce temps la faulse religion lheresie et moeurs iniques de Hugues aubriot preuost de paris vindrent en lumyere et euidence. Car cõme il fust imitateur des iuifz auec lesquelz frequentoit. Jl haissoit le clerge et en contennement auoit la dignite du sainct sacrement de lhostel. Les escolliers aussi sur toutes choses deprisoit et se soueilloit de stupre et de toute libidineuse infection mesmes contre lordre de nature. Pour lhonneur desquelz crimes fut mis au spectacle publique en vng hault lieu dedans la court nostre dame de paris. Et apres la publiquation de son heresie au peuple manifestee par lexecuteur/de leuesque de paris receut cõdamnation de perpetuelle prison. Cestuy aubriote pource quil auoit eu continuelle administration de la chose publique/ediffia a paris oeuures et maisons publiques qui ne sont de petite estimation cõme la bastille estant a la porte sainct anthoine. Le pont sainct michel sus la riuiere de seine/et le petit chastelet. Pour resister contre les iniures des escolliers de paris et de leurs ribleries nocturnelles.

Lestrif de Jehan duc de Berry.

Les bastimês de Hugues aubriote preuost de paris.

❡La mutinerie des flagmens Hugeoys et
Gantoys.

LOrs se reposoyent les flagmens et se retirerẽt vng peu de la guerre/se leur contelloys par nouuelle exaction de pecune ne les eust prouoque. Car soit quil fust indigent ou couuoyteux de pecune: tresgrãde sõme de denyers arrogãmẽt demãda

auy gantoys/qui pour la grandeur de la Ville et multitude du peuple eſtoient tenuz et re
putez les premiers entre les flaméens. Et pourtât quelle luy fut refuzee/iſſant de ce lieu
Je montreray dit il a ce peuple obſtine que ſuis ſon prince et ſeigneur. Le conte auoit ung
baſtard nômé Halſe bon homme de guerre et couraigeuy. Auquel ayant baillé côpaignie
de genſdarmes auec puiſſance dangloys. Commanda faire guerre auy gantoys. Halſe
obeiſſant a ſon pere incotinant affligea le pays de gand p continuelles courſes. Les gan
toys neantmoyns alloient en armes/Bertueuſement ſe deffendoient et leur aduerſaire de
pluſieurs donmaiges perſecutoyent. Touteſuoys ayans memoire et recordation de la
ſubiection par euly deue a leur conte/requirent de luy eſtre ouyz. Le conte les receut et fut
leur oraiſon telle que ſenſuit. ⸿Conte nous ſommes les tiens/tu es noſtre prince et no
ſtre conte. Choſe conuenable nous eſt a toy en toute raiſon obeyr/et en ce nous doibz gar
der et deffendre. Se contre toy aucunemêt auons peche dont tu ſoyes courroucé Humble
ment te prions q̃ tu le nous Vueilles remectre quiter et pardonner. Ne Veilles tollir la li
berte que le peuple de gand a receu de ſes predeceſſeurs et laquelle il a deliberé deffendre q
garder. Endurer ne peult eſtre contrainct a payer tailles et tribuz. Se p aucune neceſſite
as beſoing de ſubſide pecuniaire. Le peuple non pas p contrainctë:aincoys de ſa propre q
liberalle Boulente offre le te donner. Penſans les gantoys par ces parolles auoir leur con
te appaiſé/des officiers de la maiſon rêplis de follye/et ignorans les choſes ſelon le cours
du têps/furent iniuriez/euly Bentâs qũ la puiſſance du côte eſtoit ſuffiſante pour ployer
q amollir leur rebelliô obſtinee/q ſicôme leſguillô eſt a laſne propice/auſſi eſtoit beſoig les
eſperonner q leur mectre le iong deſſus les eſpaulles. Apres laq̃lle iniure receue ſen alle
rent les gâtoys Mais le côte grâdement eſtudioit les affliger p indigence q ſouffrette de
Biures q aultres choſes a euly neceſſaires afin q̃ ſouffreteuy ſoubz ſa puiſſance ſe rendiſ
ſent. Neâtmoins les gâtoys apâs le couraige haultain deliberêt la force q Biolêce du côte
repouſſer. A ceſte cauſe côſtituerêt capitaine general de leurs guerres Phelippe arteuelle
filz de celluy q̃ cy deſſus es faicts de phelippe de Baloys auôs dit auoir eſte occis des gan
toys . Lequl apres q̃l eut amaſſé gens de guerre de toutes pars/ſortit de la Ville et ſen alla
cheminer parmy le pchain châp. Les gâtoys loing apperceuz/le côte deſirant la bataille
cômanda auy ſiês q̃lz allaſſent arteuelle aſſaillir. Adoncq̃s premieremêt de dartz couleu
urines q ſcorpiôs fut côbatu q puis de gleſues q aultres ferremêts. finablement fortune
fut au côte aduerſaire/leq̃l perdit cinq mille hômes/q p ainſi a bruges ſe retira. Arteuel
le p celle Bictoire prenant meilleure eſperâce/Les ſiens enhorta de nauoir le couraige fail
ly/et q̃ ſe ilz perſeueroient auy armes/choſe facille ſeroit a faire q̃lz pourroient grant ſei
gneurie acquerir. Poſe ores q̃ les francoys donnaſſent au conte ſecours. La pompe et pe
tulence deſquelz neſtoit pBoine ne prouffictable a la guerre/qui auoyent auſſi plus deBen
tence que de force. De telles choſes les gantoys perſuadez. Le royaume oſerent affecter
De laquelle eſperance meſmes les laboureurs allechez deleſſerent les champs et auec les
aultres en la guerre ſe ioignirent. Et nauoit arteuelle aultre ſollicitude ſinon de faire dô
maige au conte de flandres. La couſtume treſantienne des Brugeoys eſt telle/que pour la
reuerence du ſang precieuy de noſtre ſeigneur(dont ilz ſe glorifient auoir partie et porti
on) Ilz font tous les ans rogations. ⸿A laquelle ſolennite Biennent pluſieurs labou
reurs des Billaiges et champs Boyſins. Laquelle choſe non ignorant Arteuelle: deuy

La remôſtrâ
ce que font les
gâtoys a leur
conte.

Bataille a
gand

La couſtume
des Brugeoys

mille hommes des siens enseigna prendre les armes/et les mucer de leurs vestemens a=
coustumez Et ainsi quatrins ou quintains par interualles se transportassent a la feste q
solennite par saincte deuotion. Afin que au iour estably a faire lesdictes rogations Ce

La trahison des gantops côtre leur duc

pendant que le peuple auroit le couraige ententif a oraison occupassent le marche/& assail
lissent le côte au depourueu. Les gensdarmes accomplirent le cômandement de arteuelle:
et sans suspicion ou congnoissance de leur entreprinse au marche assemblez Quant ilz ap
perceurent le côte cheminer commencerent a crier. Compaignons mettez la main aux ar
mes. De laqlle clameur le conte espouente/mist ses gens au deuant des gantops. Mais
plusieurs illecques occis fuyant iceluy conte hastiuement en sa maison. Quant il aper=
ceut que arteuille le poursuiuoit: par vne fenestre descendit en la maison dune vieille fem
me estant pres de la sienne et dela se retira a lescluse. Neantmoyns arteuelle a bruges sen
alla ou il publia la fuyte du conte/pilla les burgeoys desquelz il occit grant nombre et de
la sen alla a Gand. La cause de ceste rebellion procura le conte au commencement/car
par la suggestion de Jehan leon auoit occis vng citoyen de gand. Et dauantaige auoit

Les notonny ers de gand.

recueilly vng meurtrier/lequel pour auoir tue son parent et trahy le pays/auoit des gan
tops este banny Et apres quelques ans de son banissement lauoit restitue contre les loip
des habitans/et luy auoit donne la maistrise des nautonnyers. A gand ya multitude et
puissance de nautonnyers qui nest pas petite/et laquelle a moult grande force quant par
aduenture elle se lieue en mutinerie. Et encores loffice de celle negociation est de grant
proufict et auctorite enuers eulp. Pour raison dequop gisbert de soldre des nautonnyers
et de la maignee ou famille des mathieup/ayant conceu enuye a lencontre de Jehan leon/
print auec soy sip de ses freres quil auoit et pensa mettre a mort Jehan leon. Mais pour
la reuerence du conte se desista de son entreprinse. De la en apres querât les occasions par
lesquelles il pourroit Jehan leon estrâger et priuer de la grace du prince. Pour a quoy par
uenir se mist en la familiarite des varletz de chambre du conte. Et comme il cuydoit qlle
luy fust assez ferme. Je mesbahis (dit il) que nostre prince encores na considere ny enten=
du le grant tribut que lon luy pourroit tous les ans payer des marchandises Lesquelles
sont vers nous apportees par la victoire des nautonnyers. Se doncques il en vouloit
estre soigneup. Jehan leon celluy seul est suffisant par sa diligence et industrie pour le
tribut leuer et epiger des marchans et nautonnyers. Celle chose au conte par son varlet
de chambre raportee. Il manda Jehan leon venir deuant soy/et quant il fut venu ladmo
nesta de leuer le tribut. Lequel iasoit ce que bien sceust en vain ce faire essayer. Toutes=
uoyes il respondit que de la matiere parleroit aup nautonnyers. Ce pendant gisbert oc=
cultement ses freres et compaignons enhorta de contredire a la demande du conte. Pour
ce quelle nestoit conuenable a la liberte publique. Disant que luy mesmes enuers le prin
ce accuseroit Jehan leon de negligence/pource quil ne seroit assez soigneup dacomplir le
negoce a luy commis de p le conte. Au moyen dequoy esperoit le mettre en la hayne du pri
ce et estre estably en son lieu. Soubz celle esperance les couraiges des mathieup enfeuez.
Quant les nautonnyers furent assemblez a ledict de Jehan leon pour consulter de payer
le tribut des portz et passaiges. Les freres grandement a ce resisterent/aussi firent les cô
paignons de ce mestier Laquelle chose venue a la congnoissance du conte par le raport de
Jehan leon/ia de gisebert persuade cupda estre la coulpe et negligence de Jehan leon que

sa demande luy estoit reffuzee. Parquoy le conte a Jehan osta sa maistrise des nautonny
ers et la donna a Sigebert/dont Jehan leon ne monstra signe de courroux/soy rettrant en
sa maison iusques a ce que le temps de sa fortune changeroit. Peu apres les Brugeops auf
quelz ne va aucun fleuue nauigable. Par le consentement du conte commencerent a faire **Les pronni-**
vne grant fosse pour a soy faire venir la riuiere de lise. Grant nombre de pponniers esta= **ers de Bruges**
bly afin de celle oeuure acomplir qui estoient gardez et deffenduz par les gensdarmes a ce
faire des Brugeops deputez Sachans combien de dommaige ceste besongne porteroit aup
gantops. Car par laccession et aborsaige de ce fleuue: sicome grant accroissement et prof
fict pouoit estre faict aup Brugeops/ainsi pouoit estre porte grant domaige aup ganteps
A ceste cause les gantops murmurerent/et consulterent a la nouuelle entreprinse obuyer
Pourquoy faire appellerent Jehan leon afin de secourir a leur commune necessite. Lequel
taisoit que iopeulp fust destre appele. Toutesuoyes aucun signe de iope ne monstra. Ain=
cops apres quon leut fait entrer au conseil et requis de dite son oppinion/il leur dist en ce=
ste maniere. Hommes gantops cest chose notoire et manifeste deuant vous tous quel do
maige a voz besongnes portera ceste usurpation des Brugeops. Neantmoins sachez que
a grant peine leur pourrez resister. Se vous ne remectez sus linstitution des chaperons
Blancs qui des long temps a estre delaissee. Car noz antiens predecesseurs/quant besoing
estoit de secours a vne chose nouuelle et non acoustumee. Ilz auoient aucuns hommes de
guerre de leurs gens deputez: qui differans des aultres par lacoustrement de chaperons
Blancs/se rengeoient a lencontre de voz dangers. Certes dit il mon oppinion est que ceste
maniere de gensdarmes lon doit hastiuement renouueller/et iceulx establir vng capitaine. A peine auoit Jehan de leon dit ces parolles que la voip de tous fut oupe crians:
soyent remis sus les chaperons. Tantost doncques aup despens publiques furent faitz **Les chaperos**
chaperons Blancs distribuez a tous hommes de petite valleur. Desquelz riés nestoit tāt **Blācs des flag**
hay comme le repos de la ville. Et diceulp par la commune ordonnance de tous fut Jehan **mens.**
leon establp capitaine trescouuoyteup denflamber les gantops a faire dommaige au con
te de flandres. Apres que ichan eut receu la conduicte des chaperonnez. Il sen mena gran
de multitude contre les pionniers des Brugeops/qui aduertis de leur venue festoient in=
continant a Bruges retirez. Parquoy Jehan ainsi frustre de son actente remena a gand les
chaperonnez. ⳩ Ces iours durans aucun du college des nautonniers estoit tenu en pri=
son par le baillp du conte de flandres/que les gantops pour quelque requeste quilz en feis
sent ne pouoyent deliurer. A ceste cause pensans par tāt de offenses leur liberte estre ostee
Par senhortement de Jehan leon gisebert fut au conte enuoye auec quelque nombre de ci=
topans bien renommez/pour dire lup conte impetrer leur compaignon prisonnier estre de
liure de prison/et leur loip sans infraction estre gardees. Par ce moyen esperoit Jehan q
gisebert raporteroit du conte quelque response qui seroit aup citopans desplaisante. Les
gantops entrezen chemin trouuerent le prince a malle/Lequel apres quil les eut humai=
nement receus/les renuoya aussi leur renbit le nautonyer prisonnier et cōferma leurs loip
acoustumees. Disant tant seullement desirer quilz ostassent les chaperōnez. Les ambas
sadeurs a leurs gens retournez/quant ilz eurent raconte sa liberte du conte/son couraige
epposerent touchant quil requeroit les chaperōnez estre ostez. Desquelles parolles le peu
ple offense comme il se taisoit/lup dist Jehan leon ce que sensuit. vous citopans mainte=
p.iiii

nant auez congnoissance combien prossictablement auez renouuelle les chaperonnez par
lesquelz voz liberte maintenant est en seurete. Car aultrement et sans eulx toutes cho
ses perissoient. Se maintenant (comme vous enhorte le prince) les ostez. Je iuge que cest
fait de voz liberte et de voz loix treshonnestes. Perseuerez doncques/et ce que voꝰ auez
prins de voz predecesseurs gardez le. A ceste remonstrance de Jehan leon comme chascun
sen fut alle en difference/les vngz le louans/& les aultres parlans tant dung coste comme
de lautre. Jehan enhorta tous les lieutenans quil auoit estably a chascune bōde des cha
peronnez/quilz admonnestassent leurs gens destre prestz de nuict et de iour aux assaulx
qui soudainement escherroient/Et que incontinent sensissent a luy silz congnoissoient
quelque chose de tumulte ou mutinerie estre excitez. Sachās que meulx leur vauldroit
tuer ceulx qui les assaulbroient/que dicteulx estre occis. Et nestoit veu Jehā leon en vai
cecy alleguer. Car Roger dauteruc bailly du conte peu de iours apres auec deux cens che
ualiers lestādart du prince (selon la mode de la guerre) desploye: entra en la ville de gand

Lentreprinse
du bailly du
conte de flan
dres.

Du arreste au meillieu du marche/vers luy courut Gisebert auec ses freres et ceulx qui
souuent le suiuoyent. Tous lesquelz par le commandement du prince auoyent conspire &
ensemble iure par force entrer en la maison de Jehan leon et le meurtrir. Mais iehā pro
uiseur des humaines fortunes. Les chaperōnez a lentour de soy assemblez sās faire bruit
sen alla au marche. Lequel apperceu Gisebert auecques ses freres et compaignons peu
a peu eschapa et le bailly delessa. Lors les chaperonnez (comme voulans veoir ce que le
bailly commenceroit) aupres de luy assiz subitement se iecterent contre terre/se tuerent/et
en pieces et lopins decꝑerent lestandart du conte quil faisoit porter deuant soy. De tous
les souldars du bailly aucun ne fut qui portast secours au gisant sus la terre estēdu. Car
le bailly seul mourut des siens ꝑ lascheté fut delesse Les chaperōnez de leurs ennemis
de liurez/assaillirent et spolierent la maison de Gisebert et de tous les aultres de sa suyte &
rebellion. Quant le conte par le raport de Gisebert entendit la miserable fortune de son
bailly: de ire feru iura par nouuel exemple prendre vengence des coulpables de celle mort
Pour aquoy donner prouision les gantoys douze citoyans des leurs/bien estimez/vers
le prince enuoyerent: afin de tout leur pouoir son indignation appaiser & luy ꝓmectre des
faultes satissaire. Les ambassadeurs vers le conte venuz/a grant peine receuz furent/et
comme par la priere daucuns des officiers domestiques lon esperoit le cōte plus courtoys
Fut esmeu nouuelle fureur des gantoys. Car iehan leon craignant ꝗ apres la chose vers
le prince appaisee/Luy succedast quelque dommaige/sen alla la fureur du conte augmen
ter en la maniere qui sensuit Aux principaulx de son alliance persuada estre chose vtille
faire sortir hors la ville tous ceulx quilz auoient amassez pour la deffense de la chose pu

La monstre &
reueue des mu
tins de gand.

blique. Afin de congnoistre par quelle force ilz pourroient resister a lencōtre des ennemis
qui pourroyent par aduenture quelque iour suruenir. A ceste cause par la porte qui est di
cte brugeoise auec la bēde des chaperonnez et aultres gens crimineulx issirent dix mil
le hommes. Apres que Jehan leon les eut circuy et enuironné a lentour/les loua tous et
leur dist en ceste maniere. Pres de ce lieu est le palais de nostre prince que de nouuel par
oeuure merueilleuse il a ediffie/alons veoir le logis. Car cōme iay ouy dire que cest vng
lieu trespuissant et bien fortiffie si que en temps de guerre garder noꝰ pourra de dommai
ge. Quant le populaire estourdy arriue fut a andregheme qui est le nom de ceste place/il

prilla sa maison et mist le feu en plusieurs partz dicelle. Sicomme de ce lieu sen alloient se retourna Iehan vers le palais/et quant il en veit sortir le feu(côme se la chose luy eust despleu)enqueroit dont ce feu procedoit Combien dist il que diceluy lieu on ne doit auoir aucune sollicitude/qui construit a ediffye estoit a nostre destruction. Le conte de ce aduer ty iamais ne fut de chose tant courrouce comme du rauissement de son palais. Lequel soi gneusemēt il lentretenoit pour lacôplissement de ses voluptez et delices Pour raisô dequoy les ambassadeurs des gantoys a soy appelez parla a eulx en face cruelle et tresapre parol le disant. Allez mutine et arrogante nation/le temps saproche que vous tous punyz seres des offenses en moy par vous commises/et comme excusation a iceulx ambassadeurs ne fust octroyee/tramblans de frayeur hastiuement a Gand retournerent.

Cômēt le palays du conte de flādres fut bruke.

⸿La cause de la guerre entre les flagmens et leur conte et de leur rebellion et arrogance.

Loccasion des choses dessusdictes se engēdra cruelle ⁊ lôgue guerre mais Iehan leon delessant bruges quil auoit actraict a son alliance/alla mourir a ardēburg(comme aucuns disent)empoisonne. Certes la fortune de celle guerre de flandres fut diuerse et doubteuse/qui seroit trop long a desmesler en particulier. Parquoy sera necessaire pour la detestation du peche auoir mis en escript vne chose laquelle peult estre dicte tresinhumaine. Les habitās de ypres deffaillans de lobeissance du conte de flandres/comme icelluy conte eust deliberement a lencontre deulx son armee/Les gātoys de ceste guerre aduertys/neuf mille hômes amassez/a courtray cheminerent/et aux yprois signiffierent quilz venoient pour les deffendre. Parquoy enuoyassent hommes de guerre en armes de leurs gens Afin que les armees ioinctes ensemble en pareille force et vertu contre le conte resistant. Incontināt les yproys obeyrent. Et soubz la conduicte de Iehan boule ⁊ arnault le clerc/commandetent aller huit mille de leurs citoyans vers les gantoys qui auoient fiche leurs tentes a rolere. Ceste venue au conte raportee mist guet en deux lieux ou vray semblable estoit q̄ les yproys deuoient prendre leur chemin. Mais sicomme ilz marchoyent double chemin deuant eulx se offrit qui estoit vng chemin fourche. Lung tendoit a rolere et lautre a tourote. Parquoy les capitaines aux gensdarmes commāderent illecques arrester/doubtās lequel des deux chemins deuoyent prendre. Lors loppinion de Iehan boule fut la plus saine:et par son conseil vers tourote cheminerent ou le guet du conte estoit muce. Entre lequel quant ilz furent tombez/Les ennemis apperceuz/crierent les gensdarmes quilz estoient de Iehā boule trahiz/et ne leur fut couraige de soy deffendre sinô en tāt quilz peurent prendre la fuyte. Les vngs doncqs fuyans a ypres/et les aultres a Gang. Le guet du conte occcist deux mille quatre cens de ceulx qui fuyoient. Le reste qui estoit a gand eschape. Incontinant allerent a courtray en ordre de bataille:ou par fureur populaire accusans Iehan boule comme coulpable de ce guect et de trahison. Emmy la rue le tirerent et detrancherent en pieces et loppins/chascun a soy rauissant vne part de son corps La nature du populaire vne foys de fureur enflambe est ainsi bestialle/et en sa raige na aucune contenance ny maniere/par especial en la natiô des flagmens. Laquelle par dessus les aultres gaulles a tousiours este mutine. Combien que pour les iniures par elle faictes ayt souuent paye grant nombre de pecune/ou que pour sa rebellion elle ayt receu afflictiô

Pourfuite cõ tre les ãglops

de miserable occifion. Mais iufques cy ferons fin a ce propos. ℭCe pendant que ces chofes en flandres fe faifoyent. Le marefchal de fancerre print foubzterraine en lymofin par le moyen que les anglops rendirent la Bille. Lefquelz apres quilz eurent ce lieu delef fe/Boyant fancerre quilz ribloyent parmy le pays les fuiuit ꝗ de continuelles Batailles ꝗ occifions moult les affligeoit. ℭDurant ce temps les ambaffadeurs de france fe trãf porterent a befingre Billaige de Boulõgne. Afin que lõ traictaft de paix auec les anglops Mais differenens ne fut raporte/fors feullement Baine efperance. Toutefuoyes le duc de Bretaigne qui auoit meilleur couraige enuers le Roy fa foy luy promift/et par fermẽt confeffa foy auec le duche de Bretaigne eftre fubiect a Charles. ℭAmbition fon faict ne peult celer. Le duc daniou regent en france. Semblablement les aulltres princes et plufi eurs confeillers du Roy/qui la maiftrife auoient des chofes gouuerner: pẽfans que par la remiffion et abolition du tribut fe diminuoit la Bourfe du roy: et que leur auarice affez neftoit affouuye/fefforcerent affeoir nouuelles tailles. Aucunes affemblees par eulp fai ctes. Ilz fe appliquoient maintenant par blandiffemens et petites perfuafions. Et tan toft par lintercelfion de leurs amys aucuns conuertir a leur oppinion et entreprinfe. Le peuple toutefuoyes de paris a ce refiftoit et ne preftoit fes oreilles a pierre differe ny a Ge han des mareftz qui auoient grant adminiftration populaire. Combien que luy diffent que dicelle pertinacite feroit le Roy irrite dont fenfuyroit le danger de plus griefue pei

Mutinerie des parifiens

ne. Le peuple ainfi fe departant dauec les princes/ fen alla mectre en armes eftabliffant diziniers quarteniers et quintenyers parmy la cite. Les chefnes qui eftoient dedans la Bille aup carrefours des rues furent tendues. Lon mift guect contre les affaulx noctur nelz/et dauantaige furent gardez aup portes ordonnes. ℭQuant les parifiens eurent ce faire commence: enfuiuiz furent forment de toutes les Billes du royaulme. Et deup cens hommes du populaire de Rouen imitateurs de cil exemple/quelque gros citoyen a foy mefme contraire et aduerfaire: lequel pour fa graffe et groffe corpulence eftoit appele le gras/leur Roy eftablirent/le mirent en Bng chariot. Et apres quil eut efte mene a fen tour et parmy la Bille. Finablement au meillieu du marche le poferent/et le contraign rent ordonner et publier Bne loy touchant labolilfement des tailles. En quoy faifant cõ mirent plufieurs meurtres et homicides. Car ilz tuerent les fermyers et recepueurs des tailles/auffi peillerent le couuent fainct ouen: pource quilz auoiẽt ouy dire que y eftoient aucuns priuileiges non conuenables a la liberte de la Bille. Apres cela allerẽt le chafteau affaillir/dont ilz furent par la garnifon repoulfez et quelque nombre de leur Bande occis. Durant que ces chofes fe faifoient a Rouen/loys duc daniou regẽt en france quatre moys apres fa mutinerie de paris. Penfant que le parifié populaire eftoit appaife. fift Bne or donnance pour les tailles exiger/et commanda la publier au confiftoire iudicial du cha ftelet/et tout dung train eftablit officiers pour icelles tailles leuer et recueillir. Enuiron le premier iour de mars ficomme le collecteur a caufe de fõ office fut Benu es halles de pa ris et exigeoit Bne obolle pour Bente de creffon dune famelette nommee perrete la morel

Meurtre cõ mis es halles de paris pour la cucillette des ipofitiõs

le. La Bielle faifant complaincte et clameur aucuns marchans a lencontre du collecteur excita/qui cruellament de plufieurs playes le naurerent et occirent. Le bruit de ce crime quant parmy la cite fut diuulgue. Les manouuriers et aultres gens de poure meftier in continant fe mirent en armes et furieufement coururent parmy les rues de la cite enflam

beza faire quelque meurtre. Auec leſquelz ſe tolgnoyent pluſieurs hommes perſuez et de
nulle eſtimation. Et afin que ceulx qui nauoient armeurs en euſſent Ilz alleret la mai
ſon publique de la Bille aſſaillir/ou les portes rompues et arrachtes tauirent les armeu
res communes et les Beſtirent. Aucuns furent des plus ſaiges/et entre iceulx leuefque   Aultre muti-
netie a paris.
de paris. Qui leurs Biens (entre tant de maulx et maſeuretez) recueilliz hors la cite les
tranſporterent et ſe murent en lieu plus ſeur. Entre les armeures que ſe furieux populaire auoit prins/eſtoient maillez de pelomb. Deſquelz ilz aſſommoient tous les fermiers
recueurs et collecteurs des ipoſitions ꝫ ſubſides qui ſe rencontroyent deuant eulx/leurs
maiſons de tous Biens ſpolioyent ſans Betroyer immunite ne franchiſe a ceulx qui aux
egliſes fuyoient. Car ilz en tuerent Bng en legliſe ſainct Iaques de lhoſpital/q ambraſ-
ſoit lymaige de la benoiſte Bierge marie. Et comme ilz ſefforcaſſent ſemblable choſe faire a ſainct Germain des pres ou aucuns eſtoyent fouyz. Au moyen de la reſiſtance que fi
rent les habitans qui contre eulx ſe deffendirent/ſans riens faire retournerent en la Bille. Dauantaige ouurirent les priſons du chaſtellet et de leueſque/dont ilz deliurerent to⁹
les priſonniers meſmement Hugues auBriote duquel cy deſſus ay fait mention/et le cſta
blirent leur capitaine. Mais il conſiderant la follye du populaire furieux: de nuict ſe deſ
toba de la Bille. Lequel au iour enſuiuant non trouue en ſa maiſon/commencerent tous
a plus fort Bruite que deuant. Car adonc deliBererent aller a chatenton et abattre le pont
Mais par ladmonneſtement de Iehan des mareſtz leur entrepriinſe deleſſerent. Au moy
en de quoy leur fureur et raige ꝫ courraige leur commenca a reffroidir. ℃En ce temps   Monſtre.
pres ſainct den ys fut Beu Bng monſtre ayant deux teſtes/trope eeulx et deux ſangues.
Auſſi le ciel donna Bng ſigne merueilleux. Car du colleige au cardinal ſe moyne parmy
le ciel treſſera ꝯ fut Bng feu Beu deſſus la cite de paris eſtre porte tout a ſentour de porte
en porte. ℃La mutinerie des pariſiens au Roy charles Benoncee. Il delibera de grieue
punition les coulpables punyz. Mais a ce faire aucuns ſaiges eſleuz des habitans ꝫ de
luniuerſite de paris/lindignation du Roy appaiſerent. fors tant ſeulement que ceulx
qui auoient Biole et Bruſe les priſons du chaſtellet/et aboliy le ſubſide pecuniaire furent
punyz. Duquel ſubſide puis apres/pource quil eſtoit beſoing de pecune aſſembla le Roy
les princieulx de la Bille. penſant que la publique neceſſite congneut/ne feroit aucun
qui reffuzaſt donner ſecours aux choſes miſerables. Mais ceulx qui au conſeil compa-
rurent reſpondirent quilz nauoyent de toute gens aultre mandement. fors de eſcouter ꝫ   Conſeil tou-
chant de leur
ſubſide pecu-
niaire.
raporter. A ceſte cauſe leur commanda le Roy retourner a leurs gens/ꝫ tantoſt lenqueſte
de leur Bolunte luy raporter a pontayſe ou il deuoit aller. Certes la reſponſe et oppinion
de tous fut pluſtoſt ſoy mettre et expoſer au dãger de la mait que de ſouffrit le tribut des
tailles/et endurer ſeruitude ſeruille. Ceſte reſponſe ouye comme le Roy euſt pardone les
faultes et deſictz au pariſiens. Tant fiſt par ſes ambaſſadeurs que leur Bonlente accorderent a luy donner ſecours ꝫ ayde. par ainſi les ambaſſadeurs de lung ꝫ de lautre a ſait
denyx aſſemblez/par le moyen de Iehan dcõ mareſtz/au Roy furent cent mille francs ve
tropez. par ceſte tempeſte au francoys publique. Loys daniou ayant receu la couronne
du royaulme deraples du pape Clement ſeptieſme/par armes la prouince occupa. puis
cheminant auec ſon armee par les alpes et monte (leſquelz il ne paſſa ſans la mort de plu
ſieurs des ſiens) ſe tranſporta en apulye. ℃Loys conte de flanbres lors adiouſta aultre

La fuyte du conte de flandres.

iniure auecques celle quil auoit des Gantoys receu a Bruges: impatient destre vaincu.
Car guerre et bataille par luy faicte en malle aduenture a lencontre de arteuelle capitai=
ne des gantoys. Dix mille hommes des siens occis parmy boys et forestz fuyant a peine
a lysle se retira. Et au regard du residu de son armee: les vngs allerent a Bruges/et les au
tres qui francoys estoient a Aldenarde se retirerent. De tant heureuse fortune vsant ar=
teuelle/de quarante mille hommes de guerre equipe: delibera Aldenarde assieger. Lors
les francoys impetueusement issirent de la ville/qui se mirent en fuyte et occirent grant
nombre de ses gens. Mais pource que ladversaire Arteuelle estoit en plus grant nombre
de gensdarmes/se retirerent les francoys en la ville fortiffians le lieu de grandes muni=
tions en actendant la fortune. Adoncques pensant arteuelle ce que semblable estoit a ve=
rite, Cest assauoir que le Roy de france enuoyoit secours aux siens et au conte de flan=
dres. Lung de ses cheualiers vestit de la robbe dung ambassadeur traicteur de paix/et a
uec lettres senuoya vers le Roy. Demandoit arteuelle que le roy ne se meslast de celle guer
re que faisoient les gantoys contre la tyrannie du conte pour leur liberte desfendre et gar=
der. Aultrement quil requeroit layde des angloys Au porteur de ce lettres ne fut donnee
aucune responce, Ce pendant loys conte de flandres par son gendre duc de Bourgongne/z
depuis par soy mesmes parlant au Roy charles luy exposa ce quil auoit souffert des flag
mens: en quoy faisant le pria de luy donner secours et ayde contre se peuple a soy rebelle.
Gasoit que vne cause detournast le roy de faire. Cest assauoir pource que le conte occulte=
ment auoit en plusieurs conuentions auec les angloys. Neantmoins pourtant que cil
conte estoit de la iurisdiction et seigneurie de france: Et que les flagmens par leur obsti=
nation acoustumee plusieurs mouuemens de guerre excitoyent: tresliberallement au con
te promist secours. Parquoy grant nombre de combatans mis en armes pres Arras. Le
Roy receuant loriflamme de labbe de sainct denys en la maniere des antiens/la bailla a por

Appareil de guerre contre les flagmens

ter a Pierre dillaye cheualier de la doree cheualerie. ❡Ces choses faisant le Roy: les
francoys qui estoient a aldenarde fatigez des assaulx continuelz que leur faisoit Arteuel
le. Voyans aussi que les victuailles leurs failloyent/a Phelippe duc de bourgogne leur
estat notiffierent requerans secours a eulx estre enuoye: et que se ilz sont delessez quilz se
rendront aux ennemis. Phelippe ne fut mal saigneur de larequeste des assiegez, En cel
le indigence et necessite de viures aduint chose prouffictable aux assiegez. Car vng por
cher estoit qui menoit vng tropeau de pourceaulx. Lequel des francoys apperceu/entre les
ennemis et la ville poserent quelque nombre de cheuaulcheurs et de pietons. Tantost peu
diceulx pietons vers le tropeau se transporterent/et sicome ilz trainoyent en la ville troie
du nombre diceulx pourceaulx qui haultement crioyent, le residu du tropeau (comme cest
la nature dicelles bestes) suiuit les pourcequylx crians et hongnans. Et ne purent les en
nemis empescher que tous nentrassent en la ville au moyen de la resistance des francoys
qui donnoient secours et ayde aux pietons. ❡Vers la fin doctobre chemina Charles
en larmee qui tenoit camp en arras: ou loys de flandres arriue pource q sa mere estoit tre
passer/luy fist foy et hommaige de la conte darthoys. Ce pendant arteuelle cognoissant

Lentree des francoys en flandres.

en quelle puissance venoit le Roy de france/enuoya messagers vers les angloys/disant
ayant toute chose que le Roy dangleterre luy deuoit grande somme de pecune/qui Iaques
arteuelle son pere luy auoit preste en la guerre quil auoit faicte contre Phelippe de Valoys

Mais ce que faisoit arteuelle/pricipallemet estoit soubz esperance dauoir secours. Con=
tesuops ne ignoroit charles ce q les flagines aduersaires preparoiet. Parquoy se hasta de
matcher/a se allaa marquette q est vng monastere de vierges oultre lisle Deuat toute lar
mee enuopez furent mille sept cens soixante proonniers auecqs houpaulx palles aycgues
et coignees pour couper les arbres a a platir le chemi/dont Josse hakupn et Rabur estoiet
capitaines. Au residu de larmee en troys ordres marchoient vingt mille cheuaulcheurs
a deux mille sept cens archers et arbalestriers sans la multitude des pietos. Pour aller
a aldenarde y auoit deux chemis Lisq paure a saict homer ou sourt la riuiere de lysle/log
a difficille. Lautre p le pont de cominges q tenoient les flagmens q auoient abatu tous
les aultres ponts du traict dicesluy fleuue. Quelq nobre de gensdarmes q estoient a lisle
en garnison desirans leur doner lassault/soubz la conduicte de Halse bastard du conte de
fladres p le pont menpn allerent harle assaillir/ou ilz occiret les habitans a leurs biecs peil
lerent. Mais quat halse eut oup sonner le tintemet es esglises des villaiges prochaiss/co
me il est de coustume au peril comun pour amasser le peuple incontinet fist crier la retraic
te. Lors ia grande puissance desdictz habitas au pot assembler/Le pont p piecce ropu a=
uoit couuert de fumyer a de fresle matiere. Parquoy les fracops approchans quat ilz ap
perceuret la multitude des paysans/se amasserent a pmp le meilleu des ennemis ouuri=
rent le chemi/si q les premiers q se mirent sus le pot eschaperet/mais ceulx qui de pres les
suiuoyent/par la pesanteur deulx pet de seurs cheuaulx le pont rompirent a subitement au
fleuue furent nopez. Et ne print mpeulx aux derreniers qui se iecterent dedans le fleuue
Car pource que le riuaige de lize estoit trop hault/de la ne pouoyent les maleureux gens
darmes issir ny eschaper ioinct que ses paysans contre eulx iectoyent dartz et aultres fer
remens. Tant seullement Halse auec trente hommes des siens entre les premiers escha
pa le danger. A ceste cause par le pont de cominges (ou le roy auoit delibere faire passer so
armee) enuoya Oliuier de clisson connestable a sancerre mareschal/pour de ce lieu les en
nemps chacer. La venue des francops congneue/les flagmens vne arche du pont abati=
rent/ayans le lieu de leur garnison de lautre coste du riuaige. Mais la nupct ensupuant
de ce iour/come le pont ne peust estre restably obstant que son ne pouoit trouuer le fond du
fleuue auec la resistance des flagmens. Sampus cheualier dore et quelques aultres ses a
mps et familiers firent apporter quelque nombre de nauires de lisle. Par lesquelles peu
a peu passerent la riuiere de lize/et ne saillirent de sa loge estant pres du riuaige/ que pre=
mierement auecques eulx ne venfissent plus de quatre ces hommes de tresnoble maison
et fermes de couraige. Cheminans doncques pres du riuaige du fleuue. Ainsi quilz al=
loyent vers leurs ennemps/les apperceut Pierre du boys capitaine des flagmens/seq voy
ant quil estoit nuict arresta ses gens/Afin que le lendemain au poinct du iour/assaillist
ses aduersaires en lieu fangeux empeschez a de longue vueille lassez. Ce pendant que ce=
cy se faisoit Oliuier de clisson moult perples comment et en quel danger ses gens qui en
petit nombre estoient se epposeroient. Afin quil peust ses aduersaires arrester lesquetz se
seoyent sus le pont pour le deffendre. Commanda aux archers de restablir le pont/mais
quant il trouua que partie des gensdarmes auoit passe tout oultre le fleuue. Donna le
chops franchement a vng chascun de passer le pot a son prouffict En celle nuict Sampus
et les gensdarmes qui auec lup en la fange veillans a sans aucun semmeilles ennemps

z.i.

La fuyte des flamens.

actendoyēt/pas plus tost ne delibercemēt iceulx ēnemis assaillir/q̄ eulx mesmes assailliz
furēt. Les ennemis doncques clandestinement cheminās soubz le poinct du iour et en si=
lence/vindrent ruer sus les frācoys. Desquelz tresaigrement furent receuz/si que Pierre
du Boys griesuement naure commença a fouyr/ Et tantost se retirant en la Ville bruslaq̄l
ques maisons afin q̄ de la ostast les frācoys: ou q̄ p ce signe a soy rapelast ses gens estans
en fuyte disperse3. Ce pendāt oliuier de clisson cōmanda reffaire le pont des ennemys de
liure et affranchi. Par dessus leq̄l fist passer le residu de sarmee. Les frācoys lors ēporte=
rent de cōmiges plusieurs richesses/dont ilz furent grādement enrichiz. Car le peuple de
ce pays est treseppert a faire laynes et les draps tissus de leur artifice vēdent a leurs voy
sins et semblablement aux estrangers. Tous lesquelz biens vindrēt en la possession des
francoys apres q̄lz eurent occis trois mille hōmes dicelle natiō. Le pōt surmonte: le Roy
charles auec les aultres bandes de son armee entra en flandres et assist son ost sus le mōt
de ypres. Pour raison dequoy les yproys craignansde charles sa puissance/vers luy en=
uoyerent deux freres de lordre des prescheurs pour tater la voye de paix. Benignement
escouta charles les messagers: pquoy ne chōmerent les yproys/aincoys allerēt bien tost

Les deniers
que les flag=
mens payerēt
au Roy en la
guerre de flan
dres.

enuoyer douze bōs citoyans de leurs gens: pour au Roy declairer q̄lz q̄ leur Ville a luy se
rendoient. Doncq̄s les ābassadeurs ouyz receuz charles loffre des yproys: q̄ punys furent
de quarāte mille francs pour les gaiges et salaires des gensdarmes francoys. Dint aus=
si tout le peuple de ce port de flandres maritime qui menans prisonniers tous les capi=
taines quilz auoient prins a arteuelle/au Roy les liurerent/afin quen ce faisant sa grace
peussent acq̄rir/a si luy payerent soyxante mille escus pour eschaper q̄ leurs chāps et vil=
laiges ne feussēt bruslez. Les capitaines dessusdicts furēt decapitez au pōt de ypres Char
les entre a ypres/aduerty le cinquiesme iour apsensuiuant q̄ arteuelle (aldenarde delesse)
vers luy venoit auec soixāte mille cōbatans/cōmāda a oliuier de clisson cōnestable a aux
mareschaulx q̄lz allassent deuāt. Et il cōbien q̄ p cōtinuelle pluye les chemis fussent pl⁹
fangeux) les suiuit auec la secōde a tierce armee/a fichāt ses têtes entre Rolere a rosebeq̄
les flagmens actēdoit. Et cōme les brugeoys vers luy pēsoyent se retourner et cōuertir
Pierre du Boys a pierre le muet/q̄ arteuelle auoit a bruges estably capitaines. Les espe=
chierēt de ce faire soubz esperance de future victoire. Certes celle tourbe des flagmensi or
gueilleuse estoit p peu destime elle faisoit des frācoys. Car cōe de leurs mestaypres a vil
laiges estoient courus p tropeaux aux gantoys. Ainsi estoit p diuerses enseignes a ma
nieres de vestemēs des aultres differās/a au cōmandement de leur capitaine obeyssoiēt
Quāt on congneut p les biuendiers q̄ arteuelle auoit son ost a troys mille seullement de
Rosebeque. Oliuier de clisson/Mathieu de Viēne/a Guillaume de poictiers p le cōmā
demēt du roy Charles issuz de leurs têtes cheuaucherēt larmee des ēnemys. Et aps q̄lz
eurēt assez enquis q̄lle maniere a ordre ilz tenoiēt au marcher. Incōtināt a charles anōce
rēt q̄ le nōbre des ennemis estoit tresgrāt/q̄lz cheminoyēt espoissemēt a en degre de mode=
ratiō nō aultremēt q̄ se deuāt leur face voyēt leurs aduersaires. Mais q̄ pas nestoiēt si
biē en point ne tāt bien acoustre3/que p gēs preux a eppers aux armes ne peussent estre vi
goureusement vaincuz. Apres q̄ le connestable eut dit ces parolles/larmee des ēnemis fut
venue appertemēt Et les frācoys sans lāguir pource q̄lz estoiēt prestz a en ordre de batail
le/les flagmēs receurēt Auāt q̄ la bataille cōmencast/si grāde nuee de corbis volletoit des

sus lune et lautre armee q̃ a plusieurs estoiẽt en admiratiõ. Aussi grãde tenebrosite obscu- | **La Bataille**
ta le ciel/que a peine se pouoyẽt les armees entreuoir. Mais apres que charles cõmanda | **de rosebeque.**
aux siens a lencontre des ennemis marcher/et q̃ le porteur desigue desplora loriflamme
La tenebrosite subitement ostee/fut rendue clarte et serainete. Laquelle chose sicõme elle
dõna aux francoys esperãce/aussi elle haulca le couraige aux ennemis/lsig et lautre croy-
ans q̃ dieu leur seroit aydeur. La bataille commencee/en si grãde ferocite cõbatirent les
flagmens/q̃ les francoys cõtrainctz estoiẽt ung peu reculer, iusques a ce q̃ ung qui estoit
en la poincte cõmenca a crier a haulte voix. O glorieuse vierge marie: et vous dit il mes
cõpaignons perseuerez ⁊ bataillez en vertu de couraige. Lexemple duquel plusieurs en-
suiuirent et y mutuelles clameurs et exhortatiõs se excitrẽt a vertueusement batailler
Aõc de force ⁊ couraige obstiné fut cõbatu/et les flagmens furent vaincuz. Desqlz moururent quarante mille en celle bataille/oultre ceulx q̃ les seigneurs de albert et cõcy occirent en la fuyte vers Rosebeque. Lan de grace. m. ccc. iiii. pp. i. le. xpᵦ. iour de nouembre. Oultre ceulx semblablement qui muccez es boys/foreſtz et lieux fangeux furent tuez
des gensdarmes du cõte de flãdres. Ceste calamite raportee a ceulx q̃ perseueroient en lassiegement de aldenarde/sans ordre ne mesure se mirent en fuyte. Contre lesquelz les francoys impetueusement issirent de la ville/occirent ⁊ detrãcherent tous ceulx q̃lz rencõtre-
rent. Apres q̃ le roy presque dizainemẽt eut obtenu ceste glorieuse victoire. Il appela a soy
les principaulx de son armee ⁊ rẽdit graces a dieu. Et le cõte de flandres remerciãt le roy | **Les paroles**
⁊ les princes de france/cõfessa estre leur debteur de grace ppetuelle. Auql respondant char- | **q̃ disoit char-**
les Cousin (dit il) nous auons dõnc rempde au desespoir de tes affaires. Tõ peuple qui | **les sixiesme**
a toy a este rebelle ⁊ desobaissant a este vaincu et surmõte Certain suis q̃ quant mon pere | **au cõte de flã-**
biuoit/tu as eu occulte alliãce auec les anglays noz ennemis. Doresnauãt soys loyal en- | **dres.**
uers moy. Et iamais ne cesseray destre tõ amy ⁊ bienueillant. Apres ces choses cõmãda
charles enquerir se arteuelle estoit vif ou mort. Entre les naultres y auoit ung flagment
des capitaines de arteuelle. Lequel affermoit q̃l auoit este occis ainsi q̃ pres de soy batailloit. Parquoy mene fut au champ/ou la bataille auoit este faicte/et tantost il monstra le
corps de arteuelle q̃ nauoit aucun coup/playe ny blessure. Aincoys estre la presse et cõfuze
multitude de ses gens abatu estoit estainct et suffoque. Pour raison de quoy cõmanda Charles q̃ ce flagment prisonnier pense fust/gary et garde Mais le flagment refusãt
la medecine. Ie seulx (dit il) mourir auec mes cõpaignõs/⁊ par ainsi moyennant la grãde effuzion de sang procedant de ses playes/tantost apres rendit lesperit. Ce victorieux
combat/cõme bien pres de courtray eust este fait/sen alla Charles a courtray/quãt il congneut que lõ y garboit cinq cẽs esperõs dorez/de ceulx q̃ aultrefoys y estoyent mors auec
Robert cõte dartboys. Cõmanda abatre les portes de la ville sans occir aucuns des habi- | **Courtray bru-**
tans. Mais les gensdarmes frãcoys memoratifz de liniure laqlle ilz auoiẽt aultrefoys | **se des frãcoys**
receu en ce lieu Rõpirent les portes/grant nõbre dẽs habitans occirent et peillerent. Et
finablemẽt la ville de courtray biuserent. Le roy encores estant a courtray/les brugeoys
ãbassadeurs vers luy enuoyerent ⁊ pardõ impetrerẽt: moyennant la sõme de six vingtz
mille francs q̃lz payerent pour et au lieu de la punytiõ de leurs meffaitz Mais pierre du
boys de sa se trãsportant aux gãtoys/les rendit plus obstinez q̃ y auãt. En lhostel publiq̃
de la ville de courtray furẽt lettres trouuees faisans mention de la mutinerie et rebellion

z. ii.

de paris/que la subscription demonstroit a ceulx de courtray auoit este des parisiens en=
uoyees touchans ladicte mutinerie. Ceste chose moult dolentement porta le roy Char=
les/et sans chōmer establit garnison de gensdarmes es plus fors lieux. Puis au prochaī
prin temps ensuiuant sen alla au monastere sainct denys/acomplir son dueil et sa deuoti
on. Et apres lacomplissement dicelluy dueil/tourna son couraige a tondre et reprimer la
contumace des parisiens. Laquelle chose sentant le preuost des marchans/acompaigne
daucuns des principaulx de la ville; vers le Roy se transporta. Luy offrant franche en=
tree en la cite. Et disant q̃ le peuple appaise estoit de sa fureur dōt il estoit courage. Par

Lettre du roy
charles sixies
me a paris.

quoy voulsift les pechez passez oublier/a ne depriser les penitās. Se le preuost dist ces pa
rolles en son nom ou au nō du peuple/cest chose incertaine. Toutesfoyes respondit le roy
quil entreroit en la ville Donc̃s a lentree du roy Charles a paris/deuant luy marchoiēt
les bandes et armees de gens de guerre en ordre de bataille. La premiere armee menoyēt
le seigneur de Clisson et le conte de Sancerre En la seconde marchoit le roy monte dessus
vng tresexcellant et precieulx cheual/et apres cheminoyent tous les pietons. Les boule=
uertz qui estoient de boys deuant la porte sainct denys/furent rompuz/et la porte mise en
pieces et loppins. Le roy cheminant en ceste maniere/le preuost equippe de grande multi
tude des citoyans/venant au deuant de luy humble et encline/comme il eust commence a
parler ne le voulut le roy escouter/aincoys passa oultre et sen alla en seglise de nostre da=
me. Et la fin de son oraison faicte se transporta au palais. Aux carrefours et hostelleries
de la ville estoient hommes de guerre en garde deputez. Ausquelz estoit deffendu ne faire
iniure au peuple. Aussi estoit au peuple prohibe ꝗ deffendu de ne faire nuisance aux gens
darmes. Neantmoyns deux hommes du populaire furent infracteurs et villipendeurs
dicelles deffenses. Lesquelz incontinant empoignez/penduz furent et estranglez a leurs
fenestres. Ce iour les ducs de berry et bourgongne cheminerent parmy la ville equippez
de grosse puissance de gens en armes. Qui prindrent trops cens des principaulx coulpa
bles de la mutinerie dessusdicte/et les mirent en prison ꝗ peu apres furent tous decapitez
Entre lesquelz estoient Guillaume de sens/Jehan petit filz de Martin le double. Et tan
tost apres Nicolas le flagment. Apres la punition des mutins acomplye/toutes les chef
nes fist le Roy des carrefours attacher et les porter au chasteau de vicennes. Et les ar=
meures trouuees par toutes les maisons/portees furent partie au louure et partie au pa
lays. Les escheuins auec le preuost des marchans deposez furent de leurs offices. Et le

La supp̃ssion
et abolitiō de
la ꝓuoste des
marchans.

gouuernement de la ville baille au preuost de paris. Lassiete et contraincte des taillles
auec limposition des choses mises en vente fut faicte et ordonnee. Et iehan des marestz
homme tresagreable au peuple/fut accuse entre les mutins auoit donne faueur au popu
laire furieux. A linstigation et poursupte principallement du duc de Berry et du duc de
Bourgongne/son proces faict/condampne fut a auoir la teste tranchee. Et auec luy fu=
rent douze aultres decapitez. ⒸEntre ces choses fut faict vng throsne ou siege royal
dessus les degrez du palays a lendroit ou lon voit lymaige de Phelippe le bel. Auquel
throsne le Roy assis et enuironne de ses nepueuz/et de moult grande multitude de gen
tilz hommes seigneurs'et officiers de sa maison. Commanda a Pierre dorgemont chan=
cellier de france/parlamenter au peuple qui la estoit assemble. Lequel chancellier deduis
sant et faisant sa harengue depuis Charles le quit iusques au temps present par moult

longue oraison recita les mutineries crimes et rebellions du peuple de paris les faitz du
roy et ses triumphantes victoires quil auoit euz contre les flagmens. Disant quilz ne
se deuoient esbahir ny esmerueiller se le Roy auoit delibere faire punytion des coulpables
de tant de crimes: qui a bon droit les aultres pouoit punyr de peine meritee. Apres que se
chancellier eut cecy dit/vers le Roy se retourna disant Price tresnoble et excellant nest ce
pas ce que mas commande dire. A quoy le roy consentant/ses nepueuz deuant luy a genoulx flechiz/le prierent au peuple pardonner. Semblablement les femmes nobles a teste nue pleurans et gemyssans. Le peuple gisant contre la terre la misericorde du roy acte
doient. La pitoyable clameur de tous esmeut le roy: si quil mua sa punytion de mort a pei
ne pecuniaire. Car chascun coulpable dicelle mutinerie pour sa vie racheter paya sa moi   **La peine pe-**
tye de tous ses biens/qui furent distribuez pour les salaires des gensdarmes. La perti-   **cuniaire dont**
nacite et rebellion des parisiens appriuoysec: restoient encores les habitans de Rouen a   **fut puny le**
punir. Parquoy Jehan de Vienne admiral de france auec iehan pastourel et Jehâ le mer   **peuple de pa-**
cier vers eulx enuoya. Manda le roy rompre les portes de sa cite/prendre les coulpables   **ris.**
de la rebelliô et mutinerie et les punir. Mais aprochant la feste de pasques/sa peine mor
telle leur fut remise et pôdonnee et plusieurs furent priuez de leurs biês et y ainsi de prison
deliurez. Toutesuoyes la confiscatiô ne vint en la bourse du roy Aincoys au prouffict par
ticulier de aucuns. Car iasoit que ce que ses princes font/soit soubz le tiltre de la chose pu
blique. Neantmoyns ce qui est exige vient au prouffict des seruiteurs/et que aîsi soit la
pluspart de celle pecune exige vint au prouffict des ducs de berry et de bourgongne

¶ Comment les francoys gaignerent aucunes victoires contre
les angloys sus terre et sus mer. Et le roy de nauarre sefforca faire
empoisonner le duc de berry et le duc de bourgongne oncles du roy
Charles sixiesme/dont mal luy aduint. Car par punytion diui
ne mourut de mort assez estrange. Comment aussi le conte darmi
gnac fut occis en bataille pres de alixandrie ville dependât de la
seigneurie de millan. Ou il estoit alle pour donner secours aux
florentins contre le duc de millan. Et au retour de ceste deconfitu
re six cens hommes darmes de ses gês passans parmy le pays de   **Jcy preignêt**
daulphine se monstrerent vaillans côtre les daulphinoys qui les   **conseil les an-**
auoient assailly.   **gloys de faire**
                                                                             guerre auy
                                                                             francoys.

PEndant que ces choses en france se faisoient. Les angloys a londres consultoyent de faire guerre aux francoys. Mais le clerge non ignorant que leur Roy
Richard impatient estoit de paix et repos/diuertissoit a detournoyt la guerre de
tout son pouoir. Par especial larceuesque de cantorbye/que les sectateurs de la contraire
conspiration tuerent et meurtrirent. Lors le pape vrbain sixiesme au roy Richard auoit
la dixme octroyee. Afyn quil fist descendre son armee au pays de frâce/pour ceulx destrui
re et opprimer qui gardoyent et deffendoyent Clement son competiteur. Le collecteur

de ce ste dixme et prince dicelle armee fut Henry le despencier euesque de norruique trescou
taigeux iouuencel/a qui baillez furent cinq cens hommes darmes et mille cinq cens pie
tons. Oultre la grande foulle et multitude des prestres alliez et complices dicelluy Urbain
Qui par la tempeste de mer de prime face empechez. Finablement quant le temps fut se=
rain a Callays arriuerent/et de la en flandres cheminerent. Ou ilz furent en aucuns li=
eux liberallement receuz et secouruz de uictuailles. La uenue desquelz non sachant le roy
par deuotion a Chartres sen alla. Et apres quil eut uisite le temple de la glorieuse Uier
ge marie/a Orleans se transporta ou le peuple auoit esleu mutinerie. Punytion faicte des
mutins. Incontinent retourna Charles a paris/ou premierement oyant nouuelles des
anglops amassa gens de guerre. Dont les gantoys aduertiz/aucuns des principaulx de
leur pays vers Charles enuoyerent. Mais il ne les voulut veoir ne escouter/sachant ql
le societe et alliance ilz auoient contracte auec les anglops. Armee doncques en france te=
nue. En laquelle (comme dit Froissart) y auoit troys censmille cheuaulx (Car de germa
nye estoient venuz frederich duc de Baupere et plusieurs aultres aydans). Si comme les
capitaines des gens darmes consultoient touchant de mener les viures et victuailles en
larmee. Colin boulard bourgeops de paris en luy payant le prix de sa marchandise pro
mist fournir et suiure viures pour quatre moys entiers. Doncques apres que son paye=
ment luy fut assigne/print Charles loriflamme a sainct denys. La batilla a Guy de la
trimoueille et se mist en chemin: Ainsi quil cheminoit luy fut annonce que par loppinion
et conseil des gantoys les anglops auoient ypres assiege. Mais ilz craignans la venue
du Roy Charles/delesserent lassiegement de la ville dont ilz bruslerent les faulxbourgs
Dillec sen allerent a casset et lassiegerent. Mais le seigneur de clisson les poursuyuant a
uec le duc de Bretaigne/bruslerent les chasteaulx et vers burbourg et grauelingnes sen al
lerent. Lors Robin canol arrogant et vanteux capitaine des anglops. Combien que a
chascun il dist que petite estime faisoit de la puissance des francops Quant les francops
marcherent contre luy a Dunes ou il estoit. Bien tost delessa dunes et se retira a Graue=
lingnes. Laquelle semblablement delessa/quant il la veit de Charles assiegee. Et escha
pa par une porte qui encores nestoit de gensdarmes couuerte. Les habitans de ceste Vil
le des anglops abandonnez apres quilz se furent asprement deffendus. Toutesuoyes en
la fin vaincuz furent occis en partie. Et lautre partie fut mise en seruitude iusques a ce
quilz se racheterent de grande somme de pecune. Grauelingnes delessee/se transporterent
les francops a burbourg pource que les anglops lauoyent prinse et occupee. Toutesuoyes
auant quilz donnassent aucun signe dassault ou assiegement. Le seigneur de clisson re
quist que les capitaines des anglops venissent parlamenter. Afin que par aduenture p
aucune raison les peulst induyre a retourner en angleterre. Mais les ennemis faiz plus
haultains et plus fiers par les parolles du seigneur de clisson/pensans quelles fussent de
crainte demonstratiues. Incontinant par impetuosite issuz de la ville/vindrent les fran
cops assaillir. Et apres aigre bataille illec faicte repoulsez furent de dans la ville/ou tan
tost demourerent assiegez. Des le premier assault ou Phelippe darthoys conte dauge fist
acte de noble vaillance. Quant il monta dessus la muraille auec lestandart du Roy. Lors
requirent les anglops a parlamenter auec le duc de Bretaigne. Lequel quant il se fut ap=
proche: se requirent les anglops que loysible leur fust a seurete aller a burbourg. Disans

Larmee du
roy Charles
sixiesme con=
tre les anglops

Les anglops
assiegez a bur
bourg.

quen lup auoient mis leur esperance pourtant que sa memoire tenoit quil iouissoit du du
che de Bretaigne par layde et moyen des angloys. Et que ces predecesseurs aussi auoient
este seruiables aup roys dangleterre/et tousiours auoient leur amitye et alliance entrete
nu. A quoy respondit le duc quil en parleroit au roy. Adonc le duc de Bretaigne venant au
Roy luy declaira ce quil auoit des ennnemis entendu. Et adiousta aussi auecques ce ʒ
sa fortune de sa guerre estoit doubteuse. Et que par la voulente de dieu et non par la force
des hommes estoit donnee victoire. Silles alloit assaillir/attendu quilz estoient plusi
eurs combatans dedans la ville que facillement pourroient occir aucuns des seigneurs
francoys. La mort desquelz ne pourroit estre assez recompensee. Aussi que lhyuer prochaī
estoit. Lequel auoit de coustume estre plus aspre et horrible en ces lieux. Parquoy seroit
prouffictable que les ennemis ississent de la ville et la liurassent en la puissance du Roy
A celle oppinion du duc combien que plusieurs fussent contraires par especial pierre dis
sere trespreup cheualier. Disant que facilement pourroiēt estre ses ennemys vaincuz se
lassiegement estoit continue. Et que le duc ne deuoit estre ouy/qui de sa coustume nestoit
aup angloys aduersaire/ʒ aultrefoys les auoit euz compaignōs en guerre. Toutesuoyes
loppinion du duc fut la plus forte/et aup angloys fut donnee franche issue. Lesquelz sor
tans de Burbourg en oidre de bataille/ rendirent graces au Roy pour la liberte de suy re
ceue. ⓒ Cependant que ces choses se faisoient francoys acremēt gantoys de nuyct se
transporta a Aldenarde/et dressa des eschalles contre les murailles et print la ville/dont
il eppulsa les habitans et en leur lieu mist les gantoys. Quant la ville de Burbourg fut
receue par les francoys. Lung diceulx villipenbeut des choses sacrees rompit les portes
de leglise/et comme il sefforcoit raupi lymaige dargēt de sainct iehan. Lymaige luy tout
na sa face et le doz/et subitement le sacrilege enraigea et perdit lusaige de raison. Si que
contre soy mesmes eporctant sa raige ses propres membres dechira. Dont les aultres gens
darmes espouentee se abstindrent de toucher au temple. ⓒ Ces choses ainsi faictes a
burbourg. Apres que le Roy fut retourne a paris oyant les querelles et complainctes ʒ
plusieurs faisoient a lencontre du duc de Bretaigne a cause quil auoit laisse eschapper les
angloys: la chose dissimuler. Peu de iours apres le suiuit icelluy duc: et au Roy denonca
quelque treue et vacation de guerre par les angloys octroyee. Et par ainsi sans chommer
occultement se retira en bretaigne. Par ce moyen soubz esperance de paip retreue auec les
angloys. Charles enuoya le duc de berry a Callays/ou deuoit venir le duc de leucastre:
Apres lassemblee faicte par plusieurs et diuerses iournees dune part et daultre. Aultre
chose ne rapporta le duc de berry/fors que les treues seroient rompues ⓒ Durant ce tēps
trepassa loys conte de flandres/le sepulchre duquel est veu en leglise sainct pierre de lisle
Et en aquitaine grande puissance de meschans hommes/qui a nouuelles choses leut en
tendement appliquoient/assaillit le conte de Sancerre lors estant a repos et riés ne doub
tant de ses ennemis a cause des treues. Mais par sa prouidence (comme il estoit homme
prudent) vaillamment se deffendit et aup ribleurs resista. Mō pourtāt desisterent iceulp
ribleurs et larrons quilz ne prensissent par larcins et assaulx tous les chasteaulx/a ce fai
re des angloys admonnestez: qui nauoyent aucune entiere foy des alliances ou induces
enuers les francoys. En ce mesme temps les Auuergnatz les Lymosins et Poicteuyns
ioinctz auecques eulp/tresgriefue mutinerie exciterent/quilz establirent a soy vng capi

Note ß la vil
le de Aldenar
de

Le trespas de
loys conte de
flandres.

La violence
et mutinerie
des paysans
dauuergne

taine nomme Pierre bruyere. Et ainsi riblans par licence tresinique/mectoyent a mort
tous les nobles. Le clerge et tous hommes bien viuans autant cōme ilz en rencontroyēt
sans misericorde. Car a vng cheualier descoce quilz rencontrerent par le chemin/ mirent
vne sallade toute rouge de feu dessus son chef. A vng prestre couperent ses dois et la cou=
ronne/et le degraderent et bruleret. Vng religieux de lordre des hospitaliers par ses bras
le pendirent a vng hault arbre et le tuerent a force de fleiches et sagettes. Aussi nauoyent
ilz mode ne maniere a leur raige epcercer. Et plus cestuy entre eulp estoit loue/qui plus
faisoit de cruaelite et tirannye. Les nouuelles receues de ceste tant detestable inhumani
te. Le duc de berry qui alloit en auignon pour saluer le pape. Leua vne armee des plus no
bles et chemina en bataille contre les mutins. Lesquelz facilement il surmonta/et en fu
rent plusieurs occis et les aultres pēduz et estrāglez. ❡Entre ces choses loys duc dāniou
fut appele par le pape Gregoire douziesme/et depuis declaire Roy de naples par alexan
dre le quint contre la dissaā Roy de hongrie/q pretēdoit le royaulme de Apulye Indigent
de toutes choses. Enuoya Pierre craon en france par deuers son espouse/afin de receuoir
delle la pecune quil luy auoit baille a lheure de son partement et la luy apporter hastiue=
ment. Mais craon enuers son seigneur desloyal/apres quil eut receu celle pecune fut pa

La mort de
loys duc dan=
iou.

resseux et negligent et plus seruit a son plaisir et a sa volupte/que a son seigneur. Car si
comme loys cheminoit par venise/soy a tard repentant de leppedition de guerre par luy
faicte en italie/presse de tristesse et indigent de tous biens mourut. Telle fin eut le capi=
taine et conducteur de temeraire et loingtaigne guerre imprudent en bataille. Apres le
trespas duquel tous les gensdarmes qui lauoyent suiuy portans pour tous salaires le ba
ston en la main/A peine vestuz de poures et vilz vestemens retournerēt purement en leur
maison. De ceste calamite fut cause le pape Iehan.xpiii. successeur de alexandre. Car
les capitaines de son armee preparerent a loys sa destruction. Et au regard dicelluy resā
par sentence du concille de constance priue fut de la papaulte/e mis en prison au chasteau
de haldeberge. Garde y fut lespace de troys ans soubz la tutelle de Loys duc de bauyere.
Car le concille trouua quil auoit publie plusieurs faulx enseignemens a lencontre de la
foy ecclesiastique. ❡Soubz ce mesme temps le duc de berry et le prince de sencastric se as
semblerent a Callays. La cause dicelle assemblee fut lesperance de paix/laquelle ne sor=
tit aucun effect. Combien que le duc de berry proposast au prince anglois plusieurs loix
de bonne paix. Apres que linimitye des anglois fut manifeste a lencontre des francoys
pource que besoing estoit au Roy charles acquerir amitie et alliances. Le conte de ne=
uers espousa la fille du conte de henault. Moyennant ce que le pere promist deffendre e

Mariage en
tre le conte de
neuers e la fil
le du conte de
henault.

soustenir le party de Charles. A cambray furent faictes les nopces/ou charles non sans
louenge eut vng combat de cheualerie auec Collard de lespine. Les francoys lappellent
le ieu de la hache. ❡Durans ces iours nestoit encores repose le couraige du Roy de na
uarre ennuyeux aux francoys/pensant empoisonner les ducs de berry et de bourgongne.
Car il fist faire vne mortelle pouldre. Laquelle bailla a quelque anglois nomme iehan.
Auquel il donna certaine pecune pour icelle pouldre porter aux ducs. Sicō me langlois
preparoit sa poison. Incontinant entra en la cuisine diceulx ducs/ou il fut des cuysiners
empoigne. Et apres le crime confesse le bourreau luy trencha la teste. En
tre ces choses plusieurs seigneurs de la noblesse francoyse ausquelz desplaisoyent les per=

fecutions et molestes que si souuent faisoient les anglops en france.℃ontinuellemēt en
semble parloyent de mener ōne armee en angleterre Laquelle chose par le Roy charles en
tenduc.℃omme il fust en la fleur de son aage et de haultain couraige/print conseil de le=
uer ceste armee. Il trouua que facille estoit baincre le pays dangleterre: que aultre foys
les Daciens et sapons lauoient occupe. Et que la nation est de telle condiction que lon=
guement la guerre porter ne peult dedans son pays. Aincoys est coustumiere destre bain
cue ou de baincre des la premiere ou au plus des la seconde bataille. Aussi quelle ne peut
longuement souffrir la principaulte dung homme. Mais auoient accoustume de tuer ou
chacer leur roy. Par lesquelles raisōs ℃harles persuade/signiffia la guerre aux anglops
et faisant de toutes pars amas de nauires/acoustra en armes ōne tresgrande gallee. A ce
grant appareil de guerre comme lon faisoit amas de pecune: epigea le Roy ōng tribut si
grant que iamais plus ne fut ouy/et formant importable. Pour raison dequoy plusieurs
france abandonnerent. Et allerent chercher nouuelles habitations. La gallee de france
equippee de gensdarmes et bictuailles en abondance: tout ce grant appareil de nauires
tout ainsi comme seiches estoupes fut de feu consume. Le bruit commun estoit certain q̄
ce mal estoit aduenu par la coulpe des princes: qui entre eulx taux auoient ↄ desrobe la pe
cune pour ceste guerre epigee. ℃ertes la mauluaise conuoytise de or et argent amasser de
soy mesmes tant seulement a le soing et ne luy chault de lutillite publique ōng seul seul
lentent cest assauoir Jehan de bienne admiral de france equippe de solpante nefz/osa al=
ler en escoce/afin que de la fist guerre aux anglops. Le roy descoce fut beu estre marry de
la benue de Jehan/et tant comme possible luy fut retarda son passaige en angleterre. ℃e
pendant toutesuoyes q̄l faisoit amas de gensdarmes il ayda de biures les francoys. ℃ar
entre le Roy descoce et les anglops estoient lors griefues causes et occasions de guerre. A
donc quant les armees furent prestes. Le roy descoce bailla a ladmiral troys mille comba
tans de ses gens. Quant les francoys auecla puissance et ayde des escocoys furēt entrez
en angleterre. Rauirent pcillerent et riflerent toutes choses sans ce que aucun anglops
au deuant deulx acourust. En ceste facon benans iusques au chasteau de droart: comme
ladmiral eust delibere le prendre dassault. Les escocoys de ce faire le detournoyēt/disans
estre aduertiz quil estoit inexpugnable. Mais ladmiral en diligence contemplant la na
ture et les munitions de ce lieu. Apperceut ōng coste par lequel on pouoit batre et surmō=
ter le chasteau. A ceste cause le signe de lassault donne/Les francoys en la presence des es
cocoys qui se reposoient/de force priindrent le chasteau et entrerent dedans. Priindrent aus
si aultres places et munitions/iusques a ce que le Roy dangleterre print les armes con=
tre eulx: en si grant nōbre que Jehan moindre en paucite de gensdarmes saichant que les
escocoys estoient de lasche couraige/Remena son armee en escoce/ou prins en lamour de q̄l
que femme de royalle noblesse. Et finablemēt par elle admōneste de sortir du pays descoce
ce/pourtant que le Roy le tenoit suspect/secretement brula les nefz et en france se retira.
Peu est aduenu quen estrangere nation ayent les francoys gloire acquis/que par arrogā
ce ou lupure nayt este obscurie. De la gallee q̄ preparee auoit este a lexpedition de la guer
re contre les anglops/y en auoit ōne partye garrotee au port de lescluse/que les gantoys
delibererent faire briser par francoys attreme homme de basse condition. Laquelle chose
par certains induces benue a la notice du preuost de lescluse. ℃e pendant quil faisoit en=

Appareil de
guerre par les
frācoys pour
aller en angle
terre

Le beaige q̄
fist Jehan de
bienne admi
ral de france
en angleterre

queſte des coulpables a Dame ſen fouirent. Coutefuoyes y en eut douze empoignez qui
furent decapitez. A dame y auoit quelque garniſon dangloys/et en pourſuinant les fuitifz Charles aſſiega Dame excepte le coſte ou eſt la fange. Sicomme doncques les francoys tenoient le ſiege deuant la Bille/iniuriez furent par les habitans côme filz feuſſent
trop foybles pour les ſurmonter. Mais quant ilz Birent que les francoys leurs donnopêt
treſapres aſſaulx. Jncontinant conſulterent de rendre la Bille. Et ce pendât furent Beuz
aucuns angloys ſe ſauluer parmy la fange. A ceſte cauſe Bers liſſue dicelle fange furent
mis hommes de guerre pour empeſcher le paſſaige aux ennemis. Cantoſt furent auſſi
dreſſez bombardes et canôs contre les murailles/dont partie dicelles murailles razee et
abatue/les francoys entrerent et prindrent la Bille daſſault. En laquelle trouuees furêt
pluſieurs precieuſes richeſſes. Au regard de francoys Attreme qui en ſoy auoit prins la
charge de bruler les nefz/il ſe retira en la Bille de gâd. Et lors le Roy ediffia Bne treſpuiſ
ſante et deffenſable tour a leſcluſe pour la garniſon et deffenſe des nauires. Car lors leſcluſe eſtoit tenue par les Roys de france Mais comme depuis ſeuſt charles donne a phe
lippe duc de bourgongne. Depuis ce temps iuſques a maintenant/les contes de flâdres
en ont prins poſſeſſion et iouiſſance/non pas ſans le dommaige des francoys. Car comme ce ſoit Bng treſpuiſſant chaſteau deſſus Bng lieu monſtrieux moyennemant hault ap
ant treſlongue Biſee en la mer Lon peult facilement croire quil a aſon actribue lempire di
celle mer et de la terre de flandres. Je ſcay froiſſart auoit eſcript que Leſcluſe auât quelle
fuſt munye de chaſteau appartint a Guillaume de namur couſin de Phelippe de bour-
gongne/et quelle fut de Guillaume acquiſe. Au lieu dequoy luy fut donne bethune auec
ſes appartenances et deppendences. Et tantoſt apres celle acquiſition fut ediffie le chaſteau deſſus la montaigne que lon Beoit en ce lieu de leſcluſe. Aupres de liſle eſt zelande
que fait le Rhyn coulant en la mer. Par les habitans duquel pays ſouuenteſfoys les an
gloys et Gantoys eſtoient aydez. Adoncques commanda le Roy aux frâcoys les aſſail
lir/et diceulx furent pluſieurs prins et occis. Et comme Charles remectoit ſa peine de
mort a aucuns priſonniers/tlz aymerent mieulx mourir. Lung deſquelz (qui combien q̃
en degre de conſanguinite aux aultres atouchaſt). Meantmoins ſil ſaulue reſchapoit ſe
offrit les aultres occir. Ainſi doncques le bourreau cruel miſt a mort ſes côpaignons priſonniers et ſes parens. Parquoy le roy deteſtant la /crudelite de cil homme commanda le
punyr de telle peine comme les aultres. ℃ Durant ce temps le pape innocent ſeptieſme
ſeant en auignon/qui bien petite obeiſſance auoit acquis excepte au royaulme de france
et auoit ordonne et eſtably trente cardinaulx/auſquelz eſtoit beſoing de grans deſpens.
Labbe de ſainct nichaiſe de reinſen france enuoye ſefforceoit par luy exiger la moictye du
reuenu de toutes les egliſes A laquelle entreprinſe reſiſterent les eſcolliers de luniuerſite
de paris/qui par deuers charles ambaſſadeurs enuoyerent. Par leſquelz luy furent remõ
ſtrer que ledict du pape inique eſtoit et deſraiſonnable. La complaincte des eſcolliers en
tendue deffendit le Roy de ne tranſporter hors du royaulme aucune pecune. Auſſi commanda le reuenu des egliſes eſtre diſtribue en troys parties. Lune pour la reparatiõ des
egliſes. Lautre pour payer et acquiter leurs debtes et obligations. La tierce il laſſigna
pour luſaige quotidiendes preſtres et miniſtres. Enſemble pour raiſon de ce enuoya ar
nault de corbye Bers le pape. Qui ſoy repentant de ſon edict ſe deſiſta de lexaction deſſuſ-

La Bille de da
me des fran-
coys priſe daſ
ſault.

zelande q̃ lexe
cution des pri
ſonniers du
pays.

Lordõnâce du
roy touchant
le reuenu des
egliſes.

dicte. ¶ Apres que de flandres fut Charles retourne a paris/les Bourgeoys ꝫ les habi=
tans de ypres par lintercession de Iehan delle cheualier dore/cause furent de la paix que
Charles donna aux gantoys a Tournay en la presence de Phelippe duc de bourgongne
qui succede auoit en la conte de flandres ¶ En ce temps le Roy Charles espousa ysabel
fille du duc de Bauyere a Ampens. Peu de temps au par auant de armenye en france (de=
fuyuant les turcs) estoit venu leon Roy de Armenye. Lequel soigneusement procuroit la
controuerse des francoys et angloys appaiser. Afin que la reconciliation de ces deux tres
puissans roys acquise ꝫ accordee. Ilz ne refusassent mener expedition de guerre côtre les
turcs. Pour raison dequoy du consentement de Charles chemina en angleterre/ou telle=
ment besongna quil fut accorde que a cause de ce seroient enuoyez ãbassadeurs dune part
et daultre. A ceste cause les ambassadeurs angloys se transporterent a Callays et les frã
coys a Boulongne. En ceste legation cinquante iours en vain furent consommes. Pour=
ce que le Roy dangleterre oultre les loix honnestes de paix vouloit aucunes choses vsur=
per/on sen alla sans aultre chose faire. Pour laquelle chose Charles amassa merueilleux
nombre de nauyres/et se prepara pour faire la guerre en angleterre en sorte quil emprunta
pecune du clerge/et du peuple epigea denyers sans maniere. Charles auoit vne seur nõ=
mee kiatherine. Laquelle il bailla en mariaige au filz du duc de berry/pourquoy faire ob=
tint dispense du pape qui relacha la loy de cousinaige. Ainsi que pour la guerre dangleter
re estoient neuf cens nauyres preparees a lescluse. Le roy actendant a arras: les gallaires
et maistres des nauires luy signifficerent le temps estre propice a nauigaige. Adoncques
increpant la longue demeure du duc de berry qui prenoit ses plaisirs ꝫ delices a paris cõ
manda le appeler et faire venir. Mais il admonnesta Charles par lettres quil Vesquist
en seurete et sans triste sollicitude/et ne se hastast de marcher en angleterre. Le duc fina=
blement Vint a Charles non aultrement que comme iouant: afin que contre soy ne prouo
quast la hayne des gensdarmes. Quant il fut a lescluse arriue faignit marcher oultre en
angleterre.   Mais passant le temps paresseusement en ieux et Voluptez. Et finablemẽt
apres griefue tempeste leuee dessus la mer. Dissuaba et detourna de plus auant en celle
guerre proceder. Parquoy les nauires abandonnees auec toutes les munitions de guer=
re/demoura tout en la puissance ꝫ possession des angloys. Charles creut aux parolles du
duc. Et subitement delessa toutes les nefz et les gensdarmes quil auoit amasse par mer
ueilleuse et incredible despense/sans auoir regard a lutillite publique. Certes plusieurs
princes tiennent le gouuernement et ladministration des choses pour ieu/et ne conside=
rent combien coustent leurs plaisirs et Voluptez/ce que a de coustume a ceulx aduenir: des
quelz le trezor est la bourse du poure peuple. Non sans merueille la despence de ces naui=
res nestoit facile a compter/actendu quil y auoit victuailles oultre mesure/ꝫ que icelles
nauyres estoient decorees de painctures. Semblablement les malz estoient dorez/si que
les seigneurs estriuoyent lequel seroit porte en la plus riche nauyre. Et les gensdarmes
se soupsans du nombre des nefz et de si grant appareil. Ia entre eulx se glorifioyent que
angleterre estoit Vaincue et desolee. ¶ Durans ces mesmes iours la royne enfanta vng
filz: auquel fut baille le nom du pere/ꝫ tantost mourut au bers. Aussi mourut Charles
Roy de nauarre par vne abuenture digne de grande admiration. Comme il fust moult
Vieil et deffailly de chaleur/persuaderent aucuns quil le conuenoit coulõre dedans vng

ysabel mere
du Roy char=
les septiesme

La' setardye
du duc de Ber=
ry.

Le trepas du
filz du roy.

La mort mer
ueilleuse du
Roy de nauar
re.

lincpeu et deaue Biue sentoser par dessus. Car cest Bne ferme et côstante oppinion que cel
le eaue a la force et Bertu de rechauffer. Sicomme le cousturier faisoit de nupct ceste cou=
sture/son fil mist a la lumiere de la chandelle pour le rompre/ɛ auant que riens apperce=
uoit Beit icellup cousturier tomber la flamme dessus le lincpeu que le fil emportoit. Lors
subitement brula tout le lincpeu/miserablement criant le Roy de nauarre; Qui le tiers
iour ensuiuant de continuelle douleur afflige fut et esteinct. Plusieurs constamment af=
fermans que cestoit sire ɛ indignation diuine. Laquelle auoit punp le traistre Roy de la
peine que ces pechez auopent merite. ❡En ce temps aussi fut faicte Bataille sus la mer
a sencontre des anglops. Lesquelz soubz la conduicte de hugues despencier seur capitaine
furent Baincuz p les francops et perdirent toutes seurs nefz/en la quelle Bataille fut pris
ledict hugues despencier. ❡Durans ces iours deup seigneurs de la maison pierre duc
dalenpon. Cestassauoir Jaquet le gris et Jehan caronge. A paris firent Bng combat en
tre eulp deulp que son dict Bataille dueillpere. La cause du combat fut celle cp. Jehan ca=
ronge estoit Bng cheualier couuoppeup de plusieurs choses congnoistre. Pour rasion de=
quop lup Bint en pensee daller quelque part en pelerinaige. Sa femme doncques a argen=
toil au perche delesser/sen alla ainsi quil auoit delibere. Mais iaquet le gris pourtant ql
apmoit ceste femme qui Belle estoit/ou pource que aucunefops sessiouppsoit faire deplaisir
a Jehan. Se leua au point du iour et a grant haste sen alla a argentoil:ou liberallement
receu par la femme/lup dit quil estoit illec Benu pour Beoir le chasteau lequel il auoit oup
dire estre tresBel. La femme de iehan ouurit la porte. Et seulle fist shomme entrer au cha=
steau que elle pensoit estre amp de son marp. A lors iaquet le gris fait plus hardp a cause
de la sollitude du lieu/constupra et Biola ceste femme oultre son gre non obstant quelque
resistance quelle p peulst faire. Tantost apres la libidineuse Bolupte assouuye/sicomme
Jaquet le gris sen alloit. Certes(dist la femme)trespuant adultere quelque fopspunp se
tas de ton Bil et abhominable peche. Et celle femme le cela iusques a la Benue de son ma
rp. Auquel quant il fut arriue elle decouurit en pleurs et gemissemens la Biolence a elle
faicte par Jaquet le gris. De laquelle chose Jehan caronge trouble/appela aucunes de si
ens amps et de ceulp de sa femme/et le cas sen alla au duc dalenpon denoncer. Requerât
le peche de adultere estre punp ɛ corrige. Ou le combat entre lup et laccuse octroper pour
actendre laduenture et fortune dicellup. Doyant que le duc lup reffuzoit sa requeste ente=
riner. Jl proposa sa complaincte en la court ropalle de parlement. Pour a laquelle faire
droit/la court assigna iour aup contendans de côbatre Le rop Charles assis en Bng thros
ne ropal Boulut Beoir le combat. Aussi la femme de Jehan caronge estoit Benue Boictu=
ree dedans Bng chariot. De laquelle son marp approchant Top femme(dit il)es seul tes=
moing du stupre en top commis pour lequel maintenant ie entreprens ce combat. Dp icp
publiquement se iustement ie assaulp ladultere; Mon marp dist la femme sops asseure
de ma fop que iap en top. Car aucunement ne tap menty. A ces parolles Jehan caronge
donna Bng baiser a son espouse/puis au conflict chemina. Qui en courant la lance/tan=
tost du chocq de lautre cheual blesse fut en la cuisse. Mais non pourtant affoplp/descen=

La punition
de ladultere.

dit sus ses piedz/prosterna ladultere côtre terre et loccist. Adôc le Bourreau trapna le corps
au gibet et bien hault le pendit Au regard de Jehan caronge le Rop charles lup dôna mil
le francs/et deup cens liures de gaiges p chascun an De ce sort mourut le puant adultere

Lors Jehan de montfort duc de bretaigne aduerty que le seigneur de Clisson connestable
venoit en bretaigne pour naupres amasser/le inuita de disner en sa maison. Et tantost a=
pres la viande de serupe commanda le mectre en prison. Dont il ne le voult deliurer ius=
ques a ce que icelluy connestable luy eust rendu et liure soubz sa puissance tous les lieulp
quil auoit en bretaigne. Et encores se contraignit payer la somme de cent mille francs Car
le duc auoit hay le connestable pource principallement quil auoit deliure dangleterre Je=
han de bretaigne filz de Charles de bloys Ou il auoit este obstaige lespace de trente cinq
ans au lieu de son pere. Pource aussi que baille luy auoit sa fille en mariage. Pour raison
dequoy Jehan de montfort craignoit que cil Jehan de bretaigne ne voulsist quelque foys
quereller et par armes rauoir le duche de bretaigne que son pere auoit perdu. Apres que le
connestable fut deliure de prison. Regarda le duc sa face disant en ceste maniere. Ce=
ste deliurance que fays de clisson a moy et au pays portera quelque iour grant domma=
ge. Quant Charles entendit sa trahison et desloyaulte du duc de bretaigne a lencontre
du connestable/aucuns vers luy enuoya pour ladiourner a comparoir et estre a droit en iu
gement a Orleans. Au iour assigne/ne comparut le duc ny aultre pour luy. Le connesta=
ble flechy aulp genoulp du Roy. Toy roy dit il tresiuste ne ignores la contumace du tres
inique duc. A toy appartient faire iustice a moy qui suis iniurie. Certes cy deuant toy ie
appele et deffye le duc au combat particulier de bataille dueillier. Et en ce disant iecta so
gaige. Quant le duc congneut ces choses dictes par le connestable/craignant que a lin=
stigation dicelluy connestable Charles entreprint guerre a lencontre de soy. Par ses mes
sagers instamment le pria que contre luy ne se voulsist courroucer de ce que appele a Or=
leans estoit deffailly/Pource que lors estoit empesche en tresgrans affaires. Mais que
maintenant estoit de loysir se par le vouloir du Roy permis luy estoit aller a bloys/et la de
uant les ambassadeurs royaulp se faire purger des choses dont son aduersaire sauoit accu
se. Charles longuement retint sa response. Finablement luy pleut enuoyer a bloys ses on
cles cest assauoir les ducs de berry et de bourgongne. Quant ilz furent arriuez/sa trouue
rent le duc de bretaigne. Lequel ilz arguerent et increperet des iniures par luy commises
contre le connestable/dont il ne pouoit grace auoir sinon quil allast vers le roy. Ne doub=
ta le breton ioyssant de la presence et auctorite des ducs vers le roy se transporter. Deuant
lequel le connestable grandement laccusa que luy noble et illustre de dignite et office royal
Par le comandement du roy et pour le prouffict de la chose publiq seiournant en bretaigne
par saincte et frauduleuse amitye auroit este semont de banqueter en la maison dicelluy
duc. Lequel lauroit fait prendre et si loguement en prison detenir/iusques a ce que ses cha
steaulp qui estoient siens renduz eust et liurez soubz sa puissance/que aussi amy estoit et
fauoriseur des anglops ennemis de france. Parquoy (disoit que il) estoit iuste et raisonna=
ble quil receust le gaige du combat/ou quil fust puny de telle peine quil appartient a vng
traistre. En ceste maniere le connestable de ire enflambe/reduict fut par les ducs a actre
pance. Car il acquiessa et consentit que la cause fust diffinye et determinee par le commun
conseil du roy et loppinion des sages. La cause doncqs fut plaidoyee en grat estrif p lune et
lautre des parties. Finablement le chancellier de france faisant droit a chascune des par
ties condampna le duc de bretaigne a rendre et restituer au connestable les chasteaulp de la
Roche ariane et de Josselin/Auec tous les meubles et vstancilles qui en auoyent este

r.i.

La trahison
iehan de mot
fort duc de bre
taigne enuers
le connestable
clisson.

rauiz et transportez/ensemble la somme de cent mille francs. ❡Durant ce temps Iehan
monteson de lordre sainct dominique/docteur en theologie et homme de grant nom: fai=
sant sermon au peuple touchant la purete et entiere conception de la Benoiste Bierge marie
declara que en la maniere de toute aultre generation humaine/elle auoit este cõceue en pe
che originel et dicelle contamination de peche maculee. La doctrine duquel suyuant vng
aultre theologien de cel ordre/sicomme il preschoit de ceste chose a Rouen. Se ie ne mon=
stre(dit il)publiquement que la mere de ihesucrist quant elle fut conceu sentit la souillure
et macule de peche originel. S uis content que lon mapelle huet. Cest vng nom de raille=
rie entre les francoys. Pour raison dequoy longuement fut en coustume que les freres de
cestuy ordre estoient publiquement et en tous lieux des petiz enfans appelez huetz La ve
rite doncques discutee en la presence du pape innocent septiesme. A linstigation et pour=
suyte principallement de luniuersite de paris/Monteson fut cõtrainct retourner a paris
Et retracter/cest a entendre desdite ce quil auoit follement presche de la benoiste glorieu=
se Bierge marie. ❡A lymoges estoit vng angloys appele teste noyre:qui du chasteau de
chalucet souuent faisant courses en auuergne/moult affligoit et souloit les auuergnatz.
Cestuy choisissant quatre cens hommes darmes apres quil les eut assemblez. Sen alla
de nuict a montferrand. Sachant quen la Bille ny auoit aucune garnison. Parquoy met=
tant illec guet sus la brune pres des murailles. Enseigna aucûs cheualiers faindre de
estre marchans. Et auec iumens chargees entrer au poinct du iour en la Bille de montfer
rand. Adoncques les cheualiers cheminans comme leur estoit commande au pont qui est
deuant la porte/Requirent entree leur estre faicte et ouuerte. ❡Lors les portiers qui ri
ens ne sauoient du guet/deualterent le pont leuys et a leur detriment mirent dedans les
faulx marchans. Car tout incontinant que la porte fut occupee ses gensdarmes tirerent
leurs glesues et les tuerent tous Et sans chõmer ceulx qui faisoyent le guect assaillirent
et prindrent la Bille mectans tout a mort et peillerie. Ceste chose rapottee a Sancerre ma
reschal de france lors estant en auuergne. Quant langloys congneut quil faisoit moult
grant amas de gensdarmes pour venir a montferrand. Secretement fist mettre sa proye
en chariotz/tira hors les prisonniers/et hastiuement a chalucet sen retourna. ❡En ce
mesme temps quelque Anachorite estoit venu en court portant vne croix rouge en la mai
d'ptre/homme de vie austere et religieuse conuersation. Cestuy comme souuent reque=
roit parler au roy. Souuentesfoys fut de ce faire empesche et chace des officiers de la mai
son. Craignans que par fraulde vousist le Roy circonuenir/ou a la verite changer et di=
uertir ailleurs son couraige soubz espece daucune sainctete. Neantmoyns si perseuerant
fut que lon le fist venir deuant le Roy. Auquel il dist que diuinement auoit este admon=
neste. Afin de parler a luy pour oster les tailles et tribuz annuelz. Et que sil ne le faisoit
en brief sentiroit dessus soy yre et indignation de dieu/qui le desobeissant et rebelle pu=
niroit. Et qui plus est nauroit aucuns enfans. Car en ce temps la fille que la royne a=
uoit enfante estoit trespassee. De ces menasses de lanachorite le Roy quelque peu espou=
ente Pensa oster les tailles et tribuz. Mais par le mauuais conseil et desenhortement de
ses deux oncles/Cest assauoir des ducs de berry et bourgongne delessa et oublia toute sa
pensee. ❡Les hystoriens escripuent que sans cause le duc de Gueldres prouoqua le
roy a guerre. Au moyen dequoy Charles chemina cõtre luy en bataille mais larceuesque

De la concep
tion glorieuse
de la Benoiste
Bierge marie
contre les fre=
res prescheurs

Admonneste
ment faict au
roy de abolir
et oster les tail
les.

de agripine et le conte de ioullieu. Tant firent quil corrigea et delessa sa temerite/et tan=
tost au roy se reconseillerent. ℃En apres assemblee generalle faicte a reins/pource que
se roy estoit venu en adolescence/τ auoit assez de aage τ prudence pour le royaulme sans la
tutelle daultruy gouuerner/fut veu et delibere par les conseillers assistans au conseil que
cestoit le prouffict de la chose publique/se dung prince estoit le royaulme gouuerne. A ce=
ste cause tout fut deuolu a charles et a ses oncles fut le gouuernement interdict. Toutes=
uoyes Charles leur rendit graces de ce bien et deuement auoient gouuerne et conduict ses
affaires. Aussi les pria que doresnauant demourassent tousiours loyaulx enuers soy En
quoy faisant grans dos receurent de leur nepueu. Puis prenans congie de charles/ lung
sen alla en languedoc dont il estoit gouuerneur/et lautre se retira en bourgongne. Au re=
gard du. Roy quant il fut retourne a paris commanda relyre les antiennes ordonnances
et apres quelles eurent este releuees/commanda les obseruer et garder. ℃Entre ces ordon
nances(charles come dessus est dit)retournans de flandres/auy preuost des marchans
et escheuins de paris se gouuernement de la ville auoit este interdict/Et au preuost iuge
ordinaire de paris lung et lautre gouuernement assigne. Lequel office come Jehan folle
uille homme sans contredict iuste et lettre eust epcerce. Sachant quelle sollicitude cestoit
de epcercer les deup offices. Vers se roy se transporta luy recitant le soing et la peine qui y
estoient/et que a peine a lung seul pouoit satisfaire. Parquoy le requist estre descharge de
lung diceulp offices. En son lieu fut depute Jehan iuuenel homme de preudhomye et de
bon nom entre les aduocatz de parlement. Lequel ordonna le Roy estre appele non pas pre
uost/mais garde de la preuoste des marchans. Cestuy iuuenel filz de iuuenel des vrsins
issit de italye de sa noble caze ou maison des vrsins. Que son frere Neapolin euesque de
mectz auoit en france alleiche pource quil estoit preup et belliqueup cheualier. Et auoit
faict aucunes prouesses et vaillances a lencontre des anglops. Et depuis quant france
fut vng peu de guerres reposee. Il porta les armes contre les turcqs/ou il mourut de mort
glorieuse. Doncques Jehan iuuenel apres quil eut prins la garde et sollicitude de la pre
uoste. Pource quil trouua les libertes et priuileges des parisiens diminuez/auant toute
oeuure mist en proces et iustice les habitans de Rouen. Par ainsi la premiere liberte rein
tegree. ﬁst les fleuues nauigables/tout empeschement premierement oste Car plusieurs
auoient basti des moulins en la riuiere de marne. Qui faisoyent le cours de leaue beaucop
plus estroict ala descente des basteaulp. Ces moulins Juuenel fist abatre/ recompense
faicte aup possesseurs et propprietaires diceulp moulins. ℃Ce pendant que ces choses
se faisoient/le pappe Clement enuoya lettres au Roy/par lesquelles le prioit se transpor
ter vers luy en auignon/afin quilz consultassent ensemble des choses neapolitaines. Au
quel respondit Charles quil en seroit soigneup. A cause de ce voyaige vers le pape/aug
menta le roy les tailles et epactions/foulant le clerge sans maniere. Car comme de sa na
ture tresliberal fust et treslarge dhonneur. Il ny auoit en luy raison de respondre la pecune
Si que les maistres et presidans des comptes/quant les recepueurs du domaine du Roy
et de la pecune publique a culy venoiet pour rendre leurs comptes/et epibeoient en leurs li
ures les donaisons et liberalitez indiscretes. Ces motz estoient abioustez en la marge/il
a trop receu/Soit recouuert. Et certes au peuple fut esperance que les epactions trop
epcessiues seroyent amoderees a la venue de sa Royne. Laquelle lors deuoit estre cou=

Jcy prent le
roy charles la
ministration
du royaulme

Jehan iuue=
nel des vrsins
garde d la pre
uoste des mar
chans.

Contre la su=
perflue libera
lite des roys.

τ. ii.

ronnee a paris. Mais en Bain on attent remiſſion et allegement de tribut de ceulp qui
ſont treſambicieup ꝗ larges oultre meſures. Car ſaiches que non ſeullemẽt ne fut ſimpo
ſition diminuee/aincops en fut plus grãde adiouſtee ſus le ſel. Qui plus eſt Charles
deſcrpa la monnope de ſon pere ſans p mectre pris/et en fiſt forger de nouuelle au grant de
triment du peuple. Puis cheminant en auignon/en grãde reuerance Bint Bers le pape cle
Le partemẽt
du Rop char=
les pour aller
en auignon.
ment. Auecques lequel apres que p aucuns iours eut conſulte/comme le pape euſt decore
lops de la couronne du ropaulme de ſicille/Bint charles en languedoc. Auquel Benãt le cõ
te de foip a thoulouze/lup fiſt ſerment de fidelite a meſieres qui ẽ la principalle et ꝓmiere
Bille de foip/et pource quil eſtoit ſans enfans/le conte inſtitua Charles ſon heritier/tou
teſuopes auoit eu iceſlup conte Bng filz de la ſeur du Rop de nauarre. Lequel Benant en
aage de adoleſſence Commenca a detraicter de ſon pere pource/(cõme il diſoit)quil ſe trai=
ctoit trop chichement. Lup Benoit auſſi en indignation que ſa mere Bopant quelle eſtoit la ctu
deſite/craignoit partir de nauarre ou eſle ceſtoit retiree/ꝗ retourner a ſon marp. Parquop
ſen fourt a ſon oncle Rop de nauarre/par le conſeil duquel prepara poiſon a ſon pere/ non
mortel comme diſoit ſon oncle/aincops tel que meſle parmp la Biande du conte/reconſeil
ſeroit a la femme le diſcordant couraige du marp/et par ainſi retourne en ſa maiſon/quãt
il entra en la cuiſine oultre couſtume pour reſpendre les pouldres Benimeuſes en la Bian
de/lup tomba le Baiſſeau auquel il auoit mis la poiſon/lequel fut recueilly par ſung des
ſeruiteurs du conte. Qui tantoſt le monſtra aup medecins. Et apres quilz entent iugie
que ceſtoit mortelle poiſon/ilz menerent le filz au pere. Le filz doncques aprehende ne ce
la la poiſon et ſes coulpables dicelle. Au mopen dequop condampne fut a mourir. Et com
manda ſon pere lup trancher la teſte par le Bourreau. A ceſte cauſe le conte priue denfans
par lop teſtamentaire tranſporta au Rop tout ce quil poſſedoit.

LE Rop en france retourne/quant il eut oup pluſieurs meſſagiers accuſans le
duc de auarice. Il ne tarda lup oſter le gouuernement de languedoc/et enuopa
Pietre caprenſe noble cheualier a Thoulouze/pour au peuple ſigniffier que le
Commẽt les
genneuops re
quirẽt ſecourf
au rop contre
les maures.
duc eſtoit depoſe et mis hors de ſon office. Dauantaige Charles des genneuops per
ſuade promiſt leur donner ſecours et apde a lencontre des maures. Et le duc de Boutbon
Boulentiers print la charge de ceſte armee/qui leua et amaſſa mil cinq cens hommes dar
mes ſans les pietons. Et de tant plus fiſt grande diligence de partir/comme il congnoiſ
ſoit les princes de france ſop plus enclpner a diſcorde ciuille Soubz le duc de Bourbon mat
cherent en bataille. Le conte de Harcourt. Ladmiral de Bienne/Concp et pluſieurs aul=
tres hommes de grande maiſon. Auec leſquelz ſe ioignit le conte darbe Benant dangleter
re. A thunpce fut faict conflict et dur aſſiegement. Mais larmee des chreſtiens non ap
ant eſperance de ſurmonter celle Bille/ſe miſt au plain champ ou ſes ſarrazins auopent fi
che leurs tentes. Auquel lieu fut faicte Bataille. En laquelle finablemẽt les maures ſen
fouirent/et demoura la Bictoire aup creſtiens. Mais pource que larmee eſtoit dimi=
nuee par ce que la peſte p coutoit/fut conſulte de retourner en la maiſon. Quop ſouſpeſon
nant le Rop des maures et craignant que les creſtiens ne ſaigniſſent cecp. Afin que re
prenans leurs Bertuz auec renfort de leur armee. Tantoſt ſe leuaſſent plus aigrement cõ
tre lup. Enuopa meſſagers par deuers les capitaines pour ſauoir filz Bouloient appoin
cter ou nom. Parquop fut accorde que le maure rendroit tous les priſonniers et paperoit

dix mille ducatz aux capitaines de larmee Et ainsi furēt faictes treues/ɛ le duc de Bour
bon ramena ses gensdarmes. ℃En ce mesme temps eschut guerre a Iehan Roy de castil
le côtre le Roy de portugal et le duc de lencastre. Pour raison dequoy le duc de bourbon a=
uecques vne armee enuoyee fut par Charles en castille pour donner secours a Iehan Le
quel duc de bourbon pour le pape visiter chemina premierement en auignon/et de la par
la prouince de narbonne sen alla a barchenône ou seiournoit volante Royne darragon a=
uec le Roy son mary. Au moyen de quoy p si long chemi vint en castille/ql arriua apres la
bataille. Car cest la coustume des francoys de promettre hastif et prôpt secours/ɛ destre
tardifz au fait. Toutesuoyes iehan ioyeusement et honnorablement receut le duc de Bout
bon. ℃Durant ce temps aux florentins requerans secours a lencôtre de Galias duc de
milan/et soy rendans soubz la puissance ɛ seigneurie du Roy charles fut respondu que en
tre le Roy et le duc y auoit alliance/qui seroit chose honteuse et deshonneste a rompre sans
iuste cause. Neantmoyns se le duc de millan sesforçoit leur faire iniure promist Charles
leur enuoyer secours. Parquoy les florentins de leur actente frustrez/se retirerent vers le
conte darmignac/Requerans semblable chose quilz auoient faict au Roy charles/Le cô
te darmignac côbien ĝ de prime face refuzast leur requeste. Toutesuoyes depuis luy sem
bla vtille a la chose publique sil menoit en loingtain pays/les gensdarmes oyseux et ni=
ens ne faisans en france.   Apres doncques quil eut leue et amasse grande multitude de
côbatans delibera les florentins secourir/passa les mons et assiega alexādrie estant de
la seigneurie de milan/ou le duc auoit mis garnison et aduerty de la venue du conte/et nô
loing de la ville auoit mis vne aultre bande de gens en armes pour faire le guet/dont ia=
ques verme estoit capitaine. Ainsi ĝ le conte tenoit la ville assieger/les alipandrins en=
uoyerent aucunes espies de leurs gens pour prouoquer les assiegeurs. Au moyē dequoy
les gensdarmes du conte darmignac sortirent en quelĝ nôbre ɛ coururêt apres eulx/ɛ par
trop loing les poursuiuirent/si ĝ les aduersaires ĝ faisoient le guect cômencerēt a tuer des
sus. De laĝlle poursuyte le côte aduerty vit a grāt haste les secourir mais les alexādrins
issirent de la ville ĝ le deceurêt ɛ enclopiēt entre eulx ɛ les insidiateurs en sorte que p tres
apre bataille furēt plusieurs occis/ɛ il ayant receu huit playes: peu apres cryant (Sire di
eu entre tes mains ie recômande mon esperit) il rēdit lame. Escript froissart ĝ le côte en
tre les côbatās couuert de sueur sen alla a vng petit fleuue pres dillec. Et apres ĝl eut beu
de leaue dicelluy largement il pdit la voix et p ainsi fut prins des ennemis. ℃Durans
ces mesmes iours fut faicte punition des ladices côspirans de rechief les puys empoison
ner. Et côme ny eut maniere aucūe de leuer et exiger les tailles ɛ subsides/toutes les cho
ses de france estoient en noyse et dissention. Et qui pis est lon souffroit ĝ ce qui estoit ra=
uy oultre mesure ne venoit pas a lusaige cômun. Mais a la trescouuopteuse auarice dau
cuns priuez. Pour raison dequoy pensoyēt aucūs en leur couraige les maulx ɛ dômaiges
ĝ depuis suruindrent. Oultre ces choses en ce tēps encores la craincte augmētoyent les tē
pestes du ciel/ɛ les vagues de mer agitez p grans estourbillons de vents/qui vomissoiēt
et gectoyent les poissons sus les riuaiges. Semblablement les gros arbres attachez/ɛ de
leurs places parmy laer transportez les pēsees humaines espouētoyent. ℃Entre ces cho
ses côe p le trepas de phelippe fut le duche dorleās escheu au Roy charles lan de grace. m.
ccc.nonāte ɛ vng il le bailla a son frere loys/côbien ĝ p sermēt se fust aux citoyans oblige

Le duche dor
leans.

quil garderoit a soy le duche/et au royaulme le ioindroit par possession perpetuelle. Ce=
ftuy loys iasoit ce quil fust ieune. Neantmoins il desiroit augmenter son demaine et sa
seigneurie: si que en brief temps acquist les contez de bloys concy et soussons. ❡En ce
mesme temps Gaston conte de foys mourant en lauant ses mains Combien que par son
testament eust institue le Roy charles son heritier. Toutesuoyes du consentemēt du roy
Bint lheritaige auec tous les meubles et vstancilles a quelque bastard dicelluy conte hō=
me de treshault couraige. Lequel faisant foy et hommaige a Charles fut conte appele.

La prinse de
Bantadore.

❡Ong peu deuant ces iours Dantadore tresfort chasteau en lymosin fut prinspar le duc
de berry. Car comme Geoffroy testanoz leust occupe par long temps quāt Bint a son tres
pas il le lessa a Alain et a pierre ses deux nepueux. Qui souuent affligez par Guillau=
me Boutillier et Jehan bolonanse/saignirent le chasteau delesser en leur payant la somme
de dix mille francs. De laquelle chose le duc aduerty par le rapport de Guillaume Bou=
tillier. Incontinant compta les denyers enhoztāt ledict guillaume de soy garder de fraul
de et trahison. Quant guillaume eut receu la pecune il signiffia a Alain quil Benoit auec
ses denyers quil demandoit. En ce chasteau ya Bne tresforte tour/en laquelle alain auoit
mis trente hommes des siens armez en ambusche. Afin quil encloyst et surprint les fran=
coys qui Benoient auec la pecune Mais guillaume ayant pourueu côtre la trahison:esta
blissant bonne bande de ses gensdarmes pour faire le guect non loing du chasteau:auec ql
ques hommes en armes/entra dedans et commanda garder les portes. Puis requist la
tour qui close estoit luy estre ouuerte/aultrement quil ne payeroit la pecune. Apres que
Alain eut cecy longuement reffuze:craignant luy estre faict Biolence bailla les clefz. Et
tantost la porte de la prison ouuerte fut promis Bie saulue a ceulx qui dedans estoiēt mu
cez se ilz ostoient et lessoient leurs armes. Laquelle condition accordee/sortirent tous des
armes et furēt faictz prisonniers. Au regard de Alain et Pierre/menez premierement au
duc de berry/en apres au Roy furent finablement decapitez Par laquelle trahison/fut la
trahison du faulx ennemy repoulsee. ❡Mais au duc de bretaigne soit nostre narration
de rechief conuertye/qui en toutes choses traistre et rebelle:refuzoit obeyr a larrest de par=

Le duc de bre
taigne rebelle

lement prononce pour les iniures par luy faictes au connestable comme nous auons dit
cy dessus. Et mesmes a Charles ne obtemperoit iasoit que souuent fust admõneste. Par
quoy le connestable Clisson de ire enflambe commenca a faire guerre a icelluy duc en per
secutant les bretons de plusieurs dommaiges. Mais afin que si grandes haynes ne prē
sissent accroissement. Charles enuoya le duc de berry auecques aucuns conseilliers par
deuers le duc de bretaigne Pour ladmonnester de non forger monnoye dor comme il auoit
commence/actendu que selon les ordonnances des roys ne ignoroit luy estre illicite. Da=
uantaige luy remonstrer et dire quil obeist a larrest de la court de plement en tant que tou
choit la cause de clisson connestable:rendist a restituast ce que par force auoit de luy eptor
que/aussi de guerre se abstiensist Ces choses par les ambassadeurs exposees/les seignrs
qui estoient au conseil/Boyans que la requeste du Roy estoit raisonnable/le duc prierent
au commandemens du roy obeyr. Mais il enduitcy en son couraige detournoit loreille et
oyee a ceulx qui luy persuadoyent choses iustes/et retournant en sa maison commenca a
dire ces parolles. Je mectray dit il ces ambassadeurs en prison. Auec luy estoit Pierre
de nauarre frere de sa femme. Qui congnoissant la temerite du duc Incontinant pria sa

seut quelle appaisast la ferocite et rebellion de son mary. Aussi le detournast de faire iniu
re aux ambassadeurs/laquelle facilement pourroit redonder a son detriment et donmaige. La benigne et paisible femme apres quelle eut ouy son frere sen alla vers son mary a
uec soy menant ses enfans. Par le regard desquelz et par la prudence de sa femme appaise
respondit ces parolles. Mon espouse ie feray ce que tu demande Le lendemain doncques
les ducs en leglise assemblez respondit le breton que peu apres iroit parler au roy. De la
quelle response le duc de berry contente/prenant congie du duc de Bretaigne en france retour
na. Et le breton quelque temps apres come il auoit promis vint par deuers le roy en gran
de pompe. Apres quil eut dit plusieurs choses pour soy excuser ordonna le Roy q besoing
estoit au duc acomplir tout ce que les iuges de parlement auoient diffiny et determine:ce
quil promist faire. Et adonc le Roy lessa aller le duc de bretaigne et le connestable clisson

La natiuite
de Charles
septiesme.

⚜Lors au roy nasquit vng filz nomme Charles/que nostre aage appela septiesme. Et
Richard roy dangleterre faignant paix/enuoya le duc de lencastre par deuers Charles a
paris. En lassemblee par le Roy faicte fut le duc angloys ouy/qui demandoit la pecune
restant pour la rancon du Roy iehan estre payee a Richard/ensemble toute aquitaine ius
ques a Orleans luy estre rendue et restituee. Toutes lesques choses se elles luy estoient
acomplyes/se feroit paix en present laquelle perpetuellement demeureroit ferme et esta
ble. A laquelle demande fut respondu en sa maniere qui sensuit. Le Roy dangleterre ren
de le Roy iehan/et les ostages qui par sa coulpe sont mors en angleterre. Dauantaige re
compense les dommaiges larcins et rapines faictes par ses gens au pays de france apres
le traicte de la paix et alliance. Par laquelle alliance Richard auoit promis a soy rape
ler tous ses gensdarmes. Pour lesquelz dommaiges demande le Roy charles trente foys
cent mille escus qui vallent troys millions dor. Et que se Richard a ce satiffaisoit/res
pondroit le Roy a la requeste du duc. Le duc de lencastre dit lors quil raporteroit a son roy
ce quil auoit ouy. Entre les officiers de la maison de Charles grande auctorite auoit pier
re craon noble et puissant cheualier/qui meu de sa renommee laquelle couroit publique
ment de son maistre. Cest assauoir que plusieurs laccusoient estre enuelope en lestude de
art magique et de sorcerie declaira la chose a son prince Dont loys courrouce/pensant que
craon faisoit de luy ce iugement/le mist hors de sa maison. A ceste cause cuydant Craon
auoir receu si notable iniure a linstigation du seigneur de clisson connestable(pource que en
tre eulx estoit hayne antienne)manifesta son indignation contre luy. Car le iour de la fe
ste du sainct sacrement de ihesucrist/sicomme clisson retournoit dauec le Roy. Les soul
dars de Craon le iecterent de son cheual a terre et leussent occis sil ne se fust retire en vne
maison estat illec pres/ou il emporta troys playes quil receut au trauers des fesses. Les
souldars prenans la fuyte ne purent estre empoignez excepte troys qui furent decapitez

La punition
de ceulx qui
auoiēt naure
le connestable

A craon fut iour assigne a comparoir en iugement pourtant quil ne vouloit obeyr/demou
rant en contumace fut banny et ses biens confisquez. Car les maisons quil auoit moult
belles et spacieuses non loing de leglise sainct Jehan en grayne/par le comandement du
Roy furent abatues et le fonds depute a la sepulture des parrochians. Au regard de luy
il sen fouyt au duc de Bretaigne qui estoit coulpable de son messaict Laquelle chose moult
fut a Charles desplaisante:et encores son indignation augmentoit que le duc nauoit sa
tiffait a clisson selon larrest de parlement. Ces choses doncques poignansle courage du

Appareil de
guerre contre
iehan de mõt
fort duc de Bre
taigne.

Roy/apres quil eut prins cõseil auec ses gens/les armes prepara ⁊ appela ses oncles cest
assauoir les ducs de Berry et de Bourgongne:leur signiffiant la cause pour laquelle il en=
treprenoit la guerre cõtre le duc de Bretaigne. Ceulx cy emerueillans se tãt souldain mou
uement du Roy/marris furent que eulx absens auoit aucun ose conseiller si difficille ap
pareil de guerre. Et le chargeoient principalement sus clisson/ Riuyere et noupãt:qui a
la verite lors auoient tout le gouuernement de la court. Et menoyent le Roy par tout ou
ilz Vouloyent. Aussi les grandes richesses de clisson estoient cause de le faire hayr des prī
ces. Car comme pour ses playes quil auoit receu se fust iuge a mourir. Par son testamẽt
fut congneu laisser a ses heritiers dix sept cens mille francs. Les ducs doncques sebahis
soient dont clisson si grande pecune auoit amasse/sinon de proye et rapine. Pour ceste cau
se les consulteurs du roy/comme ilz fussent hayz de tous gens de bien. Paris delesse mene
rent Charles a sainct germain en laye Pensans quen lieu champestre ⁊ de forest plus frã
chement feroient ce quilz Vouldroient. Neãtmoyns les escolliers de luniuersite de paris
Aux priuileiges desquelz estoit continuellement desrogue. Le recteur enuoye auec les sai
ges de leur communite/quant arriuez furent a sainct Germain:requirent le chancellier
leur donner entree de parler au Roy. Et quilz auoient aucuns mandemens lesquelz ne=
cessaire estoit manifester a sa royalle mageste Apres que souuentessoy seurent ces choses
en Vain requis. Finablement le chancellier respondit que le Roy estoit empesche en grãs
affaires pour la chose publique. Et au regard de leurs priuileges quil nestoit necessaire
en auoir doubteuse sollicitude. Pource que le Roy desiroit et entretenir Vouloit le repos
et la liberte de lestude. Par ainsi les ambassadeurs sans aultre chose raporter fors tresgrã
de indignation/retournerent en leurs maisons. ¶Charles nauoit mis en oubly la guer
re par luy preparee contre les bretons. Parquoy au commencement de ceste cõmanda mar
cher son armee au pays du mayne. La Venue duquel congneue/le breton simulateur de be
niuolence. Incontinant Vers luy ambassadeurs enuoya/disant soy esmerueiller cõment
en armes Venoit contre luy:qui nauoit commis aucune rebellion. Aincoys les citez/pla
ces/chasteaulx et peuple de bretaigne obeyroient a ses commandemens/⁊ quil se rendroit
subiect du Roy. Lors nauoit charles son entendement sain/si que de fieure persecute/au
cune foys paroles proferoit qui mal sentretenoient A ceste cause sans response dõner aux
messagers. De peu de gens acompaigne hastiuement issit en Vng champ franc. Et sicõ=
me il cheminoit parmy la forest qui est prochaine du mayne/rencontra Vng poure homme

La monneste
ment faict au
Roy charles
en la forestz.

decyre en ses Vestemens semblable a Vng medecin. Qui regardant charles O roy(dit il)
ou Vas tu. Garde toy de marcher oultre/car tu es trahy/et tes domestiques te doyuent li
urer en lapuissance de ton ennemy. A la Voix de cil poure homme charles pensif et sembla
ble a homme triste commenca a doubter. Suyuoient le Roy deux adolescens portãs lung
la lance et lautre le heaulme. Celluy qui la lance portoit sommeillant par aduenture la
lessa tomber dessus la sallade de celluy qui marchoit deuant luy. Duquel tintemẽt le roy
espouente/subitement trebucha en fureur. . . . me sil fust tombe es mains de ses enne
mis tira son glesue et frapant tous ceulx . . . . ntroit en occist quatre. Parquoy incõ
tinant empoigne/fut mene en lhostellerie . . . . guement demoura couche comme mort
iugeans les medecins quil estoit trepasse. Toutessoyes par les prieres et deuotes orai=
sons du clerge/et du peuple a dieu faictes/reuint Vng peu a conualescence et tãtost retour

na a paris. Par ainſi comme il ne fuſt ſain ny en aſſez bonne conualeſcence/ſes oncles les
ducs de berry et bourgongne vſurperent ladminiſtratiõ des choſes. Perſecutans noupãt
qui long temps auoit eu la garde des denyers du Roy. Car ſicomme le duc de bourgon=
gne entroit au palais du Roy il rencontra Noupant et lapelant par ſon nom luy diſt ᴣay
beſoing de pecune. Baille moy cent mille francs des deniers du Roy. Reſpondit noupãt
quil neſtoit ſeigneur ne maiſtre dicelle pecune. Mais ſe le plaiſir du roy eſtoit tel/que vo
lentiers les luy bailleroit. Doncques dit le bourguignõ/tu ne veulx faire ce que ie te com
mande. Ey brief temps te repentiras de ta tenacite. A loccaſion de ce Noupant z Riue
re furent mis en priſon. Et apres quilz y eurent eſte leſpace daucuns iours/ſa maiſon/ſa
communication du Roy leur furent deffenduz. Semblablemēt le ſeigneur de Clſſon fut
depoſe de la dignite de conneſtable/et Phelippe de dun mis en ſon lieu. ⅭDurans ces
iours le Roy eſtant mallade/lõ pēſoit touſiours quelque choſe de ioyeuſete pour luy oſter
triſteſſe et melancolye. Et en la maiſon ſ̃ appartenoit a la royne Blãche aux faulxbourgs
ſainct marceau furent faitz aucuns ieulx nõ pas ſans la mort et perdition de pluſieurs.
Aucuns des gentilz hommes et plus nobles de la maiſon du Roy (entre leſquelz fut char
les luy meſmes) furent des robbes de treſbelye liy couuert de poil. Leſquelles collees ſus
leur peau nue auec poyx meſlee de quelque greſſe pour les faire mieulx reluyre/repreſen=
toyent aſſez bien leſpece dhommes ſauluaiges. Car de tout le corps riēs ne leur apparoiſ
ſoit que la face/couuerte de poil de tous coſtez. Dõcques en ceſte maniere iouans leur per
ſonnaiges entrerent en la ſalle auec torches et flambeaux (pource quil eſtoit nuyct) et ſi
comme ilz dancoyent: par fortune ou par trahiſon (ceſt choſe incertaine) ⅭTomba flambe
de feu deſſus les veſtemens des mommeurs/qui en vng mouuement tous merueilleuſe=
ment les tourmenta. Entre les nobles femmes qui regardoient les ieux eſtoit vne. La
quelle dung treſlarge manteau dont elle eſtoit veſtue ambraſſa le Roy et ſon feu eſtain
gnit. Tous les aultres furent bruſlez/ou ſe iecterent dedãs le puys ou en la riuiere. Trou
ue ne fut oncques par la coulpe de qui eſtoit ſi grant crime aduenu. Seullement fut faic
te vengence ſus la maiſon de la royne. Laquelle fut abatue z razee a fleur de terre. ⅭEn
ce meſme temps le pape Clement octroya au Roy de ſeeille pour recouurer le royaulme de
naples/prendra la diſme ſus le clerge. Et combien que luniuerſite de paris euſt appele
des collecteurs et exacteurs dicelle diſme. Neãtmoins elle ne ſe peut exempter de ce tri
but. ⅭAu regard des genſdarmes qui ſe tenoient par bandes et compaignyes vagans
parmy le pays et viuãs de rapine. Ordonne fut que Bouſſicard mareſchal en tireroit vne
partie en aquitaine/et lautre partie ſeroit baillee au conte de ſainct pol pour les employer
en la guerre quil deuoit faire a luxembourg/a lencontre du Roy de boheme/qui comme il
fuſt treſdeuable de pecune enuers le cõte. Neantmoyns reffuxoit la debte payer z acquiter

ⅭCommēt yſabel fille du Roy Charles ſypieſme fut baillee en
mariage a Richard roy dangleterre en laage de ſept ans Au moyē
deſquelles nopces ſe engendra amytie entre les roys Qui depuis
ſe transporterent a Ardic ou ilz paſſerent enſemble traicterent et
confermerent la paix qui porta en ce temps grant proufſict en frã
ce. Et comment nemours qui neſtoit que conte fut erige en du
che.

Commence=
ment defiitu=
re mutincrie.

Octroy ð diſ
me pour recou
urer le royaul
me de naples

Ntre ces choses fut faicte assemblee des princes de france et angleterre a Abbe
uille. Laquelle amena aucune esperance de paix/si que pour icelle paix confer
mer/comme Charles se fust iller transporte/et le Roy dangleterre a Callays
de sa maladie acoustumee fut Charles saisy:pour raison dequoy chascũ sen re
tourna sans riens faire. Durant lequel temps se duc de Berry receut Clisson en grace. Et
comme entre les officiers de la maison du roy y eust plusieurs mutineries et dissentions

Jehan iuue=
nel garde de
la puoste des
marchans ac
cuse.

Jehan iuuenel garde de la preuoste des marchans par sa prudence & de tout son pouoir sef
forcoit y remedier/dõt plusieurs se haissoient/que lesperance des choses nouuelles actroy
oit a partye contraire:du nombre desquelz estoit repute Phelippe de Bourgõgne. Parquoy
de Bourgongne issirent accusateurs/qui Juuenel de plusieurs crimes accuserent. Des
quelz crimes commanda le duc de Bourgongne enquerir. Trente tesmoingtz trouuez fu
rent corrõpuz/accusans iuuenel dung et pareil tesmoignage. Lenqueste par deuers le duc
raporiee Respondit quil y auoit assez pour lhomme condampner:se les crimes estoient es
criptz par sommaires et articles des examinateurs du chastellet de paris que les françoys
appellent commissaires. Les crimes dõcques redigez en escript en ceste forme:sen allerẽt
les commissaires en vne tauerne. Et sicomme de vin se abruuoyent/par negligence le sse
rent leur information et libelle criminel dessus le bout de la table/si que tantost tomba a
terre dessus le plancher. Lors vint le chien de la maison qui commenca a ronger le liure &
se porta en la chambre de lhoste. Quant vint lheure de coucher/la femme du tauernyer se
voulant mettre au lict. Rencontra se liure de son pied/parquoy se leua et a son mary le mõ
stra. Cestuy lisant linscription incõtinant se porta a iuuenel Auquel le lendemain estoit
iour assigne a comparoir et estre a droit en iugement au chasteau de Vicennes. Juuenel
doncques esmerueille des faulces accusations contre luy faictes/assure de son innocence
vers le Roy sen alla auec quatre cẽs de Bourgeoys de paris. Car en integrite et preudhõ
mye estoit de tous gens bien grandement estime/si que laduocat du roy en parlement re
quis de plaider contre luy/reffuza se faire:combien que par le duc de Bourgongne feust es
leu et choisy afin quil le fist. Toutesuoyes Jehan androguet auuergnat plaida sa cause
a lencontre de linnocent:instamment requerant iuuenel estre enuoye en prison. Au cõtrai
re iuuenel en constance de couraige respondant. Apres quil eut declaire aucunes choses
touchans son innocence selon lopportunite du temps, Ce nest pas (dit il) raison de mettre
vng homme en prison sans enqueste ou information precedente. Auquel androguet repli
qua que les accusations et tesmoingtz estoient prestz. Et regardãt les examinateurs ou
commissaires qui pres de soy estoyent leur demanda le libelle des informations par eulx
faictes. Les commissaires lung lautre interroguerent lequel dentre eulx auoit ce libelle
dont couuertz de honte furent merueilleusement estonnez. Adoncques le Roy (qui lors e
stoit en bon sens et meilleur entendement que les aultres iours)congnoissant que faulse
ment et par frauduleuse maniere estoit iuuenel accuse luy dist. Datcy iuuenel nous te te
nons assez purge. ¶ Durans ces iours furent ambassadeurs enuoyez en bretaigne/pour
reduyre le duc et le connestable clisson a bonne concorde et amitye. Mais poutce quilz re

Punition
des iuifz.

uindrent sans riens faire:le duc de Bourgongne se transporta en bretaigne/et appaisa tou
te la controuerse/en telle facon que le duc venant en france bailla le gouuernement des bre
tons a clisson. ¶ Des iuifz de rechief fut faicte punytion q̃ deprisans la deuotiõ crestiẽne

iniurioyent et de opprobres prouoquoyent les crestiens. Car aucuns deulx fustigez par
les carrefours de paris. Condampnez furent en diphuit mille escus damande enuers le
roy. Lesquelz furent despendus & employez a faire le pont qui est appele petit. ❧Quant
henry Roy des hongres assaillŷ des turcqs demanda layde de Charles. Le conte deu con
nestable de france luy fut enuoye auec grant nombre de combatans. Qui cheminant en
hongrie/quant il cogneut que les turcqs(la guerre delessee)estoiēt en turquye retirez/cō
mēca a courir sus les bohemyens/lesquelz bien ne sentoient de la foy de ihesucrist. Apres
quil les eut vaincu et de propres enrichi ses gensdarmes il camena son armee en france.
❧Les francoys et les angloys de rechef a boulōgne assemblez pour traicter de paix/bail
lerent tant seullement treues de quatre ans. Ce pendāt Charles voulant rendre les gens
darmes exercitez es armes deffendit toutes sortes de ieu excepte de tirer a larc/Afin ǭ
se les angloys negligens estoient dentretenir la paix/que les gensdarmes de france non
amolliz par oysiueté fussent plus robbustes et constans a la guerre. Par ce moyen peu de
moys apres fut si grant exercice et multitude darchers et arbalestriers:quilz estoient en
craincte et doubtance aux princes. Pource que ceste maniere dexercice ne fut permise
en tous lieux. Aincoys tant seullement es plus nobles et principalles villes du royaul
me. ❧Ces iours le cardinal de lunay estant a paris de par le pape enuoye/ceulx qui de
faulses accusations auoient iuuenel offense Par le conseil de leur cure au cardinal se trā
porterent/et en triste lamentation requirent remission de leur coulpe Lequel ne deprisant
leur penitance/leur commanda requerir pardon a iuuenel quilz auoient offense. Vindrēt
doncques les penitens en la maison de Juuenel couuertz de linceup a ce quilz ne fussent
congneuz:par lequel humainement receuz. Apres que nommement les eust tous et chas
cun deulx designe et note/pardon leur octroya. ❧Les escolliers de luniuersite de paris
lors firent grant estrif a lencontre du cardinal touchant le scysme ecclesiastique:si que ilz
irreueramment oserent parler du pape Mais finablement prohibez par le cardinal soubz
epectables censures a peine sen voulurent abstenir. ❧Peu apres trespassa le pape inno=
cent septiesme de ce nom/parquoy les cardinaulx qui estoient en auignon esleurent et or
bonnerent pape Pierre lune et benoist lappelerent. Par deuers lequel de par le Roy luni
uersite de paris furent ambassadeurs enuoyez/pour le enhorter de tollir le scysme estāt en
leglise. Apres quilz furent retournez sans riens faire:on assembla vng conseil general a
paris. Auquel ne fut plus saincte voye trouuee/fors que tous les deux contendens de la
papaulte se desaisissent et demissent dicelle dignite. Pour raison dequoy les ducs de ber
ry et de bourgongne enuoyez furent en ambassade par deuers benoist en Auignon. Aus
si pour ceste mesme cause les escolliers de paris leurs messagers y enuoyerent. Ceulx cy
venuz deuant benoist luy remonstrerent quelz dommaiges estoyent aduenuz par le scys
me. Et que encores on craingnoit cy apres aduenir/se si grand discord nestoit oste de legli
se. Toutesfoyes que vng seul remede estoit donne a ce mal/se luy mesmes et son aduersai
re quictoyent la papaulte. A quoy respondit Benoist aux ambassadeurs que deuement
estoit esleu pape. Et pourtant quil ne faisoit esperance de paix/les ambassadeurs en leur
propos perseuerans. Doncques dit il semble que resignation en tel cas soit proffictable a
vnite. Certes ie suis content de resiner et quicter ma dignite/Se semblable chose veult
faire langloys courat mon compebiteur et aduersaire. Car cestuy estoit veniffien/et de

Appareil de
guerre contre
les turcqs.

Lexercice
des gensdar=
mes.

Conseil gene
ral a paris.

ses sectateurs fut appele Gregoire douziesme. En celle doubteuse response de Benoist les ambassadeurs incertains ensemble consulterent comment et par quelle raison pourroiêt vaincre la pertinacite de cil homme. Mais leur continuelle assemblee suspecte a benoist donna occasion que clandestinemêt delessa Auignõ & se retira hastiuement en catelongne car il estoit issu dicelle nation. Parquoy les ducs par le partement de benoist irritez sen te uindrent au Roy charles. Qui aduerty des choses dessusdictes/enuoya messagers a di=

uers roys crestiens pour oster le scysme de leglise. Laquelle chose venue a la congnoissan ce de Benoist. Afin dappaiser le Roy: sans le prochatz daucun luy donna la dipme ecclesia stique. Laquelle ne chomma le roy exiger non obstant lappel et contradiction du clerge. Es annees prochainement passees/les ambassadeurs des francoys et angloys assem blez/comme il eust este parle de marier ysabel fille de charles au Roy dangleterre/et fus sent les treues confermees de trente ans. Pour ceste cause de par le Roy dangleterre vin drent a paris Rolland de corbye admiral dangleterre. Mont hion mareschal et Guillot strope principaulx ambassadeurs. Adoncques a Rolland comme lieutenât et vicaire du Roy dangleterre fut donne ysabel aagee de sept ans pour sa femme et espouse/et côme ius ques la eussent les angloys possede Cherebourg en normâdie/et Brest en bretaigne lung et lautre fut lors a Charles delesse. Des signes merueilleux aduenuz en ce temps fu rent rapportees de languedoc ceulx qui sen suiuent. Vne grande estoille apparut suyuie de cinq moyndres estoilles/lesquelles sembloyent luy faire guerre. Aupres estoit vng hom me arme portant vne lance en sa main et iectans feu/et apres quil eut frape celle estoille tantost se euanouyt. En aquitaine pareillemêt furent oyees voix au ciel et bruyt de gens darmes sicomme de hommes combatans. Auquel temps Boussicaud mareschal print le gouuernement de Gennes au nom du Roy/et equippe de douze mille hommes darmes a cheual print pauye et placence villes de italye finablement chemina a constantinoble cõ tre les turcqs/ou il fist plusieurs belles prouesses de cheualerie. Sicomme six cens hõ mes darmes qui auoyent guettope soubz le conte darmignac/reuenoyent de la maleureu se bataille qui fut faicte comme dessus a este dit vers la ville de alexandrie. Le pays de sauoye trauerse/quant furent arriuez aux angoisses du pays de daulphine soubz la con duicte de Aymery fenerac denuez de tous biens & demandant pasture leur estre par les ha bitans administree/aucuns seigneurs dicelluy pays secretement amasserent vne bande de gensdarmes comme sil eussent voulu porter les armes contre leurs ennemis. Duquel appareil Aymery aduerty/enuoya messagers aux daulphinoys les priât que loysible luy fust et ses gens passer chemin en leur pays/distribution faicte de viures tant comme ilz en ordonneroient par moderatiõ. Les messagers reiectes denyerent et reffuzerêt les daul phinoys leur ayder. A ceste cause aymery appela a soy ses compaignons ausquelz il dit en ceste maniere. Mes compaignons maintenant sommes destituez de tout ayde et huma nite. Les daulphinoys accourent en armes contre nous et se nous tombõs en leurs mais Certes ilz nous esgorgeront non aultrement que larrons. Se nous sommes hommes ver tueulx/myeulx vault entre les playes(en glorieusement bataillant)mourir/que comme larrons et meurtriers estre estranglez. Allons les guetter et surprenons les impourueuz Les daulphinoys doncques cheminans en armes suruint la nuyct qui les empescha de marcher oultre. Tantost allumerêt grans feuz et sans mectre bon ordre a faire le guect se

endormirent. Mais aymery veillant/quant il congneut par ses espyes de lestat des daul
phinoys/ses gẽs mist en ordre de bataille et soubz le poinct du iour dõna lassault a ses en
nemys/si que grant nombre en occist/et les aultres print vifz. Entre lesquelz furent le
prince daure/le conte valentinien et leuesque de vienne. Aymery apres celle victoire crai
gnant que les daulphinoys qui sen estoient fouys se rassemblassent/et clorssent la descen
te des chemins. Liberallement traicta ses prisonniers les lessa aller moyennant q̃l imp̃e
tra victuailles et allimens quant il passeroit: des princes q̃ print pour leur rancõ autãt
comme eulx mesmes se iugerent: et de chascun des aultres vng marc dargent. Vng marc
selon les francoys est lamoytie dune liure. ❡Durant ces iours nestoit encores accorde ┃ Traictie de
des conditions de paix entre les Roys de france et angleterre. A ceste cause pour ce faire ┃ paix entre les
Charles se transporta a Ardre et le Roy dengleterre a Guynes. Puys les roys a Ardre ┃ roys de france
assemblez fut traictee et confermee alliance de paix. De laquelle aultre chose ne puis es ┃ q̃ angleterre.
cripre: pource que se scripuain de celluy temps a confesse q̃ riens nen sauoit. Toutesuoyes
furent veuz plusieurs signes de beniuolence q̃ amitye entre iceulx roys/comme sont bai
sez: atouchemens de mains: ambraissemens: appellations tresamyables. Car le Roy dan
gleterre appelloit Charles son pere, et Charles lappelloit gendre faisant lung a laultre tres
precieux dons. Ce pendant q̃ les roys consultoyent a Ardre/la pluye q̃ par auant nauoyt
este veue en telle impetuosite: gresle ne sespoisse auec son vent: sans interualle ou relasche
tindrent les princes lespace de quatre heures en la tente de charles. Aussi en la nuyct du
iour ensuyuant subitement se leua violence de pluye et de vents: q̃ rompit cent quatre cor
des de la tente du roy de france. Et le merrain soustenãt le tabernacle: seullement rompit
quatre cordes de la tente du roy dangleterre pource quelles estoient plus laches: et que ce
stoit en plus bas lieu. Entre ces choses ysabel fut menee au Roy dangleterre: et illec re
ceue de plusieurs nobles femmes. Lesquelles pour ce faire estoient ensemble venues dan
gleterre: et tantost la menerent a Callays. Et apres que le roy de france eut este festoye
de nobles et grans conuiz par le Roy dangleterre: presenterent dons lung a laultre: puys
sen reuint Charles en france et laultre retourna en angleterre. ❡Vng peu parauant ces
iours le Roy de hongrie auoit des turcqs acquis excellãte victoire: de laquelle les turcqs ┃ Appareil de
ayans memoire renouuellerent bataille et feirent appareil de guerre en hongrie. Pour rai ┃ guerre contre
son dequoy le Roy de hongrie pouruoyant a son affaire: enuoya ses ambassadeurs vers le ┃ les turcqs au
Roy charles: et le pria de luy donner secours. Auec grande multitude de gensdarmes y fu ┃ secours de hõ
rent enuoyez, Phelippe dartois connestable de france. Jehan conte de neuers filz de phe ┃ grie.
lippe hardy. Jehan Boussicauld. Jehan de vienne. Le seigneur de concy q̃ plusieurs aul
tres seignrs de la noblesse francoyse preux q̃ expers en la guerre Le fleuue Danube traur
se: les francoys enuoyerent Gaultier des roches cheualier de bourgongne par deuers le
Roy de hongrie pour luy demander quelle chose leur estoit loisible de faire pour le myeulx
et quel chemin ilz deuoyent aller contre les turcqs et ennemis de la foy crestienne. Le
Roy de hongrie congnoissant les moeurs des francoys: q̃ craignant que par arrogance ne
feissent quelque folye declara a Gaultier les conditions et la maniere cõment ilz deuoyẽt
faire des turcqs en bataille Et quil ne se falloit en riens haster. Aussi quil auoit des hõ
gres habitans pres les turcqs. Lesq̃lz estoient en ce acoustumez: et pourtant cõuenoit les
mectre en la poincte q̃ les presenter to⁹ premiers aux ennemis. Les francoys deprisans le

A. i.

conseil du Roy de hongrie/a soy vsurperent le premier lieu de combatre. Et viuans subri
quement en toutes voluptez auec ieulx et putongnerie/estoient en horreur a tous gens de
bien/si que les habitans ne doubtoyent leur dire/que quelque foys mal a eulx aduiendroit
pour leurs iniquitez. Quant les francoys congneurent que grande multitude de turcqs

Victoire con=
tre les turcqs
estoit en armes au chastel riche/soubz la conduicte du seigneur de concy sans riens crain=
dre coururent sus eulx/les occirent et surmonterent/et moyennant le Roy de hongrie qui
vint a leur ayde prindrent dassault le chastel. En apres assiegerent Nichopolis tresforte
cite/ou apres quilz y eurent tenu le siege dixhuit iours/affligeans les assiegez de continu
elz assaulx/ouyrent nouuelles de la venue des turcqs/qui cheminoyent contre eulx en or=
dre de bataille. Parquoy consulterent auec le Roy de hongrie touchant la maniere de ba=
tailler. Et auant tout oeuure les francoys de gloire couuoyteux contre le reffuz du Roy
de hongrie obtindrent lieu en la premiere armee/dont le connestable moult se debatoit/qui
griefuement portoit en son couraige que le seigneur de concy sans le appeler auoit eu vic=
toire des turcqs en la bataille dessusdicte. Les francoys doncques se mirent en la premie
re poincte/ laquelle neantmoyns estriuoit le Roy luy estre deue/pour les causes princi=
pallement que iay cy deuant exposé. Pource aussi que icelluy roy de hongrie congnoissoit
les moeurs de ses gens/et quilz seroient plus hardiz quant ilz auroient esperance que les
francoys batailleroient apres eulx sans fouyr/craignant estre côtrainctz de tenir/par les
aultres francoys qui seroient derriere. Se aultrement estoit fait/et que par ceulx qui me
neroient la premiere armee fust mal combatu/disoit aussi ce roy que les hongres tantost
se mestroient en fuyte. Au bon conseil les foulz francoys ne vouldiêt acquiescer. Parquoy
apres que le Roy de hongrie eust enuoye espier que son faisoit es tentes des turcqs. Les
armees furent mises en ordre dôt les francoys arrogantement vsurperêt la premiere. Les

Les francoys
desloyaulx.
tentes des francoys estoient plusieurs turcqs prisonniers de la premiere victoire/lesqlz
rasoit qlz eussent esperâce de soy rachecter moyenant la foy des frâcoys a eulx pmise/neât
moyns les francoys incôtinât les tuerent. Quant les armees des turcqs et crestiens fu
rent lune deuant lautre/tâtost apres le signe dôné fut faicte aspre bataille/en laquelle les
crestiens vigoureusemêt batailloyent/a nô moyns côbatoyêt les cruelz turcqs. Le seignr
de côcy a iehan de Vienne meriterent la principalle louêge au côbat. Mais les turcqs im
petueusement ruât sus les frâcoys/côme ilz eussent trouble lordre des nostres/pour tât qlz
estoiêt pl9 grans en multitude de côbatans/tâtost surmôterent larmee des crestiens/si q
les hôgres qestoient en la derreniere bande a arriere garde sen fouyrêt. Des frâcoys furêt
pris a menez au capitaine des turcqs troys cens hômes q nestoient de petit estat. Entre
lesqlz estoient iehâ côte de neuers/le seignr de côcy/boussicaulo a iehan de Viêne. Concy
estoit mene tât seullemêt vestu de sa chemise/a estoit batu et affige en le menât. Et luy
estant ainsi nud a afflige (p diuin ou humaî ayde ne scet on cômant) luy fut iecte vng mâ
teau q luy seruit de couuerture. Les prisonniers amenez deuât le tyrât des turcqs il côman

Jehan côte de
neuers qui de
puis fut duc
de bourgon=
gne.
da les occir en sa presence/tât seullemêt fut pdonne a boussicaulo et a iehan côte de neuers
auec vingt a deux aultres seignrs pource que pareille fortune auoient quelq foys pardon
ne aux turcqs. Aussi ce q fist reschaper iehâ côte de neuers/ce fut quelque magicien entre
les turcqs qaffermoit quil seroit vne foys coulpable de la mort et persecution des crestiês
Car cil Jehan ayant depuis acquis le duche de bourgôgne/excita en frâce merueilleuses

dissentions/guerres ciuilles et la mort de plusieurs. Apres la bataille si mal conduicte/cõ
me les corps des crestiens par le commandement du turcq eussent este gissans dessus la
terre lespace de treze mops sans aucunement estre touchez daucune beste ny des opseaulx
❡Cupderent les ennemis infidelles que les bestes auoyent deprise celle Biande. La ran=
con de Jehan conte de neuers et de ses gens fut de deux cens mille escus Au regard de phe
lippe connestable et du seigneur de concy ilz moururent en ceste captiuite auant quil fust
conuenu du pris de leur racon. Le corps duquel Phelippe confict en choses aromatiques
et en france porte/fut enterre en leglise sainct laurens en la Bille deu Seblablement Guy
de la trimoueille mourut a Rhodes et en ce lieu fut enterre en vng sepulchre. Aussi henry
conte du bar mourut de peste a Benise. ❡Soubz ces iours le filz du duc de Bretaigne es=
pousa la fille du Roy charles, A laquelle furent promis troys cens mille francs en douai
re. Mais peu de iours apres elle estant encore Bierge alla de Bie a trespas. Et lors la roy
ne de france enfanta vng filz nomme Loys: a qui loys duc dorleans donna le nom sus les
sainctz sons de baptesme. ❡Apres le trespas du Roy de nauarre dont cy dessus auons
fait mention/le filz memoratif de sapoinctement que son pere auoit fait auecques Char
les/enuoya leuesque de pampelune par deuers luy en ambassade pour repeter et rauoir les
terres qui luy appartenoient en normandye a cause de lheritaige paternel Le roy de ce re=
querant conseil/apres diuerses oppinions celle fut la plus forte. Laquelle disoit que son
deuoit rendre ses terres au Roy de nauarre ou aultrement luy satisfaire. A ceste cause luy
fut Baille Memours en gastinoys, Et comme par auant fust conte/il fut erige en duche.
Dauantaige luy fut assigne dix mille liures sus diuerses places du pays de champaigne
Auquel temps Marie seur du Roy fist profession de religion au monastere de poisse.
❡Oultre ces choses Bers Charles Bindrent les ambassadeurs de lempereur de constan
tinoble/requerans ayde a lencôtre des turcqs. Aux quelz moyennãt lintercession de loys
duc dorleans fut octroye et promis y enuoyer Bne armee. Et ce pendant baasac prince des
turcqs Bers Charles enuoya le capitaine general de sa cheualerie et luy donna plusieurs
beaulx et riches dons. Aussi charles estant a Reins Bint a luy le Roy de Boheme tout cy
pres pour le Beoir et Bisiter. Lequl moult liberallement fut recueilly et de moult nobles et
riches dons multiplye.

AD regard de Benoist auquel les francoys fauorisoient en la papaulte/combien q̃
par continuelles ambassades fust admonneste de renoncer a celle dignite. Tou
tesuoyes il persistoit en contraire pertinacite. Parquoy fut faicte congregation
generalle a paris des prestres et seigneurs de france. En laquelle assemblee ordonna le cõ
seil que Benoist deuoit resigner la papaulte/et que doresnauant on ne deuoit admettre ny
receuoir les graces eppectatiues pour les benefices acquerir. Que les esglises Beufues
de pasteur et recteur/deuoyent estre et seroyent demandees aux collateurs ordinaires/et
les elections confermees. Mesmes des eglises epemptes/saufue la liberte de lexempti=
on. Laquelle chose congneue/les cardinaulx qui en auignon estoyent auec Benoist se trã
porterent a Bille neufue distant de six mille pas de auignon/et leur pape delesseret. ❡Le
Roy charles comme nous auons dit cy deuant estant mal sain de son entendement/deux
freres de lordre des augustins se Banterent luy donner garison de sa malladye. Et pour
ce que ceste chose moult agreable estoit a plusieurs/Lon mena ces deux medecins par de

                                                      A.ii.

Marginal notes:

La rancon du côte de neuers

Lappoincte= ment fait par le roy charles auec le filz du roy d̃ nauarre

Des collati= ons ordinai= res des eglises parrochialles

Les faulxme
decins.

uers le roy. En la teste duquel ilz firent plusieurs incisions. Si quilz rendirent mou=
rant celluy qui seullement estoit mallade. A ceste cause empoignez/apres quilz eurent cō
fesse aucune chose ne sauoit de medecine: par le conseil des saiges despoueillez furent de la
dignite sacerdotalle: et tantost le bourreau leur trancha la teste. Le bruyt fut q̃ Phelippe
de bourgongne les auoit incite a faire ce crime/pource que lops duc dorleans auoit procu=
re faire bruler Jehan duc de bar: qui conduict estoit par lestude dicellup duc de bourgon=
gne et estoit enchanteur. C En ce mesme temps a cause de la mort du duc de lencastre se
leua mutinerie en angleterre: tellement que Henry nepueu dicellup duc venu en souspes=
son a Richard comme conspirateur dicelle mort/en france se retira/ou honorablement fut
receu par le Roy charles. C Aussi durant ce temps Au prochatz de Jehan cremault pa=
triarche dallexandrie/le clerge paya la dixme. Dauantaige les fleuues tellement leurs
eaues enflerent/que les riuaiges surmontez/ cōmencerent les maisons auec les habi=
tans dicelles/et en ce deluge tous les blez furent perduz. Aussi courut griefue maladie
de pestilence par tout le pays de france. Lan de grace mil.ccc.nonante et neuf, Auquel an
fut veue vne comette de grandeur non acoustumee et vehementement enflambee. C Oul

Mutinerie
entre les an=
glops.

tre lesquelles choses suruindrent aux anglops leurs calamitez les Suales estans rebelles
Contre lesquelz Richard roy dangleterre cheminant en bataille/plusieurs de la noblesse
du pays contre lup conspirerent Si que de prime face tirerent la royne ysabel en vng tres=
fort chasteau. A laquelle seullement lesserent deux personnes de sa famille frācoyse pour
la seruir. La mutinerie des anglops congneue. Henry que cy dessus auōs dit estre affouy
au Roy charles/leuant son couraige: print esperance de machiner quelques choses nou=
uelles. Parquoy occultement partit de france et sen alla en angleterre. Incontinant quil
y fut arriue. Il asseicha a son alliance les amps de Richard/et enuopant lectres aux Vil=
les et citez par lesquelles il chargeoit le Roy de plusieurs crimes. Lespace de peu de iour=
nees chemina equippe de moult grāt nombre de souldars faisant mourir aucuns seignīrs
si que partie par craincte et partie pour la hayne de Richard/La pluspart du peuple obeis
soit a Henry. Quant Richard entendit quil y auoit innouation de choses en angleterre
Vualic delessee/fut aussi des siens abandonne: qui en la puissance de Henry le trahyrent
et liurerent. Non pour aultre cause que pource quil auoit acquis amitie auec les fran=
cops en espousant la fille du Roy charles. Auquel il auoit rendu cherebourg et brest q̃ oc=
troye paix oultre la voulente et concorde du peuple. Pour lesquelles raisons au conseil et
plaine assemblee des anglops fut determine quil estoit besoing dūg aultre roy. En quoy
faisant de moult grandes louanges plusieurs Henry extollerent. Et par especial larce=
uesque de cantorbye. Afin q̃ soubz aucune deuotion palliast liniquite de sa rebellion/pro
mist bailler vne fiolle plaine de liqueur/que lors il afferma auoir du ciel este enuoyee par
vng ange a sainct Thomas de cantorbye pour les roys anglois sacrer. Je croy que ce pre=
stre par faincte deuotion voulut donner faueur a Henry et enuers soy le peuple reconseil=
ler. Depuis cecy Henry monstra ceste fiolle aux messagers que Charles vers lup auoit

Comment ri
chard roy dan
gleterre fut oc
cis des aglops

enuoye. Et point ne differa oster et destruyre Richard. Car il appella a soy tous ceulx q̃
auoit congneu estre tresloyaulx enuers icellup Richard/et par eulx mesmes le fist occir
et mettre a mort. Et moyennant la faueur et suport des anglops se institua et establit roy
dangleterre. C Toutesfoyes Henry saichant combien amerement portoit Charles

la mort de Richard/vers luy enuoya ses ambassadeurs pour accorder de traicter paix a-
uec luy en certain temps et lieu/tellement que Charles enuoya ses ambassadeurs a bou
longne/et Henry les siens a callays. Qui en vain traictans de paix seullement treues de
peu de iours accorderent. ¶ En ce mesme temps lempereur de constantinoble par le roy
Charles treshonorablement fut receu/qui estoit venu a paris pour le veoir et visiter. De
luy aultre chose nescripuent les aucteurs/sinon quil se logea au louure: sans mettre aultre
cause de sa venue. Toutesuoyes nest pas chose desrogante a verite/que la cause de sa venue estoit afin quil esmeust les francoys côtre les turcqs q la grece menassoiêt. ¶ Char
les soigneux de sa fille ysabel vesue de Richard/vers Hêry enuoya Gueuille/et Iehan
Blanchet afin de la renuoyer. Lesquelz ainsi que constamment et diligemment parloyêt
pour la royne/commanda le Roy dangleterre les garder en prison/ou Blanchet tomba en
malladie de laquelle il mourut/et Gueuille apres continuelle et longue malladye de vomissement de sang recouura sante. Et sicomme il retournoit dangleterre. Henry enuoya
la royne ysabel a callays. Du apres que les francoys leurent receue/la menerent a son pe
re. ¶ Enuiron ce temps au moys de may le ciel tonnant/tomba du ciel au champ de beau
uoys abondance de gresle a la grosseur dûg oeuf de ouaye Laquelle brisa et destruisit tous
les blez. Et le feu tombant du ciel en la chambre de la royne acouchee au boys de Vicênes
brula les courtines de son lict. Au moys de iuing ensupuant durans les iours de la sou-
apre sainct denys/semblable gresle rompit brisa et renuersa les loges et tabernacles des
marchans en grant nombre auec grande quantite des ediffices publiques que le peuple
appelle halles. ¶ Charles estant tousiours persecute de sa malladye ¶ non retournant a
conualescence. Les ducs de orleans/Herry et Bourgôgne/exercoyent haynes et rancunes lung a lencontre de lautre pour administrer et gouuerner les affaires du royaulme/¶
le duc de Bourgongne principallement portoit enupe a loys. Lindignation aussi augmenta le duc dorleans. Qui au desceu des aultres princes ayant acquis lamytie du duc
de Gueldres sauoit amene a paris equippe de cinq cens hommes darmes. Pour raison
dequoy le duc de Bourgongne ne assembla moyndre compaignye de gensdarmes si que nul
doubtoit leur hayne sortir en apertes iimiticz. Toutesuoyes le duc de Berry obupant a si
grât mal/pour lheure y dôna quelque remyde/car par son moyen la fureur des princes fut
pour vng temps appaise. ¶ Ces iours durans en septentrion apparut tresardante comette qui fut en crainte a plusieurs gens/non ignorans ceste chose estre pronostication de
plus griefue calamite en la chose publique Car peu apres le duc dorleans (Charles estât
vng peu en meille ure disposition) fut estably gouuerneur des negoces et entremises du
royaulme. Tantost apres laquelle dignite acquise/se appliqua a rapines et peilleries/cô
traignant chascun a payer tailles et tribuz/sans aucunement espergner le clerge. Ceste
chose congneue larceuesque de reins resista contre lauarice dicellup duc. Mais a loppofite larceuesque de sens dexcommunication ferissoit to? ceulxp qui ne obeissoient au duc dor
leans. Les entreprinses et entremises des hommes si diuerses estoyent/que non par loy
ny par charite/aincoys par leur concupiscence les prestres ¶ aultres seigneurs estoient ti
rez et contrainctz a choses diuerses. Le duc dorleans principallement soustenoit et fauori
soit Benoist: et griefuement portoit en son couraige que lon sauoit deleffee. Pour raison de
quoy acquist la hayne et maluueillance de luniuersite de paris. Et ne fut longuement

La venue de
lempereur de
constantino-
ble a paris

Hayne entre
les princes frâ
coys.

Note de luni
uersite de pa-
ris.

gouuerneur des choses communes. Car en son lieu fut estably le duc de bourgõgne pour
le royaulme gouuerner. Celle dignite et maistrise receue/tantost epcogita Phelippe a pẽ
sa nouuelle forme de pecune epiger:mais admonneste par la ceue lesque de reins se desista
de son entreprinse. ¶Le duc dorleans apres quil fut depose de son office sen alla a lupem
bourg. Et pource que le duc de lorraine et les habitans de metz ensemble guerroyent. Il
print grant peine de mettre paix entre eulp:dont il rapporta honneur et dons qui pas ne
furent petiz. ¶Apres que Jehan de montfort duc de bretaigne fut trepasse entre les bre=
tons/son espouse Veufue fut mariee auec henry Roy dangleterre. Laquelle voulant che=
miner en angleterre auec ses troys enfans quelle auoit/comme elle eust ia fait son appa=
reil. Phelippe de bourgongne cheminant grant erre en bretaigne/print les enfans cest as
sauoir Jehan/Richard/et Arthus/et les mena au Roy. ¶Sicõme Benoist estant en aui
gnon ne sortist du palais. Jasoit que delure fust de lassiegement/toutesuoyes craignant
les pourfuptes et insidiations de ses ennemys se tenoit au chasteau. Mais pource quil
reputoit ce lieu comme vne espece de prison. Clandestinement en fut mis hors par layde
de Robert braquemont. ¶En ce temps/qui fut lan de grace Mil. cccc.ii. de la royne ysa
bel nasquit Charles/quattriesme des filz du Roy charles. Auquel apres le trespas de son
pere eschut le royaulme enuelope en plusieurs miserables calamitez. Aussi apres la mort
de sancerre Charles abbzit fut estably connestable. Qui apres quil eut este receu en loffi
ce. Aucuns chasteaulp estãs en lymosin osta et desliura de la puissance et domination des
angloys. Et de rechief entre le duc dorleans et le duc de bourgõgne fut engendre contro=
uerse touchant le gouuernement des affaires du royaulme Laquelle pour vng temps fut
appaisee par gens saiges qui a ce obuierent de tout leur pouoir/si que a nul des prices par
ticulierement aincops a tous esgalement fut baille le gouuernement de la chose publique
Non aultrement comme se la monarchie eust este reduicte a la conduicte et soubz ladmi=
nistration de peu de gens. ¶Je trouue que en ce temps furent faitz troys mariaiges.
Charles filz de loys duc dorleans print a femme et espouse ysabel Vefue de Richard roy
dangleterre Jehan deupiesme filz du Roy charles espousa la fille du duc de baupere qui
estoit conte de henault. Et au regard de Marguerite fille du Roy/elle espousa Jehã duc
de bretaigne iasoit quil fust mineur et en bas aage. Et phelippe duc de bourgongne alla
de Vie a trespas/delesse Jehan conte de neuers/qui depuis fut coulpable et perpetrateur
de plusieurs maulp. Car au lieu de son pere fait et receu duc de bourgongne: apres quil
eut fait le serment de fidelite au Roy charles/conduict par le conseil daucuns meschans
hommes/hayssoit le duc dorleans en telle sorte quil ne sen eust sceu purger. Le duc dorleãs
estoit homme de hault couraige appetant grandes choses/et affectant empire et souuerai
ne seigneurie/pour raison dequoy cheminant a lupembourg/print aucunes Villes ã cha=
steaulp/faisant de soy bonne estimation/comme ydoyne et suffisant a lempire. Et de ce
lieu partant comme ayant satisfait a sa gloire/sen Vint en auignon Vers le pape benoist
pour luy donner secours et ayde/que luniuersite de paris grandement estriuoit faire oster
de sa dignite. Car lors estoit icelle Vniuersite de grande renommee et auctorite/si que ce
stoit crime dauoit offense vng escollier. Doncques entre tant de haynes et rancunes/sicõ
me tout laffaire des francoys tournoit a discorde ciuille/nul estoit qui sournet nest udiast
acquerir la faueur et beniuolence de luniuersite de paris:afin que meilleur fust estime/de

Mariage en
tre Henry roy
dangleterre ã
la Veufue du
duc de bretai=
gne.

Le trespas de
phelippe duc
de bourgon=
gne.

tant quil seroit porte et apde de la plusgrande auctorite des hommes lectrez. Par ainsi en
ce temps les escolliers de paris auoient bon bruyct et estimation/et si estoyent soustenuz et
fauorissez comme cy apres apperra. Car sicomme ilz estoient allez en procession a saincte
katherine qui est dicte du val des escolliers/pour faire prieres a dieu/quelque homme de
la maison de Charles de sauoye cheualier monte dessus vng cheual pmy les fanges/soueil-
la de fanges lung des escolliers qui tantost de ire enflambe le frapa du poing. Adoncques
cria se seruiteur/et a son cry se assemblerent en armes tous les aultres de la maison dicelluy cheualier suyuans les escolliers/et quant ilz furent arriuez soubz la porte de leglise/ie
ne scay quel follement tira vne sagette iusques au grant autel ainsi que le prestre se preparoit pour celebrer sa messe. Pour laquelle iniure danger/les escolliers incontinant firent
poursuicte/et tellement besongnerent enuers les iuges que la maison du cheualier fut a-
batue et razee a fleur de terre et fut banny.❧Entre les haynes des princes/la royne plus
fauorisoit au duc dorleans que aux aultres. A ceste cause elle cheminant a melun acom-
paignee dicelluy duc/pour se desduict de la chace. Manda a son frere loys duc de bauyere
et au prince de bauyere/quilz luy admenassent le daulphin a qui estoit commise acquitai
ne/auec sa femme fille du duc de bourgongne. Ne fut la royne hors de souspeson auoit co-
mande ceste chose. Afin quelle menast son filz le daulphin auec son espouse en germanye
soubz la conduicte du duc dorleans. Cecy venu a la congnoissance de Iehan duc de bourgongne. Il assembla multitude et puissance de ses amys/auec lesquelz de iour et de nuict
par continuel chemin vint a paris/pensant le partement du daulphin empescher. Mais
quant il trouua que ia sen estoit alle/hastiuement passa oultre et le aconsuyuit a Giuysi
pres corbeil. Lors le duc de bauyere refuzant le daulphin ramener. Le bourguignon par
force et violence print icelluy daulphin et le garda au chasteau du louure. Pour raison de
quoy le duc dorleans/apres que legierement eut amasse six mille hommes entra auec la
royne au boys de vicennes. Iehan duc de bourgongne seiournant a paris/la plus part du
peuple le suyuoit/esperant par son apde estre de tailles affranchiz et deliurez En ceste maniere totallement tournoit la chose a guerre. Mais par lintercession du seigneur de mota-
gu homme paisible et prudent/retournerent les ducs en grace et amytie. Et afin que par
renouuellement de hayne ne fussent leurs coutaiges naurez et contaminez. Le duc dorleans mena vne armee en aquitaine contre les anglays/et le duc de bourgogne en mena vne
aultre a callays. Iehan duc de bourgongne par locuure de moncoquier cheualier dauuergne auoit basty vne machine et fabrique de boys de merueilleuse grandeur pour surmonter et prendre la ville de Callays/et pourtat que mise estoit dessus roues son sa pouoit facilement mouuoir de tous costez. Et auoit le duc grande esperance de prendre ceste ville.
Au regard du duc dorleans/quant il eut assiege le bourg en aquitaine:aduerty que ceulx
de bordeaulx venoient au secours des assiegez/il leua son siege et sen alla. Et peu de iours
apres Charles a soy appela lung et lautre/non sachant la fortune qui estoit a aduenir/car
sicomme le duc dorleans qui venoit de visiter la royne acouchee pour passer temps auec elle par maniere de recreation/sen retournoyt de nuict en sa maison/aucsis souldars a ce faite louez et commis par Regnault angueille le vindrent espyer/et pres la porte barbette a
paris le tuerent et luy couperent la main dextre. Lors lung des officiers de la maison du
duc voyant son maistre prosterne contre terre/sus luy se iecta pour le saluuer. Au moyen

A.iiii.

Charles de
sauoye.

La recousse
du daulphin
a Giuysi.

La mort du
duc dorleans.

dequoy incontinant des meurtriers fut occis. Le vingt et vngyesme iour de nouembre.
Lan de grace mil. cccc. vii. Les homicides soudainement apres ce tresenorme crime com
mis/fouyrent en la maison du conte darthoys ou logeoit Jehan duc de bourgongne. Tant
tost au bruyt et tumulte de la mort du duc dorleans les voysins assemblez/porterent le corps
en la prochaine maison/et soubainement la cruaulte du crime fut diuulguee parmy la vil
le. A ce bruyt sans chommer acoururent loys Roy de sicille auec les ducs de berry et de bour
bon: qui voyans le corps mort de leur amy/moult troublez furent. Et comencerent a fai
re pleurs et douloureuses complainctes. Le lendemain en pompe seigneurialle lon porta le
duc au monastere des celestins. Ou enseuely fut et inhume en la chapelle qui est dicte dor
leans. Laquelle depuis a este decoree de riches paintures. Conduisoyent le doueil les prin
Jehan duc de   ces dessus nomez et mesmes le duc de bourgongne que nul doubta auoir este coulpable et
bourgongne   principal aucteur de ceste mort. Car les enquesteurs de ce crime/ Cestassauoit Robert
homicide du   tupillier et pierre lorseure/quant ilz congneurent que angeuille sen estoit fouy au logeys de
duc dorleans.   Jehan de bourgongne auec ses complisses et alliez: pource quil estoit loysible vng hom
me prendre en la maison des princes sans congie du seigneur/se transporterent a nesse vers
le duc de bourgongne qui estoit au conseil auec les aultres ducs. Apres quilz eurent fra
pe a la porte: interrogues que cestoit quilz vouloient. Nous demandons dirent ilz le con
sentement du duc de bourgongne/a ce que par son congie puissons vng homme crimineuly
apprehender en sa maison. Celluy quilz demandoient estoit porteur deaue. Des espyes du
quel et secretz rapportz auoient vse les coulpables dicelle mort pour commettre leur homi
cide. Le duc de bourgongne quant il congneut ce que les enquesteurs demandoyent/ commenca
a blesmir et deuenir palle. Laquelle chose astucieusement apperceuant le roy de sicille/ti
ta Jehan en arriere et le pria de luy dire sil auoit en soy aulcune coulpe de lhomicide dessuf
dict. Jehan doncques admonneste de sa coulpable conscience/tenir ne se peut de plorer: et
descouurit soy mesmes auec le crime. Lors issit en vne cloyson faignant aller au retraict
puis monta sur vng tresleger cheual: sortit de la ville et se retira au pont sainct mayent
lequel il fist abattre incontinant apres quil fut passe/afin quil cloyst et estoupast le chemin
a ceulx qui le poursuiuoyent. Ce iour mesmes il arriua a Arras distant formant de cin
quante lieues de paris. Le meurtrier ainsi eschape/craignant charles que le bourguignon
ne ioignist crime auecques crime et que pour soy deffendre requist layde et alliance des an
gloys: vers luy enuoya le duc de berry pour le enhorter dauoir bonne esperance et totalle
ment de guerre se detourner. A ceste cause Jehan de bourgongne sans aucu appareil de guer
Les causes   re se tint au long de tout lhyuer maintenant en flandres et maintenant en arthoys. Le bour
pour lesqlles   guygnon publia plusieurs causes et occasions de ceste mort. Disant que le duc dorleans
le duc de bour   auoit affecte le royaulme et quil entretenoit enchanteurs. Desquelz il auoit receu deux cou
gongne fist tu   steaulx et vng anneau. Lesquelz monstrez au Roy charles quant il estoit a beauuoys luy
er le duc dorle   auoient fait tomber les cheueulx et peu apres les vngles les vngs apres les aultres/si que
ans.   tantost se rendirent imbecille. Oultre ces choses quil auoit eu vne verge: laquelle quant
vne foys estoit dune femme regardee/elle la rendoit incontinant obeissante a sa luxure et
libidinosite. Semblablement que cil duc dorleans auoit este inuentif des ieux et mom
meries/ou le Roy Charles formant fut ars et brule/parce que luy mesmes et non aultre
mist la torche ardante es vestemens veluz/dont vestuz estoient les mommeurs quant ilz

dançoyent. Dauātaige que procure auoit enuers le pape benoist treziesme que Charles
depose fust de sa royalle mageste/comme non sain & impuissant de corps et entendement.
Auecques ce adioustoit le bourguygnon que cellup duc auoit erige et receu tresgriefues
tailles et tribuz/dont il se vantoit estre moult puissant a lencōtre du Roy En quelque fa
con que le duc de bourgongne eust sceu ces choses. Toutesuoyes non trouuees vrayes par
Jehan surnōme petit/docteur en theologie les sema en la publique assemblee qui fut fai
cte a paris. Quant est a moy selon mon iugement Le duc de bourgongne enueulx fut au
duc dorleans: a ce que deuant son repute ne fust plus ydoyne pour gouuerner la chose pu
blique Car enuye principallement enflambe ceulx qui sont pareilz Mais passons oultre
Tout au long de ces deux moys de decembre et ianuier fut lhyuer pl° aspre quil na de cou

stume. Et au commencement du prin temps/quant la terre se commenca a lascher/et que
les fleuues couuertz de glace se rompirent: Vindrent glassons a si gros tas/que de leur ru
desse et impetuosite les pontz abatirent et renuerserent/les estangs et riuieres tellement

se respandirent/quilz emmenerent les maisons auec les habitans et les bestes. En ce
temps Jehan de bauyere frere de guillaume conte de hollande et henault administroit le
glise et euesche du liege. Et combien quil fust euesque et soubzdiacre/neātmoyns iamais
nauoit celebre messe ny aultre diuin seruice/pensant peult estre desroguer a sa noblesse se
en la maniere des prestres se mectoit es aultez sacrez. A ceste cause les liegeoys voyans
que cestuy homme reffusoit faire le deu de son office hardimēt au traict se assiegerent Par
quoy Guillaume pour son frere secourir/apres quil eut leue vne armee de gēs de son pays
par ses messagers pria le duc de bourgongne se haster de venir a son secours. Car la seur

de Guillaume estoit femme et espouse dicellup duc de bourgongne. Jehan doncques ne
deprisant la requeste de son beaufrere/fist vne aultre armee et se ioignit auec guillaume
Deuant furent enuoyez aucuns combatans de legiere armeure pour bruler les iardins et
villaiges/afin que les liegeoys esmeuz de ce dommaige/fussent contrainctz laissiegemēt
delesser & secourir aux communes pertes du pays. Les champs arbans & flamboyans de
tous costez/les liegeoys qui estoient en laissiegement du traict: dilec sortirent et vindrent
marcher contre leurs aduersaires: les assaillirent en la playne dicte haysebagne et furent
vaincuz/si que des liegeoys seize mille furent occis. Ceste victoire au Roy charles rap
portee/craignant que le duc de bourgongne ramenast son armee victorieuse a paris ou il
estoit tresagreable aux parisiens. Print sa femme et ses enfans/et acompaigne des prin
cipaulx princes de france se trāsporta a toutz De laquelle chose Jehan de bourgongne ab
uerty/sollicita Guillaume conte de haynault de retourner quant et soy a paris auec lar
mee/non pour aultre cause: sinon afin que a paris rapellast le Roy et le daulphin auec le
quel estoit sa fille mariee. A guillaume conte de haynault estoient plusieurs causes pour
lesquelles affinite et cousinaige de guerre faisoient horreur. Car comme iay dit la seur de
guillaume estoit conioincte par mariage auec le Bourguygnon/& il estoit cousin germain
de la royne. Joinct que lung des filz de Charles auoit espouse sa fille vnique et seulle he
ritiere. Pour raison dequoy plus enclin a paix impetra que ambassadeurs enuoyez dune
part et daultre viēdroit le Roy a Chartres. ou Jehan ne differeroit vers luy se transpor
ter lassemblee faicte a Chartres. Le duc de bourgongne appoincta auecques. Charles
duc dorleans filz du deffunct duc qui fut occis. Et lung a lautre iurerent iceulx ducs cy

apres iamais ne excercer inimitye lung enuers lautre:Mais apres tout aultrement ad=
uint.Car lobseruance de foy ne la religion de serment(leurs couraiges estans irritez) ne
sortit aucun effect.Toutesuoyes retourna Charles a paris. ℣Auquel temps comme

**De luniuersi
te de paris.**

Guillaume de tignouille preuost de paris eust fait pendre et estrangler de nuict deux es=
colliers (qui auoient tue bng homme)a ce quilz ne fussent reconz et deliurez de mort. Lu=
niuersite de paris poursuiuit son iniure deuant les iuges/en telle facon que le preuost con
danne fut a faire despendre les escolliers/les bayser mortz et les rendre a leglise/ou ilz fu
rent charroiez par le bourreau/qui seant dessus lung des cheuaulx/estoit bestu dune aul=
be ou bestement de linge blanc en forme dung prestre. Le sepulchre de ses deux escolliers
est beu au iourdhuy au porche sainct mathurin de paris auecques bng epitaphe. ℣En
ce mesme temps boussicault q̃ au nom du roy Charles estoit gouuerneur de gennes/ayāt
besoig de gensdarmes/Receut gaucourt a pied mont que Charles luy auoit enuoye auec
bonne puissance de combatans/et le mena auec larmee a placence. Apres quil eut pris pla
cence/trauersa le fleuue de pade et sen alla a millan. Au deuant duquel bit Iehan maria
duc de ce lieu et en couraige paisible luy liura entree en la bille/ou il luy fist serment de sub

**La trahison
des lombars
enuers les frā
coys.**

iection et obeissance comme au lieutenant du Roy de france. ℣Ce pendant que ces cho=
ses par baussicault se faisoyent a millan. Le marquis de montferrat et le conte francoys
par le moyen daucuns traistres genneuoys/la cite de gennes occuperent et mirent a mort
tous les francoys quilz y trouuerent. Non contens de ce prindrent le chastellet et tuerent
tollete capitaine dicelluy. Quant cecy fut anonce a millan les citoyens incontinant la
mort des francoys machinerēt.Mais boussicault de ce aduerty/commāda a ses gensdar
mes q̃lz beillassent en armes durant celle nuict. Et luy mesmes ne cessa de cheminer con=
tinuellement auecques eulx par la bille.Quant ce bint au mati/il bailla la bille en gar=
de au duc soubz le serment de sa foy/et par ainsi sortit de la cite. Sicomme les francoys sen
alloyent incontinant les millannoys delesserent leur foy et alliance. Et qui plus est an=
cuns francoys estoiēt a millan demourez apres lesaultres afin de soy raffroichir et recreer
lesquelz furent empoignez/et le traistre Iehan maria lesfist deuorer a ses chiens. Boussi
cault sefforcant gennes recouurer/quant il entendit que en bain y trauailloit/auec Gau
court et les gensdarmes sen alla au prince de pied mont Lequel par leur ayde tresuaillant
print aucunes billes et chasteaulx contre le marquis de montferrat. Quoy fait les fran=
coys apres quilz eurent passe les montz a charles retournerent. ℣Lors a paris estoit le

**Le roy de na=
uarre compai
gnon du duc
de bourgōgne**

Roy de nauarre qui acquerant societe et alliance auec le duc de Bourgongne/troubla tout
plus que deuant.Car ilz condampnerent montagu bailly du palais royal a estre decapi
te.Pource que comme graue et loyal conseillier resistoit a leurs entreprinses/et cecy firēt
principallement par le iugement de pierre Essar preuost de paris. Qui tātost p̃ loppini=
ōn du Roy de nauarre et du duc de bourgongne bsurpa ladministration de la pecune estāt
en la bourse du Roy/deputant aucuns de sa parente pour seruir le Roy charles es offices
de son palays. Aucuns deposez de leurs offices et despouillez de leurs biens bers charles
duc dorleans se retirerent faisans complaincte et querimonye du duc de bourgongne qui
riens ne gardoit de ce que par serment auoit promis a chartres Pour raison dequoy le duc
dorleans de ire enflambe/appela les seigneurs souftenans son party.Dindrent bers luy
ensemblement au chasteau de bicestre pres paris/les ducs de berry/bourbon et alenpon/

aussi firent les contes de Richemont/Allebert/Armignac/le connestable ¶ plusieurs aul
tres seigñrs/deliberez de veger liniure de seurs amys. Mais au contraire se bourguygnõ
non ignorant ce que se duc dorseans contre suy machinoit/auecques soy mena ses gensdar
mes a paris/et auãt que y venir assist son ost entre senlis et se villaige du souure. Cestuy
duc de bourgongne auoit vng frere nomme anthoine duc de breban/lequel de tout son pou
uoir sesforça le debat des princes appaiser/et ne cessa de ce faire iusques a ce que iceulx pri Paix être les
ces ambrassans sung sautre par amour mutuelle/ostrent toutes haynes ferocitez et ran princes de frã
cunes. ¶ Ces choses par tout appaisees/sen alla se duc de bourgongne en picardie/delaisses ce.
sant pierre essar a paris pour gouuerner la ville. Cestuy pour sa deffense et protection a
sencontre des alliez du duc dorseans/receut les bouchers et escorcheurs en sa compaignie
sachant que pour susaige de seur mestier estoient hommes de sang. Premierement empoi
gna vinet despinay cheualier dore/et se fist pendre et estrangler au gibet pource quil por
toit fauent et ayde au duc dorseans. Laquelle iniure icelluy duc ne peut porter/aincois a
pres quil eut leue vne armee/sa premiere bande enuoya a han en garnison. Auec comman
dement de resister aux entreprinses du bourguygnon. Laquelle chose congneue/se duc de
bourgongne seua seize mille hommes en flandres/et hastiucment alla han assieger. In
continant que de coups dartillerie fut caissee sa porte laquelle meine a sainct quentin/com
me elle tomba par terre/ceulx qui estoient en sa ville se retirerent au duc dorseãs sors estãt
a chauny. Han de garnison delessee/Apres q̃ les flagmens eurent peille/¶ en flandres re
tournez/par force/prieres ou menasses ne purent estre arrestez ne tenuz par se duc de bour
gongne. Pour raison dequoy contrainct fut enuoyer ses messagers en angleterre et impe
trer sayde des anglois. ¶ Mais se duc dorseans pensant auoir entree a paris en sabsen
ce du bourguignon/fist faire vng põt a verbrye Au moyen duquel passa sa riuiere de oyse
et dela sen alla a sainct denys que Jehan de chalons prince dorange occupoit au nom du
duc de bourgongne. Adonc pource que se lieu estoit peu fortiffye se prince dorange rendit
la ville/et par serment se obliga de iamais en nul temps les armes prendre a sencontre du
duc dorseans. Ce pendant Gaucourt cuyda prendre et desrober de nuict se pont de sainct Guerre au
cloud. De laquelle entreprinse se duc dorseans aduerty assist a icelluy pont partie de ses pont sainct
gensdarmes en garnison. Si le fut se bourguygnõ paresseux/aincois p se pont de meulant cloud
vit a paris Et se sendemain q̃l fut arriue en sa ville recouura se põt de saict cloud/en quoy
faisant occist formant mille bretons que se duc dorseãs auoit establi pour sa garde dupont
Et auant quil fust venu a seur secours ia ioyssoit se bourguygnon dicelluy pont. En sa
nuyct ensuyuant se duc de bourgongne retournant a paris/fist se duc dorseans faire vng
pont deuant sainct denys sus la riuiere de seine:¶ en diligence se transporta a chasteaudñ
Mais se bourguygnon prenant auec soy se Roy charles et se daulphin mena son armee a
Estampes et print la ville. Dela au puy et ville de beaulce deuant enuoya iaques conte La prinse des
de la marche auec deux mille hommes. Contre lesquelz Barbazan auec gaucourt equip stampes.
pe de quatre cens hommes darmes venant de orleans/print se conte et se garda en sa tour
de bourges. Parquoy tous les aultres aduertis de sa fortune du conte retournerẽt au duc
de bourgongne a estampes. Lequel auec se Roy et se daulphin se retira a paris/rõpit son
armee et renuoya ses gensdarmes et ses anglois en seurs maisons. A ceste cause ses ducs
de berry et Orleans consideras que se duc de bourgongne auoit appele les anglois a son

apde/et que maintenant leur donnoit congie. Hastiuement enuoyerent Albret vers Henry Roy dangleterre pour requerir de luy secours. Le roy dangleterre franchement escouta Albret/et auy ducs en france enuoya son filz Thomas duc de clarence/et Jehan cornu be auec huit cens hommes darmes et mille archers. ❧Ce pendant que lon faisoit ces choses. Jehan de bourgongne auoit conceu et delibere en son couraige les berrupers assieger. Et pource faire enuoya deuant a Lynieres le seigneur de Hely auec bonne puissance de gensdarmes. De laquelle entreprinse le duc de bourbon aduerty/sortant de bourges soubz le point du iour/vint assaillir le capitaine de larmee. Mais eschape au chasteau opposa ses gens et les laissa en la peillerie des bourbonnops. Ce pendant le duc de bourgongne nie nant tousiours le roy q le daulphin auec soy/sicomme il pensoit des berrupers assieger prit premierement dun le Roy distant de bourges a six rectz de pierre. En aps quant en vain eut tenu son siege lespace de quarante iours deuant lune des portes de la ville/dislec se leua et alla assieger lautre porte qui est dicte la porte sainct piue. Allec vers luy se transporta loys roy de sicille qui tenoit son party/auec six cens hommes darmes. Mais quant le daulphin eut receu certaines nouuelles de la venue des anglops/auant que laduersaire se ioignist auec les berrupers/il machina les discords appaiser. Parquop les princes assemblez auy roches pres la charite/ou ilz estoient venuz pour parler ensemble/comme ilz eussent promis com patoit a Vatere ou retournoit le Roy. Aucunement np comparurent: pource quon leur a uoit raporte quilz seroient prins se ilz y alloyent et de la enuoyez en prison a aussette pour estre mis a mort. Auquel mal pourtant que Pierre essat repugnoit/il en auoit les ducs a uerty. Au regard des anglops apres quilz eurent passe loyre:oyans que la paix estoit fai cte entre les princes. Comme ilz ne feussent payez de leurs gayges et salaires/peillerent le monastere de beaulieu et emmenerent labbe prisonnier. Aussi firent le duc dangoulesme lequel enuoye en angleterre/par eulx tenu fut lespace de trente deux ans en obstaige au li eu de cent mille liures de precune quilz disoient leur estre deue. Cestuy duc dangoulesme estoit frere du duc dorleans. ❧Le party des bourguignons lors establp auoit le reste de saint paul connestable:qui surmonta Gaucourt a sainct remy des pleines Villaige de nouuan die/ou furent occis quatre cens hommes de lautre parcialite lan de grace mil quatre cens et treze. Auquel an les bouchers et escorcheurs de paris faisans mutinerie a linstigation du duc de Bourgongne instituerent leurs capitaines Symon cabochon et Jaquelin auec Jehan de troys medecin. Soubz la conduicte desquelz esmeuz de fureur cheminerent en la maison du duc daquitaine : requerans plusieurs des seruiteurs et officiers dicelle maison(les nons desquelz ilz auoient en escript)leurs estre baillez et liurez. Le daulphin igno rant les causes de ceste clameur:tourna son oraison au duc de bourgongne qui estoit deuant soy et luy dist en ceste maniere. Jehan ie te baille en garde soubz ta foy ma famille que ce futeup peuple requiert:afin que tu la meine ou tu voulras iusques a ce que ceste fureur soit estaincte. Adonc le duc de bourgonne receut de la famille du duc daquitaine ceulx q les bouchers voulurent/et la mena luy present en sa maison. ❧Ce iour mesmes Pierre essat capitaine du chasteau de la bastille/combien quil eust receu la foy du duc de bourgon gne quil ne seroit daucun dommaige afflige. Incontinant quil fut sorty du chasteau/on lempoigna et mist en prison. En quop faisant la Trimoueille et Enguerrand de bourne uille occuperent le chasteau/prindrent tauirent q emporterent tous les biens appartenans

La prinse de
dun le roy en
Berry.

La riblerie
des anglops en
france et prin
se du duc dan=
goulesme.

a Eſſar.Pour les cauſes de ſon empriſonnemẽt ſema le duc de bourgongne parmy le peu
ple/que contre les loix auoit abuſe des offices du Roy.Quil auoit auſſi diminue ſa mon
noye/et de ce larcin acquis grant demaine auec pluſieurs richeſſes. Treſbien diſent les
francoys en leur commun prouerbe:que le chien lors eſt dict enraige/quant le pere de fa
mille a deliberé le tuer. Apres longue priſon fut Eſſar decapité/les amys duquel impetre
rent que ſon corps fuſt mis en ſepulture/qui eſt Beue au iourdhuy en leglise ſainct mathu
rin de paris contre le maiſtre autel. ⅭLe duc de bourgongne ne fut ſaoulle dauoir faict
mourir en priſon Jaques riuiere treſrenõme cheualier(ou de ſauoir faict tuer comme ſon
croyoit)aincoys apres ſa mort luy fiſt trancher la teſte Auec les aultres fut tue petimeuil
le hõme noble de la maiſon du daulphin. Dauantaige la fureur et cruaulte des bouchers
ribla a lencontre des nobles fẽmes leſqlles deuiſoient auec la royne/et tout au prochas du
bourguygnon/auql conſentoit Jaqueuille affectant le gouuernement publiq̃. ⅭMais
Henry de marle premier preſident en parlement/et Jehan iuuenel des Vrſins/nõ voulãs
ſouffrit ces crimes deteſtables et inhumains. Apres quilz eurent amaſſe grande multi
tude des citoyans et bourgeoys de paris:allerent au roy pler ꝗ au daulphin/auſquelz ma
nifeſterent le maulaais eſtat du temps preſent:que tout eſtoit plain de meurtres et homi
cides. Meſmes que lempire et le royaulme eſtoit entre les mains de meſchans hommes
Que aux iuges preſidens et conſeilliers neſtoit riens licite/ſinon autant que ceulx cy le
permectoyent Que le duc dorleãs auec les ſiens eſtoiẽ en armes a Bernõ nõ refuzant paix
et concorde ſoubz bonnes loix Auſquelz dangers ſe ny eſtoit remedye/la choſe publique en
brief iroit a perditiõ. Le daulphin meu de la remonſtrance du preſident/apres quil eut ap
peſe les ducs de Berry et de Bourbon/iſſit hors auec le peuple/ꝗ maulgre le bourguygnõ de
liura de priſon ſa famille ꝗ les fẽmes de la royne. Parquoy les bouchers craignãs la puiſ
ſance du daulphĩ/diſperſez ca ꝗ la ſen fouyrent es terres du duc de bourgongne. Sans chõ
mer le daulphin a ſoy appela le duc dorleans De laſlle choſe le bourguygnon aduerty crai
gnant que ſon aduerſaire Benu ne requiſt iugement ꝗ iuſtice de la mort de ſon pere Delibe
ra iſſir de la Bille/enquerant en ſlle facon le pourroit faire ſans ſouſpeſon. A ceſte cauſe p
le moyen de Charles Sauſſe familier du Roy:mena le roy a ſa chace au bois de bondis.
Auec lequel cheminant delibere auoit le mener iuſques en picardie. Mais le roy equipe
de grant nombre de pariſiens ne peut eſtre plus loing tire. Et par ainſi le bourguygnon
par compiẽgne cheminant a Soueſſons ou il leſſa garniſon. Sen alla en arthops. ⅭLe
pendant Bint le duc dorleans et paſſa lhyuer a paris. Auec lequel Loys roy de ſicille et le
duc daniou ſe ioignirent compaignons de guerre et de paix. La fille au duc de bourgon
gne aſõ pere renuoyee/que le filz de ſoys auoit eſpouſee Et afin que le lien de leur amitie
fuſt plus eſtroict. Charles quatrieſme filz du Roy print a femme et eſpouſe Matie fil
le du duc daniou. ⅭApres que les princes furent reconſeillez et reduictz en mutuelle a
mitye. Le roy print compiẽgne qui eſtoit tenu par la garniſon des bourguygnons. Dela
cheminant auec ſon armee a Soueſſons. Pource quen donnant laſſault a la Bille/quel
que baſtard de la maiſon de Bourbon fut feru dune ſagette par le goſier et cheut tout roide
mort. ⅭAdoncques ſoueſſons fut abandonnee aux genſdarmes a rapine et peillaige/ſi
que meſmes les egliſes neſpargnerent/tant eſtoient de fureur et de raige enflambez. La
Bille de Soueſſons peillee et rauie. Charles a Lan ſe tranſporta. Auquel lieu Bint le

Pierre eſſar
preuoſt de pa
ris decapite
auecques aul
tres cheuali=
ers.

Soueſſons
prins et peil
le des frãcoys

conte de neuers frere du duc de bourgongne/faisant foy et serment au roy. Que iamaisen
nul temps ne donneroit secours a son frere. Dillec cheminant le roy a sainct quentin tresforte Bille de Bermandoys: receut nouuelles de la Benue des bourguygnons. Ausquelz
Jehan auoit commande aller a arras. Parquoy les ducs de bar et bourbon auec les contes de alenpon et armignac/coururent a lencontre deulx si rudement que des bourguygnõs
mis en fuyte furent aucuns empoignez auec Guy de bar et les aultres tirerent iusques a
arras. Du le roy incontinãt marcha en ordre de bataille et assiega la Bille. Finablement

Arrasdes frã
coys assiege

les choses appaisees par la dame de hollande seut du duc de bourgongne/retourna le Roy
a paris. ¶ En ce mesme temps fut fait concille general en sa cite de constance suble thõ
Du le pape Jehan Bingt et troysiesme/pour les crimes contre luy allegues mis en prison
en lisle de marc pres de constance/priue fut de la papaulte. Et peu apres gregoire douzief
me et Benoist treiziesme/qui par obstination se disoient papes. Resignerent et se deuesti-
rent de la dignite pontificalle. En quoy faisant baillerent au concille franche faculte et
puissance de esire Bng pape. Otho columna fut esleu pape/qui martĩ le quint fut appele
Apres que par u espace de quarante ans ou enuiron auoit este leglise sans Bray pasteur.

¶ Comment Henry Roy dangleterre demanda en mariaige
Katherine fille du Roy charles sixiesme. Et pource qlle ne luy
fut point accordee mais reffuzee/Descendit en france a la persuasion de Jehan Duc de bourgongne ou il fist plusieurs maulx aux
francoys. Tellemẽt quil y auoit deux partialitez a paris et aul
tres lieux de france/car les Bngs estoient bourguygnons/les aul
tres Angloys. Et les alliez du roy Charles estoient appelez armignacz. Durant laquelle confusion Henry qui tenoit le Roy
de france et le daulphin en sa subgection espousa ladicte Katherine fille de frãce. De laquelle il eut Bng filz nomme Henry qui
fut Roy dangleterre apres son pere. Et comment le duc de bourgongne qui auoit tue ou fait tuer le duc dorleans a paris fut occis a monstreau ou fault yonne.

Ors Bindrẽt ambassadeurs au Roy charles de p Henry roy dãgleterre lesquelz
quant ilz demanderent sa fille Katherine estre dõnee en mariage a leur roy/re-
ceurent respõse q charles nauoit loysir de pẽser a ceste chose. Pour raison dequoy
les ambassadeurs Boulãs retourner en leur pays/requirent estre menez a harfleur/ non
pas q le nauigage de mer (cõme ilz feignoient) fust plus court y ce port. Mais a la Berite
pource qlz auoient cõgneu q Henry auoit acoustre ses gallees pour descendre son armee en
frãce. Jlz desiroiẽt enquerir la situatiõ du lieu/affin qlz rapportasset a leur roy la nature

La descente
des angloys
en france.

et munition dicelluy port. Car peu apres Henry descendit a harfleur/ou destouteuille ca
pitaine du chasteau de beauuoys/Baqueuille/et lyonnet Braquemont tenoient garnison
auec lesquelz tantost Bint le seigneur de Gaucourt. Pour le secours estoit Boussicaud a
Caubebecq auec mille et cinq cẽs hommes darmes. Daultre coste Albret cõnestable auec
autant de gensdarmes faisoit le guect a honnefleur qui est Bng chasteau situe deuãt har
fleur/afin quilz encloyssent et empoignassent les angloys/qui issuz de leurs nefz alloyent amasser les blez fourraiges et plusieurs autres Bictuailles. Mais le roy angloys au

partement de sa maison nauoit oublye a faire prouision de toutes sortes de biures. Car
tellement auoit remply ses galliees des choses necessaires en guerre: que riens ny failloit
dema nort par dehors. Au moyen dequoy les francoys si estroictement assiegez liurerent
harfleur aux ennemis/soubz ceste condition que lors mis a pure desiurance se callays ne
stoit des francoys assailly auant que Henry y allast/ilz se rendroient prisonniers a callays
Adonc garnison lessee pour la garde de harfleur/Henry auec les siens son chemin print vers
callays. Quāt le cōnestable Albret cecy congneut/incontināt le notiffia a Charles. Par
quoy furent enuoyez messagers par tout le pays de france pour les nobles appeler a pren=
dre les armes contre les anglops/auec lesquelz auoit Charles delibere de combatre auāt
quilz partissent darthops. ℂLe pendant albret et le mareschal boussicault cheminans
a abbeuille/lespace de quinze iours entiers empescherent les anglops de passer la riuiere
de somme. Finablement quelque passaige trouue par les anglops entre corbye et peronne
Henry passa la riuiere. Pour raison dequoy les francoys courroucez que ses ennemis es=
chapoient de leurs mains sans aucun conflict de bataille/les ducs de bar et bourbon auec
le conte de neuers par vng herault darmes signiffierent aux anglops iour de combat/qui
saignans auoit la chose agreable/promirēt le combat soustenir. Mais henty ne craignit
deceuoir les francoys attendans/et se hastoit par beauchesne aller a callays Laquelle cho
se congneue/empescherent les ducs et cloyrent le chemin aux ennemis/z vers le roy qui a
Rouen estoit en diligence enuoyerent le prier ql boussist estre present en la bataille Mais
le duc de berry non content q a toute larmee estoit le combat assigne en vng lieu/et memo=
ratif de la desconfiture et perte receue en poictou/retit Charles a Rouen disant q mieulx
valloit tant seullement estre vaincu de bataille/q le roy z la bataille perdre. Neātmoyns
les francoys fichans leurs tentes a blangy. Les ennemys empeschoient de passer oultre
prestz et deliberez de combatre. Quoy voyans les anglops impetrerent treues iusques au
lendemain. Et durant ce delay leurs armees acoustrerent En lost des francoys arriua ce
pendant le duc dorleans auec le duc de breban equipez de grant nombre de combatans. A=
uant toutesuoyes que batailler les ducs vers les anglops enuoyerent Guyscard daulphī
Hugues de trasse et Pierre de hely pour enquerir quelle chose ilz vouldroient donner/se frā
chement on les lessoit aller en angleterre. Aucun ne fut qui sceust la response fors le duc
dorleans. Parquoy les francoys ordonnerent leurs armees en la maniere qui sensuit. Le
premier froncet auantgarde faisoient Albret et Boussicaud mareschal ayans troys mil
le hommes darmes a cheual. Ceulx cy suiuoient le duc dorleans auec six cens cheualiers
Le duc de bourbon auec douze cens. Et edouard duc de bar auec six cens/Et y estoit le con
te de neuers capitaine de douze cens hommes. Apres ceulx cy cheminoient Robert de bar
et le conte de Dāmalle auec quatre cens hommes darmes. Le conte deu auec troys cens.
Autant en menoit le conte de Vaudemont/z le conte de Roussy deux cens Semblablemēt
pestoit Anthoine duc de breban frere de Jehan duc de bourgongne. Apres leql marchoiēt
les hannoyers. Car des siens peu en auoit amene Soubz la conduicte de Jehan de bar fre
re du duc de lhorraine marchoient aussi deux cens hommes. Aux alles estoyent du coste
deptre le conte de richemont et auec luy six cens cheualiers le coste senestre garboit le côte
de Vēdosme equipe de autāt dhommes darmes. La somme des hōmes darmes nobles fut
de dix mille oultre les pietōs z grāde multitude des autres hōes de bas estat Au regard d

Lordre de lar
mee des fran
coys.

larmee des anglops le bruit estoit qlle cõsistoit en mille cinq cẽs hõmes darmes ꝗ dixhuit
mille pietons archers. Les armees des francoys mises en ordre/auoit Albret connestable
cõmande ꝗ grande puissance dhommes darmes allast assaillir les anglops/soubz sa con=
duicte des capitaines ꝗ sensuiuent/Cestassauoit de geoffroy boussicauld/grauille/la tri=
morille, helquet barbãson/Jehan dãgenẽ/aleaume chãpen/Robert thrale et Pichon de la
tour. Qui lors cheminans en bataille/le cõmãdement de Albret deprise/des le premier cõ
flict sen fouyrẽt en hõte perpetuelle. Adoncqs les anglops quãt ilz eurent espie lestat des
francoys ꝗ trop se mõstroient lasches ꝗ paresseux/les vngs se chauffans deuant le feu cõe
freilleux/car cestoit a la fin du moys doctobre. Les aultres palissans parmy les chãps cu
rieux de penser ꝗ faire repaistre leurs cheuaulx/cõme silz eussent fait petite estime des en
nemis ꝗ si pres deulx estoient. Incontinant donnerent le signe de bataille/et vindrent tu
er sus les frãcoys desamparez. Lors fut faicte cruelle bataille en laqlle moururent quatre
mille francoys de noble lignee/et quatre cens anglops auec le duc dyebre frere du roy Hen
ry/ En la puissance duquel furent faitz prisonniers les ducz dorleãs ꝗ de bourbõ/les con=
tes deu/de Vendosme ꝗ de richemõt auec le mareschal boussicauld, Tous lesquelz mena hẽ
ry prisonniers en angleterre. En ceste bataille ne fut le duc de bretaigne/cõbien ꝗ pour ce
faire ꝗ pour souldoyer ses gensdarmes eust receu du Roy la sõme de cent mille liures auec
la cite de macloue. Dauantaige le Roy luy auoit donne vng cheual dor/la bride frain et
harnoys duꝗl estoient couuerts de plusieurs pierres precieuses Le pris de ce cheual fut de
ciquante mille escus. Le roy ayant receu celle perte en la bataille de blãgy: il establit le cõ
te darmignac cõnestable de frãce/ꝗ estoit hõme preux en armes. Parquoy equipe de grãt
nõbre de gẽs de guerre/armignacz hastiuemẽt vit vers le roy. ❡Durãs ces iours iehan
duc de Bourgõgne leua vne armee ꝗ sen vit a troys/dõt le roy charles aduerty vers luy en
uoya Regnault dãgen ꝗ Jehã malestroit euesꝗ de sait bry/luy offrãt bailler le gouuerne=
mẽt de picardye/sil vouloit faire guerre aux anglops. A quoy respõdit ꝗ pource estoit ve
nu afin ꝗl parlast au roy ꝗ au daulphi son gẽdre. Apres ꝗ les messagers furẽt retournez le
roy pourtãt ꝗl ne vouloit souffrir ꝗ cil hõme vit a luy pler en armes. Incõtinãt enuoya let
tres aux villes voysines/afin de nõ receuoir le duc de bourgõgne. Neãtmoyns les habi=
tans de lagny receurẽt le duc deBãs la ville auec sõ armee/ou il passa lhyuet depuis le qui
ziesme iour de nouẽbre iusqs au huitiesme iour de mars ensuiuãt. Ce pendãt enuirõ la fe
ste de la natiuite ihesucrist/le daulphi alla de vie a trespas/ꝗ fut enterre en leglise nostre
dame de paris. Apres la mort du daulphi/le cõte darmignacꝗ tanguy du chastel preuost
de paris: establiz furẽt pour la garde de la ville. Et charles cõte de põthieu filz du roy fut
institue capitaine ꝗ gouuerneur de paris: moyennãt ce ꝗd enuoya ãbassadeurs vers le cõ
te de henault afin ꝗl menast icelluy charles a paris: ꝗ ia estoit daulphin ꝗ duꝗl il estoit cu
rateur: afin de prẽdre possession dicelluy office: pouruecu ꝗ le bourguygnon ny fust: ꝗ gran
dement affectoit le gouuernement et ladministration des choses. ❡Disent les histories
ꝗ sigismonde ẽpereur dallemaigne en ce mesme an ꝗ fut lan de grace. m. cccc. xvi. vint par
deuers le roy charles: ꝗ en apres en vain par deuers henry roy dangleterre afin de nourrir
paix ꝗ alliance ensemble. Auquel tẽps le conte darmignac a baumont auec le viconte de
narbonne chassa les anglops dõt il en fut occis quatre cens. Et sicomme le mareschal lõ
guyac imprudẽment poursuiuoit le conte de dorset oncle du Roy henry en la fuyte, Il põdit

Les donsque
le roy fist au
duc de bretai=
gne.

deux cens de ses gens deuant harfleur. Aussi ce pendant que lempereur sigismond estoit
en angleterre/vindrent au Roy henry messagers portás nouuelles de loccisió de ses gens
a baumōt. Pour raison dequoy courrouce en son couraige touchant la paix ne voulut lem
pereur escouter. ℃ Auquel temps fut mal bataille p̃ les frácoys sus la mer a lencōtre des
anglops aux portz de la riuiere de seine soubz la cōduicte du viconte de narbonne ꝙ de mō=
tenay. La cause de ce dōmaige fut chargee sus piquet de la haye/ꝗ riuiere bouligne. Les
quelz cōme ilz fussent deputez a acoustrer les gallees et payer les gaiges des gensdarmes
ne antmoins faisans mal leur deuoir quant on veit les ennemis en face. Ilz ne mirent
les gensdarmes dedans les nefz/et si ne deplacerent de terre aucunes nauyres oneraires
esquelles estoient les victuailles et aultres choses necessaires a larmee. Dauātaige se en
gēdra mutinerie entre les habitās de rouē/si ꝗ ayás mis a mort Raoul Gaucourt preuost
de la ville/auoyēt assiege le chasteau/dōt iehan de bourbō seigñr du pratel estoit capi̇.aine
Lors estoit le daulphin a angers pour faire les obseques ꝗ funerailles du roy de sicille pere
de sa fēme. Qui aduerty de la rebelliō des bourgeoys de rouē se transporta a Chartres/ou
il eupt nouuelles ꝗ les bourguignōs auoiēt assiege sainct florentī A ceste cause cōtre eulx
enuoya Guy de torsay auec huit cēs hōmes darmes et mille arbalestriers Ja auoient les
bourguygnōs pris sa ville/par ce ꝗ les citoyās a eulx estoient dōnez Parquoy sen allerēt
les francoys apres ꝗlz eurent mis garnison au chasteau. Mais les rouennoys quāt ilz cō
gneurēt la venue du daulphin resfroybiz/chargeoient la coulpe de leur mutinerie sus les
gensdarmes p̃ lesꝗlz ilz estoient to⁹ les iours affligez de dōmaiges ꝗ iniures Les excusa
tiōs des rouēnoys receues/leur pardōna le daulphī instituāt le cōte de dammalle capitaine
et gouuerneur du chasteau ꝗ de la ville. ℃ Ce pendant ꝗ ces choses ce faisoyent a rouē p̃
le daulphin. Les anglops mettans le siege deuant touque tresfort chasteau en normādꝗe

La prinse du
chasteau dtou
que par les an
glops.

Pourtant ꝗ lachemēt ꝗ craitifuement fut deffendu p̃ ceulx ꝗ dedans estoient/le prindrēt
et occuperent. Et lors fut annonce a le duc de bourgongne venoit a paris auecꝗs vne grā
de et puissante armee. Entre lesꝗlles nouuelles doublant le daulphin a qui principalle=
mēt dōneroit secours et trempō/delibera aller a paris. A peine estoit il entre en la ville/ꝗ
voicy le bourguygnō leꝗl auoit ia mis son siege a vāces ꝗ au bourg la royne. Parquoy le
cōte darmignac ꝗ les aultres ꝗ auec luy estoiēt a paris faisās courses ꝗ impetueuses issues
en leur ost Tellemēt les psecuterēt ꝗ dōmaigerēt/ꝗ les bourguygnōs cōtraignirēt remuer
leur cāp/ꝗ aller ficher leurs têtes en aultre lieu. Car ilz sortirēt dilec ꝗ allerēt mettre leur
siege a mōtlehery ou ilz prindrent le chasteau soubz certaines conditions. De la cheminās
en gastinoys/ꝗ voyans ꝗ en vain assiegeoient Pusse/tirerent oultre iusques a Chartres
quilz sauoyent nouuellemēt auoir delesse la foy et obeissance du daulphī. Oultre cela sub
iuguerēt les anglops la ville de Cam Fallaise Bayeux/ꝗ sainct lau. Quipis est la roy=
ne ne demoura en sa foy maritalle/de ce pnant occasion et disant ꝗ de iniures ꝗ dōma=
ges auoit este offensee p̃ le daulphin ꝗ le cōte darmignac. Car cōme elle eust baille en gar
de grāde pecune en diuerses eglises/son chācellier Guillaume cōte/et Jehan le picard sō
secretaire enseignerēt ꝗ decouurirēt le tresor siꝗ le cōte darmignac ꝗ Jehan louuet senne=
chal ꝗ iuge de la prouince sauoyent rauy. Pour lesꝗlles causes ceste fēme irritee appella de
chartres le bourguygnō. Qui p̃ grāt exploict de chemī venāt vers le roy/fut receu des tou
rengelz ꝗ les reuelateurs du tresor pris Lesꝗlz depuis se rachecterent de grāde pecune Et

La ribserie
des Bourguy=
gnons en frā
ce.

B.iii.

cõe Jehan Vinouet fust capitaine du chasteau/il le liura au bourguygnõ. Puis cheminãt
icelluy bourguygnon pmy touraine en y faisant assictes de garnisons/amena la royne a
chartres auec sa fille li atherine/e de la se trãsporta a ioigny. Adonc le conte darmignac le
poursuyuãt auec quize cẽs hõmes darmes iusqs a la riuiere Dyõne: pource ql ne pouoit paf
ser le fleuue qestoit enfle p labõdãce des pluyes fut cõtraict de sen retoutner Lozsles habi
tãs de sens suyuãs le party des bourguygnõs auoiẽt lesse lobeissance du Roy Pour raison
dequoy les parisiens soubz la conduicte de tanguy du chastel preuost de paris assiegerent

**Le prince do-
renge.**

leur Ville. Au moyen dequoy pzessez dicelluy assiegement comme ilz eussent baille obstai
ges de rendre la Ville/quant ilz ouyrent quon leur amenoit secours de bourgongne/refuze
rent soy rendre au grant detriment des obstaiges/ausquelz on trancha les testes dune con
gnee. Durant ce temps le prince dozenge tresobstine sectateur de la rebelliõ du duc de Bour
gongne leua vne armee contre languedoc/et sicomme les auuergnatz et les habitans du
Viuier preparoient les armes contre luy. Il print grant partie du pays excepte Villeneuf
ue et beauquaire. ⊏Lan de grace mil quatre cens dixhuit au moys de may Jehan Vil
ler seigneur de lisle adam: equippe de troys cens souldats belliqueux et plains de cruaul
te/ẽtra de nuict en paris Et luy ouurit la pozte vng nomme Perrenet le clerc serrurier/q
auoit desrobe la clef a son pere. Ja estoit Viller paruenu iusques au millieu de la Ville sãs
ce q auchũ sen apperceust/quant aux siens cõmanda crier paix et salut au duc de bourgõ
gne. Auquel cry ceulx qui le party des bourguygnons suyuoient eueilles/Subitemẽt pri
drent la croix sainct andre(qui estoit le signe dicelle alliance et mutinerie)et se ioignirent
auec lisleadam. Au regard des aultres qui soustenoient le party du duc dozleãs ilz se mu
croyent es lieux connertz et secretz au mieulx quilz pouoient. Laquelle persecution con
gneue/le daulphin ensemble ceulx qui auec luy estoient se retirerent au chasteau de la ba
stille qui est le boulcuart de la pozte saict anthoyne. Auec le seigneur de lisle adam estoiẽt
aucuns antiens officiers et seruiteurs du Roy/qui auoient este desposez de leurs estatz e

**Meurtre a pa
ris.**

offices. Ceulx venans vers le Roy auec leur maistre Jehan Viller renouuelleret leur fa
miliarite et beniuolence. Et lhomme mallade de son entendement monte dessus vng che
ual conduyfirent et tout noyerent parmy la Ville afin de a soy attrayre la faueur du peuple
Sans chommer leur cruaulte exercerent a lencontre de tous ceulx quilz pensoyent estre
leurs ennemys. Et auant toutes choses tuerent le conte darmignac/Henry de marle chã
cellier de france/Le conte de grant pze et plusieurs aultres hommes de diuerse dignite et
puissance. Lesquelz ilz detenoient en garde en diuerses prisons. Car le bourreau a culx en
uoye auec meschans hommes qui des champs estoient a ces meurtriers acouruz/Les iec
toyent par les fenestres/ou les contraignoyent saulter du feste des tours e murailles a re
uers dessus le paue. Jehan duc de bourgongne estant a paris/les meurtriers estoiẽt le sei
gneur de lisleadam que iay dit cy dessus/Jehan de luxembourg/Charles de sens/Clau
de castel/et Guy du bar. Le nombre des occis par ceste tirannye fut rapozte de quatre mil
le hommes. Cestoit cause de mozt suffisante quant aucun monstroit signe dauoir daul
truy compassion. Ou se aucun se complaignoit auoit perdu ses biens. Ceulx qui estoyẽt
au roy/par iniure appelez estoient armignatz/et ceulx qui estoient au duc de bourgongne

**Gens darmes
insolides.**

bourguygnons. ⊏Le daulphin comme il fust issu de la Bastille sainct anthoine e alle iuf
ques a Melun appella les capitaines de la guerre si q Pierre de rieux marefchal de fran

ce/Barbazan et plusieurs aultres equipez de plusieurs gensdarmes vers luy se transpor
terent. Auec lesquelz retournant au boulcuard de la Bastille sefforça paris recouurer.
Adoncques cheminans par la grande rue sainct anthoine. Ja venuz estoient au pont Bau
deyer. Quant les gensdarmes entrans es maisons des bourgeoys commencerent a peil
ler. Pour raison dequoy ayans les citoyans contre soy irritez cesserêt leur entreprinse. Et
le daulphin voyant quil auoit perdu lesperance de recouurer la ville sen retourna a melûn
Et a tanguy du chastel bailla le gouuernement de champaigne/brye/et des villes voisi
nes. Semblablement il establit le conte de foix gouuerneur de languedoc. Qui tantost
apres quil fut saisy de loffice leua vne armee/et chassa le prince dorange du pays iusques
a la ville de Nymes et au pont sainct esperit. Pendant lequel temps le daulphin chemi
nant en touraine receut la ville de tours sans faire dommaige aux habitans. ⫶Durâs
ces iours Pierre de saincte treille gascon estoit capitaine du chasteau de concy ayant cent
hommes darmes. Lequel fut trahy et liure a son ennemy par vne sienne chamberiere quil
auoit seruant en sa maison/comme ie diray maintenant. En ce chasteau estoit prisonnier
vng homme congneu a celle chamberiere/natif du mesme pays que la femme estoit. Ad
uint que comme quelque foys elle parloit au prisonnier il luy promist sa foy la prendre a
femme et espouse se elle le deliuroit. La chamberiere meu de esperance des nopces/desro
ba de nuict et print les clefz dessoubz le cheuet de son maistre reposant. Quant la prison
fut ouuette sortirent les prisonniers. Impetueusement vindrent en la chambre du capi
taine et luy couperent la gorge. Dauantaige rauirent ses biens et richesses prenans pos
session et iouyssance du chasteau: ou hastiuement appelerent Jehan de luxembourg qui
seiournoit en vermandoys. Apres que le soleil eut commence sa lumyere/ Les gensdar
mes de Pierre emerueillans la solitude du chasteau du prochain villaige ou ilz estoient
Monterent sus leurs cheuaulx & sen alla vne partie a montagu et lautre partie a Guyse
en terrasson establissans a soy deux chapitaines de guerre/cestassauoir Estienne Bignol
le qui fut appele la Hyre/et Potô de santatrille hômes belliqueux et treseppers en batail
le par tout le temps de leur aage. Qui sans chômer cheminans en souessonnoys auec qua
rante hommes darmes seullement, vainquirent le fier longueual equipe de quatre cens
hommes. Par semblable fortune surmonterent aussi hector de sauoye capitaine de mil
le hommes darmes quil auoit auec soy au territoire de lan. ⫶Durant lequel temps
les francoys monterent de nuict a des cordes par dessus les murailles de ponthayse et re
couurerent la ville de la subiection des angloys. Mais henry Roy dangleterre au premi
er prin temps de lannee ensuyuant/qui fut lan de grace Mil quatre cens dixneuf/assie
gea la ville de Rouen/prenant occasion sus la mutinerie des citoyans qui leur preuost cô
te d dam masse auec grant nombre des nobles de normandye auoyent expulse et iecte hors
la ville/& en leur lieu receu les bourguygnôs auecleur capitaine Guy bouteillier. Le roy
dangleterre continua lassiegement par lespace de sept moys entiers/sans oublier les moy
ens et manieres quelz quilz fussent de bailler assaultz. Aussi les assiegez ne resistoyent
moyns constamment/si que pallissans y trop grande indigêce de victuailles mangeoyêt
les raz et souris esperans en brief temps auoir ayde des bourguygnons ou du daulphin.
Mais ny lung ny lautre ne les secourut. Car le bourguygnon nen fist compte/et le daul
phin adolescent pourtant que les angloys occupoient les passaiges de la riuiere de seine

Trahison fai
cte p vne châ
beriere.

La hyre potô.

La constance
des habitans
de Rouen as
sieges.

ne leur peut enuoyer secours. Aussi auoit il ung aultre tresgros affaire a lencontre de iehã
duc de bourgongne Auquel ne pouoit estre assez puissant auec tous ses gensdarmes. Par
quoy les rouënoys delessez de secours vindrēt en la puissãce des ennemis. ❡Ce pendãt
le bourguygnon fut longuement variable en son couraige/sil acqueroit lamptie des an=
gloys ou celle du daulphin. Finablement delibera le party du daulphin ensuiuir/princi=
pallement par lenhortement de Phelippe iosquin a Jehan tolongne auec la dame de grat
noble femme. ❡Il ya vne ville auec chasteau ou coulle la riuiere dyonne qui descendē en
seine. Laquelle ville est appellee monstereau ou fault yonne/ayant ung pont trauersant
sus les deux riuaiges du fleune/auec vne estable de boys coullisse/dit pont leups/qui en
forme de porte selon lestat des choses et du temps soubzleue clost la voye a ceulx qui veul
lent entrer ou sortir de la ville. En ce lieu fut iour assigne pour les princes assembler/alen
tree desquelz futaduise que le pont de boys seroit leue cloz et ferme a ce ñ par les seruiteurs
daucuns diceulx princes ne fust tumulte ou brupt engendre/et que au bout du grant põt
vers la ville seroit basty vng tabernacle de boys dedans leql auec tous les princes le daul
phin et le duc de bourgongne tant seullement entretoient dix seigneurs choisiz. Lassem
blee faicte/sicomme ca et la refriquoient plusieurs parolles des iniures passees. Soudai
nement vng qui estoit auec le daulphin en ire flamboyant occist Jehan duc de bourgon=
gne. Lon croyt que ce fut Tanguy du chastel: qui antiennemēt moult familier estoit du
duc dorleans: lequel auoit este tue a paris par icelluy bourguygnon Combien que aucūs
ayent cuyde Charles daulphin auoir este coulpable de ceste occision. Toutesuoyes pour
linnocence de son adolescence/lon peult contecturer quil fut espouēte a voir commectre
lhomicide Retournant sa face des percusseurs. Aussi laage ne permect cecy souspesonner
Laquelle il passa toute sa vie enclemence et mansuetude. Apres que Jehan fut tue/son
filz Phelippe qui estoit a paris sen alla ioindre auec les angloys Qui pis est a Henry roy
dangleterre liura le roy Charles/la royne et sa fille katherine/tous lesquelz son pere viuãt
tenoit en sa puissance. Aussi luy liura Paris/Brye/Champaigne/et bourgongne. Des=
quelles choses Henry fait plus puissant espousa a troys et print a femme Katherine fille
de Charles/dont le peuple ne reclama ayant prins esperance de liberte pource quil veoit
tant de princes contoinctz ensemble a paix et vnion. Certes le peuple quant on luy pro=
mect liberte facillement chãge sa foy et sa cõstance. Le daulphin ce pendãt que lon faisoit
ces entreprinses se retira en languedoc/ou le pont sainct esperit print par force. Et la ville
de Nymes receue/osta au conte de foix son office. Instituant en son lieu Charles de bour
bon conte de clairmont. Qui tantost assicga bourges que occupoyent ceulx de foix/et la
print. Quoy fait/le daulphin hast iuement sen vint a bourges et a tours. ❡Mais hen=
ry partant de troyes alla sens assaillir/menant auec soy le Roy descoce lequel il tenoit pri
sonnier. Pource quil pensoit que les escocoys qui venuz estoient au secours du daulphin
compassion auroient de la fortune de leur roy prisonnier et auec luy retourneroiēt en esco
ce. Mais ceulx cy faisans peu de compte de leur Roy suiuirent le daulphin. Apres ñ sens
fut subiugue. Henry print moret et Monstreul. De la cheminant a melun les angloys as
siegerent le coste de la ville qui regarde vers la forest. Et les bourguygnons tindrent lau
tre coste qui est vers leglise sainct Pierre. En garnison y estoit barbazan: qui vaillam=
ment melun deffendoit. Mais y faultte de pain/cõtrainct fut de soy rendre soubz la pui

La mort du
duc de Bourgõ
gne.

Mariage en=
tre henry Roy
dangleterre ã
la fille du roy
de france.

Melun des
angloys assie
ge.

sance des anglops/soubz condition toutesfoyes q̃ liberte de sortir fut promise a tous/fors
a ceulx qui seroient coulpables de la mort de Jehan duc de bourgongne. A la prinse de la
Ville/apprehenda Henry tous ceulx quil Voulut comme coulpables. Par especial Barba
zan et quelques capitaines dhommes darmes auec aucuns des habitans ayans quelque
bruyt et puissance. Tous lesquelz il enuoya en prison a paris. Peu apres les anglops me
aulp assiegerent et prindrent daupheinot qui se hastoit de courir a la Ville pour donner se
cours aux assiegez. Lesquelz ayans perdu lesperance de plus auoir secours/comme ia eus
sent entre eulx suscite mutinerie et discord Se rendirent aux ennemis moyennant que per
mis fut aux gensdarmes de sortir et sen aller en liberte/excepte au bastard de Vautu et a
son lieutenant: que Henry fist pendre et estrangler a Vng vieil orme qui estoit sus le grãt
chemin Vers paris. ❧Peu apres il sen retourna en angleterre auec la royne sa femme la
quelle enfanta Vng filz qui fut nomme Henry Auquel temps le conte de pointpeure print
le duc de Bretaigne et se garda en prison Et le duc de clarence frere de Henry cheminant de
normandye en anion auec grosse puissance de combatans mist son siege deuant beaufort
en Valee. Qui par la reuelation des escocops Viuendiers lesq̃lz il auoit fait prendre/ quãt
il congneut durant son disner que les francops auec les escocops estoiẽt en armes a Bauge
Se leua du conuy et commenca a dire. Allons les assaillir ilz sont nostres. Ilz Viennent
et ne nous suyuent aucuns pietons. Aincops seullement ceulx qui sont a cheual. Chemi
nans les anglops au Villaige qui est dit le petit Bauge Rencontrerent Jehan de la croix
tresprent cheualier francops. Qui quant il aduisa les ennemis/secretement auec ses gẽs
entra en leglise. Les portes de laquelle il clopt & ferma contre eulx et monta en la tour di
celle eglise. Et Voyant le duc que en Vain illec se seoyt/sen alla hastiuemẽt les aultres frã
cops assaillir. Deuant larmee des anglops marchoit ce duc de clarence/qui portoit dessus
son heaulme Vng bouquet dor couuert de plusieurs pierres precieuses Quãt les francops
lapperceurent a lencontre deulp accourir/si Vaillamment le chocq soustindrent quilz le tue
rent tout le premier et auec luy plusieurs grans seigneurs dangleterre/prindrent aussi pri
sonniers les contes de Hantiton et sombresset Thomas beaufort frere dicelluy sombresset
et le demourant eschapa a force de fouyr. Et comme ces fuitifz se fussent retirez au mans
pour cuyder entrer dedans. Quant ilz trouuerent le pont rompu incontinant a la mode de
france prindrent les croix blanches/et faignans estre francops contraigniterẽt les passans
et laboureurs des champs a restablir le pont/lesquelz ilz occirent apres quilz furent pas
sez. Et sans chommer se transporterent en normandye. ❧Ce pendant le daulphin Ve
nant de poictiers a tours institua le conte bouscaud escocops connestable de france/et che
minant en guerre contre les bourguygnons/Print montmiral et Gallardon au pays du
mayne. Mais Henry dangleterre aduerty de la mort de son frere duc de clarence/leua pl°
grosse armee que deuant et print dreup. Puis assaillit Vendosme et dela sen alla a Baugen
cy. Lors les francops auoyent assis leur ost sus la riuiere de loyre/qui empeschoient le pas
saige aux anglops. Parquoy Henry despourueu de Viures cheminant au long de la riuie
re. Mena en beaulce son armee/substantant sa Vie seullement dherbes de iardins et de
choulp. En ce pais il brula Reugemont apres quil leust prins/et fist mourir le capitaine
du chasteau auec les gensdarmes de sa compaignie. Apres cela Venant a Ville neufue assi
se sus la riuiere dyonne/print la Ville de force: et dela retournant Vers Vendosme: afflige

Meaulp as=
siege et pris
des anglops.

Victoire par
les francops
contre les an=
glops.

Les anglops
de rechief ri
blansen frãce

Afflictiõ sus les anglops.

de famine et pestilêce: perdit quatre mille hommes des siens: qui furent pasture aux oy seaulx et bestes sauluaiges/pource que les corps demourerent gisans sus la terre sans sepulture. ¶En ces mesmes iours Jehan de la forest seigneur de la rochebaron tenant le party des bourguignõs mena vne armee en auuergne a moult persecuta les auuergnatz des courses et robleries. Mais plusieurs des seigneurs du pays soubz la cõduicte du con te de perdriac partirent du puy et marcherent en bataille contre leur aduersaire. Adonc ques les ennemis quant ilz virent a soy venir les auuergnatz/se retirerent en sa ville que les habitans appellent seruerette. Neantmoyns les francops sans chommer mirent leur

La ville de seruerette prise des frãcops

siege pres de la ville. Ce pendant de leur ost sortit vng archer lequel sen alla au moulin q estoit ioignant de ce lieu esperant y auoir quelque proye. Gueres ny demoura sans y met tre le feu/par lequel tantost commença la ville a bruler/au moyen dequoy partie des bour guygnons assoupyent au conte de perdriac et aux francops requerans pardon et misericor de/et lautre partie auec le forestier par les montaignes sen alla a Rochebaron: ou les fran cops les poursuiuirent en telle sorte quilz prindrent Rochebaron a les aultres chasteaulx qui au forestier appartenoient. Au regard de ceulx de cosne qui habitent sus la riuiere de loyre Sicomme ilz estoient des francops assiegez/baillerent ostaiges de rendre la ville/se dedans certain temps nestoient secouruz. Et henry qui leur deuoit enuoyer secours/per secute de la malladye que le peuple appelle de sainct fiacre. Dõt il estoit gisant a corbueil peu d iours aps alla de vie a trespas. Neãtmoyns le duc de bethfort porta secours aux ha bitans de cosne et les francops rẽdirent les obstaiges qlz auoyẽt receu. Le duc de bethfort

Le trespas du Roy charles sixiesme.

au partir de cosne sefforçant aller a bourges assaillir: quant il ouyt nouuelles de la mort de henry lessant son entreprinse et sen retourna en angleterre/et les bourguygnõs en bour gongne. Entre lesquelz dõmaiges et troublemẽs de guerre le Roy charles sixiesme paya le dernier deuoir de nature. Et fut porte en sepulture au monastere sainct denys. Lan de grace mil quatre cens vingt et deux. Auquel an estoit aussi henry decede.

¶Cy finist le neufiesme liure des faictz et gestes des francops.

¶Sensuit le dixiesme liure

¶Comment au meillieu de laffliction des frãcops lors que char les septiesme estoit seullement dit Roy de bourges/parce que les Angloys tenoient le royaulme de france en leur subiection vint la pucelle Jehanne natifue de vaucouleur de dieu enuoyce. Laquel le deliura la ville dorleans des ennemis angloys/fut cause de leur destruction a les chaça de france En telle sorte que par tout ou elle estoit les francops acqueroient victoire cõtre les angloys iusques a ce que par mauluaise fortune elle fut prinse par Jehan de luxem bourg/qui la vendit aux angloys. Lesquelz en hayne des fran cops a pource quelle estoit vestue de lhabit dũg homme auecques plusieurs aultres faulses accusations contre elle faictes la firent bruler a Rouen.

A fortune des troys Roys prochainement precedens plaine fut de aduersite et misere. Mais sicomme vng corps sain et massif/sile sent legierement les incommoditez et poinctures de malladye/ainsi le peuple du temps ancien et precedant cestuy opulant et ramply de richesses/Premierement suffisant a porter les aduersitez. Finablement foulle par continuelles aduersitez commenca a soy estonner et espouenter Car par tout le royaulme maintenant par les bourguygnons Maintenant par les angloys/Tantost par ceulx qui se disoient donner conseil aux choses estoit faict telle discention et mutinerie que difficille estoit a dire lequel des deux. Cestassauoir ou les ennemis ou les francoys portoient plus de dommaige au miserable peuple Aussi lini quite de fortune iusques la proceda. Que a charles Roy dicelluy temps duquel ie commence a escripre/tant seullement obeyssoient les berruyers cest adire les bourgeoys/Et des ennemis estoit appele Roy de bourges. Car les bandes des gensdarmes et capitaines/sicome non sustentez daucuns gaiges ne salaires/tout ainsi que aux ennemis rauissoient quant ilz pouoyent les chasteaulx et places quilz tenoyent. Ainsi selon leur plaisir ostoyent a leur amy et obeissant. Doncques durant les tempestes et ribleries de ces mauluais hommes Charles filz de charles sixiesme fut nomme roy. Au contraire Henry apres le trespas de son pere Henry vsurpoit le nom de Roy de france: si que es lettres publiques ⁊ priuees au seel de la court iudicialle/⁊ en la monnoye laquelle il fist nouuellement forger se nommoit Roy de france et angleterre. Car tant par le moyen de la tresuieille querelle de Edouard le tiers/comme de celle que ie diray maintenant. Pretendoit Henry et se vantoit a soy approprier le royaulme de france. Quant Katherine fille du roy Charles sixiesme espousa Henry pere de cestuy henry. Les clauses loix et conditions du traictie de mariaige a linsti gation de Phelippe duc de bourgongne furent telles. Cestassauoir se charles trepassoit auant Henry: pourroit Henry se mectre dedans le royaulme de france. Mais se le contraire aduenoit/et que de Henry demourast hoir masle. Apres le deces de charles le filz de henry auroit la principaulte de france. Sans faire aucune mention de Charles (les faitz duquel commencons a escripre) combien quil fust le legitime heretier. Et comme se aucune portion du royaulme ne luy eust appartenu. A ceste cause Henry apres la mort de son pe re seigneuriant en orgueil et temporelle ambition en la royalle et principalle cite des francoys. Iasoit que en laage dun an fust encores nourry en angleterre/Vsa de nom et administration de Roy de france/luy qui estoit de engin ebete ⁊ non assez suffisant a lexcercice de royalle mageste. Auquel iasoit que fortune eust donne illustre commencement. Neant moyns il le delessa/tellement que chace fut et eppulse des deux royaulmes: et en miserable seruitude passa sa vieillesse. ⊂Des les premieres gloires et pompes de henry. Charles esleue en hault couraige et bon apuy essaya son droit garder/et son ennemy du royaul me eppulser. En quoy faisant vainquoyent les francoys aucuneffoys/et aussi aucunesfoys estoient vaincuz. Toutesfoyes durans ces iours iamaisne fut faicte bataille de plaines armees: par assignation de iournees ny aultrement. Aincoys comme par cas dauanture se rencontroyent les gensdarmes/selon loccasion qui soffroit/soudainement faisoient aucuns combatz. Car les gensdarmes francoys/aux cas et soudaines rencontres sont hardiz/promptz et souuentesfoys heureux. Es aultres qui longuement sont premeditez/ilz

Charles sep
tiesme. vliiii
roy de france.

La nature des
gensdarmes
francoys.

Les francoys surmontez. font moins feruens et a tard bien fortunez. Parquoy fut chose miserable ce que firent les contes de salberic et de suffort angloys/quant ilz assiegeoyent crauant. Du bocace conne stable de france et amaulry senerac senechal de Charles enuoyez pour les assiegez deliurer Sicomme a grande course de chemin se hastoient y aller fut icelluy connestable prins vif et deux mille hommes des siens occis. Auquel temps ou enuiron est recite ce que Jehan conte de Harcourt par sort moult contraire fist a biossimere/a lencontre des angloys/comme par icu la de fortune. Les angloys issuz de normādie soubz la banyere de Thomas poul c:/faisans courses et tibleries au pays du maine et aniou. Apres quilz eurent par aucun temps tenu siege deuant le chasteau de Segray/receu obstaiges. Prins plusieurs prison niers rauy et emene les tourpeaulx des bestes/delibererent en normādie retourner. Par quoy Harcourt se tenant quoy en ce bourg auec son armee bien acoustree. Actendoit la ve **Bataille con tre les ägloys** nue des ennemis: deuant lesquelz enuoya huit cens hommes darmes soubz la conduicte de Ambroys du soyer ā de Loys ttomargue capitaines pour les espier au passaige/ceulx cy si tost que les angloys apperceurent impetueusement tuerent sus culx. Mais les an gloys pietons qui cheminoyent en la premiere poincte dresserent chascun piques longues et poinctues a la mode antienne. Pour raison dequoy les gensdarmes francoys se detour nans les vngs apres les aultres diceulx pietōs courutēt sus sartiere gard et derniere at mee des angloys. Si que les ordres troublez contraignirent les pietons batailler auec les hommes darmes meslez sung parmy lautre. Pendant lequel conflict arriua Harcourt a uec ses gens. Lequel aigrement renforca la bataille/si quil occit ses ennemis/Recouura les obstaiges et prisonniers auec douze mille beufz. En ceste bataille moururent quatou ze cens angloys. Oultre ceulx qui fuyans furent occis. Des francoys vng seul cheualier nomme Jehan le touy auec peu daultres fut perdu/et neschapa de tout le nombre des an gloys que cent hommes en fupte. En laquelle encores fut prins Thommas poulle/ā thō mas cliton. Harcourt ayant acquis ceste glorieuse victoire. Par auranches cheminant en normandye iusques a sainct lau. Finablement au mayne retourna charge de proye ā re **La prinse de fedane par les angloys.** luysant de gloire et honneur. ¶ Durant ce temps le conte de Salberic angloys/assiegea et print dassault la ville de Sedane en bye/ou furent occis au combat quarante francoys et quarante aultres pēduz a potences par le commandement du conte. Aussi comme les angloys assiegeoient le mont sainct michel en normandie/ Qui est au millieu du flot de la mer vers le pays de bretaigne/ilz firēt bastir aucūes tourelles de legiere matiere/ pour tenir leurs gensdarmes a lentour de la montaigne. Pareillemēt dresserent illecques grāt nombre de nefz equipees de combatans et de viures: afin quon ne peulst aucune chose por ter aux assiegz/si quilz affligetent les habitans de merueilleuse souffrette et indigence de victuailles. Jusques a ce que le seigneur de beaufort/admiral de bretaigne. Apres quil eut prepare vne gallee a sainct malo/heureusement essaya les assaillir. Car par bataille nauale sus la mer si vaillant fut/quil rompit lassiegement et occist moult grant nombre danglcys. Les angloys doncques repoulsez de lassiegement sen fouyrent a Ardonne di stant de troys mille pas du mont sainct michel. Auquel lieu ilz bastirēt ā edifficrent vng **Victoire con tre les ägloys** bouleuart que le populaire appelle bastille. Dont souuent sortoient sus le sablon/et com mectoyent legieres batailles auecques ceulx qui estoient au mont sainct michel. Jusqs a ce que Jehan colonce cheualier normant/venant a vng certain iour assigne (cōme entre

Charles mourut. ⸿Cependant que ces choses se traictoyent entre le pere et le filz Le roy de hongrie demanda Magdelaine fille de Charles a femme et espouse. Pour raison dequoy vers le Roy lors estât a tours envoya sip cens cheuaulcheurs auec nobles et tres riches dons. Laodissa⁹ estoit prince de troys royaulmes/cestassauoir de hongrie/boheme et polonye: auec layde duquel auoit Charles delibere quelque foys faire la guerre aux turcqs. Lesquelz depuis quelques annees lors que Nicolas le quint gouuernoit le saint siege apostolique/auoyent prins côstantinoble chef de lempire des grecs/et mis a mort lê pereur. De laquelle chose Francoys philelphe escripuant a Charles/diligentement lad monnesta: a ce que selon la coustume de ses predecesseurs/prensist la cause et deffense de la foy catholique. Ceste calamite côstantinopolitaine perpetra Mahumet roy des turcqs le vingt septiesme iour de may Lan de grace mil quatre cens cinquante et troys. Les am bassadeurs receuz furent de Charles par incredible appareil. Mais auec la liesse et com mune ioye de tous se vint mesler ung maleureux et triste messager Car il fut anonce que laodissa⁹ estoit trepasse: la mort duquel ne fut sans suspicion de poison. Neantmoyns on ne fist moydre chere aux ambassadeurs conductz par hommes illustres de france qui les firent de frayer iusques a ce quilz furent entrezen germanye. ⸿Peu de iours apres en suyuans Pierre duc de bretaigne saisy de continuelle maladye alla de vie a trespas: qui eut pour successeur Richemont connestable de france/lequel semblablement mourut bien tost apres/et luy succeda Francoys nepueu du duc dorleans prenant possession du duche. ⸿De la en apres mourut Charles quant luy fut anonce q aucuns auoyent prepare ung buuuaige pour sempoisonner Car de cecy tellement se troubla son couraige quil se abstint de menger par lespace de sept iours entiers: parquoy senhorterent les medecins que plus estoit afflige par faulte de viande que par maladye. Mais si comme en mengeant cuy doit ayder a sa vie/ses ners et son gosier ia retraictz/comme lestomac plus riens ne recep uoit/rêdit lesprit le iour de la feste de benoiste magdalaine aps la receptiô et acôplissement des sacremens selon lobseruance crestienne Et de mung sus peute ou il estoit trepasse/fut apporte en pompe royalle au sepulchre de ses predecesseurs/et ensuely au monastere sainct denys. Cil roy certes estoit contre lequel au commencement de son regne fortune tresapre ment se rebella: comme se elle se fust appliquee a le perermiter et mettre hors de son royaul me. Puis doulcement le traictant/se fist glorieux victeur: et p la grace de dieu restituteur du pays. Car cest chose digne escripre de luy que les angloys discordans de leur royaulme le duc dyuoire le affectant/commenca par hayne manifeste a persecuter Henry. Lequel remediant a celle entreprinse amassa tresgrosse armee et se tenoit en lieu champestre en clozet enuironne de fossez todiz râparcs et tresfortes munittons/huit portes establies a lê tour et autant de gardes de sa parente a ce que aucû ne entrast es tentes sil nestoit cogneu Auquel lieu Richard dyuoire et le conte de Varuic equipez de grande multitude de peu ple cheminêrent en bataille/e côe ia clandestiuemêt eussent gaigne la mitye de ceulx q gar doyent les portes: entreterent dedâs le râparc ou ilz vindrent iusques a Henry leql empoigne e ceulx q a lentour de luy assistoient occis e a mort mis/le menerêt a londres/le côte de Varuic deuant luy cheminant portant lespee en la maniere du connestable. Tantost approchans du chasteau qui estoit tenu par la garnison de Henry: quant ilz le trouuerent clozet ferme appelerent troys capitaines despecialle noblesse pour plamenter auecque eulx: ausquelz

H. i.

ilz promirent par foy et serment saukuer la vie et les biens filz leur ouurotent le chasteau.
Les seigneurs ainsi persuadez vindrent au deuant du roy: et tantost apres quilz eurent
Henry salue, sicomme ilz le suyuoient et acompaignoiet par derriere, se mutina le peuple
dont les aucuns cottre eulx saillirent et en tuerent sung qui estoit homme tresnoble. Et le
lendemain deuant la porte du chasteau les aultres decapiterent et les trancherent en qua
tre parties. Tardiue est la raisõ de soy entre ceulx qui par conuoytise de regner et seigneu
rier combatent a cousteaulx: combien que le coulpable du crime soit nescbape quil ne soit
puny. Adonecques de la maison Henry estoit demoure Sombresset, qui despite de ce que le
roy estoit tenu des conspirateurs non aultrement que prisonnier et que plusieurs de son
lignaige auoient este occis: amassa grant nombre de iouenceaulx, de ceulx principalle=
ment desquelz les peres ou cousins estoient petiz: et par ainsi assaillant Richard trouue
en la plaine de sainct albouin equipe de plusieurs gensdarmes le occit auec plusieurs aul
tres. La teste duquel apres quelle fut separee du corps commanda moquer dune couronne
de feurte, pource quil auoit affecte le royaulme. De ces aduersitez de Henry ayant Char
les compassion, enuoya lettres aux normãs par lesquelles leur escripuoit quilz sessassent
et souffrissent sans controuerse les anglops suiuans le party de Henry descendre et demou
rer en leur pays, y loger et marchander liberalement. Certes de telle benignite vsa Char
les enuers celluy lequel souuentessoys comme ennemy lauoit persecute, et tant que possi=
ble luy fut sefforca donner secours et ayde a Henry afin quil se remist en liberte. En ceste
maniere lestat des choses humaines est muable: a ce que cil qui est esleue et constitue en
hault lieu, non sans cause craigne sa chute, et que quant il sera delecte ia ne languisse en
son couraige. Le commencement de Henry fut tresheureux. Tout au contraire aduinnt a
Charles. Henry fut eppulse de son royaulme: et Charles apres plusieurs aduersitez glori
eusement epulce, fut appele tresuictorieux. Le iour precedant celluy auquel il mourut fut
veue vne tresreluysante comette prenost, quant le trespas de si grant prince a denotcant les
choses futures.

❧Cy finissent les faitz et gestes du tresuictorieux Roy
Charles septiesme.

❧Sensuyuent ceulx du Roy loys vnziesme

❧Comment peu de temps apres que le Roy loys vnziesme eut
cõmence a regner: les princes de france. Cestassauoit son propre fre
re charles, Charles de bourgongne, le duc de bourbõ, le duc de ca
labre, le conte de dunoys, les contes de dãmartinct de sainct paul
sontre luy conspirerent, a ensemble se allierent en guerre, en gros
se armee vindrent prendre le pont sainct cloud, le pont de charen=
ton et aultres lieux pour cuyder prendre paris. Tellement que le
roy fut contrainct leur bailler ce qlz voulurent mesmes le duche de
normandye a son frere, que depuis il recouura.

A D courtoys pere/tresbictorieup Roy plain de mansuetube succeda le filz Loys/moult hastif en conseil/de diuers engin et a peine assez congneu a ses domestiques. Ce fut chose certaine que Charles eust lesse le royaulme a son filz puisne nomme Charles se bonnement leust peu faire: mais craignant faire semence de guerre patientement endura les meurs et lab sence de loys Car moult longuement a par soy auoit pense mouuoir guerre contre les bourguignons/a quoy se consentoyent plusieurs des seigneurs de france/et comme a ce faire fust moult enclin: seullement actendoit aucun mouuement de guerre estre excite par le duc de bourgongne/a ce que tant ne fust beu aucteur de dissention/comme repoulseur et bengeur de iniure. Les nouuelles oupes de la mort de Charles: plusieurs qui exercoient les offices et grans estatz en la chose publique/hastiuement en henault par deuers Loys se transporterent afin de luy complaire et agreer. Aussi enquerir de luy quelle chose leur Boulsroit commander a faire/et pour auoir confirmation de leurs offices. Aucuns furent qui payerent a loys nouuel et poure Roy/la pecune deue a sa bourse royalle et gardee iusques a ce iour. De tout le nombre des demandeurs il en retint quatre seullement Cestassauoir Pierre forseure Nicolas de souuiers lesquelz il establit conseilliers et maistres de ses comptes/ordonna Jehan baillet raporteur en la chancellerie de france et restitua symon Charles au premier estat quil auoit/combien que ia fust consume de Bieillesse et ne peulst cheminer sinon en lictyere. Tous les aultres en grant nombre renuoya a paris actendre sa Benue. Ce pendant les seigneurs trestichement acoustrez allerent en grant affluence bers loys afin de le mener a Reins pour le sacrer: ou touenel arceuesque du lieu en la maniere de ses predecesseurs luy bailla la sacree onction et benediction. Apres lacomplissement du quel mistere: sen alla loys incontinant a paris/et a peine pourtoyes escripre en quelle pompe et honneur fut receu des parisiens. Car afin que ie taise lafflüence du peuple de tout lempire des francoys qui estoit benu au iour de la feste: merueilleuse estoit la multitude des ioculp que lon faisoit es rues publiques de la cite: les bourguygnons entre les premiers couuertz de gloire/qui se Bentoyent que par leur moyen auoit Loys este tamene apres que par long temps cestoit absente de son pere. Aucuns iours passez a lacomplissement de ceste solennite: si comme Phelippe duc de bourgongne desiroit retourner en sa maison/grandement le Roy enhorta oster son ire se aucune auoit conceu en son couraige contre ses seigneurs/aussi oublier et totallement effacer ce qui estoit passe/et que luy suffisoit estre Roy appele sans aucn tumulte. Luy remostra le duc dauantaige ql auoit bng frere adolescent/lequel armer deuoit et ambrasser/et p portio legitime lheritaige paternel auec luy diuiser. Apres q ces parolles furent dictes phelippe print congie de loys pour retourner en picardye. Mais loys q auoit le couraige enuelope en ferocite et asprete/et q ia auoit apris les loix du pays/par bsaige continuel instruict es meurs estrangeres/partie de son engin partie par le conseil de ceulp qui labsence de son pere reputoyent estre exil: commenca a fai te plusieurs choses/et auant toute oeuure les princes deprisier: prohibant toute chace et ba nerie: si que cestoit crime nourrir chiens ou oyseaulp bser de rethz et filletz a assaillir ses be stes sauluaiges/sinon autant quil se permecteroit. Et qui luy fut grande occasion dont depuis suruindrent ses discordz/de tout son pouoir sefforca les homes de tresbasse condicio faire plus riches et plus esleuez que les seigneurs de france. Lesquelz hommes il desiroit estre tresseruiables a executer ses behementez Boulentez. Car il ne portoit patientement et ne souffroit se aucun quant il disoit ou commãdoit quelque chose/par aucune raison luy contredisoit aucunement:plus se fiant a son engin que a vng chascun tresprudent ou sage homme. Apres quelques annees entre ses principaulx domestiques luy furent Jehan du sude/Jehan balue que nous auons veu cardinal Romain soubz le pape sixte quattriesme de ce non/et Innocent huitiesme. Jehan hebert apres balue euesque deureux/le seigneur de la forest. Olyuier le dyable/auquel loys osta ce nom de dyable se fist appeler olyuier le mauluais et depuys le surnomma le Dain/aussi en estoit Estienne thuyssier. Desquelz seruiteurs il vsa selõ sa voulente en diuers temps. Auecqs ceulx cy apres lõg interualle vint Doyac trescauteleux/temeraire et moult hardy par dessus la cõditiõ desa generatiõ.

Oliuyer le dain.

Par ceulx cy selon que chascun par foys seruoit a Loys/les princes mesprisez auec grant partie de la noblesse de france:deliberent lalliance de Loys abandonner/pour eulx ensemble leur dignite deffendre et garder A ceste cause par secretz messaigiers faisans enqueste de ce que chascun sentoit a par soy : quant assez apparut de leur oppinion et voulente/le duc francoys de bretaigne enuoya ambassadeurs vers Loys qui estoit en poictou:faignant ie ne scay quoy qui seroit vtille et prouffictable a lung et a lautre pour le bien publique. Loys ny fist aucune repugnance:aincoys seullemẽt requist le duc a soy venir afin que personnellement confermast ce que ses ambassadeurs auoyent promis/z iurerẽt les ambassadeurs ce faire et acomplir/z en brief temps reuenit auec leur prince par deuers le roy. ℃Apres quilz eurent prins congie du Roy/partans de poictou et comme tant seullement eussent faict douze mille pas Charles frere du Roy occultement eschape/vers eulx se retira et sen alla hastiuement en bretaigne/ou Jehan conte de dunoys sauoit precede/principal consulteur de sa fuyte. Car ainsi auoit este machine entre les princes De cecy loing ne furent plusieurs seigneurs/qui incontinant le Roy delesse suyuirent Charles. Laquelle chose congneue/Jehan duc de bourbon qui auoit en mariaige la seur de loys se leua en guerre ouuerte et occupa tout le domaine du Roy qui estoit en ses terres/auecques ce tint en prison Crussol/Traignel/et Doriolle principaulx officiers de la maison du roy et plusieurs aultres. Dela en apres continullement sefforca distraire et tauyr hors de la bastille sainct anthoine/ Anthoyne chaban qui par ledict de Loys estoit illec obserue et garde. ℃Parquoy formant en ce mesme temps que ces choses on traictoit Anthoyne fuyant de nuyct au duc/fut par luy receu en moult grand liesse pourtant quil naymoit Loys et quil estoit espere tresprofictable a la guerre future. Loys doncques ainsi trouble au commencement de ceste tant manifeste rebellion. Tantost auec lettres enuoya a paris Charles de melun/Jehan balue et Jehan preuost z plusieurs aultres. Par lesquelles lettres admonnesta les gouuerneurs et principaulx habitans de la cite/et les aduertit du danger euidant qui pouoit aduenir a cause de la rebellion de charles qui auoit renonce lalliance de france. Disant que bien entendoyent les princes auoit prins et esmeu les armes contre soy. Parquoy estoit besoing de moult soigneuse garde a ce que nouuelles esmeutes ne se leuassent en leur cite Laquelle estoit le chef capital du roy aulme de france dont les aultres prendroient exemple ou de paix ou de guerre. Et se les parisiens demouroient en leur foy et alliance riens ne deuoit craindre de tout ce que les conspirateurs machinoyent a lencontre de luy. ℃Par ceste remonstrance les parisiens plus enclins a obeyr establirent guect en la ville et gardes aux principalles portes/dont les aucunes firent boucher et totallement estouper. Firent aussi racoustrer les chesnes qui paresseusement estoient entretenues es carrefours de la Ville. Ce pendant que lon faisoit ces choses a paris Anthoine chaban eschape de prison cheminant par gastinoys/print les chasteaulx de sainct Forgeon et sainct Maurice/ou Geoffroy cueur tenoit garnison lequel fut emmene prisonnier/tous ses biens prins et perillez. Sicomme sourdoyent tant de choses nouuelles: loys appella en son ayde Regne duc daniou que lon appelloit Roy de sicille/et Charles conte du mayne/ En quoy faisant leua Vne forte armee de enuiron trente mille combatans Mais apres le seiour de plusieurs iournees Voyant que en ce lieu peu prouffictoit/Vailla partie de larmee a Regne et a Charles freres pour resister aux entreprinses des bictons/et le residu des gensdarmes mena en berry. Toutesuoyes il delessa la Ville de bourges quant il entendit que au nom de son frere Charles la tenoit le Bastard de bourbon par puissante garnison/et tantost chemina en bourbonnoys (qui est Voysin de berry) ou il print daffault le chasteau sainct amand. Aussi peu apres Vint mollisson soubz sa puissance/moyennant que Jaques de bourbon gouuerneur de la Ville la luy rendit et liura

¶ En ces iours comme aucuns soulbartz et mortes payes de la garnison de sainct forgeon eussent couru a Moret/et dillec emmene de nuict prisonniere aucune des habitans de senlis qui estoient logez es hostelleries de ce lieu: apres le cas congneu commanda loys rompre les ponts de champoys et Beaulmont. Car ia estoit Bruyt que Charles filz de Phelippe duc de bourgongne auoit leue Vne armee pour la ioindre auec les aultres conspirateurs du nombre desquelz il estoit/et nestoit ce Bruyt couuert de mensonge: attendu que anthoine Bastard de Phelippe et le mareschal de bourgongne auecques quelques bandes de gensdarmes Venans deuant larmee de Charles prindrent Mondidyer et Roye. Lors a Peronne estoit en garnison le conte de neuers et Joachin rouauld mareschal de france auec quatre mille combatans: lesquelz quant congneurent la Venue de Charles delessans a peronne pour la garde de la Ville aucuns hommes de la noblesse des francoys auecques cinq cens archers: tantost a noyon et compieigne se transporterent. Ce pendant que la picardye estoit esmeue de ces mouuemens de guerre Charlote seur de loys et espouse du duc de Bourbon/par le conseil de son mary sen alla a sainct poursain ou le Roy seiournoit/pour apaiser les noyses et discords. Mais frustree de son intention retourna a Rion ou ce pendant cestoit le duc de moulins retire. ¶ En ce mesme temps le chasteau sainct maurice fut receu par Charles de melun/moyennant que ceulx qui y estoient en garnison se rendirent. Aussi lon fist commandement aux parisiens auoit armeures en leurs maisons/faire le guect dessus les murailles: de la Ville/Mectre des falotz et flambeaulx ardens parmy les carrefours/et des lanternes allumees toutes les nuyctz es maisons. Lors seffor ca se Roy auoit hommes en armes desicte de luniuersite de paris/desquelz il Vsetoit aux necessitez et affaires de sa guerre. Auquel temps Guillaume fichet estoit recteur de luniuersite: homme de grant couraige: puissant en doctrine et art de bien parler et enseigner aultruy: qui en mon aage a amene la lumyer et clarte aux estudes de humanite gisans en tenebres/et a excite et meu plusieurs a aprendre latin et elegantement parler. Doncques apres quon eut receu les lettres du Roy faisans mention de armer les escolliers fut faicte congregation generalle: ou il fist Vne elegante et diserte oraison/par laquelle ne doubta dite sentence contraire et repugnante a Loys/dont il acquist Bruyt honneur et louenge. Car comme Bessarion grec cardinal apres auchunes annes faisoit loffice de legatió enuers

Larmee du roy loys contre les prices de fráce rebelles.

Guillaume fichet.

le roy:la renommee de Fichet ouye lappella auec soy et le mena en la Bille de Romme se re
commandant au pape sixte quattriesme de ce nom. Encores sont les liures de rethorique
dicelluy Fichet et oraisons et epistres. Et loeuure de Bessation/cest la deffence de platon
contre Trapezonce qui disant iniure a Platon preferoit a luy aristotle. ⅭLes parisiens
estans ainsi soigneux Charles filz de Phelippe de Bourgongne:aspiret couraigeux iou-
uencel(duquel tous les aultres conspitateurs attendoyent grant ayde):mena son armee
au pont sainct mayent qui maine a la riuiere de ayse. Ceulx qui preparoient les armes
contre le Roy loys auoyent ensemble determine eulx assembler afin que le peuple de tailles foule et formant cerf meissent en liberte. La cautelle des pecheurs est si subtille quilz
couurent leur iniquite du manteau de iustice.Charles doncques cheminant auec son ar
mee/par tous les lieux ou il passoit prommectoit au peuple liberte/actrayant a soy le po
pulaire soubz espece de beniuolence; Car il corrompit par pecune le capitaine du pont et
du chasteau nomme Madere lieutenant de Pierre sorfeure:puis passant la riuiere/tan-
tost facilement occupa aucuns chasteaulx. Aussi Bindrent en sa puissance beaulieu et dan
martin. Auecques lesquelles places il occupa saigny ou les bourguignons rauprent et bru
lerent les liures des comptes contenant la recepte des denyers du roy sus lexaction de tail
les et tribuz.Dauantaige firent ouurir les chambres a grenyers ou estoit le sel:donnans
a tous puissance den prendre et achecter/en payant le droit du marchant seullement: par
ainsi prononcerent toutes choses estre afranchies de tribut.Charles riblant en ceste ma-
niere/Joachin rouault craignant(ce qui est Bray semblable)q̃ le Bourguygnon allast a pa
ris:se transporta en la cite auec bonne puissance de gensdarmes. Et ce pendant loys assie
ga Rion en auuergne:ou les ducs de bourbon et nemours/les contes darmignac et albret
cestoient retirez. En larmee du roy Loys estoient Bingt et quatre mille combatans tres-
experts en la guerre par lõg Bsaige de gendarmerie:du nombre desquelz et aussi de leur for
ce les ducs espouentez/enuoyerent messagers a loys pour traicter de paix. Et iurerent que
filz recouuroient la grace du roy/se seruiroient iustement et loyallement/auecques ce se
roient diligence que tous les aultres princes alliez retourneroient en son amour et garde-
roient sa foy son alliance.De laquelle chose promirent enuoyer au roy messagers a paris
se.Biii.iour de iuillet. Encores ou aultre pensee demouroit aux princes/neantmoyns
en soy constante acompliroient les conuentions dessusdictes. ⅭLa forme du traictie de
paix fut mise en escript par notaires apostoliques soubz peine dexcommunication indic-
te contre ceulx qui feroient ou Biendroient au contraire. Toutes lesquelles choses commanda loys a Charles carlat cheualier du guet/relater et porter a paris. Quant cecy fut
congneu/on ordonna faire processions a paris pour prier dieu en leglise saincte katherine
du Bal des escolliers. Ce pendant Charles de Bourgongne mist son armee en ordre et fichea ses tentes a sainct denys Et le sendemain delibera occuper le pont de sainct Cloud ou
il enuoya deuant aucunes bandes de gensdarmes. Jaques le maire estoit capitaine de ce
ste place:lequel apres le troysiesme assault se rendit/et les ennemis prindrent iouissance
dupont.Et afin que Charles ne fust Beu lesser paris en arriere chef de tout le royaulme
faisant marcher son armee enuoya deuant aucuns heraulx darmes pour demander franc
et seur passaige parmy la cite:et tout dung train signiffier que se on se reffuzoit Charles
f eroit oppression et Biolence a la Bille. En ce iour establiz estoient a garder la porte sainct

Liberte au peuple promi se.

Rion assiege

Le pont sainct cloud prins des Bourguy- gnons;

denꝑs Pierre loꝛseure et Jehan de poupaincourt:et si comme ilz commencerent a dõner res
ponse auꝛ heraulꝛ:incontinant apperceutent larmee des bourguꝑgnons qui la estoit a
sainct ladꝛe/comme silz esperassent surpꝛendꝛe les gardes en desarroꝑ. Mais le peuple ar
me/et Joachin auec les siens aigrement les arresterent. Aboncques les ennemis chemi=
nans au prochain champ/pourtant que quelque nombꝛe de son armee sut occise des pari=
siens commenca Charles de bourgongne a menacer la cite. Toutesuoꝑes voyant que cõ
tinuellement on iectoit bombardes et artillerie des murailles dessus ses gens/il retira ar
riere son armee/et passant la riuiere au pont de saint cloud: quant il entendit que le frere
du Roy loys cheminoit par la beaulce auec les bꝛetons/il mena son armee a montlehery.
Ja estoit Loys party de Rion ⁊ par grant chemin venoit a paris aduerty de laprochemẽt
des bourguꝑgnons. Mais quant il congneut que son frere le venoit assaillir par derriere
et que deuant son fronc auoit le bourguꝑgnon ses gensdarmes sans attendꝛe le grant nom
bꝛe de pietons qui le suyuoient auec grãde multitude de cheuaulcheurs hommes darmes
se transporta a chatres/pensant vaincre les bourguꝑgnons/auant que les bꝛetons se ioin
gnissent auecques eulꝑ.

Dant le roy fut arriue ou Charlesde bourgõgne auoit mis son siege sans don=
ner espace a ses gensdarmes de soy reposer/boueillant et bꝛulant de fureur dõna
lassault auꝑ enemis. Lassault fut espouẽtable et plain de sang Car plusieurs
des bourguꝑgnõs ꝗ batailloiẽt en lauantgarde et premiere poincte sen fouꝑẽt
Et grant nõbꝛe diceulꝑ fut occis et prins en fuꝑte. ⸿ Loꝛs les parisiens oyans le bꝛuꝑt
de ceste chose se mirent tous en armes et se respandirent parmy les champs pour pꝛendꝛe la
proꝑe des fuitifz. Et moy mesmes aꝑ veu amener plusieurs prisonniers en la cite dõt les
armeures estoient toutes dissipees et si auoient plusieurs playes et blesseures:et se siouis
soit tout le peuple non aultrement que de victoire incertaine. Mais loys conte de sainct
paul tenant en oꝛdꝛe de camp le residu de larmee des bourguꝑgnons ses gensdarmes tres=
fort admonnestoit de soustenir lassault du roy loys. Lequel apꝛes ꝗ en eut respandu vne
partie assaillit lautre qui cestoit enclose de chariotz comme de murailles/ramparee et mu
nitions tournant son artillerie vers les frãcoꝑs/laquelle proꝛsterna et occist plusieurs che
ualiers de illustre nom et antienne noblesse. fut doncꝗs la bataille trescruelle/en laquel=
le on combatoit de tous costez sans nul espergner: si que mesmes le roy Loys vertueuse=
ment combatant entre les siens estoit en grant danger. Aussi foꝛtune menassa Charles
de bourgongne/que ses gens vne foꝑs attacherent a Geoffroy de sainct belin:⁊ de rechief
empoigne par Gillebert grassaꝑ/le deliurerent. Mais iasoit que les hõmes darmes frã
coꝑs a grant foꝛce enflãbez cõtre les ennemis/en proꝛsternassent plusieurs:toutesuoꝑes au
cuꝑ des pietons ne les suyuoit qui egoꝛgeast ses proꝛsternez/parquoy ceulꝑ qui estoiẽt aba
tuz auoꝑent espace de soꝑ releuer recommencer et restablir la bataille. Par diuerse foꝛtune
fut combatu iusques au vespꝛe du seiziesme iour de iuillet:iusques a ce que les gensdar=
mes escocoꝑs qui auoꝑent la garde du corps du Roy:considerans que loys estoit en grãt
danger(Car toute la iournee parmy le grant chault boueillant en la messee de si hoꝛrible
bataille nauoit beu ny mange:et siꝑ cens hommes darmes que le conte du mayne:mõtau
ban mareschal:et Gargassalle menoꝑent dicelle bataille espouentez loys lachement et
villainement abandonne/sen estoꝑent fouꝑs)prindꝛent le roꝑ et le menerẽt dedans le cha

Les bourguꝑ
gnõs deuant
paris.

La bataille
de mõtlehery

steau de montlehery/et par ainsi fut la bataille rompue/les bourguygnõs demourans en
leur camp et statiõ. L'on trouue par memoire qu'en ceste bataille tant d'ung coste que dauï
tre es deux armees moururent trops mille six cene hõmes. Entre les francoys moururt
Pierre Bresay/Geoffroy de sainct belin et Floquet. Et du coste des bourguygnõs en fut
occis beaucoup plus. Car forment tous les gardes du prince y moururent. Apres que se
Roy fut vng peu recree a raffroichy/cõseille fut soy transporter a Corbueil et desia a paris
Ce pendant quil estoit a Corbueyl/aduerty que Charles de bourgõgne passoit la nuyct
au lieu de la bataille: il ne se fault (dit il) esmerueiller sil demeure aux champs/actendu ql
na ville ne chasteau pour soy loger. Le secõd iour apres la bataille de mõtlehery vint loys
a paris. Ou si comme en souppant il racõptoit aux assistans sa fortune: en force de courai
ge tressaigement parla de plusieurs choses: remonstrant sincertitude et instabilite de se
stat et condItiõ des hommes. Car il estoit homme lettre/instruict et expert es lettres par
dessus la coustume des roys. Parquoy prouoca plusieurs personnes a larmes et gemisse
mens. Neantmoyns il parloit encores de retourner cõtre ses ennemis. Mais de ce faire
par les plus saiges diuerty se retint a paris. Certes Guillaume charretier preuost de pa
ris luy fist vne belle oraison: par laquelle comme il y eust mis en memoire les choses pas
sees. L'enborta auoit la raison de celles qui sensuyuent. C'est assauoir que chose conuena
ble estoit au Roy de pouruoir a tout par bõ conseil/a sentour de soy auoir hõmes aymans
le bien et equite/qui gardent la tranquillite de paix et soyent moderez par attrampance
de guerre et iustice. Le roy meu par la remõstrance du preuost: commanda a soy choisir hõ
mes de bõne renommee/qui chascun iour assisteroient a son conseil auec les antiens con
seillers. A ceste cause six des citoyans: six des cõseilliers de la court de parlement/et au
tant de luniuersite de paris hommes bien approuuez receurent ce negoce. O combien an
goisseuse estoit la prouince: se tu cõsideres la vehemence du prince: laquelle Bresay encores
viuant auoit quelque foys par facecie et ioyeusete exprime. Car loys estant mõte dessus
vng petit cheual/si comme il estoit alle a la chace: linterroga Bresay en la maniere qui sen
suit. Trespaisible roy (dit il) dont as tu acquis si fort cheual. Pourquoy dit loys (Bresay)
iuges tu celle chose: car il est tresfoyble et petit Pource dit bresay quil te porte auec tout tõ
conseil. Par semblable cauillatiõ de rechief tensa le roy: a lheure que aucũs ambassadeurs
vers luy estoient venuz de par le Roy dangleterre. Car si cõme loys demandoit a ses serui
teurs familliers quel dõ especial il presenteroit aux ambassadeurs angloys: tu as (dit bre
say) en ta chappelle vng grant nombre de chantres/dont tu ne fais grant estimation et ne
te delectes en leurs champs et cantiques: parquoy me semble que ce sera bien faict se tu les
dõnes aux ambassadeurs/actendu que facilement ten passeras. A ces parolles commen
ca loys a soubzrire: combien quil entendist q bresay les auoit dicte par cauillation: pour
ce que au seruice diuin et au soullaigement de sa tristesse et sollicitude peu vsoit des har
monyes de chant. Car loys delessa et deprisa toutes les honnestes ceremonies des choses
mondaines obseruees par ses predecesseurs/et la maieste royalle trop humiliee et abessee
appeloit plusieurs a son cõux: auec lesquelz il buuoit et mangeoit affablement et familie
rement/au(neffoys ordement parlant/par especial quãt il eschevoit tenir propos des fem
mes/Destu nestoit de habitz sumptueux/ et ne sesiouissoit de la pompe des courtisiens.
Depuis la bataille de montlehery il eut tousiours le couraige moult ententif a soy garder

Loraison de
Guillaume
charetier.

Les meurs
du roy loys.

couuoyteup de Bengeance/de acroiftre fon empire et de auoir treflongue Bie. Dultre ces
chofes il eftudia auoit grant nombze de genfdarmes. Aufquelz comme bonnement ne
peulft bailler foulde/pourtant que fes cõfpirateurs occupoient les lieup fus lefquelz il a=
uoit acouftume receuoir les denyers pour fouldoyer fes gens de guerre: il demanda pecu=
ne par empzunct aup parifiens. Laquelle plufieurs des citoyans lup denyerent pource
que la fomme eftoit grande. Pour cefte caufe loys courtouce priua aucuns de leurs offi=
ces et adminiftrations royalles. Et fi eftoit en tous cas foufpecõneur/croyant trop faci=
lement ce que lõ lup rapportoit. Parquoy fut Boye ouerte aup accufateurs au dettriment
de plufieurs. Car nous auõs entendu auoir efte plufieurs accufez: qui pour caufes legie
res et fans eftre oupez en leurs iuftificatiõs furent mis a mort.

Lexecution
des accufez.

En ce temps Jehan bourgeoys qui auoit fuiui en bretaigne Jehan berard fon
maiftre cõfeiller en la court de parlement Gracien et francoys merlobeau fre
res accufez de laife magefte furent iectez et noyez en la riuiere de feine. Quel=
ques iours apzes Pierre guerolõ qui eftoit accufe eftre Benu a paris comme ef
pye du duc de bretaigne fut decapite et deuife en quatre parties. Dultre ceulp qui de quel
ques femmes et citoyans de paris accufez auoir eu parolles auec les cõfpirateurs furent
eptinctz de nupct en la riuiere. Riens neftoit a feurete et hozs le danger des accufateurs.
Car pour mourir fuffifoit auoir efte en quelque maniere accufe Mais ie retourne aup cõ
fpirateurs. Charles de bourgõgne apzes la Bictoire par luy obtenue en la bataille de
montlehery fen alla farcy de gloire a eftampes: ou fe affemblerent le frere de loys et le duc
de bretaigne auec les auftres cõfpirateurs qui bien toft y arriuerent. Quant ilz eurent cõ
fulte en ce lieu/apzes le quinziefme tout cheminerent en gaftinoys auec leur armee/prin=
drent et occuperent prouins et mozet. A lencontre defquelz marcherent Bers põne et feine
Sallezard et fa bande de ioachin rouault pour empefcher le paffaige aup ennemis toutes
uoyes pource quilz eftoient en trop petit nõbze de genfdarmes ilz reculerent arriere. Par
ainfi les aduerfaires qui trouuerent des bafteaulp au pzes de mozet/pafferent feine et põ
ne. Entre les cõfpirateurs eftoit Jehan duc de calabre filz de Regne daniou: et quãt loys
fut aduerty quil Benoit auec grant nõbze de genfdarmes en aufferzoys: Bers luy enuoya
le feigneur de precigny & ppoffe paillard afin de effayer fe par grandes promeffes le pour
roit cõuertir. Car pource quil au nom de fon pere Regne a caufe du royaulme de naples a
uoit entreprins la guerre cõtre ferdinand baftard de Alphõce roy dartagõ/et que par foy
neftoit fuffifant ny affez puiffant pour fouftenir fi groffe guerre: auoit Loys efperance de
fe rappeller en fa grace/quant luy promecteroit dõner fecours en celle guerre Meãtmoyns
Jehan endurcy en fon couraige/et de propos obftine perfeuera aller auec fes compaignõs
cõfpirateurs Laquelle chofe cõgneue/le roy poutuoyant aup affaires de paris: ordõna les
francs archers qui tropchement eftoient Benuz de normandye a la garnifonde la cite auec
quatre cens hommes darmes. Pupz fen alla a Rouen dõt il enuoya le cõte deu a paris:
qui en fon lieu prendzoit la follicitude de la cõduicte de la guerre & de la Bille. Et comme
au lõg et a lentour des efgoup par lefquelz lon faict euacuer les ozdures fanges et immõ=
dices de la cite: fuffent plantez plufieurs faulp qui auoyent prins croiffance: fi quilz fem
bloyent eftre prouffictables et duifans aup aduerfaires pour efpier et fe mectre en ambu=
che: tous furent abatuz au grant dommaige des poffeffeurs diceulp. Le mõcelde Boyrie

Laffemblee
des confpira=
teurs a eftam
pes.

La couppe
des faulp.

qui par les grauoys apportez deuant la porte sainct denys estoit creu a grande haulteur:
fut commande rabatre. Mais plusieurs du populaire illecques assemblez pour y besongner: quant on veit que peu estoit la besongne sans prouffict aduancee/comme inutille fut
delessee/et fist on entre les murailles et la ville ramparce terrasses et todiz de aysses enclu
uez lung dedans lautre pour la liayson des terrasses/le tout a la protection et deffense dicelle cite. CCe pendant les princes assemblez prindrent le pont de chatenton/et la garni
son qui mise y auoit este se retira a paris. Le pont prins/apres que les ennemis eurent pas
se la riuiere de seine/Charles frere de loys occupa beaulce (qui versmarne clost le boys de
vicennes) pour y loger. Le duc de bretaigne mist son siege a sainct maur. Charles filz du
duc de bourgongne sen alla a conflan pource quil appartenoit a son pere et estoit de sa seigneurie. Aussi plusieurs bandes de bretons et bourguygnons feirent leur station soubz le
ciel parmy le boys de vicennes. Quant le conte deu congneut ceste ambusche: il enuoya
Rambur par deuers les conspirateurs: & luy bailla commission des princes enquerir que
signiffoyt si grant appareil darmes/quelle pensee ilz portoyent contre le Roy et la chose pu
blique: que loys sauoit estably gouuerneur de paris/et plus appliquoit son couraige a re
consiliation et beniuolence que a guerre sil estoit receu mediateur pour les choses appaiser. Rambur instruict de telz mandemens sen alla par deuers les princes. Mais lissue de
ceste legation fut seullement congneue au seul conte qui rambur auoit enuoye a ce que par
aduenture en publique follement proferee: par craicte de pire fortune ne se tournast le peu
ple a choses nouuelles. Car a peine estoit Rambur retourne: que les ennemis se respandirent largement en la plaine ou est le monastere sainct anthoine des champs. Contre les
quelz saillirent les parisiens/et a peu de dommaige dung coste et daultre furent faictes
quelques legieres batailles. CAu tour ensuiuant Charles frere de loys par loppinion
des princes ses alliez/enuoya quatre lettres a paris Unes aux citoyans/les aultres a la
court de parlement/les tierces au clerge/et les aultres aux escolliers. La teneur de ces let
tres estoit quil sestoit allie ce des aultres tresnobles princes du royaulme: non en voulente
ou propos de faire guerre/aincoys pour le prouffict d la chose publique parquoy requeroit
quon luy enuoyast peu de gens qui fussent saiges et rampliz de bonne scienne afin de leur
notiffier plus amplement les causes de lassembler dessusdicte Apres la lecture des lettres
au nom des citoyans furent enuoyez Jehan choart lieutenant du preuost de paris/fran-
coys asse/et Arnault lupillier. Du clerge/Thommas courcelle Jehan de solieu docteurs
en theologie/et Eustace lupillier. De la court de parlement/Jehan boulenger/Jehan sel-
lier/et Jaques fournier. De luniuersite de paris/Jaques iuin/Jehan lupillier/Jehan de
montigny/et Enguetrant patenti medecin. Tous ceulx cy soubz la conduicte de Guillaume charretier euesque de paris vers les princes se transporterent. Apres quon les eut
faict entrer au conseil Jehan cote de dunoys: pour et au nom des princes declaira les causes pour lesquelles on les auoit appelez. Et quant les ambassadeurs eurent entendu le
couraige des princes: retournans au conseil qui estoit a ce prepare en lhostel publique de
la ville/ilz racompterent la voulente des princes en la maniere q sensuyt. Cestassauoir
que ia longuement auoient les princes considere les moeurs de loys/lequel non seullemet
foulloit le peuple de tailles et seruitude non acoustumee: aincoys aussi les auoit en conte-
nement auecques presque toute la noblesse de france: que tout faisoit a sa guise & voulente

La prinse du
pont de chara
ton.

La legation
de Rambur
aux prices co
spirateurs.

Les ambassa
deurs d paris

Que luy mesmes estoit la loy/le iuge et le parlement/Que toute son esperance de regner
mettoit en armes et gensdarmes. Quil se seruoit et tenoit familier de gens issuz de hum=
ble et poure lignee/afin quilz luy accordassent tout ce quil Bouldroit et obeissent a to° ses
commandemens/et se appliquoit a les faire pareilz aux princes. Que tout estoit plain La responce
daccusateurs Que nul nauoit ses richesses/mesmes sa Bie a seurete. Que plusieurs pour des conspira=
friuolle suspicion bannis estoient et perduz/et plus aux princes nestoit lesse dauctorite. teurs.
Que les bestes bruttes et sauluaiges estoient en pl° grande seurete et liberte que les hom
mes. Que la pecune et les deniers du Roy estoient prodigallement respenduz aux hom=
mes de nul bien et honneur qui auoyent les pensions annuelles que les princes deuoient
auoir. Que pres estoit et peu deffailloit que toutes choses desordonnement a Bng seul ap=
partinssent. Toutes lesdictes causes auoyent meu les princes prendre les armes pour
leur protection et Benir ensemble a la royalle Bille ou son demande et doit on demander le
commit iugement des francoys: afin que en la maniere des antiens le conseil des trops
estatz assemble/lon puisse paisiblement traicter des choses communes. Que Boyement
loys estoit leur Roy ensemble du royaulme des francoys: mais q̃ a leur office et dignite ap
partenoit le enhorter et admonnester ses predecesseurs ensuyur/Bser des loix du pais/en
tretenir chascun en son droit et en sa coustume/moderer les tailles/auoir pitie du peuple
qui formant estoit denue de to° biens. Parquoy requeroient entrer en la Bille sans aucũe
iniure. Ce sont(dist chartier) les remonstrances que no° ont faict les princes pour les Bo°
declairer. Le rapport congneu tel que dessus est recite: fut accorde de faire generalle assem
blee: et quon ne deuoit aux princes denyer sentree de la Bille/se apres la foy par eulx iutee
se abstenoient de toutes iniures et molestations/et quilz payassent to° les despens quilz
feroient en la Bille. Et encores respondit lassemblee que cecy leur seroit octroye: pource
que loys y donnast son consentement: sans lequel nestoit loisble aucũe chose follement fai
re. Pour raison dequoy le lendemain retournerent les ambassadeurs par deuers les prin=
ces/ausquelz ilz anoncerent la sentence des parisiens. Mais les capitaines des gensdar
mes que loys auoit lesse en garnison. Quant ilz congneurent la response des parisiens/fi
rent monstre et reueue de leurs gensdarmes, et en ordre de bataille tournoyerent la cite a
coustrez en armes comme sil eust este besoing de combatre. De laquelle chose le peuple res=
iouy/print meilleure esperance. Daultre part montauban admiral de france leur augmẽ
ta le couraige: lequel ce iour mesmes arriua en la Bille auec grant nombre de combatans
C Ne fut loys paresseux de normandye leur nir auecques les munitions et bagaiges de
son armee/equippe de grande multitude de pictons et pyonniers/a ce q̃ en son absence ses
ennemis ne fussent receuz en la cite. Car peu ne tint les parisiens suspectz/que sans son
conseil auoyent enuoye ambassadeurs Bers les princes. Quant le retour de loys fut sceu
Bindrent iceulx princes se presenter en la plaine de sainct anthoyne: ou ilz passerent par la
riuyere de seine pour eulx monstrer equipez de toutes leurs armees auecques grant re
sonance de trompettes et claicons. Contre lesquelz ne fut faicte aucune cource: aincoys
en grant silence se tenoiet les gensdarmes dessus les murailles pour les garder auec gr̃t La punition
nombre des citoyans de paris. Bers les Bespres de ce iour et aultres iours ensuiuans cõ des ambassa=
me se fussent de rechief les ennemis monstrez et prommenez: sortirent plusieurs hommes deurs de pa=
de guerre de la cite/et maintenant a la porte sainct anthoyne/tãtost a la porte saint denys ris.

bataillerent contre les ennemys comme par belliqueufe iactance. ❡Ce pendant loys ad
uerty de loppinion qui auoit efte dõnee pour recepuoir les princes en la cite/banit et mift
en exil tous ceulx qui auoient acquiefce a celle fentèce Ceftaffauoir Jehã fupllier Gufta
ce et Arnauld les huplliers tous dune parente citoyans auec Jehan choart et francoys ha
fte. Au regard de Chartetier euefque de paris:combien que loys fe tienfift moult fufpect
et en fa hayne:toutefuoys il ne fut mis au nõbre des bannys. Car pource quil eftoit hõme
entier et de faincte eftimation attrèpa ꞇ moдera loys contre luy fa feuerite, fizeantmoins
il fe reprint et increpa/que fans fon fceu eftoit alle par deuers fes ennemis. Le crime aug
mentoit Jehan euefque dalby cardinal rommain qui eftoit moyne natif de bourgongne
homme de grande renommee:qui le boyaige que chartetier auoit faict aux confpirateurs
reputoit eftre crime de laife magefte. Et ny auoit doubte que loys foigneufement cecy pro
chaffoit, afin que pour cefte caufe peuft faire tranflater Chartetier a ꝟne aultre eglife.

Mais peu de temps apres leuefque trepaffe:comme deffus fa fepulture euft efte mife ꝟne
lame et epitaphe en leglife de la benoifte bierge marie qui eftoit a fon honneur et louenge
Commanda loys adioufter a la lame de cuyure ou eftoit lepitaphe de cheatretier/ꝟne au
tre epitaphe moult contraire et repugnant a fa renommee de cil homme. ❡Durant ce
temps le roy aduerty que Charles de bourgongne auoit delibere faire baftir ꝟng pont a
loppofite de conflan par lequel il feroit paffer fonarmee a laultre riue de feine:fortit hors fa
ville et mena grant nombre de pyonniers en celle part/ pour faire foffez et rampartz afin
de empefcher le paffaige a laduerfaire:eftabliffant competant nombre de pictõs pour def
fendre les pyonniers contre les bourguygnõs. Mais le cauteleux ennemy comme ia euft
promptement la matiere ceft a dire fe pont charpente et conftruict/il fift dreffer ce põt ꝟng
peu au deffus de conflan au port qui eft dit langloys treffermement liay de corдes au cofte
oppofite de celluy ou eftoyent les pyonniers. Ia feffoꝛçoyent les bourguygnons paffer
quant les hommes darmes francoys ꞇ francs archers arriuerent:qui tellement befongne
rent auec fartillerie dartz ꞇ fagettes/que aux ennemis ofterent la puiffance de paffer. Et
ce pendant que de foing on combatoit:quelque noꝛmant du nombre des pyonniers:treſex
pert de nager:occultement fe iecta en la riuiere et nageant entre deux eaues fans eftre ap
perceu des ennemis rompit les coꝛдes et les aultres liayfons du põt:qui partant fut aux
bourguygnons inutille:et le noꝛmant retourna auec fes compaignons fain et en bõ point
❡Adoncques partirent les ennemys de ce lieu:et peu apres par meffagers on commenca a traicter de paix. Par loys deputez furent le conte du mayne/precigny et Jehan dau
uet. Du cofte des princes/Jehan duc de calabre/Loys conte de fainct paul/et Jehan con
te de dunoys. Qui conuenans enfemble incontinant oꝛdõnerent treues de deux iours pour
traicter du demourant:et pource que durans ces deux iours fon ne pouoit bonnement ac
coꝛдer de la foꝛme de paix:les treues pꝛoꝛogez furent de fept iours. ❡Ce pendant que
les ambaffadeurs traictoyent ces chofes:bindrent au roy loys puiffantes bandes de gens
darmes de la nobleffe de noꝛmanдie:qui firent leur ftation au faubourg fainct marcel a-
uec fe dommaige des habitans. Car comme ce fuft le temps des bendanges:celle nation
alleჩee en la doulceur des raifins:cueilloit et deuoroit les fruictz des bignes a demy mo
eurs:et ne fe abftenoit de faire rapines et peilleries es aultres lieux/faifans iniures aux
laboureurs et habitans. Je trouue que de celle nation y en eut deux feullement qui puniz

Chartetier
euefque de pa
ris.

Le pont epco
gite des bour
guygnõs fus
la riuiere de
feine.

Linfolèce des
noꝛmans.

furent pour auoir cōmis ces iniures Et iiij desquelz dessa inct/la teste nue/portant vne tor
che ardante parmy la cite ꝗ mene en lhostel publique au lieu de greue requist pardō de son
pęche au procureur de la Ville: tantost on luy perca la langue dung fer chault ꝗ puis apres
il fut banny. La cause de si griefue punitiō fut: pourcs que repoulse de la porte par les gar
des a ce quil ne entrast dedans la cite/par cōtumelye appela les parisiens bourguygnons
Certes entre les gaulles furent deux noms longuement publiez par iniure Cestassauoir
le nom des bourguygnōs que les francoys auoiēt ennemys/et le nom des armignatz: par
lesquelz en termes generaulx les bourguygnōs signifsioyent les francoys. C Le lende=
main doncques le conte de sainct paul par loys appelé/ne voulut venir que premier neust
baille le Roy le cōte du mayne en obstaige. Sicomme il venoit/au deuant de luy chemina
loys au camp qui est pres du monastere sainct anthoine/ Et apres quilz eurent parlamen
te ensemble lespace de deux heures entieres sans arbitres: retournāt le roy en la Ville plus
ioyeulx que de coustume: se retourna a lentree de la porte vers les assistans et commenca
a dire en ceste maniere. Dorefenauant ne souffrirez tant de peines et sueurs des bourguy
gnons Car ie repoulseray leurs iniures. Ce disant loys Pierre herō procureur en chaste=
let luy respondit Neantmoyns ilz emporterent noz raisins/et ny mect on remęde. Laquel
le voix receuant loys/Cest (dit il) moindre chose voz vignes estre despouillezesquelles ya
peu de raysins: que ne seroit se les ennemis occupoient ceste cite/et quilz rauissent et em=
portassent voz richesses que vous auez enfouyes es entrailles de la terre. Pourtant que
riens bien ne procedoit de la paix et concorde/on prolongea les induces iusques au seizies=
me iour de septembre. Durant lesquelles les conspirateurs amasserent grande quantite
de victuailles en leurs tentes/qui ne fut sans le dommaige du pays. Finablement apres
longues consultations toutes les assemblees furent inutilles:ꝗ tomba toute esperance de
paix ꝗ concorde. Parquoy selon le commandement de loys les gensdarmes qui estoient es
munitions du port langloys se retirent aux chartreux occupanslc lieu religieux/si que es
celles des moynes logeoyent les cheuaulx et gensdarmes/les sainctz hommes dillec cha=
cez. Jle chomminerent les ennemis qui passerent la riuiere et allerent assaillir les gensdar=
mes du roy ayans leurs tentes a sainct marcel et es lieux voisins:ou fut faict vng com=
bat de grosse puissance aucuns prins et les aultres occis.

La violence
faicte aux
chartreux.

¶ Ce pendant pensant loys en soy mesmes que prosfictable seroit sil aduertissoit les
parisiens de ce que les ambassadeurs auoyent traicte touchant la paix/conseil as
semble de tous les estatz de paris en sa chambre des cōptes y enuoya Pierre mor
uillier chācellier de france pour dire ꝗ loys auoit congneu la demāde de son frere ꝗ des aul
tres cōspirateurs Et ꝗ son frere charles auant tous aultres demādoit pour sa portiō de la
successiō paternelle luy estre baille aquitaine auec xaintonge ꝗ toute la cōte de poictou ou
le duche de normandye entierement. De laquelle chose comme il eust prins le cōseil de gēs
saiges/auoit respondu a son frere quil ne pouoit demāder ou aliener ce ꝗestoit du propre
demaine du royaulme et le dōner a aultruy. Mais ꝗ brye et champaigne estoient tenues
soubz aultres loix/lesquelles voulentiers il dōneroit a son frere: exceptez meaulx mōste=
reau et melun. Dauantaige quil auoit offert grande sōme de deniers a Charles filz de
Phelippe de bourgōgne pour recompense des fraiz par luy faitz en ceste guerre. Lesquelz
offres cōbien quilz fussent grās voyre trop larges:neātmoyns les auoyent iceulx cōspira

g.i.

teurs reffuze. Et ces choses (dist le chancelier) Vous a le roy voulu communiquer: afin q̃ ne pensez quil ne soit liberal enuers son frere: ou quelque aultre selon son pouoir de paix ac

corder. Apres que monuillier eut cecy dit il delessa le conseil et sen alla. Ce pendant a pontayse Loys sorbier qui par Joachin rouault y auoit este lesse en garnison mist les bretons en la ville et au chasteau. Et afin que a ceste nouuelle trahison en ioignist vng aultre/ Jn continant partit de pontayse auecques quelque nombre de gens en armes a sen alla a meu lan signe de la croix blanche comme il auoit tousiours quãt il seruoit le roy: afin que sans aucune suspicion de trahison: receu en la ville deceust les habitans. Mais les habitans ia aduertiz de la trahison et estans en armes sus les murailles quant apperceurent sorbi er: a haulte voix deux ou trois fois le crierent traistre. Parquoy le traistre se voyant mo

que et deceu sen retourna a pontayse. En la cite de paris ceulx qui faisoyent le guect sus les murailles vers les tentes des ennemis: virent de nuyct vne estoille flamboyant tom ber es fossez vers lhostel dartoyse. Mais non assez certains se le feu procedoit du ciel ou des ennemys: denoncerent la chose a Loys: qui moult hastiuement cheminant au lieu ou la flamme celeste estoit tombee: longuement illec demoura/ doubteux se ceste chose auoit e ste pourpensee par les ennemys pour la ville bruler/ Et ce pendant que lon mist gardes par tous les costez et a toutes les murailles de la ville. ❡En ce temps les gensdarmes qui en icelle ville estoient logez chez chascun dec citoyans petulans et iniurieux de parol les si orgueilleux estoiẽt quilz ne craignoient dire que les richesses estans en la ville nap

partenoient aux habitans: ainsois estoient siennes/ parquoy osteroient les clefz des mai sons a iceulx citoyans et en vseroient a leur voulente/ et que en vain se confioyent auoir les chesnes tendues es rues: lesquelles prõptement ilz pourroient rompre et attracher. A pres que plusieurs eurent rappporte la ferocite et temerite de ces gensdarmes. Le preuost des marchans appella les principaulx de la ville et print conseil de ceste chose. A ceste cau se fut ordonne que de nuict seroient faitz feuz par tous les carrefours de la ville. Et illec chascun en son quartier feroit le guect en armes. Selon cest edict on fist le guect de tous co stez: et ne cessa lon pour quelque proibition que fist Loys. Ceste sollicitude de la cite fist les gensdarmes plus paisibles. Je sce certainement que en ce temps les parisiens plus craignirent et doubterent les gensdarmes de leur garnison/ que les ennemis: principalle ment pource quilz entendoyent peu dc gens demourer en la foy du Roy. Aincoys encliner a tenir le party des conspirateurs si la fortune se y fust offerte. Car lors que lon faisoit les feuz parmy la ville la bastille sainct anthoine fut trouuee ouuerte a ny auoit huys ny por te qui fussent cloz/ afin de recepuoir de nuyct les ennemys et les faire y ce lieu entrer en la ville cõme plusieurs interpretoyent. Dauãtaige les pertups des bõbardes a aultre artil lerie par lesquelz on peulst mectre le feu a la poulbre estoient estoupez de clouz: a ce que cõ tre les ennemys quant ilz entreroient ne peussent estre iectees les pierres/ et q̃ lartillerie ne leur peust faire aucune nuysance. Mais quant ilz veirent la cite de tant de feuz illumi nee ilz se desisterent de leur entreprinse. ❡Entre tant de sollicitudes que Loys auoit/ a diuerses fois vindrent deux messagers/ vng qui annonca gisois estre enuirõne des enne mis et q̃ au chasteau ny auoit aucune garnison/ a quõ ny auoit lesse aucune artillerie pour resister cõtre les ennemys. Lautre signiffia q̃ les cõspirateurs sollicitoyent Rouen de soy rendre a eulx: la foy duquel messager augmenterent les lettres de la besue du seigneur de

bresay laquelle auoit faict sa residance a Rouen depuis le trespas de son mary Par ces let
tres elle signiffioyt quelle tenoit en prison brequemont bailltf du palais de Rouen/pour
ce quil estoit Beu suiuir le party des ennemis:parquoy estoit en seurete tout le quartier de
la cite depuis le pont et le palais. Combien que ces nouuelles fussent telles:neātmoyns
Gehan duc de Bourbon sung des cōspirateurs fut receu au chasteau par lhuis de derriere.
Apres laquelle chose congneue les princes anoncerent a loys:que son frere charles nestoit
content de brye et chāpaigne pour sa portiō de lheritaige paternel:aincoys au lieu de tout
patrimoyne demandoit seullement le duche de normandye. A ceste cause sachāt le roy que
sa principalle Bille dicelluy duche estoit occupee:laquelle il nesperoit facilemēt recouuret
Boyāt aussi que la Befue de bresay Gehā hebert/et Balue euesq deureux ses grās familiers
luy persuadoyent ceste chose:par contraincte lessa en don normandye a son frere: en quoy
faisant il receut la principaulte de berry. Le frere appaise/restoyent les aultres conspira-
reurs ausquelz estoit besoing satiffaire. Doncques a charles de bourgongne en perpetuel
le possession fut baille Peronne/Roye/et mondidyer auec ses contes de Guynes et bou-
longne/combien que loys par payement de pecune eust rachete ces placesde Phelippe duc
de bourgongne pere de cil Charles a Gehā duc de calabre fut donne grande pecune/auec
compaignye de gensdarmes lesquelz il meneroit ou il Bouldroit auy gaiges du Roy. Au
duc de bourbon fut assignee pareille pension qui receuoit par chascun an de charles septies
me auecques sa bāde de gensdarmes acoustumee. Et la pecune q̄ estoit encores deue pour
le douaire de sa femme luy fut parpayee. Au conte de dunoys fut restitue tout ce quon luy
auoit oste durant le temps de la conspiration/pensiō annuelle a luy assignee. Le conte de
dāmartin receut toutes ses terres ꝛ possessions q̄ auoyent este cōfisquees au roy par arrest
de la court de parlement. Aussi loys institua le conte de sainct paul cōnestable:q̄ fut le pro
logue de la mort laq̄lle depuis il souffrit ❧Apres q̄le roy eut satisfaict a ses cōspirateurs
ꝑ la Boiy du herault en la cite ꝛ auy tētes des princes fut pary de ꝑpetuelles treues publiee
et fut faicte cōmunaulte de Bictuailles et marchandises. Toutesuoyes cecy sēbla deshon
neste/q̄ loys si grāt roy chemina Bers charles de bourgōgne iusq̄s a cōstā/ꝛ q̄ long temps a
lescart cōmuniqua auec luy amp le chāp Mais loys auoit Bng engin q̄ regardoit loig auy
choses a Benir. Et cōbien q̄ aucune foys desirast Bēger les iniures presentes:toutefuoyes
il faignoit amitye:nō ignorant q̄ apres ce tēps pourroit particulieremēt chastier les cōspi
rateurs sil separoit le bourguygnō daue iq̄ues euy. Car depuis il se Bēgea ꝑ ceste astuce
et cōseil couuert Encores nestoit lappoictemēt du duc de bretaigne cōferme Parquoy luy
fut rēdu la cōte de montfort auec grāde sōme de pecune. Esquelz iours ꝑ grāde sollicitude
lon fist guect et feuy de nuict a paris/a ce q̄ les gensdarmes domestiques ou estrāgers ne
machinassent quelq̄ chose cōtre le roy ou cōtre le 6 citoyans. ❧En ce tēps se leua le peuple
des liegeoys:et cruellemēt triblopēt cōtre les brebā sons q̄ soustenoiēt le party des bourguy
gnōs. Pour raison dequoy charles de bourgōgne filz de phelippe/apresq̄l eut assemble ses
gensdarmes delibera retourner en picardie/toutefuoyes il ne ptit iusq̄s a ce q̄ le roy Bēāt
au chasteau de Bicētes sō frere charles luy fist foy et hōmaige du duche de normādie auec
que sermēt de fidelite/ꝑ ainsi charles appele duc de normādye sen alla a Roūe:ꝛ le cōdui
sit loys enuiō siy mille paspuis salutatiō dōnee dūne part ꝛ daultre tresfamilieremēt se
alla a Billiers le bel auecques charles de bourgongne:ou ilz Besquirent ensēble lespace de
troys iours tous en face appaisee a beniuolēce et amitye. Ce que nous auons cy dessus escript

Lappoincte=
ment fait par
loys Bnzies=
me auec ses
cōspirateurs.

Emotion de
guerre par les
liegeoys

de la rebelliō ⁊ entreprinse des cōspirateurs fut faict l'an de grace. M.cccc.lxvi. ⁊ acōply
le. xxviii. iour doctobre. ❡ Les princes appaisez:pource quilz auoyent receu du roy tout

La beniuolē-
ce du roy loys
enuers les pa-
risiens.

ce qsz vouloient/ilz se desisterent de poursuyr le bien de la chose publique et du peuple qui
estoit la cause/comme ilz preschoiēt au cōmencement/pour laquelle ilz estoient venuz prē
dre les armes cōtre le roy. Quant loys fut retourne a paris:les citoyans lui firent vng bā
quet en l'hostel publique de la ville p tresfre luisant et somptueux appareil:ou il rendit gra
ces aux dixiniers et centeniers dicelle ville/de ce quilz estoient demourez perseuerans en
leur foy enuers lui:disant pour ceste cause auoir tel couraige enuers eulx q'l desiroit leur
bien faire:si q les priuileges quilz auoient de luy receuz seroient perpetuelz/et q de trechef
les cōfermeroit et approuueroit pour y adiouster daultres silz le requeroiēt l'oraisō du roy
moult fut aux citoyans agreable. Et ce pendant q'l seiournoit a paris/il dōna la preuoste
de paris a Robert de toutteuille cheualier de grāt nō/Jaques de villiers depose de loffice
⁊ admōnesta le peuple en toutes choses obeir a Robert/pourtant q'auoit eu experience de
la noble ⁊ excellante vertu q icelluy cheualier mōstra en soy a la iournee de mōtlehery En
apres il appela a soy les prīcipaulx de parlement:et pource q Jehan de nanterre hōme renōme de bōne iustice ⁊ equite:ne faisoit les choses selō sa voulēte:de premier presidēt le
crea secōd:et establit Jehā dauuet en sō lieu. Il priua aussi morueiller de loffice de chācel
lier:et en sō lieu surrogea Guillaume iuuenel des vrsins/q le pere de loys regnant auoit
experce cel office sans reprehentiō. Ces choses ainsi ordōnees selō sa voulēte/elisant aucuns des citoyās de paris pour ses cōseillers sen alla a orleās. Le cinquiesme iour apres le
partement du Roy loys/fut veu vne tresardāte comette tōber a paris:si que p lōg temps
lō cuidoit q la cite fust toute euelope de feu maia maitenāt retournōs aux normās. Quāt
charles nouuel/prince de normādie fut arriue au mōt saicte katherine pres Rouē/auec le
duc de bretaigne Il seiourna en ce lieu quelq nōbre de iours:en actendāt q les citoyans eus
sent fait leur appareil a la pōpe pour le recepuoir a sō entree. Mais ce pendāt les princes
nestans ensēble assez daccord:le duc de bretaigne ⁊ cōte de dāmartin despitez de ce qsz nauoiēt aussi grāde auctorite enuers charles cōe ilz auoyēt merite selō leur iugemēt/eurēt
auctēs parolles de remener Charles en bretaigne:lesqlles parolles furēt tātost a charles
rapportees. Pour raisō dequoy Jehā de soiraine aux citoyās enuoye:hastiuemēt vidrent
les rouēnoys en la mōtaigne:et sans faire aucūe serimonie/fors du clerge/receutent char
les en la cite Car mene en leglise nostre dame/hōnore fut p les chanoynes chātans diuis
cātiques. Loys seiournāt a orleās aucūs capitaines de gēsdarmes fut ēt oftez de leurs offices. Et fut lohe ac remis en son office de mareschal. Le prince de bretaigne cōtempne p le
duc de normādie ⁊ les rouēnoys/se retira en diligēce a argentō ou loys se transporta aduer
ti de la noise ⁊ dissentiō de son frere cōtre le duc de bretaigne:⁊ y enuoya deuant grāt nōbre
de gensdarmes pēsant q loccasiō se offroit a lui moyennāt laqlle il pourroit oster normādie
a son frere. Le roy ⁊ le duc passerēt illec quelq seiournees a souuentesfoys p ser ensemble cō

Comment le
roy recouura
le duche denoi
mandye.

sultās cōment et p lequel moyē ilz pourroiēt le duche recouurer. Lors auoit loys deux armees en deux lieux ⁊ en vng mesme tēps:si q le duc de bourbon priit eureux ⁊ vernon sũg
aps lautre/charles de mesl₂ cheualier bone priit gisors ⁊ gournay:⁊ si chaca quatre vingtz
escocoys au villaige de chailly q soustenoiēt le pti cōtraire. En ce tēps le seigñr desternay
fuiant loys cestoit retire a rouē:ou il fut pris en habit de cordelier acōpaigne dũg frere de
loidre des augustis. Et aps q peu eut este tenu en prisō a louuiers auec sō copaignō augu

stis fut extraict en la riuiere dute Puis dillec retire fut hõnore dũg sepulchze en leglise de
noftre dame.Oultre ceulx cy perirent plufieurs aultres de la natiõ des noimãs qui poz	La ferimonie
toyent faueur au duc charles. Auffi Thommas bafin euefque delixieux fe retirant en	des noimans
bzeban:comme il fuft tre fexpert en la fciéce des dzoitz:tout le refidu de fa Bie fe appliqua	en la receptiõ
a lire et interpzeter le dzoit en funiuerfite de louuain Certes ceftuy homme eftoit magna	de leut duc.
nimte et depzifeur des moeurs de loys.Quant Charles cõgneut que loys occupoit les Bil
les et chafteaulx de normãdye il fe retint a rouen.Lozs les rouennoys le menerent en lho
ftel publique de la cite:et felon leur antienne couftume dõt ilz Bfoient enuers fes ducs de
normãdye:luy efpouferent Bne maifon:auecques ce Bng anneau luy donnerent quil poz
teroit en figne des efpoufailles.Tantoft apzes on appozta Bng liure contenant les faitz
des noimans auquel fut faicte lecture de ce qui fenfuit Ceftaffauoit que antiennement
furent deux filz au Roy de france:lung defquelz qui eftoit laifne obtint le royaulme:et le
puifne adminiftra le duche de normãdye:que en Bain effaya fon frere luy ofter. Car les
noimans pzenans les armes contre le roy/fe mirent en cpil et a grãt force mirent leur duc
au royaulme:difans par ce moyen les noimans quilz eftoient auffi puiffans cõme leurs
pzedeceffeurs:parquoy deffendzoient leur duc quilz auoyent agreable/et que riés neftoit
a Charles dont il deuft auoir craincte:acténdu que auecques eulx pouoit loger feulemét
qui auoyent Bille deffenfable/peuple de foy entiere et loyale richeffes/capitaines en grãt
nombze:et oultre toutes ces chofes couraige Birille et Bertueux de deffendze foy et le fien.
Apres que loys eut recouuert la baffe normãdye/dela retournant en champaigne p neuf
bourg et ponthomer qui eft dit auftrement põtheau de mer:deuant enuoya Jehan de bour
bon a fouuiers:les habitans duquel lieu/au nom du roy a luy fe rendirent. De fouuiers
partant loys auec fon armee affiegea le pont de larche.Auquel temps auctis des genfdar
mes du roy ficomme ilz alloyent aux Bictuailles pzindzent quatre hõmes darmes du par
ty de charles/et les menerét a loys. Entre lefquelz eftoit le petit baillif qui aucteur auoit
efte de la reddition de pontayfe. Ceulx cy comme loys eut commande les decapiter:com
mencerent a dire. O roy fetu nous Beulx la Bie faufuer:par noftre moyen iouyzas du põt
de larche.La pzomeffe au roy fut agreable/Parquoy les pzifonniers deliurez:le põt de lar	Lambaffade
che Beint en la puiffance de loys Et aucuns des habitans fuyans au chafteau/le troyfief	des noimans
me iour apzes fe rendirent:ou fut pzins Jehan Hebert general de france. Les rouennoys	au roy loys.
efpouentez de la reddition de fi pzochain chafteau enuoperent meffagers a loys pour ap
paifer la controuerfe dentre les freres. Aufquelz fut refpõdu que de tout fe rappoztoit aux
ducs de bretaigne et de bourbõ:qui felon leur aibitraige mecfetoient fin a ce debat. Ce
pendant q ces chofes fe faifoyét Charles frere de loys/toué delefse fe alla a hõfleur/q puis
a cã:nõ affez certain de ql couraige eftoiét les rouénoys enuers foy Mais ficõme Jehã de
lozraine fe pzeparoit pour fouyz en fládzes/il fut pzis et mene a charlés/q fans chõmer les
rouénoys a loys fe rendirét.Qui tãtoft pmy le pais de noimãdie pziua plufieurs de leurs
offices inftituãt auftres en leurs places.Apzes q rouë fut receu en cefte maniere/pource q
loys plus ne craignoit fa guerre:il enuoya partie de fon armee a paris auec fartillerie et
auftres munitions de guerre Et charles de melun demps de fon office:commift la capi
taineterie des genfdarmes(quil epcercoit)a Anthoine chaban conte de dammartin Et auf
fi femblablement iBaifln le baillaige de fon palais a Craon. Combien que Charles de

g.iii.

melun durāt le tēps de la cōspiratiō des priices seust setuy loyaulmēt & en soy cōstāte. Les
roys induictz de legier mouuemēt ostent et deiectēt maintenāt cestuy cy muintenāt cestuy
la. Parquoy sensuit le prouerbe des francoys:Que seruice de priice nest pas heritaige. Et
comme a Anthoine chaban appartenoit le chasteau de blanchefort en gascōgne:par eschā
ge fait auec blanchefort Loys luy donna Gonnesse et Gournay sus marne/auecques cte
cy en brye. Mais plus diuerse fortune aduint a Pierre damboyse Car comme il fust
souspeconne du Roy auoit setuy le duc de calabre et les aultres alliez de pareille cōspirati
on:commanda Loys razer chaumont a fleur de terre qui appartenoit a icelluy pierre et e
stoit basty sus vne petite montaigne vers la riuiere de loyre. Et gauuin manniel lieu
tenant du preuost de Rouen/ne sce pourquoy soubainement accuse/prins et mene au pont
de larche eut la teste tranchee dessus vng eschauffault. Luy mort son corps fut iecte en la
riuyere et sa teste fichee a la poincte dune lance en lieu publique & deuant le regard de tout
le peuple. Semblablement au clerge de Rouen fut vne fortune nuysible. Car le dean de
leglise et quelques aultres chanoygnes ses compaignons furent bannys. Ces iugemēs
cruellement accompliz/le roy loys sen alla a orleans ou il depescha lambassade que ia piecça
auoit destine pour enuoyer au Roy dangleterre:dont les premiers furent/le conte de tous
sillon/Leuesque de langres/Le bastard de bourbon admiral de france Jehan de poupain
court et Oliuyer le roy. Enuiron ce mesme temps Anthoine de chasteau neuf para
uant tresfamillier de Loys et lors suspect forbanny et fait estanger de la court:chemināt
en la plaine de clairy desguyse:fut prins par chaban et mene a loys auec ses cōsors: lequel
commanda le garder en prison aupres de mung. Au regard des angloys il fut annon
ce au Roy quilz preparoyent la guerre contre les francoys:parquoy le connestable enuoye
a paris fist crier de par le roy a son de trompe que tous les nobles et stances archers fussent
tous prestz a marcher en bataille au quatorziesme iour de may. Mais par le moyen des
ambassadeurs furent accordees et iurees treues de vingt et deux moys. Auquel temps le
conte du mayne/fut priue du gouuernement et administration de languedoc & Jehan duc
de bourbon en son lieu estably. Et afin que loys donnast de soy quelque esperance quil e
stoit soigneuy de bien gouuerner la chose publique:il assembla grant nombre deuesques
et seigneurs a paris. Desquelz la principalle oeuure fut de soy assembler Car de toute cel
le assemblee ne vint aucun prouffict a la chose publique.

    Comment le Roy loys apres que ses conspirateurs fu
    rent desassemblez/reprint le duche de Normandye quil a
    uoit baille a son frere Charles. Auquel selon lordonnance
    du conseil general faict a Tours/il bailla pour son droit
    de patrimoine le duche daquitaine auec pension annuelle
    Et comment les bourguygnons mirent le sieige deuant
    beauuoys dont les habitās si vaillans se monstrerent qlz
    deffendirent leur cite auec les gensdarmes du Roy chace
    rent et occirent les bourguygnons.

La guerre du
siege.

N ce mesme temps Phelippe duc de bourgongne mena guerre aux liegeoys:
print dassault Dinā quil auoit assiege combien que ce feust lune de plus fortes
villes du pays:la destruisit & enuoya les habitans en exil Entre la despoueil

le et prope de ceſte Ville mal foꝛtunee iay Beu ſiꝛ gꝛans Bolumes de moyſe en leuꝛ compoꝛ
ſez par oꝛigene et treſnectement eſcriptz en treſblancs catraicteres qui furent Benduz a pa
ris. ❡Durans leſquelz iours/ceſtaſſauoir de lan de grace mil quatre cens ſoiꝑante ſiꝛ/ Hoꝛꝛiͤblepeſti
treſgriefue et hoꝛꝛible peſtilence perſecuta les pariſiens. Car en ſa cite et au territoire a lence a paris.
lenuiton(comme ſon trouue par memoire)en moutut quarante mille. De laquelle mal
ladie arnaulᵭ aſtrologue de loys et pluſieurs docteurs en medecine furent eſtrãglez Loꝛs
Binᵭrent de Phelippe de bourgõgne ambaſſadeurs au Roy loys:et pource que lõ ne peut
accoꝛder de la choſe pour laquelle ilz eſtoient Benuz;le roy leur ſigniffia la guerre. Et tan
toſt il crea loheac gouuerneur et capitaine de paris. Auſſi baꝛlia tout le gouuernement
de champaigne a Chaſtillon frere dicelluy loheac. ❡Le conte de ſainct paul cõme nous
auons dit cy deuant/fait cõneſtable de france/fut eſtably gouuerneut de noꝛmandye:par
quoy quant il ſeroit de guerre empeſchc:eſperoit loys la choſe eſtre bien conduicte par ces
hommes cy. Touteſuoyes auant quil marchaſt en la guerre par luy ſigniffiee contre les
bourguygnons/il ſen alla a Rouen. Auquel lieu aduerty que le cõte de Baruic(quil auoit
appele et requis de Benir dangleterre)deſcendoit y mer/il ſe tranſpoꝛta a la bouille diſtãt
de quinze mille pas de Rouen. Du il receut Baruic en grant honneur auquel il comman
da aller par eaue a rouen:et il daulſre coſte ſe y tranſpoꝛta par chemin terreſtre. Quant le
conte de Baruic entra en ſa cite:a grand pompe et merueilleuꝛ appareil du clerge et des ci
toyans(car ainſi ſauoit loys commande)fut mene en leglise noſtre dame. Par leſpace de
douze iours conuerſa loys familierement et ſecretement auec le conte de Baruic. Puis pꝛi
ᵭrent honneſtement congie ſung de ſautre et ſen retourna ſe conte en angleterre hõnoꝛe de
pluſieurs dons tant par ſe roy loys comme par le duc de bourbon: et ſi le conduyſirent les
ambaſſadeurs de loys/ceſtaſſauoir/ſadmiral/ſeueſque de ſan/ Jehan de poupaincourt/et
Olyuier le roux. Ceulꝛ cy apres qͦilz eurẽt en Bai ſeiourne enuirõ quatre moys en ãgleter
re:au Roy loys retournerent ꝛhargez de trompes de coꝛne a chaſſeurs et des bouteilles de Ambaſſade
cuyꝛ(dont les anglops ſont moult curieuꝛ)que le roy Henry leur auoit dõne. ❡Durans de france en
ces iours Phelippe duc de bourgongne trepaſſa: que les ſiens dignement enterrerent en uopee en an
ung riche ſepulchꝛe auꝛ chartreuꝛ de diõ:au moys de iuing. Là de grace mil.cccc.ſyⅫii gleterre.
Maꝛs loys ſur la principalle ſollicitude duꝗl eſtoit a grãt force de gensbarmes ſoy deffendꝛe
auec le royaulme:comãda atmer les pariſiẽs: ou pource qͦl Bouloit cõgnoiſtre qͤlle force
auoit ſa cite:ou pource qͦl eſperoit qͤ la renõmee de celle choſe eſpoueteroit ſes ẽnemis quãt
ilz oꝛroiẽt dire tant de milliers dͦhõmes pouoir eſtre tirez hoꝛs la Bille royalle A ceſte cauſe
cõe au quinziesme iour de ſeptẽbꝛe ſelon le cõmandement du Roy feuſſent iſſuz les pariſi
ens de la cite par la poꝛte ſainct anthoyne ſoubz les enſeignes des iuges officiers capitai
nes et miniſtres en la preſence de loys/on tappoꝛta que le nombꝛe eſtoit de ſoiꝑante et diꝛ
mille hommes en armes. Auquel temps les ſiegeoys guerroyoient contre loys de Boutbõ Le nõbꝛe des
leur eueſque:et ſe aſſiegerent a Buye:dont ce pendant que cruellement aſſailloyent la Bil pariſiens ar
le:leueſque occultement eſchapa. Et pource que charles de bourgongne auoit eſpouſe ſa mes.
nyepce:concepuant hayne merueilleuſe cõtre les ſiegeoys:il amaſſa Bne armer:et par les
principalles places de ſa ſeigneurie et iuriſbictiõ ẽuoya ſigniffier la guerre auꝛ ſiegeoys
Et ceulꝛ qui epcerceoient ceſte commiſſion:tenoient a lune des mains Bneeſpe nue et a
lautre poꝛtoient Bne toꝛche arᵭente:ſigniffians par ceſte choſe que Charles deſtruyꝛoit
ꝗ.iiii.

la nation des liegeoys a feu et sang. Toutesuoyes assez appert que par ia lõg temps les
liegeoys ont este conioinctz et alliez auec les francoys suyuans tousiours leur amytie.
et alliãce Pour raisõ dequoy delibera loys leur enuoyer secours: ensẽble a ce que de leur ruy
ne ne veint gloire ou renforcement de puissance au bourguygnõ: furent enuoyez au siege

*Le secours de
frãce enuoye
aup liegeoys*

quatre cens hõmes darmes auec six mille francs archers: et pour leurs capitaines Loys
pctea Chabã/ Le cõte de dammartin/ Sallezard/ Robert cõurban escocoys et Estienne
vignol. ❡Auant ces iours estoit bruyt que loys auoit promis au pape pye effacer et de=

*De destruire
la pragmatiõ
sanctiõ.*

struire sa pragmatique sanctiõ: de laquelle auons parle es faitz du Roy Charles septies
me: se quelque foys il paruenoit au royaulme sans cõtrouerse. Le pape pye nõ ayant ou=
blye ceste promesse: comme il eust en grant horreur celle mesme pragmatique: et lappelast
heresie: vers loys enuoya le legat Jehan moyne de sainct benoist cardinal datras: afin de
enhorter le Roy soy acquitter de sa promesse. A quoy loys obtemperant bailla lettres au le
gat adressantes a la court de parlement pour et afin de abolir celle pragmatique. En ceste
court estoit Jehan rommain procureur general du roy. Cestuy dõcques quant Jehan ba
lue vint en la court au nom du roy et du legat garny de lettres requerant le senat que par
son decret les boulsist corroborer et cõfermer: messeigneurs les iuges (dit il) quant a moy
ie ne approuue labolition de ceste prouffictable loy: et en tant que touche mõ office iempes
che la requeste de Jehan balue. De ceste responce Jehan balue en ire et indignatiõ ensflam
be (car il estoit homme double: dissimulateur/ frauduleux et plain de cautelle) menassa Je
han Romain de plusieurs choses. Aussi a cil balue luniuersite de paris ne craignoit repu
gner/ appellant le cõseil de seglise. Parquoy balue retourne vers loys sans riens faire: p
le commandement du roy print loffice de legation pour aller a Charles de bourgongne a
uecques vng aultre qui estoit venu de par le pape pye/ et encores il mena auec soy Jehan
driesque et aultres hommes de cõseil. Ausquelz ambassadeurs fut baille mandement de
appaiser les choses entre les liegeoys et Charles de bourgõgne. En ce mesme temps Sil
uestre surnomme le moyne du pays de ausserroys accuse a loys dauoir cõtre luy conspire/
fut extainct en seine. ❡Aussi soubz ces mesmes iours Le roy loys estant en la maison:

Signe.

de Jehan dauuet sicomme ia de moult grant nuict partoit de ceste maisonet sus icelle res
plendit au ciel vne estoille couuerte de feu/ Laquelle suiuit le Roy iusques aux tournel
les ou il logeoit a paris/ et plus auant ne apparut. ❡Entre ces choses fut anonce a loys
que grande tourbe de bretõs acourue a cam auoit prins le chasteau/ et cõsequemment oc
cupe la ville de bayeux. Car lors sa foy des princes de france si incõstante estoit enuers le
Roy que maintenant estoit paix: maintenant guerre. Loys tousiours pensant dissiper et
venger la rebelliõ et mutinerie diceulx princes. Cõtre les entreprinses duquel ilz succi
toyent nouueaulx remedes. A ceste cause le roy loys enuoya Loheac auecques cent hõmes
darmes et ses archers au noble appartenant: pour resister aux entreprinses des bretons.
❡Au regard de Jehan duc dalençon: que nous auons dit cy dessus pour la cõspiration
par lui faicte auec les angloys auoit este cõdampne par Charles septiesme en lassemblee
qui faicte fut a vendosme: depuis par loys deliure de prison/ il estoit de lalliance des bre
tons et soustenoit le party de Charles duc de bourgõgne: auquel auoit promis liurer les
villes et chasteaulx de sa seigneurie. Oultre ces choses on empoigna Anthoine de neuf
chastel tresfamillier a loys: lequel comme accuse de trahison commanda la garder estroi=

tement en prison au chasteau de husson en auuergne. ⅭDe la loys couuerty a la chose publi
que saichant combien de haynes ⁊ inimitiez il auoit acquis a cause de plusieurs quila=
uoit priuez de leurs estatz et offices:publia one loy ⁊ ordonnance/cestassauoir que les offi
ces seroient perpetuelz:et ne poutroient estre ostez a ceulx qui les expcerceroient:sinon en
cas de mort adnenue ou quil y eust permutation/resignation ou delict:en sorte que iceulx
offices deuroient estre commis a aultres personnes. Et sil aduenoit quil feist contre ce=
ste ordonnance par importunite de requestes:la donaison seroit inutille. Apres quil eut
fait ceste ordonnance:il sen alla en normandie:enioignant a tous les capitaines de son ar
mee assembler leurs bandes et le suiure en diligence. ⅭCe pendant que loys seiournoit
a Dernon/Dint Ders luy le connestable conte de sainct paul de par Charles de Bourgon=
gne. Qui recitant plusieurs choses dicelluy bourguygnon et de la nation des liegeoys/fi
nablement impetra a charles de bourgongne treues de six moys. Les liegeoys mis en ou
bly:iasoit quilz eussent arreste et fait cesser leur armee et leurs gensdarmes contre charles
actendans laide de loys. Les treues impetrees:retourna le connestable au duc de bourgo
gne. Aussi en ce temps reuindrent au roy Jehan ballue et les aultres qui auec luy estoiēt
allez en ambassade. Ja ong peu parauant a la requeste de loys:non sans lad
miration de plusieurs/Ballue auoit estr erige a la cardinalite du siege romain. De lam=
bassade/et quelle chose fut faicte en icelle lon peut entēdre par les treues:que les liegeoys
par faulses suggestions delesséz furent ⁊ abandonnez de loys:et fut permis au duc de Bour
gongne persecuter et fouller de guerre ceste miserable et peruerse nation. Laquelle se Doy=
ant ainsi abandonnee/⁊ de tout secours destitue: ne peut aultrement cheuir auec le bour=
guygnon:sinon quelle luy payast grāde somme de pecune:et abatist partie des murailles
⁊ tours de sa cite. ⅭEn ce mesme temps le cardinal ballue de par le roy loys enuoye:com
manda que les parisiens sortissent en armes au champ qui est dit le pre aux clercs:oignāt
le monastere sainct germain/afin de faire monstre et reueue de leur nombre ensemble de la
maniere de leurs armes pour en faire son rapport a loys. Il donques Destu ding roquet
de lin et monte dessus one mulle en fist Deue. Certes ce fut office indigne a ong prestre ⁊
euesque:pour raison de quoy Chabam conte de dammartin Dsa de finesse enuers luy Car
sicomme durant ce temps residoit chaban auec le Roy:despite de ce que le prestre estoit cō
mis a faire lepploit appartenant a ong homme de guerre. Trespŕudent roy (dit il) tu en=
uoyes le cardinal ballue euesque deureup a paris pour faire la monstre desgensdarmes de
la Dille:ie te prie octroye moy que aille a eureup pour faire enqueste des prestres qui con=
uiendra sacrer Car ceste sollicitude autant est a moy conuenable/comme est a ong eues=
que la congnoissance des gensdarmes. ;Des parolles de Chaban chascun se print a rire.
ⅭCe pendant que ces choses se faisoient/les bretons en grosse armee entrez en norman
dye trauerserent iusques a coustances. Qui fut cause a loys de rappeler les gensdarmes
par luy cassez. Adonques il amassa si grosse armee:que cheminant a mayne a lencon=
tre des bretons estoit dit auoit cent mille combatans:sans ceulx qui auoient la conduicte
du bagaige et se gouuernent de lartillerie. Quant les bretons cecy sceurent:ilz sefforcerēt
retarder que loys ne donnast lassault et le cōbat. A ceste cause enuoyerent Ders le roy leurs
messagers pour auoir treues. Desquelz apres que longuement on eut traicte:se passerent
plusieurs iournees/⁊ ce pendant les gensdarmes francoys ensemble les ennemis foulerēt

La grand ar
mee du Roy
loys cōtre les
bretons.

les champs du mayne z alenpon:si que les bretons come hostes rauissoyent plus familie
rement,et ceulp cp comme lartoz guerroyablement peillopent. CMais charles de bour
gongne ce pendant que loys faisoit contre les bretons et son frere:deliure de la guerre
liegoise fist marcher tous ses gensdarmes a sainct quentin:soubz ce conseil(comme il di=
soit)cestassauoir afin quil donnast secours a Charles duc de berry et aup bretons:princi=
pallement contre leurs ennemis.non eppzimant cauteleusement le nom de loys:a ce quil
ne fust Beu les armes pzendze contre le roy son souuerain seigneur. CAu regard de loys

combien que puissant en multitude des gensgarmes eust peu les bretons assaillit:toutes
uoyes faisant craintifuement a ce que ses gens peu loyallemet ne combatissent:ou que
par liniquite de fortune ne fust diminue en aucune portio de ses gensdarmes:il les empes
cha tant comme il peut de donner lassault aupennemys:ensemble tresfort estudioyt que
quelque honneste occasion ou de assemblee ou de paip se offrist a soy:par ce moyen esperant
que quelque foys Biendzoit le temps auquel il Bengeroit ses aduersaires quant ilz seroiet
desalliez/auec lesquelz ensemble Bataillans ne osoit follemet combatre. A ceste cause Bers
son frere Charles ennuoya le legat apostolique duquel Bng peu cy deuant auons fait men
tion qui lors seiournoit au mans:et si ioignit auec luy chaban et driesque/pour trouuer la
Boye de concorde. Charles escouta les ambassadeurs:mais il respondit que riens nestoit
si Btille a la paip que la publique assemblee et congregation du royaulme. En laquelle se
roit Besoing appaiser si grans estrifz de courtaiges et de guerre. De laquelle response loys
aduerty par messagers que luy ennuoyerent les ambassadeurs Il mectant son esperance en
delay:assigna consille general estre fait a tours au premier iour dauril. Lan de grace mil
cccc.lpBii. Quant le temps de lassemblee fut escheu/y comparucent les princes de tout le
royaulme:deuant tous Regne roy de sicille/Jehan duc de bourbon/le conte du perche:le
filz du duc dalenpo auec grande multitude de seigneurs euesques z abbez. Aussi les plus
nobles du peuple y ennuoyerent leurs ambassadeurs. Qui seans deuant la mageste du roy
presidant. Finablement requis de dire leurs oppinions:dirent que le duche de normandie
par telle loy appartenoit au royaulme de france:que le roy mesmes ne le pourroit a aultre
transporter. Mais en tant que touchoit Charles:pour sa portion de lheritaige paternel:
luy assigneroit loys douze mille liures tout noys auec la deliurance de quelque pais de ter
re ayant nom noble de conte ou duche. Oultre cecy fut ozdonne que le roy de ses denieres paye
roit a Charles durant sa Bie soixante mille liures de pension. Et que le duc de Bretaigne
qui auec soy auoit retire Charles/et plusieurs places occupoit en Normandye:les lesse=
roit en liberte. Se de ce il estoit reffuzant:et il auoit societe auec les angloys:Benoit loys
par armes le contraindze a satiffaction/et lors quil repeteroit ce que luy auoit este oste:se
toient les princes tenuz le secourir z ayder. A ce que plusieurs se complaignoient du maul
uais gouuernement de la chose publique et des erreurs ou abbuz commis en iustice:ozdon
na le conseil que aucune saiges hommes seroient choisiz pour donner prouision aup cho
ses qui mal se portoyent. Entre lesquelz hommes seroit decent z conuenable Charles duc
de bourgongne y assister:tant pource quil estoit cousin du roy/comme pource quil estoit le
premier des pairs de france. CLes choses par le conseil ainsi ozdonnees:fut rompue las
semblee. Et peu de iours apres le iour de lascention iHesucrist/fut faict mouuement de ter
re en touraine. Duquel lieu loys retourne a paris/fist crier a son de trompe que tous ceulp

qui eftoient es armes acouftumez cõpatuffent deuant luy au ciquiefme iour de iullet. Ce
pendant il enuoya en ambaffade leuefque de bourbõ cardinal de Romme: et le conte de
fainct paul par deuers Charles de bourgongne: pour traicter foubz bõnes conditions les
accordz et conuenances de paix telz quilz pourroient. Neantmoyns fift marcher fon ar=
mee contre les Bretons en normandye foubz la conduicte de ladmiral: qui Bfant de Bonne
fortune print la cite de Bayeux dont il chaca les bretons. CEn ce mefme temps comme
plufieurs accufez de leffe magefte euffent efte decapitez. Anthoine de melun qui feruant
le roy Loys par trefeftroicte familiarite/eftoit cuyde luy auoir faict grant feruice moult
agreables en plufieurs offices dont il auoit eu adminiftration: apres longue prifon mene
a an dely fut decapite au milieu des halles ou lon tiẽt le marche publique.

Anthoyne de
melun decapi
te.

Ultre tant de tempeftes de guerre inteftine et les haynes des princes/efquelles
par fraulbes et aftucces eftudioyt lung deceuoir lautre: ie fce que plufieurs af=
femblees et ambaffades furent faictes dune part et daultre: lefquelles par moy
ne font efcriptes pource que leur iffue fut Baine a inutille. Car que fait il a pro
pos que Charles frere de loys/et Francoys duc de Bretaigne figniffierent auoir agreable
les ordonnances faictes a tous promectans reftituer les citez quilz occupoient en noumã
dye/fe loys leffoit celles quil auoient prins en bretaigne. Toutes lefquelees chofes tom=
berent en Banite et friuolle effect Car iafoit que fouuenteffoys les princes equipez de grã
de multitube de genfdarmes fe prefentaffent lung deuant lautre: toutefuoyes toute femo
tion et la monftre des armes ou par treues ou par Baines parolles fe repofoit iufqs a Ung
temps. CLes chofes doncques eftoient faictes par aftuce et deceptions et non par Ber=
tu ou gloire de cheualerie: les princes pourvoyans foigneufement et auant toutes chofes
que de loys ne fuffent circonuenuz et deceuz: craignans fon engi et fa puiffance. Pour rai
fon dequoy a peine neftoit lieu leffe en france qui de ribleurs ne fuft contamine. Car an=
thoine de neuf chaftel fuyãt du chafteau de huffon treffoite place en auuergne/ou il eftoit
en prifon: et fe ioignant auec Phelippe de fauoye/Poncet de la ruiere et aultres malucil=
lans de loys: excita nouuelles turbations Laquelle chofe congneue: loys eftant a Gônef
fe haftiuement en armes appela toute la nobleffe de la preuofte et Biconte de paris: com
me fe luy euft efte peu de chofe auoit tant de mille hommes en armes ia par long temps af
femblez: auecques lefquelz mefmes celle chofe moult defirans ne Bouloit prendre la har
dieffe de affaillir fes enncmis. CEntre ces chofes comme le roy euft delibere aller a pon
tayfe: aduerty que le duc de bourgôgne mectoit fon fiege a perône/ acompaigne de peu de
gens partit de noyon et fe tranfporta a peronnne Car le cardinal balfue et le duc de Bour=
bon auec quelq nombre des officiers de fa maifon tant feullement le fupuoient. Ncant
moyns ofa loys aller a fô ennemy/z par deffus loppiniõ de tous/treffamilierement parler
auec luy. En ce lieu fut entre eulx faicte paix de petite Balleur: iurant le Bourguygnõ def
fendre le party de loys/ainfi que le fubiect eft tenu faire enuers fon fouuerain feigneur.
Auffi le roy luy cõferma tout ce que au temps de fon pere auoit efte diffiny par le traictie
datras dõt auons fait mentiõ en la Bie de Charles feptiefme. Apres que pour la grace de
cefte paix on euft fait proceffions/prieres a dieu et feuz parmy les carrefours de la cite en
figne de ioye cõmune: lon publia que le Bourguygnõ auoit lõguement penfe de prendre le
Roy le rauit hors de france et le mener en breban: mais ñ de ce faire diuerty par Anthoyne

La trahifon
du duc d Bour
gõgne.

Les liegeoys son frere bastard:cestoit desiste de son entreprinse. ❧Durans ces iours:pource que leuesque du liege nauoit encores celebre messe ny faict sacrifice a dieu de la diuine eucharistie dessus lautel sacre:le peuple liegeoys contre luy se leuant/le côtraignit faire cestuy sacrifice. Et comme apres la reconsiliation de leuesque semblast lemotion de toute ceste mutinerie estre appaisee/ Charles duc de bourgongne auec moult forte et puissante armee cheminant a nâmurc/ardemment desiroit prendre vengeâce des liegeoys. Vers lequel volun tairement le Roy loys se transporta comme compaignô auec luy de celle cppeditiô de guerre. Semblablement y alla leuesque du liege pour le bourguygnô appaiser:en quoy ne prof

Le sicrete de roy. ficta/iurant iceluy bourguygnô que i.mais nespergneroit la cite que premier ne leust subiugue et appriuoyse les citoyans:z qui plus est retint leuesque a ce quil ne retournast aux siens. Cecy cogneu les liegeoys forclos de tout espoir:issirent de la cite et assaillitêt leurs ennemys mectans a mort tous ceulx quilz prenoient sans pitye ne mercy. Toutesuoyes quant,ilz côsidererent pressez dassiegement:dres le premier assault/les principaulx de la cite eschapez sen fouyrent par tout ou ilz peurent/les femmes delessez en la cite auec le petit populaire les religieux et les enfans. Parquoy par tresaspre ferocite les bourguygnôs persistans en lassault/premierement entra loys en la cite et apres luy le duc de bourgôgne

La calamite des liegeoys. Tantost en tous lieux furent faitz meurtres/peilleries destruction de ville/rauissemês de vierges/les religieux occis/z les gensdarmes nespergnerent lespetiz enfans:aincoys les cruelz souldartz couperent la gorge aux vierges apres quilz les eurent viole et côstupre. Les prestres a celle heure celebrâs la saincte messe es eglises de glefues pertirent. Encores ne furent les inhumaine ennemys saoullez de tant cruelle occision:car ilz peillerent toute la cite/faisans aux têples sacrileiges:bruslerent la ville/abatirent les murailles z des tuynes remplirent les fossez Lan de grace. M.cccc.lpviii.le.ppviii.iour doctobre.

❧Les anticz amps des francoys en ceste facô destruictz:retourna loys a senlis. Ou les presidans de la court de parlement les maistres et presidens des côptes a soy appelez: par la bouche du cardinal balluc declaira la paip traictee entre soy et le duc de bourgongne/et soubz griefues peines comanda ratiffier et approuuer tous les articlez côtenuez en ce traictye de paip. Au comandement du roy ne deffaillit lauctorite:car tout cecy fut publie a sô de trompe:et peu apres les ambassadeurs de bourgongne venans en la court de parlemêt receurent lettres et cyrographes autentiques de celle paip. Aucunefoys ay doubte se re escriproye le crime qui sensupt:certes de roy indigne Loys comanda prendre les pyes z iayz qui ce caiges appriuoisez a paris estoient nourriz pour plaisir/instruictz a chanter et sifflet/ensemble tous les cerfz z cerues/z les fist mener a amboyse. ❧Apres que loys fut reuenu de tours:le cardinal balluc qui plus puissant estoit en astuce et auctorite enuers le roy que nul aultre des officiers domestiques/rappela a beniuolence le frere discordant auec loys/et tellement besongna:que sans auoir regard a ce que le conseil general de tours auoit diffiny touchant la portion de lheritaige paternel qui deuoit estre baillea Charles loys delesseroit a iceluy Charles son frere le duche daquitaine. Quoy fait/cest a dire apres que Charles eut receu aquitaine côtent de celle piece se abstint de plus faire guerre.

❧Mais balluc qui nae en humble lieu du paps de poictou par petit accroissemêt:mais par engin cauteleux estoit venu en la maison du roy loys:par lequel auoit este hônore premierement de grans et epcellans benefices/puis apres dung euesche/z tantost de dignite

cardinalle: de qͥ couraige il eſtoit ffinablemͤt apparut Car il fut cauſe ꙇ aucteur q̃ loys al La malice du
la a perõne vers le duc de bourgõgne ꙇ de la a nãmure cõtre les liegeoys. Mais quãt il en cardinal bal⸗
tendit la mutuelle charite des freres eſtre ferme aultremͤt q̃l ne penſoit: apãt cõceu enuie ſue.
contre la paix/baiſſa vnes lettres a quelq̃ ſon famillier pour porter au duc de bourgongne
leſqͤlles arreſtees en chemĩ furͤt portees au roy. Par ces lettres ballue admõneſtoit le duc
ſe dõner bõne garde: p ce q̃ la paix interuenue entre les freres eſtoit faicte a ſon detriment
ꙇ dõmaige: ꙇ q̃lz differoient tãt ſoit peu luy aller faire guerre iuſqͤs a ce q̃ charles euſt reut
ſite la prouͥce de aquitaine a luy dõnee/ordõne ſon armee ꙇ tout leſtat de ſa maiſon. Pour
ce luy eſtre beſoig de plus grãt nõbre de genſdarmes que aultre tͤps/ꙇ de guerre treſaſpre⸗
ment le roy infeſter. Quant la trahiſon de ballue fut congneue; cõmanda le roy prͤdre le
traiſtre ꙇ le mener en priſon a mõtbaſon: ſoubz la garde ꙇ tutelle de Ieħã de torcy normãt
treſloyal cheualier dore/p lequel fut ediffie le chaſtel de ambleuille au dioceſe de Rouen a
uecques college de chanoynes/ouuraige digne de memoire. ❡ Ce pendãt ſen alla le Roy
a nyort ꙇ a la rochelle ou il rencõtra ſon frere ſicõme il tournoyoit le pais. Qui peu apῂ ar⸗
riue a tours ſelõ la couſtume des ducs dacquitaine fiſt au roy ſoy ꙇ hõmaige auec ſermͤt
de fidelite. Et pource q̃ les armignacs repugnoyent aulx cõmandemͤs du Roy il enuoya
deulx capitaines de genſdarmes ceſt aſſauoit ladmiral ꙇ chabã auecques vne armee/pour Comment le
les contraĩdre a obeyr: leſquelz ſans faire meurtre receurͤt tout le pais. ❡ Cõme ces cho⸗ duc de bretai⸗
ſes ſe traictoyͤt: penſant loys manifeſter la grace ꙇ beniuolence p luy cõceu enuers le duc gne reffuza
de bretaigne: p nobles ambaſſadeurs enuoya au duc le collier dor enſeigne royal portãt ly⸗ lordre du roy.
maige ſaict michel. Lequͤl offert reffuza le duc/pource q̃ pauant (cõme le bruict eſtoit) il a⸗
uoit receu la thoiſon dor de lordre de bourgõgne: cõme amy du duc de bourgõgne ꙇ auec luy
treſeſtroictement alliay De ceſte choſe le Roy merueilleuſement courrouce ſigniffia guer
re aulx bretons: enſeble cõmanda marcher ſon armee en bretaigne/dõnãt au duc eſpace de
dix iours: dedans leqͤl il deſcouureroit ſon couraige euers loys fuſt a paix ou a guerre En
ce meſme tͤps Edouard ayant chace henry cõme il euſt a ſoy appropriͤ le royaulme dãgle
terre: les diſcords entre les prīces appaiſez/p loppinion de tous les anglois fut entreprĩ
ſe la guerre contre les francoys. De laqͤlle entrepriſe le Roy loys aduerti adiouxta nou⸗
ueaulx hõmes de guerre ꙇ nouuelles bandes de genſdarmes auec les premieres: tous poſ
ſeſſeurs de fiefz cõtraincts ſans differance les armes prͤdre. Leqͤl mandemͤt nexcepta le
clerge ny quelquõques priuilleiges. Et ce q̃ principallemͤt eſpouenta le Roy de paour: ꙇ
nõce fut le duc de bourgõgne auoir eſte veu a gãt apãt la iartiere du Roy dãgleterre lyee a
ſa iambe (car ceſte ceincture dor eſtoit le ſingulier ſigne du prīce) ꙇ portant la croix rouge
en la poictrine ſelon la mode des anglois. Par leqͤl ſeul ſigne eſtoit ſigniffie amitie confer
mee entre le duc de bourgongne ꙇ le roy dangleterre. Et afin q̃ entre tãt de ſollicitudes: for
tune flataſt et vng peu alleichaſt le Roy loys/loys billat mourant le inſtitua ſon heriti⸗
tier vniuerſal. Lheritaige duquel par ſoy prīt loys et le poſſeda riche et opulent. ❡ Ce
pendant le conte de baruic/et le duc de clarence auec leurs femmes fuyans Edouard por⸗
terͤt quatre vingtz nauires a hõnefleur arriuerent: et quãt ilz furͤt a terre ferme ladmi
ral les receut. Dõt le bourguignõ aduerty enuoya lettres a la court de plement faiſans mͤ
tiõ q̃ loys auoit receu le conte de baruic ſon ennemy cõtre les loix de la paix traictee entre
le roy ꙇ luy: p quoy enhortoit les preſidͤs dicelle court remõſtrer a loys q̃l ne baillaſt aucũ

K.i.

cōfort a icelluy Baruic. Se aultremēt aduenoit q̃l pourſuiuroit ſõ ēnemy:ꝗ le tireroit hors
de frāce. La court de plemēt apꝝ la lecture de ces lettres ne fiſt grãt cōpte de larrogāce des
parolles dicelluy duc/ꝗ le cõte de Baruic nullemēt eſpouente demoura a pluſieurs iours en
normādie/de la ſe trãſporta a ābopſe ꝑ deuers le roy loys:auec leꝗ ꝑ familiere cõfabulatiõ
il traicta de ſõ aduenemēt. ꝑ fut auſſi la royne des anglops fille de rene roy de ſicille auec
ſon filz edouard prīce de gaulle/leꝗ apꝝ fut occis ꝑ edouard q̃ auoit eppulſe henry. Bi.ꝗ a
ſoy appropzie le royaulme dãgleterre. A ceſte cauſe le duc de bourgõgne equipa en armes a
lencõtre deulx grãt nõbre de gallees:ꝗ cõmanda q̃lles deſcendiſſent en la mer de normādie
pour aſſaillir Baruic ꝗ ſa ſequelle/eſēble fiſt prēdre to⁹ les marchãs frācops q̃ eſtoiēt allez
a la foire pour le fait de marchãdiſe/pour cauſe(cõe il diſoit)q̃ quāt Baruic eſtoit fouy dan
gleterre/auoit prīs ꝗ emene les marchãs de bourgõgne. ⚏ En ces iours enuirõ le dernier
iour de ſeptēbze la royne charlotte eſpouſe du roy loys acouchee a ābopſe enfãta vng filz nõ
me charles ſucceſſeur de ſon pere:auꝗl a la cõmune iope de to⁹ aduint tātoſt autre choſe ⚏ Car
francops duc de bretaigne fiſt paix auec loys/prīcipallemēt ꝑ le mope de regne roy de ſicil
le/charles frere du roy/ꝗ ir̃han de bourbõ. ꝓe chõma francops enuoyer meſſagiers a char
les de bourgõgne afin q̃ enſēble rapportaſſent au roy lettres de lalliance faicte auec ſui La
choſe reſſuza le duc de bourgõgne/ꝗ pource ꝑ grant effort eſtudia cloztre le chemi̅ dangleter
re au cõte de Baruic. Mais le roy cõe ſe ꝑ Bue il eut eſte tenu Bifiter ſaict michel ſen alla en
normãdie/ꝗ apꝝ le Bueil acõplp ꝑ auranches Benant a honfleur ꝑpara nauires/eſq̃lles
monterēt les prīces dãgleterre ꝗ ſe retirerēt en leurs maiſons ſans eſtre affligez ꝑ les gal
lees de bourgõgne leſq̃lles ꝑ longue demeure deffaillopent de Bictuailles. Parquop Bar
uic entre en angleterre:apꝝ que peu de tēps eut receu ſes terres ꝗ poſſeſſions:Bidzent a ſui
ꝑ grant faueur pl⁹ de cīquãte mille hõmes en armes. Auec laide deſq̃lz cheminant ꝑ le
pais dangleterre cherchoit deuãt to⁹ ſon ennemp edouard. Mais il fournãt de to⁹ abandõ
ne ſen forit au duc de bourgõgne q̃ auoit eſpouſe ſa ſeur. Pēdant ſaq̃lle ſuicte les prīces et
ſeignr̃s dangleterre reconſeillez:le conte de Baruic reſtitua h̃ēry au royaulme q̃ edouard
auoit prīs et tenu en priſon:en quop faiſant fut eſtablp gouuerneur du roy h̃ēry et de tout
le royaulme dangleterre. Quant la royne dãgleterre entēdit celle proueſſe faicte ꝑ le conte
de Baruic en enſuiuant loppinion de loys elle ſen Bint a paris:pour dillec monter en angle
terre ꝗ ſe retirer auec le roy h̃ēry ſon marp:auꝗl lieu arriuee/celle femme de grant couraige/
deſirant auoir ladminiſtration du roy ſon marp ſema diſcozd entre les ſeigneurs anglops

iours apꝝ au nõ du roy loys ſe retira le cõneſtable auec.cc.hõmes darmes Mais le roy ſes
geſdarmes deuãt enuopez a ſelis ſen Bit a paris ꝗ dilleccheminra faire la guerre au duc de
bourgongne prenãt bonne eſperãce de recouurer les Billes q̃ le bourguignon occupoit. Et
ne fut fruſtre de ſon actēte. Car ampꝝ/rope ꝗ mõdiſ̃pet Bidzēt en la puiſſance du roy loys
Toutes leſq̃lles places il manda ī continant enuironner de treſfortes munitiõs Pour laꝗl
le beſongne faire:baillerent les pariſiens grant nombre de ꝓpniers ꝗ charpētiers Mais
les prīces ne Beullent ſouſtenir ſi groſſe deſpenſe:car incontinant ilz ſe repentent de lon
gue gendarmetie:ꝗ ſans auoir regard a leſtat de meilleure fortune:cupdēt faire vng bõ
epploit ſe ilz donnēt treues a leurs ennemps. Car charles de bourgõgne auoit ſiche ſes tē
tes en arthops entre ampꝝꝗ bapaulme:ou preſq̃ aſſiege ꝗ ī digēs de choſes neceſſaires a la
guerre:ſēbloit a peu d̃ peine pouoir eſtre Baicu ꝑ ce q̃ d̃ legieres batailles les bourguignõs
des bãdes frãcopſes/ſouuēt eſtoiēt dõmaiges/neãtmoyns ſutuī diēt treues nõ eſperees de
(lõg tēpꝝ cõbien

La reconſilli
ation du duc
de bretaigne
enuers le roy
loys.

que le conte de daulphine vaillãment bataillaſt en bourgõgne contre les ennemys: dont il
en occit et priſt pluſieurs priſonniers cõtre les aucteurs des treues furêt faitz dictez ⁊ libel
les diffamatoires ſouuenteſſoys mis ⁊ atachez aux portes des egliſes tous gês de bien ⁊
de noble couraige courroucez/ą̃ loys riês ne faiſoit a droit quãt loccaſiõ voluntairement ſe
preſentoit. Ce pendãt ą̃ ces choſes ce faiſoient entre les francoys: le roy Henry perſecute
eſtoit en angleterre de grãdes perturbatiõs. Entre leſq̃lles venãt eduard auec le ſecours
du duc de bourgõgne: apres pluſieurs cõfflictz aduint la victoire a edouard/ Henry pris ⁊
ſon filz prince de gaulle occis auec le cõte de varuic. De ces nouuelles loys aduerty de ceſſa
picardye et retourna a tours. Ce pẽdant le prince de pymont q̃ conduiſoit loys enſẽble le
conte deu trepaſſerêt. Car cõme la malladye de flux du vẽtre couroit en frãce pluſieurs en
moururêt En ce tẽps auſſi indignatiõ priſt charles duc daquitaine/ayãt mauluaiſe ſuſpi
ciõ du roy ſõ frere/⁊ nay cõgneu la cauſe de ceſle indinatiõ Toutesuoyes charles rappela
le cõte darmignac bãny de ſon pais (les terres duq̃l occupoit loys) et maulgre le roy luy rẽ
dit partie des choſes oſtees/ p ainſi le conte de ſoyp venãt a charles auec le cõte darmignac
fut faict amas de gensdarmes nõ aultremêt ą̃ ſilz faiſoiêt appareil de guerre cõtre le roy.
A ceſte cauſe loys enuoya vne armee en acquitaine auecq̃s artillerie ⁊ quelq̃ nõbre de frãs
archers pour reſiſter aux aduerſaires. Lors fut le bruict faulſement diuulgue que charles
duc daquitaine eſtoit mort a bordeaulx. Auſſi loys introduiſit ceſle couſtume de ſonner la
cloche a lheure de midy: afin que a ce ſon le pleuple flechiſſant vng genou a terre pour paix
ipetrer/ deuotemêt eyhibaſt la ſaluatiõ ãgelique. Laq̃lle couſtume iuſques au iourdhuy
eſt de pluſieurs diligemêt obſerue. Certes loys neſtoit eſloigne de pitye et deuotiõ en tãt
cõe il appert es choſes plup faictes. La belle agnes fut cõcubine a ſon pere charles ſeptieſ
me: parquoy voulut q̃lle fuſt miſe en ſepulture au têple noſtre dame q̃ eſt au chaſteau de lo
ches. Et en donnãt aux preſtres rêtes et reuenuez ãnuelz: impetra luy eſtre cõſtruict vng
ſepulchre au meillieu du cueur diceſle egliſe. Quelq̃ iour ſe trãſporta loys en ce lieu: enq̃
rant de q̃ eſtoit ce ſepulchre. L'ũg du clerge reſpõdit: ceſt le ſepulchre de celle agnes q̃ le peu
ple pour la forme de ſa beaulte appeloit belle: ma is pource q̃l nous fait eyeſchement: bien
voudriõs auecq̃s ton cõgie le mettre en vne aultre chapelle. Vous ne reẽrez dit le roy choſe
equitable. Car iaſoit q̃lle me fuſt contraire quãt elle viuoit/ neantmoyns contre les loyp
ne violeray le ſepulchre de ceſte fême/ et ne cuide pas ą̃ apez ey ſon corps colõq ſans ce q̃lle
vo⁹ apt faict grãs dõs ⁊ benefices/ gardez a la biẽfaictrice ce q̃ elle viuãt auez pmis Et ne
vo⁹ ſoit loiſible dicy mouuoir ſa ſepulture. Encores afin q̃ pl⁹ tenuz ſoyez prier dieu pour
elle: ie vo⁹ donne ſtp mille liures tourñ. En diſant ces parolles cõmãda le roy les deniers
eſtre baillez aux preſtres pour les amployer es rêtes perpetuelles de legliſe. Lors les treu
ues q̃ eſtoiêt miſes auec charles de bourgõgne furêt plongees iuſq̃s a peu de têps. Ce
pendant Nicolas duc de calabre nepueu de regne Roy de ſicille q̃ auoit eſpouſe la fille du
roy loys/ ſon beau pere deſeſſe declina au duc de bourgongne/ ſoubz eſperãce de prendre en
mariaige ſa ſeulle fille quil auoit Mais il fut du pere moque/ cõme aulcuns aultres prin
ces. Car cõme le bourguignon entretienſiſt pluſieurs ſoubz lactente de ce mariaige finablement les trompa tous/ entre leſquelz fut lempereur federic. Qui apres ſa ſubiuga-
tion du duche de Gueldres appela le bourguignon a treup ou il ſe trãſporta/ et apres plu
ſieurs conſeilz ſecretz Charles de bourgongne requiſt eſtre eſtably lieutenant de lempereur: promectant de toute ſa puiſſance redduire et remettre en ces mains les places que

Marginal notes:

Treues dom magreables,

La ſalutatiõ angelique.

Le ſepulcħre de la belle a gnes

La fuyte du duc de calabre vers le duc de bourgongne

les aultres lui auoyẽt ofté ⁊ q̃ encores p force on detenoit Auecq̃s ce plufieurs adiouftoyẽt que le bourguygnõ auoit affecté eftre d ſepereur roy couronné/a ce q̃ celle dignité fuft egal a loys/par ce q̃l ſe Bantoit eftre auſſi grant q̃ luy en puiſſance ⁊ richeſſes. A cefte cauſe lẽpereur ſẽblant Bouloir ces requeftes octroyer/demanda la fille de Charles de Bourgõgne eftre dõnee en mariaige a ſon fils maximiliã ⁊ incõtinãt faire les nopces mais le bourguy gnõ cecy reffuza faire ſinõ q̃l fuft eftably lieutenant de ſepereur Parquoy ſepereur ce pen dant q̃ longuemẽt delapoit ſenterinemẽt de ſa req̃fte a luy faicte occultement iſſu de la Bil le(le Bourguygnõ illecques deleſſe)ſe trãſporta en germanie. Car ceft choſe certaine q̃ ces deux pꝛices de gloire eftriuerẽt/ſi q̃ federic auoit eupe ſus le bourguygnõ/et il daultre part cõtemnoit ſepereur. Pourtant eft Bꝛay ce q̃ dient les francoys par cõmun pꝛouerbe Que deux dune pareille groſſeur ne peuẽt eftre compꝛins en Bng Baiſſeau. ¶ En ces meſmes iours bꝛuſa le tẽple noftre dame q̃ loys a grãs fraiz miſes et deſpens auoit fait baftir a cle ry diocefe doꝛleãs:par ce q̃ le couureur auoit negligẽtement gardé le feu duquel il Bſoit to⁹ les iours a fondꝛe le peſon de ſa couuerture. Auql iour le roy receut nouuelles de la mort de ſon frere Charles Car il eftoit trepaſſe a boꝛdeaulx empoiſonne p ie ne ſce quel abbé:le roy(comme ſon cropoit)ce non ignoꝛant. Pour raiſon dequoy loys repꝛenant poſſeſſion du duché daquitaine eftablit pierre de beauiolops gouuerneur du pais. ¶ Parmy le temps des treucts du duc de Bourgõgne leuãt Bne groſſe armee au diocefe darras:enuoya anthoine ſon frere baftard auec partie des genſd̃armes a neſle/contre laq̃lle Bille anthoyne en Bain donna deux aſſaultz. Par ce q̃ treſaigremẽt fut deffendue p le capitaine du lieu ⁊ cinq cẽs francs archers. Mais ce capitaine q̃ eftoit nõme petit picard: pꝛenãt cõſeil auec ſa dame du lieu/ſen allerent enſemble Bers anthoine ſoubz le defir de appaiſer la choſe. Finable ment appoincté fut q̃ les armes ⁊ cheuaulx lẽſſez ſoꝛtiroiẽt les gens d̃armes de la Bille ſeur Bie ſaulue. Cefte reſpõſe oupee ⁊ rappoꝛtee aux archers/ce pẽdãt q̃ les gens d̃armes deſ poueilloient leurs armes/Boicy les ennemis p trahiſon receux ⁊ mis dedans la Bille par les habitãs q̃ occirrẽt les archers deſarmez enſẽble tous ceulx q̃ ſẽ eftoient fouiz au tẽple pour ſauluer leur Bie. Et quãt le duc de Bourgõgne mõte ſus Bng cheual fut illecq̃s Benu entra dedãs ſeglife:⁊ quãt il Beit loccifiõ:maintenãt(dit il)ie congnois cõbien plains de ſang ſont mes bourreaulx ⁊ neſpergna aultrement le capitaine petit picard: q̃ auec auc iis gentilz hõmes eftoit tenu en pꝛiſon:car nõ obftant la foy a luy dõnce p anthoyne il le cõmã da pendꝛe et eftrangler a Bne potence. Cantoſt apꝛes fift mectre le feu en ſa Bille ⁊ la leſſa razee et deftruicte. Incõtinant auſſi cheminãt a rope il laſſiega/cõbien q̃lle fuft foꝛtifiec de grãt nõbꝛe de gens d̃armes et artillerie. Car en icelle oultre quatoꝛze cẽs francs archers p eftoiẽt en garniſon deux cens hõmes d̃armes deſlicte auec les capitaines cy apꝛes nõmez ceftaſſauoir pierre aubert/Mignõ/Loyſet belaigue/Le ſeignr de moup ⁊ rubẽpꝛe cheua liers doꝛez. Tous ceulx cy ſans actẽdꝛe aucũ aſſault rẽdirẽt ſa Bille en leur pmectãt le par tir a ſaulueté. Les armes doncq̃s p lachete deleſſees auec tout le Bagaige:to⁹ ces hõmes ſans cueur et iutiles apans Bng ſeul petit baftõ en leur maĩ en ppetuelle ignominye ſoꝛti rent de rope p le meilleu des ennemis q̃ les moquoyẽt/Rope pꝛinſe le duc de Bourgongne reuoluãt grãdes choſes en ſon couraige/cõſiderant q̃ loys luy auoit pꝛepare grant Biolẽce ſen alla a beauuoys plus pchain de picardye apꝛes ampens Bers occidant: pẽfant au pꝛe mier aſſault ſa Bille ſubiuguer ou ny auoit aucũe garniſõ Mais plufieurs choſes deſfail lent a cil q̃ trop entrepꝛẽt. Les beauuoyſins iaſoit q̃ cõme nullemẽt eſperans la Benue des

La cruaulte et deteftable trahiſon du duc de Bourgõ gne.

Beauuoys des Bourguy gaõs aſſiege.

ennemys ilz ne fussent admonestez daucun danger de mal present. Meantmoys quãt ilz beirēt benir les bourguygnõs ilz se rãgerent es murailles/ȝ a grãt couraiges les repoulse=
rent. En cel assault apparut lexcellante bertu de quelȝ pucelle/laȝlle attacha lestandart
dentre les mains dung bourguygnon qui grimpoyt a mont la muraille. Jusques a ce que
Guillaume du bal lieutenant du seneschal de normandye bint au secoursauec deux cens
hommes darmes: qui entre dedans la cite/incõtinant se transportaaux murailles: ou les
ennemys batailloyent par incrēbible pertinacite. Peu apres bindrent Cressol/Joachin
rouaulb/Guerin grongne et le seigneur de torcy capitaines de troys cens hommes dar=
mes auec leurs archers. Ausquelz les parisiens administrerent biures en abondance ȝ si
enuoyerent plusieurs pyonniers pour fortiffier la bille de fossez et ramparce et estoit grãt
besoing de ce faire. Car les beauuoysins baincuz: le bourguygnon facilement pouoit en=
trer en normandye. Dõt fut si grande craincte: que mesmes on eut grant soing de faire cu=
ret les fossez de la bille royalle de paris/restablir les murailles reuisiter les chesnes par=
my les carrefours especiallement par le conseil de denys hynselin/ faire fondre et forger
coulleurines ȝ serpentines. ℧Durant lequel temps les ausserroys qui par auant peu de
iours admonestez auoyent refuze obeyr a loys/et receu la garnison des bourguygnõs en
la bille/quelque foys sicõme ilz alloyent querir les bictuailles: aucuns cheualiers et hõ=
mes darmes de champaigne firent bne course sus eulx si quilz en occirent huit bingtz et
en menerent quatre bingtz bifz en prison. Le duc de bourgongne perseuerant en lassiege=
ment de beauuoys: dure charte de biuresfut en son ost: parquoy se hastant/ auant ȝ son ar
mee fust presse de famine/delibera en sõ couraige y tresaigre assault eppugner la cite. Aõ
ques fist amasser abõdance de boys et fagotz auecȝs aultre matiere pour rēplir les fossez
de la cite. Quoy boyans les assiegez enuoyerent a paris demãder haquebutes et aultre le=
giere artillerie auec biures ȝ arbalestiers. Ȝa misericordieuse cite ne deffaillit aux demã
deurs. De sa garnison estãt a la porte ȝ cest appellee la maisõ hospitalliere Robet destoute
nille preuost de paris estoit capitaine. Laȝlle porte fut assaillye des ennemys ȝ cõblerent
les fossez de boys/et dressans eschelles debout perseueroiēt mõter dessus les murailles: ou
riēs ne profficterent cõbien ȝ lespace de quatre heures eussent tousiours cõbatu. Car lon
treuue quē cil assault plus de quize cens hõmes de guerre des bourguygnons trebucherēt
et moururent es fossez. ℧En la nuict ensuyuant pource que les portes de la cite estoient
estoupees/ Salezart fist ouurir la muraille/et auecques quelques bandes de gensdarmes
faisant bne course soubz le point du iour en lost des bourguygnons apres quileut bruse
troys de leurs tentes/occis grant nombre de gensdarmes rauissant quelque partie de leur
bagaige ȝ artillerie/sicõme il retournoit en la cite: presse des ennemys ȝ le poursuiuoient
dedans les fossez dicelle cite iecta lartillerie quil auoit rauy: et a peine se retira aux siens
Durãt le temps de lassiegemēt des beauuoysins/les orleãnoys monstrerēt leur courtoysie
enuers les assiegez. Car cēt pipes de bin mises sus chariotz enuoyerēt en put dõ aux beau
uoysins auec grãt nõbre de traict/sagettes/darts/arcs/ȝ arbalestres. Aps ȝ le duc de bour
gõgne eut en bain tenu siege deuãt beauuoys lespace de bigtȝ six iours ētiers/ au poinct
du iour de la feste saicte magdelaine rõpit lassiegemēt/ brulãt les blezes billaiges y tout
ou il passoit: iusȝs a ce ȝ leust iche ses têtes a saict balery: laȝlle bille auecȝs les aultres
boysines facillemēt prit/ pourtãt ȝlles estoiēt garbees ȝ deffendues de trop petite garnisõ

Le nõbre des
bourguygnõs
occis es fossez
de beauuoys.

Et pource q̃l estoit vray sẽblable q̃ de ces lieux les bourguygnõs marcheroient en la basse
normandye/le cõnestable e Chaban equipez de huit cens hommes darmes cheminerent
en normandye pour aller au deuant des ennemys. Qui diceulx ne furent presque affligez
daucuny dõmaige que premier neussent brule les villes et villaiges riblans iusques a tou
en:ou le cõnestable se retirant trop peu fist de nuysance et dõmaige aux bourguygnõs. Si
non que du peuple dela cite a peine excite permist que oucuns de ses gens auecques quelq̃
nombre des citoyẽs en armes/feissent vne course sus eulx. Mais le duc de bourgõgne dil

Les bourguy
gnons en pi=
cardye.

secques partant remena son armee en picardye. ¶En cas pareil le roy loys ne fist chose
de prouessee en bretaigne:cõbien que lon le dist auoir cinquãte mille hõmes en armes. Car
retarde par ambassades et promesses/ce pendant quil esperoit les choses bien tost estre ap
paisees:il fut deceu de sen ennemy. Normandye delessee:le bourguygnon delibera noyon
assaillir. Mais cresol auecques quelque nõbre de capitaines de gensdarmes illecques se
transportant brula les faulxbourgs pour cuiter que les ennemis y logeassent:et tresuail=
lamment la cite deffendit. Daduantaige Robert detouteuille sortant de beauuoys et che
minant auec sa bande/et apres luy Joachinrouault/enuoyerent messegers aux bourguy=
gnons estans en garnison en la ville de eu/Requerans quilz la rẽdissent a loys. Parquoy
incõtinant composition faicte delessans le lieu et tous leurs biens sen allerent les hõmes
darmes auecques vng cheualet et les pietõs auecques vng baston. Lequel exemple suy
uans les habitans de sainct Vallery auec les remburiens sans faire violence paisiblemẽt
se rendirent. ¶En ce mesme tẽps le cõte de roussy filz du connestable tresobstine imita
teur de la secte des bourguygnons/respendit grant nombre de gensdarmes sus les chãps e
riblant iusques a Tornodor gastoit troys auec partie de champaigne. Sẽblablement au
contraire le cõte de daulphine puissant par grosse armee brula tout parmy le pays de bour
gõgne/rendant pareil a pareil. ¶Ce pendant le roy loys fist treues auec les bretons/et

Treues auec
les bretons.

la royne luy enfanta vng filz qui peu vesquit. Mais Pierre de bourbon conte de beauiol=
loys et gouuerneur daquitaine:sicõme il seiournoit a lestore equipe de grand noblesse des
siens propres trahy fut et liure en la puissance du conte darmignac/lequel par ce moyen re
couura la cite. A ceste cause loys souspesonnant aucuns nobles de trahison les enuoya a
loches en prison. Entre lesquelz Jehan deymer apres quil eut confesse se crime fut decapi
te/et son corps deuise en quatre parties. Qui mourant constamment accusa Cadet dal=
bret de ceste trahison. ¶Sicomme pour raison de ce seiournoit loys en poictou:y le moyẽ
de oudet de rye fut faicte paix entre luy et le duc de bretaigne:auquel il donna grant nom=
bre de pecune. ¶Lors le duc Jehan dalenyon ayant mis en oubly la grace souuentessoys
receue/pource quil auoit delibere pour certain pris vendre et transporter toutes ses posses
sions au duc de bourgõgne/et clandestiuement vers luy se retirer:en ensuyuant le commã
dement de loys fut prins par tristan lhermite/premierement mene a loches et peu apres
au chasteau du louure a paris ou il vieillist en prison. Dauantaige lestore q̃ le roy loys as

La destructiõ
de lestore et
mort du conte
darmignac.

siegeoit y ayant enuoye son armee soubz la conduicte de Jehan cardinal dalby/et de ruon
du chesne par la coulpe du conte darmignac fut destruicte et razee. Car comme il eust este
appoincte que le conte darmignac rendroit la place:sans faire violence entrerent les fran
coys en la cite:et lors contre eulx se leuant le conte par trahison commãda quilz fussent oc
cis. Parquoy fut faicte clameur iusques es tentes des francoys qui impetueusement en=

trans par les murailles q̃ par auant auoyent este rõpues tuerent et occirent tout le peuple
sans difference/ Et mesmes le conte darmignac/ sa femme tant seullement sauluee auec
troys des siennes chãberieres. Ceft cil Jehan cõte darmignac q̃ prins de la libidineuse a
mour de sa propre seur: apres quil leut pollue par iceste: auec lauctorite du pape sefforca la
prendre a femme et espouse. A la follye duquel (comme son dit) fauorisa Ambroys de cam **Ambroys de**
bray: qui lors estoit refferédaire du pape Calipte/ car prenant grãde somme de pecune du **cambray.**
conte darmignac/ luy bailla une bulle dispensatoire de sa seur espouser: laquelle a la veri=
te en la presence du pape Pye presidant a Romme il cõgneut ⁊ confessa depuis estre faul
ce et de nulle valleur et par soymesmes faulcement faicte. ¶ Pour raison duquel crime
par le commandement dicelluy pappe fut Ambroys mis en prison au monastere de mont
oliuet: mais par layde dung sien seruiteur eschape de nuict de ceste prison: se retira en frã
ce: ou il se muca par aucunes annees changeant souuant de places cõme ung homme fuy=
tif. Auquel mesme sa mere charlotte a tous aultres benine et gracieuse clopoit sa maison/
pourtant que des crimes de son filz estoit offensee: qui premierement de homicide/ ⁊ puys
du cas de faulsete dessus mentione estoit ignominieusemét note. Toutesuoyes par la sub
tilite de son engin et astuce trouua voye de meilleure fortune enuers le roy loys: faignant
que la royne dangleterre se desiroit pour le mener en angleterre. Parquoy pésant loys que
cestoit ung homme dont elle ou les siens pourroyent user a faire quelque fraulde ou trahi
son. Apres quil eut appele Ambroys auec soy luy bailla gaiges annuelz: et tantost le tint
entre ses officiers domestiqnes: que peu apres auons veu maistre des requestes du roy/ ⁊
en apres chancelier de paris. Hõme certes frauduleux/ oultre maniere studieux ⁊ couuoy
teux de gloire/ grant parleur/ abondant en vanite de iactance/ de petite foy/ et a qui neust
peu aucun soy seurement confyer. La mort duquel ny ses propres parés ny quelque aultre
fut veu pleurer aucunement. Il voulut estre enseuely en sa chappelle de sarbonne deuant
le grant autel. Au regard du traistre Cadet de albret empoigne a lestore/ mene fut a poic=
tiers ou il eut la teste tranchee. ¶ Durant ce temps en parpignan seiournoit Jehan roy
de terracon. Qui aduerty de la desolation de lestore: pource aussi quil auoit entendu que
Phelippe de sauoye approchoit de luy auec grant nombre de gens en armes: issit de parpi=
gnan/ pour raison dequoy longuement et en tresgrande obstination fut cõbatu par les frã
coys. Mais les francoys demourerent victeurs et obtint loys tout roussillon. Esquelz **Guerre en**
iours Nicolas duc de loiraine mourut de peste a nancy. Fut faict aussi assemblee a Sen **roussillon.**
lis: ou vindrent ambassadeurs du duc de bourgongne pour effacer les causes et occasions
de la guerre. Neãtmoyns ne trouua paix en auctí lieu: cõbien q̃ les ambassadeurs en traic
tant de plusieurs matieres eussent cõsomme plusieurs iours. Mais le duc de bourgõgne
apres quil fut aduerty de la mort du duc de loiraine: sefforca par armes a soy subiuguer
le pays de loiraine: prenant occasion sur ce quil maintenoit que le deffunct Nicolas estoit
enuers luy oblige en grosse somme de pecune: ensemble doubteusementpensa en soy le nom
de roy usurper Mais le bourguygnon moque de lempereur/ comme il eust indigence de pe
cune: et en sa force ne fust suffisant pour diminuer la puissance de loys: il enuoya aux ve
nissiens/ desquelz empruncta la soulde de son armee pour troys moys. Desquelz deniers il
entretint partie de son armee qui estoit de la nation de venise. Et tantost lautre partie de
larmee enuoya en nyuernoys: ou par fraulde print la roche de chastillõ auec quelques aul

R.iiii.

Mariaige en
tre le conte de
Beauiollops a
fa fille du roy
loys.

tres places du pays. Esquelz iours Pietre de Bourbon conte de Beauiollops espousa anne
fille de loys. Et ce pendant les ambassadeurs du duc de Bourgõgne se assemblerent auec=
ques ceulx du roy a cõpiegne Du finablement apres longues disputations ilz conferme
rent treues de peu de mops.

Hquel temps se Bourguygnõ en toutes facons et manieres epcerceant ses
inimitiez contre le roy loys:appela ṽng marchant nõme itier/q̃ apres la
mort de Charles duc daquitaine ṽers luy se estoit retire: et par grandes
promesses se allecha et induisit a empoisonner le roy. A ceste cause apres
le pris a luy cõstitue a assigne qui estoit de cinquante mille escuz:il prepa
ra sa poison et la bailla a Jehan hardy(son seruiteur)pour la porter en la maison du Roy:
luy promettant monts dor se prosfitablement a seutement acomplissoit le malice. Jehan
hardy receut de ptier le negoce:a cheminant a Amboyse ou le Roy estoit:sen alla parler en
la cuysine de loys a quelque sien familier ou hõme de sa congnoissance qui auoit la char=
ge de faire ses saulces. Auquel pourtant que en semblable office auoit seruy au duc daqui
taine:il ne doubta sentreprinse decouurir:et pour le pris ou recõpense du malice seuremẽt
luy promist la somme de ṽingt mille escus/croyant cil homme facilement induyre et faire
son compaignon a la propinatiõ du ṽent:qui sauoit son maistre auoit este eptainct par sẽ
blable malice. Le cuysinier escouta Jehan par grande dissimulation:mais luy dist quil
ne pouoit sa chose acomplit:sinõ que Nicolas de la chesnaye en fust consentant et partici
pant q̃ lors estoit maistre ordinaire de lhostel du Roy/ayant la principalle congnoissance
et administratiõ de lappareil des ṽiandes royalles par dessus tous ses cuisiniers. Par=
quoy prenant de Jehan hardy sa poison promist induire et enhorter Nicolas a ce faire.
Mais nicolas de la chesnaye incontinãt que par le cuysinier fut du cas aduerty:auec soy
le mena et promptement chemina deuant le roy. Auquel il manifesta lepoysonneur/a luy
mõstra la poison par luy baillee pour lepoisonner. Cestuy de la chesnaye pourtant q̃ tres
eppert estoit en la structure des bastimẽs et edifices:cõme fut et depute de par le roy au
bastiment du chasteau damboyse q̃ est demoure imparfaict/et depuis fist faire les edifi=
ces et maisons plates du logis royal au bois de ṽicennes. Le roy doncques ayant horreur
de celle poyson cõmanda prendre lempoisonneur. Qui cõme ia asseure de bien executer son
entreprinse:cheminoit ṽers son maistre ptier. Mais empoigne non loing destampes:fut
mene deuant loys/auquel incontinant il confessa le crime:et peu apres fut boute en prison
et grant loyer donne aux loyaulx seruiteurs. Jehan hardy fut garde quelque tẽps en pri
son en lhostel publique de sa ṽille/a en apres decapite:son corps aussi deuise en quatre par
ties:et les quatre mẽbres dicelluy penduz a potences aux quatre eptremes regions du roy
aulme auec le tistre de la trahison/Toutes ses maisons furent rompues:et par especial la
maison de sa natiuite tanuersec a razee a fleut de terre sans aucune esperance de restablis=
sement auq̃l lieu fut escripte sa cause de sa ruine. ℣Le iour mesme que cecy fut faict/ṽin
drent ambassadeurs de arragõ a paris:ayans mandement de leur roy de appoincter la cõ
trouerse meue a pendant a cause de roussillon a parpignã. Et peu apres arriua le roy a pa
ris:ou il cõmanda q̃ les parisiens fussent en armes et q̃lz sortissent de la ṽille par la porte
sainct anthoine en ordre de bataille. La multitude desquelz les ambassadeurs arragonops
emerueillerent. Car il fut raporte que lors cent et quatre mille hommes sortirẽt en armes

Nicolas de
fachesnayecloi
al au roy.

Ambassa=
deurs arragõ
nops.

de la Uille et cheminerent emmy le champ. Sicôme les parisiens rentroyent en la cite: le   Le nôbre des
Roy loys mena les ambassadeurs au Bois de Uicennes. Du festoyez de Banquet royal: parisiens ar-
loys leur donna deux potz dor decorez de diuerse celature et orfauerie/ Le pris desquelz fut   mez.
estime trois mille deux cens ducatz. ⌈ En ce mesme temps vindrent cest assauoir le duc
de Bauiere de germanye: a les ambassadeurs de Bretaigne: q̃ loys escouta parler a senlis en
Baī aussi y côparurent les bourguygnons. Et aux bretôs liberallement respondit/ ie puis
plus denier les causes des ambassades que Bonnement les escripze ⌈ De senlis chemina
le Roy a compieigne et tantost a Sloyon. Le conte de sainct paul connestable de france a-
uoit prins sainct quentin Uille de Uermandoys le capitaine courrou chace et eppulse auec
la garnison que le roy loys y auoit mis. Et maulgre le roy/se connestable occupoit celle Uil-   La temerite
le ou il mist garnison de ses gens d̃armes/si que suspesonne estoit dauoit conceu guerre con   du cônestable
tre le roy. Auquel il ne Uoult aultrement Uentir: sinon que entre soy et le roy y eust ung pôt
fait/et lors Uint a parler/puissamment equipe de plusieurs souldartz. Apres quen peu de
parolles eurent ensemble parlemente/pardonna le roy et remist au conte toute offense: moye
nant quil iura sa foy que doresnauant a tousiours demourroit en la foy et obeissance de
loys. ⌈ Lors estoient haynes entre sempereur frederic et le duc de bourgongne. En telle
facon que sempereur moult nuire sefforcoit au Bourguygnon/et souuenteffoys enuoyant
messaigiers au roy loys/le enhortoit de non appoincter ny faire paix auec luy: disant quil
seul suffisoit pour lorgueil du duc deprimer/et au roy le rêdre obeissant. Toutesuoyes loys
ne obtempera aux enhortemês de frederic: car apres que de picardye retourne fut a senlis: il
iura et accorda treues dung an auec les ambassadeurs du duc de bourgongne. ⌈ Ce pen   Sentence de
dant Pierre doriolle chancellier de france prononca une sentence en la court de parlement   la court de par
par laquelle Jehan duc dalenpon fut condâne a estre decapite/tous ses biens declairez cô   lement contre
fisquez. ⌈ Au regard du duc de bourgongne il ne eut aucune reuerence aux treues ny au   le duc dalêpô.
serment par luy faict: aincoys cheminant en lorraine auec son armee print Uerdun: et solli
cita Edouard roy dangleterre de descendre en france pour faire la guerre au roy loys Auql
enuoya Edouard ses herauns et ayant seue grosse armee: auant que deplacer de son pais de
manda quil restituast aquitaine et normandie Parquoy sans longuemêt chommer Edou
ard fist descendre ses nauyres au mont sainct michel. De laquelle descente loys aduerty
enuoya une armee en normandye des gens d̃armes que nouuellement auoit leue q̃ estoient
appelez les gardes du daulphin. ⌈ Durans ces iours iasoit que les treues ne fussent en-
encores finyes/ses bourguygnons qui estoient en garnison a peronne et es aultres lieux a
sentoit/gastoyent tout le pays iusques a la riuiere de oyse. Et aucuns deulx commence-
tent a restablir arfone qui par long temps estoit desolee/mais on enuoya quelques bâdes
de gens d̃armes de la garnison de amyens et Beauuoys: et des incontinant que les tibleurs
les Uirent sans actendre le combat se mirent en fuite. Toutesuoyes ne cesserent les gens
d̃armes: mais appelerent auec soy quelques aultres bandes des garnisons circôuoysines
auec lesquelles plusieurs du populaire se ioignirent/et cheminans en atras mirent le siege au faubourg de la cite/ou ayans logie toute la nuict: deputerent aucss laboureurs qui
les suiuoyent pour secouer les gerbes de Ble es Uillaiges et aultres maisons champestres
si que du diocese darras emporterent abondance de Blez auec grât nombre de bestiail. Car
long temps y auant ayans pense de ce faire auoyêt mene auec soy plusieurs Uans/sequelxy

et chariotz. Recouurerent auſſi aucũs priſonniers que les traiſtres bourguygnons violateurs des treues auoyent emmenez. ⊂Au cõmancement du prin tẽps enſuiuant/ſe roy cheminant en armes en picardye priſt daſſault Tronque treſantiẽne tout preſmondidyer ou ceſtoit retire ũne bãde de hõmes perduz ſoubz ſa conduicte de motincauler gaſtant tout le pais de courſes et tibſeries/ʒ to⁹ ceulx ql trouua en ceſte tout furẽt occis ou pẽbuz excep te motin a q ſe roy ſauſua la ũie et luy donna ũng office/et au regard de la tour elle fut raſce a fleur de terre. Les habitãs de mondidyer combien ql euſſent reffuze de ſoy rẽdre: tou teſuoyee quãt ſe ũirent aſſiegez ilz rendirent la ũille dont ilz ſortirent ſans ẽporter aucune choſe de tous leurs biens: ʒ fut la ũille abatue ʒ razee contre terre. Dauantaige roye ſe miſt ſoubz ſoõeiſſance du roy loys: et auoit on bõne eſpeãce de receuoir picardie ʒ arthoys ſe ſe conte de ſainct paul conneſtable ũſant de trahiſon neuſt deceu ſe roy. Lequel ũoulant

La fraulõe du cõneſtable

marcher oultre a ſa conqueſte de ſon pais luy reſcripuit ſe cõneſtable q Edouard roy dangleterre equipe de grant nõbre de nauires deſcendoit en normãdie: parquoy eſtoit beſoing ſe donner garõe: a ce que ſes ennemys ne aſſailliſſent ſes normans deſtituez de garniſon et deffenſe: ʒ q ſi ſe roy ũouloit berſeuly mener partie de ſarmee: q luy ſeul auec ſe reſidu des gẽſdarmes ſuffiſoit pour cõduire la guerre en picardie. Loys eſmeu de ces nouuelles: equi pe de partie de ſon armee cẽemina en normãdye: ou riẽs ne oupt de ſa ũenue des anglo ys Et ſicõme il reuenoit ſe conneſtable de recḥef ſuy eſcripuit q ſes angloys deſcenboyent a ca ſays/et que cḥarles de bourgongne ayant ſeſſe ſaſſiegement de muſſy/auoit fait alliance auec ſempereur federic. Toutes ſeſqueſſes cḥoſes combien quelles fuſſent nuſſes: touteſ noyes ũng ḥerault dangleterre ſurnommé ſcale priins auecques ũng paquet de ſettres et mene deuãt ſe roy loys iura qlſes eſtoient ũrayes. Neantmoyns de tout ce ne fut ſe roy tãt courrouce comme il fut de ce q ſe conneſtable occultemẽt ſolicitoit ſe duc de bourbõ abanõonner ſe roy ʒ ſuiuir ſe party du duc de bourgongne. De laſſſe traḥiſon icelup duc de bour bon enuoya ſettres a ſoys p ſeueſq de nymay ſignees du conneſtable ⊂En ce meſme tẽps en bourgongne a guyon pres ſe cḥaſteau de cḥynon/ſes francoys ſurmonterent grãõe mul titude de bourguignons: auec deux cens hõmes darmes q eſtoient ũenuz de ũeniſe au ſe cours du duc.

Victoire con tre les habi tans darras et bourguy gnons.

⊂Euſx de arras ne receurent meilleure fortune. Car ladmiral gouuerneur de picar õye ayant mis ſes gẽſdarmes en ambuche pres arras: enuoya deuant trente hom mes darmes pour agaſſer ſes arranoys/ ſeſquelz auec leur garniſon iſſirent de la cite contenans ſe nombre des francoys. Lors ſes trente hommes faignãs auoir craicte et eſpouentemẽt/peu a peu reculerent iuſques a ce qlz euſſent paſſe lambuche de ſeurs gens Au moyen dequoy ſes arranoys enclo z ʒ attrapez au meillieu des bandes des francoys fu rent occis iuſques au nombre de plus de quinze cens. Et cõme tomont frere de ſa royne ſui uant ſe party des bourguignõs ſe fuſt faict capitaine de ces gens cy: fut ſon cḥeual occis entre ſes iambes a peine ſe peut retirer a ſauluete. Auql conflict iaques de ſainct paula uec aultres hommes nobles demoura priſonnier. ⊂Ung peu auant ces ioures ſe prince do renge q loys tenoit en priſon: ſans aucũ pris fut deſiure et mis en liberte ſoubzmectant au roy ſa mutinerie/pour raiſon dequoy ſui donna ſe roy puiſſance de forger monnoye de or et argent: ſemblableſmẽt de remectre la peine de mort aux crimeux et leur baiſſer ſettres de re miſſion: ſinon qlz fuſſent ḥeretiques ou coulpables de laiſe mageſte. ⊂Lors ſes galſees

de Edouard roy dangleterre equippees de vingt mille combatans arriuerent a callays. La   **La descente**
quelle chose congneue:incontinant le roy loys soubz la conduicte de robert destouteuille le   **des anglois a**
ua nouuelle armee a paris pour ioindre auecques celle q̃ ia auoit. Et charles de bourgõgne   **callays.**
delessant nussy sen vint de nuict a edouard q̃ amiablement le receut. Car charles auoit es
pouse sa seur. Leql grandement le enhorta heureusement lentreprinse continuer:afin q̃l re
couurast ses terres & possessions q̃ les francoys occupoyent. Mais apres q̃ quelques iour
nees se fussent passees esquelles on ne luy gardoit ny acomplissoit ce q̃ le connestable & le
bourguygnon luy auoient promis:q̃ estoit q̃ quant Edouard seroit venu en arthoys ilz le
recepueroient en quelq̃s fortes places ou il pourroit loger & a seurete se recreer soy & son ar
mee:comme ia eust mene son armee a lisbon en sãg essuye:se voyãt moque et deceu de pro
messes/enuoya ses ambassadeurs vers le roy loys estant a senlis ou il seiournoit au mona
stere de la victoire afin de anoncer a cil roy quil auoit quelq̃ secret leql il desiroit luy commu
niquer parquoy assignast le lieu & le temps pour ce faire. Pinquigny au diocese de ampes   **Lassemblee**
fut esleu a faire lassemblee. Et ce pendant loys demanda grãde somme de deniers aux pa   **des Roys de**
risiens p̃ empruntq̃ fut de soixante & quinze mille escus dor/ laquelle somme il leur pro   **france et angle**
mist rendre et payer dedans le premier iour de nouembre. Le roy doncques venant de amp   **terre a piqui**
ens a piquigny equipe de grãt & merueilleux nõbre de gensdarmes:commanda construire   **gny.**
& dresser deux appentiz dessus le pont. Ung pour luy ou il pourroit entrer/& lautre pour
edouard. Entre les deux appentiz fut fait vne muraille au meilieu/pertuysee de fenestres
si larges q̃ les roys pourroient bailler et toucher la main lung a lautre. Les princes assem
blez au lieu designe:apres qlz se furent sauluez lung lautre:fut fait entre eulx long parle
ment q̃ choisirẽt cent arbitres dune part & daultre hõmes nobles & bien renõmez Dilleq̃s
quant bon leur sembla issirent les princes a lescart plans eulx deulx seullement en secret.
Et ne fut la paix longuement differee. Car tantost accorderent ensemble & iurerent tre
ues de sept ans le iour de la feste sainct symon & sainct iude vingthuityesme octobre. Lan
mil.ccclxxv. En quoy faisant loys donna soixãte & quize mille escuz a Edouard: luy en
promectant encores cinquante mille par chascũ an des treues. Et si fist plusieurs grans
dons au duc de clarence frere de edouard. ¶ Apres les choses ainsi traictees & appaisees   **La treue faic**
a piquigny:le roy dangleterre renuoya toute son armee a callays: et commanda a hauart/   **te a piquigny**
semblablement a son grant escuyer demourer auec le roy loys/usq̃s a ce q̃l eust acomply sa
promesse. Si cõme edouard partoit de callays:loys de luxembourg connestable a q̃ desplai
soit la concorde des roys:luy enuoya vng messager garny de lettres/lui imputant a vice q̃   **La malice du**
par couraige imbecille & trop lache auoit appoincte auec loys/& q̃l estoit alleiche es promes   **connestable.**
ses dung homme q̃ le tromperoit. La lecture des lettres faicte les communiqua edouard
au roy loys. ¶ Peu de iours apres ensuiuans vindrent au roy les ambassadeurs du duc de
bretaigne auec lesqlz fut paix iuree & mises treues de neuf ans auec le duc de bourgongne
Leql promist au roy rendre & liurer loys de luxembourg q̃ vers luy estoit fouy. Pour le re
ceuoir enuoyez furent a peronne le bastard de bourbon admiral/le seignr de sainct pierre &
Guillaume cerisay/auecques bonne compaignie de gensdarmes. Et apres qlz eurent re
ceu & amene le connestable:le baillerent en garde dedans la bastille sainct anthoyne a Phe
lippe lhuillier capitaine du lieu. Et apres loys deputa pierre doriole chancellier & deux
presidens de plement auecq̃s aultres conseilliers pour interroger le connestable. Parquoy

interroge et confeffant auoit en plufieursmanieres côtre le Roy delique/apres longue pri
fon mene fut en la court de parlement. Du le chancellier luy commanba ofter le collier de for
bre du roy ayant limaige fainct michel/ql portoit a fon col. Tantoft Benât a luy Jehan de
poupaincourt commença a dire. Noble conte iufques cy as efte tenu en la garbe du roy. A-
pres q diligemment as efte interroge de ce q as commis contre luy et la chofe publique: cô-
feffe as fouuenteffoys auoit offenfe la royalle magefte/aueciq les ennemis confpire a bio
le la foy y laquelle tu eftoyes oblige enuers la chofe publique. Maintenant ie biens a toy
de y la court de parlement euope/la fentêce de mort fignifliet: laqlle a ce iourbhuy a efte cô
tre toy prononcee ie te denonce q au iourbhuy mourras en grayue deuant lhoftel publique
de la cite/et q tes terres poffeffions a biens quelzcôques font declairez au Roy confifquez
A quoy refpondit le conneftable. O trefbon et grât dieu: combien dure eft cefte fentêce. Je
te fupplie me donner fain entendement a necte penfee pour te cognoiftre. En difant ces pa
rolles quatre docteurs en theologie hômes de grant nom bindrêt au côbanne ainfi quil
auoit efte ordonne/pour le confoler de monitions falutaires. Apres ql eut fait confeffion
felô la couftume des creftiens: demâda le facremêt du precieup corps de ihefucrift luy eftre
baille: q ne luy fut octroye. Toutefuoyes on celebria la meffe deuât luy a offrit on par beniff
leql deuotement il mâgea. Du palais pmy la multitube du populaire fut mene en grayue
ou il monta deffus fon efchauffault: puis fe tourna bers le teple de la glorieufe bierge ma
rie q appertement il beoyoit dicelluy efchauffault: apres q plourant eut fait fon oraifon af
fez longuette/le bourreau Jehan coufin dung feul coup de glefue luy couppa la tefte. Son
corps prindrent les cordeliers et enfeuelirent en leur eglife le dipneufpefme iour du moys
de decembre lan de grace. M.cccclypb. De fes crimes et de fa mort furent efcriptz plufieurs epytaphes en francoys a latin.

La mort du
conneftable.

En ce mefme temps le pris des monnoyesfut changie a lon forgea des efcus dor
du pris de.pppb. folz tourn. Auquel ouuraige quatre hômes feullement furêt
eftabliz. Ceftaffauoir Germain de merle/ Nicolas potier/ Denys breton/et
Symon auforan. Auffi fut impofe tribut fuechafcun tôneau de bin porte hors
le royaulme en pays eftrange. Car pour chafcun tonneau de bin q les francoys appellet
queue/les potiers epigeoyent bng efcu dor. €Apres ces chofes le roy loys machinant ql
que chofe contre les rommains: penfa de affembler le concille des euefques/car pource que
benu neftoit a effect ce ql auoit faict/ceftaffauoir de enuoyer fes âbaffabeurs a diuers pri
ces pour affembler leglife bniuerfalle: il publia commandement de tenir concille de fon roy
aulme/faifant inionction q tous euefques a prelatz retournaffent en leurs fieiges dedans
le iour par luy ordone. Puis y bueil oblige chemina au puy en auuergne: ou il fift fa neuf
aine en leglife noftrebame/q au iourbhuy par grant deuotion eft des francoys bifitee/et y
ainfi fe defchargea de fa promeffe. Tantoft cheminât a lyon: quant il fut en daulphine: il
ouyt dire q charles de bourgongne/q eftoit alle faire la guerre aup fupffes/auoit efte bain
tu a chace auec fon armee pres la ville de granfone et deup chafteaulp recouuertz ql auoit
ofte aup fupffes/fon artillerie perdue/toutes fes tentes a fon bagaige peillez a rauiz. Seblablement q iceulp fuiffes auoyent receu en leur puiffance les chafteaulp a grafonne ou
ilz trouuerent cinq cens et douze allemans q le bourguignon auoit fait pêbre et eftrangler
tous lefquelz ilz firent depenbre et enterrer/et es mefmes gibetz des allemans atacherent

Jmpofition
foraien.

Guerre entre
les bourguy-
gnons a fuif-
fes.

luy et les michelains auoit este machine)quant il trouua les anglops dessus le sablon/en
occist deux cens Et si print nicolas bourdet tresriche ⁊ opulent anglops. ¶En ce mesme
temps vint ala Rochelle le côte de glasceque escocops menant cinq mille hommespour dõ
ner secours au Roy charles. Lequel amyablement et en grant honneur le receut⁊ ¶Au
regard du duc de Bethfort q̃ la rebellion ⁊ alliance anglopse aqpelloit regent de france/met
tant le siege deuant pueri chasteau de normãdie. Apres q̃l eut perseuere en lassiegement
lespace de trops mops. Mena girauld capitaine dicelluy chasteau a telle necessite/q̃ pro
mettre luy fist de rendre le chasteau dedans certain iour se les francops ne luy donnoient
secours. Mais quant girauld par vng herault darmes eut fait sauoir au rop sa necessite
Charles estant a toute cõmist Iehan duc dalenpon/q̃ auec le conte de glasceque/Le conte
boucã/le conte de harcourt/et le Bicõte de narbonne/iroit chacer ⁊ repoulser le duc de beth
fort de deuant pueri. Ceulp cp doncques par long chemin venans par Chartres furent
auertis que girauld auoit rendu le chasteau au duc de bethfort. Parquop se detournerent
de pueri et allerent prendre Bernoil que les anglops tenoient/et pource q̃l estoit des droitz
et appartenances du duc dalenpon/ilz luy baillerent et restituerent. Les francops enco
res estans en ce lieu/ou ilz consultoient de la guerir a Benir:aduertiz furent que Bethfort
leur Benoit donner lassault Aucuns furent qui ressusoient le combat memoratifz des dom
maiges du têps passe que les francops auoient receu a crecp/et depuis a Blangp. Et les
aultres qui hassoient la principaulte des anglops persuadoient la bataille. Disans que
ce leur seroit honte et signe de craincte/se apans les ennemis si pres de sop se abstenopent
de combatre. Car se sans coup ferir dillec sen allopent/leur partement seroit Beu sembla
ble a fupte. Ceste oppinion fut la plus forte/ Laquelle pourtant eut maleureuse issue.   La Bataille
                                               de Bernoil

Es francops issuz de Bernoil/au prochaî chãp leur armee acoustrerent et a chas
cune des alles distribuerent et mirent partie des hommes darmes. Ce pendant
Bethfort cheminant en ordre de bataille/si tost quil fut deuant la face des fran
cops se sentit diceulp assailly. Les hommes darmes lombars au nõbre de quatre cês: aus
quelz auoit este commande de tuer sus ladu antgarde des ennemis cõme ilz eussent fondu
les premiers q̃lz auopent de fronc rencôtre/couuopteux de prope ⁊ rapine/plus sapplique
rent a peiller les têtes q̃ a ferir leurs aduersaires. Mais les gensdarmes francops qui e
stoient en lautre des alles ⁊ en larriere garde/cõme ilz se fussent iectez dedans la premiere
poicte des archers/surmõterent les anglops/dissiperêt et occirêt:si q̃ les ennemis facile
ment iugeopent la Bictoire tourner Bers les francops. Adoncques Bint bethfort qui tape
la ses gensdarmes ⁊ les enhorta de batailler couragcusement et en telle facon quil remist
sus la bataille et Bainquit les francops. Entre lesquelz moururent le conte de glasceque a   Bictoire con
uec son filz iamet/Le conte de boucan. Daumalle conte de harcourt/le Bicôte de narbon   tre les frãcop⁊
ne:le côte Bâtabor Grauille Belsault Charles le bõ Anthoine cahors Malicorne Guil
laume de la Boue/⁊ plusieurs aultres iusques au nõbre de ciq mille furent prins prison
niers le duc dalenpon auec traietan mareschal de frãce. Par ceste Bictoire les anglops pri
drent Bernoil ⁊ frãchemêt lesserent aller les frãcops q̃ tenoiêt la Bille. Apres cecp le côte de
salberic leua Bne armee ⁊ sicome il alloit Bers le mans pour la Bille assieger. Guillaume
poit cheualier pdr le guect quil auoit mis pres le sap/saillant sus les anglops en occist et
                                                                     E.t⁊

print grant nôbre sans y auoir aucun dômaige. Neâtmoyns salberic nullement estonne
passa oultre et mena son armee deuât le mans. Laqlle tant batit de bôbardes et aultres es
peces dartillerie q̃ ia rôpue et razee en plusieurs lieux la subiuga/Puissance et faculte dô
Le mans prins
des anglops.
nee aux francoys de sortir hors la ville apres quilz eurent paye mil cinq cens escus. De
la chemina encores plus auant a saincte susanne puissante ville de ce pays. Dont am
broys delore estoit capitaine et gouuerneur. Ceste ville fut assiegee dung assiegement
tresangoisseup. Car il estoit plain de continuelz assaultz que faisoient les anglops/aus
si des deffenses et rigoureuses resistances des francoys/de playes: meurtres/et occisi
ons. Les anglops auoient neuf bombardes desquelles continuellement ilz rôpoient les
murailles de la ville/si q̃ en peu de iours rôpirent et abatirent aussi song de muraille cô
me son pourroit tirer dun arc vne sagette. A loccasion dequoy Delore contrainct par neces
site rêdit la ville aux ennemys en leur payât deux mille escus pour la liberte et deliuran
ce de soy et des siens. Oultre cela le côte de salberic print le chasteau de mene q̃ les habi
tans appelent inhes/auec la ferte bernard quatre moys apres q̃l seut assiege. ❡En ce
mesme têps Arthus conte de richemont et frere du duc de bretaigne desliure de la puissan
ce des anglops/vint dâgleterre par deuers Charles q̃ seiournoit a angers afin de se saluer
Arthus de ri=
chemont con=
nestable ở frâ
ce.
et seruir. Adoncques charles benignemêt le receut et luy dôna la dignite de cônestable/a
pres la mort de boucan/q̃ occis fut en la bataille de vernoil/ expercant cel office durant sa
vie. Peu de iours apres cône les anglops eussent restably la ville saincte iame q̃ antienne
ment auoit este destruicte et mis en icelle trespuissante garnison de leurs gens. Arthus
connestable amassa vne armee de vingt mille hommes et sen alla assieger saincte iame.
Apres quil eut continue lassault par lespace de quatre heures entieres. Sortirent les an
glops impetueusemêt par le port q̃ est vers le sac pres la ville/en quoy faisant en partie res
pandirent ceulx q̃ ce coste assiegeoient et en partie les occirent. Les aultres aussi sumer
gerent et noyerent dedâs le sac. A ceste cause lassiegement desesse/comme les francoys fus
sent rêtournez en leurs tentes/au cry dun alarme q̃ fut faict la nuict (maulgre le cônesta
ble q̃ les rappeloit) delesserent leurs tentes auec toute lartillerie/et sen retournerent chas
cun en sa maison. Toutesuoyes peu apres Arthus cheminant en guerre au pays daniou
prit Guellerand. Et a lopposite les anglops osterêt aux manceaulx le chasteau de reme
sort/q̃ tantost le capitaine Salôle et belmanoz auec layde de Ambroys delore prindrent par
force et côsequêment malicorne. Entre ces aduentures Guyon auec cent hômes darmes
francoys partant de la ville de sable par cas dauenture ainsi quil marchoit au grant che
min q̃ meyne du mans a Alenpon/rencontra Guillaume hode halle equipe de vingt hô
mes darmes anglops/contre lesquelz sicôme Guyô se hastoit dôner lassault/les anglops
descêdirent de dessus leurs cheuaulx/et par vigoureuse hardiesse se rágerent en ordre contre
leurs aduersaires/et tellement se deffendirent/que combatans sans deplacement de or
dre ny de lieu plusieurs des francoys occirent et prindrent prisonniers de guerre. Le resi
du desquelz se retira au mans a saubucte. En ceste maniere la vertu côposee et en soy con
stante aucuneffoys surmôte soultrecupôee et folle temerite. ❡Auquel têps Gyacle pri
Gyac treso=i=
er de france oc
cis en seaue.
cipal entre les conseilliers du roy/accuse que plus despendoit les denyers et tresors du roy
a son vsaige et proffict/q̃ a lutillite de la chose publiq̃/par le comâdemêt ở artus fut êpoigne
et sumerge en la riuiere. Lors les anglops tenans môtargis assiege/et affligans la ville

par continuelz assaulx. Arthus pour les contraindre a leuer le siege/y enuoya les cheuali
ers q sensuiuét/ceст assauoir Grauille/Gaucourt/ Estienne Vignolle/et la hyre. Ceulx
cy equipez de forte a puissante cõpaignye de gensdarmes/quant ilz furent a montargtz ar
tiuez/ Rompirent les rãparcz et munitions dont les ennemis sestoient couuertz et encloz
puis les chacerent et en occitêt vng moult grant nõbre. Par semblable fortune Ambroys
delore batailla a ambrierres a lencontre de Henry le blanc anglops equipe de douze cens hõ
mes darmes/iasoit que cil delore en eust seullement huit vingtz. ¶En ce mesme temps
le duc dalenpon q prins auoit este en la bataille de Vernoil desiure fut de angleterre/moyé
nant quil paya deux cens mille escuz pour sa rancon. Lesquelz en partie liura prõptemét
et pour le reste baïlla obstaiges. Entre lesq̃lles choses/les manceaux ayans en hayne la
principaulte et seigneurie des anglops/appellerent aucuns capitaines francops q̃ estoiêt
le conte domual et le seigñt dalbret/lesquelz ilz mirent clandestiuement dedãs la Ville. Les
ennemis quant ilz congneurent lentree des francops: hastiuement se retirerent en la tour
qui est dicte obendesse/assise pres la porte sainct Vincent. Et enuoyerent vers Tallebot
lequel tenoit alenpon afin de les venir secourir ce pendant quil y auoit esperance de recou
urer la Ville. Quant tallebot qui ses gens auoit prestz en armes entendit le danger de ses
compaignons/par grant chemin sen vint hastiuement deuant le mans. Mais les fran
cops cõme asseurez de leurs besongnes/delicatement se traictoyent es hostelleries/ peu
considerans ce que ses ennemis machinoyent. Parquoy approchant tallebot et des siens
receu p la porte saq̃lle ilz occupoient/assaillit a prïnt la Ville/de laquelle il eppulsa les frã
cops a fist mourir ceulx qui auoient este cause de la reuolte. Sans longuement chõmer ce
stuy Tallebot assiegea et prïnt dassault Pontoyson q̃ richemont auoit restably a fortïffie
de puissante garnison. Sêblablement il et le côte de salberic auec le côte de suffort aprés q̃l
eut leue grosse armee/estroictement assiega orleans. A lentour de laquelle Ville furent ba
stiz tresfortz bouleuartz/p lesquelz êpeschoient les ennemis q̃ lon ne peust facilement por
ter quelq̃ chose en sa cite. Car les Villes q̃ sont sus la riuiere de loyre au dessus et dessoubz
de orleans. Ja estoiêt soubz lobeissance des anglops. Neãtmoyns aux orleanops fut touf
iours couraige haultaï/si q̃lz ne purent et ne voulurêt souffrir la domination angloyse/at
tendu mesinement q̃ le Roy charles se plus q̃l pouoit sans iterualle ou delay leur estoit ay
deur. Et iehan bastard de leur duc/hõme tresexpert es armes tresbiê faisoit son deuoir de
deffendre la Ville. Si faisoit boussac marechal de france auec la hyre/q̃ continuellement
y amployoient toute leur force et vertu. Du coste ou est le chemin de beaulce estoient giãs
faulxbourgs et plusieurs eglises/q̃ les francops rõpirent et abatirêt afïn q̃lz ne portassêt
proffict aux ennemis. Lesquelz occupoient les faulxbourgs auec le bouleuart du pont
estans de lautre coste de la riuiere de loyre. Toutesuoyes ilz ne ambrassoyent les choses si
estroictement q̃ ny eust moult despace entre se grãt bouleuart (q̃ les anglops auoient nom
me londres) et ce q̃ estoit a sainct loup. En laquelle espace estoit grant a large chemin par
lequel lon pouoit aller vers les assiegez. A ceste cause afin que secours fust donne a la Vil
le estant en afflixtion et labeur. Le duc de bourbon et auec luy Struat connestable de scoce
Semblablement le seigneur Douval/ et Estienne la hyre. Assemblerent assez puissante
compaignie de gensdarmes. Et sicomme ilz deliberoient donner secours et ayde aux or
leannoys. Receurent nouuelles que Iehan fastol cheualier anglops auoit prins moult

C.ii.

Montargis
assiege.

La deliuran=
ce du duc dale
pon qui estoit
prisonnier en
angleterre.

Orleans des
anglops assie
ge.

grande quantite de victuailles a paris/ Et par layde de fymõ mozhier preuoft dicelle vil
le sefforceoit les porter aup anglops q̃ tenoient le siege denant orleans. Parquop les francops soubz espoir de surpzédze et enclose ces victuailles Tournerent leur chemin vers iehan faftol. Ceste entrepzinse congneue faftol pzenant conseil legierement/de chariotz et
charettes enuirõna foy a fes gens pzes Januille ville de beaulce/et les cheualup delessez
Commença a combatte a pied/ce que fift ftruat et dozual auec grãde partie des francops
tellement que la victoire vint a faftol. En laqũlle Ftruat et dozual furent occis auec deup
cens hommes de leurs gens. Au regard du duc de bourbon il sen retourna vers orleans.

La mort du cõ
te de salberic.
Durant icelluy assiegement le conte de salberic eftãt a la feneftre du bouleuart q̃ eftoit t af
sis au dernier pont de la cite cõtemploit et ymaginoit en quelle facon il pourroit furmon-
ter et eppugner la ville. Auquel lung des capitaines de son armee commença a dire. Sei
gneur a ceste heure peup franchement regarder ta cite. En disant sesqũlles parolle la pier
re de quelque artillerie iectee de la ville par vng homme incertain/rompit le bozt de la fe-
neftre/dont les pieces et esclatz dissipez contre la face du conte de salberic fizét lhõme mou
rir le deupiefme iour enfuiuant. Neantmoyns ne delefferent les anglops lassiegement
deffusdict. Aincops au lieu du côte de salberic Guillaume glaffide q̃ neftoit de grãt mai
son/mais noble en pzudence et eppzrience des choses gouuerner Pzint la charge de larmee
dont il eftoit moult soigneup. Les ozleannops affligez par long assiegement/pzindrent cõ
seil par quelle voye se pourroyent des ennemis deliurer. Auql conseil eftoient aucuns per
fuadans quil conuenoit dõner argent a pecune aup anglops sans rédze la ville. Les aultres disoient au contraire q̃ prouffictable eftoit la ville rendze/pourueu q̃ ce fuft au duc de
bourgõgne: qui issu du sang et de la generation des francops eftoit espere quelq̃ iour se de
partir de lalliance des anglops. Ceste dernnicte oppiniõ fut veue la meilleure/parquop
fut poton enuope vers le duc de bourgongne auecq̃ certaines cõditions. Apzes la legatiõ
receue/Respõdit le bourguygnon q̃ voulentiers la ville receuroit p loip a cõditiõs equi
tables pourueu q̃ le duc de bethfort si accozdaft. De laqũlle chose il enuopa messagers vers
le duc de bethfort. Quãt le duc de bethfort eut oup lambassade/il respõdit re q̃ sensuit. Je
nap pas dit il batu les fentes et buyssons/affin q̃ vng aultre iouysse des opseaulp. Je re
cepuray les ozleannops apzes q̃ selon ma voulente les auray subiuguez/a si recõpenserõt
tous les fraitz mises et despens q̃ iay faitz durãt lassiegemét. Ceste chose rapotee au duc
de bourgõgne potõ sans riés faire sen retourna a ozleãs. Et des lozs le duc de bourgongne
pzit courage de soy deptir dauec les anglops/pource q̃l les veopt auoir enuye de sa gloire

La venue de
la pucelle par
deuers le Roy
Charles sep-
tiefme.
En ces iours a Daucouleur eftoit nee. Jehanne / aage de vingt ans engen-
dze de Jaques darc son pere/ Et de psabel sa mere au villoige de dampzeme.
Laquelle pour sa perpetuelle integrite de son cozps Obtint quelle fut pucelle
appellee Ceste pucelle par ladmonneftement et instigation de dieu ayant pitye a campassion des aduersitez de ce temps/souuenteffops soubz la conduicte de son oncle alloit parler a Robert baudzicourt pzeuoft de la ville dozleans et a plusieurs aultres
cheualiers et hõmes darmes de la garnison/les admonneftant q̃lz la menaffent p deuers
le roy Charles afin de dõner bon tempde aup choses defesperees. Baudzicourt apzes q̃l
eut despzise vne a deup fops celle fẽme dõt il ne faisoit eftime/voyant q̃lle pseueroit lescou
ta/a baillãt a la pucelle gardes a létour delle pour la tuitzã de son cozps/cõmãda la menet

au roy. La pucelle Venant Vers Charles/combien q̃ oncques ne leuſt Veu/et de propos pẽ
ſe et delibere ſe fuſt moyns et plus purement Veſtu q̃ tous les aultres officiers de ſa mai
ſon. Neantmoyns regardant le Roy en face reuerẽment ⁊ doulcemẽt Ge te ſalue(dit elle)
treſnoble Roy/dieu te doint bonne Vie. Et cõme charles ſe fuſt nye eſtre le roy Ah dit elle
tu es le treſnoble roy des francoys, A ces parolles priſt le roy eſperance de quelq̃ meilleure
fortune. Parquoy apres q̃lent choiſy quelques hõmes prudens pour leſſayer et eſprouuer
plus auant/elle afferma conſtãment q̃lle eſtoit Venue pour reſtituer le roy Charles en ſon
royaulme/⁊ q̃ dieu ainſi auoit ordonne/q̃ par ſon moyen ſeroiẽt les orleannoys deliurez de
laſſiegement de leur Ville. Et les anglois finablemẽt chacez hors de france: puys q̃lle me
neroit charles a reins/ou en la maniere des antiens ſeroit oynct de la ſaincte et ſacree Vn=
ction/ſicomme de tout ce auoit eſte admonneſtee par inſpiration diuine. Parquoy ne luy
eſtoit beſoing tant ſeullement q̃ de genſdarmes Leſquelz charles luy baillaſt pour les con
duite. Et ſicõme ſoigneuſement eſtoit interrogee des aultres choſes plus difficilles/meſ
mes appartenans a la foy catholiq̃/elle reſpõdt par deſſus le ſauoir ⁊ entendemẽt dune fẽ
me. Car ſoit q̃lle fuſt interrogee de la diuinite ou de la guerre/elle ne parloit cõme Vne fẽ
me Aincoys par ſcience et experience/ſi que celle pucelle eſtoit en admiration a pluſieurs
Le conſeil doncques aſſemble/fut Veu eſtre treſbon/ſe de ſa fortune Charles Vſoit en ba=
taille. La premiere charge q̃ lon luy bailla ce fut de porter Victuailles en la Ville dorleans
et lacompaignoyent Ray et Delore cheualiers de lordonnance equippez de puiſſante cõ
paignye de cõbatans. Quant ilz furent a bloys/au deuant deulx Vindrẽt Regnault char
te arceueſq̃ de Reins et chancellier de france. Le Baſtard duc dorleans/Eſtienne la hyre ⁊
pluſieurs aultres hõmes darmes deſlicte. Apres q̃ les Victuailles furẽt miſes es chariotz
et les genſdarmes en ordre de bataille:partit. Gehãne de Bloys et par la ſolongne le lende
main chemina Vers orleans. Es guerres et batailles Vſoit la pucelle dun gleſue quelle
acquiſt en ceſte maniere. En touraine ya Vne egliſe dedyee a ſaincte Katherine treſuene
rable a ceulx du pays:ou lon Voit encores au tourdhuy pluſieurs Vielz et antiens dons.
La pucelle rehanne manifeſta au Roy charles quen ce tẽple entre les ſainctes oblations y
eſtoit Vne Vieille eſpee de to⁹ coſtez couuerte de fleurs de liz/Requerãt Vng armurier eſtre
enuoye en icelluy tẽple pour chercher celle eſpee/pour ce fait luy eſtre dõnee Charles emer
ueille ſe aultreſoys auoit Gehanne ce tẽple Viſite/enquiſt de celle fẽme cõment elle auoit
eu de cecy cõgnoiſſance. Du lieu(dit la pucelle)neuz oncques congnoiſſance. Celluy q̃ le
ma enſeigne neſt point Vng hõme/ceſt dieu ſeul ⁊ non aultre leq̃l le ma reuelle. Ceſte reſ=
ponſe ouye/enuoya le roy Vng ouurier pour querir le gleſue ⁊ le luy apporter quãt il ſau
roit trouue. Larmurier cheminãt a ſaicte Katherine/trouua leſpee toute roueillee entre
les aultres armeures Vieilles. Laq̃lle il apporta a Charles/q̃ tantoſt la dõna a la pucelle
Mais pourſupuons la matiere des anglois Les anglois q̃ eſtoient au Bouleuart de ſaict
tehã le blanc:oyans les frãcoys Venir/ſe lieu abãdõnerẽt ⁊ ſe retirerẽt a pluſieurs
auguſtis/aſſis au deſſus du dernier põt. Au regard de la pucelle/trauerſant la riuiere p
ſe mei ſſieu des ennemis:elle porta les Victuailles en la Ville. Touteſuoyes pource q̃ les
Victuailles eſtoiẽt petiz:ray et delore auec leurs gẽs retournãs a bloys:racõpterẽt au chã
cellier le dãger d̃ la Ville:laq̃lle ſi elle neſtoit ſecourue Viẽdroit en la puiſſance des ẽnemis
daultre coſte Gehã Baſtard du duc dorleãs grãdemẽt prioit q̃ lon luy allaſt donner ſecours

C.iii.

Les louẽges
de la pucelle.

Leſpee de la
pucelle.

Lenuictaille
ment de la Vil
le dorleans.

Lors loppinion de tous fut que lon deuoit porter aux assiegez abondance de viures & pren
dre le chemin par beaulce/qui estoit le coste ou lassiegement plus côtraignoit la ville. Car
mee doncques et les voictures mises en bon ordre. Les francoys quant ilz eurent faict la
moytie du chemin qui est entre bloys et orleans/se arresterent et illecques ficherent leurs
tentes pour soy reposer. Le lendemain au matin pres le poinct du iour. Quant ilz furent
aprochez a deux mille pas pres de la cite. Jehanne sortant de la ville auecques aucuns ca
pitaines equipez de bonne compaignie de gensdarmes/Chemina au deuant de ceulx qui
venoient. Par ainsi les armees ioinctes ensemble/comme les francoys ne fussent moin
dres en nombre que les ennemis: passerent deuant le regard des angloys et furent receuz
dedans la ville. Quant la cite fut confortee de victuailles/la pucelle tresuaillamment en
armes acoustree cheminant au bouleuart qui estoit dict de sainct loup/puissantement cô
batit et vainquit les angloys/sans quil en reschapast ung seul: qui ne fust occis ou faict
prisonnier. Ces choses sicomme elles estoient faictes deuant le grant bouleuart/ essaye
rent les ennemis faire une course et leurs gens secourir. Mais incontinant se retirerent
au bouleuart. Le petit bouleuard rompu et raze/apres que les francoys furent retournez
en la ville ou secretement firent plusieurs consultations. Assauoir mon silz iroient assail
lir le bouleuard de londres. Finablement le conseil communique auecques Jehanne/elle
commenca a soy courroucer disant en ceste maniere. Seigneurs ne me celez riens/car ie
puis celer plus grandes choses que celle cy/Lesquelles sont closes en mon couraige. Cer
tes les seigneurs cestoient teuz a ce que par legierete de femme ne fust la chose vers le peu
ple esclandree/Cest assauoir quilz faindroient le bouleuart assaillir. Afin quen lautre co
ste de loyre frissent tout net les angloys q̃ estoient a lassiegement vers la solongne. Quât
ilz se hastetoient de venir leurs compaignons secourir. Lesquelz quant ilz deplaceroient
de leurs sieges. Les francoys leurs places occuperoiêt. Jehanne ne passa son ire/iusques
a ce que Jehan Bastard dorleans luy racompta ce que diffiny auoit este par le conseil. La
deliberation congneue. Je approuue (dit la pucelle)ceste sentence et brayement y est locu
ure. Car comme celle femme fust ferme de cueur et confiant en dieu plusieurs choses re
prouuoit de ce que conseilloient les capitaines touchans la guerre. Riens ne faisant du
rant le temps de lassiegement qui maluais fust ou maleureux. Toute armee estoit pre
sente auec ses gensdarmes, Montee dessus ung trespuissant & couraigeux cheual ou el
le montoit diligemment et habillement comme ung habille et diligent cheualier. A ceste
cause plusieurs choses pensant en son couraige. Jugea estre necessaire daller assaillir les
ennemis/q̃ se seoyent sus le dernier pont au faubourg sainct laurens. En la riuiere estoiêt
plusieurs basteaulx liez aux murailles de la ville. Dedans lesquelz elle mist gros nom
bre de gensdarmes et passa loyre. Son armee mist a terre ferme pour assaillir les ennemis
Auquel lieu fut bataille iusques a ce que formant le soleil se couchast. La pucelle donna
le signe de la retraicte. Sicomme les francoys rentroyent es basteaulx/assailliz furent p
les angloys pour raison dequoy la pucelle donnant couraige a ses gens. Aux ennemys
vertueusement resista/et les chassa en les pourfuiuât iusques a la maison des augustins
Laquelle iasoit que les angloys tresbien leussent fortifice. Toutesuoyes ilz en furent ex
pulsez et les francoys loccuperent. Au pont dessusdict pres les augustins estoit une tour
de pierre carree auec bouleuart et fossez a lentour. En ce lieu fuyans les angloys se retire

Victoire par
la pucelle con
tre les âglops

Desconfiture
sus les âglops

rent. Du iehanne faisant le guect toute la nuict/quant Bint le point du iour commanda
donner lassault au bouleuart. Affermant que prochain estoit le temps auquel les anglops
deuoient estre Baincuz et chacez du royaulme de france. Ce pendant que les francops fai
soiēt lassault/auql les ēnemis aspremēt se deffendoiēt. Jehāne fut blecee en lespaulle dūg
coup de traict darbaleftre du bouleuart enuope De laquelle plape elle ne fut plus trifte ne
mopts diffigēte perfeuerant en arreft deffus le bozt du foffe pour toufiouts admonnefter
fes gensdarmes a Baillamment befongner. Laffiegement continue comme ia fuft Benu
le Befpze. Les francops deualerent debans les foffez puis monterent au Bouleuart ⁊ le pzi
Bzent de force. En quop faifant ilz occirent quatre cēs anglops auec trops capitaines ceft
affauoir. Mollin/Jehan pottmar/et Guillaume glaffide. Tous les autres empoignez
Bindzent en fa puiffance des francops. Les ennemis qui eftoient Bers la Beaulce facille
ment pouoyent Bcoir lexploict que Jehanne faifoit fus leurs compaignons. Parquop ef
pouentez de leur fortune et aduerfite. Quant ilz oupzent les trompettes clairōs et cloches
fonner en la Bille en figne de lieffe. Des le lendemai au mati leuerent le fiege ⁊ fen fouprēt
a mun. En cefte maniere fut rompu laffiegement/⁊ la cite deliuzee de la puiffance des an
glops ennemis. Si que depuis auint toufiours a Charles bōne fortune. Mais talkebot
felonnement defpite de ce quil eftoit fruftre de laffiegement dozleans/pour fon dommai
ge recompenfer affaillit laual/et par trahifon ou farcin nocturnel pzit le chafteau et la Bil
le. Auquel lieu il pzint pzifonnier le conte de laual/lequel il tit en pzifon iufques a ce quil
lup cuft pape la fomme de Bingt mille efcus. Ce pendant la pucelle follicita le Roy char
les de fcuer plus gzant nombze de gensdarmes/et recouurer ce que les ennemis lup occu
poient au champ dozleans. A cefte caufe le duc dalenpon a fop appele lup commanda char
les aller a Gergeau. Tantoft arriuerent Jehan baftard dozleans/Bouffac marefchal
Grauille/Culault admiral/Ambzops delore/Dignolle/La Hpre/et Guillaume bzuffac
Lefquelz iafoit quilz ne fuffent ftipendiez des deniers du Roy. Toutesuopes afin de Be
oir et Bifiter la pucelle Laquelle ilz cuydoient eftre diuinement enuopee ne refuzoient che
miner en b ataille. Parquop Bers gergeau cheuaulcherent et pzindzent la Bille le huitief
me iour apzes quilz eurent mis le fiege deuant. Auffi peu de iours apzes leur armee aug
mentee/Par le commandement de Charles cheminans a mung/le pont pzindzent auec
la tour. Puis p mitent garnifon et haftiuement fen allerent a Bogency. La Benue des
francops entendue/Les anglops delefferent la Bille/fe retirerent et fouprēt au chafteau
qui eft au pont fus la riuiere de lopze/lequel pzindzent les francops et franchement leffe
rent aller les anglops qui eftoient debās. Apzes la pzinfe de ce chafteau fut fait Buyt par
mp loft et les tentes des francops/que Talkebot et Jehan faftol auec cinq mille anglops
auoyent efte Beuz a Januille en Beaulce pour Benir a mung Adoncques par les efpies en
uopez. Quant les francops congneurent que cecp eftoit Bzap/fe mirent en ozdze de Batail
le/Marcherent a lencontre des ennemis Et fuckerent leurs tentes a partenap pozce que
lois p auoit Bng treffort et puiffant tēple. Eftoient a faire le guect Belmanoz/Ambzops
delore/la Hpze/et Poton efppans la Benue des ennemis. Et apzes ceulp cp fenfupuoient
non loing auec bonne armee/Le Duc dalenpon/Richemont conneftable/Le conte de Ben
dofme. Jehan baftard dozleans et la pucelle. Les anglops cheminans/quant ilz Beitent
les francops/cōmencerent a retourner en arriere au bops illec prochain afin de querir pour

Bictoire con=
tre les āglops

Comment oz
leans deliure
fut de laffiege
ment et puif
fance des an=
glops.

La pzinfe ⁊ re
couurance de
bogency.

Bataille con
tre les ãgloys
en laquelle ilz
furent occis.

eulx meilleur lieu de combatre. Mais ceulx qui faisoient le guect sans donner aux enne
mis espace de soy amasser commencerent a combatre/ Si quilz contraignirent fouyr tous
les angloys qui estoient a cheual. Parquoy les pictons voyans la fuyte de leurs gensdar
mes se recterent dedans le boys et vng petit villaige estant illec pres. Par la couuerture
duquel boys se sauluoit chascun deulx au myeulx ql pouoit. Pendant ce conflict arriua le
duc Dalençon equipe dune grosse armee/ Et en ceste bataille moururent enuiron troys
mille angloys oultre plusieurs de leur noblesse q furent empoignez prisonniers auecques
tallebot. Lors vint Januille en la puissance de Charles auecques quelques aultres pla
ces de beaulce.

Ᾱu moys de iuing de lannee ensuyuãt/qui fut Lan de grace mil quatre cēs
vingt et neuf La pucelle Jehanne vint parler au roy Charles en luy di
sant en ceste maniere Tresnoble roy ia commences a surmonter ton enne
my. Nous voyans plusieurs villes et chasteaulx que les angloys te a=
uoyent oste et rauy/a toy maintenant obeyr/maintenãt est venu le temps
de ta consecration. A la diuine voulente de dieu plaist que tu ailles a Reins: ou onyrct de
la saincte et sacree onctiõ en la maniere de tes predecesseurs le dyademe royal recepueras
Pour laquelle seulle chose ton nom sera au peuple francoys plus venerable et a tes enne=
mis plus doubtable. Saches que la champaigne et formant tous les belges encores sont
soubz la puissance des angloys. Toutesuoyes moyennant layde de dieu nous te prepare
rons le chemin. Tant seullement assemble tes gensdarmes/et puis faisons ce que dieu a
ordonne. Ces parolles de la pucelle faisoient a tous grande esperance. Pource que par sa
purite et nectete de sa vie monstroit en soy grande sainctete/aussi que riens ne faisoit ou
disoit femeninement. Aincoys formant chascune sepmaine sa conscience purgeoit par cõ
fession sacerdotalle/et receuoit le sainct sacrement delautel. Charles dõcques apres quil
eut leue vne puissante armee a Gyen delibera a reinsaller par la champaigne/ou deuant
enuoya la pucelle auecques aucuns capitaines de guerre/pour resister aux ennemys se da
uenture vouloient empescher le passaige. Quãt charles fut venu pres aufferte/au deuãt
de luy vindrent aucuns des citoyans. Mais ilz ne se receurent en la ville. Lors estoit le
seigneur de la trimoylle/qui auoit grande auctorite enuers le roy. La commune renõmee
tenoit pour verite que cestuy auoit receu pecune des aufferroys afin de leur faire donner
treues. A ceste cause ne fut fait aucun dommaige a la ville. Les habitãs de laquelle bail
lerent viures a larmee des francoys en les payant. Apres que Charles eut passe aufferte
Ᾱl print sainct florentin par le moyen que les citoyens franchement se rendirẽt. Dela che
minant a troys en champaigne: se sixiesme iour apres quil eut illec tenu son siege sans es
pouoir que ses habitans se rendissent/courut la famine en loft des francoys: si que plusi
eurs gensdarmes tant seullement ilz mangeoient febues et espiz de ble. Ceste pourete et
indigence congneue assembla Charles en conseil les principaulx de son armee/auxquelz
il demanda quelle chose leur sembloit estre a faire. De tous vng seul ne fut quil ne dist q
son deuoit remener larmee et leuer le siege. Actendu q les viures estoient failliz aux gens
darmes et la pecune pour les souldoyer. Toutesuoyes vng nomme Robert le masson/cõ=
bien quil ne fust doppinion contraire. Je vouldroye dit il ouyr loppinion de Jehanne sus
ceste chose. Car cest celle q cause motiue a este de ceste armee/peult estre q par son conseil

y donnera quelque ayde ia prest. La pucelle doncques appellee ⁊ requise de dire la sienne
oppinion, vers le Roy se retourna disant en ceste maniere. Noble et puissant roy se ie te
dis ce que tiens estre vray/me croyras tu. Et come par deup foys eust demande celle chose. Respondit le roy/se quelque proffict doit aduenir diz le et ie te croiray. Les habitans
de troys(dit elle)sont tiens/et dedans deup iours prochains a toy se rendront et te liure-
ront la ville. Le roy adioustant foy aux parolles de la pucelle/commanda que larmee ne
bougeast encores de ce lieu. Lors iehanne hastiuement monta dessus son cheual et cotrai
gnit chascun des gensdarmes a porter deuant les murailles toutes les choses necessaires
a donner lassault a la ville pour la prendre et surmonter. Quoy voyans ceulx de troys en
uoyerent vers Charles leuesque du lieu auec quelque nombre de citoyans et capitaines
promectans au roy liurer la ville:sil permectoit les anglops ⁊dillecques issir auec quelque
nombre de prisonniers quilz auoyent. Ceste condition accordee/le lendemai entra Char
les en la ville de troys/Et sicomme les ennemis sortoient/proh iba la pucelle quilz ne em
menassent les prisonniers. Le pris de leur rancon paya le roy/afin quil ne fust veu contre
uenir ⁊ deroger a la foy promise et accordee auecques les ennemis.

La prinse de troys par les francoys

⟨Apres que le Roy
Charles eut estably iuges et officiers a troys pour lexercice de la iustice ⁊ gouuernemet
de la chose publique/il sen alla a Chalos:ou les habitans le receurent en grande liesse ⁊
epultation auec les gouuerneurs et officiers de la chose publique que Charles y voulut
establir. De la assaillit la ville de reins qui obeissoit aux anglops. Mais par aucune for
ce ne la print/pource que sans doubte les citoyans tresioyeup furent leur prince et roy recepuoir. En ce lieu vindrent le duc de bar et de lhorraine. Semblablement le seigneur de
Commercen/equipez de bandes de gensdarmesqui nestoient petites/afin de seruir le roy
Charles doncques par regnault de chartre arceuesque de reins fut oynct sacre et couron
ne roy de france/et y assista la pucelle portant en sa main lestandart de guerre. Non sans
cause ioyeuse que par son seul enhortemet auoit Charles receu le dyademe du royaulme
et la saincte onction au lieu acoustume et a ce faire designe par long temps. Le sacre acom
ply/et reins delesse sen alla Charles a bellin ou franchement print iouissance de la ville
et ne monstrerent les Souessonnops aucun signe de rebellion. Aussi en semblable manie
re se rendirent plusieurs fortes placces au pays de brye. Le roy charles seiournant a Pro
uins le conte de bethfort equipe de douze mille combatans partit de paris et sen vint a con
buell soubz couraige(comme il se vantoit)de batailler contre charles. Quant le roy de ce
fut aduerty:sortant de prouins mena son armee a vng chasteau qui est dit la motte/Non
pour aultre cause sinon afin de faire voye et puissance a son aduersaire de cobatre. Mais
bethfort changea son propos et luy vint voulente de retourner a paris. ⟨Charles auoit
delibere passer la riuiere de seine et aller a brye conterobert/Les citoyans promectans luy
donner passaige. Mais pourtant quen vng mesme temps couroyent les francoys et an
glops au riuaige de la riuere pour passer/apres quelque legiere bataille Charles prohiba et epescha ses gens de passer. Peu de iours apres cheminant a chasteau thierry. Puis
tantost passant par ballops et crespy:ficha ses tentes ample champ pres damartin soubz
esperance de recouurer paris. Quant le conte de bethfort cognut que charles venoit:il me
na son armee au villaige de mitry distant de sip mille pas de dammartin. Auquel lieu q̃
de sa nature estfortefort il arresta ses gensdarmes. Lors charles enuoya deuant aucuns ho

Le courannemet de Char les septiesme pl.iiii.roy de france.

Chasteau thierry.

mes de guerre soubz la conduicte de Estienne la hyre/pour cheuaulcher les anglops. Et
quant il sceut que son aduersaire auoit mis le siege au plus fort endroit de ce lieu/deffen
dit aup siens de marcher oultre. Toutesuoyes bethfort haftiuement retourna a paris.
¶Durans ces iours Charles auoit aucuns de ses gens les plus loyaulp a compiegne
et beauuoys pour espier et enquerir de quelle voulente estoient les habitans enuers luy/
Et auoit congneu quilz desiroient principallement estre deliurez de la seruitude des an
glops et obeyr a luy qui estoit leur vray roy. Dela cheminant a baronne villaige de Sen
lis/pour aller a compieigne Congneut que bethfort auoit renforcy son armee afin de se ve
nir affaillir. Vng peu auant ces iours vng cardinal de Romme oncle de Henry roy dan
gleterre/De par le pape auoit este enuoye en ambassade vers les anglops/afin de leur vne
armee auecques pecune pour faire guerre a lencontre des bohemyens qui droictement ne
croyoient de la doctrine et foy de ihesucrist. Cestuy ayat par ce moyen amene quatre mil
le hommes de guerre en france cestoit conioinct auecques bethfort. Tout nant ses armes
Maufuais
preftre & facri
lege.
a lencontre des francops: lesquelles auoit fainct amasser et leuer contre les ennemis de
la foy catholique. A ceste cause afin que charles fust aduerty de la venue de bethfort. Il
enuoya Ambroys delore auec tant seullement vingt hommes darmes pour espyer que fu
soyent les ennemis. Qui des quil fut entre au chemin: aduisa de loing grant estouibil
lon de pouldre parmy lair. Et ne doubta que ce fust signe du train dune armee/Par quoy
marchant vng peu plus auant/veit les anglops appertement. Dont il aduertit Char
les en diligence par vng herault darmes. Ceste chose congneue Charles apres quil eut
mis son armee en ordre/deliberant aller a senlis/Comme il fust venu a montpilicu: qui
aultrefoys a este dict le mont de contemplation. Au retour de Ambroys delore entendit
que les anglops alloyent a bar par vng ruysseau qui descend et coulle de senlis. Mais
que grandement estoient empeschez par la petitesse du fleuue. Par lequel a peine pour
roient deup a deup passer ensemble. En ceste difficulte de passaige pensant Charles po
uoit surprendre et actraper ses ennemis/Commanda marcher la premiere armee Mais
ia auoit langlops fait passer grande partye de ses gensdarmes. Pour raison dequoy retint
Charles ses armees deuant la face de ses ennemis. Et tantost apres quelques legieres
baterics/Comme le soleil eust commence a soy muser. Les anglops fichierent leurs ten
tes dessus le bort du fleuue: se fortiffrans de rampares/terrasses et todiz/ayans encores
vng lac derriere soy. Mais le roy Charles retint les siens au montpilicu: et le lendemain
au point du iour equipe de quatre armees chemina en bataille contre les anglops.
La premiere armee menoyent le duc dalenpon et le conte de Vendosme. De la seconde estoit
le duc de bar capitaine. La tierce menoit Rayre et Boussac mareschal de france La quar
te qui estoit establye a faire les courses/Et a laquelle necessaire estoit souuentesfoys cha
ger de place gouuernoyent Albret Jehan bastard du duc dorleans. La pucelle/et la hyre
La garde et sollicitude des archers et arbalestriers auoient Gtauille et Arha fouraulx
Bataille sur
les anglops.
limosin/pareillement le duc de bourbon et le seigneur de la trimoille auoyet receu la gar
de du roy. Apres que les armees ainsi furent acoustrees: on delibera les anglops assail
lir. Mais quant on congneut combien leur aydoit le lieu ou ilz estoient/quelques legie
res baterics faictes deuant les tentes de lung et de lautre: come par iniures ou assaultz
ne peussent estre les anglops excitez a sortir de leur parcq. Les francops finablement

allerent pres de leurs tentes. Ou longuement ensemble combatirent et iusques a ce que par la nupct q̃ venoit et p̃ force de pouldre dont le ciel estoit tout obscury furent contrainctz la bataille cesser. Le lendemain au matin sen alla le Roy a crespy/ Et Bethfort retourna a paris. Aussi le deuxiesme iour apres ensuiuant Charles print la ville de copiegne/ dõt il fist baillif Guillaume flauue qui poure estoit et indigent hõme de ce lieu. Auquel vin drent les beauuoysins qui soubz lobeissance du roy se rendirent. Semblable chose firent ceulx de senlis lesquelz vers Charles leur euesque enuoyerent auec quelque nombre de ci toyans/ et luy liurerent la ville ou il se transporta tantost apres. Bethfort preuoyant en son couraige la bonne et heureuse fortune qui tiõt aux affaires de charles deliberant par tit hors paris bailla le gouuernement de la cite a loys de luxembourg euesque de Therou enne que la secte des angloys appeloit chancellier de france/ Aussi a Jehan tachet cheua lier angloys auec Symon morhier preuost de paris. Et y lessa deux mille hommes dar mes en garnison. Au regard du residu de son armee il cheminant en normandie se depar tit en plusieurs lieux de sa secte z alliance. A ceste cause se partement de Bethfort congneu Charles qui a senlis estoit cheminant en armes a sainct denys. Entra en la ville ou les citoyans gracieusement se receurent. Le troysiesme iour apres ensuyuant: les francoys p̃ le commandement du roy Charles fichans leurs tentes au villaige qui i est dit la chapel le/ comme ilz eussent illec passe la nupct. Les parisiens vindrent courir sus eulx/ si que p̃ plusieurs et diuers conflictz combatirent/ comme silz eussent fait aucuns ioyeulx comme cement ou essay darmes. Finablement apres que les parisiens se furent retirez en la vil le. Les francoys soubz la conduicte du duc dalençon allerent mettre leur siege deuant la porte sainct honnore ou de prime face prindrent dassault le boulcuart qui estoit basty con tr icelle porte. Soubz lesperance de laquelle chose/ par dessus loppinion de tous delibera la pucelle surmonter et prendre la ville dassault. En ce coste de la ville ya double fossez/ et entre ses deux ya bute a doz dasne/ Comme les francoys facilement fussent descenduz au premier auquel ny auoit eaue ny fange. Ce leur fut grant peine et labeur de surmõter lau tre/ pourtant quil estoit plus large et temply deaue en abondance. Toutesuoyes la pucel le fist de toutes pars apportera iecter matiere au fosse pour le remplire en quoy faisant fut frapee dunc sagette en la cuysse qui luy fut iectee des murailles. Neantmoyns elle perse uera diligemment a lacomplissement de son oeuure/ enhortant tousiours ses gensdarmes a perseuerãce/ et ne peut estre dillec ostee iusques a ce que le duc dalençon par soy remena ceste femme laborieuse. Le signe de la retraicte donne les francoys tournerent leur chemi a sainct denys. Auquel temps/ de laigny sus marne vindrent a Charles messagers qui luy promirent la ville rendre et liurer. Parquoy ambroys delore a laigny enuoye receut la ville. ¶Charles voulant partir de sainct denys institua le duc de bourbon gouuerneur des villes quil auoit receu es belgeoys depuis le temps de son sacre/ lessant le conte de Ven dosme et cuillant a sainct denys auec puissante compaigne de gensdarmes Et dela chemi nant a laigny/ passa tantost montargis/ et trauersa la riuiere de loyre. Apres que Char les fut party. Les angloys et bourguygnons recouurerent sainct denys/ et ceulx q̃ Char les y auoit laisse en garnison sen allerent a senlis. Dauantaige les ennemis auec leur ar mee cheminerent a laigny. Mais Ambroys delore auec Jehan foucaud issu de la ville tellement les arresta/ quilz neurẽt aucune puissance de mettre leur siege deuãt icelle ville

La reduction de compiegne

La reduction de selis et sait denys.

Bataille a la porte sainct honore.

Saict denys repris par les angloys.

Laual.

Parquoy les anglops emerueillans ceste resistance sen retournerent a paris. ¶ Durãt ce temps troys cheualiers normans cest assauoit Homere/Bochet et Ferry. Prindrent la ual auecques layde de quelque monnyer commis au moulin estant au fleuue de matone qui coulle pres la Ville. Aussi ambroys desore et foucaud secretement consultans de pren dre Rouen: par layde de grant pierre rouennoys auoit grande esperance de surprendre sa cite. Mais au iour assigne comme les gensdarmes cheminoyent de nupct/esgarez et de ceuz par les tenebres sen allerent les vngs a Rouen et les aultres errans se detournerent Et fut leur entreprinse par ce moyen inutille.

La fuyte et so litude des la boureurs.

¶ St ces mesmes iours les gensdarmes francoys q̃ nouuellemẽt es Villes estoiẽt receuz en la foy du Roy charles/commencerent a merueilleusement fouler et tra uailler les habitans dicelles sans nul espergner/faisans par tout rapines et peilleries. Par laquelle iniquite fut fait/que les laboureurs fupãs/les chãps en plusieurs lieux demourerent sans labouraige et culture: si que les terres qui tresfertil les estoient a rapporter frumens/plaines furent de ronces et espynes conuerties en boys et forestz. Semblablement plusieurs grans Villaiges moult peuplez/les maisons et edif fices trebuchans par faulte de habitation deserrz et Vuides tantost furent cauernes et re traictes aux bestes sauluaiges. Quoy considerant le duc de Bourbon se retira en sa mai son/le conte de Vendosme delesse a senlis. Aussi peu apres Charles enuoya Boussac auec huit cens hommes darmes/luy baillant le gouuernemẽt du pais q̃ le duc de Bourbon auoit lesse. ¶ Au regard de la pucelle en ces mesmes iours elle print sainct pierre le moustier/ Et dela comme elle eust mene son armee a la charite/son assiegement fut inutille/ou elle perdit plusieurs bombardes et canons auecques aultres munitions de guerre. En la pri

Le chastel saint selerin.

cipaulte du duc dalencon estoit le chastel sainct selerin Vieil et par long temps desole. Le quel/comme le duc eust commence a le restablir. Il appela de saigny Ambroys desore /et luy bailla la garde du chastel auec moult puissante garnison. Ambroys apres quil eut re ceu le chastel par tresgrande diligence fortiffia le lieu/sans aucune chose obmettre de ce q̃ appartenoit pour la garde dicelluy. Mais les anglops auant que les munitions fussent assourees/le chastel assiegerent. Les francoys pressez en cestuy assiegemẽt/fut Ambroys Vaincu par les prieres de ses gens. Si que faignant faire vne courfe en armes sus ses en nemys/sortit de nupct auec cinq hommes darmes et sen alla a chinon denoncer au Roy ce que lon faisoit au chastel sainct selerin. Laquelle chose cognneue Charles fift marcher son armee par le mayne a lencontre des anglops/qui de ce aduertiz mettans la besongne a ce lerite tresaprement le chasteau assaillirent. Doutans toutesfoyes que gueres ne proffi ctoyent/le lendemain leur siege leuerent et sen allerent. Et si comme ilz sefforcerent sem blable chose faire a saigny/frustrez furent de leur intention/par ce que le mareschal Fou caud et Quenes cheualier escocoys Vaillamment la Ville deffendirent. ¶ Lors la pucel le arriuee a saigny/quant elle congneut que quatre cens hommes de saimee des anglops qui nestoient loing de ceste Ville sen alloient en la france: print auecques soy foucaud Je han de sainct aulbin et quelques aultres de la garnison de saigny/Lesquelz si bien cõdui

Desconfiture sur les anglops pres saigny.

sit que ses ennemis assailliz furent tous tuez et nẽ reschapa vng seul. Mais peu de iours apres ensuyuans luy aduint a compiegne differente fortune. Car les anglops et Bour guynguons tenans leur siege deuãt cõpiegne: et alla la pucelle donner secours aux assiegez

et entra dedans la ville. puis tantoſt elle ſortit auec les gensdarmes/et courut les ennemis aſſaillit. Touteſuoyes voyans que la choſe ne tournoit a ſon prouffict/ſicomme elle
retournoit en la ville/ou la preſſe des gensdarmes luy eſtoupoit le paſſaige/prinſe fut par
Jehan de luxembourg qui la vendit aux anglops. Leſquelz cruellement la traictant en
hayne du nom francoys/et pource que elle femme vſoit de veſtement dhomme/la firent bru
ſer a rouē. Auāt touteſuoyes q luy prononcer ſa ſentence les anglops leſprouuerent τ inter
rogerent deuant diuers iuges et enpluſieurs cōſiſtoires:enquerans pluſieurs choſes tou
chans la foy et deuotion de iheſucriſt. Car ilz cuydoient que Charles euſt pris celle fem
me inſtruicte par art magique/et pourtant quil auoit erre en la foy catholique/parquoy
le iugeoiēt indigne de tenir le royaulme. Mais pluſieurs p flaterie(cōme ceſt la couſtume daucuns)ſefforcerent auec les ennemis ſurmonter la pucelle/combien quelle miſt ſoy
auec tout ce quelle auoit fait a ſepamen/du ſainct ſiege apoſtolique. Enuers les tyrans
ont touſiours eſte mauluais conſeilliers/qui p inique affectiō ou flaterie aueuglez/pour
la grace des princes acquerir ont procure la cōdānation des iuſtes et preuzdhōmes/et les
ont fait punir comme pecheurs et malfaicteurs. Car a ce ou ilz voyent et congnoiſſent le
couraige du prince enclī:ilz ſe deſployent/et apliquēt a luy cōplaire. Par aiſi mourut la pu
celle l'an de grace mil.cccc.xxxi.au moys de may. Quant vint le ſixieſme moys de laſſiegement de compiegne/les citoyans ayans faulte de viures Jamet tillay acompaigne
de cent hommes darmes pour la ville ſecourir entra dedans Guillaume ſlaup lors eſtoit
capitaine et gardien de ce lieu. Et y aſſiſtoit Phelippe gamache abbe de ſainct Phara
on a meaulx homme iſſu de noble lignee. Lequel confortoit le couraige des aſſiegez τ leur
donnoit eſperance de victoire. Ce pendant le conte de vendoſme et bouſſac cheminans a-
uec quinze cens hommes de guerre aſſaillirent la grande tour de boys en laquelle ſe retiroient les anglops durant le temps de laſſiegement Et comme iceulx anglops la deffen
doient. Jamet auec bonne puiſſance de cōbatans iſſit de la ville et vint prendre daſſault
lautre tour qui conſtruicte eſtoit vers la foreſt tenue par la garniſon des bourguygnons
et comme illec fuſſent quatre cens ilz furent tous occis et mis a mort. Les ennemis de ſi
grant dommaige affligez/la nuict enſuiuant leurs tentes delaſſerent rompirent laſſiege
ment et ſen retournerent lung en normandie et lautre en picardie. ⊂Preſque en ce meſme
temps/ceulx de melun pour acquerir occaſion de liberte ſe deſiſterent de lobeiſſance des en
nemis. Car les anglops et bourguignons qui auecques eulx eſtoient en garniſon/com-
me ilz fuſſent ſortis de la ville a lencontre des francoys peu de gens leſſez en la garniſon.
Les citoyans par legiere occaſion de noyſe: prindrent les armes a lencontre dicelle garni
ſon. Lors eſtoit a meſū vng vieil trōpette q aucuneſoys auoit ſeruy charles Ceſtuy quāt
il entēdit le cas de la noyſe: p le ſon de ſattrōpette dōna ſigne aux citoyans de pſeucrer en la
beſongne. Parquoy les ennemis eppulſez de la ville au chaſteau ſe retirerent. Mais les
habitās de melun ce q entre eulx eſtoit fait ſanoncerent a geroſme cōmēdeur de rhodes:τ
a denys chailly q lors eſtoient en brye:ayans cōpaignye de gensdarmes. Ceulx cy chemi
nans a meſū prindrēt le chaſteau puis en vng iour tauprēt p force aux anglops priuin a-
uec le chaſteau. Dauātaige au pais de brye recouurerēt toutes les villes τ chaſteaulx p
auecqs corbueil τ vicēnes. A chalōs pareillemēt fut occis grāt nōbre des enemis. Car les
anglops τ bourguygnōs menās huit mille hōmes de guerre afin de peiller τ ribler parmy

La mauluai-
ſe fortune de
la pucelle ieħā
ne a cōpiegne

La recouurā-
ce de compie-
gne.

Les anglops
et bourguy-
gnons chacez
de melun.

la champaigne. Barbasan qui lors estoit a Chalons/aduerty que les ennemis auoient
leurs tentes a saincte marie de lespine. Apres qleut appele les capitaines des chasteaux
voisins: foy confiant auoir assez puissante armee/se hasta les ennemis assaillir ⁊ enuoya
vng messager a bourg Bignolle frere de la hyre qui estoit au chastel de sarry afin quil fust
present au combat. Par la venue duquel fut faicte plus aigre bataille/et les aduersaires
furent vaincuz.

Occision sus les anglops a chalons

Durant ces iours Henry roy dangleterre apres le trespas de son pere nestoit encores venu en france. Mais lan de grace mil.cccc.xxxi.estant en laage de douze ans equippe de grãde quaterue de gentilz hõmes et gensdarmes arriua a pa
ris:ou en grant honeur receu. Le cardinal de Bicestre luy bailla le diadesme du
royaulme en leglise nostre dame. Leql cardinal pour ce faire venu estoit auecques henry

La venue de henry roy dan gleterre a pa ris.

Ce pendant que ces choses se faisoient a paris le seigneur de gaucourt q estoit gouuer
neur de daulphine chassa le prïce dorege ⁊ occit plusieurs bourguygnõs/maisa beauuops
lestat de fortune fut aultre. Car le cõte daronbelle anglops auoit mis deux mille hõmes
en armes a faire le guect aupres de la ville/⁊ apres qleut enuoye deuant auctis gensdarmes pour prouoquer les beauuopsins a sortir en armes hors la ville/vint assaillir boussi
cauld ⁊ sentrale gascon/qui de la garnison laquelle ilz tenoient en la ville estoient issuz/⁊
en occist plusieurs/principallement des pietons beauuopsins lesquelz estoient illecques
acoutuz. Auec lesquelz moutut Santrasse. Pareillemẽt aduit mauluaise fortune a regne
duc de bar/⁊ a barbasan q auec luy bataillloit. Car eulx tenans siege deuant Bar/com-
me ilz eussent entendu que le conte de Baldemont et le mareschal de Bourgongne auec gros
se puissance danglops venoient contre eulx. Lassiegement delesserent ⁊ allerent assaillir
les ennemis clos ⁊ enuitõnez de fossez/rãparcs ⁊ chariotz. Parquoy en ceste bataille fut
prïs rene/⁊ barbasã auec plusieurs aultres fut occis. Regne apres sa prinse baille fut au
duc de bourgõgne. Leql pour sa rãcon ⁊ deliurance dicelluy rene receut le val de casset en
ppetuelle seigneurie q iusques au iourdhuy tiennent ses successeurs en flãdres. ¶En ce
teps Bildpe bastard de salberic/⁊ Mathagoth tous anglops: amasserent grãde multitude de leurs gens ⁊ vindrent assieger le chasteau sainct selerin: ou Jehan armengne estoit
lieutenãt de Ambrops delore. Leql couraigeusement soustint lassiegement ⁊ vaillãment
le chastel deffendit. Le danger de lassiegemẽt cõgneu Ambrops q lorse stoit auec le roy/soi
gneusement procuroit estre enuoye secours aux assiegez. A ceste cause il et bueil y Charles furent enuoyez deuãt/q cheminans a beaulmont le Bicõte/illec tãt soit peu demoure-
rent/iusques a ce que les aultres bandes des gensdarmes fussent venuz. Le troysiesme
iour apres quen ce lieu se furent arrestez. Vindrẽt aultres bandes de francops lesquelles
se scirẽt au villaige nõme double iugz distãt de beaulmõt de trops mille pas. Entre les bã
des des frãcops q estoiẽt de deux mille deux cens hõmes en armes/coulloit le fleuue de sar
te/Leql pouoit estre trauerse p vng põt estant pres de beaumõt. Mais les anglops q te
noient le siege deuãt sainct selerin:aduertiz de la venue des francops/partie diceulx(lassiegemẽt entre lesse)cheminerẽt de nuict aux frãcops q estoiẽt es tentes ⁊ sans chõmer ba
taillerẽt. Addeques la clameur tãtost excitee de la chose nõ esperce. Buel ⁊ les autres q en
armes faisoiẽt le guect a beaumõt aps qlz eurẽt passe le põt:sicõme il sefforcoit les frãcois
secourir/ia les anglops victeurs auoiẽt enuoye les estãdars de guerre hors le villaige ⁊ ptie

Le chasteau sainct selerin des anglops assiege

diceulp ãglops estoit ẽpeschee a lyer les prisonniers/z lautre ptie a prendre les cheuaulp et
porter les charges et fardeaulp. Ce bopãs les frãcops/assaillirent les ennemis ainsi ẽpes
chez. Jllec fut faicte cruelle bataille/si q̃ les enseignes et estandars de lũg et de lautre iec
tez/fut longuement doubte lestat desq̃lz estoit le meilleur. Finablemẽt la victoire demou
ra aup frãcops/q̃ occirent en ceste bataille sip cens anglops oultre lesq̃lz furent plusieurs
auecq̃s mathagoth ẽmenez en captiuite. Des francops tant seullemẽt furẽt trente hõmes
desirez z ũg peu moyns ẽmenez prisonniers. Entre lesq̃lz estoit Ambrops delore naure.
Toutesuoyes peu apres les frãcops recõmencans la bataille/icelluy ambrops recouurerent. De laquelle fortune Bilõpe ayant receu nouuelles auec les aultres q̃ tenoient le siege deuãt sainc selerin sen fouyrent a alenpon. Et chartres semblablemẽt aduit aup frã
cops bõne fortune. Car le guect mis en trois lieup/le bastard dorleãs colloqua florẽtin dil
lapre pres la porte sainct michel en la premiere espye. La secõde espie establit ũg peu pl⁹
loing q̃ ceste porte. Lup z la hpre auec cĩq cens hõmes darmes furẽt la troysiesme esppe/for
mant a sip cens mille pas de la cite. Oultre ces choses il ordonna z acoustra aucuns char
retiers p lup instruictz/lesq̃lz auant iour ẽuoya en la ville auecq̃s chariotz chargez de alo
zes pource q̃ lestoit bray sẽblable q̃ les citoyans les recueroient cõme marchãs z porteurs
de victuailles. Ces charretiers auoiẽt pse le tout precedãt a auctis poitiers de leur con-
gnoissance/z leur auoyent promis dõner grant nõbre de ce poisson se ilz leurs ouuroiẽt les
portes quant ilz biendroient au point du iour. A ceste cause les portiers quant ilz veirent
les charretiers aprocher/enhorterẽt leurs cõpaignons de ouurir la porte afin quilz eussent
les alozes. Parquoy hastiuement la porte ouurirent/laqĩle incontinant occupa dillapre/q̃
pres diller faisoit le guect. Lors le suyuirent ceulp qui estoient en la seconde esppe/z par
ainsi entrez iusques deuant leglise nostre dame p plãterent la bãnyere du roy charles actẽ
dans Jehã Bastard dorleans. Sicõme les gensdarmes francops couroyent pmp la ville
seuesq̃ du lieu q̃ bourguypgnõ estoit fut occis/z le baillif q̃ lõ nõmoit laubespin/passa p des
sus les murs de la ville z sen fouit. En ceste maniere fut chartres prise. Laigny de rechief
assiege fut p le duc de bethfort anglops/z a grãt force en vai assailly/par ce que foucaud
quẽnede z regnault de sainct irhan tresuaillãmẽt la ville deffendirẽt. Cestuy bethfort a
uoit basty ũne tour de bois au cõmencement du põt/z a lautre coste de la ville tresfarges
munitiõs pour tenir z fortiffier ses gensdarmes. Jl y auoit semblablement adiouste ũg
põt seuiz: p leq̃l lon pourroit passer pour aller de la tour de boys aup munitiõs/z ainsi la
petite ville enuirõnee z assiegee a lẽtour esperoit en peu de iours surmõter/brisant les mu
railles de traictz de bõbardes. Mais les frãcops soubz la cõduicte du bastard dorleans/
Jehan rap/Jehã de gaucourt et de roderich Ballandra hespaignol/La riuiere de seine tra
uersee: sicõme ilz portoiẽt biures p marne pour euictuailler les assiegez/en grãde flote sor
tirẽt les habitans q̃ impetucusemẽt assaillirẽt les anglops estãs en la tour au chef du põt
z partie des frãcops q̃ nauigoyent a lautre riue de marne se hasterẽt aussi de cõbatre z bai
cre celle tour/　Et de fait la prindrent et eppugnerent. Doncq̃ le bouleuart pris dassault
en ptie furẽt prins les ennempz z en ptie occis. Et bethfort venãt pour les siens secourir
ne profficta aucũnement/aincops repoulse se retira es munitions. Les frãcops apres q̃lz
furẽt euictailles deputerẽt gaucourt a la garde de la ville. Les aultres cheminãs p mp le
pays de frãce. Aps q̃lz eurent pris auctis chasteaulp/les razerẽt z abatirẽt a fleur de terre

victoire con-
tre les ãglops

La prinse de
chartres par
les francops.

Laigny

Le partemēt des frācops cōgneu/et aignāt bethfort q̄lz alassent mectre leur siege deuant paris:lassiegement rōpu et ses tentes delessees hastiuement sēy alla a paris. ¶Durans ces iours a argēton au diocese de sees fut fait ūng obstinc t̄ merueilleux cōbat/entre tren te frācops qui cōbatirent contre autant danglops/car nul eschapa de la bataille sans estre

Combat mer ueilleux a ar genton.

naure. Finablement neuf du nōbre des ennemis occis auec le mareschal dargentō. Les aultres anglops se mirent en fuite. De la bande des francops moururent Ambrops frola Gaultier laposte et Doctosse/tous les aultres furent griefuement naurez. Oultre ces choses en diuers lieux du pais daniou furent faitz aucūs conflictz particuliers:desquelz escripre me semble chose erronnee t̄ superflue.

¶Comment Pour mieulx subiuguer et vaincre les anglops en nemis de france. Le rop Charles septiesme traicta de paip auec ques le duc de bourgongne/Pour laquelle paip auoir/lup lessa et permist plusieurs places villes et seigneuries a lui appartenans Cuidant en icelle paip comprendre les anglops. Mais ilz ne vou lurent appoincter auec les francops/Et sortirent leurs ambassa deurs du conseil qui estoit pour ce faire assemble a arras. Et cō ment Loys daulphin de Biennops filz dicellup Charles septies me espousa Marguerite fille du Roy descoce.

N ce lieu feray mention de la course que Ambrops delore heureusement conti nua en normādie. A cam ya ūng marche annuel qui est appele foite:ou les nor mans t̄ plusieurs aultres des pais voisins et finitimes se assemblent en ūng champ le iour de la feste sainct michel deuant le monastere sainct estienne. Am

La course heu reuse des fran cops en normā die.

brops sachant ceste publique assemblee. Appella ses capitaines des gensdarmes estans illecques a lentour/Cestassauoir pierre iallet et ferrebont Et partant du chastel saint selerin. Apres quil eut passe la riuiere de orne/Enuoya partie de ses gensdarmes rauir t̄ peiller la foyre. Et lui auec cinquante hommes darmes et cent archers actēdoit au secours a lencontre des anglops qui tenoient Cam/a ce que sortans de la ville ne surprenfissent les aultres. Les merceries doncques rauies et emportees auec grant nombre de prisonni ers se retirans les francops. Apres quilz eurent trauerse la riuiere de orne commanda am brops son armee arrester deuant la croix de pierre. Auquel lieu reuisitant les prisonniers dessusdictz lessa aller en leurs maisons tous les prestres/hommes vieilz et antiens auec ses femmes et enfans/et aussi les poures laboureurs. Au regard des aultres qui estoient sau<cun> prouffict iusques au nombre de huit cens illes emmena a sa voulente. ¶Je ad ioustere aussi ūne chose qui nest pas indigne de risee entre ses choses ioyeuses. A feuge re villaige du maine estoit venu Guillaume de sainct aulbin auec quatre vingtz hom mes darmes francops. Et il estant logie en ce bourg / Les anglops qui vindrent sus lup courir moult les francops espouenterent/si que quelque bastard cheualier nōme bosaprest hastiuement fupant se muca en ūng buisson. Neantmoyns a feugere fut faicte cruelle ba taille/en laqlle les anglops demourerent vaincuz/deux desquelz eschaperent et senfoui rent au buisson ou bosaprest estoit cache. Pensant bosaprest que ce fussent poursupuans qui le queroient. Quelz gens(dit il)estes vous. Respondirent les anglops qui moins ne

tramblopêt de frayeur/nous sômes anglops ij nous rendons a toy. Lors entêdit Bosapiest
ij les francops auoyent gaigne la bataille. Parquoy prenant la foy des anglops côme sil
eust tresbien besongne et fait quelij prouesse de guerre/il les mena prisonniers a guillaume de sainct aulbi. Mais cil Bosapiest duquel la lachete et couardie estoit notoire/fut moque et priue de ses prisonniers. ❡Entre les francoys ya Bne tresantienne coustume
de planter le premier iour du moys de may deuant les portes de leurs câpes Bng grât
arbie branchu que lon appelle Bng may/ou quelques rameaulp Berdoyans. Cecy Bou-
lâs les anglops obseruer ij occupoient le frai au Biconte/prindrêt Bng rameau selô ladicte
coustume et le fichèrent en terre deuât le chasteau saict selerin ou estoit ambioys delore en
garnison/et incôtinât sen asserêt. Ambioys tâtost ij apperceut le rameau cômâda ijl fust
arrache/ij poursupuât les anglops ij lauoyent plante/ce mesme rameau fist ficher deuât le
bouleuart du frai au Bicôte/p aucûs pietons Aussi enuoya deuât Jehan armeigne auec
quatre Bingtz pietôs tous lesijlz porteroyêt chascû Bng rameau Bert pour les ennemis de
ceuoir Ambioys daultre coste se muca pres dillec faisant le guect. Apres ij les pictôs se fu
rent auec leurs rameaulp mucez auipredûne haye tresespoyre/ij soing nestoit du chasteau
Les anglops quât ilz apperceurent le may plâte deuât les portedicelluy chasteau/issirêt
hors ij apgrement poursuiuirent ceulp ij lauoyent fiche iusije a ce ijlz furent Benuz au lieu
ou estoit lespre de Abioys ij soudainement saillit sus ses ennemis ij cômença a batailler ij
uecques eulp. Lors les pietons ij cestoyent mucez derriere la haye/se par querent entre le
chasteau ij les anglops. Au moyen dequoy les ennemis enclorpêt ij occirêt auec plusieurs
ijlz emenerent prisonniers. ❡De ce mesme heur de fortune Bsa Abioys a fille guillaume.
Car les anglops du chasteau saicte susanne cheminâs en armes a fille guillaume/côme
la eussent rauy et peille. Sutuit ambioys leijl en occist deup cens/et leur osta la proye despouille ij les prisonniers. Et ne sentit pire fortune côtre le côte datôdelle es prez du fleuue
de sarte pres le Billaige ij les habitans appelêt gratale. Car auec huit Bingtz hômes dar
mes osa batailler côtre trois mille anglops/ij si eporta grâde proye de ses ennemis. Tout
au contraire aduint a louuypers au cheualier estiêne la hyre. Qui des anglops assiege/si
côme il sortoit du lieu pour ijrir secours fut empoigne p Jehan marsie capitaine de dordâ
ij Louuypers p les anglops subiugue. Sêblablement Datôdelle apres lassiegement de
trois mops print le chastel saict Selerin/en quoy faisant Jehâ armeigne/ij Guillaume
de saict aulbin furêt occis. Dela cheminât a fille guillaume:receut obstaiges de rêdre la
Bille:soubz ceste côdition ijl les lesseroit aller a saufuete:se dedâs quarâte iours les assiegez estoiêt des frâcoys secouruz. Aultrement ijlz se rendropêt/ij il iouiroit de la Bille Lors
quelijs bandes de frâcoys estoient en armes/ij ambioys delore auoit espere mener a sainct
selerin/ij dôt les ducs dalenyon ij daniou auec Richemôt cônestable estoiêt capitaine.
Ceulp cy chemincrêt a domelle côe il auoit este accorde entre les Sillops et anglops. Les
deup armees estoient lune deuât lautre. Parquoy furêt faitz côflictz ij batailles:non pas
de toutes les armees. Aïcops les bandes des gensdarmes faisoyent courses les Bnes con
tre les aultres ij aucunessops y en demouroit de tuez. Car pource ij les anglops se tenoiêt
en Bng tresfort lieu. Les francops ne furent doppinion les assaillir de toute leur armee.
Mais Bers ceulp enuoyerent Bng herault requerans par luy quilz feissent puissance et
ouuerture de combatre ou quilz rendissent les obstaiges aup sillops. Aceste cause les

La mort des
anglops

La hyre pri-
sonnier.

D.iii.

Les traiſtres
angloys

angloys rendirent les oſtaiges et les francoys retournerent en leur maiſon penſans que
ainſi feiſſent les ennemis. Mais a peine peult le traiſtre ſa traiſon oublier. Doncques
apres le partement des francoys/ſe tranſporterent les angloys a Siſſe. Du de tout leur
pouoir le chaſteau aſſaillirent/et gueres ny furent quilz ne ſe ſurmontaſſent. De ce lieu
partant Darondelle faiſans courſes et riblerries par le mayne et aniou print deux chaſte
aulx ceſtaſſauoir Mellay et ſainct Laurens des moitiers. Du apres quil y eut mis gar
niſon ſen retourna en normandie ou il mourut bien toſt apres. ⅭEn beauuoyſin eſt ger
beroye ſus vne montaigne moyennement haulte/diſtant de huit mille de la ville de beau
uoys. Ce chaſteau pource que ia par long temps eſtoit rompu/tombe et deſert. La hyre
et poton partans de beauuoys et acompaignez de mille hommes de guerre ou enuiron de
libererent le reſtablir. Auql ouuraige ſans vſer de pareſſe. Treſoiligemment tacouſtroiet
et reſtabliſſoient les murailles et munitions. Laquellechoſe congneue Darondelle ha
ſtiuement ben int de normanandie auec ſon armee ſe aduanca la place aſſieger. Mais
quant la hyre veit cecy/aſſembla ſes gens et leur diſt en ceſte maniere. Mes amys et cõ
paignons ie vous ay amenez en ce chaſteau fondu/afin que quant il ſeroit reſtably vſiſ
ſions dicelluy comme dung bouleuart contre noz aduerſaires. Mais comme nous appli
quons noſtre entendemēt a le munyr ⁊ fortiffier/les angloys nous empeſchent. Parquoy
ſachez que plus ne nous eſt beſoing auoit ſollicitude du chaſteau. Aicoys nous fault ſaul
uer et deffendre noſtre vie. Dons voyez la multitude des ennemis parmy les champs a
procher pour nous encloure comme en vng lacqs ou licol. Se vous eſtes hommes/il fault
promptement monſtrer voſtre vertu/auant que les ennemis ayent fait leurs rampacetz
et logettes pour nous aſſieger. Car quant a moy ie iuge que beſoing nous eſt par impe
tueuſe courſe ſortir de ce lieu et aſſaillir noſtre aduerſaire encores venant et en partye em
peſche. Le conſeil de la hyre approuue/ſe preparerent tous les gens darmes ⁊ pour faire la
beſongne. Impetueuſement iſſirent du chaſteau/et treſaſprement fut darondelle aſſail
ly/lequel iaſoit que virilement reſiſtaſt. Toutefuoyes il fut prins blece/⁊ les ſiens reſpē
duz furent et vaincuz. De ceſte playe peu apres mourut Darondelle. Apres que laduer
ſaire fut ſurmonte. Les francoys retournerent a Gerberoye/ou ilz paracheuerēt louutai
ge par eulx encommence. ⅭSoubz ces iours/comme la trimoylle euſt plus de auctori
te enuers le Roy Charles que nul aultre des officiers de la maiſon. Il excita contre ſoy
lenuye de pluſieurs:principallement de Charles duc daniou/de bueyl ſeigneur de chau
mont/et de coptif. Les troys hommes que iay cy nommez/receuz de nuict par vng huys
de derriere au chaſteau de chinon auec layde de Oluyier fretart/prindrent la trimoylle en
ſon lict et ſans le ſceu du Roy lors eſtant a chinon. Le menerent au chaſteau de monteſor
Ce fait bueil et coptif vindrent au Roy eſtonne pour le bruit et tumulte nocturnel. Auql
ilz dirent ce que ſenſuit. Treſnoble et paiſible roy ne ſoys de riens eſpouente. La trimoyl
le eſt prins/hommenuiſible a toy et a la choſe publique. ⅭApres la prinſe de la trimoyl
le. Charles daniou continuellement conuerſa auec le roy/ſe mectant ſoigneuſement en ſa
grace/ſi que au conſeil qui fut fait et aſſemble a tours:approua le Roy lempriſonnemēt
de la trimoille. Et qui plus eſt eſtablit ceulx qui le prindrent les principaulx officiers de
ſa maiſõ. Leſquelz toutefuoyes longuement en grace ne demourerent:depoſez de lettreni
ſe des negoces de la court. Au regard de la trimoille il fut deliure de priſon en payant a

La mort du cõ
te darõdelle

bueyl quatre mille moutős dor.❡ Les normans du diocese de coustãces qui sus la mer habitent/comme par les angloys estoient contrainctz porter les armes a lencontre du roy charles/moyennant lenhortement de quanteppe/amafferent plusieurs mille dhommes du populaire et des nobles du pays auec lesquelz ilz se retournerent contre les angloys/a cheminerent en armes a Cam/ou enclos par les angloys qui les espyoient/furent occis en partie/Les aultres prenans sa fuyte. Le demourãt desquelz par ambroys de lore Bers eulx enuoye/le duc dalenpon rappela es armes. Et il tantost cheminant a auranches a uec populaire multitude: Bopant que riens ne prosfictoit/ print quelque foyble compai gnye de larmee a se retira au mayne. Et ne dura le populaire en armes/aīcoys peu a peu eschapa a sen retourna en sa maison. Aussi les caletins prenans les armes contre les an gloys/suyuoient leur Capitaine catuyer et luy obeiffoient. Auquel temps Pierre de ro chefort mareschal de france Gaultier Biusac et Charlot des marestz/de nuict osterēt diep pe aux angloys. Apres quilz eurent occupe celle Ville/iougnirent leur armee auec les cale tins/et reduisirent en la seigneurie et iurisdictiõ du roy Charles Harfleur sesquan Mõ ftiuilier. Tancaruille et lisse bonne. Mais la discipline et subiection de gendarmerie de prisee nobeiffoient les gensdarmes a Pierre de rochefort mareschal: Biuans dissolumēs faisans proyes et larcins non moyns sus les francoys que sus les ennemys/iniurieux aux femmes/Biolateurs des monasteres et contempteurs de religion. ❡ Ceste crudelite des gensdarmes despoueilla les champs de laboureurs/fift les maisons desertes a ĩhabitees Car riens nestoit habite fors les chasteaulx et les Billes deffensables. A ceste cause les champs ne rapportãs aucun fruict les gensdarmes depourueuz de Bictuailles rauiffoiēt le pain les Bngs aux aultres. Dont sensuiuit que aucuns Bindrent parler au roy reque tãs son ayde auec prouisiõ pour la nourriture de leur Bie/pource quilz auoyēt tous leurs biens consume et despendu en son seruice. Leur pourueut le pitoyable roy. Parquoy se Biē seruy par auant auoit este. Doresnauant luy furent les gensdarmes plus obeissans et ser uiables. Adoncques si comme Benable angloys capitaine de douze cēs hommes darmes occupoit le monastere sainct eloy qui est Bne forte place en la basse normandie. Andre con te de laual. Loheac et Ambroys de lore de nuict les angloys assaillirent. Et quant ilz eu rent enclos partie du monastere/Mirent a mort deux cens des ennemys. ❡ Quant Be nable eut diller eneme ses gens. Loheac et delore cheminans iusques a lazay apres cruel le bataille surmonterent leurs aduersaires: dont ilz occirent deux censhõmes/outre ceulx qui Bifz demourerent prisonniers aux francoys. Benable pourtãt quil sen estoit fouy peu apres Benant en soufpepon/par les angloys mesmes de son alliance fut decapite.

Ɲ ce temps le duc de bourbon receut Corbueil et Bicennes moyennant quil dõ na quelque pecune aux capitaines dicelles places. Et poton courant en picar die et rauiffant plusieurs troupeaulx de bestes/non obstant la resistance du cõ te de luxembourg/sain et sauf rapporta sa proye Aussi iehan bastard dorleans et Pierre de rochefort par espyes et insidiations nocturnelles priindrent sainct denys dõt ilz chacerent les angloys. Pour laquelle Bille garder y demoura Pierre de rochefort auec ques sa garnison: et sen alla le bastard dorleans pour faire amas de gensdarmes cõtre les angloys. Lesquelz douloureusement portoient auoit les gensdarmes francoysdeuant pa ris en lieu deffensable. Parquoy trespuiffante armee assemblee/sortirent de paris et alle

Saict denys
des anglops af
fiege.

rent sainct denys assieger. Grãde multitude des paysans et laboureurs des champz boy
sins cestoit assemblee en la bille. Laquelle auec la garnison deffendoit les murailles es=
perant auoir secours du bastard doileãs. Ja estoit icelluy bastard equippe de gensdarmes
au pont de meulan. Et quant il fut aduerty que quelques bandes danglops partoient de
gisois pour aller a sainct denys/dont mathagon et Thommas Kyrielle estoient capitai=
nes/print auec soy Loheac/Bueil et Ambrops deloit. Et marchant au deuant des enne=
mis en occist une partye et print lautre. Puis hastiuement retourna au põt dont il estoit
benu. La conuersion et reduction dicelluy pont et semblablement du chasteau estoit nou=
uellement faicte a Charles par la poursuite de ramboeil et de Pierre iallard hommes no
bles. Dessus le boit de la muraille bers la riuiere de seine estoit ung rettrait. Auquel mõ
terent Lacam et ferrand pescheurs faisans boye aux francops qui par pecune seduisirẽt
langlops gardien dicelluy pont. Celluy qui fut inuentif de langlops deceuoir estoit ung
francops nomme lempereur. Apies que le pont fut prins/ceulx qui estoient au chasteau
se rendirent soubz condition quon les lessa aller franchement. Ce pendant que Jehan ba
stard dorleans seiournoit au pont de meulan: de iour en iour croissoit lasprete de lassiege=
ment sainct denis: si que les assiegez nayans espouoir de secours. Pourtant que plus ny
auoit de pecune pour les gẽsdarmes souldoyer/aussi que ny auroit biures pour beaucoup
de iours. Pierre de rochefort accoida treues de bingt iours auec ses ennemis: Dedãs les=
quelz iours se charles ne enuoyoit secours/il leur rendroit la bille. Durans les angoisses
et afflictions de cestuy assiegement. Les moynes du monastere sainct denys ayans com
passion de la foitune des assiegez. Liberallement octroyerent quatre cens marcs dargent
pour payer les gaiges et souldes des gensdarmes. Ce pendant que lon actendoit secours
Les anglops non ignoians ce que le bastard dorleans prepaioit pour les assiegez secouir
se circuirent et enuironnerent dung fosse moult paifond. Dedans lequl par plusieurs ruis=
seaulx firent descendre leaue de la riuiere qui est hois la bille en si grand abondance/quel
le redondoit contre le chastel qui est prochain de la grand eglise/et si bastirent quatre tres=
foitz boulleuartz par lesquelz ilz se deffendroient côtre ceulx qui les biendioient assaillir
Les treues passees: quant Pierre de rochefoit entendit quil estoit despourueu desperance
de secours. Il rendit la bille et emmena hors icelle to⁹ ses gensdarmes leurs biens et biẽs
saulues. Apies la reddition de la bille/les anglops abatirent les murailles et munitiõs
fois celles qui appartenoient a la deffense et protection du monastere. ⊂Mais les pa=
risiens obeissans au Roy dangleterre/pourtant que griefuement pouoiẽt estre foulez des
francops par continuelles incursions et ribleries/prierent Dilbye anglops estant en gar
nison a pontaynse/de prendie la garde de paris. Au moyen dequoy Dilbye establit son lieu
tenant a pontayse/et auec grosse puissance danglops se trãsporta a paris. ⊂Peu de iouis
apies les pontayfiens hayssans les anglops tournerent leur consideration a lalliance du
roy charles. A cest² cause a ung certain iour que la garnison laquelle bers eulx estoit sor
tit de la bille afin de faire piouision de biures/ou pour auoir quelque proye sus les fran=
cops. Quant ilz apperceurent peu de gensdarmes demourez auec leur capitaine Jehan ri
pel/se mirent en armes/fermerent toutes les poites de la bille. Et sans biuict tous les an
glops empoignerent/excepte trois qui estoient eschapez auecques ripel sus la prochaine
poite. Dont iectans tuilles et pierres/apies quilz se bibiẽt en bain deffendie/bindiẽt en

La liberalite
des religieux
de saict denis
enuers les af=
fiegez.

la puissance des pontaysiens. Lesquelz hastiuement appelerent Iehan seigneur de lisle
adam. Et le prierent prendre la garde de la ville au nom du duc de bourgongne Le conseil
du duc sut ce ouy print Iehan en garde la ville de pontayse. Car la estoient parolles in=
teruenues de composition de paix/ Et si estoit accorde que dedans certain iour assigne se
roient a Arras enuoyez ambassadeurs ayans puissance de faire la paix et reconciliation
Pour raison dequoy Lan de grace Mil.cccc.rrrv. Les traicteurs de la paix se transpor=
terent a arras. Auant tous y assista le cardinal de saincte croix legat Romain de lordre
chartreuse/et Nicolas cardinal de cypre. Duc six euesques acompaignoient auec labbe
de Drselay. Les ambassadeurs du roy Charles furent le duc de bourbon/ Le conte de ri=
chemont connestable de france. Larceuesque de Reins chancellier. Le conte de vendos=
me premier maistre de lhostel du roy/Cristophle harcourt/Adam de cambray premier pre=
sidant en la court de parlement. Guillaume chartretier conseiller en icelle court de parle=
ment/dean de leglise de paris/et plusieurs aultres illustres personnes de la noblesse des
francoys/et ny deffaillirent les abassadeurs des ducs de bretaigne Alencyon et bar. Pour
lambassade des angloys comparurent les princes et seigneurs qui sensuiuent. Le cardi=
nal de vicestre/Larceuesque dyuoire/Le conte de hontiton/ Le duc de suffort/ Et aucuns
hommes de la dignite ecclesiastique auec plusieurs nobles dangleterre. Les principaulx
ambassadeurs qui interuindrent de la part du duc de bourgongne furent Leodr' euesque
de cambray et arras/ Nicolas raulin chancellier dicelluy duc/ Les contes destampes/de
sainct paoul vandemont et neuers. Le duc de gueldres et aultres seigneurs de moidre no
Le nombre desquelz estoit grant/sans les ambassadeurs des slagmens. Coparans donc
ques les ambassadeurs de chascune partie pour paix traicter. Iasoit que le cardinal de
saincte croix grandement sefforcast a paix et concorde reduire les couraiges irritez par les
guerres passees. Par aucune raison ployer ne peut la pertinacite des angloys:a ce quilz

Lassemblee
faicte a arras
pour traicter
paix auec le
duc de bourgo
gne.

apointassent auec Charles roy de france. Aincops sortirent du conse il sans riens faire
promectans soy rassembler quelque aultre iour. Les angloys absens/le cardinal no pour
tant delessa la matiere encommencee/aincops non obstant labsence des angloys fist men
tion de la reconsiliation paix et amitye du duc de bourgongne auecques charles Laquel
le chose sicomme agreable estoit aux ambassadeurs:aussi elle eut telle fin et issue que lon
desiroit. Car apres que Nicolas raulin bourguygnon chancellier eut fait longue oraison
a x nom de son prince/Declairant plusieurs choses lesquelles par le roy Charles deuoiet
estre a bon droit donnees et octroyees au duc phelippe. Combien que tout fust au prouffit
dicelluy duc/de ce quil demanda ne luy fut riens refuze. Parquoy plusieurs places voy=
sines et finitimes du pays de bourgongne lesquelles vers la champaigne estoient du do=
maine et de la seigneurie du roy/furent liurees au duc. Aussi auecques arthoys furent uoin
ctes les villes qui sensuiuent. Cestassauoir/Amyans/Corbie/Mondisdyer/Peronne
Sainct quentin/et Abbeuille/auec les contez de ponthieu et boulongne. Toutes lesquel
les terres possederoit le duc soubz lempire de Charles et soubz la iurisdiction de la court
de parlement. Toutesuoyes quant au regard des citez que dernierement auons nommees
lesquelles sont situees sus la riuiere de somme nobrie le roy Charles les pouoit rachecter
de quatre cens mille escus. furent aussi aultres clauses et conditions de paix. Desquel=
les ie ne faitz mention pource que iusques cy nont este acomplies. Et quil nya esperance

Note la perti
nacite des an
gloys.

Le traictie de
paix fait auec
le duc de bour
gongne.

aucune de les parfaire a cause de la mort des princes. Certes pour auoir paix les ambaſ
ſadeurs francoys receurent ⁊ accorderent pluſieurs choſes. Leſquelles ſe totallement e
ſtoient acomplies: ſicomme elles eſtoient en charge et dommaige a Charles. Ainſi ſe
ſtoient deſhonneſtes et contraires a ſa mageſte Mais a la verite durant ce temps y auoit
Note la cala-
mite du teps.
telle turbatiõ et calamite au royaulme/que force eſtoit quelque choſe laſcher et bailler du
roy pour auoir paix. Car ſe le duc de Bourgongne neuſt deleſſe l'alliãce des angloys: Beau
coup plus difficille eſtoit au roy Charles de vaincre tous ſes deux ennemis. Et par le
moyen de ce traicty Pheſippe de bourgongne hayſſant l'orgueil des angloys Leſquelz il
craignoit quelq̃ fois ſus ſoy ſeigneurier/voulentiers ſe departit d'auecques eulx.

Es choſes doncques heureuſement et bien appaiſees/traictees/et ap
poinctees Les ambaſſadeurs iurerent en la preſence du legat romain
tenir ferme et eſtable a touſiours ce que de paix auoit eſte diffini et ac
corde. Par ainſi a grãt ioye et lieſſe de tous fut la paix criee et publiee
par les heraulx d'armes. ¶ En ce meſme temps mourut yſabel fem=
me et eſpouſe du Roy Charles ſixieme/ſoyble et poure en biẽs tem
porelz/ſe bien celle royne tu conſideres. Car regnant ſoubz la princi=
La mort de
yſabel mere
du roy charles
ſeptieſme.
paulte des angloys/elle viuoit ſelon leur voulente ſemblable a vne ſimple et priuee fem
me. Touteſſuoyes treſpatiẽte eſtoit/et bien ſe reigloit auecques la qualite du teps. D'au
cune choſe celle royne tant ne fut irritee que quant le roy d'angleterre publioyt ſon fiz char
les a preſent Roy auoit eſte en concubinaige inceſtueux. Le corps de ceſte treſnoble fẽ
me apporte deuans vne nef auec ſa conduicte ⁊ compaignie tant ſeulement de quatre per
ſonnes/ſans aucune pompe fut mis en ſepulture au monaſtere ſainct denys. Durãs ces
iours deliure fut regne duc de bar: qui par le duc Pheſippe tenu eſtoit priſonier a diõ prĩ
cipalle ville de bourgongne. Depuis lequel temps les angloys eſtoiẽt ſeulz ennemis cõ
tre leſquelz les francoys guerroyaſſent. A ceſte cauſe le conneſtable ſeiournant a pontay=
ſe et auecques luy le baſtard d'orleans Par le commandement du duc Pheſippe illecques
ſe tranſporterent/Le ſeigneur de ternand/et ſymon lallain treſpreux cheualier de l'ordre
de la cheualerie doree/Leſquelz deleſſez a pontayſe/delibera le conneſtable aller a ſainct de
nys par les angloys deleſſe/afin de ramparer et reſtablir la ville. Laquelle choſe cõgneue
Victoire con-
tre les angloys
ſicomme les francoys eſtoient partiz de pontayſe en ordre de bataille/vindrent de paris
les angloys au deuant deulx/leſquelz treſaſprement furent receuz par le conneſtable au
pont de pierre qui n'eſt pas loing de ſainct denys ſus la riuiere de ſeine ou perirent quatre
cens angloys/Pluſieurs prins auec Thomas beaumont capitaine des gens d'armes. A
pres la victoire heureuſement obtenue ſus les angloys le conneſtable occupa la ville ſaĩt
denys/⁊ aſſiega la tour nommee le benin ou les angloys ce ſtoient retirez apres leur fuite
Auquel lieu deleſſant certain nombre de gens d'armes pour continuer l'aſſiegemẽt/ſachãt
certainement aucuns pariſiens eſtre ennuyez de la domination des angloys ⁊ de ſiter l'al
liance du roy Charles. Print auec ſoy le baſtard d'orleans et aultres capitaines de gens
d'armes Auec leſquelz de nuict paſſant par poiſſy la riuiere de ſeine/miſt le ſiege aux char
treux qui ſont hors la porte ſainct michel. De la venue duquel michel laiſſer Gehan fon
taine et quelques aultres citoyans aduertiz: ſi toſt que le iour commença a luyre eſmeu
rent le peuple contre les ennemis. Lors auecq̃s les citoyans deſſuſditz vindrent thomas

pigache/Jehan de sainct Benoist. Nicolas louuier et Jaques bergier hômes de grant nõ
entre leurs gens/qui occirent partie des angloys/les aultres mirent en fuite/et prindrent
sautre partie. Et en vain plusieurs de ceulx qui estoient fouiz sefforçoient occuper la poz
te sainct denis. Car les chesnes de fer qui estoient foz mant p toutes les rues ꝓ carrefours
de la Bille. Soudainement furent tendues a trauers/et le chemin cloz ꝓ tranche aux an=
gloys/contre lesquelz fuyans nestoit aucû qui des fenestres et couuertures des maisons
ne iectast pierres/thuilles et autres matieres de toutes sortes. Les aultres assailloient
et mectoyent a mort sus le paue tant comme ilz rencontroient dennemis parmy les rues.
Parquoy seuesque de therouenne qui estoit de la maison de luxembourg et se disoit chan
cellier des angloys. Auec bilbye et mohier preuost des marchans declinans la mutinerie
du peuple/hastiuement se retirerent a la bastille sainct anthoine Si côme le preuost fuyoit
quelque boulenger son amy et familier courut apres luy sefforçant le rapeler afin de le re=
conseiller au peuple. Mais le preuost delascha sa hache et loccist. Tātost que la clameur
estant en la Bille fut ouye/le connestable et les francoys qui estoient auec luy rompirent
les bngz la porte sainct iaques/les aultres passerêt par dessus les murailles/les aultres
se mirent es basteaulx quilz trouuerent en la riuiere de seine et entrerent dedãs la Bille
sans faire meurtre. Aincoys le bouleuart et chasteau de la bastille (ou se deffendoyent les
ennemis)fut assiege. Dont mohier ia eschape estoit fouy au pont de charentõ/ou des siés
propres trahy luitre fut a denys de chailly cheuallier frācoys par lequel peu de iours apres
fut deliure moyennant le pris de sa rançon.   C De cestup mohier/brichant estoit nep=
ueu/qui deffendoit la tour de Benin a sainct denys des francoys assiege: opiniatrement
suyuant le pty des angloys. A cestuy pour luy faire foy ꝗ les parisiês cestoient renduz au
roy de france. Les francoys monstrerent et representerent la mulle de son oncle. Laquelle
beue brichant prenant esperāce deschaper/du feste des carneaulx de la tour se iecta dedãs
les fosse/ou par les paysans des champs qui benuz estoient en la Bille/fut sans demeu=
re a mort mis. Par ainsi les francoys prindrent la tour/ꝓ occirent ou prindrent prisonni=
ers tous ceulx qui estoient en icelle C Le bruit de paris appaise les angloys qui tenoient
la bastille/plus nayans esperance de salut parlamenterent de culx rêdre. Parquoy sortãs
de ce lieu/on les lessa aller en liberte/le peuple se moquant deulx pource quilz cheminoiêt
hoxs les murailles et non par dedans la Bille. C Apres que les parisiens confermez fu=
rent en la foy du Roy charles le connestable cheminant a cro"ieu/comme illec en Bain eust
tenu siege lespace de quinze iours. Il sen alla de ce lieu et receut le chasteau de sainct ger=
main en laaye. Moyennant quelque pecune quil donna au capitaine afin quil le rendist:

En ce mesme an qui estoit Lan de grace Mil quatre cens trente six. Loys filz
du roy Charles daulphin de Bienne espousa a tours Marguerite fille du roy
descoce. Et peu de iours apres les angloys reprindrent pôtaryse dont ilz chasse
rent les francoys Car loxs estoit horrible hyuer/Les fossez de la Bille glacez/ꝓ
la terre bâchissoit de treshaulte neige. A ceste cause les angloys admonnestez par layde de
la neige se bestirent de liceux blancs/et comme ilz se fussent couchez en icelle neige/deceu
rent les citoyans et se descendirent es fossez de glace concrees/puis monterêt de nuict aup
murailles et prindrent la Bille par la negligence des frācoys ꝗ mal faisoiêt le guect. Les=
quelz iasoit quilz eussent este aduertiz de la Benue des angloys. Neantmoins soigneux

La reuoulte
des parisiens
contre les an=
gloys.

La prinse de
mohier puost
des marchãs.

Pontaryse re=
prins des an=
gloys.

ne furent de faire auec/ny de rompre la glace des fossez. A peine peut de pontay se eschaper
a sauluete Jehan Biller et Barebon capitaine de la bende des bourguignons. Toutessuoy
es deux freres de noble lignee/cestassauoir Loys et yndet surnômez de guytri / occupans
auecques aucuns de leurs gens la porte daucry: apres quilz eurent longuement soustenu
lassault des anglops deffailliz desperance de secours: par la permission des ennemys sen
allerent a sauluete et la porte delaisserent auec deulx hômes seullement qui demourerent
en la puissance des anglops: ⁊ pour ie ne scay quel grief crime dont on les accusa furent de
capitez ❧ Dauantaige prindrent montargis auec quelques chasteaulx : to⁹ lesquelz lieux tantost apres recouurerent les francoys qui pource faire baillerent certaine somme de
deniers aux capitaines. Et le connestable par Charles enuoye au chasteau de lan/print
le lieu dassault. Print aussi nemours/puis assiega monstreul sus la riuiere d̃ yonne. Et

Callays par
le duc de bour
gongne assie=
ge.

quant Charles y fut arriue/Jncontinant la Bille fut prinse dassault et de force. Apres la
quelle prinse/le chasteau auquel Thomas guerrad anglops sen estoit fouy/se rédit soubz
la puissance de Charles/moyennant faculte donnee au capitaine de sortir a sauluete.
❧ Semblablement Phelippe de bourgongne non content que les anglops occupoient la
Bille de callays/pource quilz estoient ses ennemis/et tresprompts a rauir a leurs Boisins
leua Bne grosse armee principallement de flandres/et hastiuement sen alla callays assie=
ger. Du apres quil y eut tenu siege lespace de deux moys. Et apres plusieurs batailles
illecques faictes/se mutina larmee des flagmens lesquelz a peine se abstindrent de fraper
leur duc/despitez que par si long temps estoient hors de leurs maisons/par especial expo
sez en continuel danger. A ceste cause occirent Jehan horne tresnoble cheualier que phelip
pe moult aymoit/puis delessans lassiegement et Phelippe auecques peu de gens sans or
dre ne mesure en flandres retournerent. Certes le flagment ne peust labour enduret/et a=
coustume a gourmandye ne dure en armes. Neantmoyns le duc baillamment besongnat
Apres quil eut soustenu ⁊ repousse les anglops qui le Bindrent assaillir/auec la compai=
gnie des gensdarmes quil auoit sen retourna en sa maison. ❧ Mais les anglops quant
ilz congneurent le partement du duc augmenterent leur armee en angleterre/Et faisans
cours ses en flandres et arthoys metueilleusement riblerent faisans propes ⁊ dommaiges
de feu. Lesquelz finablement assailliz par les bourguygnons contraincts furent eulx re=
tirer a callays Aussi essaya Phelippe des anglops recouurer le chasteau de crotoy: ou il fist
bastir Bne tour de boys pour lassaillir et combatre. De laquelle tour Jehan de croye sut

La cruaulte
de gésdarmes
francoys.

capitaine. Mais les anglops issuz de normandie cheminans contre luy en bataille/leua
son siege et remena ses gensdarmes. ❧ En ce mesme temps famine et pestilence persecu
ta paris. Car le septier de fourmant estoit Bendu neuf liures tournoys. Et parmy les
champs si grande cruelite exercoient les gensdarmes enuers les laboureurs: quilz de=
lessoyent et abandonnoyent les Billaiges/mestayries et Billettes/fuyans es citez a seure
te/et ne leur estoit lestat des anglops meilleur que cestuy des francoys. Au moyen dequoy
en lhospital q̃ est dit la maison dieu de paris mourirent plusieurs non moins de famine
que de pestilence. Pour raison dequoy les principaulx de la Bille/par especial richemont
se transporterent en aultre lieu/troys tant seullemét delessez pour la garde de la Bille. Cest
assauoir/Adam de cambray premier president en parlement. Ambroys delore preuost de
paris/et Symon charles president des comptes/hommes de grande auctorite/prudence

et foy enuers le roy. Auxquelz entre les autres aduerſitez fut celle choſe moult deſplaiſan
te/q̃ les genſdarmes francoys q̃ eſtoient es gariſons aux chaſteaulx et fortes places du
territoire de paris et des lieux Boiſins/rauiſſoyent les tourpeaulx de beſtes des meſtay
ries et maiſons champeſtres faiſans rapine et pcilleries ſus les poures laboureurs des
champs non moyns que les propres ennemis. Et ceulx qui ne habitoyent en la Bille pe
ſtilencieuſe/deſtituez du ſecours des genſdarmes:ne pouoient a ce continuel mal aultre
ment remedyer que de paier le pris de la proye aux rauiſſeurs Dont ſenſuiuit q̃ les chãps
de laboureurs/et la Bille de paris de citoyans formant eſtoit deſerte. Auec tant de maulx
ſe aſſembla la continuelle courſe des loups en icelle Bille:leſquelz apres q̃lz eurent deuoré
plus de quatre Bingtz hõmes parmy les chãps:couroyent ſus ſemblablement a ceulx de la
Bille/en leur faiſant pluſieurs dommaiges et cruaultez Contre celle cruelle beſte/pour ſa
cruaulté reprimer/fut p edict loyer diffiny:ceſt aſſauoir q̃ pour chaſcun loup prins ſeroiẽt
Bingt ſoubz payez au preneur des deniers du roy:oultre le ſalaire publique q̃ le peuple de
ſon Bouloir auroit diſtribué aux Beneurs. Durant leq̃l tẽps Phelippe duc de Bourgõgne
ſouſtint des brugeoys aduerſite:q̃ apres quilz leur entreceu a bruges/fermerẽt ſus luy les
portes de ſa Bille a moult le perſecuterent/ſi que pluſieurs des officiers de ſa maiſon furẽt
occis. Entre leſquelz fut tue adam Biller ſeigneur de liſle adam/quant il ſefforca rompre
la porte de la Bille. Laquelle temeraire mutinerie depuis purgerent les brugeoys enuers
le duc de deux cens mille riddes dor/oultre les dons q̃lz octroyerent a ſon eſpouſe yſabel fil
le du roy de portugal afun q̃lle appaiſaſt ſon mary. Ce pendant q̃ ces choſes ſe traictoyent
a bruges. Charles en la generalle aſſemblee qui fut faicte a bourges/muny de lauctorité
du ſainct conſille de Baſle:ordonna la Pragmatiq̃ ſanction en la forme a maiere q̃ ſenſuit.

    ℃Cõment par le conſentement du pape Eugene quatrieſme de ce nõ le con=
ſille aſſemble en la Bille de Baſle:ceulx auſquelz eſtoit mande deſfendre la di=
gnité eccleſiaſtiq̃ ordonnerent certaines loyp bien digerees en leſtomac de la
cõmune oppinion de tous les aſſiſtãs. Pour leſquelles loyp recepuoir et emo
loguer/enuoyerent ambaſſadeurs Bers le roy Charles ſeptieſme. Qui apres
la requeſte diceulx ambaſſadeurs ouyee a enterinee: approuua ces loyp en ſon
grant conſeil eſtãt a bourges le ſeptieſme iour de Juillet lan.m.cccc.ppp Biii.

    ℃Senſuyuent les articles de la Pragmatique ſanction

LE pape cy apres/de dix ans en dix ans ſera tenu aſſembler et faire Bng conſil=
le en queſque lieu quil Bouldra. Se de ce faire eſt neligent: ſupployront les car=
dinaulx ſa negligence et auront puiſſance de deſigner le lieu a faire le conſille.
Lequel lieu ne pourra ſe pape changer ſans neceſſite.   i.
℃Lauctorité du concille de Baſle/et la conſtance des decretz diceſluy ſera perpetuelle/ſi q̃
nul/meſmes le ſainct pere pape iamais ne la pourra tollir/infirmer/ne trãſferer. ii.
℃Le pape a aucun ne reſeruera les grandes egliſes: ceſt aſſauoir metropolitaines/epiſ
copales /et collegialles/ou celles eſquelles ſont inſtituez abbes/et les dignitez eccleſiaſti
ques. Leſquelles par election ont acouſtume a ſoy eſlire Bng paſteur Excepte celles/leſ
quelles de droit eſcript ou a cauſe de la princ̃ipaulte a ſeigneurie romaine luy ſont pmiſes

E. i.

Le miſerable
eſtat de la cité
de paris.

La courſe des
loups.

La mutine=
rie des burge=
oys.

Auﬂ decret le pape ne pourra desroger Aincoys sil aduient ꝗ eschet cause de faire contre ce
ste loy/elle sera expzimee es rescriptz apostoliques. ℃e que iurera faire/garder et obser=
uer quiconques sera esleu a la dignite pontificalle.   iii.

℃ Quãt leglise sera Veufue ꝗ destituee de pasteur:ceulx ꝗ aurõt puissance de eslire/se af
semblerõt au iour ꝗ lieu a ce faire designe/serõt cõfessiõ de leurs pechez/ꝗ le precieux cozps
de iesucrist recepuerõt Puis se sierrõt/ꝗ le serment premieremẽt fait/nõ negligemẽt/nõ
frauduleusemẽt/nõ craitifuemẽt eslirõt celuy leꝗl en leurs cõscieces cõgnoistrõt estre ꝟdoi
ne ꝗ suffisant a exercer telle dignite. Et ne sera loysible aux pꝛices pour aucũ recõmãder
ꝓ impoꝛtunes pꝛieres/ou ꝑ Violece menasses greuer ou cõtraibꝛe les elisans   iiii.

℃ Les prelatz ausquelz le dꝛoit de cõfirmation appartiẽdꝛa/enquerront de la foꝛme dicel
le election apꝛes ꝗlle sera faicte/et des merites de lesleu. Et pꝛendꝛont les scribes et notai
res qui a telz actes assisteront sallaire competant.   V.   ℃ Le pape ꝗ en soy doit
monstrer la reigle de saictete:iamais en aucũe maniere a ceste oꝛdõnãce ne derogera Sil
fait le cõtraire/ꝗ il en soꝛt scãdalle/soit denõce au subseꝗuẽt cõcille Vniuersel.   Vi.

℃ Les elections cõbien ꝗ selon lauctoꝛite des sainctz decretz elles soyẽt Veues legitimes
toutesuoyes si lon crainct par icelles leglise/ou le pais/ou la chose publique estre troublez
quant daduenture lelection de ceste qualite sera rapportee au pape/et icelle diligemẽt exa
minee ayt merite estre dicte nulle sera signiffie a ceulx a qui appartiendꝛa/pꝛoceder a aul
tre election Et au regard de confirmer ou benistre lesleu:loysible ne sera de ce faire par au
tre que pcelluy/leꝗl sans moyẽ est superieur de lesleu. Se lesleu est present en court de rom
me:il recepuera sil Veult la benediction du pape:en faisant puysapꝛes le serment a son pꝛe
lat. Qui aultrement sera il sera puny en peine de cent escus.   Vii.

℃ Au cõsille Vniuersal/ꝗ a ses diffinitions ꝗ decretz/tous catholiques ꝗ le pape mæsmes
obeyront/tãt cõme la foy crestienne le requiert et lexpulsion des scismes   Viii.

℃ Et consille quant il sera assemble par la Voye du sainct esperit:sicõme les sainctz peres
assemblez au consille de constance sont diffini:fault croire que incontinant a auctoꝛite de
par iesucrist dieu eternel.   ix.

℃ Es eglises de dieu seront pꝛestres ꝗ pasteurs instituez/hõmes illustres en bonne Vie
et doctrine/afin que soigneusement ilz enseignent le peuple a eulx commis/et se rendent
a dieu obeissant et agreable.   x.

Pourtant aux graces expectatiues/dõt Viẽnet plusieurs maulx/ne sera lieu ꝑmis   xi.

℃ Les Benefices(le recteur diceulx encoꝛes Viuãt)ne serõt a aucũ reseruez. Mais quãt
ilz Vaquerõt de administrateur:sera cõgneu des moeurs et merites de ceulx auquelz con
uiendꝛa les cõferer:ꝗ se il sont graduez ou nom.   xii.

℃ Le decret faisant mentiõ de pꝛebẽder Vng theologiẽ en chascune eglise metropolitaine
soit aussi estẽdu es eglises episcopalles:afin que en icelles soit pꝛebende conferee a Vng
theologiẽ qui aura estudie par dix ans en aucune generalle Vniuersite. Et quant il sera
pourueu du benefice:la parolle de dieu pꝛeschera:ꝗ en chascũe septmaine Vne foys ou deux
exposera la saincte escripture a ceulx qui le Vouldꝛont ouyꝛ. Se de ce faire est negligẽt on
luy ostera les quotidiãnes distributions de leglise   xiii.   ℃ Aussi de ceulx qui
en aucũe sciẽce serõt graduez:sera ceste oꝛdꝛe obserue: cest assauoir ꝗ le pꝛmier benefice apꝛes
ceste oꝛdõnãce Vacãt:sera cõfere a Vn docteur:licencie:ou bachelier. Les deux ꝗ sequemẽt
Vaꝗront on les baillera aux clercz ꝗ biẽ laurõt merite Et le tiers benefice ꝗa ces deux suc

ceɓera/ſe graɓue loɓtiendra. A ceſte cauſe les eſcolliers gradꝰez/tous les ans au temps
de quareſme inſinueront et ɓailleront en eſcript leurs noms aug collateurs des ɓenefices
❡La collation deſquelz faicte contre ce decret ſera de nul effect et ɓalleur   ⲣ8.

❡Loyſible ne ſera faire citer aucū en court de romme/des lieug ꝗ ſeront diſtās de quatre
tournees de la ɓille/ſinon es plus grandes cauſes et matieres.   ⲣ8i.

❡Cellug leꝗl de dommaige ou iniure ſe ſentira greue:pourra appeler au plus prochain
ſuperieur:ſe le dommaige eſt tel quil puiſſe eſtre par ſa ſentence repare. Aultrement ſe y
rꝝemption appartient le iuge a leglife romaine. Le pape conmectera la diffinition de la
cauſe au iuge qui ſera du meſme pais:pourueu quil ny ayt craincte/et que ce ſoit lieu de
ſeur acces.   ⲣ8ii.

❡De grief ou interlocutoire de iuge neſt loifible ſecondement appeler. Et quiconques
follement et en ɓain appelera auant la ſentence prononcee/ſera mulcte et puny de quinze
florins oultre tous les deſpens du proces.   ⲣ8iii.

❡Le triēnal et paiſible poſſeſſeur daucun ɓenefice ne pourra aultruy trouɓler ou inquie
ter/ſinon que par hoſtilite/craincte ou aultre grief empeſchement/il aːt eſte retarde en ſor
te que y le temps de trops ane nayt peu le poſſeſſeur affaillir.   ⲣiɣ.

❡Le pape par le conſeil de ſes freres tant ſeullemēt eſtaɓlira ɓingt ꝗ quatre cardinaulg
inſtruictz en diuine et humaine ſcience/aagez de trente ans/de ɓon nō ꝗ de generation le-
gitime/ꝗ puiſſent don ner cōſeil a la choſe publiꝗ ꝗ a leſtat des creſtiēs.   ⲣⲣ.

❡Des dignitez et benefices eccleſiaſtiques conferez ou a cōferer a quelques perſonnes ꝗ
ce ſoyent ne pourra le pape aucune choſe exiger/ny ſānee/ny les premiers fruictz ny ce que
ɓulgairement eſt dict le deport. Toutesfoyes aug ſcriɓes et notaires qui le ɓenefice re
cepueront ſoit paye ſalaire comptant Et qui de ce decret ſera preuaricateur il ſentira ſuſ
ſoy la peine deue aug ſimoniaques/ſaichant nauoir acquis aulcun droit ou tiltre es ɓe
neficce contre ceſte prohibition impetrez.   ⲣⲣi.

❡Les clercs deputez au ſeruice diuī es egliſes/ſerōt tenuz tout le diuī ſeruice ꝗ les loū
ges de dieu ſainctemēt/diſtinctemēt ꝗ grauemēt celeɓrer/reuerāment beſſans la teſte a la
prononciation du nō de iheſus. Et quicꝗues des deans ou aultres officiers ꝗ miniſtres
des egliſes ſera preuaricateur de ceſte ordonnance/chaſtie ſera et puny   ⲣⲣii.

❡Au regard de la couſtume y laꝗlle auroit eſte introduict au tēps paſſe ꝗ cellug leꝗl a lu
ne des heures du iour aſſiſteroit au cueur ſeroit participāt de toutes les diſtriɓutiōs/elle
demeure totalement deſtruicte et abolie. Laꝗlle preſente ordonnance ſe extend aug deds
ꝗ preuoſtz/qui ſouɓz ōmbre de leurs dignitez ne aſſiſtent au ſeruice diuin   ⲣⲣiii.

❡Ceulg doncꝗs ꝗ trouueras prōmener en leglife ꝗ hors icelle/ou cōfabuler ce pēdāt ꝗ lō
celeɓrera le ſeruice diuin/priue les des diſtriɓutiōs de tout ce iour.   ⲣⲣiiii.

Mais ceulg ꝗ de rechief en cecy deſinꝗrōt:priuez ſerōt des diſtriɓutiōs dū mops.   ⲣⲣ8.

❡La table en laꝗlle ſont deſignez ceulg ꝗ deuerōt ſeruir ꝗ epercer leurs offices y certai
nes ſepmaines:ſera pēdue au cueur:ꝗ au negligēt ſoit oſte la diſtriɓutiō du iour.   ⲣⲣ8i.

❡Le ſymɓolle de la foy catholiꝗ nedecouperas: aincops aɓſolutement le chanteras mot
apres autre. Et ſont faictes deffenſes aug gens laiz de ne chanter les chancons du popu
laire en leglife.   ⲣⲣ8ii.

Toy preſtre iamais ne celeɓre la meſſe ſās miniſtre:ꝗ ꝗt la celeɓreras haulce ta ɓoyꝝ afi
ꝗ ceulg ꝗ a lētour de toy aſſiſterōt te puiſſēt ouyꝝ:corrige ceug ꝗ le cōtraire ferōt.   ⲣⲣ8iii

℃ Les chanoynes qui tellement se obligent enuers leurs creanciers que silz ne payent leurs debtes au iour assigne:veullent que le diuin seruice leur soit interdit/priuez seront lespace de trois moys des gaiges de leglise/et nen perceueront aucune chose/tant et si lo guement quilz se abstiendront du seruice diuin.   xxix.

℃ Es iours solennelz ce pendant que la grandmesse doit estre faicte ne soit tenu chapitre sur peine que les transgresseurs soiet priuez par vne sepmaine entiere des distributiones quottidiannes.   xxx.

℃ Soyent ostez de leglise & des lieux sainctz/spectacles/ioyeulx/putongneries/dances marchez/mommeries et personnes masquees. Sur peine aux clercs qui ceste presente or donnance contemneront destre priuez des fruictz et reuenues de leurs benefices par lespa ce de troys moys/et a tous les aultres de censure ecclesiastique.   xxxi.

℃ Les clercs de quelq estat qlz soient/lesqlz nourriront ou maintiendrot cocubines:se aps la secode publication de ceste ordonnance ilz ne corriget et chagent leurs moeurs:soient in terdictz de la perceptio et iouissance de leurs benefices p le teps de troys moys: les fruitz desquelz seront distribuez au proufict des eglises dont ilz deppendent. Ceste presente co stitution sera doresnauant par chascun an publiee es sannes et chapitres. Et non moyns les prelatz et curez admonnesteront les lays que par villaine copulation natouchent au cunes femmes fors leurs espouses legitimes   xxxii.

℃ Nul sera tenu euiter la comunication des excomuniez auant q la sentece depcomuni met soit pnocee ou reaulmet denocee & publiee/en sorte q lo ne la puisse ignorer   xxxiii.

℃ Nulle natio/comunite/ou place pourra estre iterdicte/sino q par soy mesmes/ou p per sonnes priuees/ou p ses iuges & officiers elle ayt comis le delict. Car ceste chose inique & deraisonnable ferir les bos et vertueux pour le delict de chascu home priue.   xxxiiii.

℃ Aussi ne sera foy adiouster es lettres p lesqlles est faicte mentio aucu auoir resigne so benefice ou dessaisi de so droit:sino qlen apparoisse p tesmoigz ou aultre loyal eseignemet

℃ Apres q Charles eut trouue ces loix assez esclarcies & digerees/il fist assebler le cosille a bourges/ou il approuua:loua et ratiffia ceste pragmatiq quo appele sanctio/& comanda qlle fust publiee en sa court de plemet. La de grace.m.cccc.xxxviii.le.vii.iour de iuillet La qlle costitutio royalle faicte soubz lauctorite du saict cocille de basle/tous les papes(q depuis ont este)ont eu en horreur & cotenement/come vne heresie pernicieuse/pource q de puis q le cosille de basle fut desassemble nul pape lauroit approuuee. Car iusqs au iour dhuy entre les ges degli se perseuere la tresatiene question se le cosille vniuersal est de pl⁹ grande auctorite q le pape Dont sensuit selo mon iugement/q les papes sont reffuzans af sembler & faire les cosilles generaulx:craignas leur tat large(ie ne diz pas vsurpee)aucto rite estre restraincte & reprimce p les decretz des cosilles Car leur sublimite & aplitude est au iourdhuy telle:q peu prisent les roys/& se gloriffient auoir licece de tout faire. Et du rant le teps de mon aage/nest aucu venu a la dignite potificalle:q apres laprehetio de cel le dignite nayt done a ses nepueuz grades richesses & pricipaultez. En cel an richemont prit dassault la ville d meaulx aps le.xv.iour de so assiegemt ou il occit grade multitube daglovs.

Mais les enemis tressort deffendiret le marche/auql y auoit garniso/auec laql le vindret le cote doxet & tallebot q rauiret vng basteau sus la riuiere de marne & meneret nouuelle garnison en icelluy marche dot ilz partiret aps le.ii.iour finablemet les aglovs ropuz & brisez p diligente oppugnatio:se rediret leurs bagues saulues. Le marche de me

aulx receu p les fräcoys/le roy eftät a paris appela richemöt et lenuoya en normädie auec
ques vne groffe armee ou tantoft il fut fuiuy p le duc dalenpö Jehan z andre de laual ma
refchal de fräce equipez de plufieurs hömes en armes. ¶ Tous ceulp cy arriuez a auräches   **Auranches**
affiegerët la ville/qui eft affife fus vne mötaigne vers la mer britänique/en la feigneurie   **affiege.**
et iurifdictiö des normans. Quät illecques eurent tenu fiege enuiron vingt iours. Le
conte doicet/le feigfit de lefcalle et tallebot capitaines des anglops/amafferent grant nö=
bre de genfdarmes z vindiét ficher leurs tentes au villaige de fainct lyenard diftant feul
lement de deup mille pas de loft des francoys/pres du pont gillebert qui eftoit fus fa ri=
uiere de fcee ëtre les deup armees Du furët faictes plufieurs legieres batailles:les vngs
fefforcäs paffer la riuiere/z les aultres épefchans le paffaige. Finablemët au veu des frä
coys les anglops pafferët la riuiere z efchaperent iufques a auräches/q incötinät donne=
rent laffault aup francoys z afprement batailleret. Mais les francoys chägerent de place
et retournerent leur armee vers pontoifon. ¶ Soubz ces iours vueyl prut de nuict faicte
fufanne/moyennant la trahifon et liurace q luy en fift vng äglops/laqlle ville iafoit qlle
appartienfift au duc dalenpö: neätmoyns maulgte luy vueil loptint et occupa cöme fien=
ne. ¶ Fortune nauoit efte affez cötraire z ennemye au roy Charles/fe le pitoyable z debö
aire pere neftoit encores de fon filz offenfe:q parauät auoit efte afflige de tät de turbatiös
et auerfitez. Jl auoit vng filz nömé loys daulphin de Vienne/qui p fon pere baille au conte
de la marche pour liberallement linftruire z endoctriner/quät il fut venu en adolefcence/
deprifant lenfeignemët de fon maiftre z precepteur fe retira a nyort Du il appela auec foy
Jehan duc de bourbö et Jehan duc dalenpon:en prefence defquelz fe mift hors de tutelle
z declaira dorefenauät vouloir viure en liberte/actendu q fe fëbloit affez idoyne z de aage
z de cögnoiffance des chofes/pour les negoces du royaulme gouuerner. A loys croiffoyët
le couraige/le duc de bourbö/Anthoine chaban/Jehä de la roche fenefchal de poictou/pier
re damboife z plufieurs aultres couuoyteup de nouuelles chofes/q ia cömencerent a folli
citer quelques villes a deleffer la foy de Charles. Car tous ceulp cy faifans enfemble cö=
iuration z monopole a poictiers:fus toutes chofes diuertiffoient loys dr fa cömunion et
frequentatiö de fon perc. La cöfpiratiö defquelz fut dicte praguerie. Cefte chofe p le con=   **La confpira=**
te de la marche au roy Charles rapportee/haftiuemët efcripuit lettres aup villes et cites   **tion de loys**
de nö obeir au daulphin ny a fes fectateurs:auffi de ne les recepuoit auec foy Le pëdät les **daulphin de**
coulpables de la rebelliö du daulphin cheminans de nyort a faict meffant prindrët le cha   **Vienne contre**
fteau p la trahifö de quelq höme nömé iaquet. Et retournez a la ville/z au monaftere peil   **fon pere.**
lerët la dame du lieu de tous fes biés:vouläs aifi faire au monaftere. Mais Jehä fachet
q auoit la charge des munitiös de la ville auec .vpiii. hömes fupr de fon party/tät lögue
mët deffendit le portail (q eft dict de fa croix) a lencötre des daulphinops:iufqs a ce ql euft
fecours d poictiers ou eftoit charles. Labbe pareillemët auec les moynes fermerët les por
tes de leglife/et monterent deffus les voultes/lefquelles ilz rompoient et iettoyët les pier
tes deffus les ennemis Qui oyans que le roy venoit auec fon armee/fe chargerët de proye
et fen fouirent. Quät charles fut venu enuiron lheure de fept heures de nuict/louät la di
ligence de labbe donna rentes teuenues et priuileges au monaftere. Et ceulp qui au cha
fteau furent trouuez fouffrirent mort peu diceulp epceptez. Apres ces chofes ainfi fai=
ctes Charles alla nyort affaillir/dont haftiuemët iffirent les daulphinops et fe retireët
au duc de bourbö. Pour raifon dequoy les nyortoys fans faire rebelliö fe rëdirët a charles

Loys daul=
phi de Vienne
filz du roy
Charles fep=
tiefme.

Au chasteau fut prins ce traistre Jaquet et dettaché par les membres en quatre parties
Quãt on cogneut q̃ le duc de bourbõ participãt de la cõspiratiõ auoit retiré le dauphĩ auec
ses cõplices/Charles menant son armee en bourbonnoys print plusieurs places affligãt
le pais de plusieurs dommaiges. ⊂Ce pendãt que Charles ccrp faisoit/le daulphin oc
cupa sainct poursain actandant lexperience de la fortune de guerre. Mais le roy mainte
nant residoit a rion et tantost a clairmont/et ses gens riblopent et faisoiẽt courses en bout
bonnoys. Ceste peste ciuille apres quelle eut dure lespace de six moys/par literecssion du
conte deu fut appaisee. Si que le daulphin retourna en la grace de son pere auecques seql
depuis lesquit. Au regard des aucteurs q̃ coulpables de la conspiration/apres quilz eu
rent impetre remission du Roy qui fut confermee par lettres patentes seellees du seel roy
al/chascun sen retourna en sa maison. ⊂Durans ces iours les angloys tenans le sieige
deuant harfleur:les francoys soubz la conduicte du bastard dorleans leur capitaine/che
minans en bataille auec grosse puissance de gensdarmee. ⊂Cõme ilz ne peussent peneter
et surmonter les munitions des angloys/leur lessrent finablement harfleur et monstin
uillier la garnison saulue. Auquel an Charles duc dorleans:qui apres la bataille de
blangi mene en angleterre / auoit este vingt q̃ cinq ans en la garde du Roy angloys/fut
deliure moyennant la somme de quatre cens mille escuz quil paya pour sa rancon. Lestuy
apres son retour seiournant a sainct homer/espousa marie fille du conte de clesues et niep
ce du duc de bourgougne. Lequel le honora de plusieurs riches dõs. ⊂En ce mesme tẽps
Gilles de la roye mareschal de france usant de sort auoit occis plusieurs enfans:du sang
desquelz il predisoit les choses aduenir/affectant principaulte. Lequel par le commande
ment du duc de bretaigne fut empoigne/et tantost la verite des malefices congneue par
pierre lhospitallier chancellier du duc:presque en ung moment fut de double torment af
flige. En ces tormens estoit une potence a laquelle fut gilles dung cordeau lie par le col
et ung scabeau mis soubz ces piedz/dessus lequel se pourroit apuier:a lentour de luy fut
alume ung feu:et le scabeau renuerse/tantost fut gilles estrangle et brule. ⊂En la bas
se normandie ya une roche sus ung lieu hault en la mer/ayant forme et semblance dung is
le. deux foys le iour et la nuict alluge des uagues de la mer:que les habitans appelent
Grauille. Je entendu que premierement a este dicte la uille girard. Ceste place comme
par eppugnations alternatiues leussent les francoys et angloys par diuers temps pos
sede. Finablement la restablirent les angloys:et a moult grosse puissance la fortiffierent
Si que apres la fortiffication faicte sembloit estre imprenable: et depuis la tindrent les
angloys en trespuissante garnison. Semblablement les frãcoys par mesme exemple:cest
assauoir Poton Saltard et Anthoine chaban fortiffierent la uille de louuers longuemẽt
desolee par les normans:et y mirent neuf cens hommes darmes en garnison. Dauantai
ge ilz bastirent ung bouleuart de boys sus le bort de la riuiere de seine. par lequel empes
cheroient le passaige a ceulx qui habitans au dessus contre la riuiere uouldroient aller a
Rouen. Aussi pierre bressaige et floquet prindrent conches/moyennant que les angloys
se rendirent. Et Katherine fille du roy Charles aage de sept ans fut conioincte par ma
riaige auec le filz aisne de Phelippe duc de bourgongne/afin que la paix et amitye q̃ tra ic
tee auoit este entre les princes/par la sacree alliance des nopces perpetuellement durast.
⊂En gascongne ya une uille nommee Tartes de noblesse antienne/appartinant au sei

La prinse de
harfleur et
monstiuillier
p̃ les angloys

La deliurãce
de Charles
duc dorleans.

Mariage en
tre la fille de
france et le filz
aisne duc de
bourgongne.

gneur de albret. Si comme les francoys la tenoient: le sennechal de Bordeaulx auec capta
buse et aucuns angloys lassiegerent. Finablement apres que lassiegement eut este tenu
par lespace de troys moys ou enuiron: par le moyen et linteruention du seigneur dalbret:
fut apoincte ceque sensuit. Cestassauoir que la Ville demeureroit en la puissance des fran
coys/ que Charles filz du seigneur dalbret seroit baillif & capitaine du lieu/soubz la char
ge toutefuoyes de faire le serment de fidelite au sennechal de Bordeaulx et iurer/ que di
celle Ville ne feroit force ne guerre côtre les angloys. Aincoys leur donneroit franc passai
ge pour y aller et venir en lexercice de marchandise. Aussi que permis seroit aux francoys
conuerser auec les angloys en la maniere des marchans/a bordeaulx et es aultres lieux
de la seigneurie angloyse. Se Charles ne vouloit quelque fois receuoir et accorder cil ap
poinctement: loisible luy feroit dedans trois moys auant que le temps de laccord fust pas
se/le signiffier et faire assauoir au mareschal/ dedans lequel temps les francoys rendroiêt
la place silz estoient en guerre surmôtez. Aussi se le contraire aduenoit ilz posse deroient la
Ville. Et ce pendant tant des angloys comme des francoys seroient bailles & deputez gês
de conseil a Charles qui estoit mineur et en bas aage. Apres lequel appointement ainsi
fait sen alla chascun ou bon luy sembla. ℃Comme en champaigne aucunes bandes de
gensdarmes francoys pallissans parmy les champs par trop grande iniquite peilloient
et despouilloient chascun en tous lieux/sen alla le roy Charles a troys/et auant toute
oeuure commanda estaindre et noyer en la riuiere daulbe le bastard de bourbon/ cruelle
ment des armes abusant. Plusieurs capitaines de gensdarmes (qui semblable chose fai
soyent) deposez de leurs offices Et ordonna que doresnauant les gensdarmes delesseroiêt
les villaiges et habiteroient es villes ou chasteaulx/ou ilz seroient stipêdiez des deniers
publiques: si que sans faire iniure a aultruy paisiblement seroient nourtiz & allimentez.

Lexecution
du bastard de
bourbon

[L]Es choses mises en ordre en champaigne: apres que Charles eut ainsi fait en
picardie/ il êuoya coytif mareschal et la byre a creolieu pour assieger le chasteau
et la Ville du coste qui regarde vers beauuoys/et il prenant son chemin par sen
lis/ ficha ses tentes a laultre riue de ayse assiegeant laultre coste de la Ville. Furent illec
ques continuelz assaulx/& les murailles en diuers lieux a force des tormens bombardes
et canons abatues: ou les francoys aucunesffoys montans combatoyêt auec les ennemis
en la presence du roy qui les regardoit faire. Pour raison dequoy apres le proparle fait a
uec les francoys de rendre la Ville/ Guillaume poyte capitaine dicelle Ville/rendit la Vil
le et le chasteau et le lessa lon franchement aller auecques ses siens. ℃Ceste Ville prin
se/ venant Charles a sainct denys. Mena tous ses gensdarmes a pontayse et se logea au
monastere de maubusson distant de mille pas de la Ville. Tout le reste de larmee occupa
les vieilles masures qui sont a loppossite de la Ville vers les pastiz. Quoy voyans ceulx
qui estoient en garnison: tantost impetueusement issirent de la Ville/et allerent assaillir
le monastere ou Charles estoit logie. A ceste cause fut faicte cruelle bataille dune part et
daultre: mais les angloys fuyans: furent des francoys poursuiuis iusques au pôt et bou
leuart quilz auoyent illecques basty. En ce lieu faisans fossez et fichans polz en terre se y
tindrent au long de celle nuyct: iusques a ce que par les basteaulx a eulx amenez de paris
passerent la riuyere de ayse qui coulle contre les murailles de la Ville/iusques au lieu ou
est le monastere sainct martin que Joachin rouauld/ Thealde et Baulpergne auecques

Assignation
desgaigesfai
cte aux gens
darmes afin
que plus ne
peillassent le
peuple.

Pontaise as
siege.

℃.liii.

auciis aultres haſtiuemēt occuperēt. Les foſſez menez tout a lētour du mōaſtere: cōme la
Bille fuſt preſque en ceſte façon aſſiegee/ les frācoys prindrent le bouleuart du pont dont
ilz chacerent les angloys. La porte par laquelle on Ba a rouen neſtoit aſſiegee: aincoys y
pouoient les ennemis franchement entrer et iſſir: ſi que par icelle Tallebot ₰ le duc dyuoi
re portoyent Biures a leurs gens: aucunefoys prouoquans les francoys a combat. Mais
les francoys penſoyent eſtre temerite et follye de ſe mouuoit de ce lieu ₰ de leſſer lordre/ dōt
Charles eſtoit moult ſoigneux: diligemment pouruoyant a tout ce qui eſtoit conuenable
aux aſſiegeurs. Car par Ambroys deloze preuoſt de paris fiſt porter a ſes gens grande
quantite de Biures par les riuieres de ſeine et ayſe/ maulgre ſes ennemis et non obſtant
leur treſforte reſiſtance. Parquoy Bopans le duc dyuoire ₰ tallebot quilz ne pouoyent cecy
empeſcher. Tallebot cheminant par poiſſy ou il eſperoit prendre le roy: apres quil eut peil
le la Bille/ auec le duc ſon compaignon ſe transporta en normandie et leſſa clipton cheua
lier angloys a pontayſe auec enuiron mille combatans/ auſquelz icelluy duc a lheure de
ſon partement promiſt ſa foy de donner ſecours aux aſſiegez debans certain iour. Quant
le duc fut party les capitaines appelez qui eſtoient a ſciour parmy les Billaiges circon
uoyſins/ commenca Charles a faire batre les murailles de tourmens et bombardes/ tel
lement quil ſurmonta leglise noſtre dame dont Bſoient les angloys pour bouleuart pour
ce quil eſtoit par dehors pres des murailles. Et le tropſieſme iour apres cōmāda aſſail
lir la Bille de tous coſtez: laquelle il print ₰ ſubiuga moyennant le grant couraige de tous
ſes genſdarmes: ₰ occirent cinq cens angloys ₰ prindrent le capitaine auec pluſieurs aul
tres. Des francoys tout au plus furent cinq deſirez Et deuant tous aultres fut loue lad
miral coptif/ pource quen laſſiegement ₰ eppugnatiō deſſuſdictz auoit fait acte de proueſ
ſe/ Jehan bureau pareillement y acquiſt bruyt et louenge/ qui lors eſtoit preuoſt de lartil
lerie. Par auant ceſte Bictoire il nauoit nom ny auctorite/ mais tantoſt par ſon induſtrie
et diligence fut au roy agreable. De laquelle Bictoire le roy Charles bien fortune/ Benāt
a paris fut des citoyans receu en grant honneur ₰ celebrite. Ēn meſme temps Jehā
floquet/ auec layde daucuns des citoyans print Eureux. Car la muraille fut percee par
les habitans/ et par le pertuis entra floquet debans la Bille. Et iaſoit que les angloys
ſuyans au marche ſe fuſſent couuertz de tours et de merrain de boys/ Neantmoyns ſou
dainement furent en partie occis et en partie empoignez priſonniers/ et le demourant eſ
chapa par la porte de la cite qui clandeſtiuement fut ouuerte. Ēn ce lieu feray men
tion de quelque choſe qui doit aduertir les genſdarmes et les rendre plus aduiſez et aſtu
cieux en la guerre. Comme pluſieurs des angloys qui auoient eſte prins a pontayſe fuſ
ſent tenuz en priſon au chaſteau de couuille qui neſt pas loing de chartres Lung diceulx
deliure afin quil procuraſt la rancon des aultres/ ſe retira par deuers francoys de arragō
ſouſtenant le party des angloys/ auquel il racompta combien negligemment eſtoit ce cha
ſteau garde par les francoys: diſant que facille eſtoit de le prēdre et occuper/ peiller ce que
lon y trouueroit et emmener les priſonniers. Ceſte choſe congneue frācoys miſt de nuit
en eſpye Bne bande de genſdarmes aſſez pres de ce lieu. Et quant le iour fut eſclarcy en
uoya quatre de ſes gens en habit rural chargez de ſacz ſus leurs eſpaulles rempliz de pom
mes et de naueaulx pour les porter au chaſteau comme marchandiſe a Bendre. Ceulx cy
ſans aucun empeſchemēt entrez au chaſteau (car partie de la garniſon eſtoit hors du lieu

La recouurā
ce ₰ prinſe de
pontayſe par
les francoys.

La prinſe de
ureux par les
francoys.

et lautre partie encores dozmoit)monterent en la chambze du capitaine/lequel dozmãt ilz empoignerent:puis incontinant ſuruindzent les ennemis qui faiſoient le guect/et pzin=
dzent le chaſtrau auec tous les biens quilz y trouuerent. Par ainſi les pziſonniers deli=
urez/menerent lautre pzoye a Rouen. Dignement et a bon dzoit pozte la peine de ſa negli=
gence:qui pzes de ſon aduerſaire ne pourroit diligemment a ſon affaire.℃ar ſouuenteſ=
ſoys toute larmee des francoys eſt perie/pzenans trop leurs boluptez et delices/(q non pze
meditans ce que les ennemis machinoyent. ℃.℃an enſuiuant/qui fut de la grace creſtiẽ
ne.Mil quatre cens quarante et deulz/Tallebot capitaine de quinze cens angloys deſ=
licte:mectant le ſiege pzes de dieppe bille de mer que tenoient les frãcoys/ſe ſeit en la mõ
taigne qui eſt nommee poſſet par le habitans:ou il baſtit et ediffia bne moult grãde tour

Epêple auy
genſbarmes.

de boys:en laquelle il fiſt munition de artillerie/bombardes canons et aultres belliqueu
ſes machines:afin que de ce lieu peuſt continuellement batte contre les muraiſles de la
bille. A la deffenſe de la bille eſtoit ℃harlot des marcſtz ayant auec ſoy trois cens hom=
mes darmes de noble et eyccellante bertu. Auquel peu de iours apzes Jehan baſtard doz
leans benant auec enuiron miſle hommes de guerre: apzes quil eut reuiſite le lieu et les
genſdarmes/ioignant auec la bieiſle garniſon Arthus de longueuiſle et Thomas dzoyn
equippez de ſiy cens combatans/iſſit de dieppe:ou il eſtablit capitaine Thedoal bour=
geoys/auquel il baiſla Guiſlaume richaruiſle capitaine de cent hommes darmes. Apz
que dieppe fut fortiffiee de ſi puiſſante garniſon/pourtant que les frãcoys puiſſammẽt
reſiſtoient a Tallebot/il ſen aſla peu apzes/deleſſez pour laſſiegemẽt continuer ſiy cens
angloys deſquelz Guiſlaume le poyte et Jehan tippelan eſtoient capitaines.Par ſucceſ
ſion de temps comme les angloys par pertinacite et entiere obſtination continuoyent laſ
ſiegement de dieppe.Loys fi(lz du Roy charles daulphin de bienne/par le commandemẽt
de ſon pere ayant ſeue moult groſſe et puiſſante armee/de poictiers a dieppe ſen aſla afin
de rompze laſſiegement des ennemis Qui cheminant au long du fleuue de ſommonobze
receut ſeye cens hommes de guerre qui benoient au deuant de luy afin de le ſeruir en ceſte
guerre.Lon dit que les pzemiers capitaines de ceulz cy furent/le conte de ſainct paul/do
micel de cõmercy. Le ſeigneur de gaucourt/℃haſtiſlon frere du conte de laual/et le ſeignr
de ℃haſtiſlon qui eſt ſus la riuiere de marne.Par la benue de ces genſbarmes le daulphĩ
renforcy/ſe tranſpozta a Abbeuiſle:ou il mãda Theodoal bourgeoys a ſoy benir Quãt
ceſtuy fut benu/et que lon eut pzins conſeil touchant la matiere ſubiecte et de la maniere
de ſoy y gouuerner Jl enuoya deuant Theodal auec troys cens hõmes darmes pour êpeſ=
cher de pozter bictuaiſles en loſt des angloys:(q il peu apzes mena a dieppe le reſidu de ſar
mee.Du apzes quil eut bng peu fait recreer (q raffcoichir ſes genſbarmes laſſez de labeur
le ſoleil ia pzeſque ſe couchant:commãda que enuiron ſiy cens combatans aſlaſſent en
la montaigne ou eſtoit le ſiege des ennemis. ℃eſte nuict fut plaine de continueſle pluye
et non pourtant ſe deſiſterent les ennemis de aſſaiſlir les francoys:combien que diceulz
par aigre bataiſle fuſſent contrainctz retourner en leurs munitions.Le lendemain mar=
chant le daulphin a dieppe:arreſta ſon armee ſus le mont poſlet deuãt la face des ennemis
℃ar il auoit des ponts de bois forgez pour trauerſer les foſſez/deſquelz ceſtoient les an=
gloys encloz et enuironez tout a lenuiron de leur tour de boys.A ceſte cauſe le ſecond iour
apzes quil fut monte en la montaigne:dzeſſa ſus les foſſez ſes ponts de boys qui poztes

Laſſiegemẽt
de dieppe par
talſebot.

estoient dessus des roues: puis le signe de bataille donne/se hasta la tour assaillir Les en
nemies lachement ne resisterent: aincoys vigoureusement combatirent côtre les francoys
qui les vindrent assaillir/si que les vngs occirent de leur artillerie et les aultres naure=
rent de leurs arcs. Du premier assault furent occis quatre vingtz francoys et troys cens
ou plus griefuement naurez. Au lieu desquelz succederent ceulx qui estoient entiers: et
moyennant le bonenhortement de Loys ne delesserent lassault/grandement animez pour
la presence dicelluy daulphin et pour la hayne quilz auoyent contre les angloys. Ny def=
faillirent pareillement les dieppoys qui hors la ville amenerent soyxante canonniers ba
tans les ennemis incessamment dartillerie/afin quilz les empeschassent de soy deffendre
des murailles de la ville. Parquoy au moyen de la tresapre baterie que firent les francoys
fut la tour prinse dassault/troys cens angloys occis ⁊ les aultres empoignez prisonniers
auec Guillaume le poytte/Jehã ruppalle et le bastard de Tallebot/ Lesquelz vindrent
en la puissance des dieppoys. Tous ceulx qui estoient de la nation des francoys furent
penduz et estranglez auecques quelques angloys/qui deuant la prinse de la tour dessus=
dicte auoyent dict iniure au daulphin. Apres que ce bouleuart tant fort ⁊ puissant fut dis
sipe: le daulphin transporta en la ville toute lartillerie qui y estoit/louãt les gensdarmes
et citoyans par le diligent aysde desquelz estoit des ennemis victoire acquise. Semblable=
ment il fist plusieurs dons aux habitans dicelle ville en recompense des pertes ⁊ dômai
ges quilz auoyent selon son aduis souffert durant le temps de lassiegement.

℗N lannee ensufuyant qui fut lan de grace Mil.cccc.xliiii.furent faictes tre=
ues de vingt et deux moys entre les roys de france et angleterre/liberte permi
se aux francoys et angloys dune part et daultre de exercer ensemble negocia=
tion et marchandise. Par lequel temps de treues/afin que les gensdarmes ne
trampassent en oysiuete/Charles enuoya secours au Roy de sicile contre les habitans
de metz et aucuns lorrains qui ne luy obeissoient. Les habitans de metz admonnestez de
obeyr: pource quilz depriserent ladmonnestement Charles les assiega puissant de plusi=
eurs gensdarmes et de la presence du daulphin. Lassiegement rãforcy/lemperut des rô=
mains faisant complaincte des suysses pource quilz estoient rebelles a lêpire: pria Char
les par bourgalemon noble cheualier dallemaigne quil luy enuoyast partie de ses gens=
darmes contre ses rebelles suysses. Ceste chose comme elle fust agreable au roy Il enuoya
le daulphin a basse auec vne armee/et luy assista bourgalemon/capitaine de larmee de fe
deric. Cependant quil cheminoit: il rencontra grande multitude de suysses pres de basle
contre lesquelz tournant ses armes comme il se fussent retirez en quelques iardins/il per
dit bourgalemõ qui fut occis auecques quelque nombre daultres gensdarmes. Neant=
moins il vainquit les suysses et les occist tous iusques a vng. Dela cheminant a sainct
hispolite/soubz esperance de incontinant prendre et eppugner la ville: combié que en vai
de ce faire se fust efforce: toute suoys il eut les habitans a soy obeissans. Mais les gens=
darmes francoys selon leur coustume faisans proyes et peilleries parmy les champs: cõ
tre soy exciterent la nation furieuse: si que les touffes de suysses assoriez/en diuers lieux
occirent grant partie des gensdarmes francoys. Doncques apres q̃ bourgalemõ fut mort
et partie de ses gens occis: le daulphin congnoissant laspiete de ce pays retourna a son pe
re qui estoit a nancy principalle ville delhorraine. Ou se trãsporta le duc de suffort ãgloys

La recouura=
ce de dieppe p
es franoys.

Armee contre
les lorrains.

Le daulphin
contre les suif
ses.

Victoire con=
uc les suysses

de par henry roy dangleterre a Charles enuoye: pour demãder sa fille estre baillee en ma
riaige a icelluy henry. Ce que ne fut au duc denye. Le capitaine des habitans de metz e=
stoit Iehan Bitot homme barbare et de cruelles moeurs. Cestuy ysoit dung excellãt che
ual: a la queue duql estoit cousue vne tympane: afin q̃ ce cruel capitaine fust ouy quãt il
entreroit ou sortiroit: et aussi quil fust congneu de toutes pars. Car il estoit si inhumain
que quant aucun des siens ou des aduersaires estoit pris prisonnier / iamais ne souffroit
quil fust rachecte a quelque pris que ce fust. Et sil eust eu congnoissance que les femmes
issues de la ville eussent traicte et faict pourfuyte de la desiurance de leurs mariz Inconti
nant les faisoit occir. Mais la prudente acttrampãce des citoyans / vainquit la crudelite
du barbare. Les lorrains doncques fatigez de continuel assiegemẽt: de dons le roy appa=
serent: recompensans les fraiz de la guerre moyennant la somme de deux cens mille escus
Les choses ainsi ordonnees: Charles sen alla a chalons. Soubz ce mesme temps comme
le consille de seglise de basle fut tenu. Le pape eugene congnoissant que les peres ꝯ cardi
naulx qui la estoient assemblez estudioyent a le deposer de sa dignite papalle / il laboura
translater ce consille a ferrate et dela a florence. Parquoy le consille de basle institua pa
pe Amede sauoysien qui menoit vie solitaire a rapaille / et le nomma felip. Ce pendant
eugene estant trepasse / comme les cardinaulx eussent en son lieu substitue Thommas de
susanne / le nommans Nicolas le quint / fut engendre vng scisme en leglise: qui depuis a
uec tout le debat qui y pouoit estre / par le moyen de Charles principallement fut assoupi
et a felip pour sa recompense fut baille loffice de legation au pays de sauoye. Durans ces
ioute / ia soit quil y eust treues entre les roys de france et angleterre / Neantmoyns fran
coys surie surnõme aragonnoys equippe de puissance de gens en armes leuez a haste /
par circonuention print et peilla feugeres finitimes de normandie et appartenans au du
che de bretaigne. Pour raison dequoy le duc de bretaigne par ses messagers faisant com=
plaincte deuant le roy Charles: monstra comment ceste iniure luy auoit este faicte durãt
le temps des treues lesquelles il gardoit de sa part sans les enfraindre: et quil estoit decẽt
dicelluy angloys recouurer ce que iniustement auoit prinse et raup. La querelle du duc en
tendue. Charles enuoya au Roy dangleterre et au Duc de sobbresset / Iehã hauart et guil
laume cousinet qui estoient des officiers de sa maison / pour de francoys repeter ce que de
feugeres auoit raup au tẽps des induces A ces ambassadeurs fut respondu que francoys
arragonnoys nauoit fait ceste chose par loppinion ou mandement du roy / et que ce quil a
uoit fait ne plaisoit au roy ny a sombresset. Pour laquelle chose a Charles persuader / som
bresset cela mesmes signiffia par messagers / requerant que pource ne fust riẽs innoue des
induces: et que sil vouloit ses ambassadeurs a louuiers enuoyer touchant ceste matiere:
Semblablement les siens y enuoyroit / qui ensemble appaiseroient la controuerse et que=
stion. Comme ceste chose fust agreable a Charles / on assigna iour pour faire lassemblee
a louuiers. Et ce pendant que illecques consultoient les ambassadeurs. Floquet baillif
deureux homme preux es armes print conseil de oster aux angloys le pont de larche tres
forte ville en normandie sus la riuiere de seine. Quelque charretier voicturier acoustu=
me de souuentesfoys passer et cheminer parmy ceste ville: ia des angloys congneu / auoit
preueu en son couraige que la garnison de ce lieu trempoit en negligence / et quelle nestoit
assez ententiue a la garde dicelle ville A ceste cause la chose par luy souuet aduisee denõca

Le capitaine
des lorrains.

Lappoincte=
ment faict a=
uec les lorais

Le pape felip

a floquet/a Jaques de clairmont/et au seigneur de Maulgny hommes expers en guer=
re:ausquelz il demanda compaignie de gens en armes luy estre baille pour executer son
entreprinse. ¶Entre tous les aultres y en furent commis deup:qui prindrent chascun
vne coigner/et faignans estre charpentiers marchoyet auec le voicturier. Et les aultres
vng a vng les suyuoient de loing par long interualle/a ce que leur multitude ne donnast
suspecon. Tous lesquelz au iour entre eulp assigne se assemblerent en la tauerne qui est
au faubourg/soubz vmbre de logier en icelle hostellerie. Lhoste de ceste tauerne peu de
iours par auant auoit este des anglops iniurie et offense. Ce que non ignorant le charre=
tier:demanda a lhoste courrouce pour liniure receu/vne chambre haulte/en laquelle il a=
uec ses compaignons peulst secretement loger:ensemble luy descouurit la chose entreprin
se. Lhoste ioyeulp de laduertissement de celle chose leur promist en ce cy son ayde. En la
nuyct ensupuant le seigneur de bressy auecques vne bande de gensdarmes se assist a faire
le guet le plus pres quil peut de la ville vers le port sainct Audoen. Floquet aussi de lau
tre coste et a lopposite du pont qui regarde vers louuiers se muca en sa prochaine forest a=
uec Jaques de clairmont et cinq cens hommes darmes. Le lendemain au poinct du iour
le voicturier charretier auec son chariot acompaigne des faintifz charpentiers/cheminat
iusques a la premiere porte du pont:appela le portier par son nom/le priant de luy ouurir
la porte/pourtant quil estoit haste de porter la marchandise au lieu ou il auoit promis la
porter:ensemble luy promist quelque loyer pour recompense de ce benefice et luy bailla foy
et asseurance des deup hommes qui portoyent les coignees. Le portier qui congnoissoit
le voicturier appela auec soy vng anglops et ourit la porte:en laquelle le voicturier incon
tinant entre/arresta illec son chariot/et faignant tirer aucuns deniers de sa gibecyere pour
langlops remuneter par eppres appensement en lessa tomber vng a terre qui estoit de la
monnoye de bretaigne/pour lequel denier recueillir/si comme le portier estoit acrouppy con=
tre terre/le voicturier print son vouge et luy trauersa le corps tout oultre. Les aultres que
lon cuidoit charpentiers:comme ce pendant fussent allez a la seconde porte/occirent lan=
glops. Lors issirent floquet a les aultres gensdarmes de leurs mucettes et crians a haul
te voip a larme saisirent la ville et le chasteau/tous ceulp de la garnison occis ou empoi=
gnez prisonniers/pource que a celle heure chascun dormoit non aultrement que cuidant e=
stre a seurete. Entre les prisonniers fut prins le conte de fouquebergue riche anglops Et ceste
chose merueilleusement contrista les anglops. Ausquelz afin que la voye de paip ne fut
close:ordonna Charles que ce qui estoit prins seroit rendu pourueu quilz rendissent feu
geres. Les anglops rapportans cecy a sombresset se assemblerent apres les ambassadeurs
de lung et de lautre au monastere quilz appelent bon port Ce pendant Gerberoy en beau
uoysin fut prins par le seigneur de moup/Comnac et burdegalops / Malgrin par ver
drin gascon/et par flotquet conches en normandie. Pour lesquelz sieup recouurer Jehan
Conqueste
sus les an=
glops.
lenfant fut de Sombresset enuoye:mais Charles respondit que se les anglops rendoyent
fougeres au duc de bretaigne/quil restitueroit les places nouuellemet prinses que tenoiet
les francops. Comme Jehan lenfant eut respondu nauoir charge ny mandement de feu=
geres il sen alla sans riens faire. Et ne fut fait aultre chose par ceulp qui se estoyent as=
semblez a bon port. Quant les ambassadeurs retournez furent par deuers Charles/il
communiqua conseil auec les siens pour raison de la guerre:pourtant q̃ par aucune vertu

ne pouoit Vaincre les eschapatoires et frauldes des ennemis. Parquoy furent messa
gers enuoyez au duc de bretaigne auecques lequel par commune beniuolence fut la guer
re entreprinse contre les angloys. Durant le temps des treues dessusdictes/les angloys
qui nante/Vernoyl/et Laigny auoient occupe/nauoient cesse de assieger et espier les che
mins publiques ou ilz coupoyent gorges ¶ destroussoiët par tout les francoys qui passoiët
et afin que du crime prensissent protection:ceulx qui de par eulx souffroient telles choses
ilz les appelloient armignacz. Meantmoins afin quilz ne fussent congneuz couuroient
leurs Visaiges de masques/¶ par ainsi aucuns cheminans masquez se gloriffioyent estre
appelez mommeurs:et le populaire les appeloit faulx Visaiges. Sicomme pour a telz
maulx obuier se assembloyent gens darmes de toutes pars/oserent les angloys issir de seu
geres et assaillir les bretons. Mais ilz furent si rudement repoulsez que six Vingtz de
leurs gens occis/on contraignit le demourant soy retirer en leurs munitions

⚹Comment le Roy Charles septiesme apres linsti
tution des francs archers chaça les angloys de Nor
mandye/ Et remist en son obeissance toutes les Villes
et chasteaulx du pays tellement que en brief temps
demoura paisible du duche.

Vernoyl en Normandye Vng monsnyer (le moulin duquel aprochoit des
murailles de la Ville) commis et depute a faire le guect de la nuyct/com
me par aduenture se fust endormy:eueille par Vng angloys auoit de luy
en ce faisant receu iniure. De laquelle le monsnyer moult despite/com
menca a marchander auec Floquet de trahir et liurer la Ville aux fran
coys. Floquet ayant agreable la commodite du delict/et promettant loyer a ce monsnyer
feist la chose sauoir a Pierre bresay et Jaques de clairmont. Ausquelz dedans le iour assi
gne se transporta le monsnier/et par le moulin ou il demouroit leur bailla entree et passai
ge/si quilz mirent des eschalles dessus les murailles de la Ville et entrerent dedans. Ce
iour estoit Vng iour de dimanche tresfestable et celebratif aux crestiens. Parquoy de cecy
le monsnyer prenant son occasion pource que ce iour auoit faict le guect admonnesta de
uant le iour ses compaignons se haster de aller a leglise pour ouyr la messe:afin que la de
uotion a dieu deue acomplye/sen allassent incontinant desiuner. A ceste cause au parte
ment de ses compaignons le monsnier pour Venger son iniure perpetra le crime moult agrea
ble aux francoys. Certes en Vne trespetite beste ya aucunessoys grant couraige: telle
ment que selon lopportunite du temps elle sapplique a Venger le mal que lonluy a faict.
¶ Apres q̃ la Ville fut prinse/tous les angloys q̃ peurent eschaper se retirerēt au chasteau
et occuperēt la tour q̃ estoit biē fortifye au millieu dicelluy chasteau Et afin q̃ dicelle tout
les ennemis neschapassent Jehã cõte de dunoys q̃ nous auõs cy dessus nõme bastard dor
leans lorsprince et grãt maistre de la gendarmerie de Charles/hastiuement Venãt assiega
la tour:on peu de iours apz fut aduerty q̃ talebot auec son armee estoit arriue a bretoil nõ

f.i.

pour aultre raison sinon afin q̃ldissipast lassiegement fait par les francoys/et q̃l portast
viures aux assiegez. Pour raison dequoy le conte de dunoys ne faisant long seiour a ver=
noyl/pour le siege tousiours continuer y lessa florent dilliers chartrain/ Et cheminant
en bataille a lencontre de Tallebot/le aconsuiuit aupres de harcourt/ou il se tenoit en li=
eu tresbien muny et fortissie. Auquel tout au long de ce iour par les francoys prouoque a
bataille/fist mauuaise puissance de combatre. Mais en la nuict ensuiuant de ce iour/se
retita au chasteau de harcourt/et au regard des francoys/Tallebot illec delesse/ilz sen al
tent a cureux. ❡ Cependant que ces choses se faisoient en normandie : Charles par
Amboise passa loyre : deliberant aller a vernoyl pour secourir les assiegez. Auquel temps
les comptes deu et de sainct paul auec quatre mille hommes darmes cheminans a nogét
prindrent la ville et le chasteau donnans liberte de sortir a Iehan le feure capitaine du li=
eu auec ceulx qui estoient en sa garnison. Mais les francoys mirent le feu au chasteau et
se lesserent en desolation. Partans de ce lieu apres quilz eurent passe seine et eulx estans
a cureux/sen allerent a Ponthomer ou le conte de dunoys les actédoit. Puis se mirent des
sus le fleuue de rille qui colle deuant les murailles de la ville/et le conte de dunoys auec
lautre partie de son armee mectant le sige du coste qui tourne a Rouen/apres quon luy eut
annonce que tout ce qui seroit necessaire a donner lassault estoit prest. Le signe de bataille
donne : sefforca chascun de monter et grimper dessus les murailles. A quoy courageuse=
ment les angloys resisterent. Mais les picards impetueusement entrerent dedans la vil
le dung coste/de lautre coste les dunoysiens/si quilz chacerent les ennemis/lesquelz fuy=
ans en lhostel publique de la ville qui est au marche/peu apres se rendirent soubz la puis=
sance et seigneurie des contes de dunoys et de sainct paul. Le nombre des prisonniers an
gloys fut de quatre cens et vingt hommes : entre lesquelz estoit montefor capitaine de la
ville et receueur general des deniers de normandye/auec fouquet heton angloys.

A chose donc que cest bien faicte a Ponthomer au proufict des francoys
le seigneur de mouy fut estably a la garnison de la ville. Soubz lequel
temps aultres chasteaulx furent prins des francoys soubz la conduic
te de Ioheac. Aussi la tour de vernoyl se rendit le Roy estant a char=
tres/moyennant que ceulx qui estoient dedans payerent quelque pe=
tit prix pour leur rancon. Sensuyuirent les habitans de lisieux/ves
lesquelz cheminant le conte de dunoys auecques ceulx qui auoient ba
taille a pont homer/apres que sans effort se furent voluntairement réduz/il les lessa pai=
siblement viure selon leurs loix. Mente donna plus de peine auant que soy rendre/ pour
ce que les angloys qui auoient la charge de la tuytion dicelle/la refusoient liurer aux fran
coys. Mais le populaire leur deffaillant/τ apres que la porte au sainct auec grant partie
de la ville fut par armes occupee : les citoyans vindrent aux francoys et auecqz eulx trai=
cterent de rendre la ville. Laquelle chose congneue par les angloys/ses fist plus humbles
Car permis leur fut hors issir en liberte leurs bagues saulues/τ par ainsi tendirét la vil
le aux francoys. Semblable permisson fut aussi faicte a tous les autres citoyans q̃ mieulx
aymerent soy transporter en aultre lieu auecques ses ennemis. Et a tous ceulx qui illec
demourerent ne fut faicte aucune moleste ne nuysance. Apres que tout fut appaise/le con
te de dunoys institua Pierre bresay capitaine et gouuerneur de toute la ville. ❡ En

ce mesme temps Charles partant de charttes vint a Bernop/ou il fut des habitans re
ceu en grãde liesse et benuoléce. Et ce pendãt le seneschal de poictou pierre bressay cõmist   Le chasteau
vng cas digne de memoire. En normandie ya vng chasteau dit longny/ou il ya vne court   de longny.
de longue estanduee/que les francoys appellent basse court/enuironne de muraille et fos
sez tout a lentour. De ce chasteau estoit sainct marin capitaine gendre de francoys dar
ragon/ayant illec en garnison deux cens hommes darmes lesquelz il tenoit en ladicte bas
se court. Bressay trouua moyen de parlamenter auec la garnison, laquelle suppromist que
dedans temps opportun luy liureroient le chasteau Le iour des conuenances escheu: Bref
say enuoya des gensdarmes a longny. Lesquelz sainct marin(faisant petite estimation
de la mitye de son beau pere et de la presence de son espouse)fist entrer clandestinement par
vng huis de derriere dedans le chasteau. Ceulx q̃ faisoient leur demeure en la basse court
quant ilz vidrent les francoys au chasteau sefforcerent contre eulx resister: mais comme
moyndres en nombre et en puissance facilement delesserent leur entreprinse: parquoy to'
empoignez furent et despouilles/excepte la femme de francoys: laquelle apres quelle eut
longuement assailly son gendre de parolle/sen alla franchement auec ses biens.

N ce mesme temps vng herault darmes par floquet enuoye aux habitans de   Vernõ en nor
Bernon qui sont sus la riuiere de seine en normandie Afin quilz se couertissent   mandie.
a la foy et principaulte du roy Charles: fut moque et iniurie de Jehan dore
mont capitaine du lieu: disant quil auec les habitans de la ville tresvoulen
tiers baisseroit les clefz de celle place. Et sans aucunement chommer sen alla chez les ser
ruriers/puis bailla au herault vne grosse touffe de plusieurs clefz lyees ensemble a demy
vsees de roueilleure et vieillesse. Auquel respondant le herault/Ces clefz dit il que tu me
bailles sont trop villaines et deshonnestes pour seruir aux portes de si noble ville En di
sant ces parolles partit le herault de ce lieu et sen alla au conte de dunops qui ce pendant
auoit mis son armee pres Bernon: auquel il racompta tout au long ce quil congnoissoit a
uoir este faict par doremont. La moquerie et illusion entendue/le conte mist son siege de
uant la ville du coste qui regarde vers Rouen. Et le seigneur de mouy auec Guillaume
canut assiegerent lautre coste qui regarde vers paris. Soubz la conduicte desquelz estoit
actribuee moult grande multitude de francs archers: qui pour la necessite de la guerre a
uoyent este nouuellement choisiz q̃ leuez es champs entre les hommes ruraulx/et afstan   Linstitution
chiz sans controuerse de toutes tailles et tribuz. Car de soixante maisons estoit choisy   des francs ar
vng homme: qui arme et acoustre en homme de guerre aux despens des soixante qui re   chers .
stoient souldoye estoit et stipendye des deniers du Roy/seullement quant il partoit de sa
maison pour marcher en guerre. De ceulx cy certes et de leur vaillance q̃ prouesse vsa char
les heureusement en plusieurs lieux et conttees durant le temps de son regne. Du nõbre
diceulx/ceulx qui estoient de la bande du seigneur de Mouy et de canut: apres quilz eu
rent occupe lisle qui regarde a Vernon: incontinant surprindrent et saisirent le pont par le
quel on va en la ville. De laquelle chose les habitans espouentez/de leurs gens vers le cõ
te enuoyerent. Baron anglops q̃ Guillaume daguenet/auec quelq̃s autres des habitãs   Loraison des
de la ville hõmes de bonne renommee et plusieurs aultres. Lesquelz receuz deuant la fa   habitans de
ce du conte daguenet commenca a parler en ceste maniere et dire. Tresilluestre conte/aux   Vernon au cõ
habitans de Vernon tu as vng herault enuoye/qui au nom de ton Roy les admon   te de dunops.

neftaſt de ſoy rendre auec la Bille ſoubz ſa puiſſance ⁊ ſeigneurie. Et pource ſte cauſe Ders
toy ſommes Benus/afin que nous dyes pourquoy/et a quelle cauſe tu nous as faict a=
monneſter/et quelle choſe tu cuides que nous te deuons faire. Le côte comme ſaige et pru
dent eſtoit/leur reſpondit en ceſte maniere. Hommes ambaſſadeurs Bous ne ignorez Der
non et le chaſteau auec leurs appartenances et deppendances au roy Charles appartenir
par droit paternel. Leſquelles places ſe par force ou par dol ont eſte des ennemis occupez:
maintenant Charles ſuccedant a ſon pere au royaulme a treſbon droit demande luy eſtre
tendues et reſtituees. Dous ſauez auſſi que par les annees deſſus paſſees ont eſte faictes
pluſieurs guerres et batailles par leſquelles le royaulme gaſte/le peuple opprime et per=
ſecute a moult miſerablement reſonne en clameurs et gemiſſemens. Finablement ſont in
teruenues treues entre les princes/afin que ce pendant fuſt Doye a paix et concorde pre=
paree Mais les angloys peu demourans en leur foy emmy le temps de treues ont prins ⁊
peiſle feugerres que encores detiennent/Combien que par pluſieurs conuentions ait eſte
traicte de reſtablir le dommaige. Pour reparation deſquelles ſi grandes iniures/par le
conſeil des ſeigneurs a le Roy charles deliberé par treſinuſtes armes repeter ⁊ recouurer
ce que la deſloyaulte des angloys a oſte a ſon pere et a luy. Ceſt la cauſe pour laquelle a=
uons commiſſion Bous admonneſter de Benir a mercy. Apres que ces choſes furent dictes
par le conte: ceulx qui auoient eſte enuoyez ſe retirans arriere de laſſemblee/les angloys
reſſuſans de ſoy rendre/deliberrent les habitans totallement ſuiuir le party de Charles
A ceſte cauſe obſtaigez baillez au conte de rendre la Bille et Bernonet qui eſt le nom du cha
ſteau/ſen retournerent les ambaſſadeurs a Bernon. Mais pource que ceulx de Bernon ne
ſont fors loing des rouennoys: dont ilz eſperoient ſecours: promirent ſoubz ceſte loy la Bil
le rendre/ſe les angloys ne leur donnoyent ſecours dedans le prochain ſamedi. Le iour eſ=
cheu/pource quilz entendoyent eſtre deſtituez de ayde/les angloys franchement enuoyez
hors de la garniſon/les Bernonnoys receurent le conte de dunoys dedans la Bille. Lequel
bailla la garde du lieu et du chaſteau a Rigal de fontaines. ❡Ce pendant que ces cho=
ſes ſe traictoyent a Bernon. Charles cheminant a Eureux et de la a louuiers par incredi
ble lieſſe des habitans y fut receu. Auquel temps Guillaume canut/par Boluntaire de=
dition faicte par le capitaine portugaloys receut le chaſteau dangu. Et ſicomme le conte
de ſainct paul mectoit Gomay en la foy et obeiſſance du Roy: luy donna Charles la Bil
le et le chaſteau. Auſſi le conte de dunoys apres le quinzieſme iour de ſon aſſiegement ob=
tint iouiſſance de harcourt. ❡Ce pendant les ſeigneurs partans de Bernon attirerent
enſemble a louuiers par deuers Charles auec treſgroſſe armee Eſquelz ioure le ſeigneur
de la Roche guyon/recouura le chaſteau de ce nom qui a ſoy appartenoit/et fut par ce que
le capitaine qui le tenoit moult liberallement ſe rendit. Toutes ſes bandes des gendar=
mes aſſemblees a louuiere: fiſt Charles diligence de pourſuyr ce qui eſtoit beſoing a ſub
iuguer le reſidu de ſa normandie. A ceſte cauſe commanda a Charles dartboys conte deu
au conte de ſainct paul et a Jehan faureuſe/quilz allaſſent auec quatre mille combatans a
neuf chaſtel: dont Adam billoton angloys eſtoit capitaine ayât ſept Bingtz hommes dar
mes en garniſon. La Bille fut prinſe par force et le chaſteau receu a compoſitiõ: faculte dõ
ner aux angloys de tranſporter leurs biens de ce lieu. Oultre ces choſes manda Char=
les au conte de dunoys mener Bne aultre bande de genſdarmes a châbraſeuy/ou pluſieurs

seigneurs francoys sacompaignerent en vne mesme armee. Entre lesquelz furent les con
tes de clairmont/de neuers et dozual/ialoy mareschal de france/Charles culault/Pier
re bresay/le seigneur de Gaucourt/et le seigneur de Suyeil menans quatre mille tant hõ
mes darmes que pietons. Le sieige mis a Chãbraseux:apres le huitiesme iour Guil
laume ermite anglops/capitaine du chasteau(composition faicte auec les francoys de sor
tir en liberte)rendit la place au roy Charles. Vng chasteau estoit nõme Dessay en la sei
gneurie et iurisdiction du duc dalenpon/que les anglops auoient tenu par long temps:e
la voit lon vng lac entre lequel et le chasteau nya pas longue distance. Sicomme doncqs
durans ces iours ceulp qui estoient a dessay eussent prins le lac pour le pescher:plusieurs
allerent en ce lieu asseichez de la conuoptise des poissons. Ceste chose congneue par ceulp
qui rapporterent les nouuelles:le duc dalenpon leua promptemẽt quelques gensdarmes
et cheminant par vng chemin secret et couuert vers le lac/surprint tous les anglops illec
pallissans. Apres quilz furent prins les mena deuãt Dessay disant que tous mourir les
feroit se ceulp qui au chasteau estoient ne le rendoyent. A ceste cause fut liure la ville et le
chasteau. Ceulp aussi qui estoient en garnison a Dieppe au moyns partie/sen allerẽt au
monastere de secam sus la mer et de nuict le prindrent dassault. Sans longue demeure ar
riua au port vne nef dangleterre portant enuiron cent hommes darmes pour le secours de
secam:lesquelz ignorans la prinse de ceste place:descendirent a terre ferme ou ilz furẽt des
francops saisiz et empoignez.

LOrs le duc de bretaigne equippe de la puissance des gensdarmes francops e des
siens/cheminant de bretaigne a constances. Le second iour de son aduenement
print la cite dont issirent les anglops. Par mesme fortune et sans grant labeur
print et occupa sainct saud/et les chasteaulp circonuoysins qui pas nestoient en petit nõ
bre ou il mist garnison de gensdarmes francops. Soubz ce temps les alenconnops clã
destiuement messagers vers leur duc enuoyerent/promectans luy liurer entree en la vil
le. Par lesquelles nouuelles le duc prenant esperance de recouurer son heritaige mist vne
bande de gensdarmes en la ville et luy fut ouuerte la porte par les habitans/si que les an
glops sen fouyrent au chasteau ou apres que par trop lasche e imbecille couraige se fussent
quelq peu de temps deffenduz. Finablemẽt se rendirent soubz la voulente du duc. En ce
ste chose au duc aypda loys de beaumont qui du maine vers luy estoit venu equippe de sor
pante hommes darmes. En ce mesme an qui fut lan de grace Mil.cccc.xlix.ad
uint aup francops(comme elle auoit commence)encores meilleure fortune/cest assauoir
en lassiegement que fist Gaston conte de foip a maulisson/qui du roy Charles auoit re
ceu le gouuernement et administration du pais de gascongne iusques aup pirenecs. En
cestup assiegement auoit Gaston le gouuernement de troys mille hommes darmes a che
ual et dip mille archers. Par le souldain regard desquelz les habitans espouẽtes:enuoye
rent ambassadeurs vers Gaston luy signiffier et declairer quilz luy vouloient rendre la
ville et mectre soubz son obeissance. Et adonc quant les anglops cecy congneurent/
sen fouyrent au chasteau qui est dessus vne moult haulte roche Parquoy apres que la vil
le de maulisson fut prinse. Le conte de foip aduertp quil y auoit faulte de froument et aul
tres victu ailles au chasteau Il assiega la Roche de tous les costrz. Contre lesquelz

f.iii.

Chãbraseux

Dessay.

secam.

Alẽpon

Maulisson
prins par les
francops.

et afin de luy resister/le Roy de nauarre dont icelluy conte de foip auoit sa fille espousee/
amassa six mille hommes de guerre de diuerses nations: et quant il eut enquis lordre et
la puissance des gensdarmes de gaston/commanda aup siens vng peu reculer et impetra
licence de parler au conte. Se assemblerent les princes en petit nombre de gens de guerre
a mille pas de lost des francops. Du le Roy de nauarre commenca a parler au conte. Je
memerueille (dit il) trescher gendre comment tu deprisant nostre antienne amitie ac ven
ge et prins maulisson/dont le Roy dangleterre mauoit baille la garde et deffense: et que
encores maintenant te efforces prendre le chasteau ou preside mon connestable en son nom
et en celluy des anglops. Aup parolles du Roy respondit Gaston en la maniere qui sen
suit. Illustre roy droictement faizey mentió de nostre affinite/pour rason dequoy ie doys
estre a toy bien veuillant et seruiable/se la necessite de obepr/et lhonnestete de mon office
ne me conduisoit daultre part. Comme auant toute oeuure soys en foy et subiection tenu
et oblige au Roy charles: pource principallement quil a mis soubz ma tutelle le gouuer
nement de gascongne par son commandement ay prins maulisson: et ia de ce lieu ne par
tiray: iusques a ce que vng aultre plus fort que moy men eppulse et mecte hors: ou q iaye
contrainct le chasteau retourner a la seigneurie et obeissance de Charles. Adoncla vou
lente du conte congnue/le Roy de nauarre vers soy retira son armee Et les assiegez apres
quilz eurent impetre seurete de sen aller rendirent au conte le chasteau. ❧En celle mes
me succession de temps quelques chasteaulp furent prins en normandie: cestassauoir par
le seigneur de blanuille/tonque/basty aupres de la mer/et par le conte de dunoys argento
ou sicomme par crainte simulee les ennemys estans sus les murailles parloyent de eulp
rendre/et neantmoyns occultement preparoient les armes aup francops afin de les tra
hir: aucuns des principaulp du peuple estans a loppofite du lieu ou les anglops faisoyent
leur trahison/manifesterent amplement aup francops celle fraulde couuerte: les reque
rans leur donner promptement le signe quilz portoyent/et que les habitans de la ville a
uoyent delibere les anglops eppulser et obepr au roy Charles. Quant ilz eurent le signe
des francops receu/les admonnesterent aprocher du lieu ou ilz verroient leur signe dresse
dessus la muraille et que tantost les recepueroient dedans la ville. Adoncques ainsi fut
faict: car grande partie des francops entra par dessus les murailles: au moyen dequoy les
anglops frustrez de leur finesse et entreprinse hastiuement sen fouyrent au chasteau que
peu apres ilz rendirent et nemporterent riens de tous leurs biens fors seullement vng ba
ston. Et ne fut meilleure condition a oliuier de catsalay capitaine du chasteau. Durans
ces iours Chasteau gaillard assis sus la riuiere de seine fut prins des francops Charles
tenant son siege au deuant. Aussi fut receu le chasteau du fresnoy par le duc dalenpon/
moyennát que les anglops franchement se rendirent. Oultre lesquelles choses Richard
merbute anglops restitua Gisors au roy Charles. Pour recompense de laquelle chose luy
donna Charles la seigneurie et capitainerie de sainct Germain en laye/et luy rendit ses
deup filz/cestassauoir Jehan et Hemon qui prins a la rancontre de ponthomer estoient te
nuz en prison. Jehan seigneur de Gaucourt antienchuealier de lordre de la cheualerie do
tre fut estably capitaine de Gisors: pource quil estoit homme expert par longue experie
ce des choses et moult loyal enuers le Roy. Le roy doncques ayant acquis iouissance de
tant de places en normandie: comme il fust acompaigne de la presence des seigneurs/Et

Le roy de na
uarre allie
des anglops.

La response
de gaston de
foip au roy de
nauarre.

La prinse dar
genton.

Jehan de gau
court.

equipe de trespuissante armee: assembla ses gensdarmes a la plaine de neufbourg dont il
bailla partie au conte de dunoys et luy commãda passer la riuiere de seine pour tirer bers
Rouen: ou furent deuant aucuns heraulx darmes enuoyez pour demander la Ville com
me estant des droitz de charles. Quant les ennemis beirent ces heraulx ilz les refuzerẽt
ouyr et les menasserent de mort. Car lors estoit tenue celle cite de tresforte garnison dan
glops. Le rapport des heraulx entendu: Charles commanda mener son armee deuant la
cite. Parquoy quant les francoys eurent mis le siege deuant la Ville: et que de rechief par
bng herault furent les citoyans admonnestez de la rendre: boyant Charles que tout au
long de troys iours (durans lesquelz auoit son armee tenu le siege) ne sortoit aucun pour
parlamenter/et que continuellement pleuuoyt (car cestoit le commencement de lhyuer) il
fist retirer le conte de dunoys au pont de larche/et les gensdarmes se logierẽt es billaiges

Rouen assie
ge.

circonuoysins pour passer lhyuer. Durant que lon faisoit ainsi ces choses a Rouen: quel
ques citoyans ausquelz estoit grief souffrir la principaulte des anglops/soubz espece de
garde occuperent deux tours auec la muraille entremp/en boulente de mectre les frãcops
dedans la cite quant ilz dõneroyent lassault. De ceste esperance Charles plus asseure: cõ
manda au conte de dunoys assaillir les rouennoys de toute son armee. Larmee doncques
mise deuant la Ville: la distribua le conte en deux bandes. Lune dont il estoit capitaine
colloqua et arresta a la porte qui est dicte de beaunoys. Lautre que conduisoit Charles
conte de clairmont se reposa entre le gibet et la cite. Les francoys en cel ordre attendans
se quelque signe leur apparoistroit de la Ville: enuiron deux heures aps midy bint a eulx
bng cheuaulcheur disant quil y auoit deux tours que aucuns des citoyans tenoient non
pour aultre cause sinon afin quilz ayßassent les francoys quant ilz approcheroient. Des
quelles nouuelles le conte de dunoys admonneste enuoya les france archers du coste ou
estoient les tours: et il les suiuit a pied acompaigne du residu de larmee. Ja auoit on dres
se eschalles contre les murailles: par lesquelles estoient entrez dedans la Ville quarante
aduanturiers francoys: quant Tallebot equipe de troys cens pietons bien acoustrez sap
procha et ficha lestandart de bataille dessus la muraille. Puis tantost ruãt sus ceulx qui
auoient passe par dessus et qui les tours deffendoyent en occit soyante oultre ceulx quil
choisit et commanda garder prisonniers. Au regard de ceulx lesquelz dicelles murailles
se iectoyent boulentairement es fossez/tous furẽt mutilies ou au bras ou a la cuisse/et ny
en auoit bng sain. Apres le second iour de lassault donne/les rouennoys indignez de ce q̃
tallebot auoit occis aucuns citoyans de leurs genz qui nestoient de petit estat: meuz aus
si de frayeur a ce q̃ par aultre assault ne fussent baincuz et faiz proye aux francoys. Les pri
cipaulx de la cite auec leur arceuesque en grande multitude du peuple cheminans par la
Ville rencontrerent en la rue par aduenture le duc sombresset que le roy dangleterre auoit
establp gouuerneur de normandie: auquel larceuesque commenca a parler en ceste manie
re. Tresrenomme duc tu scez combien pres nous assiege larmee des francoys: et ne igno
res le miserable estat de la cite. Icy est le quarante et deuxiesme iour de lassiegement: du
rant lequel ne nous a este apporte quelque chose de blez/bin ny boys: charte de toutes cho
ses/principallement de biures est auec nous. Parquoy se nous boulons eschaper est tres
necessaire appoincter auec le roy de france. Soit doncq̃s loisible pour par ton congie pour
ueoir a la chose publique et au tien salut/enuoyer ambassadeurs qui feront alliance auec

La remõstrã
ce de larceues
que de rouen
a sombresset.

f. iiii.

les francoys et mecteront la cite en repos. Ceste oraison de larceuesque ia soit quelle ne fust
au duc agreable. Toutesuoyes regardant a lentout de soy quãt entre la multitude du peu
ple se veit equippe de peu de souldars: celant sa ferocite cõmença a mõstrer signe de humi=
lite disant que si bien pourueotroit au prouffict de la chose publique que les citoyans sen
tiendroient pour contens. Apres ces parolles sen alla le duc en lhostel de la Ville ou il fut
suiuy de larceuesque et de la plus part du peuple. Auquel lieu par le consentement de tous
on establit larceuesque et quelques aultres citoyans et cheualiers angloys pour estre les
ambassadeurs. Ausquelz ilz commanderent aller parler au Roy de france et traicter auec
luy les meilleures conditions de paix que possible seroit. A ceste cause lofficial de larce=
uesque deuant enuoye au pont de larche pour obtenir seurete et saufconduit aux ambassa
deurs de pouoir aller parler au roy charles: apres quilz eurent seurete, se assemblerent les
abassadeurs au port sainct ondin distant du pont de larche de troys mille pas. Pour et au
nom de Charles comparurent le conte de dunoys: chancellier: Pierre bresay, Guillaume
cousinot et quelques aultres hommes lectrez du conseil du roy. Les ambassadeurs dune
part et daultre assemblez, larceuesque de Rouen requist auant toutes choses leur estre par
donne ce les rouennoys auoient quelque chose mal fait enuers le Roy Charles. Actendu
quoy que ce fust que ce nauroit este par la malice des habitans ny en hayne du nom fran=
coys: aincoys ce mal y auoit, il auroit este perpetre de par les angloyes la principaulte des
quelz ilz estoient par force assubiertiz. Puis declaira icelluy arceuesque quil et les siens
rendroient la cite soubz la puissance du Roy sil estoit loisible a chascun sen aller ou son cou
raige senclineroit, ou habiter en la cite leurs biens et bagues saulues. Se pareillement
estoit fait passaige aux angloys de pouoir aller auec leur compaignons sans offence. De
toutes ces choses tant seullement requises par larceuesque riens ne luy fut reffuze: pour=
ueu que les ambassadeurs iurassent y soy et serment mectre la cite en la seigneurie et iurif
diction de Charles. Les ambassadeurs de rouen quant de nuict furent en la Ville retour
nez: ne peurent iusques au iour rendre compte de ce quilz auoyent faict. Parquoy le lende
main au matin fut assemble le conseil auquel Sombresset presidoit: apres que larceues=
que eut recite lordre de sa legation, les citoyans approuuerent les conuentions: et les an=
gloys indignez issuz du conseil se mirent en armes et se retirerent les vngs au palais et les
aultres au chasteau. De laquelle chose les rouennoys esmeuz prindrent aussi les armes: mec
tans guect en tous lieux a lencontre des insidiations angloyses et sur le chãp au roy char
les signiffierent la mutinerie et contrariete dentre soy et les angloys: afin que sans chom
mer leur enuoyast secours: actendu q tous estoient en vng mesme couraige de le recepuoir
dedans la cite. Ce pendant comme eulx qui faisoient le guect eussent aduise aucune an=
gloys cheminet en armes parmy les rues, ilz en tuerent sept en la place et contraignirent
les aultres hastiuement retourner en leurs munitions, en quoy faisant aussi occuperent
partie des murailles tours et portes. ❡ Sans y faire longue demeure le conte de dunoys
venant auecques grande multitude de gensdarmes: print le monastere saincte Katheri
ne qui est assis pres la cite sus vne montaigne, moyennant que les angloys qui y estoiet
en garnison franchement se rendirent. Ausquelz afin que par le chemin de honnefleur (ou
ilz alloyent) ne fust occasion de peiller: commanda Charles leur donner pecune pour leur
despense quotidianne. Puis incontinãt entra au monastere Au regard du côte de dunoys

Lambassade
de rouen.

il mist son siege a la porte de marcheuille. Lan de grace Mil. cccc. plix. par deuers lequel
Venans les principaulx des citoyans en diligence/entrerent au bouleuart qui est pres di La reductioñ
ceste porte et parlerent a luy en ceste maniere. Illustre et excellant conte ton aduenement de rouen aux
heureux soit et proffictable au Roy et a nous. Certes par le commandement du peuple a francoys.
toy sommes cy Venuz presenter les clefz des portes: afin que tu entendes par ce signe len=
tree de la cite estre ouuerte aux gensdarmes francoys/et que nous enuoyes tel nombre de
gens de toute ton armee que tu Vouldras. Ausquelz le conte de dunoys amyablement res=
pondit que non a la sienne aincoys a leur guise ꝗ Voulente feroit tout. Aduise fut quil suf=
fisoit mettre en la Ville mille hommes darmes montez auec leursarchers: partie desquelz
se logea au pres du palais/ou Sombresset et Tallebot tenoyent leur garnison: et lautre
print son siege entre le palais ꝗ le chasteau. La tierce soubz la conduicte de Pierre bresay
demoura deuant la face du chasteau. Le residu de larmee moult grande et beaucoup plus
que par long temps parauant nauoit este Veu/se logea parmy les champs qui regardent
Vers beauuoysin.   Ces choses (comme lauons escript) ordonnces: se rendirent les an
gloys qui tenoient le pont sus seine. Lors pria sombresset que loysible luy fust parler au
roy Charles. Quant il y fut receu requist au roy quil eust agreable ce que larceuesque de
rouen Venant a soy au port sainct oubin luy auoit raporte de rendre la cite. Auquel respon
dit Charles ainsi que sensuit. Sombresset tu sembles requerir chose peu raisonnable/car
ce pendant que question estoit et parolles de rendre la Ville: a toy loisible estoit de pareil
droit iouyr que les rouennoys. Mais tu repugnant contre la loy de paix en tant que par
toy a peu estre faict/as mis es armes ton esperance faisant effort de diuertir les citoyans
de laffection quilz auoyent alentour de moy Pour raison dequoy ay delibere ne te lesser ia
mais sortir du palais/iusques a ce que tu rendes en ma principaulte la cite en pure liber=
te auecques Honnesleur et les aultres places que les tiens occupent. Apres que Sombres
set eut ces choses entendu/prenant congie du roy sen retourna au palais: iusques auquel
lieu le acompaignerent les contes de clairmont et deu: Et le lendemain cõmanda Char=
les assieger le palais et le chasteau. Quant sombresset Veit toutes choses si diligemment
par les francoys preparees pour luy donner lassault/demanda estre receu a parlamenter Lassiegemẽt
auec Charles. Comme il fut Venu deuant le Roy requerant de rechief la chose mesme ꝗ du palais et
a la premiere foys auoit requis: cestassauoir que la condition octroyee aux rouennoys de chasteau de
mourast a luy et aux siens. Aultre responce ne receut/sinon que en Vain cecy esperoit/qui rouen
au port sainct oubin auoit refuze les accordz et conuentions/et par ainsi Sombresset fut
lesse et sen retourna au chasteau. ⒞Lors par le commandement de Charles/le conte de
dunoys enuironna et enclost le palais et le chasteau de fossez tout a lentour: afin que les
assiegez ne peussent issir en quelque maniere que ce fust. A ceste cause quant les bombar
des canons et machines dartillerie furent assises et affutees illecques a lentour. Som=
bresset appella le duc pour parlamenter auec luy. Doncques puissance donnee a lung et a Lappoincte=
lautre de parler: et treues daucuns iours par foys confermees: apres que longuement et ment fait a=
et par diuerses foys on fut alle et Venu dune part et daultre Accorde fut que sombresset ꝗ uec sõbresset:
uec sa femme ses biens et les angloys franchement sen iroient soubz ceste condition quilz
payerent prealablement cinquante mille escus dor a Charles et six mille aux traicteurs
de la paix/toꝰ les deniers premierement restituez que iceulx angloys auoyent amasse

et epige des citoyans et habitans. Dauantaige quilz rendroyent les villes et chasteaulx
par les angloys occupez en normandie. Apres lequel appoinctement par foy et serment cō
ferme/et obstaiges baillez entre lesquelz estoit Tallebot / on lessa aller Sombresset et sa
sequelle. Qui non mectant en oubly la foy par luy baillee et promise a Charles/manda a
Thommas hou et a fouquet ethoni remectre les places/desquelles auoit este traicte/en
la puissance et seigneurie du roy de france. Toutes les places y furēt remises excepte har
fleur que corson qui tenoit iceluy chasteau en garnison reffuza rendre et liurer. Qui fut
cause pour laquelle Tallebot lun des obstaiges (les aultres deliurez) fut garde en prison

Lêttre du roy
charles septi-
esme a rouen.

❧Les angloys chacez hors la ville de Rouen/le premier iour de nouembre apres la solē
nite de tous sainctz deuement et deuotement acomplye. Charles entre en sa cite en pompe royalle et triumphant appareil/fut receu par moult grande liesse et exaltation de tous

Larecouuran
ce de feugeres

❧Ce pendant que ces choses se faisoient a rouen/le duc de bretaigne recouura feugeres
moyennant que francoys darragon se rendit:qui delessant lalliance des angloys/doresna
uant soustint le party des francoys. Dauantaige Mathagot qui tenoit belesme par sa
garnison des angloys:quant il congneut que nullement estoit des siens secouru Il delesa
sa le lieu franchement au duc dalenpon. Je trouue aussi que durāt ce temps fut occis vne
bande et cohorte dangloys a Gauray ville de normandie ainsi quilz prochassoient les vi
ures par le pays. Lon dit que ceste ocasion fut faicte par les gensdarmesdu conte de saint
paul soubz les capitaines Geoffroy Couran et Joachin Rouault.

Aspre hyuer.

Pres que Charles eut acomply le temps qui suffisoit pour appaiser ꝗ mectre en
bon ordre les affaires de rouen/cheminant a Caudebecq/commanda mener sar
mee a Harfleur:lassiegement duquel lieu amenoit grande difficulte:tant pour
les vagues ꝗ impetueuses flottes de la mer/comme pour lasprete de lhyuer:qui tāt en gla
ces comme en pluye fut plus horrible quil na de coustume. Et au champ voisin nestoiēt
maisons ne logettes pour les gensdarmes heberger:mais comme chascun mieulx pouoit
faire:auoit croise des fosses et en icelles prepare son siege en les couurant de pailles et de
genestres. Jehan et Jaspart bureau freres industrieux hommes auoient le gouuernement de lartillerie. Ceulx cy ayans basty ramparcs et tobiz:auoient aussi assis seze bō
bardes sus les sablons du haure pour rompre les murailles/si que par les fosse cō pouoit
seurement paruenir iusques aux murailles de la ville. Et charles arme dune sallade/por
tant vng bouclier en sa main/aucunefoys alloit veoir la besongne Dessus la mer y auoit
vingt et cinq nauires faisans le guect a ce que dangleterre ne vint secours aux assiegez:
ou pour empescher que les assiegez ne pussent fouy. Les ennemis pressez de si estroit as-
siegement/prictent de la muraille que le conte de dunoys voulsist parlamenter auecques
eulx. Le capitaine de ce lieu se nommoit Thommas auringā ayant deux mille angloys
en garnison. Denant doncques le conte deu:apres que longuement eut este propate de ren
dre la place. Finablement le iour de la natiuite nostre seigneur fut ordonne/et appoincte
que laduersaire sortiroit de ce lieu dedans le premier iour de ianuier/dont il pourroit sans
controuerse ses biens transporter. Cestuy appoinctement conferme fut et auctorise des se
aulx de six seigneurs francoys:et baillerent les ennemis huit obstaiges qui renduz furent au premier iour de Januier/et on rendit Harfleur aux francoys. Le cinquiesme iout
apres puissante garnison lessee a harfleur/enuoya Charles son armee a Honnesleur et il

ce pendant se logea au monastere de Geine. Auquel lieu comme dit Jehan chartetier es
cripuain des faitz de Charles/vint a luy agnes (laquelle pour sa singuliere et specialle
beaulte fut dicte belle) afin de ladmonnester de la trahison que aucuns auoyent conspire
contre luy. De ceste belle agnes en mon temps fut constante renommee que Charles moult
sayma dont elle enfanta vne fille de tresbriefue vie: combié que Charles totallement de
nyast quelle eust este de luy engendree. En ce monastere moutut agnes apres quelle eut
fait testament de soixante mille escus: ou ses enttailles furent mises en terre/et le residu
du corps porte a loches et enseuely en leglise nostre dame.   Certes ceste femme moult fut
elegante bien parlant/et facecieuse/prenant gloire en pompe et sumptuosite de vestemes
oultre la moderation de couuoytise quen ce peult auoir vne femme. Laquelle pompe pour
ce quelle ne peult estre enttetenue sinon a grans fraiz et despens/on croyoit que Charles
faisoit la mise et despence pour le loyer de ses amours. Et qui donna encores aultre suspe
son de stupre ou concubinaige/ce fut la soubaine promotion des parens dicelle agnes a di
gnitez et benefices ecclesiastiques. ¶ En ce temps le conte de foix leua vne puissante ar
mee/et commanda a son frere lautrel et au bastard de foix assieger Guyce tresfort chaste
au au champ de bayonne. Apres que le nauartoys connestable de ce fut aduerty/il amas
sa semblablement grande multitude de gensdarmes angloys et auec George solituie pre
uost de bayonne se mist es nauyres cheminant par le fleuve qui coulle a bayonne afin quil
donnast secours aux assiegez: mais il fut surprins et enclos des francoys qui auoient con
gneu sa venue/si quilz occirent douze cens angloys en ce conflict. Quant george entendit
que la fortune duysoit mal a ses gens fist vng coing de soixante hommes darmes et tra
uersant tresrudement parmy larmee des francoys eschapa z alla iusques au boulenart du
chasteau. Dont issu de nuyct sicomme il faisoit diligence de soy retirer a baionne/fut epoi
gne en sa fuyte par le bastard de foix. ¶ Ge retourne a honnefleur ou les francs archers
francoys deuant enuoyez/en actendant que les aultres bandes venissent/combatirent a
uec les ennemis par aucunes rencontres de bataille. Et quant le conte de dunoys fut arri
ue et que lartillerie fut dressee et affutee Courson cheualier angloys capitaine de honne
fleur promist liurer et rendre le chasteau dedaus le .xvi. iour de febrier sinon que ce pen
dant fust des siens secouru. Parquoy frustre de son actente delessa le chasteau et emporta
auec soy tous ses biens. Aussi fut frenoy receu dont les angloys franchement sen allerent
qui en ce lieu tenoient garnison et emmenerent le capitaine de mortfort qui auoit este pris
des francoys a ponthomer/pour la rancon duquel ilz payerent dix mille saluz. ¶ En ces
mesmes iours Thommas qui fut surnomme qui tielle venant dangleterre en normandie
auec troys mille hommes/assaillit valongnes/lesquelles il print apres le vingt et vnguzies
me iour de lassiegement et en lessa issir franchement Abel roalde. Sans longuement se
tourner en ce lieu il auec ses gens et ceulx qui estoient en garnison es plus prochaines vil
les: cheminant a Lan et a Bayeux/delibera prendre son chemin par le fleuve clement.
Laquelle chose congneue/Carles manda au conte de clairmont poursuiuir Thommas
qui tielle. A ceste cause le conte du chastel appele Pierre bresay z aultres seigneurs de no
ble vertu menant six cens hommes darmes auec les archers/commanda a Geoffroy ceuta
et a Joachin rouault marcher deuant auec leurs bandes z cohortee/pour espier le chemin
des ennemis. Finablement quant ilz furent trouvez/hastiuement allerent ruer sus eulx

La belle a-
gnes.

Le chasteau
de guyce pres
bayonne.

et assaillir larrie garde/ou ilz occirent quelque nombre dangloys:et lors soy contentans de
celle petite fortune se retirerent ung peu en arriere des ennemis iusques quant les autoient
trouuez les denoncassent au conte. ❡Apres les nouuelles receues/le conte fist marcher

La bataille 𝑑
fourmigny.

en diligence son armee/et se hasta de aconsuprles angloys qui ia estoient attiuez au villaige de fourmigny qui est entre le cher et bayeux/et quant ilz vidrēt de loing latrice des
francoys se tindrent prestz en armes et appellerent hastiuement Mathagot lors estant a
bayeux. Derriere eulx estoient iardins hayes et verdiers qui gardoyent principallemēt
les francoys dapprocher deulx. Parquoy le conte venant deuant la face des ennemis les
prouoqua de legieres batailles. Mais se voyant moindre en multitude de gensdarmes/
par messagers enuoya prier richemont de venir a soy de saint laud. Lequel y vint en toute diligence acompaigne de Jaques de luxembourg/auec les seigneurs de laual/douual et
Joeac/qui ensemble faisoient deux cens quarante hommes darmes oultre le grant nombre des archers. Ja auoit le conte de clairmont longuement combatu a pied/et ung peu re-
cule/quelques pieces dartillerie perdues quant Richemont qui auoit fichē ses tentes au
moulin de la fosse/fist marcher ses gens contre les ennemis Quant matagot veit que les
francoys estoient arriuez au pont de la barre Il auec Bray noble cheualier angloys et mil
le souldars ses compaignons dressez/se mist en deux bandes tellement que lune sen alla a
Cany et lautre a bayeux.   Quirielle se voyant de Mathagot abandonne: commandaa
ses compaignons cheminer au bas fleuue qui coulle parmy le villaige. Auquel lieu fut

Victoire con-
tre les agloys

faicte tresaspre bataille en laquelle les francs archers respandirent les angloys et les occirent en partie se ioignans hastiuement auec le conte de clairmont. Sans chommer Pierre bresay par le commandement de richemont assaillit la plus haulte alle des angloys pro
sternans tous ceulx quil rencontroit:combien que virilement combatissent les angloys
Apres que les deux alles des ennemis furent rompues: Richemont passa le fleuue/et de
toute son armee assaillit les angloys. En ce lieu fut bataille et cōbatu par incredible per-
tinacite:et ne prouffict a aux angloys dexceder les frācoys en multitude. Car il en mourut quatre mille sept cens soixante et dix:oultre lesquelz fut prins Thomas quirielle a-
uec mille aultres angloys de illustre noblesse:et de toute larmee des francoys en fut desire
huit seullemēt. Plus q̃ tous les aultres frācoys resplēdit en ceste bataillela force de mont
gascon:et de sainct seuere. Et ne fut Pierre bresay sans louenge: aussi fut moult prise le
seigneur de maney capitaine des gensdarmes de Floquet:lequel ayant eu la cuisse rom-
puee par vng hargneux cheual au pont de larche gisoit au lict mallade. ❡Apres la conqueste de ceste glorieuse victoire:les francoys menerent a Dire leur armee: non sans con
trouerse se la gloire dicelle victoire estoit deue au connestable ou au conte de clairmont plu
sieurs affermans quelle deuoit estre donnee au connestable qui superieur estoit en office et
maistrise des armes. Les aultres disans au contraire que le conte de clairmont auoit este
nōmement de par le roy commis a la conduicte de ceste guerre/et que par sa puissance on
auoit acquis la victoire. Charles vint qui demesla et osta lestrif:car il assigna lhonneur
et la gloire de ceste victoire au conte de clairmont. ❡Les parisiens aduertiz de la vic-

La procession
des enfans a
paris .

toire de fourmigny/assemblerent douze mille enfans en saage de la premiere adolescence
en leglise saint innocent,: Et de ce lieu les firent aller en procession au temple de la benoiste vierge marie pour illecques en prieres et oraisons rendre graces a dieu/et chascun

diceulx enfans portant vng cierge ardant en sa main; Quant vir/ou les francoys ce= ┤La prinse de
stoient transportez fut prins: le conte de clairmont sen alla a bayeur/ Et Richemont vers ┤vir.
le duc de bretaigne: qui apant faict elicte de gensdarmes auoit delibere Auranches assie=
ger. Apres que la cite fut assiegee: et par lespace de vingt iours de continuelz assaultz af=
fligee. Lanpet capitaine du lieu la rendit/ moyennant quil impetra faculte de sen aller ┤La prinse de
franchement auec toute sa garnison et ses biens saulues. Dultre cecy le duc de bretaigne ┤auranches.
au nom du roy Charles sans grant labeur print le chasteau de Tombellene basty en vne
roche peu distant du mont sainct michel/ Dont il eppulsa et chassa les angloys: combien
quilz fussent en moult grant nombre.

℣ Comment apres que le Roy Charles septiefme eut
remis le duche de normandye en son obeissance/ chassa les
angloys du pays de prouence ou Tallebot fut occis des
francoys en champ de bataille. Et comment loys daul=
phin de vienne qui depuis fut le Roy loys onziefme sen
fourt en breban par deuers Phelippe duc de bourgongne
auecques lequel il demoura bien lespace de dix ans ou
plus.

E N ce mesme an qui fut Lan de grace Mil quatre cens cinquante: le roy Char ┤Bayeupassie
les enuoya le conte de dunoys en ambassade auec son armee par deuers les ha= ┤ge des fran=
bitans de bayeur. Qui sans demeure mist le siege au faupbourg lequel re= ┤coys.
garde vers Cam: semblablement le conte de clairmont et le conte de castres a=
uec leurs gensdarmes occuperent lautre coste qui regarde vers le cher. Et le seigneur de
montenay capitaine de la bande du duc dalenpon/ auec Robert conigan escocoys/ assiege
rent le coste qui est vers le monastere sainct francoys. Par ainsi les bayocoys en troys di=
uers lieux assiegez: porterent tresgrief assiegement lespace de quize iours: durds lesquelz
vaillamment combatirent les angloys qui y estoient en garnison au nombre de neuf cens
hommes belliqueux par le long vsaige des armes. A ceste cause combien que par continu
elz coups dartillerie fussent les murailles de la ville abatues: si q̃ les francoys estimorēt
leppugnation estre facille maulgre les capitaines: deux foys en vng iour tenterent las=
sault/ conuoyteup de chacer les angloys de toute le pais de normandie. Jay entendu que re
gnobert lequel au iourdhuy par grande deuotion est venere des beaiocoys comme sainct
en son viuant premierement conte de bayeup/ puis euesque: fut veu p le conte de dunoys
en son dormant/ & ladmonnesta de faire lassault q̃ preparoient les gensdarmes francoys:
Mais luy prohiba le souffrir estre faict: aincoys tapelast son armee furieuse: car se ainsi
le faisoit son assiegement luy proffictteroit: se aultrement: il en auroit dommaige. Apres
laquelle vision Incontinant le conte cueille sen alla a ses gensdarmes et les retira de la
pertinacite laquelle les tenoit de assaillir et prendre la ville dassault. Mais mathagot

G.i.

apres le quinziesme iour de lassiegement Bint parlamenter auec le conte de dunoys. Lequel
La prinse de bayeux. luy octroya quil et les anglops pourroyent issir franchement de la Bille. Car iasoit quil
demandast plusieurs choses Toutesuoyes riens ne luy fut octroye/fors q̃ delessant les ar
mes sen pourroit aller en liberte auec ses gensdarmes. Aussi aux plus nobles femmes fut
permis auoir chascun Bng cheual pour les porter: et aux hommes darmes a cheual empos
ter sus soy chascun dixescus: et aux pietons cinq. A tous lesquelz fut interdict et deffendu
Cam des frā- soy retirer a Cam/aincoys seullement a cherebourg. ⚐Soubz ce temps le conneftable
coys assiege. par composition print Briquebec/et Balongnes auec sainct saulueur le Biconte. Apres ce
la sen alla assieger cam que tenoient les anglops par trespuissante garnison. Lors riche
mont print seiour au monastere sainct estienne/auec lequel hastiuement se ioingnit le con
te de clairmont. Le nombre des gens de guerre qui estoient soubz la conduicte de ses capi
taines estoit de douze cens hommes darmes quatre mille cinq cens pietons et deux mil
le frans archers. Le conte de dunoysse mist au faubourg de Bancelle equippe de cinq cens
hommes darmes/deux mille cinq cens pietons et autant de francs archers. Le quatries
me iour ensuiuant y comparurent les contes de neuers ⁊ Deu equipez de trespuissante cõ
paignie de gensdarmes: qui apres quilz eurent passe la riuiere de orne par le pont a ce fai
te des francoys estably: se seirent au monastere de la trinite Les armees ainsi assemblees
le bouleuart qui estoit Bers leglise sainct estienne fut le lendemain prins dassault. Bint
en apres Charles et auec luy Regne roy de sicille/equippe de mille hommes darmes/et
de deux mille archers a cheual auecques autant de francs archers/⁊ print logis au mona
stere de ardayn ou il habita durant le temps de lassiegement. La presence de Charles aug
menta les couraiges des gensdarmes qui tantost firent fossez a lentour et soubzterrasses
par lesquelles on alloit iusques aux murailles de la Bille.

▟ D regard des bouleuartz qui estoyent dressez contre les portes au faubourg de
Bancelle:deuant tous commenca le conte de Dunoys a les assaillir/et les print
de force Daultre part le conneftable non moyns diligent fist passer sesgens par
dedans les fossez et conuiuiers qui alloyent dessoubz terre/ et fist trebucher la tour qui e
stoit au coing de la Bille Bers sainct estienne. Celle tour ainsi tombee tellement espouen
ta les ennemis/que sans chommer firent parler de rendre la Bille. Pour traicter ceste ma
tiere Charles establit le conte de Dunoys/Pierre briesay/et Jehan bureau. Au nom des
anglops Bindrent ensemble Richard herisson bailly de Cam/et Robert gaize. Les habi
tans de cam pour eulx y enuoyerent eustace gauuet et labbe de sainct estienne. Parquoy
le iour de faire lassemblee fut mis au lendemain de la feste sainct Jehan baptiste. Auquel
iour appoincte fut que les anglops sortiroyent de la Bille/se dedans le premier iour de iuil
let nestoient deleurs gens secouruz. Quant le iour assigne fut escheu/pourcce que nul les
secouroit Ilz obeyrent a lappoincetement rendans la Bille et le chasteau:ou estoit le duc de
Sombresset auec sa femme et ses enfans equippe de moult grosse et puissante garnison de
La prinse de gensdarmes. Car on trouue en memoire quil y auoit en nombre et de compte faict quatre
cam. mille hommes de guerre anglops commis et deputez pour la garde de la Bille. Ausquelz
furent baillees nauirre:pour porter eulx et leurs biens en angleterre. ⚐Cam des an
glops desiure Le conte de dunoys auec deux cens hommes darmes et grande multitu de
darchers/y le chasteau entra en la Bille. Le ciquiesme iour apres Charles magnifiquemēt

du peuple receu. Apres quil eut distribue les dignitez/ preeminences/ et offices manda
faire marcher larmee a fallaɣse. Et ce pendant quil seiournoit a cam/ vindrent ambassadeurs de Phelippe duc de bourgongne monseigneur de croɣ Jehan croɣ freres/ et darsus
cheualier doze champenoɣs pour demander la fille de Charles estre baillee en mariage a
charles filz de phelippe. ⬥Sicomme larmee des francoɣs marchoit a falaɣse: apres la
quelle sensuɣuoit Jehan bureau par longue distance qui estoit capitaine du bagaige menant plusieurs archers. Les angloɣs impetueusement issirent hors la ville et vindrent
assaillir le bagaige. Et pourtant que foɣblemẽt leur assault soustenoit/ hastiuemẽt y courut Poton auecques puissante bande de gensdarmes/ par la vertu duquel se retuerẽt les
ennemis en leurs munitions. Puis arriua et se assembla larmee tellemẽt que fallaize fut
de tous costez assiege. Auquel assiegement voɣant Charles y assister beaucoup plus de
gens quil ne couenoit a la besongne: enuoɣa richmont auec ptie de larmee a Cherebourg
Ceulɣ ꝗ demourerent a fallaize par plusieurs fossez et coups dartillerie abatirent les murailles ne permectans les assiegez en aucun temps reposer. Pour raison dequoɣ andze tres-
bot/ et Thõmas et hon que tallebot auoit laisse en garnison en ce lieu auec quinze cens angloɣs: craignans estre prins et eppugnez de force: baillerent obstaiges et se obligerent remectre fallaize en la puissance du Roɣ charles: se il deliuroit son maistre tallebot ꝗ estoit
tenu en prison a Druɣdes. Apres que les onze iours des treues furent passez (nul venant
qui donnast secours aux assiegez): les angloɣs qui tenoient ffallaize receurent Tallebot et franchement sen allerent. Lors donna Charles la capitainerie de ffallaize a Poton
et dillec soubz la conduicte du capitaine Culault enuoɣa partie de larmee a Danfront.
Le chasteau iasoit quil fust tresfort et tenu par garnison trespuissante dangloɣs sieant
moɣns les ennemis considerans la malice et iniquite de la presente fortune/ rendirent la
ville et le chasteau aux francoɣs moɣennant que permis leur fust de sen aller. ⬥En ce
mesme temps qui fut lan de grace mil quatre cens cinquante. francoɣs duc de bretaigne
qui par constance et entiere foɣ auoit suiuɣ le partɣ du Roɣ charles/ alla de vie a trespas
Et cestuɣ fut vne merueilleuse et inextinguible haɣne a lencõtre de son frere Gilles: pour
tant quil suiuoit lalliance des ȧngloɣs/ a ne pouoɣt estre diuertɣ de la lesser en quelque ma
niere que ce fust. Parquoɣ mis en prison finablement per le commandement de francoɣs
deux satalites luɣ tortillerent vne seruiete a lentour de sa goɣge et le estranglerẽt. Les bretons mectent la coulpe de ceste mort dessus montauban qui par le duc auoit receu la garde
de Gilles: disans iceulɣ bretons que gilles auoit bon couraige enuers les francoɣs mais
par la trahison de montoban fut raporte a francoɣs quil faisoit tout aultrement quil ne
pensoit. De laquelle chose les compaignons mesmes de montauban furent tesmoingz de
puis lexecution dessusdicte: au moɣen dequoɣ partie diceulɣ fut mise a mort et lautre partie saulua sa vie par la fuɣte ⬥En lassiegement de Cherebourg: fut faicte vne chose nõ
ou pee deuant ce tẽps: dont lon dit ꝗ Jehan bureau fut aucteur. Le chasteau de cherebourg
est vng chasteau situe en vng haure de mer lieu sablõneuɣ et non ferme nɣ establɣ pour asseoir artillerie: par ce que en icelluɣ vne foɣs ou deuɣ le iour coulle ɣ se respã la mer En
lieu tant mal asseure Jehan bureau establit et affuta lartillerie. La couurant contre les
iniures de la mer de couuertures de cuɣr/ lesquelles il auoit faict ouɣndze de moult grande quantite de gresse. ⬥En ceste maniere la pouldze qui estoit en icelle artillerie deffendue

Ambassa-
deurs de bour-
gongne.

Le trespas du
duc de bour-
gongne.

Note subtil-
lite merueil-
leuse.

ne pouoit estre aucunemēt gastee par aucū humeur de la mer:si que quant la mer retenoit
son eaue/facilement estoient dressees et erigees pour iecter et rompoyent les murailles du
chasteau. Adoncques thomas gonnel emerueillant la nouuellete de ceste chose/Il q̃ estoit
capitaine du chasteau print conseil de le rendre et liurer. Il auoit ung filz lequel tenoit ob
staige a Rouen pour les deniers quil auoit leue:parquoy requist que pour recompense de
ceste deliurance luy fust rendu ɾ restitue. Ainsi doncques apresquil eut recouuert son filz
rendit le chasteau/ɾ auec toute la garnison de cherebourg fut lesse aller franchement en an
gleterre. Au commencement de lassiegement de ceste place:fut occis de la muraille le ca
pitaine Coptif admiral de france preux en bataille et tresloyal homme enuers le roy char

**La prinse de
cherebourg.**

les:aussi fut Tedual cormosian baillif de troye tresuaillant cheualier. Le chasteau de
cherebourg fut la derreniere des places que(les angloys Vaincuz) recouura Charles en
normandie:apres ung an et six iours que la guerre auoit este commencee:sans y auoir eu
grant meurtre et occision de gens/se bien tu consideres la multitude et puissance des enne
mis et les diuerses victoires en plusieurs lieux obtenues. Car la terre de normandie est
Vne moult puissante terre laquelle consiste en Vne eglise metropolitaine/ six citez/ et no
nante et quatre Villes auec les chasteaulx:ramplye de plusieurs Villaiges construictz et
ediffiez en forme de citez/et a peine la poutra passer ung homme allegre et diligent en six
iournees:elle rapporte moutons/brebiz/Vaches/Beufz/et poissons/fertille en blez/tāt plai
ne de pommes et poyres en tous lieux:que la nation en fait des cidres en habondance qui
leur seruent de bruuaiges/et si porte vendre les fruictz a foyson aux estrangers. Le peu
ple se applique a faire les draps de laynes:trop vsant de boisson/mesmes de ces cidres de
pommes et poyres. La nation des normans de sa propre nature est chaulde:nullement te
nue ny obligee a loix estranges/aincoys vit en ses meurs et soubz sa coustume/quelle def
fend opiniatrement. Elle est aussi encline a fraulde et a noyse ou proces/si que les estran
gers craignent auoir son alliance/ou a demesler quelque besongne auecques elle. Daul
tre part semblablement:est adonnee a doctrine et deuotion:idoyne et forte en bataille. Et
Voit on par escript plusieurs vaillans faiz et prouesses dicelle nation contre les estāgers
¶ Apres la subiugation de normandie dont Richemont receut le gouuernement Char
les tourna son couraige aux aquitains:dessus lesquelz le Roy dangleterre auoit eu domi
nation et seigneurie lespace de sept vingtz ans. La premiere partie de ceste guerre receut
le Viconte de lymoges et auec luy Charles culault mareschal. Poton de sautratille Pier
re de louuain Joachin rouault et Geoffroy de sainct belain Ceulx en cheminans faire la

**La prinse de
Bergerac.**

guerre a bergerac chāp de perigoz/assiegerēt la Ville/et y force de coups de bōbardes ɾ aul
tre espece dartillerie prindrēt la Ville dassault. Du phelippe culault fut mise en garnison a
uec cent hōmes darmes soubz sa cōduicte. De la cheminās a Bosac situe sus la riue de dor
dōne:apres q̃lz eurēt occis. xxv. angloys prindrēt le chasteau/ɾ tātost se rendirēt les places

**Guerre en a=
quitaine.**

circōuoysines. Sicōme pour lētretenement de la guerre aquitanique peu y auoit de pecune a
souldoyer les gensdarmes: saçon recepueur general des deniers du roy fut accuse de mal a
uoir administre la pecune du roy:pour raison dequoy mis en prison a tours cōfessa auoit re
tenu grant nōbre des deniers du roy A ceste cause chastye y lōgue prison cōbiē q̃ eust meri
te pl⁹ grāde peine:toute suoyes le bēi roy le cōmāda seullemēt a payer la sōme de six vīgtz
mille escus:q̃ fut legiere punitiō pour ung grāt larcī. Ey ce tēps le cōte dormal filz du cōte

dalbret:chassant les Anglops/chemina de bosac a lisle medoc pres Bordeaulx/afin de acquerir quelque proye/& comme il se fust arreste au boys qui est ioignant le chemin pour soy refaire et reposer:on luy annonca que les bourdegalops soubz la conduicte de leur maistre(qui est le nom du magistrat de la cite) auoyent prins les armes contre soy: et que bien pres disllec estoient enuiron neuf mille pietons. Desquelles nouuelles nullement dommal espouente Jasoit que seullement eust cinq cens combatans/hommes dexcellante vertu Il mist en ordre son armee/& des incontinant assaillent ses aduersaires en occist seze cens hommes dont leur capitaine sen fouyt grant erre a Bordcaulx. Oultre lequel meurtre/ print douze cens prisonniers. Partie de celle victoire a soy meritoirement attribuerent Estienne Bignol/Robin petit qui menoit la bande des escocops/et vng aultre capitaine surnomme lespinasse exercitez en force et vsaige de guerre. ¶ Comme Pierre eust succede en sa principaulte a francops duc de Bretaigne Il se transporta par deuers Charles qui lors seiournoit a mombason. La cause de sa venue estoit afin de faire soy et hommaige a Charles du duche de Bretaigne:et luy faire le serment de fidelite. Or la coustume de ceulx qui font hommaige au Roy et serment de fidelite/cest de oster leur sainture lespee & le boulc[l]yer:tous lesquelz meubles delessez appartiennent au premier varlet de chambre du roy. Apres pour faire lhommaige au roy/eut Pierre oste ces enseignes de cheualerie. Treuel chancellier commenca a parler en ceste maniere. Noble duc/tu maintenant fais soy et hommaige totallement franche au Roy de france/et te monstres a luy subiect pour obeir comme a ton seigneur et souuerain prince. Auquel respondant le chancellier du duc qui pres estoit. Non(dit il)comme tu as parle/se confesse le duc subiect au Roy de france la raison de luy faire soy et hommaige:est en ce et aux aultres princes de france differante. De ceste parolle apres que longuement eut este debatu et dispute. Et ie(dit charles)te coys toy duc selon et en ensuyuant la coustume de tes predecesseurs. En apres fist aussi Pierre au roy serment de fidelite a cause de la conte de montfort/et sans adioustement de condition/simplement se obliga a charles par soy et serment.

O prin temps ensuiuant / enuoya le roy le conte de dunops en aquitaine auec= ques vne moult grosse et puissante armee et luy commanda montguyon assie= ger. Auec lequel peu apres vint le duc dangoulesme auec bonne puissance de gensdarmes/et y estoit Jehan Bureau. Lon dit quen ceste armee furent quatre cens hommes darmes auec leurs pietons hallebardiers et coustilliers/Oultre le nombre de troys mille sept cens francs archers. Car vng homme darmes entre les francops/Cest celluy qui bataille auec deux archers et vng coustillier alimente et soustenu des denyers et gaiges publiques. En la garnison de montguyon estoit Regnault de sainct Julia:qui plus nayant aucune esperance de salut. Moult hastiuement vint a parlementer auec le sei= gneur de Rochechouard. Le seigneur de la roche foulon et Jehan Bureau. Apres que lap= poinctement de rendre la ville faict et conferme/comme ne fust au iour assigne aucun ve= nu des anglops pour Regnault secourir & ayder/Il ayant obtenu liberte de sen aller auec ses biens:delessa montguyon en sa puissance et seigneurie de charles. ¶ Aussi durans ces iours le conte de dunops en deux lieux assiega blaye assise au riuaige de la mer aloppo site de lisle Medoc:q[ui] se arrestant deuat le regard de la porte:mist les aultres bandes vers le chasteau/desquelles Jaqs chaban & Joachi rouault estoiet les capitaines Dautre part

G.iii.

Le conte dor= ual.

Altercation & quelle manie= re doit tenir le duc de Breta= gne a faire foy et hommaige au roy de fran= ce.

Montguyon

Jehan boursier dessus la mer estoit capitaine des gallees menant plusieurs gensdarmes
et victuailles. Tous lesquelz aprochans du port veirent cinq grandes nauiresdes enne=
mys venans de bordeaulx pour apporter secours et viures aux assiegez. Mais de ceste
veue ne furent les francoys estonnez/aincoys sans paour les allerent assaillir/et par tres=
aspre bataille mirent les anglops en fupte/les poursuiuās iusqueseau haure de bordeaulx
Quant bourfier fut retourne de la fupte des ennemis il batit blaye a force dartillerie:si q̃
en plusieurs parties les murailles tomberent Et aucunes francs archers de la bande pier
re de souuain/la le soleil se couchant/entrerent en icelles murailles:ou suyuiz furent des
aultres et de force la ville prindrent. En quoy faisant les francoys occirēt partie de deux

La prinse de blaye.

cens hommes de la garnison/lautre partie empoignerent prisonniers/et le residu se retira
au chasteau. Ausquelz fut la vie saulue soubz ces loix et conditions:cest assauoir que tou⁹
viendroient en la puissance du Roy par droict de capitaine. Dont apres se pourroient ra=
checter en payant le pris de leur rancon:tous leurs biens soubz garde mecteroient/et dela
riens ne pourroient emporter. Eulx deliurez/iamais les armes ne prendroient contre les
francoys. Et ne sortiroient de prison ou captiuite/iusques a ce que franchement eussent
delesse les places quilz tenoiēt en aquitaine:auec tous les francoys q̃lz tenoient en prison
fust par droit de guerre ou pour obligation de pecune leuee et eprunctee. Auec les anglops
estoit pierre de montferrat homme tresnoble/qui lors fut mis en sa frāche liberte/en bail
lant toutesuoyes son filz & le sien nepueu pour obstaiges iusques a ce quil eust paye la som
me de dix mille escus. Et se dedans quarante iours il faisoit au roy Charles serment de
fidelite/auecques ce commectoit en garde au conte de dunops deux villes de sa iurisdicti=
on/quicte seroit et absoubz de ceste pecune. Les choses ainsi a blaye ordonnees:receurent
les francoys la ville auec le chasteau/dillec cheminans au bourg ou estoit berard de mont
ferrat auecques cinq cens hommes de guerre belliqueux en garnison/prindrent la place:
moyennant que les anglops se rendirent/qui par composition leurs biens dillecques fran
chement emporterent. ℣Enuiron ce temps les francoys mirent le siege en quatre lieux

Quatre sie=ges en ung temps.

Car le conte dalbret auec ses deux filz equippe de puissante compaignye de gensdarmes
assiega arques. Le conte datmignac Ryon Le conte de pointyeute Chastillō en Perigor
et le conte de dunops commanda aller assieger frousac tresfort chasteau de art et nature.
pendant lequel assiegement les libournoys enuoyerēt ambassadeurs par deuers icelluy
conte de dunops:et soubz certaines loix se rendirent en la seigneurie et obeissance de char
les. Mais les anglops en quatre lieux assiegez:comme ilz eussent entendu que les bour=
delops traictoyent de soy rendre auec les francoys:tresasprement se deffendoyent/acten=
dans la venue de lappoincrement:a ce que ensemble auec la cite vsassent de commun ap=
poincrement/ou se riens on ne faisoit/peussent soy reigler selon lestat du temps. Mais
ceulx qui deffendoient frousac quant ilz se sentirent enserrez en lassiegement promicent

La prinse de fronsac.

rendre le chasteau en la puissance des francoys le dixseptiesme iour de may:se de dedans
ce iour les capitaines de leur alliance ne leur donnoyent secours:Apres que en vain actē
dirent laybe de seurs gens/en ensuyuant lapoincrement dessusdict delesserent frousac et
sen allerent auec leurs biens et obstaiges que le conte de dunops auoit receu pour la seure
te des promesses. Ce pendant que ces choses se traictoyent es assiegemens dessusditz:les
bourdelops enuoyerent leurs messagers versle conte de dunops:auec māderuēs de soubz

mectre soy la cite auec la prouince de gascongne en la puissance de Charles moyenant cer　ᛜLes bourde=
taines conditions. Toutesuoyes nous ne disons cy apres la forme des articles dicelle te　loys.
dit ion/pource que les bourdeloys en leur foy ne demourerent:combien que le iour passe de
dans lequel ilz actendoyent le secours dangleterre: Eussent mis les francoys dedans la
cite.

E conte de foys et Captaubuse suyuans lexemple des bourdeloys vindrent en
lobeissance du roy Charles:soubz quelques conditions qui au nom du roy feu=
rent receues par le conte de dunoys non deprisant la fortune Apres la conqueste
de presque tout le pays de prouence:la pluspart de larmee de france fut renuoyee en sa mai
son:q̃ lon congnoist pour certain auoit fait le nombre de vingt mille hõmes robustes ec ar
mes acoustumes Restoit encores bayõne derniere ville de gascõgne/que Charles manda
assiger/et pource faire y enuoya les contes de foyx q̃ de dunoys auecques vne armee. Lass　ᛜLassiegemẽt
siegement a cause de deux fleuues (cestassauoir Dore et Nyne qui se respendent parmy　de Bayonne.
presque toute la cite)fut departy en deux lieux:tellement que vne armee ne pouoit lautre
secourir. Toutesuoyes peu de iours apres/les angloys qui en forte garnison tenoyent le
faubourg sainct leon:ayans deffiance de leurs besonghes se retirans vers les aultres an
gloys/bruslerent le faubourg auec les eglises et lieux sacrez. Et sicomme les francoys les
poursuyuoient:peu sen faillit quilz entrassent en la cite auec les ennemis: mais empes=
chez par treshaultz fossez se abstindrent et arresterent de ceste course. Le lendemain de ce
iour le conte dalbret et le viconte de tartase auec deux cens hommes darmes et troys mil
le archers occuperent le pont leuiz/qui maine au sainct esprit/par lequel estoit faict ouuer
ture aux ennemis pour entrer en la ville:se rompirent et abatirẽt. vers la mer estoit vng
bouleuart par lequel pouoyent les angloys faire vne course. A ceste cause pensans surprẽ
dre et enclore les francoys impoutueux/comme clandestiuement eussent fait sortir leurs
gensdarmes. Bernard bierne bastard de foyx commenca a courir contre eulx en sorte que
par excellante vertu les repoulsa en la cite. Et sans longue demeure/partie par deceptiõ
partie par armes print le temple prochain de la cite tresdiligemment fortiffie de fossez et
rampartcqz. Par ainsi la cite enclose de tous costez furẽt les assiegez frapez de craicte Lors
ne tarderent ennoyer messagers aux contes pour impetrer permission de parlamenter/et
quant vint que lon parla ensemble paix leur fut octroyee/se ilz tendoyent prisonnier Iehan de beaumont cheualier de rhodes capitaine de la garnison auec tout le residu dicelle
garnison. Aussi tous les aultres habitans de la cite furent lessez en leurs loyx en payant　ᛜLa prinse de
quarante mille escus pour la peine de la rebellion Ainsi fut Bayõne restituee en la seigneu　bayonne.
rie et obeissance du roy Charles. ᛜAu iour ensuiuant a soleil leuant le ciel estant se
rain: vne croix blanche vue au ciel apparut:laquelle veirent manifestement les frãcoys
et angloys. Par lequel signe celeste/pensans les citoyans estre diuinement admonnestez
de obeyr au roy Charles:tantost iecterent les armes des angloys/q̃ se aornerẽt de la croix
blanche selon la coustume des francoys. Apres la prinse de bayonne:aucuns des citoyãs
de bordeaulx q̃ bayonne vindrent a Charles qui seiournoit a taillebourg/luy faisans foy
q̃ serment de fidelite comme a leur roy:pour raison de quoy Charles aux bayonnoys qui
estoyent condampnez a la peine pecuniaire de quarante mille escuz remist q̃ quicta vingt
mille escuz. ᛜEn ce mesme temps les gantoys se departirent de lalliance de Phelippe

G.iiii.

Les gantoys duc de Bourgongne a cause du tribut du sel/quil se fforcoit suseulx imposer par chascun an
Parquoy se esmeut guerre/et la pluspart du pais fut gaste par destruction de feu et sang.
Et ne gaigna Phelippe victoire sus grande effuzion du sang de ses gens. Finablement
retournerent les Gantoys en famour et beniuolence du duc: qui par largesse de pecune fu
rent punis de leur rebellion. Aussi en angleterre le duc dyuoire et somreffet ayans assem=
ble vne armee se haftoient de combatre contre les francoys. Mais par lestude et remon=
strance des euesques ilz delesserent leur entreprinse. ❧Durant lequel temps le pape Mi
colas cinquiesme de ce nom administrant leglise rommaine: come les turcqs ayans prins
Bezanson occupoient presque toute la grece. Guillaume de touteuille cardinal de Rouen
fut enuoye ambassadeur vers Charles pour estre arbitre de paix entre les francoys et an
gloys. Car ce pendant que si puissans roys estoient par hayne et rancune empeschez. Le
pape par vraye similitude craignoit le residu du peuple crestien estre assailly et facilemet
vaincu des turcqs et detestables infidelles. A lambassadeur respondit Charles auoit des
plaisance de ce que la grece souffroit des turcqs: et que tant nestoit esmeu et enflambe con
tre les angloys: que les armes oftees ne vouldist receuoir iuste et honneste paix. Laquel=
le chose il auoit tousiours non seullement desire. Aincops aussi offert aux ennemis. Et se
elle interuenoit/que voluntairement se mecteroit en son deuoir de par armeures gens dar
mes et richesses secourir lestat des crestiens afflige. Pour ceste mesme cause larceuesque
de tauanne descendu estoit en angleterre par deuers le Roy Henry. Auquel par les conseil
liers dicellup roy Henry a ce faire choisiz (fut respondu Que quant les angloys auroyent
oste autant de terre aux francoys: comme Charles leur en auoit oste: lors escherroit oppor
tunite de faire appoinctement de paix auec les francoys. ❧Tant orguilleuse response fitct
les ennemis: ausquelz ne challoit du tresaparant danger des crestiens. Parquoy lissue de

**Reformatiõ
sus luniuersi
te de paris.**
la legation et ambassade fut inutille sinon que ce pendant le legat se appliqua a reformer
la deprauation et iniquite des meurs de luniuersite de paris/excommuniant ceulx qui se
roient preuaricateurs et infracteurs des loix par luy establies: et qui par pecune receupe
uoit sa rectorie dicelle vniuersite finissant au troysiesme moys Soubz laquelle loy toutes
les aultres dignitez preeminences et maistrises scolastiques estoient tenues a ce que se=
lon la dissolution acoustumee ne fussent vendues les offices. Le pendant que le legat fai
soit ces choses Jaques cueur argentier de Charles ayant marche et intelligence auec les
turcqs fut accuse auoir fait porter par deuers eulx toutes sortes darmeures et enuoye ar
meuriers contre la prohibition ecclesiastique. Dauantaige fut icelluy Jaques cueur ac=
cuse que renuoye auoit a son seigneur vng crestien prisonnier: lequel par aduenture estoit

**La punition
de Jaques
cueur.**
eschape de la seruitude des turcqs/et expige innombrable pecune en languedoc. Pour rai
son desquelles choses/par le commandement de Charles fut mis en prison/condamne a
rendre et payer grant nombre de pecune/et finablement enuoye en exil. Aussi vne femme
noble nommee de mortaigne fut punye pour auoir propose faulse accusation. ❧Je trou
ue que en ce temps le duc de sauoye commist offense a lencontre de Charles: pour laquelle
le Roy irrite mena son armee en sauoye. Escripre ne puis la maniere du delict: pour ce
que nen ay aucune chose veu ne sceu des escripuais Quant charles fut venu en forest/dõt
ya brief passaige pour aller en sauoye/le legat de ftouteuille retournant au pape Nicolas
aduerty de la venue du roy Charles/premierement tourna son chemin vers le duc: et tātost

Bint au roy: faisãt telle diligence: que le duc soy repentãt des faultes commises: promist p
foy ⁊ sermẽt de tout satisfaire a Charles. Parquoy le roy appaise de la penitẽce et satiffaction du duc/renuoya ses gensdarmes en leurs maisons. Et le legat chemina oultre a la
complissement de son chemin. ⊂Ce pendant les bourdelops non ayans oublie la vieille   **La rebellion**
alliance et societe des angloys: conspirerent contre les francoys/et pour leur conspiration   **des bourde-**
epecuter faignans traicter quelque negoce conuenable fitẽt fortir hors la Bille le seigneur   **loys.**
de lespaue auecques aucuns des principanlp citorans De laquelle conspiration (comme
lon dit) le marquis de montfettat et dangsade furent aucteurs: contempteurs de la foy q̃
iure auoient au roy Charles. Ceulp qui estoient partis de Bordeaulp chargez a mont la
mer se transporterent vers henry en angleterre. Auquel promirent soy et la cite de Bordeaulp renbre soubz sa puissance: sil enuoyoit son armee en aquitaine: disans quil ny auoit
aucunes bandes de gensdarmes francoys fors celles qui estoient establyes es garnisons
moyns suffisantes a soustenir vne Bataille. Pour ceste guerre conduyre henry enuoya
Tallebot: q̃ mectant es gallees dangleterre cinq mille angloys arriua le quinziesme iour
de nouembre a lisle medoc: ou illec fist courir parmy le pays quelques Bandes de gensdarmes dont les habitans moult furent espouentez. Les bourdelops aduertiz de la Benue de
Tallebot parlans lung a lautre par parolles secrettes: consulroyent que lon deuoit franchement et en liberte lesser aller les capitaines des francoys Cestassauoir coptiffennechal
daquitaine/Jehan du puy lieutenant du iuge de la cite. Ce pendant que la chose estoit en
doubte: aucuns secretement sortans hors la Bille ouurirẽt les portes aup angloys: et sans
chõmer les deup capitaines auec toute la garnison ⁊ les officiers royaulp sans faire meut
tre trahiz furent ⁊ liurez es mains des ennemis. Quãt charles fut aduerty de la conspira
tion ⁊ rebellio des Bourdeloys Jl enuoya ses deup maresfchaulp auec le cõte dozual et Joachi rouauld au cõte de clairmont gouuerneur daquitaine/ou sip cens hõmes darmee auec
leurs archers les acompaignerent. Mais les ennemis diligens auoyent ia pris quelques chasteaulp auant que les gensdarmes francoys se fussent assemblez. Aussi a Talle
bot nouuellement estoit suruenu dangleterre quatre mille hommes de guerre auec quatre
Bingtz nauires portans Biures en abondance: tellement que Chastillon ⁊ frousac estoiẽt
Benuzen la puissance de tallebot. ⊂Apres que Charles eut passe lhyuer a toute: me
nant nouuelle armee mist le siege a lisigny/et dillec cheminant a sainct Jehan/ou pt dite
que Jaques chaban auoit prins de force la Bille de charlay et en ce faisant occis plusieurs
angloys/oultre ceulp qui estoient fourz en la tour lesquelz furent tou s decapitez/ pource
quilz auoyent renonce la foy par eulp iuree au roy Charles suyans les ennemis. Peu a-
pres il commenda a loheac mener larmee a Chastillõ au champ de perigoz/⁊ lup bailla la   **Chastillon.**
conduicte de diphuit cens hommes darmes auec les archers. Le siege des francoys mis
a chastillon Jehan Bureau et Jaspart bureau son frere capitaines du Bagaige de larmee:
cõmãderent a sept cẽs pionniers quilz auoyent continuellement Besongner a clorre et en-
utronner lost de fossez. Tallebot congnoissant ce que lon faisoit a Chastillon/ print auec
soy cinq mille angloys/et marcha en Bataille contre les francoys/qui saichans sa Benue
hastiuement se retirerent dedans leurs rampares En laquelle retraicte Tallebot attra
pa enuiton cent archers/qui furent plus paresseurs que les aultres Et de ceste sortune en
orgueilly/pource quil croyoit les francoys fourz: et q̃ tous ses gensdarmes nestoient enco-

res assemblez se arresta ung peu/et ce pendant commāda raffroichir ses gensdarmes. Le reposouer ne fut aux francoys inutille. Car tant comme il dura fortiffierent leurs rampartz des plus deffensables artilleries/et courageusement se renforcirent contre les ennemis. Au moyen dequoy Tallebot apres quil eut amasse ses gens ꜩ mis ordre a son armee approchant aux munitions des francoys/sefforcea entrer dedans par soubaine impetuo sité: dont les francoys par constante vertu le repoulserent. En ce iour Tallebot pourtāt que vieil estoit vsoit dune petite haquenee Et sus icelle estant assis animoit ses gens a combatre. Tous les aultres pietons batailloiēt par incredible fureur de courage assailloyent les tentes des francoys/portans par ostentation deceptiue beaucoup plus denseignes et estandars de guerre quil ne conuenoit a leur nombre. Longuement et tresaigrement fut combatu: si que la victoire longuement doubteuse ne promectoit a lung ny a lau tre esperance Iusques a ce que Montauban appele auec le capitaine henaud: a qui obeis soit la bande du duc de bretaigne. Les francoys reprindrent leurs forces/repoulserent les ennemis et occuperent aucunes de leurs enseignes Parquoy les angloys languissans en leurs couraiges: quant ilz virent la haquenee de Tallebot prosterner dung coup de bom

La mort de tallebot.

barbe et icelluy Tallebot occis par ung francoys/se mirent en fuyte. En ceste bataille moururent huit cens angloys de nom obscur auec quarante hommes nobles/desquelz estoit le filz de Tallebot. Lon dit que semblable fut le nombre de ceulx qui souyrent et se iecterent en la riuiere dordonne A ceste cause le marquis de montferrat Danglault et le filz de Caudasse auec cinq mille hommes de guerre hastiuement se retirerent a chastillon Et les part a bordeaulx. Lors les habitans de chastillon se rendirēt combien quilz fussent tenuz

Victoire contre les agloys

par tresforte garnison: soy soubzmectans totallement a la voulente de charles. Le conseil desquelz suyuans les melionnoys et libournoys firent semblable obeissance. Ceulx aussi qui tenoient neuf chastel amplisse/le quinziesme iour apres quilz furent assiegez/furēt receuz par le conte de clairmont. Autant en firent les habitans de blanchafort/cadillac/sainct maquaire/les langonnoys et villendrains. Car charles venant de angoulesme a Libonne espouenta de craincte les ennemys/si que peu de temps apres print quelque nom bre de villes et chasteaulx. Puis enuoya les francs atchers a bordeaulx pour gaster le pais de bordeloys/et bastit ung bouleuart a loppposite de la cite au lieu que les habitans dient Lormont: ou Lohcac/Loys de beaumont/Iaques chaban/Iehan et Iaspart bure au frere furent mis en garnison. Pres du port estoient les gallees du roy equippees darmeures et de viures en habondance/deuant lesquelles estoient aussi les angloys dedans leurs nefz: qui auoyent illecques basty ung bouleuart pour la deffense dicelles/dont chas cun iour faisoyent courses et ribleries contre les francoys. Mais finablement destituez de victuailles/et pressez des cōtinuelz assaulx des francoys: actendu principallemēt que toutes les places de frontiere circonuoysines leur estoient ostees: et nauoyēt ou se pussent retirer/requirent la clemence du roy Charles. Car il estoit naturellement tresbegnin: et ia faer infec de pestilence offensoit les gensdarmes: pour raison dequoy recepuant bordeaulx en la foy de son obeissance: donna aux angloys permission de sen aller/et bannyt Du rase/et lespare/auecques aultres vingt capitaines coulpables de la trahison. Mais les

La reduction de bordeaulx

pare peu apres fut decapite a poictiers: pource quil auoit pense contre Charles vne aultre trahison. Par ainsi les choses des bordeloys appaisees et le conte de clairmont estably

au gouuernement de prouence/retourna Charles a tours Lan de grace Mil.cccc.liii.
❧Auquel temps Guillaume edelin docteur en theologie prieur de sainct germaï en laye
condamne fut a eureux a tenir prison perpetuelle/pour cause de faulse religion. Car com
me il fust affuble des amours de quelque noble femme:et ne peust facilement iouyr de sa
compaignye/inuoquant layde du dyable le adora en lespece dung mouton. Puis fut par
luy enseigne prendre vng balet et le mettre entre ses cuisses en forme dung cheual: tellemēt
que quant cecy faisoit en brief mouuement se transportoit ou il vouloit. Laquelle sorcerie
est dicte la sorcerie des Vauldoys. ❧Toutesuoyes Charles contre la legierete et des
loyaulte des bourdeloys/fist bastir deux tours en leur cite:par la force desquelles le peu
ple nouuellement conuerty pourroit estre enttetenu en son obeissance. ❧Durāt ce temps
côme deux de diuersez parcialitez estriuassent pour larceuesche daux:le conte darmignac
deprisant les commandemens de Charles auoit mene et institue au siege sacerdotal lau
tre des competôteurs nomme iustin. De laquelle arrogance Charles courrouce: enuoya
le conte de clairmont auecques vne armee en armignac:qui auec layde du conte de dāmar
tin et de floqnet/despoueillerent le rebelle de toutes ses terres. Aussi Otho castellan flo
rentin/et Guillaume goufier auoyent fait par art magique aucunes ymaiges par layde
desquelles(comme follement ilz cuidoyent)peussent acquerir la principalle auctoite en
uers le Roy deuant tous les officiers de la maison. Pour raison denoy enuers Charles
accusez furent mis en prison lung a Thoulouze et lautre a Tours. ❧Dultre ces choses
Jehan duc dalenpon par le commandemēt de Charles empoigne a paris/mene fut en pri
son a Melun. Car il ayant enuye de la tranquilite du temps: et impatient du repoz par

Charles acquis/procuroit de angleterre nouueaulx mouuemens de guerre:si que par plu
sieurs messagers lesquelz il enuoya au Roy dangleterre le enhortant assaillir normādye
promectant luy estre aydeur. Aussi quil auoit des places ¿ chasteaulx/qui incontinant se
roient trahiz et liurez a ceulx qui viendroyent:disant dauantaige q Charles estoit loing
et quil tenoit ses gensdarmes en trois diuers pays Parquoy pourroit plusieurs places oc
cuper premier que Charles le sentist. Et afin que son conseil procedast en plus ferme foy
et seurete:il delibera bailler sa fille en mariaige a vng angloys qui estoit le filz du duc di
uoyre. Pour faire ceste trahison il vsa du seruice de Jaques hay angloys Thommas gil
let prestre/Danfront/Hontiton herault dangleterre et de Hemon callet. Ausquelz le duc
dalenpon bailla signe occulte de prendre le poulce deptre de la main de celluy a qui ilz de
ueroient parler ou bailler lettres de celle chose. Quant ces choses furent congneues tant
par tesmoingtz comme par la voluntaire confession dicelluy duc Charles faisant assem
blee generalle des seigneurs a Vendosme/commāda prononcer par iugement diffinitif
Jehan duc dalenpon(apres quil auoit este detenu deux ans en prison)estre priue de tous
ses biens et digne de supplice de mort. Mais le roy plain de clemence et misericorde mo
dera depuis la sentence:car la peine de mort ne fut infligee au traistre:et furent les biens re
stituez a ses enfans. ❧Auec toutes ces aduersitez interuint aussi la contumace de loys
daulphin de vienne contre le roy Charles son pere. Car cestuy comme il fust hors de mi
norite prenant occasion sus les officiers de la maison du roy qui setuoyent son pere et gou
uernoyent la chose publique:impetra de Charles partir de la court et sen aller en daulphi
ne ou il pourroit seiourner lespace de quatre moys. Sil fist cecy de sa propre nature ou ple

maluais conseil des siens/ie ne le puis facilement escripre. Toutesuoyes cest chose certai
ne que loys estoit tresmarry et desplaisant que son pere selon son vouloir ne luy faisoit di=
stribuer suffisance de pecune. Et faisoit mal a ses familliers domestiques que a aucuns
officiers de la maisõ du roy estoit la totalle auctorite de gouuerner: q̃ establizes offices et
administrations publiques auoyent largesse et abondances de richesses: mais a loys filz
aisne et aux seruiteurs dicelluy Charles ne demouroit aultre proufict fors seullement
leurs despens ordinaires Soubz laquelle oppinion allerent en daulphine soulans le pais
de tailles et exigens pecune des plus riches. Certes riens ne est que noblesse indigéte ne
cupide a soy estre licite. De cecy Charles aduerty sen alla en daulphine/afin quil empoi=
gnast Loys en Vienne/ou il auoit a soy ediffye vng bouleuart sus la montaigne. Mais il
espouente de la venue de son pere: hastiuement se retira vers Phelippe duc de bourgongne
Et ce pendant Charles a soy appropria tout le pays de daulphine: et enuoya a toutes les
issues et extremitez du royaulme pour empescher le passaige a loys. Qui neantmoyns oc
cultement eschape/sen fouyt en breban: ou il fut de Phelippe receu et traicte en tel honneur
que luy estoit deu: auec lequel il demoura enuiron dix ans. Pendant ce temps furent am
bassadeurs enuoyez par deuers le pere afin de reconseiller son filz auec luy: et requerir estre
loysible a cil Loys de venir deuant la face de son pere par quelques ans. A laquelle legati
on adiousta Phelippe que les ambassadeurs sexcusassent de ce quil auroit logie loys filz
de si grant roy auquel grandement tenu estoit faire seruice/comme a celluy qui trambloit
et moult craignoit lindignation paternelle/desirant batailler contre les turcqs se son pere
luy aydoit. Aux ambassadeurs apres quilz furent ouyz respondit Charles que voiremét
estoit deu grant honneur a loys sil obseruoit lobeyssance paternelle telle quil la deuoit/et q̃
Phelippe nauoit erre de le tenir son hoste. Mais quil se emerueilloit quelle auoit este la
cause de craicte a loys dauoir tremble de frayeur par si long temps: actendu quil auoit ex
perimente la clemence & mansuetude de son pere: de laq̃lle chose estoient riches tesmoingtz
Gabriel Bernus et le prieur des celestins dauignon: qui pour raison de ce quelque foys e=
stoient ambassadeurs vers soy venuz de lauctorite du pape Nicolas. Et ne se deuoit on
emerueiller sil nauoit acquiesse aux requestes que fois luy furent faictes: pourtant que ce
quil requeroit repugnoit a loppinion de plusieurs hommes de bien/lesquelz disoient estre
chose indecente que le filz fust loing absent de son pere et du royaulme suyuant le conseil
de meschans hommes Au regard de leppedition du voyaige de la guerre contre les turcqs
quil sebaissoit certainement comment celle chose estoit tombee en la pensee de loys/dont il
mais nauoit fait mention auant quil partist dauec son pere. Parquoy nestoit cecy aultre
chose fois dilation de vraye reconsilliation paternelle: principallement au temps que les
ennemis angloys soigneusement espioyent comment ilz se pourroient remecttre dedans le
royaulme de france: a lencontre desquelz estoit besoing de gensdarmes. Au regard de ce q̃l
auoit prins la iouissance du daulphine/que ce nestoit au dommaige de la terre: les habi=
tans de laquelle nauoyent perdu leur liberte/Lesquelz il esperoit enuoyer ambassadeurs
vers le daulphin touchant ceste matiere portans tesmoignaige de nauoir este affligez par
aucune oppression ne dommaige. Mais ny par lettres ny par ambassades peut estre loys
esmeu retourner deuãt la face de son pere: si que longuement fut la chose en doubte se par
guerre telle discorde deuoit estre finyee. Toutesuoyes la chose fut dissimule/et ce pendãt

La fuyte du daulphin.

et estranglerent tous les bourgurgnons qui par eulp trouuez furent a la recouurance de
granfone. ⊂Cn ce mesme temps le duc de nemours par le seigneur de beauiollops assiege au chasteau de carlat se rendit/fut prins mene au rop/de la en Bienne/finablement a pa
ris:ou lon se garda en prison. Au temps de son assiegement sa femme fille de charles daniou acouchee au chasteau mourut/tant a cause de sa douleur de son enfantement comme
dangoisse de tristesse:femme moult prisee et douce. ⊂Apres sa dissipation des choses de
granfone/Charles de bourgongne tamasse auec ses gens apres sa fupte a ioigni es fins
et limites de seinops:comme plain de ferocite et couuortteup de bengeance:delibera de re
chef pour supuir ses suppses. Mais pource quil auoit besoing de gensdarmes et de pecune
appella Guillaume gonnet son chancellier auecques unze aultres hommes de bonne auc
torite enuers les siens/Lesquelz il enuoya aup slagmens et moult daultres peuples ses
subiectz pour lup bailler renfort de gens de guerre/auec la sixiesme partie de leurs biens
pour subuenir aup fraiz et affires de la guerre. Aup ambassadeurs fut respondu ce que sen
suit. Se faculte deffault a Charles tellement quil ne se puisse sans secours a seurete reti-
rer:comme a nostre prince et duc lup donnerons secoure et ayde de toute nostre puissance
iusque a ce que sain et sauf soit retourne en sa maison et demourance. Mais que pas ne
scoppent quil y eust cause de faire guerre aup suppses:pour raison dequop leur fust necessai
re soy souler et apourir de leurs biens et pecune. Ce pensant que se duc de bourgogne fai
soit ces choses Rene daniou Rop de sicille vint a lops estant a lyon. Auec lequel touchant
la conte de prouuence transige fut en la maniere qui sensuit. Rene estoit ung prince vieil
et antien sans enfans:sa fille duquel Royne dangleterre tenue estoit en prison par Edou
ard issu de sa maison des ducs diuorp:pour et afin de la deliurer/institua lops son hetitl
et de prouuence/en baillant par cil lops la somme de cinquante mille escus qui payez furent a Edouard pour sa rancon de la royne Laquelle apres sa deliurance renonca a tout le
droit quelle eust peu ou pourroit pretendre en aucune maniere en la conte de prouuence a-
pres la mort de son pere Moyennant toutesuopes certaine pension que lops lup payroit
par chascun an.

N ces mesmes ioure pres dorban aduint ung meurtre plain de pitie. Lops filz
de biesap mareschal de normandie auoit a femme et espouse Charlote fille de
la belle Agnes/que lon cropoit estre engendree de Charles septiesme pere de
ce Rop lops. Cest a p comme par recreation fust alle a la chace auec sa femme en
une forest:quant vint la nuict il retourna en sa maison/et pource quil se sentoit lasse et tra
uaille sessa a la chambre de sa femme et sen alla coucher en une aultre chambre a part. Char
lote se voyant pour ung temps deliure de son mary:incontinant mena coucher auec sop He
han sauergne poicteuin quelle maintenoit en adultere et paillardie. Laquelle chose con
gneue Iehan lapotiquaire prouiseur et despencier de la maison du senuechal/annonca se
crime a son maistre Parquoy le senuechal touche de moult grat fureur tira son afesue hors
du fourreau/et soubainement rompit et brisa thups de la chambre et occist ladultere quil
trouua tant seullement vestu de sa chemise. Puis print sa femme par la main laquelle ia
cestoit mucee et retiree par deuers ses enfans en la prochaine chambre couuerte de la cou-
ette du lict/la piosterna et iecta contre terre:et non obstant quelle fust sleschie deuant sop
a genouls p et requerat misericorde en moult gras pleurs et gemissemes femenis supliat la

La prinse du
duc de ne-
mours.

Le duc d'Bour
gongne chace
des suisses.

L'occision de
charlotte fem
me du mares
chal de Nor
mandie.

misericorde maritalle:meurtrit sa femme de son glesue dont il lui transperca la poictrine.

Bataille en suysse.

¶Mais retournons a nostre premiere matiere. Le roy seiournant a lyon fut aduerty que le duc de bourgongne ayant ranforcy son armee auoit mis son siege a Morac contre les suisses et assiege celle Billette. En laquelle estoit venu Rene duc de lorraine(a q̄ le bourguygnon auoit oste Nancy)auec puissante armee pour donner secours aux suysses Lesquelz auec layde de Rene aduoyent surmonte lapremiere armee des ennemys/le conte remon mis en fuyte capitaine dicelle armee.Par quoy ceulx q̄ estoient en garnison a Morac sortans de la Bille se ioignirent auec le duc de lorraine/et lors ensemble coururent es tentes des ennemys qui la pluspart furent occis et chacez si quilz ne sauoyent ou se retirer en leur fuyte/iusques a ce quilz fussent atrinez a ioigne. Et que toute la proye que les suisses auoyent conquis es tentes des bourguygnons auoyent donne q̄ octroye au duc de lorraine leur coabiuteur pour recompense du benefice. Le nombre des Bourguygnons occis en ceste Bataille fut de.pxiii.mille hommes.Apres la Bictoire acquise contre les bourguygnons. Rene se retira a argentine qui est dicte Strasburg. Et dille partant equippe de quatre mille combatans sefforca recouurer nancy que le bourguygnon auoit Bsurpe/q̄ de fait assiegea la Bille/laquelle tenue estoit par sa garnison d̄ douze cens hommes de guerre Le siegement estably:retourna Rene a argentine ou il leua nouuelle armee/quil mena ioindre auecques celle qui tenoit le siege et par ainsi recouura nancy. Sicomme ces choses se faisoient le Roy loys retournant a tours/selon le deu de sa deuotion fist satisfaction de plusieurs Beulx esquelz il estoit astrainct et oblige. Car a la ratle Berite ou par faintise il estoit deuost a la glorieuse et benoiste Bierge marie mere de ihesucrist Es temples de laql̄ le il offrit plusieurs dons. ¶Cependant le duc de bourgongne a qui tous maheurs et aduersitez succedoient merueilleusement despite estre Baincu par Bng petit prince(comme il se complaignoit)trestablissant pour lors son armee partit de salines Bille des seinoys q̄ chemina en armes a nancy. Car quant il parloit de Rene trop peu de chose lestimoit/comme sil fust Bng geant Rene Bng nayn. Lors se leua estrif touchant le royaulme de castille. A henry roy de castille estoit Bne fille:engendree(comme lon disoit)en loyal mariaige/et Bne seur de son pere la hors de minorite:Ceste cy fut donee en mariaige au Roy darragon/et lautre au roy de portugal. Pour raison dequoy lung et lautre de tout son pouoir

Le roy de portugal.

pretendoit et sefforcoit seigr du royaulme de castille. Le roy de portugal suyuant le roy de france/parla particulierement a loys soubz esperance principallement que ce pendant que les discords estoyent appaisez entre luy et les bourguygnons/luy bailleroit partie de ses gensdarmes pour se faire iouyr de castille. Certes le roy de portugal fut receu des patisiens par incredible magnificece Mais comme pour auoir paix en Bain se fust parmy lhorrible hyuer retire Bers le duc de bourgongne empesche en lassiegement de nacy il retourna au roy loys. Les Bourguygnons ia si estroictement auoient enclos nancy/que les assiegez presque defaillans de famine deliberoient se rendre au duc de bourgongne. En la gendarmerie des Bourguygnons estoit Bng conte lombard quilz appelloient champbas. Lestuy ou de sa propre desloyaulte ou corrompu par pecune delessant lalliance du duc de bourgongne delibere auoit Benir au roy loys auec huit Bingtz et dix hommes darmes. Mais entretemp retarde par les messaigers du roy:a ce que loys ne fust Beu participant d̄ la trahison il sen alla Bers rene/auquel il manifesta tout le conseil du duc debourgongne Toutes

uoyes deux de sa secte: cestassauoir lange et montfort/ qui se suiuoyent en la trahison con-
ceue/ chargez furét cheminer a conde: q̃ est ung lieu distát seullemét a deux iectz de pierre d̃
Nancy sus la riuiere de Moselle/ par laquelle les habitans de mectz ensemble ceulx de
luxembourg portoient viures aux bourguygnons. Et le cinquiesme iour de ianuier Regne sen alla a Barengueuille qui est sainct Nicolas/ auec sa bande des suysses. Et le lendemain comme il fust arriue a Neufuille: il acoustra ses armees au lac qui est pres de ce
lieu. Lune menerent le conte dabestan et les habitans de friburg et suric. Lautre menerent les bernensoys et ternensoys. Par ainsi furent les bandes departies/ tellement que
les vngs cheminerent selon la riuiere/ et les aultres en bon ordre parmy le grant chemin
cheminerent a Nancy. Ia auoit le bourguygnon mis ses gens en ordre de bataille: a se ha
stoit de tirer son/ artillerie contre les suysses qui marchoient parmy le grant chemin. La
quelle entreprinse considerans les capitaines de larmee: se detournerent a senestre vers la
prochaine montaigne: contre lesquelz le bourguygnon enuoya en deux bádes Iaques gal
liot italien et Iosse lalain premier iuge de flandres: et commanda q̃ les hommes darmes
donnassent lassault aux ennemys/ apres lesquelz hommes darmes sensuyuroit grant nõbre de pietons. Neantmonxs incontinant les suysses qui estoient en la montaigne retour
nans leur face aux bourguygnons: par impetuosite a prine incredible ruerent sus les ennemys contre eulx venans: si q̃ en la premiere deslache des couleurines tous les pietons
des bourguygnons se mirent en fuyte. Dauantaige ceulx q̃ui cheminoyent vers le fleuue
faisans leur course contre Galliot prosternerent toute sa bande. Pres nancy ya ung pont
par lequel on va a thyonuille et luxembourg: et auoit champbas occupe ce chemin. Parquoy apres que les bourguygnons fuyans furent arriuez a ce pont tellement les poursuyuit le duc de lorraine: que partye se iectans dedans le fleuue estoient assommez a occis des
suysses. Les aultres mouroient a force de boyre eaue/ les aultres fuyoient es forestz et e-
stoient egorgez/ a sans misericorde a mort mis par les paysans. Encores ne cessa le duc de
lorraine de poursuyuir son ennemy iusques a ce quil fust arreste p la tenebrosite de la nuit
Lors soigneux de enquerir se le duc de bourgongne estoit mort ou sil viuoit/ pource quil na
uoit receu aucunes nouuelles de luy/ hastiuement enuoya aux habitans de meetz enquerir sil estoit eschape par leur cite. Adoncques il trouua que comme il se cuydoit sauluer
trebucha et cheut le cheual sus lequel il estoit monte: au moyen dequoy auoit este occis de
troys merueilleuses playes. Lune estoit en la teste pres loreille touchant iusques aux dés
La seconde aux fesses. La tierce par dedans le fondement respondant iusques au cueur.
La verite de laquelle chose fut approuuee par foy certaine. Car baptiste adolescent de la
maison des coulonnoys fut prins: lequel lors tresfamilieremét et amyablement seruoit le
duc: et monstra de luy signes tresapparens. Au tesmoignaige duquel adolescent consenti
rent Mathieu portugaloys Medecin dicelluy duc/ et Anthoine son frere bastard que le
duc de lorraine tenoit prisonnier. A laquelle chose les arthoysiens et bourguygnons a pei
ne foy adiousterent/ follement et opinastrement affermans que de la bataille estoit eschape en germanye et illec auoit voue penitence de sept ans. Apres laquelle penitence acomplye reuiendroit auecques moult puissance et vengeroit toutes ses iniures et inimitiez.
Aucuns ay congneu qui en ceste crudelite moult obstinez/ mectoyent en vante cheuaulx
a pierres precieuses: et se quelque personne les achectoit oultre iuste et non prins/ ilz les

                                                              L.ii.

Marginal notes:

La victoire de rene auec les suysses cõtre les bourguignons a nancy.

La mort de Charles duc de bourgõgne

vendoyent/le payement delaye iusques a ce que leur prince Charles fust treuenu apres la cheuement de sa penitence. ℂ Celle creance augmenta quelque homme:menant vie au stere entre les sueyens en la villette de brupelle. Lequel sembloit a Charles en voly et stature/a ne se monstroit/aincops faisoit penitance semblant a vng homme triste/parquoy le populaire facilement le tenoit pour Charles/iusques a ce que par signes plus euidens fut la verite congneue. Car le corps du duc Charles trouue nud en vng petit pre enrose dung ruisseau/fut enseuely en leglise sainct George a nancy. Lan de grace mil. cccc. lxxvi le lendemain de lepiphanye nostre seigneur. Au lieu ouquel gisoyent tant de corps mortz le duc de lorraine fist edifier vne chappelle/ assignant vie a vng prestre qui perpetuelle= ment auroit memoire des trepassez. Semblablement au petit pre ou estoit mort le duc de Bourgongne/il fist dresser vne croip de pierre.

ℂ Comment la conte de flandres fut antiennement baillee par les roys de france/dont procede que au iourdhuy sont tenuz leur en faire foy et hommaige. Et quelz contes a contesses y a eu en flan= dres depuis. Lan sip cens vingt et vng iusques apres la mort de Charles duc de Bourgongne qui touyssoit dicelle conte/et les= la marie sa seulle heritiere q les flagmens donnerent en mariay= ge a Mapimilia filz de lempereur/qui fut cause de esmouuoir plu sieurs guerres en picardye et bourgogne ou les francoys sont touf iours surmonte.

Et lieu nous admonneste escripre le nombre des contes et gouuerneurs que flandres auoit eu depuis enuiron sept cés ans iusqs a cestuy Char les:a ce que de soy preignét garde ceulp qui leuez en orgueil par le resplé dissement des principaultez et lantiennete de leur lignee par consideration facilement tombez/sont fable a leur encestres. La terre de flädres isle de gaulle belgique/du coste de occidat est enclose et enuironnee de la

mer britanique/vers orient/du fleuue de scalde/et vers midy enclose de la riupere de lisle qui sourt aup morinoys/cest a dire au diocese de Therouenne/formant toute fangeuse et antiennement empeschee de forestz:comme il appert par les escriptz de Cesar: qui assail= lant les morinoys/cest a dire les Therouennoys/difficilement les rendit a soy obeissans pourtant que eulp retirans es forestz les conuint chercher pour les vaincre. Car mesmes au iourdhuy vne grande partie de flandres en tant que touche la spiritualite et religion crestienne/est subiecte a seuesque de Therouenne Et antiennement y auoit vne forest dic= te la forest Charbonniere ou est construicte et edifiee la cite de Tournay. A la spiritu= elle iurisdiction de laquelle cite obeyt lautre portion de flädres. Mais toutesuoys ce nest pas oppinion vulgaire de ceulp qui dyent que henault antiennement estoit dict la forest charbonnyere. Et comme ce pays eust longuement este inhabite de nulle personne et non cultiue/il demoura farcy de larrons qui detroussoyent et robboyent les passans. Jusques a. Lan de grace sip cens vint a vng que vng nomme Luderich lillescucq ayant espou= se la fille de Lothaire quatriesme Roy de france. Comme il eust delle engendre quinze en fans:le filz aisne nomme Anthoyne/par le Roy lothaire estably fut gardien a gouuerneur

de la forest de flandres: par ainsi appele le forestier. Mais peu de gens consentent a ceste narration. Les aultres disans que luderich espousa vne femme de germanye/et alla de
mourer en vng villaige nōme arlebec seulen celle terre. Et pource q̃ sa femme estoit dicte
flandre/de y son nom fut le pays flandres nōme. Aussi afin q̃ la forest demourast paisible
& garantye de larrons Charlemaigne en bailla la garde a luderic l'an de grace sept cens
nonāte & deux ou il regna quarāte & quatre ans et luy succeda son filz a eugecame/qui fut
cause de faire bastir plusieurs villaiges en diuers lieux de flandres. Mais apres le quinziesme an de son office il mourut & fut enseuely a Arlebec. Le siē filz et heritier nomme fut
Audaquerre soigneux et industrieux amplificateur de la chose publique. Car il commen
ca a ediffier Gand/Courtray/Aldenarde & casselet. Toutesuoyes apres le treiziesme an
de son office de forestier delesse son filz bauldoyn/fut enterre a arlebec. Apres le decez de son
pere/bauldoyn obtint l'administration du pais Estoit iudic moult belle femme fille de char
les le chaulue roy de france: laqlle comme elle fust conioincte par mariaige auecques edou
ard roy dangleterre qui fut dit Adolaphus: apres le trepas de son mary retournant en frā
ce/fut rauye par bauldouin et auec luy ioincte en mariaige De laquelle iniure le roy offen
ce sen alla pour suyr bauldoyn sicōme nous sauons cy dessus declare Par cestuy bauldoin

Bruges fut cōmence a ediffier: & il apres le dixseptyesme an de son administration trepas
sa/fut enseuely en vng moult riche sepulchre au monastere sainct bertin en la ville sainct
homer. L'an de grace. viii. c. lxxxix. Auql succeda bauldoyn le chaulue q̃ enuironna bruges de murailles & espousa Ethel soude fille de edelphy de roy dangleterre: & engendra del
le deux filz/cest assauoir Arnauld et adulphe depuys conte de boulongne. Mais apres le
quinziesme an de sa reception de la conte de flandres/fut enseuely a Gand au monastere
y luy dedie a sainct Pierre. ⊂Arnauld ayant receu la principaulte de son pere: religieusement vesquit. Car il institua douze prestres a sainct donast lieu solemnel a bruges: aus
quelz il dōna grant reuenu de dixmes. Il espousa Alizon fille du conte de vermandoys:
laquelle luy enfanta bauldoyn. Par cestuy arnauld comme iay dit cy dessus Guillaume
duc de normandye soubz espece de reconciliation fut occis aupres de piquigny. Et apres le
xxviii. an de sa principaulte fut mis en sepulture en leglise sainct Pierre a Gand. L'an
de grace. ix. c. lxiiii. Apres leql son filz succeda en la conte: et dont il iouyt lespace de trois
ans. Auquel temps matilde fille du duc des saxons luy fut donnee en mariage: laquelle
enfanta arnauld. Cestuy bauldoyn eut sepulture a Gand auec ses predecesseurs. Au suc
cesseur duquel/cest assauoir a son filz Arnauld encores ienne/estoit moult grande sollicitude de tenir son peuple a soy subiect en bōne iustice. Car iasoit quil fust crainct & redoubte. Toutesuoyes il estoit vehementement ayme pour sa grant equite et perseuerante iusti
ce: si quil acquist l'alliance de beranger Roy de italye/et espousa sa fille Susanne. Il trespassa le vigt & vng yesme an de sa pricipaulte.] L'ā de grace neuf cēs quatre vingtz & huyt

delesse son filz bauldoyn surnomme belle barbe/qui espousa Enuye fille de guicharb duc
de luxembourg. Il gouuerna flandres lespace de quarante & sept ans ayant vng filz q̃ fut
dit bauldoyn de lisle/& eut sepulture a gand auec ses predecesseurs. Depuis la mort duql
bauldoyn de lisle administra la conte trente et deux ans & ediffia le temple sainct Pierre
de lisle. Lisle est vne forte ville moult peuplee auecqs vng puissant chasteau sus les fis &
limites de flādres Cestuy espousa alizō fille de phelippe roy de frāce: laqlle ẽfāta deux filz

masles/ceſt aſſauoir Bauldouin et Robert auecques vne fille:q̃ fut dõnee en mariaige au
Baſtard Guillaume duc de normandye:leq̃l depuis attribua a ſoy le royaulme danglete=
re. Diſſention engēdree entre lẽpereur de germanye et ceſtuy Bauldouin Bauldouin occu=
pa la conte q̃ eſt dicte loſten. Mais les diſcordz finablement appaiſez/lẽpereur donna la
conte en fief a Bauldouī. Le ſucceſſeur de ceſtuy fut loys ſurnõme le piteux/q̃ eut deux filz

Loys le pi=
teux.

de Richilde fille du cõte de henault/ceſtaſſauoir arnauld et bauldouin Ceſtuy loys a cau
ſe de ſa beninite et de ſes bõnes moeurs/moult fut aymé de ſes ſubiectz Mais treſpaſſe le
tiers an de ſon adminiſtration eut ſepulture au monaſtere de hẽnon. Arnauld ſuccedant

Arnauld

en ſon lieu mourut en la guerre p luy meue contre le duc de friſe. Apres leq̃l Bauldoin ney
ueu de Bauldouy de liſle obtint la conte de flandres:que cy deſſus ay dit auoir bataille en
paleſtine auec Geoffroy. Toutefuoyes contractant mariaige auecq̃s Gertrude fille du
duc des ſaxons q̃ vefue du cõte de hollende en eut vng enfant maſle nõme Robert q̃ deux

Robert

filles. De ſon ouuraige eſt legliſe ſainct pierre a caſſelet ou il eſtablit vingt preſtres fon=
dez ſue aſſiete de rentes et reuenuez:il gouuerna la cõte de flandres vingt et deux ans. A
pres ſon treſpas Robert receut la principaulte/et auecques godefroy de buyllon miſt pei=
ne de recouurer iheruſalem de ſa ſeruitude de mahumet:et de la fille de Guillaume duc de
normandye eut vng filz nomme bauldoyn. Il auoit vng couſin preſtre preuoſt de ſaict do

Bauldoin

naſt lequel il fiſt chancellier de flandres:et p decret perpetuel commanda q̃ doreſnauant
quiconques ſeroit preuoſt iouyroit de ceſte dignite:et fut enſeuely en legliſe ſainct vaſt a
arras apres le. p̃ viii. an de ſa principaulte. Son ſucceſſeur bauldoin cõme il euſt prins a fẽ
me Marguerite fille du conte de boulõgne dont il nauoit aucuns enfans:q̃ pource quil e=

Charles

ſtoit mallade du hault mal fiſt profeſſion monacalle deleſſant ſon heritier Charles filz de
la royne des dalmates qui eſtoit ſon couſin germain. Il receut ſepulture a ſainct bertin a
pres q̃l eut gouuerne flandres leſpace de huit ans. En pareil nõbre de ans gouuerna char

Guillaume

les. Lequel aſſiſtant a la meſſe a ſainct donaſt en ſon oratoire/fut occis de ſes ennemis et
familliers. En apres Guillaume de yepre uſurpa la conte:q̃ auoit eſpouſe la fille du roy
de dalmacie:mais le deuxieſme moys apres luſurpation de la principaulte il alla a vie a
treſpas ſans deleſſer aucuns enfans Semblablement Guillaume duc de normandie cou
ſin du premier charles auec layde de loys Roy de france chacea Guillaume de ypre q̃ occu
pa flandres empirant du tout leſtat des choſes. Pour raiſon dequoy les flagmens appele
rent a ſoy Theric:q̃ le duc dauzay auoit eu de gertrude ayeulle de Charles. Dont apres
emotion de guerre:cõme theric ſe fuſt retire en la ville de oloſte/il fut aſſiege p Guillau
me duc de normandye. Mais ſicõme cil guillaume opinatrement continuoit laſſiegemẽt
frape dune ſagette tantoſt alla de vie a treſpas quinze iours apres q̃l eſtoit entre en flan
dres/q̃ fut mis en vng hõnorable ſepulchre en legliſe ſainct bertin q̃ eſt a ſainct homer. Sõ
ſucceſſeur demoura Thierry q̃l auoit de guerre perſecute q̃ ſefforcoit de flandres leppulſer
Ceſtuy ſoubz loys Roy de france mena les ordres des gendarmes francoys en dampate
et en iheruſalem contre les turcqs/dont retourne en ſa maiſon fut dit auoit apporte quelq̃
choſe du precieux ſang de iheſucriſt/leq̃l il repoſa au teple ſainct baſille a bruges au monu
ment de la paſſion iheſucriſt/q̃ les flagmens viſitent p grande veneration. Il eſpouſa ſi

Phelippe:

bille fille du Roy de ſicille dõt iſſirent phelippe et Marguerite laquelle fut baille en ma
riaige a bauldoyn conte de henault. Et a ſon pere theric enſeuely a vatenes apres le. p lii.

an de sa principaulte/succeda Phelippe suyuant la guerre de iherusalem. De laquelle re-
uenant:pource q̃l nauoit aucuns enfans:Bailla en mariaige a phelippe auguste adolescẽt
sa nyepce ysabel fille de bauldoyn conte de henault:cõme nous auons escript es gestes dicelluy auguste. Je trouue q̃ cestuy ne sce pourquoy aprehende mourut en prison: z fut enterre au monastere de clairuaulx ordre de cisteaulx. L'an de grace.M.iiii.xx.x. De la en
apres Bauldoyn tint la conte de flandres p le moyen du mariaige quil auoit contraicte a-
uec marguerite fille de theric. Jl gouuerna le pays auecques louãge/et eut deux filz masles de sa femme/cestassauoir bauldoyn q̃ conquist lempire de iherusalem/et Phelippe con
te de nãmur/auec deux filles:lune nõmee marguerite q̃ fut baillee en mariaige a Phelip
pe auguste/et lautre au duc de Breaã. Apres cestuy sensuiuit bauldoyn q̃ gouuerna la prin
cipaulte de flandres z de henault. Mais quant il eut eu deux filles de sa femme/cestassa
uoir Jehanne z marguerite:tantost cheminãt en palestine auec larmee des crestiens:aps
plusieurs nobles proesses de bataille fut fait empereur de constantinoble:puis surprins z
empoigne des sarrazins oncqs depuis ne apparut. Parquoy sa fille Jehanne en son lieu
gouuerna le pais de flãdres et henault ayant pris a mary ferrãd issu de la lignee des roys   **Ferrand.**
de portugal/lequel moult fut contraire aux francoys. Pour raison dequoy suiuant Otho
empereur de germanye sicomme il faisoit sa guerre contre Phelippe auguste roy de france
fut pris z garde en prison au chasteau du louure a paris. Apres sa mort on le mist en sepul
ture au monastere des marquetes mais Jehãne ennuyee de viduite:conuola en secondes
nopces auec Thõmas filz du duc de sauoye:et le quatriesme an apresensuiuant trepassee   **Marguerite**
eut sepulture auec ferrãd au monastere dessusdict. Car elle auoit institue ce monastere
pres de lisle. A ceste cy succeda sa seur Marguerite femme de grãt couraige laqlle gouuerna les côtez de flandres z henault lespace de trente ans. Ceste marguerite eut deux mariz
Du premier q̃ se nõmoit bossard/issu de la maison des roys dangleterre/elle enfanta ung
filz appele Jehan/leq̃l mourut au bers. Du second mary nõme Guillaume de dampierre
issirent Guy et Guillaume. Et pource q̃ oultre son gre auoit espouse la fille de fegard de
bethune:elle le bannit lõguement de sa cõpaignye:aussi delibera desheriter Jehan son aul
tre filz aisne. Qui fut cause de la reconciliation faicte entre Guy z sa mere. Pour raison
dequoy se leua Guillaume roy des romais z price de hollande(la fille duq̃l/Jehã dauene   **Guy.**
auoit a feme z espouse)z dõna secours a son gendre a lencôtre de marguerite. Mais cõme
loys roy de france eust este arbitre mediateur de leur controuerse:p arrest de parlement fut
adiuge a Jehan la conte de henault:z q̃ apres le trespas de la mere Guy possederoit la con
te de flandres. Peu apres/la mort rauit de ce siecle Marguerite/laquelle honnoree fut de
sepulture au monastere de flyues/distant de Douay de quatre mille vers flandres. A ceste cause Guy fut conte de flandres:dont il iouyt trente cinq ans en habõdance de lignee.
Car de sa premiere feme il eut cinq masles/cestassauoir Guillaume/Robert/Bauldoin
Phelippe et Jehan q̃ fut euesque du liege Au regard des filles q̃ furent quatre ie nay trou
ue les noms/fors dune phelippette laqlle espousee au roy dãgleterre mourut a paris auãt
le iour des nopces. De la seconde laqlle fut princesse de nãmur/il engẽdra troys filz z une
fille/q̃ fut donnee en mariaige au côte de gueldres. Cestuy guy amy des angloys les suiuit en la guerre. Finablement prins auec son filz Robert mourut en prison. Le corps duq̃l
permist le roy estre enterre a flyues L'an de grace mil troys cens et quatre Et sicomme les

flagmens rebelloyent a cause de la prinse de Guy/apres quilz furent subiuguez par phe
lippe/fut paix donnee/moyennant plusieurs mille escus q̃ son promist a Phelippe roy de

**Robert de be=
thune.**

frāce. Leq̃l ce pendant et iusques a ce/print en gaige des flagmens pour celle somme/lisle
douay/et orches. Apres Guy Robert de bethune obtint la conte de flandres: & fut faict en
cores plus riche p̃ la iouyssance de bethune et tenermonde. Et les habitans dattras le prin
drent pour seul aduocat. De lune de ses femmes fille de Charles roy de sicille/il eut ūg
filz nōmé carloman⁹:q̃ son dit auoir apporte du vētre sa mere symaige de la croix entre les
deux espaulles:mais peu apres il mourut auecques elle De lautre femme a laq̃lle neuers
et retheloys appartenoient il eut deux masles/cestassauoir Bauldoin & Robert auecques
quatre filles ¶Mais cōme Robert eust offence le roy phelippe le bel pource q̃l lui reffuza

**Phelippe le
Bel.**

bailler six cens hōmes de guerre au secours de la guerre q̃l alloit faire en iherusalē/cōman
da Phelippe a ses trops filz q̃l auoit aller combatre cōtre le conte auec grosse puissance de
gensdarmes. Toutesuoyes on retira larmee sans riens faire. finablement apres le tres
pas de Phelippe et de loys hutin son successeur:il fut receu en lamour & beniuolēce de phe
lippe le lōg. Et apres sa mort obtint sepulture a ypre au monastere sainct martin. Lan de
grace mil trois cēs. xxvii. a la fi du. xxviii. an de sa prīcipaulte. Lors loys cōte de neuers
filz de loys q̃ auoit espouse marguerite fille du roy de frāce/obtint la prīcipaulte de flādres

**Loys de ne=
uers.**

car p̃ se traictie d̃ mariaige auoit este apoicte q̃ cestuy loys mort/sō filz seroit receu en sa prī
cipaulte de flādres Pour raison dequoy Robert cassela despite/cōmenca la guerre esmou
uoir contre loys de neuers. Laquelle p̃ iugement de la court de parlement fut apaisee cō
me no⁹ auōs dit en la vie de Charles le bel. Cestuy loys mourut a la bataille de crecy de
laisse sō filz surnōme loys de malse/et fut eseuely a bruges en leglise sāict donast. A loys de
malse escheurēt/ Neuers/ Retheloys/auec Salines/et Malines. Puis tātost apres le tres
pas de Marguerite/sen alla en arthoys et bourgongne/& espousa marguerite fille du duc
de breban. Laq̃l enfanta vne aultre marguerite q̃ son dōna en mariayge a Phelippe duc
de bourgōgne/leq̃l mourut en laage de. xv. ans. Au moyen dequoy la duche de bourgōgne
appartint a Jehan roy de france. Leq̃l duche peu de temps apres il donna a son filz Phe=
lippe surnōme le hardy moyennant q̃l espousa Marguerite fille de cil loys de malse/soubz
les cōditions q̃ se lisent longnoistra es faitz & gestes du Roy iehan. Loys fut enseuely en

**Phelippe le
hardy.**

leglise sainct Pierre de lisle. Auq̃l succeda Phelippe le hardy heritier de tous les biens q̃
loys son beau pere auoit possedé. Cestuy Phelippe engendra de marguerite les enfans cy
apres declairez/cestassauoir Jehan/Anthoine qui depuis fut duc de breban prince de lo=
trique et de lamburg auec Phelippe q̃obtint les contes de neuers et Retheloys Aussi eut
il trops filles dung mesme mariaige/ La premiere fut mariee au duc daultriche. La secon
de au duc de sauoye/ Et la tierce a Guillaume cōte de henault. Jl ediffia leglise dēs char
treup au diocese de dijon la ou il voulut estre ēseuely apres sa mort. Au regard de son filz
Jehan pource q̃ cy dessus en ay escript amplemēt ie nē feray plus longue hystoire:sinon q̃
toutes haynes discentions & guerres q̃ iusques cy expercent les princes sont p̃ sa coulpe &
malice. Si eut ūg filz de Marguerite fille du duc de bauyere/nōme phelippe/auec six fil
les:dōt lune nōmee agnes fut conioincte p̃ mariayge auecques Jaques de bourbon. Ce
stuy epercea hayne mortelle contre le duc dorleans. finablement occis a monthereau ou
fault yonne:et de la porte aup chartreup de dijon fut mis en sepulture. Lan de grace mil

cccc.xix. Apres qͥl eut gouuerne flandres lespace de quize ans. Nous auõs veu Phelippe **Phelippe**
auec flandres et bourgongne iouyr de arthoys/Breban/Lothrique/Lemburg/Henault/
Hollande/zelande et de partie de frize/auecques Salines/Malines ꝗ namurc/et depuis
luy eschut la côte de luxêbourg. Cestuy apres soccision de son pere/tit le party desanglops
et cõme il eust eu troys femmes/de la derniere nõmee ysabel fille du Roy de portugal engẽ
dra troys filz:cest assauoir Anthoyne et iosse ꝗ la mort suffoqua au bers,et Charles il don
ta et punit les gantoys qui selon leur coustume par sedicieuse mutinerie auoyent rebelle/
et ne fut pas sans grande perte de ses gens. Trepasse a bruges fut enseuely a diion en le
glise deschartreux lan de grace mil.cccc.lxviii. le quatorziesme iour de iuillet. A son pe
re Phelippe succeda cestuy Charles duquel presentement faisons mention/vaincu en ba
taille/p regne duc de lorraine. Sa fille marie issue de la maison de bourbon du coste mater
nel:fut cõioincte par mariaige auec le filz de federic empereur de germanye. Duquel cõ
me elle eust enfante Phelippe et Marguerite:elle tõba de son cheual a terre:parquoy peu **Marguerite**
apres moutant:lessa a Phelippe toutes les principaultez ꝗ Charles tenoit. En ceste ma
niere apres trente et vng contes de flãdres nobles en seigneurie ꝗ puissance Charles estãi
gnit en sa maison et famille le tresnoble nom de bourgongne:sinon ꝗ apres demouretêt au
cuns freres Bastardz ꝗ son pere Phelippe auoit eu de plusieurs femmes. ¶ Mais pour
suiuons le residu de la matiere du duc de lorraine:lequel apres la mort du duc Charles:in
continant mena son armee en bourgongne/et en peu de iours la recouura toute au nom du
Roy loys:auquel pareillement obeyrent les ausserroys suyuans les bourguygnons.

Oys aduerty de la mort des bourguygnons apres qͥl eut fait ses offrandes en la
maniere acoustumee ꝗ donne diuers dons en leglise nostre dame:delessant toutes
sen alla a noyon/et en brief temps occupa Mõdidier/Peronne/Abbeuille/et mõ
streul auec quelques places iusques en artas. Dõt les habitans cõe peuple de belliqueup **Les habitãs**
ꝗ dur contraige treffuzerent au roy obeyr/recepuans en leur cite la garnison de flandres. Ce **dartas obsti**
pensant ꝗ les habitans dartas differoient a loysobeyr:illeua vne grosse armee ꝗ grant ap **nez.**
pareil de guerre. Mais finablement prenant la cite ꝗ est situee sus vng lieu hault arriere
ꝗ distant de la ville enuiron d cẽt pas/pource quelle estoit mal garnye de muraille/il lafist
restablir contre sa force et in iure des habitans dicelle ville:ausquelz plusieurs hõmes des
aultres places nouuellement recouurees estoient fouyz en hayne du nom francoys Et eu
rent telle temerite qͥlz grauoyent et insculpoyent des gibetz côtre les murailles publiques
et y pendoyent les croyx blanches/en signiffiance quilz iugeoyent le roy de frãce ꝗ les fran
coys dignes de estre penduz. Aucũs furent semblablemẽt ꝗ montez dessus la muraille de
couuroient ꝗ monstroyent les parties honteuses de leur corps aulx gensdarmes francoys
faisans iniure au roy. Toute suoyes vindrent au roy loys aucuns des principaulp de la
ville ꝗ emporterent ceste forme de payx et concorde. Cest assauoir qͥlz demoureroient en la
foy et puissance du roy:ꝗ les recepueurs ꝗ officiers royaulx auroient le maniment et lad
ministration des tailles ꝗ tribuz ꝗ des deniers du roy:et ꝗ marie fille vnique de charles
duc de bourgongne receuroit iceulx deniers auecques toute la cueillette des tailles ꝗ tri **Le traicte**
buz p les mains desdictz officiers royaulx/iusques a ce quelle eust fait la foy deue et le ser **dartas.**
ment de fidelite au roy son souuerain prince et seignr:pendant lequel temps nauroyẽt les
habitans en leur ville aucũe garnison des gensdarmes du roy. ¶ Ces choses ainsi appoẽ

ctees le Roy loys enuoya vers les habitans le cardinal de bourbon/Pierre doriolle chancellier Guyot pot et Phelippe desquerbes: pour prendre ᵹ receuoir diceulx habitans le serment de fidelite. Apres le serment sainctement et religieusement faict (comme lon cuydoit)
sicomme les ambassadeurs prenoyent leur refection au monastere de sainct Bast: se leua par
tie des hommes perduz: criant incessantment tuez tuez. Toutesuoyes on ne toucha aux am
La prinse de Hesdin.
bassadeurs ᵹ soudainement se retirerent en la cite auec loys. Laquelle iniure dissimulant
le roy il sen alla a Therouenne: dont il issit en armes et occupa hesdin: et tantost apres prit
le chasteau: hors duᵹl furent mis les gensdarmes auec leurs biens ᵹ illecques estoyent af
fouys. ¶ Ce pendant ᵹ le roy estoit a hesdyn: les habitans darras faignans luy faire am
bassade vindrent parler a ladmiral: a ce ᵹ par son congie: loy sible fust leurs messagers vers
loys enuoyer. Quant ilz eurent lettres de ladmiral pour leur passaige: dixhuit de leurs
gens sortans de la ville soubz la conduicte de oudard bucy: prindrent leur chemin vers flan
dres: soubz ce conseil/cestassauoir afin quilz parlassent a Marie fille de Charles de bour
gongne. Pour a la ᵹlle fraulde obuyer: le prudent admiral auoit enuoye aucuns des siens
La punition des traistres darras.
pour les ambassadeurs espier. Si ᵹlles mena toʒ au roy espoignez en celle trahison. Ceulx
en furent decapitez. A oudard pource ᵹl estoit procureur de la comunaulte des habitans dar
ras on affubla vng chaperon fourre selon la mode des aduocatz/auquel habit il eut la teste
tranchee et fichee au bout dᵹg baston auecᵹs celle inscription Cest la teste oudard Le roy
traite de celle trahison des habitans darras: ainsi ᵹl alloit a boulongne par deuotion com
manda la ville assieger: et au retour de boulongne il abatit les murailles et les tours
La guerre dar ras.
a force de coups dartillerie. Les habitans auoyent basti vng bouleuart contre la cite ou se
mectans en deffense moult infestoyent la cite. Mais p la violence des bombardes et tour
mens de lartillerie. Les francoys tellement romprent et razerent le bouleuart ᵹ lon veoyt de
bien loing dedans la ville: ensemble loys publya et abandonna les biens des habitans pour
estre pillez ᵹ rauiz p les gensdarmes francoys: pour raison dequoy faiz plus couraigeux
prenoyent tresgrand esperance de abatre ᵹ destruire la ville. Parquoy les habitans espou
entez de semblant peril/ vers loys enuoyerent/ requerans pardon et misericorde/ laquelle
ilz obtindrent oultre la voulente de plusieurs: aussi receurent les gensdarmes francoys tant
come il pleut au roy leur en bailler en garnison dedans la ville: neantmoyns ne se abstenoiēt
de iniures fichans tousiours leur pensee a Mariee heretiere de Charles de bourgongne
Laquelle ilz reueroient non moyns ᵹ dieu/iasoit ᵹ loing deulx fust en flandres si ᵹ aucūs
pour leur deffaulte enuers le roy comise/ condānez a estre decapitez: combien ᵹ la coigne
encores estant leuee dessus leur chef eussent peu p vne seulle parolle eschaper: toutesuoyes
Les peines des habitans darras.
opiniatrement mourir mieulx aymerent: ᵹ de dire vive le roy. Punis furent et mulctez de
grande quātite de argent fondu ᵹ mis en vaisselle: ᵹ neantmoyns ilz ne changeoyent leur
couraige. Pour raison dequoy loys transporta les antive du pays esplus proffondes lieux
de france: ᵹ appela nouueaulx habitans du residu du royaulme/lesᵹlz il establit en la pla
ce des aultres/et y eschange de nom appela arras francoyse. Ce pendant moult estudia
loys comment il pourroit a soy appeler ᵹ retirer marie fille de Charles. A celle pucelle pro
mist le roy donner mary de royalle lignee/et ne souffrit luy estre faict aucun dommaige: ain
coys deffendre come sienne la seigneurie ᵹa elle appartiendroit. A ceste cause par deuers
elle enuoya Oliuier le dain son barbier ᵹ estoit flameng. Car le roy assez ne se fioyt a aucū

prince francoys:a ce q̃ iouyssant de loffice de ceste legation ne machinast quelque chose per
nicieuse. Mais Olyuier apres q̃l fut venu a marie/vsant de sa temerite acoustumee:ou
pourtant que son mandement le portoit:demanda auoir parolles a part et en arriere cest a
dire seul auecques Marie. Toutesuoyes ne luy fut permis de parler a elle en particulier
actendu que cestoit chose non conuenable a la verecõde ⁊ celsitude de ceste pucelle/aincoys
luy conuint dire deuant les seigneurs a ce choysiz par marie/le mandemẽt que receu auoit
du roy loys. Et ne fut q̃ lambassadeur foy adioustee:parquoy retourna au roy sans riens
faire. ¶Les flagmẽs voldiẽ quilz desiraßent souvz toute occasiõ de guerre:toutesuoyes
les francoys delessez aux allemans regarderent. Frederic empereur des allemans auoit vng
filz nomme Maximilian aage de vingt et vng an/auec lequel ilz traicterent des alliances de nopces. Car pourtant que lon reputoit son pere auoit grãd pecune en trezor/qui a
uoit gouuerne lempire lespace de enuiron cinquante ans ilz auoient esperance de secours cõ
tre le roy de france. Laquelle chose venue a congnoissance/loys commanda que Henry hisbuc colonoys (q̃ dies son enfance auoit este nourry auec luy)allast en allemaigne soubz vm
bre de visiter ses amys/afin que a la verite il enquist quelle chose on traictoit de ces nop ces
Quant henry fut arriue a argentine:il congneut q̃ ia auoit on publie assemblee estre faite a francforde au premier iour de iuing pour traicter de lalliance:auquel lieu se deuoyent
assembler lempereur/son filz maximilian et les flagmens. A ceste cause loys soigneux fut
messagers enuoyer a francforde/et a moy mesmes fut loffice commis auec mandement de
ne prendre le nom de ambassadeur que premier neußse cõgneu q̃lz princes de germanye def
fenderoient son party. Le sommaire de la legation fut en lassemblee q̃ a francforde seroit
faicte rememorer et reciter quelle amitye estoit longuemẽt demeuree entre les empereurs
et roys de france/par quelles loix statuz et ordonnances auoit perseuere leur cõmune beni
uolence Que marie heritiere du duc de bourgõgne estoit obligee enuers loys soubz les loix
de fief: que p̃ long vsaige auoit este obserue q̃ quelq̃ femme noble entre les frãcoys ne de
uoit estre conioincte p̃ mariaige a homme estranger sans le conseil du roy. Que chose de
cente estoit/q̃lle obeist aux ordonnances ⁊ statuz du pays/et q̃ a la dignite iperialle ne ap
partenoit violer les droictz des amys et alliez. Parquoy se abstiensist frederic de faire cho
se p̃ laquelle la sainctete de lantienne amitye fust offensee.

Et telz mandemens instruict ie rencontre Henry hisbuc a argentine. Ou seiour
nant lespace de six iours:apres que ouymes aucunes nouuelles de lassemblee de
francforde:vola le bruyt q̃ maximilian par le rhin sen alloit a collongne Parquoy
en diligence nous allasmes au lieu ou les ambassadeurs de marie se transporterent pen
sans q̃ celle cite viendroit maximilian. Mais sans soy arrester a Magonce/passa oul
tre et se transporta a coulongne Et nous aussi daultre coste le suyuãs y arriuasmes:occul
tement enquerans/quelz princes estoient en ce lieu suiuans lalliance et amytie des fran
coys auxquelz ou auquel nous peußons bailler plusieurs lettres q̃ iauoye receu de loys. A
vng seul non assez congneu/q̃ estoit le conte de iully/allasmes parler. Qui aduerty de no
stre legation respondit q̃ la besongne estoit faicte et q̃ trop tard estions venuz/par ce que ia
par foy et serment estoit oblige a maximilian: de laquelle foy sans deshonneur ne se pout
toit departir:et q̃ seurement en ces lieux ne pourrions longuement seiourner ny loger/qui
nous estoient ennemys Mais toutesuoyes q̃ soigneusement pourueoirroit quon ne nous

Lambassade
de frãce en al
lemaigne.

fist aucun dommaige. Par lespace de vingt iours esquelz maximilian preparoit son veai
ge en flandres: le iour mesmes quil partit de collongne: nous allasmes a qitzou semblable
ment se transporta maximilian tant seullemēt equipe de onze cēs cheuaulcheurs. Mais
le lendemain en la plus grande diligence que faire peusmes premierement cheminans p
le liege/ꞇ de la p champaigne en arthoys/retournasmes au roy loys/lequel nous feismes
certain de toutes les choses y nous traictees Il estoit lors a Therouenne/et auoit deuant
enuoye grande partie de son armee a sainct homer pour la ville assieger. Auquel tēps lar
ceuesque de vienne/et Oliuier le roup estoient reuenuz de angleterre. ꞯ a loys auoient ra
porte꜀ Edouard luy pmectoit ayde et luy enuoyer plus de vingt mille combatās en hol
lande꜀ se loys vouloit)pour la terre occuper. Entre ces choses le roy doubteup: pensoit en
son couraige de quel coste il tourneroit: quant subitement luy fut anonce ꞯ Maximillian
puissant de.pvi.mille combatans venoit a bassap. Pour lesquelles nouuelles il rappela
incontinant son armee de sainct homer: et cheminant a cambray leua plus grosse puissan
Les cambray　ce de gensdarmes non iamais assez asseure de sa personne. Car les cambraysiens lauoyēt
siens.　receu soubz certaines loiy et conditions. Dont peu apres se repentirent: y ce que Martra
fin fut leur capitaine et gouuerneur ꞯ(selon la commune renommee)se enrichit de soy et ar
gent par luy taup es sainctes reliques. Adoncques côme aorne dung collier doi moult pe
sant fust venu vers loys: au deuant de luy venant briquebec saignit beneter et sauluer le
collier pource ꝗl auoit ouy dire ꞯ cestoit ung collier fondu et forge de loy des sainctes reli
ques. Et si comme il essayoit atoucher le collier. Garde toy(dit loys)de y toucher: car cest
chose sacree. De ce sacrileige cestuy matrafin nestoit estime tant coulpable/comme fust ie
han de daillon: par leꝗl mesmes les habitans dattas receurent grans dômaiges. Toutef
uoyes tressoigneup fut le roy loys faire rendre aup cambraysiens ce qud leur auoit taup ꞇ
oste: Car il mectoit peine de les rendre perpetuellemēt subiectz a soy ꞇ obeissans a la court
de parlement côbien quilz appartiensissent a la seigneurie et iurisdiction de lēpereur. De
La mort du　cambray loys manda venir la court de parlement a noyon: ou iaques duc de nemours(que
duc de Ne-　auons dit auoir este prins a carlat)fut interroge. Qui pource ꞯ apres la treue et concorde
mours.　faicte auec le roy a Rion/cestoit allye côtre luy auec les ennemys le ciꝙiesme iour daoust
côme conuaincu de leise mageste/condanne fut a mourir. En ensuyuant laquelle sentence
le bourreau luy trancha la teste es halles de paris: ꞇ fut son corps enseuely y les freres sait
francoys en leur eglise. ꘎ En ce tēps inimitie engendree entre le prince dorenge et cran a
cause du gouuernement de bourgongne: si comme le debat estoit traicte par guerre: le prin
ce dorenge ayde de son frere ꞯ estoit appele seigneur de chasteau guyō/et de claude baldray
Victoire aup　venant en la ville de guyon entre les seinoy꜀/fut par cran assailly: si ꞯ lors fut faicte ba
francoys.　taille/en laꝙlle tant dune part ꞯ daultre moururēt quinze cens hōmes de guerre. Parquoy
pource ꝗ la victoire estoit demouree aup francoys furent faictes processions et prieres ge
neralles ꘎ Dauantaige en ce mesme tēps le duc de Gueldres equippe de quize cens alle
mans/ayant delibere bruler les faulpbourgs de Tournay: au premier conflict fut occis
des tournaysiens et porte en la ville. De rechief les hōmes darmes francoys faisans cour
La prinse oc　se sus les allemans auec aucuns des habitans de la ville en occirent deup mille auec sept
cision du duc　cens ꝗlz empoignerent prisonniers de guerre. Et comme les flagin꜀ eussent mis leur sie
de gueldres a　ge a blanche fosse en grant nōbre de gensdarmes: les francoys rudement sus eulp couururēt
tournay.

les chacerent/en tuerent et occirent deur mille. Oultre lesquelz perirent aultre deur mil‑ Uictoire par les francoys côtre les flag‑ mens et alle‑ mans.
le flagmens de ceulr q̃ pourſuiuis furent a attrapez en la fupte. Mais le prince dorenge
fiſt grande occiſion de frâcoys vers les ſeynops ceſt a dire ceulr que le populaire appellêt
hanlz bourguygnons/et fut ce dômaige fait a grep et dagongne:principallemêt ſus ceulr
de la côpaignye de ſaleraͬd et de conyᵹâ eſcocops. En ce meſme têps les ymaiges de char‑
lemaigne et de ſainct loys/q̃ ſelon leur ordre eſtoient aſſiſes au palais a paris entre les ſta
tues des rops:p le commandement de loys oſtees furent de leurs places et miſes au chef
de la ſalle ou eſt conſtruicte la chappelle. ꟍAuquel têps Edouard roy dangleterre dôna
treſgriefue ſentence contre ſon frere duc de clarence. Ce duc de clarence oultre le conſeil de La cruaulte de edouard cô tre ſon frere duc de claren‑ ce.
Edouard auoit delibere donner aybe et ſecours a ſa ſeur laquelle aultrefoys auoit eſpouſe
ſe duc de boutgongne:pour raiſon dequop empoigne a mis en priſon:long têps apres le cô
ſeil apele en la preſence de Edouard:receut le duc celle ſentence Ceſt aſſauoit que du cha
ſteau de lôdres hors la cite tire ſeroit au gibet. En ce lieu verroit bruler ſes êtrailles:puis
auroit la teſte coupee/et le corps mis en quatre parties. Mais par lenhortement de la me
re fut celle tant ignominyeuſe condannation moderee. Touteſuoyes ſa punitiô fut telle q̃
ſenſupt. Car ertrainct fut tout vif en ung tonneau de vin de maluopſie/a en apres decapi
te. Les anglops alleguent une aultre cauſe de ſa mort:diſans q̃l auoit affecte le royaulme
et machine expulſer Edouard. Certes ſa nation deſanglops prent plaiſir en expaction/en
expil/ou a chãger ſes rops parocciſiô. ꟍDurãs ces iours Edouard enuopa hauartpart de
uers le roy a heſdin:ou en vain eſſapa les choſes des flagmens appoincter. Ce pêdant pour
ce q̃ par la gatniſon de condé eſtoient les Tournapſiens infeſtez: ſi q̃ vers eulr difficile‑
ment lon portoit victuailles:le rop loys receut la ville auec le chaſteau et ſes genſdarmes
de la gatniſon ſortirent dicelle ville auec leurs biens. Apres la priſnſe de côdé:loys ſen alla
a Cambrap/et tantoſt a Arras:Ou maximilian et les flagmens luy enuoperent ambaſ‑ Laſtuce de maximilian.
ſadeurs pour auoir paix. Jlz promirent a Loys leſſer Arthoys/Douay/Liſle/Oiches/
et ſainct Homer auec la haulte et baſſe bourgongne/ſil vouloit les armes ceſſer. A ces pro
meſſes le rop incontinât adiouſtant foy:rendit aur flagmens Câbrap/Queſnap/et bou‑
chine auec les aultres places p luy prinſes et occupees. Et affin que lon ne cuybaſt mapi‑
milian faulcer ſa promeſſe il ficha ſes tentes entre douay et atras/pour mieulr aſſaillir ſe
rop loys:leq̃l il mena p pluſieurs parolles ſans aucunement a ſa foy ſatiſfaire. ꟍCe pen
dant Charles dambopſe/par loys eſtably a la conduicte de la guerre de boutgongne:recou
ura pluſieurs villes et chaſteaulr q̃ ceſtopêt renduz aur enemps/a ſi punit les beaunops
de.vl. mille eſcus dor. Tãtoſt apres maximilian enuopa ſes ãbaſſadeurs a arras:auec leſ Lachaſſe ſait martí d tours
quelz riens ne traicta:fois q̃l obtint treues de ung an. Quât loys fut retourne de picardye
pourtãt q̃ moult deuoſt eſtoit enuers dieu a ſes ſainctz/commanda forger de pur argêt a maſ
ſif la byere en lãq̃lle giſt le corps ſaïct marti de tours q̃ nous appellôs chaſſe/q̃ p auãt eſtoit
de fer Lon dit q̃ louuraige quât il fut accôply couſta deur cês mille liures tourn. Auſſi ne
differa loys aſſêbler ung côſeil a orleãs. Du pierre côte de beauiollops preſida en ſon lieu
a y aſſiſterêt pluſieurs eueſq̃s auec les ãbaſſadeurs des vniuerſitez Car il deſiroit enq̃rir
de la pragmatiq̃ ſanctiô dôt lô tenoit diuerſes oppiniôs/auec les ãnates des eſgliſes/pour
leſq̃lles lô portoit chaſcũ an grãde ſôme de pecune hors le royaulme:afi de pourueop a fai
re moderatiô q̃ lauarice romaine ne epigeaſt ſi grãt nôbre de denyers ſans le profſict de la

                                                                 M.i.

chose crestiēne. Pource faire cōtre lābition des rōmains loys entretenoit a gaiges hōmes
de haulte engī ҁ bonne doctrine. Entre lesҙlz fut martin le maistre docteur en theologit hō
me rēplp de litterature/seҙl a escript aup escolliers tresloūable Volutne des quatre Betus
cardinalles ҁ ne Besquit gueres depuis. Mais tātost loys soy repentant de son entreprin
se/quāt il fut arriue a orleans tōpit sassembⅇe/disant ҁl la remecteroit apres a lyō. ❧Du
rans ces iours au monastere dissope en auuergne Bng moyne hermofrodite/cest a dire ay
ant lune ҁ lautre nature masculine et femenine/fut faict gros ҁ ensaict/parquoy on se gar
da iusҙs a ce ҁl enfanta. Dauātaige en celle mesme region Bng leon Domestiҙ ҁ apprliuey
se/eschape de la maison de son maistre/deuora plusieurs hōmes et femmes: iusques a ce ҁ
cil maistre sortant cōtre lup auecҙs multitude des habitans du pays: cōtre il se fust ҁ lup
appara: se maistre cōgneu incontinant Bers lup se retira se leon. Et sur le chāp/fut occis
du peuple a force de coups de traictz. A artas sirno courthoys procureur general de lope en
la conte darthoys/hōme de mauluaise foy: faignit auoit a besongner en flandres: ou che=
minant durant le temps des treues/alla pler a marie fēme de maximihā: sa requerāt sus
toutes chóses quelle se Boulsist prendre a seruiteur/car mieulp saymoit seruir ҁ loys acten
du ҁ la cōte darthoys notoiremēt lup appartenoit/disant oultre ҁ se p elle il estoit cōfer̄me
en loffice de procureur/ҁ moyns loyal ne seroit a ces predecesseurs: ҁ antienement auoyent
suiui la seigneurie ҁ celsitube de la maison de bourgongne. Marie ҁ estudioyt lampⅇe de
plusieurs acquerir/consentit la reҙste de cil hōme/ҁ se receut a faire le serment de fidelite.
Parquoy simon asseure de loffice et de la grace de marie soubz bōne esperance retourne en
sa maison au pays de france/accuse fut de trahison: pⅇins ҁ mene deuant le rop a tours: ou
aⅇs la confessiō de son crime pour le salaire de sa trahison eut la teste coupee ❧ En ce tēps
cest assauoir Lā de grace. m. cccc. lppBiii. Le rop loys sist fōdre Bne grosse bōbarde a tous
laҙlle dilec trapnee a paris bailla de soy Bng triste ҁ maleureup essay/car comme elle fust
afutee p les maistres du mestier a la porte sainct anthopne hois les murailles/chargee de
poulⅇe ҁ acoustree/aⅇs ҁ le boulet de fer du pops de cinq rens liures fut deualé au fond di
celle bōbarbe/on p mist le feu/p lequelle boulet soubdainemēt poussé/premierement son pro
pre fondeur: en apres quatorze hōmes a lentour assistans. tellemēt dissipa/ҁ leurs mēbres
portez en taer a peine peurent estre trouuez et recueilliz. Le boulet aussi Bolant encores
plus loig occist Bng opseleur ҁ tendopt ses rethz amp les chāps pour prendre les opseaulp
Oultre lesҙlz sip aultres hōmes p la Biolence du Bent ҁ la puanteur du soulphⅇe/griefue
malaⅅpe encoururēt. Au regard du fondeur Jehā mauque: il fut depuis trouue et recueil
lp parimp le champ en pieces et loppins/et mis en sepulture a sainct mederic ҁ lon dit sainct
merrp. ❧Maintenant retournons aup picards.

❧Cōment les francoys Baiquirent les flagmēs ҁ bourgupgnōs a Theroue
ne ҁ Gupnegaste/priindrent aussi grant nōbⅇe de prisonniers bourgūpgnons
dont le roy en sist pendre cinquante pour Benger liniure saicte par maximiliā
a Bng francoys. Et comment pour mectre paip perpetuelle entre les frācoys
ҁ flagmens Marguerite de flandres fille de maxpmilian fut menee a ambop
se ou lō traicta espousailles de sutur entre elle ҁ Charles daulphin/ҁ depuis
fut le roy charles huitiesme/dōt les francoys menerent grand ione ҁ triōphan
te solēnite: mais ce sut Bng cōmencemēt ҁ ne peut estre acomplp.

Es Cambraysiens cōbien quilz euſſent ung capitaine ſeigneur de fiē
nes noble cheualier dicelle natiō auec bonne garniſon de genſdarmes
francoys/toute ſuoyes prenās lalliance de maximilian/ appelerent a
ſoy ſes genſdarmes: ꝗ les francoys expulſerēt. Et nō moyns traiſtres
furent les bouchinops/ꝗ auant la fin des treues receurent les bandes
flagmēdaitres mectans a mort ꝗ occiſion to⁹ les francoys empoygnez
au chaſteau. Ceſte choſe congneue/loys enuoya nouuelle armee auec grant nombre dartillerie a Charles damboyſe gouuerneur de champaigne/ auquel il commanda aſſaillir
et aigrement perſecuter les ſcynops/ceſt a dire les haultz bourguygnons. Obeyt charles
damboyſe a loys ꝗ tantoſt print le chaſteau de rochefort/exppugna Dole de force le abatit ꝗ
raza par terre. Deſquelles prouſſes le roy aduerty treſioyeux fut et rāply de lieſſe. Lors
penſa par champaigue aller en luxēbourg/lequel pays il auoit delibere recouurer cōme a
ſoy appartenāt: mais diſtraict a aultre occupation/leſſa ſon entreprinſe Car maximiliā
ꝗ auoit amaſſe une groſſe armee/partāt de flandres en ordre de bataille/Beint Therouen
ne aſſaillt/ou y auoit treſforte garniſon de francoys: dont ung cheualier dore (treſuaillāt
es armes nōme de ſainct anbie) eſtoit capitaine. Par linduſtrie et force duꝗl fut la Bille deffendue. Et quant les nouuelles de la Benue de maximilian furent portees es places Boyſines de Therouenne: les bādes des genſdarmes ꝗ y eſtoient incontināt couurēt
donner ſecours aux theroānoys. Parquoy cheminans/cōme ia maximilian fuſt chace/le
regardèrent les francoys equippe de enuiron quarente mille hōmes en armes/et y eſtoit

La bataille ð
guynegaste.

Romont auec luy. De l'armee de france Phelippe desquerdes estoit capitaine qui subite=
ment donna le signe de bataille ꝛ commenca a combatre les ēnemys. De l'aduantgarde ꝛ
premiere armee des bourguygnons furēt plusieurs occis: leur bagaige et chose precieuses
peillees et perdues. Tous ceulx qui s'en estoient fouys les francoys les poursuiuirent ius=

Victoire con=
tre les Bout=
guygnons.

ques a apie. Mais les francs archers cuydans auoir ia gaingne la victoire/ ce pendant
quilz se arrestoyent au pillaige: furent enclorz par le conte de romont: occis et assommez a
Guynegaste. L'on trouue par memoire que des bourguygnons moururent onze mille hō
mes: et des francoys cinq mille. En ceste bataille perirent le bailly de beaulne: et Vast
mōpedon viconte de rouen. Es mains des francoys tomberent prisonniers de guerre en=
uiron neuf cens bourguygnons: entre lesquelz fut le filz du roy de polone. Les gēsdarmes
ramassez apres la bataille Maximilian print d'assault malanoy/ chastcau estāt illec pres
dont Cadet remōnet gascon estoit capitaine. Lequel combien q̄l eust receu la foy de ceulx
qui l'auoyent prins: neantmoyns tenu en prison l'espace de troys iours par le commande=
ment de maximilian pendu fut et estrangle. Pour laquelle inhumaine iniure le roy loys

Les bourguy=
gnons pēduz

despite: de tous les bourguygnons q̄ tenuz estoient des francoys cōme prisonniers de guer
re: commāda en choisir cinquante et les punir de pareille peine. Du nombre desquelz au
mesme lieu ou cadet auoit este occis/ furent sept penduz et estranglez/ dix deuant la porte
de douay/ autant pres de lisle/a sainct homer dix/ et pres arras les aultres dix finirēt leur
vie. Le preuost de l'hostel du roy fut executeur de celle punition: equippe pour sa deffense ꝛ
protection/ de huit cens hommes d'armes et de six mille francs archers. Qui apres l'exe=
cution faicte prenans leur chemin pres de Guynes/ si comme ilz marchoiēt vers flandres
prindrent et occuperent. vii. des plus fortes places du pays dont ilz emporterent moult
grande proye ꝛ retournerent en leurs garnisons. Oultre ces choses/ les flagmens affligez
furent de grant dommaige: qui auecques soixante et dix nauittes nauigans de pruche a=
uec merueilleuse abondance de victuailles: surmōtez de colon normant despouillez furēt
par les francoys de toutes leurs nefz et marchandises. En ce temps estoit tombe en la
pensee de loys ie ne sce quelle chose de courroux contre Jehan duc de bourbon: s'il sem=
bloit le vouloit destruire. Certes il cherchea contre le duc l'occasion de se perdre combien
quil eust sa seur au mariaige par quoy donna commission a Jehan auin conseiller en par=
lement et a Jehan doyac auuergnoys/ de faire plusieurs choses cōtre le duc oultre les loix
du pays: afin que Jehan de bourbon par ce moyen irrite: perpetrast quelque cas contre le
roy: a l'occasion duquel cas eust le roy cause de soy esmouuoir contre luy. Ne craignit doyac
en la presence du duc se seoir sus les tapiz de saye et chezes dorees pour donner sa sentence.
Et dauantaige adiourner les plus nobles officiers d'icelluy duc a comparoir en person=
ne en la court de parlement. Entre lesquelz y comparut Jehan hebert euesque de coustan=
ces lequel fut mis en prison et ses biens arrestez en la main du roy.

Dquel temps furent treues de rechief faictes de sept ans auec maximiliā/ soubz
conseil de decepuoir l'ung l'autre, plus que de paix traicter. Car maximilian ti=
roit loys par plusieurs promesses: quil deliberoit iamais ne acomplir: d'aultre
part loys espioyt par quel moyen il le pourroit chacer et eppulser de gaulle. Mais cil loys
commenca lors a estre griefuemēt mallade. Car cōme aucunefoys fust persecute de chaul
de maladye/ et souuenteffoys des hemoroydes tourmente/ soigneusemēt vsa de l'operatiō

et aybe des mebecins:par especial de iaques quottier bourguygnon:qui iusques au dernie
et iour de sa vie tresagreablement le seruit/par luy enrichi de plusieurs biens et richesses
Quant il fut vng peu alleige et retourne a conualescence:de tous ieulx/et ioyeusetez prit
recreation:afin quil peust recouurer sante.Car ses varletz de chambre excogiterent plusi
eurs choses pour le resiouyr/cõme la chace aux ratz/a laquelle ilz luy faisoient passer tẽps
en sa chambre.⟨De tablettes a chariotz auoit fait faire munitions:lesquelles par leur
circupt contenoyent vne grosse armee:ou les gensdarmes seroient contenuz et encloz com
me en vne ville.Et nestoyent moyns fermes que les espoisses murailles dune cite:fust
pour repoulser les bõbardes a coups dartillerie ou pour les iecter:auecq ce quelque part
que le roy leust commande pouoyent estre par pieces transportees et voicturees.Ces mu
nittons/plus par recreation que par necessite/commanda le roy estre desployes en la plai
ne du pont de larche a y mettre tel nombre de gensdarmes que se pourroit estãdre la gran
deur du lieu.Et a ce faire cõmist establit Phelippe desquerdes a Guillaume picars:aus
quelz il commanda que les gensdarmes demontassent illecque lespace dung moys entier
pour congnoistre de quelle quantite de viures ilz auoyent besoing.Apres le regard de ceste
chose par aucuns iours:le roy renuoya ses gensdarmes en leurs garnisons et il sen alla a
tours.Auquel tẽps francoys duc de bretaigne enuoya ses messaigers a milan pour luy a
chetter et apporter armeures/et sicõme on les portoit par auuergne empacquetees comme
marchandise ambalee a couuertes de layne ou de cotton a ce q̃ par les hurter ne sonnassent
doyac les print et arresta/et tantost apres les luy donna le roy:ioyeulx de ce quil auoit fait
ce dommaige au duc de bretaigne.⟨Peu de iours ensuyuans voyant loys quil estoit pl⁹
grieuement mallade que de coustume:il essaya par grandes oblations layde de dieu a de
ses sainctz impetrer:desqlles oblations il enrichit plusieurs eglises en abondance.Mais
comme peu luy prosfictassent ses voeulx et oblations:finablement il fut deuost a sainct
Iehan baptiste/et institua vne messe dicelluy sainct chascun iour perpetuellemẽt estre
chantee en la saicte chappelle du palais a paris:assignation faicte aux chantres de mille
liures de cens et rente annuelz/a les prẽdre et parceuoir sus le tribut que les portiers de pa
ris exigent des porteurs de poisson marin.Oultre ces choses deuotemẽt venera sainct
Claude/qui au iourdhuy est honnore vers les seynoys au mont iura alla aussi au mona
stere equipe de grande puissance de gensdarmes:auant toutesfoyes que dentreprendre le
pellerinaige:il bailla la garde de son filz Charles a Pierre de bourbon auec le gouuerne
ment du royaulme.Auquel temps/qui fut lan de grace mil.cccc.iiii.xx.i.La famine
plusieurs estrangla.Car ia affligez de longue faim:quant ilz mangeoyent la viande que
lon leur donnoit pour ce quilz auoyent le gosier et les ners retreciz/ilz ne le pouoyent aual
ser iusques en lestomac.

⟨De ce cruel dommaige plus que tous aultres tourmentez furent les lyonnoys a au
uergnoys/et bourbonnoys.⟨Lan ensuyuant Iehanne seur du roy loys/espouse
de Iehan duc de bourbon trepassa de fieure a moulins:tresbonne femme deuant
toutes aultres.Mourut aussi marie espouse de maximilian/delessez deux enfans filz et
fille.⟨Apres le pelerinaige de sainct claude acomply:loys venant a clery logea a demou
ra neuf iours entiers par deuotion au temple de la glorieuse vierge marie.Puis vng peu
alleige de sa malladye a mung se transporta:et sans illec longuement seiourner:comme il

La fondatiõ
de la messe
sainct Iehan
a la saicte chã
pelle du pa
lais a paris.

Le trespas de
la duchesse de
bourbon.

Paix entre les francoys et flamens.

estoit retourne a clery:il escouta parler les ambassadeurs de flandres/q̃ pour la paix traic
ter vers luy estoient venuz. Et ilz receurent tresgracieuse responfe. Parquoy ioyeulx en
leur pays retournerent et traicterent le refidu qui conuenoit a la paix. Soubz ce mefmes
temps aprefus fa riuiere de lifle/qui fait fa feparation des flamens et artheyfiens/fut
receue par Phelippe defquelde moyennant que le capitaine de la ville fa rendit:qui pour
recompenfe obtint de loys trente mille efcus dor auec loffice de capitaine de cent hommes
darmes aux gaiges aconftumez. ¶Au fiege aduit maulaife fortune a loys de Bourbon
Car Guillaume matchin (que les liegeoys appelent le fanglier dardêne)occafiõ de guer
re quife fe mift en ambufche ou il affaillit ceftuy loys euefque du lieige fortant de fa vil
le auec petite compaignie et de fa maifon le occift. Puis le defpouilla et fe corps nud mift
deuant les portes de la grant efglife pour eftre du peuple regardê. Lon difoit que loys fa

La mort de le
uefque du liei
ge.

uoit apde de pecune et de gensdarmes pour ce faire/par ce que leuefque complaifoit a ma
ximilien. ¶Le roy loys nauoit repos de fa malladye/et fe fentoit tous fes iours de plus
en plus debilite : fi q̃ la craincte de mort luy accroiffoit : car nul de viure plus conuoyteux
que luy fut. Toute suoyes pour uoyant a fa fin fe fift porter a amboyfe. Auquel lieu adind

Loraifon du
roy loys a fon
filz.

neftant fon filz Charles:ie fuis (dit il) trefcher filz de plus briefue vie que tu ne cuydes:
malladye inceffammêt me tourmête:que nulle medecine ne me peult affeiger. Tu dois re
gner apres moy:en quoy loyaulx feruiteurs principallemêt te font neceffaires. Entre plu
fieurs (la foy et diligence defquelz iay experimente) deux hommes te recommande:ceftaf
fauoir Oliuier le dain/et Iehan doyac/car du feruice de ofpuier ay tellement vfe:que par
fon apde ma vie a efte longuement gardêe. Apres le apres moy en ton feruice:et ne fouffre
aucune chofe luy eftre ofte des offices ou biens quil a acquis en me feruant. Guyot pot
et bochage eftimeras comme pmdês hommes ꝭ de bon confeil. Au regard de phelippe def
querdes point ne fe doubte beaucoup fauoir et entendre es chofes de la guerre: pquoy quãt
la guerre fera vfe de fa prouidence et moderatiõ. Tous les aultres qui de moy ont acquis
offices et dignitez/ie vueil que les conferues et entretiennes. En tant que faire le pour
ras foulaige le peuple que iay foulle y fa neceffite de plufieurs guerres. Ne croy pas a ta
mere/car comme elle foit de fauoye:elle ma toufiours femble fauorifer les bourguygnons
Aultrement ceft a dire quant au refidu de fa qualite toufiours fay eftimee bonne et pudi
que. ¶Apres quil eut dit ces chofes:retourna loys a tours/ou il penfa querir affeigemêt
par larmonie de mufique. Pour raifon dequoy commanda appeler fes ioueurs de tous in
ftrumens de mufique/que lon tient pour certain auoir efte affemblez iufques au nombre
de fix vingtz. Entre lefquelz y furent aucuns paftêus de brebis:qui par plufieurs iournees continuellement refonoyent non loing de fa chambre du roy/pour le confoler:et afin
quil ne fuccombaft du fommeil qui moult le greuoit.

Oultre cefte maniere de gens:commanda en faire venir daultres a foy loing differans des premiers Ceftaffauoir hommes folitaires et qui les defertz et hermi-
taiges habitoyent/auecques ceulx qui en renommee de fainctete grandement e-
ftoient eftimez. Semblablement vindrent a toute fenmes dexcellante deuotion:aufquel
les fut commande inceffamment dieu prier:quil rendift au roy fante afin que longuemêt
il vefquift. Tant conuoyteur de longuement viure fut loys. Ie croy quen fon couraige
preuoyoit les troublemens que concupifcence de regner apporta apres fa mort. ¶En ce

temps Brté le roy n̄ allade Bixdicut les ambaffadeurs des flagmens/brebancons et han=
noyers: lefquelz il efcouta par iehan de la Bacquerie premier prefidant en parlement ℸ phe
lippe defquerde. Apres quelques affemblees/ finablement fut paix trāctee et accordee:
ceftaffauoir q̄ Charles filz de loys prendroit a feme et efpoufe Marguerite fille de maxi=
milian: quant lung et lautre feroient en aage legitime · Aux ambaffadeurs donna loys
treute mille efcus dor oultre la Baiffelle dargēt oiuree quil auoit fait forger pour cefte cau
fe Marguerite eftoit dedans fe deupiefme an de fon aage/et par les gantoys eftoit nour=
rie. A cefte caufe apres que les ambaffadeurs flagmens furent a Gand retournez lon fift
grant appareil de Marguerite mener en france: et non moins foignenz eftoit le roy de la
recepuoir des flagmens. Pour raifon dēquoy il enuoya au deuant delle. Pierre de Bour=
bon auecques grande fuite de feigneurs: commanda auffé que fa feur Anne femme de pier
re allaft au deuant de fa nouuelle mariee. Dauantaige firent les parifiés moult grant et
diuers parement pour fa recepuoir. Et le cinquiefme iour dē iuin lan dē grace mil.cccc.
iiiii.xx.iii. pucelle et en enfance en tra marguerite á paris. Et peu apres en grande pon
pe menee fut a loys auecques. Du lon celebra la fefte des efpoufailles au moys de iuillet
enfuyuant a la cōmune ioye de tous Au quel an le roy loys implorant hault ℸ bas layde dē
dieu et des hommes en fa maladye: commanda quon luy portaft a tours la facree ℸ faincte
liqueur: que cy deffus auons dit auoir efte du ciel enuoyee/ pour facrer le roy clouys en la
Bille de reins Oultre cecy fur apportee de la faincte chapelle a paris la Berge du grant pre
ftre a aron/auec fa croix de Bictoire: que plufieurs afferment diuinement auoir efte dōnee
a charlemaigne. Mais nul eft qui puiffe alonger fe terme de fa mort diffinye. ℃Tous
fes iours de plus en plus eftoit loys mallade/et ne luy proffictoyēt les medecines quifes
en merueilleufes manieres ℸ non par auant ou bien peu excogitees. Car Behementemēt
efproit acquerir fante: par le fang humain quil but et huma de quelques enfans. Mais
il mourut a tours le.xxix.iour daouft: qui fouuenteffoys auoit fait mourir ou donne crai
cte de mort a plufieurs. Toutefuoyes il Boulut eftre enfeuely en leglife noftre dame de cle
ry. Du il auoit a foy conftruict Bng fepulchre/dedans lequel encores Biuant fe eftoit defcē
du ℸ couche/effayant fe fe monument quadroit et conuenoit a fon corps. Qui iafoit que p
tresdures ordonnances euft foule les nobles et le peuple a fa Boulente: toutefuoyes nece=
faire eftoit au royaulme quil Befquit encores quelque efpare de temps: iufques a ce que
Charles fuft Benu en adolefcence: lequel il deleffoit tendre heritier en nul Bfaige des cho=
fes expercite.

Efpoufailles
de futur entre
Charles filz
du Roy loys
Et margueri
te de flandres

Lentree de
Marguerite
de flandres.

Le trefpas dū
roy loys Bnzi
efme.

℃Cy finift le dixiefme liure des faitz et geftes des francoys
et la Bie du Roy loys Bnziefme.

℃Senfuit le Bnziefme liure traictant des faitz du roy
Charles huitiefme auec partie des chofes aduenues en
fon temps ℸ au temps du Roy loys douziefme.

¶ In hunc Ludouicum hoc lusimus epigrammate/ex eius persona loquentes.
Ne dubites vero me dicere nomine regem:
 Lex ego. poena. modus. gratia cuiqz fui.
Audiuit francus prona ceruice iubentem.
 Mox aberant dictis facta relata meis.
Nec satis hoc. nostra vultu precognita mens est:
 Et solo nutu pleraqz gesta meo.
Et si vnqz in terris potuisse cernere numen:
 Ne tanqz ethereum credere fulmen habes.
Pascua:pastor:ager:bos:grex:armenta:coloirus:
 Sanguineqz a fastu nobilitata domus:
Clerus item:a vaste patiens habitator eremi:
 Aut lucro illectus patuit:aut tremitu.
Hoccine miraris. potius mirabere romam:
 Que pede concordi vota secuta mea est.
Diu habet in sacris venerandum francia patrem:
 (Principe nre) quem non fecit apostolicus.
Nonne vel oblatis tentaui vincere diuos:
 Plurima numinibus qui pia dona dedi.
Quid memorem saltus. quid classes/spicula:telas:
 Mille meis canibus silua ferebat apros.
Crimen erat cuius lustris errare ferarum:
 Caprea/dama/lepus/omnia regis erant.
Ardea per nubes:per sentes abdita perdix.
 Falcone emisso decidit esca mihi.
Quinetiam seuos astu tardauimus hostes.
 Et tandem incautos fecimus esse nihil.
Rhenus/arago/ligur/ruscillo/sabaudus/a anglus:
 Ingenium:moresqz extinuere meos.
Quodqz magis stupeas/glaciatis amnibus altis:
 Cammarus est raptim iussus adesse cibis.
Nec dubium/lictor iussus distringere ferrum.
 Pergeret humana vellere carne secur.
Et terre a pelago: quantum natura reponit:
 Prefuimus. Sed habet vltima fata caro.
Milibus ipse tamen multis ditatus alyptes/
 Pugnauit genesis ducere lustra mee.
Sed medicas cohibet nature conditor artes.
 In morte nulli est imperiosa manus.
Cetera sunt nobis subiecta timore/vel armis:
 Nunc verme a sanie non redimenbus agor.
Me dicas post hac loboicum multi potentem:
 Flectere pro nutu maxima qui potui.
 ¶ Finis libri decimi.

¶Comment le Roy Charles huitiesme delaissa Marguerite de flandres pource que les espousailles nestoient agreables a son pere Maximilian : et espousa la tresnoble princesse Anne duchesse de bretaigne. Alla conquerir le royaulme de naples en grant triumphe et au retour de son voyage equipe seulement de sept mille combatãs eschapa et gaigna la bataille a fornoue contre les lõbars et Venissiés qui au nombre de quarante mille combatans lespiopēt au passage

Quant ie Vueil oultré escripreiet qué attentiuement considere la fluxibili= te de la vie humaine et la volubilite de fortune/des yeulp me sourdent larmes et pleur e en abundance. Car cestup qui cy apres sensuit prïce ma= gnanime son enfance(laquelle griefuement et a peine il passa)surmõtee quant Venu fut en adolescēce:dõna de soy attente entre vice et vertu. Mais apres le laps dauctls ans fait plus a deptre et refrenant sa Volupte: facillemēt lon peut entendre quel eust este au temps aduenir/se la subite maladie et mort non attendue ne leust oste de ce monde qui a peine estoit hors de adolescence. Car a cil nõme Charles huityesme:fut plus doulp engin et plus benigne nature que son pere ne Voulut estre iustruit en au= cune science latine/reputant les lettres faire nupsance et empeschement aux Rops. Et de soy faisoit ce iugement:qui cõme il feust de excellent engin et eust eu congnois= sance de plusieurs choses disoit que lenseignement des lettres lup venoit a tristesse et melancollpe. Je crop que lops voulut pourucoir a la fragilite de charles: lenfance du quel il veoit non estre assez forte ne ferme. Car charles premieremēt fut de tendres

Ω

et foybles mẽbres:si quil conuint longuement le mener ꞇ mollemẽt porter auant que
fermemẽt peust cheminer. A laquelle fragilite pensoit le pere lestude ꞇ labeur de do=
ctrine non estre conuenables. Aultrement charles auoit couraige conuoyteur de sci=
ence/car apres le trepas de soys quant il eut acquis la dignite royalle voulentiers li=
soit les liures escriptz en francoys:et essaya sauoir latin. Apres que charles fut con=
sacre a Rains:son traicta des superflues donaisõs faictes par soys vnziesme/toutes
lesquelles reuoquees furent et renuoyes au demaine du roy. Lors olpuier le dain tãt
a cause de plusieurs maulr comme a cause de loccision par luy commise iouste le com
mandement de soys/fut execute de mort par iustice. Car auec Danpel homme fla=
ment moult a soy famillier en la perpetration de ses crimes et delictz finit sa vie au
gibet. Et a Dopac furent les oreilles couppees. Mais tantost au commencemẽt de
la susception du royaulme/se engendrerent noyses et discordz pour la tutelle de char=
les et le gouuernemẽt du royaulme. plusieurs estant mal contens de ce que anne seur
de charles estoit preferee deuãt les aultres au gouuernement des choses. Le premier
ꝗ pour raison de ce esmut guerre/fut soys duc dorleans.cõe ia luy riant fortune a luy
donner le royaulme/lequel il obtint apres se trepas de charles: apant premierement
machine plusieurs choses afin de receuoir le gouuernemẽt du royaulme. Car il auoit
a femme et espouse lautre fille de soys nommee ihanne. Mais fraulde de son attẽte
La prinse du si comme non assez heureusemẽt batailloit a Sainct aulbin en bretaigne auec ses bre
duc dorleans tons ses alliez fut prins et longuement garde en la tour de bourges. Mais son espou
a la iournee se songneuse du sien mari:pource quelle estoit seur du roy par continuelles prieres de
de sainct aul puis impetra sa deliurance:parquoy remis en liberte delaissa laliance de maximiliã
bin. et garda la foy quil deuoit a charles. En apres maximiliam qui apres la mort char=
les de bourgongne son beau pere demandoit bourgongne ꞇ arthois occupez par soys
vnziesme se leua en grosse puissance darmes. Semblablemẽt apres le trepas du duc
francoys:charles prinst les armes contre les bretons. A francoys de bretaigne estoiẽt
deur filles demourees:lune desquelles auoit nom anne:contre ces filles fut guerre si
gnifiee iusques a ce quelles se feussent acquites des foy ꞇ hõmage que tenuz estoiẽt
faire selon les loir du fief:ꞇ a ce que mariees ne feussent sans le consentement du roy
Henri septi= Contre les nantoys fut fait course ꞇ dur assiegement: qui finablement fut inutille.
esme roy dã Henry roy dangleterre septiesme de ce nom enuoya secours aur bretons: combien ꝗl
gleterre. par long temps fuytif de son pays venant a charles eust longuement demoure auec
luy ꞇ liberalemẽt receu ap̃de de pecune:sic ꝗ charles luy bailla nõbre de gens darmes
auec lesquelz cheminãt en angleterre cõmẽca a mener guerre en laquelle richard fut
occis ꞇ il recouura par ce moyen le royalme. Par raison de quoy feusmes en aucunes
ambassades par deuers cil henry auec frãcoys de lucembourg ꞇ charles de marigny
Lequel henry par quelque amitye ne pour la recordation des benefices a luy faiz au
temps passe par le roy de frãce peut estre detenu ne areste:quil ne menast son armee
iusques a boulongne ou mettant son siege sefforca la prendre dassault. Finablement
les choses appaisees par philippe des quer des gouuerneur darthoys:henry remena
son armee en angleterre. Car tant cõme soysible luy fut sans loffense des angloys:il
estoit amateur de paix/mais pour complaire aur angloys plus que par lentreprinse
de son engin auoit amene les gens darmes dãgleterre:aõ ce que des siens ne feust su

spesône estre plus gracieux et biêueillant au roy de france que lequite ne le Bouloit.
C Le sendemain de la paix traictye auecques henry par la paresse ⁊ negligence de
carqueseuêt breton. Arras dont il estoit gouuerneur / fut de nupt prins par les gês
darmes de maximiliã / par ce que nul deffendit la cite Aincoys cil mesmes carquele
uent qui tant sye sestoit a quelque hôme des siês de luy auoir baille les clefʒ des por　La reuolte
tes: paresseusemêt gesant en son lict fut prins des ennemys. En larmee de maximi=　darras
sian batailloyent plusieurs theutonyens ⁊ alamans: lesqlʒ ne cesserêt de peiller pour
tant que par song têps nauoient este soudoieʒ. Encores apres quilʒ eurêt detrousseʒ
despoueisse les plus riches côme ses ennemys roberent les eglises ⁊ lieux sacreʒ sique
mieux sembloient auoir mis se sieu a desosation / que de sauoir recouuert a maximi　La malice
sian . Neantmoins les citoiens aians souffert si grãde cruaulte: de ce ne prindrêt tãt　des habitãs
de tristesse côme ilʒ eurent de ioie de lexpulsion des francoys. Et quelqs moys apres　darras
totalement abatirent ⁊ desolerent le chasteau du grant marche et les munitions de
la cite que soys Bnziesme auoit fait bastir pour resister contre la Bille. En ceste maniere auoit ce peuple tant côceu la hayne du nom francoys: côbien q̃ y soy tresanciêne
de magisteʒ iurisdiction il appstiêt aux frãcoys. Peu aps fut paix recôseille ou a tout
se moins simusee auec maximilian en la Bille de Senlis toutesuoyes Marguerite
deseffee pour ce q̃ ses espousailles nestoient agreables a son pere: charles faisant paix　Mariage en
auec les bretôs print anne seur duchesse a fême ⁊ espouse. Aussi contre soppinion de　tre le roy
plusieurs fut roussillô rêdu a ferdinand roy darragon: car le bruyt estoit tel que soys　charles. Biii
pere de charles mourant sauoit ainsi ordonne par son testament. A ceste cause fut en　et anne du
uoyé soys dãboise euesque dalby / pour par ordonnance de charles restituer rousseissô　chesse de bre
a ferdinãd par laquesse seusse chose son cuidoit amitie perpetuesse estre entre les roys　taigne
preparee. Mais puis apres aduint soing au contraire Par aisi sors que charles eust
peu soy reposer de toutes guerres / curieux fut du royausme de Sicisse quil estimoit a
soy appatenir par droit depatrimoyne. Et ne put estre diuerti de son oppinion : car
il ne Boulut ouyʒ ses ambassadeurs de Paris pource Bers suy êuoyeʒ. Parquoy seuãt
Bne armee ⁊ multitude de gens dermes par terre ⁊ par mer / especiallement par lenhortement du pape alexandre sixiesme / ⁊ de soys force / qui contraires estoient en enna
mys a Alphônce roy de naples: print son chemin Bers italie ⁊ se arresta premieremêt
sespace de quelqs iournees a lyon nô assez certain sil passeroit les monts. Car il estoit
issecques detenu par les delices de la cite / ⁊ par ses amours de quelques fêmes / mais
quant il sentit laer contamine de pestisence il sen alla a Dienne Bille du daulphine.
Enuiron ce temps par la deuote predication de Frere Jehan typerant de sordre des　La guerre de
freres mineurs de sobseruance fut en la cite de Paris cômence ⁊ mis dessus se druot　naples
ordie ⁊ religion de la glorieuse Magdaleine des fêmes penitentes assembsees et reduictes des femmes publiques pecheresses. Que on dit Bulgarement audict sieu de
Paris les fisses repenties.
Et pareillement enuiron ce temps frere Jheronime de ferrare que ceulx de flórêce
estimoient Prophette prescha ⁊ annonce publiquemêt en plusieurs sieux saduenemêt
du treschrestian roy des francoys Charles. Biii. en tout le pays des Jtales Ainsy
que Brayement fut faict.

¶Addition de Pierre deſroy ſimple orateur de troyes en chãpaigne ſur
(t auecques les croinques du treſſame hyſtoriographe(t excellẽt orateur
Maiſtre robert Gaguin de laviaye (t entiere deliberatiõ du treſchreſtiã
roy Charles.viii. pour la cõqueſte(t recouurãce de ſõ royaulme de Cecile

Pres doncques q̃ le treſchreſtian (t treſilluſtre roy Charles.viii. touſiours
louable (t victorieux eut triũphãmẽt mis ſon royaulme de frãce (t tous ſes
pays en glorieuſe paix (t trãquillite(t q̃l eut pacifiq̃ cõfederation auecques
tous ceulx de ſon treſnoble ſang (t aultres Cõme prince touſiours magna
nime (t de noble cueur delibera voluntairemẽt de aler recouurer (t conquerre ſon roy
aulme de Cecile (t pays de neaples q̃ par droit luy appartenoit en nature(t propre he
ritage. Cõbien q̃ pour lors (t p aucũe eſpace de tẽps precedẽt auoit eſte tenu (t inſtruc

ment occupe p Alphons neapolitain. dont pour ce faire(t triũphãment mettre a deue
execution. Le prenõme roy Charles.viii. ſe departit de ſon chaſteau de Amboiſe (t cõ
menceca de matcher vigoreuſemẽt iuſques a Lyon ſur le roſne pour illecques cõclure
et ordõner auecq̃s les gens de ſon treſnoble ſang royal(t a bon cõſeil de tout ſõ affai
re. Et apres ſa cõcluſiõ iuſtement prinſe (t delibetce(t le roy ordõna ſõ armee q̃ ſeſupt
¶Le ſeigneur vidaſme/Capitaine des cent gentilz hõmes a ſa manche large. Le ſei
gneur de Miolans gouuerneur du daulphine: (t capitaine des cent aultres gentilz
hõmes (t des arbaleſtiers du roy. Le ſeigñr de creſſol capitaine des deux cens archers
de la garde frãcoiſe. Le capitaine Claude/capitaine des cent archers de la garde de
Eſcoſſe. Et auecq̃s culx pluſieurs grans ſeigñrs du ſang royal. Chambellãs (t au=

tres gens du conſeil q̃ſ ptirent auecq̃s le roy. ¶En ſarmee p terre de france eſtoyent
trops Mille ſix cens hõmes darmes Archers a pied.Bi.M.ii.cens. Arbaleſtriers a
pied.Biii.M.hõmes de pied/portãs piques longues.Biii.m. Le ſeigñr ſudonie.ii.m.
et.xl.hõmes. En ce voyage (t conuoy auoit cent (t.xl.groſſes pierres pour artillerie (t
baſtons a feu.M.(t.ii.cens groſſes bõbardes. Haſtardeurs.Bi.M.ii.C. Et a ſa cõ
buicte de laquelle exprs pour acoutrer artillerie:(t.Bi.Cẽs mai
ſtres charpentiers/maiſtres (t gens ſcauans pour abatre murailles.iii.C. maiſtres
pour pierres de fontes groſſes moyennes et petites.vi.cens maiſtres charbonniers
pour faire charbõ.ii.C. maiſtres pour faire cordes (t chables ſix vingtz:(t quatre mil

le charretiers pour conduire.Biii.mille cheuaulx leſquelz menoyent ſartillerie. ¶Et
en vne aultre armee par terre eſtoiẽt les ſeigneurs et leurs gens ainſi cõe ſordre ſen=
ſuit. Le ſeigneur de ſerue.xl.lances:le ſeigñr de montfaulcon.xl.lãces:le ſeigñr robert
de la marche.xxx.lances:le mareſchal de bauldricourt.lx.lãces:le ſeigñr de guiſe.xl.
lances:le ſeigñr de chandenier.xxx.lances:le ſeigñr de manleon.ii.cens lances: le ſei
gneur edmard de prie.xxB.lances:le ſeigneur de camican.xxxB.lances:le capitaine

oudet.xxB.lances. ¶En vne armee par mer eſtoient les gentilz hõmes de agenes
iuſques au nõbre de quatre mille. Les gentilz hõmes de normandie quatre mille. Et
eſtoient iceulx ainſi ordõnez pour ſa garde du duc dorleans:ilz auoient deux cens vi
uandiers:(t ſi eſtoient.xxiiii.groſſes naues:(t.Biii.autres groſſes galeaſſes. ¶Les ca
pitaines (t chefz de la mer eſtoient le ſeigñr duc dorleãs:le cõte de angoleſme:le duc de
nemours:le prince dorenge:le ſeigneur de vendoſme:le conte de ſigny: le conte de ne
uers:le ſeigñr de alebert:le cõte de boulongne:le grant baſtard de bourgonne:le grant

Baſtard de Bourbō:le mareſchal de Bourgōgne:le gouuerneur de chāpaigne:le gou
uerneur de bourgōgne auecᵭs leurs cōpaignōs qui eſtoiēt bien.ｘｖ.mille hōmes.Et
pour baiſſeaulx de mer y auoit pareillemēt en ceſte cōducte.ｘi.quarraques:galleres
ii.cens ᵭ.ｘｖi.galles a voile.l.brigantins.ｌｖ.ᵭ auec ce.iiii.ｘｘ.fuſtes nō cōprinſes ·aultre armee
les barques ᵭ flettes deſquelles y auoit ſans nōbre. Ꟈ Si il auoit encores vng aultre ·par mer auō
nōbre de gēs dordōnāce ſās les deſſuſd capitaines p mer/auecᵭs groſſes cōpaignies ·naples
ainſi ᵭl ſenſuit cy apᵭs.Le ſeignr dorleans cent lāces:le ſeignr de foues.l.lāces:le ſeignr
graciā.l.lāces:le baillif de dijon.ｘｘｘ.lāces/ᵭ.iiii.m.ſouｘſſes:le ſeignr de mōtaiſō.ｘｘｘ.
lāces le ſeignr de alegre.ｘl.lāces:le ſeignr de chaulmōt.ｘｘｘ.lāces:le ſeignr de caſtillō
ｘｘｘ.lances:le ſeignr de la paliſſe.ｘｘｘ.lāces:george de ſilly.ｘｘｘ.lāces: iulian brumel
ｘｘｘ.lances:le ſeignr de vergy.ｘｘｘ.lāces:le ſeignr de armanſy.ｘl.lances: dom iehan
ｘｘｘ.lances:andre de lhoſpital.liiii.lāces:le ſeignr de la place.ｘl.lāces:le mareſchal de
bourgōgne.ｘl.lāces:ᵭ le ſeignr de aulbigny cent lāces. Ꟈ Suyuanmēt en vng aultre ·Aultre trein
trein pour lemprinſe de ce voyage eſtoiēt pluſieurs aultres notables ſeigneurs ᵭ leᵼs ·ᵭ eſtat de ca
gens.Le ſeignr de lygny:loys de luxembourg cent lāces:le ſeignr de la trimoulle.l.lā ·pitaines et
ces:le ſeignr de ſilly.ｘl.lāces:le grāt eſcuyer.ｘl.lāces: le ſeignr de beaumont.ｘl.lāces ·gēs darmes
le ſeignr de piennes.l.lāces:le ſeneſchal de armignac.ｘｘｖ.lances : le ſeignr de eſpuy. ·par terre
ｘｘｖ.lāces:le ſeignr pierre de belle frontiere.ｘｘｖ.lāces:deſpert de bōne ville.ｘｘｖ.lā:
ces.Et eſt a noter ᵭ en tout ce preſēt nōbre de tant baillās ᵭ notables ſeignrs ᵭ auſſi
de leurs cōpaignies:ne ſont cōprins ou entendues foꝛs ſeulement ceulx ᵭ eſtoiēt aux
gagés du roy.Et en ce tēps au lieu de lyon fut ſurprins de vne maladie le ſeignr des ·Le treſpas ᵭ
querdes tellemēt quil ne peut aller auecques le roy/ſi fut oꝛdōne quil retourneroit en ·cōuoy du ſei
picardie dōt il eſtoit natif affin que lair lup feuſt plus ſain ᵭ ſalubre en ſon ꝓpre lieu ·gneur des
mais en retournāt mourut a la breſſe diſtante troys lieues de lyon/ſon corps fut poꝛ ·querdes
te en vng cercueil de plomb a noſtre dame de boulongne ſur la mer ainſi quil auoit de
māde a ſa bōne deuotion.Le roy fut treſmarry de ſa mort:ᵭ cōmāda eſtre fait grāt
hōneur a ſon corps en toutes les villes et places par ou il paſſeroit/car il auoit touſ=
iours eſte de bon conſeil ᵭ loyal au roy. Ꟈ Et apꝛes ᵭ le treſpreux roy charles.viii.eut
enuoye toutes ſe armees cōduictes ᵭ dōnes en charge ᵭ tant ᵭ ſi grād nōbre de nota
bles pꝛices.baillās ſeignrs ᵭ bons capitaines tāt p mer cōme p la terre:ᵭ auſſi ᵭ tou
tes choſes neceſſaires ᵭ villes furēt miſes ſur champs pour les affaires diceluy ſon
voyage ᵭ treſmagnifiᵭ entrepꝛinſe du royaulme de neaples il ſe ptit ᵭ ꝓint ·conge de
la cite de lyon pour cōmēcer de marche iuſᵭs a viēne. Ꟈ Le.ｘｘｘ.iour de iuillet lan ſa ·le partemēt
lutifere de noſtreſeignr mil quatre cens.iiii.ｘｘ.ᵭ.viii. Le maiſtre de lartillerie eſtoit ·du roy de lyō
guynot de loyſiers cōſeiller ᵭ maiſtre dhoſtel du roy:ᵭ iehan de la grāge ſon lieutenāt ·poꝛ tirer iuſ
auecᵭs le controlleur ᵭ aultres grans ᵭ ſages perſonnages oꝛdōnez ᵭ deputez pour ·ques a rōme
la cōduite et gouuernemēt dicelle artillerie/laᵭlle fut miſe ᵭ chargee en bateaulｘ ᵭ p
terre audit lieu de lyon. Ꟈ Ceſt aſſauoir partie pour aller ſur mer:ᵭ lautre menee pa
voyages poꝛ eſtre totalemēt rēdue es lieux ᵭ places ou le roy ᵭ ſō cōſeil auoiēt oꝛdōn

Ꟈ Narration de loꝛdonnāce pour le gouuernement du royaulme de france
dōne p ꝓſeil a treſhault ᵭ bien renōme prince le ſeignr pierre duc bourbon:ᵭ
dame anne de frāce ſa fēme ᵭ ſeur dudit roy treſchꝛeſtian eſtās loꝛs au lieu
de viēne au daulphine poꝛ ꝓfaire ſon entrepꝛinſe de ſonᵭ voyage de naples
N.iii.

Pierre duc de bourbon esleu regent en france

E mecredi.xp.tour du moys de aoust.mil.iiii.cens.iiii.xx.z.viii. Estât le roy charles.viii.a Vienne cite metropolitaine du daulphine auecques tref bien renômé prince z illustrissime seigneur pierre duc de bourbon z dame anne de france sa femme:z plusieurs aultres grans seigñrs tant du sang royal côz aultres bien nobles psonnes fut prudêtemêt côclud ozdôné z delibere se par temêt du dessus nômé roy pour aller en sond voyage de naples de quoy fut grât con seil tenu. Auquel côseil fat disante z ozdôné pour gñal regêt au royaulme de frâce les tresredôme prince pierre duc de bourbon:z pour son ayde furêt aussi ozdônes aultres gouuerneurs es pays diceluy royaulme. C'est assauoir pour gouuerneur de guyênne

Les gouuerneurs es pays de france

le seigñr côte dangolesme:le seigñr de bauldricourt gouuerneur de bourgôgne: ladmi ral de frâce seigñr de grauille gouuerneur de picardie z de normâdie: le seigñr dorual gouuerneur de châpaigne: z les seigñrs de rohan z dandangourt gouuerneurs de Bre taigne. Puis toutes choses faictes z conclues les seigñrs de bourbon z dame anne de frâce sa fême le sendemain.xxi.io² de aoust pzindzêt humble cônge du roy auecques plusieurs aultres seigñrs z dames:lesquels retournerêt de ca pour leurs besôgnes et

Le roy z la royne en gre noble z lettre qñ y fut faicte

affaires:z la royne demoura auecqs le roy pour aller iusques a grenoble. C Le vêdze di ensuiuât.xxii.io² de aoust le roy z la royne partirêt ensemble de Vienne pour aller iusques a grenoble la ou ilz feirêt leur entree le samedi.xxiii.io² dud aoust. En laqlle ville z cite ilz furêt moult honozablemêt receus:les eglises z rues estoient tendues z biê pzées de moult riches tapisseries:Et aussi furêt faictes plusieurs beaulx mi= steres dessus eschâffaulx p la ville. Et allerêt au deuât deulx les seigñrs z prelats de leglise:les nobles et seigñrs de la court de parlemêt z aultres châbzes dud grenoble:z aussi leurs furêt au deuât les bourgoys/marchâs z habitâs de la ville z estoit moult belle chose a veoir:car tous receurêt le roy z la royne moult noblemêt z ioyeusemêt

Le roy z la royne a gre noble

en tresgrâd triûphe. C Le roy se tint z demoura audit lieu de grenoble depuis le.xvii. iour daoust iusques a.xxix.diceluy moys:apzes ensuyuât. Et durât ces iours fut p le roy z son côseil entieremêt dispose z ozdonne des besôgnes z affaires de tout son royaulme z aussi pour tousiours aduancer son dessusdit voyage de naples. En telle

Lozdônance des mulets pour pozter le bagage du roy

maniere que pour pzeuoir a passer les môtaignes furent des lors renuoyes to⁹ les chariots z charrettes qui menoient le bagage en france: et furent pzins grâs nôbzes de mulets pour pozter icelluy bagage seruant a tous offices de la maison du roy com me pour sa chambre/chapelle/garde robe/paneterie tant de bouche côme de cômun: aussi pour cuysine de bouche z de cômun:z pour gardeuaisselle de bouche z de cômun pour tapisserie z fourrures:pour châbellans/z sômeliers/medicins/chantres/et gene ralemêt pour tous les officiers z domestiques de la maison du roy. Et fut ozdôné ca pitaine des mulets dud seigñr ung nômé guillaume le multier de lyon sur le rosne: z son frere po² lieutenât. Apzes fut ozdôné z estably po² grât mareschal des loges ung noble hôme z sage cseiller z maistre dhostel du roy nômé pierre de valetault dit lope. Lequel p grâde curiosite z diligêce bailla p escript en beaulx petis rolles au roy charles et a ses mareschaulx tous les lieux cites vilses chasteaulx bourgs z vilages dicelluy voyaez si narroit z donnoit a ccêdze la situation des logis. C'est assauoir silz estoiêt en plain ou envallee/ou silz estoyent pzes de bops/des pres de grosses villes/moyê nes/ou petites:ou pzes de Mer/ou de quelle Riuiere/qui fut vne chose de grande

estime et de grãd soing tant pour ladresse/ cõduicte du roy q̃ pour sõ armée/ so et elit
CEt au surplus le roy et son conseil feirẽt et ordõnerẽt plusieurs preuostz des mareschaulx tãt pour sarmée q̃ pour sa maisõ/ et si furẽt aussy pareillemẽt ordõnes pluse-
urs maistres dhostelz/ et cõmissaires de la maisõ du roy/ lesq̃lz eurẽt la charge de aller es villes de Sauoye/ piemont. Lõbardie/ et en plusieurs lieux des Itales pour il-
lecq̃s pser auec seigñrs et potestas et gouuerneurs desd villes/ cites diceulx pays. Cest
assauoir tãt pour les ouuertures/ passages/ et viures pour le roy/ et pour sõ armee. En
tre lesd̃z maistres et cõmissaires estoyẽt. Jehã du chasteau dieux/ Herue du chasnay.
Le seigñr de maubranchez Adrian de lisle Adam qui moult bien seruirent le roy touchant leurs charges et affaires pour les choses cy dessusd̃. Et Semblablemẽt furẽt encores esleus autres maistres dhostel pour aller es villes solliciter pour led seigñrs cõme legaulx et ambassaders a cest assauoir Jehã de cordõne dit Jehã frãcoys a flo-
rence/ Charles de Bialia a iaynes. Rigault de ozeilles a millan. Gaulcher de
ternille a Senes la vieille. Et adrian de lisle Adam a pise. CAutres grans psõnages
et nobles seigñrs furẽt trãsmis et enuoyés cõme ambassades du roy treschrestian enuers plusieurs princes et gens de grande auctorite en certains pays/ cest assauoir Le
seigñr de la Trimoulle vers maximilãse roy des rõmains Lucas ali seigñr Arõ
uci Le seigñr du Boscage a la seigneurie des venitiẽs. Le seigñr de argentõ et le seigñr de mont sareau son frere a Rõme. Le seigñr de Aulbiguy et aussy plusieurs autres en diuerses cõttees et prouinces Leuesque de aultun Le president de Gainay/ le
mareschal de Bidant/ le mareschal de languedoc/ et autres au pape Aleuãdre. CEn
ceste hõnorabl entreprinse et triumphant voyage furent aussy plusieurs aultres nobles seigñrs dignes de excellẽce memoire cõme les tresnobles seigñrs Phelippe de sauoye. Le seigñr frãcoys de luxãbourg/ le seigñr de lisle/ le marquis de Saluce/ le mareschal de Rieux/ le mareschal de gye/ le seigñr de lespatre/ le preuost de paris/ dit de
Touteuille/ le senechal de beaucaire/ le seigñr iehan de bourdillon/ iehã de ponquere/
Le baillif de berry/ le baillif de sainct pierre le mõstier/ le baillif de vitry. Les maistres
dhostelz Chandot et Jehannot du Tertre baron de Biay/ Veron la vache/ pierre de
la potte/ iehã de Aulnay/ guillaume deville neufue Giraultet charles de susannes/ le
seigñr de la brosse hõnore du chiel/ rene perrãtet iehan du Sau auecq̃s aussy plusieurs
autres officiers dud seigñr cõme le roy darmes/ et les herauls du roy george/ michault
digon/ paris/ gabriel maistre de la garde robe/ valets de chãbre/ Escuyers de cuysine/
Valetz tranchãs/ panetiers/ eschaucons/ Sõmeliers/ Enfans dhõneur/ Pages/ huis-
siers de armes. Huyssiers de chãbre/ huyssiers de sale/ huyssiers de cuysine/ chantres/
portiers/ clercs des offices/ clercs/ trõpettes/ sacquebouttes/ tabourineurs/ harpeurs/
ioueurs de haultz boys/ sonneurs de cornete/ ioueurs de la grãde espee et de la petite au
bouclier/ ioueurs de la hache darme de la courte dague/ iousteurs de lance/ tireurs de
harquebutes et couleuriners. et gẽtilz cõpaignõs q̃ auoiẽt bõ corps pour faire souppesses.

CDu retour de la treschrestiane royne au royaulme de frãce/ et de la p̃-
fection du roy en son royaulme de Cecile passant p̃ Sauoye et piemõt.

E vendredi xxix.iour du moys de Aoust le roy apres la messe oupe solẽnelle
mẽt dicte se ptit du lieu de grenoble/ et la print cõge de la royne safẽme/ et de toꝰ
notables seigñrs retournãs en frãce auecques elle cõme le seigñr de barsat et aultres

(marginal notes, right column:)
Ambassa
deurs enuoy
ez du roy es
villes de lõ
bardie et des
itales.

Les noms d̃
aucuns prin
ces et seigñrs
au voyage
de naples.

Les officiers
de lhostel du
roy aud voy
age.

Et ce mesmes iour le roy alla disner a la mure en daulphine eȝ est vng petit bourg ap
partenāt au seignr de Dunoys ꝗ de la au giste a bȝp au pays dud̄ Daulphine ꝗ de la
passa a bonnet puis vint en sa cite de Gag la ou il fut treshōnozablemēt receu: auecꝗs
aussy son noble trein. Cōsequēmēt marcha le roy Charles iusꝗ a Sozpes: ꝗ puis
il alla a nostre dame de Ambzun la il fut moult honozablemēt receu de toꝰ ꝗ chūn les
estatȝ de la ville ꝗ fut loge en lostel de leuesꝗ dud̄ Ambzun puis il passa le landemain

Explect du
roy Charles et
son trein es
villes de gre=
noble a Suse
le roy au pais
de piemont.

a saict crespin ꝗ ala coucher a bzpāco la ou il fut pareillemēt treshonozablemēt receu
le roy marcha tousiours en oultre tāt ꝗl fut a Suse en sauoye au ꝗl lieu la dame ꝗ du
chesse dicellup pays de sauoye le receupt en moult grād hōncur ꝗ triūphe ꝗ semblable
mēt feirēt ceulx de leglise nobles ꝗ aultres gēs auecꝗs le peuplede lad̄ ville de Suse.
Le lundi.iiii.iour de Septēbze le roy apzes la messe oupe) ptit de lad̄ ville de Suse
pour aller disner a saict Jousset ꝗ choucher ce iour a Villaigne de au pays de pyemōt
la il fut magnifiꝗmēt receu en grāt hōneur ꝗ solēnite des gētilȝ hōmes nobles ꝗ habi
tās dud̄ lieu auecꝗs plusieurs peuples diceulx pays Sauoye ꝗ pyemōt lesꝗlȝ estopēt
venus pour le veoir. Le lādemain.v. de Septēbze le bō roy Charles feist sō entree

Lētree du roy
Charles.viii
a Thurin.

moult solēnellemēt dedās la ville de Thurin la ou il fut moult treshōnozablemēt re
ceu p la duchesse de Sauoye ꝗ sō petit filȝ ꝗ adōcꝗs viuoit les rues estoiēt toutes ten
dues de moult belle tapisserie ꝗ si furēt faicts ꝗ demonstres plusieurs misteres p les
rues ou passoit le roy a cōmēcer de puis les fozsbourgs iusꝗs au chasteau dicelle vil
le au ꝗl lieu fut loge le roy ꝗ receu biē triūphāmēt. Et apzes ꝗ le roy eut oup messe
aud̄ Thurin. Le samedi ēsupuāt.vi.iour de Septēbze il feist pareillemēt sō ētree en
la ville de quiers au pays de piemōt la ou il fut treshōnozablemēt receu p les gēs de la
duchesse de Sauoye lesꝗlȝ lup vindzēt au deuāt moult reuerēmēt acōpaigne des sei
gnrs de leglise les nobles du pays bourgoys marchās ꝗ plusieꝰs autres dicelle terre
bien acoutrez ꝗ en tresgrād nōbze les rues estopēt tēdues p toute la ville de biē riches
tapisseries dzaps de soye de linge ꝗ de lapne le poise fut triūphāmt porte sur le roy
a la mode de frāce. Plusieurs misteres furēt faicts sur certains eschaffaulx p la vil
le esꝗlȝ fut specialemēt demōstre lystoire de la victoire du roy Clouis pmier roy chze
stian en frāce les dames de la ville estopēt parees ꝗ acoutrees de vestemens ꝗ riches
bagues autāt cōe possible estoit. Et bzief le roy p fut receu en toute ioye ꝗ moult grād

Le roy a vil
le neufue ꝗ
en Ast.

hōneur car chūn en feist sō deuoir selō son estat possible. Le mardi supuāt.vi.iour
de septēbze le roy tousiours treschzestian oupt sa messe aud̄ lieu de Quiers puis se de
partit ꝗ alla disner a la ville neufue: ꝗ cellup iour au giste en ast au ꝗl lieu il fut receu
Et le lādemain au disner lup vidzēt nouuelles pvne faulse poste ꝗ le seignr duc de oz
leās auoit este pzis ou desconfit sur mer pvng appelle frederic ꝗ auoit vne grosse ar
mee. mais il fut aisp rapozte au roy malicieusemēt pour cupder epescher sō trein: car
le ptraire estoit vite ꝗ auoit icellup seignr de ozleās auecꝗs autres vaillās seignrs de
cōfit ꝗ mps en supste led̄ frederic ꝗ toute sō armee asses pzes la riue d̄ iaine ꝗ tellemt
que par celle recontre tous les gens darmes contraires au roy sur la mer furent mis
en creinte et frepeur iusques a Neaples et encozes oultre.   Mais le tresnoble sci
gneur de Ozleans fut tantost apzes malade dune fieure: et retourna iusques en
ast. Sur quop est icy a noter pour vne merueille que estans adōcꝗs les francoys a
iapnes vng hōme se baignoit sur le bozt de la mer: auꝗl vint dessus coutrir vng mer=

ueilleux poiſſon tellement qͣl priͣt ſedit hͦme ꝼ le bleſſa iuſques au ſang:ꝼ touteſſois
il ſuy eſchappa pour ꝟng peu deſpace/mais quͣt le poiſſon ꟾeit ſon ſang il ꟾint enco
res recouuret ſur ſuy ꝼ le ꟾint adͦcques ſapſir ſi furieuſement quil priͣt ꝼ raupt par
force ſans quil peuſt eſtre ſecouru. ℂLe prendme roy charles demoura eͣ la ꟾille daſt
de puis ſe.ip.iour de ſeptembre iuſques au.ꟾi.de octobre. Et ce temps durant ſe ſei
gneur ſudouic ꝼ ſa femme fille du duc de farrare ꟾindrent ꟾeoir ſedit roy audit aſt.
Il fut ſoge aſſez pres du ſogis du roy eͣ telle maniere qͣ ſe roy apres ſon diſner ꝼ apͥs
ſouper aſſoit bien ſouuent diſner auecꝗs ſedit ſeigneur ſudouic:ꝼ auecques ſes dames
ꝼ damoyſelles ſeſquelles eſtoient eͣ grant nͦbre ꝼ mouſt triͫphantes ꝼ gorgiaſes de
abiſſemens treſſumptueup. Le roy eͣ ceſte ꟾille de aſt feiſt aduiſer ꝼ conſulter de tͦ⁹
ſes affaires touchant ſon ꟾoyage de naples ꝼ autres certaines negoſes du treiͣ de
ſes officiers ꝼ auſſi de tous ſes gens darmes. ℂLe ieudi.ꟾi.iour doctobre ſe roy char
ſes partit dudit aſt apres quil eut oup ſa meſſe:ꝼ tant quil ꟾint iuſques a montcal qͣ
eſt ꟾng treſbeau bourbg ꝼ riche appartenant au ſeigneur marquis de mͦtferrat ſeqͣl
nauoit gueres eſtoit aſſe de ꟾie a treſpas ꝼ eſtoit demoure a la marquiſe ꟾng beau
ieune filz ſon ſucceſſeur. Le roy fut iſſecꝗs mouſt triͫphͣment receu auec ſon treiͣ et
ſes gͣs. Et ſe feſtoia treſhonorabſemͤt ſad marquiſe acͦpaignie du ſeigͣr cͦſtantin
ſon frere ꝼ aultres pſuſieurs grans ſeigneurs ſeſquelz eppoſerͤt au roy que ſedit feu
marquis de montferrat auoit eſte touſiours bon francops:ꝼ que encores au ſict de ſa
mͦrt auoit mis ſa femme ꝼ ſon filz eͣ la bonne garde du roy. Cͦſequemment ſe ſen
demain qui eſtoit mardi.ꟾii.iour dudit mops de octobre ſe roy feiſt ſon entree eͣ la
ꟾille de caſſal appartenͣt a ſadicte marquiſe ſa ou il fut auſſi pareiſſement receu eͣ
treſgrant triumphe ꝼ hͦneur:ꝼ ſuy furent audeuant pſuſieurs grans ꝼ notabſes ſei
gneurs tant de ſegliſe cͦme de nobſeſſe. Et meſmemͤt ſe ſeigneur conſtantin frere de
ſa nobſe marquiſe ſequel eſtoit acͦpaigne de gentilz hͦmes de ceſte terre ꝼ ſeigneurie
de caſſal:auecꝗs ſes bourgois marchͣs ꝼ habitͣs dicelle dirte ꟾille. Et a ſentree de
ſa porte de ſa ꟾille fut mis ꝼ poſe ꟾng tres riche poiſe deſus ſed roy porte par quatre
grans ſeigneurs ꝼ auſſi honorabſement cͦduit iuſques a ſa grant egſiſe. Le roy fut ſo
ge au chaſteau et chaſcun de ſes gens receu par ſa ꟾille et ſoge mouſt honneſtement.
ℂ Eſte nobſe dame marquiſe auec ſon filz deſſuſdit ſe feiſt de rechef preſenter au roy p
ſes ſeigneurs de ſoues ꝼ de ſigny/auquel elle preſenta tous ſes biͤs ꝼ hͦmes de ſa ter
re ſoy ſoubmetant touſiours eͣ ſa bonne garde. Et brief feiſt pſuſieurs grans dons ꝼ
preſens de diuerſite de ꟾins ꝼ ꟾiandes au roy ꝼ a tous ceulp de ſon nobſe eſtat tant qͣ
ceſtoit ꟾne grant merueiſſe de ſa plantureuſe abͦndance. Le roy ſeiourna a caſſal de
puis ſe mardi iuſques au ꟾͤdredi enſuiuͣt.p.dud mops:ꝼ apͥs qͣl eut oup ſa meſſe il
ſen aſſa diſner a couſſe:ꝼ puis fut au giſte a mortaire qͣ eſt ꟾne ꟾille du duc de miſaͣ
ſa ou ſe roy fut mouſt honorabſemͤt receu de tͦ⁹ ſes eſtas de ſa ꟾille criͣt ꟾiue ſe roy.

La benue du
ſeigͣr ſudo=
uic ꝼ ſa fͤme
pour ꟾiſiter
ſe roy en aſt

La benue du
roy a mͦtcal
appartenͣt
au marquis
de farrare

L entree du
roy eͣ la ꟾil
ſe de caſſal

Les entrees
du roy a couſ
ſe ꝼ a mortai
re

Des entrees et tranſit du roy par ꟾilles de ſͦbardie ꝼ tout ſe duche de miſan.

Ng ſamedi.pi.iour doctobre ſe roy charles.ꟾiii.apres quil eut oup ſa meſ
ſe demoura et feiſt ſon diſner dedans ſa ꟾille de mortaire qͣ eſt du duche de
miſͣ. Puis aſſa au giſte a ꟾigene qͣ eſt ꟾne petite ꟾille ou il ya ꟾng beau
chaſteau biͤ garny pour ſeſtat dͥlg prͥce. Et de ce ſieu eͣ treſgrͣt triͫphe
ꟾindrent audeuant du roy ſe ſeigneur ſudouic ꝼ ſa femme. Eͣ telle maniere que roy

Le seigneur ludouic et sa femme

fut receu treshonozablement et en belle procession de gens deglise nobles et seigneurs du pais auec le commun populaire dicelle ville: et fut mis vng poile sur luy porte par quatre grans seigneurs criant chascun viue le roy. Et apres que le roy eut seiourne le samedi et iour de dimenche au lieu de vigene le lundi.viii.iour doctobre aps quil eut serui a dieu il alla disner en vng lieu appelle les granges appartenant au duc de

Du lieu des granges au duc de mila.

milan et asses pres dudit vigene. Le lieu des granges est vne place de moult grant estime pour le merueilleux nôbre de bestes qui illecques sont: et que chascu peult veoir a loeul côme cheuaulx iumens beufz vaches beufles moutons brebis chieures: et aul tres toutes bestes de telle nature auecques leurs faons pouleins beaulx agneaulx et cappris. Le lieu des granges est pprement assis et situe au melieu dune grâde prarie côprenât enuiron quattre lieues de tour en tout son circuit. Et en ceste prarie a plus de.xxxiiii.ruisseaulx de belle eaue viue courant par ce lieu tellement fait p industrie quilz seruent a baigner et lauer les bestes: et pour arrouser toute la prarie. La cituatiô dicelles granges est en carre côme vng grant cloistre: et alentour au parc dedans sont estages tous charges de foin sans les autres biens qui y sont. Parmy la court desdi ctes granges a gouuerneurs et capitaines qui reguistent tout la dedâs. Les estables y sont darriere comme grandes croix. En ce lieu sont plusieurs seruiteurs femmes et familles. Cestassauoir les vngs pour estiler penser et netoyer les bestes : les autres pour tirer le laict: et aussi sont autres gens pour le recepuoir a la liure et le desliuer au maistre frômager lequel en fait ces gros frômages que on dit frommages de milan

Des ozdon nes et depu tes au lieu des grâges

Tout y est prins et desliure au poix. Cest assauoir le foin le laict le beurre et frômage qui est vne grande richesse et abûdance de tous biens. Ce dit iour.viii.doctobre le roy apres quil eut disne se partit de ce lieu des grâges et alla soupper et au giste a courpet qui est vne bonne petite ville la ou le roy fut treshonnestement receu selon la puissan ce dicelle ville et en criant viue le roy.

Lentree du roy a pauie.

Lentree du roy a pauie

LE mardi.viii.iour doctobre le roy charles de france se partit de courpet et alla disner es fozs bourgs de pauie: et aps disner il feist son entree en icelle ville de pauie: a lentree de laquelle a vng grant pont de pierre sur le fleuue du pol qui est vne grosse riuiere. Au deuant du roy furêt plusieurs nobles et gentilz hommes de ladicte ville et du pays a lenuiron tous honnestement vestus et habilles dune sorte de pourpre. Les seigneurs gouuerneurs et citadins de la ville gês deglise et les autres seigneurs de luniuersite dudit pauie vindrent audit roy es fozs bourgs. Et de par le seigneur ludouic de milan luy presenterent la ville et les biens a son bon plaisir: et auec vng riche poile quilz mirent seur luy porte par quatre grans seigneurs fut moult honozablemêt côduit iusques a la grâde eglise appellee le dosme Les rues estoient toutes tendues de bien riche tapisserie: et si furent faictz et demon stres plusieurs beaulx misteres auecques diters tant en latin côme en frâcops et en lombard. Puis fut en oultre côduit le roy iusques au chasteau di.ô pauie la ou estoit le prenomme ludouic auecques sa mere qui le receurent en moult grant honneur. Le chasteau est vng tresbeau lieu et qui pour lozs estoit merueilleusement bien acoutre et dispose de tout ce que besoing estoit. Et ioingnant le chasteau est vng grand parc clos et circuy ainsi que le boys de vincenes. Il est bien fourny de mestairies et de

beſtes ſauluaiges comme cerfz biches dains beufz beuffles cheuaulr ꝛ iumens che=
uriaulr ꝛ autre beſtial: et au bout du parc a vne religion de lordꝛe des chattreulr:en la   Du parc ꝑ
quelle a vne belle egliſe dont la plus part eſt faicte de marbꝛe:et le poꝛtail tout de ale le chaſteau
baſtre.Le roy demoura a pauie de puis le marbi.viiii.iour doctobꝛe iuſques au ven= de pauie
dꝛe di ſuiuant.rviii.dudit moys:durant lequel temps il viſita pluſieurs belles choſes
dignes de memoire.Puis il pꝛint honeſte conge du ſeigneur ludouic ꝛ ſa mere et auſſi
de ceulr de la ſeignoꝛie de ladicte ville qui tous ſeſtoient plantureuſement emploiez
a luy faire tout bon ſeruice et pluſieurs honeſtes pꝛeſes.CLe roy apꝛes ſa meſſe oupe Lentree du
partit cedit iour de pauie ꝛ alla diſner a bertoſte:ꝛ puis au giſte a caſtel ſainct iehan: roy a Caſtel
qui eſt vne bonne petite ville de laquelle on luy vint au deuant en pꝛoceſſion:ꝛ fut re ſainct iehan
ceu moult honoꝛablement en poꝛtant vng poiſe ſur luy et crians tous viue le roy.

Lentree du roy a plaiſance

Amedi.rviii.iour doctobꝛe le roy fut au diſner a requiſe:ꝛ puis alla au gi   Lentree du
ſte a plaiſance qui eſt vne treſbonne ville/de laquelle la ſeigneurie vint au roy a plaiſã=
deuant du roy lequel ilz receurent moult honoꝛablement et en grant triũ= ce
phe.En ce lieu vint nouuelles au roy que le petit duc de milan eſtoit moꝛt
pour lequel il fut bien marry:ꝛ luy feiſt faire vng ſeruice en leglise moult honoꝛable
ꝛ ſolenel.Les principaulr ꝛ magiſtrats de la ſeignoꝛie de plaiſance feirent pluſieurs
beaulr dons au roy:ꝛ en eſpecial de beaulr fꝛommages gros et eſpes cõme enuiron
meules de molin.Et iceulr fꝛommages enuoya le roy iuſques a france a ſa femme
la royne:ꝛ auſſi au ſeigneur pierre duc de bourbon ꝛ a ſa femme ſeur dudit roy.Puis
il pꝛint honoꝛablemẽt conge de ceulr de la ſeignoꝛie de plaiſance pour parfaire ſon no
ble voyage.CVng iour de ieudi.rriii.dudit moys de octobꝛe le roy charles partit de Le roy a flo
la ville de plaiſance apꝛes quil eut ſerui a dieu en opãt ſa meſſe:ꝛ alla diſner ꝛ coucher renſoles
a floꝛenſoles vne bonne petite ville:en laquelle le roy fut treſhonoꝛablement receu du
clerge des nobles ꝛ auſtre populaire qui crioꝛẽt tous viue le roy de france.CLe ven Le roy au
dꝛedi.rviiii.iour doctobꝛe il alla diſner ꝛ coucher a bourg ſainct denis qui eſt vne pe= bourg ſainct
tite ville la ou fut faicte entree au roy:ꝛ le receurent treſhonoꝛablement. C Samedi denis
rrr.iour dudit moys le roy parfaiſant ſon voyage alla diſner ꝛ au giſte a fournoue Le roy a four
qui eſt vng village auquel ya vne abbaye.Et auſſi eſt iceluy village le cõmencement noue
des alpes ꝛ mons qui durent iuſques a pontreſmola.

    CDe la perfection du voyge du roy charles.Viii.au royaulme
denaples paſſant les villes de italie uſꝙs en la cite de rõme.

E dimẽche.rrvi.iour doctobꝛe le roy paſſa a terente dit terentope en la
mõtaigne:ꝛ puis alla au giſte a caſſe ou le roy auec ſon trein furẽt eſtroi=
temẽt loges.CLe lundi.rrvii.dudit moys le roy de france paſſa iuſques
a belee ꝙ eſt vng bourg ou il ya vng bon chaſteau.Le ſendemain mardi enſupuãt le Le roy a pon
roy alla au giſte a põtreſmola oultre les alpes ꝛ mõtaignes.Et illecques vint a luy treſmola es
pierre de medicis ſeignr principal de floꝛence:ſeꝗl acõpaigne de ſes bõs amps pmiſt alpes
audit roy de luy rendre a ſon bon plaiſir ꝛ ſeruice la ville ꝛ le chaſteau de ſarſaigne ꝙ
eſt a la ſeignoꝛie de floꝛẽce.Et auecques ce la ville ꝛ le chaſteau de faſonuille ce quil
feiſt ſelon la pmeſſe.Cõbiẽ ꝙ ſes auſtres ſeignrs floꝛẽtins furẽt aucunemẽt ꝑtrains
au roy/mais le ſeignr de mõtpẽſier/ꝛ le ſeignr de gupe/le mareſcal de rieulr ꝛ plſieᵉs

autres bons capitaines et gens de guerre estoient a sauuagarde:lesquelz auoiêt desia
prins plusieurs places et forteresses tant villes que chasteaulx de la terre des florẽ
tins. Ces choses faictes le roy se party de pontresmola. Et apres son departement y

Du debat et noise des ale mãs a ceulx de pontresmo la

eut quelque discêsion entre ceulx de la ville a vne bẽde des alemans en telle maniere
que ceulx dudit pontresmola en tuerent a blesserent aucuns qui leur fut rẽdu au re=
tour. C Le mecredi.xxix.iour doctobre le roy alla au giste a hose ou il ya vne abbaye.
Et le ieudi.xxx.iour dudit moys le roy alla en la ville de Sarsaigue ou desia estoit
le mareschal de Gye qui la tenoit en garde pour sed roy. En icelle ville vint encores
le seigneur sudouic par deuers le roy sa ou il veit les monstres des alemãs a vne par
tie de lartillerie du roy quil prisa beaucopt et puis sen retourna a milan. Apres que
le roy eut demoure audit sarsaigué terre des florentins iusques au ieudi. Bi. iour de
nouembre il y laissa en garnison le lieutenãt du seigneur de Cressol acompaigne de

Le seigneur de cressol en garnison a sarsargue.

plusieurs gens de guerre. Et puis il ala coucher a masse qui est vng tresbõ bourg ou
il ya vng fort chasteau sa ou icelluy roy fut treshonorablement receu. Le lieu est bien
plaisant et riche: car pres en la grande montaigne sont les petrieres ou sen prent le
mable. Et de ceste place est a plain veu la haulte mer/a enuiron dempe lieue pres.
C Le vendredi. Bii. iour de nouẽbre le roy alla a petresaincte vne bõne petite ville de
la terre des florẽtins qui autresfois feut a ceulx de iapnes. En ce lieu a vng fort cha
steau ou le roy laissa garnison iusques a son retour de ncaples.

Lentree du roy charles. Biii. en sa cite de sucques.

Lentree du roy a sucques

A medi. Biii. iour de nouembre le roy feist son disner en vng petit bourg.
Et puis ce iour allãt a sa cite de sucques/sa seigneurie dicelle ville luy vît
honorablement au deuant plus de vne lieue long. Cest assauoit les gens
deglise en procession moult reuerẽment habituez selon leur estat. Les sei=
gneurs magistratz a gouuerneurs de la ville richement vestus de draps dor et ve=
lours cramoisy auecques aultres riches habillemens a fourrures de plusieurs ma

Les seigne²s de sucques a le peuple se pñ senterent au roy.

nieres:lesqtz seigneurs acompaignes de bourgoys cõmun peuple dicelle ville a leurs
huyssiers portans masses dor a dargent/auecques trompettes et clarons en grãde
abundance se vindrent humblement presenter au trescrestien roy /lequel ilz receurẽ
a prince a seigneur en eulx metant soubz sa bonne garde et protection. Brief en ceste
ville de sucques fut fait au roy vng moult honorable recueil. ses rues estoient tẽdues
a parees par portail triumphant a lancienne mode. Par tout y auoit feux de iope a
criopent tous a haulte voix. Viue le roy de france Auguste. Et ainsi fut tousiours
conduit honorablement en moult grand triumphe et hõneur iusques a leglise cathe=
dralle ou il feist sa deuotion:a puis il fut solemnellement loge en lostel de leuesque et
moult humainement traicte auecques tout son noble estat.

Lentree du roy charles en sa ville de pise.

Lentree du roy en sa cite de pise

E dimenche.ix.iour de nouembre apres que le roy eut ouy sa messe il prit
conge de ceulx de sucques et puis ala disner a Primart:et de la au coucher
a pise. Le prenõme roy charles fut moult honorablement et en grande re
uerence receu en sa cite de pise. Auquel lieu les poures pisains luy feirent
plusieurs grãdes supplications a humbles requestes que son bon plaisir feust de les
benignement receproit a sa clemence a misericorde pour les prendre a tenir a feaulx

feruiteurs et humbles subgectz:a cause que les florentins leurs tenoient trop gran=
de rigueur/tant que ilz estoient sans liberte:pourquoy le roy leur feist aulcune bonne
et prudente response et dont ilz se tindrent pour bien contans. ☞La ville de Pise que
veulent tenir les florentins est vne belle ville situe sur le fleuue de Arne/qui est vne **la situation**
grosse riuiere sur laqlle y.a vng grant pont/et est prochaine de la mer. En ceste vil= **de la ville de**
le a deux fortes places que le roy alla visiter: et les trouua habundamment garnis **Pise**
de tresbonne et grosse artillerie.En icelle ville de Pise est aussi vne tresbelle eglise:il
ya pareillement vng grant cymetiere long et carre le plus beau que on peust regar=
der:il est tout couuert par dessus et tout peinct des plus riches peinctures quon scau= **Le beau cy=**
roit point veoir. Lesquelles painctures sont bien estimees auoir couste a faire plus **metiere de**
de.xxx.mille ducatz.On dit la terre de ce cymetiere auoit este aportee de hierusalem **pise**
par la mer et fut prinse a lentour du propre lieu ou fut crucifie nostre souuerain sei=
gneur Jesus christ au mont de Caluaire.Le lundi.v.iour de Nouembre le Roy char
les apres ouyz sa messe partit de la ville de Pise et alla disner au pont Codere:z puis
au giste a Employ.Mardi.vi.iour dudit moys de nouembre le roy charles alla ius **Le Roy au**
ques au pôt de Lyne a deux lieux de florêce:auquel lieu le roy Charles seiourna ius **pont du Ly**
ques au.vViii.iour dicelluy moys. Durant lequel têps vindrent a luy plusieurs am= **ne**
bassades/tant de Venise que florence. Car les florentins cuiderent pren
dre Pierre de medicis pource quil auoit mis le roy de france z ses gens es villes de= **Ambassa**
susdictes de Sarsaigue et de fasonuille.Parquoy le mareschal de Gye et leuesque **deurs enuoy**
de Sainct Malo auecques aulcuns chambellans du roy et aultres plusieurs furêt **es au roy/de**
audit lieu de florence pour prendre les logis du roy:a quoy ilz côsentirent tous:z fut **Denise de se**
fait tout appointement. Et ce fait le Roy se partit du pont du Lyne/ et alla disner **ne/z florêce**
pres de florence en vng beau palays/lequel appartenoit a vng seigneur dudict flo=
rence/appelle Lappon

☞Lentree du Roy Charles a florence/qui est
vne tresbelle ville.

LE lundi.vViii.iour dudit moys de nouembre le roy Charles feist sô **Lentree du**
entree en sa ville z cite de florence moult honorablement. Les sei= **roy charles a**
gneurs de la seigneurie de florence luy furent audeuât moult triũ **florence**
phans et en grant honneur ainsi quilz sceurent bien faire:z le receu=
rent reuerenment. Et apres tout leur deuoir fait/ceulx seigneurs
de florence et leur trein entrerent les premiers en ladicte ville.Et incontinêt apres
eulx les bêdes des alemâs cômencerêt a marcher moult fieremêt chascũ en bel ordre **Lordre des**
iusqs bien enuiron le nôbre de.vi.mille.Cest assauoir q premierement estoient ceulx **gendarmes**
qui portent les couleurines/apres ceulx qui portoient les picques/ceulx qui auoyent **du roy êtrât**
espees a deux mais: z ceulx portâs les halebardes.Et estoyêt chascũe dicelles bêdes **a florence**
fournye de enseignes bânieres z guidons desployes auecqs tabourins z fleutes selon
leurs pays z côtrees.Auecques iceulx alemâs estoyêt biê armes le seigñr de Neuers

Anglebert de Cleues/le baillif de Diion/et le grãd escuyer de escuyrie de la Royne.
Apres enterent les archers de ordonnance en vng bien grant nombre: τ apres eulr
les hõmes darmes tous bien armes τ honorablemẽt mõtes sur leurs cheuaulr acou
tres de bardes iusques au nõbre de huit cens lances qui estoit grant triũphe a veoir.
Et en la compaignye diceulr hommes darmes auoit force trompettes/clerons/cor-

Les arbale=
striers τ ar=
chiers: τ le's
capitaines
nets/τ tabourins qui faisoient trembler les itales. Apres entroyent les deur cens ar
balestriers/τ puis les archiers de la garde tous et chascun deulr a pied τ en belle or=
donnance armes de brigandines gardebras gorgeries et cleres salades charges de
belle orfaurerie: auecques aussi leurs arcs et trousses espees et dagues poignantes
ilz auoient leurs hocquetons dorfaurerie moult richement faictz qui estoiet tresplai=
sant a veoir/dont les italiens estoient merueilles/car ilz estoient tous beaulr τ puis
sans hommes. Et apres eulr enterent leurs capitaines. Cest assauoir le seigneur
de Cressol: Claude de la chartre et son filz: le seigneur Conquebourne lieutenant du
seigneur de Aulbigny tous armees en noble prouesse et bien richement acoutres de
tresbelle et riche orfaurerie. Apres venoient les cent gentilz hommes de lhostel du

Les cent gẽ=
tilz hõmes d
lhostel du roy
roy mieulr en point que on ne veit iamais: ilz estoient tous moult bien armes τ mõ
tes sur cheuaulr excellentement bardes de diuerses parures vng chascun selon leurs
couleurs ou autrement, leurs blasons de armeyrie: ilz estoient acoustres de plumars
de mesmes de matelines/seons de draps dor de velours ou satins decopes charges
de riche orfaurerie. Leurs pages archers τ coustillers mõtes aussi sur gros cheuaulr
portans leurs couleurs τ liurees. Apres les gentilz hommes entroient et marcholẽt

Les lacquets
de larmee du
roy.
vng grant nombre de beaulr gallans laquets tous richement abilles de draps dor
velours satin ou taffetas pour le mendre drap. Ilz tenoient belles rapieres en leurs
mains τ chascun vng poingnart a sa ceinture. Et ainsi hõnestemẽt acoutres estoiẽt
tous a lentour du roy/lequel estoit moult richement acoutre et monte sur vng beau
cheual aussi barde et pare demesmes dũg fin drap dor riche τ plaisãt. Sur luy estoit
vng moult riche poile qui estoit porte par quatre des plus grãs seigneurs de ladicte
seigneurie de florence. Le grand escuyer descuyrie estoit deuant icelluy roy. Et apres
luy vindrẽt les grans princes et seigneurs tant du sang royal comme les cheualiers
de lordre moult richement armes: et leurs cheuaulr bardes. Apres entropent les pã

Les pansion
naires du
roy
sionnaires du roy qui estoit lune des belles bendes τ compaignes dicelle entree. Les
rues de florence estoyent parees et tendues de tresriche tapisserie. Et au premier por
tail pour triumphale seigneurie de ladicte ville estoient sur eschaffaulr les plus bel=
les dames de florence richement vestue τ habitues de diuerses facons dhabis. Com

Lhõneur et
habituation
des dames
de florence
me florentines/Geneuoises/Espaignoles/Rommaines/veniciennes/τ Lombar
des. Il y auoit plus oustre par ladicte ville plusieurs beaulr misteres τ ditiers faitz
en latin τ en francoys en la louẽge dudit roy charles: lequel fut tousiours ainsi hono
rablemẽt conduit iusques a la grãde eglise cathedral dicelle cite la ou il feist ses orai=
sons a sa bonne deuotion. Et puis il fut encores mene iusques a son logis en lhostel
du prenõme Pierre de medicis: q tousiours sestoit entremis τ occupe a son bõ seruice
Le roy Charles seiourna a florence de puis le .rvii. iour de nouẽbre iusques au .rviii.
iour dicelluy moys: durant lequel temps il faisoit bonne chere soy aliant auecques

les florentins. Il visita aussi plusieurs sainctes eglises: et specialement lannonciade
laquelle luy fut monstree: et descouuerte a plain ce quil nest faict gueres souuent. En
ceste eglise qui est des Jacobins a plus de veuts et en grant nombre que on na point
veu en aultre eglise. ¶Le vendredi. xxviii. iour de nouembre le roy se partit honora= *le roy a saict*
blemêt de florence apres quil eut ouy la messe: et alla disner & au giste en vng palays *Cassant*
hors ledit florence. Puis le samedi ensupuant alla au giste a sainct Cassant. Vng
peu de têps apres Jehan picus Comte de mirandule yssu de noble sang: tresrenômé *De picus cô*
orateur et admirable philosophe estant aprins en plusieurs langues mourut & tres= *te de miran=*
passa a florence enuiron le. xxx. an de son eage et fleur de ieunesse. Et pareillement *dule & de An*
vng peu deuant estoit trespasse audit florence Ange polician hôme treseloquent & il= *ge policiã*
lustrateur de langue latine. ¶Dimenche. xxx. iour de nouembre le Roy demoura a
sainct Cassant & puis il se partit le landemain matin apres oupr messe & alla au gi=
ste a Pongibond qui est vne petite ville: la ou il fut receu en grand honneur crpant
viue le Roy de france.

      ¶Lentree du roy a Senes la vieille que on
          dit en Italie Seiche.

LE mardi. ii. iour de decêbre le roy charles disna a labbaye de Aye ps dung
sac: et apres disner feist son entree a Senes la vieille. Les seigneurs de se= *Lentree du*
glise nobles citadins bourgoys & aultres manans et habitans dicelle vil *roy a Senes*
le luy furent au deuant vne grosse lieue: ilz estoiêt tous richement vestus *la vieille*
et habitues comme dune sorte. La ville estoit bien richemêt tendue & paree de tapisse
rie & aultres anciens paremens. Jceulx seigneurs de senes en signe de feaulte et bon=
ne amour au roy auoient fait oster et despêdre les portes hors des gons de leurdicte
ville: et la laisserent ouuerte en ceste maniere: eulx disans plus esseures du roy et de
sa garde que de tenir leurs portes closes. A son entree luy fut fait vng aussi grand hô
neur et obeissance que en ville ou il auoit passe et crpoient tous a haulte voix. Viue
le roy de france Auguste. Jlz luy feirent dons et presens comme a leur prince & souue *Le Roy cha=*
rain seigneur. Et brief le Roy et son estat p furent tous moult bien traictes. ¶Le *les a Senes*
roy seiourna et demoura en ceste ville de Senes la vieille de puis le mardy. ii. iour *la vieille*
de decembre iusques au ieudi. iiii. iour dicelluy moys apres ensupuant. ¶Le vêdredi
cincquiesme iour dud moys de nouêbre le roy alla a sainct clerico: et le samedi. vi. io=
ensupuant il alla disner a ricource & de la au giste a la paille qui est vng lieu ou sont
seulement quattre hosteleries & alentour bien dangereux de mauluais garsons.
¶Dimenche. vii. iour de decembre apres que le roy eut oup sa messe & serui a dieu: il *Lentree du*
se mist a prêdre pays et fut au giste a Aigue pendente: qui est vne ville en la terre du *roy a Aigue*
pape: le roy p fut receu honorablement & loge en lostel du pape. Et en ce lieu demou= *pendente ter*
ra ledit roy et son artillerie auecques luy iusques au mardi. ix. iour de decembre quil *re de pape*
se partit dicelle ville et alla disner a Bressaigue: et puis au giste a Montflascon ou
sont les bons vins muscadets. En ceste ville de montflascon fut honorablement re=
ceu le roy Charles de tout leur possible: et crpoient tous vnanimement. Viue le Roy
de france Auguste.

      ¶Lentree du roy charles. viii. a Viterbe
        qui est en la terre du pape.

                                D. ii.

m

Lentree du roy charles a Viterbe terre de pape

Mercredi.ix.iour du moys de decembre le roy entra dedans Viterbe q̃ est en la terre du pape:la seigneurie dicelle Ville luy fut au deuãt moult honorablemẽt ilz feirent parer par les rues et tendre de tapisserie.Le roy fut loge a lostel de leuesque et y demoura de puis ce mercredi.ix.de decembre iusques au.xv.iour dudit moys:durãt lequel tẽps passerent aultre les gẽs darmes de larmee du roy des francoys auecqs toute lartillerie.Le chasteau dicelle Ville de Viterbe fut adõques mis en la main du roy:et y demoura en garnison vng nomme Gabache et tous les archers des coilles auecqs luy iusques au retour dudit roy.En ceste Ville est le corps de saincte Rose en

La belle fontaine a Viterbe

chair et en os en vne religion de dames.Il ya semblablemẽt en icelle Ville vne moult belle et somptueuse fontaine qui est assez hault esleuee et bien politement construicte de laquelle en sourd et yssyt eaue moult clere et viue par.xxvii.lieux comme cors et tupaulx de mestal.Estant le roy audit Viterbe:il enuoya le seigneur de la trimoulle

Le roy charles a roussillon

par deuers le pape alexandre.vi.lequel pareillement enuoya par deuers leẽ roy aulcuns cardinaulx de rõme euesques et ses cõfesseurs.Le ieudi.xv.iour de decembre le roy ouyt encores sa messe a Viterbe:et puis alla disner a roussillon:et ceẽ iour au giste a neppse qui est vne petite Ville en laquelle demoura le roy de puis ce lundi iusqs au vendredi.xix.iour dudit moys de decembre.Le iour de vendredi le roy fut disner et coucher a Brasangue vne bonne petite Ville ou il ya vng fort chasteau qui poz lors estoit au seigneur Virgille de rõme:lequel enuoya son bastard en icelle Ville aud roy pour luy offrir liberalement toutes ses Villes places et forteresses a son bon plaisir et Vouloir.Le roy seiourna en ce lieu de Brasangue de puis ce vendredi.xix.de decembre iusques au mercredi.xxvi.iour dicellny moys. Et ce temps durant le pape

Ambassadeurs du pape alexãdre. vi.au roy charles

Alexandre.vi.enuoya par deuers le roy pour ses legaultz et ambassadeurs le cardinal de sainct pierre ad Vincula:le cardinal de Eulce:le cardinal de Montfeal:le cardinal de sainct Sebõ:le cardinal de sainct Denis:le cardinal Ascanie:et le cardinal de Lorette:son confesseur : son premier chambellan:et son secretaire: lesquelz furent et assisterent tous auecques le roy et son bon conseil la ou fut conclud et delibere le passage du roy a romme et de tout laffaire du pape.Et durant ce temps le seigneur de Ligny et aultres menerent les alemans iusques a Hostie qui est vne bonne petite Ville oultre le Tybre sur le port de la mer.Enuiron laduenement du Roy charles en la cite de Romme vne partie des murailles du chasteau Sainct Ange audit Romme tresbucha et cheut iusques a terre:dont les Rommains furent espouetes:croyans ce fait estre aduenu pour aulcune future demonstrance:et mauluais presage. Et aussi le duc de calabre retira son armee quil auoit:et sen alla hors dudit rõme.

Narration des Vertueux et nobles faictz du treschristiain Roy Charles.viii.en la saincte cite de romme: et par le pays de champaigne iusques en la cite de naples.

Lentree du Roy charles Viii.en la saincte cite de rõme

f

Le mercredi derrenier iour de septembre lan que dessus mil.iiii.cens iiii.xx.et.viii.le Roy entra en la cite de Romme par laporte flamine pres leglise de saincte marie de populo : et alla loger au palis de sainct marc q̃ est vng tresbeau lieu et spacieux q̃ feist faire le pape Paule.ii. q̃ fut Venitien.

CEn la grant court de cedict palays fut mise z adresse lartillerie du roy / qui donna
grand creincte aux romains / le roy seiourna et demora a romme de puis le darrenier
iour de Decembre iusques au. xxv. io² de Januier durāt le ql têps icelluy trechrestiā roy vi Le roy fut lo
sita plusieurs saictz lieux z deuotes eglises de ceste cite la ou il feist pseta plusieurs ge au palais
beaulx dōs z offerēdes po¹ honeur de dieu en ce têps po² traicter de paix le roy euoya p de sainct
deuers le pape alexandre le seigneur de Bresse / le seigneur de foues le seigneur de Li Marc.
gny z le mareschal de Gye / lesquelz eurēt auecques eulx en leur compagnye maistre
Jehan de rely confesseur du roy tresscientific z excellent docteur en saincte theologie
euesque de Angers / du ql pour son orne sāgage z art de oratoire en latin le pape feist
moult grāt estime. Car il auoit bō sens z prudēce dont fut cause du bref appointemēt
q fut entre led pape et le roy. CEstant les frācoys dedās rōme z ceulx de larmee tō⁹
loges en diuerses parties / sesleua vne grāde noise z cōmotiō en la rue des iuifz pres la
place iudee aud rōme en telle maniere ql y eut plusieurs iuifz tues z leur synagogue
pilee. Et pareillemēt furēt adoncques aucuns blesses z occis du party des frācoys :
du quel exces z incōueniāt le roy fut grandemēt marry. Pourquoy il dōna charge au
mareschal de Gye en faire iustice. Et tāt q pour ce faict y en eut aulcuns pendus et Le roy feist
estrēgles aux fenestres dune maison : entre lesqlz y en auoit deux mores vng de tours dresser trois
et autres pays. Et de puys ce cas ainsy aduenu le prenōme roy Charles feist hardiē gibets pati-
mēt dresser troys iustices patibulaires pour pēdre z estrāgler to⁹ malefaicteurs de bulaires dedans la ville z cite de Rōme desquelles iustices y en auoit vne au meillēu de Campe dans rōme :
de fleur / qui est le plus beau lieu de Rōme / dont les romains furēt mis en creincte. et
moult grandement esbahys. CLe ieudi. vi. iour dudict moys de Januier le roy alla
veoir vener les bestes priuees / cōme beufz / vaches / z thaureaux q estoient chasses a
force de chiens / en vne grande place : z puis furent icelles bestes menes parmy la ville
tousiours courāt z ataches a cordes. Et est la maniere de rōme pource qlz en dient la Le palays ō
chair en estre plus tendre z meilleur. CEt ce mesmes iour le roy fut veoir le grand pa Colisee.
lays de Colisee qui est moult grāde chose a veoir / cōbien quil soit pour la plus part dē-
struict z mys en ruyne. CDendredi. vii. iour dudict moys de Januier / le roy oupt sa
messe a sainct pierre de rōme loing du palays dud sainct Marc. Et ce mesmes iour
fut faict bonne paix z accord entre led pape Alexandre z le bon roy Charles. viii. tel
lement que des lors le roy demora au palays de sainct Pierre au logis du pape z y fut
encores plusieurs iours. Et tant que le pape luy presenta son palays : et le chasteau Leuesque de
sainct ange a son bon plaisir. Ce iour aussy fut faict et cree cardinal leuesque de saict Sainct ma
malo. Et en ce temps le Cardinal de Senes se partit de Rōme pour aler a Milan. lo fut faict
CDimenche. viii. iour dudit moys de Januier / le roy oupt sa messe en sa chapelle Cardinal
du pape qui est tresbelle et richement peincte. Et ce propre iour le pape feist monstrer
au roy et a ses gens la saincte face de nostre seigneur Jesu christ dicte la Veronique
qui est en leglise Sainct Pierre / En ce lieu estoient plusieurs catholiques qui par bōne contriction / crropent a dieu misericorde. CLe landemain qui estoyt lundi fut con- Le roy garit
sistoire du pape / et du roy / et des Cardinaux. CMardi vingtiesme iour de Januier des escrouel
Le roy se confessa / puys assista deuotement a sa messe en la chapelle des roys de frā les a rōme.
ce. Et ce faict il sana et garit plusieurs malades des escrouelles. Ainsy quest sa propre vertu / de quoy veoir furent moult merueilles les Italyens.

D.iii.

CLe mesmes iour pareillement le pape Alexandre dist et celebra vng haulte messe moult solênelle a chant et note de musique. A laquelle fut et assista le roy auecques plu sieurs grans seigneurs de son tresnoble sang et autres. Le pape en entrant a leglise de

messe solénel le du pape/ et pdon general côme le iubi le. sainct Pierre pour benir a celebrer messe estoit pour lors acompaigne de.xxv.cardi naulx.xxx.archeuesques.xxx.euesques et.xxx.abbes:sans plusieurs aultres seigñrs deglise côstitues en dignite. Et aps ceste messedicte le pape et le roy et to⁹ les seigñrs tant de leglise que de temporel se partirent du cueur de leglise/ et vindrent veoir lad saincte face de nostre seigneur qui par vng euesque fut adoncques môstree troys fois Cryant le peuple/Misericorde. Apres fut monstre le fer de la lance/dont iesus christ eut le coste perse. Et ce faict le pape Alexandre seant en sa chaire et reuestu en ponti

le fer de la lã ce dont iesus christ eut le coste perse ficat/fut porte côme on a de coustume de pups sainct Pierre iusques en vng lieu ge neral deuant icelle eglise pour parfaire et dôner sa pleniere benediction au pardon,ge neral quil auoit octroye au roy de france/lequel estoit tousiours et de coste luy:et supud ment ses Cardinaulx et les autres seigneurs de leglise.Et adoncques le pape Alexã dre ayant sa main senestre sur lespaule du roy ordonna et cômanda dire a vng chûn le Confiteor.ec. Et quant chûn eut dict:le pape dist Misereatur.ec. En dônant a tous vraps confes et repentans pardon general de peine: et de coulpe et absolution pleniere. Ainsi comme en lã iubile. Et puis le pape feist reiterer icelle sa pleniere absolution en

Le roy char les fut faict et nôme empe reur de côstã tinoble. troys langages/Cest assauoir latin/francops/et italien. CLe propre iour pareillesmt le prenôme pape auoit esleu le roy Charles de frãce pour empereur de Côstãtinoble. CLe mercredi.xxi.iour de ianuier/apres q on eut serup a dieu / fut tenu côsiftoire du pape/du roy et autres grands seigneurs pour aulcune chose secrette. CEt le ieudi/vê dredi/et samedi/le roy visita plusieurs eglises dedans Rôme. Et mesmes les sept pri cipales en faisant sa deuotion. Le dimenche.xxv.dudict mops/le pape/et le roy cheuau cherent ensemble moult honorablemêt et en grande triumphe et signe damour par la dicte ville de Rôme:et allerent a leglise de Sainct paul hors les murs deuisant ense ble par tresbonne familiarite. Le pape luy monstrant plusieurs nouuelles choses et an tiques par dedãs la ville/et aux champs. CLe lundi/mardi/et mercredi/le roy visita de uotement Sainct iehan de lateran. Saincte marie maior/et saict Sebastiã/troys des sept principales eglises. Et puis il fut aux trois fôtaines ou saict paul fut deca pite et si fut veoir a la porte latine la ou sainct iehã leuãgeliste fut voulu en huyle. Et puis fut veoir semblablemêt ou sainct Pierre fut crucifie.

CLôment le roy partit de Rôme et cômment il passa par les villes
en faisant son voyage de naples.

E ieudi.xxbiii.iour de iãuier/le roy ouyt messe a sainct marc. Et puis acô

Le departe ment du roy charles de rô me pour ty rer a naples. paigne de ses pensionnaires/ses cêt gentilz hômes/deux cens arbalestriers Gascons six mille alemans en vne bende et.viii.cens lances qõz se mar choyent p les rues de rôme sen alla disner au palays du pape pour hônorablemêt prê dre côge de luy de quop les pape alexãdre et plusieᵘs autres seigñrs romains furêt grã demêt merueillees/car de long têps ne auoit este veu yssue de prince en telle maniere/et si grãde habõdãce de gês darmes sãs plusieᵘs autres bêdes et opagnies qõz desia mar choyêt a lauãgarde auecques lartillerie qui estoit deuant le pape alexandre donna sa benediction au roy a son departement . Et pour la compagner iusques a Naples il

luy donna son filz Cesar le cardinal de Valence la grande:z si luy donna pareillemēt
zizim le frere du turcq pour en disposer a son bon plaisir.Et ainsi partirent de rōme
le roy le filz du pape z le turcq zizim z allerent au giste a marigne vne ville des colon
nois.CLe vendredi.rrir.iour de ianuier le roy fut au giste a belistre z fut loge en lo
stel de leuesque la ou il seiourna iusques au.iiii.iour de feurier. Et ce temps durant
ledit filz du pape alexandre se destoba secretement par nuict z retourna au pape a rō   Le roy a Beli
me lequel auec sondit filz se pariurerent du serment quilz auoient fait au roy de fran   stre
ce.Et pareillement ne tarda gueres que ledit turcq zizim mourut/car on lauoit don
ne au roy tout empoisonne.CLe samedi dernier iour de ianuier furent print dassault
la ville z le chasteau de montfortin pour le roy)estant tousiours audit belistre duquel
lieu il partit le mardi.iii.iour de feurier z alla a ville mont et le mescredi a florentine
Le.ieudi ensuiuāt.v.de feurier/le roy ouit sa messe a florētine auquel lieu vint a luy
vng.iuif qui de son bon gre luy requist estre baptise/ce quil fut fait par leuesque de
angiers z le tint ledit roy sur fons lequel luy dōna son nom charles.

CLentree du roy charles a Verlic

LE vendredi.vi. de feurier le roy entra dedans Verlic/ et luy estoiēt venus
au deuant les seigneurs de leglise/ses nobles et autres quilz le cōuoierent
iusques a son logis auecques clochettes/luminaire/torches/z cierges:car   Lentree du
ilz auoiēt aporte le chef de saincte marie iacobe seur de la vierge marie au   roy charles a
deuant dudit roy qui estoit belle chose a veoir. CLundi.ir.dudit mops de feurier le   Verlic
roy alla disner a bahut vne belle place et bien forte. Et puis il alla veoir le siege que
on tenoit pour luy deuant le mōt sainct iehan q' estoit vne forte place ville z chasteau   Le siege z la
bien garny de viures z aultres choses necessaires a la guerre. Mais non obstant q̄l   prise du mōt
que deffense furent prins la ville z le chasteau pour le roy sans y auoir seulemēt tues   sainct iehan
que enuiron.rrr.hōmes du party des francois. Et en icelle ville z chasteau furent
par compte tues z occis sept cens z.vi.hōmes.CEt consequēment marcha tousio²s
le roy auant exploictāt son voyage z passant par aulcunes villes en certaines iour=
nees fuyant tousiours deuant luy le duc de calabre auecques son armee. Et tant q̄   La fuyte du
le vendredi.viii.iour dudit mops de feurier le roy passa en la ville de aquin de laquel   duc de cala=
le fut ne le docteur sainct Thomas de aquin de sordre des freres prescheurs qui fut   bre
yssu de noble sang.Et le samedi ensuiuant le roy fut z passa a sainct germain mont
forte ville z fort chasteau/auquel iadis sestoyt tenu le grāt roy charles filz du roy pe
pin de frāce la ou il tenoit fort contre ses ennemps/car ce lieu est le passage de toutes
les parties de la fin de la terre par dela.CDimenche.rv.iour de feurier le roy fut au
giste a mignague:z le lendemain ensuiuant a saincte marie de correge la ou le Roy
fut hōnorablement receu des seigneurs de leglise/nobles z aultres du cōmun popu=
laire dicelle dicte ville:et la vindrent nouuelles au roy que le duc de calabre sestoit p=   Lentree du
ty z retire de cappe/mais quil y auoit laisse aulcuns capitaines auecques leurs gēs   roy charles
darmes et artillerie pour resister a lencontre delup.A quoy fut pourueu sagemēt   viii. a saincte
car quant le roy eut cheuauche le mardi ensuiuāt iusques a coup ceulx que ledit duc   marie de cor
de calabre auoit laisse dedans la ville z le chasteau dudit cappe vindrent hōorable=   rege
ment par deuers le roy z luy presentāt les clefz de la ville et le priant que son bon plai
sir fust y aller en personne ce quil leur promist et le feist.CLe mecredi.rviii.iour du

Dit mops de feurier le roy feist son entree dedans la ville de Cappe la ou il fut receu moult honorablement auecques tous les nobles princes & seigneurs de son trein & plusieurs aultres gens de guerre chascun bien en point & armes qui fut moult noble cho

La venue des seigñrs o na= ples pour sa luer le rop charles.Viii. en la ville de Verse & lup p senter les clefz de lad Ville de na= ples.

se a veoir & de quoy tous ceulx du pays furent grandement merueillez le roy fut loge au chasteau & en feist a son bon plaisir. Le lendemain ieudi ensupudt le roy aps seruir a dieu fut disner & au giste a verse auquel lieu la plus grade partie des nobles de la cite & du pays de naples vindrent le lendemain p deuers icelup roy charles por le saluer en lup certifiant coment le roy alphonse & le duc de calabre estoient en fupte et hors dudit naples. Et en ceste asseurance lup presenterent les clefz de la ville & les homes pour en faire a son bon plaisir. Et des lors y alla le seigneur mareschal de gpe et aultres gras seigneurs auecques ceulx de naples pour preuoir au fait du logis du roy & aduiser de son armee. Et ce iur fut prins et mis a rancon le seigneur birgile conte de potilanne.

Quel est le lieu de ponge real:et comment le rop charles y disna.

Le samedi.xxi.iour de feurier le roy apres sa messe ouye fut disner a ponge real qui est ung beau lieu de plaisance asses pres de naples & auquel sont plu sieurs belles choses a veoir come maisons escuperies et belles fontaines en

Le rop char= les a ponge real lieu de plaisance ps la ville de na ples

diuers lieux politement esleuez a beaulx ymages de fin allebastre il p auoit adochz la dedans de toutes manieres de opseaulx tant de la mer que dautres lieux come pa peguetz vers & gris faisans perdris paons & aultres plusieurs. En ce lieu de ponge real a ung parc tout circup de muraille plus grant que le boys de vincennes pres pa ris, lequel est tout remply darbres fructiferes & especiaulx come orangers dattiers qui portent les palmes oliuiers cypres pins grenadiers rosiers blancs & vermeilz en grande quantite pomiers poiriers pruniers de toutes sortes:& plusieurs aultres arbres de tous nouueaulx fruictz. Grans romarins marioraines eulletz giroffliers hermeries et fleurs de toutes sortes auecques toute diuersite dherbes & estranges ra meaulx mestairies en la closture grans bignobles blancs & claretz la ou croist vin

des gardes & munimens de ponge real

grec & latin asses pour cuillir mille pipes de vin. Il pa dedans icellup parc capitaines et aultres gens darmes ordonnes pour penser les bestes come cheuaulx iumens ha ras mules musetz & asnes cerfz biches dains lieures connps beufz beuffles va ches pourceaulx:& tout aultre bestial chapons poulles oysons canes priues & saul uages. Et en ce lieu auoit ung four a faire couuer les oeufz des poulles pour faire petis poulets sans estre couues par aulcune poulle ne aultre opseau quelconques. Et

Lentree de lar tillerie du rop charles Viii.a naples

semblablement en ce lieu a plusieurs nobles genitillesses. Ce iour de samedi fut cõ duite et menee lartillerie du roy dedans la ville & cite de naples et vindrent de rechef les seigneurs dudit naples par deuers le roy audit lieu de ponge real.

Comment le rop entra dedans naples sans faire solenelle entree pource que aulcuns chasteaulx et places dicelle ville estoiet encores tenuz & occupees par aulcuns du party de alphonse.

E dimeche.xxii.iour de feurier le tresnoble & victorieux rop charles.viii. ouit sa messe deuotement a ponge real. Et apres disner entra dedans la ville et cite de naples sans adoncques faire aulcune solenelle entree. Com bien touteffois quil fust honorablement receu des seigneurs de la ville: et

fut loge au chafteau de capone en la Bille de naples qui eft Bng fort lieu et maifon de
plaifance a Beoir. Sur quoy peult eftre icy note que aud naples a quatre chafteaulp
tant en la mer que en la terre ferme. Ceft affauoir le chaftiau capone/le chafteau no= Le nombre et
ue qui eft affis en terre et en mer/la citadelle ioignant ledit chafteau et le chafteau de les noms
loue qui fied en lamer fur Bng roc. Et oultre plus eft Bne groffe tour nommee pince des chafte=
faulhap. Et entre iceulp chafteaulp a fur Bng grant roc en la mer Bng aultre fort au aulp de Na=
quel a Bne groffe tour bien forte et de bonne deffenfe. Au deffus de naples eft Bne ab ples.
baye affez forte et laquelle regarde en la Bille Côe en Bne maniere de chafteau Et eft
affes pres des chartreup. CLe mefmes iour.pvii.dud moys de Feburier furent fai=
ctes les approches de fartillerie pour affieger le Chafteau noue/q eft a dire/chafteau
neuf. CLundi.pviii.de feburier fut faict Bng affault a la Citadelle qui fut mer=
ueilleufement batue de fartillerie des francops. CLe mardi fut prins et gangne de
affault cedict lieu de la Citadelle qui eftoyt Bne forte et puiffante place/la quelle fer=
uoit/côme de baffe court aud chafteau Neuf /car au par darriere deuers le chafteau
eftoiêt haults et profons foffes faicts a fond de Cuue:et du cofte deuers la mer eftoit
Bne chofe imprenable. Et ainfy elle ne pouoit eftre affiegee fors deuers la Bille/ dont
elle fut prinfe et gangnee. En cefte Citadelle furent trouuees plufieurs grâdes et grof
fes pieces de artillerie de diuers metaulp. Et femblablement Bng merueileup nom=
bre de tous biens feruans a la guerre/baftons/harnois et aultres plufieurs chofes .en
telle maniere que on fut bien lefpace de fip iours a en tirer toufiours grans biês a tou
te diligêce. Le mefmes iour Bint faire hômage au rop la ducheffe de Malfie/q ame= Les appro=
na fa fille auecques elle. CMercredi.pvB.de feburier le rop ort fa meffe a lânoncia ches au cha=
de de Naples. Et apres difner lup acôpagnie du feigneur de Montpenfier/et autres fteau Noue.
feigneurs de fon noble fâg fut a Bifiter ledict lieu de la Citadelle. Et Bid cômêt ceulp
quilz haftiuement feftoyent retprez dedans le chafteau neuf/quant elle fut prinfe/a=
uoyent bzulfe les fors bourg dicelle place ou furêt deftruictes plufieurs bônes mai
fons. CLe landemain qui fut ieudi ceulp du party contraire eftans audict chafteau Affault des
noue requirêt a parlementer/ce qui leurs fut ottroye par le rop et furent deputes po² frâcops a la
les ouyr parler. Le feigneur Angilebert de Cleues/le feigneur de Ligny Le bailluf de Citadelle de
diion/et le grand efcuper de fa ropne. Et tant parlementerent enfemble quilz eurent naples
treues.pviii.heures dedans led chafteau/durant lequel temps demanderent fortir
leurs biens et bagues faulues:ce quil ne leurs fut octrope/dont fut recommence a les
battre de artillerie bombardes/canons/ferpentines et aultres baftons plus fort que
deuât:et furêt faictes approches fi tresmerueilleufes que piteufe chofe eftoit deBeoir
la rupne et demolition dud Chafteau neuf. Et adoncqs ceulp dicellup chafteau Boy=
ans eulp eftre tant preffes par les nobles francops getterent Bne groffe pierre de ar=
tillerie de quop fa pierre Bint cheoir deffus la nef de lecglife des freres mineurs de lob Le rop char=
feruance/la quelle neffut toute froiffee et rompue fans faire mal a pfône:et fi eftoient les en fon fie
adoncques plufieurs gens en lad eglife. CLe rop Charles fut en fon fiege de ce Cha= ge au chaft=
fteau noue en propre perfonne dont ce Boyant fes ennemps requirent de rechef auoir au noue.
treues pour parlementer ce qui leurs fut encores ottroye/et dura tout leur parlemêt
iufques au Mardi.iii.iour de Mars. Et lors promirent quilz fe rendzopent au rop
de france/ fe leur rop Alphonfe ne leurs Benoit donner fecours en ladicte place dedâs

le Sabmedi prochain enfupuuant. Et pour ce faire/dōnerent en hoftage au rop qua
tre hōmes des plus gens de bien qui fuffent entre eulp. Et quant ced iour fut venu/
on recōmenca de rechef a les battre toufiours plus fort. Parquop ilz furēt cōtreincts

La redition
dud chafteau
noue au rop
Charles.

de tout habandonner:t fe rendirent a la bonne voulente du rop/fequel les receutp be=
nignement en telle forte quilz furent trefcontans de lup . Et incontinant furēt mps
dedās le chafteau bons capitaines et gens darmes francops pour le bien garder. Et
auffy les biens de ce lieu defquelz p auoit trefgrand nombre. CLe mercredi.iiii. iour
de mars euiron faurore du iour/le rop feift confequēment mettre le fiege au chafteau
de loue qui eft afire chafteau de loeuf/fequel fut merueilleufement battu dartifferie q
les pierres tōbant en la mer chaffopēt t tuopēt les poiffons. Parquop apres vefpres

Les feigūrs
francops en=
uopedu rop
au chafteau
de Loue

enuiron cinq heures ceulp du chafteau demanderent treues pour parfementer/ce q le
rop leur ottropa/eftant la prefent/fequel leurs enuopa le feigneur de ffoues/et le fei
gneur de Miolant pour fcauoir leurs intention/ce de quop ilz feirent rapport au rop
eftāt en fon foupper au deffuf chafteau de Capone fon premier logis. Et ce mefmes
iour le rop epiftāt a Ponge real la fille de fad ducheffe de malfpe eftoit en fa prefence
de fa mere montee fur vng courfier de pouffe/ fequel a bride aualee elfe feift courir et
eftrader quatre ou cinq fongues courfes. et puis encores le feift cōtourner/virer/ faul
ter/t faire pennades auffy bien ou mieulp q le meilleur cheuaucheur de tout le pays
CLe ieudi.v.iour de mars le rop apres oup: fa meffe(ce quil faifoit par vng chūn io
fans faillir en diuerfes t glifes). Alla cōme vaillant prince veoir et vifiter fon fiege de
uāt led chafteau de loue: la,ou lup eftant es trenchees de fon artifferie bien acoutre cō

le rop t le pri
ce de Tharē
te a parfer
enfemble.

me vng notable prince t trefbon gendarme/fe prince de Tharente le vint hūblemēt
faluer et parfer en telle maniere quilz parferent enfemble bien fagement affes lōgue
efpace/fes feigneurs du fang t aultres vng peu fepares . Car fe rop eftoit toufiours
bien acompaigne en tous fes affaires. CLeurs paroles finies fed prince de Tharēte
print conge du rop/t retourna en fa gallee qui flotoit fur mer pres le logis dicellup rop
ou eftoient en hoftage pour lup iufques a fon retour le feigneur de Lpgnp/fe feigneur
de Gupfe/t le maiftre dhofteil Charles de Vullac: aufquelz par fes gens dudict
prince furent monftres plufieurs belles gentilleffes et iopeufetes en fadicte galee: t
fi leur feift moult honozable chere le prendme prince quāt il fut retourne de parfer au
rop:et puis au departir leur depria ampablemēt faire fes humbles recōmendations
a icellup feigneur/ce quiz feirent de trefbon cueur. CLe vendredi.vi.iour de mars en=

Les feigūrs
francops cō=
mis t depu=
tes a la gar=
de du chafte=
au Noue

trerent pour le rop dedans le chafteau noue/fe feigneur de Creffol t meffire Gabziel
de montfaucon auecques leurs archers:t eurent tous fes biens en garde qui eftoit bel
le chofe a veoir. CEt fe famedi enfupuant ent ra fe rop aud chafteau noue/fe quel ilvi
fita a fon bon plaifir. Et ce mefmes iour vint encores le prince de Tharēte pour par
fer au rop en la maniere q deffus. Mais il ne arefta gueres fonguement pource quil
eftoit defia tard t retourna en fa galee. Ce iour de famedi/ vint t arriua en naples fe
prince de Saferne/fequel auoit efte fugitif fefpace de cinq ans. pour la creinte du rop
Alphonfe vfurpateur de ce lieu de naples. Et ce mefmes iour icellup prince trouua vng
fien filz que led Alphonfe auoit detenu prifonnier. Mais fe cardinal de fainct pierre
ad vincula fe auoit rachete t pape groffe rancon pour lup. CDimenche.viii.iour de
Mars apres difner/fe rop alla a fon fiege dud chafteau de loue/ et enuopa fe preuoft

de Paris et lescuper Galliot pour sōmer ceulr qui se tenoyent de luy rendre:ou quilz
aroyent vng dur assault:ce qui fut faict moult asprement:car en moins de trois heu
res apres furent tires plus de trops cens coups de artillerie contre led chasteau. Les
assaulr furent tousiours depuis continues par les francops contre ledict chasteau **Grande de-**
Le dimenche/lundi/mardi/z mercredi ensupuant. En telle maniere ql estoit moult **molition du**
fort dommage/et fut abbatue lune des grosses tours tant quon veoiet par tous les **chasteau de**
lieux dicellup chasteau et pour la vehemente impetuosite du son de lartillerie estopēt **loue**
veus plusieurs gros poissons mors flottans sur la mer qui estopēt ainsp assommes
pour la tormente et oppression des grosses pierres qui cheoyent dedans . Et durant
ce temps vng des gens du rop se auentura de nager sur mer/de puis le siege iusques
audict chasteau/afin de veoir leurs contremines:mais ceulr estans dedans ceste pla
ce lapperceurēt/z le chafferent a force de pierres gettees a la main:car il ne se poupēt
greuer de seur artillerie:dont retourna franchement au siege. Parquop le rop vopā̄t
se debnoir quil auoit faict lup feist donner.rr.escus dor. Le ieudi.riii.iour de mars/
se rop apres seruir deuotement a dieu disna audit siege de Loue. Et fut le chateau en **le capitaine**
cores tant battu de artillerie que se capitaine qui estopt dedans fut contraint de sor **du chasteau**
tir:et humblement vint parler au rop lequel il pria z requist iustement a genoulr/la **de loue/a ge-**
teste nue/et ses mains ioinctes que son bon plaisir fust lup donner treues iusques au **noulr pour**
sandemain/ce que se rop lup ottrop a parquop furent enuopes auecques icellup capi- **impetrer tre**
taine dudit chasteau. Le prince de Salerne z le mareschal de Gpe pour parlementer **ues au rop.**
a tous les autres qui estoient dedans. Le vendredi.viii.iour ensupuāt le rop oupt
messe aur chartreur a Naples:et puis il disna encores es trencheesde son siege . Et
ce iour lup fut rendu le chasteau a son bon plaisir: z p ordonna capitaines Claude de
rabaudanges/et le seigneur de lavernade auecques autres nombre de gens quilz requirent z demanderēt et ne furēt sors ostes aulcuns biens meubles dicellup chasteau
desquelz p auoit moult grand nombre.

    Comment le rop receupt les hommages z fidelites des princes
    et princesses du ropaulme de Cecile pays de Naples z autres lieur
    dud ropaulme/ et ordonna officiers pour le regime et gouuernemēt
    des pays.

Dimenche.rv.iour de Mars le rop oupt sa messe a lannonciade de naples
Et puis se retira en sō chasteau de Capone la ou il fut par chascun iour cō
tinuellement pour aulcune espace de puis ce iour iusques au dimenche en
supuant.rrir.iour de Mars a recepuoit les fidelites z hōmages des pri- **les fidelites**
ces et princesses nobles seigneurs z gentilz hōmes du ropaulme de Cecile:pays de na **z hōmages**
ples:z autres terres dudict ropaulme/cōme la bourde/Calabre/z la Poulle auecqs **z faictes p les**
aultres plusieurs pays z regions subgetz a icellup ropaulme. Le rop feist establir z **seigñrs et da**
ordonner lieur ou seropent tenus la chancelerie auecques les offices des comptes du **mes dē pais**
Tresor des requestes/et autres offices z officiers du demaine du rop/cōme au pays **de naples au**
de france. Et la presidopent/le chancelier/z le president de Gapsnap auecques les se **rop Charles**
cretaires du rop/apans soubz lup seaux grans z petis a queue simple z a queue dou-
ble/pour donner graces z remissions aulbaynes et forfaictures des delitz cōmis. Il
ordonna maistres et gens des monnopes/pour forger pieces dor et aultres pieces de

mõnope mierques dune part des armes de frãce/τ de lautre part de cecile/τ croifetes
potences de hierufalem.CLe roy ordonna pour fes officiers efdicts pays de Naples

Officiers oz
dõnes es
pays de Na-
ples.

et autres terres dudit royaulme de Cecile plufieurs feigneurs nobles gentilz hõmes
et autres de fes gens. Et fut tout paffe par la courde la chãcellerie cheulr le roy aiſi
cõme il eft faict en france.   CLe roy alloit fouuent iouer τ fop efbatre a ponge real
pour ce que ceſtoit bng beau lieu et plaifant aBeoir duquel eft cy deuant parle. Et le
iour dung mercredi.ppB.de mars eftant le roy a oupt Befpres en leglife de noſtre dame de confolation a Naples Bindrent nouuelles q̃ le pays et Bille de Gapette eſtoit
prins et rendu au roy lequel incontinant y enuoya le feigneur de Beaucaire pour en

Les iouftes
criees τ pu-
bliees a Na-
ples.

prendre poffeffiõ.CDimẽche.ppi.o.dub mois Mars furẽt criees τ publyees iouftes
en fa grande place pres le chaſteau noue fefquelles iouftes furent tenues le mercedi
ppii.iour de Auril enfupuant. Et duraut ce temps le roy Bifitoit tous les iours plufieurs deuotes eglifes τ religions aub lieu de Naples/τ auffy allaBeoir plufieurs lieur ou eftopent factes et labourees meintes chofes nouuelles en icelle Bille/τ fi Bifita
fes chaſteaulr/τ les biens qui eſtopent dedans.CMardi.piiii.de Auril fes nauires
et galees de france arriuerent au port de Naples en moult grand triumphe dont le
roy Charles fut trefioyeur τ tous les francops.CLe ieudi abfolut.pB.iour de Auril
le roy feift fa cene deuotement en leglife de Sainct iehan et laua fes piedz a.piii.pou
ures/obferuant les cerrmonpes et dons en ce cas acouſtumes.Ainfy cõme en france
Et feift le fermon meiſtre Jehan pinelle docteur en theologie de Paris . Et lequel
prefcha encores le landemain iour du fainct Bendredi de la paffion de noſtre feigneur
CDimenche.pip.de Auril/iour de pafques.Le roy Charles fut confeffe en leglife de
Sainct pierre ioingnãt fon logis. Et ce iour toucha et fana les malades des efcrou-
elles au lieu de Naples pour fa.ii.fops qui fut moult belle chofe aBeoir.Et mefmen

Le roy gue-
rit les mala=
des des
efcrouelles/
le fainct iour
de pafques.

a Bng tel iour dont tous les feigneurs et dames de Naples feirent grande τ louable
eftime.et aps ce faict le roy alla ce io² oupr fa grãde meffee le diuin feruice a leglife de
fainct Jehan fa ou fut faict loffice par le cardinal de Saint malo acompagnie de au
tres reuerenbs prelats τ feigneurs de leglife.

　　CDe iouftes tenues a naples par le feigñr de Chaſtillõ et le feigñr de Bordillõ.

m

　　　Etcredi.ppii.iour de Auril roy oupt meffe au lieu dict le mont de Oli
　　uet audict Naples . Pups il difna au logis du feigneur de Clerieulr.
　　Et apres difner alla moult honnorablemẽt acompaigne de fes gens en
fon lieu quil auoit ordonne es lices ou fe debuopent faire les iouftes. Efquelles furent
et afifterent plufieurs grans feigneurs et dames des Jtales.Et durerent de pups ce
iour iufques au premier iour du mops de May prochain enfupuant. Les tenans du

Leglife cahte
dral de Na=
ples fainct
Genp.

dedans dicelles iouftes fe nõmerent Chaſtillon/et Bordillon.Et au regard des def
fendans/le nombre en eſtoit incõgneu:car ilz tenopẽt a to⁹ Benbs pour Beu q̃lz fuffẽt
gentilz hõmes τ de toutes lignes. Bng chũ y fiſt fon debuoir.dont furẽt les frãcois
foues.CDimenche.iii. iour du mops de May le roy oupt fa meffe a fainct Genp q̃
eſtoit le iour de feſte folennel de la grande eglife chathebrale a naples.Par quoy y euf
grãde enfemblee de trefreuerẽs cardinaulr/archeuefques/euefques/et autres prelats
cõſtitues en dignites.En ceſte eglife fut monſtre au roy le chef du predit faict Genp
qui eſt Bng refiquere bien digne et de grande eſtime.Car ainfy que le roy eſtoit deuãt

qui est vng reliquere bië digne a de grãde estime/car ainsi q̃ le roy estoit deuãt le grãt
autel dicelle eglise/on luy apporta du precieuɤ sang dicelluy sainct dedãs vne grãde
ampolle devoirre/puis luy fut dõne vne petite verge dargẽt poɤ toucher adoncq̃s leſ
sang/leq̃l estoit dur cõe pierre/mais apres q̃l fut vng peu pose sur lautel il cõmëca in
cõtinãt a soy eschauffer a mollir cõe ce fust le sang tire recëtemẽt de hõme viuant/de
quoy plusieurs grans seigñ̃rs frãcois a aultre cõmun populaire furent grandement
merueilles de veoir vng si noble miracle. Et plus disoiẽt les seigñ̃rs de leglise a aul
tres de la seigneurie dudit naples q̃ par ce digne chef a sang du benoist sainct Geny Merueilles
auoiẽt congnoissãce de beaucop leurs requestes enuers dieu/car quant leurs prieres du chef a sãg
estoiẽt bõnes a iustes ce sang se eschauffoit a deuenoit mol. Et se leurs prieres nestoi de saict geny
ent de iuste requeste il demouroit dur a solide. Et aussi disoient oultre plus q̃ par ce
sang auoiẽt cõgnoissance de leur prince sil deuoit estre leur seigñ̃r ou nõ. ¶Lundi .iiii.
iour de may et autres precedẽs a aps̃ le roy auoit ordõne maistre Jehã du boys fon=
taines/a le maistre dhostel de Bresse acõpaignes te autres auec eulɤ pour faire in
uẽtoire a prise des bië̃s meubles du chasteau noue/cõe riches draps doɤ a dargẽt/ve Jnuentoire
sours draps de soye et de layne/vaisselle doɤ a dargẽt/espiceries/drogues/tapisseries des bië̃s meu
tẽtes/pauillõs de toutes sortes/auecques toutes manieres de vtẽsille de guerre par bles estans
mer a p terre/harnoɤs/bardes/toɤ acoustremẽs de cheuaulɤ/artilleries/pierres de au Chasteau
fonte/pouldres/piques/gusarmes/partizeines/espees/rapieres/dagues/bou noue a Na
cliers/arcs/arbalaistres/traict/sagettes/dars/a iauelots/pauoɤs/brigandines/sala ples.
des/cuyrs bouillis a nõ. Et gñalemẽt auoit en plusieɤs sales a chãbres dicelluy cha
steau tãt a si grãt habũdãce de tous bië̃s a en toutes sortes a manieres q̃ cestoit vng
triũphe a veoir a cõe chose inestimable. Les chapelles estoiẽt fournys de moult beaux
ymages d̃ fin albatre/a de marbre/il y auoit sẽblablemẽt ymages/ioyaulɤ a reliquai
res doɤ a dargẽt garnies de pierres pcieuses q̃ estoiẽt de moult grãde estime. Et aussi
nest pas a doubter q̃ les aultres chasteaulɤ dessusz fussent moys fournis q̃ cestuy.

    ¶Dung Italien decapite pource quil auoit tue vng page frãcois a Dung italiē
mange son cueur:a des aultres choses de naples a des enuirõs de la decapite a na
ville iusques a la solẽnelle entree du roy charles en icelle ville. ples

m   Ardi.v.ioɤ dud̃ moys de may aps̃ disner fut p sentẽce de iustice decapite vng
    Jtalien pource q̃l auoit tue vng page frãcois a mẽge son cueur/dont plusieɤs
des italiẽs a napolitains furẽt moult hõteuɤ a marris de ce reproche aduenu en leur
nation. Les iours ensupuans le roy (aps̃ q̃l auoiẽt seruy a dieu) visita les douanes de
naples q̃ est le lieu la ou se faisoiẽt les galees/naues a galeaces/desquelles il en dõna
vne au seigñ̃r Seneschal:a vne aultre pareillemẽt a messire Gracian de guerre:q̃ tã
tost aps̃ mist la siẽne en mer bië eq̃ppee a acoutree de toutes choses en grãde triũphe
¶Le vendredi.viii.de may le roy fut ouyɤ messe a nostre dame de la cite q̃ est vne re
ligion de sainct augustin/a y disna ce iour. Apres disner partit le roy a sen alla sur le
bort de la mer iusques au cõmencemẽt du mont de la Crotte qui est vne montaigne
asses haulte:et ny a point daultre chemin selon le trein dicelle mer/si nõ le ptuis ou ca
uerne de ce lieu q̃ est pl̃ſ dune lãce de haulteur:a aussi large a y entrer a a enuirõ vng
quart de lieue de long. Les entrees a issues de ce lieu fait cler a au meillieu vng petit
obscur. Dultre ceste Crotte ou cauerne q̃ le roy passa a vng beau payɤ plain a droit

p

Bng peu eſlongne de la mer et aſſes pchain des mōtaignes tout plain de ozangiers
pōmiers/poiriers/z aultres arbzes/pzes frōment/z pays fertille. Et iſſecꝗs pzes
eſt Bne petite Bille ſur le bozt de la mer pzes Bne aultre petite Bille qui pour la plus

Bne mōtai-
gne ardante
pzes naples

grande partie auoit eſte perie en mer. Bng peu plus loing oultre ceſte Bille eſt le lieu
ou len fait le ſouffre en Bne grande montaigne moult fozte laquelle bzuſle et art touſ
iours:z czop ꝗ ceſt le mont Ethna/du quel ont eſcript les poetes z hyſtoziographes.
Le roy y Beid faire le ſouffre deuant ſa pzeſence. En la plaine de ceſte montaigne a
deup Bndes z ſouzces de eaues:dont lune eſt chaulde z noire cōme encre/z bouſt cōe
eſtant ſur le feu:z lautre ſouzce eſt Blance z froide cōbien quelle ſemble bouliz. Et en

Le Bent dūg
trou impetu
eup qui ſou-
ſtiēt les pier
res z le bops

la Baſſe de ceſte montaigne eſt Bng trou hydeup a merueilles / du quel part et ſourd
Bng ſi trelfozt z impetueup Bent quil ſouſtient les pierres/le bops/z tout ce quon get
te dedans ledit trou ſans eulp enfondzer ne bzuſler/combien quil ſoit chault z ardant
ainſi ꝗl fut experimente. Le roy alla cōſequement en Bng aultre lieu de epcellence la
ou eſt faict le alun de roche/lequel il Beit faire en Bne chauldiere z conuertir en fozme
de ſel. Et de ce lieu alla encozes le roy en Bng aultre Bal ou yl pa Bng grant lac pzo-

Bng trou
meueilleup z
de grant dā-
ger deuāt le-
quel ſōt moz
tifies et eppi-
res toutes
choſes Biuā-
tes cōe il fut
epperimēte
deuāt le roy.

fond long/z large. Au pzes du quel ſont eſtuues chauldes et ſeiches et ſans aulcū feu
fozs la chaleur de la mōtaigne qui eſt nouuelle choſe a Beoir/car tout ce fait ſans arti
fice. Et apzes toutes icelles choſes fut monſtre au roy cōme Bng trou z pertuys tout
ronds dedans lune dicelles mōtaignes z pzes ledit lac/lequel trou eſt moult dāgereup
Car incōtinant quon y met aulcune beſte ou oyſeau Biuant il eſt incontināt mozt et
expire/ce qui fut experimēte deuāt led roy. Car on y getta Bng aſne z Bng chat tous
Biuans/mais ilz furent ſubitemēt mozs/dont ſemble eſtre Bng gouffre infernal. Et
quant le roy eut tout ce Beu il retourna au giſte a naples. Et le ſamedi. ip. io² de may
le roy fut oupz meſſe z diſner aup chartreup qui ſont en hault ſur Bne montaigne la
ou il fut trelreuerēment receu z en moult grand hōneur. ¶Le dimenche z le lundi ſup
uans le roy feiſt ozdōner ſes pzeparations pour faire ſon entree ſolēnelle a naples

  ¶Comment le trelcreſtiain/trelpieup/z illuſtre roy charles. Biii.
feiſt ſon entree ſolēnelle z moult triūphāte en la Bille de naples.

Diſpoſition
de la ſolēnel-
le entree du
roy charles

E mardi. pii. iour de May lan de noſtre ſouuerain ſeigneur Jeſus chziſt
mil. iiii. cens. iiii. pp. z. Biii. le trelcheſtiain roy de france empereur de cō
ſtātinople z roy de cecille charles. Biii. de ce ncm oupt ſa meſſe deuotemēt
en leglyſe de lannunciade a naples z incontinant apzes diſner ſe retira au
lieu de ponge real/ou furent tantoſt aſſemblez tous les grās pzinces et ſeigneurs de
ſon trelnoble ſang z aultres du royaulme de france auecꝗs pluſieurs nobles z gentilz
hōmes des pays de Jtalie/leſquelz eulp tous ſeſtoyēt triūphāment iſſecques retires
auecques leurs gens pour honozablement acōpagner le deſſuſd roy a faire ſon entree
dedans la Bille z cite de naples cōme pzince treſepcellēt/laquelle choſe fut moult ma
gnifiquement faicte z en grande triūphe/cōme cy ſenſuit bzefuement. ¶Le roy eſtoit
trelſumptueuſement Beſtu z habitue en habit imperial dung grand māteau de fine
eſcarlate a Bng grand collet reuerſe/le tout moult richiment fourre z mouchete de fi
nes Ermeries/il tenoit la pōme doz ronde z ozbiculaire dedās ſa main deptre : z a
lautre main ſon riche ſceptre imperial. Jl auoit deſſus ſon chef Bne courōne de fin oz
moult honozablemēt z richemēt garnie de pierres pzecieuſes. Et ainſi imperialemēt

Vestu et habitue estoit treshonozablement monte sur vng beau cheual acoutre et houf se de mesmes cõe bien luy apartenoit. Et aussi il estoit dung chascun nõme et appelle Auguste: Vng riche poile de fin drap doz estoit porte sur luy par les plus grans et honozables de la seigneurie de naples. Et alentour de luy estoit honestement acõpai gne de tous ses laquetz chascun vestu de beau drap doz. Le preuoft de son hostel estoit deuant luy acõpaigne de tous ses archiers et chascun a pied. Et pareillement y estoit le seigneur de Beaucaire representant le Conneftable de Naples. Et vng peu deuãt le roy estoit le seigneur de Montpensier. Comme vice roy et lieutenant general des pays de Naples. Apres estoit le prince de Salerne auecques plusieurs aultres princes et grans seigneurs cheualiers de lordre et parens du roy. Comme le seigneur de breffe le seigneur de Foues le seigneur de Vendosme le seigneur Loys de Luxembourg : et autres lesquelz estoyent tous vestus et habitues de grans manteaulx comme le Roy le seigñr de Piennes / et le maistre de la monnoye de naples auoyent la charge de oz donner conduire et mettre en bon ordze ceste noble entrée solénelle. Les rues de la vil le de naples estoyent toutes tendues et parees de riches draps de tapifferie. Les feux de ioye et plusieurs esbas y furent faicts et dresses en grande excellence et triumphe. Les belles places de la ville estoient les nobles et seigneurs de naples auecques leurs femmes et bien acoutrees cõme nobles dames. Vng grãd nõbre diceulx seigneurs et dames de la ville et des pays de Naples venoyent au bon roy charles affectueuse ment: et par bon vouloir et amour luy presentoient leurs enfans masles eages de dix. xii. viiii. vi. et vi. ans requerãt les faire cheualiers et mettre en ordze militante de sa ppre main. Ce quil feist voluntairement qui fut moult belle chose a veoir. Et brief est aussi a noter que toute la cõpaignee du treschriestiain roy a ceste noble entrée estoit la plus gorgiase triumphante et magnifique chose q on peust iamais veoir pour estat de prince. Car la estoient les grans seigneurs/maistres dhostel/chambellans/pensiõ naires moult bien vestus et richement acoutrees en vng tresgrant nombre. Les qua tre cens archiers de sa garde et les deux cens arbalestriers tous a pied et chascu deulx honestement armes et bien acoutres de leurs abillemés et hocquetons charges de ri che orfauerie/et tous aultres parcillement vng chascun selon leur estat. Et en ceste maniere fut moult noblemét introduit le roy en sa ville et cite de naples/et puis me ne triumphãment en la grande eglise cathedzalle dicelle cite/la ou il feist reuerémment sa douotion deuant le grant autel de leglise. Dessus lequel estoit le chief de sainct Ge ny et son digne sang de miracle que aultre foys fut monstre au roy. Et apres quil eut faicte sa deuotion il fieist serment a ceulx de Naples de les pteger et defendze garder et entretenir tous leurs loyaulx droitz/et sur toutes choses luy prierét et requirent tres humblemét auoir franchise et liberte/ce quil leur octroya et dõna boulétiers de tresbõ cueur:dont tous iceulx seigneurs de leglise et du tépozel furent trescontans et ioyeulx et feirent plusieurs grandes festes et solénites tant pour lhõneur de sa presence et bien venue que pour les biens qui leur faisoit. Et semblablemét estoient illecques les sei gneurs de eglise lesquelz feirent encores leurs demandes et requestes en particulier. Ausqlz le bégnin roy charles cõe debõnaire et humain leur feist et dõna si tresbõne res ponse a tous qui se tindzent pour bien contans. Puis tout ce fait et ordõne ainsi cõme dessus est dit:le roy fut honozablement tousiours cõduit et remene iusqs a son logis

P.ii.

Le roy char les nõme et appelle Au guste

Lhõneur des seigneurs et dames de na ples faicte a la triumphã te entree du roy charles

Le roy char les feist che ualie rs plu sie²s ieunes enfãs des sei gneursde na ples

La reception du roy char les en la grã de eglise de naples

Le serment du roy aup seigneurs de leglise et de la temporali te de naples

Les ambaſ=
ſades des pa
ys de naples
au roy Char
les

¶Mercredi Jeudi Vendredi Sabmedi & Dimẽche le roy eſtant touſiours a naples
receut pluſieurs ambaſſades des billes tant des pays dud Naples et calabre: cõme
de Price & de la Poulle touchant le faict de leur gouuernement & pour ſcauoir qui de
uoit demourer et reſider en leur pays pour le regime et adminiſtration diceulx ainſi
quil eſtoit de raiſon. ¶Lundi. vviii. iour de May le Roy oupt deuotement ſa meſſe
a noſtre dame de conſolacion: puis il diſna en ſon logis. Et incontinãt de bon heure le
roy eſtant en ſon chaſteau noue feiſt ung grand ſoupper & banquet aux nobles prin=
ces & ſeigneurs cy deſſus nõmez: lequel ſoupper fut moult ſolennel & ſerny de tous di=
uers metz en la grande ſale dicelluy chaſteau la ou furent aſſis en deux tables les ſei
gneurs de france et de italie auecques le roy a ſa table il y auoit pluſieurs trompettes

le roy receut
les ſermens
des ſeigñrs
de naples

clerons et diuers inſtrumẽs. Et tantoſt apes ce ſoupper le roy print & receut le ſermẽt
des ſeigneurs du pays & puis ſen retourna moult honorablemẽt conduit iuſques en
ſon logis. Et le ſendemain qui eſtoit mardi le roy fut encores tout le iour a Naples
et diſna en loſtel du prince de Salerne, auquel lieu y eut grant triumphe.

¶Comment le roy charles. viii. partit & print conge de ſa bille &
pays de Naples pour retourner victorieux en ſes pays de frãce
en ordonnant touſiours prudentement de tous ſes affaires.

Le iour du de
part du roy
charles

E mercredi. vv. iour du mops de May. Mil. iiii. cens. iiii. vv. & viii. le
roy Charles. viii. eſtant encores a Naples oupt ſa meſſe a lannunciade
et puis diſna encores en la bille de naples tout delibere de partir & prẽdre
conge de ce lieu et retourner en ſon royaulme de france. Pourquoy tous
les princes & grans ſeigñrs tant de france cõme de naples et aultres pays vindrẽt
tous au logis du roy pour prendre humble conge de luy. Et apres tout leur debuoir
faict et auſſi ſon conſeil tenu eulx eſtans tous enſemble en une grande ſalle, le treſde
bonnaire roy Charles print honorablement conge deux et de tous ceulx des pays de
italie en leur diſant hũblemẽt. A dieu. En laquelle choſe faiſant icelluy roy Charles
preſenta a tous ceulx des pays du royaulme de naples & cecille illecques preſens & a
ceulx qui y demouroient. Le treſnoble prince ſeigneur de montpenſier pour leur biſce

Le ſeigneur
de montpen
ſier biſce roy
& lieutenant
general pour
le roy a na=
ples

roy maiſtre regent et gouuerneur en ſon abſence eſdictz pays regions et contrees du
royaulme de cecille. Et a lors de ceſte heure les deſſuſdictz ſeigneurs & aultres dicel=
lup royaulme et pays de naples le receurent et accepterent boluntairemẽt pour leur
prince maiſtre & ſeigneur ſelon le bon plaiſir du roy. Et ainſi furẽt ordõnez & eſtablis
ceulx qui demouroient auecques ledit ſeigneur de Montpenſier aud royaulme trãſ=
montain: & le roy retourna en france auecques partie de ſes gens. Et en ceſte manie
re partit moult honorablemẽt Le roy charles. viii. de ſa bille & cite de naples ce iour
du predict mercedi quil arriua au giſte a Verſe en retournant de ſa conqueſte et bi=
ctorieuſe triumphe. Les iours dudit mops de May enſupuant le roy pour retourner
premier iuſques a rõme paſſa en aulcunes des billes deuant dictes et aultres la ou
il fut treſbien receu ainſi cõme a Cappe: a Caſſe ſainct Germain, pont cõme, Ly=
prienne, forcelonne, Laige balemonton & a Maringue.

¶Le retour du roy charles a romme.

Et lundi premier iour de iuing le roy charles. viii. fut au retour de son voy
age en la ville de romme a fut honozablement loge au palays du cardinal
de sainct clement a estoit moult bien acompagne de ses gendarmes auecqs
ses pansionnaires et gentilz hômes/ses gardes archiers arbalestriers souysses a ale
mâs en asses grât nombre. Car il fault icy presuposer quil auoit laisse auec le seignr
de montpêsier plusieurs grans seigneurs a moult grande partie de tous ses gendar=
mes au royaulme que iustement il auoit conquis a tant en la ville a cite de naples
côme es pays de Calabre la Poulle Gapette/a autres plusieʒs lieux a terres affin
de les tousiours garder a entretenir en sa puissâce a dition soubz la charge dudit tres
noble prince seigneur de Montpensier son lieutenant general audit royulme et tous
iceulx pays subgectz a dependens dicelluy royaulme. Et incontinant doncques
que le bon roy Charles fut arriue en la cite de rôme il alla comme bon catholique et
treschziftiain dedans la grant eglise de sainct pierre la ou il feist deuotemêt son orai=
son en presentant humblement son offrende a oblation a dieu pour luy rendre graces
et louenges de la victoire quil auoit eue a lencontre de ses ennemis a de ce quil estoit
venu triumphâment au dessus de ses entreprinses en tout son voyage de naples. Et
apres la bonne deuotion dicelluy roy charles il retourna en son logis. Il seiourna en
ceste ville et cite de rôme ce iour de lundi a le lendemain metant si tresbonne ordze et
regime en tous ceulx de son noble trein quil ny eut aucun scandale ne esmotion en la
dicte ville a tant du party de ses gens côme des habitans dudit rôme/ seigneurs de=
glise nobles bourgoys marchâs ne autre cômur, populaire. A laquelle chose pzoueut
moult charitablement le trescheftiain roy pource que le pape Alexandze estoit pour
lozs absent de Romme.

Le roy visi=
ta leglise de
sainct pierre

Declaration des villes ou le roy passa de rôme iusques a
floꝛence a son retour de naples en france.

LE tresnoble ɿoy de france et de Cecile Charles. viii. de ce nom partit de
la cite de Romme a son retour de naples en france/le mercꜩedi.iii.iour de
guing. Et en certaines iournees apres ensupuant passa en plusieurs ci=
tes/villes/bourgs/et en aultres lieux. Ainsy que cy est declare a Issola/a
Campanole/soultre/et puis a rosillon. Et le vendzedi. v.iour de guing icelluy roy a
tout baniere desplope entra luy a la plus grâde partie de tous ses gendarmes dedâs
la ville de Viterbe/la ou il fut de tous les habitâs/ seigneurs de eglise/nobles/a autres
moult honozablement receu en grande reuerence a honneur:et furêt encoꝛes au deuât
luy comme ilz auoyent faict au passer/il seiourna troys iournees en icelle ville/ pour
lhôneur a reuerence du iour de penthecoste qui fut le dimenche ensupuant/a fin de biê
seruir a dieu/a visiter le corps de saincte rose en icelle ville. Les gendarmes de sô auât
garde estopent ia passes iusques a Tonsannelle vne petite ville la ou ilz auoyent iu=
stement pɿie a requis leurs faire ouuerture/et leurs administrer viures/pour largêt
a en bien papât/ce qlz refuserent plusieurs fops. Parquop iceulx gêdarmes francois
vopât a psiderât leurs mauluaises vouletes:côe gês magnanimes a de noble cueur
les assaillerêt si vertueusemêt q a force de eschelles a aultremêt les pɿidzêt de assault a
entrerêt dedâs la ville/en la qlle furêt tues plusieurs des habitans dicelle a en asses
grât nôbze. et aussy ilz blesserêt a tuerêt aulcûs frâcois dôt icelle ville fut toute pillee

Ceulx de tô
sannelle refu
serêt viures
aux gens du
roy

pour quoy le roy fut mal contant/car elle apptenoit au pape.ℭLe lundi.Viii.de iuing

Le chasteau de Viterbe rē du auχ gens du pape
le roy leua le capitaine Gauache et ses archiers des toilles qui parauant estoient de meurez en garnison au chasteau de Viterbe ℸ le rendit auχ gens du pape/ puis se ptit dicelle Ville ℸ Vint au giste a montflascon ℸ le lendemain a la paille. Consequēment entra le roy charles pour la seconde fois en la Ville et cite de Senes la Vieille la ou il fut de rechief receu moult honorablement en faisant entree solennelle ℸ plus encores que la premiere fois. En eulχ submetant tousiours en sa bonne saulue garde ℸ prote

Le roy char= les ℸ son no= ble trein pō gibōnd le io² de feste du sainct sacre= ment
ction dudit roy/lequel les receut a luy et en sa charge moult benignement.ℭLe mer= credi.χVi.io² de iunig le roy partit de Senes la Vieille ℸ Vint au giste a Pongibōnd la ou il seiourna le lēdemain qui estoit ieudi iour du sainct sacrement/ et fut luy auec ques son noble trein moult deuotement a la procession et chascun a pied pour honora blement conduire le precieuχ corps de nostre seignr Jesus christ par la Ville ℸ iusqs en leglise qui fut chose moult solēnelle du sainct seruice qui fut faict. Et ce iour Vin= drēt nouuelles au roy que le seigneur duc de Orleans et de milan estoit Vaillāment entre dedans Nouarre malgre le seigneur Ludouic ℸ ses aliez. Le roy partit ce iour apres disner de Senes ℸ Vint au giste au chasteau Florentine: et le lendemain a Cā pane asses pres de Florēce.¡Mais au moyen de la grieue insolence que les Florentis firent alors qlz prindrent Pōteuelle de emblee feingnant estre de larriere garde des francoys le roy ne retourna point a Florence ℸ passa oultre sans les Visiter.ℭSab medi.χχ.de iuing le roy entra et repassa par la Ville de Pise: la ou les seigneurs de la

Le retour du roy charles en la Ville de Pise
Ville luy feirent de rechef Vne plus solēnelle entree quilz nauoīt fait premierement passant a faire son Voyage. Et brief luy feirent tout honneur en eulχ rendant tous= iours a luy et quil luy pleust les receuoir en sa garde ℸ protection.Par quoy il se deli bera leur Vouloir faire tout plaisir/et seiourna trops iours a Pise.ℭLe mardi.χχiii. de iuing le roy print conge des Pisains:puis ce iour passa a pōmart ℸ apres Vint au giste a lucques. En laquelle Ville il fut receu en grant hōneur/car tous les seigneurs dicelle Ville luy feirent de rechief Vne nouuelle entree en eulχ submetant tous a luy.

Le roy estāt a petre sain= cte
ℭLe mercredi.χχiiii.de iuing io² de sainct Jehan baptiste le roy partit de la Ville de lucques ℸ Vint iusques a Petre Saincte/ℸ consequēment a Sarsangue eχploitant tousiours son chemin. Et le Sabmedi.χχVii.iour de iuing le Roy estant encores a Sarsangue receut nouuelles de lassemblee de Ludouic ℸ des Venetiēs ℸ aultres de liberes de luy greuer tant que possible leur seroit/mais dieu ayde tousiours auχ siēs ℭLe dimenche.χχViii.iour de iuing le roy passa sa messe diligemment a

Le camp du roy Charles pres de pon= tresmola
la Boulle/ℸ apres disner oultre la riuiere feist parquer ℸ asseoir son camp du coste de ses ennemis deuers Pontresmola/et illecques dessoubz les tentes et pauillons le roy souppa auecq̄s ses gendarmes et toute ceste nupt ne cesserēt de sonner trōpettes et clarons en attendant lartillerie auecques les allemans de lauantgarde et aultres gens darmes.ℭLe lendemain qui estoit lundi le roy partit de son Camp pres de Vil le franche.Et apres ouyr la messe sen alla disner en Vne abbaye au dessus de la Ville de Pontresmola en laquelle il ne Voulut point aller pour ce que les alemans y auoyēt faict aulcun grand effort au passer:Ainsy cōme deuant est dict · ℭEt ce mesmes io² du lundi/le roy alla choucher droit au pied des Alpes/la ou feist parquer son cāp ius= ques a ce que toute son artillerie fut passee/en quoy furent faittes plusieurs grandes

diligêces. Et tant par le maistre de lartillerie Jehan de la Grange que par Claude
de saline: z tous les autres compaignons de lartillerie/qui fut vng merueilleux affai
re. Dont demora le roy en icellup son camp iusques au vendredi. iii. iour de Juillet.   Laudtgarde
Et en ce temps le mareschal de Gye acôpaigne de. vi. cens lances z. v v. cens Suys du roy char=
ses/auec tous leurs capitaines passa deuant esdictes alpes pour estre tous a lauant les es Alpes
garde: et resister aup ennemps. Et encores durant ce temps estant le roy en son dict z môtaignes
Câp/uy vindrent certaines nouuelles tant du seigneur de Aulbigny q de Gayette
et pareillement de ceulp de Naples/lesquelz auoient voulu tuer les francops/ le ieu=   Nouuelles
di iour du sainct sacrement ensemble aultres plusieurs nouuelles CLe mesmes iour venues au
de vendredi le roy commenca de passer les Alpes z môtaignes: z tellement quil disna Roy charles
a Verse/et vint au giste iusques a Case. Et le samedi ensupuât vint coucher au lieu
de Tharête. CDimenche. v. iour de Juillet le roy apres ouypt sa messe z seruir hûble Le roy char=
mêt a dieu vint disner au lieu de Fournoue: marchant lauantgarde z lartillerie puis les passât es
apres le roy en bataille: z larriere garde derriere conduicte par le seigneur de la Tri= Alpes.
moielle et chûn par bonne prudence/ les aielles vng peu a coste: le guet z les gardes
du roy. Et en ceste maniere marcha le roy moult courageusement enuiron deux mil=
les de paps qui vallent vne lieue frâcopse. Lors fut regarde z aduise de mettre le câp Le lieu z pla
du roy en vne belle place toute pleine de saulsayes/ praries z belles fontaines. et pour ce du câp du
lors furent trouues asses foins formens et auoines Pourquop le camp fut bien ordô roy charles.
ne en icellup lieu qui fut ioignant vne montaigne/ dessus laquelle p auoit vng petit
chasteau bien comble et garnp de tous biens estant au Comte Galleace.

      CComment le roy Charles. viii. fut iniquêmêt assaillp des Ro
      mains/ Lombars/ Milânois/ Venitiens/ Astradiots/ et autres
      nations/ ausquelz icellup noble roy et ses vaillans gendarmes
      frâcops feirent sy bonne resistance quilz demourerêt victorieux
      gaignant la bataille: et sy veinquirent z chasserent moult noble=
      ment tous leurs ennemps/ lesquelz estoyent bien dip contre vng/
      dont fut chose miraculeuse.

foidie ꝗ estat du roy Char les au partir de son camp ꝑs fournoue

Le lundi.Bi.iour de Juillet san de nostre salut. Mil quatre cens quatre Bingts et.piiii.le treschistiaiꝝ trespreuꝝ ꝗ tresnoble Char les.Biii. Estant en son camp ꝑres Fournoue oupt bien ꝗ deuote ment sa messe enuiroꝝ siꝝ heures du matin/ꝛ disna eꝝ Bng graꝛd pauillon ou il estoit demoure toute sa nuice bien garde et faisaꝛt bɔ guet.Et apres ce faict luy bien arme et moust richement acoutre monta a cheual enuiroꝝ.Biii.heures.Puis quant il fut ioinct auecques son artillerie il commencea incɔtinant a marcher moust hardiement ꝗ de grant courage desibere et assure plus que hɔme de sa compaignꝑe estant tousiours ses escoutes auecques se guet asses soing de sost ꝗ armee.Son auantgarde ꝛstoit a marcher en belle ordonnaꝛ ce et conduite ensemble trompettes ꝗ cheuancheurs auecques ses chefz et capitaines dicesse auaꝛt garde qui estoient se mareschal de Gꝑe ꝗ se seigneur iehaꝝ Jaques. Et asses ꝑres deuꝝ marchopent ses soupffes en belle ordie: conduits par se nobse seiɡꝝ de Neuers/se Bailsif de diion et se graꝛd escuper de sa ropne. Les acsses de sarmee esto

Les capitai nes de sartil serie du rop.

pent auꝝ deuꝝ costes bien equippes ꝗ en bɔne sorte. Apres marchoit sartillerie en bɔ ordie ꝗ bien acoutre/de saquelle estoient chefz ꝗ capitaines Gupnot de sousiers ꝗ Je haꝝ de sa grange.Consequꝭment marchoit sa bataille/ou se ropestoit en perɔne bien triumphament acoutre. Et a sentour de suy estoient estandars/banieres/et guidɔs desspoyes armoyes des fleurs de sys doi/auecques trompettes ꝗ clerons a grand nɔ bie/et tous triumphaꝛs. Et en apres supuoit sarriere garde biꝭ ordɔnee ꝗeꝝ bes estat de saquelle estoyent chefz ꝗ capitaines/se seigneur de sa trinousse et se seiɡꝝ de Gup se chuꝝ deuꝝ bien habitues auecques se guet ca et sa.Jl auoit este oidonne auant ꝑtir

du Camp q̃ tous les bagaiges/coffres bahus auecques les biuãdiers/ leurs biures
et aultres gens noŋ armes/ a pied ⁊ a cheual iroyent oultre les grauiers qui illecqz
eſtoyent a main gauche. de quoy fut donne la charge et cõduicte au capitaine Dudet
leql̃ p feiſt tout ſon poſſible. Mais a grand peine bouloyent ilz tenir oꝛdꝛe: dont mal
leurs en fut par eulp meſmes. Et apꝛes que la bataille fut ainſy oꝛdonnee ⁊ lartillerie bien acoutree et miſe en trein. Chũŋ commencea a marcher ſelon quil eſtoit conue
naſ̃ble pour combatre leurs ennemps Lombars/ Milannois/ Italiens/ Venitiens/
Eſtradiotz⁊ aultres natiõs/ Leſquelz auſſy eſtoyent ia fieremẽt partis de leur Cãp
pour benir contre les francops. Et tellement quilz commencerent a titer bne groſſe
piece de artillerie/⁊ aultres pieces bers le cartier de laudãtgarde. Mais pour çe ne fut
riens eſm…⁊ ne feiſt lauantgarde diceulp francops en riens deſcamper: car elle paſ
ſa touſiours oultre. Dont incõtinant que les maiſtres canõniers du roy charles peu
rẽt choꝑſit de ſoeul lartillerie de leurs enemps ilz tirtrẽt bng gros canon charge dune
groſſe boulle de fonte/ En telle maniere que du ſecond cop quil fut deſlache il rompit
et miſt en plus de mille pieces les baſtons quilz tiroyent auſi foꝛt contre les francois
et tant que ſung de ſeurs principaulp canonniers fut tue/ainſy quil fut ſceu par bne
trõpette diceulp/ſequel fut pꝛins tantoſt apꝛes. Tant cõtinuerẽt iceulp Canõniers
francops a tirer ⁊ deſlacher ſi treſimpetueſmẽt / que les aultres furent contreincts
deulp retirer en aultre part. Et en ces entrefaictes ſe cõmencerẽt a eſcarmoucher ca
et la les bngs ſur les aultres. Mais ce nonobſtant marchoit touſiours laudãtgarde
francoiſe en ſeurete et certain oꝛdꝛe pour conduira lartillerie/laquelle auſſy eſtoit bie
acompagnee des Supſſes/⁊ alemãs dung coſte ⁊ daultre. Et en ceſte maniere marcha touſiours larmee des francops en bertueuſe hardieſſe. Mais pour ce que ſes ſom
miers du bagage et autres gens de ſuptte cõme biuandiers ⁊ autres ſe miſrent en ql̃
que deſoꝛdꝛe/les ennemps lõbars/Venitiens Eſtradiots et aultres nations/ boyãt
la bataille des francops marcher/en ſi pꝛudente hardieſſe/et eſtre en conduicte de tou
te perfection cupdoyent trouuer aulcuŋ moyen de les deſregler/pourquoy ilz enuoye
rent bne quantite de Eſtradiots/Albanops ⁊ aultres manieres de gens de ſa partie
de ſa montaigne en paſſant par deuers ffournoue/leſquelz frapperent ſur ceulp dũ
bagage eſtant en deſoꝛdꝛe cupdant rompre ſadicte armee. Mais les frãcops eſtopẽt
ſi fermement deliberes/au bon pꝛouffit et honneur du roy/et de ſon royaulme q̃ tous
ceulp quilz illecques eſtopent monſtrerent auoir ſe cueur franc/amour loyal⁊ bouloit
entier. Car qui euſt peu beoir et imaginer ſe bon et aꝛdent deſir que les bertueux et
nobles gendarmes francops auoyent de bien ſeruir leur bꝛay roy et baleureup pꝛince
beu ſe grand danger merueilleup auquel ilz eſtoient tous enſemble: Je cꝛop quil neſt
hõme biuant quil neuſt eſte aulcunement cõuenu et pꝛouoque a pitie et ſermes de cõ
paſſion. Parquoy ilz eſt bien a cognoiſtre quilz eſtoiẽt fermes en larmee. dont ſeffoꝛt
et alarme deſdictes Eſtradiots⁊ aultres/ql̃z frapperent ſur ſedict bagage fut tantoſt
paſſe/et ſans faire aulcun deſcamper. Et auſſy qui euſt beu ſe treſchꝛeſtiain et bertu
eup roy ſop mettre et aduancer luymeſmes ſi treſauant et cõſtãment en la bataille.
beu ſe danger ou il eſtoit:car ſes enemps eſtoient dip cõtre bng. En quoy il mõſtroit
ſa pꝛoueſſe et que baillament il bouloit en pꝛopꝛe perſonne ſouſtenir et deffendꝛe ſon
honneur et iuſte querelle auecques ſes nobles gendarmes. Auſquelz par ſes paroles⁊

Cõmẽcemẽt
de la bataille
de fournoue.

La bonne in
duſtrie des
canõniers de
lartillerie du
roy.

La garde de
lartillerie du
roy.

le ferme bou
loir des fran
cops.

La cõtenãce
⁊ maniere
du bertueux
roy charles
eſtant en ba
taille a four-
neue.

Bône côtenãce il donnoit magnanime courage pour eulx virilemêt monstrer hardy et belliqueux/ct feroces contre leurs ennemys. En disant haultement a ses familiers et principaulx amys. Que dictes vous/tous mes seigneurs. Estes vous pas deliberes de bien me seruir au iourdhuy: voules vous pas viure ct mourir auecqs moy. Las ie vous prie et requiers tous que nous deffendons au iour dhy la noble coronne de frã ce que on culx rompre ct dissiper. Monstrons que france est vigoreuse/hardie/pleine de prouesse: et aussy trescheualereuse par dessus toutes nations/ne ayes point de peur mes amys: mettes toute crainte en arriere. Je scay de vray qz sont dix fois autant q nous sômes. Mais ne vous chaille dieu nous aydera/lequel desia nous a aydé iusqs

Le bon espoir du roy Char les au souue rain dieu
a icy. Il ma faict sa grace de vous auoir menes et conduicts iusques au lieu de Na ples/ou ya eu entiere victoire sur mes ennemys aduersaires. Et si vous ay encores amenes de puys Naples iusques a icy/sans oppression ne vilain esclandre. Esperãt encores de rechef soubz son bon playsir/de vous reconduire et mener/ sainement au pays de france/a lhonneur et gloire de nous: de vous: et de nostre royaulme. Et pour ce mes lopaulx amys ie vous prie ayes bon courage/nous sômes en bonne quercile/ dieu est a batailler pour nous/dieu veult au iour dhuy monstrer sa bonne amour/di lection/ct charite quil a aux bons loyaulx francoys. Par quoy ie vous prie treseffectu

Le roy conso loit ses gêdar mes.
eusement que chûn se fie plus en dieu/et en son singulier ayde/que en la puissãce ct for ce de soy mesmes. Et en ce faisant ne doubtes point quil nous donnera facul e et vi ctorieuse prouesse de veincre to9 noz ennemis. Et en ceste maniere le trespreux cota geux roy consoloit ses nobles gendarmes/lesqz estoyent au lieu de doubte: chemin de peur et en voye de crainte mortelle. Et ainsy doncques que les ennemys veoyet ceste ferme constance des francoys sans eulx mouuoir ne descãper pour effort quilz feissêt de antree/ilz se trouuerent estonnes. Mais pour ce quilz ne pouoyent bônement sca uoir en quel endroit estoit le roy charles. Ilz enuoyrent vng de leurs heraults deuers lup feingnant luy dire aulcun affaire. Par quoy le noble roy francoys se receupt bien

Le herault espiãt le roy.
humainement en luy demandant quil queroit. Lequel dist feinctemêt au roy quil de mandoit vng prisonnier grãt personnage de la seigneurie de Denise/par quoy le roy se feist incontinant demander par vne trôpette. Mais il nen fut ouy nouuelles/dôt apres que ledict herault eut ainsy faicte sa feinctise il retourna tantost deuers son ar mee. Et ainsy considere ce quil auoit veu. Il dist ct declara la place et le lieu ou le roy estoit/et quel habillemêt il auoit/de ql couleur il estoit vestu/qlles bardes et ql acoutrement il auoit sur luy. Et adoncques/le herault ouy/fut conclud et delibe re par les predicts Lombars/Denitiés/et autres qui estoyent enuiron de cinquante a soixante Mille tous hommes esleus de faire vne grande bende si forte ct si puissan

Le guet ct les escoutes des francoys.
te que ceulx qlz pourropêt rencontrer fussent rues ius deuant eulx. Et furêt choysis leurs meilleurs pour venir tuer sur le roy: dont cômencerent quelque alarme Et aisy le guet et les escoutes des francoys les veirent saillir en grand nombre/bien montes armes/et bardes/autant côme il estoit possible: car ilz sestoyent traistreusement pro ueus et deliberees de mal faire/le roy doncques bien aduerty que ses ennemys se ve noyent mesler pour faire aulcun nouuel alarme acompaigne de ses gens dessusdicts et leurs capitaines/auoit manieres si hardies que oncques hôme ne eut meilleur courage/il estoit vrayemêt arme en prince de moult grãs renom. car il auoit dessus

ſon riche harnois bien complet bne bien riche iaquette acourtes manches de couleur
blanche a biolette ſemee de croiſettes de hieruſalem faictes de fine broderie a enrichie
de oꝛfaurerie/ſon cheual eſtoit de poil noir que le ſeigneur duc de Sauoye luy auoit
dōne/il eſtoit bardé le poſſible de meſmes les habits du roy. Lequel auoit bng armet
en ſon chef le plus ſumptueux qui peuſt eſtre. Et bꝛef ny auoit riēs a dire quil ne fuſt
comme bng bon gendarme. Et auſſy y en eut auſcuns q̃ contrefirent ſa couleur pour
le bon zele quilz auoient a luy. Oꝛ ainſy doncques que les ennemys Lombars a aul- **Les benues**
tres marchoyent fierement/gaignāt les boys et les buyſſons le treſpreux a bertueux **et approches**
roy Charles ſoy ſoubmettāt en la bonne garde a protection du tout puiſſant dieu au **des ennemys.**
quel eſtoit ſa confidence marcha baillāment auecques ſa bende a lencōtre deux. par
quoy les auant coureurs dune part et daultre cōmencerent du premier cop a choquer
bertueuſement a feirent merueilleux alarme. Mais la grande bende ſe tenoit touſiours bien couuerte au plus quelle pouoit. Et incontinant quilz ſoꝛtirent au deſcou-
nert. Impetueuſement a de hardy courage les bngs contre les aultres cōmencerent a
frapper a donner dedans:en telle maniere que ceſte récōtre fut merueilleuſemēt ſoub **La grande**
daine/et aſpꝛement meſlee enſemble. Et meſmement les aduerſaires contre la bēde **meſlee de la**
ou eſtoit le roy:pource quilz auoient eſte aduertis par ledict herault/mais ilz eſtoyēt **bataille.**
bien mal arriues. Car le bon roy comme preux a hardy ſe deffendit ſi bertueuſement
et de noble courage auecques ſes gens q̃ iamais de puis les Lombars ny aultres ſe²s
alyes ne frapperent cop plus auant. Et bꝛef eſtoit icelluy roy beu le dāger ou il eſtoit
le plus birilement delibere ſans peur/ſans creincte/et ſans frapeur/que iamais on
cogneut perſonne:car il ſembloit realement que ſe fuſt bne oeuurediuine de le beoir
frapper en bataille. Et a beritablement parler ſans faueur/il merita ce iour de eſtre
ſingulieremēt appelle le bꝛay filz de Mars/ſucceſſeur de Ceſar auguſte compaignō **Louāges du**
de Pompee/hardy comme hectoꝛ/preux cōme Alexandꝛe/ſēblable a Charlemaigne **noble roy**
bictoꝛieux comme Godeffroy de boullon/Courageux cōe Hanibal/bertueux cōme **charles en cō**
Octauian. Cheualereux cōme Oliuier/delibere cōme Rolant/ſage a prudent cōme **paration des**
Joſue/et aſſeure cōme Dauid. Car aloꝛs que on frappoit ſur luy tout le courage luy **preux baillās**
croiſſoit:a ſi encouragoit ſes gens/et leur faiſoit enfler le cueur tant par ſon franc et **a hardis hō-**
hardy parler cōme par ſes bertueux faicte:et tellement que la plus part de ſes aduer- **mes.**
ſaires furent beincus deuant ſa face. Il eſtoit acompaigne a lentour de luy du ſeigñ
de Ligny/du ſeigneur de Piennes/a de mathieu baſtard de Bourbon. Leſquelz on
diſoit eſtre habillez ainſy que le roy. Et auſſy ilz ſe deffendirent a garderent treſuail-
lamment. Et ſur tous le baſtard Mathieu/car tous eſtoient pres du roy iuſques a
lheure quil fut prins en cuydant prendꝛe bng des grans ſeigneurs de Deniſe lequel il
chaſſa baillāment iuſq̃s en leurs barrieres ou il ſe ſaulua. Mais bꝛef le treſchꝛeſtiain
roy piller de la foy catholique auecq̃s ſes nobles francoys/beinquirent/tuerent/et
ſoubmarcherent aux piedz tous leurs ennemys. Et croy que dieu boulut monſtrer
bng merueilleux ſigne:car autant que dura la tuerie/chaſſe/et deſconfiture des éne- **le roy demou**
mys du roy/il ne ceſſa auſcunement de pluuoir/tonner/et eſclairer/que aduis eſtoit **ra au Camp**
que tout deuſt fendꝛe. Dont fauſſement et malicieuſement diſoient iceulx ennemys **tout arme.**
qui a peine pouoyent eſchapper que tous les dyables apdoient aux francoys a faire
telle deſcōfiture. Le roy fut tout le iour arme et a cheual/iuſques a ce q̃ tout fut retire

en cãp/qui fut grãde vertu a luy. Le lieu ou fut faicte la bataille se nõme Virguerta
Et la aultreffoys y auoit eu quelque aultre bataille/et est ioingnant le Val auy Rus
pres ffournoue. Et le cãp des ennemys estoit auffy ioingnãt vne riuiere quilz auopẽt
paffe pour venir. Mais quant iceulx ennemys furent mis en fuytte cupdant paffer
Trahyfõ du ladicte riuiere: il en y eut plufieurs noyes a caufe que icelle riuiere estoit crue ã enflee
feigr Ludo- a leur confufion. Le Comte de Petilienne/le feigneur Ludouic/et le feigneur Virgile
uic ã fes cõpli des vifins/auopent chũ penfion du roy/ã toutefloys ilz le trahirent. Le roy auecãs
ces les francops/en figne de triumphe ã victoire coucha au camp ou la bataille auoit este
Mais ilz furent trefmal loges/veu le merueilleuy temps quil auoit faict durant la
bataille. Et fi furent trefpetitement fouppes pour caufe que les Eftradiots auopent
tue fur le bagage. Cõbien toutefloys quilz ne feirent pas fi grand dõmage/cõme on
Les mors et diroit bien ã fi en demoura la plus grãde partie fans faire retour/il est vray que foubz
occis en ba- vmbre deuly plufieurs paillars et mefchans gens qui conduifopent iceuly bagages
taille feirent la plus grande partie du pillage: car ilz rõpoyent les coffres ã bahus de feurs
maiftres pour prendre les biens qui eftopent dedans. Les mors ã occis en bataille de
mourerent en ce lieu iufques au landemain/que fes ennemys aduerfaires. Lombars
Venitiens ã autres enuoyerẽt demãder faufconduict au roy pour enterrer ã donner
fepulture a feurs gens fefquelz eftoient mors au Camp veincus ã occis des francois
¶Mardi.viii.iour de Juil et ã eftoit le landemain de fa iournee. Le roy apres feruie
a dieu feift feuer fon cãp: et alla foger a vng mille pres en vng hault lieu appelle mag
delan fa ou il demoura tout fe iour auecques fon artillerie. Et ce iour par aulcune viõ
veullãs du roy fut prife vng meffager: feãl enuoye par fes venitiens portoit au feigñe
Ludouic le nõbre des grãs feigñrs ã gens de nom ãz eftopẽt demoures au cãp fefãlz
eftoiẽt en trefgrand nõbre/ã feropẽt lõgs a relater. Et auffy furẽt de puis faictes au
Le retour du retour du roy aulcunes petites rencõtres et menaffes par iceulx ennemys. Lombars
roy charles Venitiens ã aultres contre les valeureuy francops: mais fi ne offoient ilz approcher
en france. doubtant toufiours auoir le pire/cõme ie croy quilz euffent eus: et ainfi quilz cognoif-
fopent bien. Par quoy nen feray mention/pource que de tout ne fut riens: mais paffa
le roy vaillãment/fans plus creindre fes ennemys.

¶Des villes bourgs/et cites ou fe roy paffa de fournoue iufques
a lyon. Comment il defiura de Nouarre fe duc de Orleans/de fa
mort du feigñr de Vendofme: ã aultres chofes aduenues iufques
audict lieu de Lyon.

Pres fa triumphante victoire du trefchreftiain roy charles. viii. acompai
gne de gens de bien/valeureuy et loyauly francops audict lieu pres four-
noue/cõme trefpreuy ã bien affeure prince defibera deyploitter chemin
pour retourner victorieuy en fon trefnoble royaulme de france. Et le mer-
credi.viii.iour de Juillet il paffa auecques fon armee/et toufiours fon artillerie auecques luy au Bourc fainct Denis. Et adoncques retourna de Japnes fe feigneur de
Breffe auecques bien enuiron.pviii. Cens bons cõpagnons de guerre. Lefquelz euf
fent efte propices a cefte iournee de fournoue ã euffent bien feruy fe roy. Combien
quil fut victorieuy. Le roy paffa en autres lieuy par plufieurs iournees fupuantes

toufiours en gloire z en triüphe.Et ce mefme iour de mercredi fut a florenfolle.Puis passa a Castel sainct iehan:z de labint iufqz a Tortône/auql lieu le seigñr Fracasse luy préseta la bille z les biés/il passa aulp fozs bourgs de nofle.Consequâmét passa en la bille de nice z puis il arriua en Ast.Le roy charles auec son armee arriua de son re tour de naples en labille de Ast le mercredi.pb.ioz de iuillet z y seiourna iusques au pp biii.iour dicelluy moys.Et ce téps durât les gendarmes de larmee du roy z ceulp de son artillerie se refreschirét z habillerét/car ilz en auoiét bon besoing/z aussi le rop oupt plusieurs nouuelles de tous ses affaires.Cessauoir tant de ceulp de naples que du pape Alexandre/des Denitiens/z de Ludouic qui auoit fait grāde assemblee de gens de guerre côtre le seigñr duc dozleans/seql estoit entre dedans Nouarre/z aussi eut le roy nouuelles de toutes aultres choses/a quoy il pueut sagement côe franc et liberal prince.CLundi.ppbii.iour dudit moys/le roy au partir de la bille de Ast aps oupt messe bint disner iusques a bille neufue/z puis il fut au giste a Quiers la ou il seiourna trois iours.Et ce pendāt eut plusieurs nouuelles de aulcūs ses affaires et besongnes.En ceste bille de Quiers estoit bne ieune pucelle fille de lhoste dudit roy maistre iehan de Solier noble hôme z de grāde renômee/laqlle fille present sond pe re z sa mere z aultres plusieꝛs grās seigñrs feist en toute humilite/doulceur/benigne reuerence/z honneur bne harengue a lhôneur du roy ssle pfera z recita de cueur/te nant les meilleurs gestes du môde/z si tressaigement parla sans touffir/flechir/cra cher/ne barier:z en sa meilleure maniere ꝗ hôme scauroit point estimer.CbVendzedi ppp.iour de iullet le roy partit de la bille de Quiers z puis zs iours aps ensupuant en besongnāt tousiours a ses affaires passa a Turin en piemont/auquel lieu la no ble dame Duchesse de Sauoye luy bint au deuant moult biē acôpaignee z le receut moult honozablemét:en luy offrans tous z chascū ses pays z ses biens a son bon bou loir z desir.Et aussi il fut illecques grādemét festope auec tout son noble estat la ou il seiourna allant z benant ca z la iusqz au.b.iour de septembze oyant tousiours plu sieurs nouuelles.CEnuiron ce temps benerable pere Frere iehan Bourgops de lor dze de lobseruance des freres mineurs trespassa le iour de sainct Lops es octaues de lassumption nēe dame:z fut sepulture en son couuét de nēe dame des anges lez lpon et est tenu pour bng sainct homme.Et aussi en ce temps fut faict grand chancelier de france le seigneur Brisonnet Archeuesqne de Reins.C Samedi cinquiesme iour de septembze/le Rop print honozable conge de la bille de Turin et bint au giste a Mont Caillier bne gente petite bille assie en bng hault:et au bas passe bne riuiere la ou il fut treshonozablement receu et tout resiouy par sés bons amps. C Ieudi.p.iour dudit môys le Rop bint au giste a Chenasse/auquel lieu luy fut fai cte entree solennelle et fut receu en moult grāt honneur et reuerence.Le roy supuau ment passa a Sainct Prat/et aulp fozs bourgs de saict Germain/et puis bint au giste a Der seil bne bonne cite la ou il fut touisours honozablement receu z en grand honneur.Le roy alla bisiter son camp qui estoit pzes ledit Derseil/z illecques parla z deuisa moult ampablement auecques les seigneurs et capitaines dicelluy son camp alemās et aultres en leur recômandāt faire bon debuoir/z qͥl les recôpēseroit plātu reusemēt/dont toꝰ furēt trescontās de luy.En ce faisant estoit touiioꝰs le roy moult bien arme z richessīt acoutre côe bng noble pzince touisours baillāt z de noble cueur.

M

Le roy passa a Tortonne

Lentree du roy charles en la bille de Ast a son re tour de na= ples

bne noble fil le de Quiers qui moult sa gement feist bne harēgue deuāt le roy

Le roy passa et seiourna a Thurin en son retour de naples

Le roy char= les a mont Caillier

Le roy char= les bisita son camp pzes Derseil

Estant encores le roy charles a Derseil la ou il seiourna iusqs au dimenche. vi. io² do

Des treues que le roy charles refusa dōner aux ambassadeurs des Benitiēs et de ludouic

ctobre Bindrēt deuers luy les ambassadeurs de la seigneurie de Benise et du seigneur Ludouic pour luy prier que treues leurs feussent acordes quatre iours seulement A quoy le roy leur respōdit quil ne Bouloit aulcunes treues/et ql Bouloit auoir son bō frere et amy le tresnoble seigñr duc de orleās et aussi Bray duc de milan:leql estoit auec plusieurs de ses gens dedās la Bille de nouarre a petir de fain. Et tellemēt se mōstra le roy de noble courage quil cōuint q̃ ses aduersaires luy accordassent ce ql demādoit a son bō plaisir et Bouloir auāt qlz peussent auoir treues. En telle maniere que le tref Baleureux seigñr duc dorleans fut secouru de Biures a tresgrande plante et tant po² luy cōe pour ses gēs/et aussi pour tous leurs cheuaulx de quoy ilz auoiēt bon besoing.

℃Le mercredi. xviii. iour de septembre le tresnoble prince duc dorleans Bint de Nou

La Benue du duc dorleās de nouarre au lieu de Berseil pour Bisiter le bon roy charles

arre audit Derseil pour Beoir et saluer son beau frere le prenōme roy charles/leql se re ceut et festoia moult honozablemēt en beuuant et mengent ensemble. Et pareillemēt Bindrēt de nouarre a Derseil plusieurs des gens du predit seigñr dorleans pour eulx refaire/et Beoir le cāp et armee du roy. En ceste Bille de Berseil l Bindrent pour secours au roy charles plusieurs bendes de Suysses et alemans/desquelz aulcuns furent cōdui cts et amenes des ligues dalmaigne par Bng euesque de Spon: auxquelz le roy feist tresbon recueil: et leur dōna foison dargent. Plusieurs ambassades et entretiens furēt tousiours faicts des seigñrs Benitiēs et ludouic pour cōtinuellement plonger leurs treues enuers le roy charles:lesquelz tousiours il festopa et traita honozablemēt cōe prince de noble cœur/et aussi ilz estoiēt tousiours en crainte de luy et de ceulx de sō noble trein:pource qlz auoiēt Beu sa prouesse Baillāce et cheualereuse Bigueur au lieu de fournoue. Et aussi icelup treschzestiain roy auoit tousiours Bng moult bon conseil auec lup de tresnobles et Bertucup seigñrs tant princes de son noble sang cōme cardi naulx et autres seigñrs de eglise auec plusieurs aultres grās seigñrs bōs capitaines

Le trespas du tresnoble prince et seigneur comte de Bēdosme

et Baillās gendarmes. ℃Le Bēdzedi. ii. iour du moys doctobze mourut et trespassa en nre seigneur le comte de Bendosme:du quel le roy fut trescourouce:et marry Car aussi a la Berite cestoit Bng prince de Baleur. Et tellemēt q̃ du grant et bon amour que le roy charles auoit ē lup il feist faire Bng seruice obseque et funerailles si treshonozables cōme se fust son ppre frere/car toutes choses dignes de memoire et hōneur furēt obser ues et gardes. Cest assauoir tant en cerymonies/hōneur/et reuerence q̃ en toutes aul tres choses appartenātes a Bng grāt seigñr du sang royal tel cōe il estoit. Et aps son seruice fait son cozps embaulsme fut tousiours honozablemēt cōduit et amene en frā=

Bne pucelle de Benise in= struicte es sept ars libe= raulx

ce la ou il est sepulture. Dieu Beulle auoir lame de lup. En ce temps Biuoit a Benise Bne pucelle nōmee cassandze fille du sire Ange fideli/laquelle preste de marier estoit tresepperte et bien a prinse es sept ars liberaulx/dont elle estoit apte et diligēte a mon= strer aup estudians/car elle lisoit publiquemēt. Les seigñrs Benitiēs Ludouic et aultres ne cesserent iamais de enuoper leurs ambassades par deuers le roy charles. Biii. ius= ques aD ce quil eurent entiere et ferme paix auecqs lup qlz reqrēt tresiustemēt/laqlle fut cōpzomise et iuree entre les parties le Bendzedi. ix. iour Sudit moys de Octobze Et le dimēche. xi. iour dicelup moys le roy apzes quil eut serui a dieu tresdeuotemēt partit moult honozablemēt et en grāt triūphe et Bictoire de la Bille dud Bersel aps dis ner et sen alla au giste a Trin. Et puis tousiours triūphāment p certaines iournees

passa po² exploiter chemin τ venir en son royaulme de frāce en icelles villes a Cre-   Les villes ou
santin a Casse a Turin/Suze/Briancon/nře dame de Ambiun/Saulne/Gap   le roy passa
sainct Eusebe sa Meure/a Tault:τ puis vint a Grenoble/esquelz lieur il fut tres-   venāt deVer
honorablemēt receu auec tout son noble estat. Et cōsequāment partit le roy de Gře-   seil a lyon
noble pour venir a lyon en passant a sainct Rambart/Morain/Sillon/la coste sainct
Andre:τ puis il vint a Chatronay τ coucher au pres de Lyon.

   C Cōment le roy charles. Viii. feist sa secōde entree a Lyon τ puis il
   vint a sainct Denis en frāce pour rēdre graces et louanges a dieu τ
   aulr tresglorieur martyre sainct Denis τ ses cōpaignōs puis vng
   tēps apřs fut malade τ trespassa deuotemēt a nře seigřr Jesus chřist.

   E sabmedi. Viii. io² de Nouēbre en lan dessusd le roy Charles vint disner a   Lentre du
Benissier: τ puis vint au giste a lyon la ou il fut tresglorieusemēt receu en   roy a lyon en
grāt hōneur τ reuerēce τ lup fut faicte entree tressolēnelle τ de grāde triū-   son retour de
phe cōduit soubz vng poille iusqs a sa grāde eglise:τ puis fut loge en lostel   naples
de larcheuesque de lyon/auql lieu fut moult bien receu. Car la estoiēt la tres chřestiai-
ne royne dame Anne duchesse de bretaigne sa fēme acōpaignee de noble princesse dā-
me Anne duchesse de bourbon sa seur/τ aultres plusie²s nobles dames/desqlles il fut
singulieremēt receu en tresgrāde ioye τ hōneur. Et ne fault renouquer en doubte que
moult grāde feste lup fut faicte de toue nobles seigřrs τ dames:τ fut trāicte en tout
soulas τ noble plaisir. Car il auoit bien merite cōme prince tresexcellēt triūphāt τ vi-
ctorieur. Et quāt le roy eut este vng petit de tēps a lyon il delibera aler rēdre graces
a dieu τ aur benoists martyre sainct Denis sainct Rustique/τ sainct Eleuthere ses
cōpaignons/ainsi cōe descript τ recite le tresfame histoziographe maistre robert Ga-   la coustume
gin auquel ie metray la reste de la cronique du roy Charles. C Apres dōcqs q le tres-   des roys de
noble roy charles fut retourne en frāce sans passer p patis sen alla au mōastere sainct   france
Denis pour acōplir τ payer les veulr ql auoit fait. Car la coustume par lōg temps
a este telle aur roys frācois q quāt ilz entreprēnēt vne guerre soingtaine reqrēt layde des benoists martyre τ decend lon leurs chasses τ repositoire de leurs reliques qui
sont mises dessus le grāt autel:τ ne sōt icelles chasses reportees ou restupees iusques
ad ce q reuenuz eulr mesmes les remettēt en leur ppre siege. A ceste cause selon lācie
ne coustume de ses predecesseurs absoubz de son vueil dedignāt paris visiter delaissa
la ville a deřtre/τ prēdt son chemin par sainct Anthoyne des chāps:le pont de chals-
ton trauerse par beaulce se trāporta a amboyse. La cause de lindignation cōceue con
tre les parisiens estoit pource qlz auoiēt refuse bailler cent mille francs pour seppē8-
tion de la guerre de Naples. Pour rayson de quoy pēsa charles de les affliger daucun
dōmage:τ attēdoit lopportunite cōe τ en quelle facon il pourroit ce faire. Si cōe char   La reuolte
les en frāce retournoit tantost naples delaissa sa foy:τ apres la mort de Gillebert de   de naples
mōpensier les aultres capitaines a peine puissans po² deffendre leurs garnisōs vers
charles se retirerēt Cōe charles peu chastemēt eust passe sa pmiere adolescēce:sa foice
lup estoit defaillye:si que quelque peu du moys auant quil mourut assopbly de mai-   La maladie
gresse/et fait las euerne τ attenue:sembloit ce pendant detester les voluptes passes τ   de charles
soy recueillir a chaste cōuersation. A ceste cause moult mal lup faisoit destre sans en   Viii.
fās attēdu mesmes q les trops quil auoit euz de Anne son espouse:auoit la mort oste

                                           Q.ii.

de ce mõde.Jl trespassa a Ambopse a peine apant.xpviii.ans:quant p maniere de re
creation auec sa fẽme regardoit de sa gallerie ceulp q̃ iouoient a la pelotte le.vii.iour
dauril lan de grace.Mil.iiii.cens.pcvii.Et le dernier iour dũd mops veiz porter son
corps en sepulture par les Parisiens au monastere sainct Denis en tresriche. et ma=
gnifique pompe selon lordre qui sensupt.

 C Sensupt lappareil põpe ɤ ordre des obseques ɤ funerailles du
  Rop charles.viii.q̃ dieu absolle:depuis le chasteau dambopse ou
  il trespassa iusq̃s a leglise saict denis q̃ est le lieu de sa sepulture.

Les funeral
les du Rop
charles.viii
A Pres q̃ charles cõe nous auõs dit fut trespasse a ambopse on porta son corps
en ropal appareil au tẽple sainct florẽtin ou les obseques ɤ seruice acõpliz
par Jehan perand cardinal:les princes suiuans le corps selon leur ordre couuers de
vestemẽs de dueil auec les principaulp officiers ɤ seruiteurs de la maison oultre le
nõbre de sept mille deuãt lesq̃lz cõtinuellemẽt marchoient quatre cens torches ardãs
q̃ autãt de poures portoiẽt vestus de robes nopres ɤ chaperõs quãt le.pvi.io² du par
temẽt dãbopse on fut arriue en leglise nr̃e dame des chãps aup faubourgs de paris/
en ceste eglise fut mise la biere du defũct ou il demoura au lõg de la nupct ensupuãt ɤ
p veillerẽt plusie²s hõmes decourt ad ce faire en leurs nõs cõmis ɤ deputez.Pour cel
le tant grãde põpe cõduire au long du chemin q̃ cõtenoit nonãte mille pas:par lordõ=
nãce de pierre de Rufe cheualier grãt escuper du rop/establiz furẽt honorables cõdu=
ducteurs:qui cõdupzoiẽt paisiblemẽt la multitude en ordre ɤ silẽce ɤ pour faire cesser
tout bruit ɤ tumulte des seruiteurs ou aultre peuple. Et en quelq̃ lieu quon arriuoit
pour loger marchoit deuãt auec les officiers ɤ seruiteurs domestiques de la salle du
rop Chasteaudieup lors maistre dhostel qui les alimens preparoit a celle multitude
tout ainsi cõe se charles eust este encores viuãt.C En aps deuãt toute la põpe par lõ
gue espace marchoient les chãtres ɤ ministres de la chapelle ropalle/afin que par les
eglises ou len deuoit faire statiõ:preparassent les aultez ɤ aornemẽs sacrez.Et ad ce
q̃ oultre lordie predestine ne fust erre par quelquũ Gupot mazac/Pierre lopseau/ et
Rigault establiz estoiẽt po² lordie garder ɤ entretenir.Aultres aussi estoiẽt apant la
chãrge ɤ solicitude de querir les viures ɤ logis. Donq̃s les parifiens quãt ilz oupzent
nouuelles que le conuop funereup venoit:le lendemain cheminãt selon lestat de chaf
cun ordie au lieu ou le corps reposoit supuirent le conuop en la maniere qui sensuit.
Deuant tous marchoit ũng cõmissaire de chastelet acompaigne de grant nombie de
sergens vestus de robes noires et portans en leurs mains bastons de mesmes coule²
pour demouuoir le populaire ad ce quil ne seist encombie a la pompe quant elle passe=
roit.Ceulp cp supuoiẽt les poures a deptre ɤ a senestre deputez (cõme iap dit) a par=
tir les torches esquelles pẽdoient deup escussons cõtenans les armes des fleurs de lps
venoiẽt apres.ppiiii.crieurs auecq̃ leurs clochettes/portãs les armes du rop en la
poictrine ɤ es espaulles:q̃ ne cessoient de sõner leurs tympanes.Au coste deptre mar
choiẽt les hõmes religieup chũn auec sa crioq̃.Premieremẽt les mẽdiãs ɤ puis les au
tres de diuers ordres selõ lãtiq̃te:audessoubz desq̃z alloit le cheua lier du guet auec ses
sergẽs Et apres ceulp cp les.ppiiii.porteurs de sel qui sõt appelles hãnouars. Ceulp
cp estoiẽt venus pource q̃ par droit de priuilege estriuoiẽt la biere porter/mais on de=
roga a leur priuilege.Derrieres ceulp cp marchoiẽt les messagiers ɤ postes du rop a

cheual:puis la garde du corps royal:τ aps eulr les suppses auecqs leurs hallebardes:
la cõduite desqlz auoit Claude lieutenãt du capitaine des archiers dicelle garde/aps
aloiēt les enfans dhõneur/puis les maistres de lhostel du roy portãs chãn õng bastõ
selõ leur anciēne coustume/tel estoit lordre du coste dextre. Le senestre tenoit luniuer
site de paris en grãt nõbre cõmēcant depuis les derniers crieurs selon les colleges de
chacũe faculte iusqs en hault au recteur vers les euesqs. Deuãt le recteur marchoiēt
les bedeaulx auec leurs masses dargēt. Entre ces ordres de la põpe estãt dung coste
τ daultre:apres ceulx q les torches portoiēt aloit chasteaudieux seãt sur vne mulle:τ
le suiuoiēt les seruiteurs de sa maison a pied cõe iay dit. Aps eulx sensuiuoiēt les trõ
pettes a trõpes reuersees auec les heraulx darmes:τ tãtost loyoit en claude qui por
toit lestãdart de guerre du roy monte sur vng noble coursier. Ce q sensuiuoit cestoit le
chariot a six cheuaulx:dedãs lequ le corps du roy auoit este apporte iusqs a nre dame
des chãps couuert de velours noir τ dung poile de drap dor y dessus : dõt les lãbeaulx
pēdoiēt τ quarre de velours tyssus de fleurs de lys dor τ darmynes telles q ãne espou
se du deffunct portoit en ses armes. Dessus ces choses estoit estendue vne large croix
blãche. Les cheuaulx auec leurs brides τ harnois estoiēt couuers de peil velours noir
ayãt vne croix blãche dessus. Aux deux costes cheuauchoiēt a cheual Emarron/τ ca
nuquan nobles escuyers. Apres le chariot marchoit blãdin escuyer de sa despēse ordi
naire du roy:q estoit suiui de six pages dhõneur nobles adolescēs montes dessus au
tãt de roussins excellēs en tel appareil q nos auõs dit du chariot. audessoubz de ceulx
cy apparoissoit vng coursier plus a dextre q les aultres moult richemēt acoustre:les
officiers de la maison du roy lappellēt le porteur de lespee:q suiup estoit de seignrs is
sus de tresnoble lignee cõe suffac τ saicte mesme. Aps cel ordre du meilleu marchoiēt
a dextre les prestres τ clarge des eglises parrochialles:consequãmēt les chanoynes/
chãtres τ ministres de la saincte chapelle τ de leglise nre dame. Puis sensupuoiēt les
abbez des monasteres sainct Victor/sainct magloire/saicte geneuiefue/τ fescan/aps
ceulx cy les euesqs de sarlat/valēce/angers/aufferre/τ paris/deux cardinaulx Cest
assauoir le cardinal de gurce/le cardinal de luxēbourg. Gurce natif õ picardie auoit
euesche en germanye τ luxēbourg aussi de noble maison de picardie estoit euesque du
mans. A senestre nul cheminoit fors les escoliers τ le recteur a lopposite des prelatz
estoit dernier en son ordre. Entre ceulx cy τ les euesques cheminoiēt au meilleu les
loyers du roy apãs leurs chaperõs reuerses τ portãs leurs vges quõ appelle mases
τ aps eulx deux heraultz darmes/cest assauoir mõioye τ clereuoye/aps lesqlz estoit
mene vng aultre cheual quõ appelle coursier tout couuert de velours noir(excepte les
yeulx)τ ny auoit aucũ mõte dessus:τ le suiuoit de pres pierre de la ruffe grãt escuyer
mõte dessus vne petite mulle:τ ceinct de lespee du roy/aupres de cestuy sans y auoir
plus longue distãce que de trops pas/cheminoit a pied Jaques de touteuille preuost
de paris portant vne verge en sa main : puis plusieˢ autres nobles hõmes des plus
familiers du roy portoient sa lictiere ou gesoit le corps du deffunct. Dessus laquelle
lictiere estoit protraicte au plus pres du vif que faire ce peut lymaige Charles. Le
lict estoit pare de draps de toille hollãdoyse la plus subtille que son peust trouuer trap
nant a terre/et par dessus les draps y auoit vng grand poile de velours contenant
cinquãte aulnes:τ cestup couuert estoit dung aultre poile de drapt dor cõtenãt.xxb.

aultres a semblables labeaulx q̃ dessus auős dit au chariot excepte les armynes. il y
auoit pareillement deux oreillez de drap doz/dessus lung reposoit la teste de la figure
lautre soustenoit les piedz: vne couronne doz decoroit son chief/ses iābes estoient ve
stues de brodequins tissuez de soye bleue semee de fleurs de lys doz couzues y dessus
sa premiere robe estoit de taffetas cramopsi a les frãges de drap doz/la seconde estoit
de satin pers. Par dessus ces deux vestemês y auoiē vng manteau double darmynes
de velouz aiāt pareille couleur ouert a dextre a couuert de fleurs lys par dessus. Au
bout de ce manteau vers lespaule y auoit vne agraffe de oz florentin couuert de plu
sieurs pierres precieuses. Et comme la statue eust des gantz en ses mains/la dextre
portoit vng ceptre/a la fenestre portoit vne main que les frãcois appellent la main
de iustice. Elle est de telle facõ: quelle a ses deux premiers doitz droitz a de bout: a to⁹
les aultres auec le poulce sõt rēpliez dedãs la paulme. La mal dextre appoissoit vng
peu plus hault a la fenestre cõtre la poictrine: affin q̃ lāneau doz q̃ estoit au doid peust
estre veu. C Les quatre presidēs de la court de parlemēt tenoient les quattre coings
du poile de drap doz: vestues de robes descarlatte sicõ quāt ilz exercēt les iugemens
solēnelz en icelle court. Aux deux costez de la lictiere marchoyēt les aultres senateurs
a cõseillers vestus de robes rouges/a les huyssiers les pcedoyēt vestus de dueil. Des
sus la lictiere estoit soustenu vng poille(q̃ lon appelle ciel quatre) a quatre bastons q̃
portoiēt le preuost des marchās a les escheuins de paris C Tous les costes de ce poille
estoiēt veloutez: en telle facon que iay escript le chariot auoir este aorne. De laquelle
couuerture les bastõs mesmes estoiēt couuers. Au coste senestre de ceste lictiere loys
Dané portoit lestādart de guerre quilz appellent panon/au coste senestre yues Dal
begré portoit lenseigne particulier du roy. Derriere marchoit auec lenseigne entier
Charles de la tremoulle qui suiuoit le seigñr de chaumõt premier maistre dhostel du
roy. Apres cela venoient les princes de Montpēsier/de Guyse/de Dunops/a le duc
Dalbanye vestus de robes noires iusques aux talons et affublez de chaperons a cor
nette. Apres eulx les chambellans/a ceulx ausquelz charles auoit dõne le collier de sõ
ordre. Les vingtz a quatre archiers qui de charles quant il viuoit auoient eu soigneu
se garde/puis tantost sensupuoient les deux cēs nobles delicte/que lon dit gentilz hõ
mes portans haches resuysantes en leur main. Le coste senestre decoroient en leur or
dre ceulx de la chambre des comptes/les generaulx de la iustice/les tresoriers du roy
plusieurs iuges et officiers de chastelet/auecques grande multitude et plus honora
bles citoyens. Les derniers de tous marchoiēt les archers de la ville de Paris tēds
ordre deux a deux. Et tel appareil et lamentable pompe proceda le cõuoy de puis le
glise de nostre dame des champs iusques a nostre dame de Paris eglise episcopalle.
Innumerable peuple regardant parmy les rues es fenestres et dessus les couuertu
res des maisons. Ce seroit chose longue a escripre les ordres des cierges/tous les aor
nemens voilees et tapiz dont vestus estoyent les parois de la grant eglise. Leglise
tānt resplendissoit et eschauffee estoit des cierges et torches ardantes es murailles
hault et bas de tous costes/que ceulx qui venoyent dedans ladicte eglise tantost esto
yent par trop feruz de chaleur. C Le lendemain apres que le diuin seruice fut solēnel
lement fait et la messe deuotement celebree/ on porta le corps du deffunct a Saint
Denis en telle maniere et pompe que nous auons cy dessus recite. Et quant on arri

ua a la porte Sainct Denis/ordre de ceulx qui sapoient le conuoy se fauboutg passe
et le recteur auecques ses escoliers retournant en sa maison/tel fut comme dit auons
auoir este garde de puis amboyse iusques a nostre dame deschamps De ce lieu marcha
la pompe iusques a la croix estant au grant chemin de sainct Denys / dicte la croix
penchant ou les religieux du monastere vindrent es aornemens ecclesiastiques/z par
sacrees cerimonyes auecques le conuoy se ioignirent/les conduysoit labbe de fescan:car
labbe du lieu ğlques annees parauant fait cardinal faisoit a Rome sa residéce. Quāt
la pōpe arriua a la porte de sa ville/les quatre presiden̄s (z autres conseillers de rechef
leur ordre receurent cheminās tousiours auec le conuoy/ou cōtinuellemēt assisteren̄t:
iusğs a ce ğ les mortuaires offices (z obseğs acōplies ilz menerēt le corps au lieu de sa
sepulture. Le cardinal de luxembourg celebra la messe:et Jehā euesque dāgers fit la
funebreuse oraison pleine de lametatiō. Lors que lon cōmēcea le mettre en la fosse:ses
maistres de lhostel real appelez par les heraulx darmes : dedans sa fosse iecterent to⁹
leurs bastons desquelz ilz auoient vse au seruice du roy. En apres iceulx heraulx/z les
sergens darmes despoueillerent les cottes darmes (z vestemēs de soye conuertes des
armoyries du roy ses deuesserent auec leurs masses. Cestuy seūl portoit le guydon bes
sant sa lance p̄ grande deuotion/la iecta au tōbeau. Ainsy feist cil ğ portoit lenseigne
du roy:cōme p̄tie de sa biere estoit encores hors la fosse. Apres ğ le corps estēdu fut en
la fosse/lēseigne delessa sur la terre. Semblable chose feist le porte enseigne du grant
estandart/consequemment le grant escuyer Pierre de la rufe dressant debout lespee du
roy quil auoit mis a terre:apres ğ a haulte voix eut crye (z prononce viue le roy/ses he
raultz darmes reprindrent leur cottes (z tuniques darmes. Tantost vint le premier
chābellan/z seua hault le grant estandart /qui depuis fut mis en lieu aparēt/ces cho
ses dōques selon la maniere dessudicte acōplyes p̄ deuote cerymonie:on alla prendre
refection en la maison royalle nō aultrement que portoit la coustume aux roys entre
tenue. C Se aucun me reprent ou accuse dauoir ces choses adiouxte a hystoire plus
seabhysse quen aucun lieu entre les escripuais frācoys on ne trouue par quelle coustu
me/pompe ou cerimonye au tēps passe/les obseques (z funerailles de leurs roys ont
este faictes leurs corps portez p̄uoyez en sepulture. Jay prins plaisir (z delectation:a
ces choses hastiuemēt noter en ce publiğ doeil:a ce ğlles soiēt exēplaire ou formulaire
aux obseques/z enterraiges ğ cōuiendra faire au tēps aduenir/, z ğ ailleurs on ne les
quiere/car ce sera moindre laboeur les p̄remieres choses ensupuir a fin de y adiouster
quelğ chose si besoing est: que par doubteuse penser diuiner en ce ğ requiert p̄rōpte ex
pedition ğlle chose lon doit faire ou traicter. Et les aucteurs estrangers attribuent a
vice aux occidētaulx ğ deshōnestemēt ilz ignorēt la soutse (z procedēce de leur nation.

C Cōment le tresnoble treschrestiain tresillustre/z tresuictorieux roy loys
vii. p̄ triūphātes armes expulsa le tyrāt maure loys sforce vsurpateur
du duche de Milan/recouura icestuy duche son p̄pre heritage ou il mist
bon ordre pour le gouuernemēt de la chose publiğ:puis erigea leschiquier
de Rouen en p̄lemēt/faisāt plusieurs belles ordōnāces/loix (z statuz afin
de corriger les abuz (z entretenir iustice au royaulme de france.

Pres que le roy Charles .8iii. fut decede sans delaisser hoirs de son corps
et que fut mis en sepulture. Le tresnoble/tresilustre/et tresuictorieux pri¬
ce Loys duc de Orleans/filz du tresexcellent et illustrissime prince et 8ail¬
lant seignr Charles duc de Orleansz de tresnoble dame et princesse Ma¬
rie de Cleues sa mere fut magnifiquement et en moult grand honneur sacre treschre
stian roy de france en la 8ille et cite de Reins luy en grand triumphe et honneur aco¬
paigne des principaulx princes et seigneurs de son tresnoble sang: et plusieurs aultres
grans seigneurs et prelats de leglise representans les .8ii. pers de france: et seruant
chascun en leur office. Ainsy come en tel cas est acoustume faire aux treschrestiains
roys de france/lequel sacre et diuine onction/dicelluy treschrestiain roy Loys. 8ii. de Lan du sacre
ce nom fut fait le.pp8ii. du moys de May. Lan Mil quatre cens.iiiipp.et.p8iii. du roy Loys.
¶ Le dimenche premier iour de Juillet fut en apres treshonorablement et en toute ex¬
cellente gloire coronne en leglise de sainct Denis en france/present aussy les tresno¬
bles princes et seigneurs de son sang/ Le duc de Alencon/ Le duc de Lorraine/ Le duc
de Bourbon/ Le duc de Nemoursz/le comte de Dunoys/le comte de foues/le comte
de Neuers. Angelebert de Cleues/le comte de Nausault/le seigneur de Gupse/le no¬
ble seigneur de Rauastin/et autres plusieurs grans seigneurs. ¶Et le lundi.ii. iour l'étree du roy
dudict moys de Juillet apres ensupuant/le prenome treschrestiain/ tresnoble/tresui¬ Loys.8ii.a
et orieux et tant illustre roy de france Loys.8ii. de ce nom feist son entree et iopeux ad Paris
uenement moult solenel en sa 8ille et cite de Paris/la ou il fut tresmagnifiquemet re¬
ceu et en grand triumphe et honeur/ des seigneurs de leglise et 8niuersite de Paris/des
nobles/et de tous estas. Les processions de toutes et chascune les paroisses dicelle 8ille
et cite de Paris luy furent au deuant. Cest assauoir les prebstres tous honorablemet
reuestus de riches chappes de drap doz/8elours/et autres draps de sope/portant iop¬ Les pcessios
aulx et reliquettes auecques leurs croix et bannieres. Et pareillement furent en pro¬ de paris au
cession ceulx des religions/et les mandians auecques leurs croix et iopaulx de eglise. deuat du roy
Et ainsy furent tous iusques a la chappelle distant enuiron dempe lieue de Paris/la
ou estoit le noble roy/et plusieurs princes auecques luy. ¶Et aussy furent au deuant
dudict seigneur en icelluy lieu de la chappelle / les seigneurs presidens et conseillers de
la court de parlement/auecques leurs huppsiers. Les seigneurs presidens et maistres
des comptes/acompaignes des seigneurs tresoriers de france et generaulx des finen¬
ces/ ensemble les generaulx et conseillers de la iustice/les presidensz seigneurs des re¬
questes et du tresor auecques les generaulx des monnopes/et esleus de Paris. Les li¬
eutenans du preuost de Paris acompaignes des cheualiers et gens du guet/comissai¬ Les lieute¬
res/notaires/aduocats et procureurs du chastellet/le preuost des marchas et escheuis nans du pre
de la 8ille archers arbalestriers/ et aultres plusieurs officiers et citoyens dicelle 8ille uost de paris
en 8ng tresgrand nombre tous et chun deulx singulierement 8estus et habitues selonb et seigneurs
leur estat/lesquelz feirent tous leur debuoir enuers le treschrestiain roy/ qui benigne¬ du chastellet.
ment les receupt. ¶Et apres tous debuoirs faicts dune part et de aultre le tresnoble
roy Loys.8ii. de ce nom/ auecques tous les grans seigneurs estans auecques luy et
tous aultres generalemet se mirent moult triuphament a chemin pour 8enir entrer
a Paris. ¶Le treschrestiain roy nostredict seigneur estoit arme dung beau harnops
relupssant come 8ne Escarboucle: et dessus 8ne hique ou iaquette de treffin drap doz

garnpe de toutes fines pierres precieuses/et moult richement acoutre sur son chef/et
par tout le corps/il estoit triumphâment monte sur vng bon cheual couuert a barde
de drap dor honorable a riche a merueilles. Deuant lup estoit son grant escuper q̃ por
Larmet a co- toit son heaulme et plaisant armet:dessus lequel auoit vne riche corône de fin or gar-
ronne du roy npe de fines pierres precieuses/a au dessus du heaulme au mileu dicelle corône auoit
vne fleur delps dor/côme a maniere de Empereur. Et a lentour dicellup rop estop̃é
quatre laquets de pied richement vestus de drap dor/les autres princes et grans sei
gneurs triumphopent chũn a merueilles en toute iope a exultation: a bzief fut lêtree
solênelle a de moult grade rênomee/les rues de Paris estopent tendues a richement
parees de tapisserie. Plusieurs beaulp misteres p furent faicts a demonstres/sut beaulp eschaffaulp au grât hôneur a louâge du tresnoble prince. Par tout p auoit feup
de iope/criant chascun. Diue le rop. Le rop fut tousiours moult honorablemêt a grã
de compagnpe a en bel ordre conduict et mene iusques a la grãde eglise de nostre da
me/la ou il feist sa deuotion/et les sermês acoustumes. Et au partir dicelle eglise fut
ainsp tousiours triumphâment conduict iusques a son palaps ropal/la ou fut faict
vng grant soupper a tenue pleine court ropalle:a puis chũn se retira/le rop seiourna
a Paris/par certaines iournees apres/pour les affaires du ropaulme/côe dit supra
ment le piendme Gagupp. Le rop Lops.vii. par le iugement de leglise delessa Je
hanne:laquelle comme elle fust en grande defformite/par la craincte du Ro Lops
vnziesme:auoit prins a femme a espousa Anne veufue de Charles. En quop faisant
pour part de succession dôna a Jehanne la duche de Berrp. Sicôme ces choses se
faisopent Mapimilian rop des Romains prince haissant paip a repos:aup autre-
Guerre en prinses duquel peu sest fortune heureusement adressee:hastiuement leuât vne armee/
Bourgongne sen alla aup seinops/cest a dire en la haulte bourgôgne:pour lautre bourgôgne assail
lir qui est aup francops:lasoit ce q̃ plusieurs disputent quelle deust appartenir a Phi
lippe fils de Mapimilian. A ceste cause on alla pour resister côtre les entreprinses de
lhôme/a p fut côbatu par quelques legieres courses:a batailles non sans le dômaige
de lune a de lautre armee. Mais au mopen de lhpuer qui approchoit furêt treues accordees. Auquel temps vindrêt ambassadeurs de Denise pour le nouuel rop saluer a
faisans appoinctement auec lup de lup donner secours contre lops sforce:receuz furêt
en amptie a aliance. Incôtinât dres le cômecement plusieurs furent qui/ou pour grã
ce acquerir/ou par estude des choses renouueller/ou meuz par la couuoitise de sop mô
stre:/au rop Lops persuaderent considerer combien les iugemens et ministres de iu
stice sestopêt deuopez des loip par les âciens establpes: que a lup appartenoit q̃ auoit
Reformatiô receu le gouuernement de la chose publique restablir en leur premiere et ancienne in
sur le faict de tegrite les choses lesquelles apparoissopent estre mises en negligence et non chaloit
la iustice A ceste cause lops pensant auant tout oeuure estre louable chose si par tresbônes lops
confermoit lestat de son ropaulme corrigea la foime des iugemens : et interpreta les
priuileges de lestude des escolliers. Par quop commenceant a lobseruance de iustice
et equite/interposa son decret et exposition sur tous les iugemens et offices de iudica
ture/semblablement sur les sieges conseruatoires des vniuersitez generalles/prote-
cteurs et gardiens daucuns priuileges. Et cômanda ses ordonnances sur ce faictes
estre publiees en la court de parlement et es aultres sieges de son ropaulme/Lops

euefque daſſy pour cauſe de ce enuope. Touteſuoyes luniuerſite des eſcolliers de pa=
ris ſefforcea deffendre ſa liberte/et des ordonnances royaulx diſtraire ce que ſembloit
eſtre contraire a ſes priuileiges et anciennes couſtumes/pour raiſon de quoy enuopa
ſes ambaſſadeurs en la court de parlemẽt pour reqrir ce q̃ le roy auoit ordonne eſtre
plus benignement declaire:et que ſes iuges enuers leſquelz eſtoit la puiſſance de iudi
cature ne ſouffriſſent le repoz des eſcolliers eſtre trouble:q̃ eſtoient de grant prouffict
aux pariſiens:et apportoient eſtabliſſement de foy et lumiere au monde chreſtiain:p
quoy ſe quelque choſe plus grefue que leur couſtume oultre ⁊ pardeſſus les anciennes
ordonnances des roys eſtoit inſtituee/tantoſt ſenſupuroit la diſſipation de ſi grande
multitude dhõmes lectrez:qui contrainctz ſeroient en aultre lieu ſoy tranſporter pour
obtenir ſieige paiſible ⁊ maiſon de repos. A ces remonſtrances de luniuerſite reſpon=
dit la court quelle eſtoit chargee par le commandement du roy publier ſes loix p lup
ordonnes. Que enuers lup eſtoit lauctorite de oſter les abuz et les faultes corriger q̃l
auoit trouue eſtre cõmiſes par ſes ſubiectz/et q̃ le roy ne bouloit aucune choſe tollir
de leurs priuileiges. Aincoys en tant quil pouoit leur permettoit la court de rediger
par eſcript leurs priuileiges ⁊ iceulx produire pardeuers elle afin de les entretenir et
garder en leur entier. A ceſte cauſe icy iugeãt la court le Syndic ceſt a dire le procu=
reur de luniuerſite ayant tantſeullement deux iours de delay/apporta promptement
aucũs priuileiges quil auoit et les miſt es mains du greffier de parlement. En quoy
faiſant la condition des eſcolliers ne fut faicte meilleure/et ne fut deroge aux ordon=
nãces faictes par le roy loys. De laquelle choſe les eſcolliers deſpitez feirẽt vne moult
grande congregation:ou ilz conſulterent de deleſſer leſtude ⁊ lexercice des lettres. En
ceſte congregation furent diuerſes oppinions/iuſques a ce que tiercement aſſemblez
chaſcun ſe accorda a loppinion de ceulx qui perſuadoient interdire les predications le
ctures et interpratations quottidiẽnes. Le landemain de ceſte derreniere congregatiõ
eſtoit la feſte du ſainct ſacrement de lautel. Par le cõmandement de Jehan caue/ors
recteur de luniuerſite/ enuope fut a ceulx q̃ deuoyent preſcher es egliſes/pour au peu
ple annoncer que doreſenauant nauroient aucunes predications de la parole de dieu:
iuſques a ce que luniuerſite de paris euſt recouuert entiere liberte de ſes priuileiges.
Aucuns furent en preſchant qui plus temerairement parlerent:ſi que leur harengue⁊
oraiſon ſembla a pluſieurs appartenir a mutinerie. En ce temps Guy de rochefort
Chancellier de france venu eſtoit a paris:contre lequel furent mis libelles diffama=
toires ⁊ opprobrieux dictz en pluſieurs places de la ville : par quoy vint en ſouſpeſon
que les eſcolliers auoyent ce fait:⁊ tãtoſt courut le bruyt par la ville que les eſcolliers
ſeſtoient par bãdes aſſemblez pour faire quelque mutinerie pour raiſon de quoy par
le puoſt de la ville furent mis hommes en armes/⁊ daultre part le cheualier du guet
auec ſa compagnye ne fut moyns ſoigneux deveiller:car par treſbõne diligence tour
noya les rues de la citecõbien q̃ de toute luniuerſite ne fut aucõ trouue q̃ ne ſe tienſiſt
paiſiblement en la maiſon. Certes ceſt choſe merueilleuſe comment ſi legier bruyt et
populaire clamoeur put deceuoir ceulx que tu euſſes moult priſe entre les iuges⁊ pri
cipaulx miniſtres de iuſtice.car aucuns deulx comme de choſe apparue eſcripuirent
lettres au roy haſtiuement:que les eſcolliers eſtoyent en armes/ſollicitans le peuple
a mutinerie:par quoy eſtoit a craindre que biẽ toſt toute la cite ſe miſt en rebellion: et

la mutinerie
de luniuerſi=
te de paris.

partant que besoing estoit quil se hastast de venir pour esteindre le feu. De ces lettres
le roy esmeu/peu de iours apres fut annonce venir ramply de ire et indignation contre
luniuersite de paris quil ne scauoit innocente. De laquelle chose luniuersite aduertye
enuoya ses messagiers au deuant du roy a corbeil:pour et afin de recouurer lancienne
liberte de ses priuileges:ou que le roy adiouxtast plus gracieuse interpretation aux or=
donnances par luy establyes. Ceulx qui auoyent este enuoyez soigneusement enque=
rans de quel couraige sembloit estre loys contre ses escolliers:trouuerent quil estoit ve=
hement irrite:pourtant que reffuzans estoyent et delayans de obeyr a ses decretz:et
que par leurs publiques assemblees excitoyent la fureur du peuple/dont tous les pa
risiens nestoyent peu troublez. Ceste chose entédue par aucuns nobles officiers de la
maison du roy:les ambassadeurs apres le conseil du recteur leurs priuileges change:
auant toutes choses deliberét par legiere remonstrance le roy appaiser. A ceste cause
receuz en la chambre du roy/parleret a luy selon ceste sentence/cest assauoir que riens
mal nauoit este faict par leur vniuersite. Que faulx estoit ce que seurs aduersaires luy
auoyent rapoz te faisant mention de mutinerie. Que la multitude des escolliers se te
noit paisiblement en sa maison/et patientemét attendoit ce que sa mageste cómande
roit que bien regardast ad ce que par sa follye de peu de gens:il ne allast venger et afflz
ger plusieurs hómes bien aduisez et conseillez. Que voyrement il estoit constitue roy
mais cest cóme au prince des mouches a myel afin quil nayt esguyllon pour piquer
ou quil ne se applique a exercer vengence:par quoy requeroyent de sa clemence quil re
mist ce que plusieurs auoient legierement murmure : attédu quen toute cite pa tous=
iours des auans pleurs et quaqueteurs. Et que les langues vaynes et babilles doiuét
estre aussy peu estimees cóme les aboyz des chiens imbecilles. Que la principale lou
enge dun grant prince cest de soy moderer de ce/et non estre feru du feu de trop grande
indignation:estre aussy adoulcy de mansuetude:ad ce ql se applique a estre plus ayme
que craint. Que il mesmes seul estoit lequel luniuersite de paris vouloit reuerer et en
tretenir non aultrement que fait la fille son propre pere/et que lesperáce des escolliers
estoit du tout fichee en luy. Aux ambassadeurs de luniuersite au nom du roy George
dambopse archeuesque de Rouen respondit ce que sensuyt. Tressaiges hommes: ce
ne vous doit estre merueille:se le tresequitable roy a voulu corriger ses abuz que son
doit estre commis sur vmbre de vostre liberte:et sil a limite voz priuileiges. Vous q
estes de science vestuz/assez auez peu congnoistre quen icculx pretenduz priuileiges a
este peche iusques a maintenant. Cestoit chose plus decente premierement vous emé
der que destre iugez par la correction daultruy. Car le roy na ey vse de son oppinion/
aincops y se conseil et aduis des saiges soubz droictes loiy a corrige les faultes et abuz
des delinquens:aquoy ne vous a este loysible repugner : sique deussez cesser de vostre
estude:et prohiber de non prescher es eglises la parolle de dieu. En quoy faisant nul est
qui ne dye que le roy auez desprise. Le roy na voulu tollir voz priuileiges ny deroger a
vostre liberte. Mais a voulu et veult destruire les frauldes et tróperies:non pas pour
nuyre: ou pour detourner les bons du labour de lestude. Il est assez memoratif en qlle
tráquillite vous ont nourrie et étretenus les roys ses predecesseurs. Il a cógneu et có
gnoist quelz sont voz merites enuers son royaulme et la chose commune des chrestiés
Mais vostre cas ne peult estre nect destre pturbe par les abuz des maufuais ou par

negoces illegitimes z deraisonnables. Laconscience du roy est telle que mieulx ap=
me que il y ait peu dscoliers soyaument et equitablement vaquans a lestude des
lettres:que par confusion abusiue y ait plus grande multitude. Labourez a bien in=
struire et conduire les meurs de vos escoliers:ad ce que obeissans aux ordonnances
royulx puissez la sapience acquerir pour laquelle vous estes en ceste vniuersite as
semblez. Se vostre conuersation prent regime en ceste maniere vous acquerres la
grace du Roy:et a vostre communaulte seront octroyes priuileges en abondance.
Apres q larcheuesq eut ce dit z q les ambassadeurs eurent demande se le roy desuoit
aultre chose leur commander. Allez (dist le Roy) et saluez vos escoliers qui sont di=
gnes de ce nom:ie nay aulcune sollicitude des mauuais. Et tantost frapant de la
main sa poictrine. Jlz mont (dist il) tance par leurs predications:mais ie les enuoi
ray ailleurs prescher. Par ceste parolle entenditent les ambassadeurs le roy estre ir
rite. Par quoy hastiuement retournans a Paris:luniuersite ce mesme iour en grat
nombre assemblez:reciterent ses ambassadeurs ce que ilz auoient oup. Lors le Re=
cteur par soppinion de tous les assistans qui la estoiet incontinant commenda que
chascun retournast a sexercice et frequentation de lestude z si permist aux predica
teurs de prescher. Loys entra en la ville equipe de plusieurs gens darmes ayans
les arcs tenduz et de grande multitude de seigneurs:z le lendemain seat en sa court
de parlement par edict publique confirma les ordonnaces par luy vne foys faictes
Entre les prescheurs estoit Thomas vuarnet cambrapsien:qui en preschant auoit
dit ie ne scay quoy moyne que bien conseille. Cestuy sachant ce quil auoit dit:sans
attendre la venue du roy se retira a cambray dont il estoit natif. Mais iehan stan=
dum Brabanson docteur en theologie homme excellent en vie z doctrine principal du
college montagu:aultrement en quelque sorte suspect a loys:fut interdit z mis hors
du royaulme. Je nay trouue cause de son exil Ces choses ainsi faictes/gracieuse=
ment fut besongne auecques larcheduc Philippe pour faire hommage z serment de
fidelite au Roy. Car venant a Aras ou Guy de Rochefort chancelier et Loys de
luxembourg conte de lygny de par loys enuoyes sestoient transportes Philippe co
conte de flandres z darthops:le chanselier seant en tribunal:seist soy et homma=
ge au roy dicelles principaultez. En quoy faisat il reconura les villes auecques tou
te laconte darthops/dont le roy come seigneur de fief ioyssoit ce pendant que Phi=
lippe estoit encore en minorite. Soubz ce mesme temps les suysses impetuesement
conturent en Germanye ou ilz gasterent le pays des allemans. Parquoy Maxi=
milian equippe de puissante z moult grande armee se hasta daler veger les suysses
Mais le roy loys memoratif des iniures que depuis trois ans par loys fforce auoit
receu a Nouarre:ensemble deliberat recouurer la duche de milan cde a soy apparte=
nant seua grosse armee/z enuoya deuant ses gens darmes passer les monts:lequel
apz q incidetallement en passant chemin eut visite son espouse(pource qlle estoit en
saincte)sans chomer les coduit a lyon:ou il seist son entree:en laqlle les ordres des
iuges officiers z appareil du clarge preparez z acoutrez p honorable estat:z a la ioye
publiq de tous fut receu. Adoncqs loys entrat en la cite estoient ieulx de tous costez
celebrez et de armonieux chans le ciel resonoit:pour cause principalemet que les spo

hommage des
cotez dstadie
et darthops.

le voyage ds
fracois a mi
lan pɔr la re
couurace du
duche.

K

noys defiroient faire fefte et folennite au nouuel roy:et feffortoient luy fignifier heu
reufe fortune au Boyage quil faifoit contre fes lombars. Car rememorans en feur
couraige fes infidiations et traiftres ambufches par fefquelles ilz auoient affailly
le roy Charles huptiefme a fornoue/et en quelle detreffe et angoiffe Loys auoit e=
efte a Nouarre:nul eftoit q trefioyeufy ne feuft de Boir le roy marcher en telle guer
re:lequel ilz efperoient Benger fes ennemys et recouurer ce qui eftoit fien. Auffi ap=
paroiffoit que la duche de Milan (depuis qlque téps et dres le trefpas de Philippe
qui de la maifon des Bicontes fut le derrenier prince de Milan et eftoit decede fan
de grace Mil quatre cens quarantefept a ce droit principallement appartenoit a
Loys duc dorleans. Car philippe ayant Bne feur nome e Balétine la dóna en maria
ge a loys q lors eftoit duc dorleáset frere du Roy Charles fixiefme: a la quelle il dó
na la Bille de Aft en douaire:et cóbien q fouuenteffoys euft efte y Charles admóne
fte de fa liurer:tant longuemét la refufa. Ceft affauoir iufqs ad ce q cótraint par ne
ceffite:et foubz efperance dauoir ayde de Charles/la rendit a Regnauld lieutenant
du Roy charles:qui pour ce faire eftoit enuoye. Apres que Regnault feut receue: en
lanuyet prochaine enfuiuant Philippe malade de fieure et de fuy du Bentre alla de
Bie a trepas. Parquoy ia foit ce que regnault equippe feulement de deux mille hom
mes en armes tenfift Aft:neaumoins quant il fut aduerti de la mort de Philippe/
enfemble quant il entendit que fes Milannoys prenoient confeil pour aduifer fe ilz
recepueroient aufchun en feigneur : ou filz en foy difant eftre en liberte / commet=
troient fe gouuernemét de feurs chofes a peu de gens:ficomme il defiroit Alexan=
drie occuper/print de force rauit et pilla auchunes places du territoire:iufques a ce q
fes Beftops repugnans qui appartiennent auy alexandzins:ce pendant que eftroi
tement fes affiegoit:enuoyez furent gens darmes de Milan qui regnault furmon
terent et fe menerent prifonnier en Alexandrie / tellement que en ce conflit plu=
fieurs francoys furent prins et les auftres occis et tues. La cruaulte des Alexan=
drins moult fut fauluaige enuers fes prifonniers. En ce mefmes temps fe leuerent
en france rebellions et mutineries:et pourtát que le roy par interuaffes eftoit mala
de fon ceffa la guerre Milannoife. francoys ffore eftoit home de guerre/Belliqueuy

de oeuure et de couraige qui auoit efpoufe Blanche marie fille de Philippe laquelle
il auoit engendree par fe concubinage dune noble femme nommee Agnes iffue de la
fegnee de mayne.Pour raifon de quoy francoys eftriuant occuper fa duche de Mi
fan chaffa les Benitiens qui tenoiét quelques Billes au pays et occupa fa duche/ou
il receut a foy tout fe demaine dicelle duche. A quoy faire Rene duc daniou fuy don=
na grand ayde et fupport/qui recuillant Bne armee des gens darmes de france po[r]
la guerre de Sicille fe ioignit auecques frácoys:affin que quant fes chofes de Mi
fan feroient quelque foys paifibles il Bfaft de fes gens darmes en fon bon affaire
et a fon bon plaifir. Apres doncques que farmee des francoys fut Benue a fforce/
il feift Bng pont fur le fleuue de ofye et affiega ponteny:ou fardante fureur des frá
coys en icelle eppugnation fut miferable occifió e brulure en fa Bille.Et cóme le feu
ne peut eftre facilemét reftrainct:toute fa Bille par fa fouffráce des frácoys pource
qlle eftoit du parti des Benitiés fut arfer brulee. Cefte calamite rapportee auy citez

voysines q finitimes/frappa les habitans de merueilleuses frayeur/si que ia pen=
soient veoir les francois deuãt leurs murailles.Au moyen de quoy le huitiesme io²
apres la destruction de Ponteuie/Cremonne/Bresse auecques les Villes et chaste=
aulx estans es montaignes a francoys obeirent.Parainsi successiuemẽt eut si heu
reuse fortune que les milánoys a luy se rendirent. Dela cõment la courageuse fero=
cite des frãcoys luy fut vtile q profitable/mais les Jtaliens escripuains sappellent
cruaulte/pource que les gens darmes de Jtalie prenans soulde mpeulx aymẽt la
despoulle de leurs ennemis que la fin de la guerre. A francoys furẽt quatre filz/cest
assauoir Galeace/Philippe/Loys:q Ascagne. Et il mourut denflure. Son successeur Galeace par Andre lampugnaigne fut occis au temple sainct Estiẽne a Milan delessã vng filz nomme Galeace:que son oncle Loys sforce empoisonna:q apres
la mort de ladolescent vsurpa la duche de milan iusques a ces iours que le Roy loys
signifia la guerre au tyrant. Ainsi doncques au moys Daoust les monts passes
quant les gens darmes francoys furent arriuez en Ast: furent deux Villes en Alexandrie prinses de force q pillees/lune nommee Non/et lautre la Roque/lesquelles
on raza a fleur de terre/excepte le chasteau de la Roque/seũl situe en hault lieu difficile estoit a approcher/maĩs neaumoins il fut brusle. On alla tátost en alexãdrie
soubz la cõduicte du seigneur Jehan iaques qui voyant le mauuais gouuernement
du tyrant Loys sforce sestoit vers le Roy Loys retire.Les Alexãdrins tenus estoient soubz bonne garnison des sforcians. A ceste cause au premier assault aspremẽt
se deffendirent si que par grande difficulte purẽt estre vaincus q expugnez:iusques
a ce que Galeace q estoit capitaine de la Ville se desroba par dessus la muraille q sen
fouit vers loys sforce.Et pour en brief temps les subiuguer fut faicte grãde occisiõ
non sans le dommage des nostres/q partie de la Ville abatue. Car oultre ce que les
alexandrins opinatrement sefforcoient demourer en la foy de Loys sforce: la hayne
ancienne du nom francois leur augmentoit les couraiges. Car depuis la course que
feirent ceulx de Sens en Jtalie/le nom des Francoys a tousiours este hay formẽt
de tous les Jtaliens ayans horreur de leur legierete/cruaulte/auarice et luxure:cõ
me si principallement enuers eulx mesmes ne regnoyent iceulx vices. Car se pays
de Sicille en nulle chose nest plus excellẽt comme il est en la mort des prices q y ont
regne.Romulus edificateur de Romme princt lempire par le sang de son frere : et il
en plain senat fut occis par les senateurs que luy mesmes auoit establys.Celle fam
me est indigne de nom laquelle contraignoit le charretier faire passer le chariot ou
elle estoit portee par dessus son pere freschement occis.La fureur des rommains ex
pulsa Tarquin auecques toute sa lignee:elle enuoya aũsi les consulz en exil:q pour
legiere coulpe Corinthe desola. Le couraige a horreur faire memoire de la cruaulte
de Silla:qui par cruel commandement occist quatre legions miserablement requerans misericorde/et les feist getter dedans le fleuue Tybre. Qui les prenestins
(apres quil leur eut promis sa foy de ne leur nupre) feist despouller de leurs armes
et coupa la gorge a quatre mille et soixante deuant la cite.Qui plus est le cruel
tyrant neut horreur de veoir loccision/aincoys prenoit sa volupte a regarder les
testes des occis qui presentees luy furent deuant ses peulx.Et ne doit estre Marius estime plus humain/que la teste de Marc anthoyne noble orateur mise dessus

R.ii.

Marginal notes (right column):

lusurpation
du duche de
Milan par
loys sforce

La cruaulte
des rõmains

sa table par moquerie et derision/neut horreur de ses mains latoucher. Qui est cel=
luy lequel ne scet que Cesar present le senat fut en sa court occis de plusieurs playes.
Et affin que ne dye tout en particulier:les insolens gens darmes Rommains ont
occis et a mort mis plusieurs trestouables empereurs. Semble chose aussi auons leu
et oup dire auoir este faicte en plusieurs cites de italye. Mais au contraire Gaulle
les roys vne fops receus et eux agreables/a tousiours honnores et gardes en perpe
tuelle foy et deue obeissance. Toutesuops ie nay pas entreprins de cy louer les fran
cops et de detracter des italiens. Chascune nation a son vice auecques lequel elle a
prins sa naisance:lune a lautre le reprochera se bon luy semble. Cecy ie ditz inciden=
Les villes ꝗ tellement. Cest assauoir quen italie restent perpetuelz signes/tiltres/ꝗ vestigues de
edifices ba= la gloire ꝗ maieste des gaulles/par lesquelz iusques au iourdhuy sont les peuples de
sties par les Cisalpine ennobliz/et ont les excellentes villes par les gaulles edifyees/cōme Mi
francops en lan/Cremōne/Bresse/Veronne/Bergame/tridēte:et Vienne/aulcūs y adioustent
lombardie Pauie:que Eutrope dit auoir este edifiee par les bor et mānceaulx. Aussi encores
dure le nom francops en la plus grande portion ditalie:qui par eulx et par les habi=
tans de sens peuples de gaulle aprins commencement. Encores ya il aultres plus
nouueaulx excellens faictz des francops entre les Italyens:esquelz grande louēge
obtient Charlemaine Roy de france qui par plusieurs guerres et batailles venga
les ennemis du sainct siege apostolique:la liberalite et noblesse du quel restalyt Flo
rēce qui estoit toute couuerte de grauiers ꝗ boyzee. Ne peult aussi Sicille mucer les
excellans et nobles accoustremens quelle a receu anciennement de Richard Tancre
et les princes des Angeuins A la gloire desquelz viennent Naples ꝗ appulse:ou
len voit les enseignes et vestiques magnifiques des frācops:par quoy bien conue=
nable estoit celle ingrate prouince estre deument admonnestee:ad ce que par fraudu
leuses et clandestines conspiratiōs furieusement ꝗ par nouuel exēple ne excercast sa
cruaulte contre la nation des francops a Ponherme ꝗ es aultres lieux du pays de
Sicille/osant faire par traison/ce que leur craintiue desloyaulte doubtoit manife=
stemēt perpetrer. Mais ie retourne a la narration pposee. Alexandrie pource quelle
La cōqueste est finitime ꝗ voysine de la conte daft:tousiours acoustumee de soustenir le premier
des francois choc en toutes les guerres que les gaulles ont este faire oultre les alpes/iusques
en italie cy monstre les riues de sa calamite. Quant les habitans de Pauie entendirent lex=
pugnation des Alexandrins/tantost soubz la puissance du Roy Loys se rendirent.
Au moyen de quoy Loys sforce de cueur failly/trouble en son courage/ et doubteux
de la foy des siens enuers soy:se pensa sustraire par le dāger de sa psonne. Et mettāt
gens darmes en garnison au chasteau de Milan: donna grande pecune au capitai=
ne:pensant que le chasteau qui est tresfort pourroit par vng an entier contre les frā=
La fuite du cois resister. Auquel temps se retirant vers Maximilian Roy des romains a qui
maure Loys il auoit baille sa nyepce en mariage:atieneroit en ce faisant vne armee des almās
sforce Par ainsi laschement auecques son filz et peu de ses gens sen foupt par le lac lapre:
ou recu par Maximilian Roy des Rommains:les princes de Germanye tierce=
ment appellez demanda secours pour la durhe recouurer. Sicomme Loys sforce
fupoit. Peu apres les Milannops receurent le treschrestiain Roy loys en la ville:ꝗ
le capitaine du chasteau par deux fops admonneste de ainsi faire resista comme

en sopasse soy voulant garder le chasteau a sops esforce. Mais seruant a auarice (qui
se engendre auecques les lombars dtes leur naissence) promist rendre et liurer le cha
steau se le roy luy donoit les meubles z vstensilles que sops sforce y auoit laisse a sheu **Le chasteau**
re de son partement. La condition fut en partie au roy agreable: et eut le capitaine la **de milan**
moptie de ces meubles: z oustre le Roy luy donna dip mille escus doz: ad ce que par
long assiegement le chasteau rompu et donimage neust indigence de reparation dôt
les fraiz eussent couste le quadruple. Car il côsiste en sip puissantes tours enclose de
larges fosses comblees deaue permanable. Semblablemêt dedans le circuit de ce cha
steau ya vne aultre tour dicte la Roguette formant imprenable z inuincible celle est
de deffendeur garnie. De saquelle tour y a troys connpnieres voutees dessoubz ter
re iusques a la tierce pierre: par ou son peult franchement pssir es champs en liberte
En ce chasteau y auoit prouision de viures pout deup ans et armures suffisâs pour
armer deup milles hommes. Dauantaige y auoit deup mille pieces de machines de
guerre que nous disons artillerie oultre quatre tresgrosses bombardes. Toutes les
quelles munitions trouuees furent tant au premier chasteau comme en ceste roquet
te: vaines z intelses en vne telle fortresse: que se craintif z pusillanime prince delais
sa auant que veoir son ennemp: et que sauaricieup capitaine desiura. A ceste cause le
roy emerueillant ces municions: facilement (dit il) eussent deffendu celle place lespa
ce de plusieurs ans. François sforce fut edificateur de ce chasteau. Apres la receptiô
de milan auecques le chasteau: toutes les aultres villes z chasteaulp du paps: peu **Les gene**
apres par franche desiurance feurent rednites en sa puissance du roy sops. Din- **uops**
drêt aussi les geneuois: ausquelz il bailla vng capitaine nomme Philippe rauastin a
soy atouchant en parentelle du coste maternel. Aup venitiens selon sappointemnt q
dtes se commencement fut faict auecques eulp/ demoura Cremonne auecques quel
ques nobles places de la principaulte de milan. Soubz ce mesme temps les gallees
et nefz des turcs que sops sforce auoit appelle en son apde: furêt destructes en sa plus **Victoire con**
part par les venitiens et françops. Le capitaine des galles venitiennes estoit An- **tre les turcs**
thoine Griman/ moult riche z opusent entre les venitiens/ qui comment il eust foz
mênt gaigne sa victoire: neaumoins par sa pusplanimite ne resista côtre les turcs q
entrernt a sempate et la razerêt a fleur de terre. Mais les françops tousiours na
geans occuperent les Salamines metans toutes choses a feu et a sang. Les
venitiens aussi assaillirent et prindrent Cephalone. Daultre part les turcs assailli
rent freiuz cruellement pillans toutes choses. Toutesuops les ennemis assieges
des hongres z de Bernardin comte de franc pain: languissant par famine prindrêe
leurs cheuaulp es lieux inaccessibles: et eschapperent gripans aup sommetz des mô
taignes ou ilz neussent peu cheminer. En quop faisant occirêt plusieurs crestiens pri
sonniers qlz amenoient auecques eulp. Les citez italiennes et rotelectz voyans que
le Roy Lops auoit acquis en peu de temps tant heureuse victoire: lup enuoperêt
chascun de eulp leurs ambassades pour lup faire feste et congratulation de son bon
eur/ et dauantaige lup offrir leur apde si son bon plapsir estoit den vser. Auecques ce
les poetes de ce paps honorablement escripuirent et offrirent plusiеurs dictz chancô
nettes/ mettres: z iopeulplibelles a la souâge z epultation du treschrestiaîn rôp sops.

           R.iii.

¶En ceste felicite des chofes aulcuns gens darmes de moyenne, noblesse vfurpans trop grande liberte:pour caufe des ftupres et libidineufes infections dont ilz fe foueil lerent fouffrirent mort par le commandement du roy. Ces iours fut lair en france moult pluupeuly/et a caufe des continuelles pluyes ne peurent les rayfins es vignes meurir. Auffi courut la pefte a paris/mais elle ne dura longuement. Auāt que loys

Leschiquier de rouen

allaft en lombardie par la perfuafion principallemēt de George dambopfe archeuef que de Rouen il ordonna de lefchiquier de rouen(qui eft le cōmun fiege des normās) ce que fenfuit. Apres la mort de Rollon eftoit vne couftume diligemmēt obferuee de affigner lefchiquier a rouen a certains ans eftabliz. Et illecques de toute laffemblee des normans tenir les platz lefpace de trops mops entiers et prononcer fentence por

Erection de lefchiquier en parlement

ou contre les playdeurs qui formopent et intentoient doleance a lefchiquier qui autāt Bault comme interiection dappel. Ce tēps pource quil ne fuffifoit pour expedier laf fluence des proces:et que plufieurs caufes reftoient/efquelles on ne pouoit mettre fin par la coulpe des aduocatz. Car aux aduocatz qui par les normans font appelés cou ftumiers et qui attendent gain es proces/celle diftāce et dilatoire efpace eftoit moult profitable. Pour rayfon de quop le roy loys eriga lefchiquier en parlement: ad ce que non par interualles et annuelles affifes: aincops continuellement y fuffent les cau

Quant commēca le parlemēt de rouen

fes traictes et iugees. A cefte caufe ad ce parlemēt il eftablit quatre iuges que lon dié prefidens et.xxvi.confeillers. Oultre cecy il y adioufta chancellerie et feel royal. Les prefidens furent Jehan Hebert Baillif de coutances/ Antoyne Bopet abbé du mona ftere fainct Oupn/Chriftofle de Carmonne/et Robert calenge. Ilz commencerent a feoir en ce plement le premier iour de Octobre Lan de grace Mil quatre cens qua tre Bingt et difeneuf. Auquel an le quatorziefme iour de ce mops la ropne Anne enfā

La natiuité de ma dame Claude fille du Roy loys xii.

ta Bne fille nōmee Claude. Et le pont neuf a Paris, lan quatreBingt et deux apres quil auoit efte batu/auecques toutes les maifons qui eftoient edifiees deffus en tref bel ordre, a lun et a lautre cofté dune mefme forme et haulteur au nōbre de foixāte. Bng heure deuant mydi enuiron nonne trebucha tout dedans la riuiere de Saine. Lequel dōmage apeine ineftimable publiopt la cōmune renomme de tous eftre aduenu et efcheu par la negligence des preuofts et efcheuins de la ville. Car combien quilz receu

La ruyne du pont ō paris

ent tous les ans huit cens liures du reuenu du pont/toutefuops trop peu en emplop ent a la reparation dicelluy/appliquans le refidu a leur profit. Mefmes lan precedēt les maiftres des oeuures a eulx annuncerent que les pieux de boys deffus lefquelz eftoit le pont apupe eftoient Bfez de Bieleffe:par quoy befoing eftoit ofter les Bieilz et y mettre des neufz:ce que faire delaperēt:iufques ad ce que la ruyne ia en briefz iours apparente:comme plus ny euft aucūe efperance de le reftablir. Vint Bng charpentier vers iehan papillon lieutenant criminel:auquel conftamment afferma que le pont tomberoit auant quil fuft le mydi de ce iour. Pour rayfon de quop le charpētier mis en garde incontinent Bint papillon en fa court de parlement. Et pource quil Benoit plus toft quil nauoit de couftume(car il eftoit enuiron fep heures au matin.) Thi bault Baillet fecond prefident en icelle court penfant que le lieutenāt criminel Benoit pour quelque chofe confulter des prifonniers touchāt fon office/linterroga quil Bou loit. Ceft(dift papillon)Bng aultre cas plus miferable: le pont neuf fen Ba mainte nant cōber:ie le Biens denoncer a la court. Dilecques haftiuemēt fe retourna tibault

Vers le senat/et exposa les piteuses nouuelles. Tantost le lieutenant criminel y lor=
donnace de la court comanda que tous les habitans du pont vuidassent promptemet
ensemble deputa sergens royaulp aup deulp boutz dicelluy pont pour empescher a p=
hiber que aucun ny passast. Sicome chun estrope de paour se hastoit temporter ses
meubles et ustansilles/ceulp q̃ furent ad ce faire plus tardif trebucherent auec le pot
Ceste ruyne moult gri fue fut tant aup habitas come ala chose publique des parisies
Les priuez de leurs maisons/et qui estoient en necessite de prendre aultres domicilles
a louaige faisoyent complaincte de leurs domages a interestz:a creignoit cy que pour
auoir receu si grant domaige se engendrast au peuple fureur et mutinerie contre les
gouuerneurs de la chose publiq. Pour aquoy obuier la court de parlemet hastiuemet
comanda que iaques piedefer preuost des marchans a les escheuins fussent appelez et
gardez en prison au palais royal. Cotre lesquelz ne voulut pnoncer iugemet/iusques
ad ce q̃lle eust enquis soppinion du roy sur la presente fortune. Preandceopet la ruyne
plusieurs grandes fedasses es maisons: a larges ouuertures entre les mortayses et
ioinctures des poultres a autres pieces de merrin. Aussy le paue comeca a soy ouurir
a pourtat q̃ les vieilz pieulp ne pouoiet si pesant fardeau soustenir:pmieremet tout le
paue:puis aps toutes les maisos des deup costez se bindret afrôter a recotrer au meil
leu du pot:si que p horrible son trebucheret. Lors si grade nuee de pouldre obscurit laer
que ceulp qui veoyent riens ne pouoient regarder. Le cours de seine arreste fut:et re=
coula contremont come se elle fust tombee denhault/et par planches ou lisses de boys
eust este son droit cours empesche. Car auec quelqs filles ce pendant quelles lauoyet
les drappeaulp vers glatigny vng peu plus hault que le pont/par le retour a rebon=
dissement du fleuue fut lune raupe a estincte lautre resista contre leaue nagea a escha
pa vng enfant liay au berceau estant au meylieu de sa grand eaue deliure fut de pe=
ril par aucuns basteliers qui accoururent auec leurs nasselles. Vng portefez come en
lune des maisos eust prins de louurir dessus ses crochez vng fesseau de fleichez: mat
telas po¹ dillec les transporter:il auoit le fesseau charge dessus ses espaulles:trebucha
dedans le fleuue: de nulle playe offense fors seulement de petite escorchure dessus sa
peau par layde des nautonyers fut deliure. Vng aultre apperceuant la demollicion
du paue hastiuement monta en la fenestre de derriere sa maison:a come il fust expert
de nag er se iecta en la riuyere a eschapa sans aucun mal. En ce tant soudain accidat
les vngs se sauuerent:et les aultres non pas en grant nombre brisez par celle ruyne
perirent. La longueur de ce pont estoit de soipantea dip pas auec quatre piedz: a la
largeur de diphupt pas. Il estoit soustenu selon sa largueur de la riuyere/de dip sept
ordres de pyeulp. Dont chascun ordre ou rangee contenoit trente pyeulp:chun pyeu co=
me il fut de peu plus dun pied de grosseur/aussy estoit il long de quarate piedz. Ceulp
qui dessus ce pont cheminopet pource que dune part ny daultre ne pouoit estre le fleu
ue veu cuydoient marcher a terre ferme/a repaire en vne foyre. Car grande multi=
tude de gens de mestier/marchandises/merceries/et varietez y auoit:estoit aussy la
structure des maisos si belle et si egalle:que entre les ouuraiges publiqnes du royaul
me de france:pouoit cil ediffice sans iniure estre dict le plus excellant. Entre celle
publique calamite des parisiens/le roy seiournat a Milan:appliquoit son couraige
a mettre en ordre la chose publiq des milanoys aultrement dictz habitans de gaulle

La longueur
et largeur du
pont fondu a
Paris.

cifalpine.Et comme ilz fussent de tailles et tribuz trop durement foulez par loys ffoꝛ
ce:il les affeigea de beaucoup a diminua les tailles/car de fix cēs et huyt mille fix cēs
quatre vingts fix liures tournoys q̄ fforce exigeoit des millanoys pour les tailles
et tribuz ānuelz:le roy content de feullemēt receuoir fix cens vingt a deux mille cinq
cēs liures tournoys:eſtablit garniſō es lieux plus deffenſables. Et cōmectāt a iehan
iaques la principalle gouuernāce du duche/luy cōmanda habiter en lhoſtel du palays
de Milan. A quentin fefcocoys bailla ſa capitainerie de la Roquette/a luy attribua
deux cens pietōs francoys et autāt deſcocoys.La garde du grant chaſteau bailla au
ſeigneur de ſtepy auecques garniſon de quatre cens hommes de guerre francoys de
legiere armeure.Il inſtitua Rauaſtin capitaine de genes /pues daffegte capitaine
de Sauone. Au palays de la ville de gēnes eſtably fut Jehan de ſaict ſymon/a guyō
admiral du roy au chaſtellet. Au regard des chaſteaulx a plus nobles villes qui ſont
ſur la mer liguſtique vers ettarie:le roy miſt garniſon de francoys et ſuyſſes . Par
ainſy les choſes en ceſte facon oꝛdonnee et appaiſes en italie/le roy retourna en fran
ce au moys de Decembꝛe.　 ¶A troys en champaigne eſtoient Guillaume a Char
les ducs de Jully et de Gheldres attendans la venue du roy:entre leſquelz y auoit ql
que altercation touchant leurs armoyries.Car le duc de Jully eſtoit couronne que
charles ſon voyſin duc v̄ſurpoit les meſmes armes quil poꝛtoit deleſſant celles de ſes
pꝛedeceſſeurs enſemble de ce quil ſe nommoit duc de Jully:dōt il ne ſe vouloit deſiſter
combien que de ainſy ne faire euſt eſte pluſieurs foys admoneſte.Par quoy croiſſāt
entre eulx lindignation pour tant que lun ne vouloit a l'autre obtemperer: cōmencea
la choſe eſtre par armes debatue : ſi que moult aigrement fut faict combat de guerre
guerroyable.En telle maniere que le duc de Jully print la ville de arcliꝛes a charles
appartenant treſfoꝛte place aſſiſe en v̄ne plaine et lieu campeſtre . Finablemēt apꝛes
pluſieurs debatz ſeſtoient enſēblemēt accoꝛdez quilz ſe rapoꝛtopēt au roy de tout leur
different:afin que ce q̄l en decideroit fut deciſif de tout le proces. A ceſte cauſe ſe trā
poꝛterent les ducs a Oꝛleās ou apꝛes la cauſe diligēment enquiſe traictee/a ventilee
pꝛononcea le roy que Charles de Gheldres ſe abſtiendꝛoit de plus poꝛter larmoyrie
du duc de Jully:et daultre part que cil duc de Juſ.p rēdꝛoit a Charles la ville arcliꝛes
Encoꝛes v̄ſant de liberalite royalle donna au duc de Jully quatre mille eſcuz doꝛ/et
luy conſtitua penſion par chaſcun an. Le duc de Jully ſupuoient pluſieurs hommes
nobles de moult grande reputation/ceſtaſſauoir Philippe de Verneberch/ Guiſſe de
Valdech cōtes/Guillaume de Reuēbergh noble baron/le ſeignr̄ Jehan nagel chanoy
ne de leglife du monſtier / et pꝛeuoſt de ſainct Jehan oſtraſbourg/Crato de mileduclꝛ
cheualier doꝛe/Jehan palāt de vuldēbergh/le ſeigneur Robert plettēbergh/Geoffroy
hanſſelet noble iouuencel/ que le Roy retint au nombꝛe de ſes domeſtiques/et a tous
leur pꝛeſenta quelque don ou aſſigna annuelle penſion. ¶Aliāce doncques a amitye
ainſy acquiſe entre les ducs chemina le roy a ſoches/ Charles de gheldꝛes a molins a
le duc de Jully ſe trāſpoꝛta a Paris. Ou apꝛes que par honneur il fut entre a aſſis en
la court de parlement/Jehan coſſardy pꝛeſidant donna ſentence contre le pꝛeuoſt des
marchans a eſcheuins de paris dont cy deſſus auons fait mention. Car ſelon ce que
chūn auoit eſte negligent en ladminiſtratiō et exercice de ſon office pnny fut a mulcte
par pecune: et eulx tous pꝛiuez et depoſez de ſoffice:en tel facon q̄lz recompenſeroiēt

toute la perte et le dommaige que auoient souffert les habitans du pont/ estimation
preallablement faicte. furent aussy punyz tous les aultres qui aucune ans parauant
auoyent este escheuins pour ce quilz nauoyent pourueu ⁊ donne remipde à ceste ruyne
par si long temps apparoissant se.vi.iour de Januier. Lan de grace. M.cccc.vcix.

C Est ce que du temps de douze cens ans ay epluche au grant moceau des faitz
et gestes des francoys/escript ⁊ reduict briefuement en ce present petit liure
Lyse le gracieux lyseur a qui ces choses conuiendront/si non/ne medpe des grans la
boeurs de Gaguyn enuers sa chose publique.

C Ly faict la fin Gaguyn de sa cronique.
homme deuost de vertu se sentit.
Qui iadiz fut pere de rethorique.
Amp de dieu sainct/parfaict et entier
C Si aucun veult son liure visiter.
Ne craigne ia quil ait fable ou mensonge
Car il verra a quoy soy vsiter.
Le prince doit quen pechez ne se plonge.
C Compris ya lacteur(ce nest pas songe)
Bons et malins en langaige francoys
Les faitz aussy tant que lettre salonge
Des princes tous et nobles Roys francoys

C Sensuyt ce que les aultres ont recite de la bataille de Guynegathe.
Outceque iay promis mettre en lumyere et euidence ce q̃ les aultres ont
escript de la bataille qui faicte fut a Therouene/la chose est telle que sensuyt. Maximilain duc dautriche auec ses hommes darmes ⁊ grant nom
bre de pietons presque tous flaghzens pour venir au deuat de larmee des
francoys tresbien equippe/sortit de ses munitions que nous appellons parc ou tou
tesuoyes il lessa puissante garniso de gens darmes pour la garde du bagaige ⁊ victu
ailles de son armee/mais les francoys couraigeusement receuans laudt garde ⁊ pre
miere bande de Maximilian et peu apres luy donnans lassault feirent moult grande
occision :et ceulx qui de la part de Maximilian se mirent en soupte/ poursupuiz fu
rent par les hommes darmes francoys iasques aite. Le pendant la puissante garni
son de Therouenne impetueusement sortit hoze la ville et enterrompit les munitions
dessusdictes faictes pour la garde des victualles bagaige et choses precieuses ou plu
sieurs des ennemys furent occis/les autres prins/toute leur despoueille raupe ⁊ am
portee. Quoy voyans les pietons flagmes/sicomme ilz se mectoyent en suyte:les co
tes de Romont et de Nassau en leur donnant tressort couraige les retindrent en bon
ordre de bataille:et au meylieu deux establirét ses capitaines auec ses plᵉ nobles ho
mes darmes. Lors suruint Philippe desquetdes lieutenac du roy en ceste bataille eqp
pe dune grosse armee dhommes darmes et de huyt mille pietons francs archers: qui
par troys foys rudement assaillat larmee de maximilian ne la put rompe ny separer

moyennant que les flagmẽs tresuaillãment se deffendoyent: et par banderolles cou=
royent non sans loccision et perte des francoys. Les francs archers estoient apart ac
riere des aultres en deux bandes au nombre de huyt mille ou enuiron: lesquelz en par
tie griefuemẽt estoyent persecutez des machynes et artilleries de Maximiliã: en p
tie aussy sapliquoyent a propre et peillaige/saichans que les rãparcz/tentes a muni=
tions ou estoyt le bagayge des flagmens auoyent este prins des francoys: parquoy
cuydans estre victeurs/et courans au peillaige/surprins furent a encloz p les dessusd
côtes de Romôt et de Nasau ĝ les occirẽt cõme ouaplles ou montés a Gupnegaste
Parquoy depuis le cõmencemẽt de ceste bataille iusques a la fin/comme son trouue
en memoire/desirez furent des frãcoys et bourgupgnons. viiii. mille hommes: entre
lesquelz moururent le baillif de Beauuosin et le Vicomte de Rouen: et ne scet on de quel
coste y eut plus grant moeurtre ou des francoys ou des bourgupgnõs. Toutesuoies
enuiron sept cens bourgupgnons tomberent vifz es mains et lyens des frãcoys : en=
tre lesquelz fut non pas le roy de polonye/comme aucuns ont dit/aincoys' le seigneur
de polen tresnoble cheualier issu de hault lieu du pays daustriche. Mais po¹ ce que la
bataille fut doubteuse: les bons arbitres attribuent la victoire des hommes darmes
aux francoys/et des pietons aux bourgupgnons.

      ¶ Addition en brief des choses glorieusement faictes au royaulme
      de france/par le trescrestiain roy Loys douziesme de puis le decez
      de frere Robert Gagupn aucteur de ce liure.

Usques cy a escript frere Robert gagupn: lequel (se la diuine disposition
le nous eust gardé) neust teu les excellantes victoires/nobles triumphes
et glorieux faictz du treschrestiain a trespuissant Loys.vii. de ce nom roy
de frãce neust aussy teu p ĝlãĝ puissance il empoigna prisonier a teint en
ses lyens Loys sforce vsurpateur du duche de Milan: a cõment par layde des Veni=
tiens il print sõ frere le cardinal descaigne lequel il eut soubz lobeissance de sa seigneu
rie: et cõmment par sa clemence a benignite se mist en sa liberte. Neust aussy oublye a
escripre en cõbie:) grande a excellante vertu il print/subiuga/expugna et receut Na=
ples de rechef: destruisit et confondit les Turces: pareillement par cõbien grande tra=
hyson des hommes furent contraincts les frãcoys vuider de Naples si que facilemẽt
estouperent la bouche de cellup: qui a sa fiction poetique a inscript triumphe de seppul
sion des francoys: et se lhõme ie cognoys/certes bien tost pour sa temerite puny sera
par fauste Andrelin poete du roy/mais neust aussy soubz silence passe en ĝl sestopnit
resplendissement/faueur/et tesmoignages de vraye amptie il ambrassa Philippe ar=
cheduc Dautriche quant il reuenoit des espaygnes. Il neust aussy obmis a dire et a
louer: en quelle deuotion/charite/pompe a noblesse de sang royal par song ordre excel=
lentement ordonne ce tresglorieux roy Loys douziesme feist trãsporter de Blays a Pa
ris les os et reliques de son feu pere Charles que dieu absoille/en son viuant duc dor=
leans: et comment au sainct temps de quaresme Lan de grace. M.d.v. les cõmanda
colloquer au sepulchre de ses predecesseurs qui en triũphant appareil est au iourdhup
veu en leglise des celestins: a fin que se taise ce tresuain cõniqueur: ĝ en son liure inti=

tule le supplement des croniques:na eu crainfte ny honte fi doubteufement ↄ menfon
gerement affermer que cil duc de tant louable Bie ↄ homme iufte pour fes demerites
auoit efte occis a Paris. Signiffiant que fon ne fe doit beaucoup emerueiller fe des
chofes anciennes les hyftoriens ont dit plufieurs menfonges: attendu que les chofes
prefentes et qui encores font foubz les peulz et la memoire des Biuans/reuerfees font
par fi manifeftes menfonges. Mais a fin que face fin: Gaguyn neuft auffy oublye
en fon oeuure les trefpropices et trefheureufes nopces celebrees de la grande prudce
du roy et de tout le royaulme mefmes de difpofition diuine par trefuenerable homme
George dambopfe cardinal et legat en france entre frācoys de Baloys ↄ refnoble duc
heritier du royaulme : et trefilluftre dame/ Claude fille du roy dont cy deffus auons
faict mention. Mais pource que de fi haultes matieres/ comme difoit Salufte de
carthaige/ mpeulp Bault foy taire/ que de trop peu ou tropdement parler/ ie ne ditz
plus mot:attendu principallemět ↄ les liures hyftoires et inftructions du trefeloquět
et faige aucteur Paul Aemilius que chafcun iour il eft efcript/demeurent en lumiere
fans iamais mourir.

　　　　CEpiftre fuatoire du tranflateur.

Dous qui Boulez ce prefent fiure lire
Ne maintenez Boftre courage en ire
Jufques a hayne ou rancune de cueur
Contre celluy qui en eft tranflateur
Onques ne fut homme fi bien parfaict
Loing de meffaict/de crime nul infect
En qui ne foit quelque Bice petit
Doncques ne quiere de Bengence appetit
Endurant foit/remecte toute offenfe
Lhomme cupdant qua luy nuyre ie penfé
Aproche iay pres la lettre latine
Comme fuyuant le ftille de platine
Haftiuement mon Bulgaire francoys
En trop hafter on erre aucunefoys
Supuez les fens/apdez a la lettre
Notez le bien/fupez le mal admectre
A tant Bertezle triumphe la gloire
p doine paix/procedant de Bictoire
Et les Bertuz que prince a bien foigner
Aquerir doit pour au monde regner.

　　　　**CAddition de Pierre defrey fimple orateur de Troyes en champai
gne fur les croniques du bō reuerend pere et fcientificque hiftoriogra
phe maiftre robert Gaguyn pour lamplification dutrefilluftre tres
chreftiain ↄ trefuictorieux roy Loys douziefme de ce nom/iufques en**

Lan Mil cinq cens r.riiii.auecques le deuot trespas et triumphante
sepulture de feue treshaulte trespuissante tresmagnifique et tresexcel
lente princesse/ma dame Anne royne de france/et duchesse de Bretai
gne icelle viuente sa tresnoble femme et compaigne que dieu absoille
et mette en paradis.

Pres que iay seu/perseu/et reuolue es feulletz precedens/de la Cronique
du tresrenôme hystoriographe et reuerend pere en dieu maistre robert Ga
guyn ministre general de lordre de la saincte Trinite de paradis/r aulcu
nes aultres petites additions/sur les Croniques du treschrestiain/trespru
dent et tresuictorieux roy de france Loys.xii.de ce nom a present regnant/ et auquel
dieu donne bonne vie.Je pierre desrey bon francoys de Troyes en champaigne/ ay
aulcunemêt delibere escripte en bref aulcune chose/des triuphans gestes et vertueux
faicts dicellup t resexcellent roy/presupposant que Paule emilius moderne ortodoxe
et scientifique hystoriographe/Le doye mieulx et plus amplement declarer dedans
sa Cronique/en la quelle il solicite chascun iour a escripre et laborieusemêt rediger le
perfect comble et entier effect dicelle tresnoble Cronique. Or considerons dôcques
en quel triumphe/gloire/r honneur/ce treschrestiain roy Loy.xii.de ce nom a par plu
sieurs fops et en sa propre persône veincu/dompte/et captiue ses ennemys. Car aisy
comme naguieres a descript le precedent historique de puis le bon seigneur Gaguyn
Icellup magnanime et triumphant roy a en personne victorieusement conquis et re
conure son pays et duche de Milan qui lup apparteroit en propre heritage. Et pour
ceste premiere foys dechassa et mist en fupte/se seigneur Ludouic sforce au par auant
vsurpateur dicellup duche. Et ung peu apres.Lan mil cinq cens fut concede r ce

Lan du gene
ral pdon iubi
le a Romme

lebre le general pardon Jubile en la cite de Romme au tempe du pape alexandre.Vi.
Auquel pardon furent et peregrinerent plusieurs personnes hommes et femmes de
diuerses contrees.et nations.Mais en ceste mesmes an/au mops de Januier/ le sei
gneur Ludouic par aulcune trahison reprint la ville de Milan/et furent reuoltees a
lup aulcunes villes de Lombardie et dicellup duche.Au mopen de quop et pour la cô
motion des lombars Milannops plusieurs deuots pelerins furent peris et destrou
ses estans adoncques sur le chemin pour aler audict Jubile.Car les francoys estans
pour lors es chasteaulx dudict Milan et aultres villes tindrent tousioure bon pout
le rop/ce quilz feirent moult vaillamment. Pour quop consequêment fut faicte bonne
justice de aulcuns lombars et citadins/qui auopent pilles et prinles biens diceulx
pelerins quilz alopent audict Jubile. Parquop le Comte galiache/et sa femme
vindrent en ce temps iusques en france par deuers le rop.   Et en

Lentree de
la ropne a
Lpon

ce mesmes an le vendredi . xix. iout de Mars la treschrestiaine Anne royne de fran
ce et duchesse de Bretaigne feist son entree pour la seconde foys/a lpon sur le rosne la
ou elle fut moult solennellement receue et en grand triumphe et honneur.Et enuirô
viii.iours apres furent audict lyon amenes au rop aulcuns prisoniers/lesfilz auoiêt
faict et perpetre aulcune faulte contre leur serment.Le ieudi deuant pasques flozies
en lan dessusdict les francoys feirent si bon et vaillant debuoir par puissance darmes
que le seigneur Ludouic fut contreinct de prendre la fupte r diligemêt aller a Nouat
te auecques cent cheuaulx habandonnant son armee/r artillerie/ la ou il fut finable:

ment prins et faisp perdant tous biens et seigneuries/et tellement quil fut amene prisonnier en france/la ou il a fine ses iours. Ascanius cardinal frere dicellup ludo= uic ssortia fut pareillement prins et tenu prisonnier lup estant en supcte. Et depuis par les Benitiens fut deliure au rop lops.xii.de ce nom/lequel ainsi Bictorieusemét conquist et recouura encores de rechef sa Bille et duche de Milan. Le pape Pie troi siesme de ce nom Tuscan et natif de Senes la Bieille fut eslu en conclaue apres Alexandre sixiesme. Il estoit homme de bonne industrie et bien aptins en diuerses lettres. Toutessops a lexemple du Pape Alexandre il commencoit de conspirer contre les francops Comme indigne et mal content de les Beoir ainsi glorieuse= ment regner es itales et en lombardie. Pour quoy il esperoit leurs faire dommage es iours aduenir. Mais dieu le tout puissant seigneur (qui a tousiours preserue le lys sa noble couróne/et les treschrestians rops de france de toute aduersite)permist quil ne regna pas longuement. Car il mourut et trespassa le.xxBii.iour de son pon= tificat/quil auoit este sacre pape. Deuant icellup pape Pie Bng nomme Joseph iu= dien Bint a Romme au Pape Alexandre : et lup recita les choses Chrestiaines de prestre Jehan et des eglises orientales en sa derreniere inde/estre asses semblables aux nostres de la saincte eglise romaine. ¶Philippe Archeduc de Austrie et prince de Castille feist et traicta paix a bonne amitie auecques le treschrestiain Roy lops douxiesme de ce nom. En telle maniere quilz eurent bon accord ensemble. Et ceste paix ainsi acordee se prenomme Philippe delibera de sop tirer iusques en Espaigne pour Bisiter icellup pape et ceulx de son affinite. ¶Apres que le Pape Pie tropsies= me de ce nom fut mort et decede. Le siege de romme pour aulcun different Baca par lespace de quatorze iours. Et puis fut eslu pape Julius deuxiesme de ce nom/lequel estoit de la nation Ligurge de Sauonne en sa terre de iápnes:il fut aussi par auant dit a appelle Julian lup estant cardinal de Hostie/a dict de sainct Pierre ad Bincula. Il auoit aultresfops este legat au ropaulme de france/Biuant le pape Sixte qua= triesme de ce nom son oncle. Et au téps de feu treschrestiain Roy lops Bnziesme q̃ a la requeste dudit legat deliura de ses prisons Maistre Jehan Balue Cardinal de Angers/lequel auoit ainsi este de tenu prisonnier pour aulcun crime de lese maieste Mais il fut rapelle en tomme et reabilite a sa dignite. Artus fils du roy de Angle= terre Henry septiesme espousa et print a femme Dame Marguerite fille du roy de Arragon Philippe prince de Castille/et archeduc de Austrie estoit énuiron ce temps auecques sa femme et leurs familles en Bne nauire pour Bouloir aller en Espaigne eurent le Bent a eulx contraire qui les chassa en angleterre la ou ilz receurent aul= cune grans dons du Roy. Puis furent courtoisement remis a adresses audict paps de Espagne. La ou depuis mourut et trespassa icellup noble prince. Et aussi énuiró ce temps Mil.B.cens a.B.a Mil.B.cens a.Bi. Sophie rop des Perses et le Turcq eurent grande guerre et discorde lung contre lauteen Asie/la ou plusieurs turqs fu= rent occis et suppedites du predict Sophie. ¶Et en ce temps ainsi comme on dit apparurent plusieurs comettes:et aultres plusieurs choses / qui enuiron ce temps a depris ont este demonstrees a aduenus en diuers paps:lesquelles ie delaisseray pour retourner en ma matiere/ a aux faictz des nobles francois.

La prinse du cardinal A= scanye

La mort du pape pie. iii. de ce nom

Election du pape Julius ii.

Recapitula= tion de la de= liurance du cardinal Ba lue

Larcheduc en espagnela ou il mourut

S

La prinse et recouurance de iaypnes

Il neft pas a taire a celer cômment enuiron lan mil.v.cens.a.vii. le trefcreftiain/vi ctorieux a magnanime rop de france loys.xii. remift a lup les ianeuoys / qui vng peu par auant fe eftoyent pour cefte fois rebellez a par trabifon regettez les nobles francois de leur ville/ mais en fin furent furmontes par les trefnobles a vertueux faictz dicellup rop loys: qui en peu de temps les fubmift a reduict entierement def foubz fa puiffance a edict. paule de nouis tainctuurier que les ianeuoys auoiêt faict et cree pour duc au pays de iaypnes fupant de ce conflict par mer fut prins de vne na ue gallicane:a apres ramene a iaypnes la ou il fut decapite. Or confiderôs doncques en apres comment paria benignite dicellup vaillant rop loys/ feu trefreuerent pere

Le rop a tous iours ferche paix

en dieu George de amboyfe legat en france/auecques le reuerenô euefque de paris/ le prefident Oliuier et aultres ont efte fouuêtefoys tranfmis a enuopes en plufie⁴s lieux a deuers plufieurs princes pour traicter de paix a concorde côme bon prince pa cifique. Et mefmement du traicte faict au lieu de Cambray. Regardons auffi par

Le rop Loys xii. feift re couurer na ples.

auant comment par prouesse et vaillance il enuopa grande multitude de gens dar mes iufques en fon ropaulme et pays de naples qui fe eftoit reuolte / dont tantoft et en bien brief temps fut mis a reduict deffoubz fa puiffance. Et puis frederic vint en france qui auoit tenu ledict naples. Et brief feift tellement ce trefnoble rop loys xii.a prefent regnant que foy voyant profperer en tous fes affaires traicta fon peu ple et fes fubgetz fi ampablement quil fut notoiremêt dit a appelle le pere du peuple.

Boulongne reftituee au pape iufius

Jcellup trefchreftiain rop aymant vrayement dieu et leglife feift a procura en telle maniere que la ville de Boulongne fa grace fut reftituee au pape Julius/ po² lequel en fut dechaffe et gette bors vng appelle Jeban Bentinole. Eft il pas auffi a reciter et manifefter pour vng faict digne de memoire comment le trefpreux et triumphât rop loys.xii. pour lup et le bien de leglife feift en perfône auecques plufieurs fes vail fans capitaines et gens darmes vne moult grande guerre et bataille a fencôtre des venitiês et toute leur puiffance/la ou par prouefle a faictz darmes il obtint vne triû phante a glorieufe victoire alencontre deux. En telle maniere quilz furent defcôfitz chaffes et mis en fuite:et plufieurs occis et tues/il p eut auffi plufieurs prifonniers entre lefquelz fut prins et tenu meffire Bartholomp de Aluiane duc de tout loft et

La prinse de meffire Bar thelemp de Aluiane

exercite diceulx venitiens. Jl fut premierement mene a Milan / et puis apres au ropaulme de france/la ou il a efte detenu par aulcune efpace de temps. Et tantoft apres furent rendues foubz la puiffance et dition du prenomme rop des francops. les villes. Ceftaffauoir de Breffe/Bergame/Creme/Cremonne/a les aultres vil fes qui de droit lup appartenopent/a caufe de fon duche et pays de Milan. Le pape Julius deuxiefme recouura pareillement a layde dicellup rop de france fes villes de leglife. Ceftaffauoir Seruie/Rauenne/Jmole/fauence/foreline/a les aultres ter res de leglife que tenoient les venitiens. Maximilian le rop des rommains recou

Les villes du rop des romains

ura auffi adoncques fes villes de Veronne/pataute/Tetuife/et aultres lieux fem blablement detenus et vfurpees par les venitiens. Le rop de Efpaigne receut pa reillement fes villes que detenoient iceulx venitiens Berondufe/Tarente/et aul tres lieux femblablement. Et brief le Rop de france a faict merueilles et trium phes en Jtalie/et fi euft encores plus faict fe neuft efte par fa benignite:et quil a tous iours ceinct et differe de trop refpendre fang bumain.

Et ainsi doncques appert nottammēt que le treschrestiain roy Loys douziesme fist luy mesmes exposer en propre personne pour donner secours et apde a nostre sainct pere le pape en toutes choses raysonnables Comme vray piller de leglise apdāt cha cun par charite Jl auoit fait plusieurs aultres bons seruices ꝗ courtoysies a icelluy pape Julius comme de luy mettre en ses mains ladicte cite de Boulongne ꝗ expul ser Jehan bentinose/ainsi comme il est dic dessus. Mais non obstant icelles choses et plusieurs aultres biens a luy faicts. Jceluy pape Julius deuxiesme se reconcilia et print aliance aux Benitiens/mettant son ost et armee auecques eulx. Par quoy ilz print mutine ꝗ mirandulle laquelle il restitua au seigneur Jehan de francisques Picus qui disoit vainement estre seigneur dicelluy lieu. Et enuiron ces entrefai ctes la Bille et place de mirandulle fut vaillamment prinse et recouuree des nobles francois:et aussi fut deliuree la Bille de Mutine au Roy des Rommains.Mais se pape Julius deuxiesme en cuidant par tropt entreprendre/perdit doncques la ci te de Boulongne la grasse.Et ainsi qui fuict ce quil doibt il trouue tousiours bon se cours et loyaulx amis.Mais a celluy ꝗ rompt sa foy : de droit on luy faict le pareil Auoient il pas veu icelluy trescrestian Roy que ceulx de la Bille de Jaynes luy auoi ent aussi moult grandement failly de promesse.Parquoy luy mesmes en propre per sonne y retourna comme vaillant et vertueux prince pour la recouurer / ce quil feist Mais apres toute triumphante victoire par luy obtenue dessus eulx/ il leur par donna et remist benignement leur offense comme bon Roy et cordial non appetant quelque vengence:ne la perdition du peuple:qui fut a luy tresgrande courtoisie et li beralite.Et pareillement se reuoltterent aulcunes villes des itales subgettes au du che de Milan ce que le bon roy supporta supuamment iusques en temps deu.

Apres doncques toutes ces choses et plusieurs aultres vaillans faicts darmes pre mis par le treschrestian roy loys et tant a Laruas que aultres lieux. Le tresnoble prince Gaston de Foues pour lors duc de Nemours et comte dudit Foues voluntai rement et par le bon plaisir dicelluy roy loys son oncle/se retira iusques a milan / et es pays de lombardie ꝗ des itales/la ou il fut constitue et ordonne lieutenant gene ral pour icelluy prenomme roy son oncle/ au temps du pape Julius auquel office deuement exercitant Jlz feist plusieurs nobles faicts darmes et de grande prouesse En tout se pays tant que la memoire est seure.Et mesmement en la cite de Bou longne la grasse la ou il feut tant ceint et redoubte que tous les ennemis des fran cois se leuerent incontinant/et fuyrent deuant sa face . Jl posseda icelle cite pour se roy a son bon plaisir et commandement.Durant ces affaires de guerre Le prenom me pape Julius deuxiesme/et ferrand le Roy de Arragon auecques les espagnotz deffaillirent de leurs promesses et foy donnee au trescrestian Roy Loys a lencontre des Benitiens quilz auecꝗs eulx furent pour lors reconcilies:ꝗ y eut vng tropt grant discorde tout par le deffault et grande infidelite daulcuns seigneurs et potestas du duche de Milan/ou de lombardie/et par labueu de aultres des itales aꝰ ce consen tans ꝗ leurs dōnans faueur.Dont ꝗ pour quoy suruindrent plusieꝰ accidēs ꝗ grās dōmages a ceulx de italie/ꝗ principallement es villes de Breye/Verōne/ꝗ aussi ra uane/auec aultres pareillemēt.Tresreuerend pere en dieu george dāboise cardinal et legat en frāce/ꝗ archeuesque de rouen hōme tresprudent ꝗ de bon cōseil mourut et

S.ii.

Les bons ser uices du roy loys au pape Julius

Mirandule fut rendue aux frācois ꝗ mutine au roy des ro mains

Gaston de foues duc de nemours en lombardie

Le pape ꝗ se roy de Arra gon faillirēt de leur foy au roy

trespassa a lyon sur le rosne/dont fut faict grand plaint et grand deul. Dieu veulle auoir mercy de lame de luy. Son corps fut mis en vng beau sercueul de plomb/ et fut treshonorablement porte en sepulture a Rouen/ qui estoit son seul benefice.

¶ L'on dit q il mest venu a memoire que ascun temps par auant lisle de Diane en

Declaration
de sept hom=
mes sauua=
ges descendus
au port de
rouen

affrique auoit este prinse par les espagnotz. Et de ceste isle appellee Terre neufue furent par aulcuns du pays de Normandie conduicts et amenes sept homes sauluages au port de Rouen:ensemble leur nauire:leurs vestemens: et aulcunes armu res. Ilz sont de asses noire couleur/et ont asses grosses leffres en la bouche: et si por tent aulcunes stigmates ou signes de cicatrice en la face. Et depuis loreille iusques au mellieu du menton ont vne noire et obscure veine qui leurs descend par leurs maschoires. Leurs crins ou cheueulx sont noirs et gros comme queue de cheual Ilz ne ont iamais barbe ne commencement den auoir par toute leur vie:et si ne ont pareillement aulcun poil en tout le corps fors leurs cheueulx et les sourcilz. Ilz por tent sur eulx vng baudrier ceinct/auquel y a vne petite bourse qui est comme a cou urir leurs membres honteux/et ilz forment leurs languages des leffres en parlant et si ne ont quelque religion ne maniere de viure raisonnablement. Leur nauire est comme vne escorche de boys/que vng homme pourroit facillemet leuer a vne main dessus ses espaules. Ilz ont pour leurs armeures chascun vng arc tendu et bende de cordes de boyaulx/ou de nerfz de bestes. Leurs traicts ou saigettes sont de cannes emmanchees de pierres ou aultrement de os de poisson. Leurs viandes sont chairs rosties/et boyuent eaues tant seulement. Ilz ne ont aulcun vsaige de pain ne de vin ne de pecunes/dor/ou dargent. Ilz sont et cheminent nudz par la terre/ou ilz sont seulement vestus de peaulx de bestes:comme de cerfz/ours/veaulx marins et tous leurs semblables. Leur region est paralelle plus soubz occident du septiesme climat/que la Gallicane region dessus occident. ¶ Pour doncques retourner en la

Des nobles
faicts du roy
loys

Cronique ia commencee toutes choses premises est bien a noter que le treschrestian Roy Loys.xii.a en personee et de par luy faict plusieurs victoires et nobles con questes es pays de ytalye et delombardie/dignes de eternelle louange Et aussi par auant se estoit monstre prest et appareille de faire guerre et combatre aux turqs

Les frãcois
soubz le capi=
taine Raue=
stin côtre les
turqs.

pour laccroissement et augmentation de nostre saincte foy catholique/ et de leglise militante. Et mesmement au temps le signeur Philippe de Rauestain fut faict ca pitaine des francois de par ledit roy. Et aussi quant iceulx francois mirent le sie ge deuant la ville de Magdelam soubz la confidence que les venitiens leurs deb uoient fournir et administer viures pour les substanter et entretenir en leur bien pay ant. Mais ilz defaillirent a ce faire/au moyen de quoy retourna en France ledict seigneur de Rauestain/Mais se les francois eussent este adoncques pourueus et secourus de viures/ilz eussent peu facillement passer iusques en Constantinople/q en Syrie et hierusalem pour tout reduire et conuertir a nostre saincte foy catholi que/et soubz le saulueur Jesus christ/qui eust este vng grant merite pour toute la chrestiante. Et ainsi doncques ont este faict dessoubz le roy plusieurs nobles faicts belliqueux. Et mesmement en recouurant ce que de droit luy appartenoit. Et ne differa en quelque maniere/Combien que ceulx qui luy auoyent iure q compromis entiere foy leussent delaisse et frauduleusement rompu ce quilz auoiet promis q iure.

Et ab ce moyen fut comence de faire vng general concile de leglise en la cite de Pise lequel concile fut canoni quemet requis et demande estre faict par Maximilian empereur esleu:et par Loys roy des francois/ce qui aussi fut fait et demade par ladueu et consentement de aulcuns cardinaulx et aultres grans seigneurs de leglise: en telle maniere quil fut premierement commëce et celebre a faire en ladicte cite de Pise la ou assisterent et furent appelles plusieurs tresreuerends prelatz/cardinaulx/archeuesques/euesques/et abbes/auecques grant nombre de tresscientifiques docteurs en theologie/canonistes/et bôs orateurs. Et tant quil y eut beaucop de bôs poins decides et conclus en aulcunes sessions dicelluy general concile. Mais pour plusieurs causes suruenantes il fut consequamment translate a Milan/et depuis encores a lyô Esquelz lieux furent aussi pareillement faictes et conclues plusieurs belles sessions et ordonnances dicelluy concille. ¶Le pape Julius.ii. meu a guerre/et faicts belliqueux prepara adoncques vng aultre nouuel ost et exercite de gens de guerre pour venir contre les francois.Mais ab ce fut bien obuie par le noble duc de Nemours et comte de Foues.Et enuiron ce temps par linuestigation dudit Julius vindrent et descendirent les supsses iusques es fors bourgs de Milan et es confins dicelle terre/et tant quilz gasterent vng peu de pays en labsence des nobles capitaines et chefz des francois/mais en la parfin furent vigoreusemêt repulses et dechasses dudit duche. Les habitans et citadins de Brexe se reuolterent a lappetit et volunte de aulcuns persônages et de laisserent le parti des francois/et se retournerent eulx et leur cite a la seigneurie de Denise par estre fois mal aduertis/dont ilz souffrirent grant dommage ainsi quil sera dit apres.Et semblablement se reuolterent ceulx de Bergame/ Car ilz se departirent et osterent de lobeissance des francois pour eulx retourner aux Venitiens.Mais non obstant demourerent tousiours les chasteaulx de Brexe/Verone/et aultres villes en la possession et iouyssance du Roy de france/selon la bonne industrie des gouuerneurs et bons capitaines estans pour le Roy. Car il fut tousiours bien serui durant le bon duc de Nemours/et aultres vaillans capitaines faisans pour luy es italies/en quoy ilz se emploerent si tresuertueusement et de noble couraige que leurs faicts dignes de louenge seroient bien longs a racompter. ¶Apres doncques que ceulx de Brexe furent ainsi retournes aux Denitiens/et que ilz eurent defailly de foy et promesse au trescrestiain Roy Loys.Le preux duc de Nemours et Comte de Foues/et plusieurs aultres nobles seigneurs delibererent de rechief et moult affectueusement de reprendre/gaigner/et retirer lesdictes villes/places/ et forteresses appartenantes au duche de Milan. Et mesmement vindrent a force darmes deuant ceste ville de Brexe/laquelle se prenomme duc de Nemours comme lieutenant general feist honnestement sommer et requerir deulx vouloir rendre et retourner au Roy leur souuerain seigneur affin que ilz ne feussent destruicts et pilles.Mais ilz ny voulurent entendre/et demourerent obstines. Au moyen de quoy les nobles francois furent contrains leurs dônner lassault.Et en trerent les vngs au chasteau et les aultres demourerent pour garder le camp. Et brief y eut vne grosse bataille et meslee. Car ceulx de la ville et les aultres gens darmes que ilz auoient feirent leur plein pouoir de eulx cuider deffendre pour resister aulx nobles francoys/desquelz ilz furent si vigoreusement assaillis que ilz

---

Marginal notes:

Du gnal côcile cômence a pise/ demâde et requis estre faict y seperur maximilian et le trescrestiain roy loys.Et aussi a linstâce d plusie's cardinaulx et aultres reuerends prelatz deglise

La reuolte d ceulx de Brexe aux Denitiens

Lassault des francois deuant Brexe.

gaignerent premierement la Citadelle/ɤ le palays. Et tant feirent confequãment
quilz entrerent dedans la Ville/la ou iltz trouuerent encores plufieus Venitiens ɤ aul
tres gens darmes de leur party/lefquelz leurs feirent refiftance:Et de faict y eut en
cores aulcuns francoys occis et tues en icelle Ville de Brexe depuis quilz furent en=
tres dedans. Car iltz gettoient pierres ɤ boys pour eulx cuider toufiours deffendre
doubtant quilz ne feuffent pilles:pource que la Ville eftoit merueilleufement riche/ ɤ
comble de biẽs.Et brief y eurent beaucoup a fouffrir/les plus grãs feigneurs. Ceft
affauoir le duc de Nemours/le feigneur de Aulbigny ɤ les aultres.Mais apres tou
te refiftance/ɤ que ceulx de cefte Ville de Brexe ɤ les gendarmes des Venitiens eu
rent faict tout ce quilz pouoient pour eulx deffendre ɤ refifter. Les nobles feigneurs
capitaines ɤ vaillans gens darmes francois leurs liurerẽt vng dur affault/mettãs
leurs confidence en dieu/ les fubmirent ɤ fubiugerent deffoubz leur puiffance/ fans
pouoir oultre refifter. ¶Plufieurs citadins Venitiens/ɤ aultres gens de guerre/en=
femble les manans et habitans dicelle Ville furent a ce conflit par les francois occis
ɤ mis a mort en moult grand nõbre de miliers qui fut piteufe chofe a Veoir/ ɤ moult
grande defolation/mais toufiours furent obftines. La Ville et les citoyens furent
miferablement diffipes/ ɤ merueilleufement deftruicts ɤ exilliees de leurs biens ɤ
poffeffions. Iltz perdirent or ɤ argent/vaiffelle auffi dor ɤ dargent/et aultre metal/
draps dor/velours/Satins/Efcarlates/draps de foye/ auecques draps de laines/
Efpiceris/et aultres infinies marchandifes et moult fumptueufes richeffes/ quiltz
eftoiẽt en icelle Ville.Et brief perdirent tellemẽt/ɤ y furent tant de gens occis ɤ tues
en fi grande habondance quiltz furent adoncqs periltz ɤ entieremẽt priues de tout hu=
main efpoir.En telle maniere quil fembloit la fureur et ire de dieu eftre pour lors de
fcendue et venue fur eulx.Dieu conforte les defoles/ɤ pardonne a ceulx q̃ font mors
Ilz eut aulcuns prifonniers/ entre lefquelz furent prins et tenus Meffire Andrey
Griz/Meffire Jehan paule Caufre/ɤ fon filz/et le comte Ludouic Anadago/lequel
auoit fait et conduit la trahyfon dicelle Ville de quoy il luy en print mal. Et apres ce
fte triumphante et glorieufe victoire des vaillans francoys:furent mis bonnes gar
nifons en la Ville/ et au chafteau de Brexe/et en chafcun diceulx foifon Viures/pour
pourueoir aux chofes futures.Et de cefte Ville ɤ du chafteau eurent la charge et gou
uernement le feigneur de Aulbigni/ et aultres que on ordonna pour la garder.
¶La Ville et le chafteau de Bergame furent pareillemẽt rendues ɤ remis es mais
du trefcæleftiain roy de france/a caufe de fon duche ɤ pays de Milan/q̃ de droit luy ap
partenoit.Et auffi furẽt reduites au roy plufieurs aultres places ɤ fortereffes eftãs
dudict pays/et duche de Milan/ɤ fouffrirent moult grans dommages pour leurs
faultes et demerites. ¶Le trefnoble feigneur Gafton duc de Nemours ɤ Comte de
foues eftant encores a Brexe receut et fut aduerty par aulcunes nouuelles a luy
apportees des villes de Voulongne et ferrare/ q̃ les efpagnotz auoiẽt laiffes leur
groffe artillerie et leur bagaige a Imola :et que auecques quelque aultre artil=
lerie legiere eftoient venus loger a Bondope/ et es enuirons en la plaine/ lef=
quelz faifoyent voler le brupt et rumeur deulx venir ioindre et affembler auecques
les Venitiens pour fecourir la Ville de Brexe.Mais ie croy et tiens bien pour vray
que eulx aduertys de la prinfe et defconfiture de ladicte Ville de Brexe peurent bien

La deffenfe
de ceulx de
Brexe apres
que la Ville
fut prinfe

Les italiens
et Venitiens
fubiugues a
Brexe

De la richef
fe eftant a
Brexe

Les prifon=
niers deten9
a Brexe

La reductiõ
de bergame.

Nouuelles
au duc de
Nemours

toſt changer propos. Car il y auoit aſſes cauſe. Ainſi comme il eſt dict deſſus.

¶Et enuiron ce temps eſtoit en la terre de Auguſte Vindelice vne Vierge appellee Anne/laquelle eſtoit ia peruenue en ſon. xl. an ſans manger/boire/ne dormir/ τ ſãs auſſy euacuer aulcune choſe de ſõ corps. Parquoy on pouoit cõgnoſtre icelle fille eſtre tant adonnee en deuote contemplations/et piteuſes oeuures/quelle eſtoit en la ſaincte grace de noſtre ſaulueur ieſus chriſt. dont faiſoit choſes merueilleuſes. *Dune fille q̃ auoit veſcu xl. ans ſans boire ne nã̃ger.*

¶Jay leu en la mere des hyſtoires que vng peu auant ce temps eſtoit en lombardie vne fille religieuſe de lordre des Jacobins freres preſcheurs/laquelle tous les vendredis auoit les playes et cicatrices es piedz et mains/et au coſte comme a lexemple de noſtre ſeigneur ieſus chriſt: eſquelles playes habondoit le ſang/comme vne choſe merueilleuſe. ¶Et pareillement ay trouue enuiron ce temps/ que au pays de Milan eſtoit vne autre fille Vierge nommee damoiſelle Triulce /laquelle de ſon grant ieune eage fut miſe a leſtude/et inſtruicte en lart de grãmaire en telle maniere / que en ſon. viii. an eſtoit treſeloquente et bonne latine/elle prenoit touſiours grand plaiſir a leſtude/et peine de eſtudier/tant que elle compoſoit eppſtoles latines en vng treſbeau et bien eloquent ſtile de lart doratoire. Elle eſtoit auſſy poetique/ et compoſoit vers en latin. Elle eſtoit bonne philoſophe/et ſcauoit moult bien diſputer/auecques les clercs et docteurs: elle eſtoit de treſbonne vie/fille de bien et vertueuſe bien deuote τ de bonnes meurs/tant quil ſembloit eſtre vne choſe treſmiraculeuſe de ſa bonne vie. Son pere eſtoit vng cheualier dit et nomme Meſſire iehan de noble maiſon/ et lequel eſtoit homme clerc et bien lictere. Sa mere eſtoit nommee Angele de la noble lignee des Martinengeois/ et femme pleine de vertus. Parquoy ſon peult dire de ceſte fille en parlant auecques Propete. Nature ſequitur ſemina quiſq; ſue. *Vne fille ayant les ſtigmates es piedz/mais*

¶Or eſt doncques a ſcauoir pour retouner a la matiere des guerres de italie que durant le ſainct temps de la quarantaine. Lan mil cinq cens et douze. furent faictes aſſaulx et batailles moult merueilleux es predicts pays des Itales. Et meſmement la ſepmaine ſaincte/et en approchant le ſainct iour de Paſques de la reſurrection de noſtre ſeigneur Jeſus chriſt/car les gendarmes du pape Julius/auecques les Eſpaignotz/et Venitiens queroyent et appetoyent touſiours prendre vengence des francois: ou leurs cuyder faire quelque mauluais tour. Mais ilz eſtoyent aſſes ſages et bien ſouffiſans pour eulx garder et deffendre deulx. *De lentrepriſe de rauane.*

¶Si aduint en ce ſaict tẽps de Paſques. Lan Mil cinq cens τ douze. Que les deſſus nommes gendarmes du pape Julius. ii. auecques les deſſudicts Eſpaignotz et Venitiens auoyent prepares leurs oſt et exercite de gens de guerre pres de Rauane. pour venir courir deſſus les francoys. Leſquelz en furent aduertis. Parquoy ſe prenomme Gaſton de foues noble duc de Nemours/acompaigne de pluſieurs bien nobles et vaillans capitaines. Le ſeigneur de la Palice/le ſeigneur de Alegre et ſon filz/ le ſeigneur de Caſtillon/le ſeigneur Jehan iaques/auecques pluſieurs aultres bons capitaines/et vaillans gendarmes/leſquelz tous bien equippes et bonne deffenſe ſe delibererent et furent appareilles a la bataille moult courageuſement/En telle maniere que les francoys ſe vindrent rencontrer contre leurs deſſudicts aduerſaires/ Eſpaignotz Italiens/et tellement quil y eut vne treſgrande et griefue bataille/laq̃l ſe dura longuement / et autant que on vid long temps a. Mais finablement et a la *La bataille pres de rauane.*

Petite fut du tout veincu et succombe lexercite des Italiens/ et leurs apbes auecqs
eulp/ Pierre de Nouarre fut prins/qui la estoit pour le partp de Julius. Et bref fu=
rent occis et naures plusieurs grans ducteurs et chefz de guerre en ce mesmes camp
tellement q̃ cestoit pitie de veoir si grãde occision et telle effusion de sang.Et mesmes
a iour sainct et digne/il eut plus de.xviii.ou.xx.grãs seigneurs et barons des plus re
nommees des Itales/lesquelz demozerent et furêt occis en ce Camp. Et aussp furêt
encoles plusieurs dentre eulp detenus prisonniers/entre lesquelz estopent Fautrisque
colonne Petre de Nauarra/don Jehan de cardonne/le marquis de Pesquiere/poma
re Epinose/Castagnago. Johan anthoine Brsino / le comte de Montelon/ le Mar=
quis de Betonde/le marquis de Lestelle/le filz du comte de Consege/et aultres/tous
seigneurs de grande cognoissance/le duc du Traict/ estoit auecques eulp que on ne
sceut quil deuint/Le Bisrop fut saulue au fupt/et tãt quil se mist sur mer pour aler à
Naples.Le marquis de la Padulle/ et le comte de Populle/trouuerent subtille ma
niere deschapper/et eulp sauluer de ce conflict/auecques.xi.ou.xii. Cens cheuaulx/
tant hommes darmes que cheuaulp legers et xvi.ou.xvii.cens hommes de pied/qui
fut la reste de leur armee sans aulcuns qui furent blessees/et se sauluerent ou ilz peu=
rent.Et aussp nest pas adoubter que de la partie des frãcops en eut plusieurs mors
et blessez.Et fut ce iour ung piteux faict/dieu pardonne a ceulp qui sont mors. Et
les colloque en paradis.Les francops obtindrent et gangnerent plusieurs banieres/
guydons et estandars de leurs ennemps qui tenopent pour gloire excellente et trium
phe Bictozieuse.Ainsp qui fut a tous notoire.Et apres que les frãcops eurent ainsp
triumphe et demoures victozieux et que larmee de leurs ennemps fut rompue/en
telle maniere que la reste des Italiês/Espagnotz et Denitiens qui se estopent peus
sauluer et retirer du conflict de ceste bataille qui auoit este pres rauane se retirerent
de ca et de la pour eulp sauluer ainsp comme ilz peurent . Le pieux duc de Nemours

Gaston de
foues duc de
Nemours te
nans le cãp.
Gaston de Foues(tenant encoles tousiours les renes)vid et apperceupt aulcuns hõ
mes de guerre tenans la partie des dessus nommes Italiens et aultres.Lesquelz
auopent prins et tenus la fuptte comme gens esgares/et sans tenir ordre . Parquoy
icellup noble prince magnanime/et homme de cueur/pria et requist instãment a aul
cuns bien nobles seigneurs et vaillãs capitaines qui leurs pleust marcher auecques
lup pour expedier ceste reste de leurs ennemps/et faire leurs epploict sur eulp.Et cõ
bien que aulcuns prudens seigneurs et bons capitaines/quilz desia auopent veu plu
sieurs choses scauopent aussp le trein de la guerre et quelles estopent les pssues /lup

Entreptinse
du duc de
Nemours
peurent remonstrer quelle en pourroit estre la fin/et quil faict bon sop cõtenter de cho
se raisonnable/sans trop hardie et vole entreprinse/ce non obstant il fut tousiours p
manent en sa foice hardiesse/et pria de rechef ne estre delaisse/ dysant Qui me apme
si me supue.Dont quant le seigr̃ de Alegre et son filz/le capitaine Monllart/Mau
gero et la Crotte/enseble plusieurs autres le veirêt estre ainsp delibere. Cõbien quilz
fussent adoncques entre eulp bien petit nombre pour ceste fops ilz ne voulurêt laisser
Mais le supuprent et alerent auecques lup courageusement.Et ainsp sauf tout bon
aduis coururent trop diligemment apres iceulp leurs aduersaires: et auecques trop
petite compagnpe les assaillerent en ceste manierie:et bref leur feirent moult grand
peur:et p eut plusieurs diceulp aduersaires tues aõ ce premier cõflict et assault dõne.

Mais quant ilz perceurent leurs cas:et quilz se virent oppresses: ilz se essargirent
au mieulx qui peurent/et feirent ouuerture aux francois/lesquelz incontinant se
trouuerent enclos pource quilz estoyent peu de gens. Pourquoy iceulx aduersaires   *Les fracois*
qui estoyent la plus part gens de pied/feirent tant auecques leurs piques et aultres   *surpuins et*
grans bastons de guerre quilz abbatirent aulcuns cheuaulx de lost des francois qui   *enclos*
fut cause de leur dommaige. Car ilz estoyent moult bien armes dont leurs cheuaulx
ainsy naurez et abbatus/leur liurerent vng assault iceulx aduersaires. Et tellemet
se mesferent ensemble par cruelle ferocite en frappant les vngs sur les aultres que
plusieurs vaillans et nobles seigneurs cheurent et furent occis dune part ¿ de aultre
en ceste bataille. Entre lesquelz cheut et glorieusement demoura le tresnoble duc de   *La triüphan*
Nemours auecqз plusie⁹ bons seigñrs: mais nõ obstãt a la pfin vint si bon secours   *te mort du*
aux frãcois q̃ iamais aucũs diceulx aduersaires sãs nul excepter ne retournerẽt hors   *duc de Ne*
de ce cãp q̃ tout ne fust mort et occis. Et ainsy demourerent les francois triüphans eɀ   *mours*
victorieux en pleine bataille. Mais bie a tard vint secours. Entre les francois ainsi q̃
dict est cheurẽtɀ demourẽt et glorieusemẽt en bataille/les tresnobles¿ vaillãs seigñrs
Gaston de foues duc de Nemours/le seigneur de Alegre/¿son filz/le seigñr de mont
caure/le lieutenant du seigneur de Hymbercourt/le capitaine Mouffart/le capitaine
Iacob auecques vng aultre capitaine alemant appelle Philippe/et aucun petit nom
bre de gentilz hommes et aultres hommes darmes/Ausquelz dieu veulle pardonner:
et leurs doint a tous paradis. CEt apres toutes icelles victorieuses batailles du pty   *La prinse et*
de francois et la desconfiture de leurs ennemys aduersaires/les nobles seigneurs et   *expidion de*
vaillans capitaines francois vindrent courageusement et en grande vertu deuant   *Rauane.*
la ville de Rauane/laquelle ilz assegerent si vigoreusement qui la prindrẽt et gangne
rent de assault et icelle soubmirent entierement a leur puissance et voulente/la ou ilz
occirent et encores mirent a mort plusieurs de leur party cõtraire/et si gangerent to⁹
les biens et despoulle dicelle ville/comme il leurs pleut en disposer/en quoy il appert
nottãment que a la verite et sans faueur/furent et demourerent les francois vrays
¿triüphans ¿victorieux en toutes icelles batailles:et en la prinse de Rauane/ laquel
le fut tresfort destruicte/et comme mise a confusion.   CEt consequemment apres   *Les fracois*
toutes choses deduictes et expediees/les vaillans francois vindrent au camp darre   *a leuer le*
nicrement dict pour honnestement leuer/et donner honorable sepulture en leglise aux   *corps du duc*
feus duc de Nemours et aultres seigneurs dessusdicts/lequel tresnoble prince et duc   *de nemours.*
victorieux general lieutenant du roy/fut moult honorablemẽt et en grand triumphe
de deul prins et leue dicelluy camp ou il auoit este occis et plonge son sang en victoire
Et fut porte dedans Milan pour illecques estre magnifiquemẽt sepulture/comme
bien luy appartenoit.   CLe corps du prenomme seigneur noble duc de Nemours
fut apporte a Milã pour sepulturer/le.ppvi.iour du moys de Auril. Lan.mil.v.c.et
piii.apres pasques. Et estoyent deuant luy tous les prisonniers qui auoyent este
prins et detenus/a ceste iournee de rauane.Et pareillement estoyent portes deuant
son corps toutes les banieres/guidons/et estendars que les francois auoyent vi
ctorieusement conquis et triumphãment gangnes en ceste bataille/Et tant de ceulx
des Italies comme semblablement celles des Venitiens/et aussy celles des Espai
gnotz auecques celles de Galice/et aultres prouinces/et seigneurs: lesquelz auoient

efte tuees et occis en cefte bataille. pourquoy y auoit ioye et deul a cefte honnefte fe=
pulture/car il y auoit moult belle ordre/a ces obfeques et funerailles:et fi eftoit moult
noble chofe/a veoir paffer vng tel triumphe.　　❡Les vaillans feigneurs et bons ca=
pitaines francois y eftoyent en triumphant deul/comme on a couftume de faire a
la mort dung fi noble prince. Deuant fon corps eftoyent fes pages et aultres fes fa=
miliers quilz menoyent fes cheuaulx dhonneur/et aultres courfiers et cheuaulx def=
quelz il eftoit bien garny/ comme prince trefualeureux/fon portoit auffy deuant luy
fon armet bien triumphamment auecques fefpee de victoire/comme lieutenant du
roy dont il eftoit vray triumphant. Et bref ceulx de toute larmee quilz eftoyent a fa
fepulture et au conuoy qui y fut faict faifoyent et menoyent tous grand deul et lamen
table defolation : car ilz fe auoyent toufiours trouue prince fage et liberal/prudent/et
a tous debonnaire.　 ❡Les gens et feigneurs de la ville/citadins et aultre populai
re y eftoyent tous reuerement veftus et habilles de robes noires/et chapperons de deul
auecques vne moult grande quantite de torches alumees / efquelles eftoit atache le
noble efcu et blafon de armoirie du predict feigneur de Nemours/ du quel le corps et
ceulx du conuoy eftoyent gardes/et acompagnes de deux cens lances bons gendar=
mes/et aultres gens de pied en fouffifant nombre.　　❡Et ainfy en grande trium=
phe et pompe de deul fut toufiours honorablement conduit iufques en leglife de Mi
lan/la ou il luy fut faict vng bien folennel feruice de funerailles et obfeques. Et apres
le feruice faict et moult reuerement acomply fon corps fut mis en fepulture a laquel
le furent et afifterent tous fes gentilz hommes/officiers/feruiteurs/et familiers fer
uans chafcun de leurs offices/comme en tel cas eft de couftume au trefpas dung fi no
ble prince. ❡On difoit lors/mais ie ne fcay fil eft vray et ne le affeure pas/combien
quil foit additionne et impreffe auecques la Cronique de Eufebe des temps en lati/
que vng peu deuant cefte bataille et conflict darrenier recite auoit efte veu vng mon
ftre nouueau ne en ladicte ville de Rauane/le quel monftre pour commencement eftoit
cornu au chef:ayant aelles au lieu de bras:vng pied comme vng oyfeau rauiffant:et
lautre pied comme vng homme humain. Il auoit vng oeul au genoul:et fi auoit auffi
lung et lautre fexe tant mafculin que femenin. Ceft a dire dhomme et de femme/ain
fi comme vng hermofrodite: il auoit en fa poictrine ainfy come vng .y. lequel faict
Pfilon/et vne femblance de croix/fe tout fignant quil fenfuit.　　❡Par le chef cornu
de ce monftre pouoit eftre entendu orgueil/fes aelles pouoyent fignifier vaine legerete/
et inconftance de penfee:faulte de bras/deffault de bonnes oeuures/le pied dung op=
feau rauiffant peult auffi defigner rapine/vfure/et toute mauluaife auarice:loeul au
genoul/pouoit femblablement fignifier deflection et contendement de penfee aux cho
fes baffes et terriennes:et par lung et lautre fexe dhomme et de femme/pouoit auffy
eftre entendu inhonnefte et vile lupure. ❡Et ainfy pour ces vices capitaulx declares
pouoit eftre ad oncques toute Italie menacee et affligee de guerres et impetueufes ba
tailles/ce que par aduenture eftoit faict par diuine permiffion/et non par la force des
hommes/quilz fouuent font faicts fleaux de dieu pour la vengence des peches. La let
tre de.y. grec dicte Pfilon:et la femblance ou forme de croix.　 pouoyent eftre fignes
et demonftrations de falut:car le.y. et auffy la croix font figures et fignes de vertus. Et
par ce peult eftre entendu que fe nous recourons a prendre et enfupure vertus. Et a

la croip de iesuchrist qui est le signe de victoire/nous pourrons delaisser les vices/et
penser a nostre salut pour lhonneur du saulueur du monde rememorant sa passion:et
en ce faisant humblement et par bonne deuotion/nous pourrons impetrer sa grace/
et diuine misericorde pour nous preseruer et deffendre de telles pressures et d ange=
reuses tribulations/ce quil plaise a dieu estre faict.   ¶Et vng peu apres ce teps
et les batailles dessusdictes / esquelles furent faictes plusieurs occisions et grandes
effusions de sang humain.Et mesmemt des italiens/venitiens/et autres nations
leurs alies aup francops aduersaires/comme dessus a este dict iceulp francops qui
pour lors auoyent tout conquis et mis leurs ennemys en fuytte furent aulcunemet
espars et disperses ca et la pour les garnisons/deffenses/et mains tenues es villes/
chasteaulp/places/τ forteresses par eulp acquestes/et conquestes/et qui de droit ap=
partenoyet au treschrestiain roy Lops douziesme A cause de son duche et pays de mi
lan.Aulcuns insatiables martiens et bibules de sang humain/ce quil ne leurs appar
tenoit.La mort du tresuaillant et victorieup Gaston de foues/duc de Nemours con
sideree:et attendu quil estoit general lieutenat du roy es pays de lombardie et es ita
les pensant quilz estoyent au dessus.Esmeutent et susciterent les esperits de la reste
de leurs gendarmes/et aultres par eulp appelles/Parquoy eulp voyant les fracops
ainsy disperses/en leurs garnisons/en considerant que la vertu dispersee et respedue
nest si forte que la vertu ensemble vnpe feirent vng nouuel ost et epercite de gendar=
mes pour leur desordonnee vindication et venir dessus les francois.Aduint sembla=
blement que par la grande deception/dol/et fraude de aulcune/se esmeurent tantost
les suysses ausquelz fut done passage et ouuerture par prodition/en telle maniere qtz
vindrent iusques en la terre et duche de Milan.Et daultre part se encouragerent les
Espaignotz et Italiens tant quilz furent asses tost espedus par iceulp pays des ita
les et Lombardie en asses grande compagnye/dont attendu le petit nombre de fran
cois estre ensemble vnps qui pour lors estoyent disperses es Itales et audict duche de
Milan/lesquelz francois toutes icelles choses entre eulp considere/afin de preuoir
sans estre preuenu/τ pour euiter perilz de guerre/qui est dangereuse et muable/se re=
tirerent au Comte de Ast/et de la iusques a Lyon en france/mais toutesfops ce non
obstat et par bone prudece demourerēt les chasteaulp des villes de mila/Brepe/au
tres places garnps τ premunps de bons capitaines/et vaillans gendarmes fracois
auecques viures pour tenir.Cest assauoir pour chefz τ ducteurs a Milan/le seigneur
Nicolas de souuain es aultres lieup et places plusieurs bons capitaines:et a la terre
et chasteau de Brepe/le seigneur de Aulbigny/lequel de puis a son departement di=
cellup lieu se retira hardiment en france ayant la lance sur la cuysse auecques ceulp
de sa compagnye.Et sont les choses ainsy restees les francois esperans faire bon re=
tour pour recouurer aulcunes terres/ainsy que droit et raison est / et comme la chose
appartient au treschrestiain roy de france.   ¶En ce mesmes an Mil.cinq cens τ
douze.Le pape Julius second de ce nom qui iniustement et sans cause/et en retribuat
mal pour bien fut merueilleusement obstine contre les francois/morut et trespassa a
Rome en lan.ip.de son pontificat.Jesuchrist lup face pardon.   ¶Et enuiron ce
temps(toutes choses considerees)furēt faictes/τ accordes treues pour certaine espace
entre le treschrestiain roy de france Lops.pii.de ce nom.Et Ferdinant roy de arrago

Lassēblee de
aulcūs itali=
ens cōtre les
francois

La proditiō
de aulcuns si
mulateurs
du duche de
Milan

La mort du
pape Julius
second

Auecques auſſy les Eſpaignotz. ❡Le pape leon.r.de ce nom a preſent regnant
fut eſleu et conſacre a Romme et ſucceda apres Iulius. Iceſſup leon fut natif de ſa
cite de ſlozence/ceſt aſſauoir de treſbons riches et honneſtes parens/ſon pere eſtoit
nomme laurens de medicis/filz de Coſme de medicis treſgrans et honozes perſona
ges bien renommes par toute terre. Et auſquelz ſe treſchzeſtiain roy de france Lops
Unzieſme donna et permiſt pozter ſes trois ſleurs de lys doz en ſeur eſcu et blaſon de
armoirie pour lhonneur de ſeur renommee. ❡Le pape leon moderne eſt homme
docte bien lettre et plein de bōnes meurs. Il eſt bzap amateur de paix ꝛ iuſtice aymāt
toutes gens de ſcauoir/et zelateur du ſalut des ames/comme bon deuot et ſainct pe
re remply damour et charite. ❡Lan mil cinq cens et.riii.Le roy Henry de angle
terre filz du roy Henry.Vii.lequel par ſapde et ſecours du treſchzeſtiain roy Charles

La deſcēdue
du roy de an
gleterre a
Calays

Viii.darrenier decede fut fait paiſible roy dudict angleterre apres ſa mozt et occiſion
du noble Richard de Lancaſtre.Pourquop il eſt et doibt eſtre tenu au lps ꝛ cozōne de
france/mais nō obſtant toutes ces choſes et que ſa berite ſoit teſſe.Le prenōme Hen
ry roy de Angleterre entrepzint de paſſer ſa mer/et bint iuſques au lieu de Calays
Auecqaes grande compagnpe et bng grand nombze de pieces de artillerie/et iceſſup
alpe de Maximilian empereur eſſeu et roy des romains pour cupder greuer et faire
nupſſance au treſchzeſtiain roy de france.Mais ab ce fut ſi prudēment obuie et reſi
ſte des nobles francoie par Mer et par terre et ſe treſchzeſtiain roy lops eſtāt en pze
ſence en ſes billes de Picardie que ſa dieu grace ne ont eſte ſi auant que paſſer ſa ri
uiere de Somme pour auſcunement dommaiger ſe noble ropaulme de france. Par
quoy ſen retournerent ſes deſſuſdicts rops des romains et dangleterre.Et tāt auſſi
que ſe prenomme roy Lops ſe retira paiſiblement iuſques en ſon chaſteau de Blops
auecques ma dame ſa ropne/enſemble ſeur treſiſſuſtre et treſnoble lignee. ❡Si
eſt doncques bien icy a noter que de puis ſa motion et entrepzinſe des deſſuſdicts An
glops/et ſeurs alpes furent faictes ſes monſtres de tous ſes meſtiers et gens de Pa
ris apans tous robes de ſiures et bannieres correſpondentes a chaſcū denlp ſelond
ſeur eſtat et comme il ſeurs fut ordonne/qui fut moult belle choſe a beoir par pluſieꝰs
iournees a Paris. ❡Durant ſe conflict et enuahiſſement deſſuſdicts ſe treſnoble

Du roy de
Eſcoſſe

roy deſcoſſe deſcendit ou pays de angleterre/comme pretendāt dzoit en iceſſup pays ꝛ
cauſe de ſa femme tant quil fut bictozieux en certaines batailles demonſtrant ſa no
ble proueſſe/ſan de grace Mil cinq cens et treze/ſe bendzedi.iii.iourde Iuing.Alian
ce et bonne confederation de paix a eſte deuement accozdee/et publiee a cry pu
blique et a ſon de trompe ſut ſa pierre de Marbze/du palays ropal/et par ſes carre=
fours/et lieux publiques acouſtumes en ſa bonne bille cite et bniuerſite de Paris/en
tre ſe treſchzeſtiain roy de france Lops.rii.de ce nom/duc de Mila y/et ſeigneur de
Iaynes/ꝛ ſa illuſtriſſime ſeignozie de Deniſe/ceſt aſſauoir pour culp/et ſeurs ſucceſ=
ſeurs dunc part et dauſtre/perpetueſſement et a iamais promiſe et iuree a lhonneur
et ſeruice de dieu noſtre cceateur/bien diceſſes parties/et de ſeurs eſtatz:et pour ſe re
posbnion/et tranſquiſſite de ſa choſe publique et toute ſa chzeſtiante.Et en ceſte dite
aliance/traicte de paix et bonne confederation a eſte expzeſſement reſerue lieu treſhō
notable a noſtre treſſainct pere ſe pape Leon.r.de ce nom/pour ſa deuotion et obſeruā
ce que ſes deup deſſuſdictes parties ont a noſtre ſaincte niere ſegliſe/ꝛ au ſainct ſiege

apoftolique. Cefte pzefente publication de paip et trefbonne aliance fut faicte eftant
en ladicte Ville de paris/le rop noftre fouuerain feigneur/ma dame la ropne/et mon
feigneur le daulphin/aueccques plufieurs grãs pzinces du noble fang ropal/z aultres
notables feigneurs/dont furent faictz les feup de iope aueccques fefte folënelle. Et p
ce traicte de paip fut defliure z renuope a Benife le noble cheualier Meffire Barthe=
lemp de Aluiane aueccques noble cõpagnie. En ceft an Mil.B.cens z.viii. fut vng
fi long z merueilleup puer que la riuiere de Seine fut toute pzinfe z gelee a Paris
iufques a paffer cõmunement z feure/frapee par deffus la glace. Et tant que au de Le grãt puer
gel furent rompus et tombees en leaue deup des Molins du pont aup mufniers au lan mil.B.c.
pzes du palais. Pour ceft puer tant epceffif le mofle de bops faloit adoncques au z.viii.
lieu de paris dip folz parifis/fes bourrees et cotteretz furent Bendus Bng blanc/et
quatre deniers tournois la piece/et le charbon fip blans le mpnot/et encozes a grant
peine en pouoit on auoir. Aultres plufieurs chofes furent faictes et aduenus en ceft
an Mil.B.cens z.viii. lefquelles ie delaiffe pour plus amplement defcripze et reciter
a ceulp qui pourront Beoir la fin des chofes commencees/et qui ont charge de ce fai=
re. Dieu doint toufiours hõneur et gloire/et trefepcellente triüphe au trefchzeftiain
rop de france Lops.vii. de ce nom. Car il eft zelateur de paip/et qui apme.dzoict z iu
ftice apant en fon noble courage de Bouloir debeler et epaduerfer les turcqs infideles
pour et a l'hõneur/gloire/et louange de dieu le createur/et pour laccroiffement z aug Le noble fei=
mentation de noftre faincte fop catholique/et de toute chzeftiante. Les Supffes fe gneur duc de
font longuement tenus obftines contre icellup trefchzeftiain rop/lequel par fa bonne Bourbon con
pzudence p a tranfmis et enuope le bien faige z trefnoble pzince/trefualeureup feignr tre les fupf=
z duc de Bourbon pour faire ainfi quil appartient:et cõe il fcara bien faire. fes

         ¶ Narration en bzief du deuot trefpas z triüphante conduicte
         enfemble la trefhonozable et magnifique fepulture du cozps de
         trefhaulte et noble pzinceffe Ma dame Anne ropne de france
         que dieu abfoulle.

LE lundi.ii.iour de Januier/lan Mil cinq cens z tteze cheut en maladie
au Chafteau de Bloys trefchzeftiaine trefuertueufe trefilluftre trefdebõ
naire pzinceffe ma dame Anne par la grace de dieu ropne de frãce/ducheffe
de Bretaigne/comteffe de Eftampes/et aultres plufieurs feignozies z Des nobles
poffeffions/et tant perfifta et continua la maladie dicelle trefbõne z noble dame qfte Bertus de la
trefpaffa deuotement en iefuchzift noftre treffouuerain feigneur:auquel elle rëdit hũ ropne.
blement fon efperit. Le lundi apzes enfupuant.ip.iour dudict mops de Januier enui=
ron fip heures au matin/du quel obit et trefpaffement furent faictes et gettes mouft
grans plaincts/gemiffemens /et lamentations de deul/ce qui ne fut pas faict fãs
caufe/car certainement et a la Berite elle eftoit Bzape mere des pouures confozt des
nobles gentilz hommes recueul des dames damoifelles/et honneftes filles et le refu
ge de tous fcauans et litteres hommes/apmans honneur et bõneBie. Sil pzie a dieu
le createur quil lup plaife de recepuoir z colloquer fon efperit au benoift ropaulme du
ciel aueccques les bien eureup. CEt apzes doncques le trefpas dicelle trefdeuotez tref
uaillant dame fon cozps demoura par lefpace de trops iours entiers en fa chambze le
Bifage tont defcouuert/aueccques Bng trefnotable luminaire de.vii. gros cperges de

                   C

cyre blanche quilz touſiours ont eſte conduicts et entretenus iuſques au lieu de ſa ſe
pulture:et de puis encozes pluſieurs iours apzes ſon cozps fut conſequemment endꝛuſſ
me/et mis en vng riche ſercueulet puis demoura et fut ſtant par aucuns iours en ſa
ſale dudict chaſteau. ❡Et le vendzedi.ppꝟii.iour dudict moys de Januier fut ſon
cozps tire hozs dudict Chaſteau de la Bille de Blops moult honozablement acompai
gne des ccoip et proceſſions des patroiſſes et religions duꝺ Blops auecques quatre
cens groſſes tozches de cyre alumee de par le rop:ꝛ cent aultres pareilles tozches de
la Bicte Bille de Blops poztes par gens Beſtus de deul et leurs chapperons en leurs
teſtes ſtipendies/auecques au auſſp.ppiiii.aultres plus groſſes tozches poztees par
ppiiii.officiers de ſeſtat de laꝺ dame. Et en chaſcune de toutes icelles tozches auoit
deup riches eſcuppons armopes des armes ꝛ honeſte blaſon dicelle noble dame/et en
ceſte maniere fut honozablement pozte et prẽſente ſeꝺ cozps iuſques en legliſe/pour
faire ſon deuot ſeruice.❡En icelle proceſſion apzes ſe ſõ pozteurs de tozches eſtopent
les reuerends ꝛ ſeignꝛs pzelats/eueſꝗs et abbes:et le treſreuerend Cardinal de lupẽ
bourg pour faire le pzedict office/et lequel ſeua leꝺ cozps ꝺe la noble dame/audict lieu
du chaſteau de Blops.Et apzes les pozteurs de tozches/ꝛ les deuotes proceſſiõs des
reuerendes et ſeigneurs de egliſe marchopent tous les happſiers en ozdze tous veſtus
et habitues de robes noires/ꝛ chapperons de deul. ❡Et incõtinãt apzes eſtopẽt le ca
pitaine Meſſire gabziel et ſes archers/les ſeignꝛs de Concreſſault/Chetaing/et la
Tour acompaignes de leurs archers.Apzes eſtopent les rops et herauls darmes re
ueſtus de leurs cottes ꝛ blaſons darmoyzie/cõme il appartenoit. A la main deptre
marchoiẽt le pzemier Maiſtre dhoſtel ꝛ les aultres.Et a la main ſeneſtre eſtopẽt les
Maiſtres des requeſtes.Et conſequẽment marchoit le grand eſcuper de ladicte ſeue
dame.❡Le cozps dicelle treſnoble ropne eſtoit moult honozablemẽt pozte p̃ aulcuns
ſes gẽtilz hões ꝛ autres officier:s/pour ce faire ozdõnes:ꝛ eſtoit reueremẽt acõpaigne
des deſſuſꝺ pzelats ſeignꝛs de egliſe ꝛ religieup.❡Les coings/ou carres du dzap qui
eſtoit ſur le cozps eſtopent poztes/p̃ le ſeignꝛ de ſainct Paul/le ſeignꝛ de Lantrecꝗ/le
ſeignꝛ de Laual/ꝛ Loys monſeignꝛ de Neuers.❡Ceulp quilz poztopẽt le poile deſſus
leꝺ cozps eſtopẽt/le ſeignꝛ de Pointieure/le ſeignꝛ de Chaſteaubziand/Pierre mon
ſeignꝛ de Candales: ꝛ le ſeignꝛ de montaffillant. Et apzes eſtoit le ſeignꝛ de Gri
gnault cheualier dhõneur de laꝺ ſeue dame.❡A faire ꝛ mener le grãd deul Eſtopent
monſeignꝛ le ſeignꝛ de Angoleſme/le ſeignꝛ de Alencon:ꝛ le ſeignꝛ de Bendoſme/la
dame de Bourbon/la dame de Angoleſme/ꝛ la dame de Alencon Et apzes icelles la
dame de Maillp/dame dhõneur de laꝺ ſeue dame ꝛ treſnoble ropne/ꝛ apzes encozes
alopẽt toutes les damoiſelles ꝛ filles dhõneur dicelle hõneſtemẽt Beſtues ꝛ habituees
de robes noires/ꝛ en deul. ❡Et encozes apzes marchoit le duc de Albanpe auecques
les ambaſſadeurs/les ſeignꝛs barõs de Bretaigne/ꝛ aultres pluſieurs notables ſei
gneurs/Chambellãs ꝛ officiers Ainſp cõme itz deuopẽt aller/et chãp mis en moult
bel ozdze. ❡Et bzief fut le cozps de la treſchzeſtiaine ropne moult hõneſtemẽt ꝛ deuo
tement conduict dudict chaſteau de Blops iuſques en legliſe de Sainct ſauluoeur/en
icelle Bille/Et la ne pzint aulcun ſa place fozs ainſp quil fut ozdonne par ceulp qui en
auopent la charge.Et furent ce iour dictes Bigiles de mozs moult ſolennellement.
Et le landemain qui eſtoit ſabmedi fut en laꝺ egliſe de ſainct Saulueur fait vng ſer

uice moult folēnel par plufieurs reuerēdes prelats z feighrs deglife.Et ne furent a loffrende
fors monfeighr/feighr de Angolefme z le feigneur duc de Alencon/aufQlz furent portes leurs
offrendes par les roys darmes/montiope/z Bretaigne.Et apres le feruice acomply chūn fen
alla poz difner.Et apres difner partit le corps dicelle noble dame hors ladicte Bille de Bloys
auecqs tout le luminaire z eftat deffufd.Et toufiours ainfi honorablemēt acompaigne iufqe
au lieu de fa fepulture en beau z deuot ordinaire.Et toufiours Bigiles z le lādemain les mef
fes z feruice folēnel es lieux Billes/et places ou led corps z la cōpagnie arriuoient pour fe foir
au gifte.Et tant que le dimenche de Septuagefime.xii.iour de feburier peruindrent iufques
en leglife noftre dame des champe es fors Bourgs de paris/la ou le corps fut garde par deux
nuicts auecques Bne mouft grande quātite de beau luminaire z deuot feruice faict.Le mar
di enfupuant.xiiii.iour de feburier furēt audeuāt du corps de lad dame les, pceffions auec les
croix de toutes les eglifes z religiōs de paris:et toute luniuerfite:enfemble auffi mes feighrs
les prefidēs z cōfeillers de la foueraine court de parlemēt:z gñalemēt toutes les aultres cours
z iurifditiōs/officiers/aduocats/procureurs/Bourgois/marchās/habitās/z aultres menus
officiers de lad Bille de paris/lefquelz eulx toz acōpaignerent icellup corps moult reuerēment
auecqs les trefnobles feigneurs et dames de leftat deffufd ainfi quilz ptirēt de Bloys/z chūn
toufiours en bel ordre entre eulx tous felon leurs degres.Et deuāt le corps entrerēt a paris p
la porte fainct iaques/les pages dhōneur nudz teftes tous Beftus de Belours z chapperōs de
deul mōtes fur courfiers z cheuaulx bardes de Belours iufqs a la terre a grādes croix de fatin
blāc deffus.Bng cheual dhōneur z hacquenee acoutres de mefmes eftoiēt ainfi menes z cōdui
cts par les laiffes.Au chariot qui auoit amene le corps dt lad dame iufqs auQ fors bourgs de
paris auoit fix cheuaulx enharnaches z couuers de mefmes Belours a grādes croix de fatin
blāc/le chariot eftoit auffi couuert de Beloz⁸ a Bne grāde croix de mefmes/z les quatre coings
hōneftement portes p quatre feighrs:z fi eftoiēt les charretiers z palefreniers Beftus de Be
lours z chapperōs de deul.Leffigie z reprefentation de la royne eftoit pofe deffus fon corps le
tout porte per plufieurs gentilz hommes deffus Bne letiere de Boys toute couuerte dung riche
drap doz ttaict z efleue foutre z enrichy de hermines/lad effigie eftoit moult richement acou
ftree Beftue deffoubz dune cotte de fin drap doz/et deffus Bng grand fercot de Belours cramoy
fy de pourpre fourre de hermines/Bne courōne mife en fon chef deffus Bng cupffin de drap doz
Bng fceptre eftoit en fa main dextre/z en fa feneftre Bne main de iuftice.Et au deffus eftoit
porte Bng riche poille de Belours bleu en maniere de ciel/feme alentour defcus de france z de
bretaigne.Et eftoit porte p les quatre prefidens de la court de parlemēt z deffufd feighrs et
dames portans le deul apres le corps.Et ainfi fut cōduict iufqs a la grāde eglife de nŕe dame
ou fut faict Bng moult folēnel feruice.Et le landemain fut ainfi porte en leglife fainct Denis
en frāce ou elle fut fepulturee en moult grande folēnite.Dieu lup foit Brap aypde a lame/z la
colloque en paradis. Au moys de Auril Mil.B.cens z.xiiii.auant pafques furent criees z
publiees treues a paris entre le trefchreftiain rop de france lops.xii.de ce nom z ferdinant rop
de arragon z les Efpagnotz.

    Ly finiffent les grandes croniques cōpofees par maiftre Robert Guagin des
trefchreftiains roys de frāce nouuellement tranflatez de latin en francoie. Et de
nouueau impreffees a paris par priuilege du rop noftre fire pour Poncet le preux/
et Galliot du pre marchans libraires demourans audit Paris. faict en lan mil
cinq cens z.xiiii.au moys de Auril apres les pafques.

LA
VOGVE GVALLE

GALLIOT·OV·PRE

Cum priuilegio regis
ampliſſimo

www.ingramcontent.com/pod-product-compliance
Lightning Source LLC
Chambersburg PA
CBHW061025030726
47504CB00002B/257